16	3	2	13
5	10	11	8
9	6	7	12
4	15	14	1

Homero

ODISSEIA

Edição bilíngue
Tradução, posfácio e notas de Trajano Vieira
Ensaio de Italo Calvino

editora 34

EDITORA 34

Editora 34 Ltda.
Rua Hungria, 592 Jardim Europa CEP 01455-000
São Paulo - SP Brasil Tel/Fax (11) 3811-6777 www.editora34.com.br

Copyright © Editora 34 Ltda., 2011
Tradução, posfácio e notas © Trajano Vieira, 2011
Indice dei nomi © Donato Loscalzo, 1991
"As odisseias na *Odisseia*" de *Por que ler os clássicos*
Copyright © 2002, Espólio de Italo Calvino
Todos os direitos reservados

A FOTOCÓPIA DE QUALQUER FOLHA DESTE LIVRO É ILEGAL E CONFIGURA UMA
APROPRIAÇÃO INDEVIDA DOS DIREITOS INTELECTUAIS E PATRIMONIAIS DO AUTOR.

Título original:
Ὀδύσσεια

Capa, projeto gráfico e editoração eletrônica:
Bracher & Malta Produção Gráfica

Tradução do índice de nomes:
Naoju Kimura

Preparação e tradução dos excertos da crítica:
Cide Piquet

Revisão:
Sérgio Molina

1ª Edição - 2011, 2ª Edição - 2012, 3ª Edição - 2014 (2 Reimpressões),
4ª Edição - 2022 (1ª Reimpressão - 2024)

CIP - Brasil. Catalogação-na-Fonte
(Sindicato Nacional dos Editores de Livros, RJ, Brasil)

Homero, *c.* 750-650 a.C.

H664o   Odisseia / Homero; edição bilíngue;
tradução, posfácio e notas de Trajano Vieira;
ensaio de Italo Calvino — São Paulo:
Editora 34, 2022 (4ª Edição).
816 p.

ISBN 978-85-7326-468-5

Texto bilíngue, português e grego

1. Épica grega (Poesia). I. Vieira,
Trajano. II. Calvino, Italo, 1923-1985.
III. Título.

CDD - 881

ODISSEIA

Nota prévia	7
Ὀδύσσεια	10
ODISSEIA	11
Canto I	13
Canto II	39
Canto III	65
Canto IV	95
Canto V	145
Canto VI	175
Canto VII	195
Canto VIII	217
Canto IX	251
Canto X	285
Canto XI	319
Canto XII	357
Canto XIII	385
Canto XIV	411
Canto XV	443
Canto XVI	477
Canto XVII	505
Canto XVIII	541
Canto XIX	567
Canto XX	603
Canto XXI	627
Canto XXII	653
Canto XXIII	683
Canto XXIV	705
Índice de nomes, *Donato Loscalzo*	737
O palácio de Ítaca	771
Geografia homérica	772
Itinerário de Odisseu	774
Posfácio do tradutor	777

Métrica e critérios de tradução.. 787
Sobre o autor 791
Sugestões bibliográficas... 793
Excertos da crítica.. 795

"As odisseias na *Odisseia*", Italo Calvino 801

Sumário dos cantos 809
Sobre o tradutor... 813

Nota prévia

Costumo comentar com meus alunos que para mim a atividade de tradução tem algo de heideggeriano: se o texto não acontece, a tradução não sai. E esse acontecimento é de difícil definição. Ele envolve, entre outros aspectos, a percepção da integralidade da expressão original e a consciência (ilusória ou não) de que algo relevante dessa expressão foi captado na transposição. Creio não errar muito ao aproximar esse ponto de vista do que Augusto de Campos escreveu sobre o assunto, observando, numa de suas sínteses fulcrais, que a tradução seria não apenas uma questão de forma, como também de alma... Num certo sentido, não escolhemos os textos que traduzimos, mas somos escolhidos por eles. Às vezes, o que desencadeia o traslado de um poema inteiro é a satisfação com o resultado da tradução casual de um de seus versos. Essa entrada no tom da obra gera uma atividade sem esforço e prazerosa. Foi o que se deu comigo em relação à *Odisseia* de Homero, que verti numa lufada com duração de um ano já saudoso. O inverso também sucede: por mais que se admire um poema, as tentativas de transpor uma breve passagem que seja podem se frustrar, deixando escapar a chispa enigmática do original. No meu caso pessoal, isso tem ocorrido até hoje com um dos poetas que mais admiro, Píndaro, de quem ainda espero escutar a voz com ouvidos menos moucos... Se não me engano, foi Ezra Pound quem escreveu que tradução é uma forma privilegiada de leitura. Esse privilégio pressupõe o processo de descoberta que o texto vai oferecendo aos poucos no diálogo mantido com seus signos.

Depois de concluída sua tradução da *Ilíada*, em 2002, de tempos em tempos, Haroldo de Campos comentava comigo: "Bem, acho que só nos resta 'atacar' a *Odisseia*". Era um projeto que ele me propunha com frequência, o qual não foi possível levar a cabo. Não preciso dizer que a oportunidade de oferecer à sua memória este trabalho, independente da qualidade que tenha conseguido atingir, é algo que muito me alegra.

Além da tradução, compõem o presente volume, bilíngue, um posfácio em que destaco um ou outro tópico da obra e um interessante ensaio de Italo Calvino incorporado em *Por que ler os clássicos*. Trata-se da leitura penetrante de um não especialista sobre questões que a viagem do multiastucioso Odisseu continua a suscitar no leitor atual, leitura essa que retoma o debate que o escritor manteve com o poeta de vanguarda Edoardo Sanguineti em publicações jornalísticas.

Considerou-se oportuno, para facilitar o acesso ao emaranhado de mais de 12 mil versos do texto, acrescentar ainda um minucioso índice de nomes, elaborado por Donato Loscalzo, professor da Università degli Studi del Molise, Itália, a quem sou grato. Comentários sucintos sobre algumas questões métricas, sobre a impossibilidade de esboçar uma biografia de Homero, alguns excertos da crítica, breves sugestões bibliográficas, um esboço da planta do palácio de Ítaca, um mapa da geografia homérica, um esquema do itinerário de Odisseu e um sumário com os episódios centrais de cada canto completam o volume.

Last, but not least, agradeço a Claude Calame, *directeur d'études* da École des Hautes Études en Sciences Sociales, em Paris, pelas palavras que escreveu especialmente para esta edição.

Trajano Vieira

"Le vrai classique renvoie l'étonnement du lecteur au moment de la lecture terminée.
On s'émerveille à la réflexion. Il est fait pour cela. Les autres visent à étonner constamment."

Paul Valéry, *Cahiers*

"Alguien recorre los senderos de Ítaca
y no se acuerda de su rey, que fue a Troya
hace ya tantos años;
alguien piensa en las tierras heredadas
y en el arado nuevo y el hijo
y es acaso feliz.
En el confín del orbe yo, Ulises,
descendí a la Casa de Hades
y vi la sombra del tebano Tiresias
que desligó el amor de las serpientes,
y la sombra de Heracles
que mata sombras de leones en la pradera
y asimismo está en el Olimpo.
Alguien hoy anda por Bolívar y Chile
y puede ser feliz o no serlo.
Quién me diera ser él."

Jorge Luis Borges, "El desterrado"

'Οδύσσεια*

---

* Texto grego estabelecido a partir de *Homer: Odyssey*, tradução de A. T. Murray (1919), edição revista por George E. Dimock, Cambridge, MA/Londres, Harvard University Press, The Loeb Classical Library, 1998 (reproduzido em Perseus Digital Library — www.perseus.tufts.edu).

Odisseia

α

Ἄνδρα μοι ἔννεπε, Μοῦσα, πολύτροπον, ὃς μάλα πολλὰ
πλάγχθη, ἐπεὶ Τροίης ἱερὸν πτολίεθρον ἔπερσεν·
πολλῶν δ' ἀνθρώπων ἴδεν ἄστεα καὶ νόον ἔγνω,
πολλὰ δ' ὅ γ' ἐν πόντῳ πάθεν ἄλγεα ὃν κατὰ θυμόν,
ἀρνύμενος ἥν τε ψυχὴν καὶ νόστον ἑταίρων. 5
ἀλλ' οὐδ' ὣς ἑτάρους ἐρρύσατο, ἱέμενός περ·
αὐτῶν γὰρ σφετέρῃσιν ἀτασθαλίῃσιν ὄλοντο,
νήπιοι, οἳ κατὰ βοῦς Ὑπερίονος Ἠελίοιο
ἤσθιον· αὐτὰρ ὁ τοῖσιν ἀφείλετο νόστιμον ἦμαρ.
τῶν ἁμόθεν γε, θεά, θύγατερ Διός, εἰπὲ καὶ ἡμῖν. 10
ἔνθ' ἄλλοι μὲν πάντες, ὅσοι φύγον αἰπὺν ὄλεθρον,
οἴκοι ἔσαν, πόλεμόν τε πεφευγότες ἠδὲ θάλασσαν·
τὸν δ' οἶον νόστου κεχρημένον ἠδὲ γυναικὸς
νύμφη πότνι' ἔρυκε Καλυψὼ δῖα θεάων
ἐν σπέσσι γλαφυροῖσι, λιλαιομένη πόσιν εἶναι. 15
ἀλλ' ὅτε δὴ ἔτος ἦλθε περιπλομένων ἐνιαυτῶν,
τῷ οἱ ἐπεκλώσαντο θεοὶ οἶκόνδε νέεσθαι
εἰς Ἰθάκην, οὐδ' ἔνθα πεφυγμένος ἦεν ἀέθλων
καὶ μετὰ οἷσι φίλοισι. θεοὶ δ' ἐλέαιρον ἅπαντες
νόσφι Ποσειδάωνος· ὁ δ' ἀσπερχὲς μενέαινεν 20
ἀντιθέῳ Ὀδυσῆι πάρος ἣν γαῖαν ἱκέσθαι.
ἀλλ' ὁ μὲν Αἰθίοπας μετεκίαθε τηλόθ' ἐόντας,
Αἰθίοπας τοὶ διχθὰ δεδαίαται, ἔσχατοι ἀνδρῶν,
οἱ μὲν δυσομένου Ὑπερίονος οἱ δ' ἀνιόντος,
ἀντιόων ταύρων τε καὶ ἀρνειῶν ἑκατόμβης. 25
ἔνθ' ὅ γ' ἐτέρπετο δαιτὶ παρήμενος· οἱ δὲ δὴ ἄλλοι

Canto I

O homem multiversátil, Musa, canta, as muitas
errâncias, destruída Troia, pólis sacra,
as muitas urbes que mirou e mentes de homens
que escrutinou, as muitas dores amargadas
no mar a fim de preservar o próprio alento   5
e a volta aos sócios. Mas seu sobre-empenho não
os preservou: pueris, a insensatez vitima-os,
pois Hélio Hiperiônio lhes recusa o dia
da volta, morto o gado seu que eles comeram.
Filha de Zeus, começa o canto de algum ponto!   10
Não há um só herói que não se encontre agora
em seu solar, a salvo do mar cinza e guerra,
tirando o nosso, que arde pela esposa e volta.
Calipso, ninfa augusta, deia entre as divinas,
quis tê-lo como cônjuge na gruta côncava.   15
Mas quando, no circungirar dos dias, chega
a data em que os eternos mandam que retorne
a Ítaca, nem mesmo então a lida finda,
com que sonhava o amigo. Os numes lamentavam,
menos Posêidon, rancoroso de Odisseu   20
divino, até que aporte em seu país de origem.
O deus do mar estava nos confins etíopes,
onde os mortais compunham duplo ajuntamento,
nos extremos do oriente e no ocidente extremo,
touros e ovelhas crepitando em seu louvor.   25
Sentado se deleita, enquanto os outros deuses

Ζηνὸς ἐνὶ μεγάροισιν Ὀλυμπίου ἀθρόοι ἦσαν.
τοῖσι δὲ μύθων ἦρχε πατὴρ ἀνδρῶν τε θεῶν τε·
μνήσατο γὰρ κατὰ θυμὸν ἀμύμονος Αἰγίσθοιο,
τόν ῥ᾽ Ἀγαμεμνονίδης τηλεκλυτὸς ἔκταν᾽ Ὀρέστης·   30
τοῦ ὅ γ᾽ ἐπιμνησθεὶς ἔπε᾽ ἀθανάτοισι μετηύδα·
"ὢ πόποι, οἷον δή νυ θεοὺς βροτοὶ αἰτιόωνται·
ἐξ ἡμέων γάρ φασι κάκ᾽ ἔμμεναι, οἱ δὲ καὶ αὐτοὶ
σφῇσιν ἀτασθαλίῃσιν ὑπὲρ μόρον ἄλγε᾽ ἔχουσιν,
ὡς καὶ νῦν Αἴγισθος ὑπὲρ μόρον Ἀτρεΐδαο   35
γῆμ᾽ ἄλοχον μνηστήν, τὸν δ᾽ ἔκτανε νοστήσαντα,
εἰδὼς αἰπὺν ὄλεθρον, ἐπεὶ πρό οἱ εἴπομεν ἡμεῖς,
Ἑρμείαν πέμψαντες, ἐΰσκοπον ἀργεϊφόντην,
μήτ᾽ αὐτὸν κτείνειν μήτε μνάασθαι ἄκοιτιν·
ἐκ γὰρ Ὀρέσταο τίσις ἔσσεται Ἀτρεΐδαο,   40
ὁππότ᾽ ἂν ἡβήσῃ τε καὶ ἧς ἱμείρεται αἴης.
ὣς ἔφαθ᾽ Ἑρμείας, ἀλλ᾽ οὐ φρένας Αἰγίσθοιο
πεῖθ᾽ ἀγαθὰ φρονέων· νῦν δ᾽ ἀθρόα πάντ᾽ ἀπέτισεν."
τὸν δ᾽ ἠμείβετ᾽ ἔπειτα θεά, γλαυκῶπις Ἀθήνη·
"ὦ πάτερ ἡμέτερε Κρονίδη, ὕπατε κρειόντων,   45
καὶ λίην κεῖνός γε ἐοικότι κεῖται ὀλέθρῳ·
ὡς ἀπόλοιτο καὶ ἄλλος, ὅτις τοιαῦτά γε ῥέζοι·
ἀλλά μοι ἀμφ᾽ Ὀδυσῆι δαΐφρονι δαίεται ἦτορ,
δυσμόρῳ, ὃς δὴ δηθὰ φίλων ἄπο πήματα πάσχει
νήσῳ ἐν ἀμφιρύτῃ, ὅθι τ᾽ ὀμφαλός ἐστι θαλάσσης.   50
νῆσος δενδρήεσσα, θεὰ δ᾽ ἐν δώματα ναίει,
Ἄτλαντος θυγάτηρ ὀλοόφρονος, ὅς τε θαλάσσης
πάσης βένθεα οἶδεν, ἔχει δέ τε κίονας αὐτὸς
μακράς, αἳ γαῖάν τε καὶ οὐρανὸν ἀμφὶς ἔχουσιν.
τοῦ θυγάτηρ δύστηνον ὀδυρόμενον κατερύκει,   55
αἰεὶ δὲ μαλακοῖσι καὶ αἱμυλίοισι λόγοισι
θέλγει, ὅπως Ἰθάκης ἐπιλήσεται· αὐτὰρ Ὀδυσσεύς,
ἱέμενος καὶ καπνὸν ἀποθρῴσκοντα νοῆσαι
ἧς γαίης, θανέειν ἱμείρεται. οὐδέ νυ σοί περ
ἐντρέπεται φίλον ἦτορ, Ὀλύμπιε. οὔ νύ τ᾽ Ὀδυσσεὺς   60
Ἀργείων παρὰ νηυσὶ χαρίζετο ἱερὰ ῥέζων

reuniam-se no alcácer do Cronida olímpio.
E o pai magnânimo falou antes dos outros,
rememorando o altivo Egisto, trucidado
pelo jovial Orestes, prole de Agamêmnon. 30
Eis a recordação de sua palavra eterna:
"Ah!, os mortais inculpam deuses pelos males
que contra si impingem, sem se aperceberem
de a dor ser fruto da transposição do fado,
feito Egisto, transpositor do próprio fado, 35
seu enfado, larápio da mulher do Atrida:
assassinou o herói em seu retorno, nada
valendo o alerta que os eternos lhe enviaram,
por intermédio de Hermes, núncio de olho agudo:
'Suspende o plano ou morrerás nas mãos de Orestes, 40
quando, crescido, venha reaver seu reino!'
Hermes falou, mas seu conselho bom não toca
Egisto, vitimado pelo próprio equívoco."
Então lhe respondeu Atena de olhos glaucos:
"Ó pai, Cronida, magno entre os demais olímpios, 45
é extremamente justo que sucumba Egisto,
como seria se outro lhe seguisse o exemplo,
mas é por Odisseu que o peito aperta: sofre
a moira amarga longe de quem lhe é mais caro,
ilhado pelo salso mar no umbigo oceânico, 50
na ínsula dendroarbórea, onde reside a deusa
filha de Atlante pleniatento, que do mar
inteiro sabe os ínferos, e o colunário
sustém, cindindo, enorme, a terra e o mar talásseo.
Ela retém o herói em lágrimas na ínsula 55
com afago na fala que enfeitiça, a fim
de que deslembre Ítaca, mas Odisseu,
saudoso da fumaça que o terreno pátrio
exala, quer morrer. Teu coração não vibra
de comoção? Acaso o itácio descumpriu 60
rituais na vastidão troiana junto a naves

Τροίῃ ἐν εὐρείῃ; τί νύ οἱ τόσον ὠδύσαο, Ζεῦ;"
τὴν δ' ἀπαμειβόμενος προσέφη νεφεληγερέτα Ζεύς·
"τέκνον ἐμόν, ποῖόν σε ἔπος φύγεν ἕρκος ὀδόντων.
πῶς ἂν ἔπειτ' Ὀδυσῆος ἐγὼ θείοιο λαθοίμην, 65
ὃς περὶ μὲν νόον ἐστὶ βροτῶν, περὶ δ' ἱρὰ θεοῖσιν
ἀθανάτοισιν ἔδωκε, τοὶ οὐρανὸν εὐρὺν ἔχουσιν;
ἀλλὰ Ποσειδάων γαιήοχος ἀσκελὲς αἰεὶ
Κύκλωπος κεχόλωται, ὃν ὀφθαλμοῦ ἀλάωσεν,
ἀντίθεον Πολύφημον, ὅου κράτος ἐστὶ μέγιστον 70
πᾶσιν Κυκλώπεσσι· Θόωσα δέ μιν τέκε νύμφη,
Φόρκυνος θυγάτηρ ἁλὸς ἀτρυγέτοιο μέδοντος,
ἐν σπέσσι γλαφυροῖσι Ποσειδάωνι μιγεῖσα.
ἐκ τοῦ δὴ Ὀδυσῆα Ποσειδάων ἐνοσίχθων
οὔ τι κατακτείνει, πλάζει δ' ἀπὸ πατρίδος αἴης. 75
ἀλλ' ἄγεθ', ἡμεῖς οἵδε περιφραζώμεθα πάντες
νόστον, ὅπως ἔλθῃσι· Ποσειδάων δὲ μεθήσει
ὃν χόλον· οὐ μὲν γάρ τι δυνήσεται ἀντία πάντων
ἀθανάτων ἀέκητι θεῶν ἐριδαινέμεν οἶος."
τὸν δ' ἠμείβετ' ἔπειτα θεά, γλαυκῶπις Ἀθήνη· 80
"ὦ πάτερ ἡμέτερε Κρονίδη, ὕπατε κρειόντων,
εἰ μὲν δὴ νῦν τοῦτο φίλον μακάρεσσι θεοῖσιν,
νοστῆσαι Ὀδυσῆα πολύφρονα ὅνδε δόμονδε,
Ἑρμείαν μὲν ἔπειτα διάκτορον ἀργεϊφόντην
νῆσον ἐς Ὠγυγίην ὀτρύνομεν, ὄφρα τάχιστα 85
νύμφῃ ἐυπλοκάμῳ εἴπῃ νημερτέα βουλήν,
νόστον Ὀδυσσῆος ταλασίφρονος, ὥς κε νέηται·
αὐτὰρ ἐγὼν Ἰθάκηνδ' ἐσελεύσομαι, ὄφρα οἱ υἱὸν
μᾶλλον ἐποτρύνω καί οἱ μένος ἐν φρεσὶ θείω,
εἰς ἀγορὴν καλέσαντα κάρη κομόωντας Ἀχαιοὺς 90
πᾶσι μνηστήρεσσιν ἀπειπέμεν, οἵ τέ οἱ αἰεὶ
μῆλ' ἁδινὰ σφάζουσι καὶ εἰλίποδας ἕλικας βοῦς.
πέμψω δ' ἐς Σπάρτην τε καὶ ἐς Πύλον ἠμαθόεντα
νόστον πευσόμενον πατρὸς φίλου, ἤν που ἀκούσῃ,
ἠδ' ἵνα μιν κλέος ἐσθλὸν ἐν ἀνθρώποισιν ἔχῃσιν." 95
ὣς εἰποῦσ' ὑπὸ ποσσὶν ἐδήσατο καλὰ πέδιλα,

argivas? Odisseu instiga o ódio teu?"
O adensa-nuvens respondeu-lhe: "Que palavra
escapa, Atena, da clausura dos teus dentes?
Como eu me esqueceria de um herói divino 65
cujo intelecto brilha, magno em oferendas
aos imortais, que habitam a amplidão urânica?
O problema é que o Abraça-terra se enfuria
sempre por ele ter furado o olho único
de Polifemo, par dos deuses, ás ciclópeo: 70
sua mãe é Tóosa, ninfa cujo ancestre é Forco,
amplirreinante no oceano infértil. Foi
na gruta funda que ela amou o deus do mar.
Não é que o Abala-terra elimine o herói,
mas o mantém distante do rincão natal. 75
Devemos empenharmo-nos conjuntamente
na volta de Odisseu. Posêidon freia a cólera,
pois, solitário, como enfrentaria a unânime
decisão que os eternos tomem?" Olhos glaucos,
Palas Atena assim se pronunciou: "Ó pai, 80
filho de Cronos, sumo entre numes fortíssimos,
se aos imortais é caro que Odisseu solerte
reganhe o lar, mandemos sem demora à ínsula
Ogígia o mensageiro argicida, Hermes,
com um comunicado claro à ninfa, belas- 85
-tranças: é inquestionável a resolução
de que o herói sutil retorne ao próprio lar!
Quanto à mim, vou reanimar seu filho em Ítaca,
fortalecer seu coração para que reúna
numa assembleia aqueus de cabeleira longa: 90
decidam expulsar os pretendentes, todos
matadores de ovelha e gado, cornos-curvos!
O jovem deve obter na Pilo multiareada
e Esparta alguma informação do pai que volta.
A expedição o afame entre os mortais de estirpe!" 95
Disse e calçou sandálias áureas, ambrosíacas:

ἀμβρόσια χρύσεια, τά μιν φέρον ἠμὲν ἐφ' ὑγρὴν
ἠδ' ἐπ' ἀπείρονα γαῖαν ἅμα πνοιῇς ἀνέμοιο·
εἵλετο δ' ἄλκιμον ἔγχος, ἀκαχμένον ὀξέι χαλκῷ,
βριθὺ μέγα στιβαρόν, τῷ δάμνησι στίχας ἀνδρῶν 100
ἡρώων, τοῖσίν τε κοτέσσεται ὀβριμοπάτρη.
βῆ δὲ κατ' Οὐλύμποιο καρήνων ἀίξασα,
στῆ δ' Ἰθάκης ἐνὶ δήμῳ ἐπὶ προθύροις Ὀδυσῆος,
οὐδοῦ ἐπ' αὐλείου· παλάμῃ δ' ἔχε χάλκεον ἔγχος,
εἰδομένη ξείνῳ, Ταφίων ἡγήτορι Μέντῃ. 105
εὗρε δ' ἄρα μνηστῆρας ἀγήνορας. οἱ μὲν ἔπειτα
πεσσοῖσι προπάροιθε θυράων θυμὸν ἔτερπον
ἥμενοι ἐν ῥινοῖσι βοῶν, οὓς ἔκτανον αὐτοί·
κήρυκες δ' αὐτοῖσι καὶ ὀτρηροὶ θεράποντες
οἱ μὲν οἶνον ἔμισγον ἐνὶ κρητῆρσι καὶ ὕδωρ, 110
οἱ δ' αὖτε σπόγγοισι πολυτρήτοισι τραπέζας
νίζον καὶ πρότιθεν, τοὶ δὲ κρέα πολλὰ δατεῦντο.
τὴν δὲ πολὺ πρῶτος ἴδε Τηλέμαχος θεοειδής,
ἧστο γὰρ ἐν μνηστῆρσι φίλον τετιημένος ἦτορ,
ὀσσόμενος πατέρ' ἐσθλὸν ἐνὶ φρεσίν, εἴ ποθεν ἐλθὼν 115
μνηστήρων τῶν μὲν σκέδασιν κατὰ δώματα θείη,
τιμὴν δ' αὐτὸς ἔχοι καὶ δώμασιν οἷσιν ἀνάσσοι.
τὰ φρονέων, μνηστῆρσι μεθήμενος, εἴσιδ' Ἀθήνην.
βῆ δ' ἰθὺς προθύροιο, νεμεσσήθη δ' ἐνὶ θυμῷ
ξεῖνον δηθὰ θύρῃσιν ἐφεστάμεν· ἐγγύθι δὲ στὰς 120
χεῖρ' ἕλε δεξιτερὴν καὶ ἐδέξατο χάλκεον ἔγχος,
καί μιν φωνήσας ἔπεα πτερόεντα προσηύδα·
"χαῖρε, ξεῖνε, παρ' ἄμμι φιλήσεαι· αὐτὰρ ἔπειτα
δείπνου πασσάμενος μυθήσεαι ὅττεό σε χρή."
ὣς εἰπὼν ἡγεῖθ', ἡ δ' ἕσπετο Παλλὰς Ἀθήνη. 125
οἱ δ' ὅτε δή ῥ' ἔντοσθεν ἔσαν δόμου ὑψηλοῖο,
ἔγχος μέν ῥ' ἔστησε φέρων πρὸς κίονα μακρὴν
δουροδόκης ἔντοσθεν ἐυξόου, ἔνθα περ ἄλλα
ἔγχε' Ὀδυσσῆος ταλασίφρονος ἵστατο πολλά,
αὐτὴν δ' ἐς θρόνον εἷσεν ἄγων, ὑπὸ λῖτα πετάσσας, 130
καλὸν δαιδάλεον· ὑπὸ δὲ θρῆνυς ποσὶν ἦεν.

sopro de vendaval, com elas sobrepaira
as ondas úmidas e Geia-Terra, infinda.
Empunha a lança bronzigume, pesadíssima,
descomunal, maciça, com a qual se impunha 100
a fileiras de heróis, colérica de humanos.
Transpondo os píncaros olímpios, Palas desce,
paralisada frente ao pórtico do herói,
no umbral do pátio. Segurando a lança aênea,
se assemelhava a Mentes, soberano táfio. 105
Remira os pretendentes nobres: jogam dados
à porta, por deleite; sentam-se nos couros
de bois carneados por suas próprias mãos. Arautos
e escudeiros fiéis depunham nas crateras
água e vinho; servindo-se de esponjas multi- 110
porosas, houve quem limpasse as mesas, sobre
as quais os fâmulos talhavam carnes fartas.
Telêmaco deiforme a vê primeiro, ao lado
dos pretendentes, coração ensombrecido,
visão do pai gravada no íntimo, se acaso, 115
de volta a seu palácio, ele enxotasse os procos,
senhor dos próprios bens, mantenedor da fama.
Era o que ruminava quando viu Atena,
em cuja direção avança ereto, triste
de o estrangeiro ser deixado à porta. A mão 120
aperta, o desarmando do lançaço brônzeo,
enquanto faz com que ouça sua palavra alada:
"Bem-vindo, alienígena! Dirás o que
te traz, só quando te saciares de comida!"
Olhos-azuis, Atena o segue quieta. Dentro 125
da sala de alta cumeeira põe a arma
escorada em enorme colunário, sólido
depósito, onde se podia ver um feixe
de inúmeras espadas de Odisseu solerte.
Ofereceu-lhe o trono ornado, recoberto 130
com pano, obra dedálea; aos pés, um escabelo.

πὰρ δ' αὐτὸς κλισμὸν θέτο ποικίλον, ἔκτοθεν ἄλλων
μνηστήρων, μὴ ξεῖνος ἀνιηθεὶς ὀρυμαγδῷ
δείπνῳ ἀδήσειεν, ὑπερφιάλοισι μετελθών,
ἠδ' ἵνα μιν περὶ πατρὸς ἀποιχομένοιο ἔροιτο. 135
χέρνιβα δ' ἀμφίπολος προχόῳ ἐπέχευε φέρουσα
καλῇ χρυσείῃ, ὑπὲρ ἀργυρέοιο λέβητος,
νίψασθαι· παρὰ δὲ ξεστὴν ἐτάνυσσε τράπεζαν.
σῖτον δ' αἰδοίη ταμίη παρέθηκε φέρουσα,
εἴδατα πόλλ' ἐπιθεῖσα, χαριζομένη παρεόντων· 140
δαιτρὸς δὲ κρειῶν πίνακας παρέθηκεν ἀείρας
παντοίων, παρὰ δέ σφι τίθει χρύσεια κύπελλα·
κῆρυξ δ' αὐτοῖσιν θάμ' ἐπῴχετο οἰνοχοεύων.
ἐς δ' ἦλθον μνηστῆρες ἀγήνορες. οἱ μὲν ἔπειτα
ἑξείης ἕζοντο κατὰ κλισμούς τε θρόνους τε, 145
τοῖσι δὲ κήρυκες μὲν ὕδωρ ἐπὶ χεῖρας ἔχευαν,
σῖτον δὲ δμῳαὶ παρενήνεον ἐν κανέοισιν,
κοῦροι δὲ κρητῆρας ἐπεστέψαντο ποτοῖο.
οἱ δ' ἐπ' ὀνείαθ' ἑτοῖμα προκείμενα χεῖρας ἴαλλον.
αὐτὰρ ἐπεὶ πόσιος καὶ ἐδητύος ἐξ ἔρον ἕντο 150
μνηστῆρες, τοῖσιν μὲν ἐνὶ φρεσὶν ἄλλα μεμήλει,
μολπή τ' ὀρχηστύς τε· τὰ γὰρ τ' ἀναθήματα δαιτός·
κῆρυξ δ' ἐν χερσὶν κίθαριν περικαλλέα θῆκεν
Φημίῳ, ὅς ῥ' ἤειδε παρὰ μνηστῆρσιν ἀνάγκῃ.
ἦ τοι ὁ φορμίζων ἀνεβάλλετο καλὸν ἀείδειν. 155
αὐτὰρ Τηλέμαχος προσέφη γλαυκῶπιν Ἀθήνην,
ἄγχι σχὼν κεφαλήν, ἵνα μὴ πευθοίαθ' οἱ ἄλλοι·
"ξεῖνε φίλ', ἦ καί μοι νεμεσήσεαι ὅττι κεν εἴπω;
τούτοισιν μὲν ταῦτα μέλει, κίθαρις καὶ ἀοιδή,
ῥεῖ', ἐπεὶ ἀλλότριον βίοτον νήποινον ἔδουσιν, 160
ἀνέρος, οὗ δή που λεύκ' ὀστέα πύθεται ὄμβρῳ
κείμεν' ἐπ' ἠπείρου, ἢ εἰν ἁλὶ κῦμα κυλίνδει.
εἰ κεῖνόν γ' Ἰθάκηνδε ἰδοίατο νοστήσαντα,
πάντες κ' ἀρησαίατ' ἐλαφρότεροι πόδας εἶναι
ἢ ἀφνειότεροι χρυσοῖό τε ἐσθῆτός τε. 165
νῦν δ' ὁ μὲν ὣς ἀπόλωλε κακὸν μόρον, οὐδέ τις ἡμῖν

Sédia faiscante puxa para si, à margem
dos demais, temeroso de que o recém-vindo
perdesse a fome ao som de folgazões altivos.
Também queria indagá-lo sobre o pai. 135
A fâmula verte água de um gomil dourado
sobre a mão, de onde escorre na bacia prata;
aproximou dos dois a távola ofuscante.
A ecônoma solícita lhes corta o pão,
alegre no serviço de iguaria opípara. 140
O senescal soergue o prato com as carnes
e escolhe onde coloque as taças pandouradas;
um dos arautos logo deposita o vinho.
Os pretendentes entram sobranceiros; sentam-se
em tronos uns, outros preferem reclinar-se. 145
Em suas mãos, os fâmulos derramam água;
as servas trazem pães em canistréis repletos.
As mãos avançam nos manjares preparados.
Saciada a gana de beber e de comer,
um outro anseio lhes remonta ao peito: a dança 150
e o canto, adornos do banquete. Um serviçal
transfere a Fêmio a cítara pluribelíssima,
constrangido a cantar por quem tomara o paço.
Ressoam cordas preludiando o belo canto,
mas Telêmaco pende sua cabeça a Atena 155
de olhos azuis, a fim de que ninguém o ouvisse:
"Estrangeiro, te agastas se eu me abrir contigo?
Só isso lhes agrada: a cítara e o canto,
fácil, quando se farta de comida alheia,
de um homem cujos ossos brancos apodrecem 160
na praia sob a chuva ou no oceano cinza.
Fora ele visto em Ítaca tornado, todos
prefeririam ter os pés bem mais ligeiros
a enriquecerem de ouro e vestimenta. Agora
a moira miserável o levou e nada 165
nos reconforta, mesmo se um disser que o viu.

θαλπωρή, εἴ πέρ τις ἐπιχθονίων ἀνθρώπων
φῆσιν ἐλεύσεσθαι· τοῦ δ' ὤλετο νόστιμον ἦμαρ.
ἀλλ' ἄγε μοι τόδε εἰπὲ καὶ ἀτρεκέως κατάλεξον·
τίς πόθεν εἰς ἀνδρῶν; πόθι τοι πόλις ἠδὲ τοκῆες; 170
ὁπποίης τ' ἐπὶ νηὸς ἀφίκεο· πῶς δέ σε ναῦται
ἤγαγον εἰς Ἰθάκην; τίνες ἔμμεναι εὐχετόωντο;
οὐ μὲν γὰρ τί σε πεζὸν ὀΐομαι ἐνθάδ' ἱκέσθαι.
καί μοι τοῦτ' ἀγόρευσον ἐτήτυμον, ὄφρ' ἐῢ εἰδῶ,
ἠὲ νέον μεθέπεις ἦ καὶ πατρώϊός ἐσσι 175
ξεῖνος, ἐπεὶ πολλοὶ ἴσαν ἀνέρες ἡμέτερον δῶ
ἄλλοι, ἐπεὶ καὶ κεῖνος ἐπίστροφος ἦν ἀνθρώπων."
τὸν δ' αὖτε προσέειπε θεά, γλαυκῶπις Ἀθήνη·
"τοιγὰρ ἐγώ τοι ταῦτα μάλ' ἀτρεκέως ἀγορεύσω.
Μέντης Ἀγχιάλοιο δαΐφρονος εὔχομαι εἶναι 180
υἱός, ἀτὰρ Ταφίοισι φιληρέτμοισιν ἀνάσσω.
νῦν δ' ὧδε ξὺν νηῒ κατήλυθον ἠδ' ἑτάροισιν
πλέων ἐπὶ οἴνοπα πόντον ἐπ' ἀλλοθρόους ἀνθρώπους,
ἐς Τεμέσην μετὰ χαλκόν, ἄγω δ' αἴθωνα σίδηρον.
νηῦς δέ μοι ἥδ' ἕστηκεν ἐπ' ἀγροῦ νόσφι πόληος, 185
ἐν λιμένι Ῥείθρῳ ὑπὸ Νηΐῳ ὑλήεντι.
ξεῖνοι δ' ἀλλήλων πατρώϊοι εὐχόμεθ' εἶναι
ἐξ ἀρχῆς, εἴ πέρ τε γέροντ' εἴρηαι ἐπελθὼν
Λαέρτην ἥρωα, τὸν οὐκέτι φασὶ πόλινδε
ἔρχεσθ', ἀλλ' ἀπάνευθεν ἐπ' ἀγροῦ πήματα πάσχειν 190
γρηῒ σὺν ἀμφιπόλῳ, ἥ οἱ βρῶσίν τε πόσιν τε
παρτιθεῖ, εὖτ' ἄν μιν κάματος κατὰ γυῖα λάβῃσιν
ἑρπύζοντ' ἀνὰ γουνὸν ἀλωῆς οἰνοπέδοιο.
νῦν δ' ἦλθον· δὴ γάρ μιν ἔφαντ' ἐπιδήμιον εἶναι,
σὸν πατέρ'· ἀλλά νυ τόν γε θεοὶ βλάπτουσι κελεύθου. 195
οὐ γάρ πω τέθνηκεν ἐπὶ χθονὶ δῖος Ὀδυσσεύς,
ἀλλ' ἔτι που ζωὸς κατερύκεται εὐρέϊ πόντῳ
νήσῳ ἐν ἀμφιρύτῃ, χαλεποὶ δέ μιν ἄνδρες ἔχουσιν
ἄγριοι, οἵ που κεῖνον ἐρυκανόωσ' ἀέκοντα.
αὐτὰρ νῦν τοι ἐγὼ μαντεύσομαι, ὡς ἐνὶ θυμῷ 200
ἀθάνατοι βάλλουσι καὶ ὡς τελέεσθαι ὀΐω,

Perdeu-se o dia do retorno de meu pai.
Permito-me solicitar tua franqueza:
quem és? De que cidade vens? Quem são teus pais?
Que nome tem tua nau? Os teus marujos vêm 170
a Ítaca por quê? Preferes que te chamem
como? Não creio que chegaste aqui a pé.
E me esclarece mais um ponto a mim tocante:
é a tua primeira vez em Ítaca ou meu pai
já te acolheu? Meu lar recebe muita gente, 175
pois que meu pai prezava o giro do convívio."
Atena, olhos-azuis: "Escuta o que dirá
alguém de coração aberto: o sábio Anquíalo
é meu pai, Mentes foi o nome que me deu.
Sou rei dos táfios, bons remeiros. Aportamos 180
aqui em direção aos têmesos, falantes
de outra língua, transposto o oceano vinho; bronze
aceitam cambiar por ferro cor de fogo.
Fundeamos o navio longe da pólis, sob
o Neio, bem no porto Reitro, à beira campo. 185
Da hospedagem recíproca nos orgulhamos
há muito tempo, como atestará Laerte
que — dizem — se ausentou da cidadela. Dores
amarga na campina, a velha serva dando-lhe
de comer e beber, quando a fadiga intensa 190
imobiliza as articulações infirmes
sobre a gleba fecunda onde viceja a vinha.
Nós acabamos de chegar, teu pai pensando
reencontrar aqui. Um deus talvez impeça
a volta de Odisseu, que não morreu; no vasto 195
oceano algum assunto o entretém, na ínsula
circuntalássea, onde silvícolas grosseiros
desconsideram seu desejo de partir.
Mesmo sem as prerrogativas do adivinho,
direi o que imortais depõem dentro do peito, 200
antecipando o que há de se cumprir: do sítio

οὔτε τι μάντις ἐὼν οὔτ' οἰωνῶν σάφα εἰδώς.
οὔ τοι ἔτι δηρόν γε φίλης ἀπὸ πατρίδος αἴης
ἔσσεται, οὐδ' εἴ πέρ τε σιδήρεα δέσματ' ἔχῃσιν·
φράσσεται ὥς κε νέηται, ἐπεὶ πολυμήχανός ἐστιν. 205
ἀλλ' ἄγε μοι τόδε εἰπὲ καὶ ἀτρεκέως κατάλεξον,
εἰ δὴ ἐξ αὐτοῖο τόσος πάϊς εἰς Ὀδυσῆος.
αἰνῶς μὲν κεφαλήν τε καὶ ὄμματα καλὰ ἔοικας
κείνῳ, ἐπεὶ θαμὰ τοῖον ἐμισγόμεθ' ἀλλήλοισιν,
πρίν γε τὸν ἐς Τροίην ἀναβήμεναι, ἔνθα περ ἄλλοι 210
Ἀργείων οἱ ἄριστοι ἔβαν κοίλῃς ἐνὶ νηυσίν·
ἐκ τοῦ δ' οὔτ' Ὀδυσῆα ἐγὼν ἴδον οὔτ' ἔμ' ἐκεῖνος."
τὴν δ' αὖ Τηλέμαχος πεπνυμένος ἀντίον ηὔδα·
"τοιγὰρ ἐγώ τοι, ξεῖνε, μάλ' ἀτρεκέως ἀγορεύσω.
μήτηρ μέν τέ μέ φησι τοῦ ἔμμεναι, αὐτὰρ ἐγώ γε 215
οὐκ οἶδ'· οὐ γάρ πώ τις ἑὸν γόνον αὐτὸς ἀνέγνω.
ὡς δὴ ἐγώ γ' ὄφελον μάκαρός νύ τευ ἔμμεναι υἱὸς
ἀνέρος, ὃν κτεάτεσσιν ἑοῖς ἔπι γῆρας ἔτετμε.
νῦν δ' ὃς ἀποτμότατος γένετο θνητῶν ἀνθρώπων,
τοῦ μ' ἔκ φασι γενέσθαι, ἐπεὶ σύ με τοῦτ' ἐρεείνεις." 220
τὸν δ' αὖτε προσέειπε θεά, γλαυκῶπις Ἀθήνη·
"οὐ μέν τοι γενεήν γε θεοὶ νώνυμνον ὀπίσσω
θῆκαν, ἐπεὶ σέ γε τοῖον ἐγείνατο Πηνελόπεια.
ἀλλ' ἄγε μοι τόδε εἰπὲ καὶ ἀτρεκέως κατάλεξον·
τίς δαίς, τίς δὲ ὅμιλος ὅδ' ἔπλετο; τίπτε δέ σε χρεώ; 225
εἰλαπίνη ἠὲ γάμος; ἐπεὶ οὐκ ἔρανος τάδε γ' ἐστίν·
ὥς τέ μοι ὑβρίζοντες ὑπερφιάλως δοκέουσι
δαίνυσθαι κατὰ δῶμα. νεμεσσήσαιτό κεν ἀνὴρ
αἴσχεα πόλλ' ὁρόων, ὅς τις πινυτός γε μετέλθοι."
τὴν δ' αὖ Τηλέμαχος πεπνυμένος ἀντίον ηὔδα· 230
"ξεῖν', ἐπεὶ ἂρ δὴ ταῦτά μ' ἀνείρεαι ἠδὲ μεταλλᾷς,
μέλλεν μέν ποτε οἶκος ὅδ' ἀφνειὸς καὶ ἀμύμων
ἔμμεναι, ὄφρ' ἔτι κεῖνος ἀνὴρ ἐπιδήμιος ἦεν·
νῦν δ' ἑτέρως ἐβόλοντο θεοὶ κακὰ μητιόωντες,
οἳ κεῖνον μὲν ἄϊστον ἐποίησαν περὶ πάντων 235
ἀνθρώπων, ἐπεὶ οὔ κε θανόντι περ ὧδ' ἀκαχοίμην,

natal o herói não ficará por muito ausente,
mesmo que o ferro das argolas o retenha;
multissagaz, sobeja-lhe recurso ao mar.
Dize-me, coração aberto, só uma coisa: 205
És filho de Odisseu? Como cresceste tanto?
Direi que a testa é a mesma e que possuis olhar
tão belo quanto o dele, como a convivência
nossa permite-me lembrar, antes de Troia,
aonde viajou com os demais argivos, 210
ao lado dos melhores, em navios bojudos.
Eu nunca mais revi teu pai, nem ele a mim."
Telêmaco prudente lhe responde: "Franco
serei em tudo o que eu disser ao caro hóspede:
minha mãe me garante que sou filho dele, 215
mas ignoro: ninguém conhece ao certo a própria
ascendência. Pudera ser o filho de homem
feliz, cuja velhice colhe entre os haveres!
Do ser que mais carece de uma boa estrela,
já que me indagas, todos dizem que descendo." 220
Atena: "Deuses não quiseram que a linhagem
a que pertences fosse obscura no futuro,
pois que nasceste do regaço de Penélope.
Mas abre o peito ao responder o que pergunto:
que comilança é essa? De onde vem a turba? 225
Não te incomodam? Comemoram esponsais?
Dão a impressão de petulantes esfaimados
na sala. Alguém equilibrado sentiria
a si mesmo menor só de observar a pândega!"
Telêmaco lhe diz: "Por que me indagas, hóspede, 230
e insistes na demanda, não escondo que houve
um tempo em que a morada foi inatacável
e rica, enquanto aquele encabeçava Ítaca.
Os deuses hoje arvoram situação contrária,
fazendo dele o homem mais inencontrável. 235
Morto, caído em Troia entre os heróis amigos

εἰ μετὰ οἷς ἑτάροισι δάμη Τρώων ἐνὶ δήμῳ,
ἠὲ φίλων ἐν χερσίν, ἐπεὶ πόλεμον τολύπευσεν.
τῷ κέν οἱ τύμβον μὲν ἐποίησαν Παναχαιοί,
ἠδέ κε καὶ ᾧ παιδὶ μέγα κλέος ἤρατ᾽ ὀπίσσω. 240
νῦν δέ μιν ἀκλειῶς ἅρπυιαι ἀνηρείψαντο·
οἴχετ᾽ ἄϊστος ἄπυστος, ἐμοὶ δ᾽ ὀδύνας τε γόους τε
κάλλιπεν. οὐδέ τι κεῖνον ὀδυρόμενος στεναχίζω
οἶον, ἐπεί νύ μοι ἄλλα θεοὶ κακὰ κήδε᾽ ἔτευξαν.
ὅσσοι γὰρ νήσοισιν ἐπικρατέουσιν ἄριστοι, 245
Δουλιχίῳ τε Σάμῃ τε καὶ ὑλήεντι Ζακύνθῳ,
ἠδ᾽ ὅσσοι κραναὴν Ἰθάκην κάτα κοιρανέουσιν,
τόσσοι μητέρ᾽ ἐμὴν μνῶνται, τρύχουσι δὲ οἶκον.
ἡ δ᾽ οὔτ᾽ ἀρνεῖται στυγερὸν γάμον οὔτε τελευτὴν
ποιῆσαι δύναται· τοὶ δὲ φθινύθουσιν ἔδοντες 250
οἶκον ἐμόν· τάχα δή με διαρραίσουσι καὶ αὐτόν."
τὸν δ᾽ ἐπαλαστήσασα προσηύδα Παλλὰς Ἀθήνη·
"ὢ πόποι, ἦ δὴ πολλὸν ἀποιχομένου Ὀδυσῆος
δεύῃ, ὅ κε μνηστῆρσιν ἀναιδέσι χεῖρας ἐφείη.
εἰ γὰρ νῦν ἐλθὼν δόμου ἐν πρώτῃσι θύρῃσι 255
σταίη, ἔχων πήληκα καὶ ἀσπίδα καὶ δύο δοῦρε,
τοῖος ἐὼν οἷόν μιν ἐγὼ τὰ πρῶτ᾽ ἐνόησα
οἴκῳ ἐν ἡμετέρῳ πίνοντά τε τερπόμενόν τε,
ἐξ Ἐφύρης ἀνιόντα παρ᾽ Ἴλου Μερμερίδαο —
ᾤχετο γὰρ καὶ κεῖσε θοῆς ἐπὶ νηὸς Ὀδυσσεὺς 260
φάρμακον ἀνδροφόνον διζήμενος, ὄφρα οἱ εἴη
ἰοὺς χρίεσθαι χαλκήρεας· ἀλλ᾽ ὁ μὲν οὔ οἱ
δῶκεν, ἐπεί ῥα θεοὺς νεμεσίζετο αἰὲν ἐόντας,
ἀλλὰ πατήρ οἱ δῶκεν ἐμός· φιλέεσκε γὰρ αἰνῶς —
τοῖος ἐὼν μνηστῆρσιν ὁμιλήσειεν Ὀδυσσεύς· 265
πάντες κ᾽ ὠκύμοροί τε γενοίατο πικρόγαμοί τε.
ἀλλ᾽ ἦ τοι μὲν ταῦτα θεῶν ἐν γούνασι κεῖται,
ἦ κεν νοστήσας ἀποτίσεται, ἦε καὶ οὐκί,
οἷσιν ἐνὶ μεγάροισι· σὲ δὲ φράζεσθαι ἄνωγα,
ὅππως κε μνηστῆρας ἀπώσεαι ἐκ μεγάροιο. 270
εἰ δ᾽ ἄγε νῦν ξυνίει καὶ ἐμῶν ἐμπάζεο μύθων·

ou no braço dos seus, concluída a guerra em Ílion,
eu não sofrera tanto. Os pan-aqueus teriam
erigido uma tumba, e, máximo, o renome
alcançaria o filho no porvir. Sem glória 240
agora, Harpias se encarregam dele: sem
fulgor e sem notícia, me legou apenas
lamento e pena. Choro, além da perda, os outros
males que os imortais me destinaram: todos
os nobres governantes de ínsulas situadas 245
em Same ou em Dulíquio ou em Zacinto arbórea,
ou que controlam Ítaca rochosa, todos
cortejam minha mãe, dilapidando o alcácer.
O vil casório não consegue refugar
ou aceitar, e, banqueteando-se, eles põem 250
a perder o solar e, em breve, a mim também."
Atena, conturbada, retomou a fala:
"Infeliz! Vejo a falta que te faz o pai
para meter a mão no bando desonrado.
Se despontasse junto aos pórticos do paço, 255
empunhando elmo, escudo, lanças duplas, tal
qual me foi dado vê-lo na primeira vez
em casa, onde sorvia alegre o vinho, vindo
de Éfira, da morada de Ilo Mermerida,
(a nau veloz do herói chegara ali atrás 260
do veneno homicida com que ungisse a ponta
dos flechaços de bronze, sem sucesso: Ilo
não dera por temor aos deuses sempivivos,
mas meu pai, que o queria muito, não negou);
se os pretendentes vissem-no assim, o travo 265
nupcial e a moira abreviada eles teriam.
Mas a questão repousa sobre os joelhos divos,
se, em sua volta, vingará o lar ou não;
exorto que reflitas como expulsarás
os pretendentes do interior do teu solar. 270
Deves considerar agora os meus conselhos:

αὔριον εἰς ἀγορὴν καλέσας ἥρωας Ἀχαιοὺς
μῦθον πέφραδε πᾶσι, θεοὶ δ' ἐπὶ μάρτυροι ἔστων.
μνηστῆρας μὲν ἐπὶ σφέτερα σκίδνασθαι ἄνωχθι,
μητέρα δ', εἴ οἱ θυμὸς ἐφορμᾶται γαμέεσθαι, 275
ἂψ ἴτω ἐς μέγαρον πατρὸς μέγα δυναμένοιο·
οἱ δὲ γάμον τεύξουσι καὶ ἀρτυνέουσιν ἔεδνα
πολλὰ μάλ', ὅσσα ἔοικε φίλης ἐπὶ παιδὸς ἕπεσθαι.
σοὶ δ' αὐτῷ πυκινῶς ὑποθήσομαι, αἴ κε πίθηαι·
νῆ' ἄρσας ἐρέτῃσιν ἐείκοσιν, ἥ τις ἀρίστη, 280
ἔρχεο πευσόμενος πατρὸς δὴν οἰχομένοιο,
ἤν τίς τοι εἴπῃσι βροτῶν, ἢ ὄσσαν ἀκούσῃς
ἐκ Διός, ἥ τε μάλιστα φέρει κλέος ἀνθρώποισι.
πρῶτα μὲν ἐς Πύλον ἐλθὲ καὶ εἴρεο Νέστορα δῖον,
κεῖθεν δὲ Σπάρτηνδε παρὰ ξανθὸν Μενέλαον· 285
ὃς γὰρ δεύτατος ἦλθεν Ἀχαιῶν χαλκοχιτώνων.
εἰ μέν κεν πατρὸς βίοτον καὶ νόστον ἀκούσῃς,
ἦ τ' ἂν τρυχόμενός περ ἔτι τλαίης ἐνιαυτόν·
εἰ δέ κε τεθνηῶτος ἀκούσῃς μηδ' ἔτ' ἐόντος,
νοστήσας δὴ ἔπειτα φίλην ἐς πατρίδα γαῖαν 290
σῆμά τέ οἱ χεῦαι καὶ ἐπὶ κτέρεα κτερεΐξαι
πολλὰ μάλ', ὅσσα ἔοικε, καὶ ἀνέρι μητέρα δοῦναι.
αὐτὰρ ἐπὴν δὴ ταῦτα τελευτήσῃς τε καὶ ἔρξῃς,
φράζεσθαι δὴ ἔπειτα κατὰ φρένα καὶ κατὰ θυμὸν
ὅππως κε μνηστῆρας ἐνὶ μεγάροισι τεοῖσι 295
κτείνῃς ἠὲ δόλῳ ἢ ἀμφαδόν· οὐδέ τί σε χρὴ
νηπιάας ὀχέειν, ἐπεὶ οὐκέτι τηλίκος ἐσσι.
ἦ οὐκ ἀίεις οἷον κλέος ἔλλαβε δῖος Ὀρέστης
πάντας ἐπ' ἀνθρώπους, ἐπεὶ ἔκτανε πατροφονῆα,
Αἴγισθον δολόμητιν, ὅ οἱ πατέρα κλυτὸν ἔκτα; 300
καὶ σύ, φίλος, μάλα γάρ σ' ὁρόω καλόν τε μέγαν τε,
ἄλκιμος ἔσσ', ἵνα τίς σε καὶ ὀψιγόνων ἐὺ εἴπῃ.
αὐτὰρ ἐγὼν ἐπὶ νῆα θοὴν κατελεύσομαι ἤδη
ἠδ' ἑτάρους, οἵ πού με μάλ' ἀσχαλόωσι μένοντες·
σοὶ δ' αὐτῷ μελέτω, καὶ ἐμῶν ἐμπάζεο μύθων." 305
τὴν δ' αὖ Τηλέμαχος πεπνυμένος ἀντίον ηὔδα·

à aurora de amanhã reúne heróis aqueus,
a quem, em bloco, falarás — invoca os numes!
Os pretendentes, cada qual retome a vida,
e se tua mãe sonhar em se casar de novo, 275
que torne então ao lar do pai megapotente,
onde prepararão o casamento e inúmeros
dotes que acharem mais por bem lhe oferecer.
Eis o que mais sugiro: no batel melhor
da frota com vintena de remeiros, parte 280
atrás de pistas que te levem a Odisseu.
De duas uma: ou de um mortal escutas algo
ou do Cronida, cuja voz afama os homens.
Por Pilo principia, onde Nestor governa,
depois, Esparta, atrás de Menelau, o flavo, 285
o derradeiro vestes-brônzeas a voltar.
Se ouvires que ele vive e que retorna a Ítaca,
suporta a dura espera, mesmo se de um ano,
mas se ouvires que já morreu, erige um túmulo
tão logo chegues, ricas oferendas fúnebres, 290
muitíssimas, concede, e um novo esposo à mãe!
Quando não mais houver questão pendente, indaga
a ti mesmo, rumina o coração e a mente
sobre a melhor maneira de matar em casa
a corja de chupins, à bruta ou iludindo-os. 295
Deixa de criancice que não és criança!
Ignoras que o divino Orestes se afamou
em toda Grécia ao trucidar o algoz do pai,
Egisto, homem ladino, matador do herói?
Pois te equiparas a ele em porte e vigor físico: 300
exibe o teu valor, que no futuro alguém
há de louvar-te! Devo retornar à nau
veloz, onde os marujos já se inquietarão
com minha ausência. Escuta o meu conselho e ocupa-te
de ti no pensamento!" Então o moço inspira 305
sensatez e profere em sua resposta: "Hóspede,

"ξεῖν', ἦ τοι μὲν ταῦτα φίλα φρονέων ἀγορεύεις,
ὥς τε πατὴρ ᾧ παιδί, καὶ οὔ ποτε λήσομαι αὐτῶν.
ἀλλ' ἄγε νῦν ἐπίμεινον, ἐπειγόμενός περ ὁδοῖο,
ὄφρα λοεσσάμενός τε τεταρπόμενός τε φίλον κῆρ,   310
δῶρον ἔχων ἐπὶ νῆα κίῃς, χαίρων ἐνὶ θυμῷ,
τιμῆεν, μάλα καλόν, ὅ τοι κειμήλιον ἔσται
ἐξ ἐμεῦ, οἷα φίλοι ξεῖνοι ξείνοισι διδοῦσι."
τὸν δ' ἠμείβετ' ἔπειτα θεά, γλαυκῶπις Ἀθήνη·
"μή μ' ἔτι νῦν κατέρυκε, λιλαιόμενόν περ ὁδοῖο.   315
δῶρον δ' ὅττι κέ μοι δοῦναι φίλον ἦτορ ἀνώγῃ,
αὖτις ἀνερχομένῳ δόμεναι οἶκόνδε φέρεσθαι,
καὶ μάλα καλὸν ἑλών· σοὶ δ' ἄξιον ἔσται ἀμοιβῆς."
ἡ μὲν ἄρ' ὣς εἰποῦσ' ἀπέβη γλαυκῶπις Ἀθήνη,
ὄρνις δ' ὣς ἀνόπαια διέπτατο· τῷ δ' ἐνὶ θυμῷ   320
θῆκε μένος καὶ θάρσος, ὑπέμνησέν τέ ἑ πατρὸς
μᾶλλον ἔτ' ἢ τὸ πάροιθεν. ὁ δὲ φρεσὶν ᾗσι νοήσας
θάμβησεν κατὰ θυμόν· ὀίσατο γὰρ θεὸν εἶναι.
αὐτίκα δὲ μνηστῆρας ἐπῴχετο ἰσόθεος φώς.
τοῖσι δ' ἀοιδὸς ἄειδε περικλυτός, οἱ δὲ σιωπῇ   325
ἥατ' ἀκούοντες· ὁ δ' Ἀχαιῶν νόστον ἄειδε
λυγρόν, ὃν ἐκ Τροίης ἐπετείλατο Παλλὰς Ἀθήνη.
τοῦ δ' ὑπερωιόθεν φρεσὶ σύνθετο θέσπιν ἀοιδὴν
κούρη Ἰκαρίοιο, περίφρων Πηνελόπεια·
κλίμακα δ' ὑψηλὴν κατεβήσετο οἷο δόμοιο,   330
οὐκ οἴη, ἅμα τῇ γε καὶ ἀμφίπολοι δύ' ἕποντο.
ἡ δ' ὅτε δὴ μνηστῆρας ἀφίκετο δῖα γυναικῶν,
στῆ ῥα παρὰ σταθμὸν τέγεος πύκα ποιητοῖο,
ἄντα παρειάων σχομένη λιπαρὰ κρήδεμνα·
ἀμφίπολος δ' ἄρα οἱ κεδνὴ ἑκάτερθε παρέστη.   335
δακρύσασα δ' ἔπειτα προσηύδα θεῖον ἀοιδόν·
"Φήμιε, πολλὰ γὰρ ἄλλα βροτῶν θελκτήρια οἶδας,
ἔργ' ἀνδρῶν τε θεῶν τε, τά τε κλείουσιν ἀοιδοί·
τῶν ἕν γέ σφιν ἄειδε παρήμενος, οἱ δὲ σιωπῇ
οἶνον πινόντων· ταύτης δ' ἀποπαύε' ἀοιδῆς   340
λυγρῆς, ἥ τέ μοι αἰεὶ ἐνὶ στήθεσσι φίλον κῆρ

teu coração é pródigo em conselho amigo,
como sói ser o pai com filho. Não olvido.
Sei que urge a viagem, mas me dói que vás sem banho
reconfortante e ânimo no coração, 310
sorrindo no retorno e me aceitando os dons
de monta, rútila recordação de mim,
conforme o hospedeiro oferta a quem hospeda."
A deusa de olhos glaucos: "Peço não desejes
que altere o meu planejamento: devo ir; 315
presentes que me dás de coração, mantém
contigo até que, em minha volta, eu pare aqui,
quando, cambiando bens, terás minhas relíquias."
Atena ganha a altura de uma ave, não
sem antes incutir coragem em seu peito 320
e reavivar-lhe a imagem de Odisseu, mais nítida
do que jamais. Recolhe-se a si mesmo o jovem
estarrecido, sabedor de que era um deus.
Buscou os pretendentes, símile divino.
Calados, escutavam o cantor notável, 325
como Atena impusera ao contingente aqueu
o retorno lutuoso das lonjuras troicas.
À câmara de cima chega a voz do aedo,
ouvida por Penélope, filha de Icário,
que desce da alta escadaria, não sozinha, 330
mas com as duas fâmulas sempre solícitas.
Diante dos pretendentes, a mulher divina
estanca rente ao botaréu do teto altíssimo,
encoberta por véu translúcido, dedáleo,
uma ancila à esquerda, a outra à sua direita. 335
Pranteava ao se voltar para o cantor divino:
"Fêmio, conheces muitos outros feitos de homens
e de imortais que encantam as plateias, célebres.
Escolhe um deles, que, em silêncio, todos te ouvem
sorvendo o vinho: para o canto lutuoso 340
que dói no coração como um punhal bigúmeo;

τείρει, ἐπεί με μάλιστα καθίκετο πένθος ἄλαστον.
τοίην γὰρ κεφαλὴν ποθέω μεμνημένη αἰεί,
ἀνδρός, τοῦ κλέος εὐρὺ καθ' Ἑλλάδα καὶ μέσον Ἄργος."
τὴν δ' αὖ Τηλέμαχος πεπνυμένος ἀντίον ηὔδα· 345
"μῆτερ ἐμή, τί τ' ἄρα φθονέεις ἐρίηρον ἀοιδὸν
τέρπειν ὅππῃ οἱ νόος ὄρνυται; οὔ νύ τ' ἀοιδοὶ
αἴτιοι, ἀλλά ποθι Ζεὺς αἴτιος, ὅς τε δίδωσιν
ἀνδράσιν ἀλφηστῇσιν, ὅπως ἐθέλῃσιν, ἑκάστῳ.
τούτῳ δ' οὐ νέμεσις Δαναῶν κακὸν οἶτον ἀείδειν· 350
τὴν γὰρ ἀοιδὴν μᾶλλον ἐπικλείουσ' ἄνθρωποι,
ἥ τις ἀκουόντεσσι νεωτάτη ἀμφιπέληται.
σοὶ δ' ἐπιτολμάτω κραδίη καὶ θυμὸς ἀκούειν·
οὐ γὰρ Ὀδυσσεὺς οἶος ἀπώλεσε νόστιμον ἦμαρ
ἐν Τροίῃ, πολλοὶ δὲ καὶ ἄλλοι φῶτες ὄλοντο. 355
ἀλλ' εἰς οἶκον ἰοῦσα τὰ σ' αὐτῆς ἔργα κόμιζε,
ἱστόν τ' ἠλακάτην τε, καὶ ἀμφιπόλοισι κέλευε
ἔργον ἐποίχεσθαι· μῦθος δ' ἄνδρεσσι μελήσει
πᾶσι, μάλιστα δ' ἐμοί· τοῦ γὰρ κράτος ἔστ' ἐνὶ οἴκῳ."
ἡ μὲν θαμβήσασα πάλιν οἰκόνδε βεβήκει· 360
παιδὸς γὰρ μῦθον πεπνυμένον ἔνθετο θυμῷ.
ἐς δ' ὑπερῷ' ἀναβᾶσα σὺν ἀμφιπόλοισι γυναιξὶ
κλαῖεν ἔπειτ' Ὀδυσῆα φίλον πόσιν, ὄφρα οἱ ὕπνον
ἡδὺν ἐπὶ βλεφάροισι βάλε γλαυκῶπις Ἀθήνη.
μνηστῆρες δ' ὁμάδησαν ἀνὰ μέγαρα σκιόεντα, 365
πάντες δ' ἠρήσαντο παραὶ λεχέεσσι κλιθῆναι.
τοῖσι δὲ Τηλέμαχος πεπνυμένος ἤρχετο μύθων·
"μητρὸς ἐμῆς μνηστῆρες ὑπέρβιον ὕβριν ἔχοντες,
νῦν μὲν δαινύμενοι τερπώμεθα, μηδὲ βοητὺς
ἔστω, ἐπεὶ τόδε καλὸν ἀκουέμεν ἐστὶν ἀοιδοῦ 370
τοιοῦδ' οἷος ὅδ' ἐστί, θεοῖς ἐναλίγκιος αὐδήν.
ἠῶθεν δ' ἀγορήνδε καθεζώμεσθα κιόντες
πάντες, ἵν' ὕμιν μῦθον ἀπηλεγέως ἀποείπω,
ἐξιέναι μεγάρων· ἄλλας δ' ἀλεγύνετε δαῖτας,
ὑμὰ κτήματ' ἔδοντες, ἀμειβόμενοι κατὰ οἴκους. 375
εἰ δ' ὕμιν δοκέει τόδε λωίτερον καὶ ἄμεινον

o sofrimento incontornável me domina,
pois nunca deixo de rememorar o rosto
de um herói, cuja glória ecoa em Argos, na Hélade."
Telêmaco respira fundo e então pondera: 345
"Por que vetar que o aedo nos deleite, mãe,
se a mente dita o canto? Poetas não têm culpa,
mas Zeus é responsável: doa ao comedor
de pão, ao ser humano, o que lhe apraz doar.
Fêmio não é pior por referir-se à dor 350
de argivos: o homem mais aplaude o poema inédito
ressoando em seu ouvido. O coração e o ânimo
é necessário encorajar para escutá-lo,
pois não só Odisseu privou-se do retorno,
mas numerosos gregos mortos pelos troicos. 355
Retoma os teus lavores no recinto acima,
à roca e ao tear; ordena que as ancilas
façam o mesmo, pois ao homem toca, a mim
sobremaneira, responsável pelo alcácer,
o apalavrar." Surpresa com o tom da fala 360
do filho, a rainha sobe ao quarto, resguardando
no coração o linguajar sensato. Ao íntimo
do tálamo tornada, só com as escravas,
carpia pelo herói, por Odisseu, até
que Atena verta o sono doce em suas pálpebras. 365
Rumor dos pretendentes toma a sala escura:
idêntico o desejo de ocupar seu leito.
Telêmaco pondera: "Altivos pretendentes
de Penélope, não será a melhor postura
entregar-se à balbúrdia quando se festeja! 370
Nada é mais belo do que apreciar poeta
da projeção de Fêmio, símile dos numes.
Convoco a todos para o encontro de amanhã
na ágora, quando deixo claro o que decido:
fora daqui, provai manjares preparados 375
de vossas propriedades, variando a casa!

ἔμμεναι, ἀνδρὸς ἑνὸς βίοτον νήποινον ὀλέσθαι,
κείρετ᾽· ἐγὼ δὲ θεοὺς ἐπιβώσομαι αἰὲν ἐόντας,
αἴ κέ ποθι Ζεὺς δῷσι παλίντιτα ἔργα γενέσθαι·
νήποινοί κεν ἔπειτα δόμων ἔντοσθεν ὄλοισθε."   380
ὣς ἔφαθ᾽, οἱ δ᾽ ἄρα πάντες ὀδὰξ ἐν χείλεσι φύντες
Τηλέμαχον θαύμαζον, ὃ θαρσαλέως ἀγόρευεν.
τὸν δ᾽ αὖτ᾽ Ἀντίνοος προσέφη, Εὐπείθεος υἱός·
"Τηλέμαχ᾽, ἦ μάλα δή σε διδάσκουσιν θεοὶ αὐτοὶ
ὑψαγόρην τ᾽ ἔμεναι καὶ θαρσαλέως ἀγορεύειν·   385
μὴ σέ γ᾽ ἐν ἀμφιάλῳ Ἰθάκῃ βασιλῆα Κρονίων
ποιήσειεν, ὅ τοι γενεῇ πατρώιόν ἐστιν."
τὸν δ᾽ αὖ Τηλέμαχος πεπνυμένος ἀντίον ηὔδα·
"Ἀντίνο᾽, ἦ καί μοι νεμεσήσεαι ὅττι κεν εἴπω;
καὶ κεν τοῦτ᾽ ἐθέλοιμι Διός γε διδόντος ἀρέσθαι.   390
ἦ φῂς τοῦτο κάκιστον ἐν ἀνθρώποισι τετύχθαι;
οὐ μὲν γάρ τι κακὸν βασιλευέμεν· αἶψά τέ οἱ δῶ
ἀφνειὸν πέλεται καὶ τιμηέστερος αὐτός.
ἀλλ᾽ ἦ τοι βασιλῆες Ἀχαιῶν εἰσὶ καὶ ἄλλοι
πολλοὶ ἐν ἀμφιάλῳ Ἰθάκῃ, νέοι ἠδὲ παλαιοί,   395
τῶν κέν τις τόδ᾽ ἔχῃσιν, ἐπεὶ θάνε δῖος Ὀδυσσεύς·
αὐτὰρ ἐγὼν οἴκοιο ἄναξ ἔσομ᾽ ἡμετέροιο
καὶ δμώων, οὕς μοι ληίσσατο δῖος Ὀδυσσεύς."
τὸν δ᾽ αὖτ᾽ Εὐρύμαχος Πολύβου πάϊς ἀντίον ηὔδα·
"Τηλέμαχ᾽, ἦ τοι ταῦτα θεῶν ἐν γούνασι κεῖται,   400
ὅς τις ἐν ἀμφιάλῳ Ἰθάκῃ βασιλεύσει Ἀχαιῶν·
κτήματα δ᾽ αὐτὸς ἔχοις καὶ δώμασιν οἷσιν ἀνάσσοις.
μὴ γὰρ ὅ γ᾽ ἔλθοι ἀνὴρ ὅς τίς σ᾽ ἀέκοντα βίηφιν
κτήματ᾽ ἀπορραίσει, Ἰθάκης ἔτι ναιετοώσης.
ἀλλ᾽ ἐθέλω σε, φέριστε, περὶ ξείνοιο ἐρέσθαι,   405
ὁππόθεν οὗτος ἀνήρ, ποίης δ᾽ ἐξ εὔχεται εἶναι
γαίης, ποῦ δέ νύ οἱ γενεὴ καὶ πατρὶς ἄρουρα.
ἠέ τιν᾽ ἀγγελίην πατρὸς φέρει ἐρχομένοιο,
ἦ ἑὸν αὐτοῦ χρεῖος ἐελδόμενος τόδ᾽ ἱκάνει;
οἷον ἀναΐξας ἄφαρ οἴχεται, οὐδ᾽ ὑπέμεινε   410
γνώμεναι· οὐ μὲν γάρ τι κακῷ εἰς ὦπα ἐῴκει."

Mais fácil e melhor parece a vós de um só
continuar a consumir haveres fartos?
Adiante! Invocarei os bem-aventurados,
caso o Cronida me conceda retribuir: 380
inultos morrereis no interno do palácio."
Assim falou, e, remordendo os lábios, todos
ficam embasbacados com a fala audaz.
Antínoo proferiu então, filho de Eupites:
"Algum dos deuses fez de ti um verdadeiro 385
agorarca, falante desabrido na ágora.
Que Zeus não te conceda o reino da circun-
talássea Ítaca, de que és o justo herdeiro!"
Telêmaco pondera: "O tom que utilizei,
Antínoo, te agastou? Ah!, fosse meu o trono, 390
mas com o aval de Zeus! Acaso consideras
que reinar é o pior do que pode ocorrer
a alguém? Ser rei não é um mal em si, se o paço
enriqueceu, merecedor de honores máximos!
Nos arrabaldes de Ítaca não faltam príncipes 395
aqueus, anciãos e moços, bons para mandar,
depois da morte de Odisseu, mas não pretendo
abrir mão de fazer de mim senhor do alcácer,
dos serviçais, butim que me legou meu pai!"
Filho de Pólibo, Eurímaco falou: 400
"Nos joelhos dos eternos a questão repousa,
quem reinará em Ítaca circum-oceânica:
mantém os teus haveres e o comando em casa!
Sou contra alguém que te espolie dos bens domésticos,
enquanto a cidadela abrigue gente. Egrégio 405
Telêmaco, só gostaria de saber
com quem falavas. De onde o estrangeiro disse
ser? Onde se situa a terra de seus pais?
Trouxe notícia do retorno de Odisseu
ou veio só pensando em conseguir vantagens? 410
Sua pressa não nos permitiu entabular

τὸν δ' αὖ Τηλέμαχος πεπνυμένος ἀντίον ηὔδα·
"Εὐρύμαχ', ἦ τοι νόστος ἀπώλετο πατρὸς ἐμοῖο·
οὔτ' οὖν ἀγγελίῃ ἔτι πείθομαι, εἴ ποθεν ἔλθοι,
οὔτε θεοπροπίης ἐμπάζομαι, ἥν τινα μήτηρ 415
ἐς μέγαρον καλέσασα θεοπρόπον ἐξερέηται.
ξεῖνος δ' οὗτος ἐμὸς πατρώιος ἐκ Τάφου ἐστίν,
Μέντης δ' Ἀγχιάλοιο δαΐφρονος εὔχεται εἶναι
υἱός, ἀτὰρ Ταφίοισι φιληρέτμοισιν ἀνάσσει."
ὣς φάτο Τηλέμαχος, φρεσὶ δ' ἀθανάτην θεὸν ἔγνω. 420
οἱ δ' εἰς ὀρχηστύν τε καὶ ἱμερόεσσαν ἀοιδὴν
τρεψάμενοι τέρποντο, μένον δ' ἐπὶ ἕσπερον ἐλθεῖν.
τοῖσι δὲ τερπομένοισι μέλας ἐπὶ ἕσπερος ἦλθε·
δὴ τότε κακκείοντες ἔβαν οἰκόνδε ἕκαστος.
Τηλέμαχος δ', ὅθι οἱ θάλαμος περικαλλέος αὐλῆς 425
ὑψηλὸς δέδμητο περισκέπτῳ ἐνὶ χώρῳ,
ἔνθ' ἔβη εἰς εὐνὴν πολλὰ φρεσὶ μερμηρίζων.
τῷ δ' ἄρ' ἅμ' αἰθομένας δαΐδας φέρε κεδνὰ ἰδυῖα
Εὐρύκλει', Ὦπος θυγάτηρ Πεισηνορίδαο,
τήν ποτε Λαέρτης πρίατο κτεάτεσσιν ἑοῖσιν 430
πρωθήβην ἔτ' ἐοῦσαν, ἐεικοσάβοια δ' ἔδωκεν,
ἶσα δέ μιν κεδνῇ ἀλόχῳ τίεν ἐν μεγάροισιν,
εὐνῇ δ' οὔ ποτ' ἔμικτο, χόλον δ' ἀλέεινε γυναικός·
ἥ οἱ ἅμ' αἰθομένας δαΐδας φέρε, καί ἑ μάλιστα
δμῳάων φιλέεσκε, καὶ ἔτρεφε τυτθὸν ἐόντα. 435
ὤιξεν δὲ θύρας θαλάμου πύκα ποιητοῖο,
ἕζετο δ' ἐν λέκτρῳ, μαλακὸν δ' ἔκδυνε χιτῶνα·
καὶ τὸν μὲν γραίης πυκιμηδέος ἔμβαλε χερσίν.
ἡ μὲν τὸν πτύξασα καὶ ἀσκήσασα χιτῶνα,
πασσάλῳ ἀγκρεμάσασα παρὰ τρητοῖσι λέχεσσι 440
βῆ ῥ' ἴμεν ἐκ θαλάμοιο, θύρην δ' ἐπέρυσσε κορώνῃ
ἀργυρέῃ, ἐπὶ δὲ κληῖδ' ἐτάνυσσεν ἱμάντι.
ἔνθ' ὅ γε παννύχιος, κεκαλυμμένος οἰὸς ἀώτῳ,
βούλευε φρεσὶν ᾗσιν ὁδὸν τὴν πέφραδ' Ἀθήνη.

conversação. Não tinha ares de plebeu."
E o jovem respondeu-lhe judiciosamente:
"Eurímaco, não conto mais com o retorno
de meu pai. Eis por que não levo a sério os núncios, 415
qualquer que seja sua origem, nem mais prezo
a fala do profeta, sempre vindo ao paço
por solicitação de minha mãe Penélope.
O estrangeiro é um hóspede ancestral de Tafos,
filho do renomado Anquíalo, chamado 420
Mentes, o rei dos filorremadores táfios."
Concluiu, sabendo que era bem-aventurado.
Voltaram-se ao deleite da poesia e dança,
à diversão prenunciadora do crepúsculo,
e, no curso da esbórnia, a noite escurecia. 425
O sono leva cada qual ao próprio paço.
No andar superior Telêmaco recolhe-se
ao tálamo belíssimo de muros altos,
muitíssimas questões ao dirigir-se ao leito.
A seu lado Euricleia, fiel e atenta filha 430
de Opos Pisenoride, iluminava os passos:
fora Laerte que a comprara entre os haveres,
na flor da idade, vinte bois valendo, símile
da cara esposa, tão benquista ela era em casa,
mas nunca sua mulher, que a sua se enciumara. 435
O jovem abre a porta do elegante tálamo;
sentado ao leito, despe a túnica finíssima
e a depõe sobre os braços da anciã cordata,
que a dobra e alisa com apuro. Aposta em gancho
à beira-leito pespontado, a serva então 440
sai do recinto: puxa a porta pela argola
prateada, estica o loro do ferrolho. Pan-
-noturno, sob o velo de uma ovelha, pensa
no caminho a trilhar por sugestão de Atena.

β

Ἦμος δ' ἠριγένεια φάνη ῥοδοδάκτυλος Ἠώς,
ὤρνυτ' ἄρ' ἐξ εὐνῆφιν Ὀδυσσῆος φίλος υἱὸς
εἵματα ἑσσάμενος, περὶ δὲ ξίφος ὀξὺ θέτ' ὤμῳ,
ποσσὶ δ' ὑπὸ λιπαροῖσιν ἐδήσατο καλὰ πέδιλα,
βῆ δ' ἴμεν ἐκ θαλάμοιο θεῷ ἐναλίγκιος ἄντην.   5
αἶψα δὲ κηρύκεσσι λιγυφθόγγοισι κέλευσε
κηρύσσειν ἀγορήνδε κάρη κομόωντας Ἀχαιούς.
οἱ μὲν ἐκήρυσσον, τοὶ δ' ἠγείροντο μάλ' ὦκα.
αὐτὰρ ἐπεί ῥ' ἤγερθεν ὁμηγερέες τ' ἐγένοντο,
βῆ ῥ' ἴμεν εἰς ἀγορήν, παλάμῃ δ' ἔχε χάλκεον ἔγχος,   10
οὐκ οἶος, ἅμα τῷ γε δύω κύνες ἀργοὶ ἕποντο.
θεσπεσίην δ' ἄρα τῷ γε χάριν κατέχευεν Ἀθήνη.
τὸν δ' ἄρα πάντες λαοὶ ἐπερχόμενον θηεῦντο·
ἕζετο δ' ἐν πατρὸς θώκῳ, εἶξαν δὲ γέροντες.
τοῖσι δ' ἔπειθ' ἥρως Αἰγύπτιος ἦρχ' ἀγορεύειν,   15
ὃς δὴ γήραϊ κυφὸς ἔην καὶ μυρία ᾔδη.
καὶ γὰρ τοῦ φίλος υἱὸς ἅμ' ἀντιθέῳ Ὀδυσῆι
Ἴλιον εἰς εὔπωλον ἔβη κοίλῃς ἐνὶ νηυσίν,
Ἄντιφος αἰχμητής· τὸν δ' ἄγριος ἔκτανε Κύκλωψ
ἐν σπῆι γλαφυρῷ, πύματον δ' ὡπλίσσατο δόρπον.   20
τρεῖς δέ οἱ ἄλλοι ἔσαν, καὶ ὁ μὲν μνηστῆρσιν ὁμίλει,
Εὐρύνομος, δύο δ' αἰὲν ἔχον πατρώια ἔργα.
ἀλλ' οὐδ' ὣς τοῦ λήθετ' ὀδυρόμενος καὶ ἀχεύων.
τοῦ ὅ γε δάκρυ χέων ἀγορήσατο καὶ μετέειπε·
"κέκλυτε δὴ νῦν μευ, Ἰθακήσιοι, ὅττι κεν εἴπω·   25
οὔτε ποθ' ἡμετέρη ἀγορὴ γένετ' οὔτε θόωκος

Canto II

Aurora dedirrósea, filha da manhã,
reluz e o filho de Odisseu se veste: espada
bigúmea à espádua, ajusta sob os pés as rútilas
sandálias, feito um deus quando abandona o tálamo.
Súbito manda que os arautos de voz límpida 5
reúnam imediatamente os conselheiros
argivos de cabelos longos. Uns gritavam,
outros se aglomeravam logo. Então se forma
um grupo tão somente, aglomerado. Mão
na aênea lança, o príncipe avançava na ágora. 10
Não vinha só: dois cães agílimos seguiam-no.
Atena esparge nele o charme dos eternos,
que ao povo todo encanta quando o moço passa.
A silha de Odisseu os veteranos cedem-lhe.
O herói Egípcio é quem discursa inicialmente, 15
um multissabedor, recurvo da velhice.
Seu filho Antifo acompanhara Odisseu
divino em naves côncavas a Troia, belos
corcéis. Portava lança, mas na gruta funda
o Ciclope fez dele o último repasto. 20
Restaram-lhe três filhos; um, o pretendente
Eurínomo; os demais, na plantação do pai.
Do primogênito, contudo, lembra aos prantos.
Vertendo lágrimas, toma a palavra e arenga:
"Ouvi, itacenses, o que tenho a vos dizer: 25
desde a partida de Odisseu em nau bojuda,

ἐξ οὗ Ὀδυσσεὺς δῖος ἔβη κοίλῃς ἐνὶ νηυσί.
νῦν δὲ τίς ὧδ' ἤγειρε; τίνα χρειὼ τόσον ἵκει
ἠὲ νέων ἀνδρῶν ἢ οἳ προγενέστεροί εἰσιν;
ἠέ τιν' ἀγγελίην στρατοῦ ἔκλυεν ἐρχομένοιο, 30
ἥν χ' ἡμῖν σάφα εἴποι, ὅτε πρότερός γε πύθοιτο;
ἦέ τι δήμιον ἄλλο πιφαύσκεται ἠδ' ἀγορεύει;
ἐσθλός μοι δοκεῖ εἶναι, ὀνήμενος. εἴθε οἱ αὐτῷ
Ζεὺς ἀγαθὸν τελέσειεν, ὅτι φρεσὶν ᾗσι μενοινᾷ."
ὣς φάτο, χαῖρε δὲ φήμῃ Ὀδυσσῆος φίλος υἱός, 35
οὐδ' ἄρ' ἔτι δὴν ἧστο, μενοίνησεν δ' ἀγορεύειν,
στῆ δὲ μέσῃ ἀγορῇ· σκῆπτρον δέ οἱ ἔμβαλε χειρὶ
κῆρυξ Πεισήνωρ πεπνυμένα μήδεα εἰδώς.
πρῶτον ἔπειτα γέροντα καθαπτόμενος προσέειπεν·
"ὦ γέρον, οὐχ ἑκὰς οὗτος ἀνήρ, τάχα δ' εἴσεαι αὐτός, 40
ὃς λαὸν ἤγειρα· μάλιστα δέ μ' ἄλγος ἱκάνει.
οὔτε τιν' ἀγγελίην στρατοῦ ἔκλυον ἐρχομένοιο,
ἥν χ' ὑμῖν σάφα εἴπω, ὅτε πρότερός γε πυθοίμην,
οὔτε τι δήμιον ἄλλο πιφαύσκομαι οὐδ' ἀγορεύω,
ἀλλ' ἐμὸν αὐτοῦ χρεῖος, ὅ μοι κακὰ ἔμπεσεν οἴκῳ 45
δοιά· τὸ μὲν πατέρ' ἐσθλὸν ἀπώλεσα, ὅς ποτ' ἐν ὑμῖν
τοίσδεσσιν βασίλευε, πατὴρ δ' ὣς ἤπιος ἦεν·
νῦν δ' αὖ καὶ πολὺ μεῖζον, ὃ δὴ τάχα οἶκον ἅπαντα
πάγχυ διαρραίσει, βίοτον δ' ἀπὸ πάμπαν ὀλέσσει.
μητέρι μοι μνηστῆρες ἐπέχραον οὐκ ἐθελούσῃ, 50
τῶν ἀνδρῶν φίλοι υἷες, οἳ ἐνθάδε γ' εἰσὶν ἄριστοι,
οἳ πατρὸς μὲν ἐς οἶκον ἀπερρίγασι νέεσθαι
Ἰκαρίου, ὥς κ' αὐτὸς ἐεδνώσαιτο θύγατρα,
δοίη δ' ᾧ κ' ἐθέλοι καί οἱ κεχαρισμένος ἔλθοι·
οἱ δ' εἰς ἡμέτερον πωλεύμενοι ἤματα πάντα, 55
βοῦς ἱερεύοντες καὶ ὄις καὶ πίονας αἶγας
εἰλαπινάζουσιν πίνουσί τε αἴθοπα οἶνον
μαψιδίως· τὰ δὲ πολλὰ κατάνεται. οὐ γὰρ ἔπ' ἀνήρ,
οἷος Ὀδυσσεὺς ἔσκεν, ἀρὴν ἀπὸ οἴκου ἀμῦναι.
ἡμεῖς δ' οὔ νύ τι τοῖοι ἀμυνέμεν· ἦ καὶ ἔπειτα 60
λευγαλέοι τ' ἐσόμεσθα καὶ οὐ δεδαηκότες ἀλκήν.

jamais reunimos aconselhadores na ágora.
Quem nos convoca? Algum dos veteranos? Qual
dos moços pretendeu nos ver aqui presentes?
Acaso nos relata o avanço de uma armada, 30
informe recebido em primeira mão?
Acaso arenga sobre tema de outra ordem?
Parece alguém que não carece de valor.
Zeus leve a termo o que deseje o coração!"
Calou-se e o filho de Odisseu se regozija. 35
O afã da fala impede que ele permaneça
sentado: em pé, no meio da ágora, recebe
o cetro de Pisênor, atinado arauto.
Começa dirigindo-se ao senhor ilustre:
"Ancião, logo verás bem perto quem mencionas. 40
Quem convocou o povo? Um multissofredor:
eu mesmo! Não ouvi notícias de invasão
que a mim comunicassem por primeiro, nem
coloco em discussão algum assunto público.
O que me traz é o duplo mal que abate o paço: 45
alfa) perdi um pai ilustre, basileu
na pólis itacense e um genitor benigno;
beta) um revés quiçá mais grave, um mal maior
que tudo me destrói os bens, além do lar.
Os pretendentes querem minha mãe constrita, 50
estirpe magna de ancestrais que me ouvem hoje,
avessa a recorrer a Icário, meu avô,
a quem cabe atribuir o dote por Penélope
e destiná-la ao homem que aprouver. Não há
um dia em que não deem o ar da graça em casa: 55
imolam bois, carneiros, cabras pingues, bebem
aos borbotões o vinho rútilo, festejam.
Carente de homem da estatura de meu pai
que a maldição afaste, os víveres esgotam.
Sem condição de realizá-lo, sem vigor 60
para barrá-los, resta-nos carpir as lágrimas.

ἦ τ' ἂν ἀμυναίμην, εἴ μοι δύναμίς γε παρείη.
οὐ γὰρ ἔτ' ἀνσχετὰ ἔργα τετεύχαται, οὐδ' ἔτι καλῶς
οἶκος ἐμὸς διόλωλε. νεμεσσήθητε καὶ αὐτοί,
ἄλλους τ' αἰδέσθητε περικτίονας ἀνθρώπους, 65
οἳ περιναιετάουσι· θεῶν δ' ὑποδείσατε μῆνιν,
μή τι μεταστρέψωσιν ἀγασσάμενοι κακὰ ἔργα.
λίσσομαι ἠμὲν Ζηνὸς Ὀλυμπίου ἠδὲ Θέμιστος,
ἥ τ' ἀνδρῶν ἀγορὰς ἠμὲν λύει ἠδὲ καθίζει·
σχέσθε, φίλοι, καί μ' οἶον ἐάσατε πένθεϊ λυγρῷ 70
τείρεσθ', εἰ μή πού τι πατὴρ ἐμὸς ἐσθλὸς Ὀδυσσεὺς
δυσμενέων κάκ' ἔρεξεν ἐυκνήμιδας Ἀχαιούς,
τῶν μ' ἀποτινύμενοι κακὰ ῥέζετε δυσμενέοντες,
τούτους ὀτρύνοντες. ἐμοὶ δέ κε κέρδιον εἴη
ὑμέας ἐσθέμεναι κειμήλιά τε πρόβασίν τε. 75
εἴ χ' ὑμεῖς γε φάγοιτε, τάχ' ἄν ποτε καὶ τίσις εἴη·
τόφρα γὰρ ἂν κατὰ ἄστυ ποτιπτυσσοίμεθα μύθῳ
χρήματ' ἀπαιτίζοντες, ἕως κ' ἀπὸ πάντα δοθείη·
νῦν δέ μοι ἀπρήκτους ὀδύνας ἐμβάλλετε θυμῷ."
ὣς φάτο χωόμενος, ποτὶ δὲ σκῆπτρον βάλε γαίῃ 80
δάκρυ' ἀναπρήσας· οἶκτος δ' ἕλε λαὸν ἅπαντα.
ἔνθ' ἄλλοι μὲν πάντες ἀκὴν ἔσαν, οὐδέ τις ἔτλη
Τηλέμαχον μύθοισιν ἀμείψασθαι χαλεποῖσιν·
Ἀντίνοος δέ μιν οἶος ἀμειβόμενος προσέειπε·
"Τηλέμαχ' ὑψαγόρη, μένος ἄσχετε, ποῖον ἔειπες 85
ἡμέας αἰσχύνων· ἐθέλοις δέ κε μῶμον ἀνάψαι.
σοὶ δ' οὔ τι μνηστῆρες Ἀχαιῶν αἴτιοί εἰσιν,
ἀλλὰ φίλη μήτηρ, ἥ τοι πέρι κέρδεα οἶδεν.
ἤδη γὰρ τρίτον ἐστὶν ἔτος, τάχα δ' εἶσι τέταρτον,
ἐξ οὗ ἀτέμβει θυμὸν ἐνὶ στήθεσσιν Ἀχαιῶν. 90
πάντας μέν ῥ' ἔλπει καὶ ὑπίσχεται ἀνδρὶ ἑκάστῳ
ἀγγελίας προϊεῖσα, νόος δέ οἱ ἄλλα μενοινᾷ.
ἡ δὲ δόλον τόνδ' ἄλλον ἐνὶ φρεσὶ μερμήριξε·
στησαμένη μέγαν ἱστὸν ἐνὶ μεγάροισιν ὕφαινε,
λεπτὸν καὶ περίμετρον· ἄφαρ δ' ἡμῖν μετέειπε· 95
'κοῦροι ἐμοὶ μνηστῆρες, ἐπεὶ θάνε δῖος Ὀδυσσεύς,

Fora forte o bastante para os expulsar,
nós não chegáramos ao ponto extremo e o paço
que me pertence viveria! Indignação
é o que de vós reclamo! Não sentis vergonha 65
dos vizinhos? Temei então a fúria olímpica
dos deuses que se agastam contra ações nefastas!
Invoco Zeus olímpio e Têmis, responsável
por congregar e dispersar os homens na ágora:
basta, senhores! Permiti que, só, rumine 70
minha ruína, se Odisseu, meu pai, furioso,
não agrediu aqueus de grevas ofuscantes
e, vingativos, me prejudicais por ódio,
atiçando esses homens. Lucraria mais
se devorásseis meus tesouros, minhas reses, 75
pois sem tardar encontraríamos saída:
percorreríamos a pólis reclamando
compensações pelo que fora subtraído.
É sem remédio a dor que me atirais ao peito!"
Às lágrimas, Telêmaco arrojou no chão 80
o cetro, desgastado. O povo se apiedou.
O silêncio imperava. Homem nenhum se atreve
a criticar o moço com palavras ásperas,
tirando Antínoo, que avançou: "Altiloquaz,
irrefreável, queres nos enlamear, 85
impingindo o labéu da ignomínia em todos?
Argivos pretendentes são culpados? Não,
mas tua genitora lábil que só engana!
Há três anos, melhor dizendo, há quase quatro
que ilude o coração que bate em cada aqueu. 90
A todos dá esperança, a cada um envia
alvíssaras mensagens, mas seu plano é outro.
Foi este o engano burilado na surdina:
no tálamo entretece a tela sutilíssima
de perímetro enorme, pronunciando intrépida: 95
'Jovens que desejais a mim, morto Odisseu,

μίμνετ' ἐπειγόμενοι τὸν ἐμὸν γάμον, εἰς ὅ κε φᾶρος
ἐκτελέσω, μή μοι μεταμώνια νήματ' ὄληται,
Λαέρτῃ ἥρωι ταφήιον, εἰς ὅτε κέν μιν
μοῖρ' ὀλοὴ καθέλῃσι τανηλεγέος θανάτοιο, 100
μή τίς μοι κατὰ δῆμον Ἀχαιϊάδων νεμεσήσῃ,
αἴ κεν ἄτερ σπείρου κεῖται πολλὰ κτεατίσσας.'
ὣς ἔφαθ', ἡμῖν δ' αὖτ' ἐπεπείθετο θυμὸς ἀγήνωρ.
ἔνθα καὶ ἠματίη μὲν ὑφαίνεσκεν μέγαν ἱστόν,
νύκτας δ' ἀλλύεσκεν, ἐπεὶ δαΐδας παραθεῖτο. 105
ὣς τρίετες μὲν ἔληθε δόλῳ καὶ ἔπειθεν Ἀχαιούς·
ἀλλ' ὅτε τέτρατον ἦλθεν ἔτος καὶ ἐπήλυθον ὧραι,
καὶ τότε δή τις ἔειπε γυναικῶν, ἣ σάφα ᾔδη,
καὶ τήν γ' ἀλλύουσαν ἐφεύρομεν ἀγλαὸν ἱστόν.
ὣς τὸ μὲν ἐξετέλεσσε καὶ οὐκ ἐθέλουσ' ὑπ' ἀνάγκης· 110
σοὶ δ' ὧδε μνηστῆρες ὑποκρίνονται, ἵν' εἰδῇς
αὐτὸς σῷ θυμῷ, εἰδῶσι δὲ πάντες Ἀχαιοί·
μητέρα σὴν ἀπόπεμψον, ἄνωχθι δέ μιν γαμέεσθαι
τῷ ὅτεῴ τε πατὴρ κέλεται καὶ ἁνδάνει αὐτῇ.
εἰ δ' ἔτ' ἀνιήσει γε πολὺν χρόνον υἷας Ἀχαιῶν, 115
τὰ φρονέουσ' ἀνὰ θυμόν, ὅ οἱ πέρι δῶκεν Ἀθήνη
ἔργα τ' ἐπίστασθαι περικαλλέα καὶ φρένας ἐσθλὰς
κέρδεά θ', οἷ' οὔ πώ τιν' ἀκούομεν οὐδὲ παλαιῶν,
τάων αἳ πάρος ἦσαν ἐϋπλοκαμῖδες Ἀχαιαί,
Τυρώ τ' Ἀλκμήνη τε ἐϋστέφανός τε Μυκήνη· 120
τάων οὔ τις ὁμοῖα νοήματα Πηνελοπείῃ
ᾔδη· ἀτὰρ μὲν τοῦτό γ' ἐναίσιμον οὐκ ἐνόησε.
τόφρα γὰρ οὖν βίοτόν τε τεὸν καὶ κτήματ' ἔδονται,
ὄφρα κε κείνη τοῦτον ἔχῃ νόον, ὅν τινά οἱ νῦν
ἐν στήθεσσι τιθεῖσι θεοί. μέγα μὲν κλέος αὐτῇ 125
ποιεῖτ', αὐτὰρ σοί γε ποθὴν πολέος βιότοιο.
ἡμεῖς δ' οὔτ' ἐπὶ ἔργα πάρος γ' ἴμεν οὔτε πῃ ἄλλῃ,
πρίν γ' αὐτὴν γήμασθαι Ἀχαιῶν ᾧ κ' ἐθέλῃσι."
τὸν δ' αὖ Τηλέμαχος πεπνυμένος ἀντίον ηὔδα·
"Ἀντίνο', οὔ πως ἔστι δόμων ἀέκουσαν ἀπῶσαι 130
ἥ μ' ἔτεχ', ἥ μ' ἔθρεψε· πατὴρ δ' ἐμὸς ἄλλοθι γαίης,

reclamo um pouco de paciência até findar
o pano — os fios se perderiam vento adentro! —,
sudário fino de Laerte, pois a moira
fatal de tânatos irá levá-lo um dia. 100
Não gostaria que uma argiva proferisse
críticas pelo fato de um herói tão bem
aquinhoado repousar sem um sudário.'
Assim falou, nos convencendo o coração.
O que tecia em pleno dia, à luz da tocha, 105
Penélope durante a noite desfazia.
Com esse ardil, três anos enganou aqueus,
mas no seguinte, assim que torna a primavera,
uma criada, ciente do que acontecia,
contou-nos tudo e a surpreendemos desfazendo 110
a trama. Foi forçada a encerrar o logro.
Saibas a decisão dos pretendentes, saibam-na
os pan-aqueus: manda Penélope sair
do paço! Que ela aceite como seu consorte
quem queira sugerir seu pai, quem mais lhe agrade! 115
E se persiste em afligir argivos ínclitos,
excogitando um dom que Atena lhe faculta,
produzir obras belas, usufruir de espírito
brilhante e astúcia, acima até de argivas de eras
priscas, seja a belicomada Tiro, Alcmena, 120
seja Micena, belo diadema (acima,
Penélope sobrepairando em tino fino),
pois bem, se ela pensou assim, pensou errado,
que eles hão de comer teus víveres e bois,
até que ela perceba o pensamento que hoje 125
os deuses colocaram no seu peito: busca
renome para si, mas ruína é o que angarias.
Não arredamos pé daqui até Penélope
achar por bem nomear o esposo do futuro!"
Telêmaco pondera e diz: "Não é possível 130
expulsar quem me deu a vida e me nutriu,

ζώει ὅ γ' ἦ τέθνηκε· κακὸν δέ με πόλλ' ἀποτίνειν
Ἰκαρίῳ, αἴ κ' αὐτὸς ἑκὼν ἀπὸ μητέρα πέμψω.
ἐκ γὰρ τοῦ πατρὸς κακὰ πείσομαι, ἄλλα δὲ δαίμων
δώσει, ἐπεὶ μήτηρ στυγερὰς ἀρήσετ' ἐρινῦς   135
οἴκου ἀπερχομένη· νέμεσις δέ μοι ἐξ ἀνθρώπων
ἔσσεται· ὣς οὐ τοῦτον ἐγώ ποτε μῦθον ἐνίψω.
ὑμέτερος δ' εἰ μὲν θυμὸς νεμεσίζεται αὐτῶν,
ἔξιτέ μοι μεγάρων, ἄλλας δ' ἀλεγύνετε δαῖτας
ὑμὰ κτήματ' ἔδοντες ἀμειβόμενοι κατὰ οἴκους.   140
εἰ δ' ὑμῖν δοκέει τόδε λωίτερον καὶ ἄμεινον
ἔμμεναι, ἀνδρὸς ἑνὸς βίοτον νήποινον ὀλέσθαι,
κείρετ'· ἐγὼ δὲ θεοὺς ἐπιβώσομαι αἰὲν ἐόντας,
αἴ κέ ποθι Ζεὺς δῷσι παλίντιτα ἔργα γενέσθαι.
νήποινοί κεν ἔπειτα δόμων ἔντοσθεν ὄλοισθε."   145
ὣς φάτο Τηλέμαχος, τῷ δ' αἰετὼ εὐρύοπα Ζεὺς
ὑψόθεν ἐκ κορυφῆς ὄρεος προέηκε πέτεσθαι.
τὼ δ' ἕως μέν ῥ' ἐπέτοντο μετὰ πνοιῇς ἀνέμοιο
πλησίω ἀλλήλοισι τιταινομένω πτερύγεσσιν·
ἀλλ' ὅτε δὴ μέσσην ἀγορὴν πολύφημον ἱκέσθην,   150
ἔνθ' ἐπιδινηθέντε τιναξάσθην πτερὰ πυκνά,
ἐς δ' ἰδέτην πάντων κεφαλάς, ὄσσοντο δ' ὄλεθρον·
δρυψαμένω δ' ὀνύχεσσι παρειὰς ἀμφί τε δειρὰς
δεξιὼ ἤιξαν διά τ' οἰκία καὶ πόλιν αὐτῶν.
θάμβησαν δ' ὄρνιθας, ἐπεὶ ἴδον ὀφθαλμοῖσιν·   155
ὥρμηναν δ' ἀνὰ θυμὸν ἅ περ τελέεσθαι ἔμελλον.
τοῖσι δὲ καὶ μετέειπε γέρων ἥρως Ἁλιθέρσης
Μαστορίδης· ὁ γὰρ οἶος ὁμηλικίην ἐκέκαστο
ὄρνιθας γνῶναι καὶ ἐναίσιμα μυθήσασθαι·
ὅ σφιν ἐὺ φρονέων ἀγορήσατο καὶ μετέειπε·   160
"κέκλυτε δὴ νῦν μευ, Ἰθακήσιοι, ὅττι κεν εἴπω·
μνηστῆρσιν δὲ μάλιστα πιφαυσκόμενος τάδε εἴρω.
τοῖσιν γὰρ μέγα πῆμα κυλίνδεται· οὐ γὰρ Ὀδυσσεὺς
δὴν ἀπάνευθε φίλων ὧν ἔσσεται, ἀλλά που ἤδη
ἐγγὺς ἐὼν τοῖσδεσσι φόνον καὶ κῆρα φυτεύει   165
πάντεσσιν· πολέσιν δὲ καὶ ἄλλοισιν κακὸν ἔσται,

enquanto longe de Ítaca, Odisseu, meu pai,
se encontra, vivo ou morto. Se enviar Penélope
a Icário, não terei como pagar-lhe o dote.
Os males que seu pai não me causar, os deuses   135
causarão: minha mãe invocará as Erínias,
seres estígios, se a expulsar daqui. Mortais
também me punem. Não assumo o que mais queres.
Capazes de sentir no coração remorso,
deixai meu paço, mutuai banquetes fartos,   140
degustando o que cada qual produz. Se acaso
julgardes bem mais cômodo dilapidar
o que possui um só, desabusadamente,
babujai, que eu invocarei os sempiternos,
que me conceda Zeus oferecer resposta: 145
inultos morrereis nas dependências régias!"
Falou e Zeus, dos cumes, duas águias voando
mandou, longiocular. À brisa fácil pairam,
poupando as asas, por um lapso, muito próximas,
em paralelo, mas quando lhes chega da ágora   150
o multifalatório da assembleia, premem
asas em túrbida voragem, remirando
a fronte dos presentes com olhar de morte:
garreando mutuamente a face e o colo, à destra
somem, abaixo as moradias e a cidade.   155
A senda avicular produz perplexidade:
o signo do porvir oprime o coração.
Mastorida Haliterses, um guerreiro ancião,
falou. Nenhum coetâneo se lhe equiparava
em decifrar as aves e prever augúrios.   160
Perspicaz, arengou: "Ouvi-me, heróis itácios!
Ao pronunciar-me, tenho em mente os pretendentes,
pois o megassofrer já ronda suas cabeças:
Odisseu não se encontra longe dos amigos;
nos arrabaldes, já planeja o extermínio   165
dos ocupantes do solar, sem se esquecer

οἳ νεμόμεσθ' Ἰθάκην εὐδείελον. ἀλλὰ πολὺ πρὶν
φραζώμεσθ', ὥς κεν καταπαύσομεν· οἱ δὲ καὶ αὐτοὶ
παυέσθων· καὶ γάρ σφιν ἄφαρ τόδε λώιόν ἐστιν.
οὐ γὰρ ἀπείρητος μαντεύομαι, ἀλλ' ἐὺ εἰδώς· 170
καὶ γὰρ κείνῳ φημὶ τελευτηθῆναι ἅπαντα,
ὥς οἱ ἐμυθεόμην, ὅτε Ἴλιον εἰσανέβαινον
Ἀργεῖοι, μετὰ δέ σφιν ἔβη πολύμητις Ὀδυσσεύς.
φῆν κακὰ πολλὰ παθόντ', ὀλέσαντ' ἄπο πάντας ἑταίρους,
ἄγνωστον πάντεσσιν ἐεικοστῷ ἐνιαυτῷ 175
οἴκαδ' ἐλεύσεσθαι· τὰ δὲ δὴ νῦν πάντα τελεῖται."
τὸν δ' αὖτ' Εὐρύμαχος Πολύβου πάϊς ἀντίον ηὔδα·
"ὦ γέρον, εἰ δ' ἄγε νῦν μαντεύεο σοῖσι τέκεσσιν
οἴκαδ' ἰών, μή πού τι κακὸν πάσχωσιν ὀπίσσω·
ταῦτα δ' ἐγὼ σέο πολλὸν ἀμείνων μαντεύεσθαι. 180
ὄρνιθες δέ τε πολλοὶ ὑπ' αὐγὰς ἠελίοιο
φοιτῶσ', οὐδέ τε πάντες ἐναίσιμοι· αὐτὰρ Ὀδυσσεὺς
ὤλετο τῆλ', ὡς καὶ σὺ καταφθίσθαι σὺν ἐκείνῳ
ὤφελες. οὐκ ἂν τόσσα θεοπροπέων ἀγόρευες,
οὐδέ κε Τηλέμαχον κεχολωμένον ὧδ' ἀνιείης, 185
σῷ οἴκῳ δῶρον ποτιδέγμενος, αἴ κε πόρῃσιν.
ἀλλ' ἔκ τοι ἐρέω, τὸ δὲ καὶ τετελεσμένον ἔσται·
αἴ κε νεώτερον ἄνδρα παλαιά τε πολλά τε εἰδὼς
παρφάμενος ἐπέεσσιν ἐποτρύνῃς χαλεπαίνειν,
αὐτῷ μέν οἱ πρῶτον ἀνιηρέστερον ἔσται, 190
πρῆξαι δ' ἔμπης οὔ τι δυνήσεται εἵνεκα τῶνδε·
σοὶ δέ, γέρον, θωὴν ἐπιθήσομεν, ἥν κ' ἐνὶ θυμῷ
τίνων ἀσχάλλῃς· χαλεπὸν δέ τοι ἔσσεται ἄλγος.
Τηλεμάχῳ δ' ἐν πᾶσιν ἐγὼν ὑποθήσομαι αὐτός·
μητέρα ἣν ἐς πατρὸς ἀνωγέτω ἀπονέεσθαι· 195
οἱ δὲ γάμον τεύξουσι καὶ ἀρτυνέουσιν ἔεδνα
πολλὰ μάλ', ὅσσα ἔοικε φίλης ἐπὶ παιδὸς ἕπεσθαι.
οὐ γὰρ πρὶν παύσεσθαι ὀίομαι υἷας Ἀχαιῶν
μνηστύος ἀργαλέης, ἐπεὶ οὔ τινα δείδιμεν ἔμπης,
οὔτ' οὖν Τηλέμαχον μάλα περ πολύμυθον ἐόντα, 200
οὔτε θεοπροπίης ἐμπαζόμεθ', ἣν σύ, γεραιέ,

dos moradores de Ítaca longivisível.
Pensemos na maneira de freá-los já,
se é que os cortejadores não se autorrefreiam,
considerando o que será melhor a todos. 170
Quem prenuncia não é um ser novato, é sábio.
Não houve um caso único de não vingar
o que prognostiquei no embarque argivo a Troia,
Odisseu pluriastuto encabeçando os seus.
Disse-lhe: multipadecido, sem amigos 175
mortos, ignoto, duas décadas depois,
retornaria ao lar. E tudo ora se cumpre."
E respondeu-lhe Eurímaco, filho de Pólibo:
"Vai para casa proferir teus vaticínios,
velho, para poupar teus filhos do revés: 180
decifro bem melhor o mais recente indício!
Das aves numerosas que voejam sob
o sol luzente só algumas são fatídicas,
pois nos confins o herói findou. Se o acompanharas,
nós não ouvíramos tua agourenta arenga, 185
tampouco instigarias o jovem furibundo,
recolhendo os presentes com que te brindou!
O que eu direi, escuta, pois se cumpre em breve:
se tu, ilustre sabedor da coisa antiga,
com tuas predições, instila rispidez 190
nesse rapaz, ninguém mais que ele sofrerá
as duras consequências (nada poderá
fazer por causa deles). Não evitarás
a reprimenda, velho, pois teu coração
padecerá: não sabes aonde chega a dor! 195
Eis o conselho, moço, que darei às claras:
manda Penélope de volta ao pai Icário!
Cuide ele então das bodas e dos ricos dotes,
muitíssimos, que ache por bem lhe destinar!
Quero crer que os argivos não suspenderão 200
sua empreitada: não tememos gente alguma,

μυθέαι ἀκράαντον, ἀπεχθάνεαι δ' ἔτι μᾶλλον.
χρήματα δ' αὖτε κακῶς βεβρώσεται, οὐδέ ποτ' ἶσα
ἔσσεται, ὄφρα κεν ἦ γε διατρίβῃσιν Ἀχαιοὺς
ὃν γάμον· ἡμεῖς δ' αὖ ποτιδέγμενοι ἤματα πάντα   205
εἵνεκα τῆς ἀρετῆς ἐριδαίνομεν, οὐδὲ μετ' ἄλλας
ἐρχόμεθ', ἃς ἐπιεικὲς ὀπυιέμεν ἐστὶν ἑκάστῳ."
τὸν δ' αὖ Τηλέμαχος πεπνυμένος ἀντίον ηὔδα·
"Εὐρύμαχ' ἠδὲ καὶ ἄλλοι, ὅσοι μνηστῆρες ἀγαυοί,
ταῦτα μὲν οὐχ ὑμέας ἔτι λίσσομαι οὐδ' ἀγορεύω·   210
ἤδη γὰρ τὰ ἴσασι θεοὶ καὶ πάντες Ἀχαιοί.
ἀλλ' ἄγε μοι δότε νῆα θοὴν καὶ εἴκοσ' ἑταίρους,
οἵ κέ μοι ἔνθα καὶ ἔνθα διαπρήσσωσι κέλευθον.
εἶμι γὰρ ἐς Σπάρτην τε καὶ ἐς Πύλον ἠμαθόεντα
νόστον πευσόμενος πατρὸς δὴν οἰχομένοιο,   215
ἤν τίς μοι εἴπῃσι βροτῶν ἢ ὄσσαν ἀκούσω
ἐκ Διός, ἥ τε μάλιστα φέρει κλέος ἀνθρώποισιν·
εἰ μέν κεν πατρὸς βίοτον καὶ νόστον ἀκούσω,
ἦ τ' ἄν, τρυχόμενός περ, ἔτι τλαίην ἐνιαυτόν·
εἰ δέ κε τεθνηῶτος ἀκούσω μηδ' ἔτ' ἐόντος,   220
νοστήσας δὴ ἔπειτα φίλην ἐς πατρίδα γαῖαν
σῆμά τέ οἱ χεύω καὶ ἐπὶ κτέρεα κτερεΐξω
πολλὰ μάλ', ὅσσα ἔοικε, καὶ ἀνέρι μητέρα δώσω."
ἦ τοι ὅ γ' ὣς εἰπὼν κατ' ἄρ' ἕζετο, τοῖσι δ' ἀνέστη
Μέντωρ, ὅς ῥ' Ὀδυσῆος ἀμύμονος ἦεν ἑταῖρος,   225
καὶ οἱ ἰὼν ἐν νηυσὶν ἐπέτρεπεν οἶκον ἅπαντα,
πείθεσθαί τε γέροντι καὶ ἔμπεδα πάντα φυλάσσειν·
ὅ σφιν ἐὺ φρονέων ἀγορήσατο καὶ μετέειπεν·
"κέκλυτε δὴ νῦν μευ, Ἰθακήσιοι, ὅττι κεν εἴπω·
μή τις ἔτι πρόφρων ἀγανὸς καὶ ἤπιος ἔστω   230
σκηπτοῦχος βασιλεύς, μηδὲ φρεσὶν αἴσιμα εἰδώς,
ἀλλ' αἰεὶ χαλεπός τ' εἴη καὶ αἴσυλα ῥέζοι·
ὡς οὔ τις μέμνηται Ὀδυσσῆος θείοιο
λαῶν οἷσιν ἄνασσε, πατὴρ δ' ὣς ἤπιος ἦεν.
ἀλλ' ἦ τοι μνηστῆρας ἀγήνορας οὔ τι μεγαίρω   235
ἔρδειν ἔργα βίαια κακορραφίῃσι νόοιο·

Telêmaco tampouco, um ser pluriverboso,
nem nos importa, ancião, o vaticínio teu,
dizer sem lastro. Agravas o ódio contra ti.
Continuaremos a dilapidar suas posses   205
declinantes até que a mãe escolha o aqueu
marido. À espera ficaremos todo dia,
em luta por sua perfeição, sem que outra dama
nos induza a chamar de esposa em seu lugar."
Telêmaco pondera na resposta: "Eurímaco,   210
notáveis pretendentes, nada mais terei
a acrescentar ao que antes foi pedido; calo-me,
pois os eternos sabem, sabem pan-aqueus.
Rogo um baixel agílimo, vinte remeiros
executores da ida e volta em minha rota   215
até Pilo arenosa, até Esparta, atrás
de novas sobre o herói, ausente há duas décadas,
seja da boca de um mortal, seja de Zeus,
o vozerio que afama o nome de um humano.
Se o informe for de que meu pai retorna vivo,   220
suportarei, embora inquieto, um ano inteiro;
se o que deles ouvir for que o herói morreu,
tornado à gloriosa Ítaca, soergo
um cenotáfio e lhe consagro exéquias máximas,
inúmeras, e minha mãe cedo ao consorte."   225
Sentou-se. Então Mentor, amigo de Odisseu
magnânimo, a quem confiara seu palácio
quando zarpou na embarcação veloz, dando ordem
de que a família obedecesse o ancião ilustre,
espírito atinado, principiou a fala: 230
"Itácios, atenção ao que de mim ouvirdes!
Não mais exista basileu cetrado bom
e leal, nem saiba o que é ter retidão no peito,
mas seja sempre pétreo e impiedoso, pois
ninguém se lembra mais do herói itácio divo,   235
outrora rei, outrora prestimoso pai!

σφὰς γὰρ παρθέμενοι κεφαλὰς κατέδουσι βιαίως
οἶκον Ὀδυσσῆος, τὸν δ' οὐκέτι φασὶ νέεσθαι.
νῦν δ' ἄλλῳ δήμῳ νεμεσίζομαι, οἷον ἅπαντες
ἧσθ' ἄνεω, ἀτὰρ οὔ τι καθαπτόμενοι ἐπέεσσι 240
παύρους μνηστῆρας καταπαύετε πολλοὶ ἐόντες."
τὸν δ' Εὐηνορίδης Λειώκριτος ἀντίον ηὔδα·
"Μέντορ ἀταρτηρέ, φρένας ἠλεέ, ποῖον ἔειπες
ἡμέας ὀτρύνων καταπαυέμεν. ἀργαλέον δὲ
ἀνδράσι καὶ πλεόνεσσι μαχήσασθαι περὶ δαιτί. 245
εἴ περ γάρ κ' Ὀδυσεὺς Ἰθακήσιος αὐτὸς ἐπελθὼν
δαινυμένους κατὰ δῶμα ἑὸν μνηστῆρας ἀγαυοὺς
ἐξελάσαι μεγάροιο μενοινήσει' ἐνὶ θυμῷ,
οὔ κέν οἱ κεχάροιτο γυνή, μάλα περ χατέουσα,
ἐλθόντ', ἀλλά κεν αὐτοῦ ἀεικέα πότμον ἐπίσποι, 250
εἰ πλεόνεσσι μάχοιτο· σὺ δ' οὐ κατὰ μοῖραν ἔειπες.
ἀλλ' ἄγε, λαοὶ μὲν σκίδνασθ' ἐπὶ ἔργα ἕκαστος,
τούτῳ δ' ὀτρυνέει Μέντωρ ὁδὸν ἠδ' Ἁλιθέρσης,
οἵ τέ οἱ ἐξ ἀρχῆς πατρώϊοί εἰσιν ἑταῖροι.
ἀλλ' ὀΐω, καὶ δηθὰ καθήμενος ἀγγελιάων 255
πεύσεται εἰν Ἰθάκῃ, τελέει δ' ὁδὸν οὔ ποτε ταύτην."
ὣς ἄρ' ἐφώνησεν, λῦσεν δ' ἀγορὴν αἰψηρήν.
οἱ μὲν ἄρ' ἐσκίδναντο ἑὰ πρὸς δώμαθ' ἕκαστος,
μνηστῆρες δ' ἐς δώματ' ἴσαν θείου Ὀδυσῆος.
Τηλέμαχος δ' ἀπάνευθε κιὼν ἐπὶ θῖνα θαλάσσης, 260
χεῖρας νιψάμενος πολιῆς ἁλὸς εὔχετ' Ἀθήνῃ·
"κλῦθί μευ, ὃ χθιζὸς θεὸς ἤλυθες ἡμέτερον δῶ
καί μ' ἐν νηῒ κέλευσας ἐπ' ἠεροειδέα πόντον
νόστον πευσόμενον πατρὸς δὴν οἰχομένοιο
ἔρχεσθαι· τὰ δὲ πάντα διατρίβουσιν Ἀχαιοί, 265
μνηστῆρες δὲ μάλιστα κακῶς ὑπερηνορέοντες."
ὣς ἔφατ' εὐχόμενος, σχεδόθεν δέ οἱ ἦλθεν Ἀθήνη,
Μέντορι εἰδομένη ἠμὲν δέμας ἠδὲ καὶ αὐδήν,
καί μιν φωνήσασ' ἔπεα πτερόεντα προσηύδα·
"Τηλέμαχ', οὐδ' ὄπιθεν κακὸς ἔσσεαι οὐδ' ἀνοήμων, 270
εἰ δή τοι σοῦ πατρὸς ἐνέστακται μένος ἠΰ,

Não vou manifestar-me contra os pretendentes
soberbos, agressores em complôs nefastos:
cabeça em risco, petulantes, dilapidam
o lar de um ás, definitivamente ausente —   240
dizem. Mas a apatia me enraivece mais
da gente silenciosa, embora numerosa:
por que não dar um basta na avidez dos procos?"
Toma a palavra Leócrito, filho de Evênor:
"Mentor desenfreado, amalucado, incitas   245
a turbamulta a nos refrear. Tarefa inglória
disputar o festim, embora em maior número.
O itacense Odisseu, tornando ao paço e vendo
os pretendentes no banquete, planejasse
ele expulsá-los do recinto, nem Penélope,   250
que o tem presente sempre, sorriria ao vê-lo
à frente novamente, pois o fim sinistro
é o que conhece quem, sendo um, enfrenta inúmeros.
Tua fala não alcança o seu destino; é vã.
Já chega de conversa! Todos, ao trabalho!   255
Mentor ultime a expedição com Haliterses,
que irão na condição de amigos de Odisseu,
mas, sem zarpar de Ítaca, ouvirá notícias
delongadas. Jamais há de cumprir viagem."
Falou e dissolveu a reunião na ágora.   260
Cada qual retornava ao próprio lar, exceto
os procos, prontos a invadir o itácio alcácer.
Telêmaco se afasta ao longo da orla oceânica;
depura a mão no mar escuro e invoca Atena:
"Ó nume que ontem vieste a mim no paço régio,   265
animando-me a navegar no oceano cinza,
para informar-me se Odisseu retorna ou não:
aqueus retardam minha ação, mormente os procos,
bem mais do que os demais, maléficos altivos!"
Falou assim e viu surgir ao lado Atena,   270
idêntica a Mentor, o mesmo tom de voz,

οἷος κεῖνος ἔην τελέσαι ἔργον τε ἔπος τε·
οὔ τοι ἔπειθ' ἁλίη ὁδὸς ἔσσεται οὐδ' ἀτέλεστος.
εἰ δ' οὐ κείνου γ' ἐσσὶ γόνος καὶ Πηνελοπείης,
οὔ σέ γ' ἔπειτα ἔολπα τελευτήσειν, ἃ μενοινᾷς. 275
παῦροι γάρ τοι παῖδες ὁμοῖοι πατρὶ πέλονται,
οἱ πλέονες κακίους, παῦροι δέ τε πατρὸς ἀρείους.
ἀλλ' ἐπεὶ οὐδ' ὄπιθεν κακὸς ἔσσεαι οὐδ' ἀνοήμων,
οὐδέ σε πάγχυ γε μῆτις Ὀδυσσῆος προλέλοιπεν,
ἐλπωρή τοι ἔπειτα τελευτῆσαι τάδε ἔργα. 280
τῶ νῦν μνηστήρων μὲν ἔα βουλήν τε νόον τε
ἀφραδέων, ἐπεὶ οὔ τι νοήμονες οὐδὲ δίκαιοι·
οὐδέ τι ἴσασιν θάνατον καὶ κῆρα μέλαιναν,
ὃς δή σφι σχεδόν ἐστιν, ἐπ' ἤματι πάντας ὀλέσθαι.
σοὶ δ' ὁδὸς οὐκέτι δηρὸν ἀπέσσεται ἣν σὺ μενοινᾷς· 285
τοῖος γάρ τοι ἑταῖρος ἐγὼ πατρώιός εἰμι,
ὅς τοι νῆα θοὴν στελέω καὶ ἅμ' ἕψομαι αὐτός.
ἀλλὰ σὺ μὲν πρὸς δώματ' ἰὼν μνηστῆρσιν ὁμίλει,
ὅπλισσόν τ' ἤια καὶ ἄγγεσιν ἄρσον ἅπαντα,
οἶνον ἐν ἀμφιφορεῦσι, καὶ ἄλφιτα, μυελὸν ἀνδρῶν, 290
δέρμασιν ἐν πυκινοῖσιν· ἐγὼ δ' ἀνὰ δῆμον ἑταίρους
αἶψ' ἐθελοντῆρας συλλέξομαι. εἰσὶ δὲ νῆες
πολλαὶ ἐν ἀμφιάλῳ Ἰθάκῃ, νέαι ἠδὲ παλαιαί·
τάων μέν τοι ἐγὼν ἐπιόψομαι ἥ τις ἀρίστη,
ὦκα δ' ἐφοπλίσσαντες ἐνήσομεν εὐρέι πόντῳ." 295
ὣς φάτ' Ἀθηναίη κούρη Διός· οὐδ' ἄρ' ἔτι δὴν
Τηλέμαχος παρέμιμνεν, ἐπεὶ θεοῦ ἔκλυεν αὐδήν.
βῆ δ' ἰέναι πρὸς δῶμα, φίλον τετιημένος ἦτορ,
εὗρε δ' ἄρα μνηστῆρας ἀγήνορας ἐν μεγάροισιν,
αἶγας ἀνιεμένους σιάλους θ' εὕοντας ἐν αὐλῇ. 300
Ἀντίνοος δ' ἰθὺς γελάσας κίε Τηλεμάχοιο,
ἔν τ' ἄρα οἱ φῦ χειρί, ἔπος τ' ἔφατ' ἔκ τ' ὀνόμαζε·
"Τηλέμαχ' ὑψαγόρη, μένος ἄσχετε, μή τί τοι ἄλλο
ἐν στήθεσσι κακὸν μελέτω ἔργον τε ἔπος τε,
ἀλλά μοι ἐσθιέμεν καὶ πινέμεν, ὡς τὸ πάρος περ. 305
ταῦτα δέ τοι μάλα πάντα τελευτήσουσιν Ἀχαιοί,

fazendo-o escutar alígeras palavras:
"Telêmaco, o futuro há de fazer de ti
herói notável, perspicaz, se herdaste o ímpeto
de alguém tão bom no que labora e no que fala! 275
A viagem pelo mar será hiperfrutuosa.
É raro um filho equiparar-se ao genitor:
a maioria é pior, melhores são pouquíssimos.
Como não deixarás de ser agudo e insigne,
e o engenho de Odisseu em ti se locupleta, 280
é mais do que plausível que concluas o plano.
Desconsidera as intenções dos pretendentes,
carentes de tutano, avessos à justiça;
ignoram já que os ronda Quere, negra sina,
ronda-os no que será seu dia derradeiro. 285
A viagem com que tanto sonhas se aproxima:
quem o afirma é um antigo amigo de teu pai,
que a nau veloz prepara e que estará contigo.
Torna à morada e evita os pretendentes ávidos,
ultima os víveres e os põe dentro dos vasos, 290
o vinho no odre, além de grãos, medula do homem,
em sacos resistentes! Cuidarei dos sócios
que seguirão conosco. Na circum-marinha
Ítaca, embarcações inúmeras aportam,
entre as quais seleciono as mais apropriadas 295
a receberem armas, a enfrentarem mares."
Assim falou Atena e o jovem nobre anuiu,
ciente de que escutara a voz de um deus. Tornou
para casa agitado. No interior do pátio,
soberbos pretendentes desencouram cabras 300
e assam os porcos. Desdenhoso, Antínoo cerra
a mão do filho de Odisseu, ridente, mal
contida a verve irônica: "Hiperorador,
Telêmaco, ânima sem trava, esvazia
o peito de parolas vãs e intentos vis: 305
como antes, taça à mão, saciemos nossa fome!

νῆα καὶ ἐξαίτους ἐρέτας, ἵνα θᾶσσον ἵκηαι
ἐς Πύλον ἠγαθέην μετ' ἀγαυοῦ πατρὸς ἀκουήν."
τὸν δ' αὖ Τηλέμαχος πεπνυμένος ἀντίον ηὔδα·
"Ἀντίνο', οὔ πως ἔστιν ὑπερφιάλοισι μεθ' ὑμῖν   310
δαίνυσθαί τ' ἀκέοντα καὶ εὐφραίνεσθαι ἕκηλον.
ἦ οὐχ ἅλις ὡς τὸ πάροιθεν ἐκείρετε πολλὰ καὶ ἐσθλὰ
κτήματ' ἐμά, μνηστῆρες, ἐγὼ δ' ἔτι νήπιος ἦα;
νῦν δ' ὅτε δὴ μέγας εἰμὶ καὶ ἄλλων μῦθον ἀκούων
πυνθάνομαι, καὶ δή μοι ἀέξεται ἔνδοθι θυμός,   315
πειρήσω, ὥς κ' ὔμμι κακὰς ἐπὶ κῆρας ἰήλω,
ἠὲ Πύλονδ' ἐλθών, ἢ αὐτοῦ τῷδ' ἐνὶ δήμῳ.
εἶμι μέν, οὐδ' ἁλίη ὁδὸς ἔσσεται ἣν ἀγορεύω,
ἔμπορος· οὐ γὰρ νηὸς ἐπήβολος οὐδ' ἐρετάων
γίγνομαι· ὥς νύ που ὔμμιν ἐείσατο κέρδιον εἶναι."   320
ἦ ῥα, καὶ ἐκ χειρὸς χεῖρα σπάσατ' Ἀντινόοιο
ῥεῖα· μνηστῆρες δὲ δόμον κάτα δαῖτα πένοντο.
οἱ δ' ἐπελώβευον καὶ ἐκερτόμεον ἐπέεσσιν.
ὧδε δέ τις εἴπεσκε νέων ὑπερηνορεόντων·
"ἦ μάλα Τηλέμαχος φόνον ἡμῖν μερμηρίζει.   325
ἤ τινας ἐκ Πύλου ἄξει ἀμύντορας ἠμαθόεντος
ἢ ὅ γε καὶ Σπάρτηθεν, ἐπεί νύ περ ἵεται αἰνῶς·
ἠὲ καὶ εἰς Ἐφύρην ἐθέλει, πίειραν ἄρουραν,
ἐλθεῖν, ὄφρ' ἔνθεν θυμοφθόρα φάρμακ' ἐνείκῃ,
ἐν δὲ βάλῃ κρητῆρι καὶ ἡμέας πάντας ὀλέσσῃ."   330
ἄλλος δ' αὖτ' εἴπεσκε νέων ὑπερηνορεόντων·
"τίς δ' οἶδ', εἴ κε καὶ αὐτὸς ἰὼν κοίλης ἐπὶ νηὸς
τῆλε φίλων ἀπόληται ἀλώμενος ὥς περ Ὀδυσσεύς;
οὕτω κεν καὶ μᾶλλον ὀφέλλειεν πόνον ἄμμιν·
κτήματα γάρ κεν πάντα δασαίμεθα, οἰκία δ' αὖτε   335
τούτου μητέρι δοῖμεν ἔχειν ἠδ' ὅς τις ὀπυίοι."
ὣς φάν, ὁ δ' ὑψόροφον θάλαμον κατεβήσετο πατρὸς
εὐρύν, ὅθι νητὸς χρυσὸς καὶ χαλκὸς ἔκειτο
ἐσθής τ' ἐν χηλοῖσιν ἅλις τ' εὐῶδες ἔλαιον·
ἐν δὲ πίθοι οἴνοιο παλαιοῦ ἡδυπότοιο   340
ἕστασαν, ἄκρητον θεῖον ποτὸν ἐντὸς ἔχοντες,

Aqueus não te sonegam o que for preciso
para aportar em Pilo, nem as naves côncavas,
nem remadores: traze novas de teu pai!"
Telêmaco sopesa o que responde: "Antínoo, 310
impossível compartilhar serenamente
manjares com os prepotentes, sem se irar.
Quando garoto, víveres profusos não
saciaram esfomeados de tua laia? Agora,
maior, discirno bem o que há por trás da fala 315
e vejo em mim crescer o rasgo de coragem.
Provo-o, buscando em Pilo Quere ou encontrando-a
aqui, sinistra sina que vos azucrine.
Ao mar as naves e os remeiros recusados
por vós eu levo, à paga, em minha frutuosa 320
expedição." Telêmaco recolhe a mão
da mão de Antínoo, não falando nada mais,
enquanto os procos aprestavam o repasto,
escarnecendo dele com parolas reles.
Eis o que disse um peralvilho: "O moço arma 325
plano mortífero que nos dizime a todos.
O obstinado rapaz convoca os vingadores
em Esparta ou em Pilo arenosa. Éfira
talvez seja sua meta, verdejante, de onde
trará o fármaco fatal que há de infundir 330
no vinho da cratera de que nos servimos."
Um neoassoberbado fala: "Quem não diz
que numa nave côncava partindo longe
dos seus não venha a falecer, como Odisseu?
Teríamos um problema a mais a resolver: 335
dividir as benesses todas, excetuando
o solar de Penélope e do novo cônjuge."
Entra no tálamo paterno de altiteto,
onde jazia cobre, ouro, roupas finas
dobradas em baús, resinas perfumadas. 340
Envelhecia em pipa o vinho dulciopíparo,

ἑξείης ποτὶ τοῖχον ἀρηρότες, εἴ ποτ' Ὀδυσσεὺς
οἴκαδε νοστήσειε καὶ ἄλγεα πολλὰ μογήσας.
κληισταὶ δ' ἔπεσαν σανίδες πυκινῶς ἀραρυῖαι,
δικλίδες· ἐν δὲ γυνὴ ταμίη νύκτας τε καὶ ἦμαρ   345
ἔσχ', ἣ πάντ' ἐφύλασσε νόου πολυϊδρείῃσιν,
Εὐρύκλει', Ὦπος θυγάτηρ Πεισηνορίδαο.
τὴν τότε Τηλέμαχος προσέφη θαλαμόνδε καλέσσας·
"μαῖ', ἄγε δή μοι οἶνον ἐν ἀμφιφορεῦσιν ἄφυσσον
ἡδύν, ὅτις μετὰ τὸν λαρώτατος ὃν σὺ φυλάσσεις   350
κεῖνον ὀιομένη τὸν κάμμορον, εἴ ποθεν ἔλθοι
διογενὴς Ὀδυσεὺς θάνατον καὶ κῆρας ἀλύξας.
δώδεκα δ' ἔμπλησον καὶ πώμασιν ἄρσον ἅπαντας.
ἐν δέ μοι ἄλφιτα χεῦον ἐϋρραφέεσσι δοροῖσιν·
εἴκοσι δ' ἔστω μέτρα μυληφάτου ἀλφίτου ἀκτῆς.   355
αὐτὴ δ' οἴη ἴσθι· τὰ δ' ἁθρόα πάντα τετύχθω·
ἑσπέριος γὰρ ἐγὼν αἱρήσομαι, ὁππότε κεν δὴ
μήτηρ εἰς ὑπερῷ' ἀναβῇ κοίτου τε μέδηται.
εἶμι γὰρ ἐς Σπάρτην τε καὶ ἐς Πύλον ἠμαθόεντα
νόστον πευσόμενος πατρὸς φίλου, ἤν που ἀκούσω."   360
ὣς φάτο, κώκυσεν δὲ φίλη τροφὸς Εὐρύκλεια,
καί ῥ' ὀλοφυρομένη ἔπεα πτερόεντα προσηύδα·
"τίπτε δέ τοι, φίλε τέκνον, ἐνὶ φρεσὶ τοῦτο νόημα
ἔπλετο; πῇ δ' ἐθέλεις ἰέναι πολλὴν ἐπὶ γαῖαν
μοῦνος ἐὼν ἀγαπητός; ὁ δ' ὤλετο τηλόθι πάτρης   365
διογενὴς Ὀδυσεὺς ἀλλογνώτῳ ἐνὶ δήμῳ.
οἱ δέ τοι αὐτίκ' ἰόντι κακὰ φράσσονται ὀπίσσω,
ὥς κε δόλῳ φθίῃς, τάδε δ' αὐτοὶ πάντα δάσονται.
ἀλλὰ μέν' αὖθ' ἐπὶ σοῖσι καθήμενος· οὐδέ τί σε χρὴ
πόντον ἐπ' ἀτρύγετον κακὰ πάσχειν οὐδ' ἀλάλησθαι."   370
τὴν δ' αὖ Τηλέμαχος πεπνυμένος ἀντίον ηὔδα·
"θάρσει, μαῖ', ἐπεὶ οὔ τοι ἄνευ θεοῦ ἥδε γε βουλή.
ἀλλ' ὄμοσον μὴ μητρὶ φίλῃ τάδε μυθήσασθαι,
πρίν γ' ὅτ' ἂν ἑνδεκάτη τε δυωδεκάτη τε γένηται,
ἢ αὐτὴν ποθέσαι καὶ ἀφορμηθέντος ἀκοῦσαι,   375
ὡς ἂν μὴ κλαίουσα κατὰ χρόα καλὸν ἰάπτῃ."

no encaixe da murada, à espera de Odisseu,
caso tornasse a Ítaca, depois da agrura.
Ferrolhos irrompíveis lacram os portais,
batentes duplos, de onde a despenseira noite   345
adentro não arreda os pés por nada, nem
à luz do dia, custódia hipervigilante,
Euricleia, herdeira do Pisenoride.
Telêmaco requer sua presença: "O vinho
derrama na ânfora, menos sublime apenas   350
que o ambrosíaco licor com que pretendes
matar a sede de Odisseu, em seu retorno,
herói que Tânatos poupou da sina atroz.
Quero que arrolhes doze até o bocal, repletas.
Depõe farinha em odres hiper-resistentes,   355
triturada na mó. Total: vinte medidas.
Calada, esconde tudo numa cova. À noite,
virei buscar eu mesmo, assim que minha mãe
suba ao segundo andar e, enfim, repouse. A Pilo
irei, solo arenoso, de onde busco Esparta,   360
atrás de informações da volta de Odisseu."
Os olhos de Euricleia vertem copiosas
lágrimas, quando externa alígeras palavras:
"Por que alimentas, filho, em tua mente um plano
assim? Daqui te distancias, nosso único   365
arrimo? O herói magnânimo, teu pai, morreu
em terra ignota, longe da Ítaca natal.
Nem bem te afastas, torpes armarão cilada
fatal em que decais, e os bens eles dividem.
Não saias do solar! Poupa a ti mesmo e a nós   370
do teu sofrer de errar no mar tão infecundo!"
Telêmaco pondera: "Mãe, não desanimes!
A minha decisão, preside-a um dos deuses.
Promete nada revelar à minha mãe
antes que se concluam onze ou doze dias,   375
se ela não me chamar após ouvir rumores,

ὣς ἄρ' ἔφη, γρῆυς δὲ θεῶν μέγαν ὅρκον ἀπώμνυ.
αὐτὰρ ἐπεί ῥ' ὄμοσέν τε τελεύτησέν τε τὸν ὅρκον,
αὐτίκ' ἔπειτά οἱ οἶνον ἐν ἀμφιφορεῦσιν ἄφυσσεν,
ἐν δέ οἱ ἄλφιτα χεῦεν ἐϋρραφέεσσι δοροῖσι. 380
Τηλέμαχος δ' ἐς δώματ' ἰὼν μνηστῆρσιν ὁμίλει.
ἔνθ' αὖτ' ἄλλ' ἐνόησε θεά, γλαυκῶπις Ἀθήνη.
Τηλεμάχῳ εἰκυῖα κατὰ πτόλιν ᾤχετο πάντῃ,
καί ρα ἑκάστῳ φωτὶ παρισταμένη φάτο μῦθον,
ἑσπερίους δ' ἐπὶ νῆα θοὴν ἀγέρεσθαι ἀνώγει. 385
ἡ δ' αὖτε Φρονίοιο Νοήμονα φαίδιμον υἱὸν
ᾔτεε νῆα θοήν· ὁ δέ οἱ πρόφρων ὑπέδεκτο.
δύσετό τ' ἠέλιος σκιόωντό τε πᾶσαι ἀγυιαί,
καὶ τότε νῆα θοὴν ἅλαδ' εἴρυσε, πάντα δ' ἐν αὐτῇ
ὅπλ' ἐτίθει, τά τε νῆες ἐΰσσελμοι φορέουσι. 390
στῆσε δ' ἐπ' ἐσχατιῇ λιμένος, περὶ δ' ἐσθλοὶ ἑταῖροι
ἀθρόοι ἠγερέθοντο· θεὰ δ' ὤτρυνεν ἕκαστον.
ἔνθ' αὖτ' ἄλλ' ἐνόησε θεά, γλαυκῶπις Ἀθήνη.
βῆ ῥ' ἰέναι πρὸς δώματ' Ὀδυσσῆος θείοιο·
ἔνθα μνηστήρεσσιν ἐπὶ γλυκὺν ὕπνον ἔχευε, 395
πλάζε δὲ πίνοντας, χειρῶν δ' ἔκβαλλε κύπελλα.
οἱ δ' εὕδειν ὤρνυντο κατὰ πτόλιν, οὐδ' ἄρ' ἔτι δὴν
ἧατ', ἐπεί σφισιν ὕπνος ἐπὶ βλεφάροισιν ἔπιπτεν.
αὐτὰρ Τηλέμαχον προσέφη γλαυκῶπις Ἀθήνη
ἐκπροκαλεσσαμένη μεγάρων ἐῢ ναιεταόντων, 400
Μέντορι εἰδομένη ἠμὲν δέμας ἠδὲ καὶ αὐδήν·
"Τηλέμαχ', ἤδη μέν τοι ἐϋκνήμιδες ἑταῖροι
ἧατ' ἐπήρετμοι τὴν σὴν ποτιδέγμενοι ὁρμήν·
ἀλλ' ἴομεν, μὴ δηθὰ διατρίβωμεν ὁδοῖο."
ὣς ἄρα φωνήσασ' ἡγήσατο Παλλὰς Ἀθήνη 405
καρπαλίμως· ὁ δ' ἔπειτα μετ' ἴχνια βαῖνε θεοῖο.
αὐτὰρ ἐπεί ῥ' ἐπὶ νῆα κατήλυθον ἠδὲ θάλασσαν,
εὗρον ἔπειτ' ἐπὶ θινὶ κάρη κομόωντας ἑταίρους.
τοῖσι δὲ καὶ μετέειφ' ἱερὴ ἲς Τηλεμάχοιο·
"δεῦτε, φίλοι, ἤϊα φερώμεθα· πάντα γὰρ ἤδη 410
ἀθρό' ἐνὶ μεγάρῳ. μήτηρ δ' ἐμὴ οὔ τι πέπυσται,

a fim de que seu choro não deforme o rosto."
Euricleia jurou solenemente e ao fim
do juramento, derramou na bela ânfora
o vinho borbulhante e, em odres costurados 380
perfeitamente, deposita os grãos. O jovem
Telêmaco sumiu na multidão dos procos.
Olhos-azuis, Atena complementa um plano:
réplica de Telêmaco, percorre a pólis,
e, ao flanco dos humanos, lhes propõe o encontro 385
noturno junto à embarcação veloz. A Neômone
pediu, prole de Frônio célebre, um batel
agílimo, cedido com prazer. O sol
se põe e todos os caminhos turvam: Palas
manobra a nave rápida, que locupleta 390
com o que a bordo levam os navios bem feitos.
Parou à beira-porto, onde a tripulação
fiel formava um bloco exulto pela deusa.
Atena olhos-azuis transmuda o pensamento:
ato contínuo, no palácio de Odisseu, 395
esparge a sonolência sobre os pretendentes,
das mãos embriagadas retirando as taças.
Mórbidos pela pólis, cambaleantes, não
resistem ao torpor que lhes decai à pálpebra.
Da sala multifrequentada, Atena de olhos 400
glaucos chamou Telêmaco, se assemelhando
a Mentor, pelo tom de voz e pelo corpo:
"Telêmaco, teus companheiros belas-cnêmides
aguardam teu sinal, sentados junto aos remos.
Não retardemos por demais a expedição!" 405
Falou e o conduziu rapidamente Palas
Atena. O jovem lhe acompanha os passos. Veem
à praia os marinheiros de cabelos bastos.
Sacro poder, Telêmaco toma a palavra:
"Os víveres tão só falta trazer do átrio, 410
amigos! Minha mãe ignora tudo, assim

οὐδ' ἄλλαι δμωαί, μία δ' οἴη μῦθον ἄκουσεν."
ὣς ἄρα φωνήσας ἡγήσατο, τοὶ δ' ἅμ' ἕποντο.
οἱ δ' ἄρα πάντα φέροντες ἐυσσέλμῳ ἐπὶ νηὶ
κάτθεσαν, ὡς ἐκέλευσεν Ὀδυσσῆος φίλος υἱός. 415
ἂν δ' ἄρα Τηλέμαχος νηὸς βαῖν', ἦρχε δ' Ἀθήνη,
νηὶ δ' ἐνὶ πρυμνῇ κατ' ἄρ' ἕζετο· ἄγχι δ' ἄρ' αὐτῆς
ἕζετο Τηλέμαχος. τοὶ δὲ πρυμνήσι' ἔλυσαν,
ἂν δὲ καὶ αὐτοὶ βάντες ἐπὶ κληῖσι καθῖζον.
τοῖσιν δ' ἴκμενον οὖρον ἵει γλαυκῶπις Ἀθήνη, 420
ἀκραῆ Ζέφυρον, κελάδοντ' ἐπὶ οἴνοπα πόντον.
Τηλέμαχος δ' ἑτάροισιν ἐποτρύνας ἐκέλευσεν
ὅπλων ἅπτεσθαι· τοὶ δ' ὀτρύνοντος ἄκουσαν.
ἱστὸν δ' εἰλάτινον κοίλης ἔντοσθε μεσόδμης
στῆσαν ἀείραντες, κατὰ δὲ προτόνοισιν ἔδησαν, 425
ἕλκον δ' ἱστία λευκὰ ἐυστρέπτοισι βοεῦσιν.
ἔπρησεν δ' ἄνεμος μέσον ἱστίον, ἀμφὶ δὲ κῦμα
στείρῃ πορφύρεον μεγάλ' ἴαχε νηὸς ἰούσης·
ἡ δ' ἔθεεν κατὰ κῦμα διαπρήσσουσα κέλευθον.
δησάμενοι δ' ἄρα ὅπλα θοὴν ἀνὰ νῆα μέλαιναν 430
στήσαντο κρητῆρας ἐπιστεφέας οἴνοιο,
λεῖβον δ' ἀθανάτοισι θεοῖς αἰειγενέτῃσιν,
ἐκ πάντων δὲ μάλιστα Διὸς γλαυκώπιδι κούρῃ.
παννυχίη μέν ῥ' ἥ γε καὶ ἠῶ πεῖρε κέλευθον.

como as ancilas, salvo uma, a mim solícita."
Os nautas vão atrás do filho de Odisseu
e cuidam do carregamento do navio,
seguindo à risca suas ordens. Embarcou 415
o moço, antecedido por Atena Palas
à popa, onde se sentam par a par. Os outros
cuidam de desatar por trás os cabos firmes,
sobem e ocupam bancos rentes aos toletes.
Atena olhos-azuis faz ressoprar favônio 420
vento, acima do murmurante oceano vinho.
Telêmaco ordenou aos nautas: "Às enxárcias!"
Ninguém deixou de obedecê-lo. Erguido o mastro
de abeto, alguns o encaixam na concavidade
da enora e o fixam com estralhos. Velas brancas 425
içam com retorcidas driças encouradas.
O vento enfuna a vela e a ôndula de espuma
rebenta urlando à quilha do navio que avança.
E sobre a onda a nave cumpre seu caminho.
Fixando escotas no baixel negriveloz, 430
erguem crateras plenas do brilhante vinho.
Passam a delibar aos numes sempivivos,
mais à de olhos azuis, estirpe do Cronida.
Pan-noturno e auroral, o barco segue o curso.

γ

Ἥλιος δ' ἀνόρουσε, λιπὼν περικαλλέα λίμνην,
οὐρανὸν ἐς πολύχαλκον, ἵν' ἀθανάτοισι φαείνοι
καὶ θνητοῖσι βροτοῖσιν ἐπὶ ζείδωρον ἄρουραν·
οἱ δὲ Πύλον, Νηλῆος ἐυκτίμενον πτολίεθρον,
ἷξον· τοὶ δ' ἐπὶ θινὶ θαλάσσης ἱερὰ ῥέζον, 5
ταύρους παμμέλανας, ἐνοσίχθονι κυανοχαίτῃ.
ἐννέα δ' ἕδραι ἔσαν, πεντακόσιοι δ' ἐν ἑκάστῃ
ἥατο καὶ προύχοντο ἑκάστοθι ἐννέα ταύρους.
εὖθ' οἱ σπλάγχνα πάσαντο, θεῷ δ' ἐπὶ μηρί' ἔκαιον,
οἱ δ' ἰθὺς κατάγοντο ἰδ' ἱστία νηὸς ἐίσης 10
στεῖλαν ἀείραντες, τὴν δ' ὥρμισαν, ἐκ δ' ἔβαν αὐτοί·
ἐκ δ' ἄρα Τηλέμαχος νηὸς βαῖν', ἦρχε δ' Ἀθήνη.
τὸν προτέρη προσέειπε θεά, γλαυκῶπις Ἀθήνη·
"Τηλέμαχ', οὐ μέν σε χρὴ ἔτ' αἰδοῦς, οὐδ' ἠβαιόν·
τοὔνεκα γὰρ καὶ πόντον ἐπέπλως, ὄφρα πύθηαι 15
πατρός, ὅπου κύθε γαῖα καὶ ὅν τινα πότμον ἐπέσπεν.
ἀλλ' ἄγε νῦν ἰθὺς κίε Νέστορος ἱπποδάμοιο·
εἴδομεν ἥν τινα μῆτιν ἐνὶ στήθεσσι κέκευθε.
λίσσεσθαι δέ μιν αὐτός, ὅπως νημερτέα εἴπῃ·
ψεῦδος δ' οὐκ ἐρέει· μάλα γὰρ πεπνυμένος ἐστί." 20
τὴν δ' αὖ Τηλέμαχος πεπνυμένος ἀντίον ηὔδα·
"Μέντορ, πῶς τ' ἄρ' ἴω; πῶς τ' ἂρ προσπτύξομαι αὐτόν;
οὐδέ τί πω μύθοισι πεπείρημαι πυκινοῖσιν·
αἰδὼς δ' αὖ νέον ἄνδρα γεραίτερον ἐξερέεσθαι."
τὸν δ' αὖτε προσέειπε θεά, γλαυκῶπις Ἀθήνη· 25
"Τηλέμαχ', ἄλλα μὲν αὐτὸς ἐνὶ φρεσὶ σῇσι νοήσεις,

Canto III

O sol nasceu, deixando o lago pluribelo,
no céu urânio plenibrônzeo, luz de eternos
e de mortais no solo rico em grãos. Em Pilo
chegaram, pólis que Neleu fundou. Ao longo
do litoral, os pilos imolavam touros   5
nigérrimos ao criniazul que abarca a terra.
Quinhentos homens ocupavam cada um
dos nove bancos, nove touros por bancada.
Ao deus, os pilos queimam coxas, comem vísceras,
no instante em que aproaram: baixam velas, dobram-nas, 10
à terra descem, fundeada a nau. Atena
precede o filho de Odisseu no desembarque.
A de olhos azulinos fala: "Não te acanhes,
Telêmaco! Singraste o oceano cinza a fim
de conhecer a terra onde Odisseu se encontra   15
e a sina que ele pôde vivenciar. Nestor,
domador-de-corcéis, talvez te informe de algo.
Vejamos que pensar o ancião abriga no íntimo.
Tomara ao rogo nosso diga só verdades;
não mentirá, pois prima pela sensatez."   20
E o moço ponderado disse-lhe em resposta:
"Mas qual o modo conveniente de abordá-lo?
Jovem que sou, inexperiente com palavras,
constrange-me indagar o magno herói idoso."
Atena de olhos glaucos: "Hás de achar em ti,   25
Telêmaco, em ti mesmo, a senda pertinente,

ἄλλα δὲ καὶ δαίμων ὑποθήσεται· οὐ γὰρ ὀίω
οὔ σε θεῶν ἀέκητι γενέσθαι τε τραφέμεν τε."
ὣς ἄρα φωνήσασ' ἡγήσατο Παλλὰς Ἀθήνη
καρπαλίμως· ὁ δ' ἔπειτα μετ' ἴχνια βαῖνε θεοῖο. 30
ἷξον δ' ἐς Πυλίων ἀνδρῶν ἄγυρίν τε καὶ ἕδρας,
ἔνθ' ἄρα Νέστωρ ἧστο σὺν υἱάσιν, ἀμφὶ δ' ἑταῖροι
δαῖτ' ἐντυνόμενοι κρέα τ' ὤπτων ἄλλα τ' ἔπειρον.
οἱ δ' ὡς οὖν ξείνους ἴδον, ἀθρόοι ἦλθον ἅπαντες,
χερσίν τ' ἠσπάζοντο καὶ ἑδριάασθαι ἄνωγον. 35
πρῶτος Νεστορίδης Πεισίστρατος ἐγγύθεν ἐλθὼν
ἀμφοτέρων ἕλε χεῖρα καὶ ἵδρυσεν παρὰ δαιτὶ
κώεσιν ἐν μαλακοῖσιν ἐπὶ ψαμάθοις ἁλίῃσιν
πάρ τε κασιγνήτῳ Θρασυμήδεϊ καὶ πατέρι ᾧ·
δῶκε δ' ἄρα σπλάγχνων μοίρας, ἐν δ' οἶνον ἔχευεν 40
χρυσείῳ δέπαϊ· δειδισκόμενος δὲ προσηύδα
Παλλάδ' Ἀθηναίην κούρην Διὸς αἰγιόχοιο·
"εὔχεο νῦν, ὦ ξεῖνε, Ποσειδάωνι ἄνακτι·
τοῦ γὰρ καὶ δαίτης ἠντήσατε δεῦρο μολόντες.
αὐτὰρ ἐπὴν σπείσῃς τε καὶ εὔξεαι, ἣ θέμις ἐστί, 45
δὸς καὶ τούτῳ ἔπειτα δέπας μελιηδέος οἴνου
σπεῖσαι, ἐπεὶ καὶ τοῦτον ὀίομαι ἀθανάτοισιν
εὔχεσθαι· πάντες δὲ θεῶν χατέουσ' ἄνθρωποι.
ἀλλὰ νεώτερός ἐστιν, ὁμηλικίη δ' ἐμοὶ αὐτῷ·
τοὔνεκα σοὶ προτέρῳ δώσω χρύσειον ἄλεισον." 50
ὣς εἰπὼν ἐν χειρὶ τίθει δέπας ἡδέος οἴνου·
χαῖρε δ' Ἀθηναίη πεπνυμένῳ ἀνδρὶ δικαίῳ,
οὕνεκα οἷ προτέρῃ δῶκε χρύσειον ἄλεισον·
αὐτίκα δ' εὔχετο πολλὰ Ποσειδάωνι ἄνακτι·
"κλῦθι, Ποσείδαον γαιήοχε, μηδὲ μεγήρῃς 55
ἡμῖν εὐχομένοισι τελευτῆσαι τάδε ἔργα.
Νέστορι μὲν πρώτιστα καὶ υἱάσι κῦδος ὄπαζε,
αὐτὰρ ἔπειτ' ἄλλοισι δίδου χαρίεσσαν ἀμοιβὴν
σύμπασιν Πυλίοισιν ἀγακλειτῆς ἑκατόμβης.
δὸς δ' ἔτι Τηλέμαχον καὶ ἐμὲ πρήξαντα νέεσθαι, 60
οὕνεκα δεῦρ' ἱκόμεσθα θοῇ σὺν νηὶ μελαίνῃ."

e um deus há de inspirar-te, pois, segundo opino,
tua mãe não te gerou contra o querer dos numes."
Falou e Palas não tardou em avançar,
seguida por Telêmaco, passada atenta.
Encontram os heróis de Pilo reunidos,
a sédia de Nestor ladeada pelos filhos;
encarregados assam carne, a põem no pique.
Todos se empenham na acolhida de seus hóspedes,
com mão afável, indicando seus lugares.
Pisístrato, dileto filho de Nestor,
se apressa em sugerir-lhes que se assentem sobre
a courama ovelhum extensa no areal,
entre Nestor, seu pai, e o caro irmão Trasímede.
Nacos das vísceras lhes serve, enchendo a copa
dourada com o vinho, e se dirige a Palas
Atena, filha do Cronida porta-égide:
"Invoca o oceânico Posêidon, forasteiro,
pois chegas ao festim que honra o deus do mar.
Finda a oração e a libação, como é usança,
concede ao companheiro o vinho docimel
da libação: como não quereria invocar
os deuses, se, dos numes, todos necessitam?
Precede-o, pois és tão idoso quanto eu;
terás por isso a primazia da áurea taça."
Passou-lhe a copa reluzente, finda a fala,
e a prudência de um justo herói alegra Atena,
por ter lhe dado a taça de ouro por primeiro.
E dirigiu a prece ao ínclito Posêidon:
"Permite que vigore, ó nume abraça-terra,
o que eu passo a rogar. Começo por Nestor,
em sua glória penso, e penso na dos filhos;
os outros pilos são também merecedores
de honra, magnos executores de hecatombes!
Concluído o que nos traz, permite que Telêmaco
e eu retornemos em baixel negriligeiro!"

ὣς ἄρ' ἔπειτ' ἠρᾶτο καὶ αὐτὴ πάντα τελεύτα.
δῶκε δὲ Τηλεμάχῳ καλὸν δέπας ἀμφικύπελλον·
ὣς δ' αὔτως ἠρᾶτο Ὀδυσσῆος φίλος υἱός.
οἱ δ' ἐπεί ὤπτησαν κρέ' ὑπέρτερα καὶ ἐρύσαντο,　65
μοίρας δασσάμενοι δαίνυντ' ἐρικυδέα δαῖτα.
αὐτὰρ ἐπεὶ πόσιος καὶ ἐδητύος ἐξ ἔρον ἔντο,
τοῖς ἄρα μύθων ἦρχε Γερήνιος ἱππότα Νέστωρ·
"νῦν δὴ κάλλιόν ἐστι μεταλλῆσαι καὶ ἐρέσθαι
ξείνους, οἵ τινές εἰσιν, ἐπεὶ τάρπησαν ἐδωδῆς.　70
ὦ ξεῖνοι, τίνες ἐστέ; πόθεν πλεῖθ' ὑγρὰ κέλευθα;
ἦ τι κατὰ πρῆξιν ἦ μαψιδίως ἀλάλησθε
οἷά τε ληιστῆρες ὑπεὶρ ἅλα, τοί τ' ἀλόωνται
ψυχὰς παρθέμενοι κακὸν ἀλλοδαποῖσι φέροντες;"
τὸν δ' αὖ Τηλέμαχος πεπνυμένος ἀντίον ηὔδα　75
θαρσήσας· αὐτὴ γὰρ ἐνὶ φρεσὶ θάρσος Ἀθήνη
θῆχ', ἵνα μιν περὶ πατρὸς ἀποιχομένοιο ἔροιτο
ἠδ' ἵνα μιν κλέος ἐσθλὸν ἐν ἀνθρώποισιν ἔχῃσιν·
"ὦ Νέστορ Νηληϊάδη, μέγα κῦδος Ἀχαιῶν,
εἴρεαι ὁππόθεν εἰμέν· ἐγὼ δέ κέ τοι καταλέξω.　80
ἡμεῖς ἐξ Ἰθάκης ὑπονηίου εἰλήλουθμεν·
πρῆξις δ' ἥδ' ἰδίη, οὐ δήμιος, ἣν ἀγορεύω.
πατρὸς ἐμοῦ κλέος εὐρὺ μετέρχομαι, ἤν που ἀκούσω,
δίου Ὀδυσσῆος ταλασίφρονος, ὅν ποτέ φασι
σὺν σοὶ μαρνάμενον Τρώων πόλιν ἐξαλαπάξαι.　85
ἄλλους μὲν γὰρ πάντας, ὅσοι Τρωσὶν πολέμιξον,
πευθόμεθ', ἧχι ἕκαστος ἀπώλετο λυγρῷ ὀλέθρῳ,
κείνου δ' αὖ καὶ ὄλεθρον ἀπευθέα θῆκε Κρονίων.
οὐ γάρ τις δύναται σάφα εἰπέμεν ὁππόθ' ὄλωλεν,
εἴθ' ὅ γ' ἐπ' ἠπείρου δάμη ἀνδράσι δυσμενέεσσιν,　90
εἴτε καὶ ἐν πελάγει μετὰ κύμασιν Ἀμφιτρίτης.
τοὔνεκα νῦν τὰ σὰ γούναθ' ἱκάνομαι, αἴ κ' ἐθέλῃσθα
κείνου λυγρὸν ὄλεθρον ἐνισπεῖν, εἴ που ὄπωπας
ὀφθαλμοῖσι τεοῖσιν ἢ ἄλλου μῦθον ἄκουσας
πλαζομένου· πέρι γάρ μιν ὀϊζυρὸν τέκε μήτηρ.　95
μηδέ τί μ' αἰδόμενος μειλίσσεο μηδ' ἐλεαίρων,

E tudo se cumpriu no que rogou, e deu
a bela copa de ansa dúplice a Telêmaco,
e o filho de Odisseu repete a libação.
Então tiram do pique o tergo assado e o trincham 65
em nacos repartidos num banquete esplêndido.
Saciada a gana de comer e de beber,
Nestor, ginete habílimo, toma a palavra:
"Inquirir estrangeiros sobre quem são eles,
quando o festim os satisfez, não nos denigre. 70
Sois quem? De onde partiu a trajetória úmida?
O que vos traz? Negócio ou foi prazer das vagas,
piratas que erram pelo mar, a própria vida
em risco na aflição levada aos estrangeiros?"
Telêmaco se anima a responder. Sua ânima 75
Atena encorajara, tendo em mente inquérito
a respeito do pai que desaparecera,
e tendo em vista o ínclito renome, o *kleos*:
"Nestor Neleide, magna glória dos aqueus,
indagas nossa origem e eu respondo presto: 80
proviemos de Ítaca, ao sopé do monte Neio,
não por assunto da cidade, mas de foro
íntimo: informações sobre meu pai, divino
Odisseu, líder brioso, que a teu flanco — ouvi
dizer — aniquilou a cidadela de Ílion. 85
Nós temos ciência de como cada um caiu
na luta contra os troicos, e os levou lutuoso
Tânatos; Zeus oculta o fim só de meu pai.
Ninguém sabe dizer onde concluiu a vida,
destruído em solo adverso ou soçobrado em ôndulas 90
marinhas de Anfitrite. Rogo, aos teus joelhos,
que me concedas conhecer o fim lutuoso
de Odisseu, por testemunhá-lo com a vista,
ou por saber talvez de boca alheia a história
do errante. A mãe gerou meu pai para a tristeza. 95
Piedoso que és, eu pedirei que não me poupes,

ἀλλ' εὖ μοι κατάλεξον ὅπως ἤντησας ὀπωπῆς.
λίσσομαι, εἴ ποτέ τοί τι πατὴρ ἐμός, ἐσθλὸς Ὀδυσσεύς,
ἢ ἔπος ἠέ τι ἔργον ὑποστὰς ἐξετέλεσσε
δήμῳ ἔνι Τρώων, ὅθι πάσχετε πήματ' Ἀχαιοί, 100
τῶν νῦν μοι μνῆσαι, καί μοι νημερτὲς ἐνίσπες."
τὸν δ' ἠμείβετ' ἔπειτα Γερήνιος ἱππότα Νέστωρ·
"ὦ φίλ', ἐπεί μ' ἔμνησας ὀιζύος, ἣν ἐν ἐκείνῳ
δήμῳ ἀνέτλημεν μένος ἄσχετοι υἷες Ἀχαιῶν,
ἠμὲν ὅσα ξὺν νηυσίν ἐπ' ἠεροειδέα πόντον 105
πλαζόμενοι κατὰ ληίδ', ὅπῃ ἄρξειεν Ἀχιλλεύς,
ἠδ' ὅσα καὶ περὶ ἄστυ μέγα Πριάμοιο ἄνακτος
μαρνάμεθ'· ἔνθα δ' ἔπειτα κατέκταθεν ὅσσοι ἄριστοι.
ἔνθα μὲν Αἴας κεῖται ἀρήιος, ἔνθα δ' Ἀχιλλεύς,
ἔνθα δὲ Πάτροκλος, θεόφιν μήστωρ ἀτάλαντος, 110
ἔνθα δ' ἐμὸς φίλος υἱός, ἅμα κρατερὸς καὶ ἀμύμων,
Ἀντίλοχος, πέρι μὲν θείειν ταχὺς ἠδὲ μαχητής·
ἄλλα τε πόλλ' ἐπὶ τοῖς πάθομεν κακά· τίς κεν ἐκεῖνα
πάντα γε μυθήσαιτο καταθνητῶν ἀνθρώπων;
οὐδ' εἰ πεντάετές γε καὶ ἑξάετες παραμίμνων 115
ἐξερέοις ὅσα κεῖθι πάθον κακὰ δῖοι Ἀχαιοί·
πρίν κεν ἀνιηθεὶς σὴν πατρίδα γαῖαν ἵκοιο.
εἰνάετες γάρ σφιν κακὰ ῥάπτομεν ἀμφιέποντες
παντοίοισι δόλοισι, μόγις δ' ἐτέλεσσε Κρονίων.
ἔνθ' οὔ τίς ποτε μῆτιν ὁμοιωθήμεναι ἄντην 120
ἤθελ', ἐπεὶ μάλα πολλὸν ἐνίκα δῖος Ὀδυσσεὺς
παντοίοισι δόλοισι, πατὴρ τεός, εἰ ἐτεόν γε
κείνου ἔκγονός ἐσσι· σέβας μ' ἔχει εἰσορόωντα.
ἦ τοι γὰρ μῦθοί γε ἐοικότες, οὐδέ κε φαίης
ἄνδρα νεώτερον ὧδε ἐοικότα μυθήσασθαι. 125
ἔνθ' ἦ τοι ἧος μὲν ἐγὼ καὶ δῖος Ὀδυσσεὺς
οὔτε ποτ' εἰν ἀγορῇ δίχ' ἐβάζομεν οὔτ' ἐνὶ βουλῇ,
ἀλλ' ἕνα θυμὸν ἔχοντε νόῳ καὶ ἐπίφρονι βουλῇ
φραζόμεθ' Ἀργείοισιν ὅπως ὄχ' ἄριστα γένοιτο.
αὐτὰρ ἐπεὶ Πριάμοιο πόλιν διεπέρσαμεν αἰπήν, 130
βῆμεν δ' ἐν νήεσσι, θεὸς δ' ἐσκέδασσεν Ἀχαιούς,

mas, minucioso, me relates o que viste!
Suplico: o herói levou a cabo o que propôs
parlamentando e agindo na paragem troica,
onde os aqueus sofreram tanto? Rememora 100
a trama bélica sem me poupar de nada!"
Responde-lhe Nestor, gerênio cavaleiro:
"Como mencionas, caro, a agrura padecida
pelos argivos valorosos nos confins,
seja em batel no turvo mar distante, atrás 105
de algum butim, encabeçados por Aquiles,
seja na pugna contra a priâmea urbe enorme,
ali os heróis caíram, ases corajosos;
Ájax ali jazeu, ali jazeu Aquiles,
ali um conselheiro, Pátroclo, deus quase, 110
ali meu filho, muro inderrubável e ínclito,
Antíloco, veloz na pista, bom na rixa.
Não fica por aí o sofrimento: quem
conseguiria enumerar o rol amargo?
Permaneceras cinco ou seis anos aqui, 115
demandaras detalhes do revés acaio,
antes ganharas, entediado, o solo itácio.
Nove anos na Ílion sacra, urdindo baixas, hábeis
maquinadores, Zeus enfim encerra a lida.
Não houve quem ousasse comparar-se a teu 120
pai em astúcia, ciente de que o pluri-hábil
era imbatível, se de fato te gerou
o mestre lábil. Ver teu rosto me estarrece,
tua fala encarna a dele: é duro achar alguém
tão moço com igual potencial de prosa. 125
Jamais naquele tempo houve discórdia na ágora
entre os pronunciamentos de Odisseu e os meus:
a conjunção de pensamentos ponderados
visava tão somente o poderio aqueu.
Destruída a priâmea cidadela alcantilada, 130
de volta às naus, um deus nos dispersou, e o tétrico

καὶ τότε δὴ Ζεὺς λυγρὸν ἐνὶ φρεσὶ μήδετο νόστον
Ἀργείοις, ἐπεὶ οὔ τι νοήμονες οὐδὲ δίκαιοι
πάντες ἔσαν· τῶ σφεων πολέες κακὸν οἶτον ἐπέσπον
μήνιος ἐξ ὀλοῆς γλαυκώπιδος ὀβριμοπάτρης. 135
ἥ τ' ἔριν Ἀτρεΐδῃσι μετ' ἀμφοτέροισιν ἔθηκε.
τὼ δὲ καλεσσαμένω ἀγορὴν ἐς πάντας Ἀχαιούς,
μάψ, ἀτὰρ οὐ κατὰ κόσμον, ἐς ἠέλιον καταδύντα,
οἱ ἦλθον οἴνῳ βεβαρηότες υἷες Ἀχαιῶν,
μῦθον μυθείσθην, τοῦ εἵνεκα λαὸν ἄγειραν. 140
ἔνθ' ἦ τοι Μενέλαος ἀνώγει πάντας Ἀχαιοὺς
νόστου μιμνήσκεσθαι ἐπ' εὐρέα νῶτα θαλάσσης,
οὐδ' Ἀγαμέμνονι πάμπαν ἑήνδανε· βούλετο γάρ ῥα
λαὸν ἐρυκακέειν ῥέξαι θ' ἱερὰς ἑκατόμβας,
ὡς τὸν Ἀθηναίης δεινὸν χόλον ἐξακέσαιτο, 145
νήπιος, οὐδὲ τὸ ᾔδη, ὃ οὐ πείσεσθαι ἔμελλεν·
οὐ γάρ τ' αἶψα θεῶν τρέπεται νόος αἰὲν ἐόντων.
ὣς τὼ μὲν χαλεποῖσιν ἀμειβομένω ἐπέεσσιν
ἕστασαν· οἱ δ' ἀνόρουσαν ἐυκνήμιδες Ἀχαιοὶ
ἠχῇ θεσπεσίῃ, δίχα δέ σφισιν ἥνδανε βουλή. 150
νύκτα μὲν ἀέσαμεν χαλεπὰ φρεσὶν ὁρμαίνοντες
ἀλλήλοις· ἐπὶ γὰρ Ζεὺς ἤρτυε πῆμα κακοῖο·
ἠῶθεν δ' οἱ μὲν νέας ἕλκομεν εἰς ἅλα δῖαν
κτήματά τ' ἐντιθέμεσθα βαθυζώνους τε γυναῖκας.
ἡμίσεες δ' ἄρα λαοὶ ἐρητύοντο μένοντες 155
αὖθι παρ' Ἀτρεΐδῃ Ἀγαμέμνονι, ποιμένι λαῶν·
ἡμίσεες δ' ἀναβάντες ἐλαύνομεν· αἱ δὲ μάλ' ὦκα
ἔπλεον, ἐστόρεσεν δὲ θεὸς μεγακήτεα πόντον.
ἐς Τένεδον δ' ἐλθόντες ἐρέξαμεν ἱρὰ θεοῖσ῀ν,
οἴκαδε ἱέμενοι· Ζεὺς δ' οὔ πω μήδετο νόστον, 160
σχέτλιος, ὅς ῥ' ἔριν ὦρσε κακὴν ἔπι δεύτερον αὖτις.
οἱ μὲν ἀποστρέψαντες ἔβαν νέας ἀμφιελίσσας
ἀμφ' Ὀδυσῆα ἄνακτα δαΐφρονα, ποικιλομήτην,
αὖτις ἐπ' Ἀτρεΐδῃ Ἀγαμέμνονι ἦρα φέροντες·
αὐτὰρ ἐγὼ σὺν νηυσὶν ἀολλέσιν, αἵ μοι ἕποντο, 165
φεῦγον, ἐπεὶ γίγνωσκον, ὁδὴ κακὰ μήδετο δαίμων.

torna-lar, Zeus confabulou à gente argiva:
só uma parte fora sábia o suficiente.
O açoite do revés que atinge muitos gregos
a olhiazulina irada impôs: instaura *éris*, 135
a discordância, entre os dois atreus. Na ágora,
reúnem a assembleia pan-argiva e sem
o cosmos da ordem, tolos, Hélio-Sol deposto
(o vinho cambaleava a estirpe dos helênicos),
revelam o motivo da convocação. 140
Ao dorso oceâneo, Menelau exorta os pan-
-argivos a voltarem para seus palácios.
Agamêmnon achava o cúmulo: melhor
seria que aplacássemos a ira de Palas,
providenciando-lhe a hecatombe sacra. Ingênuo! 145
Imaginar que assim a convencera! Não
se muda a direção do pensamento eterno.
Cambiavam termos motivados pela cólera,
em pé se alvoroçava a turba, belas grevas,
cindida pela rusga entre os heróis germanos. 150
Ruminam ambos noite adentro ações terríveis,
pois o Cronida era o artífice das dores.
Na alva, deitamos o batel no salso mar,
butim a bordo e moças curviacinturadas.
Metade dos guerreiros decidiu ficar 155
ao lado de Agamêmnon, condutor-de-povos.
Em Tênedo aproamos para o sacrifício,
sonhando com o lar, destino malquerido
por Zeus cruel, que anima nova rixa: alguns,
encabeçados por teu pai sutil, volveram 160
a rápida carena ao ponto de partida,
para a alegria de Agamêmnon, rei dos reis.
Fugi à testa de uma esquadra fidelíssima,
por entender que um deus tramava nosso mal.
Tideu fugiu também, dobrando os companheiros. 165
Mais tarde o louro Menelau se uniu a nós

φεῦγε δὲ Τυδέος υἱὸς ἀρήιος, ὦρσε δ' ἑταίρους.
ὀψὲ δὲ δὴ μετὰ νῶι κίε ξανθὸς Μενέλαος,
ἐν Λέσβῳ δ' ἔκιχεν δολιχὸν πλόον ὁρμαίνοντας,
ἢ καθύπερθε Χίοιο νεοίμεθα παιπαλοέσσης, 170
νήσου ἔπι Ψυρίης, αὐτὴν ἐπ' ἀριστέρ' ἔχοντες,
ἦ ὑπένερθε Χίοιο, παρ' ἠνεμόεντα Μίμαντα.
ᾐτέομεν δὲ θεὸν φῆναι τέρας· αὐτὰρ ὅ γ' ἡμῖν
δεῖξε, καὶ ἠνώγει πέλαγος μέσον εἰς Εὔβοιαν
τέμνειν, ὄφρα τάχιστα ὑπὲκ κακότητα φύγοιμεν. 175
ὦρτο δ' ἐπὶ λιγὺς οὖρος ἀήμεναι· αἱ δὲ μάλ' ὦκα
ἰχθυόεντα κέλευθα διέδραμον, ἐς δὲ Γεραιστὸν
ἐννύχιαι κατάγοντο· Ποσειδάωνι δὲ ταύρων
πόλλ' ἐπὶ μῆρ' ἔθεμεν, πέλαγος μέγα μετρήσαντες.
τέτρατον ἦμαρ ἔην, ὅτ' ἐν Ἄργεϊ νῆας ἐίσας 180
Τυδεΐδεω ἕταροι Διομήδεος ἱπποδάμοιο
ἵστασαν· αὐτὰρ ἐγώ γε Πύλονδ' ἔχον, οὐδέ ποτ' ἔσβη
οὖρος, ἐπεὶ δὴ πρῶτα θεὸς προέηκεν ἀῆναι.
ὣς ἦλθον, φίλε τέκνον, ἀπευθής, οὐδέ τι οἶδα
κείνων, οἵ τ' ἐσάωθεν Ἀχαιῶν οἵ τ' ἀπόλοντο. 185
ὅσσα δ' ἐνὶ μεγάροισι καθήμενος ἡμετέροισι
πεύθομαι, ἣ θέμις ἐστί, δαήσεαι, κουδέ σε δεύσω.
εὖ μὲν Μυρμιδόνας φάσ' ἐλθέμεν ἐγχεσιμώρους,
οὓς ἄγ' Ἀχιλλῆος μεγαθύμου φαίδιμος υἱός,
εὖ δὲ Φιλοκτήτην, Ποιάντιον ἀγλαὸν υἱόν. 190
πάντας δ' Ἰδομενεὺς Κρήτην εἰσήγαγ' ἑταίρους,
οἳ φύγον ἐκ πολέμου, πόντος δέ οἱ οὔ τιν' ἀπηύρα.
Ἀτρεΐδην δὲ καὶ αὐτοὶ ἀκούετε, νόσφιν ἐόντες,
ὥς τ' ἦλθ', ὥς τ' Αἴγισθος ἐμήσατο λυγρὸν ὄλεθρον.
ἀλλ' ἦ τοι κεῖνος μὲν ἐπισμυγερῶς ἀπέτισεν· 195
ὡς ἀγαθὸν καὶ παῖδα καταφθιμένοιο λιπέσθαι
ἀνδρός, ἐπεὶ καὶ κεῖνος ἐτίσατο πατροφονῆα,
Αἴγισθον δολόμητιν, ὅ οἱ πατέρα κλυτὸν ἔκτα.
καὶ σὺ φίλος, μάλα γάρ σ' ὁρόω καλόν τε μέγαν τε,
ἄλκιμος ἔσσ', ἵνα τίς σε καὶ ὀψιγόνων ἐὺ εἴπῃ." 200
τὸν δ' αὖ Τηλέμαχος πεπνυμένος ἀντίον ηὔδα·

em Lesbos, onde planejamos nossa longa
rota, na direção da ilha Psira, acima
de Quio sinuorrochosa, ou preferiríamos
o sul de Quio, costeando o litoral Mimante? 170
Rogamos que um eterno enviasse-nos presságio.
Mostrou-nos que o melhor era cortar o mar
até Eubeia: urgia a fuga da catástrofe!
O vendaval estrídulo ressopra: naves
pressurosas em via piscosa! Quando anoita, 175
fundeamos em Geresto para oferecer
touros ao deus do mar (o pélago gigante
nós calculamos). Quatro dias depois, marujos
de Diomedes manobraram naus simétricas
em Argos, e eu me dirigi à bela Pilo, 180
sem negligenciar a brisa dos olímpios.
Aporto sem notícias e lamento, filho,
desconhecer que argivos vivem ou sucumbem.
Mas quanto ouvi tornado ao paço é justo que eu
externe com fidelidade. Os mirmidões 185
alanceadores, dizem que também voltaram,
sob o comando de Neoptólemo Aquileu;
o Peântio Filoctetes, igualmente. Creta
aplaude Idomeneu, amigos aguerridos
salvos, atrás. Não houve baixas no alto mar. 190
Soubeste em Ítaca, que assim que chega o atrida,
Egisto o enreda em catastrófica desdita?
Herói de sorte é o que deixou herdeiro homem
que pune o matador do nobre pai: nas mãos
de Orestes, decaiu o sinuoso Egisto, 195
que paga miseravelmente o que devia.
Também tu, compleição taluda, belos traços,
faze tua fibra ser louvada no futuro!"
E o moço ponderado respondeu: "Neleide
Nestor, mega renome aqueu, a magnitude 200
da fama atual de Orestes entre aqueus nos faz

"ὦ Νέστορ Νηληϊάδη, μέγα κῦδος Ἀχαιῶν,
καὶ λίην κεῖνος μὲν ἐτίσατο, καί οἱ Ἀχαιοὶ
οἴσουσι κλέος εὐρὺ καὶ ἐσσομένοισι πυθέσθαι·
αἲ γὰρ ἐμοὶ τοσσήνδε θεοὶ δύναμιν περιθεῖεν, 205
τίσασθαι μνηστῆρας ὑπερβασίης ἀλεγεινῆς,
οἵ τέ μοι ὑβρίζοντες ἀτάσθαλα μηχανόωνται.
ἀλλ' οὔ μοι τοιοῦτον ἐπέκλωσαν θεοὶ ὄλβον,
πατρί τ' ἐμῷ καὶ ἐμοί· νῦν δὲ χρὴ τετλάμεν ἔμπης."
τὸν δ' ἠμείβετ' ἔπειτα Γερήνιος ἱππότα Νέστωρ· 210
"ὦ φίλ', ἐπεὶ δὴ ταῦτά μ' ἀνέμνησας καὶ ἔειπες,
φασὶ μνηστῆρας σῆς μητέρος εἵνεκα πολλοὺς
ἐν μεγάροις ἀέκητι σέθεν κακὰ μηχανάασθαι·
εἰπέ μοι, ἠὲ ἑκὼν ὑποδάμνασαι, ἦ σέ γε λαοὶ
ἐχθαίρουσ' ἀνὰ δῆμον, ἐπισπόμενοι θεοῦ ὀμφῇ. 215
τίς δ' οἶδ' εἴ κέ ποτέ σφι βίας ἀποτίσεται ἐλθών,
ἢ ὅ γε μοῦνος ἐὼν ἢ καὶ σύμπαντες Ἀχαιοί;
εἰ γάρ σ' ὣς ἐθέλοι φιλέειν γλαυκῶπις Ἀθήνη,
ὡς τότ' Ὀδυσσῆος περικήδετο κυδαλίμοιο
δήμῳ ἔνι Τρώων, ὅθι πάσχομεν ἄλγε' Ἀχαιοί— 220
οὐ γάρ πω ἴδον ὧδε θεοὺς ἀναφανδὰ φιλεῦντας,
ὡς κείνῳ ἀναφανδὰ παρίστατο Παλλὰς Ἀθήνη—
εἴ σ' οὕτως ἐθέλοι φιλέειν κήδοιτό τε θυμῷ,
τῷ κέν τις κείνων γε καὶ ἐκλελάθοιτο γάμοιο."
τὸν δ' αὖ Τηλέμαχος πεπνυμένος ἀντίον ηὔδα· 225
"ὦ γέρον, οὔ πω τοῦτο ἔπος τελέεσθαι ὀΐω·
λίην γὰρ μέγα εἶπες· ἄγη μ' ἔχει. οὐκ ἂν ἐμοί γε
ἐλπομένῳ τὰ γένοιτ', οὐδ' εἰ θεοὶ ὣς ἐθέλοιεν."
τὸν δ' αὖτε προσέειπε θεά, γλαυκῶπις Ἀθήνη·
"Τηλέμαχε, ποῖόν σε ἔπος φύγεν ἕρκος ὀδόντων. 230
ῥεῖα θεός γ' ἐθέλων καὶ τηλόθεν ἄνδρα σαώσαι.
βουλοίμην δ' ἂν ἐγώ γε καὶ ἄλγεα πολλὰ μογήσας
οἴκαδέ τ' ἐλθέμεναι καὶ νόστιμον ἦμαρ ἰδέσθαι,
ἢ ἐλθὼν ἀπολέσθαι ἐφέστιος, ὡς Ἀγαμέμνων
ὤλεθ' ὑπ' Αἰγίσθοιο δόλῳ καὶ ἧς ἀλόχοιο. 235
ἀλλ' ἦ τοι θάνατον μὲν ὁμοίϊον οὐδὲ θεοί περ

prever os cantos do futuro em que figura.
Dotassem-me os divinos de vigor idêntico
para eu vingar a corja de chupins altivos,
maquinadores ávidos do meu prejuízo! 205
Os deuses não me aquinhoaram da alta sina,
nem a meu pai. Saber sofrer é o que me cabe."
Nestor, gerênio hípico: "Já que tocaste
nessa questão, permito-me notar que a mim
chegou a informação de que incontáveis procos 210
urdem no teu solar terríveis artimanhas.
Aceitas cabisbaixo a situação? Itácios
se lhes submetem, sob algum decreto olímpio?
Quem sabe em tua volta não os punes só
agindo ou com ajuda pan-argiva? A deusa 215
olhos-azuis, quisera ela te amar como antes
se dedicou a Odisseu preclaro em Ílion,
onde nós todos padecíamos muitíssimo
(eu nunca presenciara um deus se desdobrar
por um herói como ela se empenhou por ele!). 220
Mantivera Telêmaco em seu coração,
mais de um cortejador olvidaria as núpcias..."
Telêmaco, inspirando sensatez, responde-lhe:
"Não vejo, ancião, como teus votos poderiam
frutificar. É demasiado o que ora rogas! 225
Não posso nem sonhar com essa conjuntura.
O quadro é duro, ainda que imortais me ajudem."
Atena olhos-azuis profere então: "Telêmaco,
que palavra escapou do cárcere dos dentes?
Se o quer, um deus resgata um homem a distância. 230
Preferiria reentrar em minha casa,
rever o dia do retorno, após sofrer
dores bastantes, a morrer numa antessala,
como o atrida, que Egisto e a fêmea vitimaram.
Mas a morte equaliza o ser humano e nem 235
um deus dela resgata um ente caro, quando

καὶ φίλῳ ἀνδρὶ δύνανται ἀλαλκέμεν, ὁππότε κεν δὴ
μοῖρ' ὀλοὴ καθέλῃσι τανηλεγέος θανάτοιο."
τὴν δ' αὖ Τηλέμαχος πεπνυμένος ἀντίον ηὔδα·
"Μέντορ, μηκέτι ταῦτα λεγώμεθα κηδόμενοί περ·   240
κείνῳ δ' οὐκέτι νόστος ἐτήτυμος, ἀλλά οἱ ἤδη
φράσσαντ' ἀθάνατοι θάνατον καὶ κῆρα μέλαιναν.
νῦν δ' ἐθέλω ἔπος ἄλλο μεταλλῆσαι καὶ ἐρέσθαι
Νέστορ', ἐπεὶ περὶ οἶδε δίκας ἠδὲ φρόνιν ἄλλων·
τρὶς γὰρ δή μίν φασιν ἀνάξασθαι γένε' ἀνδρῶν·   245
ὥς τέ μοι ἀθάνατος ἰνδάλλεται εἰσοράασθαι.
ὦ Νέστορ Νηληϊάδη, σὺ δ' ἀληθὲς ἐνίσπες·
πῶς ἔθαν' Ἀτρεΐδης εὐρὺ κρείων Ἀγαμέμνων;
ποῦ Μενέλαος ἔην; τίνα δ' αὐτῷ μήσατ' ὄλεθρον
Αἴγισθος δολόμητις, ἐπεὶ κτάνε πολλὸν ἀρείω;   250
ἦ οὐκ Ἄργεος ἦεν Ἀχαιικοῦ, ἀλλὰ πῃ ἄλλῃ
πλάζετ' ἐπ' ἀνθρώπους, ὁ δὲ θαρσήσας κατέπεφνε;"
τὸν δ' ἠμείβετ' ἔπειτα Γερήνιος ἱππότα Νέστωρ·
"τοιγὰρ ἐγώ τοι, τέκνον, ἀληθέα πάντ' ἀγορεύσω.
ἦ τοι μὲν τάδε καὐτὸς ὀίεαι, ὥς κεν ἐτύχθη,   255
εἰ ζωόν γ' Αἴγισθον ἐνὶ μεγάροισιν ἔτετμεν
Ἀτρεΐδης Τροίηθεν ἰών, ξανθὸς Μενέλαος·
τῶ κέ οἱ οὐδὲ θανόντι χυτὴν ἐπὶ γαῖαν ἔχευαν,
ἀλλ' ἄρα τόν γε κύνες τε καὶ οἰωνοὶ κατέδαψαν
κείμενον ἐν πεδίῳ ἑκὰς ἄστεος, οὐδέ κέ τίς μιν   260
κλαῦσεν Ἀχαιιάδων· μάλα γὰρ μέγα μήσατο ἔργον.
ἡμεῖς μὲν γὰρ κεῖθι πολέας τελέοντες ἀέθλους
ἥμεθ'· ὁ δ' εὔκηλος μυχῷ Ἄργεος ἱπποβότοιο
πόλλ' Ἀγαμεμνονέην ἄλοχον θέλγεσκ' ἐπέεσσιν.
ἡ δ' ἦ τοι τὸ πρὶν μὲν ἀναίνετο ἔργον ἀεικὲς   265
δῖα Κλυταιμνήστρη· φρεσὶ γὰρ κέχρητ' ἀγαθῇσι·
πὰρ δ' ἄρ' ἔην καὶ ἀοιδὸς ἀνήρ, ᾧ πόλλ' ἐπέτελλεν
Ἀτρεΐδης Τροίηνδε κιὼν ἔρυσασθαι ἄκοιτιν.
ἀλλ' ὅτε δή μιν μοῖρα θεῶν ἐπέδησε δαμῆναι,
δὴ τότε τὸν μὲν ἀοιδὸν ἄγων ἐς νῆσον ἐρήμην   270
κάλλιπεν οἰωνοῖσιν ἕλωρ καὶ κύρμα γενέσθαι,

o colhe a moira tétrica de um fim horrendo."
O moço inspira lucidez quando responde:
"Deixemos de falar, Mentor, sobre esse assunto
que só me aflige muito. A volta de Odisseu 240
ao paço não se cumprirá: os deuses súperos
lhe decidiram dar a morte e a Quere negra.
Gostaria, Nestor, de retomar um ponto
em que tocaste; prezo tua retidão,
pois teu reinado dura já três gerações, 245
o que me leva a te mirar como um eterno.
Neleide, sê veraz em tua narrativa:
magno poder, como Agamêmnon faleceu?
Por onde andava Menelau? Egisto, um pífio
diante de um rei, como é que maquinou seu fim? 250
O irmão atrida errava nas lonjuras, fato
que encorajou o torpe a eliminar o herói?"
Ginete exímio, assim falou Nestor: "Menino,
relato só verdades do começo ao fim.
Registras bem o que teria acontecido 255
se o louro Menelau em casa após a guerra
estivesse, encontrando Egisto ainda vivo:
ninguém arrojaria terra sobre o morto,
repasto de cachorros e aves de rapina,
em plaino além-muralha, pranteado nem 260
por uma argiva só o tramador covarde.
Enquanto nós nos arriscávamos em Ílion,
tranquilo nos recessos de Argos pluriequina,
ele encantava, bom de lábia, Clitemnestra.
Inicialmente seus avanços repugnavam-na, 265
dotada de ânima impoluta. Ao lado dela,
o aedo que Agamêmnon, ao subir no barco,
pediu que da mulher cuidasse. Mas da moira
divina não há ser que escape: à erma ínsula,
o cantor foi levado, entregue à fome de aves, 270
e quem a quis conduz ao lar quem o queria.

τὴν δ' ἐθέλων ἐθέλουσαν ἀνήγαγεν ὅνδε δόμονδε.
πολλὰ δὲ μηρί' ἔκηε θεῶν ἱεροῖς ἐπὶ βωμοῖς,
πολλὰ δ' ἀγάλματ' ἀνῆψεν, ὑφάσματά τε χρυσόν τε,
ἐκτελέσας μέγα ἔργον, ὃ οὔ ποτε ἔλπετο θυμῷ. 275
ἡμεῖς μὲν γὰρ ἅμα πλέομεν Τροίηθεν ἰόντες,
Ἀτρεΐδης καὶ ἐγώ, φίλα εἰδότες ἀλλήλοισιν·
ἀλλ' ὅτε Σούνιον ἱρὸν ἀφικόμεθ', ἄκρον Ἀθηνέων,
ἔνθα κυβερνήτην Μενελάου Φοῖβος Ἀπόλλων
οἷς ἀγανοῖς βελέεσσιν ἐποιχόμενος κατέπεφνε, 280
πηδάλιον μετὰ χερσὶ θεούσης νηὸς ἔχοντα,
Φρόντιν Ὀνητορίδην, ὃς ἐκαίνυτο φῦλ' ἀνθρώπων
νῆα κυβερνῆσαι, ὁπότε σπέρχοιεν ἄελλαι.
ὣς ὁ μὲν ἔνθα κατέσχετ', ἐπειγόμενός περ ὁδοῖο,
ὄφρ' ἕταρον θάπτοι καὶ ἐπὶ κτέρεα κτερίσειεν. 285
ἀλλ' ὅτε δὴ καὶ κεῖνος ἰὼν ἐπὶ οἴνοπα πόντον
ἐν νηυσὶ γλαφυρῇσι Μαλειάων ὄρος αἰπὺ
ἷξε θέων, τότε δὴ στυγερὴν ὁδὸν εὐρύοπα Ζεὺς
ἐφράσατο, λιγέων δ' ἀνέμων ἐπ' αὐτμένα χεῦε,
κύματά τε τροφέοντο πελώρια, ἶσα ὄρεσσιν. 290
ἔνθα διατμήξας τὰς μὲν Κρήτῃ ἐπέλασσεν,
ἧχι Κύδωνες ἔναιον Ἰαρδάνου ἀμφὶ ῥέεθρα.
ἔστι δέ τις λισσὴ αἰπεῖά τε εἰς ἅλα πέτρη
ἐσχατιῇ Γόρτυνος ἐν ἠεροειδέι πόντῳ·
ἔνθα Νότος μέγα κῦμα ποτὶ σκαιὸν ῥίον ὠθεῖ, 295
ἐς Φαιστόν, μικρὸς δὲ λίθος μέγα κῦμ' ἀποέργει.
αἱ μὲν ἄρ' ἔνθ' ἦλθον, σπουδῇ δ' ἤλυξαν ὄλεθρον
ἄνδρες, ἀτὰρ νῆάς γε ποτὶ σπιλάδεσσιν ἔαξαν
κύματ'· ἀτὰρ τὰς πέντε νέας κυανοπρῳρείους
Αἰγύπτῳ ἐπέλασσε φέρων ἄνεμός τε καὶ ὕδωρ. 300
ὣς ὁ μὲν ἔνθα πολὺν βίοτον καὶ χρυσὸν ἀγείρων
ἠλᾶτο ξὺν νηυσὶ κατ' ἀλλοθρόους ἀνθρώπους·
τόφρα δὲ ταῦτ' Αἴγισθος ἐμήσατο οἴκοθι λυγρά.
ἑπτάετες δ' ἤνασσε πολυχρύσοιο Μυκήνης,
κτείνας Ἀτρεΐδην, δέδμητο δὲ λαὸς ὑπ' αὐτῷ. 305
τῷ δέ οἱ ὀγδοάτῳ κακὸν ἤλυθε δῖος Ὀρέστης

Muitas coxas queimou sobre os altares sacros,
muitos presentes sobrepôs, tecidos auri-
alinhavados: conseguira concluir
um feito superior ao que pensara um dia.   275
No mar o atrida e eu voltávamos de Troia,
zelosos da amizade mútua, quando à beira-
-Súnio, sagrado promontório ateniense,
Apolo fulminou com dardos sobrevoantes
o timoneiro do navio de Menelau,   280
que empolgava o timão numa manobra, Frôntide,
filho de Ônetor, máximo piloto à frente
de naves acoimadas em procelas túrbidas.
O atrida não podia voltar ao mar sem antes
sepultar o marujo-mor com honras fúnebres.   285
Mas quando em naves côncavas sulcou o oceano
vinho, já bordejando a escarpa de Maleia,
o Cronida lhe impôs, tonitruante, a hórrida
viagem, ressoprando o vento rumoroso,
ondeando o mar inchado, símile dos montes.   290
Alguns batéis dispersos atingiram Creta,
onde os cidônios moram à fímbria do Járdano.
No fosco mar, no ponto extremo onde está Górtina,
aflora o pico do alcantil sem vinco. Noto
açula um vagalhão na saliência esquerda,   295
em Festo: rocha ínfima cospe onda enorme.
Homens fogem da morte convergindo ali,
mas o esquadrão se lança em cheio contra escolhos.
Cinco batéis de proa azul-cianuro, a brisa
e as ôndulas impelem-nos rumo ao Egito.   300
Enquanto Menelau coleta ouro e víveres,
navios entre falantes de linguagens múltiplas,
Egisto concluiu seu lúgubre projeto:
atrida assassinado, o povo lhe obedece,
sete anos soberano na Micenas áurea,   305
até chegar, no oitavo, da urbe ateniense

ἂψ ἀπ' Ἀθηνάων, κατὰ δ' ἔκτανε πατροφονῆα,
Αἴγισθον δολόμητιν, ὅ οἱ πατέρα κλυτὸν ἔκτα.
ἦ τοι ὁ τὸν κτείνας δαίνυ τάφον Ἀργείοισιν
μητρός τε στυγερῆς καὶ ἀνάλκιδος Αἰγίσθοιο· 310
αὐτῆμαρ δέ οἱ ἦλθε βοὴν ἀγαθὸς Μενέλαος
πολλὰ κτήματ' ἄγων, ὅσα οἱ νέες ἄχθος ἄειραν.
καὶ σύ, φίλος, μὴ δηθὰ δόμων ἄπο τῆλ' ἀλάλησο,
κτήματά τε προλιπὼν ἄνδρας τ' ἐν σοῖσι δόμοισιν
οὕτω ὑπερφιάλους, μή τοι κατὰ πάντα φάγωσιν 315
κτήματα δασσάμενοι, σὺ δὲ τηϋσίην ὁδὸν ἔλθῃς.
ἀλλ' ἐς μὲν Μενέλαον ἐγὼ κέλομαι καὶ ἄνωγα
ἐλθεῖν· κεῖνος γὰρ νέον ἄλλοθεν εἰλήλουθεν,
ἐκ τῶν ἀνθρώπων, ὅθεν οὐκ ἔλποιτό γε θυμῷ
ἐλθέμεν, ὅν τινα πρῶτον ἀποσφήλωσιν ἄελλαι 320
ἐς πέλαγος μέγα τοῖον, ὅθεν τέ περ οὐδ' οἰωνοὶ
αὐτόετες οἰχνεῦσιν, ἐπεὶ μέγα τε δεινόν τε.
ἀλλ' ἴθι νῦν σὺν νηΐ τε σῇ καὶ σοῖς ἑτάροισιν·
εἰ δ' ἐθέλεις πεζός, πάρα τοι δίφρος τε καὶ ἵπποι,
πὰρ δέ τοι υἷες ἐμοί, οἵ τοι πομπῆες ἔσονται 325
ἐς Λακεδαίμονα δῖαν, ὅθι ξανθὸς Μενέλαος.
λίσσεσθαι δέ μιν αὐτός, ἵνα νημερτὲς ἐνίσπῃ·
ψεῦδος δ' οὐκ ἐρέει· μάλα γὰρ πεπνυμένος ἐστίν."
ὣς ἔφατ', ἠέλιος δ' ἄρ' ἔδυ καὶ ἐπὶ κνέφας ἦλθε.
τοῖσι δὲ καὶ μετέειπε θεά, γλαυκῶπις Ἀθήνη· 330
"ὦ γέρον, ἦ τοι ταῦτα κατὰ μοῖραν κατέλεξας·
ἀλλ' ἄγε τάμνετε μὲν γλώσσας, κεράασθε δὲ οἶνον,
ὄφρα Ποσειδάωνι καὶ ἄλλοις ἀθανάτοισιν
σπείσαντες κοίτοιο μεδώμεθα· τοῖο γὰρ ὥρη.
ἤδη γὰρ φάος οἴχεθ' ὑπὸ ζόφον, οὐδὲ ἔοικεν· 335
δηθὰ θεῶν ἐν δαιτὶ θαασσέμεν, ἀλλὰ νέεσθαι."
ἦ ῥα Διὸς θυγάτηρ, οἱ δ' ἔκλυον αὐδησάσης.
τοῖσι δὲ κήρυκες μὲν ὕδωρ ἐπὶ χεῖρας ἔχευαν,
κοῦροι δὲ κρητῆρας ἐπεστέψαντο ποτοῖο,
νώμησαν δ' ἄρα πᾶσιν ἐπαρξάμενοι δεπάεσσι· 340
γλώσσας δ' ἐν πυρὶ βάλλον, ἀνιστάμενοι δ' ἐπέλειβον.

o algoz do matador do rei dos reis: Orestes,
que deu um fim no dolo-sinuoso Egisto.
E o vingador ofereceu repasto fúnebre,
por sua mãe odiosa e por Egisto, a argivos. 310
Brado estentóreo, Menelau chegou no mesmo
dia, baixéis pesados de luzentes bens.
Não divagues por muito tempo longe de Ítaca,
bens e homens ávidos deixando em teu palácio:
dividem teus haveres e os deglutem todos, 315
e cumpririas tua jornada fracassado.
Insisto em que procures Menelau agora,
tornado há pouco da lonjura dos confins,
de onde um homem dificilmente esperaria
voltar, refugo de borrasca que o sequestra 320
ao pélago vastíssimo, que nem os pássaros
num ano cruzariam, hórrido colosso!
Reúne os nautas, lança a nave ao mar! Por terra
talvez prefiras ir: cedo corcéis e carro,
meus filhos poderão te conduzir até 325
Esparta, onde governa Menelau, o louro.
Insta-o a abrir seu coração quando falar.
Não mente: o sopro da ânima veraz o anima."
Falou. O sol declina e a escuridão ressurge.
Atena de olhos glaucos lhe responde: "Ancião, 330
vem a calhar o que proferes, mas talhemos
línguas e misturemos vinho, delibemos
ao deus do mar e aos outros venturosos! Urge
pensarmos no repouso! Sob a treva, a luz
já se esvaiu e sou da opinião que nós 335
devemos abreviar a participação
no festim dos eternos e partir." Arautos
derramam água sobre as mãos, efebos versam
o vinho nas crateras, cuja borda luz,
e as taças das primícias vão passando aos outros. 340
Línguas das vítimas ao fogo, eretos libam.

αὐτὰρ ἐπεὶ σπεῖσάν τ' ἔπιον θ', ὅσον ἤθελε θυμός,
δὴ τότ' Ἀθηναίη καὶ Τηλέμαχος θεοειδὴς
ἄμφω ἰέσθην κοίλην ἐπὶ νῆα νέεσθαι.
Νέστωρ δ' αὖ κατέρυκε καθαπτόμενος ἐπέεσσιν· 345
"Ζεὺς τό γ' ἀλεξήσειε καὶ ἀθάνατοι θεοὶ ἄλλοι,
ὡς ὑμεῖς παρ' ἐμεῖο θοὴν ἐπὶ νῆα κίοιτε
ὥς τέ τευ ἦ παρὰ πάμπαν ἀνείμονος ἠδὲ πενιχροῦ,
ᾧ οὔ τι χλαῖναι καὶ ῥήγεα πόλλ' ἐνὶ οἴκῳ,
οὔτ' αὐτῷ μαλακῶς οὔτε ξείνοισιν ἐνεύδειν. 350
αὐτὰρ ἐμοὶ πάρα μὲν χλαῖναι καὶ ῥήγεα καλά.
οὔ θην δὴ τοῦδ' ἀνδρὸς Ὀδυσσῆος φίλος υἱὸς
νηὸς ἐπ' ἰκριόφιν καταλέξεται, ὄφρ' ἂν ἐγώ γε
ζώω, ἔπειτα δὲ παῖδες ἐνὶ μεγάροισι λίπωνται,
ξείνους ξεινίζειν, ὅς τίς κ' ἐμὰ δώμαθ' ἵκηται." 355
τὸν δ' αὖτε προσέειπε θεά, γλαυκῶπις Ἀθήνη·
"εὖ δὴ ταῦτά γ' ἔφησθα, γέρον φίλε· σοὶ δὲ ἔοικεν
Τηλέμαχον πείθεσθαι, ἐπεὶ πολὺ κάλλιον οὕτως.
ἀλλ' οὗτος μὲν νῦν σοὶ ἅμ' ἕψεται, ὄφρα κεν εὕδῃ
σοῖσιν ἐνὶ μεγάροισιν· ἐγὼ δ' ἐπὶ νῆα μέλαιναν 360
εἶμ', ἵνα θαρσύνω θ' ἑτάρους εἴπω τε ἕκαστα.
οἶος γὰρ μετὰ τοῖσι γεραίτερος εὔχομαι εἶναι·
οἱ δ' ἄλλοι φιλότητι νεώτεροι ἄνδρες ἕπονται,
πάντες ὁμηλικίη μεγαθύμου Τηλεμάχοιο.
ἔνθα κε λεξαίμην κοίλῃ παρὰ νηὶ μελαίνῃ 365
νῦν· ἀτὰρ ἠῶθεν μετὰ Καύκωνας μεγαθύμους
εἶμ' ἔνθα χρεῖός μοι ὀφέλλεται, οὔ τι νέον γε
οὐδ' ὀλίγον. σὺ δὲ τοῦτον, ἐπεὶ τεὸν ἵκετο δῶμα,
πέμψον σὺν δίφρῳ τε καὶ υἱέι· δὸς δέ οἱ ἵππους,
οἵ τοι ἐλαφρότατοι θείειν καὶ κάρτος ἄριστοι." 370
ὣς ἄρα φωνήσασ' ἀπέβη γλαυκῶπις Ἀθήνη
φήνῃ εἰδομένη· θάμβος δ' ἕλε πάντας ἰδόντας.
θαύμαζεν δ' ὁ γεραιός, ὅπως ἴδεν ὀφθαλμοῖς·
Τηλεμάχου δ' ἕλε χεῖρα, ἔπος τ' ἔφατ' ἔκ τ' ὀνόμαζεν·
"ὦ φίλος, οὔ σε ἔολπα κακὸν καὶ ἄναλκιν ἔσεσθαι, 375
εἰ δή τοι νέῳ ὧδε θεοὶ πομπῆες ἕπονται.

E todos bebem, quanto o coração deseja.
Telêmaco e Atena acham por bem tornar
a bordo dos navios bojudos, mas Nestor
os recrimina com palavra amiga: "Zeus 345
e os demais imortais censurariam o embarque
em frota agílima como se eu fosse um mal
provido e meu solar carente de cobertas
bastantes para acalentar a sonolência
não só de mim como dos hóspedes. O filho 350
de um herói da estatura de Odisseu jamais
permitirei que durma sobre a ponte náutica
enquanto estiver vivo e houver um descendente
meu no solar solícito para hospedar
seus hóspedes, quem quer que chegue ao meu palácio." 355
Palas Atena diz: "Palavras pertinentes
são as que ouvi saírem de tua boca, amigo.
O moço anui, pois é assim o mais correto.
Em tua companhia se recolhe e dorme
nos aposentos régios. Volto à nave negra 360
para animar e instruir os companheiros. Ser
veterano me orgulha da tripulação,
e, mais jovens, contemporâneos de Telêmaco,
nos acompanham os demais por amizade.
Me deitarei à margem da carena escura, 365
agora, mas dirijo-me aos caucônios magnos
de manhã: devem-me um valor considerável
há muito tempo. Ao jovem que recorre a ti,
cede-lhe um carro e um filho, cede-lhe corcéis,
os mais sanguíneos, os mais fortes, os melhores." 370
Falou a de olhos glaucos e, águia brita-ossos,
a fim de encher os olhos pan-aqueus, voou.
Surpreende-se Nestor com o que vê e toma
as mãos do filho de Odisseu para dizer:
"O teu destino não é ser velhaco ou vil, 375
se os deuses te acompanham desde a tenra idade.

οὐ μὲν γάρ τις ὅδ' ἄλλος Ὀλύμπια δώματ' ἐχόντων,
ἀλλὰ Διὸς θυγάτηρ, κυδίστη Τριτογένεια,
ἥ τοι καὶ πατέρ' ἐσθλὸν ἐν Ἀργείοισιν ἐτίμα.
ἀλλὰ ἄνασσ' ἵληθι, δίδωθι δέ μοι κλέος ἐσθλόν, 380
αὐτῷ καὶ παίδεσσι καὶ αἰδοίῃ παρακοίτι·
σοὶ δ' αὖ ἐγὼ ῥέξω βοῦν ἦνιν εὐρυμέτωπον
ἀδμήτην, ἣν οὔ πω ὑπὸ ζυγὸν ἤγαγεν ἀνήρ·
τήν τοι ἐγὼ ῥέξω χρυσὸν κέρασιν περιχεύας."
ὣς ἔφατ' εὐχόμενος, τοῦ δ' ἔκλυε Παλλὰς Ἀθήνη. 385
τοῖσιν δ' ἡγεμόνευε Γερήνιος ἱππότα Νέστωρ,
υἱάσι καὶ γαμβροῖσιν, ἑὰ πρὸς δώματα καλά.
ἀλλ' ὅτε δώμαθ' ἵκοντο ἀγακλυτὰ τοῖο ἄνακτος,
ἑξείης ἕζοντο κατὰ κλισμούς τε θρόνους τε·
τοῖς δ' ὁ γέρων ἐλθοῦσιν ἀνὰ κρητῆρα κέρασσεν 390
οἴνου ἡδυπότοιο, τὸν ἑνδεκάτῳ ἐνιαυτῷ
ὤιξεν ταμίη καὶ ἀπὸ κρήδεμνον ἔλυσε·
τοῦ ὁ γέρων κρητῆρα κεράσσατο, πολλὰ δ' Ἀθήνῃ
εὔχετ' ἀποσπένδων, κούρῃ Διὸς αἰγιόχοιο.
αὐτὰρ ἐπεὶ σπεῖσάν τ' ἔπιον θ', ὅσον ἤθελε θυμός, 395
οἱ μὲν κακκείοντες ἔβαν οἶκόνδε ἕκαστος,
τὸν δ' αὐτοῦ κοίμησε Γερήνιος ἱππότα Νέστωρ,
Τηλέμαχον, φίλον υἱὸν Ὀδυσσῆος θείοιο,
τρητοῖς ἐν λεχέεσσιν ὑπ' αἰθούσῃ ἐριδούπῳ,
πὰρ δ' ἄρ' ἐυμμελίην Πεισίστρατον, ὄρχαμον ἀνδρῶν, 400
ὅς οἱ ἔτ' ἠίθεος παίδων ἦν ἐν μεγάροισιν·
αὐτὸς δ' αὖτε καθεῦδε μυχῷ δόμου ὑψηλοῖο,
τῷ δ' ἄλοχος δέσποινα λέχος πόρσυνε καὶ εὐνήν.
ἦμος δ' ἠριγένεια φάνη ῥοδοδάκτυλος Ἠώς,
ὤρνυτ' ἄρ' ἐξ εὐνῆφι Γερήνιος ἱππότα Νέστωρ, 405
ἐκ δ' ἐλθὼν κατ' ἄρ' ἕζετ' ἐπὶ ξεστοῖσι λίθοισιν,
οἵ οἱ ἔσαν προπάροιθε θυράων ὑψηλάων,
λευκοί, ἀποστίλβοντες ἀλείφατος· οἷς ἔπι μὲν πρὶν
Νηλεὺς ἵζεσκεν, θεόφιν μήστωρ ἀτάλαντος·
ἀλλ' ὁ μὲν ἤδη κηρὶ δαμεὶς Ἄϊδόσδε βεβήκει, 410
Νέστωρ αὖ τότ' ἐφῖζε Γερήνιος, οὖρος Ἀχαιῶν,

Moradora do Olimpo, não será senão
a tritogênia predadora de olhos blaus.
Também a Odisseu, entre os demais, honrava.
Sê favorável, deusa, propicia a glória   380
eterna a mim, aos filhos, à consorte ilustre!
A ti imolarei uma vitela ampli-
fronte, de um ano, indômita, livre de jugo,
e a imolarei após dourar seus cornos duplos."
Falou e Palas escutou o que rogava.   385
Então Nestor, ginete, encabeçou a volta
dos filhos e dos genros à morada esplêndida.
Chegados ao magnífico solar real,
nas sédias e nos tronos perfilados, sentam-se.
Manda que ao hóspede preparem na cratera   390
vinho dulcíssimo, dez anos maturado.
A despenseira afrouxa a faixa e abre a jarra.
O ancião, mesclado o sumo suco, invoca a filha
de Zeus que porta a égide, ardorosamente.
Libou e, quanto quis o coração, bebeu,   395
todos buscando seus recintos de repouso.
O cavaleiro exímio o fez dormir ali,
a ele, ao caro filho de Odisseu, num leito
relavrado a cinzel, sob o rumor do pórtico,
junto a Pisístrato, chefe de heróis pugnaz,   400
filho que, entre os demais, jovial, restava em casa.
Entrou pela penumbra do solar altíssimo,
onde a rainha lhe prepara o leito e a enxerga.
Desponta matutina a dedirrósea Aurora,
e Nestor, ás no hipismo, abandonou o quarto   405
para sentar-se em branquipedras bem polidas,
cegantes da resina que as untava, diante
de portas elevadas, onde anteriormente
Neleu sentou-se, conselheiro quase deus,
antes de a moira conduzi-lo sob o Hades.   410
Nestor, baluarte aqueu, empunha o cetro e ocupa

σκῆπτρον ἔχων. περὶ δ' υἷες ἀολλέες ἠγερέθοντο
ἐκ θαλάμων ἐλθόντες, Ἐχέφρων τε Στρατίος τε
Περσεύς τ' Ἄρητός τε καὶ ἀντίθεος Θρασυμήδης.
τοῖσι δ' ἔπειθ' ἕκτος Πεισίστρατος ἤλυθεν ἥρως, 415
πὰρ δ' ἄρα Τηλέμαχον θεοείκελον εἷσαν ἄγοντες.
τοῖσι δὲ μύθων ἦρχε Γερήνιος ἱππότα Νέστωρ·
"καρπαλίμως μοι, τέκνα φίλα, κρηήνατ' ἐέλδωρ,
ὄφρ' ἦ τοι πρώτιστα θεῶν ἱλάσσομ' Ἀθήνην,
ἥ μοι ἐναργὴς ἦλθε θεοῦ ἐς δαῖτα θάλειαν. 420
ἀλλ' ἄγ' ὁ μὲν πεδίονδ' ἐπὶ βοῦν, ἴτω, ὄφρα τάχιστα
ἔλθῃσιν, ἐλάσῃ δὲ βοῶν ἐπιβουκόλος ἀνήρ·
εἷς δ' ἐπὶ Τηλεμάχου μεγαθύμου νῆα μέλαιναν
πάντας ἰὼν ἑτάρους ἀγέτω, λιπέτω δὲ δύ' οἴους·
εἷς δ' αὖ χρυσοχόον Λαέρκεα δεῦρο κελέσθω 425
ἐλθεῖν, ὄφρα βοὸς χρυσὸν κέρασιν περιχεύῃ.
οἱ δ' ἄλλοι μένετ' αὐτοῦ ἀολλέες, εἴπατε δ' εἴσω
δμῳῇσιν κατὰ δώματ' ἀγακλυτὰ δαῖτα πένεσθαι,
ἕδρας τε ξύλα τ' ἀμφὶ καὶ ἀγλαὸν οἰσέμεν ὕδωρ."
ὣς ἔφαθ', οἱ δ' ἄρα πάντες ἐποίπνυον. ἦλθε μὲν ἂρ βοῦς 430
ἐκ πεδίου, ἦλθον δὲ θοῆς παρὰ νηὸς ἐίσης
Τηλεμάχου ἕταροι μεγαλήτορος, ἦλθε δὲ χαλκεὺς
ὅπλ' ἐν χερσὶν ἔχων χαλκήια, πείρατα τέχνης,
ἄκμονά τε σφῦράν τ' ἐυποίητόν τε πυράγρην,
οἷσίν τε χρυσὸν εἰργάζετο· ἦλθε δ' Ἀθήνη 435
ἱρῶν ἀντιόωσα. γέρων δ' ἱππηλάτα Νέστωρ
χρυσὸν ἔδωχ'· ὁ δ' ἔπειτα βοὸς κέρασιν περίχευεν
ἀσκήσας, ἵν' ἄγαλμα θεὰ κεχάροιτο ἰδοῦσα.
βοῦν δ' ἀγέτην κεράων Στρατίος καὶ δῖος Ἐχέφρων.
χέρνιβα δέ σφ' Ἄρητος ἐν ἀνθεμόεντι λέβητι 440
ἤλυθεν ἐκ θαλάμοιο φέρων, ἑτέρῃ δ' ἔχεν οὐλὰς
ἐν κανέῳ· πέλεκυν δὲ μενεπτόλεμος Θρασυμήδης
ὀξὺν ἔχων ἐν χειρὶ παρίστατο βοῦν ἐπικόψων.
Περσεὺς δ' ἀμνίον εἶχε· γέρων δ' ἱππηλάτα Νέστωρ
χέρνιβά τ' οὐλοχύτας τε κατήρχετο, πολλὰ δ' Ἀθήνῃ 445
εὔχετ' ἀπαρχόμενος, κεφαλῆς τρίχας ἐν πυρὶ βάλλων.

a pedra agora. A prole o cerca logo e eis,
deixando o tálamo, Equéfrone, Areto,
tal qual um deus, Trasímede, além de Estrátio,
Perseu. Apareceu em sexto, então, Pisístrato, 415
e, ao flanco desse herói, Telêmaco foi posto.
O basileu gerênio fala: "Agilidade,
filhos, é o que eu mais peço a fim de que o desejo
resulte em fato! Atena, a própria Palas veio
ao paço: urge agradar aos deuses e a ela mais! 420
O renovo de um boi apartem da boiada
e o boiadeiro-mor virá com o bovino!
Os sócios do rapaz da nave negra, alguém
me traga, menos dois, que ficarão de guarda!
Chamem Laércio, nosso ourives: que recubra 425
com ouro os chifres da vitela! Ordeno aos outros
que apressem, no interior do paço rutilante,
as servas no preparo do festim, cadeiras
perfiladas e lenha e água cristalina!"
As ordens cumprem prontamente: a rês trouxeram 430
do campo, amigos de Telêmaco brioso
vêm do navio veloz, o artífice portava
instrumentos de bronze com que trabalhava:
torquês tenaz ao fogo, bigorna e maceta,
imprescindíveis no lavor do ouro. Atena, 435
de volta, assiste ao rito. O rei auriga dá
o ouro, com que peritamente envolve os chifres
do animal, alegrando a deusa de olhos glaucos.
Estrátio o puxa pelas aspas, com Equéfrone.
Areto surge com a água lustral de dentro, 440
num alguidar florido. Dentro de um canastro,
põem cevada. Trasímede, fúria guerreira,
apertou o machado ardente para o golpe;
Perseu tinha a bacia. O soberano equestre
inicia — cevada e água — a prece férvida 445
a Atena, arroja pelos da cabeça ao fogo.

αὐτὰρ ἐπεί ῥ' εὔξαντο καὶ οὐλοχύτας προβάλοντο,
αὐτίκα Νέστορος υἱὸς ὑπέρθυμος Θρασυμήδης
ἤλασεν ἄγχι στάς· πέλεκυς δ' ἀπέκοψε τένοντας
αὐχενίους, λῦσεν δὲ βοὸς μένος. αἱ δ' ὀλόλυξαν   450
θυγατέρες τε νυοί τε καὶ αἰδοίη παράκοιτις
Νέστορος, Εὐρυδίκη, πρέσβα Κλυμένοιο θυγατρῶν.
οἱ μὲν ἔπειτ' ἀνελόντες ἀπὸ χθονὸς εὐρυοδείης
ἔσχον· ἀτὰρ σφάξεν Πεισίστρατος, ὄρχαμος ἀνδρῶν.
τῆς δ' ἐπεὶ ἐκ μέλαν αἷμα ῥύη, λίπε δ' ὀστέα θυμός,   455
αἶψ' ἄρα μιν διέχευαν, ἄφαρ δ' ἐκ μηρία τάμνον
πάντα κατὰ μοῖραν, κατά τε κνίσῃ ἐκάλυψαν
δίπτυχα ποιήσαντες, ἐπ' αὐτῶν δ' ὠμοθέτησαν.
καῖε δ' ἐπὶ σχίζῃς ὁ γέρων, ἐπὶ δ' αἴθοπα οἶνον
λεῖβε· νέοι δὲ παρ' αὐτὸν ἔχον πεμπώβολα χερσίν.   460
αὐτὰρ ἐπεὶ κατὰ μῆρ' ἐκάη καὶ σπλάγχνα πάσαντο,
μίστυλλόν τ' ἄρα τἆλλα καὶ ἀμφ' ὀβελοῖσιν ἔπειραν,
ὤπτων δ' ἀκροπόρους ὀβελοὺς ἐν χερσὶν ἔχοντες.
τόφρα δὲ Τηλέμαχον λοῦσεν καλὴ Πολυκάστη,
Νέστορος ὁπλοτάτη θυγάτηρ Νηληϊάδαο.   465
αὐτὰρ ἐπεὶ λοῦσέν τε καὶ ἔχρισεν λίπ' ἐλαίῳ,
ἀμφὶ δέ μιν φᾶρος καλὸν βάλεν ἠδὲ χιτῶνα,
ἔκ ῥ' ἀσαμίνθου βῆ δέμας ἀθανάτοισιν ὁμοῖος·
πὰρ δ' ὅ γε Νέστορ' ἰὼν κατ' ἄρ' ἕζετο, ποιμένα λαῶν.
οἱ δ' ἐπεὶ ὤπτησαν κρέ' ὑπέρτερα καὶ ἐρύσαντο,   470
δαίνυνθ' ἑζόμενοι· ἐπὶ δ' ἀνέρες ἐσθλοὶ ὄροντο
οἶνον οἰνοχοεῦντες ἐνὶ χρυσέοις δεπάεσσιν.
αὐτὰρ ἐπεὶ πόσιος καὶ ἐδητύος ἐξ ἔρον ἕντο,
τοῖσι δὲ μύθων ἦρχε Γερήνιος ἱππότα Νέστωρ·
"παῖδες ἐμοί, ἄγε Τηλεμάχῳ καλλίτριχας ἵππους   475
ζεύξαθ' ὑφ' ἅρματ' ἄγοντες, ἵνα πρήσσῃσιν ὁδοῖο."
ὣς ἔφαθ', οἱ δ' ἄρα τοῦ μάλα μὲν κλύον ἠδ' ἐπίθοντο,
καρπαλίμως δ' ἔζευξαν ὑφ' ἅρμασιν ὠκέας ἵππους.
ἐν δὲ γυνὴ ταμίη σῖτον καὶ οἶνον ἔθηκεν
ὄψα τε, οἷα ἔδουσι διοτρεφέες βασιλῆες.   480
ἂν δ' ἄρα Τηλέμαχος περικαλλέα βήσετο δίφρον·

Lançam punhados de cevada, rogam. O árdego
Nestoride Trasímede fere a vitela
abruptamente, a golpe de acha nos tendões
cervicais. O vigor se esvai. Filhas e noras, 450
a soberana Eurídice, filha maior
de Clímene, gritaram, todas elas. Erguem-na
do amplo terreno, posição em que Pisístrato,
líder de heróis, a degolou. Defluído o sangue
escuro, a vida foge da ossatura. Então, 455
retalham os pernis, em tudo fiéis à moira;
besuntam de gordura os nacos, repetindo
a operação, e sobrepõem a carne crua.
O velho os assa em lenha e verte o vinho rútilo.
Os jovens portam os forcados quinquedentes. 460
Assam as coxas, cozem vísceras, trinchando
o restante que espetam com o pique; o mesmo
pique afilado, as mãos regiram sobre o fogo.
A bela Policasta, no entretempo, filha
caçula de Nestor, banhava o herói Telêmaco. 465
Untou copiosamente o corpo jovem de óleo,
que veste com o manto belo sobre a túnica.
Deixa a banheira um corpo símile divino!
Sentou-se ao lado de Nestor, pastor de povos.
O tergo desenfiam já tostado e o provam 470
sentados. Nobres diligentes versam vinho
em taças áureas. Fala então Nestor gerênio,
hábil doma-corcéis, saciada a fome e a sede:
"Dileta prole, é hora de atrelar cavalos
sob a carruagem de Telêmaco, que re- 475
inicia viagem." Todos, obedientes
ao mando paternal, trataram de jungir
ao carro os rápidos corcéis. A despenseira
cuida de pôr o vinho, os víveres, o pão,
que os basileus, progênie imortal, deglutem. 480
O itácio posta-se no carro plenibelo,

πὰρ δ' ἄρα Νεστορίδης Πεισίστρατος, ὄρχαμος ἀνδρῶν,
ἐς δίφρον τ' ἀνέβαινε καὶ ἡνία λάζετο χερσί,
μάστιξεν δ' ἐλάαν, τὼ δ' οὐκ ἀέκοντε πετέσθην
ἐς πεδίον, λιπέτην δὲ Πύλου αἰπὺ πτολίεθρον.   485
οἱ δὲ πανημέριοι σεῖον ζυγὸν ἀμφὶς ἔχοντες.
δύσετό τ' ἠέλιος σκιόωντό τε πᾶσαι ἀγυιαί,
ἐς Φηρὰς δ' ἵκοντο Διοκλῆος ποτὶ δῶμα,
υἱέος Ὀρτιλόχοιο, τὸν Ἀλφειὸς τέκε παῖδα.
ἔνθα δὲ νύκτ' ἄεσαν, ὁ δὲ τοῖς πὰρ ξείνια θῆκεν.   490
ἦμος δ' ἠριγένεια φάνη ῥοδοδάκτυλος Ἠώς,
ἵππους τε ζεύγνυντ' ἀνά θ' ἅρματα ποικίλ' ἔβαινον·
ἐκ δ' ἔλασαν προθύροιο καὶ αἰθούσης ἐριδούπου·
μάστιξεν δ' ἐλάαν, τὼ δ' οὐκ ἀέκοντε πετέσθην.
ἷξον δ' ἐς πεδίον πυρηφόρον, ἔνθα δ' ἔπειτα   495
ἦνον ὁδόν· τοῖον γὰρ ὑπέκφερον ὠκέες ἵπποι.
δύσετό τ' ἠέλιος σκιόωντό τε πᾶσαι ἀγυιαί.

seguido por Pisístrato, vigor nestóreo,
manuseador das rédeas: látego no lombo
dos animais que arrancam velozmente plaino
adentro, atrás o íngreme rochedo pílio. 485
Durante a panjornada, jugos circunsaltam.
Sol posto, as sendas ensombrecem totalmente.
Chegam a Feres, diante do solar de Diocles,
filho de Ortíloco, prole do rio Alfeu.
Hóspedes do palácio, pernoitaram lá. 490
A matutina Aurora surge dedirrósea,
quando no carro multicor jungido partem,
deixando atrás o átrio e o rumoroso pórtico,
ágeis cavalos fustigados plaino acima.
Transpostos os trigais do campo, concluíram 495
a viagem, tão veloz era o galope equino.
Sol posto, as sendas ensombrecem totalmente.

δ

Οἱ δ' ἷξον κοίλην Λακεδαίμονα κητώεσσαν,
πρὸς δ' ἄρα δώματ' ἔλων Μενελάου κυδαλίμοιο.
τὸν δ' εὗρον δαινύντα γάμον πολλοῖσιν ἔτῃσιν
υἱέος ἠδὲ θυγατρὸς ἀμύμονος ᾧ ἐνὶ οἴκῳ.
τὴν μὲν Ἀχιλλῆος ῥηξήνορος υἱέι πέμπεν·   5
ἐν Τροίῃ γὰρ πρῶτον ὑπέσχετο καὶ κατένευσε
δωσέμεναι, τοῖσιν δὲ θεοὶ γάμον ἐξετέλειον.
τὴν ἄρ' ὅ γ' ἔνθ' ἵπποισι καὶ ἅρμασι πέμπε νέεσθαι
Μυρμιδόνων προτὶ ἄστυ περικλυτόν, οἷσιν ἄνασσεν.
υἱέι δὲ Σπάρτηθεν Ἀλέκτορος ἤγετο κούρην,   10
ὅς οἱ τηλύγετος γένετο κρατερὸς Μεγαπένθης
ἐκ δούλης· Ἑλένῃ δὲ θεοὶ γόνον οὐκέτ' ἔφαινον,
ἐπεὶ δὴ τὸ πρῶτον ἐγείνατο παῖδ' ἐρατεινήν,
Ἑρμιόνην, ἣ εἶδος ἔχε χρυσέης Ἀφροδίτης.
ὣς οἱ μὲν δαίνυντο καθ' ὑψερεφὲς μέγα δῶμα   15
γείτονες ἠδὲ ἔται Μενελάου κυδαλίμοιο,
τερπόμενοι· μετὰ δέ σφιν ἐμέλπετο θεῖος ἀοιδὸς
φορμίζων, δοιὼ δὲ κυβιστητῆρε κατ' αὐτούς,
μολπῆς ἐξάρχοντος, ἐδίνευον κατὰ μέσσους.
τὼ δ' αὖτ' ἐν προθύροισι δόμων αὐτώ τε καὶ ἵππω,   20
Τηλέμαχός θ' ἥρως καὶ Νέστορος ἀγλαὸς υἱός,
στῆσαν· ὁ δὲ προμολὼν ἴδετο κρείων Ἐτεωνεύς,
ὀτρηρὸς θεράπων Μενελάου κυδαλίμοιο,
βῆ δ' ἴμεν ἀγγελέων διὰ δώματα ποιμένι λαῶν,
ἀγχοῦ δ' ἱστάμενος ἔπεα πτερόεντα προσηύδα·   25
"ξείνω δή τινε τώδε, διοτρεφὲς ὦ Μενέλαε,

Canto IV

Ei-los que chegam nos convales espartanos,
no paço do glorioso Menelau. Encontram-no
comemorando núpcias duplas num festim,
de um filho, de uma filha que se unia ao filho
do pés-velozes destruidor de filas bélicas, 5
consorte prometida desde a agrura troica.
Os numes se empenhavam no esponsal magnífico.
Carruagens e corcéis envia com a noiva
à cidadela mirmidônia de Neoptólemo.
A filha de Alector, lacedemônia, casa 10
com Megapente, estirpe tão benquista, nato
de uma das servas: deuses negam a Helena
prole maior, após ter dado à luz Hermíone
grácil e dócil, símile da áurea Afrodite.
No imenso alcácer altiteto banqueteiam 15
vizinhos e agregados do espartano-mor,
rejubilantes: um aedo ao som da cítara
cantava, magno; a dupla de acrobatas, entre
eles, voltevolteava, preludiando a dança.
Foi quando o herói Telêmaco e o grão Pisístrato 20
frearam os cavalos bem defronte ao pórtico.
Eteoneu, soleira afora, dá com eles,
diligente escudeiro do glorioso rei.
Retorna à moradia a fim de noticiar
para o senhor a vinda com palavras-asas: 25
"Dois forasteiros chegam, Menelau divino,

ἄνδρε δύω, γενεῇ δὲ Διὸς μεγάλοιο ἔικτον.
ἀλλ' εἴπ', ἦ σφωιν καταλύσομεν ὠκέας ἵππους,
ἦ ἄλλον πέμπωμεν ἱκανέμεν, ὅς κε φιλήσῃ."
τὸν δὲ μέγ' ὀχθήσας προσέφη ξανθὸς Μενέλαος· 30
"οὐ μὲν νήπιος ἦσθα, Βοηθοΐδη Ἐτεωνεῦ,
τὸ πρίν· ἀτὰρ μὲν νῦν γε πάϊς ὣς νήπια βάζεις.
ἦ μὲν δὴ νῶι ξεινήια πολλὰ φαγόντε
ἄλλων ἀνθρώπων δεῦρ' ἱκόμεθ', αἴ κέ ποθι Ζεὺς
ἐξοπίσω περ παύσῃ ὀιζύος. ἀλλὰ λύ' ἵππους 35
ξείνων, ἐς δ' αὐτοὺς προτέρω ἄγε θοινηθῆναι."
ὣς φάθ', ὁ δὲ μεγάροιο διέσσυτο, κέκλετο δ' ἄλλους
ὀτρηροὺς θεράποντας ἅμα σπέσθαι ἑοῖ αὐτῷ.
οἱ δ' ἵππους μὲν λῦσαν ὑπὸ ζυγοῦ ἱδρώοντας,
καὶ τοὺς μὲν κατέδησαν ἐφ' ἱππείῃσι κάπῃσι, 40
πὰρ δ' ἔβαλον ζειάς, ἀνὰ δὲ κρῖ λευκὸν ἔμιξαν,
ἅρματα δ' ἔκλιναν πρὸς ἐνώπια παμφανόωντα,
αὐτοὺς δ' εἰσῆγον θεῖον δόμον. οἱ δὲ ἰδόντες
θαύμαζον κατὰ δῶμα διοτρεφέος βασιλῆος·
ὥς τε γὰρ ἠελίου αἴγλη πέλεν ἠὲ σελήνης 45
δῶμα καθ' ὑψερεφὲς Μενελάου κυδαλίμοιο.
αὐτὰρ ἐπεὶ τάρπησαν ὁρώμενοι ὀφθαλμοῖσιν,
ἔς ῥ' ἀσαμίνθους βάντες ἐυξέστας λούσαντο.
τοὺς δ' ἐπεὶ οὖν δμῳαὶ λοῦσαν καὶ χρῖσαν ἐλαίῳ,
ἀμφὶ δ' ἄρα χλαίνας οὔλας βάλον ἠδὲ χιτῶνας, 50
ἔς ῥα θρόνους ἕζοντο παρ' Ἀτρεΐδην Μενέλαον.
χέρνιβα δ' ἀμφίπολος προχόῳ ἐπέχευε φέρουσα
καλῇ χρυσείῃ ὑπὲρ ἀργυρέοιο λέβητος,
νίψασθαι· παρὰ δὲ ξεστὴν ἐτάνυσσε τράπεζαν.
σῖτον δ' αἰδοίη ταμίη παρέθηκε φέρουσα, 55
εἴδατα πόλλ' ἐπιθεῖσα, χαριζομένη παρεόντων.
δαιτρὸς δὲ κρειῶν πίνακας παρέθηκεν ἀείρας
παντοίων, παρὰ δέ σφι τίθει χρύσεια κύπελλα.
τὼ καὶ δεικνύμενος προσέφη ξανθὸς Μενέλαος·
"σίτου θ' ἅπτεσθον καὶ χαίρετον. αὐτὰρ ἔπειτα 60
δείπνου πασσαμένω εἰρησόμεθ', οἵ τινές ἐστον

e, pelo porte, a dupla tem ancestre olímpico.
Devo desatrelar os seus corcéis agílimos
ou sugerir a busca de um amigo algures?"
O flavo Menelau responde asperamente: 30
"Eteoneu Boetoide, eras menos bronco
em tempos idos: criança, pronuncias tolices.
Sentamo-nos mais de uma vez nós dois à mesa
hospitaleira de alienígenas, à espera
de que o Cronida desse fim à nossa agrura. 35
Solta a parelha e introduze os dois à mesa!"
Nem bem o ouviu, cruzou — relâmpago! — o recinto,
conclamando à tarefa mais dois escudeiros.
Disjungem os cavalos transudantes, presos
à manjedoura hípica, onde espargem branca 40
cevada e espelta. Apoiam contra o muro pleni-
brilhante o coche, introduzindo os estrangeiros
no paço divinal. Grande o estupor da dupla
ao ver o lar do basileu, prole de Zeus!
Luar ou sol, o brilho que o solar altíssimo 45
do soberano Menelau irradiava.
Passado o plenigozo que os embasbacara,
mergulham em banheiras bem brunidas. Servas
os lavam, untam de óleo os corpos. Manto espesso
vestem e a túnica depõem em torno à espádua. 50
O trono atrida ladeava suas sédias.
Da bela jarra de ouro a fâmula derrama
água bacia prata abaixo, as mãos dos hóspedes
lavando, e põe a mesa lisa ao lado de ambos.
As iguarias são servidas pela ecônoma 55
solícita, que avança postas generosas.
O trinchador escolhe carnes variadas
depondo-as junto deles, com as copas de ouro.
O louro Menelau deseja boas vindas:
"Provai as postas e alegrai-vos! Conversamos 60
sobre quem sois, só após a lauta refeição.

ἀνδρῶν· οὐ γὰρ σφῷν γε γένος ἀπόλωλε τοκήων,
ἀλλ' ἀνδρῶν γένος ἐστὲ διοτρεφέων βασιλήων
σκηπτούχων, ἐπεὶ οὔ κε κακοὶ τοιούσδε τέκοιεν."
ὣς φάτο, καί σφιν νῶτα βοὸς παρὰ πίονα θῆκεν   65
ὄπτ' ἐν χερσὶν ἑλών, τά ῥά οἱ γέρα πάρθεσαν αὐτῷ.
οἱ δ' ἐπ' ὀνείαθ' ἑτοῖμα προκείμενα χεῖρας ἴαλλον.
αὐτὰρ ἐπεὶ πόσιος καὶ ἐδητύος ἐξ ἔρον ἕντο,
δὴ τότε Τηλέμαχος προσεφώνεε Νέστορος υἱόν,
ἄγχι σχὼν κεφαλήν, ἵνα μὴ πευθοίαθ' οἱ ἄλλοι·   70
"φράζεο, Νεστορίδη, τῷ ἐμῷ κεχαρισμένε θυμῷ,
χαλκοῦ τε στεροπὴν κὰδ δώματα ἠχήεντα
χρυσοῦ τ' ἠλέκτρου τε καὶ ἀργύρου ἠδ' ἐλέφαντος.
Ζηνός που τοιήδε γ' Ὀλυμπίου ἔνδοθεν αὐλή,
ὅσσα τάδ' ἄσπετα πολλά· σέβας μ' ἔχει εἰσορόωντα."   75
τοῦ δ' ἀγορεύοντος ξύνετο ξανθὸς Μενέλαος,
καί σφεας φωνήσας ἔπεα πτερόεντα προσηύδα·
"τέκνα φίλ', ἦ τοι Ζηνὶ βροτῶν οὐκ ἄν τις ἐρίζοι·
ἀθάνατοι γὰρ τοῦ γε δόμοι καὶ κτήματ' ἔασιν·
ἀνδρῶν δ' ἤ κέν τίς μοι ἐρίσσεται, ἠὲ καὶ οὐκί,   80
κτήμασιν. ἦ γὰρ πολλὰ παθὼν καὶ πόλλ' ἐπαληθεὶς
ἠγαγόμην ἐν νηυσὶ καὶ ὀγδοάτῳ ἔτει ἦλθον,
Κύπρον Φοινίκην τε καὶ Αἰγυπτίους ἐπαληθείς,
Αἰθίοπάς θ' ἱκόμην καὶ Σιδονίους καὶ Ἐρεμβοὺς
καὶ Λιβύην, ἵνα τ' ἄρνες ἄφαρ κεραοὶ τελέθουσι.   85
τρὶς γὰρ τίκτει μῆλα τελεσφόρον εἰς ἐνιαυτόν.
ἔνθα μὲν οὔτε ἄναξ ἐπιδευὴς οὔτε τι ποιμὴν
τυροῦ καὶ κρειῶν οὐδὲ γλυκεροῖο γάλακτος,
ἀλλ' αἰεὶ παρέχουσιν ἐπηετανὸν γάλα θῆσθαι.
ἧος ἐγὼ περὶ κεῖνα πολὺν βίοτον συναγείρων   90
ἠλώμην, τῆός μοι ἀδελφεὸν ἄλλος ἔπεφνεν
λάθρῃ, ἀνωιστί, δόλῳ οὐλομένης ἀλόχοιο·
ὣς οὔ τοι χαίρων τοῖσδε κτεάτεσσιν ἀνάσσω.
καὶ πατέρων τάδε μέλλετ' ἀκουέμεν, οἵ τινες ὑμῖν
εἰσίν, ἐπεὶ μάλα πολλὰ πάθον, καὶ ἀπώλεσα οἶκον   95
εὖ μάλα ναιετάοντα, κεχανδότα πολλὰ καὶ ἐσθλά.

Decerto não declina a estirpe de nenhum
dos dois, cujos ancestres hão de ser divinos
reis porta-cetros: vis não geram gente assim."
A parte de honra ao rei, suas mãos lhes estendia,	65
o lombo pingue de um bovino, bem tostado.
E sobre a vianda suculenta as mãos avançam.
Saciada a gana de comer e de beber,
então Telêmaco voltou-se ao Nestoride,
pendendo a testa, a fim de que só ele o ouvisse:	70
"Repara, Nestoride, a quem eu prezo tanto,
o fulgor desse bronze no palácio de ecos,
e do ouro e do âmbar jalne e do marfim, da prata.
O interior do solar de Zeus será assim:
tanta riqueza faz-me presa do estupor!"	75
Enquanto fala, Menelau compreendia
o que passava e pronuncia palavras-asas:
"Não há quem se equipare, filhos, ao Cronida:
eterna sua morada, eternas suas posses.
Mortais podem se me ombrear ou não em rútilos	80
haveres que, depois de pervagar tantíssimo,
após sofrer amiúde, os trouxe em naves, oito
anos até chegar, errando em Chipre, Egito,
Fenícia. Erembos vi, sidônios, vi etíopes,
líbios, em cujo país os cornos nascem cedo	85
à testa do anho. A ovelha líbia, a cada quatro
meses, procria: sobra carne, sobra queijo,
sobra leite ao senhor como ao zagal, que munge
os animais durante o ano inteiro, sempre.
Enquanto eu pervagava recolhendo o rico	90
cabedal, um sujeito mata meu irmão,
num plano arquitetado com a esposa sórdida.
Sem alegria me assenhoro dos tesouros.
Não sei quem sois, mas no âmbito familiar
ouvistes que sofri bastante e que meu lar	95
malogrou, logradouro belo, um relicário.

ὧν ὄφελον τριτάτην περ ἔχων ἐν δώμασι μοῖραν
ναίειν, οἱ δ' ἄνδρες σόοι ἔμμεναι, οἳ τότ' ὄλοντο
Τροίῃ ἐν εὐρείῃ ἑκὰς Ἄργεος ἱπποβότοιο.
ἀλλ' ἔμπης πάντας μὲν ὀδυρόμενος καὶ ἀχεύων 100
πολλάκις ἐν μεγάροισι καθήμενος ἡμετέροισιν
ἄλλοτε μέν τε γόῳ φρένα τέρπομαι, ἄλλοτε δ' αὖτε
παύομαι· αἰψηρὸς δὲ κόρος κρυεροῖο γόοιο.
τῶν πάντων οὐ τόσσον ὀδύρομαι, ἀχνύμενός περ,
ὡς ἑνός, ὅς τέ μοι ὕπνον ἀπεχθαίρει καὶ ἐδωδὴν 105
μνωομένῳ, ἐπεὶ οὔ τις Ἀχαιῶν τόσσ' ἐμόγησεν,
ὅσσ' Ὀδυσεὺς ἐμόγησε καὶ ἤρατο. τῷ δ' ἄρ' ἔμελλεν
αὐτῷ κήδε' ἔσεσθαι, ἐμοὶ δ' ἄχος αἰὲν ἄλαστον
κείνου, ὅπως δὴ δηρὸν ἀποίχεται, οὐδέ τι ἴδμεν,
ζώει ὅ γ' ἦ τέθνηκεν. ὀδύρονταί νύ που αὐτὸν 110
Λαέρτης θ' ὁ γέρων καὶ ἐχέφρων Πηνελόπεια
Τηλέμαχός θ', ὃν ἔλειπε νέον γεγαῶτ' ἐνὶ οἴκῳ."
ὣς φάτο, τῷ δ' ἄρα πατρὸς ὑφ' ἵμερον ὦρσε γόοιο.
δάκρυ δ' ἀπὸ βλεφάρων χαμάδις βάλε πατρὸς ἀκούσας,
χλαῖναν πορφυρέην ἄντ' ὀφθαλμοῖιν ἀνασχὼν 115
ἀμφοτέρῃσιν χερσί. νόησε δέ μιν Μενέλαος,
μερμήριξε δ' ἔπειτα κατὰ φρένα καὶ κατὰ θυμόν,
ἠέ μιν αὐτὸν πατρὸς ἐάσειε μνησθῆναι
ἦ πρῶτ' ἐξερέοιτο ἕκαστά τε πειρήσαιτο.
ἧος ὁ ταῦθ' ὥρμαινε κατὰ φρένα καὶ κατὰ θυμόν, 120
ἐκ δ' Ἑλένη θαλάμοιο θυώδεος ὑψορόφοιο
ἤλυθεν Ἀρτέμιδι χρυσηλακάτῳ ἐικυῖα.
τῇ δ' ἄρ' ἅμ' Ἀδρήστη κλισίην εὔτυκτον ἔθηκεν,
Ἀλκίππη δὲ τάπητα φέρεν μαλακοῦ ἐρίοιο,
Φυλὼ δ' ἀργύρεον τάλαρον φέρε, τόν οἱ ἔθηκεν 125
Ἀλκάνδρη, Πολύβοιο δάμαρ, ὃς ἔναι' ἐνὶ Θήβῃς
Αἰγυπτίῃς, ὅθι πλεῖστα δόμοις ἐν κτήματα κεῖται·
ὃς Μενελάῳ δῶκε δύ' ἀργυρέας ἀσαμίνθους,
δοιοὺς δὲ τρίποδας, δέκα δὲ χρυσοῖο τάλαντα.
χωρὶς δ' αὖθ' Ἑλένῃ ἄλοχος πόρε κάλλιμα δῶρα· 130
χρυσέην τ' ἠλακάτην τάλαρόν θ' ὑπόκυκλον ὄπασσεν

Quisera ter um terço do que tenho em casa,
vivessem os heróis tombados na planície
troica, distantes de Argos, pasto de corcéis.
E não são raros os momentos em que choro 100
por eles todos, num dos tronos do solar,
choro de alívio que subitamente estanca,
quando se locupleta a gelidez do pranto.
A perda de um tortura-me sobremaneira,
que, só de relembrá-lo, o sono e o lauto prato 105
enfadam-me: que aqueu sofreu o que Odisseu
sofreu? Padecimento foi o que o futuro
lhe reservou, e a mim também, tão solidário
com esse herói maior: em que lonjura vive,
em que lonjura faleceu? Silêncio! O certo 110
é o pranto de Penélope e do ancião Laerte,
do recém-nato quando ele embarcou: Telêmaco!"
O moço quis chorar por Odisseu: as gotas
decaem dos cílios empoçando o chão em volta,
tão logo ouviu seu nome. Leva o manto rubro 115
aos olhos. Menelau percebe a situação,
de si para consigo indaga se o melhor
seria deixar o moço referir ao pai
ou submetê-lo a indagações mais detalhadas.
Enquanto refletia sobre o que fazer, 120
o quarto redolente de alto pé-direito
Helena deixa, igual a Ártemis, fuso-áureo.
Adreste traz-lhe adrede a silha bem lavrada,
Alcipe estende-lhe o tapete desfrisado,
Filo portava um açafate prata, dom 125
de Alcandra, flor do Egito, cônjuge de Pólibo,
em cujo lar tebano os bens se multiplicam:
o atreu ganhou um par argênteo de banheiras,
mais dez talentos de ouro, além de duas trípodes;
Alcandra presenteou Helena com a roca 130
dourada, um cesto cujas rodas eram prata,

ἀργύρεον, χρυσῷ δ' ἐπὶ χείλεα κεκράαντο.
τόν ῥά οἱ ἀμφίπολος Φυλὼ παρέθηκε φέρουσα
νήματος ἀσκητοῖο βεβυσμένον· αὐτὰρ ἐπ' αὐτῷ
ἠλακάτη τετάνυστο ἰοδνεφὲς εἶρος ἔχουσα.   135
ἕζετο δ' ἐν κλισμῷ, ὑπὸ δὲ θρῆνυς ποσὶν ἦεν.
αὐτίκα δ' ἥ γ' ἐπέεσσι πόσιν ἐρέεινεν ἕκαστα·
"ἴδμεν δή, Μενέλαε διοτρεφές, οἵ τινες οἵδε
ἀνδρῶν εὐχετόωνται ἱκανέμεν ἡμέτερον δῶ;
ψεύσομαι ἦ ἔτυμον ἐρέω; κέλεται δέ με θυμός.   140
οὐ γάρ πώ τινά φημι ἐοικότα ὧδε ἰδέσθαι
οὔτ' ἄνδρ' οὔτε γυναῖκα, σέβας μ' ἔχει εἰσορόωσαν,
ὡς ὅδ' Ὀδυσσῆος μεγαλήτορος υἷι ἔοικε,
Τηλεμάχῳ, τὸν ἔλειπε νέον γεγαῶτ' ἐνὶ οἴκῳ
κεῖνος ἀνήρ, ὅτ' ἐμεῖο κυνώπιδος εἵνεκ' Ἀχαιοὶ   145
ἤλθεθ' ὑπὸ Τροίην πόλεμον θρασὺν ὁρμαίνοντες."
τὴν δ' ἀπαμειβόμενος προσέφη ξανθὸς Μενέλαος·
"οὕτω νῦν καὶ ἐγὼ νοέω, γύναι, ὡς σὺ ἐΐσκεις·
κείνου γὰρ τοιοίδε πόδες τοιαίδε τε χεῖρες
ὀφθαλμῶν τε βολαὶ κεφαλή τ' ἐφύπερθέ τε χαῖται.   150
καὶ νῦν ἦ τοι ἐγὼ μεμνημένος ἀμφ' Ὀδυσῆι
μυθεόμην, ὅσα κεῖνος ὀιζύσας ἐμόγησεν
ἀμφ' ἐμοί, αὐτὰρ ὁ πικρὸν ὑπ' ὀφρύσι δάκρυον εἶβε,
χλαῖναν πορφυρέην ἄντ' ὀφθαλμοῖιν ἀνασχών."
τὸν δ' αὖ Νεστορίδης Πεισίστρατος ἀντίον ηὔδα·   155
"Ἀτρεΐδη Μενέλαε διοτρεφές, ὄρχαμε λαῶν,
κείνου μέν τοι ὅδ' υἱὸς ἐτήτυμον, ὡς ἀγορεύεις·
ἀλλὰ σαόφρων ἐστί, νεμεσσᾶται δ' ἐνὶ θυμῷ
ὧδ' ἐλθὼν τὸ πρῶτον ἐπεσβολίας ἀναφαίνειν
ἄντα σέθεν, τοῦ νῶι θεοῦ ὣς τερπόμεθ' αὐδῇ.   160
αὐτὰρ ἐμὲ προέηκε Γερήνιος ἱππότα Νέστωρ
τῷ ἅμα πομπὸν ἕπεσθαι· ἐέλδετο γάρ σε ἰδέσθαι,
ὄφρα οἱ ἤ τι ἔπος ὑποθήσεαι ἠέ τι ἔργον.
πολλὰ γὰρ ἄλγε' ἔχει πατρὸς πάϊς οἰχομένοιο
ἐν μεγάροις, ᾧ μὴ ἄλλοι ἀοσσητῆρες ἔωσιν,   165
ὡς νῦν Τηλεμάχῳ ὁ μὲν οἴχεται, οὐδέ οἱ ἄλλοι

com ouro nas borduras, lavra de um perito.
Foi Filo, a ancila, quem o aproximou de Helena,
repleto de filames retorcidos. Põe
por cima a roca e a lã violeta encima a roca. 135
Sentou-se Helena; sob os pés, um escabelo.
Demanda a Menelau a identidade deles:
"Sabemos, Menelau divino, quem seriam
os moços que se nos destina receber?
Erro ou acerto? Apenas ouço o coração. 140
Afirmo nunca ter presenciado igual
similitude do que a entre o rapaz (estou
estupefata!) e o filho de Odisseu, Telêmaco,
recém-nascido quando o herói deixou o paço
atrás de mim, atrás da cara-de-cadela, 145
o estopim da querela, argivos sob Ílion."
E o flavo Menelau: "Concordo plenamente
com a comparação que agora fazes: pés,
cabeça, mãos, cabelos, expressão de rosto,
em tudo os dois se espelham tais e quais. Um pouco 150
antes de tua chegada, ao recordar o itácio,
contava o quanto padeceu e se empenhou
por mim, e sob os cílios lhe caíram lágrimas,
antes de o manto púrpura encobrir-lhe os olhos."
Toma a palavra o filho de Nestor: "Atrida, 155
estirpe do Cronida, magno condutor
de povos: trata-se do filho de Odisseu,
mas por recolhimento e por pudor, primeira
vez no teu paço, teme errar o tom da fala
à tua frente, quase um deus a quem ouvimos. 160
Nestor, ginete exímio, me mandou com ele,
imbuído em escoltá-lo: seu anseio é
obter de ti um norte, algum conselho guia.
Se o pai partiu, o filho sofre muitas dores
em casa, quando o apoio falta, como é o caso 165
dele que não encontra em Ítaca um só ser

εἴσ᾽ οἵ κεν κατὰ δῆμον ἀλάλκοιεν κακότητα."
τὸν δ᾽ ἀπαμειβόμενος προσέφη ξανθὸς Μενέλαος·
"ὢ πόποι, ἦ μάλα δὴ φίλου ἀνέρος υἱὸς ἐμὸν δῶ
ἵκεθ᾽, ὃς εἵνεκ᾽ ἐμεῖο πολέας ἐμόγησεν ἀέθλους· 170
καί μιν ἔφην ἐλθόντα φιλησέμεν ἔξοχον ἄλλων
Ἀργείων, εἰ νῶιν ὑπεὶρ ἅλα νόστον ἔδωκε
νηυσὶ θοῇσι γενέσθαι Ὀλύμπιος εὐρύοπα Ζεύς.
καί κέ οἱ Ἄργεϊ νάσσα πόλιν καὶ δώματ᾽ ἔτευξα,
ἐξ Ἰθάκης ἀγαγὼν σὺν κτήμασι καὶ τέκεϊ ᾧ 175
καὶ πᾶσιν λαοῖσι, μίαν πόλιν ἐξαλαπάξας,
αἳ περιναιετάουσιν, ἀνάσσονται δ᾽ ἐμοὶ αὐτῷ.
καί κε θάμ᾽ ἐνθάδ᾽ ἐόντες ἐμισγόμεθ᾽· οὐδέ κεν ἡμέας
ἄλλο διέκρινεν φιλέοντέ τε τερπομένω τε,
πρίν γ᾽ ὅτε δὴ θανάτοιο μέλαν νέφος ἀμφεκάλυψεν. 180
ἀλλὰ τὰ μέν που μέλλεν ἀγάσσεσθαι θεὸς αὐτός,
ὃς κεῖνον δύστηνον ἀνόστιμον οἶον ἔθηκεν."
ὣς φάτο, τοῖσι δὲ πᾶσιν ὑφ᾽ ἵμερον ὦρσε γόοιο.
κλαῖε μὲν Ἀργείη Ἑλένη, Διὸς ἐκγεγαυῖα,
κλαῖε δὲ Τηλέμαχός τε καὶ Ἀτρεΐδης Μενέλαος, 185
οὐδ᾽ ἄρα Νέστορος υἱὸς ἀδακρύτω ἔχεν ὄσσε·
μνήσατο γὰρ κατὰ θυμὸν ἀμύμονος Ἀντιλόχοιο,
τόν ῥ᾽ Ἠοῦς ἔκτεινε φαεινῆς ἀγλαὸς υἱός·
τοῦ ὅ γ᾽ ἐπιμνησθεὶς ἔπεα πτερόεντ᾽ ἀγόρευεν·
"Ἀτρεΐδη, περὶ μέν σε βροτῶν πεπνυμένον εἶναι 190
Νέστωρ φάσχ᾽ ὁ γέρων, ὅτ᾽ ἐπιμνησαίμεθα σεῖο
οἷσιν ἐνὶ μεγάροισι, καὶ ἀλλήλους ἐρέοιμεν.
καὶ νῦν, εἴ τί που ἔστι, πίθοιό μοι· οὐ γὰρ ἐγώ γε
τέρπομ᾽ ὀδυρόμενος μεταδόρπιος, ἀλλὰ καὶ ἠὼς
ἔσσεται ἠριγένεια· νεμεσσῶμαί γε μὲν οὐδὲν 195
κλαίειν ὅς κε θάνῃσι βροτῶν καὶ πότμον ἐπίσπῃ.
τοῦτό νυ καὶ γέρας οἶον ὀιζυροῖσι βροτοῖσιν,
κείρασθαί τε κόμην βαλέειν τ᾽ ἀπὸ δάκρυ παρειῶν.
καὶ γὰρ ἐμὸς τέθνηκεν ἀδελφεός, οὔ τι κάκιστος
Ἀργείων· μέλλεις δὲ σὺ ἴδμεναι· οὐ γὰρ ἐγώ γε 200
ἤντησ᾽ οὐδὲ ἴδον· περὶ δ᾽ ἄλλων φασὶ γενέσθαι

que o ajude a removê-lo da infelicidade."
E Menelau responde: "Ah! Recebo em casa
o filho de um amigo a quem eu quero muito,
sempre a favor de mim em lutas dificílimas! 170
Meu sonho sempre foi favorecê-lo mais
que os outros gregos, se o Cronida tonitruante
nos concedesse navegar com sorte ao lar.
Meu prêmio: a urbe em Argos, sede de um palácio,
depois de conduzi-lo de Ítaca com filho, 175
haveres, toda gente, após evacuar
uma cidade inteira aqui, a mim sujeita.
Vizinhos, nos encontraríamos amiúde,
e nada nos separaria em nosso júbilo
até que a morte — nuvem negra — nos cobrisse. 180
Teria um dos eternos me invejado o plano,
para impedir, só a ele!, a viagem de retorno?"
Falou e suscitou desejo de chorar.
Chorava Helena argiva, prole do Cronida;
chorava o itácio, o louro atreide Menelau; 185
o Nestoride mal continha o pranto: a Antíloco
rememorava, nobre herói, que o filho rútilo
da dedirrósea Aurora fulminara. Alígeras
palavras pronuncia de recordação:
"Atreu, que sejas mais agudo que os demais, 190
o ancião Nestor dizia nas conversas que ambos
mantínhamos no paço, a que tornavas sempre.
Me arrisco agora a te solicitar o obséquio
de à mesa suspendermos nosso pranto. O dia
a dedirrósea nos concede. Não desdenho 195
quem chore alguém tolhido pela ação de Tânatos.
Ao infeliz mortal é dado o privilégio
de oferecer cabelos e prantear a cântaros.
Meu próprio irmão morreu e não era o pior
aqueu. Sabes melhor do que eu, pois não o vi 200
jamais. Há quem afirme que ele foi um ás

Ἀντίλοχον, πέρι μὲν θείειν ταχὺν ἠδὲ μαχητήν."
τὸν δ᾽ ἀπαμειβόμενος προσέφη ξανθὸς Μενέλαος·
"ὦ φίλ᾽, ἐπεὶ τόσα εἶπες, ὅσ᾽ ἂν πεπνυμένος ἀνὴρ
εἴποι καὶ ῥέξειε, καὶ ὃς προγενέστερος εἴη· 205
τοίου γὰρ καὶ πατρός, ὃ καὶ πεπνυμένα βάζεις,
ῥεῖα δ᾽ ἀρίγνωτος γόνος ἀνέρος ᾧ τε Κρονίων
ὄλβον ἐπικλώσῃ γαμέοντί τε γεινομένῳ τε,
ὡς νῦν Νέστορι δῶκε διαμπερὲς ἤματα πάντα
αὐτὸν μὲν λιπαρῶς γηρασκέμεν ἐν μεγάροισιν, 210
υἱέας αὖ πινυτούς τε καὶ ἔγχεσιν εἶναι ἀρίστους.
ἡμεῖς δὲ κλαυθμὸν μὲν ἐάσομεν, ὃς πρὶν ἐτύχθη,
δόρπου δ᾽ ἐξαῦτις μνησώμεθα, χερσὶ δ᾽ ἐφ᾽ ὕδωρ
χευάντων. μῦθοι δὲ καὶ ἠῶθέν περ ἔσονται
Τηλεμάχῳ καὶ ἐμοὶ διαειπέμεν ἀλλήλοισιν." 215
ὣς ἔφατ᾽, Ἀσφαλίων δ᾽ ἄρ ὕδωρ ἐπὶ χεῖρας ἔχευεν,
ὀτρηρὸς θεράπων Μενελάου κυδαλίμοιο.
οἱ δ᾽ ἐπ᾽ ὀνείαθ᾽ ἑτοῖμα προκείμενα χεῖρας ἴαλλον.
ἔνθ᾽ αὖτ᾽ ἄλλ᾽ ἐνόησ᾽ Ἑλένη Διὸς ἐκγεγαυῖα·
αὐτίκ᾽ ἄρ᾽ εἰς οἶνον βάλε φάρμακον, ἔνθεν ἔπινον, 220
νηπενθές τ᾽ ἄχολόν τε, κακῶν ἐπίληθον ἁπάντων.
ὃς τὸ καταβρόξειεν, ἐπὴν κρητῆρι μιγείη,
οὔ κεν ἐφημέριός γε βάλοι κατὰ δάκρυ παρειῶν,
οὐδ᾽ εἴ οἱ κατατεθναίη μήτηρ τε πατήρ τε,
οὐδ᾽ εἴ οἱ προπάροιθεν ἀδελφεὸν ἢ φίλον υἱὸν 225
χαλκῷ δηιόῳεν, ὁ δ᾽ ὀφθαλμοῖσιν ὁρῷτο.
τοῖα Διὸς θυγάτηρ ἔχε φάρμακα μητιόεντα,
ἐσθλά, τά οἱ Πολύδαμνα πόρεν, Θῶνος παράκοιτις
Αἰγυπτίη, τῇ πλεῖστα φέρει ζείδωρος ἄρουρα
φάρμακα, πολλὰ μὲν ἐσθλὰ μεμιγμένα πολλὰ δὲ λυγρά· 230
ἰητρὸς δὲ ἕκαστος ἐπιστάμενος περὶ πάντων
ἀνθρώπων· ἦ γὰρ Παιήονός εἰσι γενέθλης.
αὐτὰρ ἐπεί ῥ᾽ ἐνέηκε κέλευσέ τε οἰνοχοῆσαι,
ἐξαῦτις μύθοισιν ἀμειβομένη προσέειπεν·
"Ἀτρεΐδη Μενέλαε διοτρεφὲς ἠδὲ καὶ οἵδε 235
ἀνδρῶν ἐσθλῶν παῖδες· ἀτὰρ θεὸς ἄλλοτε ἄλλῳ

nas pistas de corrida, bom guerreiro em Ílion."
E o louro Menelau assim lhe respondeu:
"Ó caro, tudo o que disseste é o que diria,
faria um homem sábio em fase maturada. 205
Tua lucidez faz jus à origem nestoride.
É fácil conhecer os descendentes do homem
a quem Zeus brinda com a sorte ao se casar
e ao constituir estirpe. É o caso de Nestor,
que vive a plenitude senescente em casa, 210
rodeado pela prole arguta, mor na armada.
Suspendamos o pranto a que nos entregamos!
Tornemos ao banquete, depurando as mãos
na água sem nódoa. À luz da aurora, o itácio fala
comigo e eu com ele no intercurso afável." 215
Calou. Asfálio esparge água sobre as mãos,
pajem solícito de Menelau. As mãos
buscam as carnes prontas. A divina Helena
labora um plano diferente: versa fármaco
no vinho que bebiam: sofrimento, cólera, 220
os males memoráveis, tudo amortecia.
Quem sorvesse a mistura da cratera funda,
susteria o lamento na extensão de um dia,
mesmo se mortos pai e mãe, mesmo se mortos
à sua frente, a fio de bronze, irmão ou filho. 225
A filha do Cronida recebera o fármaco
penseroso de júbilo de Polidama,
mulher de Tone, a egípcia. O solo fértil mana
bastante droga, que repara ou que assassina.
Os médicos mais doutos são do Egito e todos 230
pertencem à linhagem de Peone. O vinho
mesclado na cratera ela ordenou verter
nas copas, retomando então sua conversa:
"Menelau, prole do Cronida, ilustres filhos
de heróis altivos, Zeus alterna suas dádivas, 235
tristes e prazerosas. O festim gozai

Ζεὺς ἀγαθόν τε κακόν τε διδοῖ· δύναται γὰρ ἅπαντα·
ἦ τοι νῦν δαίνυσθε καθήμενοι ἐν μεγάροισι
καὶ μύθοις τέρπεσθε· ἐοικότα γὰρ καταλέξω.
πάντα μὲν οὐκ ἂν ἐγὼ μυθήσομαι οὐδ' ὀνομήνω, 240
ὅσσοι Ὀδυσσῆος ταλασίφρονός εἰσιν ἄεθλοι·
ἀλλ' οἷον τόδ' ἔρεξε καὶ ἔτλη καρτερὸς ἀνὴρ
δήμῳ ἔνι Τρώων, ὅθι πάσχετε πήματ' Ἀχαιοί.
αὐτόν μιν πληγῇσιν ἀεικελίῃσι δαμάσσας,
σπεῖρα κάκ' ἀμφ' ὤμοισι βαλών, οἰκῆι ἐοικώς, 245
ἀνδρῶν δυσμενέων κατέδυ πόλιν εὐρυάγυιαν·
ἄλλῳ δ' αὐτὸν φωτὶ κατακρύπτων ἤισκε,
δέκτῃ, ὃς οὐδὲν τοῖος ἔην ἐπὶ νηυσὶν Ἀχαιῶν.
τῷ ἴκελος κατέδυ Τρώων πόλιν, οἱ δ' ἀβάκησαν
πάντες· ἐγὼ δέ μιν οἴη ἀνέγνων τοῖον ἐόντα, 250
καί μιν ἀνηρώτων· ὁ δὲ κερδοσύνῃ ἀλέεινεν.
ἀλλ' ὅτε δή μιν ἐγὼ λόεον καὶ χρῖον ἐλαίῳ,
ἀμφὶ δὲ εἵματα ἕσσα καὶ ὤμοσα καρτερὸν ὅρκον
μὴ μὲν πρὶν Ὀδυσῆα μετὰ Τρώεσσ' ἀναφῆναι,
πρίν γε τὸν ἐς νῆάς τε θοὰς κλισίας τ' ἀφικέσθαι, 255
καὶ τότε δή μοι πάντα νόον κατέλεξεν Ἀχαιῶν.
πολλοὺς δὲ Τρώων κτείνας ταναήκεϊ χαλκῷ
ἦλθε μετ' Ἀργείους, κατὰ δὲ φρόνιν ἤγαγε πολλήν.
ἔνθ' ἄλλαι Τρωαὶ λίγ' ἐκώκυον· αὐτὰρ ἐμὸν κῆρ
χαῖρ', ἐπεὶ ἤδη μοι κραδίη τέτραπτο νέεσθαι 260
ἂψ οἶκόνδ', ἄτην δὲ μετέστενον, ἣν Ἀφροδίτη
δῶχ', ὅτε μ' ἤγαγε κεῖσε φίλης ἀπὸ πατρίδος αἴης,
παῖδά τ' ἐμὴν νοσφισσαμένην θάλαμόν τε πόσιν τε
οὔ τευ δευόμενον, οὔτ' ἂρ φρένας οὔτε τι εἶδος."
τὴν δ' ἀπαμειβόμενος προσέφη ξανθὸς Μενέλαος· 265
"ναὶ δὴ ταῦτά γε πάντα, γύναι, κατὰ μοῖραν ἔειπες.
ἤδη μὲν πολέων ἐδάην βουλήν τε νόον τε
ἀνδρῶν ἡρώων, πολλὴν δ' ἐπελήλυθα γαῖαν·
ἀλλ' οὔ πω τοιοῦτον ἐγὼν ἴδον ὀφθαλμοῖσιν,
οἷν Ὀδυσσῆος ταλασίφρονος ἔσκε φίλον κῆρ. 270
οἷον καὶ τόδ' ἔρεξε καὶ ἔτλη καρτερὸς ἀνὴρ

sentados no recinto magno! Ao prazer,
portanto, das palavras! Calha o que eu direi:
seria incapaz de referir-me ou relatar
tudo o que o incansável Odisseu forjou, 240
mas algo — e que algo! — do que o herói cumpriu em Troia,
onde sofrestes tanto, permiti que eu conte:
Depois de seviciar o próprio corpo, veste
uns panos sórdidos e adentra, feito fâmulo,
na cidadela de amplas vias do inimigo. 245
Fez-se passar por Decte, embora o verdadeiro,
à beira dos navios aqueus, não fosse igual.
Feito ele entrou despercebido na urbe troica,
só eu o conheci no seu anonimato.
Desconversava esperto ao que eu lhe perguntava. 250
Mas, depois que o lavei e untei com óleo o corpo,
vestido em roupas novas, prometi solene-
mente não denunciar aos troicos Odisseu,
antes que reganhasse a nau e a tenda grega.
E dele pude ouvir o plano aqueu completo. 255
Levou aos companheiros as notícias fartas
só após apunhalar bom número de troicos.
Meu coração exulta ao choro das troianas,
pois só batia por reaver meu próprio lar.
E lamentava *ate*, a insensatez que Cípris 260
me presenteou ao viajar da bela Esparta,
tálamo, filha, esposo percuciente e belo
como jamais eu vi igual, deixando atrás."
E o aloirado Menelau assim lhe disse:
"Não falta propriedade, esposa, em tuas palavras. 265
De inúmeros heróis eu conheci a mente
e suas decisões. Me foi possível ir
às mais diversas regiões, mas nunca vi
um coração igual ao de Odisseu tenaz.
Graças ao magno herói concluímos no cavalo, 270
em cujo interno amadeirado aqueus, somente

ἵππῳ ἔνι ξεστῷ, ἵν' ἐνήμεθα πάντες ἄριστοι
Ἀργείων Τρώεσσι φόνον καὶ κῆρα φέροντες.
ἦλθες ἔπειτα σὺ κεῖσε· κελευσέμεναι δέ σ' ἔμελλε
δαίμων, ὃς Τρώεσσιν ἐβούλετο κῦδος ὀρέξαι· 275
καί τοι Δηΐφοβος θεοείκελος ἕσπετ' ἰούσῃ.
τρὶς δὲ περίστειξας κοῖλον λόχον ἀμφαφόωσα,
ἐκ δ' ὀνομακλήδην Δαναῶν ὀνόμαζες ἀρίστους,
πάντων Ἀργείων φωνὴν ἴσκουσ' ἀλόχοισιν.
αὐτὰρ ἐγὼ καὶ Τυδεΐδης καὶ δῖος Ὀδυσσεὺς 280
ἥμενοι ἐν μέσσοισιν ἀκούσαμεν ὡς ἐβόησας.
νῶι μὲν ἀμφοτέρω μενεήναμεν ὁρμηθέντε
ἢ ἐξελθέμεναι, ἢ ἔνδοθεν αἶψ' ὑπακοῦσαι·
ἀλλ' Ὀδυσεὺς κατέρυκε καὶ ἔσχεθεν ἱεμένω περ.
ἔνθ' ἄλλοι μὲν πάντες ἀκὴν ἔσαν υἷες Ἀχαιῶν, 285
Ἄντικλος δὲ σέ γ' οἶος ἀμείψασθαι ἐπέεσσιν
ἤθελεν. ἀλλ' Ὀδυσεὺς ἐπὶ μάστακα χερσὶ πίεζεν
νωλεμέως κρατερῇσι, σάωσε δὲ πάντας Ἀχαιούς·
τόφρα δ' ἔχ', ὄφρα σε νόσφιν ἀπήγαγε Παλλὰς Ἀθήνη."
τὸν δ' αὖ Τηλέμαχος πεπνυμένος ἀντίον ηὔδα· 290
"Ἀτρεΐδη Μενέλαε διοτρεφές, ὄρχαμε λαῶν,
ἄλγιον· οὐ γάρ οἵ τι τάδ' ἤρκεσε λυγρὸν ὄλεθρον,
οὐδ' εἴ οἱ κραδίη γε σιδηρέη ἔνδοθεν ἦεν.
ἀλλ' ἄγετ' εἰς εὐνὴν τράπεθ' ἡμέας, ὄφρα καὶ ἤδη
ὕπνῳ ὕπο γλυκερῷ ταρπώμεθα κοιμηθέντες." 295
ὣς ἔφατ', Ἀργείη δ' Ἑλένη δμῳῇσι κέλευσεν
δέμνι' ὑπ' αἰθούσῃ θέμεναι καὶ ῥήγεα καλὰ
πορφύρε' ἐμβαλέειν στορέσαι τ' ἐφύπερθε τάπητας,
χλαίνας τ' ἐνθέμεναι οὔλας καθύπερθεν ἕσασθαι.
αἱ δ' ἴσαν ἐκ μεγάροιο δάος μετὰ χερσὶν ἔχουσαι, 300
δέμνια δὲ στόρεσαν· ἐκ δὲ ξείνους ἄγε κῆρυξ.
οἱ μὲν ἄρ' ἐν προδόμῳ δόμου αὐτόθι κοιμήσαντο,
Τηλέμαχός θ' ἥρως καὶ Νέστορος ἀγλαὸς υἱός·
Ἀτρεΐδης δὲ καθεῦδε μυχῷ δόμου ὑψηλοῖο,
πὰρ δ' Ἑλένη τανύπεπλος ἐλέξατο, δῖα γυναικῶν. 305
ἦμος δ' ἠριγένεια φάνη ῥοδοδάκτυλος Ἠώς,

os mais bravios, estavam, a vingança rubra
que dizimou os troicos. E te aproximaste
desse artefato — um deus-demônio não te guiara,
simpático aos troianos? Símile divino, 275
Deífobo seguia tuas passadas. Três
vezes rodeaste a emboscada cava, e o nome
dos dânaos principais chamavas, simulando
o tom de voz de cada uma das esposas:
ao lado deles, eu, mais Odisseu, Tideide, 280
ouvíamos teus clamores. De repente, todos
nos levantamos com o intuito de sair
ou para responder de dentro, mas o itácio
conseguiu nos conter, embora rumorosos.
Todos os filhos dos aqueus se imobilizam, 285
menos um, desejoso de falar contigo:
Anticlos. Odisseu aperta as mãos potentes
em sua boca, preservando o grupo até
que Atena Palas te levasse para longe."
Então Telêmaco toma a palavra: "Atreide, 290
estirpe do Cronida, minha dor se agrava,
pois nem sendo quem foi, ele escapou da morte
lutuosa, mesmo que batesse nele um cárdio
de ferro. Peço que nos mandes para o leito,
a fim de que o torpor do sono prazeroso 295
nos possa repousar." Findou a fala. Helena
ordena que as escravas ponham sob o pórtico
leitos de estofos rubros, recobertos, mantas
vilosas sobrepostas para protegê-los.
Avançam pela sala segurando o archote, 300
fazem as camas, e um arauto traz os hóspedes.
Pisístrato e Telêmaco se recolheram
no átrio do paço, o atrida Menelau ingressa
no interno de alto teto, junto da consorte
Helena, peplo-roçagante, deia quase. 305
Ressurge Aurora dedirrósea e Menelau,

ὤρνυτ' ἄρ' ἐξ εὐνῆφι βοὴν ἀγαθὸς Μενέλαος
εἵματα ἐσσάμενος, περὶ δὲ ξίφος ὀξὺ θέτ' ὤμῳ,
ποσσὶ δ' ὑπὸ λιπαροῖσιν ἐδήσατο καλὰ πέδιλα,
βῆ δ' ἴμεν ἐκ θαλάμοιο θεῷ ἐναλίγκιος ἄντην, 310
Τηλεμάχῳ δὲ παρῖζεν, ἔπος τ' ἔφατ' ἔκ τ' ὀνόμαζεν·
"τίπτε δέ σε χρειὼ δεῦρ' ἤγαγε, Τηλέμαχ' ἥρως,
ἐς Λακεδαίμονα δῖαν, ἐπ' εὐρέα νῶτα θαλάσσης;
δήμιον ἦ ἴδιον; τόδε μοι νημερτὲς ἐνίσπες."
τὸν δ' αὖ Τηλέμαχος πεπνυμένος ἀντίον ηὔδα· 315
"Ἀτρεΐδη Μενέλαε διοτρεφές, ὄρχαμε λαῶν,
ἤλυθον, εἴ τινά μοι κληηδόνα πατρὸς ἐνίσποις.
ἐσθίεταί μοι οἶκος, ὄλωλε δὲ πίονα ἔργα,
δυσμενέων δ' ἀνδρῶν πλεῖος δόμος, οἵ τέ μοι αἰεὶ
μῆλ' ἀδινὰ σφάζουσι καὶ εἰλίποδας ἕλικας βοῦς, 320
μητρὸς ἐμῆς μνηστῆρες ὑπέρβιον ὕβριν ἔχοντες.
τούνεκα νῦν τὰ σὰ γούναθ' ἱκάνομαι, αἴ κ' ἐθέλῃσθα
κείνου λυγρὸν ὄλεθρον ἐνισπεῖν, εἴ που ὄπωπας
ὀφθαλμοῖσι τεοῖσιν ἢ ἄλλου μῦθον ἄκουσας
πλαζομένου· περὶ γάρ μιν ὀιζυρὸν τέκε μήτηρ. 325
μηδέ τί μ' αἰδόμενος μειλίσσεο μηδ' ἐλεαίρων,
ἀλλ' εὖ μοι κατάλεξον ὅπως ἤντησας ὀπωπῆς.
λίσσομαι, εἴ ποτέ τοί τι πατὴρ ἐμός, ἐσθλὸς Ὀδυσσεὺς
ἢ ἔπος ἠέ τι ἔργον ὑποστὰς ἐξετέλεσσε
δήμῳ ἔνι Τρώων, ὅθι πάσχετε πήματ' Ἀχαιοί, 330
τῶν νῦν μοι μνῆσαι, καί μοι νημερτὲς ἐνίσπες."
τὸν δὲ μέγ' ὀχθήσας προσέφη ξανθὸς Μενέλαος·
"ὢ πόποι, ἦ μάλα δὴ κρατερόφρονος ἀνδρὸς ἐν εὐνῇ
ἤθελον εὐνηθῆναι ἀνάλκιδες αὐτοὶ ἐόντες.
ὡς δ' ὁπότ' ἐν ξυλόχῳ ἔλαφος κρατεροῖο λέοντος 335
νεβροὺς κοιμήσασα νεηγενέας γαλαθηνοὺς
κνημοὺς ἐξερέῃσι καὶ ἄγκεα ποιήεντα
βοσκομένη, ὁ δ' ἔπειτα ἑὴν εἰσήλυθεν εὐνήν,
ἀμφοτέροισι δὲ τοῖσιν ἀεικέα πότμον ἐφῆκεν,
ὣς Ὀδυσεὺς κείνοισιν ἀεικέα πότμον ἐφήσει. 340
αἲ γάρ, Ζεῦ τε πάτερ καὶ Ἀθηναίη καὶ Ἄπολλον,

brado estentóreo, deixa o leito. Apõe na espádua,
de viés, a espada, sobre a roupa que vestira,
calça as sandálias reluzentes e abandona
o tálamo com porte similar a um deus. 310
Busca Telêmaco e o indaga: "Qual motivo
levou-te a navegar, herói, sobre o amplidorso
talásseo, até a Lacedemônia imorredoura?
É assunto público ou privado? Sê sincero!"
Telêmaco pesa as palavras: "Menelau 315
atrida, prole do Cronida, rei de povos,
vim para ouvir se tens notícias de meu pai.
Fenece o campo fértil, comem o solar;
um bando hostil ocupa o paço itácio, pécoras
e bois cornirrecurvos, passicurvos, matam: 320
pretendem minha mãe com húbris desmedida.
Toco-te os joelhos em sinal de minha súplica,
acaso possas me narrar seu fim duríssimo,
visto por ti ou presenciado por algum
errante. A mãe o gera para a desfortuna. 325
Nada atenues para me poupar, mas conta
detalhes de seu caso tais e quais. Eu rogo,
se meu heroico pai cumpriu na ação, na ágora,
tudo o que prometera perfazer em Troia,
onde os aqueus sofreram tantas dores: traz 330
para o presente os fatos, fala francamente!"
E Menelau responde contrariado: "O quê?
Um bando de velhacos tem a intenção
de se deitar no leito de um magnopensante?
Cerva que no covil de um leão terrível deixa 335
os dois cervatos, láctea, quando busca em vales
ervosos e em outeiros pasto, e ele torna
à toca e dá com ambos dentro e os fulmina
terrivelmente, o itácio Odisseu de volta
ao lar fulminará terrivelmente a corja. 340
Pudera Zeus, Atena e Apolo, ser tal qual

τοῖος ἐών, οἷός ποτ' ἐυκτιμένῃ ἐνὶ Λέσβῳ
ἐξ ἔριδος Φιλομηλεΐδῃ ἐπάλαισεν ἀναστάς,
κὰδ δ' ἔβαλε κρατερῶς, κεχάροντο δὲ πάντες Ἀχαιοί,
τοῖος ἐὼν μνηστῆρσιν ὁμιλήσειεν Ὀδυσσεύς· 345
πάντες κ' ὠκύμοροί τε γενοίατο πικρόγαμοί τε.
ταῦτα δ' ἅ μ' εἰρωτᾷς καὶ λίσσεαι, οὐκ ἂν ἐγώ γε
ἄλλα παρὲξ εἴποιμι παρακλιδόν, οὐδ' ἀπατήσω,
ἀλλὰ τὰ μέν μοι ἔειπε γέρων ἅλιος νημερτής,
τῶν οὐδέν τοι ἐγὼ κρύψω ἔπος οὐδ' ἐπικεύσω. 350
Αἰγύπτῳ μ' ἔτι δεῦρο θεοὶ μεμαῶτα νέεσθαι
ἔσχον, ἐπεὶ οὔ σφιν ἔρεξα τεληέσσας ἑκατόμβας.
οἱ δ' αἰεὶ βούλοντο θεοὶ μεμνῆσθαι ἐφετμέων.
νῆσος ἔπειτά τις ἔστι πολυκλύστῳ ἐνὶ πόντῳ
Αἰγύπτου προπάροιθε, Φάρον δέ ἑ κικλήσκουσι, 355
τόσσον ἄνευθ' ὅσσον τε πανημερίη γλαφυρὴ νηῦς
ἤνυσεν, ᾗ λιγὺς οὖρος ἐπιπνείῃσιν ὄπισθεν·
ἐν δὲ λιμὴν ἐύορμος, ὅθεν τ' ἀπὸ νῆας ἐίσας
ἐς πόντον βάλλουσιν, ἀφυσσάμενοι μέλαν ὕδωρ.
ἔνθα μ' ἐείκοσιν ἤματ' ἔχον θεοί, οὐδέ ποτ' οὖροι 360
πνείοντες φαίνονθ' ἁλιαέες, οἵ ῥά τε νηῶν
πομπῆες γίγνονται ἐπ' εὐρέα νῶτα θαλάσσης.
καί νύ κεν ἤια πάντα κατέφθιτο καὶ μένε' ἀνδρῶν,
εἰ μή τίς με θεῶν ὀλοφύρατο καί μ' ἐσάωσε,
Πρωτέος ἰφθίμου θυγάτηρ ἁλίοιο γέροντος, 365
Εἰδοθέη· τῇ γάρ ῥα μάλιστά γε θυμὸν ὄρινα.
ἥ μ' οἴῳ ἔρροντι συνήντετο νόσφιν ἑταίρων·
αἰεὶ γὰρ περὶ νῆσον ἀλώμενοι ἰχθυάασκον
γναμπτοῖς ἀγκίστροισιν, ἔτειρε δὲ γαστέρα λιμός.
ἡ δέ μευ ἄγχι στᾶσα ἔπος φάτο φώνησέν τε· 370
'νήπιός εἰς, ὦ ξεῖνε, λίην τόσον ἠδὲ χαλίφρων,
ἦε ἑκὼν μεθίεις καὶ τέρπεαι ἄλγεα πάσχων;
ὡς δὴ δήθ' ἐνὶ νήσῳ ἐρύκεαι, οὐδέ τι τέκμωρ
εὑρέμεναι δύνασαι, μινύθει δέ τοι ἦτορ ἑταίρων.'
ὣς ἔφατ', αὐτὰρ ἐγώ μιν ἀμειβόμενος προσέειπον· 375
'ἐκ μέν τοι ἐρέω, ἥ τις σύ πέρ ἐσσι θεάων,

foi uma vez em Lesbos bem construída, quando
instaram-no a enfrentar o forte Filomélide,
nocauteado: aqueus, ufanos, aplaudiram...
fora o Odisseu de sempre contra os pretendentes, 345
e eles teriam núpcias acres, moira efêmera.
Não usarei de subterfúgios ao contar
o que me rogas, nem te enganarei. O ancião
do mar, veraz, o que me relatou, nenhum
detalhe oculto ou dissimulo. Embora urgisse 350
a volta, os numes detiveram-me no Egito
por hecatombes imperfeitas: querem sempre
os deuses a recordação de seus preceitos.
No oceano pluriundoso há uma ilha diante
do Egito: Faro é como a chamam, tão distante 355
está que a nave côncava só a atinge após
uma jornada, brisa sibilante à popa.
Ótimo é o seu ancoradouro, de onde a nau
fundeada volve ao mar suprida de água escura.
Os numes nos detêm por vinte dias na ínsula, 360
sem ressoprar o vento, que aos navios norteia
no dorso amplitalásseo. As provisões e a força
de todos os heróis teriam se esgotado
não fora a deusa que de nós se apiedou,
a filha de Proteu, ancião do mar, Eidóteia. 365
Logrei tocar muitíssimo seu coração.
Ela topou comigo só que andava a esmo,
pois os demais lançavam seus anzóis recurvos
nas praias insulares, sempre: a fome ulcera
o ventre. Próxima de mim, falou: 'És louco, 370
relapso ou sofres por prazer, ó forasteiro?
Detido tanto tempo nesta ilha e não
consegues encontrar uma saída, enquanto
o coração dos sócios teus definha?' E eu
lhe respondi: 'Irei direto ao ponto, deusa, 375
qualquer que sejas: não me encontro aqui parado

ὡς ἐγὼ οὔ τι ἑκὼν κατερύκομαι, ἀλλά νυ μέλλω
ἀθανάτους ἀλιτέσθαι, οἳ οὐρανὸν εὐρὺν ἔχουσιν.
ἀλλὰ σύ πέρ μοι εἰπέ, θεοὶ δέ τε πάντα ἴσασιν,
ὅς τίς μ' ἀθανάτων πεδάᾳ καὶ ἔδησε κελεύθου, 380
νόστον θ', ὡς ἐπὶ πόντον ἐλεύσομαι ἰχθυόεντα.'
ὣς ἐφάμην, ἡ δ' αὐτίκ' ἀμείβετο δῖα θεάων·
'τοιγὰρ ἐγώ τοι, ξεῖνε, μάλ' ἀτρεκέως ἀγορεύσω.
πωλεῖταί τις δεῦρο γέρων ἅλιος νημερτὴς
ἀθάνατος Πρωτεὺς Αἰγύπτιος, ὅς τε θαλάσσης 385
πάσης βένθεα οἶδε, Ποσειδάωνος ὑποδμώς·
τὸν δέ τ' ἐμόν φασιν πατέρ' ἔμμεναι ἠδὲ τεκέσθαι.
τόν γ' εἴ πως σὺ δύναιο λοχησάμενος λελαβέσθαι,
ὅς κέν τοι εἴπῃσιν ὁδὸν καὶ μέτρα κελεύθου
νόστον θ', ὡς ἐπὶ πόντον ἐλεύσεαι ἰχθυόεντα. 390
καὶ δέ κέ τοι εἴπῃσι, διοτρεφές, αἴ κ' ἐθέλῃσθα,
ὅττι τοι ἐν μεγάροισι κακόν τ' ἀγαθόν τε τέτυκται
οἰχομένοιο σέθεν δολιχὴν ὁδὸν ἀργαλέην τε.'
ὣς ἔφατ', αὐτὰρ ἐγώ μιν ἀμειβόμενος προσέειπον·
'αὐτὴ νῦν φράζευ σὺ λόχον θείοιο γέροντος, 395
μή πώς με προϊδὼν ἠὲ προδαεὶς ἀλέηται·
ἀργαλέος γάρ τ' ἐστὶ θεὸς βροτῷ ἀνδρὶ δαμῆναι.'
ὣς ἐφάμην, ἡ δ' αὐτίκ' ἀμείβετο δῖα θεάων·
'τοιγὰρ ἐγώ τοι, ξεῖνε, μάλ' ἀτρεκέως ἀγορεύσω.
ἦμος δ' ἥλιος μέσον οὐρανὸν ἀμφιβεβήκῃ, 400
τῆμος ἄρ' ἐξ ἁλὸς εἶσι γέρων ἅλιος νημερτὴς
πνοιῇ ὕπο Ζεφύροιο μελαίνῃ φρικὶ καλυφθείς,
ἐκ δ' ἐλθὼν κοιμᾶται ὑπὸ σπέσσι γλαφυροῖσιν·
ἀμφὶ δέ μιν φῶκαι νέποδες καλῆς ἁλοσύδνης
ἀθρόαι εὕδουσιν, πολιῆς ἁλὸς ἐξαναδῦσαι, 405
πικρὸν ἀποπνείουσαι ἁλὸς πολυβενθέος ὀδμήν.
ἔνθα σ' ἐγὼν ἀγαγοῦσα ἅμ' ἠοῖ φαινομένηφιν
εὐνάσω ἑξείης· σὺ δ' εὖ κρίνασθαι ἑταίρους
τρεῖς, οἵ τοι παρὰ νηυσὶν ἐυσσέλμοισιν ἄριστοι.
πάντα δέ τοι ἐρέω ὀλοφώια τοῖο γέροντος. 410
φώκας μέν τοι πρῶτον ἀριθμήσει καὶ ἔπεισιν·

querendo eu mesmo, mas por ter contrariado
inadvertidamente os deuses ampliurânios.
Dize-me, pois os numes são plenissapientes,
qual sempivivo impede que eu retome o curso 380
do mar piscoso! Informa, deusa, como o faço!'
Falei e a deusa rutilante respondeu:
'Serei bastante franca em meu pronunciamento:
circula nas paragens um ancião verídico
do mar: Proteu egípcio, sabedor maior 385
do que há no baixo oceano. Seu tutor: Posêidon.
Há quem afirme que sou filha desse ente.
Se, de atalaia, o prendes, poderá indicar-te
a rota e o quanto falta a percorrer no mar
piscoso em teu sendeiro de retorno. Caso 390
desejes, poderá também deixar-te a par
das coisas boas e das coisas más que em casa
têm ocorrido enquanto trilhas sendas árduas.'
Falou e eu disse: 'Aclara-me a cilada mais
apropriada para que não fuja o ancião 395
do mar ao ver-me ou, antes que eu a ele, a mim
perceba: aos deuses não se impõe derrota fácil.'
Concluí e súbito me disse a deusa-mor:
'Ouve, que eu serei franca: quando o sol empina
em centrizenital quadrante, o ancião marinho 400
hiperveraz, ao ressoprar do vento Zéfiro,
oculto na madria negra, troca o oceano
pela socava côncava na qual se deita.
A seu redor, compactas focas dormem, prole
da filha do oceano, emersas da água cinza, 405
odor acídulo do mar pleniabissal.
Pois fica de tocaia no lugar, aurora
recém-surgida, aonde eu te conduzo! Escolhe
três sócios, os melhores da tripulação.
Te inteirarei no imenso rol de seus ardis. 410
As focas contará, sob escrutínio atento;

αὐτὰρ ἐπὴν πάσας πεμπάσσεται ἠδὲ ἴδηται,
λέξεται ἐν μέσσῃσι νομεὺς ὣς πώεσι μήλων.
τὸν μὲν ἐπὴν δὴ πρῶτα κατευνηθέντα ἴδησθε,
καὶ τότ' ἔπειθ' ὑμῖν μελέτω κάρτος τε βίη τε, 415
αὖθι δ' ἔχειν μεμαῶτα καὶ ἐσσύμενόν περ ἀλύξαι.
πάντα δὲ γιγνόμενος πειρήσεται, ὅσσ' ἐπὶ γαῖαν
ἑρπετὰ γίγνονται, καὶ ὕδωρ καὶ θεσπιδαὲς πῦρ·
ὑμεῖς δ' ἀστεμφέως ἐχέμεν μᾶλλόν τε πιέζειν.
ἀλλ' ὅτε κεν δή σ' αὐτὸς ἀνείρηται ἐπέεσσι, 420
τοῖος ἐὼν οἷόν κε κατευνηθέντα ἴδησθε,
καὶ τότε δὴ σχέσθαι τε βίης λῦσαί τε γέροντα,
ἥρως, εἴρεσθαι δέ, θεῶν ὅς τίς σε χαλέπτει,
νόστον θ', ὡς ἐπὶ πόντον ἐλεύσεαι ἰχθυόεντα.'
ὣς εἰποῦσ' ὑπὸ πόντον ἐδύσετο κυμαίνοντα. 425
αὐτὰρ ἐγὼν ἐπὶ νῆας, ὅθ' ἕστασαν ἐν ψαμάθοισιν,
ἤϊα· πολλὰ δέ μοι κραδίη πόρφυρε κιόντι.
αὐτὰρ ἐπεί ῥ' ἐπὶ νῆα κατήλυθον ἠδὲ θάλασσαν,
δόρπον θ' ὁπλισάμεσθ', ἐπί τ' ἤλυθεν ἀμβροσίη νύξ·
δὴ τότε κοιμήθημεν ἐπὶ ῥηγμῖνι θαλάσσης. 430
ἦμος δ' ἠριγένεια φάνη ῥοδοδάκτυλος Ἠώς,
καὶ τότε δὴ παρὰ θῖνα θαλάσσης εὐρυπόροιο
ἤϊα πολλὰ θεοὺς γουνούμενος· αὐτὰρ ἑταίρους
τρεῖς ἄγον, οἷσι μάλιστα πεποίθεα πᾶσαν ἐπ' ἰθύν.
τόφρα δ' ἄρ' ἥ γ' ὑποδῦσα θαλάσσης εὐρέα κόλπον 435
τέσσαρα φωκάων ἐκ πόντου δέρματ' ἔνεικε·
πάντα δ' ἔσαν νεόδαρτα· δόλον δ' ἐπεμήδετο πατρί.
εὐνὰς δ' ἐν ψαμάθοισι διαγλάψασ' ἁλίῃσιν
ἧστο μένουσ'· ἡμεῖς δὲ μάλα σχεδὸν ἤλθομεν αὐτῆς·
ἑξείης δ' εὔνησε, βάλεν δ' ἐπὶ δέρμα ἑκάστῳ. 440
ἔνθα κεν αἰνότατος λόχος ἔπλετο· τεῖρε γὰρ αἰνῶς
φωκάων ἁλιοτρεφέων ὀλοώτατος ὀδμή·
τίς γάρ κ' εἰναλίῳ παρὰ κήτεϊ κοιμηθείη;
ἀλλ' αὐτὴ ἐσάωσε καὶ ἐφράσατο μέγ' ὄνειαρ·
ἀμβροσίην ὑπὸ ῥῖνα ἑκάστῳ θῆκε φέρουσα 445
ἡδὺ μάλα πνείουσαν, ὄλεσσε δὲ κήτεος ὀδμήν.

quando termine, a cada cinco, o exame, feito
pastor no meio das ovelhas, deitará.
Tão logo o vejas em decúbito, emprega
tua força toda para aprisioná-lo bem, 415
pois nada poupa em seu intuito de fugir.
Em tudo tentará se transmudar: nos seres
serpenteantes, água, fogo divoflâmeo.
Deveis aprisioná-lo com mais força ainda.
Quando ele mesmo te indagar reavendo a forma 420
em que antes o encontraste jazente com focas,
então liberta o velho paulatinamente,
ó herói, pergunta qual dos deuses te persegue,
como hás de retornar às ôndulas piscosas.'
Falou e mergulhou no mar undoso. Então 425
tornei aos barcos abicados no areal,
o coração purpúreo-palpitante. À beira-
-oceano, então tratamos de apressar a ceia,
finda a qual, nos deitamos ao anoitecer
ambrósio, margeando o litoral. Assim 430
que rebrilhou a dedirrósea Aurora, pus-me
a caminhar na praia do oceano enorme;
supliquei aos olímpicos. A trinca de ases
em quem me fiava mais veio comigo. Eidóteia
afunda no regaço d'água e traz de lá 435
quatro peles de focas recém-escorchadas.
Queria enganar o pai. Esburacou
a areia. Se assentou para esperar e nós
tomamos posição bem perto dela. Fez-nos
perfilar em decúbito, uma pele em cada. 440
Terrível armadilha, pois nauseava o odor
dizimador de focas salsoalimentadas.
E quem se deitaria com monstro marinho?
Mas a deusa encontrou um paliativo bom:
a ambrosia aprazível pôs sob as narinas 445
de cada um de nós, barrando o odor da foca.

πᾶσαν δ' ἠοίην μένομεν τετληότι θυμῷ·
φῶκαι δ' ἐξ ἁλὸς ἦλθον ἀολλέες. αἱ μὲν ἔπειτα
ἑξῆς εὐνάζοντο παρὰ ῥηγμῖνι θαλάσσης·
ἔνδιος δ' ὁ γέρων ἦλθ' ἐξ ἁλός, εὗρε δὲ φώκας   450
ζατρεφέας, πάσας δ' ἄρ' ἐπῴχετο, λέκτο δ' ἀριθμόν·
ἐν δ' ἡμέας πρώτους λέγε κήτεσιν, οὐδέ τι θυμῷ
ὠΐσθη δόλον εἶναι· ἔπειτα δὲ λέκτο καὶ αὐτός.
ἡμεῖς δὲ ἰάχοντες ἐπεσσύμεθ', ἀμφὶ δὲ χεῖρας
βάλλομεν· οὐδ' ὁ γέρων δολίης ἐπελήθετο τέχνης,   455
ἀλλ' ἦ τοι πρώτιστα λέων γένετ' ἠυγένειος,
αὐτὰρ ἔπειτα δράκων καὶ πάρδαλις ἠδὲ μέγας σῦς·
γίγνετο δ' ὑγρὸν ὕδωρ καὶ δένδρεον ὑψιπέτηλον.
ἡμεῖς δ' ἀστεμφέως ἔχομεν τετληότι θυμῷ.
ἀλλ' ὅτε δή ῥ' ἀνίαζ' ὁ γέρων ὀλοφώια εἰδώς,   460
καὶ τότε δή μ' ἐπέεσσιν ἀνειρόμενος προσέειπε·
'τίς νύ τοι, Ἀτρέος υἱέ, θεῶν συμφράσσατο βουλάς,
ὄφρα μ' ἕλοις ἀέκοντα λοχησάμενος; τέο σε χρή;'
ὣς ἔφατ', αὐτὰρ ἐγώ μιν ἀμειβόμενος προσέειπον·
'οἶσθα, γέρον, τί με ταῦτα παρατροπέων ἐρεείνεις;   465
ὡς δὴ δήθ' ἐνὶ νήσῳ ἐρύκομαι, οὐδέ τι τέκμωρ
εὑρέμεναι δύναμαι, μινύθει δέ μοι ἔνδοθεν ἦτορ.
ἀλλὰ σύ πέρ μοι εἰπέ, θεοὶ δέ τε πάντα ἴσασιν,
ὅς τίς μ' ἀθανάτων πεδάᾳ καὶ ἔδησε κελεύθου,
νόστον θ', ὡς ἐπὶ πόντον ἐλεύσομαι ἰχθυόεντα.'   470
ὣς ἐφάμην, ὁ δέ μ' αὐτίκ' ἀμειβόμενος προσέειπεν·
'ἀλλὰ μάλ' ὤφελλες Διί τ' ἄλλοισίν τε θεοῖσι
ῥέξας ἱερὰ κάλ' ἀναβαινέμεν, ὄφρα τάχιστα
σὴν ἐς πατρίδ' ἵκοιο πλέων ἐπὶ οἴνοπα πόντον.
οὐ γάρ τοι πρὶν μοῖρα φίλους τ' ἰδέειν καὶ ἱκέσθαι   475
οἶκον ἐυκτίμενον καὶ σὴν ἐς πατρίδα γαῖαν,
πρίν γ' ὅτ' ἂν Αἰγύπτοιο, διιπετέος ποταμοῖο,
αὖτις ὕδωρ ἔλθῃς ῥέξῃς θ' ἱερὰς ἑκατόμβας
ἀθανάτοισι θεοῖσι, τοὶ οὐρανὸν εὐρὺν ἔχουσι·
καὶ τότε τοι δώσουσιν ὁδὸν θεοί, ἣν σὺ μενοινᾷς.'   480
ὣς ἔφατ', αὐτὰρ ἐμοί γε κατεκλάσθη φίλον ἦτορ,

Manhã de espera, toda ela de paciência.
Do mar então despontam numerosas focas
que, lado a lado, estiram-se na praia. Meio
dia foi quando o velho veio da água. Conta   450
o grupo obeso de focídeos, examina-os,
a começar por nós, sem cogitar de si
para consigo o dolo: ao fim deitou também.
Clamor de ataque contra o ancião, nós o cingimos
com nossas mãos. Ciente de sua forte astúcia,   455
virou leão primeiro de crineira espessa,
dragão, pantera e gigantesco javali
e água corrente e árvore magnicopada.
E nós, meticulosamente, o aprisionávamos.
Quando cansou-se o velho sabedor de tretas,   460
voltou-se para mim, a fim de interrogar-me:
'Que deus, atreu, se associou ao plano teu
de me emboscar? Serei de alguma serventia?'
Falou e eu respondi: 'Conheces, velho, bem
o que perguntas. Queres me desviar do ponto   465
central? Me aperta o coração, pois não sei como
concluir meu extravio delongado aqui.
Conta tu mesmo (os deuses têm amplissabença)
que deus me impede o avanço e me mantém na ínsula,
conta como há de ser a volta em mar piscoso!'   470
Proteu: 'O embarque, atreu, devia acontecer
depois de as hecatombes requeimarem, Zeus
e os demais imortais honrados. Ocorrera
assim o torna-lar, no vinho rostoceânico.
Escapa à tua moira retornar ao lar   475
em solo ancestre, reabraçar amigos, antes
que te dirijas novamente ao rio do Egito,
cuja nascente é Zeus, e sacras hecatombes
faças aos numes, donos da morada urânica.
O dom das rotas, só então os deuses dão.'   480
Sua fala oprime o coração, pois deveria

οὕνεκά μ' αὖτις ἄνωγεν ἐπ' ἠεροειδέα πόντον
Αἴγυπτόνδ' ἰέναι, δολιχὴν ὁδὸν ἀργαλέην τε.
ἀλλὰ καὶ ὣς μύθοισιν ἀμειβόμενος προσέειπον·
'ταῦτα μὲν οὕτω δὴ τελέω, γέρον, ὡς σὺ κελεύεις. 485
ἀλλ' ἄγε μοι τόδε εἰπὲ καὶ ἀτρεκέως κατάλεξον,
ἢ πάντες σὺν νηυσὶν ἀπήμονες ἦλθον Ἀχαιοί,
οὓς Νέστωρ καὶ ἐγὼ λίπομεν Τροίηθεν ἰόντες,
ἦέ τις ὤλετ' ὀλέθρῳ ἀδευκέι ἧς ἐπὶ νηὸς
ἠὲ φίλων ἐν χερσίν, ἐπεὶ πόλεμον τολύπευσεν.' 490
ὣς ἐφάμην, ὁ δέ μ' αὐτίκ' ἀμειβόμενος προσέειπεν·
'Ἀτρεΐδη, τί με ταῦτα διείρεαι; οὐδέ τί σε χρὴ
ἴδμεναι, οὐδὲ δαῆναι ἐμὸν νόον· οὐδέ σέ φημι
δὴν ἄκλαυτον ἔσεσθαι, ἐπὴν ἐὺ πάντα πύθηαι.
πολλοὶ μὲν γὰρ τῶν γε δάμεν, πολλοὶ δὲ λίποντο· 495
ἀρχοὶ δ' αὖ δύο μοῦνοι Ἀχαιῶν χαλκοχιτώνων
ἐν νόστῳ ἀπόλοντο· μάχῃ δέ τε καὶ σὺ παρῆσθα.
εἷς δ' ἔτι που ζωὸς κατερύκεται εὐρέι πόντῳ.
Αἴας μὲν μετὰ νηυσὶ δάμη δολιχηρέτμοισι.
Γυρῇσίν μιν πρῶτα Ποσειδάων ἐπέλασσεν 500
πέτρῃσιν μεγάλῃσι καὶ ἐξεσάωσε θαλάσσης·
καί νύ κεν ἔκφυγε κῆρα καὶ ἐχθόμενός περ Ἀθήνῃ,
εἰ μὴ ὑπερφίαλον ἔπος ἔκβαλε καὶ μέγ' ἀάσθη·
φῆ ῥ' ἀέκητι θεῶν φυγέειν μέγα λαῖτμα θαλάσσης.
τοῦ δὲ Ποσειδάων μεγάλ' ἔκλυεν αὐδήσαντος· 505
αὐτίκ' ἔπειτα τρίαιναν ἑλὼν χερσὶ στιβαρῇσιν
ἤλασε Γυραίην πέτρην, ἀπὸ δ' ἔσχισεν αὐτήν·
καὶ τὸ μὲν αὐτόθι μεῖνε, τὸ δὲ τρύφος ἔμπεσε πόντῳ,
τῷ ῥ' Αἴας τὸ πρῶτον ἐφεζόμενος μέγ' ἀάσθη·
τὸν δ' ἐφόρει κατὰ πόντον ἀπείρονα κυμαίνοντα. 510
ὣς ὁ μὲν ἔνθ' ἀπόλωλεν, ἐπεὶ πίεν ἁλμυρὸν ὕδωρ.
σὸς δέ που ἔκφυγε κῆρας ἀδελφεὸς ἠδ' ὑπάλυξεν
ἐν νηυσὶ γλαφυρῇσι· σάωσε δὲ πότνια Ἥρη.
ἀλλ' ὅτε δὴ τάχ' ἔμελλε Μαλειάων ὄρος αἰπὺ
ἵξεσθαι, τότε δή μιν ἀναρπάξασα θύελλα 515
πόντον ἐπ' ἰχθυόεντα φέρεν βαρέα στενάχοντα,

me sujeitar de novo ao turvo mar talásseo
do Egito, senda perlongada e pesarosa.
Mas, mesmo assim, lhe respondi: 'Perfaço, velho,
o que me ordenas, mas sê franco ao me dizer 485
se todos os aqueus fundearam seus baixéis
em casa com saúde, todos os heróis
que eu e Nestor, os dois, vimos zarpar de Troia.
A algum herói a moira amara tolhe em nau,
nos braços dos amigos, finda a guerra troica?' 490
Concluí assim e súbito me endereçou
a fala: 'Atreide, por que me demandas isso?
É melhor ignorar e não buscar saber
o que resguarda minha mente. Em breve, as lágrimas
não conterás, assim que ouvires todo o enredo. 495
Muitos foram dobrados, muitos sobrevivem:
só dois chefes aqueus de vestes brônzeas não
voltaram; na batalha, estavas tu também.
Há um terceiro que divaga ao mar — mas onde?
Ájax, baixéis de longos remos, se afogou: 500
Posêidon o arremessa no penhasco Gira,
pedra gigante, embora salvo do naufrágio;
vivera, ainda que o odiasse Palas, não
soltasse o verbo altivo, muito obnubilado:
'Salvei-me do insondável mar, malgrado os numes.' 505
Mas dele ouviu Posêidon essa enormidade,
e a força de suas mãos se apossa do tridente
fendendo em duas a pedra Gira. Uma metade
ficara firme; a parte onde o herói blasfemo
sentara-se despenca no oceano e a escuma 510
cinzenta ondulejando o engole no infinito.
Morreu nesse lugar, sorvido o salso líquido.
Das Queres teu irmão fugiu em naves cavas,
porque Hera magna se empenhou. À frente já
da íngreme montanha de Maleia, rapta-o 515
a tempestade, soçobrado aos sussurros

ἀγροῦ ἐπ' ἐσχατιήν, ὅθι δώματα ναῖε Θυέστης
τὸ πρίν, ἀτὰρ τότ' ἔναιε Θυεστιάδης Αἴγισθος.
ἀλλ' ὅτε δὴ καὶ κεῖθεν ἐφαίνετο νόστος ἀπήμων,
ἂψ δὲ θεοὶ οὖρον στρέψαν, καὶ οἴκαδ' ἵκοντο, 520
ἦ τοι ὁ μὲν χαίρων ἐπεβήσετο πατρίδος αἴης
καὶ κύνει ἁπτόμενος ἣν πατρίδα· πολλὰ δ' ἀπ' αὐτοῦ
δάκρυα θερμὰ χέοντ', ἐπεὶ ἀσπασίως ἴδε γαῖαν.
τὸν δ' ἄρ' ἀπὸ σκοπιῆς εἶδε σκοπός, ὅν ῥα καθεῖσεν
Αἴγισθος δολόμητις ἄγων, ὑπὸ δ' ἔσχετο μισθὸν 525
χρυσοῦ δοιὰ τάλαντα· φύλασσε δ' ὅ γ' εἰς ἐνιαυτόν,
μή ἑ λάθοι παριών, μνήσαιτο δὲ θούριδος ἀλκῆς.
βῆ δ' ἴμεν ἀγγελέων πρὸς δώματα ποιμένι λαῶν.
αὐτίκα δ' Αἴγισθος δολίην ἐφράσσατο τέχνην·
κρινάμενος κατὰ δῆμον ἐείκοσι φῶτας ἀρίστους 530
εἷσε λόχον, ἑτέρωθι δ' ἀνώγει δαῖτα πένεσθαι.
αὐτὰρ ὁ βῆ καλέων Ἀγαμέμνονα, ποιμένα λαῶν
ἵπποισιν καὶ ὄχεσφιν, ἀεικέα μερμηρίζων.
τὸν δ' οὐκ εἰδότ' ὄλεθρον ἀνήγαγε καὶ κατέπεφνεν
δειπνίσσας, ὥς τίς τε κατέκτανε βοῦν ἐπὶ φάτνῃ. 535
οὐδέ τις Ἀτρεΐδεω ἑτάρων λίπεθ' οἵ οἱ ἕποντο,
οὐδέ τις Αἰγίσθου, ἀλλ' ἔκταθεν ἐν μεγάροισιν.'
ὣς ἔφατ', αὐτὰρ ἐμοί γε κατεκλάσθη φίλον ἦτορ,
κλαῖον δ' ἐν ψαμάθοισι καθήμενος, οὐδέ νύ μοι κῆρ
ἤθελ' ἔτι ζώειν καὶ ὁρᾶν φάος ἠελίοιο. 540
αὐτὰρ ἐπεὶ κλαίων τε κυλινδόμενός τε κορέσθην,
δὴ τότε με προσέειπε γέρων ἅλιος νημερτής·
'μηκέτι, Ἀτρέος υἱέ, πολὺν χρόνον ἀσκελὲς οὕτω
κλαῖ', ἐπεὶ οὐκ ἄνυσίν τινα δήομεν· ἀλλὰ τάχιστα
πείρα ὅπως κεν δὴ σὴν πατρίδα γαῖαν ἵκηαι. 545
ἢ γάρ μιν ζωόν γε κιχήσεαι, ἤ κεν Ὀρέστης
κτεῖνεν ὑποφθάμενος, σὺ δέ κεν τάφου ἀντιβολήσαις.'
ὣς ἔφατ', αὐτὰρ ἐμοὶ κραδίη καὶ θυμὸς ἀγήνωρ
αὖτις ἐνὶ στήθεσσι καὶ ἀχνυμένῳ περ ἰάνθη,
καί μιν φωνήσας ἔπεα πτερόεντα προσηύδων· 550
'τούτους μὲν δὴ οἶδα· σὺ δὲ τρίτον ἄνδρ' ὀνόμαζε,

na vastidão do oceano, em cuja extremidade
está situado o campo onde morou primeiro
Tieste e agora o Tiestíade Egisto.
Mas quando, enfim, a volta pareceu-lhe certa, 520
e a viragem divina o reconduz ao lar,
desembarca feliz em solo ancestre e toca
e beija a pátria: chora copiosamente
ao vislumbrar a terra. Da atalaia o vê
um espião que obedecia ao traiçoeiro 525
Egisto. Um ano ali permanecera a soldo,
por dois talentos de ouro. O atreu não lhe escapasse
passando, nem desmerecesse sua espada!
Pois foi correndo ao paço relatar o caso.
Egisto imaginou a insídia da armadilha: 530
vinte homens corpulentos ocultou, enquanto
em outra parte preparavam um banquete.
Mandou chamar o atreu, pastor de povos, carros
e corcéis lhe enviando. Concebia o horror.
Como se abate a rês na manjedoura, Egisto 535
matou o basileu que, sem desconfiar,
aceitara o convite. Os sócios de Agamêmnon
morrem na sala, como os súditos de Egisto.'
Falou assim; meu coração despedaçou.
Chorei sentado no areal, viver ou ver 540
a luz do sol desaprazia à minha alma.
Saciado de chorar e de rolar no chão,
então ouvi do ancião veraz do mar talássio:
'Já chega de chorar, atreu, que o choro não
conduz a nada! Pensa em como irás voltar 545
o mais rapidamente à terra de ancestrais!
Se Orestes não te precedeu, Egisto vive.
De qualquer modo, chegas para exéquias. Vai!'
Foi como ele falou, e o coração e o ânimo,
embora magoado, fervem novamente 550
no peito. Pronunciei então palavras-asas:

ὅς τις ἔτι ζωὸς κατερύκεται εὐρέι πόντῳ
ἠὲ θανών· ἐθέλω δὲ καὶ ἀχνύμενός περ ἀκοῦσαι.'
ὣς ἐφάμην, ὁ δέ μ' αὐτίκ' ἀμειβόμενος προσέειπεν·
'υἱὸς Λαέρτεω, Ἰθάκῃ ἔνι οἰκία ναίων· 555
τὸν δ' ἴδον ἐν νήσῳ θαλερὸν κατὰ δάκρυ χέοντα,
νύμφης ἐν μεγάροισι Καλυψοῦς, ἥ μιν ἀνάγκῃ
ἴσχει· ὁ δ' οὐ δύναται ἣν πατρίδα γαῖαν ἱκέσθαι·
οὐ γάρ οἱ πάρα νῆες ἐπήρετμοι καὶ ἑταῖροι,
οἵ κέν μιν πέμποιεν ἐπ' εὐρέα νῶτα θαλάσσης. 560
σοὶ δ' οὐ θέσφατόν ἐστι, διοτρεφὲς ὦ Μενέλαε,
Ἄργει ἐν ἱπποβότῳ θανέειν καὶ πότμον ἐπισπεῖν,
ἀλλά σ' ἐς Ἠλύσιον πεδίον καὶ πείρατα γαίης
ἀθάνατοι πέμψουσιν, ὅθι ξανθὸς Ῥαδάμανθυς,
τῇ περ ῥηίστη βιοτὴ πέλει ἀνθρώποισιν· 565
οὐ νιφετός, οὔτ' ἂρ χειμὼν πολὺς οὔτε ποτ' ὄμβρος,
ἀλλ' αἰεὶ Ζεφύροιο λιγὺ πνείοντος ἀήτας
Ὠκεανὸς ἀνίησιν ἀναψύχειν ἀνθρώπους·
οὕνεκ' ἔχεις Ἑλένην καί σφιν γαμβρὸς Διός ἐσσι.'
ὣς εἰπὼν ὑπὸ πόντον ἐδύσετο κυμαίνοντα. 570
αὐτὰρ ἐγὼν ἐπὶ νῆας ἅμ' ἀντιθέοις ἑτάροισιν
ἤια, πολλὰ δέ μοι κραδίη πόρφυρε κιόντι.
αὐτὰρ ἐπεί ῥ' ἐπὶ νῆα κατήλθομεν ἠδὲ θάλασσαν,
δόρπον θ' ὁπλισάμεσθ', ἐπί τ' ἤλυθεν ἀμβροσίη νύξ,
δὴ τότε κοιμήθημεν ἐπὶ ῥηγμῖνι θαλάσσης. 575
ἦμος δ' ἠριγένεια φάνη ῥοδοδάκτυλος Ἠώς,
νῆας μὲν πάμπρωτον ἐρύσσαμεν εἰς ἅλα δῖαν,
ἐν δ' ἱστοὺς τιθέμεσθα καὶ ἱστία νηυσὶν ἐίσης,
ἂν δὲ καὶ αὐτοὶ βάντες ἐπὶ κληῖσι καθῖζον·
ἑξῆς δ' ἑζόμενοι πολιὴν ἅλα τύπτον ἐρετμοῖς. 580
ἂψ δ' εἰς Αἰγύπτοιο διιπετέος ποταμοῖο
στῆσα νέας, καὶ ἔρεξα τεληέσσας ἑκατόμβας.
αὐτὰρ ἐπεὶ κατέπαυσα θεῶν χόλον αἰὲν ἐόντων,
χεῦ' Ἀγαμέμνονι τύμβον, ἵν' ἄσβεστον κλέος εἴη.
ταῦτα τελευτήσας νεόμην, ἔδοσαν δέ μοι οὖρον 585
ἀθάνατοι, τοί μ' ὦκα φίλην ἐς πατρίδ' ἔπεμψαν.

'Ciente de dois, agora fala do terceiro,
a quem ainda retém o vasto oceano, vivo
ou morto: quero ouvir a história dele, mesmo
se for para sofrer.' Toma a palavra e fala 555
sem tergiversação: 'O filho de Laerte,
herói itácio! Fui com ele me encontrar
chorando na morada de Calipso, ninfa,
senhora de uma ínsula onde era mantido.
Nem pensar conseguir tornar ao solo itácio! 560
Não há navios remeiros, nem tampouco amigos
que possam conduzi-lo pelo vasto mar.
Quanto a ti, Menelau, prole de Zeus, os deuses
decidem que não cumpras teu destino em Argos
nutriente de cavalos: aos confins do plaino 565
Elísia, onde Radamanto, o louro, está,
te enviam os numes. O homem vive fácil lá:
não há nevasca, inverno frio, nem chuva; o Oceano
expede sempre o sopro musical de Zéfiro
que, no expirar, reanima a ânima dos homens: 570
casaste com Helena; és genro, pois, de Zeus.'
Falou e mergulhou no oceano undoso; eu fui
reencontrar os companheiros nos navios;
sentia o coração pulsando ao meu avanço.
À beira mar e nau, tratamos de aprestar 575
a ceia. Sobreveio a noite ambrósia. Então
dormimos junto ao mar talássio. Aurora róseos
dedos mal despontou, tratamos de arrastar
no alvorecer as naus às ôndulas divinas,
fixamos mastros, desfraldamos os velames: 580
a bordo, em postos rentes aos toletes, filas
de nautas, remo à mão, singrando o salso gris.
À foz do Egito, rio divino, onde perfiz
as hecatombes, ancorei baixéis. A fúria
dos sempiternos, quando esmoreceu, um túmulo 585
erigi a Agamêmnon, fama imperecível.

ἀλλ' ἄγε νῦν ἐπίμεινον ἐνὶ μεγάροισιν ἐμοῖσιν,
ὄφρα κεν ἑνδεκάτη τε δυωδεκάτη τε γένηται·
καὶ τότε σ' εὖ πέμψω, δώσω δέ τοι ἀγλαὰ δῶρα,
τρεῖς ἵππους καὶ δίφρον ἐύξοον· αὐτὰρ ἔπειτα 590
δώσω καλὸν ἄλεισον, ἵνα σπένδῃσθα θεοῖσιν
ἀθανάτοις ἐμέθεν μεμνημένος ἤματα πάντα."
τὸν δ' αὖ Τηλέμαχος πεπνυμένος ἀντίον ηὔδα·
"Ἀτρεΐδη, μὴ δή με πολὺν χρόνον ἐνθάδ' ἔρυκε.
καὶ γάρ κ' εἰς ἐνιαυτὸν ἐγὼ παρὰ σοί γ' ἀνεχοίμην 595
ἥμενος, οὐδέ κέ μ' οἴκου ἕλοι πόθος οὐδὲ τοκήων·
αἰνῶς γὰρ μύθοισιν ἔπεσσί τε σοῖσιν ἀκούων
τέρπομαι. ἀλλ' ἤδη μοι ἀνιάζουσιν ἑταῖροι
ἐν Πύλῳ ἠγαθέῃ· σὺ δέ με χρόνον ἐνθάδ' ἐρύκεις.
δῶρον δ' ὅττι κέ μοι δοίης, κειμήλιον ἔστω· 600
ἵππους δ' εἰς Ἰθάκην οὐκ ἄξομαι, ἀλλὰ σοὶ αὐτῷ
ἐνθάδε λείψω ἄγαλμα· σὺ γὰρ πεδίοιο ἀνάσσεις
εὐρέος, ᾧ ἔνι μὲν λωτὸς πολύς, ἐν δὲ κύπειρον
πυροί τε ζειαί τε ἰδ' εὐρυφυὲς κρῖ λευκόν.
ἐν δ' Ἰθάκῃ οὔτ' ἂρ δρόμοι εὐρέες οὔτε τι λειμών· 605
αἰγίβοτος, καὶ μᾶλλον ἐπήρατος ἱπποβότοιο.
οὐ γάρ τις νήσων ἱππήλατος οὐδ' εὐλείμων,
αἵ θ' ἁλὶ κεκλίαται· Ἰθάκη δέ τε καὶ περὶ πασέων."
ὣς φάτο, μείδησεν δὲ βοὴν ἀγαθὸς Μενέλαος,
χειρί τέ μιν κατέρεξεν ἔπος τ' ἔφατ' ἔκ τ' ὀνόμαζεν· 610
"αἵματός εἰς ἀγαθοῖο, φίλον τέκος, οἷ' ἀγορεύεις·
τοιγὰρ ἐγώ τοι ταῦτα μεταστήσω· δύναμαι γάρ.
δώρων δ' ὅσσ' ἐν ἐμῷ οἴκῳ κειμήλια κεῖται,
δώσω ὃ κάλλιστον καὶ τιμηέστατόν ἐστιν·
δώσω τοι κρητῆρα τετυγμένον· ἀργύρεος δὲ 615
ἔστιν ἅπας, χρυσῷ δ' χείλεα κεκράανται,
ἔργον δ' Ἡφαίστοιο. πόρεν δέ ἑ Φαίδιμος ἥρως,
Σιδονίων βασιλεύς, ὅθ' ἑὸς δόμος ἀμφεκάλυψε
κεῖσέ με νοστήσαντα· τεΐν δ' ἐθέλω τόδ' ὀπάσσαι."
ὣς οἱ μὲν τοιαῦτα πρὸς ἀλλήλους ἀγόρευον, 620
δαιτυμόνες δ' ἐς δώματ' ἴσαν θείου βασιλῆος.

Cumprido o rito, retornei, o vento à popa
os deuses ressoprando e norteando a rota.
Mas solicito a tua permanência aqui,
por onze dias ou quem sabe doze, findos 590
os quais permitirei que vás com dons esplêndidos,
um coche, fina artesania, três cavalos,
a copa reluzente para que te lembres
sempre de mim na libação aos imortais."
E o judicioso itácio: "Atreide, não me peças 595
que minha estada junto a ti se alongue mais.
Não vou negar que ficaria aqui um ano,
sem nostalgia do palácio e de meus pais,
tal o prazer com que ouço os teus racontos, límpidas
palavras, mas os companheiros já se inquietam 600
na Pilo sacra: o tempo some em tua presença.
Aceitaria de bom grado um bem precioso,
menos cavalos, ornamentos que prefiro
preserves, que possuis vastíssimas planícies
onde vicejam cíperos, trifólio, espelta, 605
trigo e cevada branca belifrôndea. Prados
não há em Ítaca, nem largas pistas, pasto
de cabras sim, que apraz bem mais que os campos hípicos.
Ilhas que dão no mar comportam mal os carros,
vazias de campo; Ítaca se sobressai." 610
Brado estentóreo, Menelau sorriu. Afaga-o,
retoma a fala: "Filho, que teu sangue é bom,
comprovam tuas palavras. Tenho condições
de providenciar o câmbio dos regalos.
Dentre os tesouros que no alcácer entesouro, 615
eu te destino o inigualável relicário,
eu te destino a copa bem lavrada toda
em prata, fio dourado na bordura, obra
de Hefesto que um herói me concedeu, Fedimo,
magno sidônio, quando, em meu retorno, teve-me 620
como hóspede: eis a joia que desejo dar-te."

οἱ δ' ἦγον μὲν μῆλα, φέρον δ' εὐήνορα οἶνον·
σῖτον δέ σφ' ἄλοχοι καλλικρήδεμνοι ἔπεμπον.
ὣς οἱ μὲν περὶ δεῖπνον ἐνὶ μεγάροισι πένοντο.
μνηστῆρες δὲ πάροιθεν Ὀδυσσῆος μεγάροιο   625
δίσκοισιν τέρποντο καὶ αἰγανέῃσιν ἱέντες
ἐν τυκτῷ δαπέδῳ, ὅθι περ πάρος, ὕβριν ἔχοντες.
Ἀντίνοος δὲ καθῆστο καὶ Εὐρύμαχος θεοειδής,
ἀρχοὶ μνηστήρων, ἀρετῇ δ' ἔσαν ἔξοχ' ἄριστοι.
τοῖς δ' υἱὸς Φρονίοιο Νοήμων ἐγγύθεν ἐλθὼν   630
Ἀντίνοον μύθοισιν ἀνειρόμενος προσέειπεν·
"Ἀντίνο', ἦ ῥά τι ἴδμεν ἐνὶ φρεσίν, ἦε καὶ οὐκί,
ὁππότε Τηλέμαχος νεῖτ' ἐκ Πύλου ἠμαθόεντος;
νῆά μοι οἴχετ' ἄγων· ἐμὲ δὲ χρεὼ γίγνεται αὐτῆς
Ἤλιδ' ἐς εὐρύχορον διαβήμεναι, ἔνθα μοι ἵπποι   635
δώδεκα θήλειαι, ὑπὸ δ' ἡμίονοι ταλαεργοὶ
ἀδμῆτες· τῶν κέν τιν' ἐλασσάμενος δαμασαίμην."
ὣς ἔφαθ', οἱ δ' ἀνὰ θυμὸν ἐθάμβεον· οὐ γὰρ ἔφαντο
ἐς Πύλον οἴχεσθαι Νηλήιον, ἀλλά που αὐτοῦ
ἀγρῶν ἢ μήλοισι παρέμμεναι ἠὲ συβώτῃ.   640
τὸν δ' αὖτ' Ἀντίνοος προσέφη Εὐπείθεος υἱός·
"νημερτές μοι ἔνισπε, πότ' ᾤχετο καὶ τίνες αὐτῷ
κοῦροι ἕποντ'; Ἰθάκης ἐξαίρετοι, ἦ ἑοὶ αὐτοῦ
θῆτές τε δμῶές τε; δύναιτό κε καὶ τὸ τελέσσαι.
καί μοι τοῦτ' ἀγόρευσον ἐτήτυμον, ὄφρ' ἐὺ εἰδῶ,   645
ἦ σε βίῃ ἀέκοντος ἀπηύρα νῆα μέλαιναν,
ἦε ἑκὼν οἱ δῶκας, ἐπεὶ προσπτύξατο μύθῳ."
τὸν δ' υἱὸς Φρονίοιο Νοήμων ἀντίον ηὔδα·
"αὐτὸς ἑκών οἱ δῶκα· τί κεν ῥέξειε καὶ ἄλλος,
ὁππότ' ἀνὴρ τοιοῦτος ἔχων μελεδήματα θυμῷ   650
αἰτίζῃ; χαλεπόν κεν ἀνήνασθαι δόσιν εἴη.
κοῦροι δ', οἳ κατὰ δῆμον ἀριστεύουσι μεθ' ἡμέας,
οἵ οἱ ἕποντ'· ἐν δ' ἀρχὸν ἐγὼ βαίνοντ' ἐνόησα
Μέντορα, ἠὲ θεόν, τῷ δ' αὐτῷ πάντα ἐῴκει.
ἀλλὰ τὸ θαυμάζω· ἴδον ἐνθάδε Μέντορα δῖον   655
χθιζὸν ὑπηοῖον, τότε δ' ἔμβη νηὶ Πύλονδε."

Mútuas palavras os heróis reciprocavam,
quando os convivas do divino basileu
trazem ao paço ovelhas, vinho vigorante;
esposas de mantilhas belas mandam pão.   625
Na sala havia quem cuidasse do festim,
e, em frente à casa de Odisseu, os pretendentes
jogam venábulos sorrindo, lançam discos,
no pavimento bem polido, altivos, sempre.
Igual a um deus, Eurímaco sentou-se e Antínoo,   630
chefes dos pretendentes, hábeis entre habílimos.
Filho de Frônio, Noêmone se encaminhou
na direção de Antínoo. Pergunta: "Antínoo,
notícias da arenosa Pilo, aonde foi
Telêmaco? Viajou com uma embarcação   635
que me pertence e faz-me falta agora que eu
quero ir à Élide, onde tenho doze éguas,
sob elas doze mulos indomados, bons
de carga. Almejo subjugar a dúzia aqui."
Sua fala surpreendeu a dupla que pensava   640
que ele estivesse pelo campo com a rês,
com o porqueiro, nunca em Pilo com Nestor.
E Antínoo falou, filho de Eupites: "Brincas
comigo? Quando o jovem nos abandonou?
Quem o escoltou? Itácios nobres, mercenários   645
ou gente de sua casa, que ele tem de sobra?
Sê direto ao dizer-me — eu quero ouvir direito! —
se lhe entregaste a nave negra a contragosto
ou por querer, curvado à arenga de Telêmaco!"
Noêmone responde: "Eu dei porque quis dar.   650
Quem agiria diferentemente se
o herói inquieto lhe pedisse? Não é fácil
negar ajuda! Seguem-no os rapazes mais
brilhantes do país, excetuando nós:
Mentor me pareceu chefiar o embarque ou deus   655
que lhe era idêntico. Mas algo me estarrece,

ὣς ἄρα φωνήσας ἀπέβη πρὸς δώματα πατρός,
τοῖσιν δ' ἀμφοτέροισιν ἀγάσσατο θυμὸς ἀγήνωρ.
μνηστῆρας δ' ἄμυδις κάθισαν καὶ παῦσαν ἀέθλων.
τοῖσιν δ' Ἀντίνοος μετέφη Εὐπείθεος υἱός, 660
ἀχνύμενος· μένεος δὲ μέγα φρένες ἀμφιμέλαιναι
πίμπλαντ', ὄσσε δέ οἱ πυρὶ λαμπετόωντι ἐΐκτην·
"ὢ πόποι, ἦ μέγα ἔργον ὑπερφιάλως ἐτελέσθη
Τηλεμάχῳ ὁδὸς ἥδε· φάμεν δέ οἱ οὐ τελέεσθαι.
ἐκ τοσσῶνδ' ἀέκητι νέος πάϊς οἴχεται αὔτως 665
νῆα ἐρυσσάμενος, κρίνας τ' ἀνὰ δῆμον ἀρίστους.
ἄρξει καὶ προτέρω κακὸν ἔμμεναι· ἀλλά οἱ αὐτῷ
Ζεὺς ὀλέσειε βίην, πρὶν ἥβης μέτρον ἱκέσθαι.
ἀλλ' ἄγε μοι δότε νῆα θοὴν καὶ εἴκοσ' ἑταίρους,
ὄφρα μιν αὐτὸν ἰόντα λοχήσομαι ἠδὲ φυλάξω 670
ἐν πορθμῷ Ἰθάκης τε Σάμοιό τε παιπαλοέσσης,
ὡς ἂν ἐπισμυγερῶς ναυτίλλεται εἵνεκα πατρός."
ὣς ἔφαθ', οἱ δ' ἄρα πάντες ἐπῄνεον ἠδ' ἐκέλευον.
αὐτίκ' ἔπειτ' ἀνστάντες ἔβαν δόμον εἰς Ὀδυσῆος.
οὐδ' ἄρα Πηνελόπεια πολὺν χρόνον ἦεν ἄπυστος 675
μύθων, οὓς μνηστῆρες ἐνὶ φρεσὶ βυσσοδόμευον·
κῆρυξ γάρ οἱ ἔειπε Μέδων, ὃς ἐπεύθετο βουλὰς
αὐλῆς ἐκτὸς ἐών· οἱ δ' ἔνδοθι μῆτιν ὕφαινον.
βῆ δ' ἴμεν ἀγγελέων διὰ δώματα Πηνελοπείῃ·
τὸν δὲ κατ' οὐδοῦ βάντα προσηύδα Πηνελόπεια· 680
"κῆρυξ, τίπτε δέ σε πρόεσαν μνηστῆρες ἀγαυοί;
ἦ εἰπέμεναι δμῳῇσιν Ὀδυσσῆος θείοιο
ἔργων παύσασθαι, σφίσι δ' αὐτοῖς δαῖτα πένεσθαι;
μὴ μνηστεύσαντες μηδ' ἄλλοθ' ὁμιλήσαντες
ὕστατα καὶ πύματα νῦν ἐνθάδε δειπνήσειαν· 685
οἳ θάμ' ἀγειρόμενοι βίοτον κατακείρετε πολλόν,
κτῆσιν Τηλεμάχοιο δαΐφρονος· οὐδέ τι πατρῶν
ὑμετέρων τὸ πρόσθεν ἀκούετε, παῖδες ἐόντες,
οἷος Ὀδυσσεὺς ἔσκε μεθ' ὑμετέροισι τοκεῦσιν,
οὔτε τινὰ ῥέξας ἐξαίσιον οὔτε τι εἰπὼν 690
ἐν δήμῳ, ἥ τ' ἐστὶ δίκη θείων βασιλήων·

pois ontem vi Mentor aqui no dealbar,
e rumara até Pilo em negra embarcação..."
Assim falou e foi à casa de seu pai;
o coração dos dois se agasta. Os pretendentes 660
param os jogos, sentam. Contrariado, Antínoo
se lhes dirige, o pericárdio pleni-irado
circum-negreja, os olhos chispam fogaréu:
"O feito que Telêmaco cumpriu viajando
está longe de ser menosprezável. Quem 665
esperaria? O rapazote parte sem
temor, coloca a nau no mar, escolhe sócios:
onde mais tarde irá parar? Possa o Cronida
anular seu vigor, em fase pré-adulta!
Solicito um navio veloz e vinte moços 670
a fim de armar-lhe uma cilada em seu retorno,
no estreito entre Ítaca e Same pedregosa:
acabará em desastre a excursão pró-páter."
Falou, concordam os ouvintes que se animam;
em pé, dirigem-se à morada de Odisseu. 675
Penélope não fica muito tempo alheia
ao que maquinam, fundo-remoendo o íntimo.
Medonte, o arauto, a deixa a par de seus desígnios,
pois do átrio pôde ouvir os planos no recinto.
Cruzando as salas do solar, buscou Penélope, 680
que a ele se dirige, mal transposto o umbral:
"Por que razão, Medonte, os procos te enviaram?
Querem que as servas de Odisseu parem de obrar
a fim de lhes servir a refeição? Quem dera,
no oblívio da rainha, sem reuniões de praxe, 685
a ceia de hoje fosse a derradeira e última!
Dilapidastes, apinhados, a fortuna
de meu filho valente. Quando crianças, nunca
ouvistes como o herói itácio acolhera
em casa vossos pais? Jamais injustiçou 690
a nenhum só que fosse com palavras duras,

ἄλλον κ' ἐχθαίρῃσι βροτῶν, ἄλλον κε φιλοίη.
κεῖνος δ' οὔ ποτε πάμπαν ἀτάσθαλον ἄνδρα ἐώργει.
ἀλλ' ὁ μὲν ὑμέτερος θυμὸς καὶ ἀεικέα ἔργα
φαίνεται, οὐδέ τίς ἐστι χάρις μετόπισθ' εὐεργέων." 695
τὴν δ' αὖτε προσέειπε Μέδων πεπνυμένα εἰδώς·
"αἲ γὰρ δή, βασίλεια, τόδε πλεῖστον κακὸν εἴη.
ἀλλὰ πολὺ μεῖζόν τε καὶ ἀργαλεώτερον ἄλλο
μνηστῆρες φράζονται, ὃ μὴ τελέσειε Κρονίων·
Τηλέμαχον μεμάασι κατακτάμεν ὀξέι χαλκῷ 700
οἴκαδε νισόμενον· ὁ δ' ἔβη μετὰ πατρὸς ἀκουὴν
ἐς Πύλον ἠγαθέην ἠδ' ἐς Λακεδαίμονα δῖαν."
ὣς φάτο, τῆς δ' αὐτοῦ λύτο γούνατα καὶ φίλον ἦτορ,
δὴν δέ μιν ἀμφασίη ἐπέων λάβε· τὼ δέ οἱ ὄσσε
δακρυόφι πλῆσθεν, θαλερὴ δέ οἱ ἔσχετο φωνή. 705
ὀψὲ δὲ δή μιν ἔπεσσιν ἀμειβομένη προσέειπε·
"κῆρυξ, τίπτε δέ μοι πάϊς οἴχεται; οὐδέ τί μιν χρεὼ
νηῶν ὠκυπόρων ἐπιβαινέμεν, αἵ θ' ἁλὸς ἵπποι
ἀνδράσι γίγνονται, περόωσι δὲ πουλὺν ἐφ' ὑγρήν.
ἦ ἵνα μηδ' ὄνομ' αὐτοῦ ἐν ἀνθρώποισι λίπηται;" 710
τὴν δ' ἠμείβετ' ἔπειτα Μέδων πεπνυμένα εἰδώς·
"οὐκ οἶδ' ἤ τίς μιν θεὸς ὤρορεν, ἦε καὶ αὐτοῦ
θυμὸς ἐφωρμήθη ἴμεν ἐς Πύλον, ὄφρα πύθηται
πατρὸς ἑοῦ ἢ νόστον ἢ ὅν τινα πότμον ἐπέσπεν."
ὣς ἄρα φωνήσας ἀπέβη κατὰ δῶμ' Ὀδυσῆος. 715
τὴν δ' ἄχος ἀμφεχύθη θυμοφθόρον, οὐδ' ἄρ' ἔτ' ἔτλη
δίφρῳ ἐφέζεσθαι πολλῶν κατὰ οἶκον ἐόντων,
ἀλλ' ἄρ' ἐπ' οὐδοῦ ἷζε πολυκμήτου θαλάμοιο
οἴκτρ' ὀλοφυρομένη· περὶ δὲ δμῳαὶ μινύριζον
πᾶσαι, ὅσαι κατὰ δώματ' ἔσαν νέαι ἠδὲ παλαιαί. 720
τῆς δ' ἁδινὸν γοόωσα μετηύδα Πηνελόπεια·
"κλῦτε, φίλαι· πέρι γάρ μοι Ὀλύμπιος ἄλγε' ἔδωκεν
ἐκ πασέων, ὅσσαι μοι ὁμοῦ τράφεν ἠδ' ἐγένοντο·
ἣ πρὶν μὲν πόσιν ἐσθλὸν ἀπώλεσα θυμολέοντα,
παντοίῃς ἀρετῇσι κεκασμένον ἐν Δαναοῖσιν, 725
ἐσθλόν, τοῦ κλέος εὐρὺ καθ' Ἑλλάδα καὶ μέσον Ἄργος.

qual sói acontecer com basileus divinos,
a uns odiando, a outros dedicando afeto.
Jamais retribuiu à presunção de alguém.
O coração de todos se desvela no ato 695
ignóbil, ignorantes do que é a gratidão."
Medonte, sábio nos conselhos, diz-lhe: "Ah,
fosse esse o mal maior, rainha, que praticam!
Eis o que eles planejam de mais grave e tétrico
ainda — queira obstá-los o Cronida olímpio! 700
Sonham matar, tão logo volte, a fio de bronze,
teu filho, ausente em busca de notícias pátrias
em Pilo sacra e na Lacedemônia magna."
Falou. O coração e os joelhos da rainha
baqueiam. Sílaba, uma só, não fala, as lágrimas 705
decaem do olhar, e, quase à tona, a voz aborta.
A fala se lhe volta, após o hiato: "Arauto,
por que meu filho foi-se? Em nau veloz, cavalo
salso marinho em plena imensidão aquosa,
não carecia que zarpasse. O próprio nome 710
quer que naufrague entre os humanos?" E o atilado:
"Não sei se o incitou um deus ou foi de moto
próprio à cidade pília a fim de se informar
sobre o retorno de Odisseu ou seu epílogo."
Falou, deixando o paço. A dor cardiomortífera 715
circum-oprime-a. Não encontra uma cadeira
que fosse das inúmeras que havia ali,
por fim no umbral do tálamo se assenta e chora,
copiosamente chora. Servas carpideiras
no paço balbuciam, todas, moças, velhas. 720
Penélope falou com voz entrecortada:
"Caras, ouvi-me! O sofrimento que os olímpios
me impingem as amigas desconhecem, pois
perdi primeiro o esposo de âmago-leonino,
ás entre argivos por seu virtuosismo raro, 725
renome que se alastra na Hélade, em Argos.

νῦν αὖ παῖδ᾽ ἀγαπητὸν ἀνηρείψαντο θύελλαι
ἀκλέα ἐκ μεγάρων, οὐδ᾽ ὁρμηθέντος ἄκουσα.
σχέτλιαι, οὐδ᾽ ὑμεῖς περ ἐνὶ φρεσὶ θέσθε ἑκάστη
ἐκ λεχέων μ᾽ ἀνεγεῖραι, ἐπιστάμεναι σάφα θυμῷ, 730
ὁππότ᾽ ἐκεῖνος ἔβη κοίλην ἐπὶ νῆα μέλαιναν.
εἰ γὰρ ἐγὼ πυθόμην ταύτην ὁδὸν ὁρμαίνοντα,
τῷ κε μάλ᾽ ἤ κεν ἔμεινε καὶ ἐσσύμενός περ ὁδοῖο,
ἤ κέ με τεθνηκυῖαν ἐνὶ μεγάροισιν ἔλειπεν.
ἀλλά τις ὀτρηρῶς Δολίον καλέσειε γέροντα, 735
δμῶ᾽ ἐμόν, ὅν μοι δῶκε πατὴρ ἔτι δεῦρο κιούσῃ,
καί μοι κῆπον ἔχει πολυδένδρεον, ὄφρα τάχιστα
Λαέρτῃ τάδε πάντα παρεζόμενος καταλέξῃ,
εἰ δή πού τινα κεῖνος ἐνὶ φρεσὶ μῆτιν ὑφήνας
ἐξελθὼν λαοῖσιν ὀδύρεται, οἳ μεμάασιν 740
ὃν καὶ Ὀδυσσῆος φθῖσαι γόνον ἀντιθέοιο."
τὴν δ᾽ αὖτε προσέειπε φίλη τροφὸς Εὐρύκλεια·
"νύμφα φίλη, σὺ μὲν ἄρ με κατάκτανε νηλέι χαλκῷ
ἢ ἔα ἐν μεγάρῳ· μῦθον δέ τοι οὐκ ἐπικεύσω.
ᾔδε᾽ ἐγὼ τάδε πάντα, πόρον δέ οἱ ὅσσ᾽ ἐκέλευε, 745
σῖτον καὶ μέθυ ἡδύ· ἐμεῦ δ᾽ ἕλετο μέγαν ὅρκον
μὴ πρὶν σοὶ ἐρέειν, πρὶν δωδεκάτην γε γενέσθαι
ἢ σ᾽ αὐτὴν ποθέσαι καὶ ἀφορμηθέντος ἀκοῦσαι,
ὡς ἂν μὴ κλαίουσα κατὰ χρόα καλὸν ἰάπτῃς.
ἀλλ᾽ ὑδρηναμένη, καθαρὰ χροΐ εἵμαθ᾽ ἑλοῦσα, 750
εἰς ὑπερῷ᾽ ἀναβᾶσα σὺν ἀμφιπόλοισι γυναιξὶν
εὔχε᾽ Ἀθηναίῃ κούρῃ Διὸς αἰγιόχοιο·
ἡ γάρ κέν μιν ἔπειτα καὶ ἐκ θανάτοιο σαώσαι.
μηδὲ γέροντα κάκου κεκακωμένον· οὐ γὰρ ὀΐω
πάγχυ θεοῖς μακάρεσσι γονὴν Ἀρκεισιάδαο 755
ἔχθεσθ᾽, ἀλλ᾽ ἔτι πού τις ἐπέσσεται ὅς κεν ἔχῃσι
δώματά θ᾽ ὑψερεφέα καὶ ἀπόπροθι πίονας ἀγρούς."
ὣς φάτο, τῆς δ᾽ εὔνησε γόον, σχέθε δ᾽ ὄσσε γόοιο.
ἡ δ᾽ ὑδρηναμένη, καθαρὰ χροΐ εἵμαθ᾽ ἑλοῦσα
εἰς ὑπερῷ᾽ ἀνέβαινε σὺν ἀμφιπόλοισι γυναιξίν, 760
ἐν δ᾽ ἔθετ᾽ οὐλοχύτας κανέῳ, ἠρᾶτο δ᾽ Ἀθήνῃ·

O turbilhão agora arrebatou-me o filho
inglório, e eu sequer sabia da partida.
Cretinas! Como não vos ocorreu chamar-me
no leito em que eu dormia, cientes da partida 730
em negra nau bojuda? Pois soubera eu antes
de sua intenção viajora, ou ele aqui restava
em Ítaca, sonhando embora excursionar,
ou me teria deixado no palácio, morta.
Alguém me chame agora Dólio, um geronte 735
escravo que meu pai me destinou ao vir.
Ajardina o pomar plurifrondoso. Deve
deixar Laerte a par do que está acontecendo.
Quem sabe o velho possa conceber um plano
para queixar-se à gente que maquina o fim 740
de meu marido quase deus e sua estirpe."
A nutriz Euricleia proferiu: "Senhora,
mete o bronze aguçado no meu peito agora
ou me relega à sala! Nada ocultarei:
sabia de tudo e forneci o que ordenou-me: 745
só vinho e pão. Me fez jurar solenemente
nada dizer-te até o décimo segundo
dia, se o não chamasses antes disso. Lágrimas
temia que vertesses belo rosto abaixo.
Depois de te banhares, eu sugiro a troca 750
de trajes e que subas com ancilas onde
rogues a Palas, filha do Cronida porta-
-égide: saberá salvar da morte o moço.
Por que angustiar o velho quebrantado? Creio
que os bem-aventurados não odeiem natos 755
de Arcésio. Viverá quem herde a moradia
de cumeeira alta e a jeira fértil." Fala
assim e para o pranto e enxuga os olhos. Roupas
sem mácula vestiu, depois do banho. Fâmulas
seguem a basileia ao sobrepavimento, 760
que invoca Atena, posto o grão no canistrel:

"κλῦθί μευ, αἰγιόχοιο Διὸς τέκος, Ἀτρυτώνη,
εἴ ποτέ τοι πολύμητις ἐνὶ μεγάροισιν Ὀδυσσεὺς
ἢ βοὸς ἢ ὄϊος κατὰ πίονα μηρί' ἔκηε,
τῶν νῦν μοι μνῆσαι, καί μοι φίλον υἷα σάωσον, 765
μνηστῆρας δ' ἀπάλαλκε κακῶς ὑπερηνορέοντας."
ὣς εἰποῦσ' ὀλόλυξε, θεὰ δέ οἱ ἔκλυεν ἀρῆς.
μνηστῆρες δ' ὁμάδησαν ἀνὰ μέγαρα σκιόεντα·
ὧδε δέ τις εἴπεσκε νέων ὑπερηνορεόντων·
"ἦ μάλα δὴ γάμον ἄμμι πολυμνήστη βασίλεια 770
ἀρτύει, οὐδέ τι οἶδεν ὅ οἱ φόνος υἷι τέτυκται."
ὣς ἄρα τις εἴπεσκε, τὰ δ' οὐκ ἴσαν ὡς ἐτέτυκτο.
τοῖσιν δ' Ἀντίνοος ἀγορήσατο καὶ μετέειπε·
"δαιμόνιοι, μύθους μὲν ὑπερφιάλους ἀλέασθε
πάντας ὁμῶς, μή πού τις ἀπαγγείλῃσι καὶ εἴσω. 775
ἀλλ' ἄγε σιγῇ τοῖον ἀναστάντες τελέωμεν
μῦθον, ὃ δὴ καὶ πᾶσιν ἐνὶ φρεσὶν ἤραρεν ἡμῖν."
ὣς εἰπὼν ἐκρίνατ' ἐείκοσι φῶτας ἀρίστους,
βὰν δ' ἰέναι ἐπὶ νῆα θοὴν καὶ θῖνα θαλάσσης.
νῆα μὲν οὖν πάμπρωτον ἁλὸς βένθοσδε ἔρυσσαν, 780
ἐν δ' ἱστόν τ' ἐτίθεντο καὶ ἱστία νηῒ μελαίνῃ,
ἠρτύναντο δ' ἐρετμὰ τροποῖς ἐν δερματίνοισιν,
πάντα κατὰ μοῖραν, ἀνά θ' ἱστία λευκὰ πέτασσαν·
τεύχεα δέ σφ' ἤνεικαν ὑπέρθυμοι θεράποντες.
ὑψοῦ δ' ἐν νοτίῳ τήν γ' ὥρμισαν, ἐκ δ' ἔβαν αὐτοί· 785
ἔνθα δὲ δόρπον ἕλοντο, μένον δ' ἐπὶ ἕσπερον ἐλθεῖν.
ἡ δ' ὑπερωΐῳ αὖθι περίφρων Πηνελόπεια
κεῖτ' ἄρ' ἄσιτος, ἄπαστος ἐδητύος ἠδὲ ποτῆτος,
ὁρμαίνουσ' ἤ οἱ θάνατον φύγοι υἱὸς ἀμύμων,
ἦ ὅ γ' ὑπὸ μνηστῆρσιν ὑπερφιάλοισι δαμείη. 790
ὅσσα δὲ μερμήριξε λέων ἀνδρῶν ἐν ὁμίλῳ
δείσας, ὁππότε μιν δόλιον περὶ κύκλον ἄγωσι,
τόσσα μιν ὁρμαίνουσαν ἐπήλυθε νήδυμος ὕπνος·
εὗδε δ' ἀνακλινθεῖσα, λύθεν δέ οἱ ἅψεα πάντα.
ἔνθ' αὖτ' ἄλλ' ἐνόησε θεά, γλαυκῶπις Ἀθήνη· 795
εἴδωλον ποίησε, δέμας δ' ἤϊκτο γυναικί,

"Filha de Zeus Cronida, escuta Atena Atrítona,
se alguma vez no paço o multiarguto herói
levou à flama coxas pingues do rebanho,
relembra o rito e salva agora nosso filho: 765
poupa-o da crueldade dos altivos ávidos!"
Ululou tendo dito e Atena a escutou:
na sala turva os pretendentes vozeavam
e um jovem presumido assim pontificou:
"A pluriassediada basileia nem   770
supõe o fim do filho, entregue ao pré-consórcio."
Ingênuo proco, alheio à trama que os enreda.
"Demônios de homens!" — eis como falou Antínoo —,
"evitai bazofiar como uns metidos! Não
nos arrisquemos a que nos delatem dentro!   775
Psiu! Em pé! Chega de parlenda! Concluamos
o plano que nos acalenta tanto o ânimo!"
Concluindo a fala, seleciona vinte magnos
e toma a direção da nau veloz, na orla.
Tratam primeiro de empurrá-la ao mar aberto,   780
içam o mastro e a vela no baixel nigérrimo,
fixam os remos na courama dos estropos,
tudo conforme a moira, velas brancas baixas.
Os aguerridos escudeiros levam armas.
Fundearam na enseada e logo desembarcam   785
onde aguardavam todos o sonoite ceando.
No piso superior, Penélope prudente,
jejuna de comer e de beber, deitava-se,
aflita com o filho: escapara à morte
ou ávidos assoberbados o mataram?   790
Feito leão dubitativo em meio à turba
de homens que circunfecha o golpe da cilada,
se agita, até que a toma o sono inescapável,
reclinada, as junturas todas afrouxando.
Atena olhos-azuis maquina: fez imagem   795
fantasmal, símile de uma mulher, Iftima,

Ἰφθίμῃ, κούρῃ μεγαλήτορος Ἰκαρίοιο,
τὴν Εὔμηλος ὄπυιε Φερῇς ἔνι οἰκία ναίων.
πέμπε δέ μιν πρὸς δώματ' Ὀδυσσῆος θείοιο,
ἧος Πηνελόπειαν ὀδυρομένην γοόωσαν 800
παύσειε κλαυθμοῖο γόοιό τε δακρυόεντος.
ἐς θάλαμον δ' εἰσῆλθε παρὰ κληῖδος ἱμάντα,
στῆ δ' ἄρ ὑπὲρ κεφαλῆς, καί μιν πρὸς μῦθον ἔειπεν·
"εὕδεις, Πηνελόπεια, φίλον τετιημένη ἦτορ;
οὐ μέν σ' οὐδὲ ἐῶσι θεοὶ ῥεῖα ζώοντες 805
κλαίειν οὐδ' ἀκάχησθαι, ἐπεί ῥ' ἔτι νόστιμός ἐστι
σὸς παῖς· οὐ μὲν γάρ τι θεοῖς ἀλιτήμενός ἐστι."
τὴν δ' ἠμείβετ' ἔπειτα περίφρων Πηνελόπεια,
ἡδὺ μάλα κνώσσουσ' ἐν ὀνειρείῃσι πύλῃσιν·
"τίπτε, κασιγνήτη, δεῦρ' ἤλυθες; οὔ τι πάρος γε 810
πωλέ', ἐπεὶ μάλα πολλὸν ἀπόπροθι δώματα ναίεις·
καί με κέλεαι παύσασθαι ὀιζύος ἠδ' ὀδυνάων
πολλέων, αἵ μ' ἐρέθουσι κατὰ φρένα καὶ κατὰ θυμόν,
ἣ πρὶν μὲν πόσιν ἐσθλὸν ἀπώλεσα θυμολέοντα,
παντοίῃς ἀρετῇσι κεκασμένον ἐν Δαναοῖσιν, 815
ἐσθλόν, τοῦ κλέος εὐρὺ καθ' Ἑλλάδα καὶ μέσον Ἄργος·
νῦν αὖ παῖς ἀγαπητὸς ἔβη κοίλης ἐπὶ νηός,
νήπιος, οὔτε πόνων ἐὺ εἰδὼς οὔτ' ἀγοράων.
τοῦ δὴ ἐγὼ καὶ μᾶλλον ὀδύρομαι ἤ περ ἐκείνου·
τοῦ δ' ἀμφιτρομέω καὶ δείδια, μή τι πάθῃσιν, 820
ἢ ὅ γε τῶν ἐνὶ δήμῳ, ἵν' οἴχεται, ἢ ἐνὶ πόντῳ·
δυσμενέες γὰρ πολλοὶ ἐπ' αὐτῷ μηχανόωνται,
ἱέμενοι κτεῖναι πρὶν πατρίδα γαῖαν ἱκέσθαι."
τὴν δ' ἀπαμειβόμενον προσέφη εἴδωλον ἀμαυρόν·
"θάρσει, μηδέ τι πάγχυ μετὰ φρεσὶ δείδιθι λίην· 825
τοίη γάρ οἱ πομπὸς ἅμ' ἔρχεται, ἥν τε καὶ ἄλλοι
ἀνέρες ἠρήσαντο παρεστάμεναι, δύναται γάρ,
Παλλὰς Ἀθηναίη· σὲ δ' ὀδυρομένην ἐλεαίρει·
ἣ νῦν με προέηκε τεΐν τάδε μυθήσασθαι."
τὴν δ' αὖτε προσέειπε περίφρων Πηνελόπεια· 830
"εἰ μὲν δὴ θεός ἐσσι θεοῖό τε ἔκλυες αὐδῆς,

filha de Icário, magnogeneroso, cônjuge
de Eumelo, morador de Feres e a enviou
à moradia de Odisseu divino: um fim
queria dar ao pranto sussurrante não 800
contido mais pela consorte de Odisseu.
Entrou no quarto pela cilha do ferrolho,
encimou-lhe a cabeça e proferiu: "Penélope,
dormes, aflito o coração? Sempiviventes
os deuses, desconhecedores de percalços, 805
não te consentem desespero, pois Telêmaco
não tarda: os deuses não o consideram ímpio."
Sob o portal onírico, a sensata itácia,
imersa no torpor, a indaga: "O que vieste
fazer aqui, amiga? Não costumas vir 810
frequentes vezes a Ítaca, dos teus confins.
Mandas que eu pare de sofrer amargamente,
atormentada como estou no coração:
perdi primeiro o esposo, leônico-animoso,
destaque entre os argivos pelo seu quilate, 815
um nobre, amplo renome em Argos e na Hélade.
Meu filho caro agora foi-se em nave côncava,
um menino inexperto em dor, na arenga da ágora.
Pranteio pela dupla, mais pelo segundo,
que faz-me retremer, receosa do revés 820
que sofra aonde foi ou na incerteza oceânica.
Sobejam inimigos de meu filho aqui,
ávidos por matá-lo, antes que torne a Ítaca."
Responde-lhe o fantasma fusco: "Não carece
de exagerar teu medo. Ânimo! Sua escolta 825
é feita pela deusa cuja companhia
homens não param de evocar, tal seu poder:
Palas Atena, a quem tua dor se fez sentir.
Foi ela quem mandou-me para assim dizê-lo."
Penélope retoma: "Se és de fato um deus, 830
se ouviste a voz de um deus, relata o que ocorreu

εἰ δ' ἄγε μοι καὶ κεῖνον ὀιζυρὸν κατάλεξον,
ἤ που ἔτι ζώει καὶ ὁρᾷ φάος ἠελίοιο,
ἦ ἤδη τέθνηκε καὶ εἰν Ἀίδαο δόμοισι."
τὴν δ' ἀπαμειβόμενον προσέφη εἴδωλον ἀμαυρόν· 835
"οὐ μέν τοι κεῖνόν γε διηνεκέως ἀγορεύσω,
ζώει ὅ γ' ἦ τέθνηκε· κακὸν δ' ἀνεμώλια βάζειν."
ὣς εἰπὸν σταθμοῖο παρὰ κληῖδα λιάσθη
ἐς πνοιὰς ἀνέμων. ἡ δ' ἐξ ὕπνου ἀνόρουσε
κούρη Ἰκαρίοιο· φίλον δέ οἱ ἦτορ ἰάνθη, 840
ὥς οἱ ἐναργὲς ὄνειρον ἐπέσσυτο νυκτὸς ἀμολγῷ.
μνηστῆρες δ' ἀναβάντες ἐπέπλεον ὑγρὰ κέλευθα
Τηλεμάχῳ φόνον αἰπὺν ἐνὶ φρεσὶν ὁρμαίνοντες.
ἔστι δέ τις νῆσος μέσσῃ ἁλὶ πετρήεσσα,
μεσσηγὺς Ἰθάκης τε Σάμοιό τε παιπαλοέσσης, 845
Ἀστερίς, οὐ μεγάλη· λιμένες δ' ἔνι ναύλοχοι αὐτῇ
ἀμφίδυμοι· τῇ τόν γε μένον λοχόωντες Ἀχαιοί.

com o outro miserável, se ainda vive e vê
a luz de Hélio solar ou se já faleceu,
um inquilino do Hades." Respondeu-lhe a turva
imagem: "Se ele vive ou já morreu, eis algo   835
de que não ouvirás de mim relato claro,
pois é melhor calar o vento das palavras."
Falando assim, deixou pelo ferrolho o cômodo
no sopro do frescor. Prole de Icário, a dama
desperta, o coração escalda, pois o sonho   840
tão nítido lhe viera no âmago da noite.
Nas sendas líquidas, os pretendentes pensam
na morte fulminante que teria Telêmaco.
Há uma ínsula de pedra em meio ao mar, entre Ítaca
e Same pétreo-tortuosa. Astéride é   845
seu nome. Diminuta, ela possui dois portos
gêmeos. Aqueus ali o esperam, emboscados.

ε

Ἠὼς δ' ἐκ λεχέων παρ' ἀγαυοῦ Τιθωνοῖο
ὤρνυθ', ἵν' ἀθανάτοισι φόως φέροι ἠδὲ βροτοῖσιν·
οἱ δὲ θεοὶ θῶκόνδε καθίζανον, ἐν δ' ἄρα τοῖσι
Ζεὺς ὑψιβρεμέτης, οὗ τε κράτος ἐστὶ μέγιστον.
τοῖσι δ' Ἀθηναίη λέγε κήδεα πόλλ' Ὀδυσῆος   5
μνησαμένη· μέλε γάρ οἱ ἐὼν ἐν δώμασι νύμφης·
"Ζεῦ πάτερ ἠδ' ἄλλοι μάκαρες θεοὶ αἰὲν ἐόντες,
μή τις ἔτι πρόφρων ἀγανὸς καὶ ἤπιος ἔστω
σκηπτοῦχος βασιλεύς, μηδὲ φρεσὶν αἴσιμα εἰδώς,
ἀλλ' αἰεὶ χαλεπός τ' εἴη καὶ αἴσυλα ῥέζοι·   10
ὡς οὔ τις μέμνηται Ὀδυσσῆος θείοιο
λαῶν οἷσιν ἄνασσε, πατὴρ δ' ὣς ἤπιος ἦεν.
ἀλλ' ὁ μὲν ἐν νήσῳ κεῖται κρατέρ' ἄλγεα πάσχων
νύμφης ἐν μεγάροισι Καλυψοῦς, ἥ μιν ἀνάγκῃ
ἴσχει· ὁ δ' οὐ δύναται ἣν πατρίδα γαῖαν ἱκέσθαι·   15
οὐ γάρ οἱ πάρα νῆες ἐπήρετμοι καὶ ἑταῖροι,
οἵ κέν μιν πέμποιεν ἐπ' εὐρέα νῶτα θαλάσσης.
νῦν αὖ παῖδ' ἀγαπητὸν ἀποκτεῖναι μεμάασιν
οἴκαδε νισόμενον· ὁ δ' ἔβη μετὰ πατρὸς ἀκουὴν
ἐς Πύλον ἠγαθέην ἠδ' ἐς Λακεδαίμονα δῖαν."   20
τὴν δ' ἀπαμειβόμενος προσέφη νεφεληγερέτα Ζεύς·
"τέκνον ἐμόν, ποῖόν σε ἔπος φύγεν ἕρκος ὀδόντων.
οὐ γὰρ δὴ τοῦτον μὲν ἐβούλευσας νόον αὐτή,
ὡς ἦ τοι κείνους Ὀδυσεὺς ἀποτίσεται ἐλθών;
Τηλέμαχον δὲ σὺ πέμψον ἐπισταμένως, δύνασαι γάρ,   25
ὥς κε μάλ' ἀσκηθὴς ἣν πατρίδα γαῖαν ἵκηται,

Canto V

Eós-Aurora deixa o tálamo titônio
espraiando luzeiro entre imortais e humanos.
Os deuses entronados se aconselham. Magno
poder, entre os demais estava Zeus altíssono.
Atena lembra os múltiplos padecimentos   5
de Odisseu, sequestrado ao lar da ninfa: "Pai
Cronida e todos os demais sempiviventes,
não mais exista um basileu benevolente,
porta-cetro cordial, nem retidão no peito,
mas seja sempre rude e avesso ao que for justo,   10
pois não há mais ninguém que rememore o herói,
entre as pessoas que reinou, pai prestimoso!
Soçobra numa ilha, carpe a dor mais áspera
na moradia de Calipso, que o obriga
a perdurar ali, jamais rever o paço.   15
Não tem embarcações remeiras, nem marujos
hábeis na escolta pelo dorso megaoceânico.
E agora é a vez do filho padecer no torna-
-viagem da trama morticida: foi a Pilo
saber do pai, depois, à ilustre Esparta." O adensa- 20
-nuvens então rebate: "Filha, que palavras
são essas fugitivas da clausura dos
teus dentes? Quem, senão tu mesma, planejou
que Odisseu os dizimaria em solo itácio?
Concede um pouco de tua sabença ao filho   25
em sua condução à terra ancestre, incólume,

μνηστῆρες δ' ἐν νηΐ· παλιμπετὲς ἀπονέωνται."
ἦ ῥα καὶ Ἑρμείαν, υἱὸν φίλον, ἀντίον ηὔδα·
"Ἑρμεία, σὺ γὰρ αὖτε τά τ' ἄλλα περ ἄγγελός ἐσσι,
νύμφῃ ἐϋπλοκάμῳ εἰπεῖν νημερτέα βουλήν, 30
νόστον Ὀδυσσῆος ταλασίφρονος, ὥς κε νέηται
οὔτε θεῶν πομπῇ οὔτε θνητῶν ἀνθρώπων·
ἀλλ' ὅ γ' ἐπὶ σχεδίης πολυδέσμου πήματα πάσχων
ἤματί κ' εἰκοστῷ Σχερίην ἐρίβωλον ἵκοιτο,
Φαιήκων ἐς γαῖαν, οἳ ἀγχίθεοι γεγάασιν, 35
οἵ κέν μιν περὶ κῆρι θεὸν ὣς τιμήσουσιν,
πέμψουσιν δ' ἐν νηΐ φίλην ἐς πατρίδα γαῖαν,
χαλκόν τε χρυσόν τε ἅλις ἐσθῆτά τε δόντες,
πόλλ', ὅσ' ἂν οὐδέ ποτε Τροίης ἐξήρατ' Ὀδυσσεύς,
εἴ περ ἀπήμων ἦλθε, λαχὼν ἀπὸ ληΐδος αἶσαν. 40
ὣς γάρ οἱ μοῖρ' ἐστὶ φίλους τ' ἰδέειν καὶ ἱκέσθαι
οἶκον ἐς ὑψόροφον καὶ ἑὴν ἐς πατρίδα γαῖαν."
ὣς ἔφατ', οὐδ' ἀπίθησε διάκτορος ἀργεϊφόντης.
αὐτίκ' ἔπειθ' ὑπὸ ποσσὶν ἐδήσατο καλὰ πέδιλα,
ἀμβρόσια χρύσεια, τά μιν φέρον ἠμὲν ἐφ' ὑγρὴν 45
ἠδ' ἐπ' ἀπείρονα γαῖαν ἅμα πνοιῇς ἀνέμοιο.
εἵλετο δὲ ῥάβδον, τῇ τ' ἀνδρῶν ὄμματα θέλγει,
ὧν ἐθέλει, τοὺς δ' αὖτε καὶ ὑπνώοντας ἐγείρει.
τὴν μετὰ χερσὶν ἔχων πέτετο κρατὺς ἀργεϊφόντης.
Πιερίην δ' ἐπιβὰς ἐξ αἰθέρος ἔμπεσε πόντῳ· 50
σεύατ' ἔπειτ' ἐπὶ κῦμα λάρῳ ὄρνιθι ἐοικώς,
ὅς τε κατὰ δεινοὺς κόλπους ἁλὸς ἀτρυγέτοιο
ἰχθῦς ἀγρώσσων πυκινὰ πτερὰ δεύεται ἅλμῃ·
τῷ ἴκελος πολέεσσιν ὀχήσατο κύμασιν Ἑρμῆς.
ἀλλ' ὅτε δὴ τὴν νῆσον ἀφίκετο τηλόθ' ἐοῦσαν, 55
ἔνθ' ἐκ πόντου βὰς ἰοειδέος ἠπειρόνδε
ἤϊεν, ὄφρα μέγα σπέος ἵκετο, τῷ ἔνι νύμφη
ναῖεν ἐϋπλόκαμος· τὴν δ' ἔνδοθι τέτμεν ἐοῦσαν.
πῦρ μὲν ἐπ' ἐσχαρόφιν μέγα καίετο, τηλόσε δ' ὀδμὴ
κέδρου τ' εὐκεάτοιο θύου τ' ἀνὰ νῆσον ὀδώδει 60
δαιομένων· ἡ δ' ἔνδον ἀοιδιάουσ' ὀπὶ καλῇ

frustrando os pretendentes quando retrocedam."
Falou e então profere ao filho Hermes: "Núncio
tens sido repetidas vezes. Comunica
nossa sentença à ninfa de cabelos belos: 30
o herói multipaciente deve retornar,
mas sem escolta de homens e dos imortais,
numa jangada pluriajoujada, dores
padecendo antes de chegar à Esquéria fértil
no vigésimo dia. Os feácios o recebem 35
de coração, qual fora um deus, e cuidarão
de devolvê-lo à terra ancestre num navio
com dons em cobre, em ouro, panos variadíssimos,
em tanta profusão que nem se o espólio troico
restasse, à dádiva seria equiparável. 40
É moira de Odisseu rever quem ama em casa
de alta cumeeira, no rincão de antepassados."
O núncio Argicida o obedeceu. Calçou
sandálias belas auriambrósias, que o conduzem
oceano acima, solo infindo acima, ao sopro 45
da aura. Empunhava o caduceu com que fascina
os olhos quando quer ou os desadormece.
O Argicida o empolgava sobrevoando, forte.
Descende da Piéria e do éter tomba ao mar.
Pássaro sobre a escuma, gavião que em seios 50
terríveis do infecundo mar talássio imerge
asas hirtas no sal em busca de cardumes,
Hermes avança sobre as ondas tal e qual.
Mas quando chega à ínsula, que era longínqua,
atrás o mar violeta, caminhou até 55
chegar à enorme gruta, onde morava a ninfa
de belas tranças. Ela estava no interior.
No lar o fogo altivo ardia, perfumando
de cedro e tuia em brasa os arrabaldes. Bela-
mente cantava. Percorria com naveta 60
de ouro o tear em que tecia. Luxuriante

ἱστὸν ἐποιχομένη χρυσείῃ κερκίδ' ὕφαινεν.
ὕλη δὲ σπέος ἀμφὶ πεφύκει τηλεθόωσα,
κλήθρη τ' αἴγειρός τε καὶ εὐώδης κυπάρισσος.
ἔνθα δέ τ' ὄρνιθες τανυσίπτεροι εὐνάζοντο, 65
σκῶπές τ' ἴρηκές τε τανύγλωσσοί τε κορῶναι
εἰνάλιαι, τῇσίν τε θαλάσσια ἔργα μέμηλεν.
ἡ δ' αὐτοῦ τετάνυστο περὶ σπείους γλαφυροῖο
ἡμερὶς ἡβώωσα, τεθήλει δὲ σταφυλῇσι.
κρῆναι δ' ἑξείης πίσυρες ῥέον ὕδατι λευκῷ, 70
πλησίαι ἀλλήλων τετραμμέναι ἄλλυδις ἄλλη.
ἀμφὶ δὲ λειμῶνες μαλακοὶ ἴου ἠδὲ σελίνου
θήλεον. ἔνθα κ' ἔπειτα καὶ ἀθάνατός περ ἐπελθὼν
θηήσαιτο ἰδὼν καὶ τερφθείη φρεσὶν ᾗσιν.
ἔνθα στὰς θηεῖτο διάκτορος ἀργεϊφόντης. 75
αὐτὰρ ἐπεὶ δὴ πάντα ἑῷ θηήσατο θυμῷ,
αὐτίκ' ἄρ' εἰς εὐρὺ σπέος ἤλυθεν. οὐδέ μιν ἄντην
ἠγνοίησεν ἰδοῦσα Καλυψώ, δῖα θεάων·
οὐ γάρ τ' ἀγνῶτες θεοὶ ἀλλήλοισι πέλονται
ἀθάνατοι, οὐδ' εἴ τις ἀπόπροθι δώματα ναίει. 80
οὐδ' ἄρ' Ὀδυσσῆα μεγαλήτορα ἔνδον ἔτετμεν,
ἀλλ' ὅ γ' ἐπ' ἀκτῆς κλαῖε καθήμενος, ἔνθα πάρος περ,
δάκρυσι καὶ στοναχῇσι καὶ ἄλγεσι θυμὸν ἐρέχθων.
πόντον ἐπ' ἀτρύγετον δερκέσκετο δάκρυα λείβων.
Ἑρμείαν δ' ἐρέεινε Καλυψώ, δῖα θεάων, 85
ἐν θρόνῳ ἱδρύσασα φαεινῷ σιγαλόεντι·
"τίπτε μοι, Ἑρμεία χρυσόρραπι, εἰλήλουθας
αἰδοῖός τε φίλος τε; πάρος γε μὲν οὔ τι θαμίζεις.
αὔδα ὅ τι φρονέεις· τελέσαι δέ με θυμὸς ἄνωγεν,
εἰ δύναμαι τελέσαι γε καὶ εἰ τετελεσμένον ἐστίν. 90
ἀλλ' ἕπεο προτέρω, ἵνα τοι πὰρ ξείνια θείω."
ὣς ἄρα φωνήσασα θεὰ παρέθηκε τράπεζαν
ἀμβροσίης πλήσασα, κέρασσε δὲ νέκταρ ἐρυθρόν.
αὐτὰρ ὁ πῖνε καὶ ἦσθε διάκτορος ἀργεϊφόντης.
αὐτὰρ ἐπεὶ δείπνησε καὶ ἤραρε θυμὸν ἐδωδῇ, 95
καὶ τότε δή μιν ἔπεσσιν ἀμειβόμενος προσέειπεν·

jângal circum-aflora à cava: amieiros, álamos,
ciprestes odorosos. Ali nidificavam
pássaros alienormes: mochos, falcões, gralhas
de glotes largas, que amam a caçada oceânica. 65
Circundando a caverna côncava, se alongam
pimpolhos das videiras, pensas de entrecachos.
Quatro fontanas em fileira regurgitam
as águas límpidas que vincam o terreno
ora confluindo ora paralelamente. 70
No circumplaino florescia a violeta
aveludada e o lânguido selino. Até
um nume, se arribasse no local, atônito
estancaria, contemplando com seu ânimo
locupletado. O núncio Argicida para 75
com a intenção de admirar. Quando saciou
de plena admiração seu coração, o deus
adentra na ampla cavidade. Não duvida
de ser Calipso a ninfa que mirava: deuses
se reconhecem mutuamente, mesmo se 80
habitam casas distanciadas. A Odisseu
magnânimo, porém, não viu, que se sentava
à beira-córrego, onde soía chorar,
pranto, queixumes, dores lacerando a ânima:
choro incessante, remirava o mar infértil. 85
A deusa ofereceu o trono reluzente
a Hermes: "Por que vieste aqui, glorioso deus,
dourado caduceu? Não tens me visitado
amiúde. Peço que franqueies teu pensar.
Meu coração ordena-me fazer o que, 90
sendo factível, perfarei. Mas podes vir
comigo a fim de que eu te oferte o dom dos hóspedes?"
A távola coloca à sua frente, plena
de néctar rubro que mesclou com ambrosia.
O núncio come e sorve. Finda a refeição, 95
quando a avidez cedeu à saciedade, disse-lhe

"εἰρωτᾷς μ' ἐλθόντα θεὰ θεόν· αὐτὰρ ἐγώ τοι
νημερτέως τὸν μῦθον ἐνισπήσω· κέλεαι γάρ.
Ζεὺς ἐμέ γ' ἠνώγει δεῦρ' ἐλθέμεν οὐκ ἐθέλοντα·
τίς δ' ἂν ἑκὼν τοσσόνδε διαδράμοι ἁλμυρὸν ὕδωρ   100
ἄσπετον; οὐδέ τις ἄγχι βροτῶν πόλις, οἵ τε θεοῖσιν
ἱερά τε ῥέζουσι καὶ ἐξαίτους ἑκατόμβας.
ἀλλὰ μάλ' οὔ πως ἔστι Διὸς νόον αἰγιόχοιο
οὔτε παρεξελθεῖν ἄλλον θεὸν οὔθ' ἁλιῶσαι.
φησί τοι ἄνδρα παρεῖναι ὀιζυρώτατον ἄλλων,   105
τῶν ἀνδρῶν, οἳ ἄστυ πέρι Πριάμοιο μάχοντο
εἰνάετες, δεκάτῳ δὲ πόλιν πέρσαντες ἔβησαν
οἴκαδ'· ἀτὰρ ἐν νόστῳ Ἀθηναίην ἀλίτοντο,
ἥ σφιν ἐπῶρσ' ἄνεμόν τε κακὸν καὶ κύματα μακρά.
ἔνθ' ἄλλοι μὲν πάντες ἀπέφθιθεν ἐσθλοὶ ἑταῖροι,   110
τὸν δ' ἄρα δεῦρ' ἄνεμός τε φέρων καὶ κῦμα πέλασσε.
τὸν νῦν σ' ἠνώγειν ἀποπεμπέμεν ὅττι τάχιστα·
οὐ γάρ οἱ τῇδ' αἶσα φίλων ἀπονόσφιν ὀλέσθαι,
ἀλλ' ἔτι οἱ μοῖρ' ἐστὶ φίλους τ' ἰδέειν καὶ ἱκέσθαι
οἶκον ἐς ὑψόροφον καὶ ἑὴν ἐς πατρίδα γαῖαν."   115
ὣς φάτο, ῥίγησεν δὲ Καλυψώ, δῖα θεάων,
καί μιν φωνήσασ' ἔπεα πτερόεντα προσηύδα·
"σχέτλιοί ἐστε, θεοί, ζηλήμονες ἔξοχον ἄλλων,
οἵ τε θεαῖς ἀγάασθε παρ' ἀνδράσιν εὐνάζεσθαι
ἀμφαδίην, ἤν τίς τε φίλον ποιήσετ' ἀκοίτην.   120
ὣς μὲν ὅτ' Ὠρίων' ἕλετο ῥοδοδάκτυλος Ἠώς,
τόφρα οἱ ἠγάασθε θεοὶ ῥεῖα ζώοντες,
ἧος ἐν Ὀρτυγίῃ χρυσόθρονος Ἄρτεμις ἁγνὴ
οἷς ἀγανοῖς βελέεσσιν ἐποιχομένη κατέπεφνεν.
ὣς δ' ὁπότ' Ἰασίωνι ἐυπλόκαμος Δημήτηρ,   125
ᾧ θυμῷ εἴξασα, μίγη φιλότητι καὶ εὐνῇ
νειῷ ἔνι τριπόλῳ· οὐδὲ δὴν ἦεν ἄπυστος
Ζεύς, ὅς μιν κατέπεφνε βαλὼν ἀργῆτι κεραυνῷ.
ὣς δ' αὖ νῦν μοι ἄγασθε, θεοί, βροτὸν ἄνδρα παρεῖναι.
τὸν μὲν ἐγὼν ἐσάωσα περὶ τρόπιος βεβαῶτα   130
οἶον, ἐπεί οἱ νῆα θοὴν ἀργῆτι κεραυνῷ

em resposta: "A imortal indaga ao imortal
sobre o motivo de sua vinda. Evitarei
palavras de somenos, pois me pedes: Zeus
mandou-me vir, embora a contragosto: a quem   100
apraz cruzar a imensidão do salso mar?
Não há nas redondezas uma pólis de homem
que sacrifique e oferte as hecatombes lautas.
Que nume ousou passar ao largo de um desígnio
de Zeus que empolga a égide, ou nulificá-lo?   105
Afirma haver contigo um ser infelicíssimo,
um dos heróis que militaram nove anos
na priâmea urbe. Rasa a cidadela, ao décimo
retornam, mas Atena, ofensa na viagem,
suscita-lhes rajadas, vagalhões tremendos.   110
Os sócios, todos eles valorosos, morrem,
e o vendaval o cospe aqui, o mar o cospe.
Zeus ordenou que ultimes sua viagem: não
é seu quinhão morrer aqui, sem o calor
dos seus, mas sua moira é rever o paço   115
de cumeeira altiva e o solo de ancestrais."
Falou e a trêmula Calipso proferiu
palavras-asas: "Ah, zelotipia de hórridas
deidades, contra a deusa desoculta aos braços
de um homem que elegeu como consorte! Eós-   120
-Aurora dedirrósea escolhera Órion,
e vós, eternos, de viver tão fácil, não
aprovastes, até que a deusa trono-de-ouro,
Ártemis, o matasse com seus dardos suaves
em Ortígia. Deméter de cabelos lindos   125
também cedeu ao ímpeto do coração
quando, em alqueive arado ao triplo, sobreamou
Jasão, enlace de que Zeus se apercebeu,
com raio prata o fulminando incontinente.
Mais uma vez o Olimpo inveja o amor humano.   130
Quem o salvou, quando abraçado à quilha, só,

Ζεὺς ἔλσας ἐκέασσε μέσῳ ἐνὶ οἴνοπι πόντῳ.
ἔνθ' ἄλλοι μὲν πάντες ἀπέφθιθεν ἐσθλοὶ ἑταῖροι,
τὸν δ' ἄρα δεῦρ' ἄνεμός τε φέρων καὶ κῦμα πέλασσε.
τὸν μὲν ἐγὼ φίλεόν τε καὶ ἔτρεφον, ἠδὲ ἔφασκον   135
θήσειν ἀθάνατον καὶ ἀγήραον ἤματα πάντα.
ἀλλ' ἐπεὶ οὔ πως ἔστι Διὸς νόον αἰγιόχοιο
οὔτε παρεξελθεῖν ἄλλον θεὸν οὔθ' ἁλιῶσαι,
ἐρρέτω, εἴ μιν κεῖνος ἐποτρύνει καὶ ἀνώγει,
πόντον ἐπ' ἀτρύγετον· πέμψω δέ μιν οὔ πῃ ἐγώ γε·   140
οὐ γάρ μοι πάρα νῆες ἐπήρετμοι καὶ ἑταῖροι,
οἵ κέν μιν πέμποιεν ἐπ' εὐρέα νῶτα θαλάσσης.
αὐτάρ οἱ πρόφρων ὑποθήσομαι, οὐδ' ἐπικεύσω,
ὥς κε μάλ' ἀσκηθὴς ἣν πατρίδα γαῖαν ἵκηται."
τὴν δ' αὖτε προσέειπε διάκτορος ἀργεϊφόντης·   145
"οὕτω νῦν ἀπόπεμπε, Διὸς δ' ἐποπίζεο μῆνιν,
μή πώς τοι μετόπισθε κοτεσσάμενος χαλεπήνῃ."
ὣς ἄρα φωνήσας ἀπέβη κρατὺς ἀργεϊφόντης·
ἡ δ' ἐπ' Ὀδυσσῆα μεγαλήτορα πότνια νύμφη
ἤϊ', ἐπεὶ δὴ Ζηνὸς ἐπέκλυεν ἀγγελιάων.   150
τὸν δ' ἄρ' ἐπ' ἀκτῆς εὗρε καθήμενον· οὐδέ ποτ' ὄσσε
δακρυόφιν τέρσοντο, κατείβετο δὲ γλυκὺς αἰὼν
νόστον ὀδυρομένῳ, ἐπεὶ οὐκέτι ἥνδανε νύμφη.
ἀλλ' ἦ τοι νύκτας μὲν ἰαύεσκεν καὶ ἀνάγκῃ
ἐν σπέσσι γλαφυροῖσι παρ' οὐκ ἐθέλων ἐθελούσῃ·   155
ἤματα δ' ἂμ πέτρῃσι καὶ ἠιόνεσσι καθίζων
δάκρυσι καὶ στοναχῇσι καὶ ἄλγεσι θυμὸν ἐρέχθων
πόντον ἐπ' ἀτρύγετον δερκέσκετο δάκρυα λείβων.
ἀγχοῦ δ' ἱσταμένη προσεφώνεε δῖα θεάων·
"κάμμορε, μή μοι ἔτ' ἐνθάδ' ὀδύρεο, μηδέ τοι αἰὼν   160
φθινέτω· ἤδη γάρ σε μάλα πρόφρασσ' ἀποπέμψω.
ἀλλ' ἄγε δούρατα μακρὰ ταμὼν ἁρμόζεο χαλκῷ
εὐρεῖαν σχεδίην· ἀτὰρ ἴκρια πῆξαι ἐπ' αὐτῆς
ὑψοῦ, ὥς σε φέρῃσιν ἐπ' ἠεροειδέα πόντον.
αὐτὰρ ἐγὼ σῖτον καὶ ὕδωρ καὶ οἶνον ἐρυθρὸν   165
ἐνθήσω μενοεικέ', ἅ κέν τοι λιμὸν ἐρύκοι,

no oceano vinho, o raio do Cronida racha
a nau veloz ao meio? Os companheiros bravos
já falecidos, e o marulho e o vendaval
o repelindo à ilha... O recebi, nutri, 135
dizendo-me que a morte nunca alcançaria
o ser jamais idoso em todos os seus dias.
Mas como a decisão de Zeus não se transgride,
tampouco é rasurável por um ente eterno,
que torne ao mar estéril mas sem meu auxílio, 140
que não estou em condições de propiciá-lo,
despossuída de navio remeiro e heróis
que façam sua escolta em amplidorso oceânico.
Darei conselhos francos para que ele alcance
ileso a Ítaca de seus antepassados." 145
O núncio então conclui: "Pois manda-o para casa
e evita a cólera de Zeus Cronida, aspérrimo
com quem desdenha suas decisões altivas."
O mensageiro parte e a ninfa augusta busca
o herói magnífico, ouvidas as palavras 150
do porta-voz que Zeus enviara. Dá com ele
sentado sobre o lido, os olhos marejados
sempre, passando a doce vida desejoso
de retornar: a ninfa não mais lhe aprazia.
É fato que dormia à noite na recôncava 155
gruta, mas sem querer a quem tanto o queria;
ao sol nascer, sentava-se em escolhos na orla,
maltratando a si mesmo com lamento e lágrimas,
lágrimas debulhadas à visão oceânica.
Flanqueando o herói, a ninfa disse: "Moiramara, 160
chega de lacrimar aqui! Não mais te mingue
o tempo da existência! Cedo ao teu retorno.
A golpe de acha brônzea, talha o lenho enorme
de tua jangada, fixa a ponte no alto a fim
de enfrentar o oceano gris. A provisão 165
não há de te faltar, tampouco água e vinho

εἵματά τ' ἀμφιέσω· πέμψω δέ τοι οὖρον ὄπισθεν,
ὥς κε μάλ' ἀσκηθὴς σὴν πατρίδα γαῖαν ἵκηαι,
αἴ κε θεοί γ' ἐθέλωσι, τοὶ οὐρανὸν εὐρὺν ἔχουσιν,
οἵ μευ φέρτεροί εἰσι νοῆσαί τε κρῆναί τε." 170
ὣς φάτο, ῥίγησεν δὲ πολύτλας δῖος Ὀδυσσεύς,
καί μιν φωνήσας ἔπεα πτερόεντα προσηύδα·
"ἄλλο τι δὴ σύ, θεά, τόδε μήδεαι, οὐδέ τι πομπήν,
ἥ με κέλεαι σχεδίῃ περάαν μέγα λαῖτμα θαλάσσης,
δεινόν τ' ἀργαλέον τε· τὸ δ' οὐδ' ἐπὶ νῆες ἐῖσαι 175
ὠκύποροι περόωσιν, ἀγαλλόμεναι Διὸς οὔρῳ.
οὐδ' ἂν ἐγὼν ἀέκητι σέθεν σχεδίης ἐπιβαίην,
εἰ μή μοι τλαίης γε, θεά, μέγαν ὅρκον ὀμόσσαι
μή τί μοι αὐτῷ πῆμα κακὸν βουλευσέμεν ἄλλο."
ὣς φάτο, μείδησεν δὲ Καλυψὼ δῖα θεάων, 180
χειρί τέ μιν κατέρεξεν ἔπος τ' ἔφατ' ἔκ τ' ὀνόμαζεν·
"ἦ δὴ ἀλιτρός γ' ἐσσὶ καὶ οὐκ ἀποφώλια εἰδώς,
οἷον δὴ τὸν μῦθον ἐπεφράσθης ἀγορεῦσαι.
ἴστω νῦν τόδε γαῖα καὶ οὐρανὸς εὐρὺς ὕπερθε
καὶ τὸ κατειβόμενον Στυγὸς ὕδωρ, ὅς τε μέγιστος 185
ὅρκος δεινότατός τε πέλει μακάρεσσι θεοῖσι,
μή τί τοι αὐτῷ πῆμα κακὸν βουλευσέμεν ἄλλο.
ἀλλὰ τὰ μὲν νοέω καὶ φράσσομαι, ἅσσ' ἂν ἐμοί περ
αὐτῇ μηδοίμην, ὅτε με χρειὼ τόσον ἵκοι·
καὶ γὰρ ἐμοὶ νόος ἐστὶν ἐναίσιμος, οὐδέ μοι αὐτῇ 190
θυμὸς ἐνὶ στήθεσσι σιδήρεος, ἀλλ' ἐλεήμων."
ὣς ἄρα φωνήσασ' ἡγήσατο δῖα θεάων
καρπαλίμως· ὁ δ' ἔπειτα μετ' ἴχνια βαῖνε θεοῖο.
ἷξον δὲ σπεῖος γλαφυρὸν θεὸς ἠδὲ καὶ ἀνήρ,
καί ῥ' ὁ μὲν ἔνθα καθέζετ' ἐπὶ θρόνου ἔνθεν ἀνέστη 195
Ἑρμείας, νύμφη δ' ἐτίθει πάρα πᾶσαν ἐδωδήν,
ἔσθειν καὶ πίνειν, οἷα βροτοὶ ἄνδρες ἔδουσιν·
αὐτὴ δ' ἀντίον ἷζεν Ὀδυσσῆος θείοιο,
τῇ δὲ παρ' ἀμβροσίην δμῳαὶ καὶ νέκταρ ἔθηκαν.
οἱ δ' ἐπ' ὀνείαθ' ἑτοῖμα προκείμενα χεῖρας ἴαλλον. 200
αὐτὰρ ἐπεὶ τάρπησαν ἐδητύος ἠδὲ ποτῆτος,

rúbeo, que a fome não te aflige. Cuidarei
de tua vestimenta; sopro à popa a brisa
para que alcances teu rincão natal ileso,
se for o ensejo de habitantes celestiais, 170
que podem mais do que eu no agir e no pensar."
Foi o que pronunciou e o herói multissofrido
tremeu ao responder: "O que planejas, deusa,
exatamente ao me mandar ao mar profundo,
árduo, terrível, numa balsa, quando naves 175
ágeis, favônio o vento, frustram o cruzeiro?
Não entro na canoa contra o teu desejo,
se não consentes proferir o juramento
de não guardar no coração outra intenção."
Diva entre deias, ri Calipso enquanto o afaga 180
ao rebater: "És um trapaceador, não tens
nada de ingênuo. Sabes encontrar os termos
para transpor os pensamentos. Pois evoco
o vasto céu acima e a terra abaixo e o rio
Estige, que é a jura máxima que ao bem- 185
aventurado é dado proferir, terrível,
que não maquino nada que te ponha em risco.
Penso e sugiro apenas o que pessoalmente
preferiria suportar num caso desses,
pois não me faltam altos pensamentos. Zelo 190
eu trago em mim, não é de ferro minha têmpera."
Falando assim, a deusa célere o conduz,
seguida passo a passo pelo itácio. À gruta
ambos chegaram, deusa e herói. O trono, o mesmo
oferecido a Hermes, Odisseu ocupa. 195
Calipso lhe serviu opíparos manjares
e vinho, nutrientes dos humanos. Senta-se
exatamente à frente de Odisseu divino,
e fâmulas lhe trazem néctar e ambrosia.
Pronto o banquete lauto, as mãos dos dois avançam. 200
Saciados de beber e de comer, Calipso,

τοῖς ἄρα μύθων ἦρχε Καλυψώ, δῖα θεάων·
"διογενὲς Λαερτιάδη, πολυμήχαν' Ὀδυσσεῦ,
οὕτω δὴ οἶκόνδε φίλην ἐς πατρίδα γαῖαν
αὐτίκα νῦν ἐθέλεις ἰέναι; σὺ δὲ χαῖρε καὶ ἔμπης. 205
εἴ γε μὲν εἰδείης σῇσι φρεσὶν ὅσσα τοι αἶσα
κήδε' ἀναπλῆσαι, πρὶν πατρίδα γαῖαν ἱκέσθαι,
ἐνθάδε κ' αὖθι μένων σὺν ἐμοὶ τόδε δῶμα φυλάσσοις
ἀθάνατός τ' εἴης, ἱμειρόμενός περ ἰδέσθαι
σὴν ἄλοχον, τῆς τ' αἰὲν ἐέλδεαι ἤματα πάντα. 210
οὐ μέν θην κείνης γε χερείων εὔχομαι εἶναι,
οὐ δέμας οὐδὲ φυήν, ἐπεὶ οὔ πως οὐδὲ ἔοικεν
θνητὰς ἀθανάτῃσι δέμας καὶ εἶδος ἐρίζειν."
τὴν δ' ἀπαμειβόμενος προσέφη πολύμητις Ὀδυσσεύς·
"πότνα θεά, μή μοι τόδε χώεο· οἶδα καὶ αὐτὸς 215
πάντα μάλ', οὕνεκα σεῖο περίφρων Πηνελόπεια
εἶδος ἀκιδνοτέρη μέγεθός τ' εἰσάντα ἰδέσθαι·
ἡ μὲν γὰρ βροτός ἐστι, σὺ δ' ἀθάνατος καὶ ἀγήρως.
ἀλλὰ καὶ ὣς ἐθέλω καὶ ἐέλδομαι ἤματα πάντα
οἴκαδέ τ' ἐλθέμεναι καὶ νόστιμον ἦμαρ ἰδέσθαι. 220
εἰ δ' αὖ τις ῥαίῃσι θεῶν ἐνὶ οἴνοπι πόντῳ,
τλήσομαι ἐν στήθεσσιν ἔχων ταλαπενθέα θυμόν·
ἤδη γὰρ μάλα πολλὰ πάθον καὶ πολλὰ μόγησα
κύμασι καὶ πολέμῳ· μετὰ καὶ τόδε τοῖσι γενέσθω."
ὣς ἔφατ', ἠέλιος δ' ἄρ' ἔδυ καὶ ἐπὶ κνέφας ἦλθεν· 225
ἐλθόντες δ' ἄρα τώ γε μυχῷ σπείους γλαφυροῖο
τερπέσθην φιλότητι, παρ' ἀλλήλοισι μένοντες.
ἦμος δ' ἠριγένεια φάνη ῥοδοδάκτυλος Ἠώς,
αὐτίχ' ὁ μὲν χλαῖνάν τε χιτῶνά τε ἔννυτ' Ὀδυσσεύς,
αὐτὴ δ' ἀργύφεον φᾶρος μέγα ἕννυτο νύμφη, 230
λεπτὸν καὶ χαρίεν, περὶ δὲ ζώνην βάλετ' ἰξυῖ
καλὴν χρυσείην, κεφαλῇ δ' ἐφύπερθε καλύπτρην.
καὶ τότ' Ὀδυσσῆι μεγαλήτορι μήδετο πομπήν·
δῶκέν οἱ πέλεκυν μέγαν, ἄρμενον ἐν παλάμῃσι,
χάλκεον, ἀμφοτέρωθεν ἀκαχμένον· αὐτὰρ ἐν αὐτῷ 235
στειλειὸν περικαλλὲς ἐλάινον, εὖ ἐναρηρός·

preclara, fala: "Multiastuto Laertíade,
desejas efetivamente retornar
à terra ancestre, renegando minha casa?
Pois vai, que eu te saúdo! Ciente da aflição 205
que é teu destino padecer anteriormente
a por os pés em Ítaca, guardião do lar
em que hoje estás, comigo ficarias, sem
morrer, embora ansioso de rever a esposa
com quem, ao longo das jornadas, tens sonhado. 210
E eu me envaideço de não lhe ficar atrás
na forma física e expressão, pois forma e corpo
mortais não se comparam com imperecíveis."
E o pluriarguto respondeu: "Sublime deusa,
comigo não te agastes: sei perfeitamente 215
bem que a estatura e as curvas da consorte sábia
são inferiores às que alguém encontra em ti:
eterna desconheces (ela não) velhice.
Mas, mesmo assim, o meu anseio-mor é ver
o dia do retorno em que eu adentre o lar. 220
E se um dos deuses me afundar no oceano vinho,
suportarei, pois trago no ânimo a paciência,
tantos reveses padeci, tantas angústias
nas ôndulas, na guerra, às quais acresço estas."
Disse ao pousar do sol. A treva sobrevém 225
quando ambos entram na caverna; jubilosos
do amor, jaziam lado a lado. Aurora dedos
róseos desponta matinal, e o manto e a túnica
o herói itácio apressa-se em vestir, enquanto
a ninfa envolve o corpo no brocado rútilo, 230
amplo, sutil e leve, um lindo cinto de ouro
cingindo os flancos, véu toldando a testa. Urgia
cuidar da expedição do herói meganimoso.
Concede-lhe um bipene enorme, duplo fio,
aêneo, levantável só com duas mãos. 235
Do lenho do olival se fez o cabo infixo.

δῶκε δ' ἔπειτα σκέπαρνον εὔξοον· ἦρχε δ' ὁδοῖο
νήσου ἐπ' ἐσχατιῆς, ὅθι δένδρεα μακρὰ πεφύκει,
κλήθρη τ' αἴγειρός τ', ἐλάτη τ' ἦν οὐρανομήκης,
αὖα πάλαι, περίκηλα, τά οἱ πλώοιεν ἐλαφρῶς.   240
αὐτὰρ ἐπεὶ δὴ δεῖξ', ὅθι δένδρεα μακρὰ πεφύκει,
ἡ μὲν ἔβη πρὸς δῶμα Καλυψώ, δῖα θεάων,
αὐτὰρ ὁ τάμνετο δοῦρα· θοῶς δέ οἱ ἤνυτο ἔργον.
εἴκοσι δ' ἔκβαλε πάντα, πελέκκησεν δ' ἄρα χαλκῷ,
ξέσσε δ' ἐπισταμένως καὶ ἐπὶ στάθμην ἴθυνεν.   245
τόφρα δ' ἔνεικε τέρετρα Καλυψώ, δῖα θεάων·
τέτρηνεν δ' ἄρα πάντα καὶ ἥρμοσεν ἀλλήλοισιν,
γόμφοισιν δ' ἄρα τήν γε καὶ ἁρμονίῃσιν ἄρασσεν.
ὅσσον τίς τ' ἔδαφος νηὸς τορνώσεται ἀνὴρ
φορτίδος εὐρείης, ἐὺ εἰδὼς τεκτοσυνάων,   250
τόσσον ἔπ' εὐρεῖαν σχεδίην ποιήσατ' Ὀδυσσεύς.
ἴκρια δὲ στήσας, ἀραρὼν θαμέσι σταμίνεσσι,
ποίει· ἀτὰρ μακρῇσιν ἐπηγκενίδεσσι τελεύτα.
ἐν δ' ἱστὸν ποίει καὶ ἐπίκριον ἄρμενον αὐτῷ·
πρὸς δ' ἄρα πηδάλιον ποιήσατο, ὄφρ' ἰθύνοι.   255
φράξε δέ μιν ῥίπεσσι διαμπερὲς οἰσυΐνῃσι
κύματος εἶλαρ ἔμεν· πολλὴν δ' ἐπεχεύατο ὕλην.
τόφρα δὲ φάρε' ἔνεικε Καλυψώ, δῖα θεάων,
ἱστία ποιήσασθαι· ὁ δ' εὖ τεχνήσατο καὶ τά.
ἐν δ' ὑπέρας τε κάλους τε πόδας τ' ἐνέδησεν ἐν αὐτῇ,   260
μοχλοῖσιν δ' ἄρα τήν γε κατείρυσεν εἰς ἅλα δῖαν.
τέτρατον ἦμαρ ἔην, καὶ τῷ τετέλεστο ἅπαντα·
τῷ δ' ἄρα πέμπτῳ πέμπ' ἀπὸ νήσου δῖα Καλυψώ,
εἵματά τ' ἀμφιέσασα θυώδεα καὶ λούσασα.
ἐν δέ οἱ ἀσκὸν ἔθηκε θεὰ μέλανος οἴνοιο   265
τὸν ἕτερον, ἕτερον δ' ὕδατος μέγαν, ἐν δὲ καὶ ἦα
κωρύκῳ· ἐν δέ οἱ ὄψα τίθει μενοεικέα πολλά·
οὖρον δὲ προέηκεν ἀπήμονά τε λιαρόν τε.
γηθόσυνος δ' οὔρῳ πέτασ' ἱστία δῖος Ὀδυσσεύς.
αὐτὰρ ὁ πηδαλίῳ ἰθύνετο τεχνηέντως   270
ἥμενος, οὐδέ οἱ ὕπνος ἐπὶ βλεφάροισιν ἔπιπτεν

A dádiva do enxó luzia. No breu da ínsula
se embrenha, lhe apontando o altíssimo arvoredo:
amieiro, choupo e, quase celestial, o abeto,
serôdios, ressequidos, leves no oceano.   240
A bela diva indica-lhe o quadrante de árvores
gigantes, antes de reentrar em sua morada.
E ele talhou os troncos num labor agílimo,
totalizando vinte ao chão, que esgalha a golpe
de segure. Amarrou, atento aos vãos perfeitos.   245
Calipso traz-lhe o trado, deia entre divinas,
com que ele fura os lenhos, mutuamente justos,
cavilhas conectadas e tarraxas. Hábil
armador na fabricação da nau de carga
mede a largura e o comprimento dos baixios,   250
o herói calcula assim a prancha da jangada.
Fixa o jirau, que pontaletes escoravam;
por fim, nos flancos pôs as tábuas, popa à proa.
E fez o mastro em cuja ponta firma a antena,
do mesmo modo que fabrica o leme-guia.   255
O junco de cipós reforça as laterais
contra o avanço da escuma. A lenha lastra o barco.
Calipso trouxe o linho do velame, e a técnica
do herói também mostrou-se exímia quando o corta
e nele prende escotas, adriças e enxárcias.   260
Alavancou a balsa mar salino adentro.
No quarto dia acaba tudo. A ninfa rútila
fez que partisse da ínsula no dia seguinte,
depois do banho. Deu-lhe trajes perfumados.
A bordo a deusa pôs um grande odre de água   265
e outro de vinho negro, e víveres no alforje
depôs também, cozidos multipalatáveis.
Favônio vento sopra-lhe a favor, e em júbilo
ventoso o herói desfralda as velas. Timoneiro
destro, manobra o barco de seu banco, sem   270
que a sonolência lhe fechasse os olhos; mira

Πληιάδας τ' ἐσορῶντι καὶ ὀψὲ δύοντα Βοώτην
Ἄρκτον θ', ἣν καὶ ἄμαξαν ἐπίκλησιν καλέουσιν,
ἥ τ' αὐτοῦ στρέφεται καί τ' Ὠρίωνα δοκεύει,
οἴη δ' ἄμμορός ἐστι λοετρῶν Ὠκεανοῖο· 275
τὴν γὰρ δή μιν ἄνωγε Καλυψώ, δῖα θεάων,
ποντοπορευέμεναι ἐπ' ἀριστερὰ χειρὸς ἔχοντα.
ἑπτὰ δὲ καὶ δέκα μὲν πλέεν ἤματα ποντοπορεύων,
ὀκτωκαιδεκάτῃ δ' ἐφάνη ὄρεα σκιόεντα
γαίης Φαιήκων, ὅθι τ' ἄγχιστον πέλεν αὐτῷ· 280
εἴσατο δ' ὡς ὅτε ῥινὸν ἐν ἠεροειδέι πόντῳ.
τὸν δ' ἐξ Αἰθιόπων ἀνιὼν κρείων ἐνοσίχθων
τηλόθεν ἐκ Σολύμων ὀρέων ἴδεν· εἴσατο γάρ οἱ
πόντον ἐπιπλώων. ὁ δ' ἐχώσατο κηρόθι μᾶλλον,
κινήσας δὲ κάρη προτὶ ὃν μυθήσατο θυμόν· 285
"ὢ πόποι, ἦ μάλα δὴ μετεβούλευσαν θεοὶ ἄλλως
ἀμφ' Ὀδυσῆι ἐμεῖο μετ' Αἰθιόπεσσιν ἐόντος,
καὶ δὴ Φαιήκων γαίης σχεδόν, ἔνθα οἱ αἶσα
ἐκφυγέειν μέγα πεῖραρ ὀιζύος, ἥ μιν ἱκάνει.
ἀλλ' ἔτι μέν μίν φημι ἅδην ἐλάαν κακότητος." 290
ὣς εἰπὼν σύναγεν νεφέλας, ἐτάραξε δὲ πόντον
χερσὶ τρίαιναν ἑλών· πάσας δ' ὀρόθυνεν ἀέλλας
παντοίων ἀνέμων, σὺν δὲ νεφέεσσι κάλυψε
γαῖαν ὁμοῦ καὶ πόντον· ὀρώρει δ' οὐρανόθεν νύξ.
σὺν δ' Εὖρός τε Νότος τ' ἔπεσον Ζέφυρός τε δυσαὴς 295
καὶ Βορέης αἰθρηγενέτης, μέγα κῦμα κυλίνδων.
καὶ τότ' Ὀδυσσῆος λύτο γούνατα καὶ φίλον ἦτορ,
ὀχθήσας δ' ἄρα εἶπε πρὸς ὃν μεγαλήτορα θυμόν·
"ὤ μοι ἐγὼ δειλός, τί νύ μοι μήκιστα γένηται;
δείδω μὴ δὴ πάντα θεὰ νημερτέα εἶπεν, 300
ἥ μ' ἔφατ' ἐν πόντῳ, πρὶν πατρίδα γαῖαν ἱκέσθαι,
ἄλγε' ἀναπλήσειν· τὰ δὲ δὴ νῦν πάντα τελεῖται.
οἵοισιν νεφέεσσι περιστέφει οὐρανὸν εὐρὺν
Ζεύς, ἐτάραξε δὲ πόντον, ἐπισπέρχουσι δ' ἄελλαι
παντοίων ἀνέμων. νῦν μοι σῶς αἰπὺς ὄλεθρος. 305
τρὶς μάκαρες Δαναοὶ καὶ τετράκις, οἳ τότ' ὄλοντο

as Plêiades, Boote tardo transmontano,
e a Ursa, codinome Coche: ensimesmada
no autocircungirar, escruta sempre Órion:
só ela não se infunde no lavacro oceânico. 275
Calipso, deia entre divas, o instruíra
a tê-la à esquerda em seu transmar. Por dezessete
dias singrou o oceano. No décimo oitavo,
desponta o umbror dos montes do país feácio,
bem rente onde se encontrava, feito escudo 280
oblongo no oceano escuro. Eis senão quando,
de volta da Etiópia, o Abala-terra o avista
de longe, das montanhas dos solimos. Vê-lo
vagar no mar deixava-o mais que enfurecido.
Esgar no rosto tenso, principia a fala: 285
"Custa-me crer! Enquanto estive na Etiópia,
deuses transmudam o pensar e deixam (quase)
que Odisseu pise o país feácio. É seu destino
partir dali sem o revés de contratempos.
Mas penso que ainda há tempo de causar desgraças." 290
Agita o pélago, congrega as nuvens; mãos
seguras no tridente, incita a panvoragem
do plenivendaval, nevoando a terra e o mar.
A noite sai do céu. E Noto e Euro e o dínamo
de Zéfiro e Bóreas, prole etérea, e a máxi- 295
escuma rodopiante, tombam e baqueiam
o coração e as rótulas do herói. A si,
ao cor magnânimo, profere sua angústia:
"Ai de mim! Que desgraça! Qual será meu fim?
Temo que a deusa tenha sido bem exata 300
ao me alertar de que antes de rever a pólis
pátria se alastraria a dor marinha. Cumpre-se.
Com quantas nuvens Zeus circuncoroa o vasto
céu! Alvoroça o mar, o turbilhão me arrasta
do vendaval multiprovindo. Amealho a morte. 305
Três vezes mais felizes que eu foram aqueus

Τροίῃ ἐν εὐρείῃ χάριν Ἀτρεΐδῃσι φέροντες.
ὡς δὴ ἐγώ γ' ὄφελον θανέειν καὶ πότμον ἐπισπεῖν
ἤματι τῷ ὅτε μοι πλεῖστοι χαλκήρεα δοῦρα
Τρῶες ἐπέρριψαν περὶ Πηλεΐωνι θανόντι. 310
τῷ κ' ἔλαχον κτερέων, καί μευ κλέος ἦγον Ἀχαιοί·
νῦν δέ λευγαλέῳ θανάτῳ εἵμαρτο ἁλῶναι."
ὣς ἄρα μιν εἰπόντ' ἔλασεν μέγα κῦμα κατ' ἄκρης
δεινὸν ἐπεσσύμενον, περὶ δὲ σχεδίην ἐλέλιξε.
τῆλε δ' ἀπὸ σχεδίης αὐτὸς πέσε, πηδάλιον δὲ 315
ἐκ χειρῶν προέηκε· μέσον δέ οἱ ἱστὸν ἔαξεν
δεινὴ μισγομένων ἀνέμων ἐλθοῦσα θύελλα,
τηλοῦ δὲ σπεῖρον καὶ ἐπίκριον ἔμπεσε πόντῳ.
τὸν δ' ἄρ' ὑπόβρυχα θῆκε πολὺν χρόνον, οὐδ' ἐδυνάσθη
αἶψα μάλ' ἀνσχεθέειν μεγάλου ὑπὸ κύματος ὁρμῆς· 320
εἵματα γάρ ῥ' ἐβάρυνε, τά οἱ πόρε δῖα Καλυψώ.
ὀψὲ δὲ δή ῥ' ἀνέδυ, στόματος δ' ἐξέπτυσεν ἅλμην
πικρήν, ἥ οἱ πολλὴ ἀπὸ κρατὸς κελάρυζεν.
ἀλλ' οὐδ' ὣς σχεδίης ἐπελήθετο, τειρόμενός περ,
ἀλλὰ μεθορμηθεὶς ἐνὶ κύμασιν ἐλλάβετ' αὐτῆς, 325
ἐν μέσσῃ δὲ καθῖζε τέλος θανάτου ἀλεείνων.
τὴν δ' ἐφόρει μέγα κῦμα κατὰ ῥόον ἔνθα καὶ ἔνθα.
ὡς δ' ὅτ' ὀπωρινὸς Βορέης φορέῃσιν ἀκάνθας
ἂμ πεδίον, πυκιναὶ δὲ πρὸς ἀλλήλῃσιν ἔχονται,
ὣς τὴν ἂμ πέλαγος ἄνεμοι φέρον ἔνθα καὶ ἔνθα· 330
ἄλλοτε μέν τε Νότος Βορέῃ προβάλεσκε φέρεσθαι,
ἄλλοτε δ' αὖτ' Εὖρος Ζεφύρῳ εἴξασκε διώκειν.
τὸν δὲ ἴδεν Κάδμου θυγάτηρ, καλλίσφυρος Ἰνώ,
Λευκοθέη, ἣ πρὶν μὲν ἔην βροτὸς αὐδήεσσα,
νῦν δ' ἁλὸς ἐν πελάγεσσι θεῶν ἒξ ἔμμορε τιμῆς. 335
ἥ ῥ' Ὀδυσῆ' ἐλέησεν ἀλώμενον, ἄλγε' ἔχοντα,
αἰθυίῃ δ' εἰκυῖα ποτῇ ἀνεδύσετο λίμνης,
ἷζε δ' ἐπὶ σχεδίης πολυδέσμου εἶπέ τε μῦθον·
"κάμμορε, τίπτε τοι ὧδε Ποσειδάων ἐνοσίχθων
ὠδύσατ' ἐκπάγλως, ὅτι τοι κακὰ πολλὰ φυτεύει; 340
οὐ μὲν δή σε καταφθίσει μάλα περ μενεαίνων.

tombados no amplo campo de Ílion, por apreço
aos dois atreus. Quisera ali cumprir a sina
que me destina, quando numerosas lanças
pontibrônzeas os troicos arrojavam contra   310
mim, junto ao corpo do Pelida. Às honras fúnebres,
se somaria o *kleos*, renome entre os aqueus.
E o que me coube agora? A miserável morte!"
Disse e tombou o pico de uma onda tétrico-
-alvoroçante sobre o barco desnorteado.   315
Ao aliviar o leme, afasta-se a jangada.
A confluência hórrida dos ventos díspares
rompeu o mastro; a vela e a antena boiam longe,
o herói itácio, longamente imerso, presto
não emergia, sob o megavagalhão   320
furente, pois pesava a roupa que Calipso
lhe dera. Finalmente, refluindo à tona,
o acídulo salino regurgita, córrego
copioso nos cabelos. Alquebrado embora,
não olvida a jangada que abraçou na espuma.   325
Fugira a Tânatos, sentado bem no centro.
Vagava ao léu sob a avidez de enormes vórtices.
Como em planícies outonais, o vento Bóreas
tira do cardo espinhos que se empilham densos,
assim o vendaval do pélago o projeta,   330
pois ora Noto o arroja a Bóreas (que o cuspisse!),
ora Euro o concedia a Zéfiro (o seguisse!).
Ino Leocótea, belos-tornozelos, filha
de Cadmo, voz humana outrora, o avista (agora
sua moira é imortal no pélago salino).   335
Condoeu-se de Odisseu, que padecia ao léu:
procelária que emerge aquátil sobrevoante,
tal e qual pousa na jangada e então lhe fala:
"Por que Posêidon treme-terra, ó moiramarga,
se enfuriou assim, a ponto de ruinar-te   340
quase, que mesmo se quiser não te aniquila?

ἀλλὰ μάλ' ὧδ' ἔρξαι, δοκέεις δέ μοι οὐκ ἀπινύσσειν·
εἵματα ταῦτ' ἀποδὺς σχεδίην ἀνέμοισι φέρεσθαι
κάλλιπ', ἀτὰρ χείρεσσι νέων ἐπιμαίεο νόστου
γαίης Φαιήκων, ὅθι τοι μοῖρ' ἐστὶν ἀλύξαι.   345
τῇ δέ, τόδε κρήδεμνον ὑπὸ στέρνοιο τανύσσαι
ἄμβροτον· οὐδέ τί τοι παθέειν δέος οὐδ' ἀπολέσθαι.
αὐτὰρ ἐπὴν χείρεσσιν ἐφάψεαι ἠπείροιο,
ἂψ ἀπολυσάμενος βαλέειν εἰς οἴνοπα πόντον
πολλὸν ἀπ' ἠπείρου, αὐτὸς δ' ἀπονόσφι τραπέσθαι."   350
ὣς ἄρα φωνήσασα θεὰ κρήδεμνον ἔδωκεν,
αὐτὴ δ' ἂψ ἐς πόντον ἐδύσετο κυμαίνοντα
αἰθυίῃ ἐικυῖα· μέλαν δέ ἑ κῦμα κάλυψεν.
αὐτὰρ ὁ μερμήριξε πολύτλας δῖος Ὀδυσσεύς,
ὀχθήσας δ' ἄρα εἶπε πρὸς ὃν μεγαλήτορα θυμόν·   355
"ὤ μοι ἐγώ, μή τίς μοι ὑφαίνῃσιν δόλον αὖτε
ἀθανάτων, ὅ τέ με σχεδίης ἀποβῆναι ἀνώγει.
ἀλλὰ μάλ' οὔ πω πείσομ', ἐπεὶ ἑκὰς ὀφθαλμοῖσιν
γαῖαν ἐγὼν ἰδόμην, ὅθι μοι φάτο φύξιμον εἶναι.
ἀλλὰ μάλ' ὧδ' ἔρξω, δοκέει δέ μοι εἶναι ἄριστον·   360
ὄφρ' ἂν μέν κεν δούρατ' ἐν ἁρμονίῃσιν ἀρήρῃ,
τόφρ' αὐτοῦ μενέω καὶ τλήσομαι ἄλγεα πάσχων·
αὐτὰρ ἐπὴν δή μοι σχεδίην διὰ κῦμα τινάξῃ,
νήξομ', ἐπεὶ οὐ μέν τι πάρα προνοῆσαι ἄμεινον."
ἧος ὁ ταῦθ' ὥρμαινε κατὰ φρένα καὶ κατὰ θυμόν,   365
ὦρσε δ' ἐπὶ μέγα κῦμα Ποσειδάων ἐνοσίχθων,
δεινόν τ' ἀργαλέον τε, κατηρεφές, ἤλασε δ' αὐτόν.
ὡς δ' ἄνεμος ζαὴς ἠΐων θημῶνα τινάξῃ
καρφαλέων· τὰ μὲν ἄρ τε διεσκέδασ' ἄλλυδις ἄλλῃ·
ὣς τῆς δούρατα μακρὰ διεσκέδασ'. αὐτὰρ Ὀδυσσεὺς   370
ἀμφ' ἑνὶ δούρατι βαῖνε, κέληθ' ὡς ἵππον ἐλαύνων,
εἵματα δ' ἐξαπέδυνε, τά οἱ πόρε δῖα Καλυψώ.
αὐτίκα δὲ κρήδεμνον ὑπὸ στέρνοιο τάνυσσεν,
αὐτὸς δὲ πρηνὴς ἁλὶ κάππεσε, χεῖρε πετάσσας,
νηχέμεναι μεμαώς. ἴδε δὲ κρείων ἐνοσίχθων,   375
κινήσας δὲ κάρη προτὶ ὃν μυθήσατο θυμόν·

Não tens feição estúrdia para não me ouvir:
desnuda-te e abandona o barco ao vendaval
para chegar então a nado à ctônia terra
dos feácios: tua moira é refugiar-se ali! 345
Estende sob o peito a dádiva do véu
ambrósio, e não padeces nem, pior, faleces!
Assim que tua mão encoste o solo, o véu
desveste e o arroja ao mar de face cor de vinho,
muito distante, muito; vira o dorso e parte!" 350
Falou assim a deusa e deu-lhe o véu. No mar
undoso imerge feito procelária, agílima,
e a escuma negra a encobre. O herói multissofrido
hesita e, padecendo, fala ao coração:
"Os imortais não quererão me ludibriar, 355
sugerindo o abandono da jangada? Não
me deixo convencer, pois vi eu mesmo a terra
se afastar, onde eu me devia refugiar.
Farei o que a meus olhos parecer melhor:
enquanto os lenhos não disjunjam da estrutura, 360
eu permanecerei, sofrendo embora as dores;
mas quando a onda destroçar minha jangada,
eu nadarei, na ausência de melhor saída."
Assim pensava na ânima e no coração,
e o Abala-terra suscitou um vagalhão 365
horrível, doloroso, em arco sobre o herói.
Qual turbilhão que atiça a palha em pilha, ora
aqui a espalha ora acolá, os delongados
lenhos também se espalham. Odisseu montou
no tronco tal como em corcel, jogou a roupa, 370
dádiva de Calipso, e depôs, num átimo,
o véu na parte inferior do peito; prono
lançou-se ao mar, abrindo os braços bem, com ímpeto
de nadar. Mas o Treme-terra se apercebe
do herói, meneia a testa e fala ao coração: 375
"Pervaga o oceano padecendo muitas dores,

"οὕτω νῦν κακὰ πολλὰ παθὼν ἀλόω κατὰ πόντον,
εἰς ὅ κεν ἀνθρώποισι διοτρεφέεσσι μιγήῃς.
ἀλλ' οὐδ' ὥς σε ἔολπα ὀνόσσεσθαι κακότητος."
ὣς ἄρα φωνήσας ἵμασεν καλλίτριχας ἵππους, 380
ἵκετο δ' εἰς Αἰγάς, ὅθι οἱ κλυτὰ δώματ' ἔασιν.
αὐτὰρ Ἀθηναίη κούρη Διὸς ἄλλ' ἐνόησεν.
ἦ τοι τῶν ἄλλων ἀνέμων κατέδησε κελεύθους,
παύσασθαι δ' ἐκέλευσε καὶ εὐνηθῆναι ἅπαντας·
ὦρσε δ' ἐπὶ κραιπνὸν Βορέην, πρὸ δὲ κύματ' ἔαξεν, 385
ἧος ὃ Φαιήκεσσι φιληρέτμοισι μιγείη
διογενὴς Ὀδυσεὺς θάνατον καὶ κῆρας ἀλύξας.
ἔνθα δύω νύκτας δύο τ' ἤματα κύματι πηγῷ
πλάζετο, πολλὰ δέ οἱ κραδίη προτιόσσετ' ὄλεθρον.
ἀλλ' ὅτε δὴ τρίτον ἦμαρ ἐϋπλόκαμος τέλεσ' Ἠώς, 390
καὶ τότ' ἔπειτ' ἄνεμος μὲν ἐπαύσατο ἠδὲ γαλήνη
ἔπλετο νηνεμίη· ὁ δ' ἄρα σχεδὸν εἴσιδε γαῖαν
ὀξὺ μάλα προϊδών, μεγάλου ὑπὸ κύματος ἀρθείς.
ὡς δ' ὅτ' ἂν ἀσπάσιος βίοτος παίδεσσι φανήῃ
πατρός, ὃς ἐν νούσῳ κεῖται κρατέρ' ἄλγεα πάσχων, 395
δηρὸν τηκόμενος, στυγερὸς δέ οἱ ἔχραε δαίμων,
ἀσπάσιον δ' ἄρα τόν γε θεοὶ κακότητος ἔλυσαν,
ὣς Ὀδυσεῖ ἀσπαστὸν ἐείσατο γαῖα καὶ ὕλη,
νῆχε δ' ἐπειγόμενος ποσὶν ἠπείρου ἐπιβῆναι.
ἀλλ' ὅτε τόσσον ἀπῆν ὅσσον τε γέγωνε βοήσας, 400
καὶ δὴ δοῦπον ἄκουσε ποτὶ σπιλάδεσσι θαλάσσης·
ῥόχθει γὰρ μέγα κῦμα ποτὶ ξερὸν ἠπείροιο
δεινὸν ἐρευγόμενον, εἴλυτο δὲ πάνθ' ἁλὸς ἄχνῃ·
οὐ γὰρ ἔσαν λιμένες νηῶν ὄχοι, οὐδ' ἐπιωγαί.
ἀλλ' ἀκταὶ προβλῆτες ἔσαν σπιλάδες τε πάγοι τε· 405
καὶ τότ' Ὀδυσσῆος λύτο γούνατα καὶ φίλον ἦτορ,
ὀχθήσας δ' ἄρα εἶπε πρὸς ὃν μεγαλήτορα θυμόν·
"ὤ μοι, ἐπεὶ δὴ γαῖαν ἀελπέα δῶκεν ἰδέσθαι
Ζεύς, καὶ δὴ τόδε λαῖτμα διατμήξας ἐπέρησα,
ἔκβασις οὔ πῃ φαίνεθ' ἁλὸς πολιοῖο θύραζε· 410
ἔκτοσθεν μὲν γὰρ πάγοι ὀξέες, ἀμφὶ δὲ κῦμα

até que pises o país de prole diva;
nem mesmo lá desdenharás o que sofreste."
Falando assim, fustiga seus corcéis de bela
crineira e toma a direção de sua morada 380
em Egas, renomada. A filha do Cronida,
Palas, contudo, pensa diferente: impede
a rota adicional dos ventos, manda que eles
se acalmem e descansem. A Bóreas fortíssimo
instiga a quebrantar os vagalhões até 385
que Odisseu chegue à terra dos feácios, magnos
filorremeiros, salvo da assassina Quere.
Dois dias errou e duas noites sobre o pélago
crespo, período em que vislumbra muito a morte.
Mas quando Aurora belas-tranças trouxe o tércio, 390
o vento cede finalmente à calmaria:
da crista de uma onda, o herói apura a vista
e enxerga rente a encosta. Como o filho alegra-se
à vida de seu pai que, após sofrer moléstia
terrivelmente dolorosa, languidez 395
tão renitente, vítima de um nume atroz,
recobra a paz, os deuses suspendendo o mal,
o herói recobra a paz ao ver a terra e a selva.
Sequioso nada para, enfim!, pisar o solo.
Distante só de um grito, ouviu contra os escolhos 400
o trom do mar talássio; a onda gigantesca
ribomba na aridez da encosta: assustador
regougo! Espuma e mais espuma o que se via.
Porto não existia ali, tampouco enseada,
tão só escarpa e escolho, promontórios ríspidos. 405
O coração fraqueja de Odisseu, e os joelhos;
o amargurado diz ao coração magnânimo:
"Horror! Pois Zeus permite-me rever a terra
inesperada, superar o abismo túrbido,
e deixar não consigo o oceano gris. A orla 410
do penhasco, o mugir em torno da onda mega,

βέβρυχεν ῥόθιον, λισσὴ δ' ἀναδέδρομε πέτρη,
ἀγχιβαθὴς δὲ θάλασσα, καὶ οὔ πως ἔστι πόδεσσι
στήμεναι ἀμφοτέροισι καὶ ἐκφυγέειν κακότητα·
μή πώς μ' ἐκβαίνοντα βάλῃ λίθακι ποτὶ πέτρῃ   415
κῦμα μέγ' ἁρπάξαν· μελέη δέ μοι ἔσσεται ὁρμή.
εἰ δέ κ' ἔτι προτέρω παρανήξομαι, ἤν που ἐφεύρω
ἠϊόνας τε παραπλῆγας λιμένας τε θαλάσσης,
δείδω μή μ' ἐξαῦτις ἀναρπάξασα θύελλα
πόντον ἐπ' ἰχθυόεντα φέρῃ βαρέα στενάχοντα,   420
ἠέ τί μοι καὶ κῆτος ἐπισσεύῃ μέγα δαίμων
ἐξ ἁλός, οἷά τε πολλὰ τρέφει κλυτὸς Ἀμφιτρίτη·
οἶδα γάρ, ὥς μοι ὀδώδυσται κλυτὸς ἐννοσίγαιος."
ἧος ὁ ταῦθ' ὥρμαινε κατὰ φρένα καὶ κατὰ θυμόν,
τόφρα δέ μιν μέγα κῦμα φέρε τρηχεῖαν ἐπ' ἀκτήν.   425
ἔνθα κ' ἀπὸ ῥινοὺς δρύφθη, σὺν δ' ὀστέ' ἀράχθη,
εἰ μὴ ἐπὶ φρεσὶ θῆκε θεά, γλαυκῶπις Ἀθήνη·
ἀμφοτέρῃσι δὲ χερσὶν ἐπεσσύμενος λάβε πέτρης,
τῆς ἔχετο στενάχων, ἧος μέγα κῦμα παρῆλθε.
καὶ τὸ μὲν ὣς ὑπάλυξε, παλιρρόθιον δέ μιν αὖτις   430
πλῆξεν ἐπεσσύμενον, τηλοῦ δέ μιν ἔμβαλε πόντῳ.
ὡς δ' ὅτε πουλύποδος θαλάμης ἐξελκομένοιο
πρὸς κοτυληδονόφιν πυκιναὶ λάιγγες ἔχονται,
ὣς τοῦ πρὸς πέτρῃσι θρασειάων ἀπὸ χειρῶν
ῥινοὶ ἀπέδρυφθεν· τὸν δὲ μέγα κῦμα κάλυψεν.   435
ἔνθα κε δὴ δύστηνος ὑπὲρ μόρον ὤλετ' Ὀδυσσεύς,
εἰ μὴ ἐπιφροσύνην δῶκε γλαυκῶπις Ἀθήνη.
κύματος ἐξαναδύς, τά τ' ἐρεύγεται ἤπειρόνδε,
νῆχε παρέξ, ἐς γαῖαν ὁρώμενος, εἴ που ἐφεύροι
ἠϊόνας τε παραπλῆγας λιμένας τε θαλάσσης.   440
ἀλλ' ὅτε δὴ ποταμοῖο κατὰ στόμα καλλιρόοιο
ἷξε νέων, τῇ δή οἱ ἐείσατο χῶρος ἄριστος,
λεῖος πετράων, καὶ ἐπὶ σκέπας ἦν ἀνέμοιο,
ἔγνω δὲ προρέοντα καὶ εὔξατο ὃν κατὰ θυμόν·
"κλῦθι, ἄναξ, ὅτις ἐσσί· πολυλλίστον δέ σ' ἱκάνω,   445
φεύγων ἐκ πόντοιο Ποσειδάωνος ἐνιπάς.

os rochedos polidos sobrescorregantes,
o mar rentiabissal não oferecem ponto
de que se fuja do perigo. Que um enorme
caudal não me arremesse contra a pedra se eu 415
me evadir! Tanto esforço malogrado! A nado,
costeio um pouco mais? Quem sabe encontre praia
na qual rebentem ondas ou acesso ao porto?
Mas não me arrisco a que me engula o furacão
de novo, num arrasto lamentoso a tálassos 420
piscoso, ou que um eterno instigue contra mim
um megamonstro, pasto de Anfitrite, a ilustre?
Sei quanto me detesta quem retreme a terra."
Assim pensava e um escarcéu gigante cospe-o
contra um abrolho abrupto, e a pele escalavrada 425
ficaria e os ossos triturados não
fora surgir em sua mente Atena: agarra,
de um forte impulso, a rocha com as duas mãos,
onde gemia até que o pélago acalmasse.
Salvara-se não fora o golpe de um refluxo 430
novo, que o sequestrou para os confins do mar.
Polvo arrancado de um esconderijo traz
partículas de seixos nas ventosas, tal
a pele de sua mão audaz se dilacera
sobre um pedrouço, e o escarcéu enorme o encobre. 435
O herói findara seu quinhão não fora Palas
de olhos azuis lhe conceder a lucidez.
Emerso da onda prestes a quebrar na terra,
nadou margeando a costa, atento à aparição
de um litoral franqueado ou de, quem sabe, um porto. 440
Mas quando atinge a nado a boca de um notável
rio, pareceu-lhe um ótimo lugar, vazio
de escolhos, sem acesso aos vendavais. Notou
tratar-se de água doce, e então orou: "Escuta-me,
senhor, quem quer que sejas! Ó multievocado, 445
a ti me volto, prófugo do deus do mar!

αἰδοῖος μέν τ' ἐστὶ καὶ ἀθανάτοισι θεοῖσιν
ἀνδρῶν ὅς τις ἵκηται ἀλώμενος, ὡς καὶ ἐγὼ νῦν
σόν τε ῥόον σά τε γούναθ' ἱκάνω πολλὰ μογήσας.
ἀλλ' ἐλέαιρε, ἄναξ· ἱκέτης δέ τοι εὔχομαι εἶναι." 450
ὣς φάθ', ὁ δ' αὐτίκα παῦσεν ἑὸν ῥόον, ἔσχε δὲ κῦμα,
πρόσθε δέ οἱ ποίησε γαλήνην, τὸν δ' ἐσάωσεν
ἐς ποταμοῦ προχοάς. ὁ δ' ἄρ' ἄμφω γούνατ' ἔκαμψε
χεῖράς τε στιβαράς. ἁλὶ γὰρ δέδμητο φίλον κῆρ.
ᾤδεε δὲ χρόα πάντα, θάλασσα δὲ κήκιε πολλὴ 455
ἂν στόμα τε ῥῖνάς θ'· ὁ δ' ἄρ' ἄπνευστος καὶ ἄναυδος
κεῖτ' ὀλιγηπελέων, κάματος δέ μιν αἰνὸς ἵκανεν.
ἀλλ' ὅτε δή ῥ' ἄμπνυτο καὶ ἐς φρένα θυμὸς ἀγέρθη,
καὶ τότε δὴ κρήδεμνον ἀπὸ ἕο λῦσε θεοῖο.
καὶ τὸ μὲν ἐς ποταμὸν ἁλιμυρήεντα μεθῆκεν, 460
ἂψ δ' ἔφερεν μέγα κῦμα κατὰ ῥόον, αἶψα δ' ἄρ' Ἰνὼ
δέξατο χερσὶ φίλῃσιν· ὁ δ' ἐκ ποταμοῖο λιασθεὶς
σχοίνῳ ὑπεκλίνθη, κύσε δὲ ζείδωρον ἄρουραν.
ὀχθήσας δ' ἄρα εἶπε πρὸς ὃν μεγαλήτορα θυμόν·
"ὤ μοι ἐγώ, τί πάθω; τί νύ μοι μήκιστα γένηται; 465
εἰ μέν κ' ἐν ποταμῷ δυσκηδέα νύκτα φυλάσσω,
μή μ' ἄμυδις στίβη τε κακὴ καὶ θῆλυς ἐέρση
ἐξ ὀλιγηπελίης δαμάσῃ κεκαφηότα θυμόν·
αὔρη δ' ἐκ ποταμοῦ ψυχρὴ πνέει ἠῶθι πρό.
εἰ δέ κεν ἐς κλιτὺν ἀναβὰς καὶ δάσκιον ὕλην 470
θάμνοις ἐν πυκινοῖσι καταδράθω, εἴ με μεθείη
ῥῖγος καὶ κάματος, γλυκερὸς δέ μοι ὕπνος ἐπέλθῃ,
δείδω, μὴ θήρεσσιν ἕλωρ καὶ κύρμα γένωμαι."
ὣς ἄρα οἱ φρονέοντι δοάσσατο κέρδιον εἶναι·
βῆ ῥ' ἴμεν εἰς ὕλην· τὴν δὲ σχεδὸν ὕδατος εὗρεν 475
ἐν περιφαινομένῳ· δοιοὺς δ' ἄρ' ὑπήλυθε θάμνους,
ἐξ ὁμόθεν πεφυῶτας· ὁ μὲν φυλίης, ὁ δ' ἐλαίης.
τοὺς μὲν ἄρ' οὔτ' ἀνέμων διάη μένος ὑγρὸν ἀέντων,
οὔτε ποτ' ἠέλιος φαέθων ἀκτῖσιν ἔβαλλεν,
οὔτ' ὄμβρος περάασκε διαμπερές· ὣς ἄρα πυκνοὶ 480
ἀλλήλοισιν ἔφυν ἐπαμοιβαδίς· οὓς ὑπ' Ὀδυσσεὺς

Até dos imortais merece compaixão
um erradio como eu que ao teu caudal me achego,
aos teus joelhos, padecendo enormemente.
As minhas súplicas, senhor, dirijo a ti!" 450
Falou e a correnteza logo estanca e a onda
contém-se e reina a calmaria que o salvou
à foz do rio. E os joelhos dobram, as mãos fortes
vergam: o mar o havia exaurido. Túmido,
o estado de seu corpo; o mar jorrava boca, 455
narina afora; jaz sem fôlego e sem voz,
exânime. Fadiga atroz o aniquilava.
Quando se reanima e o coração desperta,
arranca de seu corpo o véu divino e o arroja
ao córrego do rio que o leva ao mar distante. 460
Um megaturbilhão o conduziu de volta
às mãos de Ino. O itácio deixa o rio e deita-se
no juncal, beija a terra e pronuncia palavras,
embora adolorado, ao coração magnânimo:
"Pobre de mim! Quem me ouvirá? Que fim terei? 465
Se espreito a noite aterradora junto ao rio,
temo que ao ânimo tão combalido a geada
nefasta e o úmido rocio prosternem. Sopra
o ar fresco do caudal, prenúncio da manhã.
Mas se, galgada a ribanceira, busco o bosque 470
umbroso onde dormir, vencido pelo doce
torpor da sonolência, posso terminar
na boca de uma fera." E pareceu melhor
a Odisseu que assim pensava dirigir-se
para a floresta, não distante do riacho, 475
plenivisível. Entre dois arbustos natos
de um mesmo cepo, oleastro e oliveira, infiltra-se.
Não penetrava o vento prenhe de umidade,
tampouco o sol radiante dardejava ali,
nem se infiltrava a chuva, tal o liame hiper- 480
cerrado dos arbustos. Odisseu imerge

δύσετ'. ἄφαρ δ' εὐνὴν ἐπαμήσατο χερσὶ φίλῃσιν
εὐρεῖαν· φύλλων γὰρ ἔην χύσις ἤλιθα πολλή,
ὅσσον τ' ἠὲ δύω ἠὲ τρεῖς ἄνδρας ἔρυσθαι
ὥρῃ χειμερίῃ, εἰ καὶ μάλα περ χαλεπαίνοι. 485
τὴν μὲν ἰδὼν γήθησε πολύτλας δῖος Ὀδυσσεύς,
ἐν δ' ἄρα μέσσῃ λέκτο, χύσιν δ' ἐπεχεύατο φύλλων.
ὡς δ' ὅτε τις δαλὸν σποδιῇ ἐνέκρυψε μελαίνῃ
ἀγροῦ ἐπ' ἐσχατιῆς, ᾧ μὴ πάρα γείτονες ἄλλοι,
σπέρμα πυρὸς σῴζων, ἵνα μή ποθεν ἄλλοθεν αὕοι, 490
ὣς Ὀδυσεὺς φύλλοισι καλύψατο· τῷ δ' ἄρ' Ἀθήνη
ὕπνον ἐπ' ὄμμασι χεῦ', ἵνα μιν παύσειε τάχιστα
δυσπονέος καμάτοιο φίλα βλέφαρ' ἀμφικαλύψας.

no matagal, onde improvisa com as mãos
a enxerga, pois havia quantidade enorme
de folhas, suficientes para acomodar
dois homens ou, quem sabe, três no inverno ríspido.   485
O herói multissofrido se alegrou ao vê-las,
e, sob a manta dos folhames, repousou.
Tal qual quem ocultou tição na cinza negra,
na lonjura do campo, sem vizinho, salva
a semente do fogo, sem buscá-la longe,   490
assim, com folhas, Odisseu cobriu-se. Palas
pôs fim a seu cansaço derramando sono
sobre seus olhos, circunfecha as caras pálpebras.

ζ

Ὣς ὁ μὲν ἔνθα καθεῦδε πολύτλας δῖος Ὀδυσσεὺς
ὕπνῳ καὶ καμάτῳ ἀρημένος· αὐτὰρ Ἀθήνη
βῆ ῥ' ἐς Φαιήκων ἀνδρῶν δῆμόν τε πόλιν τε,
οἳ πρὶν μέν ποτ' ἔναιον ἐν εὐρυχόρῳ Ὑπερείῃ,
ἀγχοῦ Κυκλώπων ἀνδρῶν ὑπερηνορεόντων, 5
οἵ σφεας σινέσκοντο, βίηφι δὲ φέρτεροι ἦσαν.
ἔνθεν ἀναστήσας ἄγε Ναυσίθοος θεοειδής,
εἷσεν δὲ Σχερίῃ, ἑκὰς ἀνδρῶν ἀλφηστάων,
ἀμφὶ δὲ τεῖχος ἔλασσε πόλει, καὶ ἐδείματο οἴκους,
καὶ νηοὺς ποίησε θεῶν, καὶ ἐδάσσατ' ἀρούρας. 10
ἀλλ' ὁ μὲν ἤδη κηρὶ δαμεὶς Ἀϊδόσδε βεβήκει,
Ἀλκίνοος δὲ τότ' ἦρχε, θεῶν ἄπο μήδεα εἰδώς.
τοῦ μὲν ἔβη πρὸς δῶμα θεά, γλαυκῶπις Ἀθήνη,
νόστον Ὀδυσσῆι μεγαλήτορι μητιόωσα.
βῆ δ' ἴμεν ἐς θάλαμον πολυδαίδαλον, ᾧ ἔνι κούρη 15
κοιμᾶτ' ἀθανάτῃσι φυὴν καὶ εἶδος ὁμοίη,
Ναυσικάα, θυγάτηρ μεγαλήτορος Ἀλκινόοιο,
πὰρ δὲ δύ' ἀμφίπολοι, Χαρίτων ἄπο κάλλος ἔχουσαι,
σταθμοῖιν ἑκάτερθε· θύραι δ' ἐπέκειντο φαειναί.
ἡ δ' ἀνέμου ὡς πνοιὴ ἐπέσσυτο δέμνια κούρης, 20
στῆ δ' ἄρ' ὑπὲρ κεφαλῆς, καί μιν πρὸς μῦθον ἔειπεν,
εἰδομένη κούρῃ ναυσικλειτοῖο Δύμαντος,
ἥ οἱ ὁμηλικίη μὲν ἔην, κεχάριστο δὲ θυμῷ.
τῇ μιν ἐεισαμένη προσέφη γλαυκῶπις Ἀθήνη·
"Ναυσικάα, τί νύ σ' ὧδε μεθήμονα γείνατο μήτηρ; 25
εἵματα μέν τοι κεῖται ἀκηδέα σιγαλόεντα,

Canto VI

Assim dormia ali o herói plurissofrido,
vencido pelo sono e pela estafa; Palas
foi ao país e à pólis dos feácios, ex-
ocupadores da ampla Hipéria, então vizinhos
de homens ciclópios, hiperarrogantes, bem 5
mais fortes, predadores dos haveres todos.
De lá Nausítoo, símile divino, os leva
a Esquéria, longe de homens que deglutem pão;
circum-emura a cidadela, erige casas.
Mas, sucumbindo ao fado, enfim descende ao Hades. 10
E Alcínoo fez-se rei, sapiente do pensar
divino. Atena toma a direção do paço,
pensando no retorno de Odisseu magnânimo.
No tálamo adornado ingressa, onde dormia
uma donzela, curvas e expressão divinas, 15
Nausícaa, filha do longânime Alcínoo.
Não distam duas servas, belas como as Graças,
ladeando o umbral. Fulgia o pórtico fechado.
Sopro de vento, voa ao leito de Nausícaa;
postada à cabeceira, lhe falou, idêntica 20
à filha do ínclito navegador Dimante,
coeva resguardada no seu coração.
A de olhos glaucos diz-lhe, ícone da amiga:
"Por que tua mãe te fez tão indolente, cara?
Descuidas de tuas roupas rútilas, mas núpcias 25
contrairás em breve, quando vestirás

σοὶ δὲ γάμος σχεδόν ἐστιν, ἵνα χρὴ καλὰ μὲν αὐτὴν
ἕννυσθαι, τὰ δὲ τοῖσι παρασχεῖν, οἵ κέ σ' ἄγωνται.
ἐκ γάρ τοι τούτων φάτις ἀνθρώπους ἀναβαίνει
ἐσθλή, χαίρουσιν δὲ πατὴρ καὶ πότνια μήτηρ.   30
ἀλλ' ἴομεν πλυνέουσαι ἅμ' ἠοῖ φαινομένηφι·
καί τοι ἐγὼ συνέριθος ἅμ' ἕψομαι, ὄφρα τάχιστα
ἐντύνεαι, ἐπεὶ οὔ τοι ἔτι δὴν παρθένος ἔσσεαι·
ἤδη γάρ σε μνῶνται ἀριστῆες κατὰ δῆμον
πάντων Φαιήκων, ὅθι τοι γένος ἐστὶ καὶ αὐτῇ.   35
ἀλλ' ἄγ' ἐπότρυνον πατέρα κλυτὸν ἠῶθι πρὸ
ἡμιόνους καὶ ἄμαξαν ἐφοπλίσαι, ἥ κεν ἄγῃσι
ζῶστρά τε καὶ πέπλους καὶ ῥήγεα σιγαλόεντα.
καὶ δὲ σοὶ ὧδ' αὐτῇ πολὺ κάλλιον ἠὲ πόδεσσιν
ἔρχεσθαι· πολλὸν γὰρ ἀπὸ πλυνοί εἰσι πόληος."   40
ἡ μὲν ἄρ' ὣς εἰποῦσ' ἀπέβη γλαυκῶπις Ἀθήνη
Οὔλυμπόνδ', ὅθι φασὶ θεῶν ἕδος ἀσφαλὲς αἰεὶ
ἔμμεναι. οὔτ' ἀνέμοισι τινάσσεται οὔτε ποτ' ὄμβρῳ
δεύεται οὔτε χιὼν ἐπιπίλναται, ἀλλὰ μάλ' αἴθρη
πέπταται ἀνέφελος, λευκὴ δ' ἐπιδέδρομεν αἴγλη·   45
τῷ ἔνι τέρπονται μάκαρες θεοὶ ἤματα πάντα.
ἔνθ' ἀπέβη γλαυκῶπις, ἐπεὶ διεπέφραδε κούρῃ.
αὐτίκα δ' Ἠὼς ἦλθεν εὔθρονος, ἥ μιν ἔγειρε
Ναυσικάαν εὔπεπλον· ἄφαρ δ' ἀπεθαύμασ' ὄνειρον,
βῆ δ' ἰέναι διὰ δώμαθ', ἵν' ἀγγείλειε τοκεῦσιν,   50
πατρὶ φίλῳ καὶ μητρί· κιχήσατο δ' ἔνδον ἐόντας·
ἡ μὲν ἐπ' ἐσχάρῃ ἧστο σὺν ἀμφιπόλοισι γυναιξὶν
ἠλάκατα στρωφῶσ' ἁλιπόρφυρα· τῷ δὲ θύραζε
ἐρχομένῳ ξύμβλητο μετὰ κλειτοὺς βασιλῆας
ἐς βουλήν, ἵνα μιν κάλεον Φαίηκες ἀγαυοί.   55
ἡ δὲ μάλ' ἄγχι στᾶσα φίλον πατέρα προσέειπε·
"πάππα φίλ', οὐκ ἂν δή μοι ἐφοπλίσσειας ἀπήνην
ὑψηλὴν εὔκυκλον, ἵνα κλυτὰ εἵματ' ἄγωμαι
ἐς ποταμὸν πλυνέουσα, τά μοι ῥερυπωμένα κεῖται;
καὶ δὲ σοὶ αὐτῷ ἔοικε μετὰ πρώτοισιν ἐόντα   60
βουλὰς βουλεύειν καθαρὰ χροΐ εἵματ' ἔχοντα.

brocados belos e outros doarás ao noivo.
O louvor das pessoas nisso se baseia
e o júbilo de tua mãe augusta e Alcínoo.
Cuidemos de lavá-las quando alvorecer. 30
Verei que ajuda posso dar para ultimares
tudo, pois não serás donzela sempre. Ótimos
feácios têm te cortejado amiúde, e a estirpe
deles com tua linhagem se coaduna. Vamos!
Convence o nobre pai, tão logo raie o dia, 35
a preparar o coche e as mulas que transportam
cintos, cobertas reluzentes, peplos. Bem
melhor do que ir a pé, pois nos confins daqui
estão os lavadouros." Proferindo assim,
Atena de olhos glaucos torna para o Olimpo, 40
onde se encontra a sede dos eternos, dizem,
serena sempre, sem que o vento a agite, sem
chuvaréu, sem nevasca, o éter se infinita
escampo e o brancor perpassa-o rutilando:
a panjornada só jubila os sempiternos. 45
Olhos-azuis desponta, após aconselhar.
Tão logo Eós-Aurora entrona-se, Nausícaa
acorda, belo peplo: atônita do sonho,
cruzou o paço para relatá-lo aos pais,
aos dois! Foi dar com eles num recinto: a mãe, 50
sentada com as servas à lareira, fiava
estames púrpuras. O pai transpunha a porta
para reunir-se com notáveis basileus
no conselho. Aguardavam-no feácios magnos.
Bem próxima do pai querido, então lhe diz: 55
"Querido pai, será pedir demais que mandes
preparar-me a carruagem alta, belas rodas,
para eu lavar no rio as vestes rutilantes,
com nódoas de guardar? Não fica nada bem,
quando entre os magnos do conselho te aconselhas, 60
que envergues trajes maculados. Meus irmãos,

πέντε δέ τοι φίλοι υἷες ἐνὶ μεγάροις γεγάασιν,
οἱ δύ' ὀπυίοντες, τρεῖς δ' ἠίθεοι θαλέθοντες·
οἱ δ' αἰεὶ ἐθέλουσι νεόπλυτα εἵματ' ἔχοντες
ἐς χορὸν ἔρχεσθαι· τὰ δ' ἐμῇ φρενὶ πάντα μέμηλεν."   65
ὣς ἔφατ'· αἴδετο γὰρ θαλερὸν γάμον ἐξονομῆναι
πατρὶ φίλῳ. ὁ δὲ πάντα νόει καὶ ἀμείβετο μύθῳ·
"οὔτε τοι ἡμιόνων φθονέω, τέκος, οὔτε τευ ἄλλου.
ἔρχευ· ἀτάρ τοι δμῶες ἐφοπλίσσουσιν ἀπήνην
ὑψηλὴν ἐύκυκλον, ὑπερτερίῃ ἀραρυῖαν."   70
ὣς εἰπὼν δμώεσσιν ἐκέκλετο, τοὶ δ' ἐπίθοντο.
οἱ μὲν ἄρ' ἐκτὸς ἄμαξαν ἐύτροχον ἡμιονείην
ὥπλεον, ἡμιόνους θ' ὕπαγον ζεῦξάν θ' ὑπ' ἀπήνῃ·
κούρη δ' ἐκ θαλάμοιο φέρεν ἐσθῆτα φαεινήν.
καὶ τὴν μὲν κατέθηκεν ἐυξέστῳ ἐπ' ἀπήνῃ,   75
μήτηρ δ' ἐν κίστῃ ἐτίθει μενοεικέ' ἐδωδὴν
παντοίην, ἐν δ' ὄψα τίθει, ἐν δ' οἶνον ἔχευεν
ἀσκῷ ἐν αἰγείῳ· κούρη δ' ἐπεβήσετ' ἀπήνης.
δῶκεν δὲ χρυσέῃ ἐν ληκύθῳ ὑγρὸν ἔλαιον,
ἧος χυτλώσαιτο σὺν ἀμφιπόλοισι γυναιξίν.   80
ἡ δ' ἔλαβεν μάστιγα καὶ ἡνία σιγαλόεντα,
μάστιξεν δ' ἐλάαν· καναχὴ δ' ἦν ἡμιόνοιιν.
αἱ δ' ἄμοτον τανύοντο, φέρον δ' ἐσθῆτα καὶ αὐτήν,
οὐκ οἴην, ἅμα τῇ γε καὶ ἀμφίπολοι κίον ἄλλαι.
αἱ δ' ὅτε δὴ ποταμοῖο ῥόον περικαλλέ' ἵκοντο,   85
ἔνθ' ἦ τοι πλυνοὶ ἦσαν ἐπηετανοί, πολὺ δ' ὕδωρ
καλὸν ὑπεκπρόρεεν μάλα περ ῥυπόωντα καθῆραι,
ἔνθ' αἵ γ' ἡμιόνους μὲν ὑπεκπροέλυσαν ἀπήνης.
καὶ τὰς μὲν σεῦαν ποταμὸν πάρα δινήεντα
τρώγειν ἄγρωστιν μελιηδέα· ταὶ δ' ἀπ' ἀπήνης   90
εἵματα χερσὶν ἕλοντο καὶ ἐσφόρεον μέλαν ὕδωρ,
στεῖβον δ' ἐν βόθροισι θοῶς ἔριδα προφέρουσαι.
αὐτὰρ ἐπεὶ πλῦνάν τε κάθηράν τε ῥύπα πάντα,
ἑξείης πέτασαν παρὰ θῖν' ἁλός, ἧχι μάλιστα
λάιγγας ποτὶ χέρσον ἀποπλύνεσκε θάλασσα.   95
αἱ δὲ λοεσσάμεναι καὶ χρισάμεναι λίπ' ἐλαίῳ

os cinco moram no palácio: três, casados,
e dois na flor da idade. Os últimos desejam
roupas recém-lavadas sempre quando vão
dançar. Vês? Não é pouco o que me ocupa a mente!" 65
Teve pudor de mencionar ao pai as núpcias
flóreas. Por isso a indireta. O pai notou:
"Não te recuso mulas, filha, e o que mais queiras.
Os trintanários cuidarão do carro de altas
rodas, dotado de capota. Vai, querida!" 70
Falou assim e os servos cumprem suas ordens.
Equipam a carruagem com as rodas sólidas
e com as mulas ajoujadas ao veículo.
As fâmulas trouxeram panos reluzentes
do tálamo, depostos sobre o coche. A mãe 75
coloca num cabaz os mais diversos gêneros
alimentícios. Verte o vinho no odre cápreo.
A moça sobre o carro recebeu o frasco
dourado pleno de óleo a fim de ungir o corpo
com as ancilas. Empolgou enfim o látego 80
e as bridas rutilantes. Espertou as mulas
com o chicote e, tintinando, elas arrancam;
delongam-se no esforço. Portam pano e a moça,
não só, pois que as demais iam também: as fâmulas.
Recém-chegadas às correntes pluribelas, 85
local dos incessáveis lavadouros, água
gorgolejando fresca, onde poder-se-ia
lavar tecido imundo, soltam do veículo
as mulas, conduzidas rente ao rio revolto,
no pasto de gramíneas frescas. Tiram vestes 90
do carro e as levam para a escuridão das águas.
No botro as calcam, ágeis, como se em porfia.
Desenodoada a indumentária, lado a lado
depõem as peças junto ao mar talássio, onde
as ondas lavam mais os seixos pela praia. 95
Depois do banho e do fomento de óleo farto,

δεῖπνον ἔπειθ' εἵλοντο παρ' ὄχθῃσιν ποταμοῖο,
εἵματα δ' ἠελίοιο μένον τερσήμεναι αὐγῇ.
αὐτὰρ ἐπεὶ σίτου τάρφθεν δμῳαί τε καὶ αὐτή,
σφαίρῃ ταὶ δ' ἄρ' ἔπαιζον, ἀπὸ κρήδεμνα βαλοῦσαι· 100
τῇσι δὲ Ναυσικάα λευκώλενος ἤρχετο μολπῆς.
οἵη δ' Ἄρτεμις εἶσι κατ' οὔρεα ἰοχέαιρα,
ἢ κατὰ Τηΰγετον περιμήκετον ἢ Ἐρύμανθον,
τερπομένη κάπροισι καὶ ὠκείῃς ἐλάφοισι·
τῇ δέ θ' ἅμα νύμφαι, κοῦραι Διὸς αἰγιόχοιο, 105
ἀγρονόμοι παίζουσι, γέγηθε δέ τε φρένα Λητώ·
πασάων δ' ὑπὲρ ἥ γε κάρη ἔχει ἠδὲ μέτωπα,
ῥεῖά τ' ἀριγνώτη πέλεται, καλαὶ δέ τε πᾶσαι·
ὣς ἥ γ' ἀμφιπόλοισι μετέπρεπε παρθένος ἀδμής.
ἀλλ' ὅτε δὴ ἄρ' ἔμελλε πάλιν οἶκόνδε νέεσθαι 110
ζεύξασ' ἡμιόνους πτύξασά τε εἵματα καλά,
ἔνθ' αὖτ' ἄλλ' ἐνόησε θεά, γλαυκῶπις Ἀθήνη,
ὡς Ὀδυσεὺς ἔγροιτο, ἴδοι τ' εὐώπιδα κούρην,
ἥ οἱ Φαιήκων ἀνδρῶν πόλιν ἡγήσαιτο.
σφαῖραν ἔπειτ' ἔρριψε μετ' ἀμφίπολον βασίλεια· 115
ἀμφιπόλου μὲν ἅμαρτε, βαθείῃ δ' ἔμβαλε δίνῃ·
αἱ δ' ἐπὶ μακρὸν ἄυσαν· ὁ δ' ἔγρετο δῖος Ὀδυσσεύς,
ἑζόμενος δ' ὥρμαινε κατὰ φρένα καὶ κατὰ θυμόν·
"ὤ μοι ἐγώ, τέων αὖτε βροτῶν ἐς γαῖαν ἱκάνω;
ἦ ῥ' οἵ γ' ὑβρισταί τε καὶ ἄγριοι οὐδὲ δίκαιοι, 120
ἦε φιλόξεινοι καί σφιν νόος ἐστὶ θεουδής;
ὥς τέ με κουράων ἀμφήλυθε θῆλυς ἀυτή·
νυμφάων, αἳ ἔχουσ' ὀρέων αἰπεινὰ κάρηνα
καὶ πηγὰς ποταμῶν καὶ πίσεα ποιήεντα.
ἦ νύ που ἀνθρώπων εἰμὶ σχεδὸν αὐδηέντων; 125
ἀλλ' ἄγ' ἐγὼν αὐτὸς πειρήσομαι ἠδὲ ἴδωμαι."
ὣς εἰπὼν θάμνων ὑπεδύσετο δῖος Ὀδυσσεύς,
ἐκ πυκινῆς δ' ὕλης πτόρθον κλάσε χειρὶ παχείῃ
φύλλων, ὡς ῥύσαιτο περὶ χροῒ μήδεα φωτός.
βῆ δ' ἴμεν ὥς τε λέων ὀρεσίτροφος ἀλκὶ πεποιθώς, 130
ὅς τ' εἶσ' ὑόμενος καὶ ἀήμενος, ἐν δέ οἱ ὄσσε

preparam o manjar à beira-rio, à espera
de que os solares fúlgidos secassem tudo.
Saciadas de comer, as fâmulas e a jovem
brincavam com a bola, sem o véu à testa.   100
Nausícaa braços brancos inicia o jogo.
Ártemis sagitária adentra o monte, acima
do Taígeto plenivasto ou Erimanto,
feliz com javalis e ariscos cervos córneos,
a quem as ninfas seguem, filhas do Cronida,   105
na diversão campestre, e Leto rejubila,
e ela, cabeça e fronte, acima das demais,
fácil de conhecê-la, e todas são lindíssimas:
assim, entre as ancilas, a donzela exsurge.
Mas, prestes a voltar ao paço, as mulas já   110
atreladas, faiscantes peças redobradas,
Atena olhos-azuis concebe um outro plano,
para que o herói desperte e veja a moça, lindos-
-olhos, sua guia à cidadela dos feácios.
Eis que a princesa joga a bola para a serva,   115
mas, em lugar da serva, atinge o rio profundo.
Um longo grito estrídulo desperta o herói
que proferiu à própria ânima, sentado:
"Oh, céus! Que gente viverá nestes confins?
Serão selvagens, arrogantes, antileis,   120
ou filoforasteiros que respeitam numes?
Pareço ter ouvido um grito juvenil
de ninfas, moradoras dos altivos píncaros,
dos prados verdejantes, das nascentes d'água.
Ou são humanos com domínio da linguagem?   125
Desejo ver eu mesmo o que está acontecendo."
Tendo dito, Odisseu emerge dos arbustos;
sua mão robusta rompe um galho vicejante
da selva espessa. Urgia velar a genitália.
Leão montês, confiado no vigor, investe   130
contra o aguaceiro e o vendaval, pupilas flâmeas,

δαίεται· αὐτὰρ ὁ βουσὶ μετέρχεται ἢ ὀίεσσιν
ἠὲ μετ' ἀγροτέρας ἐλάφους· κέλεται δέ ἑ γαστὴρ
μήλων πειρήσοντα καὶ ἐς πυκινὸν δόμον ἐλθεῖν·
ὣς Ὀδυσεὺς κούρῃσιν ἐυπλοκάμοισιν ἔμελλε   135
μίξεσθαι, γυμνός περ ἐών· χρειὼ γὰρ ἵκανε.
σμερδαλέος δ' αὐτῇσι φάνη κεκακωμένος ἅλμῃ,
τρέσσαν δ' ἄλλυδις ἄλλη ἐπ' ἠιόνας προὐχούσας·
οἴη δ' Ἀλκινόου θυγάτηρ μένε· τῇ γὰρ Ἀθήνη
θάρσος ἐνὶ φρεσὶ θῆκε καὶ ἐκ δέος εἵλετο γυίων.   140
στῆ δ' ἄντα σχομένη· ὁ δὲ μερμήριξεν Ὀδυσσεύς,
ἢ γούνων λίσσοιτο λαβὼν ἐυώπιδα κούρην,
ἦ αὔτως ἐπέεσσιν ἀποσταδὰ μειλιχίοισι
λίσσοιτ', εἰ δείξειε πόλιν καὶ εἵματα δοίη.
ὣς ἄρα οἱ φρονέοντι δοάσσατο κέρδιον εἶναι,   145
λίσσεσθαι ἐπέεσσιν ἀποσταδὰ μειλιχίοισι,
μή οἱ γοῦνα λαβόντι χολώσαιτο φρένα κούρη.
αὐτίκα μειλίχιον καὶ κερδαλέον φάτο μῦθον.
"γουνοῦμαί σε, ἄνασσα· θεός νύ τις, ἦ βροτός ἐσσι;
εἰ μέν τις θεός ἐσσι, τοὶ οὐρανὸν εὐρὺν ἔχουσιν,   150
Ἀρτέμιδί σε ἐγώ γε, Διὸς κούρῃ μεγάλοιο,
εἶδός τε μέγεθός τε φυήν τ' ἄγχιστα ἐίσκω·
εἰ δέ τίς ἐσσι βροτῶν, τοὶ ἐπὶ χθονὶ ναιετάουσιν,
τρὶς μάκαρες μὲν σοί γε πατὴρ καὶ πότνια μήτηρ,
τρὶς μάκαρες δὲ κασίγνητοι· μάλα πού σφισι θυμὸς   155
αἰὲν ἐυφροσύνῃσιν ἰαίνεται εἵνεκα σεῖο,
λευσσόντων τοιόνδε θάλος χορὸν εἰσοιχνεῦσαν.
κεῖνος δ' αὖ περὶ κῆρι μακάρτατος ἔξοχον ἄλλων,
ὅς κέ σ' ἐέδνοισι βρίσας οἶκόνδ' ἀγάγηται.
οὐ γάρ πω τοιοῦτον ἴδον βροτὸν ὀφθαλμοῖσιν,   160
οὔτ' ἄνδρ' οὔτε γυναῖκα· σέβας μ' ἔχει εἰσορόωντα.
Δήλῳ δή ποτε τοῖον Ἀπόλλωνος παρὰ βωμῷ
φοίνικος νέον ἔρνος ἀνερχόμενον ἐνόησα·
ἦλθον γὰρ καὶ κεῖσε, πολὺς δέ μοι ἕσπετο λαός,
τὴν ὁδὸν ᾗ δὴ μέλλεν ἐμοὶ κακὰ κήδε' ἔσεσθαι.   165
ὣς δ' αὔτως καὶ κεῖνο ἰδὼν ἐτεθήπεα θυμῷ

atrás de pécoras e bois, ariscos cervos
galhudos, e no espaço estreito o ventre o preme
a entrar para assediar, mortífero, a rês,
assim o herói decide que, entre as moças belas- 135
-tranças, avançaria, embora nu. Premia-o
a privação. Desponta sujo de salsugem,
horrível. Fogem beira-rio acima e abaixo.
Só não se move a filha de Alcínoo: Atena
encorajou sua mente e desapavorou-lhe 140
os membros. Para à frente de Odisseu que fica
em dúvida se toca os joelhos da princesa
ou se a distância implora com palavras-mel
que o conduza à cidade, que lhe oferte roupas.
Pensando assim, concluiu que o mais conveniente 145
seria rogar de longe com palavras doces:
não a repugnaria o toque nos dois joelhos?
Então falou palavras-mel e maturadas:
"Princesa, eu te suplico! És deusa ou és mortal?
Se fores deusa, moradora do amplo céu, 150
a Ártemis, eu a ti, filha de Zeus potente,
comparo na estatura, na expressão, no físico.
Se fores ser mortal, que habita a ctônia terra,
tríplice-venturosos são teus genitores,
tríplice-venturosos teus irmãos: estuas 155
a ânima deles de alegria, quando miram
o ente em flor se mover na dança. Mas ventura
maior conhecerá o coração de quem,
pleno de dons, conduza-te ao solar. Meus olhos
jamais puderam ver pessoa (um ou uma) 160
equiparável a quem vejo e rendo loas!
Rente ao altar de Apolo em Delos, vi um dia
o grelo da palmeira que espocava: lá
também estive e me seguia enorme séquito
naquela viagem nada alvíssara e tristíssima. 165
Permaneci ali olhando embevecido,

δήν, ἐπεὶ οὔ πω τοῖον ἀνήλυθεν ἐκ δόρυ γαίης,
ὡς σέ, γύναι, ἄγαμαί τε τέθηπά τε, δείδια δ' αἰνῶς
γούνων ἅψασθαι· χαλεπὸν δέ με πένθος ἱκάνει.
χθιζὸς ἐεικοστῷ φύγον ἤματι οἴνοπα πόντον· 170
τόφρα δέ μ' αἰεὶ κῦμ' ἐφόρει κραιπναί τε θύελλαι
νήσου ἀπ' Ὠγυγίης. νῦν δ' ἐνθάδε κάββαλε δαίμων,
ὄφρ' ἔτι που καὶ τῇδε πάθω κακόν· οὐ γὰρ ὀίω
παύσεσθ', ἀλλ' ἔτι πολλὰ θεοὶ τελέουσι πάροιθεν.
ἀλλά, ἄνασσ', ἐλέαιρε· σὲ γὰρ κακὰ πολλὰ μογήσας 175
ἐς πρώτην ἱκόμην, τῶν δ' ἄλλων οὔ τινα οἶδα
ἀνθρώπων, οἳ τήνδε πόλιν καὶ γαῖαν ἔχουσιν.
ἄστυ δέ μοι δεῖξον, δὸς δὲ ῥάκος ἀμφιβαλέσθαι,
εἴ τί που εἴλυμα σπείρων ἔχες ἐνθάδ' ἰοῦσα.
σοὶ δὲ θεοὶ τόσα δοῖεν ὅσα φρεσὶ σῇσι μενοινᾷς, 180
ἄνδρα τε καὶ οἶκον, καὶ ὁμοφροσύνην ὀπάσειαν
ἐσθλήν· οὐ μὲν γὰρ τοῦ γε κρεῖσσον καὶ ἄρειον,
ἢ ὅθ' ὁμοφρονέοντε νοήμασιν οἶκον ἔχητον
ἀνὴρ ἠδὲ γυνή· πόλλ' ἄλγεα δυσμενέεσσι,
χάρματα δ' εὐμενέτῃσι, μάλιστα δέ τ' ἔκλυον αὐτοί." 185
τὸν δ' αὖ Ναυσικάα λευκώλενος ἀντίον ηὔδα·
"ξεῖν', ἐπεὶ οὔτε κακῷ οὔτ' ἄφρονι φωτὶ ἔοικας·
Ζεὺς δ' αὐτὸς νέμει ὄλβον Ὀλύμπιος ἀνθρώποισιν,
ἐσθλοῖς ἠδὲ κακοῖσιν, ὅπως ἐθέλῃσιν, ἑκάστῳ·
καί που σοὶ τάδ' ἔδωκε, σὲ δὲ χρὴ τετλάμεν ἔμπης. 190
νῦν δ', ἐπεὶ ἡμετέρην τε πόλιν καὶ γαῖαν ἱκάνεις,
οὔτ' οὖν ἐσθῆτος δευήσεαι οὔτε τευ ἄλλου,
ὧν ἐπέοιχ' ἱκέτην ταλαπείριον ἀντιάσαντα.
ἄστυ δέ τοι δείξω, ἐρέω δέ τοι οὔνομα λαῶν.
Φαίηκες μὲν τήνδε πόλιν καὶ γαῖαν ἔχουσιν, 195
εἰμὶ δ' ἐγὼ θυγάτηρ μεγαλήτορος Ἀλκινόοιο,
τοῦ δ' ἐκ Φαιήκων ἔχεται κάρτος τε βίη τε."
ἦ ῥα καὶ ἀμφιπόλοισιν ἐυπλοκάμοισι κέλευσε·
"στῆτέ μοι, ἀμφίπολοι· πόσε φεύγετε φῶτα ἰδοῦσαι;
ἦ μή πού τινα δυσμενέων φάσθ' ἔμμεναι ἀνδρῶν; 200
οὐκ ἔσθ' οὗτος ἀνὴρ διερὸς βροτὸς οὐδὲ γένηται,

pois nunca vira um fuste assim brotar da terra.
Do mesmo modo me extasias, moça, e temo
tocar-te o joelho, muito, embora a dor me açule.
Passados vinte dias, resgatei-me ontem   170
do mar violáceo à mercê de turbilhões
a partir da ilha Ogígia: um deus lançou-me aqui,
para aumentar-me o rol das amarguras: longe
de findas, numes me farão cumprir inúmeras.
Imploro-te, princesa, após carpir agruras   175
múltiplas, só, recorro a ti, pois desconheço
que gente habita a urbe e suas cercanias.
Me indica a direção da pólis, cede a nesga
do pano involucral dos teus tecidos. Bem-
-aventurados deem o que tua mente sonha,   180
um lar, um companheiro, a vida na feliz
concórdia, pois não há mercê de mais valor
que a confluência do pensar regendo a casa
do casal! Nada os inimigos mais odeiam
e nada o amigo mais exulta. E a fama avulta!"   185
A bracicândida Nausícaa responde-lhe:
"Não me pareces mau nem tolo, forasteiro.
O próprio Zeus concede ao homem alegria,
ao nobre e ao torpe, a cada qual conforme assim
decida. Cabe suportar o que for teu.   190
Recém-chegado agora à nossa urbe feácia,
não haverás de carecer de roupa, de algo
que é justo que receba o sem ventura súplice.
Eu mesma indico a urbe e o nome de seu povo.
Os feácios moram na cidade e no arrabalde.   195
Alcínoo é meu pai, magnânimo de quem
depende o poderio feácio e sua ventura."
Disse e ordenou às fâmulas de belas-tranças:
"Aias, parai! Fugis por terem visto um homem?
Acaso imaginais que seja contra nós?   200
Não há nem há de haver um ser humano forte

ὅς κεν Φαιήκων ἀνδρῶν ἐς γαῖαν ἵκηται
δηιοτῆτα φέρων· μάλα γὰρ φίλοι ἀθανάτοισιν.
οἰκέομεν δ' ἀπάνευθε πολυκλύστῳ ἐνὶ πόντῳ,
ἔσχατοι, οὐδέ τις ἄμμι βροτῶν ἐπιμίσγεται ἄλλος. 205
ἀλλ' ὅδε τις δύστηνος ἀλώμενος ἐνθάδ' ἱκάνει,
τὸν νῦν χρὴ κομέειν· πρὸς γὰρ Διός εἰσιν ἅπαντες
ξεῖνοί τε πτωχοί τε, δόσις δ' ὀλίγη τε φίλη τε.
ἀλλὰ δότ', ἀμφίπολοι, ξείνῳ βρῶσίν τε πόσιν τε,
λούσατέ τ' ἐν ποταμῷ, ὅθ' ἐπὶ σκέπας ἔστ' ἀνέμοιο." 210
ὣς ἔφαθ', αἱ δ' ἔσταν τε καὶ ἀλλήλῃσι κέλευσαν,
κὰδ δ' ἄρ' Ὀδυσσῆ' εἷσαν ἐπὶ σκέπας, ὡς ἐκέλευσεν
Ναυσικάα θυγάτηρ μεγαλήτορος Ἀλκινόοιο·
πὰρ δ' ἄρα οἱ φᾶρός τε χιτῶνά τε εἵματ' ἔθηκαν,
δῶκαν δὲ χρυσέῃ ἐν ληκύθῳ ὑγρὸν ἔλαιον, 215
ἤνωγον δ' ἄρα μιν λοῦσθαι ποταμοῖο ῥοῇσιν.
δή ῥα τότ' ἀμφιπόλοισι μετηύδα δῖος Ὀδυσσεύς·
"ἀμφίπολοι, στῆθ' οὕτω ἀπόπροθεν, ὄφρ' ἐγὼ αὐτὸς
ἅλμην ὤμοιιν ἀπολούσομαι, ἀμφὶ δ' ἐλαίῳ
χρίσομαι· ἦ γὰρ δηρὸν ἀπὸ χροός ἐστιν ἀλοιφή. 220
ἄντην δ' οὐκ ἂν ἐγώ γε λοέσσομαι· αἰδέομαι γὰρ
γυμνοῦσθαι κούρῃσιν ἐυπλοκάμοισι μετελθών."
ὣς ἔφαθ', αἱ δ' ἀπάνευθεν ἴσαν, εἶπον δ' ἄρα κούρῃ.
αὐτὰρ ὁ ἐκ ποταμοῦ χρόα νίζετο δῖος Ὀδυσσεὺς
ἅλμην, ἥ οἱ νῶτα καὶ εὐρέας ἄμπεχεν ὤμους, 225
ἐκ κεφαλῆς δ' ἔσμηχεν ἁλὸς χνόον ἀτρυγέτοιο.
αὐτὰρ ἐπεὶ δὴ πάντα λοέσσατο καὶ λίπ' ἄλειψεν,
ἀμφὶ δὲ εἵματα ἕσσαθ' ἅ οἱ πόρε παρθένος ἀδμής,
τὸν μὲν Ἀθηναίη θῆκεν Διὸς ἐκγεγαυῖα
μείζονά τ' εἰσιδέειν καὶ πάσσονα, κὰδ δὲ κάρητος 230
οὔλας ἧκε κόμας, ὑακινθίνῳ ἄνθει ὁμοίας.
ὡς δ' ὅτε τις χρυσὸν περιχεύεται ἀργύρῳ ἀνὴρ
ἴδρις, ὃν Ἥφαιστος δέδαεν καὶ Παλλὰς Ἀθήνη
τέχνην παντοίην, χαρίεντα δὲ ἔργα τελείει,
ὣς ἄρα τῷ κατέχευε χάριν κεφαλῇ τε καὶ ὤμοις. 235
ἕζετ' ἔπειτ' ἀπάνευθε κιὼν ἐπὶ θῖνα θαλάσσης,

que desembarque aqui carreando hostilidade,
pois que os eternos querem só o nosso bem.
Sobre o oceano pluriundoso, nos confins,
à margem dos demais, moramos. Quem aporta 205
aqui? Esse infeliz é um erradio que clama
por atenção. O miserável e o estrangeiro,
quem os envia é Zeus. A dádiva, pequena
embora, é cara. Alguém lhe sirva vinho e víveres
e o depure onde o vento não encrespe o rio!" 210
Falou, o grupo estanca; mutuamente incitam-se
e levam Odisseu ao ponto protegido
como o indicara a filha do feácio-mor.
Dispõem o manto e a túnica a seu lado, entregam-lhe
o óleo num lécito lavrado em ouro e o invitam 215
a depurar-se, córrego ondulante adentro.
Então, o herói divino dirigiu-se às fâmulas:
"Distância, ancilas, que eu retirarei dos ombros
a salsugem. Deixai que eu mesmo me unte de óleo,
prazer que há muito desconheço. Ninguém fique 220
por perto enquanto eu me lavar: tenho pudor
de que me vejam nu donzelas belas-tranças."
Falou. Distantes, contam o ocorrido à nobre.
O herói preclaro limpa o corpo da salsugem
que recobria o dorso e os ombros largos na água 225
do rio. O visco espúmeo escoa da cabeça.
Depois de se banhar, untou o corpo todo
de óleo, vestiu a roupa, dádiva da moça.
Filha de Zeus, Atena o fez maior e mais
troncudo, seus cabelos encaracolou 230
cabeça abaixo tais e quais jacinto em flor.
Como um exímio artífice circunderrama
ouro na prata (Hefesto e Atena lhe aprimoram
a arte) na perfeição da peça plenigrácil,
infunde graça em sua cabeça e omoplatas. 235
Longe do grupo, senta-se na praia. Ofusca

κάλλεϊ καὶ χάρισι στίλβων· θηεῖτο δὲ κούρη.
δή ῥα τότ' ἀμφιπόλοισιν ἐυπλοκάμοισι μετηύδα·
"κλῦτέ μευ, ἀμφίπολοι λευκώλενοι, ὄφρα τι εἴπω.
οὐ πάντων ἀέκητι θεῶν, οἳ Ὄλυμπον ἔχουσιν, 240
Φαιήκεσσ' ὅδ' ἀνὴρ ἐπιμίσγεται ἀντιθέοισι·
πρόσθεν μὲν γὰρ δή μοι ἀεικέλιος δέατ' εἶναι,
νῦν δὲ θεοῖσιν ἔοικε, τοὶ οὐρανὸν εὐρὺν ἔχουσιν.
αἲ γὰρ ἐμοὶ τοιόσδε πόσις κεκλημένος εἴη
ἐνθάδε ναιετάων, καὶ οἱ ἅδοι αὐτόθι μίμνειν. 245
ἀλλὰ δότ', ἀμφίπολοι, ξείνῳ βρῶσίν τε πόσιν τε."
ὣς ἔφαθ', αἱ δ' ἄρα τῆς μάλα μὲν κλύον ἠδ' ἐπίθοντο,
πὰρ δ' ἄρ' Ὀδυσσῆι ἔθεσαν βρῶσίν τε πόσιν τε.
ἦ τοι ὁ πῖνε καὶ ἦσθε πολύτλας δῖος Ὀδυσσεὺς
ἁρπαλέως· δηρὸν γὰρ ἐδητύος ἦεν ἄπαστος. 250
αὐτὰρ Ναυσικάα λευκώλενος ἄλλ' ἐνόησεν·
εἵματ' ἄρα πτύξασα τίθει καλῆς ἐπ' ἀπήνης,
ζεῦξεν δ' ἡμιόνους κρατερώνυχας, ἂν δ' ἔβη αὐτή,
ὤτρυνεν δ' Ὀδυσῆα, ἔπος τ' ἔφατ' ἔκ τ' ὀνόμαζεν·
"ὄρσεο δὴ νῦν, ξεῖνε, πόλινδ' ἵμεν ὄφρα σε πέμψω 255
πατρὸς ἐμοῦ πρὸς δῶμα δαΐφρονος, ἔνθα σέ φημι
πάντων Φαιήκων εἰδησέμεν ὅσσοι ἄριστοι.
ἀλλὰ μάλ' ὧδ' ἔρδειν, δοκέεις δέ μοι οὐκ ἀπινύσσειν·
ὄφρ' ἂν μέν κ' ἀγροὺς ἴομεν καὶ ἔργ' ἀνθρώπων,
τόφρα σὺν ἀμφιπόλοισι μεθ' ἡμιόνους καὶ ἄμαξαν 260
καρπαλίμως ἔρχεσθαι· ἐγὼ δ' ὁδὸν ἡγεμονεύσω.
αὐτὰρ ἐπὴν πόλιος ἐπιβήομεν, ἣν πέρι πύργος
ὑψηλός, καλὸς δὲ λιμὴν ἑκάτερθε πόληος,
λεπτὴ δ' εἰσίθμη· νῆες δ' ὁδὸν ἀμφιέλισσαι
εἰρύαται· πᾶσιν γὰρ ἐπίστιόν ἐστιν ἑκάστῳ. 265
ἔνθα δέ τέ σφ' ἀγορὴ καλὸν Ποσιδήιον ἀμφίς,
ῥυτοῖσιν λάεσσι κατωρυχέεσσ' ἀραρυῖα.
ἔνθα δὲ νηῶν ὅπλα μελαινάων ἀλέγουσι,
πείσματα καὶ σπεῖρα, καὶ ἀποξύνουσιν ἐρετμά.
οὐ γὰρ Φαιήκεσσι μέλει βιὸς οὐδὲ φαρέτρη, 270
ἀλλ' ἱστοὶ καὶ ἐρετμὰ νεῶν καὶ νῆες ἐῖσαι,

seu charme e sua beleza, que Nausícaa admira,
quando falou às servas: "Escutai-me, aias
de braços brancos, tenho algo a vos dizer:
este homem, símile divino, não chegou   240
aqui contrariando decisão dos numes.
Minha impressão primeira era a de um ser ignóbil
e bruto, agora é como um deus que habita o céu.
Pudera ter um ente assim como consorte,
que, em sua visita, decidisse não partir.   245
Servi o de-comer e vinho ao nosso hóspede!"
Ato contínuo, executam seu comando:
ao lado de Odisseu depõem manjar e vinho.
Com gana o herói plurissofrido come e bebe,
pois que o jejum era longuíssimo. Nausícaa   250
de braços brancos laborou um plano: vestes
dobradas e alojadas na carruagem bela,
atrela as mulas, duras-úngulas, e sobe,
interpelando o herói, a quem dirige a fala:
"Siga-me, forasteiro, até a cidade! Guio-te   255
ao paço de meu pai valente, onde verás
os mais notáveis feácios congregados. Age
tal qual sugiro — me pareces ter bom tino:
enquanto nós cruzarmos campos cultivados,
aperta o passo atrás das mulas e do carro,   260
ladeando as servas. Cuidarei de vos guiar.
Nas cercanias da urbe, atrás de muros altos,
verás que há um belo porto à esquerda e à direita,
com uma entrada estreita. Naus ambirremáveis
estão no seco, cada qual num ponto certo.   265
Em torno ao Poseidíon logo vês a praça,
compacta, cujos alicerces são as rochas.
Reparam apetrechos dos navios nigérrimos,
velas, amarras, cuidam de afinar os remos,
pois ao feácio não importa o arco, a fáretra,   270
e sim os mastros, remos, os baixéis simétricos,

ᾗσιν ἀγαλλόμενοι πολιὴν περόωσι θάλασσαν.
τῶν ἀλεείνω φῆμιν ἀδευκέα, μή τις ὀπίσσω
μωμεύῃ· μάλα δ' εἰσὶν ὑπερφίαλοι κατὰ δῆμον·
καί νύ τις ὧδ' εἴπῃσι κακώτερος ἀντιβολήσας· 275
'τίς δ' ὅδε Ναυσικάᾳ ἕπεται καλός τε μέγας τε
ξεῖνος; ποῦ δέ μιν εὗρε; πόσις νύ οἱ ἔσσεται αὐτῇ.
ἦ τινά που πλαγχθέντα κομίσσατο ἧς ἀπὸ νηὸς
ἀνδρῶν τηλεδαπῶν, ἐπεὶ οὔ τινες ἐγγύθεν εἰσίν·
ἤ τίς οἱ εὐξαμένῃ πολυάρητος θεὸς ἦλθεν 280
οὐρανόθεν καταβάς, ἕξει δέ μιν ἤματα πάντα.
βέλτερον, εἰ καὐτή περ ἐποιχομένη πόσιν εὗρεν
ἄλλοθεν· ἦ γὰρ τούσδε γ' ἀτιμάζει κατὰ δῆμον
Φαίηκας, τοί μιν μνῶνται πολέες τε καὶ ἐσθλοί.'
ὣς ἐρέουσιν, ἐμοὶ δέ κ' ὀνείδεα ταῦτα γένοιτο. 285
καὶ δ' ἄλλῃ νεμεσῶ, ἥ τις τοιαῦτά γε ῥέζοι,
ἥ τ' ἀέκητι φίλων πατρὸς καὶ μητρὸς ἐόντων,
ἀνδράσι μίσγηται, πρίν γ' ἀμφάδιον γάμον ἐλθεῖν.
ξεῖνε, σὺ δ' ὦκ' ἐμέθεν ξυνίει ἔπος, ὄφρα τάχιστα
πομπῆς καὶ νόστοιο τύχῃς παρὰ πατρὸς ἐμοῖο. 290
δήεις ἀγλαὸν ἄλσος Ἀθήνης ἄγχι κελεύθου
αἰγείρων· ἐν δὲ κρήνη νάει, ἀμφὶ δὲ λειμών·
ἔνθα δὲ πατρὸς ἐμοῦ τέμενος τεθαλυῖά τ' ἀλωή,
τόσσον ἀπὸ πτόλιος, ὅσσον τε γέγωνε βοήσας.
ἔνθα καθεζόμενος μεῖναι χρόνον, εἰς ὅ κεν ἡμεῖς 295
ἄστυδε ἔλθωμεν καὶ ἱκώμεθα δώματα πατρός.
αὐτὰρ ἐπὴν ἡμέας ἔλπῃ ποτὶ δώματ' ἀφῖχθαι,
καὶ τότε Φαιήκων ἴμεν ἐς πόλιν ἠδ' ἐρέεσθαι
δώματα πατρὸς ἐμοῦ μεγαλήτορος Ἀλκινόοιο.
ῥεῖα δ' ἀρίγνωτ' ἐστί, καὶ ἂν πάϊς ἡγήσαιτο 300
νήπιος· οὐ μὲν γάρ τι ἐοικότα τοῖσι τέτυκται
δώματα Φαιήκων, οἷος δόμος Ἀλκινόοιο
ἥρωος. ἀλλ' ὁπότ' ἄν σε δόμοι κεκύθωσι καὶ αὐλή,
ὦκα μάλα μεγάροιο διελθέμεν, ὄφρ' ἂν ἵκηαι
μητέρ' ἐμήν· ἡ δ' ἧσται ἐπ' ἐσχάρῃ ἐν πυρὸς αὐγῇ, 305
ἠλάκατα στρωφῶσ' ἁλιπόρφυρα, θαῦμα ἰδέσθαι,

com que, orgulhosos, singram o oceano cinza.
Quero evitar o fel que por detrás destile
alguém soez. É hiperpresunçosa a gente
aqui. E um ser mais vil, nos vendo, então diria: 275
'Esse alienígena taludo e lindo atrás
da moça, quem será? Onde o achou? Futuro
marido, que encontrou perdido de sua nau?
Alguém de longe, pois não há vizinhos próximos.
Será um deus, dobrado por copiosos rogos, 280
que, céu abaixo, o tem consigo para sempre?
Melhor se foi buscar em carne e osso esposo
fora, afinal, desdenha a mocidade feácia,
que a quer como consorte, embora nobre, inúmera.'
Blasonam esse linguajar constrangedor. 285
Desaprovo também quem se comporte assim,
alguém que, sem a anuência patermaternal,
antes das núpcias, se fizesse ver com homens.
Aceita o meu conselho, forasteiro, e logo
meu pai concede escolta em teu retorno ao lar. 290
Verás em breve o bosque de álamo de Atena
à beira-estrada. No âmago do prado, a fonte
jorra. Um jardim e o templo de meu pai estão
ali de onde se escuta o grito da cidade.
Espera o tempo suficiente de chegarmos 295
ao paço de meu pai, sentado no recinto.
Quando, pelos teus cálculos, lá estivermos,
entra na cidadela e pede que te indiquem
a casa de meu pai, do basileu magnânimo.
Até uma criança pequenina sabe 300
indicar onde fica, pois destoa de outras
casas o alcácer onde o herói Alcínoo mora.
Tão logo entres no paço, alcança o pátio interno
e cruza a sala súbito para encontrar
minha mãe que, sentada à luz do fogo, tece 305
a lã salino-púrpura, que apraz à vista.

κίονι κεκλιμένη· δμωαὶ δέ οἱ εἴατ' ὄπισθεν.
ἔνθα δὲ πατρὸς ἐμοῖο θρόνος ποτικέκλιται αὐτῇ,
τῷ ὅ γε οἰνοποτάζει ἐφήμενος ἀθάνατος ὥς.
τὸν παραμειψάμενος μητρὸς περὶ γούνασι χεῖρας   310
βάλλειν ἡμετέρης, ἵνα νόστιμον ἦμαρ ἴδηαι
χαίρων καρπαλίμως, εἰ καὶ μάλα τηλόθεν ἐσσί.
εἴ κέν τοι κείνη γε φίλα φρονέῃσ' ἐνὶ θυμῷ,
ἐλπωρή τοι ἔπειτα φίλους τ' ἰδέειν καὶ ἱκέσθαι
οἶκον ἐϋκτίμενον καὶ σὴν ἐς πατρίδα γαῖαν."   315
ὣς ἄρα φωνήσασ' ἵμασεν μάστιγι φαεινῇ
ἡμιόνους· αἱ δ' ὦκα λίπον ποταμοῖο ῥέεθρα.
αἱ δ' ἐῢ μὲν τρώχων, ἐῢ δὲ πλίσσοντο πόδεσσιν·
ἡ δὲ μάλ' ἡνιόχευεν, ὅπως ἅμ' ἑποίατο πεζοὶ
ἀμφίπολοί τ' Ὀδυσεύς τε, νόῳ δ' ἐπέβαλλεν ἱμάσθλην.   320
δύσετό τ' ἠέλιος καὶ τοὶ κλυτὸν ἄλσος ἵκοντο
ἱρὸν Ἀθηναίης, ἵν' ἄρ' ἕζετο δῖος Ὀδυσσεύς.
αὐτίκ' ἔπειτ' ἠρᾶτο Διὸς κούρῃ μεγάλοιο·
"κλῦθί μευ, αἰγιόχοιο Διὸς τέκος, Ἀτρυτώνη·
νῦν δή πέρ μευ ἄκουσον, ἐπεὶ πάρος οὔ ποτ' ἄκουσας   325
ῥαιομένου, ὅτε μ' ἔρραιε κλυτὸς ἐννοσίγαιος.
δός μ' ἐς Φαίηκας φίλον ἐλθεῖν ἠδ' ἐλεεινόν."
ὣς ἔφατ' εὐχόμενος, τοῦ δ' ἔκλυε Παλλὰς Ἀθήνη.
αὐτῷ δ' οὔ πω φαίνετ' ἐναντίη· αἴδετο γάρ ῥα
πατροκασίγνητον· ὁ δ' ἐπιζαφελῶς μενέαινεν   330
ἀντιθέῳ Ὀδυσῆι πάρος ἣν γαῖαν ἱκέσθαι.

Apoiada à coluna, atrás se assentam fâmulas.
O colunário arrima o trono de meu pai
também, que ali, sentado, bebe vinho, um deus.
Passa por ele e abraça os joelhos da rainha; 310
só assim será possível ver em breve o dia
tão almejado do retorno, mesmo se
provieres dos confins. Se ela se afeiçoar
de ti, a chance é grande de rever amigos,
pisar na terra ancestre, na morada sólida." 315
Assim falando, esperta as mulas com o relho,
que deixam para trás as fímbrias do caudal.
Os cascos ora correm, ora trotam. Cuida
de controlar as rédeas, para o herói e as aias,
que iam a pé, não se atrasarem por demais. 320
Ao pôr do sol alcançam o sagrado jângal
de Palas, onde o herói divino se sentou.
Rogou à filha do supremo Zeus: "Atrítona,
escuta, filha do Cronida porta-égide,
escuta-me hoje pelo menos, pois que, náufrago, 325
não me escutaste, quando o deus do mar golpeava-me.
Possam os feácios me acolher, de mim ter pena!"
Assim falou o súplice e Atena o ouviu,
mas não quis lhe surgir à frente por respeito
ao fraterpaternal, avesso a serenar 330
até que, igual a um deus, o herói entrasse em Ítaca.

η

Ὣς ὁ μὲν ἔνθ' ἠρᾶτο πολύτλας δῖος Ὀδυσσεύς,
κούρην δὲ προτὶ ἄστυ φέρεν μένος ἡμιόνοιιν.
ἡ δ' ὅτε δὴ οὗ πατρὸς ἀγακλυτὰ δώμαθ' ἵκανε,
στῆσεν ἄρ' ἐν προθύροισι, κασίγνητοι δέ μιν ἀμφὶς
ἵσταντ' ἀθανάτοις ἐναλίγκιοι, οἵ ῥ' ὑπ' ἀπήνης   5
ἡμιόνους ἔλυον ἐσθῆτά τε ἔσφερον εἴσω.
αὐτὴ δ' ἐς θάλαμον ἑὸν ἤιε· δαῖε δέ οἱ πῦρ
γρῆυς Ἀπειραίη, θαλαμηπόλος Εὐρυμέδουσα,
τήν ποτ' Ἀπείρηθεν νέες ἤγαγον ἀμφιέλισσαι·
Ἀλκινόῳ δ' αὐτὴν γέρας ἔξελον, οὕνεκα πᾶσιν   10
Φαιήκεσσιν ἄνασσε, θεοῦ δ' ὣς δῆμος ἄκουεν·
ἣ τρέφε Ναυσικάαν λευκώλενον ἐν μεγάροισιν.
ἥ οἱ πῦρ ἀνέκαιε καὶ εἴσω δόρπον ἐκόσμει.
καὶ τότ' Ὀδυσσεὺς ὦρτο πόλινδ' ἴμεν· ἀμφὶ δ' Ἀθήνη
πολλὴν ἠέρα χεῦε φίλα φρονέουσ' Ὀδυσῆι,   15
μή τις Φαιήκων μεγαθύμων ἀντιβολήσας
κερτομέοι τ' ἐπέεσσι καὶ ἐξερέοιθ' ὅτις εἴη.
ἀλλ' ὅτε δὴ ἄρ' ἔμελλε πόλιν δύσεσθαι ἐραννήν,
ἔνθα οἱ ἀντεβόλησε θεά, γλαυκῶπις Ἀθήνη,
παρθενικῇ ἐικυῖα νεήνιδι, κάλπιν ἐχούσῃ.   20
στῆ δὲ πρόσθ' αὐτοῦ, ὁ δ' ἀνείρετο δῖος Ὀδυσσεύς·
"ὦ τέκος, οὐκ ἄν μοι δόμον ἀνέρος ἡγήσαιο
Ἀλκινόου, ὃς τοῖσδε μετ' ἀνθρώποισι ἀνάσσει;
καὶ γὰρ ἐγὼ ξεῖνος ταλαπείριος ἐνθάδ' ἱκάνω
τηλόθεν ἐξ ἀπίης γαίης· τῷ οὔ τινα οἶδα   25
ἀνθρώπων, οἳ τήνδε πόλιν καὶ γαῖαν ἔχουσιν."

Canto VII

Assim rogava o herói multiprovado, e o ímpeto
das mulas trouxe a moça à cidadela. Já
defronte ao paço renomado, ela estancou
pórtico abaixo. Símiles dos imortais,
seus irmãos a circundam, desatrelam mulas, 5
carregam o vestuário para dentro. Então
no quarto, Eurimedusa lhe acendeu o fogo,
anciã de Apira, tálamo-nutriz, provinda
em naus bicôncavas e agílimas de Apira,
outrora, prêmio insigne dado ao rei Alcínoo, 10
magno senhor, a quem ouviam como a um deus.
Foi quem nutriu a bracicândida Nausícaa.
Acende o fogo e cuida do jantar no tálamo.
E Odisseu ruma à pólis. Por querê-lo muito,
Palas circum-embruma o herói, para evitar 15
que algum meganimoso lhe arrojasse termos
rudes, ao demandar sua identidade. Prestes
a entrar na bela cidadela, Atena de olhos
glaucos avança a seu encontro, similar
a uma pequerrucha, soerguendo um cântaro. 20
À sua frente, o herói lhe pede: "Poderias,
menina, me indicar onde é que fica o paço
do hegêmone feácio? Onde mora Alcínoo?
Provenho dos confins da terra, um alienígena
provado duramente, desconheço quem 25
comanda a cidadela e a gleba cultivada."

τὸν δ' αὖτε προσέειπε θεά, γλαυκῶπις Ἀθήνη·
"τοιγὰρ ἐγώ τοι, ξεῖνε πάτερ, δόμον, ὅν με κελεύεις,
δείξω, ἐπεί μοι πατρὸς ἀμύμονος ἐγγύθι ναίει.
ἀλλ' ἴθι σιγῇ τοῖον, ἐγὼ δ' ὁδὸν ἡγεμονεύσω, 30
μηδέ τιν' ἀνθρώπων προτιόσσεο μηδ' ἐρέεινε.
οὐ γὰρ ξείνους οἵδε μάλ' ἀνθρώπους ἀνέχονται,
οὐδ' ἀγαπαζόμενοι φιλέουσ' ὅς κ' ἄλλοθεν ἔλθῃ.
νηυσὶ θοῇσιν τοί γε πεποιθότες ὠκείῃσι
λαῖτμα μέγ' ἐκπερόωσιν, ἐπεί σφισι δῶκ' ἐνοσίχθων· 35
τῶν νέες ὠκεῖαι ὡς εἰ πτερὸν ἠὲ νόημα."
ὣς ἄρα φωνήσασ' ἡγήσατο Παλλὰς Ἀθήνη
καρπαλίμως· ὁ δ' ἔπειτα μετ' ἴχνια βαῖνε θεοῖο.
τὸν δ' ἄρα Φαίηκες ναυσικλυτοὶ οὐκ ἐνόησαν
ἐρχόμενον κατὰ ἄστυ διὰ σφέας· οὐ γὰρ Ἀθήνη 40
εἴα ἐυπλόκαμος, δεινὴ θεός, ἥ ῥά οἱ ἀχλὺν
θεσπεσίην κατέχευε φίλα φρονέουσ' ἐνὶ θυμῷ.
θαύμαζεν δ' Ὀδυσεὺς λιμένας καὶ νῆας ἐίσας
αὐτῶν θ' ἡρώων ἀγορὰς καὶ τείχεα μακρὰ
ὑψηλά, σκολόπεσσιν ἀρηρότα, θαῦμα ἰδέσθαι. 45
ἀλλ' ὅτε δὴ βασιλῆος ἀγακλυτὰ δώμαθ' ἵκοντο,
τοῖσι δὲ μύθων ἦρχε θεά, γλαυκῶπις Ἀθήνη·
"οὗτος δή τοι, ξεῖνε πάτερ, δόμος, ὅν με κελεύεις
πεφραδέμεν· δήεις δὲ διοτρεφέας βασιλῆας
δαίτην δαινυμένους· σὺ δ' ἔσω κίε, μηδέ τι θυμῷ 50
τάρβει· θαρσαλέος γὰρ ἀνὴρ ἐν πᾶσιν ἀμείνων
ἔργοισιν τελέθει, εἰ καί ποθεν ἄλλοθεν ἔλθοι.
δέσποιναν μὲν πρῶτα κιχήσεαι ἐν μεγάροισιν·
Ἀρήτη δ' ὄνομ' ἐστὶν ἐπώνυμον, ἐκ δὲ τοκήων
τῶν αὐτῶν οἵ περ τέκον Ἀλκίνοον βασιλῆα. 55
Ναυσίθοον μὲν πρῶτα Ποσειδάων ἐνοσίχθων
γείνατο καὶ Περίβοια, γυναικῶν εἶδος ἀρίστη,
ὁπλοτάτη θυγάτηρ μεγαλήτορος Εὐρυμέδοντος,
ὅς ποθ' ὑπερθύμοισι Γιγάντεσσιν βασίλευεν.
ἀλλ' ὁ μὲν ὤλεσε λαὸν ἀτάσθαλον, ὤλετο δ' αὐτός· 60
τῇ δὲ Ποσειδάων ἐμίγη καὶ ἐγείνατο παῖδα

Olhos-azuis, Atena disse: "É claro, hóspede,
que estou em condições de te indicar, pois mora
perto da residência de meu nobre pai.
Vai na frente, em silêncio, que serei tua guia. 30
Não encares, tampouco indagues transeuntes,
pois não costumam ser afáveis com estranhos
e não abraçam com calor quem vem de longe.
Confiados nos baixéis ágil-velozes, singram
o mega abismo, que o permite o Treme-terra: 35
naus céleres como asas, como o pensamento."
Falando assim, a deusa trata de guiar
o herói atento a suas passadas. Não o notam
nautifamosos feácios quando transitava
por eles, pois que Atena, belas-tranças, deia 40
apavorante, havia vertido ao seu redor
caligem: resguardava-o em seu coração.
Os portos encantavam-no, batéis simétricos,
as praças dos heróis, os muros portentosos,
altos, estacas paralelas — que espetáculo 45
de visão! Frente ao lar do basileu insigne,
entre os demais, falou-lhe Atena de olhos blaus:
"Eis o palácio, estrangeiro, que procuras.
Os basileus eternos banqueteiam dentro.
Evita amedrontar teu coração, pois o homem 50
intimorato sempre aufere mais vantagens,
mesmo se proveniente de outras regiões.
Logo verás na sala-mor a basileia
denominada Arete, cujos ancestrais
são os ancestrais do marido Alcínoo. O abala- 55
-terra Posêidon antes procriou Nausítoo,
de Peribeia, ímpar nos contornos físicos,
caçula do magnânimo Eurimedonte,
rei dos Gigantes arrogantes no passado,
que a si mesmo arruinou e ao povo presunçoso. 60
Do enlace com Posêidon nasce o animoso

Ναυσίθοον μεγάθυμον, ὃς ἐν Φαίηξιν ἄνασσε·
Ναυσίθοος δ' ἔτεκεν Ῥηξήνορά τ' Ἀλκίνοόν τε.
τὸν μὲν ἄκουρον ἐόντα βάλ' ἀργυρότοξος Ἀπόλλων
νυμφίον ἐν μεγάρῳ, μίαν οἴην παῖδα λιπόντα 65
Ἀρήτην· τὴν δ' Ἀλκίνοος ποιήσατ' ἄκοιτιν,
καί μιν ἔτισ', ὡς οὔ τις ἐπὶ χθονὶ τίεται ἄλλη,
ὅσσαι νῦν γε γυναῖκες ὑπ' ἀνδράσιν οἶκον ἔχουσιν.
ὣς κείνη περὶ κῆρι τετίμηταί τε καὶ ἔστιν
ἔκ τε φίλων παίδων ἔκ τ' αὐτοῦ Ἀλκινόοιο 70
καὶ λαῶν, οἵ μίν ῥα θεὸν ὣς εἰσορόωντες
δειδέχαται μύθοισιν, ὅτε στείχῃσ' ἀνὰ ἄστυ.
οὐ μὲν γάρ τι νόου γε καὶ αὐτὴ δεύεται ἐσθλοῦ·
ᾗσι τ' ἐὺ φρονέῃσι καὶ ἀνδράσι νείκεα λύει.
εἴ κέν τοι κείνη γε φίλα φρονέῃσ' ἐνὶ θυμῷ, 75
ἐλπωρή τοι ἔπειτα φίλους τ' ἰδέειν καὶ ἱκέσθαι
οἶκον ἐς ὑψόροφον καὶ σὴν ἐς πατρίδα γαῖαν."
ὣς ἄρα φωνήσασ' ἀπέβη γλαυκῶπις Ἀθήνη
πόντον ἐπ' ἀτρύγετον, λίπε δὲ Σχερίην ἐρατεινήν,
ἵκετο δ' ἐς Μαραθῶνα καὶ εὐρυάγυιαν Ἀθήνην, 80
δῦνε δ' Ἐρεχθῆος πυκινὸν δόμον. αὐτὰρ Ὀδυσσεὺς
Ἀλκινόου πρὸς δώματ' ἴε κλυτά· πολλὰ δέ οἱ κῆρ
ὥρμαιν' ἱσταμένῳ, πρὶν χάλκεον οὐδὸν ἱκέσθαι.
ὥς τε γὰρ ἠελίου αἴγλη πέλεν ἠὲ σελήνης
δῶμα καθ' ὑψερεφὲς μεγαλήτορος Ἀλκινόοιο. 85
χάλκεοι μὲν γὰρ τοῖχοι ἐληλέδατ' ἔνθα καὶ ἔνθα,
ἐς μυχὸν ἐξ οὐδοῦ, περὶ δὲ θριγκὸς κυάνοιο·
χρύσειαι δὲ θύραι πυκινὸν δόμον ἐντὸς ἔεργον·
σταθμοὶ δ' ἀργύρεοι ἐν χαλκέῳ ἕστασαν οὐδῷ,
ἀργύρεον δ' ἐφ' ὑπερθύριον, χρυσέη δὲ κορώνη. 90
χρύσειοι δ' ἑκάτερθε καὶ ἀργύρεοι κύνες ἦσαν,
οὓς Ἥφαιστος ἔτευξεν ἰδυίῃσι πραπίδεσσι
δῶμα φυλασσέμεναι μεγαλήτορος Ἀλκινόοιο,
ἀθανάτους ὄντας καὶ ἀγήρως ἤματα πάντα.
ἐν δὲ θρόνοι περὶ τοῖχον ἐρηρέδατ' ἔνθα καὶ ἔνθα, 95
ἐς μυχὸν ἐξ οὐδοῖο διαμπερές, ἔνθ' ἐνὶ πέπλοι

Nausítoo, hegêmone feácio, que deixou
dois filhos só, Rexênor e o irmão Alcínoo.
Apolo arco-argênteo fulminou Rexênor,
casado há pouco; deixa Arete, filha única, 65
na moradia. Alcínoo a desposou e a honrou
como nenhuma foi honrada sobre a terra,
dentre as mulheres que os maridos têm no lar.
E estima idêntica provém do coração
da prole do regente e das pessoas dali, 70
que a veem como imortal, louvada com clamores
quando transita cidadela acima. Sobra
grandiosidade à sua inteligência, apta
a harmonizar até os homens litigantes.
Se com o próprio coração pensar em ti, 75
tua chance cresce de rever os teus, tornar
ao teu país, à casa de altas cumeeiras."
Dito isso, Atena afasta-se encimando o oceano
infecundo, ficando atrás a Esquéria amável.
Passou por Maratona e chega a Atenas de amplas 80
ruas. Entrou na casa de Erecteu, soberba.
Odisseu chega ao paço. Umbral de bronze à frente,
detém-se, o coração entregue a pensamentos,
pois que no brilho do solar de altivos tetos
havia um quê de resplendor lunissolar. 85
Dois muros brônzeos se alongavam paralelos
do limiar ao fundo com azul nos frisos;
portas em ouro lacram o solar por dentro;
do umbral em bronze sobe a prata dos batentes;
dourada a maçaneta; arquitrave, argêntea; 90
de um lado um cão prateado, cão dourado do outro,
lavor de um inventor habílimo, Hefesto,
forjado para a proteção do paço alcíneo:
invelhecíveis criaturas imortais.
Tronos frontais, as duas paredes escoravam, 95
da entrada ao fundo, leves peplos, sutilíssimos,

λεπτοὶ ἐύννητοι βεβλήατο, ἔργα γυναικῶν.
ἔνθα δὲ Φαιήκων ἡγήτορες ἑδριόωντο
πίνοντες καὶ ἔδοντες· ἐπηετανὸν γὰρ ἔχεσκον.
χρύσειοι δ' ἄρα κοῦροι ἐυδμήτων ἐπὶ βωμῶν 100
ἕστασαν αἰθομένας δαΐδας μετὰ χερσὶν ἔχοντες,
φαίνοντες νύκτας κατὰ δώματα δαιτυμόνεσσι.
πεντήκοντα δέ οἱ δμωαὶ κατὰ δῶμα γυναῖκες
αἱ μὲν ἀλετρεύουσι μύλῃς ἔπι μήλοπα καρπόν,
αἱ δ' ἱστοὺς ὑφόωσι καὶ ἠλάκατα στρωφῶσιν 105
ἥμεναι, οἷά τε φύλλα μακεδνῆς αἰγείροιο·
καιρουσσέων δ' ὀθονέων ἀπολείβεται ὑγρὸν ἔλαιον.
ὅσσον Φαίηκες περὶ πάντων ἴδριες ἀνδρῶν
νῆα θοὴν ἐνὶ πόντῳ ἐλαυνέμεν, ὣς δὲ γυναῖκες
ἱστῶν τεχνῆσσαι· πέρι γάρ σφισι δῶκεν Ἀθήνη 110
ἔργα τ' ἐπίστασθαι περικαλλέα καὶ φρένας ἐσθλάς.
ἔκτοσθεν δ' αὐλῆς μέγας ὄρχατος ἄγχι θυράων
τετράγυος· περὶ δ' ἕρκος ἐλήλαται ἀμφοτέρωθεν.
ἔνθα δὲ δένδρεα μακρὰ πεφύκασι τηλεθόωντα,
ὄγχναι καὶ ῥοιαὶ καὶ μηλέαι ἀγλαόκαρποι 115
συκέαι τε γλυκεραὶ καὶ ἐλαῖαι τηλεθόωσαι.
τάων οὔ ποτε καρπὸς ἀπόλλυται οὐδ' ἀπολείπει
χείματος οὐδὲ θέρευς, ἐπετήσιος· ἀλλὰ μάλ' αἰεὶ
Ζεφυρίη πνείουσα τὰ μὲν φύει, ἄλλα δὲ πέσσει.
ὄγχνη ἐπ' ὄγχνῃ γηράσκει, μῆλον δ' ἐπὶ μήλῳ, 120
αὐτὰρ ἐπὶ σταφυλῇ σταφυλή, σῦκον δ' ἐπὶ σύκῳ.
ἔνθα δέ οἱ πολύκαρπος ἀλωὴ ἐρρίζωται,
τῆς ἕτερον μὲν θειλόπεδον λευρῷ ἐνὶ χώρῳ
τέρσεται ἠελίῳ, ἑτέρας δ' ἄρα τε τρυγόωσιν,
ἄλλας δὲ τραπέουσι· πάροιθε δέ τ' ὄμφακές εἰσιν 125
ἄνθος ἀφιεῖσαι, ἕτεραι δ' ὑποπερκάζουσιν.
ἔνθα δὲ κοσμηταὶ πρασιαὶ παρὰ νείατον ὄρχον
παντοῖαι πεφύασιν, ἐπηετανὸν γανόωσαι·
ἐν δὲ δύω κρῆναι ἡ μέν τ' ἀνὰ κῆπον ἅπαντα
σκίδναται, ἡ δ' ἑτέρωθεν ὑπ' αὐλῆς οὐδὸν ἵησι 130
πρὸς δόμον ὑψηλόν, ὅθεν ὑδρεύοντο πολῖται.

os drapeavam, obra feminina, onde
hegêmones feácios sentam quando bebem
e quando comem, o ano inteiro, sempre. Efebos
dourados sobre pedestais bem firmes portam   100
archotes luzidios, em pé, alumiando
a senda dos convivas régios noite adentro.
Cinquenta ancilas no total do grão Alcínoo,
parte macera o louro grão na moenda, enquanto
a outra tece no tear e torce os fios   105
de lã, sentadas, feito folhas do álamo alto.
Dos fios entretelados, o óleo fluido estila.
Como os feácios primam entre os pan-marujos
na pilotagem do baixel veloz, as feácias
tecem como ninguém: Atena ministrou-lhes   110
a ciência do lavor mais belo e pensamentos
nobres. Depois do pátio, ladeando as portas,
há um jardim enorme: quatro jeiras. Cinge-o
o azarve. Ali germinam árvores frondosas
frutiluzentes: peras, figos mel-dulçor,   115
maçãs, romãs, opíparas olivas. Não
há fruto que apodreça, murche em pleno frio
ou no verão: seu ciclo é inexaurível. Zéfiro,
sempissoprando, abrolha alguns, matura outros.
Maçã fana em maçã, a pera fana em pera,   120
a uva em uva, o figo em figo. A vinha pluri-
frutuosa foi também plantada no jardim:
o sol estia cachos sobre o plano aberto;
vindimam uma parte, poucas são pisadas.
Nos sarmentos frontais umas defloram, verdes,   125
algumas brunem. Cosmos variegado aflora
de verdura, margeando a cepa entrante. Brilha
durante o ano todo. Veem-se duas fontes.
Enquanto uma irriga todo o ajardinado,
a outra escoa embaixo do limiar do átrio   130
para o paço elevado: a gente da urbe a sorve.

τοῖ' ἄρ' ἐν Ἀλκινόοιο θεῶν ἔσαν ἀγλαὰ δῶρα.
ἔνθα στὰς θηεῖτο πολύτλας δῖος Ὀδυσσεύς.
αὐτὰρ ἐπεὶ δὴ πάντα ἑῷ θηήσατο θυμῷ,
καρπαλίμως ὑπὲρ οὐδὸν ἐβήσετο δώματος εἴσω. 135
εὗρε δὲ Φαιήκων ἡγήτορας ἠδὲ μέδοντας
σπένδοντας δεπάεσσιν ἐυσκόπῳ ἀργεϊφόντῃ,
ᾧ πυμάτῳ σπένδεσκον, ὅτε μνησαίατο κοίτου.
αὐτὰρ ὁ βῆ διὰ δῶμα πολύτλας δῖος Ὀδυσσεὺς
πολλὴν ἠέρ' ἔχων, ἥν οἱ περίχευεν Ἀθήνη, 140
ὄφρ' ἵκετ' Ἀρήτην τε καὶ Ἀλκίνοον βασιλῆα.
ἀμφὶ δ' ἄρ' Ἀρήτης βάλε γούνασι χεῖρας Ὀδυσσεύς,
καὶ τότε δή ῥ' αὐτοῖο πάλιν χύτο θέσφατος ἀήρ.
οἱ δ' ἄνεῳ ἐγένοντο, δόμον κάτα φῶτα ἰδόντες·
θαύμαζον δ' ὁρόωντες. ὁ δὲ λιτάνευεν Ὀδυσσεύς· 145
"Ἀρήτη, θύγατερ Ῥηξήνορος ἀντιθέοιο,
σόν τε πόσιν σά τε γούναθ' ἱκάνω πολλὰ μογήσας
τούσδε τε δαιτυμόνας· τοῖσιν θεοὶ ὄλβια δοῖεν
ζωέμεναι, καὶ παισὶν ἐπιτρέψειεν ἕκαστος
κτήματ' ἐνὶ μεγάροισι γέρας θ' ὅ τι δῆμος ἔδωκεν· 150
αὐτὰρ ἐμοὶ πομπὴν ὀτρύνετε πατρίδ' ἱκέσθαι
θᾶσσον, ἐπεὶ δὴ δηθὰ φίλων ἄπο πήματα πάσχω."
ὣς εἰπὼν κατ' ἄρ' ἕζετ' ἐπ' ἐσχάρῃ ἐν κονίῃσιν
πὰρ πυρί· οἱ δ' ἄρα πάντες ἀκὴν ἐγένοντο σιωπῇ.
ὀψὲ δὲ δὴ μετέειπε γέρων ἥρως Ἐχένηος, 155
ὃς δὴ Φαιήκων ἀνδρῶν προγενέστερος ἦεν
καὶ μύθοισι κέκαστο, παλαιά τε πολλά τε εἰδώς·
ὅ σφιν ἐὺ φρονέων ἀγορήσατο καὶ μετέειπεν·
"Ἀλκίνο', οὐ μέν τοι τόδε κάλλιον, οὐδὲ ἔοικε,
ξεῖνον μὲν χαμαὶ ἧσθαι ἐπ' ἐσχάρῃ ἐν κονίῃσιν, 160
οἵδε δὲ σὸν μῦθον ποτιδέγμενοι ἰσχανόωνται.
ἀλλ' ἄγε δὴ ξεῖνον μὲν ἐπὶ θρόνου ἀργυροήλου
εἷσον ἀναστήσας, σὺ δὲ κηρύκεσσι κέλευσον
οἶνον ἐπικρῆσαι, ἵνα καὶ Διὶ τερπικεραύνῳ
σπείσομεν, ὅς θ' ἱκέτῃσιν ἅμ' αἰδοίοισιν ὀπηδεῖ· 165
δόρπον δὲ ξείνῳ ταμίη δότω ἔνδον ἐόντων."

Notáveis dons que o Olimpo ofereceu ao rei.
O herói multissofrido, extasiado, estanca.
Quando o êxtase repleta o coração, transpõe
o limiar e adentra o paço a passos largos.   135
Ao Argicida olhiagudo, os conselheiros
libavam com hegêmones, quando ele entrou,
delibação final, anterior ao sono.
Enquanto o herói preclaro cruza a sala, Atena
o encobre numa névoa espessa, até que alcance   140
Arete e o rei Alcínoo. Ele abraçou os dois
joelhos da basileia ao dissipar da bruma,
divina. Quem o viu ali perdeu a voz.
Embasbacados, todos os convivas miram
o herói que então rogava: "Filha de Rexênor,   145
igual a um deus, Arete, após sofrer muitíssimo,
venho ao teu cônjuge, aos teus joelhos, aos demais
convivas, por quem rogo aos deuses concederem
ouro, longevidade, herdeiros cuidadosos
com bens da casa e haveres que lhes dá o povo.   150
Peço uma escolta que me leve presto ao lar,
pois sofro há muito sem saber dos meus." Calou,
sentado sobre a cinza da lareira, à beira-
-fogo. Paralisados, os demais calavam.
Equeneu, velho herói, protogenário feácio,   155
inexcedível nas palavras, sabedor
do que passou e passa, rompe a quietude.
Sensato na ágora, falou: "Alcínoo, agride-me
ver o hóspede sentado em cinzas, na lareira.
Teus convidados só aguardam tuas ordens.   160
Faze o hóspede ocupar o trono de balmaz
argênteo! Ordena a teus arautos o preparo
do vinho, pois também ao amador-de-raios,
Zeus, que ciceroneia veneráveis súplices,
também a ele delibamos. Despenseira   165
deve se encarregar dos víveres do hóspede!"

αὐτὰρ ἐπεὶ τό γ' ἄκουσ' ἱερὸν μένος Ἀλκινόοιο,
χειρὸς ἑλὼν Ὀδυσῆα δαΐφρονα ποικιλομήτην
ὦρσεν ἀπ' ἐσχαρόφιν καὶ ἐπὶ θρόνου εἷσε φαεινοῦ,
υἱὸν ἀναστήσας ἀγαπήνορα Λαοδάμαντα, 170
ὅς οἱ πλησίον ἷζε, μάλιστα δέ μιν φιλέεσκεν.
χέρνιβα δ' ἀμφίπολος προχόῳ ἐπέχευε φέρουσα
καλῇ χρυσείῃ ὑπὲρ ἀργυρέοιο λέβητος,
νίψασθαι· παρὰ δὲ ξεστὴν ἐτάνυσσε τράπεζαν.
σῖτον δ' αἰδοίη ταμίη παρέθηκε φέρουσα, 175
εἴδατα πόλλ' ἐπιθεῖσα, χαριζομένη παρεόντων.
αὐτὰρ ὁ πῖνε καὶ ἦσθε πολύτλας δῖος Ὀδυσσεύς.
καὶ τότε κήρυκα προσέφη μένος Ἀλκινόοιο·
"Ποντόνοε, κρητῆρα κερασσάμενος μέθυ νεῖμον
πᾶσιν ἀνὰ μέγαρον, ἵνα καὶ Διὶ τερπικεραύνῳ 180
σπείσομεν, ὅς θ' ἱκέτῃσιν ἅμ' αἰδοίοισιν ὀπηδεῖ."
ὣς φάτο, Ποντόνοος δὲ μελίφρονα οἶνον ἐκίρνα,
νώμησεν δ' ἄρα πᾶσιν ἐπαρξάμενος δεπάεσσιν.
αὐτὰρ ἐπεὶ σπεῖσάν τ' ἔπιόν θ', ὅσον ἤθελε θυμός,
τοῖσιν δ' Ἀλκίνοος ἀγορήσατο καὶ μετέειπε· 185
"κέκλυτε, Φαιήκων ἡγήτορες ἠδὲ μέδοντες
ὄφρ' εἴπω τά με θυμὸς ἐνὶ στήθεσσι κελεύει.
νῦν μὲν δαισάμενοι κατακείετε οἴκαδ' ἰόντες·
ἠῶθεν δὲ γέροντας ἐπὶ πλέονας καλέσαντες
ξεῖνον ἐνὶ μεγάροις ξεινίσσομεν ἠδὲ θεοῖσιν 190
ῥέξομεν ἱερὰ καλά, ἔπειτα δὲ καὶ περὶ πομπῆς
μνησόμεθ', ὥς χ' ὁ ξεῖνος ἄνευθε πόνου καὶ ἀνίης
πομπῇ ὑφ' ἡμετέρῃ ἣν πατρίδα γαῖαν ἵκηται
χαίρων καρπαλίμως, εἰ καὶ μάλα τηλόθεν ἐστί,
μηδέ τι μεσσηγύς γε κακὸν καὶ πῆμα πάθῃσι, 195
πρίν γε τὸν ἧς γαίης ἐπιβήμεναι· ἔνθα δ' ἔπειτα
πείσεται, ἅσσα οἱ αἶσα κατὰ κλῶθές τε βαρεῖαι
γιγνομένῳ νήσαντο λίνῳ, ὅτε μιν τέκε μήτηρ.
εἰ δέ τις ἀθανάτων γε κατ' οὐρανοῦ εἰλήλουθεν,
ἄλλο τι δὴ τόδ' ἔπειτα θεοὶ περιμηχανόωνται. 200
αἰεὶ γὰρ τὸ πάρος γε θεοὶ φαίνονται ἐναργεῖς

Tão logo o ouviu, o vívido vigor do rei
conduz o herói argucifagulhante, rútilo-
-reflexivo, da cinza da lareira ao trono
esplêndido. Instruiu a Laodamante, filho 170
querido, lhe cedesse o posto, rente ao seu.
A ancila então esparge do gomil, perfeita
obra dourada, acima da bacia prata,
água para lavar-se. Ao lado, brilha a távola.
A despenseira atenta traz-lhe pão e nacos 175
de carne generosos; serve-o com prazer.
E o pluripadecido herói comeu, bebeu.
O rei, vigor alcíneo, fala com o arauto:
"Pontónoo, mescla o vinho na cratera! Todos
delibaremos ao Cronida coruscante- 180
-dizimador, que zela pelo suplicante."
Falou. Pontónoo preparava o néctar víneo
para as primícias sacras, replenando as taças.
Finda a delibação, saciada a sede, Alcínoo
toma a palavra, proferindo aos pares: "Líderes 185
feácios, conselheiros, escutai o que a ânima
me insta a dizer: concluída a ceia, cada qual
procure repousar no próprio lar. Dealbe
a aurora, os velhos todos eles convocados,
distinguiremos o hóspede com honrarias, 190
sacrificando aos numes. Providenciaremos
a escolta a fim de que, sem dor e sem fadiga,
alcance a pátria, alegre, presto, num cortejo
atento, ainda que habite muito além daqui,
para nada sofrer no curso do traslado, 195
até que pise o solo pátrio, onde lhe cabe
provar a própria sina, tudo o que as Fiandeiras
fiam com linho, duras, desde que sua mãe
o trouxe ao mundo. Se é um bem-aventurado
do céu, então os imortais circum-maquinam. 200
Não raro, fulgurantes, se nos aparecem,

ἡμῖν, εὖτ' ἔρδωμεν ἀγακλειτὰς ἑκατόμβας,
δαίνυνταί τε παρ' ἄμμι καθήμενοι ἔνθα περ ἡμεῖς.
εἰ δ' ἄρα τις καὶ μοῦνος ἰὼν ξύμβληται ὁδίτης,
οὔ τι κατακρύπτουσιν, ἐπεί σφισιν ἐγγύθεν εἰμέν,   205
ὥς περ Κύκλωπές τε καὶ ἄγρια φῦλα Γιγάντων."
τὸν δ' ἀπαμειβόμενος προσέφη πολύμητις Ὀδυσσεύς·
"Ἀλκίνο', ἄλλο τί τοι μελέτω φρεσίν· οὐ γὰρ ἐγώ γε
ἀθανάτοισιν ἔοικα, τοὶ οὐρανὸν εὐρὺν ἔχουσιν,
οὐ δέμας οὐδὲ φυήν, ἀλλὰ θνητοῖσι βροτοῖσιν.   210
οὕς τινας ὑμεῖς ἴστε μάλιστ' ὀχέοντας ὀιζὺν
ἀνθρώπων, τοῖσίν κεν ἐν ἄλγεσιν ἰσωσαίμην.
καὶ δ' ἔτι κεν καὶ μᾶλλον ἐγὼ κακὰ μυθησαίμην,
ὅσσα γε δὴ ξύμπαντα θεῶν ἰότητι μόγησα.
ἀλλ' ἐμὲ μὲν δορπῆσαι ἐάσατε κηδόμενόν περ·   215
οὐ γάρ τι στυγερῇ ἐπὶ γαστέρι κύντερον ἄλλο
ἔπλετο, ἥ τ' ἐκέλευσεν ἕο μνήσασθαι ἀνάγκῃ
καὶ μάλα τειρόμενον καὶ ἐνὶ φρεσὶ πένθος ἔχοντα,
ὡς καὶ ἐγὼ πένθος μὲν ἔχω φρεσίν, ἡ δὲ μάλ' αἰεὶ
ἐσθέμεναι κέλεται καὶ πινέμεν, ἐκ δέ με πάντων   220
ληθάνει ὅσσ' ἔπαθον, καὶ ἐνιπλησθῆναι ἀνώγει.
ὑμεῖς δ' ὀτρύνεσθαι ἅμ' ἠοῖ φαινομένηφιν,
ὥς κ' ἐμὲ τὸν δύστηνον ἐμῆς ἐπιβήσετε πάτρης
καί περ πολλὰ παθόντα· ἰδόντα με καὶ λίποι αἰὼν
κτῆσιν ἐμήν, δμῶάς τε καὶ ὑψερεφὲς μέγα δῶμα."   225
ὣς ἔφαθ', οἱ δ' ἄρα πάντες ἐπῄνεον ἠδ' ἐκέλευον
πεμπέμεναι τὸν ξεῖνον, ἐπεὶ κατὰ μοῖραν ἔειπεν.
αὐτὰρ ἐπεὶ σπεῖσάν τ' ἔπιον θ' ὅσον ἤθελε θυμός,
οἱ μὲν κακκείοντες ἔβαν οἰκόνδε ἕκαστος,
αὐτὰρ ὁ ἐν μεγάρῳ ὑπελείπετο δῖος Ὀδυσσεύς,   230
πὰρ δέ οἱ Ἀρήτη τε καὶ Ἀλκίνοος θεοειδὴς
ἥσθην· ἀμφίπολοι δ' ἀπεκόσμεον ἔντεα δαιτός.
τοῖσιν δ' Ἀρήτη λευκώλενος ἤρχετο μύθων·
ἔγνω γὰρ φᾶρός τε χιτῶνά τε εἵματ' ἰδοῦσα
καλά, τά ῥ' αὐτὴ τεῦξε σὺν ἀμφιπόλοισι γυναιξί·   235
καί μιν φωνήσασ' ἔπεα πτερόεντα προσηύδα·

quando ultimamos hecatombes renomadas,
e sentam-se conosco para banquetear-se.
E quando alguém na estrada dá com eles, não
se ocultam: como as tribos rudes dos Gigantes, 205
como os Ciclopes, não distamos dos eternos."
O herói pluriengenhoso respondeu: "Alcínoo,
não deixes que isso te amofine. Similar
aos deuses, moradores do amplo céu urânico,
estou longe de ser no jeito ou na feição; 210
sou homem que, sabeis bastante bem, suporta
agruras. Sofro tal e qual os outros sofrem.
Mencionaria um rol ainda maior de males
que os deuses desejaram ver-me padecer,
mas permiti que eu coma, ainda que intranquilo, 215
pois não há nada mais despudoradamente
canino do que a pança odiosa: a relembrá-la
obriga-nos, e nada importa a pena e a estafa,
nada!, nem mesmo a pena que me abate o ânimo.
Clama constantemente por beber, comer, 220
que esqueço o que sofri até locupletá-la.
Nascendo Aurora, permiti a este infeliz
desembarcar no solo pátrio após inúmeros
padecimentos. Servos, posses, o solar
alto revendo, *aiôn*, o tempo do viver, 225
me deixe." Assentem todos, mutuamente animam-se
a repatriá-lo: veem a moira em sua fala.
Libam e bebem quanto o coração pedia,
cada qual busca repousar no próprio lar.
O herói divino resta no recinto-mor, 230
sentado com Arete e Alcínoo, divo ícone.
Ancilas desaparelhavam as baixelas.
Arete, bracicândida, fala primeiro,
pois, ao mirá-lo, reconhece o manto e a túnica,
as belas vestes que tecera com as fâmulas. 235
E pronunciou alígeras palavras: "Hóspede,

"ξεῖνε, τὸ μέν σε πρῶτον ἐγὼν εἰρήσομαι αὐτή·
τίς πόθεν εἰς ἀνδρῶν; τίς τοι τάδε εἵματ' ἔδωκεν;
οὐ δὴ φῇς ἐπὶ πόντον ἀλώμενος ἐνθάδ' ἱκέσθαι;"
τὴν δ' ἀπαμειβόμενος προσέφη πολύμητις Ὀδυσσεύς· 240
"ἀργαλέον, βασίλεια, διηνεκέως ἀγορεῦσαι
κήδε', ἐπεί μοι πολλὰ δόσαν θεοὶ Οὐρανίωνες·
τοῦτο δέ τοι ἐρέω ὅ μ' ἀνείρεαι ἠδὲ μεταλλᾷς.
Ὠγυγίη τις νῆσος ἀπόπροθεν εἰν ἁλὶ κεῖται·
ἔνθα μὲν Ἄτλαντος θυγάτηρ, δολόεσσα Καλυψὼ 245
ναίει ἐυπλόκαμος, δεινὴ θεός· οὐδέ τις αὐτῇ
μίσγεται οὔτε θεῶν οὔτε θνητῶν ἀνθρώπων.
ἀλλ' ἐμὲ τὸν δύστηνον ἐφέστιον ἤγαγε δαίμων
οἶον, ἐπεί μοι νῆα θοὴν ἀργῆτι κεραυνῷ
Ζεὺς ἐλάσας ἐκέασσε μέσῳ ἐνὶ οἴνοπι πόντῳ. 250
ἔνθ' ἄλλοι μὲν πάντες ἀπέφθιθεν ἐσθλοὶ ἑταῖροι,
αὐτὰρ ἐγὼ τρόπιν ἀγκὰς ἑλὼν νεὸς ἀμφιελίσσης
ἐννῆμαρ φερόμην· δεκάτῃ δέ με νυκτὶ μελαίνῃ
νῆσον ἐς Ὠγυγίην πέλασαν θεοί, ἔνθα Καλυψὼ
ναίει ἐυπλόκαμος, δεινὴ θεός, ἥ με λαβοῦσα 255
ἐνδυκέως ἐφίλει τε καὶ ἔτρεφεν ἠδὲ ἔφασκε
θήσειν ἀθάνατον καὶ ἀγήραον ἤματα πάντα·
ἀλλ' ἐμὸν οὔ ποτε θυμὸν ἐνὶ στήθεσσιν ἔπειθεν.
ἔνθα μὲν ἑπτάετες μένον ἔμπεδον, εἵματα δ' αἰεὶ
δάκρυσι δεύεσκον, τά μοι ἄμβροτα δῶκε Καλυψώ· 260
ἀλλ' ὅτε δὴ ὀγδόατόν μοι ἐπιπλόμενον ἔτος ἦλθεν,
καὶ τότε δή μ' ἐκέλευσεν ἐποτρύνουσα νέεσθαι
Ζηνὸς ὑπ' ἀγγελίης, ἢ καὶ νόος ἐτράπετ' αὐτῆς.
πέμπε δ' ἐπὶ σχεδίης πολυδέσμου, πολλὰ δ' ἔδωκε,
σῖτον καὶ μέθυ ἡδύ, καὶ ἄμβροτα εἵματα ἕσσεν, 265
οὖρον δὲ προέηκεν ἀπήμονά τε λιαρόν τε.
ἑπτὰ δὲ καὶ δέκα μὲν πλέον ἤματα ποντοπορεύων,
ὀκτωκαιδεκάτῃ δ' ἐφάνη ὄρεα σκιόεντα
γαίης ὑμετέρης, γήθησε δέ μοι φίλον ἦτορ
δυσμόρῳ· ἦ γὰρ ἔμελλον ἔτι ξυνέσεσθαι ὀιζυῖ 270
πολλῇ, τήν μοι ἐπῶρσε Ποσειδάων ἐνοσίχθων,

começo demandando tua identidade.
De onde vens? Quem te presenteou com essas roupas?
Não te dizias náufrago do mar talássio?"
E o herói multissolerte: "Não consigo, dama, 240
contar linearmente o rol das aflições
que os uranidas têm me imposto, mas eu não
me furtarei ao que me pedes e perguntas.
Ogígia é o nome de uma ínsula distante,
onde Calipso mora, astuciosa filha 245
de Atlante, diva tétrica de belas tranças.
Não há quem a frequente, eterno ou ser humano.
Um deus levou-me ali, desamparado e só,
depois que Zeus brandiu o raio rutilante
sobre o navio veloz, rompido em dois no mar 250
de rosto vinho. Os nautas morrem todos, e eu
vaguei por nove dias abraçado à quilha
da embarcação simétrica. Na noite décima,
desestrelada, os deuses levam-me a Ogígia,
onde Calipso, belas-tranças, deusa tétrica, 255
habita. Acolhe-me solícita, alimenta-me,
dizia querer fazer de mim um deus, perene,
mas nunca sensibilizou meu coração.
Por um setênio ali fiquei, banhando sempre
de pranto a vestimenta ambrósia, dom da deusa. 260
No ano seguinte, permitiu-me, ou melhor,
instou-me a acelerar minha partida da ilha:
mudara o pensamento ou Zeus o impusera?
Viajei numa jangada pluriatada, vinho
opíparo, manjares, roupas ambrosíacas, 265
muito me dera, e a brisa favorável, leve.
Singrei o mar por dezessete dias. Montes
umbrosos deste país despontam no seguinte.
O coração sorriu-me, ao sem-ventura, mas,
transtornos vultuosos, prestes a ocorrer, 270
me açoitariam. O sacudidor-de-terra,

ὅς μοι ἐφορμήσας ἀνέμους κατέδησε κέλευθον,
ὤρινεν δὲ θάλασσαν ἀθέσφατον, οὐδέ τι κῦμα
εἴα ἐπὶ σχεδίης ἁδινὰ στενάχοντα φέρεσθαι.
τὴν μὲν ἔπειτα θύελλα διεσκέδασ'· αὐτὰρ ἐγώ γε   275
νηχόμενος τόδε λαῖτμα διέτμαγον, ὄφρα με γαίῃ
ὑμετέρῃ ἐπέλασσε φέρων ἄνεμός τε καὶ ὕδωρ.
ἔνθα κέ μ' ἐκβαίνοντα βιήσατο κῦμ' ἐπὶ χέρσου,
πέτρῃς πρὸς μεγάλῃσι βαλὸν καὶ ἀτερπέϊ χώρῳ·
ἀλλ' ἀναχασσάμενος νῆχον πάλιν, ἧος ἐπῆλθον   280
ἐς ποταμόν, τῇ δή μοι ἐείσατο χῶρος ἄριστος,
λεῖος πετράων, καὶ ἐπὶ σκέπας ἦν ἀνέμοιο.
ἐκ δ' ἔπεσον θυμηγερέων, ἐπὶ δ' ἀμβροσίη νὺξ
ἤλυθ'. ἐγὼ δ' ἀπάνευθε διιπετέος ποταμοῖο
ἐκβὰς ἐν θάμνοισι κατέδραθον, ἀμφὶ δὲ φύλλα   285
ἠφυσάμην· ὕπνον δὲ θεὸς κατ' ἀπείρονα χεῦεν.
ἔνθα μὲν ἐν φύλλοισι φίλον τετιημένος ἦτορ
εὗδον παννύχιος καὶ ἐπ' ἠῶ καὶ μέσον ἦμαρ.
δείλετό τ' ἠέλιος καί με γλυκὺς ὕπνος ἀνῆκεν.
ἀμφιπόλους δ' ἐπὶ θινὶ τεῆς ἐνόησα θυγατρὸς   290
παιζούσας, ἐν δ' αὐτὴ ἔην εἰκυῖα θεῇσι·
τὴν ἱκέτευσ'· ἡ δ' οὔ τι νοήματος ἤμβροτεν ἐσθλοῦ,
ὡς οὐκ ἂν ἔλποιο νεώτερον ἀντιάσαντα
ἐρξέμεν· αἰεὶ γάρ τε νεώτεροι ἀφραδέουσιν.
ἥ μοι σῖτον ἔδωκεν ἅλις ἠδ' αἴθοπα οἶνον   295
καὶ λοῦσ' ἐν ποταμῷ καί μοι τάδε εἵματ' ἔδωκε.
ταῦτά τοι ἀχνύμενός περ ἀληθείην κατέλεξα."
τὸν δ' αὖτ' Ἀλκίνοος ἀπαμείβετο φώνησέν τε·
"ξεῖν', ἦ τοι μὲν τοῦτο γ' ἐναίσιμον οὐκ ἐνόησε
παῖς ἐμή, οὕνεκά σ' οὔ τι μετ' ἀμφιπόλοισι γυναιξὶν   300
ἦγεν ἐς ἡμέτερον, σὺ δ' ἄρα πρώτην ἱκέτευσας."
τὸν δ' ἀπαμειβόμενος προσέφη πολύμητις Ὀδυσσεύς·
"ἥρως, μή τοι τοὔνεκ' ἀμύμονα νείκεε κούρην·
ἡ μὲν γάρ μ' ἐκέλευε σὺν ἀμφιπόλοισιν ἕπεσθαι,
ἀλλ' ἐγὼ οὐκ ἔθελον δείσας αἰσχυνόμενός τε,   305
μή πως καὶ σοὶ θυμὸς ἐπισκύσσαιτο ἰδόντι·

Posêidon, ergue o vento avesso a meu sendeiro,
instiga o vagalhão, e não havia onda
que, urlando, permitisse o avanço da jangada.
O turbilhão a afasta. A nado, atravessei 275
o abismo, até me avizinhar da Esquéria feácia,
à mercê da corrente e vento. Quase aqui,
eu fui arremessado contra a rocha imensa,
inóspito lugar, por um furrasco. Des-
viando-me, nadei de novo até alcançar 280
um rio, espaço ao meu olhar inexcedível,
vazio de escolho. E havia efúgio do toró.
Caí me reanimando. Acima anoita ambrosia-
mente. Deixei o rio divino e me deitei
entre os arbustos, folhas que ajuntei. Um deus 285
esparge o sono infindo. Coração turbado
entre o folhame, adormeci à noite, a aurora
despercebi, não vi o meio-dia. O sol
esmaecia quando o sono me deixou.
Foi quando vi na praia as aias de tua filha 290
jogando, ela, ícone imortal, entre as demais.
Não careceu de generosidade às súplicas,
comportamento inencontrável entre os moços
num caso assim, pois lhes sobeja a inépcia. Manda
que sirvam-me vitualhas lautas, vinho rútilo, 295
me fez lavar no rio, providenciou-me vestes.
Não deixo de sofrer ao reportar verdades."
O rei falou: "Num ponto, apenas, minha filha
errou, pois não te trouxe ao paço com as servas:
a ela suplicaste inicialmente." Então 300
Odisseu pluriarguto rebateu: "Herói,
evita criticar tua filha prestimosa,
pois ela sugeriu que eu ladeasse as fâmulas,
o que não aceitei por medo e por pudor,
sem conhecer tua reação, nos vendo sós: 305
é do homem, entre os quais me incluo, o ciúme terra

δύσζηλοι γάρ τ' εἰμὲν ἐπὶ χθονὶ φῦλ' ἀνθρώπων."
τὸν δ' αὖτ' Ἀλκίνοος ἀπαμείβετο φώνησέν τε·
"ξεῖν', οὔ μοι τοιοῦτον ἐνὶ στήθεσσι φίλον κῆρ
μαψιδίως κεχολῶσθαι· ἀμείνω δ' αἴσιμα πάντα.   310
αἲ γάρ, Ζεῦ τε πάτερ καὶ Ἀθηναίη καὶ Ἄπολλον,
τοῖος ἐὼν οἷός ἐσσι, τά τε φρονέων ἅ τ' ἐγώ περ,
παῖδά τ' ἐμὴν ἐχέμεν καὶ ἐμὸς γαμβρὸς καλέεσθαι
αὖθι μένων· οἶκον δέ κ' ἐγὼ καὶ κτήματα δοίην,
εἴ κ' ἐθέλων γε μένοις· ἀέκοντα δέ σ' οὔ τις ἐρύξει   315
Φαιήκων· μὴ τοῦτο φίλον Διὶ πατρὶ γένοιτο.
πομπὴν δ' ἐς τόδ' ἐγὼ τεκμαίρομαι, ὄφρ' ἐῢ εἰδῇς,
αὔριον ἔς· τῆμος δὲ σὺ μὲν δεδμημένος ὕπνῳ
λέξεαι, οἱ δ' ἐλόωσι γαλήνην, ὄφρ' ἂν ἵκηαι
πατρίδα σὴν καὶ δῶμα, καὶ εἴ πού τοι φίλον ἐστίν,   320
εἴ περ καὶ μάλα πολλὸν ἑκαστέρω ἔστ' Εὐβοίης,
τήν περ τηλοτάτω φάσ' ἔμμεναι, οἵ μιν ἴδοντο
λαῶν ἡμετέρων, ὅτε τε ξανθὸν Ῥαδάμανθυν
ἦγον ἐποψόμενον Τιτυὸν Γαιήιον υἱόν.
καὶ μὲν οἱ ἔνθ' ἦλθον καὶ ἄτερ καμάτοιο τέλεσσαν   325
ἤματι τῷ αὐτῷ καὶ ἀπήνυσαν οἴκαδ' ὀπίσσω.
εἰδήσεις δὲ καὶ αὐτὸς ἐνὶ φρεσὶν ὅσσον ἄρισται
νῆες ἐμαὶ καὶ κοῦροι ἀναρρίπτειν ἅλα πηδῷ."
ὣς φάτο, γήθησεν δὲ πολύτλας δῖος Ὀδυσσεύς,
εὐχόμενος δ' ἄρα εἶπεν, ἔπος τ' ἔφατ' ἔκ τ' ὀνόμαζεν·   330
"Ζεῦ πάτερ, αἴθ' ὅσα εἶπε τελευτήσειεν ἅπαντα
Ἀλκίνοος· τοῦ μέν κεν ἐπὶ ζείδωρον ἄρουραν
ἄσβεστον κλέος εἴη, ἐγὼ δέ κε πατρίδ' ἱκοίμην."
ὣς οἱ μὲν τοιαῦτα πρὸς ἀλλήλους ἀγόρευον·
κέκλετο δ' Ἀρήτη λευκώλενος ἀμφιπόλοισιν   335
δέμνι' ὑπ' αἰθούσῃ θέμεναι καὶ ῥήγεα καλὰ
πορφύρε' ἐμβαλέειν, στορέσαι τ' ἐφύπερθε τάπητας
χλαίνας τ' ἐνθέμεναι οὔλας καθύπερθεν ἔσασθαι.
αἱ δ' ἴσαν ἐκ μεγάροιο δάος μετὰ χερσὶν ἔχουσαι·
αὐτὰρ ἐπεὶ στόρεσαν πυκινὸν λέχος ἐγκονέουσαι,   340
ὤτρυνον δ' Ὀδυσῆα παριστάμεναι ἐπέεσσιν·

acima." Disse o rei: "Meu coração no peito
não se enraivece por quimera. Sopesar
tudo é melhor. Quisera Zeus paterno, Atena,
Apolo, sendo como és, pensando tal 310
e qual eu mesmo penso, fosse do teu gosto
casar-se com Nausícaa, ser por mim tratado,
aqui ficando, como genro, paço e dons
de mim obtendo, caso seja teu desejo
restar, pois feácio algum te reteria a contra- 315
gosto, algo que o Cronida desaprova. É bom
que saibas que fixei para amanhã tua volta.
Imerso no torpor do sono, os marinheiros
hão de sulcar o oceano ameno, de onde chegas
à tua pátria, à tua casa, aonde queiras, 320
mesmo que fique nos confins, além-Eubeia,
que afirmam ser retiradíssima os feácios
que a viram, quando guiaram Radamanto, o louro,
em sua visita a Tício, cuja mãe é Terra.
Também ali, concluíram sem esforço a viagem 325
e retornaram para cá no mesmo dia.
Verás tu mesmo o quanto excelem minhas naus
e os moços que sublevam remos do mar cinza."
Findou a fala e o herói pluritenaz sorriu;
rogando, assim retoma suas palavras: "Queira 330
Cronida pai concretizar tudo o que o rei
acaba de dizer. Se lhe avolume a glória
na terra fértil e que eu torne a meu país!"
Era esse o câmbio de palavras que mantinham,
e Arete bracibranca ordena então às fâmulas 335
que o leito do hóspede pusessem sob o pórtico,
belos tapetes púrpuras, sobrecobertas,
mantas felpudas sob as quais se deitaria.
Da sala os reis se afastam, facho à mão. Tão logo,
solícitas, acabam de fazer a cama, 340
invitam Odisseu, postado ao lado, assim:

"ὄρσο κέων, ὦ ξεῖνε· πεποίηται δέ τοι εὐνή."
ὣς φάν, τῷ δ' ἀσπαστὸν ἐείσατο κοιμηθῆναι.
ὣς ὁ μὲν ἔνθα καθεῦδε πολύτλας δῖος Ὀδυσσεὺς
τρητοῖς ἐν λεχέεσσιν ὑπ' αἰθούσῃ ἐριδούπῳ· 345
Ἀλκίνοος δ' ἄρα λέκτο μυχῷ δόμου ὑψηλοῖο,
πὰρ δὲ γυνὴ δέσποινα λέχος πόρσυνε καὶ εὐνήν.

"Vem repousar, senhor! Fizemos tua cama."
Falaram. Agradou-lhe o som dessas palavras.
O herói multiprovado e divo então dormiu
no leito cinzelado, rumoroso pórtico 345
acima. O rei entrou na moradia altíssima;
sua consorte ultima o leito em que se deitam.

θ

Ἦμος δ' ἠριγένεια φάνη ῥοδοδάκτυλος Ἠώς,
ὤρνυτ' ἄρ' ἐξ εὐνῆς ἱερὸν μένος Ἀλκινόοιο,
ἂν δ' ἄρα διογενὴς ὦρτο πτολίπορθος Ὀδυσσεύς.
τοῖσιν δ' ἡγεμόνευ' ἱερὸν μένος Ἀλκινόοιο
Φαιήκων ἀγορήνδ', ἥ σφιν παρὰ νηυσὶ τέτυκτο.   5
ἐλθόντες δὲ καθῖζον ἐπὶ ξεστοῖσι λίθοισι
πλησίον. ἡ δ' ἀνὰ ἄστυ μετῴχετο Παλλὰς Ἀθήνη
εἰδομένη κήρυκι δαΐφρονος Ἀλκινόοιο,
νόστον Ὀδυσσῆι μεγαλήτορι μητιόωσα,
καί ῥα ἑκάστῳ φωτὶ παρισταμένη φάτο μῦθον·   10
"δεῦτ' ἄγε, Φαιήκων ἡγήτορες ἠδὲ μέδοντες,
εἰς ἀγορὴν ἰέναι, ὄφρα ξείνοιο πύθησθε,
ὃς νέον Ἀλκινόοιο δαΐφρονος ἵκετο δῶμα
πόντον ἐπιπλαγχθείς, δέμας ἀθανάτοισιν ὁμοῖος."
ὣς εἰποῦσ' ὤτρυνε μένος καὶ θυμὸν ἑκάστου.   15
καρπαλίμως δ' ἔμπληντο βροτῶν ἀγοραί τε καὶ ἕδραι
ἀγρομένων· πολλοὶ δ' ἄρ' ἐθηήσαντο ἰδόντες
υἱὸν Λαέρταο δαΐφρονα· τῷ δ' ἄρ' Ἀθήνη
θεσπεσίην κατέχευε χάριν κεφαλῇ τε καὶ ὤμοις
καί μιν μακρότερον καὶ πάσσονα θῆκεν ἰδέσθαι,   20
ὥς κεν Φαιήκεσσι φίλος πάντεσσι γένοιτο
δεινός τ' αἰδοῖός τε καὶ ἐκτελέσειεν ἀέθλους
πολλούς, τοὺς Φαίηκες ἐπειρήσαντ' Ὀδυσῆος.
αὐτὰρ ἐπεί ῥ' ἤγερθεν ὁμηγερέες τ' ἐγένοντο,
τοῖσιν δ' Ἀλκίνοος ἀγορήσατο καὶ μετέειπε·   25
"κέκλυτε, Φαιήκων ἡγήτορες ἠδὲ μέδοντες,

Canto VIII

Eós-Aurora dedirrósea mal desponta
e o basileu, vigor sagrado, deixa o leito.
Idem o herói, divino arrasa-urbe. O rei,
sacro vigor, tratou de conduzi-lo à ágora,
à margem dos baixéis. As sédias pétreas de ambos
luziam geminadas. Quando chegam, sentam.
Palas percorre a urbe, réplica do arauto
do corajoso Alcínoo, imaginando como
o herói meganimoso voltaria a Ítaca.
Rente às pessoas, proferia a mesma fala:
"Hegêmones, feácios conselheiros, ide
conhecer o alienígena recém-chegado
no alcácer do valente Alcínoo. Similar
a um deus, errou no mar. Agora está na ágora."
Esperta assim o ardor em cada um e o ânimo.
No vai e vem ocupam logo as sédias da ágora,
a maioria, atônita, mirando o lúcido
herdeiro de Laerte. Atena infunde graça
nos ombros e cabeça, o faz mais alto e forte
do que o normal, para agradar a toda gente.
Queria que o respeito fosse pleno, e as honras,
primaz nos múltiplos certames em que o itácio
seria colocado à prova por feácios.
Tão logo chegam, forma-se um só bloco e Alcínoo
toma a palavra na ágora: "Escutai-me, hegêmones
feácios, aconselhadores, pois direi

ὄφρ' εἴπω τά με θυμὸς ἐνὶ στήθεσσι κελεύει.
ξεῖνος ὅδ', οὐκ οἶδ' ὅς τις, ἀλώμενος ἵκετ' ἐμὸν δῶ,
ἠὲ πρὸς ἠοίων ἦ ἑσπερίων ἀνθρώπων·
πομπὴν δ' ὀτρύνει, καὶ λίσσεται ἔμπεδον εἶναι. 30
ἡμεῖς δ', ὡς τὸ πάρος περ, ἐποτρυνώμεθα πομπήν.
οὐδὲ γὰρ οὐδέ τις ἄλλος, ὅτις κ' ἐμὰ δώμαθ' ἵκηται,
ἐνθάδ' ὀδυρόμενος δηρὸν μένει εἵνεκα πομπῆς.
ἀλλ' ἄγε νῆα μέλαιναν ἐρύσσομεν εἰς ἅλα δῖαν
πρωτόπλοον, κούρω δὲ δύω καὶ πεντήκοντα 35
κρινάσθων κατὰ δῆμον, ὅσοι πάρος εἰσὶν ἄριστοι.
δησάμενοι δ' ἐὺ πάντες ἐπὶ κληῖσιν ἐρετμὰ
ἔκβητ'· αὐτὰρ ἔπειτα θοὴν ἀλεγύνετε δαῖτα
ἡμέτερόνδ' ἐλθόντες· ἐγὼ δ' ἐὺ πᾶσι παρέξω.
κούροισιν μὲν ταῦτ' ἐπιτέλλομαι· αὐτὰρ οἱ ἄλλοι 40
σκηπτοῦχοι βασιλῆες ἐμὰ πρὸς δώματα καλὰ
ἔρχεσθ', ὄφρα ξεῖνον ἐνὶ μεγάροισι φιλέωμεν,
μηδέ τις ἀρνείσθω. καλέσασθε δὲ θεῖον ἀοιδὸν
Δημόδοκον· τῷ γάρ ῥα θεὸς πέρι δῶκεν ἀοιδὴν
τέρπειν, ὅππῃ θυμὸς ἐποτρύνῃσιν ἀείδειν." 45
ὣς ἄρα φωνήσας ἡγήσατο, τοὶ δ' ἅμ' ἕποντο
σκηπτοῦχοι· κῆρυξ δὲ μετῴχετο θεῖον ἀοιδόν.
κούρω δὲ κρινθέντε δύω καὶ πεντήκοντα
βήτην, ὡς ἐκέλευσ', ἐπὶ θῖν' ἁλὸς ἀτρυγέτοιο.
αὐτὰρ ἐπεί ῥ' ἐπὶ νῆα κατήλυθον ἠδὲ θάλασσαν, 50
νῆα μὲν οἵ γε μέλαιναν ἁλὸς βένθοσδε ἔρυσσαν,
ἐν δ' ἱστόν τ' ἐτίθεντο καὶ ἱστία νηῒ μελαίνῃ,
ἠρτύναντο δ' ἐρετμὰ τροποῖς ἐν δερματίνοισι,
πάντα κατὰ μοῖραν, ἀνά θ' ἱστία λευκὰ πέτασσαν.
ὑψοῦ δ' ἐν νοτίῳ τήν γ' ὥρμισαν· αὐτὰρ ἔπειτα 55
βάν ῥ' ἴμεν Ἀλκινόοιο δαΐφρονος ἐς μέγα δῶμα.
πλῆντο δ' ἄρ' αἴθουσαί τε καὶ ἕρκεα καὶ δόμοι ἀνδρῶν
ἀγρομένων· πολλοὶ δ' ἄρ' ἔσαν, νέοι ἠδὲ παλαιοί.
τοῖσιν δ' Ἀλκίνοος δυοκαίδεκα μῆλ' ἱέρευσεν,
ὀκτὼ δ' ἀργιόδοντας ὕας, δύο δ' εἰλίποδας βοῦς· 60
τοὺς δέρον ἀμφί θ' ἕπον, τετύκοντό τε δαῖτ' ἐρατεινήν.

o que me dita o coração no peito. Ignoro
quem seja o forasteiro, se erramundo egresso
do país dos homens do sol-pôr, do sol nascente.
Roga uma escolta que lhe propicie a volta.
Como outrora, ultimemos uma esquadra. Nunca
alguém que tenha procurado meu palácio
lamentou não obter a pronta ajuda. Vamos!
Lancemos no oceano cintilante a nave
escura, protossingradora, moços ótimos,
cinquenta e dois ao todo, a bordo. Após os remos
estarem ajustados nas cavilhas, ide
ao meu solar e preparai logo o repasto,
que a todos oferecerei. Disso encarrego
os jovens. Já os cetrados basileus, convido-os
a entrarem no palácio, para a recepção
fraterna ao hóspede recinto adentro. Não
aceitarei recusa. Alguém busque Demódoco,
divino aedo. Para o júbilo feácio,
um deus lhe deu o canto e o coração o instiga."
Falou assim e os porta-cetros o seguiram
de perto. O arauto busca o divo aedo. Moços,
cinquenta e dois ao todo, assinalados, cumprem
ordens e vão à praia do infecundo mar.
Assim que, à frente, visualizam nave e mar,
às águas fundas levam o navio escuro.
Instalam mastro e vela no baixel nigérrimo,
ajustam remos nas cavilhas com estropos,
segundo a própria moira. A vela panda infla.
Fundearam na baía e foram prontamente
à magna moradia do sensato Alcínoo.
A multidão ocupa os pórticos, as salas,
os pátios: parte jovem, parte entrada em anos.
O rei faz imolar doze carneiros, bois
passirrecurvos (dois), cevados dentibrancos.
Coureiam, rápidos preparam o repasto.

κῆρυξ δ' ἐγγύθεν ἦλθεν ἄγων ἐρίηρον ἀοιδόν,
τὸν πέρι μοῦσ' ἐφίλησε, δίδου δ' ἀγαθόν τε κακόν τε·
ὀφθαλμῶν μὲν ἄμερσε, δίδου δ' ἡδεῖαν ἀοιδήν.
τῷ δ' ἄρα Ποντόνοος θῆκε θρόνον ἀργυρόηλον 65
μέσσῳ δαιτυμόνων, πρὸς κίονα μακρὸν ἐρείσας·
κὰδ δ' ἐκ πασσαλόφι κρέμασεν φόρμιγγα λίγειαν
αὐτοῦ ὑπὲρ κεφαλῆς καὶ ἐπέφραδε χερσὶν ἑλέσθαι
κῆρυξ· πὰρ δ' ἐτίθει κάνεον καλήν τε τράπεζαν,
πὰρ δὲ δέπας οἴνοιο, πιεῖν ὅτε θυμὸς ἀνώγοι. 70
οἱ δ' ἐπ' ὀνείαθ' ἑτοῖμα προκείμενα χεῖρας ἴαλλον.
αὐτὰρ ἐπεὶ πόσιος καὶ ἐδητύος ἐξ ἔρον ἕντο,
μοῦσ' ἄρ' ἀοιδὸν ἀνῆκεν ἀειδέμεναι κλέα ἀνδρῶν,
οἴμης τῆς τότ' ἄρα κλέος οὐρανὸν εὐρὺν ἵκανε,
νεῖκος Ὀδυσσῆος καὶ Πηλεΐδεω Ἀχιλῆος, 75
ὥς ποτε δηρίσαντο θεῶν ἐν δαιτὶ θαλείῃ
ἐκπάγλοις ἐπέεσσιν, ἄναξ δ' ἀνδρῶν Ἀγαμέμνων
χαῖρε νόῳ, ὅ τ' ἄριστοι Ἀχαιῶν δηριόωντο.
ὣς γάρ οἱ χρείων μυθήσατο Φοῖβος Ἀπόλλων
Πυθοῖ ἐν ἠγαθέῃ, ὅθ' ὑπέρβη λάϊνον οὐδὸν 80
χρησόμενος· τότε γάρ ῥα κυλίνδετο πήματος ἀρχὴ
Τρωσί τε καὶ Δαναοῖσι Διὸς μεγάλου διὰ βουλάς.
ταῦτ' ἄρ' ἀοιδὸς ἄειδε περικλυτός· αὐτὰρ Ὀδυσσεὺς
πορφύρεον μέγα φᾶρος ἑλὼν χερσὶ στιβαρῇσι
κὰκ κεφαλῆς εἴρυσσε, κάλυψε δὲ καλὰ πρόσωπα· 85
αἴδετο γὰρ Φαίηκας ὑπ' ὀφρύσι δάκρυα λείβων.
ἦ τοι ὅτε λήξειεν ἀείδων θεῖος ἀοιδός,
δάκρυ ὀμορξάμενος κεφαλῆς ἄπο φᾶρος ἕλεσκε
καὶ δέπας ἀμφικύπελλον ἑλὼν σπείσασκε θεοῖσιν·
αὐτὰρ ὅτ' ἂψ ἄρχοιτο καὶ ὀτρύνειαν ἀείδειν 90
Φαιήκων οἱ ἄριστοι, ἐπεὶ τέρποντ' ἐπέεσσιν,
ἂψ Ὀδυσεὺς κατὰ κρᾶτα καλυψάμενος γοάασκεν.
ἔνθ' ἄλλους μὲν πάντας ἐλάνθανε δάκρυα λείβων,
Ἀλκίνοος δέ μιν οἶος ἐπεφράσατ' ἠδ' ἐνόησεν
ἥμενος ἄγχ' αὐτοῦ, βαρὺ δὲ στενάχοντος ἄκουσεν. 95
αἶψα δὲ Φαιήκεσσι φιληρέτμοισι μετηύδα·

O arauto conduziu o aedo insigne. Sobre
(a Musa)amou-lhe, concedeu-lhe o bem e o mal:
privou-o de visão, mas não do canto doce.
Pontónoo traz-lhe o trono argênteo-tacheado 65
no meio dos demais; coluna macro apoia-o.
À sua cabeça, o arauto apõe num gancho a cítara
sonora e o instrui como pegá-la com a mão.
A bela távola e a canastra puxa ao lado
dele; não longe, o vinho numa taça, farto. 70
À vianda assada, todos estendiam as mãos.
Saciada a gana de comer e de beber,
a Musa o instiga a celebrar a glória heroica,
de algum viés, a resplender no céu urânio,
a rusga entre o Peleide Aquiles e Odisseu, 75
como se desentendem num banquete lauto
com áspera linguagem. E Agamêmnon, magno,
sorria no íntimo ao ver que litigavam
chefes aqueus, conforme o vaticínio em Pito
de Apolo Foibos, quando ele transpôs o umbral 80
de pedra. O início das agruras tomba assim
sobre os aqueus e troicos. Zeus o decidira.
Era esse o canto do ínclito cantor. O herói
se aferra ao manto púrpura com mãos enérgicas
e o traz à testa, encobre a expressão do rosto: 85
o pranto defluir dos cílios frente aos feácios
o envergonhava. Quando o aedo para, rosto
enxuto, recolheu o manto da cabeça,
soerguendo a copa de ansas dúplices aos numes.
Assim que o aedo torna ao poema, sob aplausos 90
de altivos feácios, extasiados com racontos,
o herói volta a chorar e reencobre a testa.
Nenhum dos convidados percebeu seu pranto,
tão só Alcínoo, cujo trono não distava
do herói, copiosamente soluçante. Então 95
o rei falou aos feácios filorremadores:

"κέκλυτε, Φαιήκων ἡγήτορες ἠδὲ μέδοντες.
ἤδη μὲν δαιτὸς κεκορήμεθα θυμὸν ἐίσης
φόρμιγγός θ', ἣ δαιτὶ συνήορός ἐστι θαλείῃ·
νῦν δ' ἐξέλθωμεν καὶ ἀέθλων πειρηθῶμεν 100
πάντων, ὥς χ' ὁ ξεῖνος ἐνίσπῃ οἷσι φίλοισιν
οἴκαδε νοστήσας, ὅσσον περιγιγνόμεθ' ἄλλων
πύξ τε παλαιμοσύνῃ τε καὶ ἅλμασιν ἠδὲ πόδεσσιν."
ὣς ἄρα φωνήσας ἡγήσατο, τοὶ δ' ἅμ' ἕποντο.
κὰδ δ' ἐκ πασσαλόφι κρέμασεν φόρμιγγα λίγειαν, 105
Δημοδόκου δ' ἕλε χεῖρα καὶ ἔξαγεν ἐκ μεγάροιο
κῆρυξ· ἦρχε δὲ τῷ αὐτὴν ὁδὸν ἥν περ οἱ ἄλλοι
Φαιήκων οἱ ἄριστοι, ἀέθλια θαυμανέοντες.
βὰν δ' ἴμεν εἰς ἀγορήν, ἅμα δ' ἕσπετο πουλὺς ὅμιλος,
μυρίοι· ἂν δ' ἵσταντο νέοι πολλοί τε καὶ ἐσθλοί. 110
ὦρτο μὲν Ἀκρόνεώς τε καὶ Ὠκύαλος καὶ Ἐλατρεύς,
Ναυτεύς τε Πρυμνεύς τε καὶ Ἀγχίαλος καὶ Ἐρετμεύς,
Ποντεύς τε Πρωρεύς τε, Θόων Ἀναβησίνεώς τε
Ἀμφίαλός θ', υἱὸς Πολυνήου Τεκτονίδαο·
ἂν δὲ καὶ Εὐρύαλος, βροτολοιγῷ ἶσος Ἄρηϊ, 115
Ναυβολίδης, ὃς ἄριστος ἔην εἶδός τε δέμας τε
πάντων Φαιήκων μετ' ἀμύμονα Λαοδάμαντα.
ἂν δ' ἔσταν τρεῖς παῖδες ἀμύμονος Ἀλκινόοιο,
Λαοδάμας θ' Ἅλιός τε καὶ ἀντίθεος Κλυτόνηος.
οἱ δ' ἦ τοι πρῶτον μὲν ἐπειρήσαντο πόδεσσι. 120
τοῖσι δ' ἀπὸ νύσσης τέτατο δρόμος· οἱ δ' ἅμα πάντες
καρπαλίμως ἐπέτοντο κονίοντες πεδίοιο·
τῶν δὲ θέειν ὄχ' ἄριστος ἔην Κλυτόνηος ἀμύμων·
ὅσσον τ' ἐν νειῷ οὖρον πέλει ἡμιόνοιιν,
τόσσον ὑπεκπροθέων λαοὺς ἵκεθ', οἱ δ' ἐλίποντο. 125
οἱ δὲ παλαιμοσύνης ἀλεγεινῆς πειρήσαντο·
τῇ δ' αὖτ' Εὐρύαλος ἀπεκαίνυτο πάντας ἀρίστους.
ἅλματι δ' Ἀμφίαλος πάντων προφερέστατος ἦεν·
δίσκῳ δ' αὖ πάντων πολὺ φέρτατος ἦεν Ἐλατρεύς,
πὺξ δ' αὖ Λαοδάμας, ἀγαθὸς πάϊς Ἀλκινόοιο. 130
αὐτὰρ ἐπεὶ δὴ πάντες ἐτέρφθησαν φρέν' ἀέθλοις,

"Ouvi-me, hegêmones feácios, conselheiros!
Cambiemos de ambiente, pois que o coração
da ceia e da cítara que aflora afável
no festim se sacia. Fora, disputai 100
as pancompetições, a fim de que o estrangeiro
possa narrar aos seus o quanto somos bons
no salto, na corrida, luta e pugilato."
Falou assim e logo se formou o séquito.
O arauto apõe no gancho a cítara sonante 105
e, pela mão, conduz recinto afora o aedo
Demódoco, seguindo a rota que os demais
nobres cumpriam para vislumbrar os jogos.
Chegaram na ágora e, inúmera, acorria
a turbamulta. Muitos jovens nobres erguem-se. 110
Acrôneo se levanta, Oquíalo e Elatreu,
Anquíalo, Nauteu, Primneu, Eretmeu, Tóonte,
além do filho do Tectônide Políneo,
Anfíalo, Ponteu, Proreu, Anabesíneo.
Alçou-se Euríalo, o Naubólide, campeão 115
dentre os demais feácios em beleza e brilho,
excetuando o forte Laodamante, símile
de Ares, algoz-humano. Se erguem os três filhos
do magno Alcínoo: Álio, Clitoneu, igual
a um deus, e Laodamante. Medem-se primeiro 120
na pista. Os corredores tomam como ponto
de partida a baliza, de onde voam compactos,
soerguendo o pó planície adentro. O ganhador
foi Clitoneu ilustre, sem nenhuma dúvida.
Espaço que no alqueive deixam duas mulas, 125
assim alcança a meta, à frente dos demais.
Ato contínuo, passam à doloridíssima
luta, em que logra êxito o excelente Euríalo.
Anfíalo, no salto, foi mais arrojado;
Elatreu arremessa o disco mais distante; 130
no pugilato prevalece Laodamante.

τοῖς ἄρα Λαοδάμας μετέφη πάϊς Ἀλκινόοιο·
"δεῦτε, φίλοι, τὸν ξεῖνον ἐρώμεθα εἴ τιν' ἄεθλον
οἶδέ τε καὶ δεδάηκε. φυήν γε μὲν οὐ κακός ἐστι,
μηρούς τε κνήμας τε καὶ ἄμφω χεῖρας ὕπερθεν   135
αὐχένα τε στιβαρὸν μέγα τε σθένος· οὐδέ τι ἥβης
δεύεται, ἀλλὰ κακοῖσι συνέρρηκται πολέεσσιν·
οὐ γὰρ ἐγώ γέ τί φημι κακώτερον ἄλλο θαλάσσης
ἄνδρα γε συγχεῦαι, εἰ καὶ μάλα καρτερὸς εἴη."
τὸν δ' αὖτ' Εὐρύαλος ἀπαμείβετο φώνησέν τε·   140
"Λαοδάμα, μάλα τοῦτο ἔπος κατὰ μοῖραν ἔειπες.
αὐτὸς νῦν προκάλεσσαι ἰὼν καὶ πέφραδε μῦθον."
αὐτὰρ ἐπεὶ τό γ' ἄκουσ' ἀγαθὸς πάϊς Ἀλκινόοιο,
στῆ ῥ' ἐς μέσσον ἰὼν καὶ Ὀδυσσῆα προσέειπε·
"δεῦρ' ἄγε καὶ σύ, ξεῖνε πάτερ, πείρησαι ἀέθλων,   145
εἴ τινά που δεδάηκας· ἔοικε δέ σ' ἴδμεν ἀέθλους·
οὐ μὲν γὰρ μεῖζον κλέος ἀνέρος ὄφρα κ' ἔῃσιν,
ἢ ὅ τι ποσσίν τε ῥέξῃ καὶ χερσὶν ἑῇσιν.
ἀλλ' ἄγε πείρησαι, σκέδασον δ' ἀπὸ κήδεα θυμοῦ.
σοὶ δ' ὁδὸς οὐκέτι δηρὸν ἀπέσσεται, ἀλλά τοι ἤδη   150
νηῦς τε κατείρυσται καὶ ἐπαρτέες εἰσὶν ἑταῖροι."
τὸν δ' ἀπαμειβόμενος προσέφη πολύμητις Ὀδυσσεύς·
"Λαοδάμα, τί με ταῦτα κελεύετε κερτομέοντες;
κήδεά μοι καὶ μᾶλλον ἐνὶ φρεσὶν ἤ περ ἄεθλοι,
ὃς πρὶν μὲν μάλα πολλὰ πάθον καὶ πολλὰ μόγησα,   155
νῦν δὲ μεθ' ὑμετέρῃ ἀγορῇ νόστοιο χατίζων
ἧμαι, λισσόμενος βασιλῆά τε πάντα τε δῆμον."
τὸν δ' αὖτ' Εὐρύαλος ἀπαμείβετο νείκεσέ τ' ἄντην·
"οὐ γάρ σ' οὐδέ, ξεῖνε, δαήμονι φωτὶ ἐίσκω
ἄθλων, οἷά τε πολλὰ μετ' ἀνθρώποισι πέλονται,   160
ἀλλὰ τῷ, ὅς θ' ἅμα νηὶ πολυκληΐδι θαμίζων,
ἀρχὸς ναυτάων οἵ τε πρηκτῆρες ἔασιν,
φόρτου τε μνήμων καὶ ἐπίσκοπος ᾖσιν ὁδαίων
κερδέων θ' ἁρπαλέων· οὐδ' ἀθλητῆρι ἔοικας."
τὸν δ' ἄρ' ὑπόδρα ἰδὼν προσέφη πολύμητις Ὀδυσσεύς·   165
"ξεῖν', οὐ καλὸν ἔειπες· ἀτασθάλῳ ἀνδρὶ ἔοικας.

E quando o júbilo das lutas arrefece,
o mesmo alcíneo Laodamante proferiu:
"Ao hóspede indaguemos, caros, se conhece
algum dos jogos. Não tem compleição franzina: 135
as coxas, pernas, mais acima, as duas mãos,
pescoço grosso, enorme tórax. Tem um quê
jovial, mesmo se vítima de tanta agrura.
Ignoro se há labuta mais atroz que o mar
para anular alguém, ainda que fortíssimo." 140
Euríalo profere: "Laodamante segue
a moira no que diz. Não há ninguém melhor
do que tu mesmo para incentivá-lo a vir."
O filho do feácio-mor foi para o centro,
assim que o ouviu e então dirige-se a Odisseu: 145
"Aceita tomar parte, forasteiro, páter,
dos jogos que ora disputamos, caso saibas
alguma das modalidades, como creio
sinceramente. Não há glória que supere
a que nós atingimos com os pés e as mãos. 150
Vamos! Desanuvia a ânima de afãs!"
E o plurimaquinoso herói responde: "Fazes
esse convite para escarnecer de mim?
A tristeza me ocupa o peito, não os jogos,
eu, que tanto sofri, que tanto padeci, 155
e que hoje, na ágora sentado, com a volta
sonho, motivo de meu rogo ao rei e ao povo."
E Euríalo o injuriou em sua fala: "Não
pareces ser alguém que entenda de certames,
como costuma ser o caso de homens, mas 160
um tipo que faz giros em navios remeiros,
guiando nautas que executam negociatas,
pensando nas mercês, e de olho no que traz
e em ganhos fraudulentos. Não tens ar de atleta."
Remirando-o de esguelha, disse o pluriastuto: 165
"Pesas mal as palavras. Tens ar de arrogante.

οὕτως οὐ πάντεσσι θεοὶ χαρίεντα διδοῦσιν
ἀνδράσιν, οὔτε φυὴν οὔτ' ἂρ φρένας οὔτ' ἀγορητύν.
ἄλλος μὲν γάρ τ' εἶδος ἀκιδνότερος πέλει ἀνήρ,
ἀλλὰ θεὸς μορφὴν ἔπεσι στέφει, οἱ δέ τ' ἐς αὐτὸν 170
τερπόμενοι λεύσσουσιν· ὁ δ' ἀσφαλέως ἀγορεύει
αἰδοῖ μειλιχίῃ, μετὰ δὲ πρέπει ἀγρομένοισιν,
ἐρχόμενον δ' ἀνὰ ἄστυ θεὸν ὣς εἰσορόωσιν.
ἄλλος δ' αὖ εἶδος μὲν ἀλίγκιος ἀθανάτοισιν,
ἀλλ' οὔ οἱ χάρις ἀμφιπεριστέφεται ἐπέεσσιν, 175
ὡς καὶ σοὶ εἶδος μὲν ἀριπρεπές, οὐδέ κεν ἄλλως
οὐδὲ θεὸς τεύξειε, νόον δ' ἀποφώλιός ἐσσι.
ὤρινάς μοι θυμὸν ἐνὶ στήθεσσι φίλοισιν
εἰπὼν οὐ κατὰ κόσμον. ἐγὼ δ' οὐ νῆις ἀέθλων,
ὡς σύ γε μυθεῖαι, ἀλλ' ἐν πρώτοισιν ὀΐω 180
ἔμμεναι, ὄφρ' ἥβῃ τε πεποίθεα χερσί τ' ἐμῇσι.
νῦν δ' ἔχομαι κακότητι καὶ ἄλγεσι· πολλὰ γὰρ ἔτλην
ἀνδρῶν τε πτολέμους ἀλεγεινά τε κύματα πείρων.
ἀλλὰ καὶ ὥς, κακὰ πολλὰ παθών, πειρήσομ' ἀέθλων·
θυμοδακὴς γὰρ μῦθος, ἐπώτρυνας δέ με εἰπών." 185
ἦ ῥα καὶ αὐτῷ φάρει ἀναΐξας λάβε δίσκον
μείζονα καὶ πάχετον, στιβαρώτερον οὐκ ὀλίγον περ
ἢ οἵῳ Φαίηκες ἐδίσκεον ἀλλήλοισι.
τόν ῥα περιστρέψας ἧκε στιβαρῆς ἀπὸ χειρός,
βόμβησεν δὲ λίθος· κατὰ δ' ἔπτηξαν ποτὶ γαίῃ 190
Φαίηκες δολιχήρετμοι, ναυσίκλυτοι ἄνδρες,
λᾶος ὑπὸ ῥιπῆς· ὁ δ' ὑπέρπτατο σήματα πάντων
ῥίμφα θέων ἀπὸ χειρός. ἔθηκε δὲ τέρματ' Ἀθήνη
ἀνδρὶ δέμας εἰκυῖα, ἔπος τ' ἔφατ' ἔκ τ' ὀνόμαζεν·
"καί κ' ἀλαός τοι, ξεῖνε, διακρίνειε τὸ σῆμα 195
ἀμφαφόων, ἐπεὶ οὔ τι μεμιγμένον ἐστὶν ὁμίλῳ,
ἀλλὰ πολὺ πρῶτον. σὺ δὲ θάρσει τόνδε γ' ἄεθλον·
οὔ τις Φαιήκων τόδε γ' ἵξεται, οὐδ' ὑπερήσει."
ὣς φάτο, γήθησεν δὲ πολύτλας δῖος Ὀδυσσεύς,
χαίρων, οὕνεχ' ἑταῖρον ἐνηέα λεῦσσ' ἐν ἀγῶνι. 200
καὶ τότε κουφότερον μετεφώνεε Φαιήκεσσιν·

Constato que os eternos não concedem dons
a todos: físico, eloquência e sensatez.
Um tem o corpo frágil, mas o deus coroa-o
com o esplendor da forma da linguagem. Olham-no   170
com prazer. Não vacila quando fala na ágora,
afavelmente recolhido. Se distingue
na turba, quase um deus ao avançar na urbe.
No corpo um outro é símile dos imortais,
mas *kháris*, graça, não coroa sua linguagem.   175
Teu corpo é esplêndido e um deus não moldaria
diversamente, mas tua mente é oca. Prenhe
de caos e descontrole tua fala traz
dissabor. Não sou virgem nos certames, como
palreias. Um campeão creio ter sido quando   180
confiava em minhas duas mãos na flor da idade.
Agora a dor e a desventura me vitimam:
muito sofri guerreando e pela escuma acídula.
Aceitarei o teu convite após sofrer
bastante. Fez-me decidir tua charla irônica."   185
E, sem se desfazer do manto, agarra o disco
enorme e espesso, cujo peso superava
o do instrumento que os feácios arrojavam.
Circunrodeando, o lança a mão hiperpotente.
Reboa a pedra. À terra vergam os feácios,   190
célebres nautas, longuirremos, pois que o ímpeto
do tiro os obrigava. Ultrapassara as marcas
dos demais, voando de sua mão. Demarca Atena,
ícone de um humano, e diz-lhe assim: "Um cego
até, estrangeiro, o signo teu distinguiria   195
tateando, pois não se confunde com os outros,
primaz à frente. Ânimo, venceste a prova!
Nenhum feácio atinge ou ultrapassa a marca."
Assim falou e o herói multiexigido alegra-se
por encontrar no jogo um sócio tão benévolo.   200
Então, mais aliviado, dirigiu-se aos feácios:

"τοῦτον νῦν ἀφίκεσθε, νέοι. τάχα δ' ὕστερον ἄλλον
ἥσειν ἢ τοσσοῦτον ὀίομαι ἢ ἔτι μᾶσσον.
τῶν δ' ἄλλων ὅτινα κραδίη θυμός τε κελεύει,
δεῦρ' ἄγε πειρηθήτω, ἐπεί μ' ἐχολώσατε λίην, 205
ἢ πὺξ ἠὲ πάλη ἢ καὶ ποσίν, οὔ τι μεγαίρω,
πάντων Φαιήκων, πλήν γ' αὐτοῦ Λαοδάμαντος.
ξεῖνος γάρ μοι ὅδ' ἐστί· τίς ἂν φιλέοντι μάχοιτο;
ἄφρων δὴ κεῖνός γε καὶ οὐτιδανὸς πέλει ἀνήρ,
ὅς τις ξεινοδόκῳ ἔριδα προφέρηται ἀέθλων 210
δήμῳ ἐν ἀλλοδαπῷ· ἕο δ' αὐτοῦ πάντα κολούει.
τῶν δ' ἄλλων οὔ πέρ τιν' ἀναίνομαι οὐδ' ἀθερίζω,
ἀλλ' ἐθέλω ἴδμεν καὶ πειρηθήμεναι ἄντην.
πάντα γὰρ οὐ κακός εἰμι, μετ' ἀνδράσιν ὅσσοι ἄεθλοι·
εὖ μὲν τόξον οἶδα ἐΰξοον ἀμφαφάασθαι· 215
πρῶτός κ' ἄνδρα βάλοιμι ὀιστεύσας ἐν ὁμίλῳ
ἀνδρῶν δυσμενέων, εἰ καὶ μάλα πολλοὶ ἑταῖροι
ἄγχι παρασταῖεν καὶ τοξαζοίατο φωτῶν.
οἶος δή με Φιλοκτήτης ἀπεκαίνυτο τόξῳ
δήμῳ ἔνι Τρώων, ὅτε τοξαζοίμεθ' Ἀχαιοί. 220
τῶν δ' ἄλλων ἐμέ φημι πολὺ προφερέστερον εἶναι,
ὅσσοι νῦν βροτοί εἰσιν ἐπὶ χθονὶ σῖτον ἔδοντες.
ἀνδράσι δὲ προτέροισιν ἐριζέμεν οὐκ ἐθελήσω,
οὔθ' Ἡρακλῆι οὔτ' Εὐρύτῳ Οἰχαλιῆι,
οἵ ῥα καὶ ἀθανάτοισιν ἐρίζεσκον περὶ τόξων. 225
τῷ ῥα καὶ αἶψ' ἔθανεν μέγας Εὔρυτος, οὐδ' ἐπὶ γῆρας
ἵκετ' ἐνὶ μεγάροισι· χολωσάμενος γὰρ Ἀπόλλων
ἔκτανεν, οὕνεκά μιν προκαλίζετο τοξάζεσθαι.
δουρὶ δ' ἀκοντίζω ὅσον οὐκ ἄλλος τις ὀιστῷ.
οἴοισιν δείδοικα ποσὶν μή τίς με παρέλθῃ 230
Φαιήκων· λίην γὰρ ἀεικελίως ἐδαμάσθην
κύμασιν ἐν πολλοῖς, ἐπεὶ οὐ κομιδὴ κατὰ νῆα
ἦεν ἐπηετανός· τῷ μοι φίλα γυῖα λέλυνται."
ὣς ἔφαθ', οἱ δ' ἄρα πάντες ἀκὴν ἐγένοντο σιωπῇ.
Ἀλκίνοος δέ μιν οἶος ἀμειβόμενος προσέειπεν· 235
"ξεῖν', ἐπεὶ οὐκ ἀχάριστα μεθ' ἡμῖν ταῦτ' ἀγορεύεις,

"Vamos, rapazes! Quem atinge a minha marca,
a fim de que eu supere ou que eu iguale? Se o ânimo
e o coração de alguém o incita à pista, vem
comigo se medir, pois me enfuriastes muito; 205
na pugna, com o punho, na corrida, não
evito feácio algum, exceto Laodamante,
que é filho do anfitrião. Quem luta com amigo?
É louco ou homem de valor pequeno quem
propõe ao hospedeiro o enfrentamento agônico 210
fora de seu rincão. É a si que se retalha.
Sem desprezar ninguém, combato qualquer outro,
mas, cara a cara, quero conhecê-lo. Não
sou desprezível em qualquer modalidade.
Empunho como poucos o arco bem brunido: 215
na turba dos antagonistas, meto a flecha
em quem quiser, enquanto os caros companheiros
se esforçam em mirar o exército. Um único
arqueiro me vencia em Troia, quando, aqueus,
nós atirávamos os dardos: Filoctetes. 220
É vão equiparar-me ao homem mais robusto
de hoje, que sobre a terra come pão. Evito
medir-me com os vultos do passado, Héracles,
o ecálio Eurito: até nos imortais ousavam
mirar seus arcos. Grão Eurito faleceu 225
cedo, não chega a envelhecer em sua morada:
o enraivecido Apolo o dizimou assim
que o insensato o desafiou, alçando o arco.
A flecha de outro não alcança a minha lança.
Só temo que, ao correr, um feácio me ultrapasse, 230
pois fui terrivelmente maltratado em meio
a muitas vagas. No baixel, faltou-me tempo
para o exercício e minhas juntas ringem." Fala
assim. Paralisados, os demais calaram.
Toma a palavra Alcínoo: "Tua arenga, hóspede, 235
não nos desagradou. Desejas revelar

ἀλλ' ἐθέλεις ἀρετὴν σὴν φαινέμεν, ἥ τοι ὀπηδεῖ,
χωόμενος ὅτι σ' οὗτος ἀνὴρ ἐν ἀγῶνι παραστὰς
νείκεσεν, ὡς ἂν σὴν ἀρετὴν βροτὸς οὔ τις ὄνοιτο,
ὅς τις ἐπίσταιτο ᾗσι φρεσὶν ἄρτια βάζειν· 240
ἀλλ' ἄγε νῦν ἐμέθεν ξυνίει ἔπος, ὄφρα καὶ ἄλλῳ
εἴπῃς ἡρώων, ὅτε κεν σοῖς ἐν μεγάροισι
δαινύῃ παρὰ σῇ τ' ἀλόχῳ καὶ σοῖσι τέκεσσιν,
ἡμετέρης ἀρετῆς μεμνημένος, οἷα καὶ ἡμῖν
Ζεὺς ἐπὶ ἔργα τίθησι διαμπερὲς ἐξ ἔτι πατρῶν. 245
οὐ γὰρ πυγμάχοι εἰμὲν ἀμύμονες οὐδὲ παλαισταί,
ἀλλὰ ποσὶ κραιπνῶς θέομεν καὶ νηυσὶν ἄριστοι,
αἰεὶ δ' ἡμῖν δαίς τε φίλη κίθαρις τε χοροί τε
εἵματά τ' ἐξημοιβὰ λοετρά τε θερμὰ καὶ εὐναί.
ἀλλ' ἄγε, Φαιήκων βητάρμονες ὅσσοι ἄριστοι, 250
παίσατε, ὥς χ' ὁ ξεῖνος ἐνίσπῃ οἷσι φίλοισιν
οἴκαδε νοστήσας, ὅσσον περιγιγνόμεθ' ἄλλων
ναυτιλίῃ καὶ ποσσὶ καὶ ὀρχηστυῖ καὶ ἀοιδῇ.
Δημοδόκῳ δέ τις αἶψα κιὼν φόρμιγγα λίγειαν
οἰσέτω, ἥ που κεῖται ἐν ἡμετέροισι δόμοισιν." 255
ὣς ἔφατ' Ἀλκίνοος θεοείκελος, ὦρτο δὲ κῆρυξ
οἴσων φόρμιγγα γλαφυρὴν δόμου ἐκ βασιλῆος.
αἰσυμνῆται δὲ κριτοὶ ἐννέα πάντες ἀνέσταν
δήμιοι, οἳ κατ' ἀγῶνας ἐὺ πρήσσεσκον ἕκαστα,
λείηναν δὲ χορόν, καλὸν δ' εὔρυναν ἀγῶνα. 260
κῆρυξ δ' ἐγγύθεν ἦλθε φέρων φόρμιγγα λίγειαν
Δημοδόκῳ· ὁ δ' ἔπειτα κί' ἐς μέσον· ἀμφὶ δὲ κοῦροι
πρωθῆβαι ἵσταντο, δαήμονες ὀρχηθμοῖο,
πέπληγον δὲ χορὸν θεῖον ποσίν. αὐτὰρ Ὀδυσσεὺς
μαρμαρυγὰς θηεῖτο ποδῶν, θαύμαζε δὲ θυμῷ. 265
αὐτὰρ ὁ φορμίζων ἀνεβάλλετο καλὸν ἀείδειν
ἀμφ' Ἄρεος φιλότητος ἐϋστεφάνου τ' Ἀφροδίτης,
ὡς τὰ πρῶτα μίγησαν ἐν Ἡφαίστοιο δόμοισι
λάθρῃ, πολλὰ δ' ἔδωκε, λέχος δ' ᾔσχυνε καὶ εὐνὴν
Ἡφαίστοιο ἄνακτος. ἄφαρ δέ οἱ ἄγγελος ἦλθεν 270
Ἥλιος, ὅ σφ' ἐνόησε μιγαζομένους φιλότητι.

o teu valor, valor que segue tuas passadas.
Tua cólera na arena é compreensível: foste
diminuído. Alguém que saiba articular
bem as palavras, não renega teu jaez. 240
Vai! Ouve bem a minha fala e dela lembra-te
na recepção de algum herói quando o repasto
em tua casa, junto à esposa e filhos, for
servido; cita então nosso valor, que Zeus
permite cultivar, herança dos ancestres. 245
Não somos campeões no pugilismo e pugna,
mas nossos pés e naves magnas são agílimos,
e nos é cara a távola, a dança, a cítara,
vestes diversas, banho tépido e o leito.
Ó harmônicos feácios, os mais renomados, 250
dançai, a fim de o hóspede, tornado ao lar,
contar o quanto ultrapassamos os melhores
na arte naval, nos pés, na dança e na canção.
Alguém traga da sala do palácio a cítara
sonora do cantor." Assim que Alcínoo, símile 255
divino, comandou, o arauto foi buscar
no interno do solar a sinuosa cítara.
Em pé, o júri (nove), que o povo escolhera,
empenhado em que tudo desse certo. Aplainam
a área, alargando bem o campo do certame. 260
O arauto traz a cítara sonora perto
do aedo, que se pôs no centro. Protoefebos
circundam-no, desmesuráveis quando dançam.
A dança diva percutiam com os pés.
O herói mirava atônito a cintilância 265
dos passos. Versa o belo canto sobre o amor
de Ares por Afrodite, diadema rútilo,
como se uniu a ela na mansão de Hefesto
uma primeira vez: humilha o leito heféstio
e dons à deusa oferta. Testemunha a união 270
o Sol, que os denuncia. Assim que Hefesto o ouviu,

Ἥφαιστος δ' ὡς οὖν θυμαλγέα μῦθον ἄκουσε,
βῆ ῥ' ἴμεν ἐς χαλκεῶνα κακὰ φρεσὶ βυσσοδομεύων,
ἐν δ' ἔθετ' ἀκμοθέτῳ μέγαν ἄκμονα, κόπτε δὲ δεσμοὺς
ἀρρήκτους ἀλύτους, ὄφρ' ἔμπεδον αὖθι μένοιεν. 275
αὐτὰρ ἐπεὶ δὴ τεῦξε δόλον κεχολωμένος Ἄρει,
βῆ ῥ' ἴμεν ἐς θάλαμον, ὅθι οἱ φίλα δέμνι' ἔκειτο,
ἀμφὶ δ' ἄρ' ἑρμῖσιν χέε δέσματα κύκλῳ ἁπάντῃ·
πολλὰ δὲ καὶ καθύπερθε μελαθρόφιν ἐξεκέχυντο,
ἠΰτ' ἀράχνια λεπτά, τά γ' οὔ κέ τις οὐδὲ ἴδοιτο, 280
οὐδὲ θεῶν μακάρων· πέρι γὰρ δολόεντα τέτυκτο.
αὐτὰρ ἐπεὶ δὴ πάντα δόλον περὶ δέμνια χεῦεν,
εἴσατ' ἴμεν ἐς Λῆμνον, ἐυκτίμενον πτολίεθρον,
ἥ οἱ γαιάων πολὺ φιλτάτη ἐστὶν ἁπασέων.
οὐδ' ἀλαοσκοπιὴν εἶχε χρυσήνιος Ἄρης, 285
ὡς ἴδεν Ἥφαιστον κλυτοτέχνην νόσφι κιόντα·
βῆ δ' ἰέναι πρὸς δῶμα περικλυτοῦ Ἡφαίστοιο
ἰσχανόων φιλότητος ἐυστεφάνου Κυθερείης.
ἡ δὲ νέον παρὰ πατρὸς ἐρισθενέος Κρονίωνος
ἐρχομένη κατ' ἄρ' ἕζεθ'· ὁ δ' εἴσω δώματος ᾔει, 290
ἔν τ' ἄρα οἱ φῦ χειρί, ἔπος τ' ἔφατ' ἔκ τ' ὀνόμαζε·
"δεῦρο, φίλη, λέκτρονδε τραπείομεν εὐνηθέντες·
οὐ γὰρ ἔθ' Ἥφαιστος μεταδήμιος, ἀλλά που ἤδη
οἴχεται ἐς Λῆμνον μετὰ Σίντιας ἀγριοφώνους."
ὣς φάτο, τῇ δ' ἀσπαστὸν ἐείσατο κοιμηθῆναι. 295
τὼ δ' ἐς δέμνια βάντε κατέδραθον· ἀμφὶ δὲ δεσμοὶ
τεχνήεντες ἔχυντο πολύφρονος Ἡφαίστοιο,
οὐδέ τι κινῆσαι μελέων ἦν οὐδ' ἀναεῖραι.
καὶ τότε δὴ γίγνωσκον, ὅ τ' οὐκέτι φυκτὰ πέλοντο.
ἀγχίμολον δέ σφ' ἦλθε περικλυτὸς ἀμφιγυήεις, 300
αὖτις ὑποστρέψας πρὶν Λήμνου γαῖαν ἱκέσθαι·
Ἥλιος γάρ οἱ σκοπιὴν ἔχεν εἶπέ τε μῦθον.
βῆ δ' ἴμεναι πρὸς δῶμα φίλον τετιημένος ἦτορ·
ἔστη δ' ἐν προθύροισι, χόλος δέ μιν ἄγριος ᾕρει·
σμερδαλέον δ' ἐβόησε, γέγωνέ τε πᾶσι θεοῖσιν· 305
"Ζεῦ πάτερ ἠδ' ἄλλοι μάκαρες θεοὶ αἰὲν ἐόντες,

sofrendo muito invade a oficina, ecoando
dentro de si a história amargurante. Lá,
depõe no cepo a incude enorme e forja argolas
inexpugnáveis, infrangíveis, que os prendessem. 275
Quando concluiu o ardil, furioso com o deus,
entrou no tálamo onde sua cama jaz.
Circunda o estrado com os liames, muitos outros
espalha acima quase ao teto, feito aranha
sutil, imperceptível ao olhar agudo 280
até de um nume, tão exímia era a cilada.
Assim que espalha a rede inteira em torno ao leito,
finge partir a Lemno, pólis bem construída,
a qual lhe apraz bem mais do que as demais. À espreita,
Ares das rédeas áureas viu quando partiu 285
Hefesto da mansão, artífice notável.
Invade a casa do ferreiro afamadíssimo,
ansiando amar Citérea, belo diadema.
Sentada numa sédia, dá com ela, há pouco
egressa do solar de Zeus, deidade máxima. 290
Em posse de suas mãos, falou-lhe: "Vamos, cara,
nos entreguemos ao amor no leito! Hefesto
acaba de tomar a direção de Lemno,
onde verá os síntios, de pronúncia esdrúxula."
Assim falou e seu convite a rejubila. 295
No leito então dormita a dupla e os filames
forjados pelo pluri-imaginoso Hefesto
impede-os de mover minimamente os membros.
Concluíram não haver como escapar do ardil.
Eis que o ambidestro renomado apareceu, 300
pois dera meia-volta antes de ir a Lemno,
depois que o Sol, atento à dupla, o alertara.
Desacorçoado o coração, volta ao solar.
No umbral parou, sujeito à cólera extremada,
gritou apavorantemente, e os deuses o ouvem: 305
"Zeus pai e bem-aventurados imortais,

δεῦθ', ἵνα ἔργα γελαστὰ καὶ οὐκ ἐπιεικτὰ ἴδησθε,
ὡς ἐμὲ χωλὸν ἐόντα Διὸς θυγάτηρ Ἀφροδίτη
αἰὲν ἀτιμάζει, φιλέει δ' ἀίδηλον Ἄρηα,
οὕνεχ' ὁ μὲν καλός τε καὶ ἀρτίπος, αὐτὰρ ἐγώ γε 310
ἠπεδανὸς γενόμην. ἀτὰρ οὔ τί μοι αἴτιος ἄλλος,
ἀλλὰ τοκῆε δύω, τὼ μὴ γείνασθαι ὄφελλον.
ἀλλ' ὄψεσθ', ἵνα τώ γε καθεύδετον ἐν φιλότητι
εἰς ἐμὰ δέμνια βάντες, ἐγὼ δ' ὁρόων ἀκάχημαι.
οὐ μέν σφεας ἔτ' ἔολπα μίνυνθά γε κειέμεν οὕτως 315
καὶ μάλα περ φιλέοντε· τάχ' οὐκ ἐθελήσετον ἄμφω
εὕδειν· ἀλλά σφωε δόλος καὶ δεσμὸς ἐρύξει,
εἰς ὅ κέ μοι μάλα πάντα πατὴρ ἀποδῷσιν ἔεδνα,
ὅσσα οἱ ἐγγυάλιξα κυνώπιδος εἵνεκα κούρης,
οὕνεκά οἱ καλὴ θυγάτηρ, ἀτὰρ οὐκ ἐχέθυμος." 320
ὣς ἔφαθ', οἱ δ' ἀγέροντο θεοὶ ποτὶ χαλκοβατὲς δῶ·
ἦλθε Ποσειδάων γαιήοχος, ἦλθ' ἐριούνης
Ἑρμείας, ἦλθεν δὲ ἄναξ ἑκάεργος Ἀπόλλων.
θηλύτεραι δὲ θεαὶ μένον αἰδοῖ οἴκοι ἑκάστη.
ἔσταν δ' ἐν προθύροισι θεοί, δωτῆρες ἑάων· 325
ἄσβεστος δ' ἄρ' ἐνῶρτο γέλως μακάρεσσι θεοῖσι
τέχνας εἰσορόωσι πολύφρονος Ἡφαίστοιο.
ὧδε δέ τις εἴπεσκεν ἰδὼν ἐς πλησίον ἄλλον·
"οὐκ ἀρετᾷ κακὰ ἔργα· κιχάνει τοι βραδὺς ὠκύν,
ὡς καὶ νῦν Ἥφαιστος ἐὼν βραδὺς εἷλεν Ἄρηα 330
ὠκύτατόν περ ἐόντα θεῶν οἳ Ὄλυμπον ἔχουσιν,
χωλὸς ἐὼν τέχνῃσι· τὸ καὶ μοιχάγρι' ὀφέλλει."
ὣς οἱ μὲν τοιαῦτα πρὸς ἀλλήλους ἀγόρευον·
Ἑρμῆν δὲ προσέειπεν ἄναξ Διὸς υἱὸς Ἀπόλλων·
"Ἑρμεία, Διὸς υἱέ, διάκτορε, δῶτορ ἑάων, 335
ἦ ῥά κεν ἐν δεσμοῖς ἐθέλοις κρατεροῖσι πιεσθεὶς
εὕδειν ἐν λέκτροισι παρὰ χρυσῇ Ἀφροδίτῃ;"
τὸν δ' ἠμείβετ' ἔπειτα διάκτορος ἀργεϊφόντης·
"αἲ γὰρ τοῦτο γένοιτο, ἄναξ ἑκατηβόλ' Ἄπολλον·
δεσμοὶ μὲν τρὶς τόσσοι ἀπείρονες ἀμφὶς ἔχοιεν, 340
ὑμεῖς δ' εἰσορόῳτε θεοὶ πᾶσαί τε θέαιναι,

mirai o feito intolerável e ridículo!
Citérea me desonra por ser coxo, filha
de Zeus, e abraça Ares, ser funesto, só
porque é veloz e belo, enquanto eu nasci manco. 310
Mas para mim, os únicos culpados são
meus pais, por terem me trazido ao mundo. Olhai
onde eles dormem amorosamente! O leito
é meu em que se abraçam! Não suporto vê-los!
Não vão ficar eternamente horizontais, 315
mesmo se amando muito, pois restar ao leito
cansa. Mas a maranha da armadilha os tem
até que o sogro me devolva os dons nupciais
com que presenteei a cara-de-cadela.
Não nego sua beleza, odeio seu caráter." 320
Falou e o sólio brônzeo da morada os deuses
transpõem: Posêidon treme-terra, Hermes ágil,
o longiflechador Apolo vem também.
Pudor refreia as deusas em seus próprios lares.
Os numes generosos postam-se no pórtico 325
e riem, aos borbotões gargalham, quando avistam
o engenho, lavra do pluriastucioso Hefesto.
E um cochichava com quem o ladeasse: "O vício
não resulta em virtude. O lento alcança o rápido,
tal qual o claudicante Hefesto apreende Ares, 330
embora não exista deus como ele, célere.
Cambaleante, usou de arte. Que o outro pague!"
Assim arengam mutuamente e Apolo, filho
de Zeus, falou a Hermes: "Núncio generoso,
enleado em liame inextricável, quererias 335
dormir ao lado de Afrodite áurea?" E disse-lhe
em resposta o Argicida mensageiro: "Ah,
longiflecheiro Apolo, fossem três os elos
que me prendessem, ou melhor, fossem inúmeros
os elos bem estreitos, deuses com as deusas, 340
todos arregalando os olhos ao redor,

αὐτὰρ ἐγὼν εὕδοιμι παρὰ χρυσέῃ Ἀφροδίτῃ."
ὣς ἔφατ', ἐν δὲ γέλως ὦρτ' ἀθανάτοισι θεοῖσιν.
οὐδὲ Ποσειδάωνα γέλως ἔχε, λίσσετο δ' αἰεὶ
Ἥφαιστον κλυτοεργὸν ὅπως λύσειεν Ἄρηα. 345
καί μιν φωνήσας ἔπεα πτερόεντα προσηύδα·
"λῦσον· ἐγὼ δέ τοι αὐτὸν ὑπίσχομαι, ὡς σὺ κελεύεις,
τίσειν αἴσιμα πάντα μετ' ἀθανάτοισι θεοῖσιν."
τὸν δ' αὖτε προσέειπε περικλυτὸς ἀμφιγυήεις·
"μή με, Ποσείδαον γαιήοχε, ταῦτα κέλευε· 350
δειλαί τοι δειλῶν γε καὶ ἐγγύαι ἐγγυάασθαι.
πῶς ἂν ἐγώ σε δέοιμι μετ' ἀθανάτοισι θεοῖσιν,
εἴ κεν Ἄρης οἴχοιτο χρέος καὶ δεσμὸν ἀλύξας;"
τὸν δ' αὖτε προσέειπε Ποσειδάων ἐνοσίχθων·
"Ἥφαιστ', εἴ περ γάρ κεν Ἄρης χρεῖος ὑπαλύξας 355
οἴχηται φεύγων, αὐτός τοι ἐγὼ τάδε τίσω."
τὸν δ' ἠμείβετ' ἔπειτα περικλυτὸς ἀμφιγυήεις·
"οὐκ ἔστ' οὐδὲ ἔοικε τεὸν ἔπος ἀρνήσασθαι."
ὣς εἰπὼν δεσμὸν ἀνίει μένος Ἡφαίστοιο.
τὼ δ' ἐπεὶ ἐκ δεσμοῖο λύθεν, κρατεροῦ περ ἐόντος, 360
αὐτίκ' ἀναΐξαντε ὁ μὲν Θρήκηνδε βεβήκει,
ἡ δ' ἄρα Κύπρον ἵκανε φιλομμειδὴς Ἀφροδίτη,
ἐς Πάφον· ἔνθα δέ οἱ τέμενος βωμός τε θυήεις.
ἔνθα δέ μιν Χάριτες λοῦσαν καὶ χρῖσαν ἐλαίῳ
ἀμβρότῳ, οἷα θεοὺς ἐπενήνοθεν αἰὲν ἐόντας, 365
ἀμφὶ δὲ εἵματα ἕσσαν ἐπήρατα, θαῦμα ἰδέσθαι.
ταῦτ' ἄρ' ἀοιδὸς ἄειδε περικλυτός· αὐτὰρ Ὀδυσσεὺς
τέρπετ' ἐνὶ φρεσὶν ᾗσιν ἀκούων ἠδὲ καὶ ἄλλοι
Φαίηκες δολιχήρετμοι, ναυσίκλυτοι ἄνδρες.
Ἀλκίνοος δ' Ἅλιον καὶ Λαοδάμαντα κέλευσεν 370
μουνὰξ ὀρχήσασθαι, ἐπεί σφισιν οὔ τις ἔριζεν.
οἱ δ' ἐπεὶ οὖν σφαῖραν καλὴν μετὰ χερσὶν ἕλοντο,
πορφυρέην, τήν σφι Πόλυβος ποίησε δαΐφρων,
τὴν ἕτερος ῥίπτασκε ποτὶ νέφεα σκιόεντα
ἰδνωθεὶς ὀπίσω, ὁ δ' ἀπὸ χθονὸς ὑψόσ' ἀερθεὶς 375
ῥηιδίως μεθέλεσκε, πάρος ποσὶν οὖδας ἱκέσθαι.

sim!, dormiria, sim!, com a dourada Cípris!"
Falou e o riso rebentou entre os divinos.
Só um não ri, o deus do mar, que solicita
a liberdade de Ares ao ilustre artífice.   345
E pronunciou alígeras palavras: "Solta-o,
pois eu garanto que ele pagará sua dívida
integralmente, diante dos demais olímpicos."
E o ambidestro renomado: "Não me peças,
ó deus que abala-a-terra! É vil o que do vil   350
provém, é vento o bem que acaso nos avente.
Não tenho como te obrigar perante os deuses,
se Ares se ausenta, livre de elos e seu débito."
O Abraça-terra lhe responde: "Mesmo se Ares
fugir sem honrar seu débito, Hefesto,   355
arco eu com o que deve." E o ambidestro pluri-
famoso retomou a fala: "Inadmissível
seria não dar crédito ao que me prometes."
Falou assim e o vigoroso Hefesto os solta.
Libertos de elos rudes, ambos se levantam.   360
Ares chegou a Trácia, a filossorridente
Citérea ruma para Chipre. Fica em Pafos
o olente altar e o espaço a ela consagrados.
Ali as Graças dão-lhe banho, vertem óleo
ambrósio. O olor evola, pois era imortal.   365
Maravilha era ver as roupas com que a vestem!
Eis o teor do que cantava o ultrafamoso
aedo. O herói se alegra, como os feácios todos,
navegadores respeitáveis, longos-remos.
O rei pede que Laodamante e Álio dancem   370
sozinhos, pois ninguém se lhes equiparava.
Então pegaram uma bela bola púrpura,
que o hábil Pólibo lhes fabricara. Um
a lança à umbrosa nuvem; o outro, recurvando-se
atrás, impulsa os pés e a pega no ar, agílimo,   375
bem antes de tocar de volta o solo. Mestres

αὐτὰρ ἐπεὶ δὴ σφαίρῃ ἀν' ἰθὺν πειρήσαντο,
ὠρχείσθην δὴ ἔπειτα ποτὶ χθονὶ πουλυβοτείρῃ
ταρφέ' ἀμειβομένω· κοῦροι δ' ἐπελήκεον ἄλλοι
ἑστεῶτες κατ' ἀγῶνα, πολὺς δ' ὑπὸ κόμπος ὀρώρει.   380
δὴ τότ' ἄρ' Ἀλκίνοον προσεφώνεε δῖος Ὀδυσσεύς·
"Ἀλκίνοε κρεῖον, πάντων ἀριδείκετε λαῶν,
ἠμὲν ἀπείλησας βητάρμονας εἶναι ἀρίστους,
ἠδ' ἄρ' ἑτοῖμα τέτυκτο· σέβας μ' ἔχει εἰσορόωντα."
ὣς φάτο, γήθησεν δ' ἱερὸν μένος Ἀλκινόοιο,   385
αἶψα δὲ Φαιήκεσσι φιληρέτμοισι μετηύδα·
"κέκλυτε, Φαιήκων ἡγήτορες ἠδὲ μέδοντες.
ὁ ξεῖνος μάλα μοι δοκέει πεπνυμένος εἶναι.
ἀλλ' ἄγε οἱ δῶμεν ξεινήιον, ὡς ἐπιεικές.
δώδεκα γὰρ κατὰ δῆμον ἀριπρεπέες βασιλῆες   390
ἀρχοὶ κραίνουσι, τρισκαιδέκατος δ' ἐγὼ αὐτός·
τῶν οἱ ἕκαστος φᾶρος ἐυπλυνὲς ἠδὲ χιτῶνα
καὶ χρυσοῖο τάλαντον ἐνείκατε τιμήεντος.
αἶψα δὲ πάντα φέρωμεν ἀολλέα, ὄφρ' ἐνὶ χερσὶν
ξεῖνος ἔχων ἐπὶ δόρπον ἴῃ χαίρων ἐνὶ θυμῷ.   395
Εὐρύαλος δέ ἑ αὐτὸν ἀρεσσάσθω ἐπέεσσι
καὶ δώρῳ, ἐπεὶ οὔ τι ἔπος κατὰ μοῖραν ἔειπεν."
ὣς ἔφαθ', οἱ δ' ἄρα πάντες ἐπῄνεον ἠδ' ἐκέλευον,
δῶρα δ' ἄρ' οἰσέμεναι πρόεσαν κήρυκα ἕκαστος.
τὸν δ' αὖτ' Εὐρύαλος ἀπαμείβετο φώνησέν τε·   400
"Ἀλκίνοε κρεῖον, πάντων ἀριδείκετε λαῶν,
τοιγὰρ ἐγὼ τὸν ξεῖνον ἀρέσσομαι, ὡς σὺ κελεύεις.
δώσω οἱ τόδ' ἄορ παγχάλκεον, ᾧ ἔπι κώπη
ἀργυρέη, κολεὸν δὲ νεοπρίστου ἐλέφαντος
ἀμφιδεδίνηται· πολέος δέ οἱ ἄξιον ἔσται."   405
ὣς εἰπὼν ἐν χερσὶ τίθει ξίφος ἀργυρόηλον
καί μιν φωνήσας ἔπεα πτερόεντα προσηύδα·
"χαῖρε, πάτερ ὦ ξεῖνε· ἔπος δ' εἴ πέρ τι βέβακται
δεινόν, ἄφαρ τὸ φέροιεν ἀναρπάξασαι ἄελλαι.
σοὶ δὲ θεοὶ ἄλοχόν τ' ἰδέειν καὶ πατρίδ' ἱκέσθαι   410
δοῖεν, ἐπεὶ δὴ δηθὰ φίλων ἄπο πήματα πάσχεις."

mostraram-se no jogo aéreo. Então, na ctônia
terra plurinutriz, passaram a dançar,
ora um, ora outro. O tempo, jovens o escandiam,
margeando a pista, com os pés. O trom excita. 380
O herói divino então profere ao rei Alcínoo:
"Ilustre Alcínoo, máximo entre os homens todos,
bem que disseste que os feácios eram ótimos
na dança. Tolhe-me as palavras o esplendor."
Assim fala Odisseu e Alcínoo rejubila, 385
voltando-se aos feácios, filorremadores:
"Ouvi-me, hegêmones feácios, conselheiros!
De um sopro súpero parece que a alma do hóspede
é feita. O que nos cabe doar, lhe destinemos!
O país, doze regentes ínclitos governam-no, 390
o décimo terceiro sou eu mesmo. Cada
qual traga um manto imáculo, além da túnica
e do ouro de um talento, raro. A rapidez
é necessária a fim de o forasteiro ter
os bens quando vier cear conosco, alegre. 395
Euríalo, com dom e com escusa, a moira
da fala contrariando, se reconcilie!"
Concluindo assim, assente, o grupo se incentiva,
e cada qual requer que o arauto busque os dons.
Euríalo, a seguir, toma a palavra: "Magno 400
Alcínoo, insigne mandatário, muito agrada
me reconciliar com o hóspede, qual pedes.
Eu lhe ofereço a espada plenibrônzea, punho
prata. Um recente entalhe de marfim circum-
-envolve a bainha. Dou-lhe um dom de grão-valor." 405
Depõe em suas mãos a empunhadura argêntea
e lhe dirige alígeras palavras: "Hóspede,
aceite o cumprimento! Acaso proferi
palavras ofensivas? Que a borrasca as leve!
Os numes te concedam o retorno à pátria, 410
onde reencontres tua esposa: assaz sofreste!"

τὸν δ' ἀπαμειβόμενος προσέφη πολύμητις Ὀδυσσεύς·
"καὶ σὺ φίλος μάλα χαῖρε, θεοὶ δέ τοι ὄλβια δοῖεν.
μηδέ τι τοι ξίφεός γε ποθὴ μετόπισθε γένοιτο
τούτου, ὃ δή μοι δῶκας ἀρεσσάμενος ἐπέεσσιν." 415
ἦ ῥα καὶ ἀμφ' ὤμοισι θέτο ξίφος ἀργυρόηλον.
δύσετό τ' ἠέλιος, καὶ τῷ κλυτὰ δῶρα παρῆεν.
καὶ τά γ' ἐς Ἀλκινόοιο φέρον κήρυκες ἀγαυοί·
δεξάμενοι δ' ἄρα παῖδες ἀμύμονος Ἀλκινόοιο
μητρὶ παρ' αἰδοίῃ ἔθεσαν περικαλλέα δῶρα. 420
τοῖσιν δ' ἡγεμόνευ' ἱερὸν μένος Ἀλκινόοιο,
ἐλθόντες δὲ καθῖζον ἐν ὑψηλοῖσι θρόνοισι.
δὴ ῥα τότ' Ἀρήτην προσέφη μένος Ἀλκινόοιο·
"δεῦρο, γύναι, φέρε χηλὸν ἀριπρεπέ', ἥ τις ἀρίστη·
ἐν δ' αὐτῇ θὲς φᾶρος ἐϋπλυνὲς ἠδὲ χιτῶνα. 425
ἀμφὶ δέ οἱ πυρὶ χαλκὸν ἰήνατε, θέρμετε δ' ὕδωρ,
ὄφρα λοεσσάμενός τε ἰδών τ' ἐῢ κείμενα πάντα
δῶρα, τά οἱ Φαίηκες ἀμύμονες ἐνθάδ' ἔνεικαν,
δαιτί τε τέρπηται καὶ ἀοιδῆς ὕμνον ἀκούων.
καί οἱ ἐγὼ τόδ' ἄλεισον ἐμὸν περικαλλὲς ὀπάσσω, 430
χρύσεον, ὄφρ' ἐμέθεν μεμνημένος ἤματα πάντα
σπένδῃ ἐνὶ μεγάρῳ Διί τ' ἄλλοισίν τε θεοῖσιν."
ὣς ἔφατ', Ἀρήτη δὲ μετὰ δμῳῇσιν ἔειπεν
ἀμφὶ πυρὶ στῆσαι τρίποδα μέγαν ὅττι τάχιστα.
αἱ δὲ λοετροχόον τρίποδ' ἵστασαν ἐν πυρὶ κηλέῳ, 435
ἐν δ' ἄρ' ὕδωρ ἔχεαν, ὑπὸ δὲ ξύλα δαῖον ἑλοῦσαι.
γάστρην μὲν τρίποδος πῦρ ἄμφεπε, θέρμετο δ' ὕδωρ·
τόφρα δ' ἄρ' Ἀρήτη ξείνῳ περικαλλέα χηλὸν
ἐξέφερεν θαλάμοιο, τίθει δ' ἐνὶ κάλλιμα δῶρα,
ἐσθῆτα χρυσόν τε, τά οἱ Φαίηκες ἔδωκαν· 440
ἐν δ' αὐτὴ φᾶρος θῆκεν καλόν τε χιτῶνα,
καί μιν φωνήσασ' ἔπεα πτερόεντα προσηύδα·
"αὐτὸς νῦν ἴδε πῶμα, θοῶς δ' ἐπὶ δεσμὸν ἴηλον,
μή τίς τοι καθ' ὁδὸν δηλήσεται, ὁππότ' ἂν αὖτε
εὕδῃσθα γλυκὺν ὕπνον ἰὼν ἐν νηὶ μελαίνῃ." 445
αὐτὰρ ἐπεὶ τό γ' ἄκουσε πολύτλας δῖος Ὀδυσσεύς,

E Odisseu pluriperspicaz lhe respondeu:
"Também eu te saúdo, caro! Deem-te os deuses
fartura! Não te falte no futuro a espada
que hoje me ofertas com pedido de desculpas." 415
Falou e pôs a espada prata na omoplata.
Já tinha os dons brilhantes quando o sol se pôs,
que arautos transportavam ao solar de Alcínoo.
A prole basileia acomodava junto
à mãe augusta as dádivas plenibelíssimas. 420
Alcínoo, hegêmone poder, então guiou
os feácios, que se assentam sobre tronos altos.
Vigor alcíneo, o basileu profere a Arete:
"Traze-me o escrínio, esposa, o melhor que houver,
nele acomoda o manto reluzente e a túnica. 425
Escalda água no alguidar de bronze. O hóspede,
tão logo ele se banhe, à visão de inúmeros
bens que os feácios ótimos aqui deixaram,
sorria no festim, e o canto o delicie!
Eu lhe concedo minha taça plenibela, 430
em ouro, a fim de que se me recorde, sempre
que delibar em casa a Zeus e aos outros numes."
Falou e Arete ordena que as ancilas ponham
a enorme trípode bem rente à chama. A trípode
requeima quando vertem água para o banho, 435
mais lenha acendem fogo adentro. A língua flâmea
circum-envolve o ventre do utensílio e aquenta
a água. Do tálamo, Arete transportava
o escrínio plurilindo em que depositou
os dons magníficos, as vestes, o ouro feácio; 440
acresce o manto e a túnica elegante. Alígeras
palavras pronunciou: "Tu mesmo põe a tampa
e aperta bem o nó, a fim de que larápios
na viagem não te furtem, e o dulçor do sono
proves então, a bordo de um baixel nigérrimo." 445
Nem bem a ouviu, o herói multicarpido tampa-o

αὐτίκ' ἐπήρτυε πῶμα, θοῶς δ' ἐπὶ δεσμὸν ἴηλεν
ποικίλον, ὅν ποτέ μιν δέδαε φρεσὶ πότνια Κίρκη·
αὐτόδιον δ' ἄρα μιν ταμίη λούσασθαι ἀνώγει
ἔς ῥ' ἀσάμινθον βάνθ'· ὁ δ' ἄρ ἀσπασίως ἴδε θυμῷ 450
θερμὰ λοέτρ', ἐπεὶ οὔ τι κομιζόμενός γε θάμιζεν,
ἐπεὶ δὴ λίπε δῶμα Καλυψοῦς ἠυκόμοιο.
τόφρα δέ οἱ κομιδή γε θεῷ ὣς ἔμπεδος ἦεν.
τὸν δ' ἐπεὶ οὖν δμῳαὶ λοῦσαν καὶ χρῖσαν ἐλαίῳ,
ἀμφὶ δέ μιν χλαῖναν καλὴν βάλον ἠδὲ χιτῶνα, 455
ἔκ ῥ' ἀσαμίνθου βὰς ἄνδρας μέτα οἰνοποτῆρας
ἤιε· Ναυσικάα δὲ θεῶν ἄπο κάλλος ἔχουσα
στῆ ῥα παρὰ σταθμὸν τέγεος πύκα ποιητοῖο,
θαύμαζεν δ' Ὀδυσῆα ἐν ὀφθαλμοῖσιν ὁρῶσα,
καί μιν φωνήσασ' ἔπεα πτερόεντα προσηύδα· 460
"χαῖρε, ξεῖν', ἵνα καί ποτ' ἐὼν ἐν πατρίδι γαίῃ
μνήσῃ ἐμεῦ, ὅτι μοι πρώτῃ ζωάγρι' ὀφέλλεις."
τὴν δ' ἀπαμειβόμενος προσέφη πολύμητις Ὀδυσσεύς·
"Ναυσικάα θύγατερ μεγαλήτορος Ἀλκινόοιο,
οὕτω νῦν Ζεὺς θείη, ἐρίγδουπος πόσις Ἥρης, 465
οἴκαδέ τ' ἐλθέμεναι καὶ νόστιμον ἦμαρ ἰδέσθαι·
τῷ κέν τοι καὶ κεῖθι θεῷ ὣς εὐχετοῴμην
αἰεὶ ἤματα πάντα· σὺ γάρ μ' ἐβιώσαο, κούρη."
ἦ ῥα καὶ ἐς θρόνον ἷζε παρ' Ἀλκίνοον βασιλῆα·
οἱ δ' ἤδη μοίρας τ' ἔνεμον κερόωντό τε οἶνον. 470
κῆρυξ δ' ἐγγύθεν ἦλθεν ἄγων ἐρίηρον ἀοιδόν,
Δημόδοκον λαοῖσι τετιμένον· εἷσε δ' ἄρ' αὐτὸν
μέσσῳ δαιτυμόνων, πρὸς κίονα μακρὸν ἐρείσας.
δὴ τότε κήρυκα προσέφη πολύμητις Ὀδυσσεύς,
νώτου ἀποπροταμών, ἐπὶ δὲ πλεῖον ἐλέλειπτο, 475
ἀργιόδοντος ὑός, θαλερὴ δ' ἦν ἀμφὶς ἀλοιφή·
"κῆρυξ, τῇ δή, τοῦτο πόρε κρέας, ὄφρα φάγῃσιν,
Δημοδόκῳ· καί μιν προσπτύξομαι ἀχνύμενός περ·
πᾶσι γὰρ ἀνθρώποισιν ἐπιχθονίοισιν ἀοιδοὶ
τιμῆς ἔμμοροί εἰσι καὶ αἰδοῦς, οὕνεκ' ἄρα σφέας 480
οἴμας μοῦσ' ἐδίδαξε, φίλησε δὲ φῦλον ἀοιδῶν."

e faz, agílimo, um nó inextricável,
conforme Circe lhe ensinara um dia. A fâmula
vem convidá-lo para o banho. Descortina-se
o banho cálido que acolhe alegre na ânima: 450
não o experimentava desde que deixara
a moradia de Calipso, belas-tranças,
solícita constante, qual se fora um deus.
Então as servas lavam-no e o untam de óleo;
vestem seu corpo com o belo manto e a túnica: 455
o herói deixa a banheira e vai buscar os homens
bebedores-de-vinho. Deusa de tão linda,
Nausícaa parou junto à pilastra sólida:
dos olhos vem o espanto quando o vislumbraram,
e a Odisseu dirige alígeras palavras: 460
"Eu te saúdo a fim de que me rememores
aqui também: a mim deves primeiro a vida."
Polissolerte, o herói lhe respondeu: "Nausícaa,
ó filha do magnânimo Alcínoo, queira
o troante Zeus, consorte de Hera, conceder-me 465
vislumbrar a jornada do retorno ao lar,
onde serás por mim, todos os dias, sempre,
louvada, pois a vida, moça, me salvaste!"
Disse e ocupou o trono que ladeava Alcínoo.
Porções de carne servem e misturam vinho. 470
O arauto faz com que entre o aedo tão prezado
pelas gentes: Demódoco. Oferece a sédia
apoiada em coluna, ao centro dos convivas.
O poliastuto herói disse ao arauto, após
trinchar o lombo de um suíno alvicolmilho 475
pingue (porção maior reserva para si):
"Arauto, passa a carne para o aedo e dize-lhe
que um homem abatido dele se afeiçoa:
pelos humanos epictônios, todos, aedos
são dignos de louvor e de honra: a Musa ensina 480
à sua estirpe as vias de onde o canto aflora."

ὣς ἄρ' ἔφη, κῆρυξ δὲ φέρων ἐν χερσὶν ἔθηκεν
ἥρῳ Δημοδόκῳ· ὁ δ' ἐδέξατο, χαῖρε δὲ θυμῷ.
οἱ δ' ἐπ' ὀνείαθ' ἑτοῖμα προκείμενα χεῖρας ἴαλλον.
αὐτὰρ ἐπεὶ πόσιος καὶ ἐδητύος ἐξ ἔρον ἕντο, 485
δὴ τότε Δημόδοκον προσέφη πολύμητις Ὀδυσσεύς·
"Δημόδοκ', ἔξοχα δή σε βροτῶν αἰνίζομ' ἁπάντων.
ἢ σέ γε μοῦσ' ἐδίδαξε, Διὸς πάϊς, ἢ σέ γ' Ἀπόλλων·
λίην γὰρ κατὰ κόσμον Ἀχαιῶν οἶτον ἀείδεις,
ὅσσ' ἔρξαν τ' ἔπαθόν τε καὶ ὅσσ' ἐμόγησαν Ἀχαιοί, 490
ὥς τέ που ἢ αὐτὸς παρεὼν ἢ ἄλλου ἀκούσας.
ἀλλ' ἄγε δὴ μετάβηθι καὶ ἵππου κόσμον ἄεισον
δουρατέου, τὸν Ἐπειὸς ἐποίησεν σὺν Ἀθήνῃ,
ὅν ποτ' ἐς ἀκρόπολιν δόλον ἤγαγε δῖος Ὀδυσσεὺς
ἀνδρῶν ἐμπλήσας οἵ ῥ' Ἴλιον ἐξαλάπαξαν. 495
αἴ κεν δή μοι ταῦτα κατὰ μοῖραν καταλέξῃς,
αὐτίκ' ἐγὼ πᾶσιν μυθήσομαι ἀνθρώποισιν,
ὡς ἄρα τοι πρόφρων θεὸς ὤπασε θέσπιν ἀοιδήν."
ὣς φάθ', ὁ δ' ὁρμηθεὶς θεοῦ ἤρχετο, φαῖνε δ' ἀοιδήν,
ἔνθεν ἑλὼν ὡς οἱ μὲν ἐυσσέλμων ἐπὶ νηῶν 500
βάντες ἀπέπλειον, πῦρ ἐν κλισίῃσι βαλόντες,
Ἀργεῖοι, τοὶ δ' ἤδη ἀγακλυτὸν ἀμφ' Ὀδυσῆα
ἧατ' ἐνὶ Τρώων ἀγορῇ κεκαλυμμένοι ἵππῳ·
αὐτοὶ γάρ μιν Τρῶες ἐς ἀκρόπολιν ἐρύσαντο.
ὣς ὁ μὲν ἑστήκει, τοὶ δ' ἄκριτα πόλλ' ἀγόρευον 505
ἥμενοι ἀμφ' αὐτόν· τρίχα δέ σφισιν ἥνδανε βουλή,
ἠὲ διαπλῆξαι κοῖλον δόρυ νηλέι χαλκῷ,
ἢ κατὰ πετράων βαλέειν ἐρύσαντας ἐπ' ἄκρης,
ἢ ἐάαν μέγ' ἄγαλμα θεῶν θελκτήριον εἶναι,
τῇ περ δὴ καὶ ἔπειτα τελευτήσεσθαι ἔμελλεν· 510
αἶσα γὰρ ἦν ἀπολέσθαι, ἐπὴν πόλις ἀμφικαλύψῃ
δουράτεον μέγαν ἵππον, ὅθ' ἥατο πάντες ἄριστοι
Ἀργείων Τρώεσσι φόνον καὶ κῆρα φέροντες.
ἤειδεν δ' ὡς ἄστυ διέπραθον υἷες Ἀχαιῶν
ἱππόθεν ἐκχύμενοι, κοῖλον λόχον ἐκπρολιπόντες. 515
ἄλλον δ' ἄλλῃ ἄειδε πόλιν κεραϊζέμεν αἰπήν,

Falou. O arauto põe na mão do herói Demódoco
a posta. Ele a recebe, e o coração alegra.
À vianda pronta, todos estendiam as mãos.
Saciada a gana de beber e de comer, 485
o pluriastuto herói então disse a Demódoco:
"Louvo-te muito acima dos demais mortais:
filha de Zeus, a Musa te instruiu? Apolo?
Cantas num cosmo de beleza a sina argiva,
quanto fizeram, padeceram e amargaram, 490
como se lá estiveras ou de alguém souberas.
Altera o tema e canta o cosmo do corcel
que Epeio construiu com Palas em madeira:
o dolo que Odisseu introduziu na acrópole,
pleno de heróis que rasam Ílion. Enumera, 495
conforme a moira, os fatos, que eu afirmarei,
a todos, a seguir, se um imortal alvíssaro
te concedeu o canto, inspiração divina."
Falou. Um deus o inspira e o canto nele aflora:
seu ponto de partida foi o embarque em sólidas 500
naus, quando aqueus zarparam, ateando fogo
nas tendas. Sócios de Odisseu se encontram na ágora
de Troia, ocultos no cavalo que, na acrópole,
os troicos, eles próprios, conduziram. Ei-lo
ali. Sentados ao redor, propostas tolas 505
discutem, dentre as quais três se impuseram: ou
fender sem dó o cavo casco a gume brônzeo,
ou, grimpa acima, conduzi-lo e, então, lançá-lo,
ou preservá-lo, dom propiciatório, súpero,
descomunal. A última prevaleceu: 510
era sina da pólis ser aniquilada,
ao acolher o equino enorme de madeira,
onde os aqueus melhores se postavam, prontos
a dizimar os troicos. Canta como rasam
a cidadela, exsurtos da emboscada hípica. 515
E canta como aqui e ali devastam a íngreme

αὐτὰρ Ὀδυσσῆα προτὶ δώματα Δηιφόβοιο
βήμεναι, ἠύτ' Ἄρηα σὺν ἀντιθέῳ Μενελάῳ.
κεῖθι δὴ αἰνότατον πόλεμον φάτο τολμήσαντα
νικῆσαι καὶ ἔπειτα διὰ μεγάθυμον Ἀθήνην. 520
ταῦτ' ἄρ' ἀοιδὸς ἄειδε περικλυτός· αὐτὰρ Ὀδυσσεὺς
τήκετο, δάκρυ δ' ἔδευεν ὑπὸ βλεφάροισι παρειάς.
ὡς δὲ γυνὴ κλαίῃσι φίλον πόσιν ἀμφιπεσοῦσα,
ὅς τε ἑῆς πρόσθεν πόλιος λαῶν τε πέσῃσιν,
ἄστεϊ καὶ τεκέεσσιν ἀμύνων νηλεὲς ἦμαρ· 525
ἡ μὲν τὸν θνήσκοντα καὶ ἀσπαίροντα ἰδοῦσα
ἀμφ' αὐτῷ χυμένη λίγα κωκύει· οἱ δέ τ' ὄπισθε
κόπτοντες δούρεσσι μετάφρενον ἠδὲ καὶ ὤμους
εἴρερον εἰσανάγουσι, πόνον τ' ἐχέμεν καὶ ὀιζύν·
τῆς δ' ἐλεεινοτάτῳ ἄχεϊ φθινύθουσι παρειαί· 530
ὣς Ὀδυσεὺς ἐλεεινὸν ὑπ' ὀφρύσι δάκρυον εἶβεν.
ἔνθ' ἄλλους μὲν πάντας ἐλάνθανε δάκρυα λείβων,
Ἀλκίνοος δέ μιν οἶος ἐπεφράσατ' ἠδ' ἐνόησεν,
ἥμενος ἄγχ' αὐτοῦ, βαρὺ δὲ στενάχοντος ἄκουσεν.
αἶψα δὲ Φαιήκεσσι φιληρέτμοισι μετηύδα· 535
"κέκλυτε, Φαιήκων ἡγήτορες ἠδὲ μέδοντες,
Δημόδοκος δ' ἤδη σχεθέτω φόρμιγγα λίγειαν·
οὐ γάρ πως πάντεσσι χαριζόμενος τάδ' ἀείδει.
ἐξ οὗ δορπέομέν τε καὶ ὦρορε θεῖος ἀοιδός,
ἐκ τοῦ δ' οὔ πω παύσατ' ὀιζυροῖο γόοιο 540
ὁ ξεῖνος· μάλα πού μιν ἄχος φρένας ἀμφιβέβηκεν.
ἀλλ' ἄγ' ὁ μὲν σχεθέτω, ἵν' ὁμῶς τερπώμεθα πάντες,
ξεινοδόκοι καὶ ξεῖνος, ἐπεὶ πολὺ κάλλιον οὕτως·
εἵνεκα γὰρ ξείνοιο τάδ' αἰδοίοιο τέτυκται,
πομπὴ καὶ φίλα δῶρα, τά οἱ δίδομεν φιλέοντες. 545
ἀντὶ κασιγνήτου ξεῖνός θ' ἱκέτης τε τέτυκται
ἀνέρι, ὅς τ' ὀλίγον περ ἐπιψαύῃ πραπίδεσσι.
τῷ νῦν μηδὲ σὺ κεῦθε νοήμασι κερδαλέοισιν
ὅττι κέ σ' εἴρωμαι· φάσθαι δέ σε κάλλιόν ἐστιν.
εἴπ' ὄνομ' ὅττι σε κεῖθι κάλεον μήτηρ τε πατήρ τε 550
ἄλλοι θ' οἳ κατὰ ἄστυ καὶ οἳ περιναιετάουσιν.

pólis, como Odisseu, feito Ares, avançou
ao paço de Deífobo com Menelau.
Disse também como vencera em rusga aspérrima
um contendor contando com a aliada Palas. 520
Canta o cantor ilustre, e o herói se desfazia
em pranto, o rio de lágrimas rolando à face.
Mulher que chora sobre o corpo do marido
amado, morto diante da cidade, quando
a tétrica jornada o retirava da urbe, 525
dos seus, a ela que em luta o viu morrer, caindo
sobre seu corpo, estridulando em pranto, e adversos
remetem lança na omoplata, bem na nuca,
e escravas a removem, só fadiga e dor,
e o indizível sofrimento fana a face, 530
tal qual o herói, indescritível, pranteava.
Nenhum conviva ali presente, salvo o rei,
se apercebeu do fato; ao lado de seu trono
estava, de onde o pôde ouvir carpir sua mágoa.
Assim falou o rei dos filorremadores: 535
"Ouvi-me, hegêmones e conselheiros feácios,
não mais ressoe a cítara o cantor Demódoco,
pois sua poesia não agrada a todo ouvinte.
Assim que nos pusemos a cear e o aedo
começou, o hóspede não mais reteve o pranto, 540
a angústia circum-envolveu seu pericárdio.
Demódoco, já basta! Que anfitriões e o hóspede
possam unir-se na alegria! Eis o melhor,
pois o motivo deste encontro foi honrá-lo,
oferecer escolta e dádivas fraternas. 545
O hóspede e o suplicante são como um parente
até para quem seja parco em lucidez.
Não queiras, pois, usar de astúcia ao responder
ao que eu pergunte: ser sincero é o que há de belo.
Teu pai e tua mãe, como ambos te nomeiam, 550
a gente da cidade, teus vizinhos? Não

οὐ μὲν γάρ τις πάμπαν ἀνώνυμός ἐστ' ἀνθρώπων,
οὐ κακὸς οὐδὲ μὲν ἐσθλός, ἐπὴν τὰ πρῶτα γένηται,
ἀλλ' ἐπὶ πᾶσι τίθενται, ἐπεί κε τέκωσι, τοκῆες.
εἰπὲ δέ μοι γαῖάν τε· τεὴν δῆμόν τε πόλιν τε, 555
ὄφρα σε τῇ πέμπωσι τιτυσκόμεναι φρεσὶ νῆες·
οὐ γὰρ Φαιήκεσσι κυβερνητῆρες ἔασιν,
οὐδέ τι πηδάλι' ἔστι, τά τ' ἄλλαι νῆες ἔχουσιν·
ἀλλ' αὐταὶ ἴσασι νοήματα καὶ φρένας ἀνδρῶν,
καὶ πάντων ἴσασι πόλιας καὶ πίονας ἀγροὺς 560
ἀνθρώπων, καὶ λαῖτμα τάχισθ' ἁλὸς ἐκπερόωσιν
ἠέρι καὶ νεφέλῃ κεκαλυμμέναι· οὐδέ ποτέ σφιν
οὔτε τι πημανθῆναι ἔπι δέος οὔτ' ἀπολέσθαι.
ἀλλὰ τόδ' ὥς ποτε πατρὸς ἐγὼν εἰπόντος ἄκουσα
Ναυσιθόου, ὃς ἔφασκε Ποσειδάων' ἀγάσασθαι 565
ἡμῖν, οὕνεκα πομποὶ ἀπήμονές εἰμεν ἁπάντων.
φῆ ποτὲ Φαιήκων ἀνδρῶν εὐεργέα νῆα
ἐκ πομπῆς ἀνιοῦσαν ἐν ἠεροειδέι πόντῳ
ῥαισέμεναι, μέγα δ' ἧμιν ὄρος πόλει ἀμφικαλύψειν.
ὣς ἀγόρευ' ὁ γέρων· τὰ δέ κεν θεὸς ἢ τελέσειεν 570
ἤ κ' ἀτέλεστ' εἴη, ὥς οἱ φίλον ἔπλετο θυμῷ·
ἀλλ' ἄγε μοι τόδε εἰπὲ καὶ ἀτρεκέως κατάλεξον,
ὅππῃ ἀπεπλάγχθης τε καὶ ἅς τινας ἵκεο χώρας
ἀνθρώπων, αὐτούς τε πόλιάς τ' ἐὺ ναιετοώσας,
ἠμὲν ὅσοι χαλεποί τε καὶ ἄγριοι οὐδὲ δίκαιοι, 575
οἵ τε φιλόξεινοι, καί σφιν νόος ἐστὶ θεουδής.
εἰπὲ δ' ὅ τι κλαίεις καὶ ὀδύρεαι ἔνδοθι θυμῷ
Ἀργείων Δαναῶν ἠδ' Ἰλίου οἶτον ἀκούων.
τὸν δὲ θεοὶ μὲν τεῦξαν, ἐπεκλώσαντο δ' ὄλεθρον
ἀνθρώποις, ἵνα ᾖσι καὶ ἐσσομένοισιν ἀοιδή. 580
ἦ τίς τοι καὶ πηὸς ἀπέφθιτο Ἰλιόθι πρὸ
ἐσθλὸς ἐών, γαμβρὸς ἢ πενθερός, οἵ τε μάλιστα
κήδιστοι τελέθουσι μεθ' αἷμά τε καὶ γένος αὐτῶν;
ἦ τίς που καὶ ἑταῖρος ἀνὴρ κεχαρισμένα εἰδώς,
ἐσθλός; ἐπεὶ οὐ μέν τι κασιγνήτοιο χερείων 585
γίγνεται, ὅς κεν ἑταῖρος ἐὼν πεπνυμένα εἰδῇ."

existe um homem só, seja ele miserável,
seja ele nobre, anônimo, pois genitores
tratam de nomear quem geram quando nasce.
Me agrada que refiras tua pólis, pátria, 555
os teus, a fim de que os navios te reconduzam
só com o pensamento; não temos pilotos,
nossos baixéis não têm timão como os demais,
mas sabem o que a mente do homem intenciona,
de todos sabem as cidades e as campinas, 560
e rasgam céleres a escuridão marinha,
mesmo se o fusco e a nuvem os recobrem. Des-
temem naufrágio ou dano na carena. Ouvi
meu pai Nausítoo dizer que o deus do mar
enraiveceu-se contra nós, por guiarmos sempre 565
outros, incólumes, a seu destino. Um dia,
falou que destruirá a nau perfeita feácia
no mar caliginoso, após fazer escolta,
que uma montanha alta circunvelará
nossa cidade imensa. Assim falou. Só um deus 570
pode cumpri-lo ou não, conforme o dite a si.
Sê minucioso e franco em teu relato: como
perdeste a rota, em quais paragens habitadas
de homens chegaste? Fala das cidades cheias,
dos hostis, dos selváticos e dos injustos, 575
dos filo-hospitaleiros, pios com os eternos.
Choras por quê? Por que teu ânimo padece
à citação da sina dos argivos, de Ílion?
Os deuses decidiram; fiaram a catástrofe
de homens para a poesia existir um dia. 580
Perdeste algum parente de valor na entrada
de Troia, um genro, o sogro, os entes mais amados
depois de nossos consanguíneos? Ou um sócio
cuja amizade demonstrou por ti, um nobre?
Pois não coloco abaixo dos familiares 585
o amigo em cuja ânima sopre a sapiência."

Τὸν δ' ἀπαμειβόμενος προσέφη πολύμητις Ὀδυσσεύς·
"Ἀλκίνοε κρεῖον, πάντων ἀριδείκετε λαῶν,
ἦ τοι μὲν τόδε καλὸν ἀκουέμεν ἐστὶν ἀοιδοῦ
τοιοῦδ' οἷος ὅδ' ἐστί, θεοῖς ἐναλίγκιος αὐδήν.
οὐ γὰρ ἐγώ γέ τί φημι τέλος χαριέστερον εἶναι   5
ἢ ὅτ' ἐυφροσύνη μὲν ἔχῃ κάτα δῆμον ἅπαντα,
δαιτυμόνες δ' ἀνὰ δώματ' ἀκουάζωνται ἀοιδοῦ
ἥμενοι ἑξείης, παρὰ δὲ πλήθωσι τράπεζαι
σίτου καὶ κρειῶν, μέθυ δ' ἐκ κρητῆρος ἀφύσσων
οἰνοχόος φορέῃσι καὶ ἐγχείῃ δεπάεσσι·   10
τοῦτό τί μοι κάλλιστον ἐνὶ φρεσὶν εἴδεται εἶναι.
σοὶ δ' ἐμὰ κήδεα θυμὸς ἐπετράπετο στονόεντα
εἴρεσθ', ὄφρ' ἔτι μᾶλλον ὀδυρόμενος στεναχίζω·
τί πρῶτόν τοι ἔπειτα, τί δ' ὑστάτιον καταλέξω;
κήδε' ἐπεί μοι πολλὰ δόσαν θεοὶ Οὐρανίωνες.   15
νῦν δ' ὄνομα πρῶτον μυθήσομαι, ὄφρα καὶ ὑμεῖς
εἴδετ', ἐγὼ δ' ἂν ἔπειτα φυγὼν ὕπο νηλεὲς ἦμαρ
ὑμῖν ξεῖνος ἔω καὶ ἀπόπροθι δώματα ναίων.
εἴμ' Ὀδυσεὺς Λαερτιάδης, ὃς πᾶσι δόλοισιν
ἀνθρώποισι μέλω, καί μευ κλέος οὐρανὸν ἵκει.   20
ναιετάω δ' Ἰθάκην ἐυδείελον· ἐν δ' ὄρος αὐτῇ
Νήριτον εἰνοσίφυλλον, ἀριπρεπές· ἀμφὶ δὲ νῆσοι
πολλαὶ ναιετάουσι μάλα σχεδὸν ἀλλήλῃσι,
Δουλίχιόν τε Σάμη τε καὶ ὑλήεσσα Ζάκυνθος.
αὐτὴ δὲ χθαμαλὴ πανυπερτάτη εἰν ἁλὶ κεῖται   25
πρὸς ζόφον, αἱ δέ τ' ἄνευθε πρὸς ἠῶ τ' ἠέλιόν τε,

Canto IX

O herói plurissolerte disse-lhe em resposta:
"Alcínoo insigne, magno soberano, é belo
ouvir cantor da magnitude do aqui
presente, ícone de um deus no tom de voz.
Permito-me dizer não existir prazer 5
maior que ver o júbilo tomando conta
das gentes, os convivas escutando o bardo
na sala, cada qual na própria sédia, a mesa
plena de pães e viandas, o escanção vertendo
o vinho da cratera sobre a taça: nada 10
se me afigura à ânima tão deleitável!
Teu coração, voltado para mim, demanda-me
a agrura que sofri para agravar-me o pranto?
Começo pelo início ou pelo fim? Os numes
urânios deram-me viver reveses múltiplos. 15
Direi como me chamo, a fim de que também
o conheçais e que eu, fugindo ao dia tétrico,
me hospede aqui, um habitante dos confins.
Sou Odisseu Laércio. As muitas artimanhas
de que sou mestre fomentaram meu renome 20
aqui e no céu. Meu lar é Ítaca e o Nérito,
monte longivisível folhifarfalhante.
Circunvizinhas ínsulas abundam, Same,
Dulíquio e a selvática Zacinto. Ítaca
repousa nos baixios talássios, derradeira 25
a oeste, as outras abrem-se ao sol do leste:

τρηχεῖ', ἀλλ' ἀγαθὴ κουροτρόφος· οὔ τοι ἐγώ γε
ἧς γαίης δύναμαι γλυκερώτερον ἄλλο ἰδέσθαι.
ἦ μέν μ' αὐτόθ' ἔρυκε Καλυψώ, δῖα θεάων,
ἐν σπέσσι γλαφυροῖσι, λιλαιομένη πόσιν εἶναι·   30
ὣς δ' αὔτως Κίρκη κατερήτυεν ἐν μεγάροισιν
Αἰαίη δολόεσσα, λιλαιομένη πόσιν εἶναι·
ἀλλ' ἐμὸν οὔ ποτε θυμὸν ἐνὶ στήθεσσιν ἔπειθον.
ὣς οὐδὲν γλύκιον ἧς πατρίδος οὐδὲ τοκήων
γίγνεται, εἴ περ καί τις ἀπόπροθι πίονα οἶκον   35
γαίῃ ἐν ἀλλοδαπῇ ναίει ἀπάνευθε τοκήων.
εἰ δ' ἄγε τοι καὶ νόστον ἐμὸν πολυκηδέ' ἐνίσπω,
ὅν μοι Ζεὺς ἐφέηκεν ἀπὸ Τροίηθεν ἰόντι.
Ἰλιόθεν με φέρων ἄνεμος Κικόνεσσι πέλασσεν,
Ἰσμάρῳ. ἔνθα δ' ἐγὼ πόλιν ἔπραθον, ὤλεσα δ' αὐτούς·   40
ἐκ πόλιος δ' ἀλόχους καὶ κτήματα πολλὰ λαβόντες
δασσάμεθ', ὡς μή τίς μοι ἀτεμβόμενος κίοι ἴσης.
ἔνθ' ἦ τοι μὲν ἐγὼ διερῷ ποδὶ φευγέμεν ἡμέας
ἠνώγεα, τοὶ δὲ μέγα νήπιοι οὐκ ἐπίθοντο.
ἔνθα δὲ πολλὸν μὲν μέθυ πίνετο, πολλὰ δὲ μῆλα   45
ἔσφαζον παρὰ θῖνα καὶ εἰλίποδας ἕλικας βοῦς·
τόφρα δ' ἄρ' οἰχόμενοι Κίκονες Κικόνεσσι γεγώνευν,
οἵ σφιν γείτονες ἦσαν, ἅμα πλέονες καὶ ἀρείους,
ἤπειρον ναίοντες, ἐπιστάμενοι μὲν ἀφ' ἵππων
ἀνδράσι μάρνασθαι καὶ ὅθι χρὴ πεζὸν ἐόντα.   50
ἦλθον ἔπειθ' ὅσα φύλλα καὶ ἄνθεα γίγνεται ὥρῃ,
ἠέριοι· τότε δή ῥα κακὴ Διὸς αἶσα παρέστη
ἡμῖν αἰνομόροισιν, ἵν' ἄλγεα πολλὰ πάθοιμεν.
στησάμενοι δ' ἐμάχοντο μάχην παρὰ νηυσὶ θοῇσι,
βάλλον δ' ἀλλήλους χαλκήρεσιν ἐγχείῃσιν.   55
ὄφρα μὲν ἠὼς ἦν καὶ ἀέξετο ἱερὸν ἦμαρ,
τόφρα δ' ἀλεξόμενοι μένομεν πλέονάς περ ἐόντας.
ἦμος δ' ἠέλιος μετενίσσετο βουλυτόνδε,
καὶ τότε δὴ Κίκονες κλῖναν δαμάσαντες Ἀχαιούς.
ἓξ δ' ἀφ' ἑκάστης νηὸς ἐϋκνήμιδες ἑταῖροι   60
ὤλονθ'· οἱ δ' ἄλλοι φύγομεν θάνατόν τε μόρον τε.

hirta de seixos, ótima nutriz de moços.
Nenhum olhar perlustra mais dulçor na terra.
Reteve-me Calipso, bela diva, em cava
gruta, ávida por ter-me como seu consorte; 30
do mesmo modo Circe me prendeu em casa;
ladina de Eeia, quis também casar comigo:
nenhuma delas me falou ao coração.
Deleite-mor é a própria pátria e os pais, riquíssimo
embora o paço tão distante em que se habite, 35
em país de alienígenas, longe de ancestres.
Quero narrar também a pluridor da volta,
que Zeus me impinge desde a cidadela troica.
De Ílion, o vento me soprou até Ismaro
dos cícones: saqueei, matei somente os homens, 40
tratei de ser equânime na divisão
entre nós de mulheres e butins de monta.
Insisti em que a fuga a pé se desse rápido,
mas os ingênuos não me deram atenção.
Entregaram-se ao vinho, degolando muita 45
ovelha pela praia e bois recurvicornos,
passirrecurvos. Cíconos pediam aos cíconos
de perto ajuda, em maior número, troncudos,
interioranos, hábeis na refrega a bordo
de carros, ou a pé, imposta a conjuntura. 50
Flor e folha espocando à primavera, assim
chegaram de manhã. Conosco a sorte aziaga
de Zeus, moiramargando sofrimento inúmero.
À beira-nau veloz houve a batalha, uns
alanceando lanças brônzeas contra os outros. 55
Era matina e o dia sacro despontava,
e, embora fossem numerosos, resistíamos;
mas quando o sol atinge a hora em que os bois pastam
libertos, chovem, contra aqueus em fuga, os cíconos.
Seis sócios, belas-grevas, por navio, morreram; 60
fugimos os demais de tânatos, da moira.

ἔνθεν δὲ προτέρω πλέομεν ἀκαχήμενοι ἦτορ,
ἄσμενοι ἐκ θανάτοιο, φίλους ὀλέσαντες ἑταίρους.
οὐδ' ἄρα μοι προτέρω νῆες κίον ἀμφιέλισσαι,
πρίν τινα τῶν δειλῶν ἑτάρων τρὶς ἕκαστον ἀῦσαι, 65
οἳ θάνον ἐν πεδίῳ Κικόνων ὕπο δῃωθέντες.
νηυσὶ δ' ἐπῶρσ' ἄνεμον Βορέην νεφεληγερέτα Ζεὺς
λαίλαπι θεσπεσίῃ, σὺν δὲ νεφέεσσι κάλυψε
γαῖαν ὁμοῦ καὶ πόντον· ὀρώρει δ' οὐρανόθεν νύξ.
αἱ μὲν ἔπειτ' ἐφέροντ' ἐπικάρσιαι, ἱστία δέ σφιν 70
τριχθά τε καὶ τετραχθὰ διέσχισεν ἲς ἀνέμοιο.
καὶ τὰ μὲν ἐς νῆας κάθεμεν, δείσαντες ὄλεθρον,
αὐτὰς δ' ἐσσυμένως προερέσσαμεν ἤπειρόνδε.
ἔνθα δύω νύκτας δύο τ' ἤματα συνεχὲς αἰεὶ
κείμεθ', ὁμοῦ καμάτῳ τε καὶ ἄλγεσι θυμὸν ἔδοντες. 75
ἀλλ' ὅτε δὴ τρίτον ἦμαρ ἐυπλόκαμος τέλεσ' Ἠώς,
ἱστοὺς στησάμενοι ἀνά θ' ἱστία λεύκ' ἐρύσαντες
ἥμεθα, τὰς δ' ἄνεμός τε κυβερνῆταί τ' ἴθυνον.
καί νύ κεν ἀσκηθὴς ἱκόμην ἐς πατρίδα γαῖαν·
ἀλλά με κῦμα ῥόος τε περιγνάμπτοντα Μάλειαν 80
καὶ Βορέης ἀπέωσε, παρέπλαγξεν δὲ Κυθήρων.
ἔνθεν δ' ἐννῆμαρ φερόμην ὀλοοῖς ἀνέμοισιν
πόντον ἐπ' ἰχθυόεντα· ἀτὰρ δεκάτῃ ἐπέβημεν
γαίης Λωτοφάγων, οἵ τ' ἄνθινον εἶδαρ ἔδουσιν.
ἔνθα δ' ἐπ' ἠπείρου βῆμεν καὶ ἀφυσσάμεθ' ὕδωρ, 85
αἶψα δὲ δεῖπνον ἕλοντο θοῇς παρὰ νηυσὶν ἑταῖροι.
αὐτὰρ ἐπεὶ σίτοιό τ' ἐπασσάμεθ' ἠδὲ ποτῆτος,
δὴ τότ' ἐγὼν ἑτάρους προΐειν πεύθεσθαι ἰόντας,
οἵ τινες ἀνέρες εἶεν ἐπὶ χθονὶ σῖτον ἔδοντες
ἄνδρε δύω κρίνας, τρίτατον κήρυχ' ἅμ' ὀπάσσας. 90
οἱ δ' αἶψ' οἰχόμενοι μίγεν ἀνδράσι Λωτοφάγοισιν·
οὐδ' ἄρα Λωτοφάγοι μήδονθ' ἑτάροισιν ὄλεθρον
ἡμετέροις, ἀλλά σφι δόσαν λωτοῖο πάσασθαι.
τῶν δ' ὅς τις λωτοῖο φάγοι μελιηδέα καρπόν,
οὐκέτ' ἀπαγγεῖλαι πάλιν ἤθελεν οὐδὲ νέεσθαι, 95
ἀλλ' αὐτοῦ βούλοντο μετ' ἀνδράσι Λωτοφάγοισι

Seguimos aproando, cor acabrunhado,
alegres extratânatos, mas sem os sócios
fiéis. Avançam pouco as ágeis naus simétricas,
sem que invocássemos três vezes cada mísero   65
morto campina adentro sob ação dos cíconos.
E o Adensa-nuvens contra as naus suscita Bóreas
num turbilhão embasbacante: nuvens velam
a terra e o mar; do urano céu a noite assoma.
Nós ziguezagueávamos. O vento rasga   70
em três, em quatro, as velas. Sobre a plataforma,
tratamos de deitá-las, com pavor do pior,
nos empenhando em atingir, a remo, a margem.
Jazemos duas noites e dois dias inteiros,
roendo o coração com dores e fadigas.   75
Mas, quando Aurora belas-tranças trouxe mais
um dia, desfraldamos velas pandas, fixas
nos mastros, nos sentando. O vento e o nauta guiam-nos.
Teria chegado ileso à pátria dos ancestres,
não me impedisse a onda, a correnteza e Bóreas,   80
ao contornar Maleia; vi distar Citera.
O vendaval funesto pelo mar piscoso
por nove dias nos levou. Entre os Lotófagos,
que comem flor, chegamos na manhã seguinte.
Para fazer aguada, então desembarcamos,   85
ultimando os manjares rente às naus agílimas.
Saciados de comer e de beber, mandei
que os companheiros indagassem quem seriam
os homens que, no país, comiam pão, dois caros
marujos designando, e um terceiro: o arauto.   90
Entre os Lotófagos, logo se misturaram.
Em lugar de matar, Lotófagos ofertam
lótus como repasto aos nossos sócios. Quem
provava o puro mel da fruta-lótus, não
queria mais voltar ou informar-nos de algo,   95
optando por permanecer entre os Lotófagos,

λωτὸν ἐρεπτόμενοι μενέμεν νόστου τε λαθέσθαι.
τοὺς μὲν ἐγὼν ἐπὶ νῆας ἄγον κλαίοντας ἀνάγκῃ,
νηυσὶ δ' ἐνὶ γλαφυρῇσιν ὑπὸ ζυγὰ δῆσα ἐρύσσας.
αὐτὰρ τοὺς ἄλλους κελόμην ἐρίηρας ἑταίρους   100
σπερχομένους νηῶν ἐπιβαινέμεν ὠκειάων,
μή πώς τις λωτοῖο φαγὼν νόστοιο λάθηται.
οἱ δ' αἶψ' εἴσβαινον καὶ ἐπὶ κληῖσι καθῖζον,
ἑξῆς δ' ἑζόμενοι πολιὴν ἅλα τύπτον ἐρετμοῖς.
ἔνθεν δὲ προτέρω πλέομεν ἀκαχήμενοι ἦτορ·   105
Κυκλώπων δ' ἐς γαῖαν ὑπερφιάλων ἀθεμίστων
ἱκόμεθ', οἵ ῥα θεοῖσι πεποιθότες ἀθανάτοισιν
οὔτε φυτεύουσιν χερσὶν φυτὸν οὔτ' ἀρόωσιν,
ἀλλὰ τά γ' ἄσπαρτα καὶ ἀνήροτα πάντα φύονται,
πυροὶ καὶ κριθαὶ ἠδ' ἄμπελοι, αἵ τε φέρουσιν   110
οἶνον ἐρισταφυλον, καί σφιν Διὸς ὄμβρος ἀέξει.
τοῖσιν δ' οὔτ' ἀγοραὶ βουληφόροι οὔτε θέμιστες,
ἀλλ' οἵ γ' ὑψηλῶν ὀρέων ναίουσι κάρηνα
ἐν σπέσσι γλαφυροῖσι, θεμιστεύει δὲ ἕκαστος
παίδων ἠδ' ἀλόχων, οὐδ' ἀλλήλων ἀλέγουσιν.   115
νῆσος ἔπειτα λάχεια παρὲκ λιμένος τετάνυσται,
γαίης Κυκλώπων οὔτε σχεδὸν οὔτ' ἀποτηλοῦ,
ὑλήεσσ'· ἐν δ' αἶγες ἀπειρέσιαι γεγάασιν
ἄγριαι· οὐ μὲν γὰρ πάτος ἀνθρώπων ἀπερύκει,
οὐδέ μιν εἰσοιχνεῦσι κυνηγέται, οἵ τε καθ' ὕλην   120
ἄλγεα πάσχουσιν κορυφὰς ὀρέων ἐφέποντες.
οὔτ' ἄρα ποίμνῃσιν καταΐσχεται οὔτ' ἀρότοισιν,
ἀλλ' ἥ γ' ἄσπαρτος καὶ ἀνήροτος ἤματα πάντα
ἀνδρῶν χηρεύει, βόσκει δέ τε μηκάδας αἶγας.
οὐ γὰρ Κυκλώπεσσι νέες πάρα μιλτοπάρῃοι,   125
οὐδ' ἄνδρες νηῶν ἔνι τέκτονες, οἵ κε κάμοιεν
νῆας ἐϋσσέλμους, αἵ κεν τελέοιεν ἕκαστα
ἄστε' ἐπ' ἀνθρώπων ἱκνεύμεναι, οἷά τε πολλὰ
ἄνδρες ἐπ' ἀλλήλους νηυσὶν περόωσι θάλασσαν·
οἵ κέ σφιν καὶ νῆσον ἐϋκτιμένην ἐκάμοντο.   130
οὐ μὲν γάρ τι κακή γε, φέροι δέ κεν ὥρια πάντα·

comendo lótus, esquecidos do retorno.
Tive de usar de força para conduzi-los
às naus, chorosos, e amarrá-los sob as pontes
do cavo barco, aos outros sócios exigindo 100
a rápida partida nos baixéis agílimos:
que mais ninguém, comendo lótus, olvidasse
a volta! A bordo, sentam-se junto às cavilhas,
em fila, os remos já pulsando o salso gris.
O coração doía enquanto navegávamos. 105
Fundeamos no país dos brutos antileis
Ciclopes olhiesféricos, que fiam nos deuses
a ponto de não cultivarem o plantio:
a floração se dá sem a semente e o arado,
de grãos, cevada, de videiras dulcicachos 110
do vinho puro: chove Zeus e faz crescer.
Desconhecem concílios na ágora e as normas,
habitam píncaros de altíssimas montanhas,
em grutas côncavas. Alheios aos demais,
mandam nos próprios filhos e na esposa. Fora 115
do porto se alongava a insular planície,
nem perto, nem distante do país ciclópio,
cheia de agrestes cabras, nunca afugentadas
pela passagem do homem. Nem os caçadores
ousam andar ali, pois na alta selva esfalfam-se 120
em suas incursões. Carecem de rebanhos
e campos semeados, sem cuidado e sem
messe durante todo tempo delongado;
balando, as cabras pastam no vazio humano.
Os Olhicirculares não têm naus de mínia 125
fronte, nem carpinteiros hábeis em navios
que lhes permitam concluir seus afazeres
em urbes habitadas, como soem agir,
uns com os outros, homens nos baixéis oceânicos.
Teriam cultivado a ilha bem-construta. 130
Não que ela fosse desprezível, pois fertílima:

ἐν μὲν γὰρ λειμῶνες ἁλὸς πολιοῖο παρ' ὄχθας
ὑδρηλοὶ μαλακοί· μάλα κ' ἄφθιτοι ἄμπελοι εἶεν.
ἐν δ' ἄροσις λείη· μάλα κεν βαθὺ λήιον αἰεὶ
εἰς ὥρας ἀμῷεν, ἐπεὶ μάλα πῖαρ ὑπ' οὖδας. 135
ἐν δὲ λιμὴν εὔορμος, ἵν' οὐ χρεὼ πείσματός ἐστιν,
οὔτ' εὐνὰς βαλέειν οὔτε πρυμνήσι' ἀνάψαι,
ἀλλ' ἐπικέλσαντας μεῖναι χρόνον εἰς ὅ κε ναυτέων
θυμὸς ἐποτρύνῃ καὶ ἐπιπνεύσωσιν ἀῆται.
αὐτὰρ ἐπὶ κρατὸς λιμένος ῥέει ἀγλαὸν ὕδωρ, 140
κρήνη ὑπὸ σπείους· περὶ δ' αἴγειροι πεφύασιν.
ἔνθα κατεπλέομεν, καί τις θεὸς ἡγεμόνευεν
νύκτα δι' ὀρφναίην, οὐδὲ προυφαίνετ' ἰδέσθαι·
ἀὴρ γὰρ περὶ νηυσὶ βαθεῖ' ἦν, οὐδὲ σελήνη
οὐρανόθεν προὔφαινε, κατείχετο δὲ νεφέεσσιν. 145
ἔνθ' οὔ τις τὴν νῆσον ἐσέδρακεν ὀφθαλμοῖσιν,
οὔτ' οὖν κύματα μακρὰ κυλινδόμενα προτὶ χέρσον
εἰσίδομεν, πρὶν νῆας ἐυσσέλμους ἐπικέλσαι.
κελσάσῃσι δὲ νηυσὶ καθείλομεν ἱστία πάντα,
ἐκ δὲ καὶ αὐτοὶ βῆμεν ἐπὶ ῥηγμῖνι θαλάσσης· 150
ἔνθα δ' ἀποβρίξαντες ἐμείναμεν Ἠῶ δῖαν.
ἦμος δ' ἠριγένεια φάνη ῥοδοδάκτυλος Ἠώς,
νῆσον θαυμάζοντες ἐδινεόμεσθα κατ' αὐτήν.
ὦρσαν δὲ νύμφαι, κοῦραι Διὸς αἰγιόχοιο,
αἶγας ὀρεσκῴους, ἵνα δειπνήσειαν ἑταῖροι. 155
αὐτίκα καμπύλα τόξα καὶ αἰγανέας δολιχαύλους
εἱλόμεθ' ἐκ νηῶν, διὰ δὲ τρίχα κοσμηθέντες
βάλλομεν· αἶψα δ' ἔδωκε θεὸς μενοεικέα θήρην.
νῆες μέν μοι ἕποντο δυώδεκα, ἐς δὲ ἑκάστην
ἐννέα λάγχανον αἶγες· ἐμοὶ δὲ δέκ' ἔξελον οἴῳ. 160
ὣς τότε μὲν πρόπαν ἦμαρ ἐς ἠέλιον καταδύντα
ἥμεθα δαινύμενοι κρέα τ' ἄσπετα καὶ μέθυ ἡδύ·
οὐ γάρ πω νηῶν ἐξέφθιτο οἶνος ἐρυθρός,
ἀλλ' ἐνέην· πολλὸν γὰρ ἐν ἀμφιφορεῦσιν ἕκαστοι
ἠφύσαμεν Κικόνων. ἱερὸν πτολίεθρον ἑλόντες. 165
Κυκλώπων δ' ἐς γαῖαν ἐλεύσσομεν ἐγγὺς ἐόντων,

há róridas campinas rentes ao mar cinza,
que acolheriam bem imperecíveis vinhas;
o solo plano e arável propiciara lavra
bastante farta, pois a terra abaixo é graxa. 135
Porto acessível prescindia das amarras
ou de prender calabre em terra ou lançar âncoras;
fundeado o barco, pode-se folgar ali
até que o vento invite o nauta para o mar.
E no pontal do porto corre água pura, 140
brota do chão da gruta. Choupos circuncrescem.
Ali chegamos e um dos deuses nos guiava
no breu da noite, sem deixar-se revelar:
a névoa espessa circundava as naves ágeis,
a lua não luzia, contida pelas nuvens. 145
Assim, nenhum de nós descortinava a ínsula,
tampouco a onda enorme se curvar no lido,
até aportarmos nossas naus de pranchas sólidas.
Navios fundeados, declinamos os velames
todos; desembarcamos numa encosta oceânica, 150
cedendo ao sono, à espera da divina aurora.
Aurora dedirrósea, filha-da-manhã,
desponta, e, boquiabertos, circulamos na ínsula.
As ninfas, prole do Cronida porta-égide,
tocavam cabras das montanhas, com o intuito 155
de alimentar meus companheiros. Dos navios
trouxemos o arco oblongo e a lança, longa-cúspide;
em grupos triplos, atiramos e um dos deuses
nos deu a caça pingue: nove por baixel,
em frota de uma dúzia. Dez, só eu obtive. 160
Passamos a jornada, até o pôr do sol,
saboreando a vianda grassa e a bebida
doce, de que os navios ainda eram fornidos,
pois cada qual versara muito vinho na ânfora
quando invadimos a urbe consagrada cícona. 165
Escrutamos, já perto, a terra dos Ciclopes,

καπνόν τ' αὐτῶν τε φθογγὴν οἴων τε καὶ αἰγῶν.
ἦμος δ' ἠέλιος κατέδυ καὶ ἐπὶ κνέφας ἦλθε,
δὴ τότε κοιμήθημεν ἐπὶ ῥηγμῖνι θαλάσσης.
ἦμος δ' ἠριγένεια φάνη ῥοδοδάκτυλος Ἠώς, 170
καὶ τότ' ἐγὼν ἀγορὴν θέμενος μετὰ πᾶσιν ἔειπον·
'ἄλλοι μὲν νῦν μίμνετ', ἐμοὶ ἐρίηρες ἑταῖροι·
αὐτὰρ ἐγὼ σὺν νηΐ τ' ἐμῇ καὶ ἐμοῖς ἑτάροισιν
ἐλθὼν τῶνδ' ἀνδρῶν πειρήσομαι, οἵ τινές εἰσιν,
ἤ ῥ' οἵ γ' ὑβρισταί τε καὶ ἄγριοι οὐδὲ δίκαιοι, 175
ἦε φιλόξεινοι, καί σφιν νόος ἐστὶ θεουδής.'
ὣς εἰπὼν ἀνὰ νηὸς ἔβην, ἐκέλευσα δ' ἑταίρους
αὐτούς τ' ἀμβαίνειν ἀνά τε πρυμνήσια λῦσαι.
οἱ δ' αἶψ' εἴσβαινον καὶ ἐπὶ κληῖσι καθῖζον,
ἑξῆς δ' ἑζόμενοι πολιὴν ἅλα τύπτον ἐρετμοῖς. 180
ἀλλ' ὅτε δὴ τὸν χῶρον ἀφικόμεθ' ἐγγὺς ἐόντα,
ἔνθα δ' ἐπ' ἐσχατιῇ σπέος εἴδομεν ἄγχι θαλάσσης,
ὑψηλόν, δάφνῃσι κατηρεφές. ἔνθα δὲ πολλὰ
μῆλ', ὄϊές τε καὶ αἶγες, ἰαύεσκον· περὶ δ' αὐλὴ
ὑψηλὴ δέδμητο κατωρυχέεσσι λίθοισι 185
μακρῇσίν τε πίτυσσιν ἰδὲ δρυσὶν ὑψικόμοισιν.
ἔνθα δ' ἀνὴρ ἐνίαυε πελώριος, ὅς ῥα τὰ μῆλα
οἶος ποιμαίνεσκεν ἀπόπροθεν· οὐδὲ μετ' ἄλλους
πωλεῖτ', ἀλλ' ἀπάνευθεν ἐὼν ἀθεμίστια ᾔδη.
καὶ γὰρ θαῦμ' ἐτέτυκτο πελώριον, οὐδὲ ἐῴκει 190
ἀνδρί γε σιτοφάγῳ, ἀλλὰ ῥίῳ ὑλήεντι
ὑψηλῶν ὀρέων, ὅ τε φαίνεται οἶον ἀπ' ἄλλων.
δὴ τότε τοὺς ἄλλους κελόμην ἐρίηρας ἑταίρους
αὐτοῦ πὰρ νηΐ τε μένειν καὶ νῆα ἔρυσθαι,
αὐτὰρ ἐγὼ κρίνας ἑτάρων δυοκαίδεκ' ἀρίστους 195
βῆν· ἀτὰρ αἴγεον ἀσκὸν ἔχον μέλανος οἴνοιο
ἡδέος, ὅν μοι ἔδωκε Μάρων, Εὐάνθεος υἱός,
ἱρεὺς Ἀπόλλωνος, ὃς Ἴσμαρον ἀμφιβεβήκει,
οὕνεκά μιν σὺν παιδὶ περισχόμεθ' ἠδὲ γυναικὶ
ἀζόμενοι· ᾤκει γὰρ ἐν ἄλσεϊ δενδρήεντι 200
Φοίβου Ἀπόλλωνος. ὁ δέ μοι πόρεν ἀγλαὰ δῶρα·

fumaça, vozes, pécoras e cabras. Sol
deposto, sobre(treva)surge, quando à fímbria
marinha nos deitamos. Mal desponta Aurora
alvorecente dedirrósea e convoquei   170
uma assembleia, onde arenguei em meio a todos:
'Permanecei à espera, nautas fidelíssimos,
que eu vou verificar que tipo de pessoa
habita aqui, com meus marujos no navio,
se é gente bronca, se é injusta e arrogante,   175
ou filorreceptiva, afeita a honrar os numes.'
Findei a fala e ao barco eu ordenei que os nautas
também subissem, deslindando, à popa, os cabos.
Se apressam a sentar-se rentes aos toletes,
ferindo, em fila, o mar cinzento com os remos.   180
Chegados ao lugar vizinho de onde estávamos,
descortinamos, junto ao mar talássio, a gruta
alta coberta de loureiros: rês enorme,
cabras e ovelhas anoitecem. Um recinto
alto se erguia em volta com estacas pétreas,   185
troncos de pinhos longos e carvalhos magnos:
dormia um ente gigantesco, que pascia
a rês sozinho nos confins. O ser longínquo
não convivia com ninguém, sem lei, um ímpio.
Dissímile de um homem comedor de pão,   190
o monstro colossal mais parecia o pico
da cordilheira infinda, sem vizinho à vista.
Aos meus fiéis amigos ordenei que à beira-
-batel, atentos, me esperassem. Doze bravos
para a incursão selecionei a dedo. Um odre   195
cápreo locupletei de vinho negro e doce,
um dom inesquecível de Maron Evânteo,
protetor dos ismaros, seguidor de Apolo,
porque o poupamos, reverentes, filho e esposa
também. Morava no sombreado bosque sacro   200
de Apolo Foibos. Ofertou-me dons esplêndidos:

χρυσοῦ μέν μοι ἔδωκ' ἐυεργέος ἑπτὰ τάλαντα,
δῶκε δέ μοι κρητῆρα πανάργυρον, αὐτὰρ ἔπειτα
οἶνον ἐν ἀμφιφορεῦσι δυώδεκα πᾶσιν ἀφύσσας
ἡδὺν ἀκηράσιον, θεῖον ποτόν· οὐδέ τις αὐτὸν   205
ἠείδη δμώων οὐδ' ἀμφιπόλων ἐνὶ οἴκῳ,
ἀλλ' αὐτὸς ἄλοχός τε φίλη ταμίη τε μί' οἴη.
τὸν δ' ὅτε πίνοιεν μελιηδέα οἶνον ἐρυθρόν,
ἓν δέπας ἐμπλήσας ὕδατος ἀνὰ εἴκοσι μέτρα
χεῦ', ὀδμὴ δ' ἡδεῖα ἀπὸ κρητῆρος ὀδώδει   210
θεσπεσίη· τότ' ἂν οὔ τοι ἀποσχέσθαι φίλον ἦεν.
τοῦ φέρον ἐμπλήσας ἀσκὸν μέγαν, ἐν δὲ καὶ ἦα
κωρύκῳ· αὐτίκα γάρ μοι ὀίσατο θυμὸς ἀγήνωρ
ἄνδρ' ἐπελεύσεσθαι μεγάλην ἐπιειμένον ἀλκήν,
ἄγριον, οὔτε δίκας ἐὺ εἰδότα οὔτε θέμιστας.   215
καρπαλίμως δ' εἰς ἄντρον ἀφικόμεθ', οὐδέ μιν ἔνδον
εὕρομεν, ἀλλ' ἐνόμευε νομὸν κάτα πίονα μῆλα.
ἐλθόντες δ' εἰς ἄντρον ἐθηεύμεσθα ἕκαστα.
ταρσοὶ μὲν τυρῶν βρῖθον, στείνοντο δὲ σηκοὶ
ἀρνῶν ἠδ' ἐρίφων· διακεκριμέναι δὲ ἕκασται   220
ἔρχατο, χωρὶς μὲν πρόγονοι, χωρὶς δὲ μέτασσαι,
χωρὶς δ' αὖθ' ἕρσαι. ναῖον δ' ὀρῷ ἄγγεα πάντα,
γαυλοί τε σκαφίδες τε, τετυγμένα, τοῖς ἐνάμελγεν.
ἔνθ' ἐμὲ μὲν πρώτισθ' ἕταροι λίσσοντ' ἐπέεσσιν
τυρῶν αἰνυμένους ἰέναι πάλιν, αὐτὰρ ἔπειτα   225
καρπαλίμως ἐπὶ νῆα θοὴν ἐρίφους τε καὶ ἄρνας
σηκῶν ἐξελάσαντας ἐπιπλεῖν ἁλμυρὸν ὕδωρ·
ἀλλ' ἐγὼ οὐ πιθόμην, ἦ τ' ἂν πολὺ κέρδιον ἦεν,
ὄφρ' αὐτόν τε ἴδοιμι, καὶ εἴ μοι ξείνια δοίη.
οὐδ' ἄρ' ἔμελλ' ἑτάροισι φανεὶς ἐρατεινὸς ἔσεσθαι. 230
ἔνθα δὲ πῦρ κήαντες ἐθύσαμεν ἠδὲ καὶ αὐτοὶ
τυρῶν αἰνύμενοι φάγομεν, μένομέν τέ μιν ἔνδον
ἥμενοι, ἧος ἐπῆλθε νέμων. φέρε δ' ὄβριμον ἄχθος
ὕλης ἀζαλέης, ἵνα οἱ ποτιδόρπιον εἴη,
ἔντοσθεν δ' ἄντροιο βαλὼν ὀρυμαγδὸν ἔθηκεν·   235
ἡμεῖς δὲ δείσαντες ἀπεσσύμεθ' ἐς μυχὸν ἄντρου.

deu-me talentos de ouro primorosamente
lavrados (sete!), deu-me uma cratera pleni-
prateada e vinho que verteu em doze ânforas,
puro dulçor divino. Exceto o sacerdote, 205
sua consorte e a despenseira, ninguém mais
na casa, servo, ancila, sabia onde estava.
Quando bebiam vinho dulcimel rubento,
para vinte medidas d'água, uma só
taça de vinho acrescentavam, e o divino 210
aroma da cratera se evolava. Não
querias estar perto? Eu tinha um odre enorme,
vitualhas no bornal, pois no meu peito o cor
previu que um homem rude, desconhecedor
de normas e justiça, nós encontraríamos. 215
Tão logo entramos na caverna, não topamos
com ele, que pascia no prado a grei obesa.
Tudo o que ali mirávamos aparvalhava:
queijos pendiam das grades, anhos e cabritos
premiam-se no espaço, grupos tripartidos: 220
velhustros, intermediários e lactantes.
Soro escorria das vasilhas, tarros, selhas,
construtos onde ele ordenhava. Os companheiros
então rogavam que eu pegasse logo o queijo
para retrocedermos sem demora, anho, 225
cabrito conduzindo à embarcação veloz,
de volta ao mar salino. Não me convenci
(confesso: um erro crasso), para poder vê-lo,
saber se a mim acolheria como hóspede.
Não haveria de ser gentil com meus amigos. 230
A chama ardia as oferendas e comíamos
queijo nós mesmos. Esperávamos sentados
na gruta, até que ele chegou com o rebanho,
portando, a fim de preparar a ceia, um feixe
de lenha seca. O arrojo dele ao chão ribomba. 235
O medo nos remove ao fundo da caverna.

αὐτὰρ ὅ γ᾽ εἰς εὐρὺ σπέος ἤλασε πίονα μῆλα
πάντα μάλ᾽ ὅσσ᾽ ἤμελγε, τὰ δ᾽ ἄρσενα λεῖπε θύρηφιν,
ἀρνειούς τε τράγους τε, βαθείης ἔκτοθεν αὐλῆς.
αὐτὰρ ἔπειτ᾽ ἐπέθηκε θυρεὸν μέγαν ὑψόσ᾽ ἀείρας, 240
ὄβριμον· οὐκ ἂν τόν γε δύω καὶ εἴκοσ᾽ ἄμαξαι
ἐσθλαὶ τετράκυκλοι ἀπ᾽ οὔδεος ὀχλίσσειαν·
τόσσην ἠλίβατον πέτρην ἐπέθηκε θύρῃσιν.
ἑζόμενος δ᾽ ἤμελγεν ὄϊς καὶ μηκάδας αἶγας,
πάντα κατὰ μοῖραν, καὶ ὑπ᾽ ἔμβρυον ἧκεν ἑκάστῃ. 245
αὐτίκα δ᾽ ἥμισυ μὲν θρέψας λευκοῖο γάλακτος
πλεκτοῖς ἐν ταλάροισιν ἀμησάμενος κατέθηκεν,
ἥμισυ δ᾽ αὖτ᾽ ἔστησεν ἐν ἄγγεσιν, ὄφρα οἱ εἴη
πίνειν αἰνυμένῳ καί οἱ ποτιδόρπιον εἴη.
αὐτὰρ ἐπεὶ δὴ σπεῦσε πονησάμενος τὰ ἃ ἔργα, 250
καὶ τότε πῦρ ἀνέκαιε καὶ εἴσιδεν, εἴρετο δ᾽ ἡμέας·
'ὦ ξεῖνοι, τίνες ἐστέ; πόθεν πλεῖθ᾽ ὑγρὰ κέλευθα;
ἦ τι κατὰ πρῆξιν ἦ μαψιδίως ἀλάλησθε,
οἷά τε ληϊστῆρες, ὑπεὶρ ἅλα, τοί τ᾽ ἀλόωνται
ψυχὰς παρθέμενοι κακὸν ἀλλοδαποῖσι φέροντες;' 255
ὣς ἔφαθ᾽, ἡμῖν δ᾽ αὖτε κατεκλάσθη φίλον ἦτορ,
δεισάντων φθόγγον τε βαρὺν αὐτόν τε πέλωρον.
ἀλλὰ καὶ ὧς μιν ἔπεσσιν ἀμειβόμενος προσέειπον·
'ἡμεῖς τοι Τροίηθεν ἀποπλαγχθέντες Ἀχαιοὶ
παντοίοις ἀνέμοισιν ὑπὲρ μέγα λαῖτμα θαλάσσης, 260
οἴκαδε ἱέμενοι, ἄλλην ὁδὸν ἄλλα κέλευθα
ἤλθομεν· οὕτω που Ζεὺς ἤθελε μητίσασθαι.
λαοὶ δ᾽ Ἀτρεΐδεω Ἀγαμέμνονος εὐχόμεθ᾽ εἶναι,
τοῦ δὴ νῦν γε μέγιστον ὑπουράνιον κλέος ἐστί·
τόσσην γὰρ διέπερσε πόλιν καὶ ἀπώλεσε λαοὺς 265
πολλούς. ἡμεῖς δ᾽ αὖτε κιχανόμενοι τὰ σὰ γοῦνα
ἱκόμεθ᾽, εἴ τι πόροις ξεινήιον ἠὲ καὶ ἄλλως
δοίης δωτίνην, ἥ τε ξείνων θέμις ἐστίν.
ἀλλ᾽ αἰδεῖο, φέριστε, θεούς· ἱκέται δέ τοί εἰμεν,
Ζεὺς δ᾽ ἐπιτιμήτωρ ἱκετάων τε ξείνων τε, 270
ξείνιος, ὃς ξείνοισιν ἅμ᾽ αἰδοίοισιν ὀπηδεῖ.'

Conduz então à enorme gruna as bestas gordas
para ordenhá-las, bodes e carneiros no alto
pátio deixando; fêmeas só transpõem a porta.
No ar soergue a mega pedra pesadíssima 240
e a lança como porta, um feito irrealizável
por vinte e dois robustos carros, cada qual
com quatro rodas, tal o bloco do pedrouço.
Sentou para mungir balantes cabras, pécoras,
tudo conforme a moira, as crias sob as tetas. 245
Então talhou metade do alvo leite e o pôs
dentro de cestos entrançados. A outra parte,
ele acondicionou num vasilhame, líquido
para beber posteriormente em sua ceia.
Assim que finaliza o que fazia, o fogo 250
acende e nos escruta e indaga: 'Alienígenas,
sois quem? De onde partistes pela senda líquida?
Que afazer vos moveu? Singrais o mar tais quais
piratas divagantes que, arriscando a própria
ânima, atemorizam gente nunca vista?' 255
Falou e o coração se nos rompeu de medo
do ronco de sua voz e dele mesmo, um ogro.
Mas, em resposta, disse-lhe o seguinte: 'Aqueus
somos e erramos desde a cidadela de Ílion,
no mega mar profundo e ao sabor dos ventos, 260
ávidos de tornar ao lar, outros quadrantes
e rotas percorremos, pois o quis Zeus magno.
Gabamo-nos de ser da esquadra de Agamêmnon,
cujo renome agora sob o céu é máximo,
tal o portento da cidade que destruiu, 265
tantas pessoas que matou. Aos teus joelhos
prostrados, suplicamos nos concedas dons
que é lei se deem aos hóspedes ou hospedagem.
Honora, caro, os deuses, eis o que imploramos!
É o hospitaleiro Zeus quem olha pelos hóspedes 270
e pelos súplices, e segue os passos do hóspede.'

ὣς ἐφάμην, ὁ δέ μ' αὐτίκ' ἀμείβετο νηλέι θυμῷ·
'νήπιός εἰς, ὦ ξεῖν', ἢ τηλόθεν εἰλήλουθας,
ὅς με θεοὺς κέλεαι ἢ δειδίμεν ἢ ἀλέασθαι·
οὐ γὰρ Κύκλωπες Διὸς αἰγιόχου ἀλέγουσιν   275
οὐδὲ θεῶν μακάρων, ἐπεὶ ἦ πολὺ φέρτεροί εἰμεν·
οὐδ' ἂν ἐγὼ Διὸς ἔχθος ἀλευάμενος πεφιδοίμην
οὔτε σεῦ οὔθ' ἑτάρων, εἰ μὴ θυμός με κελεύοι.
ἀλλά μοι εἴφ' ὅπῃ ἔσχες ἰὼν εὐεργέα νῆα,
ἤ που ἐπ' ἐσχατιῆς, ἦ καὶ σχεδόν, ὄφρα δαείω.'   280
ὣς φάτο πειράζων, ἐμὲ δ' οὐ λάθεν εἰδότα πολλά,
ἀλλά μιν ἄψορρον προσέφην δολίοις ἐπέεσσι·
'νέα μέν μοι κατέαξε Ποσειδάων ἐνοσίχθων
πρὸς πέτρῃσι βαλὼν ὑμῆς ἐπὶ πείρασι γαίης,
ἄκρῃ προσπελάσας· ἄνεμος δ' ἐκ πόντου ἔνεικεν· 285
αὐτὰρ ἐγὼ σὺν τοῖσδε ὑπέκφυγον αἰπὺν ὄλεθρον.'
ὣς ἐφάμην, ὁ δέ μ' οὐδὲν ἀμείβετο νηλέι θυμῷ,
ἀλλ' ὅ γ' ἀναΐξας ἑτάροις ἐπὶ χεῖρας ἴαλλε,
σὺν δὲ δύω μάρψας ὥς τε σκύλακας ποτὶ γαίῃ
κόπτ'· ἐκ δ' ἐγκέφαλος χαμάδις ῥέε, δεῦε δὲ γαῖαν. 290
τοὺς δὲ διὰ μελεϊστὶ ταμὼν ὡπλίσσατο δόρπον·
ἤσθιε δ' ὥς τε λέων ὀρεσίτροφος, οὐδ' ἀπέλειπεν,
ἔγκατά τε σάρκας τε καὶ ὀστέα μυελόεντα.
ἡμεῖς δὲ κλαίοντες ἀνεσχέθομεν Διὶ χεῖρας,
σχέτλια ἔργ' ὁρόωντες, ἀμηχανίη δ' ἔχε θυμόν.   295
αὐτὰρ ἐπεὶ Κύκλωψ μεγάλην ἐμπλήσατο νηδὺν
ἀνδρόμεα κρέ' ἔδων καὶ ἐπ' ἄκρητον γάλα πίνων,
κεῖτ' ἔντοσθ' ἄντροιο τανυσσάμενος διὰ μήλων.
τὸν μὲν ἐγὼ βούλευσα κατὰ μεγαλήτορα θυμὸν
ἆσσον ἰών, ξίφος ὀξὺ ἐρυσσάμενος παρὰ μηροῦ,   300
οὐτάμεναι πρὸς στῆθος, ὅθι φρένες ἧπαρ ἔχουσι,
χείρ' ἐπιμασσάμενος· ἕτερος δέ με θυμὸς ἔρυκεν.
αὐτοῦ γάρ κε καὶ ἄμμες ἀπωλόμεθ' αἰπὺν ὄλεθρον·
οὐ γάρ κεν δυνάμεσθα θυράων ὑψηλάων
χερσὶν ἀπώσασθαι λίθον ὄβριμον, ὃν προσέθηκεν. 305
ὣς τότε μὲν στενάχοντες ἐμείναμεν Ἠῶ δῖαν.

Coração impiedoso, o monstro rebateu:
'Ou és um imbecil ou vens de longe, estranho,
rogando que eu me dobre aos deuses ou que evite-os,
pois Zeus porta-broquel não chega a preocupar 275
Ciclopes, nem um outro olímpio: somos bem
mais fortes. Não te acolheria, nem teus sócios,
para poupar-me da ira do Cronida. O cor
é meu tutor. Mas onde fundeaste a nau,
só por curiosidade, em alto mar ou perto?' 280
Quis me testar, mas eu não sou ingênuo; dolo
foi o que motivou minha resposta: 'O barco,
o Abala-terra que governa o mar ruiu,
cuspindo-o contra o escolho, nos confins daqui:
do mar um sopro nos rojou ao promontório. 285
Com eles escapei da ruína alcantilada.'
Cruel no coração, evita o comentário,
mas de repente estende as mãos contra os marujos
e empalma dois e os lança como a dois cãozitos
no chão: o encéfalo escorreu banhando a terra. 290
Membro a membro, esquarteja-os e apronta a ceia:
leão montês, comia sem deixar um fiapo,
vísceras, carnes, ossos com tutano. A Zeus
erguíamos, pranteando, o braço, ao ver o horror:
o inextricável nos detinha o coração. 295
Quando o olhicircular Ciclope encheu o bucho
de carne humana e leite puro, se deitou
na gruta, em meio à rês. Foi quando decidi
no coração magnânimo me aproximar
para, sacando o gládio afiado junto à coxa, 300
furar seu peito, onde o precórdio tem o fígado,
tateando-o, mas meu coração pensou melhor,
pois que da ruína alcantilada nós também
padeceríamos, sem conseguir mover
da porta imensa a pedra enorme que pusera. 305
E, suspirosos, esperamos deia Aurora.

ἦμος δ' ἠριγένεια φάνη ῥοδοδάκτυλος Ἠώς,
καὶ τότε πῦρ ἀνέκαιε καὶ ἤμελγε κλυτὰ μῆλα,
πάντα κατὰ μοῖραν, καὶ ὑπ' ἔμβρυον ἧκεν ἑκάστῃ.
αὐτὰρ ἐπεὶ δὴ σπεῦσε πονησάμενος τὰ ἃ ἔργα, 310
σὺν δ' ὅ γε δὴ αὖτε δύω μάρψας ὡπλίσσατο δεῖπνον.
δειπνήσας δ' ἄντρου ἐξήλασε πίονα μῆλα,
ῥηιδίως ἀφελὼν θυρεὸν μέγαν· αὐτὰρ ἔπειτα
ἂψ ἐπέθηχ', ὡς εἴ τε φαρέτρῃ πῶμ' ἐπιθείη.
πολλῇ δὲ ῥοίζῳ πρὸς ὄρος τρέπε πίονα μῆλα 315
Κύκλωψ· αὐτὰρ ἐγὼ λιπόμην κακὰ βυσσοδομεύων,
εἴ πως τισαίμην, δοίη δέ μοι εὖχος Ἀθήνη.
ἥδε δέ μοι κατὰ θυμὸν ἀρίστη φαίνετο βουλή.
Κύκλωπος γὰρ ἔκειτο μέγα ῥόπαλον παρὰ σηκῷ,
χλωρὸν ἐλαΐνεον· τὸ μὲν ἔκταμεν, ὄφρα φοροίη 320
αὐανθέν. τὸ μὲν ἄμμες ἐίσκομεν εἰσορόωντες
ὅσσον θ' ἱστὸν νηὸς ἐεικοσόροιο μελαίνης,
φορτίδος εὐρείης, ἥ τ' ἐκπεράᾳ μέγα λαῖτμα·
τόσσον ἔην μῆκος, τόσσον πάχος εἰσοράασθαι.
τοῦ μὲν ὅσον τ' ὄργυιαν ἐγὼν ἀπέκοψα παραστὰς 325
καὶ παρέθηχ' ἑτάροισιν, ἀποξῦναι δ' ἐκέλευσα·
οἱ δ' ὁμαλὸν ποίησαν· ἐγὼ δ' ἐθόωσα παραστὰς
ἄκρον, ἄφαρ δὲ λαβὼν ἐπυράκτεον ἐν πυρὶ κηλέῳ.
καὶ τὸ μὲν εὖ κατέθηκα κατακρύψας ὑπὸ κόπρῳ,
ἥ ῥα κατὰ σπείους κέχυτο μεγάλ' ἤλιθα πολλή· 330
αὐτὰρ τοὺς ἄλλους κλήρῳ πεπαλάσθαι ἄνωγον,
ὅς τις τολμήσειεν ἐμοὶ σὺν μοχλὸν ἀείρας
τρῖψαι ἐν ὀφθαλμῷ, ὅτε τὸν γλυκὺς ὕπνος ἱκάνοι.
οἱ δ' ἔλαχον τοὺς ἄν κε καὶ ἤθελον αὐτὸς ἑλέσθαι,
τέσσαρες, αὐτὰρ ἐγὼ πέμπτος μετὰ τοῖσιν ἐλέγμην. 335
ἑσπέριος δ' ἦλθεν καλλίτριχα μῆλα νομεύων.
αὐτίκα δ' εἰς εὐρὺ σπέος ἤλασε πίονα μῆλα
πάντα μάλ', οὐδέ τι λεῖπε βαθείης ἔκτοθεν αὐλῆς,
ἤ τι ὀισάμενος, ἢ καὶ θεὸς ὣς ἐκέλευσεν.
αὐτὰρ ἔπειτ' ἐπέθηκε θυρεὸν μέγαν ὑψόσ' ἀείρας, 340
ἑζόμενος δ' ἤμελγεν ὄις καὶ μηκάδας αἶγας,

Aurora, róseos-dedos, surge matinal,
quando ele acende o fogo e munge a pingue rês,
tudo conforme a moira, as mães lactando as crias.
Tão logo concluiu seus afazeres, presos   310
mais dois dos meus, prepara a própria refeição.
Depois que os come, tira o imenso bloco sem
esforço e toca do antro a grei obesa. Após,
o recoloca, como se tampasse a aljava.
E o Olhirredondo leva o armento para os montes   315
com assobios, e eu, profundo-ensimesmado,
queria vingar-me, caso Atena me ajudasse.
E o plano que me pareceu melhor foi este:
havia um grande tronco verde de oliveira,
que o monstro levaria consigo, assim que seco.   320
Dava a impressão de ser o mastro de um baixel
negro de vinte remos, penso de benesses,
que singra o enorme abismo, tal seu comprimento,
tal seu diâmetro. Talhei o equivalente
a uma braçada e o entreguei aos companheiros   325
para que o desbastassem. Com esmero, o pulem.
Ao lado deles, agucei a ponta rija
na brasa que chispava. Sob o estrume espesso
que revestia o espaço inteiro da caverna,
o escondi cuidadosamente. Aos sócios mando   330
que escolham por sorteio quem teria peito
de erguer comigo o pau para fincá-lo bem
no olho ciclópio, imerso no torpor do sono.
Teriam sido os mesmos quatro sorteados
os que escolhera; cinco no total, comigo.   335
Tornou à noite, à frente do tropel veloso.
Logo o introduz na vasta gruta, sem deixar
um animal sequer fora do pátio altíssimo,
porque mandasse um deus, porque pensasse em algo.
Sustendo no ar a rocha grande, arroja-a à porta. 340
Sentado, munge ovelhas e balantes cabras,

πάντα κατὰ μοῖραν, καὶ ὑπ' ἔμβρυον ἧκεν ἑκάστῃ.
αὐτὰρ ἐπεὶ δὴ σπεῦσε πονησάμενος τὰ ἃ ἔργα,
σὺν δ' ὅ γε δὴ αὖτε δύω μάρψας ὡπλίσσατο δόρπον.
καὶ τότ' ἐγὼ Κύκλωπα προσηύδων ἄγχι παραστάς, 345
κισσύβιον μετὰ χερσὶν ἔχων μέλανος οἴνοιο·
'Κύκλωψ, τῆ, πίε οἶνον, ἐπεὶ φάγες ἀνδρόμεα κρέα,
ὄφρ' εἰδῇς οἷόν τι ποτὸν τόδε νηῦς ἐκεκεύθει
ἡμετέρη. σοὶ δ' αὖ λοιβὴν φέρον, εἴ μ' ἐλεήσας
οἴκαδε πέμψειας· σὺ δὲ μαίνεαι οὐκέτ' ἀνεκτῶς. 350
σχέτλιε, πῶς κέν τίς σε καὶ ὕστερον ἄλλος ἵκοιτο
ἀνθρώπων πολέων, ἐπεὶ οὐ κατὰ μοῖραν ἔρεξας;'
ὣς ἐφάμην, ὁ δ' ἔδεκτο καὶ ἔκπιεν· ἥσατο δ' αἰνῶς
ἡδὺ ποτὸν πίνων καὶ μ' ᾔτεε δεύτερον αὖτις·
'δός μοι ἔτι πρόφρων, καί μοι τεὸν οὔνομα εἰπὲ 355
αὐτίκα νῦν, ἵνα τοι δῶ ξείνιον, ᾧ κε σὺ χαίρῃς·
καὶ γὰρ Κυκλώπεσσι φέρει ζείδωρος ἄρουρα
οἶνον ἐριστάφυλον, καί σφιν Διὸς ὄμβρος ἀέξει·
ἀλλὰ τόδ' ἀμβροσίης καὶ νέκταρός ἐστιν ἀπορρώξ.'
ὣς φάτ', ἀτάρ οἱ αὖτις ἐγὼ πόρον αἴθοπα οἶνον. 360
τρὶς μὲν ἔδωκα φέρων, τρὶς δ' ἔκπιεν ἀφραδίῃσιν.
αὐτὰρ ἐπεὶ Κύκλωπα περὶ φρένας ἤλυθεν οἶνος,
καὶ τότε δή μιν ἔπεσσι προσηύδων μειλιχίοισι·
'Κύκλωψ, εἰρωτᾷς μ' ὄνομα κλυτόν, αὐτὰρ ἐγώ τοι
ἐξερέω· σὺ δέ μοι δὸς ξείνιον, ὥς περ ὑπέστης. 365
Οὖτις ἐμοί γ' ὄνομα· Οὖτιν δέ με κικλήσκουσι
μήτηρ ἠδὲ πατὴρ ἠδ' ἄλλοι πάντες ἑταῖροι.'
ὣς ἐφάμην, ὁ δέ μ' αὐτίκ' ἀμείβετο νηλέι θυμῷ·
'Οὖτιν ἐγὼ πύματον ἔδομαι μετὰ οἷς ἑτάροισιν,
τοὺς δ' ἄλλους πρόσθεν· τὸ δέ τοι ξεινήιον ἔσται.' 370
ἦ καὶ ἀνακλινθεὶς πέσεν ὕπτιος, αὐτὰρ ἔπειτα
κεῖτ' ἀποδοχμώσας παχὺν αὐχένα, κὰδ δέ μιν ὕπνος
ᾕρει πανδαμάτωρ· φάρυγος δ' ἐξέσσυτο οἶνος
ψωμοί τ' ἀνδρόμεοι· ὁ δ' ἐρεύγετο οἰνοβαρείων.
καὶ τότ' ἐγὼ τὸν μοχλὸν ὑπὸ σποδοῦ ἤλασα πολλῆς, 375
ἧος θερμαίνοιτο· ἔπεσσι δὲ πάντας ἑταίρους

seguindo a moira, e, sob as fêmeas, leva as crias.
Concluindo os afazeres, mais dois homens presos
prepara para a ceia. Em pé ao lado dele,
nas mãos a copa tosca que eu havia enchido 345
de vinho negro, dirigi-me então ao monstro:
'Ciclope, bebe o vinho, depois de engolir
a carne humana! Saibas que bebida nossa
nau maturava! Trouxe como um dom, se nos
reenviasse para casa, sensibilizado. 350
Mas te enfurias demais! Avesso à moira, cruel,
que outro homem te visitará, mesmo se há inúmeros?'
Falei e ele já foi bebendo. Tanto o vinho
lhe aprouve, que ordenou que eu lhe servisse mais:
'Dá-me outra dose de bom grado e diz teu nome 355
agora, que amarás a xênia do anfitrião.
Videiras pensas pelas jeiras dos Ciclopes
produzem vinho ótimo, pois nelas chove
Zeus, mas parece néctar e ambrosia este!'
Falou e eu repeti a dose licorosa. 360
Três vezes lhe servi, três vezes sorve o estúpido.
Quando a bebida atinge o seu precórdio, disse-lhe
palavras-mel: 'Ciclope, queres conhecer
meu renomado nome? Eu te direi e, em troca,
receberei de ti o dom que cabe ao hóspede: 365
Ninguém me denomino. Minha mãe, meu pai,
sócios, não há quem não me chame de ninguém.'
Falei assim e, coração cruel, rebate:
'Ninguém eu comerei por último, depois
dos companheiros: tal é o dom que prometi.' 370
Tomba em decúbito dorsal depois que fala,
curvando a nuca enorme: *hipnos*, o torpor
pandominante, o colhe: vinho e resto humano
vomita goela afora. Bêbado, arrotava.
E eu retirei o pau do espesso pó, levando-o 375
à flama. Nos amigos incuti coragem,

θάρσυνον, μή τίς μοι ὑποδείσας ἀναδύη.
ἀλλ' ὅτε δὴ τάχ' ὁ μοχλὸς ἐλάινος ἐν πυρὶ μέλλεν
ἅψεσθαι, χλωρός περ ἐών, διεφαίνετο δ' αἰνῶς,
καὶ τότ' ἐγὼν ἆσσον φέρον ἐκ πυρός, ἀμφὶ δ' ἑταῖροι 380
ἵσταντ'· αὐτὰρ θάρσος ἐνέπνευσεν μέγα δαίμων.
οἱ μὲν μοχλὸν ἑλόντες ἐλάινον, ὀξὺν ἐπ' ἄκρῳ,
ὀφθαλμῷ ἐνέρεισαν· ἐγὼ δ' ἐφύπερθεν ἐρεισθεὶς
δίνεον, ὡς ὅτε τις τρυπῷ δόρυ νήιον ἀνὴρ
τρυπάνῳ, οἱ δέ τ' ἔνερθεν ὑποσσείουσιν ἱμάντι 385
ἁψάμενοι ἑκάτερθε, τὸ δὲ τρέχει ἐμμενὲς αἰεί.
ὣς τοῦ ἐν ὀφθαλμῷ πυριήκεα μοχλὸν ἑλόντες
δινέομεν, τὸν δ' αἷμα περίρρεε θερμὸν ἐόντα.
πάντα δέ οἱ βλέφαρ' ἀμφὶ καὶ ὀφρύας εὗσεν ἀυτμὴ
γλήνης καιομένης, σφαραγεῦντο δέ οἱ πυρὶ ῥίζαι. 390
ὡς δ' ὅτ' ἀνὴρ χαλκεὺς πέλεκυν μέγαν ἠὲ σκέπαρνον
εἰν ὕδατι ψυχρῷ βάπτῃ μεγάλα ἰάχοντα
φαρμάσσων· τὸ γὰρ αὖτε σιδήρου γε κράτος ἐστίν·
ὣς τοῦ σίζ' ὀφθαλμὸς ἐλαϊνέῳ περὶ μοχλῷ.
σμερδαλέον δὲ μέγ' ᾤμωξεν, περὶ δ' ἴαχε πέτρη, 395
ἡμεῖς δὲ δείσαντες ἀπεσσύμεθ'· αὐτὰρ ὁ μοχλὸν
ἐξέρυσ' ὀφθαλμοῖο πεφυρμένον αἵματι πολλῷ.
τὸν μὲν ἔπειτ' ἔρριψεν ἀπὸ ἕο χερσὶν ἀλύων,
αὐτὰρ ὁ Κύκλωπας μεγάλ' ἤπυεν, οἵ ῥά μιν ἀμφὶς
ᾤκεον ἐν σπήεσσι δι' ἄκριας ἠνεμοέσσας. 400
οἱ δὲ βοῆς ἀίοντες ἐφοίτων ἄλλοθεν ἄλλος,
ἱστάμενοι δ' εἴροντο περὶ σπέος ὅττι ἑ κήδοι·
'τίπτε τόσον, Πολύφημ', ἀρημένος ὧδ' ἐβόησας
νύκτα δι' ἀμβροσίην καὶ ἀύπνους ἄμμε τίθησθα;
ἦ μή τίς σευ μῆλα βροτῶν ἀέκοντος ἐλαύνει; 405
ἦ μή τίς σ' αὐτὸν κτείνει δόλῳ ἠὲ βίηφιν;'
τοὺς δ' αὖτ' ἐξ ἄντρου προσέφη κρατερὸς Πολύφημος·
'ὦ φίλοι, Οὖτίς με κτείνει δόλῳ οὐδὲ βίηφιν.'
οἱ δ' ἀπαμειβόμενοι ἔπεα πτερόεντ' ἀγόρευον·
'εἰ μὲν δὴ μή τίς σε βιάζεται οἶον ἐόντα, 410
νοῦσον γ' οὔ πως ἔστι Διὸς μεγάλου ἀλέασθαι,

para evitar que alguém por medo recuasse.
Tão logo a chama enrubra horrivelmente o tronco,
embora verde, logo o retirei do fogo.
Tinha ao redor de mim os companheiros todos   380
e um mega demo me inspirou bravura. Os sócios
seguram a madeira pontiaguda e a fincam
na parte interna do olho; erguendo-me, por cima,
regiro-a, como, a trado, o lenho do navio
é perfurado, enquanto, embaixo, puxam de ambos   385
os lados a correia; o pau não para, avança;
assim girávamos a ponta incandescente
no olho, de onde escorria, quente, o sangue. Pálpebra
e sobrancelha, o ardor do bafo requeimava,
por causa da pupila em chama. A base chia   390
ao fogo. Um fabro mete n'água um segure
e o enxó, o estrídulo percute agudamente,
quando os tempera (fonte de vigor do ferro),
o olho ciclópio rechinava assim no pau.
Urlou assustadoramente e a rocha ecoa.   395
Recuamos de pavor. Arranca o toro do olho,
do qual o sangue esguicha. Alucinando, atira-o
longe de si. Então passou a urrar, clamando
pelo socorro dos Ciclopes, moradores
em grutas no arrabalde, nos ventosos píncaros.   400
Seus gritos trazem-nos de todos os quadrantes.
Querem saber, na boca do antro, o que o molesta:
'A que se deve o grito lancinante em plena
noite, que a todos despertou, ó Polifemo?
Ninguém sequestra a rês — espero. Ou me equivoco?   405
Ninguém te fere, astuto ou forte — espero. Ou quem?'
E do interior, o Polifemo respondeu:
'Ninguém me fere com astúcia, não com força.'
Ao que eles proferiram palavras-alígeras:
'Se, então, ninguém te agride e estás sozinho, não   410
se evita facilmente a doença que nos manda

ἀλλὰ σύ γ' εὔχεο πατρὶ Ποσειδάωνι ἄνακτι.'
ὣς ἄρ' ἔφαν ἀπιόντες, ἐμὸν δ' ἐγέλασσε φίλον κῆρ,
ὡς ὄνομ' ἐξαπάτησεν ἐμὸν καὶ μῆτις ἀμύμων.
Κύκλωψ δὲ στενάχων τε καὶ ὠδίνων ὀδύνῃσι 415
χερσὶ ψηλαφόων ἀπὸ μὲν λίθον εἷλε θυράων,
αὐτὸς δ' εἰνὶ θύρῃσι καθέζετο χεῖρε πετάσσας,
εἴ τινά που μετ' ὄεσσι λάβοι στείχοντα θύραζε·
οὕτω γάρ πού μ' ἤλπετ' ἐνὶ φρεσὶ νήπιον εἶναι.
αὐτὰρ ἐγὼ βούλευον, ὅπως ὄχ' ἄριστα γένοιτο, 420
εἴ τιν' ἑταίροισιν θανάτου λύσιν ἠδ' ἐμοὶ αὐτῷ
εὑροίμην· πάντας δὲ δόλους καὶ μῆτιν ὕφαινον
ὥς τε περὶ ψυχῆς· μέγα γὰρ κακὸν ἐγγύθεν ἦεν.
ἥδε δέ μοι κατὰ θυμὸν ἀρίστη φαίνετο βουλή.
ἄρσενες ὄϊες ἦσαν ἐϋτρεφέες, δασύμαλλοι, 425
καλοί τε μεγάλοι τε, ἰοδνεφὲς εἶρος ἔχοντες·
τοὺς ἀκέων συνέεργον ἐϋστρεφέεσσι λύγοισιν,
τῇς ἔπι Κύκλωψ εὗδε πέλωρ, ἀθεμίστια εἰδώς,
σύντρεις αἰνύμενος· ὁ μὲν ἐν μέσῳ ἄνδρα φέρεσκε,
τὼ δ' ἑτέρω ἑκάτερθεν ἴτην σώοντες ἑταίρους. 430
τρεῖς δὲ ἕκαστον φῶτ' ὄϊες φέρον· αὐτὰρ ἐγώ γε —
ἀρνειὸς γὰρ ἔην μήλων ὄχ' ἄριστος ἁπάντων,
τοῦ κατὰ νῶτα λαβών, λασίην ὑπὸ γαστέρ' ἐλυσθεὶς
κείμην· αὐτὰρ χερσὶν ἀώτου θεσπεσίοιο
νωλεμέως στρεφθεὶς ἐχόμην τετληότι θυμῷ. 435
ὣς τότε μὲν στενάχοντες ἐμείναμεν Ἠῶ δῖαν.
ἦμος δ' ἠριγένεια φάνη ῥοδοδάκτυλος Ἠώς,
καὶ τότ' ἔπειτα νομόνδ' ἐξέσσυτο ἄρσενα μῆλα,
θήλειαι δὲ μέμηκον ἀνήμελκτοι περὶ σηκούς·
οὔθατα γὰρ σφαραγεῦντο. ἄναξ δ' ὀδύνῃσι κακῇσι 440
τειρόμενος πάντων οἴων ἐπεμαίετο νῶτα
ὀρθῶν ἑσταότων· τὸ δὲ νήπιος οὐκ ἐνόησεν,
ὥς οἱ ὑπ' εἰροπόκων ὀίων στέρνοισι δέδεντο.
ὕστατος ἀρνειὸς μήλων ἔστιχε θύραζε
λάχνῳ στεινόμενος καὶ ἐμοὶ πυκινὰ φρονέοντι. 445
τὸν δ' ἐπιμασσάμενος προσέφη κρατερὸς Πολύφημος·

Zeus. Roga ao deus do mar, teu pai, magno Posêidon!'
Partiram, tendo dito. Ri meu coração,
pois meu nome o enganara, e minha astúcia. O ente
carpia a dor, gemendo. À entrada se assentou 415
da grota, retirada a pedra que tateara.
Estende então as mãos para impedir que alguém
fugisse entre as ovelhas, por me achar, talvez,
seu coração alguém ingênuo. A saída
melhor para poupar a mim e aos companheiros 420
era o que me ocupava a mente. Entretecia
múltiplas estratégias, como sói ser quando
o sopro da alma corre risco. O mal imenso
premia. Eis o que pareceu ao coração
melhor: havia ali vilosos, portentosos, 425
pingues, carneiros belos de violáceas lãs.
Neles, eu amarrei os nautas com o vime
torcido em que o Ciclope enorme adormecia:
a cada três, levava um homem o do meio,
oculto pelos outros dois vizinhos. Três 430
animais para cada um. E, quanto a mim,
havia um carneiro bem maior que os outros —
agarrando-me ao dorso, me grudei ao ventre
lanudo por debaixo, às avessas, sem
soltar as mãos do velo nunca, paciente. 435
E suspirava à espera da luzente Aurora.
Tão logo surge Aurora dedirrósea, ao pasto
ele tocava os machos; não mungidas, balem
as fêmeas de úberes retesos pelo estábulo.
E Polifemo, destroçado pela dor, 440
de todas apalpava o dorso, assim que param
à sua frente. O bronco não se dava conta
de os nautas agarrarem o tosão do peito.
Pesado da lanugem e de mim imerso
em pensamento, avança o último carneiro. 445
O poderoso Polifemo o alisa e diz:

'κριὲ πέπον, τί μοι ὧδε διὰ σπέος ἔσσυο μήλων
ὕστατος; οὔ τι πάρος γε λελειμμένος ἔρχεαι οἰῶν,
ἀλλὰ πολὺ πρῶτος νέμεαι τέρεν' ἄνθεα ποίης
μακρὰ βιβάς, πρῶτος δὲ ῥοὰς ποταμῶν ἀφικάνεις, 450
πρῶτος δὲ σταθμόνδε λιλαίεαι ἀπονέεσθαι
ἑσπέριος· νῦν αὖτε πανύστατος. ἦ σύ γ' ἄνακτος
ὀφθαλμὸν ποθέεις, τὸν ἀνὴρ κακὸς ἐξαλάωσε
σὺν λυγροῖς ἑτάροισι δαμασσάμενος φρένας οἴνῳ,
Οὖτις, ὃν οὔ πώ φημι πεφυγμένον εἶναι ὄλεθρον. 455
εἰ δὴ ὁμοφρονέοις ποτιφωνήεις τε γένοιο
εἰπεῖν ὅππῃ κεῖνος ἐμὸν μένος ἠλασκάζει·
τῷ κέ οἱ ἐγκέφαλός γε διὰ σπέος ἄλλυδις ἄλλῃ
θεινομένου ῥαίοιτο πρὸς οὔδεϊ, κὰδ δέ κ' ἐμὸν κῆρ
λωφήσειε κακῶν, τά μοι οὐτιδανὸς πόρεν Οὖτις.' 460
ὣς εἰπὼν τὸν κριὸν ἀπὸ ἕο πέμπε θύραζε.
ἐλθόντες δ' ἠβαιὸν ἀπὸ σπείους τε καὶ αὐλῆς
πρῶτος ὑπ' ἀρνειοῦ λυόμην, ὑπέλυσα δ' ἑταίρους.
καρπαλίμως δὲ τὰ μῆλα ταναύποδα, πίονα δημῷ,
πολλὰ περιτροπέοντες ἐλαύνομεν, ὄφρ' ἐπὶ νῆα 465
ἱκόμεθ'. ἀσπάσιοι δὲ φίλοις ἑτάροισι φάνημεν,
οἳ φύγομεν θάνατον, τοὺς δὲ στενάχοντο γοῶντες.
ἀλλ' ἐγὼ οὐκ εἴων, ἀνὰ δ' ὀφρύσι νεῦον ἑκάστῳ,
κλαίειν, ἀλλ' ἐκέλευσα θοῶς καλλίτριχα μῆλα
πόλλ' ἐν νηὶ βαλόντας ἐπιπλεῖν ἁλμυρὸν ὕδωρ. 470
οἱ δ' αἶψ' εἴσβαινον καὶ ἐπὶ κληῖσι καθῖζον,
ἑξῆς δ' ἑζόμενοι πολιὴν ἅλα τύπτον ἐρετμοῖς.
ἀλλ' ὅτε τόσσον ἀπῆν, ὅσσον τε γέγωνε βοήσας,
καὶ τότ' ἐγὼ Κύκλωπα προσηύδων κερτομίοισι·
'Κύκλωψ, οὐκ ἄρ' ἔμελλες ἀνάλκιδος ἀνδρὸς ἑταίρους 475
ἔδμεναι ἐν σπῆϊ γλαφυρῷ κρατερῆφι βίηφι.
καὶ λίην σέ γ' ἔμελλε κιχήσεσθαι κακὰ ἔργα,
σχέτλι', ἐπεὶ ξείνους οὐχ ἅζεο σῷ ἐνὶ οἴκῳ
ἐσθέμεναι· τῷ σε Ζεὺς τίσατο καὶ θεοὶ ἄλλοι.'
ὣς ἐφάμην, ὁ δ' ἔπειτα χολώσατο κηρόθι μᾶλλον, 480
ἧκε δ' ἀπορρήξας κορυφὴν ὄρεος μεγάλοιο,

'Por que, carneiro caro, tardas na caverna,
algo que causa espécie, pois bem antes sempre
dos outros animais, buscavas saltitando
as flores da verdura? Bem antes dos outros, 450
chegavas e bramias para retornar
noturno à gruta. O último? Quem sabe chores
o olho do dono, que um inominável cega
com sócios vis, depois de me embriagar com vinho:
Ninguém, que a morte ainda há de tolher em breve! 455
Puderas refletir e articular a fala
para dizer-me onde se esconde quem me ira!
Lançado em toda direção da gruta, o miolo
espatifado pelo chão me aliviaria
do mal causado por um tal Ninguém de nada.' 460
Falando assim, tocou a rês caverna afora.
Soltei-me antes dos outros do animal, já longe
do estábulo e da gruta. Libertei os nautas.
Tocamos o longuípede alfeire pingue,
virando às vezes para trás, até chegarmos 465
às naus. Os sócios rejubilam ao nos verem,
livres de Tânatos, mas choram pelos outros.
Vetei com um sinal de sobrancelha que eles
desanimassem, mas mandei que recolhessem
a belfelpuda rês a fim de então zarparmos. 470
Depois do embarque rápido, junto às cavilhas
enfileirados, remos rasgam o mar cinza.
A uma distância em que meu grito era ainda audível,
escarneci do Polifemo: 'Não comeste,
Ciclope, os companheiros de um velhaco, dentro 475
da gruta, com furor brutal. Era questão
de tempo recair sobre ti mesmo ação
assim soez, seu miserável! Comer hóspedes
na própria casa! Zeus te pune, e os outros numes.'
Falei assim e a cólera do ser aumenta, 480
quando rompeu o píncaro do monte enorme

κὰδ δ' ἔβαλε προπάροιθε νεὸς κυανοπρῴροιο
τυτθόν, ἐδεύησεν δ' οἰήιον ἄκρον ἱκέσθαι.
ἐκλύσθη δὲ θάλασσα κατερχομένης ὑπὸ πέτρης·
τὴν δ' αἶψ' ἤπειρόνδε παλιρρόθιον φέρε κῦμα, 485
πλημυρὶς ἐκ πόντοιο, θέμωσε δὲ χέρσον ἱκέσθαι.
αὐτὰρ ἐγὼ χείρεσσι λαβὼν περιμήκεα κοντὸν
ὦσα παρέξ, ἑτάροισι δ' ἐποτρύνας ἐκέλευσα
ἐμβαλέειν κώπῃς, ἵν' ὑπὲκ κακότητα φύγοιμεν,
κρατὶ κατανεύων· οἱ δὲ προπεσόντες ἔρεσσον. 490
ἀλλ' ὅτε δὴ δὶς τόσσον ἅλα πρήσσοντες ἀπῆμεν,
καὶ τότε δὴ Κύκλωπα προσηύδων· ἀμφὶ δ' ἑταῖροι
μειλιχίοις ἐπέεσσιν ἐρήτυον ἄλλοθεν ἄλλος·
'σχέτλιε, τίπτ' ἐθέλεις ἐρεθιζέμεν ἄγριον ἄνδρα;
ὃς καὶ νῦν πόντονδε βαλὼν βέλος ἤγαγε νῆα 495
αὖτις ἐς ἤπειρον, καὶ δὴ φάμεν αὐτόθ' ὀλέσθαι.
εἰ δὲ φθεγξαμένου τευ ἢ αὐδήσαντος ἄκουσε,
σύν κεν ἄραξ' ἡμέων κεφαλὰς καὶ νήια δοῦρα
μαρμάρῳ ὀκριόεντι βαλών· τόσσον γὰρ ἴησιν.'
ὣς φάσαν, ἀλλ' οὐ πεῖθον ἐμὸν μεγαλήτορα θυμόν, 500
ἀλλά μιν ἄψορρον προσέφην κεκοτηότι θυμῷ·
'Κύκλωψ, αἴ κέν τίς σε καταθνητῶν ἀνθρώπων
ὀφθαλμοῦ εἴρηται ἀεικελίην ἀλαωτύν,
φάσθαι Ὀδυσσῆα πτολιπόρθιον ἐξαλαῶσαι,
υἱὸν Λαέρτεω, Ἰθάκῃ ἔνι οἰκί' ἔχοντα.' 505
ὣς ἐφάμην, ὁ δέ μ' οἰμώξας ἠμείβετο μύθῳ·
'ὢ πόποι, ἦ μάλα δή με παλαίφατα θέσφαθ' ἱκάνει.
ἔσκε τις ἐνθάδε μάντις ἀνὴρ ἠΰς τε μέγας τε,
Τήλεμος Εὐρυμίδης, ὃς μαντοσύνῃ ἐκέκαστο
καὶ μαντευόμενος κατεγήρα Κυκλώπεσσιν· 510
ὅς μοι ἔφη τάδε πάντα τελευτήσεσθαι ὀπίσσω,
χειρῶν ἐξ Ὀδυσῆος ἁμαρτήσεσθαι ὀπωπῆς.
ἀλλ' αἰεί τινα φῶτα μέγαν καὶ καλὸν ἐδέγμην
ἐνθάδ' ἐλεύσεσθαι, μεγάλην ἐπιειμένον ἀλκήν·
νῦν δέ μ' ἐὼν ὀλίγος τε καὶ οὐτιδανὸς καὶ ἄκικυς 515
ὀφθαλμοῦ ἀλάωσεν, ἐπεί μ' ἐδαμάσσατο οἴνῳ.

e o arrojou além da proa azul-cianuro:
por pouco a extremidade não rompeu do leme.
O mar se ergueu à queda do calhau. A onda
refluindo devolveu a embarcação à terra, 485
de encontro ao litoral. Mas, me aferrando à pírtiga
descomunal, a devolvi de flanco às águas,
ordenando a meus sócios não desanimarem
na fuga da catástrofe, empunhando os remos!
Remam em arco, a meu sinal de testa. Duas 490
vezes mais longe a nau no mar, então gritei
ao Polifemo, embora meus comparsas, cá
e lá, tentassem me conter com mel na voz:
'É insensatez espicaçar um ente rude,
que há pouco, arremessando a rocha contra o mar, 495
levou o barco à encosta; a morte passou perto.
Se ouvir teus brados ou tua voz, nossas cabeças
e o lenho do navio naufragam sob o golpe
do mármore compacto, que ele atira longe.'
Falaram sem dobrar meu coração magnânimo, 500
e novamente, enfurecido, lhe falei:
'Ciclope, se um dos homens te indagar quem foi
o responsável pelo cegamento hórrido,
diz que foi Odisseu Laércio, arrasa-urbes,
que habita a residência itácia.' Assim findei 505
a fala e, gemebundo, respondeu-me: 'Oh céus,
eis que se concretiza a profecia prístina!
Houve entre nós um caro e magno haríolo, Télemo
Eurímide, excelente vaticinador;
envelheceu profetizando entre os Ciclopes. 510
Disse que se daria tudo o que se deu,
que nas mãos de Odisseu eu perderia a vista.
Sempre esperei que aqui chegasse alguém corpudo
e belo, que envergasse máximo vigor,
mas vejo um ser franzino, um reles nada, débil, 515
que, embebedando-me, furou meu olho. Vem,

ἀλλ' ἄγε δεῦρ', Ὀδυσεῦ, ἵνα τοι πὰρ ξείνια θείω
πομπήν τ' ὀτρύνω δόμεναι κλυτὸν ἐννοσίγαιον·
τοῦ γὰρ ἐγὼ πάϊς εἰμί, πατὴρ δ' ἐμὸς εὔχεται εἶναι.
αὐτὸς δ', αἴ κ' ἐθέλησ', ἰήσεται, οὐδέ τις ἄλλος   520
οὔτε θεῶν μακάρων οὔτε θνητῶν ἀνθρώπων.'
ὣς ἔφατ', αὐτὰρ ἐγώ μιν ἀμειβόμενος προσέειπον·
'αἲ γὰρ δὴ ψυχῆς τε καὶ αἰῶνός σε δυναίμην
εὖνιν ποιήσας πέμψαι δόμον Ἄϊδος εἴσω,
ὡς οὐκ ὀφθαλμόν γ' ἰήσεται οὐδ' ἐνοσίχθων.'   525
ὣς ἐφάμην, ὁ δ' ἔπειτα Ποσειδάωνι ἄνακτι
εὔχετο χεῖρ' ὀρέγων εἰς οὐρανὸν ἀστερόεντα·
'κλῦθι, Ποσείδαον γαιήοχε κυανοχαῖτα,
εἰ ἐτεόν γε σός εἰμι, πατὴρ δ' ἐμὸς εὔχεαι εἶναι,
δὸς μὴ Ὀδυσσῆα πτολιπόρθιον οἴκαδ' ἱκέσθαι   530
υἱὸν Λαέρτεω, Ἰθάκῃ ἔνι οἰκί' ἔχοντα.
ἀλλ' εἴ οἱ μοῖρ' ἐστὶ φίλους τ' ἰδέειν καὶ ἱκέσθαι
οἶκον ἐϋκτίμενον καὶ ἑὴν ἐς πατρίδα γαῖαν,
ὀψὲ κακῶς ἔλθοι, ὀλέσας ἄπο πάντας ἑταίρους,
νηὸς ἐπ' ἀλλοτρίης, εὕροι δ' ἐν πήματα οἴκῳ.'   535
ὣς ἔφατ' εὐχόμενος, τοῦ δ' ἔκλυε κυανοχαίτης.
αὐτὰρ ὅ γ' ἐξαῦτις πολὺ μείζονα λᾶαν ἀείρας
ἧκ' ἐπιδινήσας, ἐπέρεισε δὲ ἲν' ἀπέλεθρον,
κὰδ' δ' ἔβαλεν μετόπισθε νεὸς κυανοπρῴροιο
τυτθόν, ἐδεύησεν δ' οἰήϊον ἄκρον ἱκέσθαι.   540
ἐκλύσθη δὲ θάλασσα κατερχομένης ὑπὸ πέτρης·
τὴν δὲ πρόσω φέρε κῦμα, θέμωσε δὲ χέρσον ἱκέσθαι.
ἀλλ' ὅτε δὴ τὴν νῆσον ἀφικόμεθ', ἔνθα περ ἄλλαι
νῆες ἐΰσσελμοι μένον ἀθρόαι, ἀμφὶ δ' ἑταῖροι
ἧατ' ὀδυρόμενοι, ἡμέας ποτιδέγμενοι αἰεί,   545
νῆα μὲν ἔνθ' ἐλθόντες ἐκέλσαμεν ἐν ψαμάθοισιν,
ἐκ δὲ καὶ αὐτοὶ βῆμεν ἐπὶ ῥηγμῖνι θαλάσσης.
μῆλα δὲ Κύκλωπος γλαφυρῆς ἐκ νηὸς ἑλόντες
δασσάμεθ', ὡς μή τίς μοι ἀτεμβόμενος κίοι ἴσης.
ἀρνειὸν δ' ἐμοὶ οἴῳ ἐϋκνήμιδες ἑταῖροι   550
μήλων δαιομένων δόσαν ἔξοχα· τὸν δ' ἐπὶ θινὶ

deixa que eu te ofereça a xênia, Odisseu,
e induza o Abala-terra a te escoltar ao lar.
Sou filho dele, que se arroga ser meu pai.
Querendo, pode me curar, e mais ninguém   520
dos deuses venturosos e de homens mortais.'
Falou e eu respondi: 'Pudera ter privado
a ti do *aiôn*, o tempo do viver, e da ânima,
te remetendo à casa do Hades, tal e qual
o Abala-terra não te restitui a vista.'   525
Nem bem me ouviu, alçou as mãos ao céu de estrelas,
em súplicas ao pai, senhor do mar talássio:
'Mechas-azuis, Sacudidor-da-terra, escuta-me,
se sou teu filho, como insistes em dizer,
impede que Odisseu Laércio, arrasa-pólis,   530
retorne à moradia em Ítaca. Se acaso
a moira dele for rever os seus e por
os pés no paço bem-construído em solo pátrio,
que tarde sua chegada desastrosa, só,
em nave de outrem, que ele encontre horror no lar!'   535
Cabelo-azul-cianuro, o deus ouviu-lhe a súplica.
Girando no ar rochedo bem maior que o outro,
impulsionando muito, o arremessou: caiu
atrás da proa azul-cianuro, rente, quase
rompendo a ponta do timão. O mar inflou   540
com o mergulho do pedrouço. O vagalhão
suspende a nau e a cospe contra a encosta. À ilha
chegamos, onde estavam os demais navios
bem-construídos, sócios ao redor sentados
chorosos, sempre à nossa espera. No areal   545
puxamos o baixel para desembarcarmos
na praia à beira-mar. Os animais ciclópios
tiramos do navio bicôncavo, a todos
cabendo o merecido. Os companheiros belas-
-cnêmides, na partilha, deram-me um carneiro,   550
só para mim, que eu imolei a Zeus Cronida,

Ζηνὶ κελαινεφέι Κρονίδῃ, ὃς πᾶσιν ἀνάσσει,
ῥέξας μηρί' ἔκαιον· ὁ δ' οὐκ ἐμπάζετο ἱρῶν,
ἀλλ' ὅ γε μερμήριξεν ὅπως ἀπολοίατο πᾶσαι
νῆες ἐύσσελμοι καὶ ἐμοὶ ἐρίηρες ἑταῖροι. 555
ὣς τότε μὲν πρόπαν ἦμαρ ἐς ἠέλιον καταδύντα
ἥμεθα δαινύμενοι κρέα τ' ἄσπετα καὶ μέθυ ἡδύ·
ἦμος δ' ἠέλιος κατέδυ καὶ ἐπὶ κνέφας ἦλθε,
δὴ τότε κοιμήθημεν ἐπὶ ῥηγμῖνι θαλάσσης.
ἦμος δ' ἠριγένεια φάνη ῥοδοδάκτυλος Ἠώς, 560
δὴ τότ' ἐγὼν ἑτάροισιν ἐποτρύνας ἐκέλευσα
αὐτούς τ' ἀμβαίνειν ἀνά τε πρυμνήσια λῦσαι·
οἱ δ' αἶψ' εἴσβαινον καὶ ἐπὶ κληῖσι καθῖζον,
ἑξῆς δ' ἑζόμενοι πολιὴν ἅλα τύπτον ἐρετμοῖς.
ἔνθεν δὲ προτέρω πλέομεν ἀκαχήμενοι ἦτορ, 565
ἄσμενοι ἐκ θανάτοιο, φίλους ὀλέσαντες ἑταίρους.

senhor de todos, nuviescuro, coxas flâmeas
junto ao mar. Mas o deus recusa o sacrifício:
pensava em como perderíamos a esquadra
inteira, bem-lavrada, e amigos fiéis a mim. 555
Até o crepúsculo sentados nesse dia,
saboreamos carne pingue e vinho rútilo.
Sol posto, sobrevém a treva, e nos deitamos
na praia à beira-mar. Tão logo a dedirrósea
Aurora, prole da manhã, desponta, exorto 560
os companheiros a embarcarem no navio
com a missão de desatarem as amarras.
A bordo, nos assentos, rentes às cavilhas,
feriam com os remos o oceano cinza.
Opresso o coração, dali nos afastamos, 565
felizes por viver, mas sem os caros nautas.

κ

Αἰολίην δ' ἐς νῆσον ἀφικόμεθ'· ἔνθα δ' ἔναιεν
Αἴολος Ἱπποτάδης, φίλος ἀθανάτοισι θεοῖσιν,
πλωτῇ ἐνὶ νήσῳ· πᾶσαν δέ τέ μιν πέρι τεῖχος
χάλκεον ἄρρηκτον, λισσὴ δ' ἀναδέδρομε πέτρη.
τοῦ καὶ δώδεκα παῖδες ἐνὶ μεγάροις γεγάασιν, 5
ἓξ μὲν θυγατέρες, ἓξ δ' υἱέες ἡβώοντες·
ἔνθ' ὅ γε θυγατέρας πόρεν υἱάσιν εἶναι ἀκοίτις.
οἱ δ' αἰεὶ παρὰ πατρὶ φίλῳ καὶ μητέρι κεδνῇ
δαίνυνται, παρὰ δέ σφιν ὀνείατα μυρία κεῖται,
κνισῆεν δέ τε δῶμα περιστεναχίζεται αὐλῇ 10
ἤματα· νύκτας δ' αὖτε παρ' αἰδοίῃς ἀλόχοισιν
εὕδουσ' ἔν τε τάπησι καὶ ἐν τρητοῖσι λέχεσσι.
καὶ μὲν τῶν ἱκόμεσθα πόλιν καὶ δώματα καλά.
μῆνα δὲ πάντα φίλει με καὶ ἐξερέεινεν ἕκαστα,
Ἴλιον Ἀργείων τε νέας καὶ νόστον Ἀχαιῶν· 15
καὶ μὲν ἐγὼ τῷ πάντα κατὰ μοῖραν κατέλεξα.
ἀλλ' ὅτε δὴ καὶ ἐγὼν ὁδὸν ᾔτεον ἠδ' ἐκέλευον
πεμπέμεν, οὐδέ τι κεῖνος ἀνήνατο, τεῦχε δὲ πομπήν.
δῶκε δέ μ' ἐκδείρας ἀσκὸν βοὸς ἐννεώροιο,
ἔνθα δὲ βυκτάων ἀνέμων κατέδησε κέλευθα· 20
κεῖνον γὰρ ταμίην ἀνέμων ποίησε Κρονίων,
ἠμὲν παυέμεναι ἠδ' ὀρνύμεν, ὅν κ' ἐθέλῃσι.
νηὶ δ' ἐνὶ γλαφυρῇ κατέδει μέρμιθι φαεινῇ
ἀργυρέῃ, ἵνα μή τι παραπνεύσῃ ὀλίγον περ·
αὐτὰρ ἐμοὶ πνοιὴν Ζεφύρου προέηκεν ἀῆναι, 25
ὄφρα φέροι νῆάς τε καὶ αὐτούς· οὐδ' ἄρ' ἔμελλεν

Canto X

Chegamos à ilha eólia, onde o Hipótade Éolo
morava sobre a ilha divagante, caro
aos deuses. Cinge-a o muro brônzeo infrangível,
acima a rocha lisa corre. Doze filhos
compunham sua prole no solar: metade, 5
mulheres; o restante, moços vigorosos:
as seis fez desposar os seis. Banqueteavam-se
sempre no lar dos pais, vianda lauta ao lado,
o paço fúmeo de gordura ressoando
no pátio dia adentro. À noite, recolhiam-se 10
com as consortes estimadas, sob as colchas,
em leitos cinzelados. Fomos ter também
nessa cidade e em seu magnífico palácio.
Por um mês me acolheu, curioso por saber
de Ílion, das naus argivas, do retorno aqueu, 15
e eu detalhei, conforme a moira, a história toda.
Quando o exortei a viabilizar-me a volta,
Éolo não me negou, a mim cedendo escolta.
O couro do odre que me deu era de um boi
novigenário. Nele armazenou as rotas 20
dos ventos ululantes: Zeus o fez ecônomo
da aura, que para e sopra a seu talante. Amarra-o
com laço argênteo fúlgido em nau bicôncava,
de modo a não lacear. A dádiva do sopro
de Zéfiro ofertou-nos, para nos levar 25
e as nossas naves, algo que não se cumpriu,

ἐκτελέειν· αὐτῶν γὰρ ἀπωλόμεθ' ἀφραδίῃσιν.
ἐννῆμαρ μὲν ὁμῶς πλέομεν νύκτας τε καὶ ἦμαρ,
τῇ δεκάτῃ δ' ἤδη ἀνεφαίνετο πατρὶς ἄρουρα,
καὶ δὴ πυρπολέοντας ἐλεύσσομεν ἐγγὺς ἐόντες·   30
ἔνθ' ἐμὲ μὲν γλυκὺς ὕπνος ἐπήλυθε κεκμηῶτα,
αἰεὶ γὰρ πόδα νηὸς ἐνώμων, οὐδέ τῳ ἄλλῳ
δῶχ' ἑτάρων, ἵνα θᾶσσον ἱκοίμεθα πατρίδα γαῖαν·
οἱ δ' ἕταροι ἐπέεσσι πρὸς ἀλλήλους ἀγόρευον,
καί μ' ἔφασαν χρυσόν τε καὶ ἄργυρον οἴκαδ' ἄγεσθαι   35
δῶρα παρ' Αἰόλου μεγαλήτορος Ἱπποτάδαο.
ὧδε δέ τις εἴπεσκεν ἰδὼν ἐς πλησίον ἄλλον·
'ὢ πόποι, ὡς ὅδε πᾶσι φίλος καὶ τίμιός ἐστιν
ἀνθρώποις, ὁτέων τε πόλιν καὶ γαῖαν ἵκηται.
πολλὰ μὲν ἐκ Τροίης ἄγεται κειμήλια καλὰ   40
ληίδος, ἡμεῖς δ' αὖτε ὁμὴν ὁδὸν ἐκτελέσαντες
οἴκαδε νισσόμεθα κενεὰς σὺν χεῖρας ἔχοντες·
καὶ νῦν οἱ τάδ' ἔδωκε χαριζόμενος φιλότητι
Αἴολος. ἀλλ' ἄγε θᾶσσον ἰδώμεθα ὅττι τάδ' ἐστίν,
ὅσσος τις χρυσός τε καὶ ἄργυρος ἀσκῷ ἔνεστιν.'   45
ὣς ἔφασαν, βουλὴ δὲ κακὴ νίκησεν ἑταίρων·
ἀσκὸν μὲν λῦσαν, ἄνεμοι δ' ἐκ πάντες ὄρουσαν.
τοὺς δ' αἶψ' ἁρπάξασα φέρεν πόντονδε θύελλα
κλαίοντας, γαίης ἄπο πατρίδος. αὐτὰρ ἐγώ γε
ἐγρόμενος κατὰ θυμὸν ἀμύμονα μερμήριξα,   50
ἠὲ πεσὼν ἐκ νηὸς ἀποφθίμην ἐνὶ πόντῳ,
ἦ ἀκέων τλαίην καὶ ἔτι ζωοῖσι μετείην.
ἀλλ' ἔτλην καὶ ἔμεινα, καλυψάμενος δ' ἐνὶ νηὶ
κείμην. αἱ δ' ἐφέροντο κακῇ ἀνέμοιο θυέλλῃ
αὖτις ἐπ' Αἰολίην νῆσον, στενάχοντο δ' ἑταῖροι.   55
ἔνθα δ' ἐπ' ἠπείρου βῆμεν καὶ ἀφυσσάμεθ' ὕδωρ,
αἶψα δὲ δεῖπνον ἕλοντο θοῇς παρὰ νηυσὶν ἑταῖροι.
αὐτὰρ ἐπεὶ σίτοιό τ' ἐπασσάμεθ' ἠδὲ ποτῆτος,
δὴ τότ' ἐγὼ κήρυκά τ' ὀπασσάμενος καὶ ἑταῖρον
βῆν εἰς Αἰόλου κλυτὰ δώματα· τὸν δ' ἐκίχανον   60
δαινύμενον παρὰ ᾗ τ' ἀλόχῳ καὶ οἷσι τέκεσσιν.

pois nossa própria insensatez nos ruinou.
Por nove dias navegamos, nove noites;
o solo ancestre se descortinou ao décimo,
tão perto que avistávamos sinais de fogo. 30
Não resisti, exausto, ao sono deleitável;
mantinha sempre a escota reta, sem confiá-la
a mais ninguém, com pressa de voltar ao lar.
Mas os marujos arengavam na surdina,
imaginando o conteúdo de ouro e prata 35
do odre, regalo de Éolo, magna prole de Hípote.
E alguém murmura ao nauta que o ladeava: 'Ah,
repara como o herói é amado e honrado sempre
por onde passe, pólis ou país. Cimélios
e butim, tantos traz de Troia, enquanto nós, 40
ao fim de rota idêntica, de mãos vazias
tornamos para casa. E agora Éolo dá-lhe
a magna dádiva para selar o vínculo.
Vejamos imediatamente quanto de ouro
o odre contém, quanto contém de prata.' Assim 45
falou e o mau conselho convenceu os sócios:
abriram o odre e todo vento se evolou,
e um repentino turbilhão ao mar arrasta-os,
pranteando, longe do rincão natal. Desperto,
a dúvida tomou meu coração: matar-me, 50
num salto em mar profundo, ou suportar calado
e preservar-me entre os viventes? Preferi
permanecer e suportar. Eu me encobri,
deitei-me no navio. O vendaval tornou
a nos levar à ilha eólia. Os sócios choram. 55
Para fazer aguada, ali desembarcamos.
Nautas preparam o repasto à beira-nau
veloz. Saciados de comer e de beber,
tomei a direção do lar famoso de Éolo,
em companhia de um arauto e de um marujo. 60
Fui dar com ele diante dos manjares, filhos

ἐλθόντες δ' ἐς δῶμα παρὰ σταθμοῖσιν ἐπ' οὐδοῦ
ἑζόμεθ'· οἱ δ' ἀνὰ θυμὸν ἐθάμβεον ἔκ τ' ἐρέοντο·
'πῶς ἦλθες, Ὀδυσεῦ; τίς τοι κακὸς ἔχραε δαίμων;
ἦ μέν σ' ἐνδυκέως ἀπεπέμπομεν, ὄφρ' ἀφίκοιο   65
πατρίδα σὴν καὶ δῶμα καὶ εἴ πού τοι φίλον ἐστίν.'
ὣς φάσαν, αὐτὰρ ἐγὼ μετεφώνεον ἀχνύμενος κῆρ·
'ἄασάν μ' ἕταροί τε κακοὶ πρὸς τοῖσί τε ὕπνος
σχέτλιος. ἀλλ' ἀκέσασθε, φίλοι· δύναμις γὰρ ἐν ὑμῖν.'
ὣς ἐφάμην μαλακοῖσι καθαπτόμενος ἐπέεσσιν,   70
οἱ δ' ἄνεῳ ἐγένοντο· πατὴρ δ' ἠμείβετο μύθῳ·
'ἔρρ' ἐκ νήσου θᾶσσον, ἐλέγχιστε ζωόντων·
οὐ γάρ μοι θέμις ἐστὶ κομιζέμεν οὐδ' ἀποπέμπειν
ἄνδρα τόν, ὅς κε θεοῖσιν ἀπέχθηται μακάρεσσιν·
ἔρρε, ἐπεὶ ἄρα θεοῖσιν ἀπεχθόμενος τόδ' ἱκάνεις.'   75
ὣς εἰπὼν ἀπέπεμπε δόμων βαρέα στενάχοντα.
ἔνθεν δὲ προτέρω πλέομεν ἀκαχήμενοι ἦτορ.
τείρετο δ' ἀνδρῶν θυμὸς ὑπ' εἰρεσίης ἀλεγεινῆς
ἡμετέρῃ ματίῃ, ἐπεὶ οὐκέτι φαίνετο πομπή.
ἑξῆμαρ μὲν ὁμῶς πλέομεν νύκτας τε καὶ ἦμαρ,   80
ἑβδομάτῃ δ' ἱκόμεσθα Λάμου αἰπὺ πτολίεθρον,
Τηλέπυλον Λαιστρυγονίην, ὅθι ποιμένα ποιμὴν
ἠπύει εἰσελάων, ὁ δέ τ' ἐξελάων ὑπακούει.
ἔνθα κ' ἄυπνος ἀνὴρ δοιοὺς ἐξήρατο μισθούς,
τὸν μὲν βουκολέων, τὸν δ' ἄργυφα μῆλα νομεύων·   85
ἐγγὺς γὰρ νυκτός τε καὶ ἤματός εἰσι κέλευθοι.
ἔνθ' ἐπεὶ ἐς λιμένα κλυτὸν ἤλθομεν, ὃν πέρι πέτρη
ἠλίβατος τετύχηκε διαμπερὲς ἀμφοτέρωθεν,
ἀκταὶ δὲ προβλῆτες ἐναντίαι ἀλλήλῃσιν
ἐν στόματι προύχουσιν, ἀραιὴ δ' εἴσοδός ἐστιν,   90
ἔνθ' οἵ γ' εἴσω πάντες ἔχον νέας ἀμφιελίσσας.
αἱ μὲν ἄρ' ἔντοσθεν λιμένος κοίλοιο δέδεντο
πλησίαι· οὐ μὲν γάρ ποτ' ἀέξετο κῦμά γ' ἐν αὐτῷ,
οὔτε μέγ' οὔτ' ὀλίγον, λευκὴ δ' ἦν ἀμφὶ γαλήνη·
αὐτὰρ ἐγὼν οἶος σχέθον ἔξω νῆα μέλαιναν,   95
αὐτοῦ ἐπ' ἐσχατιῇ, πέτρης ἐκ πείσματα δήσας·

e mulher ao redor. No umbral da porta nos
sentamos. Espantados, perguntaram: 'Como
retornaste, Odisseu? Imposição de um deus
adverso? Não nos empenhamos em que a volta 65
fosse tranquila à pátria, ao paço, aos entes caros?'
Foi o que ouvi. Magoado no íntimo, me abri:
'Sócios me arruínam e a dormência pesarosa.
Mas poderíeis reverter a situação.'
Tocá-los pretendi com fala amena. Calam-se 70
todos, exceto o pai, que me responde: 'Chispa!
Ponha-te da ínsula pra fora, ó vil dos vis!
Não sou de desdenhar a licitude. Ter
e conduzir alguém que os deuses menoscabam?
Some, pois vens com menoscabo de imortais!' 75
Ele enxotava um ser pesado em seus lamentos.
Angústia na ânima, nós navegamos da ínsula.
A remadura fadicosa aniquilava
os nautas. Culpa nossa carecer de escolta!
Seis dias e seis noites mar adentro; ao sétimo, 80
alcançamos Telépilo da Lestrigônia,
pólis da alcantilada Lamo: ali, pastor
chama, ao voltar, pastor que lhe responde, à saída.
Duplo salário o insone ganharia; um,
tocando o boi, mais um, pascendo a ovelha prata: 85
sendas diurnas se emendavam nas noturnas.
Chegamos à baía renomada, de ambos
os lados circundada por rochedo íngreme,
dois promontórios protendidos frente a frente,
bem no bocal do acesso estreito. Foi por onde 90
os sócios manobraram todos os navios
bicurvos, lado a lado, no interior do porto
côncavo os amarrando. Vagalhão nem ôndula
havia ali, tão só o brancor circum-ameno.
Apenas minha nau mantive no exterior, 95
numa saliência, cabos presos num calhau.

ἔστην δὲ σκοπιὴν ἐς παιπαλόεσσαν ἀνελθών.
ἔνθα μὲν οὔτε βοῶν οὔτ' ἀνδρῶν φαίνετο ἔργα,
καπνὸν δ' οἶον ὁρῶμεν ἀπὸ χθονὸς ἀΐσσοντα.
δὴ τότ' ἐγὼν ἑτάρους προΐειν πεύθεσθαι ἰόντας, 100
οἵ τινες ἀνέρες εἶεν ἐπὶ χθονὶ σῖτον ἔδοντες,
ἄνδρε δύω κρίνας, τρίτατον κήρυχ' ἅμ' ὀπάσσας.
οἱ δ' ἴσαν ἐκβάντες λείην ὁδόν, ᾗ περ ἄμαξαι
ἄστυδ' ἀφ' ὑψηλῶν ὀρέων καταγίνεον ὕλην,
κούρῃ δὲ ξύμβληντο πρὸ ἄστεος ὑδρευούσῃ, 105
θυγατέρ' ἰφθίμῃ Λαιστρυγόνος Ἀντιφάταο.
ἡ μὲν ἄρ' ἐς κρήνην κατεβήσετο καλλιρέεθρον
Ἀρτακίην· ἔνθεν γὰρ ὕδωρ προτὶ ἄστυ φέρεσκον·
οἱ δὲ παριστάμενοι προσεφώνεον ἔκ τ' ἐρέοντο
ὅς τις τῶνδ' εἴη βασιλεὺς καὶ οἷσιν ἀνάσσοι· 110
ἡ δὲ μάλ' αὐτίκα πατρὸς ἐπέφραδεν ὑψερεφὲς δῶ.
οἱ δ' ἐπεὶ εἰσῆλθον κλυτὰ δώματα, τὴν δὲ γυναῖκα
εὗρον, ὅσην τ' ὄρεος κορυφήν, κατὰ δ' ἔστυγον αὐτήν.
ἡ δ' αἶψ' ἐξ ἀγορῆς ἐκάλει κλυτὸν Ἀντιφατῆα,
ὃν πόσιν, ὃς δὴ τοῖσιν ἐμήσατο λυγρὸν ὄλεθρον. 115
αὐτίχ' ἕνα μάρψας ἑτάρων ὡπλίσσατο δεῖπνον·
τὼ δὲ δύ' ἀΐξαντε φυγῇ ἐπὶ νῆας ἱκέσθην.
αὐτὰρ ὁ τεῦχε βοὴν διὰ ἄστεος· οἱ δ' ἀΐοντες
φοίτων ἴφθιμοι Λαιστρυγόνες ἄλλοθεν ἄλλος,
μυρίοι, οὐκ ἄνδρεσσιν ἐοικότες, ἀλλὰ Γίγασιν. 120
οἵ ῥ' ἀπὸ πετράων ἀνδραχθέσι χερμαδίοισιν
βάλλον· ἄφαρ δὲ κακὸς κόναβος κατὰ νῆας ὀρώρει
ἀνδρῶν τ' ὀλλυμένων νηῶν θ' ἅμα ἀγνυμενάων·
ἰχθῦς δ' ὣς πείροντες ἀτερπέα δαῖτα φέροντο.
ὄφρ' οἱ τοὺς ὄλεκον λιμένος πολυβενθέος ἐντός, 125
τόφρα δ' ἐγὼ ξίφος ὀξὺ ἐρυσσάμενος παρὰ μηροῦ
τῷ ἀπὸ πείσματ' ἔκοψα νεὸς κυανοπρῴροιο.
αἶψα δ' ἐμοῖς ἑτάροισιν ἐποτρύνας ἐκέλευσα
ἐμβαλέειν κώπῃς, ἵν' ὑπὲκ κακότητα φύγοιμεν·
οἱ δ' ἅλα πάντες ἀνέρριψαν, δείσαντες ὄλεθρον. 130
ἀσπασίως δ' ἐς πόντον ἐπηρεφέας φύγε πέτρας

Fiquei de sentinela, no alto de uma grimpa:
nenhum sinal de boi, nem de campina arada,
só fumo víamos, subindo do terreno.
Mandei que os companheiros perguntassem quem 100
morava na região, se comedor de pão,
dois homens designando e um terceiro: o arauto.
Em terra firme, vão por onde os carros levam
dos píncaros a lenha até a cidadela.
No arrabalde encontraram, indo à fonte, a jovem 105
filha de Antífates, o Lestrigão. Altiva,
ela descia até a Artácia, fonte beli-
fluente de onde portam água até a urbe.
A seu lado, perguntam como se chamava
o basileu que ali reinava sobre as gentes. 110
E ela indicou a residência de seu pai.
No interno do palácio, deram com a cônjuge
do rei, tão alta quanto um cume. Se apavoram.
A dama chama o insigne Antífates, da ágora,
que decidiu que lhes cabia o fim lutuoso: 115
prepara a ceia, tendo em mãos um dos meus sócios;
os outros dois, à nau, sem fôlego, chegaram.
Bradou na cidadela e os Lestrigões fortíssimos
espocam ao chamado de todos os lados,
numerosíssimos, gigantes, inumanos. 120
Arremessavam pedras, impossíveis de um
homem normal alçar. E o sinistro fragor
dos mortos irrompia dos navios rachados.
Fisgam-nos feito peixes para ceia abjeta.
Enquanto os matam no interior do porto multi- 125
fundo, saquei da coxa a espada aguda e as cordas
decepei, que prendiam a nau de proa-azul,
ao mesmo tempo em que aos meus sócios incitava,
na urgência de escapar, a arremessarem remos.
Remavam todos, temerosos da catástrofe. 130
Por sorte o meu baixel ultrapassou as rochas

νηῦς ἐμή· αὐτὰρ αἱ ἄλλαι ἀολλέες αὐτόθ' ὄλοντο.
ἔνθεν δὲ προτέρω πλέομεν ἀκαχήμενοι ἦτορ,
ἄσμενοι ἐκ θανάτοιο, φίλους ὀλέσαντες ἑταίρους.
Αἰαίην δ' ἐς νῆσον ἀφικόμεθ'· ἔνθα δ' ἔναιε   135
Κίρκη ἐυπλόκαμος, δεινὴ θεὸς αὐδήεσσα,
αὐτοκασιγνήτη ὀλοόφρονος Αἰήταο·
ἄμφω δ' ἐκγεγάτην φαεσιμβρότου Ἠελίοιο
μητρός τ' ἐκ Πέρσης, τὴν Ὠκεανὸς τέκε παῖδα.
ἔνθα δ' ἐπ' ἀκτῆς νηὶ κατηγαγόμεσθα σιωπῇ   140
ναύλοχον ἐς λιμένα, καί τις θεὸς ἡγεμόνευεν.
ἔνθα τότ' ἐκβάντες δύο τ' ἤματα καὶ δύο νύκτας
κείμεθ' ὁμοῦ καμάτῳ τε καὶ ἄλγεσι θυμὸν ἔδοντες.
ἀλλ' ὅτε δὴ τρίτον ἦμαρ ἐυπλόκαμος τέλεσ' Ἠώς,
καὶ τότ' ἐγὼν ἐμὸν ἔγχος ἑλὼν καὶ φάσγανον ὀξὺ   145
καρπαλίμως παρὰ νηὸς ἀνήιον ἐς περιωπήν,
εἴ πως ἔργα ἴδοιμι βροτῶν ἐνοπήν τε πυθοίμην.
ἔστην δὲ σκοπιὴν ἐς παιπαλόεσσαν ἀνελθών,
καί μοι ἐείσατο καπνὸς ἀπὸ χθονὸς εὐρυοδείης,
Κίρκης ἐν μεγάροισι, διὰ δρυμὰ πυκνὰ καὶ ὕλην.   150
μερμήριξα δ' ἔπειτα κατὰ φρένα καὶ κατὰ θυμὸν
ἐλθεῖν ἠδὲ πυθέσθαι, ἐπεὶ ἴδον αἴθοπα καπνόν.
ὧδε δέ μοι φρονέοντι δοάσσατο κέρδιον εἶναι,
πρῶτ' ἐλθόντ' ἐπὶ νῆα θοὴν καὶ θῖνα θαλάσσης
δεῖπνον ἑταίροισιν δόμεναι προέμεν τε πυθέσθαι.   155
ἀλλ' ὅτε δὴ σχεδὸν ἦα κιὼν νεὸς ἀμφιελίσσης,
καὶ τότε τίς με θεῶν ὀλοφύρατο μοῦνον ἐόντα,
ὅς ῥά μοι ὑψίκερων ἔλαφον μέγαν εἰς ὁδὸν αὐτὴν
ἧκεν. ὁ μὲν ποταμόνδε κατήιεν ἐκ νομοῦ ὕλης
πιόμενος· δὴ γάρ μιν ἔχεν μένος ἠελίοιο.   160
τὸν δ' ἐγὼ ἐκβαίνοντα κατ' ἄκνηστιν μέσα νῶτα
πλῆξα· τὸ δ' ἀντικρὺ δόρυ χάλκεον ἐξεπέρησε,
κὰδ δ' ἔπεσ' ἐν κονίῃσι μακών, ἀπὸ δ' ἔπτατο θυμός.
τῷ δ' ἐγὼ ἐμβαίνων δόρυ χάλκεον ἐξ ὠτειλῆς
εἰρυσάμην· τὸ μὲν αὖθι κατακλίνας ἐπὶ γαίῃ   165
εἴασ'· αὐτὰρ ἐγὼ σπασάμην ῥῶπάς τε λύγους τε,

tendidas, mas sem os demais que ali sucumbem.
O coração nos oprimia em alto-mar,
salvos da morte, entristecidos pelos sócios.
E fomos dar na ilha Eeia, lar de Circe 135
de belas tranças, deusa hórrida e canora,
irmã germana de Eetes, ânima-sinistra,
prole dupla do Sol, luzeiro-de-homens; Persa,
a mãe, provinha da linhagem do Oceano.
À margem manobramos o navio calados, 140
num porto acolhedor. Um deus nos conduzia.
Restamos no local dois dias, duas noites,
recuperando-nos do sofrimento e estafa.
Mas quando Aurora lindas-tranças trouxe o dia
terceiro, empalmo a lança, a espada afiada e deixo 145
a nau. Incontinente, subo ao cimo circun-
visível, para escrutinar lavoura, ouvir
a voz de alguém. Penhasco acima, de atalaia,
pareceu-me avistar o fumo da amplidão,
no lar de Circe, pelo espesso matagal. 150
No coração e no âmago me debatia
sobre se iria investigar o fumo bruno,
mas pareceu-me mais sensato retornar
à embarcação veloz e, à beira-mar, cear
com os marujos e mandá-los explorar. 155
Já prestes a alcançar a nave birrecurva,
um imortal, acabrunhado de eu ir só,
dispõem na minha senda um mega cervo alti-
galhudo, que ia ao rio, do pasto da floresta,
presa da insensatez solar, pois tinha sede. 160
Em sua saída, eu o acertei no dorso, bem
na espinha: a lança brônzea o transpassou. No pó
tombou, bramindo, e a vida logo se evolou.
Em pé no corpo, eu arranquei a lança brônzea
da ferida, depondo-a junto do animal. 165
Então eu extirpei virgultas e cipós

πεῖσμα δ', ὅσον τ' ὄργυιαν, ἐυστρεφὲς ἀμφοτέρωθεν
πλεξάμενος συνέδησα πόδας δεινοῖο πελώρου,
βῆν δὲ καταλοφάδεια φέρων ἐπὶ νῆα μέλαιναν
ἔγχει ἐρειδόμενος, ἐπεὶ οὔ πως ἦεν ἐπ' ὤμου   170
χειρὶ φέρειν ἑτέρῃ· μάλα γὰρ μέγα θηρίον ἦεν.
κὰδ' δ' ἔβαλον προπάροιθε νεός, ἀνέγειρα δ' ἑταίρους
μειλιχίοις ἐπέεσσι παρασταδὸν ἄνδρα ἕκαστον·
'ὦ φίλοι, οὐ γάρ πω καταδυσόμεθ' ἀχνύμενοί περ
εἰς Ἀίδαο δόμους, πρὶν μόρσιμον ἦμαρ ἐπέλθῃ·   175
ἀλλ' ἄγετ', ὄφρ' ἐν νηὶ θοῇ βρῶσίς τε πόσις τε,
μνησόμεθα βρώμης, μηδὲ τρυχώμεθα λιμῷ.'
ὣς ἐφάμην, οἱ δ' ὦκα ἐμοῖς ἐπέεσσι πίθοντο,
ἐκ δὲ καλυψάμενοι παρὰ θῖν' ἁλὸς ἀτρυγέτοιο
θηήσαντ' ἔλαφον· μάλα γὰρ μέγα θηρίον ἦεν.   180
αὐτὰρ ἐπεὶ τάρπησαν ὁρώμενοι ὀφθαλμοῖσιν,
χεῖρας νιψάμενοι τεύχοντ' ἐρικυδέα δαῖτα.
ὣς τότε μὲν πρόπαν ἦμαρ ἐς ἠέλιον καταδύντα
ἥμεθα δαινύμενοι κρέα τ' ἄσπετα καὶ μέθυ ἡδύ·
ἦμος δ' ἠέλιος κατέδυ καὶ ἐπὶ κνέφας ἦλθε,   185
δὴ τότε κοιμήθημεν ἐπὶ ῥηγμῖνι θαλάσσης.
ἦμος δ' ἠριγένεια φάνη ῥοδοδάκτυλος Ἠώς,
καὶ τότ' ἐγὼν ἀγορὴν θέμενος μετὰ πᾶσιν ἔειπον·
'κέκλυτέ μευ μύθων, κακά περ πάσχοντες ἑταῖροι·
ὦ φίλοι, οὐ γάρ τ' ἴδμεν, ὅπῃ ζόφος οὐδ' ὅπῃ ἠώς,   190
οὐδ' ὅπῃ ἠέλιος φαεσίμβροτος εἶσ' ὑπὸ γαῖαν,
οὐδ' ὅπῃ ἀννεῖται· ἀλλὰ φραζώμεθα θᾶσσον
εἴ τις ἔτ' ἔσται μῆτις. ἐγὼ δ' οὔκ οἴομαι εἶναι.
εἶδον γὰρ σκοπιὴν ἐς παιπαλόεσσαν ἀνελθὼν
νῆσον, τὴν πέρι πόντος ἀπείριτος ἐστεφάνωται·   195
αὐτὴ δὲ χθαμαλὴ κεῖται· καπνὸν δ' ἐνὶ μέσσῃ
ἔδρακον ὀφθαλμοῖσι διὰ δρυμὰ πυκνὰ καὶ ὕλην.'
ὣς ἐφάμην, τοῖσιν δὲ κατεκλάσθη φίλον ἦτορ
μνησαμένοις ἔργων Λαιστρυγόνος Ἀντιφάταο
Κύκλωπός τε βίης μεγαλήτορος, ἀνδροφάγοιο.   200
κλαῖον δὲ λιγέως θαλερὸν κατὰ δάκρυ χέοντες·

e uma braça de corda entreteci, torcendo
as pontas. Preso pelos pés o bicho enorme,
o transportei à nave negra na cerviz,
a lança de bastão, pois no ombro não podia 170
equilibrar com a outra mão um tal portento.
Arremessei-o rente à nau e com palavras-
-mel animei os companheiros, um a um:
'Caros, antes do dia assinalado, ainda
que acabrunhados, não descemos ao solar 175
do Hades. Enquanto houver comida e vinho em nau
veloz, lembremos de comer, não nos definhe
a fome!' Assim falei, e eles me obedeceram.
Descobrem-se e na praia do oceano infértil,
miram a muito enorme fera: o cervo! Após 180
a delongada observação, eles depuram
as mãos e aprestam a vitualha hipernotável.
Passamos a jornada ali sentados, carne
e vinho doce em profusão até o crepúsculo.
Nem bem o sol se põe e a treva assoma, junto 185
do oceano nos deitamos. Prole da manhã,
Aurora dedirrósea há pouco vinda, reúno
os companheiros todos, aos quais me dirijo:
'Ouvi, meus caros, as palavras do angustiado:
onde anoitece, onde auroresce, não sabemos, 190
onde Hélio-Sol, luzeiro-humano, subesconde-se,
onde renasce. Incrédulo de que haja saída,
pensemos se nos resta ainda um artifício.
Descortinei do topo de um penhasco a ínsula
que o mar infindo cinge: uma guirlanda! Jaz 195
embaixo. Meu olhar foi encontrar no centro
sinais fumosos, entre o pinheiral e o bosque.'
Falei e o coração dos sócios se abateu,
rememorando a ação soez do Lestrigão
e a violência antropofágica ciclópia. 200
Vertem copioso pranto, bradam nos lamentos,

ἀλλ' οὐ γάρ τις πρῆξις ἐγίγνετο μυρομένοισιν.
αὐτὰρ ἐγὼ δίχα πάντας ἐυκνήμιδας ἑταίρους
ἠρίθμεον, ἀρχὸν δὲ μετ' ἀμφοτέροισιν ὄπασσα·
τῶν μὲν ἐγὼν ἦρχον, τῶν δ' Εὐρύλοχος θεοειδής.   205
κλήρους δ' ἐν κυνέῃ χαλκήρεϊ πάλλομεν ὦκα·
ἐκ δ' ἔθορε κλῆρος μεγαλήτορος Εὐρυλόχοιο.
βῆ δ' ἰέναι, ἅμα τῷ γε δύω καὶ εἴκοσ' ἑταῖροι
κλαίοντες· κατὰ δ' ἄμμε λίπον γοόωντας ὄπισθεν.
εὗρον δ' ἐν βήσσῃσι τετυγμένα δώματα Κίρκης   210
ξεστοῖσιν λάεσσι, περισκέπτῳ ἐνὶ χώρῳ·
ἀμφὶ δέ μιν λύκοι ἦσαν ὀρέστεροι ἠδὲ λέοντες,
τοὺς αὐτὴ κατέθελξεν, ἐπεὶ κακὰ φάρμακ' ἔδωκεν.
οὐδ' οἵ γ' ὡρμήθησαν ἐπ' ἀνδράσιν, ἀλλ' ἄρα τοί γε
οὐρῇσιν μακρῇσι περισσαίνοντες ἀνέσταν.   215
ὡς δ' ὅτ' ἂν ἀμφὶ ἄνακτα κύνες δαίτηθεν ἰόντα
σαίνωσ', αἰεὶ γάρ τε φέρει μειλίγματα θυμοῦ,
ὣς τοὺς ἀμφὶ λύκοι κρατερώνυχες ἠδὲ λέοντες
σαῖνον· τοὶ δ' ἔδεισαν, ἐπεὶ ἴδον αἰνὰ πέλωρα.
ἔσταν δ' ἐν προθύροισι θεᾶς καλλιπλοκάμοιο,   220
Κίρκης δ' ἔνδον ἄκουον ἀειδούσης ὀπὶ καλῇ,
ἱστὸν ἐποιχομένης μέγαν ἄμβροτον, οἷα θεάων
λεπτά τε καὶ χαρίεντα καὶ ἀγλαὰ ἔργα πέλονται.
τοῖσι δὲ μύθων ἦρχε Πολίτης ὄρχαμος ἀνδρῶν,
ὅς μοι κήδιστος ἑτάρων ἦν κεδνότατός τε·   225
'ὦ φίλοι, ἔνδον γάρ τις ἐποιχομένη μέγαν ἱστὸν
καλὸν ἀοιδιάει, δάπεδον δ' ἅπαν ἀμφιμέμυκεν,
ἢ θεὸς ἠὲ γυνή· ἀλλὰ φθεγγώμεθα θᾶσσον.'
ὣς ἄρ' ἐφώνησεν, τοὶ δὲ φθέγγοντο καλεῦντες.
ἡ δ' αἶψ' ἐξελθοῦσα θύρας ὤιξε φαεινὰς   230
καὶ κάλει· οἱ δ' ἅμα πάντες ἀιδρείῃσιν ἕποντο·
Εὐρύλοχος δ' ὑπέμεινεν, ὀισάμενος δόλον εἶναι.
εἷσεν δ' εἰσαγαγοῦσα κατὰ κλισμούς τε θρόνους τε,
ἐν δέ σφιν τυρόν τε καὶ ἄλφιτα καὶ μέλι χλωρὸν
οἴνῳ Πραμνείῳ ἐκύκα· ἀνέμισγε δὲ σίτῳ   235
φάρμακα λύγρ', ἵνα πάγχυ λαθοίατο πατρίδος αἴης.

mas em ação nenhuma o choro frutifica.
Tratei de dividir os sócios belas-cnêmides
em duplo contingente, um chefe em cada um,
eu mesmo encabeçando um grupo, e o outro, Euríloco.   205
Depomos no elmo brônzeo a sorte, e sobre Euríloco,
símil a um deus, magnânimo, recai a escolha.
Põe-se a caminho conduzindo vinte sócios
chorosos, que nos deixam igualmente em lágrimas.
Encontram a mansão de Circe na valada,   210
plenivisível, erigida em pedras lisas.
Lobos monteses a circundam e leões
enfeitiçados por apavorantes fármacos.
Ao invés de atacarem os marujos, sobre-
agitam longas caudas. Como o cão abana   215
o rabo ao dono quando deixa a mesa, à espera
do naco rotineiro, assim os unguifortes
lobos e leões saudavam-nos. Os sócios miram
com medo os animais. Pararam frente ao pórtico
da deusa belas-tranças. Ouvem do interior   220
a voz de Circe que cantava afinadíssima,
enquanto urdia enorme tela ambrósia, rútila
obra sutil, qual soem entretecer as deusas.
Polites, cabo de homens, principiou a fala,
sócio superlativo, sempre fiel a mim: 225
'Amigos, no interior, entrama um grande pano,
plenirressoando a voz sublime, ou uma deusa
ou uma mulher. Chamemo-la, soerguendo a voz!'
Falando assim, apelam-na com grito. Surge
à porta fulgurante que abre. Então convida-os   230
a entrar, e todos seguem-na sem ponderar,
exceto um, Euríloco, temendo o ardil.
Ofereceu-lhes tronos e poltronas: queijo,
cevada, mel puxado ao verde-cloro mescla
e apõe ao vinho prâmnio. Fármaco funesto   235
acresce à pasta, para a deslembrança pátria.

αὐτὰρ ἐπεὶ δῶκέν τε καὶ ἔκπιον, αὐτίκ' ἔπειτα
ῥάβδῳ πεπληγυῖα κατὰ συφεοῖσιν ἐέργνυ.
οἱ δὲ συῶν μὲν ἔχον κεφαλὰς φωνήν τε τρίχας τε
καὶ δέμας, αὐτὰρ νοῦς ἦν ἔμπεδος, ὡς τὸ πάρος περ. 240
ὣς οἱ μὲν κλαίοντες ἐέρχατο, τοῖσι δὲ Κίρκη
πάρ ῥ' ἄκυλον βάλανόν τε βάλεν καρπόν τε κρανείης
ἔδμεναι, οἷα σύες χαμαιευνάδες αἰὲν ἔδουσιν.
Εὐρύλοχος δ' αἶψ' ἦλθε θοὴν ἐπὶ νῆα μέλαιναν
ἀγγελίην ἑτάρων ἐρέων καὶ ἀδευκέα πότμον. 245
οὐδέ τι ἐκφάσθαι δύνατο ἔπος ἱεμένος περ,
κῆρ ἄχεϊ μεγάλῳ βεβολημένος· ἐν δέ οἱ ὄσσε
δακρυόφιν πίμπλαντο, γόον δ' ὠίετο θυμός.
ἀλλ' ὅτε δή μιν πάντες ἀγασσάμεθ' ἐξερέοντες,
καὶ τότε τῶν ἄλλων ἑτάρων κατέλεξεν ὄλεθρον· 250
'ἤιομεν, ὡς ἐκέλευες, ἀνὰ δρυμά, φαίδιμ' Ὀδυσσεῦ·
εὕρομεν ἐν βήσσῃσι τετυγμένα δώματα καλὰ
ξεστοῖσιν λάεσσι, περισκέπτῳ ἐνὶ χώρῳ.
ἔνθα δέ τις μέγαν ἱστὸν ἐποιχομένη λίγ' ἄειδεν,
ἢ θεὸς ἠὲ γυνή· τοὶ δὲ φθέγγοντο καλεῦντες. 255
ἡ δ' αἶψ' ἐξελθοῦσα θύρας ὤιξε φαεινὰς
καὶ κάλει· οἱ δ' ἅμα πάντες ἀιδρείῃσιν ἕποντο·
αὐτὰρ ἐγὼν ὑπέμεινα, ὀισάμενος δόλον εἶναι.
οἱ δ' ἅμ' ἀιστώθησαν ἀολλέες, οὐδέ τις αὐτῶν
ἐξεφάνη· δηρὸν δὲ καθήμενος ἐσκοπίαζον.' 260
ὣς ἔφατ', αὐτὰρ ἐγὼ περὶ μὲν ξίφος ἀργυρόηλον
ὤμοιιν βαλόμην, μέγα χάλκεον, ἀμφὶ δὲ τόξα·
τὸν δ' ἂψ ἠνώγεα αὐτὴν ὁδὸν ἡγήσασθαι.
αὐτὰρ ὅ γ' ἀμφοτέρῃσι λαβὼν ἐλλίσσετο γούνων
καί μ' ὀλοφυρόμενος ἔπεα πτερόεντα προσηύδα· 265
'μή μ' ἄγε κεῖσ' ἀέκοντα, διοτρεφές, ἀλλὰ λίπ' αὐτοῦ.
οἶδα γάρ, ὡς οὔτ' αὐτὸς ἐλεύσεαι οὔτε τιν' ἄλλον
ἄξεις σῶν ἑτάρων. ἀλλὰ ξὺν τοίσδεσι θᾶσσον
φεύγωμεν· ἔτι γάρ κεν ἀλύξαιμεν κακὸν ἦμαρ.'
ὣς ἔφατ', αὐτὰρ ἐγώ μιν ἀμειβόμενος προσέειπον· 270
'Εὐρύλοχ', ἦ τοι μὲν σὺ μέν' αὐτοῦ τῷδ' ἐνὶ χώρῳ

Depois de lhes servir e eles beberem, súbito
tocou-os com a vara que os faz suínos.
Tinham cabeça, corpo, cerdas, voz de porco;
as mentes se mantinham como no passado. 240
Assim, aos prantos, Circe os prende e dá-lhes glande
de azinhal, de corniso e de carvalho, nunca
menosprezados pelos porcos que rebolcam.
Euríloco tornou à nave negra agílima,
informando aos demais a amarga novidade. 245
Falhava nas palavras, por mais que as buscasse,
que a dor profunda o solapava. Seu olhar
vidrava, o coração queria prantear.
Mas quando, inquietos, fomos todos sobre ele,
contou-nos em detalhe o fim dos companheiros: 250
'Como ordenaste, herói, seguimos pelo bosque,
em cujo vale vimos a morada esplêndida,
erguida em pedras lisas, num local aberto.
Meneando-se ao tear, cantava belamente
deusa ou mulher; chamaram-na alteando a voz. 255
Solícita franqueou-lhes o portal luzente,
seguindo à frente de homens totalmente crédulos.
Só eu, ressabiado de algo, não entrei.
O grupo todo some, sem que um só retorne.
E, de tocaia, ali me demorei muitíssimo.' 260
Falou assim. A espada argênteo-cravejada
levei à espádua, brônzea, enorme; me muni
de arco. Mandei que me indicasse a rota exata,
mas ele, me abraçando os joelhos, suplicou,
e, aos prantos, pronunciou alígeras-palavras: 265
'Prole de Zeus, não quero retornar. Me poupa!
Não tenho dúvidas de que de lá não voltas,
nem reconduzes nautas. Escapar ao dia
amargo ainda é possível, se fugirmos já.'
Assim falou, mas prontamente rebati: 270
'Podes ficar, Euríloco, à beira-nave

ἔσθων καὶ πίνων κοίλῃ παρὰ νηὶ μελαίνῃ·
αὐτὰρ ἐγὼν εἶμι, κρατερὴ δέ μοι ἔπλετ' ἀνάγκη.'
ὣς εἰπὼν παρὰ νηὸς ἀνήιον ἠδὲ θαλάσσης.
ἀλλ' ὅτε δὴ ἄρ' ἔμελλον ἰὼν ἱερὰς ἀνὰ βήσσας 275
Κίρκης ἵξεσθαι πολυφαρμάκου ἐς μέγα δῶμα,
ἔνθα μοι Ἑρμείας χρυσόρραπις ἀντεβόλησεν
ἐρχομένῳ πρὸς δῶμα, νεηνίῃ ἀνδρὶ ἐοικώς,
πρῶτον ὑπηνήτῃ, τοῦ περ χαριεστάτη ἥβη·
ἔν τ' ἄρα μοι φῦ χειρί, ἔπος τ' ἔφατ' ἔκ τ' ὀνόμαζε· 280
'πῇ δὴ αὖτ', ὦ δύστηνε, δι' ἄκριας ἔρχεαι οἶος,
χώρου ἄιδρις ἐών; ἕταροι δέ τοι οἵδ' ἐνὶ Κίρκης
ἔρχαται ὥς τε σύες πυκινοὺς κευθμῶνας ἔχοντες.
ἦ τοὺς λυσόμενος δεῦρ' ἔρχεαι; οὐδέ σέ φημι
αὐτὸν νοστήσειν, μενέεις δὲ σύ γ', ἔνθα περ ἄλλοι. 285
ἀλλ' ἄγε δή σε κακῶν ἐκλύσομαι ἠδὲ σαώσω.
τῆ, τόδε φάρμακον ἐσθλὸν ἔχων ἐς δώματα Κίρκης
ἔρχευ, ὅ κέν τοι κρατὸς ἀλάλκῃσιν κακὸν ἦμαρ.
πάντα δέ τοι ἐρέω ὀλοφώια δήνεα Κίρκης.
τεύξει τοι κυκεῶ, βαλέει δ' ἐν φάρμακα σίτῳ. 290
ἀλλ' οὐδ' ὧς θέλξαι σε δυνήσεται· οὐ γὰρ ἐάσει
φάρμακον ἐσθλόν, ὅ τοι δώσω, ἐρέω δὲ ἕκαστα.
ὁππότε κεν Κίρκη σ' ἐλάσῃ περιμήκεϊ ῥάβδῳ,
δὴ τότε σὺ ξίφος ὀξὺ ἐρυσσάμενος παρὰ μηροῦ
Κίρκῃ ἐπαΐξαι, ὥς τε κτάμεναι μενεαίνων. 295
ἡ δέ σ' ὑποδείσασα κελήσεται εὐνηθῆναι·
ἔνθα σὺ μηκέτ' ἔπειτ' ἀπανήνασθαι θεοῦ εὐνήν,
ὄφρα κέ τοι λύσῃ θ' ἑτάρους αὐτόν τε κομίσσῃ·
ἀλλὰ κέλεσθαί μιν μακάρων μέγαν ὅρκον ὀμόσσαι,
μή τί τοι αὐτῷ πῆμα κακὸν βουλευσέμεν ἄλλο, 300
μή σ' ἀπογυμνωθέντα κακὸν καὶ ἀνήνορα θήῃ.'
ὣς ἄρα φωνήσας πόρε φάρμακον ἀργεϊφόντης
ἐκ γαίης ἐρύσας, καί μοι φύσιν αὐτοῦ ἔδειξε.
ῥίζῃ μὲν μέλαν ἔσκε, γάλακτι δὲ εἴκελον ἄνθος·
μῶλυ δέ μιν καλέουσι θεοί· χαλεπὸν δέ τ' ὀρύσσειν 305
ἀνδράσι γε θνητοῖσι, θεοὶ δέ τε πάντα δύνανται.

escura e côncava bebendo e enchendo o ventre,
que irei cumprir o duro encargo que me cabe.'
Disse. Deixei atrás a embarcação e o mar.
Já prestes a chegar, cruzando os vales sacros, 275
ao lar de Circe, multifarmacologista,
Hermes lançou-se à minha frente, caduceu-
-de-ouro, pouco antes da morada enorme, ícone
de um moço imberbe cuja adolescência é grácil.
Tomou-me a mão e dirigiu-me tais palavras: 280
'Aonde vais, infeliz, sozinho pelo cimo,
ignaro do lugar? Teus nautas foram presos
por Circe: porcos, vivem em pocilgas torvas.
Queres livrá-los? Pois garanto que não voltas,
mas permanecerás como eles lá. Desejo 285
te poupar, ou melhor, salvar da atrocidade.
Entra com este fármaco no lar de Circe,
que afastarás o dia fatal de tua cabeça.
Eis uma das ciladas típicas de Circe:
há de ofertar-te um drinque, drogar teu manjar, 290
mas não conseguirá te enfeitiçar com esta
droga diversa que recebes como antídoto.
Quando ela encoste em ti o longo caduceu,
saca do estojo em tua coxa a espada afiada
e avança contra Circe, anunciando a morte! 295
Convidará que subas a seu leito, em pânico,
o que não deves renegar, pois é uma deusa.
Só assim salvas teus sócios e a ti mesmo ajudas.
Faze-a jurar solenemente pelos deuses
não te prejudicar ainda mais, tampouco 300
te desvirilizar ou vilipendiar.'
E o Argicida, assim falando, deu-me o fármaco,
que puxou do terreno, indigitando a forma:
negra a raiz, a flor tão branca quanto leite.
Eternos a nomeiam *moly*; um homem só 305
não consegue arrancá-la, só um deus, que tudo

Ἑρμείας μὲν ἔπειτ' ἀπέβη πρὸς μακρὸν Ὄλυμπον
νῆσον ἀν' ὑλήεσσαν, ἐγὼ δ' ἐς δώματα Κίρκης
ἤια, πολλὰ δέ μοι κραδίη πόρφυρε κιόντι.
ἔστην δ' εἰνὶ θύρῃσι θεᾶς καλλιπλοκάμοιο· 310
ἔνθα στὰς ἐβόησα, θεὰ δέ μευ ἔκλυεν αὐδῆς.
ἡ δ' αἶψ' ἐξελθοῦσα θύρας ὤιξε φαεινὰς
καὶ κάλει· αὐτὰρ ἐγὼν ἑπόμην ἀκαχήμενος ἦτορ.
εἷσε δέ μ' εἰσαγαγοῦσα ἐπὶ θρόνου ἀργυροήλου
καλοῦ δαιδαλέου· ὑπὸ δὲ θρῆνυς ποσὶν ἦεν· 315
τεῦχε δέ μοι κυκεῶ χρυσέῳ δέπαι, ὄφρα πίοιμι,
ἐν δέ τε φάρμακον ἧκε, κακὰ φρονέουσ' ἐνὶ θυμῷ.
αὐτὰρ ἐπεὶ δῶκέν τε καὶ ἔκπιον, οὐδέ μ' ἔθελξε,
ῥάβδῳ πεπληγυῖα ἔπος τ' ἔφατ' ἔκ τ' ὀνόμαζεν·
'ἔρχεο νῦν συφεόνδε, μετ' ἄλλων λέξο ἑταίρων.' 320
ὣς φάτ', ἐγὼ δ' ἄορ ὀξὺ ἐρυσσάμενος παρὰ μηροῦ
Κίρκῃ ἐπήιξα ὥς τε κτάμεναι μενεαίνων.
ἡ δὲ μέγα ἰάχουσα ὑπέδραμε καὶ λάβε γούνων,
καί μ' ὀλοφυρομένη ἔπεα πτερόεντα προσηύδα·
'τίς πόθεν εἰς ἀνδρῶν; πόθι τοι πόλις ἠδὲ τοκῆες; 325
θαῦμά μ' ἔχει ὡς οὔ τι πιὼν τάδε φάρμακ' ἐθέλχθης·
οὐδὲ γὰρ οὐδέ τις ἄλλος ἀνὴρ τάδε φάρμακ' ἀνέτλη,
ὅς κε πίῃ καὶ πρῶτον ἀμείψεται ἕρκος ὀδόντων.
σοὶ δέ τις ἐν στήθεσσιν ἀκήλητος νόος ἐστίν.
ἦ σύ γ' Ὀδυσσεύς ἐσσι πολύτροπος, ὅν τέ μοι αἰεὶ 330
φάσκεν ἐλεύσεσθαι χρυσόρραπις ἀργεϊφόντης,
ἐκ Τροίης ἀνιόντα θοῇ σὺν νηὶ μελαίνῃ.
ἀλλ' ἄγε δὴ κολεῷ μὲν ἄορ θέο, νῶι δ' ἔπειτα
εὐνῆς ἡμετέρης ἐπιβείομεν, ὄφρα μιγέντε
εὐνῇ καὶ φιλότητι πεποίθομεν ἀλλήλοισιν.' 335
ὣς ἔφατ', αὐτὰρ ἐγὼ μιν ἀμειβόμενος προσέειπον·
'ὦ Κίρκη, πῶς γάρ με κέλεαι σοὶ ἤπιον εἶναι,
ἥ μοι σῦς μὲν ἔθηκας ἐνὶ μεγάροισιν ἑταίρους,
αὐτὸν δ' ἐνθάδ' ἔχουσα δολοφρονέουσα κελεύεις
ἐς θάλαμόν τ' ἰέναι καὶ σῆς ἐπιβήμεναι εὐνῆς, 340
ὄφρα με γυμνωθέντα κακὸν καὶ ἀνήνορα θήῃς.

pode. Hermes sobe à amplidão do Olimpo, ínsula
arbórea acima, e dirigi-me ao lar de Circe,
taquicardíaco no avanço. Frente ao pórtico
da eterna, bela-trança, me detive. Ao grito 310
meu, Circe irrompe pela porta reluzente.
Segui-a a seu convite, coração pulsante.
Ofereceu-me um trono tacheado em prata,
lavor dedáleo. Sob os pés, posicionou
um escabelo. O coquetel me preparou 315
na taça de ouro, sem deixar de acrescentar
a droga, ruminando atrocidades no íntimo.
Sorvi o líquido sem me narcotizar;
golpeou-me com a verga, me ordenando assim:
'Vai repousar com teus amigos na pocilga!' 320
Nem bem falou, saquei da coxa a espada afiada,
e, em sua direção, ameacei matá-la.
Urlando corre para me abraçar os joelhos
e então profere, às lágrimas, palavras-asas:
'Quem és e de onde vens? Quem são teus pais? Tua pólis? 325
Que meus narcóticos não te entorpeçam, causa-me
perplexidade, pois ninguém os evitou,
transpondo tão somente a dentição cerrada:
no peito, tens o coração imune a encanto.
És Odisseu multímodo, que o Argicida, 330
verga-dourada, sempre disse que viria,
provindo de Ílion no baixel negriveloz.
Devolve a espada à bainha, para então subirmos
nós dois ao tálamo! A união de nossos corpos
no amor há de aumentar a mútua confiança!' 335
Findou a fala e eu lhe respondi: 'Mas, Circe,
como podes querer que eu me abra em meu afeto,
se os sócios meus, em suínos, transformaste em casa,
se, dolo-reflexiva, me convidas a ir
ao próprio tálamo, deitar contigo ao leito, 340
com a intenção de, nu, me desvirilizar?

οὐδ' ἂν ἐγώ γ' ἐθέλοιμι τεῆς ἐπιβήμεναι εὐνῆς,
εἰ μή μοι τλαίης γε, θεά, μέγαν ὅρκον ὀμόσσαι
μή τί μοι αὐτῷ πῆμα κακὸν βουλευσέμεν ἄλλο.'
ὣς ἐφάμην, ἡ δ' αὐτίκ' ἀπώμνυεν, ὡς ἐκέλευον. 345
αὐτὰρ ἐπεί ῥ' ὄμοσέν τε τελεύτησέν τε τὸν ὅρκον,
καὶ τότ' ἐγὼ Κίρκης ἐπέβην περικαλλέος εὐνῆς.
ἀμφίπολοι δ' ἄρα τέως μὲν ἐνὶ μεγάροισι πένοντο
τέσσαρες, αἵ οἱ δῶμα κάτα δρήστειραι ἔασι·
γίγνονται δ' ἄρα ταί γ' ἔκ τε κρηνέων ἀπό τ' ἀλσέων 350
ἔκ θ' ἱερῶν ποταμῶν, οἵ τ' εἰς ἅλαδε προρέουσι.
τάων ἡ μὲν ἔβαλλε θρόνοις ἔνι ῥήγεα καλὰ
πορφύρεα καθύπερθ', ὑπένερθε δὲ λῖθ' ὑπέβαλλεν·
ἡ δ' ἑτέρη προπάροιθε θρόνων ἐτίταινε τραπέζας
ἀργυρέας, ἐπὶ δέ σφι τίθει χρύσεια κάνεια· 355
ἡ δὲ τρίτη κρητῆρι μελίφρονα οἶνον ἐκίρνα
ἡδὺν ἐν ἀργυρέῳ, νέμε δὲ χρύσεια κύπελλα·
ἡ δὲ τετάρτη ὕδωρ ἐφόρει καὶ πῦρ ἀνέκαιε
πολλὸν ὑπὸ τρίποδι μεγάλῳ· ἰαίνετο δ' ὕδωρ.
αὐτὰρ ἐπεὶ δὴ ζέσσεν ὕδωρ ἐνὶ ἤνοπι χαλκῷ, 360
ἔς ῥ' ἀσάμινθον ἕσασα λό' ἐκ τρίποδος μεγάλοιο,
θυμῆρες κεράσασα, κατὰ κρατός τε καὶ ὤμων,
ὄφρα μοι ἐκ κάματον θυμοφθόρον εἵλετο γυίων.
αὐτὰρ ἐπεὶ λοῦσέν τε καὶ ἔχρισεν λίπ' ἐλαίῳ,
ἀμφὶ δέ με χλαῖναν καλὴν βάλεν ἠδὲ χιτῶνα, 365
εἷσε δέ μ' εἰσαγαγοῦσα ἐπὶ θρόνου ἀργυροήλου
καλοῦ δαιδαλέου, ὑπὸ δὲ θρῆνυς ποσὶν ἦεν·
χέρνιβα δ' ἀμφίπολος προχόῳ ἐπέχευε φέρουσα
καλῇ χρυσείῃ, ὑπὲρ ἀργυρέοιο λέβητος,
νίψασθαι· παρὰ δὲ ξεστὴν ἐτάνυσσε τράπεζαν. 370
σῖτον δ' αἰδοίη ταμίη παρέθηκε φέρουσα,
εἴδατα πόλλ' ἐπιθεῖσα, χαριζομένη παρεόντων.
ἐσθέμεναι δ' ἐκέλευεν· ἐμῷ δ' οὐχ ἥνδανε θυμῷ,
ἀλλ' ἥμην ἀλλοφρονέων, κακὰ δ' ὄσσετο θυμός.
Κίρκη δ' ὡς ἐνόησεν ἔμ' ἥμενον οὐδ' ἐπὶ σίτῳ 375
χεῖρας ἰάλλοντα, κρατερὸν δέ με πένθος ἔχοντα,

A condição de alçar-me ao leito teu é ouvir,
ó deusa, a grande jura, em que prometerás
não ter a intenção de me prejudicar.'
Falei e ela cumpriu a jura que roguei. 345
Tão logo obtive o aval do juramento, ao leito
de Circe pluribelo então me dirigi.
Nas salas, quatro ancilas eram responsáveis
pelo afazer doméstico, nascidas todas
das fontes, bosques, rios que escoam mar adentro. 350
Uma depõe tapetes púrpuras nos tronos,
acomodados sobre panos desvincados.
Outra prepara a távola prateada frente
aos tronos, sobre a qual arruma os açafates
de ouro; mistura na cratera prata o vinho 355
dulçor-de-mel e, em copos de ouro, uma terceira
os serve. A quarta transportava água, e a trípode
acende vivamente, a fim de aferventá-la.
Quando a água borbulhou no bronze rutilante,
da grande trípode espargiu em mim sentado, 360
mesclando-a, na banheira, sobre a testa e espáduas,
para tolher a estafa coração-mortífera
dos membros. De óleo copioso untou meu corpo
e sobre a túnica arrojou um manto belo.
Ofereceu-me o trono argênteo-cravejado, 365
lavor dedáleo e, sob os pés, um escabelo.
A ancila escoa, de um gomil dourado, água,
para lavar-me as mãos, sobre a bacia argêntea,
trazendo, junto a mim, a távola brilhante.
A despenseira prestimosa serve postas 370
generosas, pois jubilava em seu serviço,
mas não apetecia ao coração comer:
alter-absorto, vislumbrava desventuras.
Circe, quando notou que eu nem sequer tocava
na comida, sujeito ao sofrimento estígio, 375
de mim se aproximou, sentando-se ao meu lado.

ἄγχι παρισταμένη ἔπεα πτερόεντα προσηύδα·
'τίφθ' οὕτως, Ὀδυσεῦ, κατ' ἄρ' ἕζεαι ἶσος ἀναύδῳ,
θυμὸν ἔδων, βρώμης δ' οὐχ ἅπτεαι οὐδὲ ποτῆτος;
ἦ τινά που δόλον ἄλλον ὀίεαι· οὐδέ τί σε χρὴ   380
δειδίμεν· ἤδη γάρ τοι ἀπώμοσα καρτερὸν ὅρκον.'
ὣς ἔφατ', αὐτὰρ ἐγώ μιν ἀμειβόμενος προσέειπον·
'ὦ Κίρκη, τίς γάρ κεν ἀνήρ, ὃς ἐναίσιμος εἴη,
πρὶν τλαίη πάσσασθαι ἐδητύος ἠδὲ ποτῆτος,
πρὶν λύσασθ' ἑτάρους καὶ ἐν ὀφθαλμοῖσιν ἰδέσθαι;   385
ἀλλ' εἰ δὴ πρόφρασσα πιεῖν φαγέμεν τε κελεύεις,
λῦσον, ἵν' ὀφθαλμοῖσιν ἴδω ἐρίηρας ἑταίρους.'
ὣς ἐφάμην, Κίρκη δὲ διὲκ μεγάροιο βεβήκει
ῥάβδον ἔχουσ' ἐν χειρί, θύρας δ' ἀνέῳξε συφειοῦ,
ἐκ δ' ἔλασεν σιάλοισιν ἐοικότας ἐννεώροισιν.   390
οἱ μὲν ἔπειτ' ἔστησαν ἐναντίοι, ἡ δὲ δι' αὐτῶν
ἐρχομένη προσάλειφεν ἑκάστῳ φάρμακον ἄλλο.
τῶν δ' ἐκ μὲν μελέων τρίχες ἔρρεον, ἃς πρὶν ἔφυσε
φάρμακον οὐλόμενον, τό σφιν πόρε πότνια Κίρκη·
ἄνδρες δ' ἂψ ἐγένοντο νεώτεροι ἢ πάρος ἦσαν,   395
καὶ πολὺ καλλίονες καὶ μείζονες εἰσοράασθαι.
ἔγνωσαν δέ μ' ἐκεῖνοι ἔφυν τ' ἐν χερσὶν ἕκαστος.
πᾶσιν δ' ἱμερόεις ὑπέδυ γόος, ἀμφὶ δὲ δῶμα
σμερδαλέον κονάβιζε· θεὰ δ' ἐλέαιρε καὶ αὐτή.
ἡ δέ μευ ἄγχι στᾶσα προσηύδα δῖα θεάων·   400
'διογενὲς Λαερτιάδη, πολυμήχαν' Ὀδυσσεῦ,
ἔρχεο νῦν ἐπὶ νῆα θοὴν καὶ θῖνα θαλάσσης.
νῆα μὲν ἂρ πάμπρωτον ἐρύσσατε ἤπειρόνδε,
κτήματα δ' ἐν σπήεσσι πελάσσατε ὅπλα τε πάντα·
αὐτὸς δ' ἂψ ἰέναι καὶ ἄγειν ἐρίηρας ἑταίρους.'   405
ὣς ἔφατ', αὐτὰρ ἐμοί γ' ἐπεπείθετο θυμὸς ἀγήνωρ,
βῆν δ' ἰέναι ἐπὶ νῆα θοὴν καὶ θῖνα θαλάσσης.
εὗρον ἔπειτ' ἐπὶ νηὶ θοῇ ἐρίηρας ἑταίρους
οἴκτρ' ὀλοφυρομένους, θαλερὸν κατὰ δάκρυ χέοντας.
ὡς δ' ὅτ' ἂν ἄγραυλοι πόριες περὶ βοῦς ἀγελαίας,   410
ἐλθούσας ἐς κόπρον, ἐπὴν βοτάνης κορέσωνται,

E então me dirigiu palavras-asas: 'Mudo,
comes teu próprio coração. Por que rejeitas
vinho e vitualhas, Odisseu? Supões acaso
que eu trame um novo ardil? Fica tranquilo: não   380
prestei solene juramento?' E eu respondi:
'Que homem, regido pela correção, de comes
e bebes lembra de locupletar-se, antes
que possa ver os companheiros frente a frente,
sãos e salvos? Se o que desejas é de fato   385
que eu beba e coma, deixa que eu vislumbre os caros
amigos libertados com meus próprios olhos.'
Circe saiu da sala assim que eu me calei,
e, caduceu na mão, adentra na pocilga,
de onde os conduz, iguais a suínos gordos novi-   390
genários. Unge-os, um a um, enfileirados,
com fármaco diverso. Os corpos vão perdendo
as cerdas, com que anteriormente a droga tétrica
por Circe ministrada revestira os físicos.
Num átimo, viraram homens, bem mais jovens,   395
bem mais belos, maiores do que haviam sido.
Reconhecendo-me, apertaram minha mão.
Cedem ao pranto, todos, que ecoava na alta
morada: a deusa, também ela, se comove.
Postando-se ao meu lado, a magna deusa disse: 400
'Divo Odisseu Laércio, multimaquinoso,
retorna à embarcação veloz e à fímbria oceânica
e pan-primeiramente leva a nau à terra,
nas grutas alojando haveres e armamento,
para voltar aqui, encabeçando os sócios.'   405
Concluiu assim; meu coração se convenceu
a ir à embarcação veloz e à praia oceânica.
Dei com os fiéis comparsas no navio agílimo,
pranteando aos borbotões. Garrotes na campina,
rodeando as vacas que retornam ao estábulo,   410
saciadas de capim, grupo compacto aos saltos,

πᾶσαι ἅμα σκαίρουσιν ἐναντίαι· οὐδ' ἔτι σηκοὶ
ἴσχουσ', ἀλλ' ἀδινὸν μυκώμεναι ἀμφιθέουσι·
μητέρας· ὣς ἔμ' ἐκεῖνοι ἐπεὶ ἴδον ὀφθαλμοῖσι,
δακρυόεντες ἔχυντο· δόκησε δ' ἄρα σφίσι θυμὸς   415
ὣς ἔμεν, ὡς εἰ πατρίδ' ἱκοίατο καὶ πόλιν αὐτὴν
τρηχείης Ἰθάκης, ἵνα τ' ἔτραφεν ἠδ' ἐγένοντο.
καί μ' ὀλοφυρόμενοι ἔπεα πτερόεντα προσηύδων·
'σοὶ μὲν νοστήσαντι, διοτρεφές, ὣς ἐχάρημεν,
ὡς εἴ τ' εἰς Ἰθάκην ἀφικοίμεθα πατρίδα γαῖαν·   420
ἀλλ' ἄγε, τῶν ἄλλων ἑτάρων κατάλεξον ὄλεθρον.'
ὣς ἔφαν, αὐτὰρ ἐγὼ προσέφην μαλακοῖς ἐπέεσσι·
'νῆα μὲν ἂρ πάμπρωτον ἐρύσσομεν ἠπειρόνδε,
κτήματα δ' ἐν σπήεσσι πελάσσομεν ὅπλα τε πάντα·
αὐτοὶ δ' ὀτρύνεσθε ἐμοὶ ἅμα πάντες ἕπεσθαι,   425
ὄφρα ἴδηθ' ἑτάρους ἱεροῖς ἐν δώμασι Κίρκης
πίνοντας καὶ ἔδοντας· ἐπηετανὸν γὰρ ἔχουσιν.'
ὣς ἐφάμην, οἱ δ' ὦκα ἐμοῖς ἐπέεσσι πίθοντο.
Εὐρύλοχος δέ μοι οἶος ἐρύκανε πάντας ἑταίρους·
καί σφεας φωνήσας ἔπεα πτερόεντα προσηύδα·   430
'ἆ δειλοί, πόσ' ἴμεν; τί κακῶν ἱμείρετε τούτων;
Κίρκης ἐς μέγαρον καταβήμεναι, ἥ κεν ἅπαντας
ἢ σῦς ἠὲ λύκους ποιήσεται ἠὲ λέοντας,
οἵ κέν οἱ μέγα δῶμα φυλάσσοιμεν καὶ ἀνάγκῃ,
ὥς περ Κύκλωψ ἔρξ', ὅτε οἱ μέσσαυλον ἵκοντο   435
ἡμέτεροι ἕταροι, σὺν δ' ὁ θρασὺς εἵπετ' Ὀδυσσεύς·
τούτου γὰρ καὶ κεῖνοι ἀτασθαλίῃσιν ὄλοντο.'
ὣς ἔφατ', αὐτὰρ ἐγώ γε μετὰ φρεσὶ μερμήριξα,
σπασσάμενος τανύηκες ἄορ παχέος παρὰ μηροῦ,
τῷ οἱ ἀποπλήξας κεφαλὴν οὐδάσδε πελάσσαι,   440
καὶ πηῷ περ ἐόντι μάλα σχεδόν· ἀλλά μ' ἑταῖροι
μειλιχίοις ἐπέεσσιν ἐρήτυον ἄλλοθεν ἄλλος·
'διογενές, τοῦτον μὲν ἐάσομεν, εἰ σὺ κελεύεις,
αὐτοῦ πὰρ νηΐ τε μένειν καὶ νῆα ἔρυσθαι·
ἡμῖν δ' ἡγεμόνευ' ἱερὰ πρὸς δώματα Κίρκης.'   445
ὣς φάμενοι παρὰ νηὸς ἀνήϊον ἠδὲ θαλάσσης.

que a paliçada não retém, afoitamente
circungirando ao redor das mães, mugindo
continuamente, mal os nautas me avistaram,
choraram tais e quais, como se à frente de Ítaca   415
pedrosa finalmente entrassem através
da pólis pátria onde cresceram e nasceram.
E, soluçantes, pronunciam palavras-asas:
'Prole de Zeus, rever-te nos alegra tanto
quanto revíssemos a terra ancestre: Ítaca!   420
Mas nos relata como os sócios terminaram.'
E eu, amainando a fala, respondi: 'O barco
levemos pan-inicialmente à terra firme,
depondo as armas e os pertences gruta adentro.
Ato contínuo, vinde atrás de mim à sacra   425
mansão de Circe, onde os amigos nossos comem,
bebem à farta, pois as provisões sobejam.'
Anuem, depois de ouvirem, todavia Euríloco
sozinho tenta demovê-los da visita.
E então lhes dirigiu alígeras palavras: 430
'Buscai desgraças? Infelizes, aonde ides?
À moradia de Circe, para nos tornarmos
porcos, lobos, leões, alçados à função
de involuntários guardas do solar imenso,
exatamente o que ocorreu quando o Ciclope   435
prendeu na cova os sócios e Odisseu impávido?
A presunção do herói levou à morte amigos.'
Falou e eu cogitei de mim para comigo
sacar a lâmina bigúmea rente à coxa,
decepar-lhe a cabeça feito bola ao chão,   440
embora se tratasse de um parente próximo,
mas, com dulçor, aqui e ali, os sócios me obstam:
'Deixemo-lo, Odisseu, se assim o quer, de guarda
à beira-embarcação. Atrás de ti, hegêmone,
os outros seguiremos ao solar de Circe.'   445
Concluindo, afastam-se do barco e mar salino,

οὐδὲ μὲν Εὐρύλοχος κοίλῃ παρὰ νηὶ λέλειπτο,
ἀλλ' ἕπετ'· ἔδεισεν γὰρ ἐμὴν ἔκπαγλον ἐνιπήν.
τόφρα δὲ τοὺς ἄλλους ἑτάρους ἐν δώμασι Κίρκη
ἐνδυκέως λοῦσέν τε καὶ ἔχρισεν λίπ' ἐλαίῳ, 450
ἀμφὶ δ' ἄρα χλαίνας οὔλας βάλεν ἠδὲ χιτῶνας·
δαινυμένους δ' ἐὺ πάντας ἐφεύρομεν ἐν μεγάροισιν.
οἱ δ' ἐπεὶ ἀλλήλους εἶδον φράσσαντό τ' ἐσάντα,
κλαῖον ὀδυρόμενοι, περὶ δὲ στεναχίζετο δῶμα.
ἡ δέ μευ ἄγχι στᾶσα προσηύδα δῖα θεάων· 455
'διογενὲς Λαερτιάδη, πολυμήχαν' Ὀδυσσεῦ,
μηκέτι νῦν θαλερὸν γόον ὄρνυτε· οἶδα καὶ αὐτὴ
ἠμὲν ὅσ' ἐν πόντῳ πάθετ' ἄλγεα ἰχθυόεντι,
ἠδ' ὅσ' ἀνάρσιοι ἄνδρες ἐδηλήσαντ' ἐπὶ χέρσου.
ἀλλ' ἄγετ' ἐσθίετε βρώμην καὶ πίνετε οἶνον, 460
εἰς ὅ κεν αὖτις θυμὸν ἐνὶ στήθεσσι λάβητε,
οἷον ὅτε πρώτιστον ἐλείπετε πατρίδα γαῖαν
τρηχείης Ἰθάκης. νῦν δ' ἀσκελέες καὶ ἄθυμοι,
αἰὲν ἄλης χαλεπῆς μεμνημένοι, οὐδέ ποθ' ὕμιν
θυμὸς ἐν εὐφροσύνῃ, ἐπεὶ ἦ μάλα πολλὰ πέποσθε.' 465
ὣς ἔφαθ', ἡμῖν δ' αὖτ' ἐπεπείθετο θυμὸς ἀγήνωρ.
ἔνθα μὲν ἤματα πάντα τελεσφόρον εἰς ἐνιαυτὸν
ἥμεθα δαινύμενοι κρέα τ' ἄσπετα καὶ μέθυ ἡδύ·
ἀλλ' ὅτε δή ῥ' ἐνιαυτὸς ἔην, περὶ δ' ἔτραπον ὧραι
μηνῶν φθινόντων, περὶ δ' ἤματα μακρὰ τελέσθη, 470
καὶ τότε μ' ἐκκαλέσαντες ἔφαν ἐρίηρες ἑταῖροι·
'δαιμόνι', ἤδη νῦν μιμνήσκεο πατρίδος αἴης,
εἴ τοι θέσφατόν ἐστι σαωθῆναι καὶ ἱκέσθαι
οἶκον ἐς ὑψόροφον καὶ σὴν ἐς πατρίδα γαῖαν.'
ὣς ἔφαν, αὐτὰρ ἐμοί γ' ἐπεπείθετο θυμὸς ἀγήνωρ. 475
ὣς τότε μὲν πρόπαν ἦμαρ ἐς ἠέλιον καταδύντα
ἥμεθα, δαινύμενοι κρέα τ' ἄσπετα καὶ μέθυ ἡδύ·
ἦμος δ' ἠέλιος κατέδυ καὶ ἐπὶ κνέφας ἦλθεν,
οἱ μὲν κοιμήσαντο κατὰ μέγαρα σκιόεντα.
αὐτὰρ ἐγὼ Κίρκης ἐπιβὰς περικαλλέος εὐνῆς 480
γούνων ἐλλιτάνευσα, θεὰ δέ μευ ἔκλυεν αὐδῆς·

e nem Euríloco permaneceu ali,
mas nos seguiu, temendo meu reproche duro.
E os outros na morada, Circe fez lavar
e fomentá-los de óleo. Com o manto envolve 450
a túnica que envergam. Todos se entregavam
à lauta refeição, assim que nós chegamos.
Quando um ao outro se reconheceu, prantearam
tão fortemente que o eco verberou na casa.
Bem junto a mim, ciciou a insigne Circe: 'Laércio, 455
prole divina, plurimaquinoso, é tempo
de colocar um fim em tanto pranto: sei
o quanto padecestes pelo mar piscoso
e o quanto, em terra firme, fostes maltratados,
mas apreciai a refeição, bebei o vinho 460
até que a ousadia torne ao vosso espírito,
como quando partistes da arenosa Ítaca,
rincão natal, em tempos idos. Sem vigor
agora, mêmores do mar que vos estafa,
o trauma do sofrer atroz impede o riso.' 465
Falou e convenceu-me o coração altivo.
Permanecemos na ínsula de Circe um ano,
sorvendo vinho rútilo, apreciando viandas
mas, findo esse período, quando os meses morrem,
os dias se abreviam, voltam estações. 470
Então, os sócios fiéis, chamando-me, disseram:
'Demônio de homem, rememora que tens pátria,
se está selado que retornes são e salvo
à moradia bem-lavrada e ao solo ancestre!'
Tocou-me fundo o coração o que disseram. 475
Até o pôr do sol nós degustamos carne
e o vinho mel-dulçor. Sol-posto, a treva enturva
e os caros se acomodam nos salões umbrosos,
não como eu, que subo ao leito pluribelo,
para rogar a Circe, que escutou-me a voz, 480
que ouviu-me alígeras palavras que lhe digo:

καί μιν φωνήσας ἔπεα πτερόεντα προσηύδων·
'ὦ Κίρκη, τέλεσόν μοι ὑπόσχεσιν ἥν περ ὑπέστης,
οἴκαδε πεμψέμεναι· θυμὸς δέ μοι ἔσσυται ἤδη,
ἠδ' ἄλλων ἑτάρων, οἵ μευ φθινύθουσι φίλον κῆρ   485
ἀμφ' ἔμ' ὀδυρόμενοι, ὅτε πού σύ γε νόσφι γένηαι.'
ὣς ἐφάμην, ἡ δ' αὐτίκ' ἀμείβετο δῖα θεάων·
'διογενὲς Λαερτιάδη, πολυμήχαν' Ὀδυσσεῦ,
μηκέτι νῦν ἀέκοντες ἐμῷ ἐνὶ μίμνετε οἴκῳ.
ἀλλ' ἄλλην χρὴ πρῶτον ὁδὸν τελέσαι καὶ ἱκέσθαι   490
εἰς Ἀίδαο δόμους καὶ ἐπαινῆς Περσεφονείης,
ψυχῇ χρησομένους Θηβαίου Τειρεσίαο,
μάντηος ἀλαοῦ, τοῦ τε φρένες ἔμπεδοί εἰσι·
τῷ καὶ τεθνηῶτι νόον πόρε Περσεφόνεια,
οἴῳ πεπνῦσθαι, τοὶ δὲ σκιαὶ ἀίσσουσιν.'   495
ὣς ἔφατ', αὐτὰρ ἐμοί γε κατεκλάσθη φίλον ἦτορ·
κλαῖον δ' ἐν λεχέεσσι καθήμενος, οὐδέ νύ μοι κῆρ
ἤθελ' ἔτι ζώειν καὶ ὁρᾶν φάος ἠελίοιο.
αὐτὰρ ἐπεὶ κλαίων τε κυλινδόμενος τ' ἐκορέσθην,
καὶ τότε δή μιν ἔπεσσιν ἀμειβόμενος προσέειπον·   500
'ὦ Κίρκη, τίς γὰρ ταύτην ὁδὸν ἡγεμονεύσει;
εἰς Ἄϊδος δ' οὔ πώ τις ἀφίκετο νηὶ μελαίνῃ.'
ὣς ἐφάμην, ἡ δ' αὐτίκ' ἀμείβετο δῖα θεάων·
'διογενὲς Λαερτιάδη, πολυμήχαν' Ὀδυσσεῦ,
μή τί τοι ἡγεμόνος γε ποθὴ παρὰ νηὶ μελέσθω,   505
ἱστὸν δὲ στήσας, ἀνά θ' ἱστία λευκὰ πετάσσας
ἧσθαι· τὴν δέ κέ τοι πνοιὴ Βορέαο φέρῃσιν.
ἀλλ' ὁπότ' ἂν δὴ νηὶ δι' Ὠκεανοῖο περήσῃς,
ἔνθ' ἀκτή τε λάχεια καὶ ἄλσεα Περσεφονείης,
μακραί τ' αἴγειροι καὶ ἰτέαι ὠλεσίκαρποι,   510
νῆα μὲν αὐτοῦ κέλσαι ἐπ' Ὠκεανῷ βαθυδίνῃ,
αὐτὸς δ' εἰς Ἀίδεω ἰέναι δόμον εὐρώεντα.
ἔνθα μὲν εἰς Ἀχέροντα Πυριφλεγέθων τε ῥέουσιν
Κώκυτός θ', ὃς δὴ Στυγὸς ὕδατός ἐστιν ἀπορρώξ,
πέτρη τε ξύνεσίς τε δύω ποταμῶν ἐριδούπων·   515
ἔνθα δ' ἔπειθ', ἥρως, χριμφθεὶς πέλας, ὥς σε κελεύω,

'Cumpre a promessa, Circe, que fizeste outrora
e me encaminha ao lar. Meu coração reclama
e os companheiros que me falam fundo à ânima,
às lágrimas, tão logo te retiras.' Disse 485
assim e respondeu-me a diva entre as divinas:
'Prole imortal, Laércio multimaquinante,
não permaneças sem querer nesta morada
que me pertence. Outra viagem haverás
de executar primeiramente, à residência 490
do Hades e da terribilíssima Perséfone,
a fim de consultar a psique do tebano
Tirésias, vate cego de epigástrio sólido:
só a ele, mesmo morto, concedeu Perséfone
o sopro da sapiência. Os outros vagam: sombras.' 495
Meu coração partiu-se quando a ouvi falar:
chorava à sua cama, o coração não mais
queria viver ou ver os rútilos do sol.
Saciado de chorar e de me debater,
lhe respondi assim: 'Mas Circe, quem será 500
o guia pela senda singular? Jamais
alguém desceu ao Hades num baixel escuro.'
Falei assim e a deusa rebateu: 'Divino
Odisseu, filho de Laerte, multiastuto,
não te preocupes que te falte um guia às naus; 505
depois de içar o mastro e de enfunar as velas
brancas, senta, pois Bóreas sopra e leva a nave.
Mas quando a bordo dela cruzes o mar cinza,
verás a encosta baixa e o bosque de Perséfone;
desfrutecidos, os salgueiros, e altos choupos: 510
aproa a nave ali, no oceano vorticoso,
e te dirige à casa embolorada de Hades!
Deságuam no Aqueronte o Piriflegetonte
e o Cocito, que sai do Estige; há um penedo
onde, ecoando, os rios confluem. Cumpre o que eu 515
te ordene agora, herói: vizinho a essa região,

βόθρον ὀρύξαι, ὅσον τε πυγούσιον ἔνθα καὶ ἔνθα,
ἀμφ' αὐτῷ δὲ χοὴν χεῖσθαι πᾶσιν νεκύεσσιν,
πρῶτα μελικρήτῳ, μετέπειτα δὲ ἡδέι οἴνῳ,
τὸ τρίτον αὖθ' ὕδατι· ἐπὶ δ' ἄλφιτα λευκὰ παλύνειν. 520
πολλὰ δὲ γουνοῦσθαι νεκύων ἀμενηνὰ κάρηνα,
ἐλθὼν εἰς Ἰθάκην στεῖραν βοῦν, ἥ τις ἀρίστη,
ῥέξειν ἐν μεγάροισι πυρήν τ' ἐμπλησέμεν ἐσθλῶν,
Τειρεσίῃ δ' ἀπάνευθεν ὄιν ἱερευσέμεν οἴῳ
παμμέλαν', ὃς μήλοισι μεταπρέπει ὑμετέροισιν. 525
αὐτὰρ ἐπὴν εὐχῇσι λίσῃ κλυτὰ ἔθνεα νεκρῶν,
ἔνθ' ὄιν ἀρνειὸν ῥέζειν θῆλύν τε μέλαιναν
εἰς Ἔρεβος στρέψας, αὐτὸς δ' ἀπονόσφι τραπέσθαι
ἱέμενος ποταμοῖο ῥοάων· ἔνθα δὲ πολλαὶ
ψυχαὶ ἐλεύσονται νεκύων κατατεθνηώτων. 530
δὴ τότ' ἔπειθ' ἑτάροισιν ἐποτρῦναι καὶ ἀνῶξαι
μῆλα, τὰ δὴ κατάκειτ' ἐσφαγμένα νηλέι χαλκῷ,
δείραντας κατακῆαι, ἐπεύξασθαι δὲ θεοῖσιν,
ἰφθίμῳ τ' Ἀΐδῃ καὶ ἐπαινῇ Περσεφονείῃ·
αὐτὸς δὲ ξίφος ὀξὺ ἐρυσσάμενος παρὰ μηροῦ 535
ἧσθαι, μηδὲ ἐᾶν νεκύων ἀμενηνὰ κάρηνα
αἵματος ἆσσον ἴμεν, πρὶν Τειρεσίαο πυθέσθαι.
ἔνθα τοι αὐτίκα μάντις ἐλεύσεται, ὄρχαμε λαῶν,
ὅς κέν τοι εἴπῃσιν ὁδὸν καὶ μέτρα κελεύθου
νόστον θ', ὡς ἐπὶ πόντον ἐλεύσεαι ἰχθυόεντα.' 540
ὣς ἔφατ', αὐτίκα δὲ χρυσόθρονος ἤλυθεν Ἠώς.
ἀμφὶ δέ με χλαῖνάν τε χιτῶνά τε εἵματα ἕσσεν·
αὐτὴ δ' ἀργύφεον φᾶρος μέγα ἕννυτο νύμφη,
λεπτὸν καὶ χαρίεν, περὶ δὲ ζώνην βάλετ' ἰξυῖ
καλὴν χρυσείην, κεφαλῇ δ' ἐπέθηκε καλύπτρην. 545
αὐτὰρ ἐγὼ διὰ δώματ' ἰὼν ὤτρυνον ἑταίρους
μειλιχίοις ἐπέεσσι παρασταδὸν ἄνδρα ἕκαστον·
'μηκέτι νῦν εὕδοντες ἀωτεῖτε γλυκὺν ὕπνον,
ἀλλ' ἴομεν· δὴ γάρ μοι ἐπέφραδε πότνια Κίρκη.'
ὣς ἐφάμην, τοῖσιν δ' ἐπεπείθετο θυμὸς ἀγήνωρ. 550
οὐδὲ μὲν οὐδ' ἔνθεν περ ἀπήμονας ἦγον ἑταίρους.

escava um fosso (um côvado de lado) e a oferta
verte ao redor — que abarque todos os defuntos:
leite e mel no começo, aos quais acresce vinho
e água depois; cevada branca esparge em pó! 520
Implora então à testa exangue dos cadáveres,
prometendo imolar, tão logo torne a Ítaca,
a vaca mais perfeita, e arder na pira magnos
dons. A oferenda de um carneiro pleninegro
brilhante no rebanho doarás ao áugure. 525
Finalizando os votos aos defuntos ínclitos,
imola após a negra pécora e um carneiro,
voltados para o Érebo, enquanto buscas
o flume distanciado, onde profusas psiques
da mortualha cadavérica te miram. 530
Exorta os sócios a carnear e arder as bestas
que jazem degoladas pelo bronze agudo
e roga aos imortais, ao Hades imbatível
e à hórrida Perséfone. Da coxa arranca
o gládio afiado e impede que do sangue acheguem 535
crânios exânimes, sem que antes tu consultes
Tirésias. Logo avistarás o vate, chefe-
-de-homens, que poderá dizer-te o quanto dista
Ítaca e te informar a senda rumo ao lar,
como haverá de ser por sobre o mar piscoso.' 540
Falou e Aurora sobrevém, tronidourada.
Fez-me vestir a lã e, sob o manto, a túnica,
enquanto a ninfa envolve o corpo no brocado
brilhante, leve, grácil, que uma faixa áurea,
bela, cinge à cintura. Um véu cai sobre a testa. 545
Busquei meus companheiros caros, com palavras
melífluas; um a um, pela morada, exorto-os:
'Não mais cedais ao doce sono e a seu torpor,
pois Circe augusta aconselhou-me. Retornemos!'
O que falei convence os corações altivos. 550
Também não foi dali que os conduzi sem baixas.

Ἐλπήνωρ δέ τις ἔσκε νεώτατος, οὔτε τι λίην
ἄλκιμος ἐν πολέμῳ οὔτε φρεσὶν ᾗσιν ἀρηρώς·
ὅς μοι ἄνευθ' ἑτάρων ἱεροῖς ἐν δώμασι Κίρκης,
ψύχεος ἱμείρων, κατελέξατο οἰνοβαρείων. 555
κινυμένων δ' ἑτάρων ὅμαδον καὶ δοῦπον ἀκούσας
ἐξαπίνης ἀνόρουσε καὶ ἐκλάθετο φρεσὶν ᾗσιν
ἄψορρον καταβῆναι ἰὼν ἐς κλίμακα μακρήν,
ἀλλὰ καταντικρὺ τέγεος πέσεν· ἐκ δέ οἱ αὐχὴν
ἀστραγάλων ἐάγη, ψυχὴ δ' Ἄϊδόσδε κατῆλθεν. 560
ἐρχομένοισι δὲ τοῖσιν ἐγὼ μετὰ μῦθον ἔειπον·
'φάσθε νύ που οἴκόνδε φίλην ἐς πατρίδα γαῖαν
ἔρχεσθ'· ἄλλην δ' ἧμιν ὁδὸν τεκμήρατο Κίρκη,
εἰς Ἀΐδαο δόμους καὶ ἐπαινῆς Περσεφονείης
ψυχῇ χρησομένους Θηβαίου Τειρεσίαο.' 565
ὣς ἐφάμην, τοῖσιν δὲ κατεκλάσθη φίλον ἦτορ,
ἑζόμενοι δὲ κατ' αὖθι γόων τίλλοντό τε χαίτας·
ἀλλ' οὐ γάρ τις πρῆξις ἐγίγνετο μυρομένοισιν.
ἀλλ' ὅτε δή ῥ' ἐπὶ νῆα θοὴν καὶ θῖνα θαλάσσης
ᾔομεν ἀχνύμενοι θαλερὸν κατὰ δάκρυ χέοντες, 570
τόφρα δ' ἄρ' οἰχομένη Κίρκη παρὰ νηὶ μελαίνῃ
ἀρνειὸν κατέδησεν ὄιν θῆλύν τε μέλαιναν,
ῥεῖα παρεξελθοῦσα· τίς ἂν θεὸν οὐκ ἐθέλοντα
ὀφθαλμοῖσιν ἴδοιτ' ἢ ἔνθ' ἢ ἔνθα κιόντα;

Elpênor era o nome do mais novo deles,
não muito bom na guerra, curto de intelecto,
que, pesaroso de álcool, longe dos demais,
buscou no lar de Circe ar fresco em que dormisse.   555
Ouvindo o vozear amigo sobre a ida,
se levantou de supetão, sem se dar conta
de que, para voltar, devia descer a longa
escada: de cabeça para baixo tomba
e a nuca rompe-se das vértebras. Ao Hades   560
desceu sua psique. Falo a todos que acorriam:
'Imaginais tornar ao lar e ao solo pátrio,
mas Circe me traçou rota diversa, à casa
de Hades e de Perséfone implacável. Devo
consultar a ânima tebana de Tirésias.'   565
Ao me escutar, partiu-se o coração dos caros:
às lágrimas, puxavam os cabelos, mas
nenhuma ação lhes aflorava do lamento.
Enquanto às naus agílimas nos dirigíamos,
carpindo, amargurados, nossas dores, Circe   570
chegou junto ao navio escuro, onde amarrou
um carneiro e a ovelha negra-pez, sumindo
veloz. Um imortal, quando não quer, quem pode
vê-lo quando percorre espaços diferentes?

λ

Αὐτὰρ ἐπεί ῥ' ἐπὶ νῆα κατήλθομεν ἠδὲ θάλασσαν,
νῆα μὲν ἂρ πάμπρωτον ἐρύσσαμεν εἰς ἅλα δῖαν,
ἐν δ' ἱστὸν τιθέμεσθα καὶ ἱστία νηὶ μελαίνῃ,
ἐν δὲ τὰ μῆλα λαβόντες ἐβήσαμεν, ἂν δὲ καὶ αὐτοὶ
βαίνομεν ἀχνύμενοι θαλερὸν κατὰ δάκρυ χέοντες.   5
ἡμῖν δ' αὖ κατόπισθε νεὸς κυανοπρῴροιο
ἴκμενον οὖρον ἵει πλησίστιον, ἐσθλὸν ἑταῖρον,
Κίρκη ἐϋπλόκαμος, δεινὴ θεὸς αὐδήεσσα.
ἡμεῖς δ' ὅπλα ἕκαστα πονησάμενοι κατὰ νῆα
ἥμεθα· τὴν δ' ἄνεμός τε κυβερνήτης τ' ἴθυνε.   10
τῆς δὲ πανημερίης τέταθ' ἱστία ποντοπορούσης·
δύσετό τ' ἠέλιος σκιόωντό τε πᾶσαι ἀγυιαί.
ἡ δ' ἐς πείραθ' ἵκανε βαθυρρόου Ὠκεανοῖο.
ἔνθα δὲ Κιμμερίων ἀνδρῶν δῆμός τε πόλις τε,
ἠέρι καὶ νεφέλῃ κεκαλυμμένοι· οὐδέ ποτ' αὐτοὺς   15
ἠέλιος φαέθων καταδέρκεται ἀκτίνεσσιν,
οὔθ' ὁπότ' ἂν στείχῃσι πρὸς οὐρανὸν ἀστερόεντα,
οὔθ' ὅτ' ἂν ἂψ ἐπὶ γαῖαν ἀπ' οὐρανόθεν προτράπηται,
ἀλλ' ἐπὶ νὺξ ὀλοὴ τέταται δειλοῖσι βροτοῖσι.
νῆα μὲν ἔνθ' ἐλθόντες ἐκέλσαμεν, ἐκ δὲ τὰ μῆλα   20
εἱλόμεθ'· αὐτοὶ δ' αὖτε παρὰ ῥόον Ὠκεανοῖο
ᾔομεν, ὄφρ' ἐς χῶρον ἀφικόμεθ', ὃν φράσε Κίρκη.
ἔνθ' ἱερήϊα μὲν Περιμήδης Εὐρύλοχός τε
ἔσχον· ἐγὼ δ' ἄορ ὀξὺ ἐρυσσάμενος παρὰ μηροῦ
βόθρον ὄρυξ' ὅσσον τε πυγούσιον ἔνθα καὶ ἔνθα,   25
ἀμφ' αὐτῷ δὲ χοὴν χεόμην πᾶσιν νεκύεσσι,

Canto XI

Quando nos deparamos com a nave e o mar,
tratamos de entregá-la às ôndulas brilhantes;
no mastro infixo, erguemos os velames, pécoras
a bordo e, entristecidos, nós também subimos,
presas da floração do pranto. Atrás do barco   5
de proa azul-cianuro, Circe, belas-tranças,
canora deusa apavorante, enfuna as velas
com ressopro favônio, fiável companheiro.
Dispostas as enxárcias, todos nos sentamos,
vento e piloto nos capitaneando. Pan-   10
diurnas velas pandas, singramos o mar.
Sol posto, as rotas todas turvam e aos confins
chegamos do profundocaudaloso Oceano,
onde se localiza a pólis dos cimérios,
que névoa e nuvem toldam. Hélio-Sol jamais   15
observa-os rutilando raios ofuscantes,
nem quando escala o céu-urânico estelar,
nem quando deixa o urânio-céu, tornando à terra,
mas a noite funesta encobre os homens míseros.
Fundeamos o navio, desembarcando a rês   20
naquele ponto; fomos dar na região
que Circe mencionara, ao longo da corrente
talássia. Perimede e Euríloco sustêm
as vítimas. Então saquei da coxa o gládio
e um fosso abri de um côvado de lado. A todos   25
os mortos delibei: ao lácteo-mel apus

πρῶτα μελικρήτῳ, μετέπειτα δὲ ἡδέι οἴνῳ,
τὸ τρίτον αὖθ' ὕδατι· ἐπὶ δ' ἄλφιτα λευκὰ πάλυνον.
πολλὰ δὲ γουνούμην νεκύων ἀμενηνὰ κάρηνα,
ἐλθὼν εἰς Ἰθάκην στεῖραν βοῦν, ἥ τις ἀρίστη, 30
ῥέξειν ἐν μεγάροισι πυρήν τ' ἐμπλησέμεν ἐσθλῶν,
Τειρεσίῃ δ' ἀπάνευθεν ὄϊν ἱερευσέμεν οἴῳ
παμμέλαν', ὃς μήλοισι μεταπρέπει ἡμετέροισι.
τοὺς δ' ἐπεὶ εὐχωλῇσι λιτῇσί τε, ἔθνεα νεκρῶν,
ἐλλισάμην, τὰ δὲ μῆλα λαβὼν ἀπεδειροτόμησα 35
ἐς βόθρον, ῥέε δ' αἷμα κελαινεφές· αἱ δ' ἀγέροντο
ψυχαὶ ὑπὲξ Ἐρέβευς νεκύων κατατεθνηώτων.
νύμφαι τ' ἠΐθεοί τε πολύτλητοί τε γέροντες
παρθενικαί τ' ἀταλαὶ νεοπενθέα θυμὸν ἔχουσαι,
πολλοὶ δ' οὐτάμενοι χαλκήρεσιν ἐγχείῃσιν, 40
ἄνδρες ἀρηΐφατοι βεβροτωμένα τεύχε' ἔχοντες·
οἳ πολλοὶ περὶ βόθρον ἐφοίτων ἄλλοθεν ἄλλος
θεσπεσίῃ ἰαχῇ· ἐμὲ δὲ χλωρὸν δέος ᾕρει.
δὴ τότ' ἔπειθ' ἑτάροισιν ἐποτρύνας ἐκέλευσα
μῆλα, τὰ δὴ κατέκειτ' ἐσφαγμένα νηλέϊ χαλκῷ, 45
δείραντας κατακῆαι, ἐπεύξασθαι δὲ θεοῖσιν,
ἰφθίμῳ τ' Ἀΐδῃ καὶ ἐπαινῇ Περσεφονείῃ·
αὐτὸς δὲ ξίφος ὀξὺ ἐρυσσάμενος παρὰ μηροῦ
ἥμην, οὐδ' εἴων νεκύων ἀμενηνὰ κάρηνα
αἵματος ἆσσον ἴμεν, πρὶν Τειρεσίαο πυθέσθαι. 50
πρώτη δὲ ψυχὴ Ἐλπήνορος ἦλθεν ἑταίρου·
οὐ γάρ πω ἐτέθαπτο ὑπὸ χθονὸς εὐρυοδείης·
σῶμα γὰρ ἐν Κίρκης μεγάρῳ κατελείπομεν ἡμεῖς
ἄκλαυτον καὶ ἄθαπτον, ἐπεὶ πόνος ἄλλος ἔπειγε.
τὸν μὲν ἐγὼ δάκρυσα ἰδὼν ἐλέησά τε θυμῷ, 55
καί μιν φωνήσας ἔπεα πτερόεντα προσηύδων·
'Ἐλπῆνορ, πῶς ἦλθες ὑπὸ ζόφον ἠερόεντα;
ἔφθης πεζὸς ἰὼν ἢ ἐγὼ σὺν νηῒ μελαίνῃ.'
ὣς ἐφάμην, ὁ δέ μ' οἰμώξας ἠμείβετο μύθῳ·
'διογενὲς Λαερτιάδη, πολυμήχαν' Ὀδυσσεῦ, 60
ἆσέ με δαίμονος αἶσα κακὴ καὶ ἀθέσφατος οἶνος.

o vinho doce e água. Sobre(pó alvíssimo
de cevada)espargi. Passei a suplicar
muito sobre a cabeça exangue dos defuntos:
a mais perfeita vaca estéril, quando em Ítaca, 30
imolaria, ardendo os dons na pira. Só
para Tirésias eu reservaria a dádiva
pan-negra de um carneiro do tropel lustroso.
Sem mais nada rogar à estirpe cadavérica,
degolei no fossado a dupla de carneiros: 35
o sangue negrinebuloso escorre. Do Érebo,
afluem as ânimas dos perecidos, moças
e moços e gerontes multianiquilados,
esposas joviais de coração neomísero,
exército ferido pelo pique brônzeo, 40
mortos no prélio cujas armas pingam sangue,
turba caótica ao redor da fossa, uivando
ávida. E a angústia esverdeada me deteve.
Os animais jazentes pelo bronze cruel,
mandei que os nautas os coureassem e queimassem, 45
rogando aos deuses, Hades invencível, tétrica
Perséfone. Puxei da coxa a espada rútila
para impedir que aparições exangues, antes
que eu inquirisse o áugure, se aproximassem
do sangue. Vi primeiro a ânima de Elpênor, 50
sócio insepulto, ainda sobre a larga terra,
pois que o *soma*, seu corpo morto, nós deixáramos
sem pranto e sem sepulcro no solar de Circe,
premidos por padecimento diferente.
Contrista o coração, quando o mirei às lágrimas, 55
e com palavras-asas lhe falei: 'Elpênor,
como alcançaste o fosco tenebroso, a pé,
antes de mim que vim em nave negrejante?'
E dele, singultoso, ouvi: 'Divino herói
Laércio, plurimaquinoso, o azar de um demo 60
aziago me golpeou e o excesso de bebida.

Κίρκης δ' ἐν μεγάρῳ καταλέγμενος οὐκ ἐνόησα
ἄψορρον καταβῆναι ἰὼν ἐς κλίμακα μακρήν,
ἀλλὰ καταντικρὺ τέγεος πέσον· ἐκ δέ μοι αὐχὴν
ἀστραγάλων ἐάγη, ψυχὴ δ' Ἄϊδόσδε κατῆλθε.   65
νῦν δέ σε τῶν ὄπιθεν γουνάζομαι, οὐ παρεόντων,
πρός τ' ἀλόχου καὶ πατρός, ὅ σ' ἔτρεφε τυτθὸν ἐόντα,
Τηλεμάχου θ', ὃν μοῦνον ἐνὶ μεγάροισιν ἔλειπες·
οἶδα γὰρ ὡς ἐνθένδε κιὼν δόμου ἐξ Ἀίδαο
νῆσον ἐς Αἰαίην σχήσεις ἐυεργέα νῆα·   70
ἔνθα σ' ἔπειτα, ἄναξ, κέλομαι μνήσασθαι ἐμεῖο.
μή μ' ἄκλαυτον ἄθαπτον ἰὼν ὄπιθεν καταλείπειν
νοσφισθείς, μή τοί τι θεῶν μήνιμα γένωμαι,
ἀλλά με κακκῆαι σὺν τεύχεσιν, ἅσσα μοι ἔστιν,
σῆμά τέ μοι χεῦαι πολιῆς ἐπὶ θινὶ θαλάσσης,   75
ἀνδρὸς δυστήνοιο καὶ ἐσσομένοισι πυθέσθαι.
ταῦτά τέ μοι τελέσαι πῆξαί τ' ἐπὶ τύμβῳ ἐρετμόν,
τῷ καὶ ζωὸς ἔρεσσον ἐὼν μετ' ἐμοῖς ἑτάροισιν.'
ὣς ἔφατ', αὐτὰρ ἐγώ μιν ἀμειβόμενος προσέειπον·
'ταῦτά τοι, ὦ δύστηνε, τελευτήσω τε καὶ ἔρξω.'   80
νῶι μὲν ὣς ἐπέεσσιν ἀμειβομένω στυγεροῖσιν
ἥμεθ', ἐγὼ μὲν ἄνευθεν ἐφ' αἵματι φάσγανον ἴσχων,
εἴδωλον δ' ἑτέρωθεν ἑταίρου πόλλ' ἀγόρευεν·
ἦλθε δ' ἐπὶ ψυχὴ μητρὸς κατατεθνηυίης,
Αὐτολύκου θυγάτηρ μεγαλήτορος Ἀντίκλεια,   85
τὴν ζωὴν κατέλειπον ἰὼν εἰς Ἴλιον ἱρήν.
τὴν μὲν ἐγὼ δάκρυσα ἰδὼν ἐλέησά τε θυμῷ·
ἀλλ' οὐδ' ὣς εἴων προτέρην, πυκινόν περ ἀχεύων,
αἵματος ἆσσον ἴμεν, πρὶν Τειρεσίαο πυθέσθαι.
ἦλθε δ' ἐπὶ ψυχὴ Θηβαίου Τειρεσίαο   90
χρύσεον σκῆπτρον ἔχων, ἐμὲ δ' ἔγνω καὶ προσέειπεν·
'διογενὲς Λαερτιάδη, πολυμήχαν' Ὀδυσσεῦ,
τίπτ' αὖτ', ὦ δύστηνε, λιπὼν φάος ἠελίοιο
ἤλυθες, ὄφρα ἴδῃ νέκυας καὶ ἀτερπέα χῶρον;
ἀλλ' ἀποχάζεο βόθρου, ἄπισχε δὲ φάσγανον ὀξύ,   95
αἵματος ὄφρα πίω καί τοι νημερτέα εἴπω.'

Dormia no solar de Circe e não pensei
em me servir da escada na descida. Do alto,
despenquei de cabeça para baixo e a nuca
rompeu das vértebras, e a ânima, nos ínferos, 65
desceu. Suplico em nome de quem sonhas ver,
de teu pai, que se desdobrou por ti na infância,
de tua mulher, do filho que deixaste só,
sei que daqui, onde Hades mora, aportarás,
em nave bem-lavrada, na ínsula Eeia, 70
onde te rogo, chefe, que me rememores!
Não me abandones insepulto e sem lamento,
quando te fores (numes não te punam por
mim!), mas com minhas armas todas me incendeia
e à beira do oceano cinza erige o túmulo 75
de um infeliz: vindouros saibam que eu vivi!
Faze isso por teu nauta e espeta sobre a tumba
o remo que, vivendo, usei ladeando amigos.'
Falou assim e respondi: 'Eu cumprirei
à risca o que me pedes, infeliz.' Tal era 80
o câmbio estígio de palavras; sobre o sangue
mantinha o gládio, a imagem de meu companheiro
não concluía a arenga da outra extremidade.
A psique de Anticleia, minha mãe defunta,
filha de Autólico magnânimo, achegou-se: 85
deixara-a com vida em meu embarque a Troia.
Chorei: meu coração se enterneceu ao vê-la,
mas não podia deixá-la se acercar do sangue
antes de interrogar Tirésias. Padeci.
E a ânima do vate então se aproximou, 90
empunhando o áureo cetro. Assim falou, ao ver-me:
'Poliarguto Odisseu, divino Laertíade,
por que deixaste a rutilância de Hélio-Sol
para ver mortos num lugar desaprazível?
Recolhe tua espada à beira-fosso, e eu sorvo 95
o sangue a fim de pronunciar veracidades.'

ὣς φάτ᾽, ἐγὼ δ᾽ ἀναχασσάμενος ξίφος ἀργυρόηλον
κουλεῷ ἐγκατέπηξ᾽. ὁ δ᾽ ἐπεὶ πίεν αἷμα κελαινόν,
καὶ τότε δή μ᾽ ἐπέεσσι προσηύδα μάντις ἀμύμων·
'νόστον δίζηαι μελιηδέα, φαίδιμ᾽ Ὀδυσσεῦ· 100
τὸν δέ τοι ἀργαλέον θήσει θεός· οὐ γὰρ ὀίω
λήσειν ἐννοσίγαιον, ὅ τοι κότον ἔνθετο θυμῷ
χωόμενος ὅτι οἱ υἱὸν φίλον ἐξαλάωσας.
ἀλλ᾽ ἔτι μέν κε καὶ ὣς κακά περ πάσχοντες ἵκοισθε,
αἴ κ᾽ ἐθέλῃς σὸν θυμὸν ἐρυκακέειν καὶ ἑταίρων, 105
ὁππότε κε πρῶτον πελάσῃς ἐυεργέα νῆα
Θρινακίῃ νήσῳ, προφυγὼν ἰοειδέα πόντον,
βοσκομένας δ᾽ εὕρητε βόας καὶ ἴφια μῆλα
Ἡελίου, ὃς πάντ᾽ ἐφορᾷ καὶ πάντ᾽ ἐπακούει.
τὰς εἰ μέν κ᾽ ἀσινέας ἐάας νόστου τε μέδηαι, 110
καί κεν ἔτ᾽ εἰς Ἰθάκην κακά περ πάσχοντες ἵκοισθε·
εἰ δέ κε σίνηαι, τότε τοι τεκμαίρομ᾽ ὄλεθρον,
νηί τε καὶ ἑτάροις. αὐτὸς δ᾽ εἴ πέρ κεν ἀλύξῃς,
ὀψὲ κακῶς νεῖαι, ὀλέσας ἄπο πάντας ἑταίρους,
νηὸς ἐπ᾽ ἀλλοτρίης· δήεις δ᾽ ἐν πήματα οἴκῳ, 115
ἄνδρας ὑπερφιάλους, οἵ τοι βίοτον κατέδουσι
μνώμενοι ἀντιθέην ἄλοχον καὶ ἕδνα διδόντες.
ἀλλ᾽ ἦ τοι κείνων γε βίας ἀποτίσεαι ἐλθών·
αὐτὰρ ἐπὴν μνηστῆρας ἐνὶ μεγάροισι τεοῖσι
κτείνῃς ἠὲ δόλῳ ἢ ἀμφαδὸν ὀξέι χαλκῷ, 120
ἔρχεσθαι δὴ ἔπειτα λαβὼν ἐυῆρες ἐρετμόν,
εἰς ὅ κε τοὺς ἀφίκηαι οἳ οὐκ ἴσασι θάλασσαν
ἀνέρες, οὐδέ θ᾽ ἅλεσσι μεμιγμένον εἶδαρ ἔδουσιν·
οὐδ᾽ ἄρα τοί γ᾽ ἴσασι νέας φοινικοπαρῄους
οὐδ᾽ ἐυήρε᾽ ἐρετμά, τά τε πτερὰ νηυσὶ πέλονται. 125
σῆμα δέ τοι ἐρέω μάλ᾽ ἀριφραδές, οὐδέ σε λήσει·
ὁππότε κεν δή τοι συμβλήμενος ἄλλος ὁδίτης
φήῃ ἀθηρηλοιγὸν ἔχειν ἀνὰ φαιδίμῳ ὤμῳ,
καὶ τότε δὴ γαίῃ πήξας ἐυῆρες ἐρετμόν,
ῥέξας ἱερὰ καλὰ Ποσειδάωνι ἄνακτι, 130
ἀρνειὸν ταῦρόν τε συῶν τ᾽ ἐπιβήτορα κάπρον,

Devolvi à bainha a espada cravejada
em prata, recuando o passo. O vate exímio
bebeu o sangue enegrecido e pronunciou:
'Buscas, herói ilustre, o mel do torna-lar,   100
mas um deus dificulta tua empresa. O Abala-
-terra depositou o fel no coração
colérico porque cegaste um filho seu.
Poderás retornar, embora padecendo,
se refreares a avidez do grupo e a tua,   105
quando aportares o navio na ilha Trináquia,
prófugo do mar roxo, onde vereis as vacas
que pastam e as ovelhas pingues de Hélio-Sol,
que tudo escruta, tudo escuta. Não as toques,
tão só pensando no retorno, e fundearás   110
quem sabe em Ítaca, chorando a triste sina.
Prevejo só catástrofe, se as molestares,
a ti, à nave, aos companheiros. Fugirás
tu mesmo — tarda volta dolorosa —, todos
os demais falecidos, num baixel de estranhos.   115
Os arrogantes que corroem tuas posses
cortejam tua esposa com regalos. Sofre
o lar. Na volta punirás os petulantes.
Exterminados no palácio os pretendentes
com armadilhas, cara a cara, a pique brônzeo,   120
empunha o remo exímio e parte, até alcançar
a terra em que homens nada sabem do oceano,
tampouco têm por hábito salgar manjares,
não sabem a feição do barco rostipúrpuro,
nem manuseiam remos, asas dos navios.   125
Escuta um signo hiperclaro: é inescapável!
Tão logo um andarilho com quem cruzes diga
que levas sobre a espádua um ventilabro, crava
então no solo o remo plenimanobrável
e ao deus do mar oferta sacrifício opíparo,   130
um suíno cobridor, um touro e um carneiro.

οἴκαδ' ἀποστείχειν ἔρδειν θ' ἱερὰς ἑκατόμβας
ἀθανάτοισι θεοῖσι, τοὶ οὐρανὸν εὐρὺν ἔχουσι,
πᾶσι μάλ' ἑξείης. θάνατος δέ τοι ἐξ ἁλὸς αὐτῷ
ἀβληχρὸς μάλα τοῖος ἐλεύσεται, ὅς κέ σε πέφνῃ 135
γήραι ὕπο λιπαρῷ ἀρημένον· ἀμφὶ δὲ λαοὶ
ὄλβιοι ἔσσονται. τὰ δέ τοι νημερτέα εἴρω.'
ὣς ἔφατ', αὐτὰρ ἐγώ μιν ἀμειβόμενος προσέειπον·
'Τειρεσίη, τὰ μὲν ἄρ που ἐπέκλωσαν θεοὶ αὐτοί.
ἀλλ' ἄγε μοι τόδε εἰπὲ καὶ ἀτρεκέως κατάλεξον· 140
μητρὸς τήνδ' ὁρόω ψυχὴν κατατεθνηυίης·
ἡ δ' ἀκέουσ' ἧσται σχεδὸν αἵματος, οὐδ' ἑὸν υἱὸν
ἔτλη ἐσάντα ἰδεῖν οὐδὲ προτιμυθήσασθαι.
εἰπέ, ἄναξ, πῶς κέν με ἀναγνοίη τὸν ἐόντα;'
ὣς ἐφάμην, ὁ δέ μ' αὐτίκ' ἀμειβόμενος προσέειπεν· 145
'ῥηΐδιόν τοι ἔπος ἐρέω καὶ ἐπὶ φρεσὶ θήσω.
ὅν τινα μέν κεν ἐᾷς νεκύων κατατεθνηώτων
αἵματος ἆσσον ἴμεν, ὁ δέ τοι νημερτὲς ἐνίψει·
ᾧ δέ κ' ἐπιφθονέῃς, ὁ δέ τοι πάλιν εἶσιν ὀπίσσω.'
ὣς φαμένη ψυχὴ μὲν ἔβη δόμον Ἄϊδος εἴσω 150
Τειρεσίαο ἄνακτος, ἐπεὶ κατὰ θέσφατ' ἔλεξεν·
αὐτὰρ ἐγὼν αὐτοῦ μένον ἔμπεδον, ὄφρ' ἐπὶ μήτηρ
ἤλυθε καὶ πίεν αἷμα κελαινεφές· αὐτίκα δ' ἔγνω,
καί μ' ὀλοφυρομένη ἔπεα πτερόεντα προσηύδα·
'τέκνον ἐμόν, πῶς ἦλθες ὑπὸ ζόφον ἠερόεντα 155
ζωὸς ἐών; χαλεπὸν δὲ τάδε ζωοῖσιν ὁρᾶσθαι.
μέσσῳ γὰρ μεγάλοι ποταμοὶ καὶ δεινὰ ῥέεθρα,
Ὠκεανὸς μὲν πρῶτα, τὸν οὔ πως ἔστι περῆσαι
πεζὸν ἐόντ', ἢν μή τις ἔχῃ ἐυεργέα νῆα.
ἦ νῦν δὴ Τροίηθεν ἀλώμενος ἐνθάδ' ἱκάνεις 160
νηΐ τε καὶ ἑτάροισι πολὺν χρόνον; οὐδέ πω ἦλθες
εἰς Ἰθάκην, οὐδ' εἶδες ἐνὶ μεγάροισι γυναῖκα;'
ὣς ἔφατ', αὐτὰρ ἐγώ μιν ἀμειβόμενος προσέειπον·
'μῆτερ ἐμή, χρειώ με κατήγαγεν εἰς Ἀίδαο
ψυχῇ χρησόμενον Θηβαίου Τειρεσίαο· 165
οὐ γάρ πω σχεδὸν ἦλθον Ἀχαιΐδος, οὐδέ πω ἁμῆς

De volta ao lar, prepara uma hecatombe sacra
aos moradores venturosos do amplo céu,
segundo a ordem. Tânatos serenamente
há de colher-te mar afora, engrandecido   135
por senescência opulenta, no regaço
de gente próspera. Vigora o que eu afirmo.'
Assim falou e eu respondi: 'O meu destino,
os deuses fiaram eles mesmos, vate; dize-me
com toda exatidão o que te peço agora: 140
a alma-psiquê de minha mãe vislumbro morta,
no arrabalde do sangue, muda e arredia
ao filho, a quem evita remirar, falar.
Pode ela ter ciência de quem sou? Mas como?'
E, de imediato, o arúspice me esclareceu: 145
'Não é um enigma o que me pedes. Fica atento:
qualquer defunto que permitas se acercar
do sangue há de pronunciar tão só verdades,
mas quem afastes, sumirá imediatamente.'
Falou e entrou na moradia do Hades a ânima-   150
-psiquê do grão tebano, após vaticinar.
Imóvel, esperei que minha mãe bebesse
o sangue nuvinegro. Súbito, pranteando,
reconheceu-me e proferiu palavras-asas:
'Filho, como chegaste à fosca turvação,   155
com vida? É duro que a vislumbre um ser vivente,
grandes rios interpostos e inclementes vórtices,
o Oceano, superfície incaminhável, caso
não se disponha de baixel bem-construído.
Mas foi longo o cruzeiro com teus companheiros   160
no barco pelo mar, provindo de Ílion? A Ítaca
voltaste, aos braços de tua cônjuge no alcácer?'
Eis o que lhe falei: 'Necessidade, mãe,
fez-me baixar ao ínfero para indagar
a ânima de Tirésias. Não pisei no solo   165
natal, tampouco me acerquei de outros acaios,

γῆς ἐπέβην, ἀλλ' αἰὲν ἔχων ἀλάλημαι ὀιζύν,
ἐξ οὗ τὰ πρώτισθ' ἑπόμην Ἀγαμέμνονι δίῳ
Ἴλιον εἰς εὔπωλον, ἵνα Τρώεσσι μαχοίμην.
ἀλλ' ἄγε μοι τόδε εἰπὲ καὶ ἀτρεκέως κατάλεξον· 170
τίς νύ σε κὴρ ἐδάμασσε τανηλεγέος θανάτοιο;
ἦ δολιχὴ νοῦσος, ἦ Ἄρτεμις ἰοχέαιρα
οἷς ἀγανοῖς βελέεσσιν ἐποιχομένη κατέπεφνεν;
εἰπὲ δέ μοι πατρός τε καὶ υἱέος, ὃν κατέλειπον,
ἢ ἔτι πὰρ κείνοισιν ἐμὸν γέρας, ἦέ τις ἤδη 175
ἀνδρῶν ἄλλος ἔχει, ἐμὲ δ' οὐκέτι φασὶ νέεσθαι.
εἰπὲ δέ μοι μνηστῆς ἀλόχου βουλήν τε νόον τε,
ἠὲ μένει παρὰ παιδὶ καὶ ἔμπεδα πάντα φυλάσσει
ἦ ἤδη μιν ἔγημεν Ἀχαιῶν ὅς τις ἄριστος.'
ὣς ἐφάμην, ἡ δ' αὐτίκ' ἀμείβετο πότνια μήτηρ· 180
'καὶ λίην κείνη γε μένει τετληότι θυμῷ
σοῖσιν ἐνὶ μεγάροισιν· ὀιζυραὶ δέ οἱ αἰεὶ
φθίνουσιν νύκτες τε καὶ ἤματα δάκρυ χεούσῃ.
σὸν δ' οὔ πώ τις ἔχει καλὸν γέρας, ἀλλὰ ἕκηλος
Τηλέμαχος τεμένεα νέμεται καὶ δαῖτας ἐίσας 185
δαίνυται, ἃς ἐπέοικε δικασπόλον ἄνδρ' ἀλεγύνειν·
πάντες γὰρ καλέουσι. πατὴρ δὲ σὸς αὐτόθι μίμνει
ἀγρῷ, οὐδὲ πόλινδε κατέρχεται. οὐδέ οἱ εὐναὶ
δέμνια καὶ χλαῖναι καὶ ῥήγεα σιγαλόεντα,
ἀλλ' ὅ γε χεῖμα μὲν εὕδει ὅθι δμῶες ἐνὶ οἴκῳ, 190
ἐν κόνι ἄγχι πυρός, κακὰ δὲ χροῒ εἵματα εἷται·
αὐτὰρ ἐπὴν ἔλθῃσι θέρος τεθαλυῖά τ' ὀπώρη,
πάντῃ οἱ κατὰ γουνὸν ἀλωῆς οἰνοπέδοιο
φύλλων κεκλιμένων χθαμαλαὶ βεβλήαται εὐναί.
ἔνθ' ὅ γε κεῖτ' ἀχέων, μέγα δὲ φρεσὶ πένθος ἀέξει 195
σὸν νόστον ποθέων, χαλεπὸν δ' ἐπὶ γῆρας ἱκάνει.
οὕτω γὰρ καὶ ἐγὼν ὀλόμην καὶ πότμον ἐπέσπον·
οὔτ' ἐμέ γ' ἐν μεγάροισιν εὔσκοπος ἰοχέαιρα
οἷς ἀγανοῖς βελέεσσιν ἐποιχομένη κατέπεφνεν,
οὔτε τις οὖν μοι νοῦσος ἐπήλυθεν, ἥ τε μάλιστα 200
τηκεδόνι στυγερῇ μελέων ἐξείλετο θυμόν·

mas sempre, ao léu, sofri, a começar do dia
em que segui a nau do magno Agamêmnon
a Ílion, belos potros, para combater
os troicos. Peço sejas clara: Quere, a Morte, 170
como ela te domou? Moléstia renitente?
Ou Ártemis flecheira, com seus dardos sacros,
te fulminou? E fala de meu pai e filho
que nos confins deixei: acaso eles mantêm
prêmios que me distinguem ou algum larápio 175
deles se apossa, certo de que eu não retorne?
Revela o que povoa a mente de Penélope,
se, com meu filho, se assenhora dos haveres,
ou se ela desposou algum aqueu de estirpe!'
Findando a fala, ouvi de minha mãe augusta: 180
'Ela mantém a têmpera no coração
em tua morada. As noites pesarosas sempre
fenecem e as jornadas choram. O apanágio
real que é teu ninguém usurpa, mas Telêmaco
gere serenamente as terras e se faz 185
presente nos festins, mister de quem se ocupa
de conceder o justo. É sempre convocado.
Teu pai não desce da campina até a cidade,
nem dispõe de uma cama com cobertas rútilas,
mas dorme junto aos servos quando esfria, à beira 190
do fogo, sobre cinzas: veste uns trapos míseros.
E quando vem o estio e o florescente outono,
a profusão de folhas que declinam da ôndula
do sítio em que ele planta vinha forma a cama.
Aflito, jaz ali, e o sofrimento aumenta 195
no coração que chora tua sina. Dura
velhice recolheu, tal qual colhi também.
Não foram dardos hábeis da flecheira a me
ferirem mortalmente, nem alguma doença
que amiúde tolhe a vida com definhamento 200
estígio, mas não ter a ti, teus pensamentos

ἀλλά με σός τε πόθος σά τε μήδεα, φαίδιμ' Ὀδυσσεῦ,
σή τ' ἀγανοφροσύνη μελιηδέα θυμὸν ἀπηύρα.'
ὣς ἔφατ', αὐτὰρ ἐγώ γ' ἔθελον φρεσὶ μερμηρίξας
μητρὸς ἐμῆς ψυχὴν ἑλέειν κατατεθνηυίης. 205
τρὶς μὲν ἐφωρμήθην, ἑλέειν τέ με θυμὸς ἀνώγει,
τρὶς δέ μοι ἐκ χειρῶν σκιῇ εἴκελον ἢ καὶ ὀνείρῳ
ἔπτατ'. ἐμοὶ δ' ἄχος ὀξὺ γενέσκετο κηρόθι μᾶλλον,
καί μιν φωνήσας ἔπεα πτερόεντα προσηύδων·
'μῆτερ ἐμή, τί νύ μ' οὐ μίμνεις ἑλέειν μεμαῶτα, 210
ὄφρα καὶ εἰν Ἀίδαο φίλας περὶ χεῖρε βαλόντε
ἀμφοτέρω κρυεροῖο τεταρπώμεσθα γόοιο;
ἦ τί μοι εἴδωλον τόδ' ἀγαυὴ Περσεφόνεια
ὤτρυν', ὄφρ' ἔτι μᾶλλον ὀδυρόμενος στεναχίζω;'
ὣς ἐφάμην, ἡ δ' αὐτίκ' ἀμείβετο πότνια μήτηρ· 215
'ὤ μοι, τέκνον ἐμόν, περὶ πάντων κάμμορε φωτῶν,
οὔ τί σε Περσεφόνεια Διὸς θυγάτηρ ἀπαφίσκει,
ἀλλ' αὕτη δίκη ἐστὶ βροτῶν, ὅτε τίς κε θάνῃσιν·
οὐ γὰρ ἔτι σάρκας τε καὶ ὀστέα ἶνες ἔχουσιν,
ἀλλὰ τὰ μέν τε πυρὸς κρατερὸν μένος αἰθομένοιο 220
δαμνᾷ, ἐπεί κε πρῶτα λίπῃ λεύκ' ὀστέα θυμός,
ψυχὴ δ' ἠΰτ' ὄνειρος ἀποπταμένη πεπότηται.
ἀλλὰ φόωσδε τάχιστα λιλαίεο· ταῦτα δὲ πάντα
ἴσθ', ἵνα καὶ μετόπισθε τεῇ εἴπῃσθα γυναικί.'
νῶϊ μὲν ὣς ἐπέεσσιν ἀμειβόμεθ', αἱ δὲ γυναῖκες 225
ἤλυθον, ὤτρυνεν γὰρ ἀγαυὴ Περσεφόνεια,
ὅσσαι ἀριστήων ἄλοχοι ἔσαν ἠδὲ θύγατρες.
αἱ δ' ἀμφ' αἷμα κελαινὸν ἀολλέες ἠγερέθοντο,
αὐτὰρ ἐγὼ βούλευον ὅπως ἐρέοιμι ἑκάστην.
ἥδε δέ μοι κατὰ θυμὸν ἀρίστη φαίνετο βουλή· 230
σπασσάμενος τανύηκες ἄορ παχέος παρὰ μηροῦ
οὐκ εἴων πίνειν ἅμα πάσας αἷμα κελαινόν.
αἱ δὲ προμνηστῖναι ἐπήϊσαν, ἠδὲ ἑκάστη
ὃν γόνον ἐξαγόρευεν· ἐγὼ δ' ἐρέεινον ἁπάσας.
ἔνθ' ἦ τοι πρώτην Τυρὼ ἴδον εὐπατέρειαν, 235
ἣ φάτο Σαλμωνῆος ἀμύμονος ἔκγονος εἶναι,

agudos, Odisseu ilustre, o mel da ânima
que me afagava, eis o que me roubou a vida.'
Falou-me assim e, coração inquieto, quis
abraçar a psiquê de minha mãe sem vida. 205
Três vezes me lancei (instava o coração),
três vezes, feito sombra ou sonho, se evolou
de minhas mãos. A dor recrudescia dentro
em mim, e pronunciei alígeras palavras:
'Mãe, minha mãe, por que rejeitas minhas mãos 210
que avançam, se desejo saciar de pranto
glacial a nós, aos dois, no enlace pelos ínferos?
Perséfone sublime acaso envia um ícone,
para aumentar-me a dor que verto em pranto?' E ouvi
de minha veneranda mãe: 'Ah, filho, meu 215
querido, vítima de moira tão amara,
filha de Zeus, Perséfone não te iludiu,
mas essa é a lei dos homens, quando os toma Tânatos:
nervos não mais retêm a ossatura e a carne,
mas a voracidade flâmea os aniquila, 220
brilhando, assim que a vida deixa os ossos brancos,
e, feito sonho, a ânima, volátil, voa.
Não tardes em buscar a luz e, sabedor
de tudo, poderás contá-lo à tua consorte.'
Mulheres que Perséfone imortal enviara 225
aproximaram-se no curso do interlóquio:
eram filhas de heróis e suas esposas, turba
que circundava o sangue fosco. Interrogá-las
— mas como? —, era a questão que a mim eu colocava.
E o plano que me pareceu melhor foi este: 230
saquei da coxa forte o gládio afiado e não
deixei que a turbamulta consumisse o sangue
negro, mas que o avanço fosse de uma a uma,
cada qual relatando-me a ascendência nobre.
Tiro foi quem primeiro vi, linhagem-mor; 235
do altivo Salmoneu afirma ser a filha,

φῆ δὲ Κρηθῆος γυνὴ ἔμμεναι Αἰολίδαο·
ἣ ποταμοῦ ἠράσσατ' Ἐνιπῆος θείοιο,
ὃς πολὺ κάλλιστος ποταμῶν ἐπὶ γαῖαν ἵησι,
καί ῥ' ἐπ' Ἐνιπῆος πωλέσκετο καλὰ ῥέεθρα. 240
τῷ δ' ἄρα εἰσάμενος γαιήοχος ἐννοσίγαιος
ἐν προχοῇς ποταμοῦ παρελέξατο δινήεντος·
πορφύρεον δ' ἄρα κῦμα περιστάθη, οὔρεϊ ἶσον,
κυρτωθέν, κρύψεν δὲ θεὸν θνητήν τε γυναῖκα.
λῦσε δὲ παρθενίην ζώνην, κατὰ δ' ὕπνον ἔχευεν. 245
αὐτὰρ ἐπεί ῥ' ἐτέλεσσε θεὸς φιλοτήσια ἔργα,
ἔν τ' ἄρα οἱ φῦ χειρί, ἔπος τ' ἔφατ' ἔκ τ' ὀνόμαζε·
'χαῖρε, γύναι, φιλότητι· περιπλομένου δ' ἐνιαυτοῦ
τέξεις ἀγλαὰ τέκνα, ἐπεὶ οὐκ ἀποφώλιοι εὐναὶ
ἀθανάτων· σὺ δὲ τοὺς κομέειν ἀτιταλλέμεναί τε. 250
νῦν δ' ἔρχευ πρὸς δῶμα, καὶ ἴσχεο μηδ' ὀνομήνῃς·
αὐτὰρ ἐγώ τοί εἰμι Ποσειδάων ἐνοσίχθων.'
ὣς εἰπὼν ὑπὸ πόντον ἐδύσετο κυμαίνοντα.
ἡ δ' ὑποκυσαμένη Πελίην τέκε καὶ Νηλῆα,
τὼ κρατερὼ θεράποντε Διὸς μεγάλοιο γενέσθην 255
ἀμφοτέρω· Πελίης μὲν ἐν εὐρυχόρῳ Ἰαωλκῷ
ναῖε πολύρρηνος, ὁ δ' ἄρ' ἐν Πύλῳ ἠμαθόεντι.
τοὺς δ' ἑτέρους Κρηθῆϊ τέκεν βασίλεια γυναικῶν,
Αἴσονά τ' ἠδὲ Φέρητ' Ἀμυθάονά θ' ἱππιοχάρμην.
τὴν δὲ μετ' Ἀντιόπην ἴδον, Ἀσωποῖο θύγατρα, 260
ἣ δὴ καὶ Διὸς εὔχετ' ἐν ἀγκοίνῃσιν ἰαῦσαι,
καί ῥ' ἔτεκεν δύο παῖδ', Ἀμφίονά τε Ζῆθόν τε,
οἳ πρῶτοι Θήβης ἕδος ἔκτισαν ἑπταπύλοιο,
πύργωσάν τ', ἐπεὶ οὐ μὲν ἀπύργωτόν γ' ἐδύναντο
ναιέμεν εὐρύχορον Θήβην, κρατερώ περ ἐόντε. 265
τὴν δὲ μετ' Ἀλκμήνην ἴδον, Ἀμφιτρύωνος ἄκοιτιν,
ἥ ῥ' Ἡρακλῆα θρασυμέμνονα θυμολέοντα
γείνατ' ἐν ἀγκοίνῃσι Διὸς μεγάλοιο μιγεῖσα·
καὶ Μεγάρην, Κρείοντος ὑπερθύμοιο θύγατρα,
τὴν ἔχεν Ἀμφιτρύωνος υἱὸς μένος αἰὲν ἀτειρής. 270
μητέρα τ' Οἰδιπόδαο ἴδον, καλὴν Ἐπικάστην,

casada com Creteu, um eolida. Amou
Enipeu, rio divino, o mais esplendoroso
dos que aguam a campina. Seu refluxo belo,
amava frequentar. Idêntico a Enipeu, 240
o Abala-terra, o terra-abarcador, deitou
com Tiro em plena foz do rio revolto. Inflou-se
a onda purpúrea, similar a uma montanha,
curva, que encobre o deus com a mortal. Desata
o cinto virginal e verte o sono. Ao término 245
dos enleios do amor, o deus segura a mão
da jovem e lhe diz: 'Te alegre, moça, o amor
que foi o nosso. Na mudança de ano, filhos
belos darás à luz, pois a união com numes
não é infecunda. Cuida deles e os educa! 250
Cala meu nome ao retornar à tua morada,
mas guarda bem quem sou: Posêidon, treme-solo.'
Falando assim, na ôndula imergiu. E, grávida,
por fim gerou Neleu e Pélias, ambos fortes
servos do magno Zeus: na vastidão de Iolco, 255
plurirrebanho, habita Pélias, e Neleu
mora em Pilo, arenosa. A dama basileia
deu mais três filhos a Creteu: Ferete, Esone,
Amitaone, que jubila em carro bélico.
E Antíope vi depois, filha de Asopo: ufana 260
de Zeus tê-la envolvido em doce amor. Gerou
dois filhos: Zeto e Anfíon, primazes fundadores
da urbe tebaica, heptaporta. Torrearam-na,
pois não podiam viver na Tebas espaçosa
sem torre, embora lhes sobrasse robustez. 265
E então avisto Alcmena, esposa de Anfitríon,
mãe de Héracles, leão-no-coração, intrépido,
que Zeus megapotente amou no abraço cálido;
e a filha de Creon sobreanimoso, Mégara,
casada com o filho intrépido de Alcmena. 270
Vislumbrei Epicasta, esposa inadvertida

ἣ μέγα ἔργον ἔρεξεν ἀιδρείῃσι νόοιο
γημαμένη ᾧ υἷι· ὁ δ' ὃν πατέρ' ἐξεναρίξας
γῆμεν· ἄφαρ δ' ἀνάπυστα θεοὶ θέσαν ἀνθρώποισιν.
ἀλλ' ὁ μὲν ἐν Θήβῃ πολυηράτῳ ἄλγεα πάσχων 275
Καδμείων ἤνασσε θεῶν ὀλοὰς διὰ βουλάς·
ἡ δ' ἔβη εἰς Ἀίδαο πυλάρταο κρατεροῖο,
ἀψαμένη βρόχον αἰπὺν ἀφ' ὑψηλοῖο μελάθρου,
ᾧ ἄχεϊ σχομένη· τῷ δ' ἄλγεα κάλλιπ' ὀπίσσω
πολλὰ μάλ', ὅσσα τε μητρὸς Ἐρινύες ἐκτελέουσιν. 280
καὶ Χλῶριν εἶδον περικαλλέα, τήν ποτε Νηλεὺς
γῆμεν ἑὸν διὰ κάλλος, ἐπεὶ πόρε μυρία ἕδνα,
ὁπλοτάτην κούρην Ἀμφίονος Ἰασίδαο,
ὅς ποτ' ἐν Ὀρχομενῷ Μινυείῳ ἶφι ἄνασσεν·
ἡ δὲ Πύλου βασίλευε, τέκεν δέ οἱ ἀγλαὰ τέκνα, 285
Νέστορά τε Χρόνιον τε Περικλύμενόν τ' ἀγέρωχον.
τοῖσι δ' ἐπ' ἰφθίμην Πηρὼ τέκε, θαῦμα βροτοῖσι,
τὴν πάντες μνώοντο περικτίται· οὐδ' ἄρα Νηλεὺς
τῷ ἐδίδου ὃς μὴ ἕλικας βόας εὐρυμετώπους
ἐκ Φυλάκης ἐλάσειε βίης Ἰφικληείης 290
ἀργαλέας· τὰς δ' οἶος ὑπέσχετο μάντις ἀμύμων
ἐξελάαν· χαλεπὴ δὲ θεοῦ κατὰ μοῖρα πέδησε,
δεσμοί τ' ἀργαλέοι καὶ βουκόλοι ἀγροιῶται.
ἀλλ' ὅτε δὴ μῆνές τε καὶ ἡμέραι ἐξετελεῦντο
ἂψ περιτελλομένου ἔτεος καὶ ἐπήλυθον ὧραι, 295
καὶ τότε δή μιν ἔλυσε βίη Ἰφικληείη,
θέσφατα πάντ' εἰπόντα· Διὸς δ' ἐτελείετο βουλή.
καὶ Λήδην εἶδον, τὴν Τυνδαρέου παράκοιτιν,
ἥ ῥ' ὑπὸ Τυνδαρέῳ κρατερόφρονε γείνατο παῖδε,
Κάστορά θ' ἱππόδαμον καὶ πὺξ ἀγαθὸν Πολυδεύκεα, 300
τοὺς ἄμφω ζωοὺς κατέχει φυσίζοος αἶα·
οἳ καὶ νέρθεν γῆς τιμὴν πρὸς Ζηνὸς ἔχοντες
ἄλλοτε μὲν ζώουσ' ἑτερήμεροι, ἄλλοτε δ' αὖτε
τεθνᾶσιν· τιμὴν δὲ λελόγχασιν ἶσα θεοῖσι.
τὴν δὲ μετ' Ἰφιμέδειαν, Ἀλωῆος παράκοιτιν 305
εἴσιδον, ἣ δὴ φάσκε Ποσειδάωνι μιγῆναι,

do próprio filho: Édipo. Cumpriu um feito
descomunal, casando com o matador
do próprio pai; os deuses presto descortinam.
Reinava entre os cadmeus, sofrendo embora, em Tebas 275
multiaprazível, por desígnio dos divinos;
e ela desceu ao Hades, guardião duríssimo,
depois de alçar a corda à cumeeira alta,
presa da pena: ao filho lega dor infinda,
que Erínias maternais não deixam que esmaeçam. 280
Eu vi a plenilinda Clóris, que Neleu
pela beleza inexcedível, desposara,
doando-lhe muitos dons, caçula do Iasida
Anfíon, primaz outrora em Mínio Orcomeno.
Rainha em Pilo, deu à luz notáveis filhos: 285
Crômnio, Nestor, Periclimeno austero, Pero,
a bem-provida, surpreendente aos olhos do homem.
Vizinhos desejavam tê-la, mas Neleu
só a cederia a quem trouxesse de Filace
as vacas de Íficlo, arredias, curvicórneas, 290
amplifrontais. Só o vate insigne prometeu
trazê-las, mas um deus lhe concedeu a moira
amarga e os liames árduos e os boieiros rudes.
Mas quando se concluem os dias e os meses do ano,
e, ao fim do ciclo, as estações retornam, Íficlo, 295
com sua força, o livra, ciente dos oráculos
todos. E a decisão de Zeus então se cumpre.
Leda se aproximou, a cônjuge de Tíndaro,
que procriou a dupla anímicopotente,
Castor, doma-corcéis, e Pólux, bom-de-pugna. 300
Geia-Terra nutriz encobre a ambos, vivos,
e Zeus aos dois premia, pois, embora no ínfero,
vivem num dia e morrem no outro. Prêmio símile
que aos deuses imortais foi dado amealhar.
Ifimedeia, esposa de Aloeu, surgiu 305
depois. Dizia ter sido amada por Posêidon.

καί ῥ' ἔτεκεν δύο παῖδε, μινυνθαδίω δ' ἐγενέσθην,
Ὦτόν τ' ἀντίθεον τηλεκλειτόν τ' Ἐφιάλτην,
οὓς δὴ μηκίστους θρέψε ζείδωρος ἄρουρα
καὶ πολὺ καλλίστους μετά γε κλυτὸν Ὠρίωνα· 310
ἐννέωροι γὰρ τοί γε καὶ ἐννεαπήχεες ἦσαν
εὖρος, ἀτὰρ μῆκός γε γενέσθην ἐννεόργυιοι.
οἵ ῥα καὶ ἀθανάτοισιν ἀπειλήτην ἐν Ὀλύμπῳ
φυλόπιδα στήσειν πολυάικος πολέμοιο.
Ὄσσαν ἐπ' Οὐλύμπῳ μέμασαν θέμεν, αὐτὰρ ἐπ' Ὄσσῃ 315
Πήλιον εἰνοσίφυλλον, ἵν' οὐρανὸς ἀμβατὸς εἴη.
καί νύ κεν ἐξετέλεσσαν, εἰ ἥβης μέτρον ἵκοντο·
ἀλλ' ὄλεσεν Διὸς υἱός, ὃν ἠύκομος τέκε Λητώ,
ἀμφοτέρω, πρίν σφωιν ὑπὸ κροτάφοισιν ἰούλους
ἀνθῆσαι πυκάσαι τε γένυς εὐανθέι λάχνῃ. 320
Φαίδρην τε Πρόκριν τε ἴδον καλήν τ' Ἀριάδνην,
κούρην Μίνωος ὀλοόφρονος, ἥν ποτε Θησεὺς
ἐκ Κρήτης ἐς γουνὸν Ἀθηνάων ἱεράων
ἦγε μέν, οὐδ' ἀπόνητο· πάρος δέ μιν Ἄρτεμις ἔκτα
Δίῃ ἐν ἀμφιρύτῃ Διονύσου μαρτυρίῃσιν. 325
Μαῖράν τε Κλυμένην τε ἴδον στυγερήν τ' Ἐριφύλην,
ἣ χρυσὸν φίλου ἀνδρὸς ἐδέξατο τιμήεντα.
πάσας δ' οὐκ ἂν ἐγὼ μυθήσομαι οὐδ' ὀνομήνω,
ὅσσας ἡρώων ἀλόχους ἴδον ἠδὲ θύγατρας·
πρὶν γάρ κεν καὶ νὺξ φθῖτ' ἄμβροτος. ἀλλὰ καὶ ὥρη 330
εὕδειν, ἢ ἐπὶ νῆα θοὴν ἐλθόντ' ἐς ἑταίρους
ἢ αὐτοῦ· πομπὴ δὲ θεοῖς ὑμῖν τε μελήσει."
ὣς ἔφαθ', οἱ δ' ἄρα πάντες ἀκὴν ἐγένοντο σιωπῇ,
κηληθμῷ δ' ἔσχοντο κατὰ μέγαρα σκιόεντα.
τοῖσιν δ' Ἀρήτη λευκώλενος ἤρχετο μύθων. 335
"Φαίηκες, πῶς ὔμμιν ἀνὴρ ὅδε φαίνεται εἶναι
εἶδός τε μέγεθός τε ἰδὲ φρένας ἔνδον ἐίσας;
ξεῖνος δ' αὖτ' ἐμός ἐστιν, ἕκαστος δ' ἔμμορε τιμῆς·
τῷ μὴ ἐπειγόμενοι ἀποπέμπετε, μηδὲ τὰ δῶρα
οὕτω χρηίζοντι κολούετε· πολλὰ γὰρ ὑμῖν 340
κτήματ' ἐνὶ μεγάροισι θεῶν ἰότητι κέονται."

Teve dois filhos, pouco tempo vivos: Oto,
símil divino, e o hiperínclito Efialte.
A terra nutridora os fez mais altos, mais
belos. Órion tão só os superava: aos nove 310
anos, possuíam, de largura, nove cúbitos,
de altura, nove braças. Eram tão audazes
que os próprios deuses ameaçaram pelo Olimpo
com multidesagregadora pugna tétrica:
queriam pôr Olimpo acima o Ossa e Ossa 315
acima o flóreo Pélio, e assim fariam o céu
passível de frequentação. O plano aborta
porque ambos morrem moços: Leto, belas-tranças,
e Zeus geraram quem os mata, antes que têmporas
abaixo aflore a barba e o buço encubra o mento. 320
Vi Prócris, Fedra e a filha do ânima-soturno
Minos, Ariadne, a quem Teseu quis conduzir
de Creta certa vez ao monte da sagrada
Atenas, sem sucesso, pois matou-a Ártemis
em Dia, circundada de água: denunciara-a 325
Baco. Vi Maira e Clímene e a detestável
Erífile, que o cônjuge trocou por ouro.
Não poderia historiar ou nomear
consortes dos heróis e filhas que avistei,
antes de a noite ambrósia fenecer. É hora 330
de me entregar ao sono em nau veloz ou mesmo
aqui: aos deuses cabe decidir e a vós
a viagem." Quando finda a fala, todos, quietos,
permaneciam estáticos na sala escura,
pois que o encanto os dominava. Antes dos outros, 335
Arete bracicândida toma a palavra:
"Feácios, dizei-me que opinião tereis desse homem
quanto à aparência, ao porte, à mente ponderada!
Se o acolho em casa, não monopolizo a honra.
Sem pressa de escoltá-lo em seu retorno, não 340
deixeis sem dons quem tanto necessita. Tendes

τοῖσι δὲ καὶ μετέειπε γέρων ἥρως Ἐχένηος,
ὃς δὴ Φαιήκων ἀνδρῶν προγενέστερος ἦεν·
"ὦ φίλοι, οὐ μὰν ἧμιν ἀπὸ σκοποῦ οὐδ᾽ ἀπὸ δόξης
μυθεῖται βασίλεια περίφρων· ἀλλὰ πίθεσθε. 345
Ἀλκινόου δ᾽ ἐκ τοῦδ᾽ ἔχεται ἔργον τε ἔπος τε."
τὸν δ᾽ αὖτ᾽ Ἀλκίνοος ἀπαμείβετο φώνησέν τε·
"τοῦτο μὲν οὕτω δὴ ἔσται ἔπος, αἴ κεν ἐγώ γε
ζωὸς Φαιήκεσσι φιληρέτμοισιν ἀνάσσω·
ξεῖνος δὲ τλήτω μάλα περ νόστοιο χατίζων 350
ἔμπης οὖν ἐπιμεῖναι ἐς αὔριον, εἰς ὅ κε πᾶσαν
δωτίνην τελέσω· πομπὴ δ᾽ ἄνδρεσσι μελήσει
πᾶσι, μάλιστα δ᾽ ἐμοί· τοῦ γὰρ κράτος ἔστ᾽ ἐνὶ δήμῳ."
τὸν δ᾽ ἀπαμειβόμενος προσέφη πολύμητις Ὀδυσσεύς·
"Ἀλκίνοε κρεῖον, πάντων ἀριδείκετε λαῶν, 355
εἴ με καὶ εἰς ἐνιαυτὸν ἀνώγοιτ᾽ αὐτόθι μίμνειν,
πομπὴν δ᾽ ὀτρύνοιτε καὶ ἀγλαὰ δῶρα διδοῖτε,
καί κε τὸ βουλοίμην, καί κεν πολὺ κέρδιον εἴη,
πλειοτέρῃ σὺν χειρὶ φίλην ἐς πατρίδ᾽ ἱκέσθαι·
καί κ᾽ αἰδοιότερος καὶ φίλτερος ἀνδράσιν εἴην 360
πᾶσιν, ὅσοι μ᾽ Ἰθάκηνδε ἰδοίατο νοστήσαντα."
τὸν δ᾽ αὖτ᾽ Ἀλκίνοος ἀπαμείβετο φώνησέν τε·
"ὦ Ὀδυσεῦ, τὸ μὲν οὔ τί σ᾽ ἐΐσκομεν εἰσορόωντες,
ἠπεροπῆά τ᾽ ἔμεν καὶ ἐπίκλοπον, οἷά τε πολλοὺς
βόσκει γαῖα μέλαινα πολυσπερέας ἀνθρώπους, 365
ψεύδεά τ᾽ ἀρτύνοντας ὅθεν κέ τις οὐδὲ ἴδοιτο·
σοὶ δ᾽ ἔπι μὲν μορφὴ ἐπέων, ἔνι δὲ φρένες ἐσθλαί.
μῦθον δ᾽ ὡς ὅτ᾽ ἀοιδὸς ἐπισταμένως κατέλεξας,
πάντων τ᾽ Ἀργείων σέο τ᾽ αὐτοῦ κήδεα λυγρά.
ἀλλ᾽ ἄγε μοι τόδε εἰπὲ καὶ ἀτρεκέως κατάλεξον, 370
εἴ τινας ἀντιθέων ἑτάρων ἴδες, οἵ τοι ἅμ᾽ αὐτῷ
Ἴλιον εἰς ἅμ᾽ ἕποντο καὶ αὐτοῦ πότμον ἐπέσπον.
νὺξ δ᾽ ἥδε μάλα μακρή, ἀθέσφατος· οὐδέ πω ὥρη
εὕδειν ἐν μεγάρῳ, σὺ δέ μοι λέγε θέσκελα ἔργα.
καί κεν ἐς ἠῶ δῖαν ἀνασχοίμην, ὅτε μοι σὺ 375
τλαίης ἐν μεγάρῳ τὰ σὰ κήδεα μυθήσασθαι."

profusos bens no paço por apreço olímpio."
Equeneu pronunciou-se então, o velho herói,
o feácio mais provecto: "O que a rainha afirma
coincide com o que eu vislumbro e opino; a ação, 345
porém, quem a define é o rei, quando perora."
E então Alcínoo disse-lhe em resposta: "O que
foi dito será feito, como é verdadeiro
que vivo e reino entre os feácios remadores.
Peço que o hóspede contenha um pouco o anseio 350
até amanhã para eu ter tempo de angariar
as xênias. Todos se encarregarão da viagem,
eu sobretudo, que encabeço o povo feácio."
E Odisseu poliastuto comentou: "Alcínoo,
amplidominador que sobre-excele a todos, 355
me convidasses para aqui permanecer
um ano, preparasses meu retorno e dons
me desses, com que mais eu poderia sonhar?
Melhor tornar a seu rincão natal com dádivas,
o que só amplia o honor e o apreço que os itácios 360
a mim dedicam, quando aproe, de volta ao lar."
Alcínoo pronunciou-se assim: "Herói, não tens
ares de fraudador, de um ás do embuste, igual
a inúmeros que a terra negra nutre, pluri-
disseminados inventores de mentiras, 365
do que frustra à visão. Há forma em tua linguagem,
e em ti sobeja a precisão egrégia. Aedo
pareces do raconto exímio que narraste
acerca de amarguras tuas e de argivos.
Mas rogo tua franqueza ao me contares se 370
avistaste um dos sócios, quase deuses, que a Ílion
indo, de lá não tornam, vítimas da sina.
A noite se dilata, algo indizível; não
é hora de dormir na grande sala. Conta
os feitos que têm ares de prodígios divos. 375
Se te aprouver narrar-me o teu revés, a aurora

τὸν δ' ἀπαμειβόμενος προσέφη πολύμητις Ὀδυσσεύς·
"Ἀλκίνοε κρεῖον, πάντων ἀριδείκετε λαῶν,
ὥρη μὲν πολέων μύθων, ὥρη δὲ καὶ ὕπνου·
εἰ δ' ἔτ' ἀκουέμεναί γε λιλαίεαι, οὐκ ἂν ἐγώ γε   380
τούτων σοι φθονέοιμι καὶ οἰκτρότερ' ἄλλ' ἀγορεύειν,
κήδε' ἐμῶν ἑτάρων, οἳ δὴ μετόπισθεν ὄλοντο,
οἳ Τρώων μὲν ὑπεξέφυγον στονόεσσαν ἀϋτήν,
ἐν νόστῳ δ' ἀπόλοντο κακῆς ἰότητι γυναικός.
αὐτὰρ ἐπεὶ ψυχὰς μὲν ἀπεσκέδασ' ἄλλυδις ἄλλῃ   385
ἁγνὴ Περσεφόνεια γυναικῶν θηλυτεράων,
ἦλθε δ' ἐπὶ ψυχὴ Ἀγαμέμνονος Ἀτρεΐδαο
ἀχνυμένη· περὶ δ' ἄλλαι ἀγηγέραθ', ὅσσοι ἅμ' αὐτῷ
οἴκῳ ἐν Αἰγίσθοιο θάνον καὶ πότμον ἐπέσπον.
ἔγνω δ' αἶψ' ἔμ' ἐκεῖνος, ἐπεὶ πίεν αἷμα κελαινόν·   390
κλαῖε δ' ὅ γε λιγέως, θαλερὸν κατὰ δάκρυον εἴβων,
πιτνὰς εἰς ἐμὲ χεῖρας, ὀρέξασθαι μενεαίνων·
ἀλλ' οὐ γάρ οἱ ἔτ' ἦν ἲς ἔμπεδος οὐδέ τι κῖκυς,
οἵη περ πάρος ἔσκεν ἐνὶ γναμπτοῖσι μέλεσσι.
τὸν μὲν ἐγὼ δάκρυσα ἰδὼν ἐλέησά τε θυμῷ,   395
καί μιν φωνήσας ἔπεα πτερόεντα προσηύδων·
'Ἀτρεΐδη κύδιστε, ἄναξ ἀνδρῶν Ἀγάμεμνον,
τίς νύ σε κὴρ ἐδάμασσε τανηλεγέος θανάτοιο;
ἦε σέ γ' ἐν νήεσσι Ποσειδάων ἐδάμασσεν
ὄρσας ἀργαλέων ἀνέμων ἀμέγαρτον ἀϋτμήν;   400
ἦέ σ' ἀνάρσιοι ἄνδρες ἐδηλήσαντ' ἐπὶ χέρσου
βοῦς περιταμνόμενον ἠδ' οἰῶν πώεα καλά,
ἦε περὶ πτόλιος μαχεούμενον ἠδὲ γυναικῶν;'
ὣς ἐφάμην, ὁ δέ μ' αὐτίκ' ἀμειβόμενος προσέειπε·
'διογενὲς Λαερτιάδη, πολυμήχαν' Ὀδυσσεῦ,   405
οὔτ' ἐμέ γ' ἐν νήεσσι Ποσειδάων ἐδάμασσεν
ὄρσας ἀργαλέων ἀνέμων ἀμέγαρτον ἀϋτμήν,
οὔτε μ' ἀνάρσιοι ἄνδρες ἐδηλήσαντ' ἐπὶ χέρσου,
ἀλλά μοι Αἴγισθος τεύξας θάνατόν τε μόρον τε
ἔκτα σὺν οὐλομένῃ ἀλόχῳ, οἶκόνδε καλέσσας,   410
δειπνίσσας, ὥς τίς τε κατέκτανε βοῦν ἐπὶ φάτνῃ.

aguardo sem cansar-me." E fala o multiarguto:
"Magno poder, amplirreinante, hora de múltiplas
parlendas há, como há hora do sono. Não
me nego, se ainda te dispões a me escutar, 380
a relatar agruras bem mais dolorosas
de argivos que, sobrevivendo ao grito horrível
em Troia, vieram a morrer posteriormente
por culpa de uma fêmea sórdida. Almas débeis,
depois que as dispersou aqui e ali Perséfone 385
augusta, aproximou-se a ânima-psiquê
acabrunhada de Agamêmnon. Logo a cercam
enfileirados quantos com o herói morreram
no lar de Egisto, a moira amara amargurando.
Reconheceu-me, assim que o seu olhar fixou-me: 390
o grito era profundo, as lágrimas, copiosas,
as mãos alçadas para mim, querendo o abraço,
mas carecia do vigor que outrora os membros
flexíveis possuíam. Vendo-o chorar,
meu coração contrista apiedado e, então, 395
ao rei eu proferi alígeras palavras:
'Magno Atreide, senhor dos homens, Agamêmnon,
qual Quere te domou impiedosamente?
Te subjugou Posêidon quando mareavas,
depois de suscitar o turbilhão adverso, 400
ou teu algoz surgiu quando raptavas pécoras
de raça e bois em terra firme, ou guerreavas
por uma pólis, tendo em vista suas mulheres?'
Falei e o atreide rebateu: 'Divo Laércio,
Odisseu plurimaquinoso, o deus do mar 405
não me domou na embarcação, me fustigando
com as rajadas do inclemente turbilhão,
tampouco em terra firme adversos me mataram,
mas quem tramou o epílogo do meu destino
foi, com minha consorte deletéria, Egisto: 410
serviu-me a ceia em sua casa e, feito um boi

ὣς θάνον οἰκτίστῳ θανάτῳ· περὶ δ' ἄλλοι ἑταῖροι
νωλεμέως κτείνοντο σύες ὣς ἀργιόδοντες,
οἵ ῥά τ' ἐν ἀφνειοῦ ἀνδρὸς μέγα δυναμένοιο
ἢ γάμῳ ἢ ἐράνῳ ἢ εἰλαπίνῃ τεθαλυίῃ. 415
ἤδη μὲν πολέων φόνῳ ἀνδρῶν ἀντεβόλησας,
μουνὰξ κτεινομένων καὶ ἐνὶ κρατερῇ ὑσμίνῃ·
ἀλλά κε κεῖνα μάλιστα ἰδὼν ὀλοφύραο θυμῷ,
ὡς ἀμφὶ κρητῆρα τραπέζας τε πληθούσας
κείμεθ' ἐνὶ μεγάρῳ, δάπεδον δ' ἅπαν αἵματι θῦεν. 420
οἰκτροτάτην δ' ἤκουσα ὄπα Πριάμοιο θυγατρός,
Κασσάνδρης, τὴν κτεῖνε Κλυταιμνήστρη δολόμητις
ἀμφ' ἐμοί, αὐτὰρ ἐγὼ ποτὶ γαίῃ χεῖρας ἀείρων
βάλλον ἀποθνήσκων περὶ φασγάνῳ· ἡ δὲ κυνῶπις
νοσφίσατ', οὐδέ μοι ἔτλη ἰόντι περ εἰς Ἀΐδαο 425
χερσὶ κατ' ὀφθαλμοὺς ἑλέειν σύν τε στόμ' ἐρεῖσαι.
ὣς οὐκ αἰνότερον καὶ κύντερον ἄλλο γυναικός,
ἥ τις δὴ τοιαῦτα μετὰ φρεσὶν ἔργα βάληται·
οἷον δὴ καὶ κείνη ἐμήσατο ἔργον ἀεικές,
κουριδίῳ τεύξασα πόσει φόνον. ἦ τοι ἔφην γε 430
ἀσπάσιος παίδεσσιν ἰδὲ δμώεσσιν ἐμοῖσιν
οἴκαδ' ἐλεύσεσθαι· ἡ δ' ἔξοχα λυγρὰ ἰδυῖα
οἷ τε κατ' αἶσχος ἔχευε καὶ ἐσσομένῃσιν ὀπίσσω
θηλυτέρῃσι γυναιξί, καὶ ἥ κ' εὐεργὸς ἔῃσιν.'
ὣς ἔφατ', αὐτὰρ ἐγώ μιν ἀμειβόμενος προσέειπον· 435
'ὢ πόποι, ἦ μάλα δὴ γόνον Ἀτρέος εὐρύοπα Ζεὺς
ἐκπάγλως ἤχθηρε γυναικείας διὰ βουλὰς
ἐξ ἀρχῆς· Ἑλένης μὲν ἀπωλόμεθ' εἵνεκα πολλοί,
σοὶ δὲ Κλυταιμνήστρη δόλον ἤρτυε τηλόθ' ἐόντι.'
ὣς ἐφάμην, ὁ δέ μ' αὐτίκ' ἀμειβόμενος προσέειπε· 440
'τῷ νῦν μή ποτε καὶ σὺ γυναικί περ ἤπιος εἶναι·
μή οἱ μῦθον ἅπαντα πιφαυσκέμεν, ὅν κ' ἐῢ εἰδῇς,
ἀλλὰ τὸ μὲν φάσθαι, τὸ δὲ καὶ κεκρυμμένον εἶναι.
ἀλλ' οὐ σοί γ', Ὀδυσεῦ, φόνος ἔσσεται ἔκ γε γυναικός·
λίην γὰρ πινυτή τε καὶ εὖ φρεσὶ μήδεα οἶδε 445
κούρη Ἰκαρίοιο, περίφρων Πηνελόπεια.

no parol, me abateu. Terrível morticínio
também dos sócios, porcos denticurvos, tais
e quais, que um megapotentado em sua mansão
mata nos esponsais ou no banquete lauto. 415
Quantos guerreiros mortos na refrega ardente
pudeste presenciar duelando? Pois muitíssimo
maior angústia sentirias frente aos corpos
nossos jazentes entre távolas e copos
na sala, e o sangue fumegava no recinto. 420
Ouvi o grito lancinante de Cassandra,
filha de Príamo: escorchou-a sobre mim
Clitemnestra, sinuoso pensamento. Eu quis
erguer a mão, tombava à terra: a cara-de-
-cadela apunhalou-me. A desalmada nem 425
fechou-me os olhos, nem a boca enquanto Hades
abaixo eu adentrava! Nada é mais terrível,
canino, do que a fêmea que entramou ações
do porte do ato inominável que ela armou,
assassinando seu legítimo consorte. 430
Filhos e fâmulos, pensei que sorririam
ao meu retorno, mas, plurissinistra índole,
ela verteu em mim e nas mulheres, mesmo
nas íntegras que viverão, tão só vergonha.'
Eu respondi: 'Quanto o Cronida, voz potente, 435
odiou a estirpe dos atreus desde os primórdios
por decisões tomadas por suas mulheres:
Helena é responsável pelo fim de muitos,
e Clitemnestra, em tua ausência, urdia o dolo.'
Falei assim e presto o herói arrematou: 440
'Não sejas moleirão com tua mulher, tampouco
lhe contes tudo o que conheces, mas apenas
uma parcela; guarda o que restar contigo!
Não temas que te mate, amigo, tua mulher,
pois a filha de Icário, a lúcida Penélope, 445
prima por sensatez, por cultivar a ânima.

ἦ μέν μιν νύμφην γε νέην κατελείπομεν ἡμεῖς
ἐρχόμενοι πόλεμόνδε· πάϊς δέ οἱ ἦν ἐπὶ μαζῷ
νήπιος, ὅς που νῦν γε μετ' ἀνδρῶν ἵζει ἀριθμῷ,
ὄλβιος· ἦ γὰρ τόν γε πατὴρ φίλος ὄψεται ἐλθών, 450
καὶ κεῖνος πατέρα προσπτύξεται, ἣ θέμις ἐστίν.
ἡ δ' ἐμὴ οὐδέ περ υἷος ἐνιπλησθῆναι ἄκοιτις
ὀφθαλμοῖσιν ἔασε· πάρος δέ με πέφνε καὶ αὐτόν.
ἄλλο δέ τοι ἐρέω, σὺ δ' ἐνὶ φρεσὶ βάλλεο σῇσιν·
κρύβδην, μηδ' ἀναφανδά, φίλην ἐς πατρίδα γαῖαν 455
νῆα κατισχέμεναι· ἐπεὶ οὐκέτι πιστὰ γυναιξίν.
ἀλλ' ἄγε μοι τόδε εἰπὲ καὶ ἀτρεκέως κατάλεξον,
εἴ που ἔτι ζώοντος ἀκούετε παιδὸς ἐμοῖο,
ἤ που ἐν Ὀρχομενῷ ἢ ἐν Πύλῳ ἠμαθόεντι,
ἤ που πὰρ Μενελάῳ ἐνὶ Σπάρτῃ εὐρείῃ· 460
οὐ γάρ πω τέθνηκεν ἐπὶ χθονὶ δῖος Ὀρέστης.'
ὣς ἔφατ', αὐτὰρ ἐγώ μιν ἀμειβόμενος προσέειπον·
'Ἀτρεΐδη, τί με ταῦτα διείρεαι; οὐδέ τι οἶδα,
ζώει ὅ γ' ἦ τέθνηκε· κακὸν δ' ἀνεμώλια βάζειν.'
νῶϊ μὲν ὣς ἐπέεσσιν ἀμειβομένω στυγεροῖσιν 465
ἕσταμεν ἀχνύμενοι θαλερὸν κατὰ δάκρυ χέοντες·
ἦλθε δ' ἐπὶ ψυχὴ Πηληϊάδεω Ἀχιλῆος
καὶ Πατροκλῆος καὶ ἀμύμονος Ἀντιλόχοιο
Αἴαντός θ', ὃς ἄριστος ἔην εἶδός τε δέμας τε
τῶν ἄλλων Δαναῶν μετ' ἀμύμονα Πηλεΐωνα. 470
ἔγνω δὲ ψυχή με ποδώκεος Αἰακίδαο
καί ῥ' ὀλοφυρομένη ἔπεα πτερόεντα προσηύδα·
'διογενὲς Λαερτιάδη, πολυμήχαν' Ὀδυσσεῦ,
σχέτλιε, τίπτ' ἔτι μεῖζον ἐνὶ φρεσὶ μήσεαι ἔργον;
πῶς ἔτλης Ἄϊδόσδε κατελθέμεν, ἔνθα τε νεκροὶ 475
ἀφραδέες ναίουσι, βροτῶν εἴδωλα καμόντων;'
ὣς ἔφατ', αὐτὰρ ἐγώ μιν ἀμειβόμενος προσέειπον·
'ὦ Ἀχιλεῦ Πηλῆος υἱέ, μέγα φέρτατ' Ἀχαιῶν,
ἦλθον Τειρεσίαο κατὰ χρέος, εἴ τινα βουλὴν
εἴποι, ὅπως Ἰθάκην ἐς παιπαλόεσσαν ἱκοίμην· 480
οὐ γάρ πω σχεδὸν ἦλθον Ἀχαιΐδος, οὐδέ πω ἁμῆς

Tua esposa tinha pouca idade quando fomos
lutar. No colo carregava teu garoto,
hoje partícipe de encontros varonis,
feliz de imaginar o pai que o vê na volta,   450
e ele, como sói ser, há de abraçá-lo, cálido.
Minha mulher negou aos olhos meus o júbilo
de contemplar meu filho, pois que antes matou-me.
Mas guarda bem o que eu direi agora, amigo:
manobra sorrateiramente a embarcação   455
em teu rincão natal e não te fies em fêmea.
Peço que sejas franco e exato caso saibas
onde meu filho vive, se ele vive em Pilo
arenosa, Orcomeno, se com Menelau
na vastidão de Esparta foi morar. Orestes   460
divino ainda não morreu na ctônia terra.'
Findou e eu retomei: 'Atrida, me interpelas
por quê? Tampouco sei se ele está vivo ou não,
e é inútil parolar ao vento.' Assim cambiávamos
o rol estígio de palavras na aflição   465
de lágrimas copiosas que ambos nós versávamos,
quando a ânima de Aquiles se achegou, de Pátroclo,
de Ájax, insuperável em beleza e porte
entre os demais aqueus, exceção feita a Aquiles,
do magno Antíloco. Reconheceu-me a alma   470
do pés-velozes, que, pranteando, pronunciou
alígeras palavras: 'Odisseu divino,
Laércio multissinuoso e temerário,
que empresa mais audaz pudeste cogitar?
Como ousaste baixar ao Hades, onde os mortos   475
restam vazios de tino, imagens de alijados?'
E eu proferi: 'Peleide Aquiles, magno aqueu,
vim consultar Tirésias, se me aconselhava
o modo de aportar na alcantilada Ítaca.
Nem me abeirei da Acaia, nem pisei em solo   480
pátrio, continuamente desafortunado.

γῆς ἐπέβην, ἀλλ' αἰὲν ἔχω κακά. σεῖο δ', Ἀχιλλεῦ,
οὔ τις ἀνὴρ προπάροιθε μακάρτατος οὔτ' ἄρ' ὀπίσσω.
πρὶν μὲν γάρ σε ζωὸν ἐτίομεν ἶσα θεοῖσιν
Ἀργεῖοι, νῦν αὖτε μέγα κρατέεις νεκύεσσιν   485
ἐνθάδ' ἐών· τῷ μή τι θανὼν ἀκαχίζευ, Ἀχιλλεῦ.'
ὣς ἐφάμην, ὁ δέ μ' αὐτίκ' ἀμειβόμενος προσέειπε·
'μὴ δή μοι θάνατόν γε παραύδα, φαίδιμ' Ὀδυσσεῦ.
βουλοίμην κ' ἐπάρουρος ἐὼν θητευέμεν ἄλλῳ,
ἀνδρὶ παρ' ἀκλήρῳ, ᾧ μὴ βίοτος πολὺς εἴη,   490
ἢ πᾶσιν νεκύεσσι καταφθιμένοισιν ἀνάσσειν.
ἀλλ' ἄγε μοι τοῦ παιδὸς ἀγαυοῦ μῦθον ἐνίσπες,
ἢ ἕπετ' ἐς πόλεμον πρόμος ἔμμεναι, ἦε καὶ οὐκί.
εἰπὲ δέ μοι Πηλῆος ἀμύμονος, εἴ τι πέπυσσαι,
ἢ ἔτ' ἔχει τιμὴν πολέσιν μετὰ Μυρμιδόνεσσιν,   495
ἦ μιν ἀτιμάζουσιν ἀν' Ἑλλάδα τε Φθίην τε,
οὕνεκά μιν κατὰ γῆρας ἔχει χεῖράς τε πόδας τε.
οὐ γὰρ ἐγὼν ἐπαρωγὸς ὑπ' αὐγὰς ἠελίοιο,
τοῖος ἐών, οἷός ποτ' ἐνὶ Τροίῃ εὐρείῃ
πέφνον λαὸν ἄριστον, ἀμύνων Ἀργείοισιν·   500
εἰ τοιόσδ' ἔλθοιμι μίνυνθά περ ἐς πατέρος δῶ·
τῷ κέ τεῳ στύξαιμι μένος καὶ χεῖρας ἀάπτους,
οἳ κεῖνον βιόωνται ἐέργουσίν τ' ἀπὸ τιμῆς.'
ὣς ἔφατ', αὐτὰρ ἐγώ μιν ἀμειβόμενος προσέειπον·
'ἦ τοι μὲν Πηλῆος ἀμύμονος οὔ τι πέπυσμαι,   505
αὐτάρ τοι παιδός γε Νεοπτολέμοιο φίλοιο
πᾶσαν ἀληθείην μυθήσομαι, ὥς με κελεύεις·
αὐτὸς γάρ μιν ἐγὼ κοίλης ἐπὶ νηὸς ἐίσης
ἤγαγον ἐκ Σκύρου μετ' ἐυκνήμιδας Ἀχαιούς.
ἦ τοι ὅτ' ἀμφὶ πόλιν Τροίην φραζοίμεθα βουλάς,   510
αἰεὶ πρῶτος ἔβαζε καὶ οὐχ ἡμάρτανε μύθων·
Νέστωρ ἀντίθεος καὶ ἐγὼ νικάσκομεν οἴω.
αὐτὰρ ὅτ' ἐν πεδίῳ Τρώων μαρναίμεθα χαλκῷ,
οὔ ποτ' ἐνὶ πληθυῖ μένεν ἀνδρῶν οὐδ' ἐν ὁμίλῳ,
ἀλλὰ πολὺ προθέεσκε τὸ ὃν μένος οὐδενὶ εἴκων,   515
πολλοὺς δ' ἄνδρας ἔπεφνεν ἐν αἰνῇ δηιοτῆτι.

És o mais bem-aventurado no presente
e no futuro: vivo, nós, argivos, te
rendíamos honores dos divinos; hoje,
é enorme o teu poder restando entre os cadáveres   485
aqui. Não te aniquile, Aquileu, a morte!'
Falei e, súbito, ele rebateu: 'Não queiras
embelezar a morte, pois preferiria
lavrar a terra de um ninguém depauperado,
que quase nada tem do que comer, a ser   490
o rei de todos os defuntos cadavéricos.
Mas conta alguma coisa de meu nobre filho,
se foi campeão no prélio ou não. Acaso tens
notícias de Peleu? Os mirmidões mantêm
o apreço pelo herói, ou não mais o cultuam   495
na Hélade ou em Ftia, presa da velhice
que infirma pés e mãos? Pudera ser-lhe útil
sob o fulgor solar tal qual no vasto plaino
troiano eliminei heróis para salvar
aqueus... fora possível, por um só minuto,   500
acompanhar meu pai, e minha força estígia
assombraria e minhas mãos inalcançáveis
quem o violenta e o priva do devido honor.'
Falou e eu respondi: 'Não tenho informe algum
de teu pai nobilíssimo, mas a verdade   505
sobre Neoptólemo, teu caro filho, conto:
em nave côncava librada, o conduzi
de Esciro, eu mesmo, entre os aqueus de belas cnêmides.
Nas assembleias ao redor da pólis troica,
era o primeiro sempre e não tergiversava,   510
e ninguém o vencia, além de mim e, símile
dos imortais, Nestor. Mas quando, no combate,
cercávamos a cidadela de Ílion, não
restava em meio à turba, nem se perfilava,
mas, à vanguarda, seu arroubo era sem par: 515
assassinou inúmeros no prélio rubro.

πάντας δ' οὐκ ἂν ἐγὼ μυθήσομαι οὐδ' ὀνομήνω,
ὅσσον λαὸν ἔπεφνεν ἀμύνων Ἀργείοισιν,
ἀλλ' οἷον τὸν Τηλεφίδην κατενήρατο χαλκῷ,
ἥρω' Εὐρύπυλον, πολλοὶ δ' ἀμφ' αὐτὸν ἑταῖροι   520
Κήτειοι κτείνοντο γυναίων εἵνεκα δώρων.
κεῖνον δὴ κάλλιστον ἴδον μετὰ Μέμνονα δῖον.
αὐτὰρ ὅτ' εἰς ἵππον κατεβαίνομεν, ὃν κάμ' Ἐπειός,
Ἀργείων οἱ ἄριστοι, ἐμοὶ δ' ἐπὶ πάντα τέταλτο,
ἠμὲν ἀνακλῖναι πυκινὸν λόχον ἠδ' ἐπιθεῖναι,   525
ἔνθ' ἄλλοι Δαναῶν ἡγήτορες ἠδὲ μέδοντες
δάκρυά τ' ὠμόργνυντο τρέμον θ' ὑπὸ γυῖα ἑκάστου·
κεῖνον δ' οὔ ποτε πάμπαν ἐγὼν ἴδον ὀφθαλμοῖσιν
οὔτ' ὠχρήσαντα χρόα κάλλιμον οὔτε παρειῶν
δάκρυ ὀμορξάμενον· ὁ δέ γε μάλα πόλλ' ἱκέτευεν   530
ἱππόθεν ἐξέμεναι, ξίφεος δ' ἐπεμαίετο κώπην
καὶ δόρυ χαλκοβαρές, κακὰ δὲ Τρώεσσι μενοίνα.
ἀλλ' ὅτε δὴ Πριάμοιο πόλιν διεπέρσαμεν αἰπήν,
μοῖραν καὶ γέρας ἐσθλὸν ἔχων ἐπὶ νηὸς ἔβαινεν
ἀσκηθής, οὔτ' ἂρ βεβλημένος ὀξέι χαλκῷ   535
οὔτ' αὐτοσχεδίην οὐτασμένος, οἷά τε πολλὰ
γίγνεται ἐν πολέμῳ· ἐπιμὶξ δέ τε μαίνεται Ἄρης.'
ὣς ἐφάμην, ψυχὴ δὲ ποδώκεος Αἰακίδαο
φοίτα μακρὰ βιβᾶσα κατ' ἀσφοδελὸν λειμῶνα,
γηθοσύνη ὅ οἱ υἱὸν ἔφην ἀριδείκετον εἶναι.   540
αἱ δ' ἄλλαι ψυχαὶ νεκύων κατατεθνηώτων
ἕστασαν ἀχνύμεναι, εἴροντο δὲ κήδε' ἑκάστη.
οἴη δ' Αἴαντος ψυχὴ Τελαμωνιάδαο
νόσφιν ἀφεστήκει, κεχολωμένη εἵνεκα νίκης,
τήν μιν ἐγὼ νίκησα δικαζόμενος παρὰ νηυσὶ   545
τεύχεσιν ἀμφ' Ἀχιλῆος· ἔθηκε δὲ πότνια μήτηρ.
παῖδες δὲ Τρώων δίκασαν καὶ Παλλὰς Ἀθήνη.
ὡς δὴ μὴ ὄφελον νικᾶν τοιῷδ' ἐπ' ἀέθλῳ·
τοίην γὰρ κεφαλὴν ἕνεκ' αὐτῶν γαῖα κατέσχεν,
Αἴανθ', ὃς πέρι μὲν εἶδος, πέρι δ' ἔργα τέτυκτο   550
τῶν ἄλλων Δαναῶν μετ' ἀμύμονα Πηλεΐωνα.

Não sou capaz de relatar ou nomear
o número de troicos que matou em prol
de argivos, mas seu bronze fustigou Eurípilo,
um Telefida, e, ao seu redor, muitos ceteios   520
tombaram. Os regalos femininos foram
a causa. Fora Mêmnon, ele era o mais belo.
Quando ingressaram no cavalo, obra de Epeio,
os grão-argivos que me conferiram o ônus
de abrir e de fechar a emboscada, os outros   525
hegêmones tremiam nas juntas, pranteavam,
mas nunca vi se descorar a tez do moço,
tampouco lágrimas caindo que enxugasse;
rogava-me lhe permitisse abandonar
o cavalo, empunhando o gládio e a lança bronzi-   530
maciça, com o intento de render os teucros.
Quando arrasamos a urbe priâmea alcantilada,
colhendo o ilustre espólio, retornou ao mar,
intacto, sem que o bronze agudo o resvalasse,
sem hematoma da refrega corpo a corpo,   535
comum de acontecer na guerra, pois, belaz,
Ares, às cegas, enlouquece.' Assim falei
e a alma-psiquê do Eácida de pés-velozes
acelerava o passo pelo asfodeláceo,
alegre por ouvir de mim que o filho era   540
um herói exemplar. Entristeciam as ânimas
de outros extintos, cada qual me relatando
seu infortúnio. A de Ájax Telamônio só
ficava longe, em fúria com a decisão
de juízes concederem-me a vitória à beira-   545
-navio, me destinando as armas do Aquileu.
A mãe augusta as trouxe, Atena sentenciou
e os Teucros. Ah! Não me coubera um prêmio tal,
motivo pelo qual a testa de Ájax cobre-se
de terra, um ás no porte e nos prodígios. Não   550
houve outro igual, excluindo o filho de Peleu!

τὸν μὲν ἐγὼν ἐπέεσσι προσηύδων μειλιχίοισιν·
'Αἶαν, παῖ Τελαμῶνος ἀμύμονος, οὐκ ἄρ' ἔμελλες
οὐδὲ θανὼν λήσεσθαι ἐμοὶ χόλου εἵνεκα τευχέων
οὐλομένων; τὰ δὲ πῆμα θεοὶ θέσαν Ἀργείοισι, 555
τοῖος γάρ σφιν πύργος ἀπώλεο· σεῖο δ' Ἀχαιοὶ
ἶσον Ἀχιλλῆος κεφαλῇ Πηληϊάδαο
ἀχνύμεθα φθιμένοιο διαμπερές· οὐδέ τις ἄλλος
αἴτιος, ἀλλὰ Ζεὺς Δαναῶν στρατὸν αἰχμητάων
ἐκπάγλως ἤχθηρε, τεῒν δ' ἐπὶ μοῖραν ἔθηκεν. 560
ἀλλ' ἄγε δεῦρο, ἄναξ, ἵν' ἔπος καὶ μῦθον ἀκούσῃς
ἡμέτερον· δάμασον δὲ μένος καὶ ἀγήνορα θυμόν.'
ὣς ἐφάμην, ὁ δέ μ' οὐδὲν ἀμείβετο, βῆ δὲ μετ' ἄλλας
ψυχὰς εἰς Ἔρεβος νεκύων κατατεθνηώτων.
ἔνθα χ' ὅμως προσέφη κεχολωμένος, ἤ κεν ἐγὼ τόν· 565
ἀλλά μοι ἤθελε θυμὸς ἐνὶ στήθεσσι φίλοισι
τῶν ἄλλων ψυχὰς ἰδέειν κατατεθνηώτων.
ἔνθ' ἦ τοι Μίνωα ἴδον, Διὸς ἀγλαὸν υἱόν,
χρύσεον σκῆπτρον ἔχοντα, θεμιστεύοντα νέκυσσιν,
ἥμενον, οἱ δέ μιν ἀμφὶ δίκας εἴροντο ἄνακτα, 570
ἥμενοι ἑσταότες τε κατ' εὐρυπυλὲς Ἄϊδος δῶ.
τὸν δὲ μετ' Ὠρίωνα πελώριον εἰσενόησα
θῆρας ὁμοῦ εἰλεῦντα κατ' ἀσφοδελὸν λειμῶνα,
τοὺς αὐτὸς κατέπεφνεν ἐν οἰοπόλοισιν ὄρεσσι
χερσὶν ἔχων ῥόπαλον παγχάλκεον, αἰὲν ἀαγές. 575
καὶ Τιτυὸν εἶδον, Γαίης ἐρικυδέος υἱόν,
κείμενον ἐν δαπέδῳ· ὁ δ' ἐπ' ἐννέα κεῖτο πέλεθρα,
γῦπε δέ μιν ἑκάτερθε παρημένω ἧπαρ ἔκειρον,
δέρτρον ἔσω δύνοντες, ὁ δ' οὐκ ἀπαμύνετο χερσί.
Λητὼ γὰρ ἕλκησε, Διὸς κυδρὴν παράκοιτιν, 580
Πυθώδ' ἐρχομένην διὰ καλλιχόρου Πανοπῆος.
καὶ μὴν Τάνταλον εἰσεῖδον κρατέρ' ἄλγε' ἔχοντα
ἑστεῶτ' ἐν λίμνῃ· ἡ δὲ προσέπλαζε γενείῳ·
στεῦτο δὲ διψάων, πιέειν δ' οὐκ εἶχεν ἑλέσθαι·
ὁσσάκι γὰρ κύψει' ὁ γέρων πιέειν μενεαίνων, 585
τοσσάχ' ὕδωρ ἀπολέσκετ' ἀναβροχέν, ἀμφὶ δὲ ποσσὶ

Então lhe dirigi palavras-mel: 'Ó Ájax,
filho do magno Telamôn, nem mesmo morto
olvidas o rancor por causa de funestas
armas, avesso a mim? Os numes impuseram-nos   555
a desgraça, derruindo o baluarte aqueu.
Perder-te nos entristeceu como perder
o filho de Peleu, Aquiles. Zeus tão só
é o responsável, que execrou as hostes gregas
de lanceadores, relegou-te à moira amarga.   560
Avança, herói, para escutar o meu raconto,
refreia a ânima animosa e tua cólera!'
Falei e, silencioso, o Telamônio torna
ao Érebo, entre as outras almas cadavéricas.
Teria me falado, embora irado, ou eu   565
com ele, mas meu coração no peito quis
visualizar as ânimas de outros defuntos.
Prole de Zeus, avisto Minos, cetro de ouro
na mão. Prerrogativa sua era, sentado,
fazer valer a lei aos mortos que, sentados,   570
indagam-lhe a sentença no Hades, largos-pórticos.
Notei que o gigantesco Órion encalçava,
ao mesmo tempo, muitas feras entre asfódelos,
mortas por ele mesmo no vazio dos montes,
com a clava infrangível, plenibrônzea. Vi   575
Tício também, o filho da notável Terra,
que, estirado no chão, media nove jeiras.
Flanqueando-o, dois abutres lhe roíam o fígado
e o peritônio. Suas mãos não os tangiam.
Violara Leto, cônjuge de Zeus, quando ia   580
a Pito pela urbe Panopeu, que invita
à dança. Dentro de um paul cruzei com Tântalo
sofrente, pois que a água lhe lambia o mento.
Sedento, não tocava nela: toda vez
que o velho se curvava com garganta seca,   585
a água tragada se ocultava, e, aos pés, o solo

γαῖα μέλαινα φάνεσκε, καταζήνασκε δὲ δαίμων.
δένδρεα δ' ὑψιπέτηλα κατὰ κρῆθεν χέε καρπόν,
ὄγχναι καὶ ῥοιαὶ καὶ μηλέαι ἀγλαόκαρποι
συκέαι τε γλυκεραὶ καὶ ἐλαῖαι τηλεθόωσαι· 590
τῶν ὁπότ' ἰθύσει' ὁ γέρων ἐπὶ χερσὶ μάσασθαι,
τὰς δ' ἄνεμος ῥίπτασκε ποτὶ νέφεα σκιόεντα.
καὶ μὴν Σίσυφον εἰσεῖδον κρατέρ' ἄλγε' ἔχοντα
λᾶαν βαστάζοντα πελώριον ἀμφοτέρῃσιν.
ἦ τοι ὁ μὲν σκηριπτόμενος χερσίν τε ποσίν τε 595
λᾶαν ἄνω ὤθεσκε ποτὶ λόφον· ἀλλ' ὅτε μέλλοι
ἄκρον ὑπερβαλέειν, τότ' ἀποστρέψασκε κραταιίς·
αὖτις ἔπειτα πέδονδε κυλίνδετο λᾶας ἀναιδής.
αὐτὰρ ὅ γ' ἂψ ὤσασκε τιταινόμενος, κατὰ δ' ἱδρὼς
ἔρρεεν ἐκ μελέων, κονίη δ' ἐκ κρατὸς ὀρώρει. 600
τὸν δὲ μετ' εἰσενόησα βίην Ἡρακληείην,
εἴδωλον· αὐτὸς δὲ μετ' ἀθανάτοισι θεοῖσι
τέρπεται ἐν θαλίῃς καὶ ἔχει καλλίσφυρον Ἥβην,
παῖδα Διὸς μεγάλοιο καὶ Ἥρης χρυσοπεδίλου.
ἀμφὶ δέ μιν κλαγγὴ νεκύων ἦν οἰωνῶν ὥς, 605
πάντοσ' ἀτυζομένων· ὁ δ' ἐρεμνῇ νυκτὶ ἐοικώς,
γυμνὸν τόξον ἔχων καὶ ἐπὶ νευρῆφιν ὀιστόν,
δεινὸν παπταίνων, αἰεὶ βαλέοντι ἐοικώς.
σμερδαλέος δέ οἱ ἀμφὶ περὶ στήθεσσιν ἀορτὴρ
χρύσεος ἦν τελαμών, ἵνα θέσκελα ἔργα τέτυκτο, 610
ἄρκτοι τ' ἀγρότεροί τε σύες χαροποί τε λέοντες,
ὑσμῖναί τε μάχαι τε φόνοι τ' ἀνδροκτασίαι τε.
μὴ τεχνησάμενος μηδ' ἄλλο τι τεχνήσαιτο,
ὃς κεῖνον τελαμῶνα ἑῇ ἐγκάτθετο τέχνῃ.
ἔγνω δ' αὖτ' ἔμ' ἐκεῖνος, ἐπεὶ ἴδεν ὀφθαλμοῖσιν, 615
καί μ' ὀλοφυρόμενος ἔπεα πτερόεντα προσηύδα·
'διογενὲς Λαερτιάδη, πολυμήχαν' Ὀδυσσεῦ,
ἆ δείλ', ἦ τινὰ καὶ σὺ κακὸν μόρον ἡγηλάζεις,
ὅν περ ἐγὼν ὀχέεσκον ὑπ' αὐγὰς ἠελίοιο.
Ζηνὸς μὲν πάϊς ἦα Κρονίονος, αὐτὰρ ὀιζὺν 620
εἶχον ἀπειρεσίην· μάλα γὰρ πολὺ χείρονι φωτὶ

enegrecia, pois um demo a ressecava.
Pendiam frutos de árvores altifrondosas
sobre a cabeça: rútilas maçãs, romãs,
peras, dulçor de figo, olivas suculentas, 590
mas quando o ancião erguia as mãos para colhê-las,
o vento as arrojava em meio a umbrosa nuvem.
E dei com Sísifo, sofrendo penas duras.
Empalmava um rochedo gigantesco. Os pés
e as mãos firmava ao transportar penedo acima 595
a enormidade pétrea; quase já nos píncaros,
Violência o tresandava e a pedra novamente
rolava plano abaixo, e ele, reaprumando-se,
de novo a empurrava, os membros exsudantes,
expelindo poeira da cabeça. A imagem 600
de Héracles, seu poder, eu vislumbrei depois,
acolhido ele mesmo nos festins olímpicos
com Hebe, tornozelos-belos, filha de Hera,
sandálias-de-ouro, e do fortíssimo Cronida.
O clangor cadavérico o envolvia, de pássaros, 605
tais quais, em fuga, apavorados. Cor da noite,
estira no cordame do arco nu a flecha,
olhar assustador, na ação de disparar.
Trazia a tiracolo um talabarte hórrido,
aurilavrado, adorno de ícones divinos: 610
ursos, leões de olhar faiscante, javalis,
prélios, massacres, pugna, assassinato de homens.
Não o conseguiria duplicar nem mesmo
o artífice que o concebera com sua arte.
Tão logo me fixou, reconheceu-me e alígeras 615
palavras pronunciou: 'Laércio multiastuto,
divino herói! Ó mísero, por certo a triste
sina também a ti vitima como sob
o sol brilhante me prostrou, embora filho
de Zeus Cronida. Minha dor só se agravou: 620
um homem infinitamente aquém de mim,

δεδμήμην, ὁ δέ μοι χαλεποὺς ἐπετέλλετ' ἀέθλους.
καί ποτέ μ' ἐνθάδ' ἔπεμψε κύν' ἄξοντ'· οὐ γὰρ ἔτ' ἄλλον
φράζετο τοῦδέ γέ μοι κρατερώτερον εἶναι ἄεθλον·
τὸν μὲν ἐγὼν ἀνένεικα καὶ ἤγαγον ἐξ Ἀίδαο· 625
Ἑρμείας δέ μ' ἔπεμψεν ἰδὲ γλαυκῶπις Ἀθήνη.'
ὣς εἰπὼν ὁ μὲν αὖτις ἔβη δόμον Ἄϊδος εἴσω,
αὐτὰρ ἐγὼν αὐτοῦ μένον ἔμπεδον, εἴ τις ἔτ' ἔλθοι
ἀνδρῶν ἡρώων, οἳ δὴ τὸ πρόσθεν ὄλοντο.
καί νύ κ' ἔτι προτέρους ἴδον ἀνέρας, οὓς ἔθελόν περ, 630
Θησέα Πειρίθοόν τε, θεῶν ἐρικυδέα τέκνα·
ἀλλὰ πρὶν ἐπὶ ἔθνε' ἀγείρετο μυρία νεκρῶν
ἠχῇ θεσπεσίῃ· ἐμὲ δὲ χλωρὸν δέος ᾕρει,
μή μοι Γοργείην κεφαλὴν δεινοῖο πελώρου
ἐξ Ἀίδεω πέμψειεν ἀγαυὴ Περσεφόνεια. 635
αὐτίκ' ἔπειτ' ἐπὶ νῆα κιὼν ἐκέλευον ἑταίρους
αὐτούς τ' ἀμβαίνειν ἀνά τε πρυμνήσια λῦσαι.
οἱ δ' αἶψ' εἴσβαινον καὶ ἐπὶ κληῖσι καθῖζον.
τὴν δὲ κατ' Ὠκεανὸν ποταμὸν φέρε κῦμα ῥόοιο,
πρῶτα μὲν εἰρεσίῃ, μετέπειτα δὲ κάλλιμος οὖρος. 640

a quem servia, impôs-me lúgubres labutas.
Certa vez me mandou aqui levar-lhe o cão,
pois faina mais cruel não concebia. Pude
puxá-lo para fora do Hades, pois Atena, 625
a deusa de olhos glaucos, e Hermes me escoltavam.'
Findou assim, tornando à moradia de Hades.
Estático, aguardei que viesse algum herói
anteriormente falecido. E vira os próceres
de outrora, como tanto desejava, filhos 630
ilustres dos eternos, Pirítoo, Teseu,
não afluísse urlando o bando cadavérico.
O medo esverdeado me domou. Perséfone
não me mandasse do ínfero a gorgônea testa
monstruosa! Retornei à embarcação num átimo 635
e instei os companheiros a também fazerem-no
súbito, delivrando a popa das amarras.
A bordo já, sentaram-se junto às cavilhas.
O fluxo de ôndulas levava a nau no mar,
primeiro a remo, e, então, a brisa foi afável. 640

μ

Αὐτὰρ ἐπεὶ ποταμοῖο λίπεν ῥόον Ὠκεανοῖο
νηῦς, ἀπὸ δ' ἵκετο κῦμα θαλάσσης εὐρυπόροιο
νῆσόν τ' Αἰαίην, ὅθι τ' Ἠοῦς ἠριγενείης
οἰκία καὶ χοροί εἰσι καὶ ἀντολαὶ Ἠελίοιο,
νῆα μὲν ἔνθ' ἐλθόντες ἐκέλσαμεν ἐν ψαμάθοισιν, 5
ἐκ δὲ καὶ αὐτοὶ βῆμεν ἐπὶ ῥηγμῖνι θαλάσσης·
ἔνθα δ' ἀποβρίξαντες ἐμείναμεν Ἠῶ δῖαν.
ἦμος δ' ἠριγένεια φάνη ῥοδοδάκτυλος Ἠώς,
δὴ τότ' ἐγὼν ἑτάρους προΐειν ἐς δώματα Κίρκης
οἰσέμεναι νεκρόν, Ἐλπήνορα τεθνηῶτα. 10
φιτροὺς δ' αἶψα ταμόντες, ὅθ' ἀκροτάτη πρόεχ' ἀκτή,
θάπτομεν ἀχνύμενοι θαλερὸν κατὰ δάκρυ χέοντες.
αὐτὰρ ἐπεὶ νεκρός τ' ἐκάη καὶ τεύχεα νεκροῦ,
τύμβον χεύαντες καὶ ἐπὶ στήλην ἐρύσαντες
πήξαμεν ἀκροτάτῳ τύμβῳ εὐῆρες ἐρετμόν. 15
ἡμεῖς μὲν τὰ ἕκαστα διείπομεν· οὐδ' ἄρα Κίρκην
ἐξ Ἀΐδεω ἐλθόντες ἐλήθομεν, ἀλλὰ μάλ' ὦκα
ἦλθ' ἐντυναμένη· ἅμα δ' ἀμφίπολοι φέρον αὐτῇ
σῖτον καὶ κρέα πολλὰ καὶ αἴθοπα οἶνον ἐρυθρόν.
ἡ δ' ἐν μέσσῳ στᾶσα μετηύδα δῖα θεάων· 20
'σχέτλιοι, οἳ ζώοντες ὑπήλθετε δῶμ' Ἀΐδαο,
δισθανέες, ὅτε τ' ἄλλοι ἅπαξ θνῄσκουσ' ἄνθρωποι.
ἀλλ' ἄγετ' ἐσθίετε βρώμην καὶ πίνετε οἶνον
αὖθι πανημέριοι· ἅμα δ' ἠοῖ φαινομένηφι
πλεύσεσθ'· αὐτὰρ ἐγὼ δείξω ὁδὸν ἠδὲ ἕκαστα 25
σημανέω, ἵνα μή τι κακορραφίῃ ἀλεγεινῇ

Canto XII

Depois de abandonar o rio Oceano, o barco
atinge a ôndula do mar largifluente
e a ilha Eeia, logradouro da morada
e dos coros da Aurora e da nascente de Hélio-
-Sol. Arrastamos o baixel pelo areal, 5
pojamos pela praia. À sonolência de Hipnos
nos entregamos todos, aguardando a Aurora.
Assim que a dedirrósea auroresceu, mandei
meus companheiros transportarem o cadáver
de Elpênor da mansão de Circe. Então trinchamos 10
ramos e o sepultamos num saliente braço
da encosta, sobre o qual pranteamos longamente.
Incinerado o corpo morto armado, alçamos
um túmulo, no qual se colunou a estela.
Fixamos sobre o topo o remo maneável. 15
Enquanto os pormenores nos detinham, Circe
se apercebeu de nossa volta dos baixios,
e logo se adereça e se nos endereça;
as fâmulas traziam carnes lautas, pão
e vinho flâmeo. Disse-nos no centro delas: 20
'Descestes vivos à morada do Hades, míseros,
duplimortais, porquanto só uma vez falecem
os demais! Eis o vinho e as iguarias que hoje
irão vos saciar. Zarpai ao sol nascente
pelo sendeiro que eu indicarei. Detalho 25
cada ponto em questão. Só assim evitareis

ἢ ἁλὸς ἢ ἐπὶ γῆς ἀλγήσετε πῆμα παθόντες.'
ὣς ἔφαθ', ἡμῖν δ' αὖτ' ἐπεπείθετο θυμὸς ἀγήνωρ.
ὣς τότε μὲν πρόπαν ἦμαρ ἐς ἠέλιον καταδύντα
ἥμεθα δαινύμενοι κρέα τ' ἄσπετα καὶ μέθυ ἡδύ· 30
ἦμος δ' ἠέλιος κατέδυ καὶ ἐπὶ κνέφας ἦλθεν,
οἱ μὲν κοιμήσαντο παρὰ πρυμνήσια νηός,
ἡ δ' ἐμὲ χειρὸς ἑλοῦσα φίλων ἀπονόσφιν ἑταίρων
εἷσέ τε καὶ προσέλεκτο καὶ ἐξερέεινεν ἕκαστα·
αὐτὰρ ἐγὼ τῇ πάντα κατὰ μοῖραν κατέλεξα. 35
καὶ τότε δή μ' ἐπέεσσι προσηύδα πότνια Κίρκη·
'ταῦτα μὲν οὕτω πάντα πεπείρανται, σὺ δ' ἄκουσον,
ὥς τοι ἐγὼν ἐρέω, μνήσει δέ σε καὶ θεὸς αὐτός.
Σειρῆνας μὲν πρῶτον ἀφίξεαι, αἵ ῥά τε πάντας
ἀνθρώπους θέλγουσιν, ὅτις σφεας εἰσαφίκηται. 40
ὅς τις ἀϊδρείῃ πελάσῃ καὶ φθόγγον ἀκούσῃ
Σειρήνων, τῷ δ' οὔ τι γυνὴ καὶ νήπια τέκνα
οἴκαδε νοστήσαντι παρίσταται οὐδὲ γάνυνται,
ἀλλά τε Σειρῆνες λιγυρῇ θέλγουσιν ἀοιδῇ
ἥμεναι ἐν λειμῶνι, πολὺς δ' ἀμφ' ὀστεόφιν θὶς 45
ἀνδρῶν πυθομένων, περὶ δὲ ῥινοὶ μινύθουσι.
ἀλλὰ παρεξελάαν, ἐπὶ δ' οὔατ' ἀλεῖψαι ἑταίρων
κηρὸν δεψήσας μελιηδέα, μή τις ἀκούσῃ
τῶν ἄλλων· ἀτὰρ αὐτὸς ἀκουέμεν αἴ κ' ἐθέλῃσθα,
δησάντων σ' ἐν νηὶ θοῇ χεῖράς τε πόδας τε 50
ὀρθὸν ἐν ἱστοπέδῃ, ἐκ δ' αὐτοῦ πείρατ' ἀνήφθω,
ὄφρα κε τερπόμενος ὄπ' ἀκούσῃς Σειρήνοιιν.
εἰ δέ κε λίσσηαι ἑτάρους λῦσαί τε κελεύῃς,
οἱ δέ σ' ἔτι πλεόνεσσι τότ' ἐν δεσμοῖσι διδέντων.
αὐτὰρ ἐπὴν δὴ τάς γε παρὲξ ἐλάσωσιν ἑταῖροι, 55
ἔνθα τοι οὐκέτ' ἔπειτα διηνεκέως ἀγορεύσω,
ὁπποτέρη δή τοι ὁδὸς ἔσσεται, ἀλλὰ καὶ αὐτὸς
θυμῷ βουλεύειν· ἐρέω δέ τοι ἀμφοτέρωθεν.
ἔνθεν μὲν γὰρ πέτραι ἐπηρεφέες, προτὶ δ' αὐτὰς
κῦμα μέγα ῥοχθεῖ κυανώπιδος Ἀμφιτρίτης· 60
Πλαγκτὰς δή τοι τάς γε θεοὶ μάκαρες καλέουσι.

a dor que a terra e o salso mar tristialinhavem.'
Falou assim e o coração se convenceu.
Passamos a jornada, até o pôr do sol,
fartando-nos de carne e do aprazível vinho. 30
Assim que a treva sobreveio, os nautas deitam-se
ladeando a amarração de popa e Circe toma-me
pela mão distanciando-me dos caros sócios.
Fez-me sentar, se reclinando. Detalhei,
conforme a moira, cada assunto que inquiria. 35
Então me disse a venerável Circe: 'Tudo
cumpriu-se assim, mas ouve o que direi agora,
e um deus há de lembrar-te: encontrarás primeiro
Sereias. Quem quer se aproxime delas se
fascina. O ingênuo que de perto escute o timbre 40
de suas vozes, nunca mais terá por perto
a esposa e os filhos novos, que se alegrariam
com seu retorno à residência, pois Sereias
o encantam com a limpidez do canto. Sentam-se
no prado: empilham-se ao redor os ossos de homens 45
apodrecidos com a pele encarquilhada.
Não chegues perto! Amolga a cera dulcimel
e fixa nas orelhas dos teus sócios. Não
as ouça ninguém mais além de ti (se o queres):
te amarrem à carlinga do navio veloz 50
mãos e pés apertados nos calabres, reto,
para que o canto das Sereias te deleite.
E se rogares e ordenares que os marujos
te soltem, devem retesar as cordas mais.
Depois que os remadores deixem a paragem, 55
não serei exaustiva ao te indicar a rota
que seguirás: que te aconselhe o coração!
Formulo dois cenários: grimpas de um rochedo
de um lado, contra as quais Anfitrite ribomba
com vagalhões de rosto azul lápis-lazúli: 60
os bem-aventurados chamam-nas de Errantes.

τῇ μέν τ' οὐδὲ ποτητὰ παρέρχεται οὐδὲ πέλειαι
τρήρωνες, ταί τ' ἀμβροσίην Διὶ πατρὶ φέρουσιν,
ἀλλά τε καὶ τῶν αἰὲν ἀφαιρεῖται λὶς πέτρη·
ἀλλ' ἄλλην ἐνίησι πατὴρ ἐναρίθμιον εἶναι.   65
τῇ δ' οὔ πώ τις νηῦς φύγεν ἀνδρῶν, ἥ τις ἵκηται,
ἀλλά θ' ὁμοῦ πίνακάς τε νεῶν καὶ σώματα φωτῶν
κύμαθ' ἁλὸς φορέουσι πυρός τ' ὀλοοῖο θύελλαι.
οἴη δὴ κείνη γε παρέπλω ποντοπόρος νηῦς,
Ἀργὼ πᾶσι μέλουσα, παρ' Αἰήταο πλέουσα.   70
καί νύ κε τὴν ἔνθ' ὦκα βάλεν μεγάλας ποτὶ πέτρας,
ἀλλ' Ἥρη παρέπεμψεν, ἐπεὶ φίλος ἦεν Ἰήσων.
οἱ δὲ δύω σκόπελοι ὁ μὲν οὐρανὸν εὐρὺν ἱκάνει
ὀξείῃ κορυφῇ, νεφέλη δέ μιν ἀμφιβέβηκε
κυανέη· τὸ μὲν οὔ ποτ' ἐρωεῖ, οὐδέ ποτ' αἴθρη   75
κείνου ἔχει κορυφὴν οὔτ' ἐν θέρει οὔτ' ἐν ὀπώρῃ.
οὐδέ κεν ἀμβαίη βροτὸς ἀνὴρ οὐδ' ἐπιβαίη,
οὐδ' εἴ οἱ χεῖρές τε ἐείκοσι καὶ πόδες εἶεν·
πέτρη γὰρ λίς ἐστι, περιξεστῇ ἐικυῖα.
μέσσῳ δ' ἐν σκοπέλῳ ἔστι σπέος ἠεροειδές,   80
πρὸς ζόφον εἰς Ἔρεβος τετραμμένον, ᾗ περ ἂν ὑμεῖς
νῆα παρὰ γλαφυρὴν ἰθύνετε, φαίδιμ' Ὀδυσσεῦ.
οὐδέ κεν ἐκ νηὸς γλαφυρῆς αἰζήιος ἀνὴρ
τόξῳ ὀιστεύσας κοῖλον σπέος εἰσαφίκοιτο.
ἔνθα δ' ἐνὶ Σκύλλη ναίει δεινὸν λελακυῖα.   85
τῆς ἦ τοι φωνὴ μὲν ὅση σκύλακος νεογιλῆς
γίγνεται, αὐτὴ δ' αὖτε πέλωρ κακόν· οὐδέ κέ τίς μιν
γηθήσειεν ἰδών, οὐδ' εἰ θεὸς ἀντιάσειεν.
τῆς ἦ τοι πόδες εἰσὶ δυώδεκα πάντες ἄωροι,
ἓξ δέ τέ οἱ δειραὶ περιμήκεες, ἐν δὲ ἑκάστῃ   90
σμερδαλέη κεφαλή, ἐν δὲ τρίστοιχοι ὀδόντες
πυκνοὶ καὶ θαμέες, πλεῖοι μέλανος θανάτοιο.
μέσση μέν τε κατὰ σπείους κοίλοιο δέδυκεν,
ἔξω δ' ἐξίσχει κεφαλὰς δεινοῖο βερέθρου,
αὐτοῦ δ' ἰχθυάᾳ, σκόπελον περιμαιμώωσα,   95
δελφῖνάς τε κύνας τε, καὶ εἴ ποθι μεῖζον ἕλῃσι

Não cruzam a região as tímidas columbas,
que portam ambrosia a Zeus, tampouco os pássaros:
a rocha lisa colhe sempre uma, e o pai
envia outra para recompor o número. 65
Nenhum navio de heróis dali escapa ileso,
pois turbilhões de fogo e a agitação marinha
arrastam corpos de homens e as embarcações.
Houve um baixel tão só que a superou: de Eetes
tornando, o pluricelebrado Argos. Prestes, 70
ele também, a espatifar nas pedras íngremes,
Hera o conduz à margem, por amar Jasão.
Duplo alcantil do lado oposto: um tem o vértice
que se agudiza céu adentro. Nuvens negras
sempre o circundam. O ar não asserena nunca 75
no pico, seja no verão seja no inverno.
Um ser humano não o escalaria, nem
com vinte mãos, com vinte pés, pois que parece
até que foi polido. Há uma caverna escura
no meio de um escolho, dando para o Érebo, 80
para o ocidente. Manobrai a nau bojuda
até onde ele se situa, ilustre itácio!
Da cava nau, nem mesmo a flecha que um herói
robusto possa desferir atinge o fundo.
É onde habita Cila de hórridos latidos. 85
O timbre de sua voz lembra o de uma cadela
recém-nascida, mas é um monstro atroz. Ninguém
se alegraria ao vê-la, nem que seja um deus.
Seus doze pés são todos eles bem disformes,
longuíssimos pescoços (seis), uma cabeça 90
hórrida encima cada; tríplice fieira
da dentição onusta do negror da morte,
espessa e vasta. Meio corpo gruta adentro,
as testas protendidas no exterior do báratro.
Dali escruta o escolho a fim de fisgar cães 95
do mar, delfins ou animal maior, dos muitos

κῆτος, ἃ μυρία βόσκει ἀγάστονος Ἀμφιτρίτη.
τῇ δ' οὔ πώ ποτε ναῦται ἀκήριοι εὐχετόωνται
παρφυγέειν σὺν νηΐ· φέρει δέ τε κρατὶ ἑκάστῳ
φῶτ' ἐξαρπάξασα νεὸς κυανοπρῴροιο.   100
τὸν δ' ἕτερον σκόπελον χθαμαλώτερον ὄψει, Ὀδυσσεῦ.
πλησίον ἀλλήλων· καί κεν διοϊστεύσειας.
τῷ δ' ἐν ἐρινεὸς ἔστι μέγας, φύλλοισι τεθηλώς·
τῷ δ' ὑπὸ δῖα Χάρυβδις ἀναρροιβδεῖ μέλαν ὕδωρ.
τρὶς μὲν γάρ τ' ἀνίησιν ἐπ' ἤματι, τρὶς δ' ἀναροιβδεῖ   105
δεινόν· μὴ σύ γε κεῖθι τύχοις, ὅτε ῥοιβδήσειεν·
οὐ γάρ κεν ῥύσαιτό σ' ὑπὲκ κακοῦ οὐδ' ἐνοσίχθων.
ἀλλὰ μάλα Σκύλλης σκοπέλῳ πεπλημένος ὦκα
νῆα παρὲξ ἐλάαν, ἐπεὶ ἦ πολὺ φέρτερόν ἐστιν
ἓξ ἑτάρους ἐν νηὶ ποθήμεναι ἢ ἅμα πάντας.'   110
ὣς ἔφατ', αὐτὰρ ἐγώ μιν ἀμειβόμενος προσέειπον·
'εἰ δ' ἄγε δή μοι τοῦτο, θεά, νημερτὲς ἐνίσπες,
εἴ πως τὴν ὀλοὴν μὲν ὑπεκπροφύγοιμι Χάρυβδιν,
τὴν δέ κ' ἀμυναίμην, ὅτε μοι σίνοιτό γ' ἑταίρους.'
ὣς ἐφάμην, ἡ δ' αὐτίκ' ἀμείβετο δῖα θεάων·   115
'σχέτλιε, καὶ δὴ αὖ τοι πολεμήια ἔργα μέμηλε
καὶ πόνος· οὐδὲ θεοῖσιν ὑπείξεαι ἀθανάτοισιν;
ἡ δέ τοι οὐ θνητή, ἀλλ' ἀθάνατον κακόν ἐστι,
δεινόν τ' ἀργαλέον τε καὶ ἄγριον οὐδὲ μαχητόν·
οὐδέ τις ἔστ' ἀλκή· φυγέειν κάρτιστον ἀπ' αὐτῆς.   120
ἢν γὰρ δηθύνησθα κορυσσόμενος παρὰ πέτρῃ,
δείδω, μή σ' ἐξαῦτις ἐφορμηθεῖσα κίχῃσι
τόσσῃσιν κεφαλῇσι, τόσους δ' ἐκ φῶτας ἕληται.
ἀλλὰ μάλα σφοδρῶς ἐλάαν, βωστρεῖν δὲ Κράταιιν,
μητέρα τῆς Σκύλλης, ἥ μιν τέκε πῆμα βροτοῖσιν·   125
ἥ μιν ἔπειτ' ἀποπαύσει ἐς ὕστερον ὁρμηθῆναι.
Θρινακίην δ' ἐς νῆσον ἀφίξεαι· ἔνθα δὲ πολλαὶ
βόσκοντ' Ἠελίοιο βόες καὶ ἴφια μῆλα,
ἑπτὰ βοῶν ἀγέλαι, τόσα δ' οἰῶν πώεα καλά,
πεντήκοντα δ' ἕκαστα. γόνος δ' οὐ γίγνεται αὐτῶν,   130
οὐδέ ποτε φθινύθουσι. θεαὶ δ' ἐπιποιμένες εἰσίν,

de que Anfitrite, a urladora, se alimenta.
Marujo algum se jacta de escapar intacto
com seu navio: cada bocarra puxa fora
um nauta do baixel de proa azul-cianuro. 100
Verás, herói, um outro escolho nos baixios,
tão vizinho que um dardo o poderia atingir.
Há nele uma figueira enorme amplicopada,
por sob a qual Caribde sorve a água negra.
Vomita-a três vezes num só dia e três 105
a absorve, horrível. Não estejas quando a sorva,
pois nem o Treme-terra te resgataria:
em rápida manobra, opta por margear
Cila no escolho: menos ruim é lamentar
a sina de seis homens que plangê-los todos.' 110
Falou e então pedi: 'Suplico precisão:
se eu conseguir fugir da hórrida Caribde,
repulso e empeço Cila quando me sequestre
os companheiros?' E a divina Circe disse:
'Odisseu pertinaz, não tiras da cabeça 115
a guerra e seu padecimento? Não te freias
nem diante de imortais? Cila é imorredoura,
não é mortal — põe isso na cabeça! —, atroz,
terribilíssima, inderrotável, rude.
Pois te aconselho: foge! Não há outra saída. 120
Se restas junto à pedra em armas, temo possas
ser novamente vitimado: delongando
cabeças numerosas, numerosos sócios
há de abater. Ao largo passa logo e invoca
quem gerou Cila e a dor humana. Grita: Cráteis! 125
Só ela impede a ocorrência de outro ataque.
Chegas à ínsula Trináquia, onde pastam
vacas inúmeras do Sol e fortes pécoras,
sete armentos de vacas, sete greis de ovelhas,
cinquenta em cada um. Jamais se reproduzem 130
e são imperecíveis. Deusas as resguardam,

νύμφαι ἐυπλόκαμοι, Φαέθουσά τε Λαμπετίη τε,
ἃς τέκεν Ἠελίῳ Ὑπερίονι δῖα Νέαιρα.
τὰς μὲν ἄρα θρέψασα τεκοῦσά τε πότνια μήτηρ
Θρινακίην ἐς νῆσον ἀπῴκισε τηλόθι ναίειν, 135
μῆλα φυλασσέμεναι πατρώϊα καὶ ἕλικας βοῦς.
τὰς εἰ μέν κ' ἀσινέας ἐάας νόστου τε μέδηαι,
ἦ τ' ἂν ἔτ' εἰς Ἰθάκην κακά περ πάσχοντες ἵκοισθε·
εἰ δέ κε σίνηαι, τότε τοι τεκμαίρομ' ὄλεθρον,
νηΐ τε καὶ ἑτάροις· αὐτὸς δ' εἴ πέρ κεν ἀλύξῃς, 140
ὀψὲ κακῶς νεῖαι, ὀλέσας ἄπο πάντας ἑταίρους.'
ὣς ἔφατ', αὐτίκα δὲ χρυσόθρονος ἤλυθεν Ἠώς.
ἡ μὲν ἔπειτ' ἀνὰ νῆσον ἀπέστιχε δῖα θεάων·
αὐτὰρ ἐγὼν ἐπὶ νῆα κιὼν ὤτρυνον ἑταίρους
αὐτούς τ' ἀμβαίνειν ἀνά τε πρυμνήσια λῦσαι· 145
οἱ δ' αἶψ' εἴσβαινον καὶ ἐπὶ κληῖσι καθῖζον.
ἑξῆς δ' ἑζόμενοι πολιὴν ἅλα τύπτον ἐρετμοῖς.
ἡμῖν δ' αὖ κατόπισθε νεὸς κυανοπρῴροιο
ἴκμενον οὖρον ἵει πλησίστιον, ἐσθλὸν ἑταῖρον,
Κίρκη ἐυπλόκαμος, δεινὴ θεὸς αὐδήεσσα. 150
αὐτίκα δ' ὅπλα ἕκαστα πονησάμενοι κατὰ νῆα
ἥμεθα· τὴν δ' ἄνεμός τε κυβερνήτης τ' ἴθυνε.
δὴ τότ' ἐγὼν ἑτάροισι μετηύδων ἀχνύμενος κῆρ·
'ὦ φίλοι, οὐ γὰρ χρὴ ἕνα ἴδμεναι οὐδὲ δύ' οἴους
θέσφαθ' ἅ μοι Κίρκη μυθήσατο, δῖα θεάων· 155
ἀλλ' ἐρέω μὲν ἐγών, ἵνα εἰδότες ἤ κε θάνωμεν
ἤ κεν ἀλευάμενοι θάνατον καὶ κῆρα φύγοιμεν.
Σειρήνων μὲν πρῶτον ἀνώγει θεσπεσιάων
φθόγγον ἀλεύασθαι καὶ λειμῶν' ἀνθεμόεντα.
οἶον ἔμ' ἠνώγει ὄπ' ἀκουέμεν· ἀλλά με δεσμῷ 160
δήσατ' ἐν ἀργαλέῳ, ὄφρ' ἔμπεδον αὐτόθι μίμνω,
ὀρθὸν ἐν ἱστοπέδῃ, ἐκ δ' αὐτοῦ πείρατ' ἀνήφθω.
εἰ δέ κε λίσσωμαι ὑμέας λῦσαί τε κελεύω,
ὑμεῖς δὲ πλεόνεσσι τότ' ἐν δεσμοῖσι πιέζειν.'
ἦ τοι ἐγὼ τὰ ἕκαστα λέγων ἑτάροισι πίφαυσκον· 165
τόφρα δὲ καρπαλίμως ἐξίκετο νηῦς ἐυεργὴς

ninfas de belas tranças, Faetusa e Lampécia,
geradas pelo Hiperiônio Sol e Neera.
Depois que as parturiu, a mãe preclara à dupla
fez que habitasse longe, na ínsula Trináquia: 135
guardasse as vacas curvicórneas e as ovelhas
do pai. Se deixas o rebanho em paz, a Ítaca
podereis retornar, sofrendo muito embora;
mas se o molestas, prenuncio que te arruínas
com o navio e os nautas. Sobrevives só,   140
tardo retorno à míngua, mortos teus amigos.'
Falando assim, Aurora auritronada assoma
e a magna deusa torna ao interior da ilha.
Dentro da nave em que subi, mandei que os sócios
soltassem pela popa as cordas e embarcassem.   145
A bordo, buscam posição junto às cavilhas,
e rasgam o mar cinza com o remo, em fila.
Circe, por trás da nau de proa azul-turquesa,
deusa canora, apavorante, belas-tranças,
enfuna a vela com propícia aragem, magna   150
sócia. Sentamo-nos, depois de acomodar
os apetrechos. Nauta e vento nos guiavam.
O coração padece ao dirigir-me à taifa:
'A previsão de Circe, não desejo que um
ou dois apenas a conheça. Ou morremos   155
todos nós ou então nós todos fugiremos
de Tânatos e Quere! Antes de tudo exorta-nos
a evitar a campina florescente e o canto
das divinas Sereias. Devo ouvir sozinho
o tom de sua voz. Prendei-me com calabres   160
firmes, rente à carlinga, em nó inextrincável.
Se eu implorar, se eu ordenar que desateis
cordames, devereis cingi-los mais e mais.'
Assim eu detalhava cada ponto aos nautas,
quando o baixel magnilavrado aproximou-se   165
da ínsula habitada por Sereias: brisa

νῆσον Σειρήνοιιν· ἔπειγε γὰρ οὖρος ἀπήμων.
αὐτίκ' ἔπειτ' ἄνεμος μὲν ἐπαύσατο ἠδὲ γαλήνη
ἔπλετο νηνεμίη, κοίμησε δὲ κύματα δαίμων.
ἀνστάντες δ' ἕταροι νεὸς ἱστία μηρύσαντο   170
καὶ τὰ μὲν ἐν νηὶ γλαφυρῇ θέσαν, οἱ δ' ἐπ' ἐρετμὰ
ἑζόμενοι λεύκαινον ὕδωρ ξεστῇς ἐλάτῃσιν.
αὐτὰρ ἐγὼ κηροῖο μέγαν τροχὸν ὀξέι χαλκῷ
τυτθὰ διατμήξας χερσὶ στιβαρῇσι πίεζον·
αἶψα δ' ἰαίνετο κηρός, ἐπεὶ κέλετο μεγάλη ἲς   175
Ἠελίου τ' αὐγὴ Ὑπεριονίδαο ἄνακτος·
ἑξείης δ' ἑτάροισιν ἐπ' οὔατα πᾶσιν ἄλειψα.
οἱ δ' ἐν νηί μ' ἔδησαν ὁμοῦ χεῖράς τε πόδας τε
ὀρθὸν ἐν ἱστοπέδῃ, ἐκ δ' αὐτοῦ πείρατ' ἀνῆπτον·
αὐτοὶ δ' ἑζόμενοι πολιὴν ἅλα τύπτον ἐρετμοῖς.   180
ἀλλ' ὅτε τόσσον ἀπῆμεν ὅσον τε γέγωνε βοήσας,
ῥίμφα διώκοντες, τὰς δ' οὐ λάθεν ὠκύαλος νηῦς
ἐγγύθεν ὀρνυμένη, λιγυρὴν δ' ἔντυνον ἀοιδήν·
'δεῦρ' ἄγ' ἰών, πολύαιν' Ὀδυσεῦ, μέγα κῦδος Ἀχαιῶν,
νῆα κατάστησον, ἵνα νωιτέρην ὄπ ἀκούσῃς.   185
οὐ γάρ πώ τις τῇδε παρήλασε νηὶ μελαίνῃ,
πρίν γ' ἡμέων μελίγηρυν ἀπὸ στομάτων ὄπ' ἀκοῦσαι,
ἀλλ' ὅ γε τερψάμενος νεῖται καὶ πλείονα εἰδώς.
ἴδμεν γάρ τοι πάνθ' ὅσ' ἐνὶ Τροίῃ εὐρείῃ
Ἀργεῖοι Τρῶές τε θεῶν ἰότητι μόγησαν,   190
ἴδμεν δ', ὅσσα γένηται ἐπὶ χθονὶ πουλυβοτείρῃ.'
ὣς φάσαν ἱεῖσαι ὄπα κάλλιμον· αὐτὰρ ἐμὸν κῆρ
ἤθελ' ἀκουέμεναι, λῦσαί τ' ἐκέλευον ἑταίρους
ὀφρύσι νευστάζων· οἱ δὲ προπεσόντες ἔρεσσον.
αὐτίκα δ' ἀνστάντες Περιμήδης Εὐρύλοχός τε   195
πλείοσί μ' ἐν δεσμοῖσι δέον μᾶλλόν τε πίεζον.
αὐτὰρ ἐπεὶ δὴ τάς γε παρήλασαν, οὐδ' ἔτ' ἔπειτα
φθογγῆς Σειρήνων ἠκούομεν οὐδέ τ' ἀοιδῆς,
αἶψ' ἀπὸ κηρὸν ἕλοντο ἐμοὶ ἐρίηρες ἑταῖροι,
ὅν σφιν ἐπ' ὠσὶν ἄλειψ', ἐμέ τ' ἐκ δεσμῶν ἀνέλυσαν.   200
ἀλλ' ὅτε δὴ τὴν νῆσον ἐλείπομεν, αὐτίκ' ἔπειτα

favônia o impelia. O vento cessa súbito,
e a calma que o sucede ia mantendo o ar
paralisado. Um demo sopitava as ôndulas.
Em pé os companheiros dobram os velames 170
e os depõem no baixel. Sentados, branqueavam
a água, remando com as pás de abetos rútilos.
Talhei a bronze um grande círculo de cera
e o fragmentei. Com mãos robustas o premi.
Depois de macerá-la ao Sol refulgurante, 175
senhor Hiperionide, a cera aquece. Amolgo-a
bem nas orelhas de meus companheiros, um
a um. No mastro, ereto, me amarraram, mãos
e pés. Apertam o adibal, antes que as pás
dos remos singrem a água gris. Remeiros ágeis 180
pilotam de seus bancos o baixel agílimo.
A uma distância em que se pode ouvir o grito,
notaram-nos. Cristal na voz, entoam o canto:
'Aproxima, Odisseu plurifamoso, glória
argiva. Escuta nossa voz, a voz das duas! 185
Em negra nau, ninguém bordeja por aqui
sem auscultar o timbre-mel de nossa boca
e, em gáudio, viajar, ampliando sua sabença,
pois conhecemos tudo o que os aqueus e os troicos
sofreram na ampla Ílion — numes decidiram-no. 190
Quanto se dê na terra amplinutriz, sabemos.'
A bela voz assim ressoou. Meu coração
queria ouvir. Mandei que os sócios me soltassem
sobrelevando as celhas, mas, em arco, mais
remavam. Perimede e Euríloco se alçaram 195
a fim de reapertar os cabos. Bem distantes,
a ponto de não mais ouvir rumor algum
e o canto das Sereias, meus fiéis marujos
tiram a cera que amolgara em suas orelhas,
desatam os liames em que me prenderam. 200
Nem bem nos afastamos da ínsula, avistei

καπνὸν καὶ μέγα κῦμα ἴδον καὶ δοῦπον ἄκουσα.
τῶν δ' ἄρα δεισάντων ἐκ χειρῶν ἔπτατ' ἐρετμά,
βόμβησαν δ' ἄρα πάντα κατὰ ῥόον· ἔσχετο δ' αὐτοῦ
νηῦς, ἐπεὶ οὐκέτ' ἐρετμὰ προήκεα χερσὶν ἔπειγον. 205
αὐτὰρ ἐγὼ διὰ νηὸς ἰὼν ὤτρυνον ἑταίρους
μειλιχίοις ἐπέεσσι παρασταδὸν ἄνδρα ἕκαστον·
'ὦ φίλοι, οὐ γάρ πώ τι κακῶν ἀδαήμονές εἰμεν·
οὐ μὲν δὴ τόδε μεῖζον ἔπει κακόν, ἢ ὅτε Κύκλωψ
εἴλει ἐνὶ σπῆι γλαφυρῷ κρατερῆφι βίηφιν· 210
ἀλλὰ καὶ ἔνθεν ἐμῇ ἀρετῇ, βουλῇ τε νόῳ τε,
ἐκφύγομεν, καί που τῶνδε μνήσεσθαι ὀίω.
νῦν δ' ἄγεθ', ὡς ἂν ἐγὼ εἴπω, πειθώμεθα πάντες.
ὑμεῖς μὲν κώπῃσιν ἁλὸς ῥηγμῖνα βαθεῖαν
τύπτετε κληίδεσσιν ἐφήμενοι, αἴ κέ ποθι Ζεὺς 215
δώῃ τόνδε γ' ὄλεθρον ὑπεκφυγέειν καὶ ἀλύξαι·
σοὶ δέ, κυβερνῆθ', ὧδ' ἐπιτέλλομαι· ἀλλ' ἐνὶ θυμῷ
βάλλευ, ἐπεὶ νηὸς γλαφυρῆς οἰήια νωμᾷς.
τούτου μὲν καπνοῦ καὶ κύματος ἐκτὸς ἔεργε
νῆα, σὺ δὲ σκοπέλου ἐπιμαίεο, μή σε λάθῃσι 220
κεῖσ' ἐξορμήσασα καὶ ἐς κακὸν ἄμμε βάλῃσθα.'
ὣς ἐφάμην, οἱ δ' ὦκα ἐμοῖς ἐπέεσσι πίθοντο.
Σκύλλην δ' οὐκέτ' ἐμυθεόμην, ἄπρηκτον ἀνίην,
μή πώς μοι δείσαντες ἀπολλήξειαν ἑταῖροι
εἰρεσίης, ἐντὸς δὲ πυκάζοιεν σφέας αὐτούς. 225
καὶ τότε δὴ Κίρκης μὲν ἐφημοσύνης ἀλεγεινῆς
λανθανόμην, ἐπεὶ οὔ τί μ' ἀνώγει θωρήσσεσθαι·
αὐτὰρ ἐγὼ καταδὺς κλυτὰ τεύχεα καὶ δύο δοῦρε
μάκρ' ἐν χερσὶν ἑλὼν εἰς ἴκρια νηὸς ἔβαινον
πρῴρης· ἔνθεν γάρ μιν ἐδέγμην πρῶτα φανεῖσθαι 230
Σκύλλην πετραίην, ἥ μοι φέρε πῆμ' ἑτάροισιν.
οὐδέ πῃ ἀθρῆσαι δυνάμην, ἔκαμον δέ μοι ὄσσε
πάντῃ παπταίνοντι πρὸς ἠεροειδέα πέτρην.
ἡμεῖς μὲν στεινωπὸν ἀνεπλέομεν γοόωντες·
ἔνθεν μὲν Σκύλλη, ἑτέρωθι δὲ δῖα Χάρυβδις 235
δεινὸν ἀνερροίβδησε θαλάσσης ἁλμυρὸν ὕδωρ.

sinais de fumo e um vagalhão. Ouvi um fragor.
Das mãos dos sócios assustados voam os remos
que troam pela correnteza. A nave para,
carente do ímpeto dos remos protendidos. 205
Eu transitava pelo barco reanimando,
um a um, os marujos com palavras-mel:
'Não somos inexperientes em malogros
e este não é maior do que quando o Ciclope
nos acuou violento, gruta cava adentro. 210
Por certo lembrareis do meu lavor, conselho
e pensamento, responsáveis pela fuga.
Ânimo! Permiti que eu vos convença, a todos!
Golpeai os remos nas fraturas dos baixios
do mar, junto aos toletes, se Zeus nos concede 215
a fuga da catástrofe. Piloto, atenta
para o que eu determino! O coração acolhe
o que eu disser: ao leme, dá um norte à nau!
Mantém a embarcação longe do fumo e vaga,
fica atento aos escolhos, pois seria fatal 220
o choque do navio, houvesse algum descuido!'
Falei e todos aceitaram meus conselhos.
Cila calei, revés incontornável: não
se aboletassem dentro, apavorados, remos
desgovernados! Quanto a mim, não me lembrei 225
de Circe ter vetado eu me investir em armas
quando enverguei a ínclita couraça, o par
de longos piques empolgando ao me postar
à proa: a aparição de Cila sobre as rochas,
que viesse seviciar os sócios, aguardava. 230
Falhava ao vê-la. Afatigava-me as retinas
escrutar o rochedo fosco. Pelo estreito,
nós avançamos na amargura: Cila, de um
lado; Caribde imortal em posição
contrária, já sugava o mar salino, horrível. 235
E quando o vomitava, gorgolhava toda

ἦ τοι ὅτ' ἐξεμέσειε, λέβης ὣς ἐν πυρὶ πολλῷ
πᾶσ' ἀναμορμύρεσκε κυκωμένη, ὑψόσε δ' ἄχνη
ἄκροισι σκοπέλοισιν ἐπ' ἀμφοτέροισιν ἔπιπτεν·
ἀλλ' ὅτ' ἀναβρόξειε θαλάσσης ἁλμυρὸν ὕδωρ, 240
πᾶσ' ἔντοσθε φάνεσκε κυκωμένη, ἀμφὶ δὲ πέτρη
δεινὸν ἐβεβρύχει, ὑπένερθε δὲ γαῖα φάνεσκε
ψάμμῳ κυανέη· τοὺς δὲ χλωρὸν δέος ᾕρει.
ἡμεῖς μὲν πρὸς τὴν ἴδομεν δείσαντες ὄλεθρον·
τόφρα δέ μοι Σκύλλη γλαφυρῆς ἐκ νηὸς ἑταίρους 245
ἓξ ἕλεθ', οἳ χερσίν τε βίηφί τε φέρτατοι ἦσαν.
σκεψάμενος δ' ἐς νῆα θοὴν ἅμα καὶ μεθ' ἑταίρους
ἤδη τῶν ἐνόησα πόδας καὶ χεῖρας ὕπερθεν
ὑψόσ' ἀειρομένων· ἐμὲ δὲ φθέγγοντο καλεῦντες
ἐξονομακλήδην, τότε γ' ὕστατον, ἀχνύμενοι κῆρ. 250
ὡς δ' ὅτ' ἐπὶ προβόλῳ ἁλιεὺς περιμήκεϊ ῥάβδῳ
ἰχθύσι τοῖς ὀλίγοισι δόλον κατὰ εἴδατα βάλλων
ἐς πόντον προΐησι βοὸς κέρας ἀγραύλοιο,
ἀσπαίροντα δ' ἔπειτα λαβὼν ἔρριψε θύραζε,
ὣς οἵ γ' ἀσπαίροντες ἀείροντο προτὶ πέτρας· 255
αὐτοῦ δ' εἰνὶ θύρῃσι κατήσθιε κεκληγῶτας
χεῖρας ἐμοὶ ὀρέγοντας ἐν αἰνῇ δηϊοτῆτι·
οἴκτιστον δὴ κεῖνο ἐμοῖς ἴδον ὀφθαλμοῖσι
πάντων, ὅσσ' ἐμόγησα πόρους ἁλὸς ἐξερεείνων.
αὐτὰρ ἐπεὶ πέτρας φύγομεν δεινήν τε Χάρυβδιν 260
Σκύλλην τ', αὐτίκ' ἔπειτα θεοῦ ἐς ἀμύμονα νῆσον
ἱκόμεθ'· ἔνθα δ' ἔσαν καλαὶ βόες εὐρυμέτωποι,
πολλὰ δὲ ἴφια μῆλ' Ὑπερίονος Ἠελίοιο.
δὴ τότ' ἐγὼν ἔτι πόντῳ ἐὼν ἐν νηὶ μελαίνῃ
μυκηθμοῦ τ' ἤκουσα βοῶν αὐλιζομενάων 265
οἰῶν τε βληχήν· καί μοι ἔπος ἔμπεσε θυμῷ
μάντηος ἀλαοῦ, Θηβαίου Τειρεσίαο,
Κίρκης τ' Αἰαίης, ἥ μοι μάλα πόλλ' ἐπέτελλε
νῆσον ἀλεύασθαι τερψιμβρότου Ἠελίοιο.
δὴ τότ' ἐγὼν ἑτάροισι μετηύδων ἀχνύμενος κῆρ· 270
'κέκλυτέ μευ μύθων κακά περ πάσχοντες ἑταῖροι,

fremente, igual a uma caldeira sob o imenso
fogaréu. Do alto, a espuma decaía sobre
o pico de ambos os escolhos. Mas, sorvendo-o,
amplifremente aparecia nos baixios; 240
a rocha, hórrida, circum-mugia; embaixo,
era possível ver o areal azul-cianuro.
O medo cloro-esverdeado doma os nautas.
Mirávamos Caribde, imaginando o fim,
enquanto Cila agarra pelos braços seis 245
dos meus melhores companheiros, ex-baixel.
Quando volvi o olhar buscando-os no barco
ágil, só vislumbrei os pés e, acima, as mãos:
suspensos no ar, gritavam 'Odisseu!', rogando,
última vez: seus corações agonizavam. 250
Como num promontório o pescador com verga
longa lança aos peixinhos lascas enganosas
de refeição, que prende ao chifre de um boi rude,
para arrojar em convulsão, fisgado, o peixe,
assim, na pedra, do ar, convulsos, se chocavam. 255
Ali, à entrada, os devorou, bramantes, mãos
tensas em minha direção na luta horrível.
Foi o espetáculo mais duro que escrutei
de quantos tenho suportado em sendas salsas.
Prófugos dos rochedos de Caribde e Cila, 260
não demorou para alcançarmos a ilha egrégia
do Sol. Descortinamos belas vacas largi-
frontes e cabras pingues de Hélio Hiperiônio.
Ainda sobre o negro barco, ouvi mugirem
as vacas no interior do estábulo e balarem 265
ovelhas. Retornava ao coração a fala
do vate enceguecido, do tebeu Tirésias,
como também da Eeia Circe: os dois insistem
para evitar a ilha de Hélio-Sol, rejúbilo-
-de-homens. Angustiado, disse aos companheiros: 270
'Sem desconsiderar o que sofrestes, caros,

ὄφρ' ὑμῖν εἴπω μαντήια Τειρεσίαο
Κίρκης τ' Αἰαίης, ἥ μοι μάλα πόλλ' ἐπέτελλε
νῆσον ἀλεύασθαι τερψιμβρότου Ἠελίοιο·
ἔνθα γὰρ αἰνότατον κακὸν ἔμμεναι ἄμμιν ἔφασκεν.   275
ἀλλὰ παρὲξ τὴν νῆσον ἐλαύνετε νῆα μέλαιναν.'
ὣς ἐφάμην, τοῖσιν δὲ κατεκλάσθη φίλον ἦτορ.
αὐτίκα δ' Εὐρύλοχος στυγερῷ μ' ἠμείβετο μύθῳ·
'σχέτλιός εἰς, Ὀδυσεῦ· περί τοι μένος, οὐδέ τι γυῖα
κάμνεις· ἦ ῥά νυ σοί γε σιδήρεα πάντα τέτυκται,   280
ὅς ῥ' ἑτάρους καμάτῳ ἀδηκότας ἠδὲ καὶ ὕπνῳ
οὐκ ἐάᾳς γαίης ἐπιβήμεναι, ἔνθα κεν αὖτε
νήσῳ ἐν ἀμφιρύτῃ λαρὸν τετυκοίμεθα δόρπον,
ἀλλ' αὕτως διὰ νύκτα θοὴν ἀλάλησθαι ἄνωγας
νήσου ἀποπλαγχθέντας ἐν ἠεροειδέι πόντῳ.   285
ἐκ νυκτῶν δ' ἄνεμοι χαλεποί, δηλήματα νηῶν,
γίγνονται· πῇ κέν τις ὑπεκφύγοι αἰπὺν ὄλεθρον,
ἤν πως ἐξαπίνης ἔλθῃ ἀνέμοιο θύελλα,
ἢ Νότου ἢ Ζεφύροιο δυσαέος, οἵ τε μάλιστα
νῆα διαρραίουσι θεῶν ἀέκητι ἀνάκτων.   290
ἀλλ' ἦ τοι νῦν μὲν πειθώμεθα νυκτὶ μελαίνῃ
δόρπον θ' ὁπλισόμεσθα θοῇ παρὰ νηὶ μένοντες,
ἠῶθεν δ' ἀναβάντες ἐνήσομεν εὐρέι πόντῳ.'
ὣς ἔφατ' Εὐρύλοχος, ἐπὶ δ' ᾔνεον ἄλλοι ἑταῖροι.
καὶ τότε δὴ γίγνωσκον ὃ δὴ κακὰ μήδετο δαίμων,   295
καί μιν φωνήσας ἔπεα πτερόεντα προσηύδων·
'Εὐρύλοχ', ἦ μάλα δή με βιάζετε μοῦνον ἐόντα.
ἀλλ' ἄγε νῦν μοι πάντες ὀμόσσατε καρτερὸν ὅρκον·
εἴ κέ τιν' ἠὲ βοῶν ἀγέλην ἢ πῶυ μέγ' οἰῶν
εὕρωμεν, μή πού τις ἀτασθαλίῃσι κακῇσιν   300
ἢ βοῦν ἠέ τι μῆλον ἀποκτάνῃ· ἀλλὰ ἕκηλοι
ἐσθίετε βρώμην, τὴν ἀθανάτη πόρε Κίρκη.'
ὣς ἐφάμην, οἱ δ' αὐτίκ' ἀπώμνυον, ὡς ἐκέλευον.
αὐτὰρ ἐπεί ῥ' ὄμοσάν τε τελεύτησάν τε τὸν ὅρκον,
στήσαμεν ἐν λιμένι γλαφυρῷ ἐυεργέα νῆα   305
ἄγχ' ὕδατος γλυκεροῖο, καὶ ἐξαπέβησαν ἑταῖροι

deveis ouvir o que vaticinou Tirésias
e Circe Eeia. Não uma só vez, mas muitas,
ouvi que não chegássemos nem perto da ilha
humano-jubilosa de Hélio-Sol, local 275
do mais atroz horror dos muitos que nos tocam:
mantende a nave longe da ínsula!' Falei
e o coração se lhes despedaçou. Euríloco
foi duro na resposta: 'És inflexível, nada
retém tua pujança, nunca se fadiga 280
teu corpo, o ferro, sim!, o ferro te amoldou!
Vetas que os nautas alquebrados, sonolentos,
aportem para preparar manjar opíparo
na ínsula circum-úmida? Ao léu, devemos
errar cuspidos da ilha ao fosco mar aberto, 285
por noite rápida? É pródigo o anoitar
de ventos perniciosos aos navios. É íngreme
a morte sob o vendaval de Noto ou Zéfiro
voraz, vezeiros em esfacelar batéis,
ainda que aos imortais desgoste. Vamos! Urge 290
deixar que o breu da noite nos persuada! A ceia
prepararemos junto à embarcação veloz!
Tão logo aurore, subiremos no navio
para singrar a vastidão do mar!' Euríloco
concluiu assim, e os outros sócios concordaram. 295
Então ficou-me claro que um demônio armava
cilada grave. E proferi palavras-asas:
'Minha força é menor, porque estou só, Euríloco,
mas quero ouvir de todos a solene jura:
acaso deparemo-nos com vacas, pécoras 300
agrupadas, nenhum de vós tenha o desplante
de trucidar ovelha ou vaca, restringindo-vos
às iguarias com que Circe nos brindou.'
Falei assim e todos prestam juramento.
Concluído o juramento, rente à água doce, 305
fundeamos o navio bem-concebido em rada

νηός, ἔπειτα δὲ δόρπον ἐπισταμένως τετύκοντο.
αὐτὰρ ἐπεὶ πόσιος καὶ ἐδητύος ἐξ ἔρον ἕντο,
μνησάμενοι δὴ ἔπειτα φίλους ἔκλαιον ἑταίρους,
οὓς ἔφαγε Σκύλλη γλαφυρῆς ἐκ νηὸς ἑλοῦσα· 310
κλαιόντεσσι δὲ τοῖσιν ἐπήλυθε νήδυμος ὕπνος.
ἦμος δὲ τρίχα νυκτὸς ἔην, μετὰ δ' ἄστρα βεβήκει,
ὦρσεν ἔπι ζαῆν ἄνεμον νεφεληγερέτα Ζεὺς
λαίλαπι θεσπεσίῃ, σὺν δὲ νεφέεσσι κάλυψε
γαῖαν ὁμοῦ καὶ πόντον· ὀρώρει δ' οὐρανόθεν νύξ. 315
ἦμος δ' ἠριγένεια φάνη ῥοδοδάκτυλος Ἠώς,
νῆα μὲν ὡρμίσαμεν κοῖλον σπέος εἰσερύσαντες.
ἔνθα δ' ἔσαν νυμφέων καλοὶ χοροὶ ἠδὲ θόωκοι·
καὶ τότ' ἐγὼν ἀγορὴν θέμενος μετὰ μῦθον ἔειπον·
'ὦ φίλοι, ἐν γὰρ νηὶ θοῇ βρῶσίς τε πόσις τε 320
ἔστιν, τῶν δὲ βοῶν ἀπεχώμεθα, μή τι πάθωμεν·
δεινοῦ γὰρ θεοῦ αἴδε βόες καὶ ἴφια μῆλα,
Ἠελίου, ὃς πάντ' ἐφορᾷ καὶ πάντ' ἐπακούει.'
ὣς ἐφάμην, τοῖσιν δ' ἐπεπείθετο θυμὸς ἀγήνωρ.
μῆνα δὲ πάντ' ἄλληκτος ἄη Νότος, οὐδέ τις ἄλλος 325
γίγνετ' ἔπειτ' ἀνέμων εἰ μὴ Εὖρός τε Νότος τε.
οἱ δ' ἧος μὲν σῖτον ἔχον καὶ οἶνον ἐρυθρόν,
τόφρα βοῶν ἀπέχοντο λιλαιόμενοι βιότοιο.
ἀλλ' ὅτε δὴ νηὸς ἐξέφθιτο ἤια πάντα,
καὶ δὴ ἄγρην ἐφέπεσκον ἀλητεύοντες ἀνάγκῃ, 330
ἰχθῦς ὄρνιθάς τε, φίλας ὅ τι χεῖρας ἵκοιτο,
γναμπτοῖς ἀγκίστροισιν, ἔτειρε δὲ γαστέρα λιμός·
δὴ τότ' ἐγὼν ἀνὰ νῆσον ἀπέστιχον, ὄφρα θεοῖσιν
εὐξαίμην, εἴ τίς μοι ὁδὸν φήνειε νέεσθαι.
ἀλλ' ὅτε δὴ διὰ νήσου ἰὼν ἤλυξα ἑταίρους, 335
χεῖρας νιψάμενος, ὅθ' ἐπὶ σκέπας ἦν ἀνέμοιο,
ἠρώμην πάντεσσι θεοῖς οἳ Ὄλυμπον ἔχουσιν·
οἱ δ' ἄρα μοι γλυκὺν ὕπνον ἐπὶ βλεφάροισιν ἔχευαν.
Εὐρύλοχος δ' ἑτάροισι κακῆς ἐξήρχετο βουλῆς·
'κέκλυτέ μευ μύθων κακά περ πάσχοντες ἑταῖροι. 340
πάντες μὲν στυγεροὶ θάνατοι δειλοῖσι βροτοῖσι,

profunda. Os companheiros deixam o baixel
a fim de preparar, exímios, as vitualhas.
Saciada a gana de beber e de comer,
o choro irrompe de rememorarmos caros 310
sócios que, do navio, Cila, aferrando, come.
E o sono doce sobrevém quando carpiam.
Ao declínio estelar, um terço do final
da noite, Zeus, adensa-nuvens, suscitou
o turbilhão de um furacão, e a noite enubla 315
com nevoeiro. Tomba o anoitecer do céu.
Tão logo Aurora dedirrósea matinou,
levamos para o fundo de uma gruta a nave,
onde as ninfas possuíam belos coros, tronos.
Então eu arenguei no meio dos amigos: 320
'Caros, não carecemos de comida ou vinho
no ágil baixel. Vivamos, sem tocar nas vacas,
pois que pertencem, cabras inclusive, a um nume
atroz, Hélio solar, que a tudo escruta e escuta.'
Concluí e o coração dos sócios persuadiu-se. 325
Noto soprou tenaz um mês inteiro e, além
de Noto e de Euro, não surgiu vento diverso.
Supridos de comida e vinho tinto, ávidos
de perviver, mantinham-se longe do gado,
mas quando se esgotou a provisão do barco 330
e a carência obrigava-os a caçar os pássaros
e a usar o anzol recurvo, tal e qual pudessem
(a fome ulcera o estômago), na ilha então
eu me embrenhei, a fim de suplicar aos deuses
alguma indicação para dali sairmos. 335
Me internando ainda mais, distante dos amigos,
lavei as mãos num ponto livre de procelas
e invoquei os eternos da morada olímpica,
que espargiram o sono doce em minhas pálpebras.
Ruinoso, Euríloco sugere aos companheiros: 340
'Sem desconsiderar o que sofreis, ouvi-me!

λιμῷ δ' οἴκτιστον θανέειν καὶ πότμον ἐπισπεῖν.
ἀλλ' ἄγετ', Ἠελίοιο βοῶν ἐλάσαντες ἀρίστας
ῥέξομεν ἀθανάτοισι, τοὶ οὐρανὸν εὐρὺν ἔχουσιν.
εἰ δέ κεν εἰς Ἰθάκην ἀφικοίμεθα, πατρίδα γαῖαν, 345
αἶψά κεν Ἠελίῳ Ὑπερίονι πίονα νηὸν
τεύξομεν, ἐν δέ κε θεῖμεν ἀγάλματα πολλὰ καὶ ἐσθλά.
εἰ δὲ χολωσάμενός τι βοῶν ὀρθοκραιράων
νῆ' ἐθέλῃ ὀλέσαι, ἐπὶ δ' ἕσπωνται θεοὶ ἄλλοι,
βούλομ' ἅπαξ πρὸς κῦμα χανὼν ἀπὸ θυμὸν ὀλέσσαι, 350
ἢ δηθὰ στρεύγεσθαι ἐὼν ἐν νήσῳ ἐρήμῃ.'
ὣς ἔφατ' Εὐρύλοχος, ἐπὶ δ' ᾔνεον ἄλλοι ἑταῖροι.
αὐτίκα δ' Ἠελίοιο βοῶν ἐλάσαντες ἀρίστας
ἐγγύθεν, οὐ γὰρ τῆλε νεὸς κυανοπρῴροιο
βοσκέσκονθ' ἕλικες καλαὶ βόες εὐρυμέτωποι· 355
τὰς δὲ περίστησάν τε καὶ εὐχετόωντο θεοῖσιν,
φύλλα δρεψάμενοι τέρενα δρυὸς ὑψικόμοιο·
οὐ γὰρ ἔχον κρῖ λευκὸν ἐϋσσέλμου ἐπὶ νηός.
αὐτὰρ ἐπεί ῥ' εὔξαντο καὶ ἔσφαξαν καὶ ἔδειραν,
μηρούς τ' ἐξέταμον κατά τε κνίσῃ ἐκάλυψαν 360
δίπτυχα ποιήσαντες, ἐπ' αὐτῶν δ' ὠμοθέτησαν.
οὐδ' εἶχον μέθυ λεῖψαι ἐπ' αἰθομένοις ἱεροῖσιν,
ἀλλ' ὕδατι σπένδοντες ἐπώπτων ἔγκατα πάντα.
αὐτὰρ ἐπεὶ κατὰ μῆρ' ἐκάη καὶ σπλάγχνα πάσαντο,
μίστυλλόν τ' ἄρα τἆλλα καὶ ἀμφ' ὀβελοῖσιν ἔπειραν. 365
καὶ τότε μοι βλεφάρων ἐξέσσυτο νήδυμος ὕπνος,
βῆν δ' ἰέναι ἐπὶ νῆα θοὴν καὶ θῖνα θαλάσσης.
ἀλλ' ὅτε δὴ σχεδὸν ἦα κιὼν νεὸς ἀμφιελίσσης,
καὶ τότε με κνίσης ἀμφήλυθεν ἡδὺς ἀϋτμή.
οἰμώξας δὲ θεοῖσι μέγ' ἀθανάτοισι γεγώνευν· 370
'Ζεῦ πάτερ ἠδ' ἄλλοι μάκαρες θεοὶ αἰὲν ἐόντες,
ἦ με μάλ' εἰς ἄτην κοιμήσατε νηλέϊ ὕπνῳ.
οἱ δ' ἕταροι μέγα ἔργον ἐμητίσαντο μένοντες.'
ὠκέα δ' Ἠελίῳ Ὑπερίονι ἄγγελος ἦλθε
Λαμπετίη τανύπεπλος, ὅ οἱ βόας ἔκταμεν ἡμεῖς. 375
αὐτίκα δ' ἀθανάτοισι μετηύδα χωόμενος κῆρ·

Todas as mortes são amargurantes, mas
nenhuma é mais odiosa que minguar de fome.
Por que não sequestrar as vacas de Hélio-Sol,
depois de honrar os moradores do amplo céu? 345
Se nos for dado retornar à pátria itácia,
ao Hiperiônio Sol erigiremos templo
soberbo com votivas oferendas belas.
Mas se, furioso pelas vacas curvicórneas,
quiser destruir a nau, anuindo os outros numes, 350
prefiro escancarar a boca à onda e de uma
vez falecer a agonizar aos poucos na ilha
erma.' Os demais aprovam o dizer de Euríloco.
Tocaram presto as vacas primorosas de Hélio,
recurvicornos, belas reses largifrontes, 355
pascentes junto à nau de proa negro-azul.
Ao suplicar aos deuses, as circundam. Colhem
folhas viçosas de um carvalho amplicopado,
carentes de cevada no navio de sólida
carena. Oraram, degolaram, courearam, 360
trincharam coxas, recobrindo-as com camadas
duplas de graxa, sobre as quais põem carne crua.
Sem vinho para aspergir ao fogo as vítimas,
libam com água as vísceras cozidas. Coxas
prontas, saciados já de entranhas, retalharam 365
o resto, que perfuram com espeto. O sono
doce me abandonava os olhos no entrementes.
Tornei à nau veloz e à praia de imediato.
Nas cercanias do navio ambioscilante,
o odor que apraz da enxúndia então me circundou 370
e eu invoquei os numes imortais aos prantos:
'Zeus pai e todos venturosos sempiternos,
que me impusestes sono atroz! Em minha ausência,
os companheiros perpetraram o ato horrível!'
Lampécia, peplo roçagante, logo fala 375
da eliminação das vacas a Hélio-Sol,

'Ζεῦ πάτερ ἠδ' ἄλλοι μάκαρες θεοὶ αἰὲν ἐόντες,
τῖσαι δὴ ἑτάρους Λαερτιάδεω Ὀδυσῆος,
οἵ μευ βοῦς ἔκτειναν ὑπέρβιον, ᾗσιν ἐγώ γε
χαίρεσκον μὲν ἰὼν εἰς οὐρανὸν ἀστερόεντα, 380
ἠδ' ὁπότ' ἂψ ἐπὶ γαῖαν ἀπ' οὐρανόθεν προτραποίμην.
εἰ δέ μοι οὐ τίσουσι βοῶν ἐπιεικέ' ἀμοιβήν,
δύσομαι εἰς Ἀίδαο καὶ ἐν νεκύεσσι φαείνω.'
τὸν δ' ἀπαμειβόμενος προσέφη νεφεληγερέτα Ζεύς·
"Ἠέλι', ἦ τοι μὲν σὺ μετ' ἀθανάτοισι φάεινε 385
καὶ θνητοῖσι βροτοῖσιν ἐπὶ ζείδωρον ἄρουραν·
τῶν δέ κ' ἐγὼ τάχα νῆα θοὴν ἀργῆτι κεραυνῷ
τυτθὰ βαλὼν κεάσαιμι μέσῳ ἐνὶ οἴνοπι πόντῳ.'
ταῦτα δ' ἐγὼν ἤκουσα Καλυψοῦς ἠυκόμοιο·
ἡ δ' ἔφη Ἑρμείαο διακτόρου αὐτὴ ἀκοῦσαι. 390
αὐτὰρ ἐπεί ῥ' ἐπὶ νῆα κατήλυθον ἠδὲ θάλασσαν,
νείκεον ἄλλοθεν ἄλλον ἐπισταδόν, οὐδέ τι μῆχος
εὑρέμεναι δυνάμεσθα, βόες δ' ἀποτέθνασαν ἤδη.
τοῖσιν δ' αὐτίκ' ἔπειτα θεοὶ τέρα' προύφαινον·
εἷρπον μὲν ῥινοί, κρέα δ' ἀμφ' ὀβελοῖσι μεμύκει, 395
ὀπταλέα τε καὶ ὠμά, βοῶν δ' ὣς γίγνετο φωνή.
ἑξῆμαρ μὲν ἔπειτα ἐμοὶ ἐρίηρες ἑταῖροι
δαίνυντ' Ἡλίοιο βοῶν ἐλάσαντες ἀρίστας·
ἀλλ' ὅτε δὴ ἕβδομον ἦμαρ ἐπὶ Ζεὺς θῆκε Κρονίων,
καὶ τότ' ἔπειτ' ἄνεμος μὲν ἐπαύσατο λαίλαπι θύων, 400
ἡμεῖς δ' αἶψ' ἀναβάντες ἐνήκαμεν εὐρέι πόντῳ,
ἱστὸν στησάμενοι ἀνά θ' ἱστία λεύκ' ἐρύσαντες.
ἀλλ' ὅτε δὴ τὴν νῆσον ἐλείπομεν, οὐδέ τις ἄλλη
φαίνετο γαιάων, ἀλλ' οὐρανὸς ἠδὲ θάλασσα,
δὴ τότε κυανέην νεφέλην ἔστησε Κρονίων 405
νηὸς ὕπερ γλαφυρῆς, ἤχλυσε δὲ πόντος ὑπ' αὐτῆς.
ἡ δ' ἔθει οὐ μάλα πολλὸν ἐπὶ χρόνον· αἶψα γὰρ ἦλθε
κεκληγὼς Ζέφυρος μεγάλῃ σὺν λαίλαπι θύων,
ἱστοῦ δὲ προτόνους ἔρρηξ' ἀνέμοιο θύελλα
ἀμφοτέρους· ἱστὸς δ' ὀπίσω πέσεν, ὅπλα τε πάντα 410
εἰς ἄντλον κατέχυνθ'. ὁ δ' ἄρα πρυμνῇ ἐνὶ νηὶ

que aos deuses se dirige, coração colérico:
'Zeus pai e todos venturosos sempiternos,
puni os companheiros de Odisseu Laércio,
trucidadores cruéis do meu armento, vacas 380
que me apraziam quando alçava ao céu de estrelas
e quando à terra eu retornava das alturas.
Se não pagarem pena justa, baixo ao lar
do Hades, para fulgir entre os mortais.' E Zeus,
adensa-nuvens, pronunciou-se: 'És o luzeiro, 385
Hélio, dos imortais e dos mortais na terra
nutriz: meu raio coruscante atingirá
a nau veloz e dela há de fazer partículas
ao léu no oceano rosto cor de vinho.' Ouvi
esse raconto de Calipso, belas-tranças, 390
que o soube de Hermes mensageiro — relatou-me.
Injuriei um a um, nem bem cheguei ao barco
e ao mar talássio, incapaz de remediar
a situação, pois não viviam mais as vacas.
Deuses não tardam a enviar prodígios: peles 395
caminham; ao redor do espeto as carnes mugem,
crestadas, cruas. Uma voz de boi surgiu.
Seis dias a fio, os companheiros consumiram
as carnes das melhores vacas de Hélio-Sol,
mas quando Zeus carreou a sétima jornada, 400
eis que estancou o vendaval tempestuoso,
e nós, presto, embarcamos rumo ao vasto mar,
alçando o mastro, içando a vela panda. Ínsula
deixada para trás, não se descortinava
terra alguma, somente o céu e o mar talássio. 405
Então sobre o navio bojudo Zeus ostenta
a nuvem negrianil que eclipsa embaixo o pélago.
A nave logo estanca. Zéfiro ululante
irrompe de repente megatempestuando.
Duplo estralho frontal, o turbilhão partiu 410
o mastro que, ruindo para trás, destruiu

πλῆξε κυβερνήτεω κεφαλήν, σὺν δ' ὀστέ' ἄραξε
πάντ' ἄμυδις κεφαλῆς· ὁ δ' ἄρ' ἀρνευτῆρι ἐοικὼς
κάππεσ' ἀπ' ἰκριόφιν, λίπε δ' ὀστέα θυμὸς ἀγήνωρ.
Ζεὺς δ' ἄμυδις βρόντησε καὶ ἔμβαλε νηὶ κεραυνόν· 415
ἡ δ' ἐλελίχθη πᾶσα Διὸς πληγεῖσα κεραυνῷ,
ἐν δὲ θεείου πλῆτο, πέσον δ' ἐκ νηὸς ἑταῖροι.
οἱ δὲ κορώνῃσιν ἴκελοι περὶ νῆα μέλαιναν
κύμασιν ἐμφορέοντο, θεὸς δ' ἀποαίνυτο νόστον.
αὐτὰρ ἐγὼ διὰ νηὸς ἐφοίτων, ὄφρ' ἀπὸ τοίχους 420
λῦσε κλύδων τρόπιος, τὴν δὲ ψιλὴν φέρε κῦμα,
ἐκ δέ οἱ ἱστὸν ἄραξε ποτὶ τρόπιν. αὐτὰρ ἐπ' αὐτῷ
ἐπίτονος βέβλητο, βοὸς ῥινοῖο τετευχώς·
τῷ ῥ' ἄμφω συνέεργον, ὁμοῦ τρόπιν ἠδὲ καὶ ἱστόν,
ἑζόμενος δ' ἐπὶ τοῖς φερόμην ὀλοοῖς ἀνέμοισιν. 425
ἔνθ' ἦ τοι Ζέφυρος μὲν ἐπαύσατο λαίλαπι θύων,
ἦλθε δ' ἐπὶ Νότος ὦκα, φέρων ἐμῷ ἄλγεα θυμῷ,
ὄφρ' ἔτι τὴν ὀλοὴν ἀναμετρήσαιμι Χάρυβδιν.
παννύχιος φερόμην, ἅμα δ' ἠελίῳ ἀνιόντι
ἦλθον ἐπὶ Σκύλλης σκόπελον δεινήν τε Χάρυβδιν. 430
ἡ μὲν ἀνερροίβδησε θαλάσσης ἁλμυρὸν ὕδωρ·
αὐτὰρ ἐγὼ ποτὶ μακρὸν ἐρινεὸν ὑψόσ' ἀερθείς,
τῷ προσφὺς ἐχόμην ὡς νυκτερίς. οὐδέ πῃ εἶχον
οὔτε στηρίξαι ποσὶν ἔμπεδον οὔτ' ἐπιβῆναι·
ῥίζαι γὰρ ἑκὰς εἶχον, ἀπήωροι δ' ἔσαν ὄζοι, 435
μακροί τε μεγάλοι τε, κατεσκίαον δὲ Χάρυβδιν.
νωλεμέως δ' ἐχόμην, ὄφρ' ἐξεμέσειεν ὀπίσσω
ἱστὸν καὶ τρόπιν αὖτις· ἐελδομένῳ δέ μοι ἦλθον
ὄψ'· ἦμος δ' ἐπὶ δόρπον ἀνὴρ ἀγορῆθεν ἀνέστη
κρίνων νείκεα πολλὰ δικαζομένων αἰζηῶν, 440
τῆμος δὴ τά γε δοῦρα Χαρύβδιος ἐξεφαάνθη.
ἧκα δ' ἐγὼ καθύπερθε πόδας καὶ χεῖρε φέρεσθαι,
μέσσῳ δ' ἐνδούπησα παρὲξ περιμήκεα δοῦρα,
ἑζόμενος δ' ἐπὶ τοῖσι διήρεσα χερσὶν ἐμῇσι.
Σκύλλην δ' οὐκέτ' ἔασε πατὴρ ἀνδρῶν τε θεῶν τε 445
εἰσιδέειν· οὐ γάρ κεν ὑπέκφυγον αἰπὺν ὄλεθρον.

cordoalha e vela na sentina. Acerta, à popa,
a testa do piloto, em cheio na ossatura
craniana. Tal e qual mergulhador, caiu
da ponte e o coração austero abandonou-lhe 415
os ossos. Zeus estronda e arroja um raio sobre
o barco. Fulminado, espiralava, odor
sulfúrico exalando. Tais e quais os corvos
do mar, os sócios caem em torno à nave negra,
levados pela vaga. Um deus tolhe o retorno. 420
Afoito pelo barco, um vagalhão arranca
da quilha os flancos: nua, a ôndula a arrestava.
Então da enora escapa o mastro, sobre o qual
o estralho fabricado em couro fustigava.
Com ele eu amarrei carena e mastro, e, em cima, 425
me sentei, à mercê do vendaval mortífero.
Tão logo Zéfiro arrefece a tempestade,
irrompe Noto, me afligindo o coração:
forçava-me a passar de novo por Caribde
funesta. A noite me levou. Ao sol nascente, 430
eu dei com Cila em seu escolho e com Caribde,
que suga o salso líquido do mar. Alçando-me
bem no alto da figueira enorme, nela agarro-me
feito um morcego. Carecia de um apoio
em que firmasse os pés, sem conseguir subir: 435
longe as raízes, longe os galhos delongados
e grossos, que sombreavam Caribde. Mantive-me
paralisado até vomitasse o mastro
com a carena. Aguardo até que ambos enfim
ressurgem: na hora em que, para cear, um homem, 440
depois de dirimir muitos litígios, deixa
a praça, nesse instante os lenhos despontaram
de Caribde. Soltei os pés e as mãos do topo
e fui de encontro à água, rente aos lenhos longos.
O pai dos homens e imortais vetou que Cila 445
me visse, ou não fugira da morte precípite.

ἔνθεν δ' ἐννῆμαρ φερόμην, δεκάτῃ δέ με νυκτὶ
νῆσον ἐς Ὠγυγίην πέλασαν θεοί, ἔνθα Καλυψὼ
ναίει ἐυπλόκαμος, δεινὴ θεὸς αὐδήεσσα,
ἥ μ' ἐφίλει τ' ἐκόμει τε. τί τοι τάδε μυθολογεύω; 450
ἤδη γάρ τοι χθιζὸς ἐμυθεόμην ἐνὶ οἴκῳ
σοί τε καὶ ἰφθίμῃ ἀλόχῳ· ἐχθρὸν δέ μοί ἐστιν
αὖτις ἀριζήλως εἰρημένα μυθολογεύειν."

Vaguei por nove dias. Quando anoiteceu
o décimo, os eternos levam-me à Ogígia,
à ilha de Calipso, deusa apavorante
de belas tranças e canora. Mas por que   450
fabulo, se ontem discorri sobre isso a ti
e à nobre esposa? Julgo odioso repetir
o raconto narrado claro anteriormente."

ν

"Ὣς ἔφαθ', οἱ δ' ἄρα πάντες ἀκὴν ἐγένοντο σιωπῇ,
κηληθμῷ δ' ἔσχοντο κατὰ μέγαρα σκιόεντα.
τὸν δ' αὖτ' Ἀλκίνοος ἀπαμείβετο φώνησέν τε·
"ὦ Ὀδυσεῦ, ἐπεὶ ἵκευ ἐμὸν ποτὶ χαλκοβατὲς δῶ,
ὑψερεφές, τῷ σ' οὔ τι παλιμπλαγχθέντα γ' ὀΐω   5
ἂψ ἀπονοστήσειν, εἰ καὶ μάλα πολλὰ πέπονθας.
ὑμέων δ' ἀνδρὶ ἑκάστῳ ἐφιέμενος τάδε εἴρω,
ὅσσοι ἐνὶ μεγάροισι γερούσιον αἴθοπα οἶνον
αἰεὶ πίνετ' ἐμοῖσιν, ἀκουάζεσθε δ' ἀοιδοῦ.
εἵματα μὲν δὴ ξείνῳ ἐϋξέστῃ ἐνὶ χηλῷ   10
κεῖται καὶ χρυσὸς πολυδαίδαλος ἄλλα τε πάντα
δῶρ', ὅσα Φαιήκων βουληφόροι ἐνθάδ' ἔνεικαν·
ἀλλ' ἄγε οἱ δῶμεν τρίποδα μέγαν ἠδὲ λέβητα
ἀνδρακάς· ἡμεῖς δ' αὖτε ἀγειρόμενοι κατὰ δῆμον
τισόμεθ'· ἀργαλέον γὰρ ἕνα προικὸς χαρίσασθαι."   15
ὣς ἔφατ' Ἀλκίνοος, τοῖσιν δ' ἐπιήνδανε μῦθος.
οἱ μὲν κακκείοντες ἔβαν οἶκόνδε ἕκαστος,
ἦμος δ' ἠριγένεια φάνη ῥοδοδάκτυλος Ἠώς,
νῆάδ' ἐπεσσεύοντο, φέρον δ' εὐήνορα χαλκόν.
καὶ τὰ μὲν εὖ κατέθηχ' ἱερὸν μένος Ἀλκινόοιο,   20
αὐτὸς ἰὼν διὰ νηὸς ὑπὸ ζυγά, μή τιν' ἑταίρων
βλάπτοι ἐλαυνόντων, ὁπότε σπερχοίατ' ἐρετμοῖς.
οἱ δ' εἰς Ἀλκινόοιο κίον καὶ δαῖτ' ἀλέγυνον.
τοῖσι δὲ βοῦν ἱέρευσ' ἱερὸν μένος Ἀλκινόοιο
Ζηνὶ κελαινεφέϊ Κρονίδῃ, ὃς πᾶσιν ἀνάσσει.   25
μῆρα δὲ κήαντες δαίνυντ' ἐρικυδέα δαῖτα

Canto XIII

Falou e todos os demais quedaram quietos:
o encanto os dominava pela sala umbrosa.
Alcínoo pronunciou-se então: "Herói itácio,
transpões o umbral de bronze do meu paço de alto
teto, de onde não mais divagas no retorno, 5
qualquer que tenha sido o teu padecimento.
Direi aos meus convivas, a quem sirvo sempre
o vinho flâmeo dos gerontes, jubilantes
com a audição rapsódica: no escrínio rútilo
depus, lavor pluridedáleo, o ouro do hóspede, 10
as vestes e outros dons que os feácios conselheiros
te concederam. Cada um lhe oferte agora
um alguidar e a enorme trípode. Mais tarde
nós haveremos de angariar o equivalente
entre os feácios: doar sem recompor é árduo." 15
Disse o rei e o que disse o rei aprouve a todos.
Cada qual se recolhe ao próprio paço. Aurora
rododáctilos, dedirrósea, assim que surge
matinal, levam bronze, glória humana, ao barco.
Sacro vigor, Alcínoo, percorrendo a nave, 20
aloja tudo sob os bancos: não turbassem
os remadores nas manobras! Retornando
ao palácio real, aprestam o manjar.
Vigor sagrado, o rei sacrificou um touro
a Zeus negrinuvioso, amplirreinante. Coxas 25
assadas, entregaram-se ao repasto esplêndido,

τερπόμενοι· μετὰ δέ σφιν ἐμέλπετο θεῖος ἀοιδός,
Δημόδοκος, λαοῖσι τετιμένος. αὐτὰρ Ὀδυσσεὺς
πολλὰ πρὸς ἠέλιον κεφαλὴν τρέπε παμφανόωντα,
δῦναι ἐπειγόμενος· δὴ γὰρ μενέαινε νέεσθαι.　　　　　　　　30
ὡς δ' ὅτ' ἀνὴρ δόρποιο λιλαίεται, ᾧ τε πανῆμαρ
νειὸν ἀν' ἕλκητον βόε οἴνοπε πηκτὸν ἄροτρον·
ἀσπασίως δ' ἄρα τῷ κατέδυ φάος ἠελίοιο
δόρπον ἐποίχεσθαι, βλάβεται δέ τε γούνατ' ἰόντι·
ὣς Ὀδυσῆ' ἀσπαστὸν ἔδυ φάος ἠελίοιο.　　　　　　　　　　35
αἶψα δὲ Φαιήκεσσι φιληρέτμοισι μετηύδα,
Ἀλκινόῳ δὲ μάλιστα πιφαυσκόμενος φάτο μῦθον·
"Ἀλκίνοε κρεῖον, πάντων ἀριδείκετε λαῶν,
πέμπετέ με σπείσαντες ἀπήμονα, χαίρετε δ' αὐτοί·
ἤδη γὰρ τετέλεσται ἅ μοι φίλος ἤθελε θυμός,　　　　　　　　40
πομπὴ καὶ φίλα δῶρα, τά μοι θεοὶ Οὐρανίωνες
ὄλβια ποιήσειαν· ἀμύμονα δ' οἴκοι ἄκοιτιν
νοστήσας εὕροιμι σὺν ἀρτεμέεσσι φίλοισιν.
ὑμεῖς δ' αὖθι μένοντες ἐϋφραίνοιτε γυναῖκας
κουριδίας καὶ τέκνα· θεοὶ δ' ἀρετὴν ὀπάσειαν　　　　　　　45
παντοίην, καὶ μή τι κακὸν μεταδήμιον εἴη."
ὣς ἔφαθ', οἱ δ' ἄρα πάντες ἐπῄνεον ἠδ' ἐκέλευον
πεμπέμεναι τὸν ξεῖνον, ἐπεὶ κατὰ μοῖραν ἔειπεν.
καὶ τότε κήρυκα προσέφη μένος Ἀλκινόοιο·
"Ποντόνοε, κρητῆρα κερασσάμενος μέθυ νεῖμον　　　　　　50
πᾶσιν ἀνὰ μέγαρον, ὄφρ' εὐξάμενοι Διὶ πατρὶ
τὸν ξεῖνον πέμπωμεν ἑὴν ἐς πατρίδα γαῖαν."
ὣς φάτο, Ποντόνοος δὲ μελίφρονα οἶνον ἐκίρνα,
νώμησεν δ' ἄρα πᾶσιν ἐπισταδόν· οἱ δὲ θεοῖσιν
ἔσπεισαν μακάρεσσι, τοὶ οὐρανὸν εὐρὺν ἔχουσιν,　　　　　55
αὐτόθεν ἐξ ἑδρέων. ἀνὰ δ' ἵστατο δῖος Ὀδυσσεύς,
Ἀρήτῃ δ' ἐν χειρὶ τίθει δέπας ἀμφικύπελλον,
καί μιν φωνήσας ἔπεα πτερόεντα προσηύδα·
"χαῖρέ μοι, ὦ βασίλεια, διαμπερές, εἰς ὅ κε γῆρας
ἔλθῃ καὶ θάνατος, τά τ' ἐπ' ἀνθρώποισι πέλονται.　　　　　60
αὐτὰρ ἐγὼ νέομαι· σὺ δὲ τέρπεο τῷδ' ἐνὶ οἴκῳ

em júbilo. Demódoco pluriestimado
canta, imortal. O herói voltava sempre o rosto
ao sol panrútilo, inquieto de que logo
baixasse, só pensando em retornar a Ítaca. 30
Como o homem que suspira à ceia, a quem dois bois
cor vínea repuxaram pelo alqueive o arado,
e em êxtase por ele a luz do sol declina,
quando se achega à távola, cambaleando,
assim o pôr do sol agrada a Odisseu. 35
Dirige-se aos feácios filorremadores,
especialmente a Alcínoo: "Poderoso rei,
magno entre toda gente, após a libação,
enviai-me a Ítaca e vivei o eterno enlevo!
Cumpriu-se o que meu coração sonhava tanto: 40
escolta e afáveis dons. Que os uranidas me
reservem a fartura e, ao lar tornando, encontre
intocada a consorte com amigos sãos.
E vós que aqui restais possais encher de júbilo
esposa e filhos. Numes deem a todos vós 45
pan-excelência! Poupem de aflição a gente!"
Todos concordam que conforme a moira o hóspede
falara e ordenam que se apreste a escolta. A têmpera
de Alcínoo dirigiu-se então para um arauto:
"Pontónoo, mescla o vinho na cratera e serve 50
a todos no recinto. A Zeus pai invoquemos,
cuidemos de escoltar o forasteiro à pátria!"
Falou e o arauto preparou o vinho doce
e a todos em seguida o distribuiu. Libaram
aos bem-aventurados no amplo céu urânio 55
das próprias sédias. Odisseu divino pôs-se
em pé e ofereceu a taça duplialada
a Arete, a quem volveu alígeras palavras:
"Te alegre a vida sempre até que a ancianidade
e tânatos, moventes entre humanos, cheguem! 60
Agora parto: não te falte neste alcácer

παισί τε καὶ λαοῖσι καὶ Ἀλκινόῳ βασιλῆϊ."
ὣς εἰπὼν ὑπὲρ οὐδὸν ἐβήσετο δῖος Ὀδυσσεύς,
τῷ δ' ἅμα κήρυκα προΐει μένος Ἀλκινόοιο,
ἡγεῖσθαι ἐπὶ νῆα θοὴν καὶ θῖνα θαλάσσης· 65
Ἀρήτη δ' ἄρα οἱ δμῳὰς ἅμ' ἔπεμπε γυναῖκας,
τὴν μὲν φᾶρος ἔχουσαν ἐϋπλυνὲς ἠδὲ χιτῶνα,
τὴν δ' ἑτέρην χηλὸν πυκινὴν ἅμ' ὄπασσε κομίζειν·
ἡ δ' ἄλλη σῖτόν τ' ἔφερεν καὶ οἶνον ἐρυθρόν.
αὐτὰρ ἐπεί ῥ' ἐπὶ νῆα κατήλυθον ἠδὲ θάλασσαν, 70
αἶψα τά γ' ἐν νηῒ γλαφυρῇ πομπῆες ἀγαυοὶ
δεξάμενοι κατέθεντο, πόσιν καὶ βρῶσιν ἅπασαν·
κὰδ δ' ἄρ' Ὀδυσσῆϊ στόρεσαν ῥῆγός τε λίνον τε
νηὸς ἐπ' ἰκριόφιν γλαφυρῆς, ἵνα νήγρετον εὕδοι,
πρυμνῆς· ἂν δὲ καὶ αὐτὸς ἐβήσετο καὶ κατέλεκτο 75
σιγῇ· τοὶ δὲ καθῖζον ἐπὶ κληῖσιν ἕκαστοι
κόσμῳ, πεῖσμα δ' ἔλυσαν ἀπὸ τρητοῖο λίθοις.
εὖθ' οἱ ἀνακλινθέντες ἀνερρίπτουν ἅλα πηδῷ,
καὶ τῷ νήδυμος ὕπνος ἐπὶ βλεφάροισιν ἔπιπτε,
νήγρετος, ἥδιστος, θανάτῳ ἄγχιστα ἐοικώς. 80
ἡ δ', ὥς τ' ἐν πεδίῳ τετράοροι ἄρσενες ἵπποι,
πάντες ἅμ' ὁρμηθέντες ὑπὸ πληγῇσιν ἱμάσθλης,
ὑψόσ' ἀειρόμενοι ῥίμφα πρήσσουσι κέλευθον,
ὣς ἄρα τῆς πρύμνη μὲν ἀείρετο, κῦμα δ' ὄπισθε
πορφύρεον μέγα θῦε πολυφλοίσβοιο θαλάσσης. 85
ἡ δὲ μάλ' ἀσφαλέως θέεν ἔμπεδον· οὐδέ κεν ἴρηξ
κίρκος ὁμαρτήσειεν, ἐλαφρότατος πετεηνῶν.
ὣς ἡ ῥίμφα θέουσα θαλάσσης κύματ' ἔταμνεν,
ἄνδρα φέρουσα θεοῖς ἐναλίγκια μήδε' ἔχοντα·
ὃς πρὶν μὲν μάλα πολλὰ πάθ' ἄλγεα ὃν κατὰ θυμὸν 90
ἀνδρῶν τε πτολέμους ἀλεγεινά τε κύματα πείρων,
δὴ τότε γ' ἀτρέμας εὗδε, λελασμένος ὅσσ' ἐπεπόνθει.
εὖτ' ἀστὴρ ὑπερέσχε φαάντατος, ὅς τε μάλιστα
ἔρχεται ἀγγέλλων φάος Ἠοῦς ἠριγενείης,
τῆμος δὴ νήσῳ προσεπίλνατο ποντοπόρος νηῦς. 95
Φόρκυνος δέ τίς ἐστι λιμήν, ἁλίοιο γέροντος,

prazer do basileu, dos filhos e da gente!"
Falando assim, o itácio cruza o umbral da porta.
Alcínoo, o seu vigor, mandou que o arauto o guiasse
até a embarcação veloz e o litoral. 65
Arete determina que as ancilas portem-lhe,
uma, o luzente manto e a túnica; outra, o sólido
escrínio, lado a lado; uma terceira cuida
de transportar o vinho rubro e as iguarias.
Tão logo chegam ao navio e ao mar talássio, 70
ilustres condutores guardam a bebida
e os víveres na embarcação bojuda. Cobrem
e estendem sobre a tolda o linho além da colcha
para Odisseu dormir despreocupado à popa.
O herói então embarca e deita-se em silêncio. 75
Remeiros se organizam perto das cavilhas,
puxam as cordas do orifício do pedrouço.
E, assim que reclinaram, com as pás revolvem
o mar, e o sono doce cai-lhe sobre as pálpebras,
sem sobressalto, suave, ícone da morte. 80
A quadriga dispara plaino adentro, sob
golpes do látego sobrelevando a testa,
a perfazerem o sendeiro velozmente,
eis como a nau erguia a popa, atrás a onda
espumejando ensandecia do mar pluris- 85
sonoro. Voa a nau segura, inalcançável
até pelo falcão, o mais veloz dos pássaros.
Assim agílimo o navio singrava o oceano,
um homem com pensar de um deus a bordo, multi-
padecido em seu coração de outrora em lutas 90
de heróis, na rispidez dos vagalhões, que agora
dormia calmo, imêmore da dor de outrora.
Quando desponta a estrela hipercintilante,
núncia fosfóreo-angelical da Aurora, prole-
-da-manhã, o navio singrante atinge a ínsula. 95
Em Ítaca há uma rada do ancião do mar,

ἐν δήμῳ Ἰθάκης· δύο δὲ προβλῆτες ἐν αὐτῷ
ἀκταὶ ἀπορρῶγες, λιμένος ποτιπεπτηυῖαι,
αἵ τ' ἀνέμων σκεπόωσι δυσαήων μέγα κῦμα
ἔκτοθεν· ἔντοσθεν δέ τ' ἄνευ δεσμοῖο μένουσι   100
νῆες ἐΰσσελμοι, ὅτ' ἂν ὅρμου μέτρον ἵκωνται.
αὐτὰρ ἐπὶ κρατὸς λιμένος τανύφυλλος ἐλαίη,
ἀγχόθι δ' αὐτῆς ἄντρον ἐπήρατον ἠεροειδές,
ἱρὸν νυμφάων αἳ νηϊάδες καλέονται.
ἐν δὲ κρητῆρές τε καὶ ἀμφιφορῆες ἔασιν   105
λάϊνοι· ἔνθα δ' ἔπειτα τιθαιβώσσουσι μέλισσαι.
ἐν δ' ἱστοὶ λίθεοι περιμήκεες, ἔνθα τε νύμφαι
φάρε' ὑφαίνουσιν ἁλιπόρφυρα, θαῦμα ἰδέσθαι·
ἐν δ' ὕδατ' ἀενάοντα. δύω δέ τέ οἱ θύραι εἰσίν,
αἱ μὲν πρὸς Βορέαο καταιβαταὶ ἀνθρώποισιν,   110
αἱ δ' αὖ πρὸς Νότου εἰσὶ θεώτεραι· οὐδέ τι κείνῃ
ἄνδρες ἐσέρχονται, ἀλλ' ἀθανάτων ὁδός ἐστιν.
ἔνθ' οἵ γ' εἰσέλασαν, πρὶν εἰδότες· ἡ μὲν ἔπειτα
ἠπείρῳ ἐπέκελσεν, ὅσον τ' ἐπὶ ἥμισυ πάσης,
σπερχομένη· τοίων γὰρ ἐπείγετο χέρσ' ἐρετάων·   115
οἱ δ' ἐκ νηὸς βάντες ἐϋζύγου ἠπειρόνδε
πρῶτον Ὀδυσσῆα γλαφυρῆς ἐκ νηὸς ἄειραν
αὐτῷ σύν τε λίνῳ καὶ ῥήγεϊ σιγαλόεντι,
κὰδ δ' ἄρ' ἐπὶ ψαμάθῳ ἔθεσαν δεδμημένον ὕπνῳ,
ἐκ δὲ κτήματ' ἄειραν, ἅ οἱ Φαίηκες ἀγαυοὶ   120
ὤπασαν οἴκαδ' ἰόντι διὰ μεγάθυμον Ἀθήνην.
καὶ τὰ μὲν οὖν παρὰ πυθμέν' ἐλαίης ἀθρόα θῆκαν
ἐκτὸς ὁδοῦ, μή πώς τις ὁδιτάων ἀνθρώπων,
πρίν γ' Ὀδυσῆ' ἔγρεσθαι, ἐπελθὼν δηλήσαιτο·
αὐτοὶ δ' αὖτ' οἴκόνδε πάλιν κίον. οὐδ' ἐνοσίχθων   125
λήθετ' ἀπειλάων, τὰς ἀντιθέῳ Ὀδυσῆϊ
πρῶτον ἐπηπείλησε, Διὸς δ' ἐξείρετο βουλήν·
"Ζεῦ πάτερ, οὐκέτ' ἐγώ γε μετ' ἀθανάτοισι θεοῖσι
τιμήεις ἔσομαι, ὅτε με βροτοὶ οὔ τι τίουσιν,
Φαίηκες, τοί πέρ τοι ἐμῆς ἔξ εἰσι γενέθλης.   130
καὶ γὰρ νῦν Ὀδυσῆ' ἐφάμην κακὰ πολλὰ παθόντα

Forco; sobre ela alcantilados promontórios,
face a face, projetam-se. Descaem no porto.
Barram o vagalhão que o vento encapela
fora. No ancoradouro, os barcos bem-construídos, 100
aportam sem lançarem as amarras. Folhas
tênues encopam a oliveira num extremo,
colada à qual se interna a bela gruta turva,
que se consagra às ninfas designadas Náiades.
Ali se veem crateras e ânforas de pedra, 105
local onde as abelhas fazem mel, e teares
plurimagníficos, nos quais as ninfas tecem
mantos salino-púrpura que apraz olhar.
A gruta é duplientrável. A água pereniza.
Ao norte os homens têm acesso; ao sul, a entrada 110
é reservada aos deuses imortais, proibida
a travessia humana: a rota é dos eternos.
Prescientes do lugar, se embrenham. O navio
adentra lesto no areal, até a metade
da quilha, tal era o vigor dos remadores. 115
Fora da nau de belos bancos, carregaram
primeiro o herói e a entretela feita em linho
mais a coberta rutilante. No torpor
da sonolência, o acomodam sobre a areia.
Buscaram os tesouros que os feácios nobres 120
deram no embarque. Atena os auxiliava, magna.
Rente ao pé da oliveira, empilham-nos, e não
pela vereda: não os visse um viajor
larápio, antes de o herói itácio despertar.
Retornam para o lar. O Abala-terra não 125
esquecera as ameaças prévias que lançara
contra Odisseu, igual-a-um-deus. Sondou então
as intenções de Zeus: "Como esperar que os deuses
me honrem, Zeus pai, se os perecíveis desonrarem-me?
Aos feácios me refiro, embora minha prole. 130
Estava ciente de que tornaria ao lar,

οἴκαδ' ἐλεύσεσθαι· νόστον δέ οἱ οὔ ποτ' ἀπηύρων
πάγχυ, ἐπεὶ σὺ πρῶτον ὑπέσχεο καὶ κατένευσας.
οἱ δ' εὕδοντ' ἐν νηΐ θοῇ ἐπὶ πόντον ἄγοντες
κάτθεσαν εἰν Ἰθάκῃ, ἔδοσαν δέ οἱ ἄσπετα δῶρα,   135
χαλκόν τε χρυσόν τε ἅλις ἐσθῆτά θ' ὑφαντήν,
πόλλ', ὅσ' ἂν οὐδέ ποτε Τροίης ἐξήρατ' Ὀδυσσεύς,
εἴ περ ἀπήμων ἦλθε, λαχὼν ἀπὸ ληΐδος αἶσαν."
τὸν δ' ἀπαμειβόμενος προσέφη νεφεληγερέτα Ζεύς·
"ὢ πόποι, ἐννοσίγαι' εὐρυσθενές, οἷον ἔειπες.   140
οὔ τί σ' ἀτιμάζουσι θεοί· χαλεπὸν δέ κεν εἴη
πρεσβύτατον καὶ ἄριστον ἀτιμίῃσιν ἰάλλειν.
ἀνδρῶν δ' εἴ πέρ τίς σε βίῃ καὶ κάρτεϊ εἴκων
οὔ τι τίει. σοὶ δ' ἐστὶ καὶ ἐξοπίσω τίσις αἰεί.
ἔρξον ὅπως ἐθέλεις καί τοι φίλον ἔπλετο θυμῷ."   145
τὸν δ' ἠμείβετ' ἔπειτα Ποσειδάων ἐνοσίχθων·
"αἶψά κ' ἐγὼν ἔρξαιμι, κελαινεφές, ὡς ἀγορεύεις·
ἀλλὰ σὸν αἰεὶ θυμὸν ὀπίζομαι ἠδ' ἀλεείνω.
νῦν αὖ Φαιήκων ἐθέλω περικαλλέα νῆα,
ἐκ πομπῆς ἀνιοῦσαν, ἐν ἠεροειδέϊ πόντῳ   150
ῥαῖσαι, ἵν' ἤδη σχῶνται, ἀπολλήξωσι δὲ πομπῆς
ἀνθρώπων, μέγα δέ σφιν ὄρος πόλει ἀμφικαλύψαι."
τὸν δ' ἀπαμειβόμενος προσέφη νεφεληγερέτα Ζεύς·
"ὢ πέπον, ὡς μὲν ἐμῷ θυμῷ δοκεῖ εἶναι ἄριστα,
ὁππότε κεν δὴ πάντες ἐλαυνομένην προΐδωνται   155
λαοὶ ἀπὸ πτόλιος, θεῖναι λίθον ἐγγύθι γαίης
νηΐ θοῇ ἴκελον, ἵνα θαυμάζωσιν ἅπαντες
ἄνθρωποι, μέγα δέ σφιν ὄρος πόλει ἀμφικαλύψαι."
αὐτὰρ ἐπεὶ τό γ' ἄκουσε Ποσειδάων ἐνοσίχθων,
βῆ ῥ' ἴμεν ἐς Σχερίην, ὅθι Φαίηκες γεγάασιν.   160
ἔνθ' ἔμεν'· ἡ δὲ μάλα σχεδὸν ἤλυθε ποντοπόρος νηῦς
ῥίμφα διωκομένη· τῆς δὲ σχεδὸν ἦλθ' ἐνοσίχθων,
ὅς μιν λᾶαν ἔθηκε καὶ ἐρρίζωσεν ἔνερθε
χειρὶ καταπρηνεῖ ἐλάσας· ὁ δὲ νόσφι βεβήκει.
οἱ δὲ πρὸς ἀλλήλους ἔπεα πτερόεντ' ἀγόρευον   165
Φαίηκες δολιχήρετμοι, ναυσίκλυτοι ἄνδρες.

depois de muito padecer. Como evitá-lo,
se o havias prometido declinando a testa?
E feácios o conduzem pelo mar, dormente,
em nau veloz a Ítaca, pleno de dons, 135
bronze, ouro em profusão e vestes pespontadas,
bem mais do que Odisseu transportaria de Ílion,
não se perdera sua parte no butim."
E Zeus lhe respondeu, adensa-nuvens: "Como
disseste, Abala-terra, amplipotente? Numes 140
não te retiram a honra; impossível fora
menosprezar o mais ancião, o deus melhor.
Mas se um mortal, mais frágil, não te honra a força,
mais tarde sempre poderás vingá-lo. Faze
conforme o dite o coração e teu desejo." 145
E o Abala-terra, deus oceânico, pondera:
"Teria agido, Ajunta-nuvens, qual arengas,
não venerasse o que teu âmago encarece.
Agora a pluribela embarcação feácia,
que torna pelo mar escuro após doar 150
escolta, quero vê-la espedaçada. Cesse
de ciceronear mortais! E a pólis dela,
circum-esconde-a um monte alto!" O Ajunta-nuvens:
"Ó caro, à minha ânima soaria melhor
se, frente à urbe que vislumbra a nave próxima, 155
a transmutasse num rochedo similar
à nau veloz, que a todos choque, monte enorme
circunvelando a cidadela dos feácios."
Fustigador-terráqueo, o deus do mar partiu
a Esquéria, logradouro feácio, assim que o ouviu. 160
E ali ficou. A nave sulcadora agílima
se abeira rente. O Abala-terra ladeando-a,
a fez calhau, enraizando-a nos baixios,
empalmando-a, vivaz. E logo se ausentou.
Palavras-asas intercambiavam feácios 165
longirremeiros, nautas-ínclitos. Um deles,

ὧδε δέ τις εἴπεσκεν ἰδὼν ἐς πλησίον ἄλλον·
"ὤ μοι, τίς δὴ νῆα θοὴν ἐπέδησ' ἐνὶ πόντῳ
οἴκαδ' ἐλαυνομένην; καὶ δὴ προὐφαίνετο πᾶσα."
ὣς ἄρα τις εἴπεσκε· τὰ δ' οὐκ ἴσαν ὡς ἐτέτυκτο.   170
τοῖσιν δ' Ἀλκίνοος ἀγορήσατο καὶ μετέειπεν·
"ὢ πόποι, ἦ μάλα δή με παλαίφατα θέσφαθ' ἱκάνει
πατρὸς ἐμοῦ, ὅς ἔφασκε Ποσειδάων' ἀγάσασθαι
ἡμῖν, οὕνεκα πομποὶ ἀπήμονές εἰμεν ἁπάντων.
φῆ ποτὲ Φαιήκων ἀνδρῶν περικαλλέα, νῆα,   175
ἐκ πομπῆς ἀνιοῦσαν, ἐν ἠεροειδέϊ πόντῳ
ῥαισέμεναι, μέγα δ' ἧμιν ὄρος πόλει ἀμφικαλύψειν.
ὣς ἀγόρευ' ὁ γέρων· τὰ δὲ δὴ νῦν πάντα τελεῖται.
ἀλλ' ἄγεθ', ὡς ἂν ἐγὼ εἴπω, πειθώμεθα πάντες·
πομπῆς μὲν παύσασθε βροτῶν, ὅτε κέν τις ἵκηται   180
ἡμέτερον προτὶ ἄστυ· Ποσειδάωνι δὲ ταύρους
δώδεκα κεκριμένους ἱερεύσομεν, αἴ κ' ἐλεήσῃ,
μηδ' ἡμῖν περίμηκες ὄρος πόλει ἀμφικαλύψῃ."
ὣς ἔφαθ', οἱ δ' ἔδεισαν, ἑτοιμάσσαντο δὲ ταύρους.
ὣς οἱ μέν ῥ' εὔχοντο Ποσειδάωνι ἄνακτι   185
δήμου Φαιήκων ἡγήτορες ἠδὲ μέδοντες,
ἑσταότες περὶ βωμόν. ὁ δ' ἔγρετο δῖος Ὀδυσσεὺς
εὕδων ἐν γαίῃ πατρωΐῃ, οὐδέ μιν ἔγνω,
ἤδη δὴν ἀπεών· περὶ γὰρ θεὸς ἠέρα χεῦε
Παλλὰς Ἀθηναίη, κούρη Διός, ὄφρα μιν αὐτὸν   190
ἄγνωστον τεύξειεν ἕκαστά τε μυθήσαιτο,
μή μιν πρὶν ἄλοχος γνοίη ἀστοί τε φίλοι τε,
πρὶν πᾶσαν μνηστῆρας ὑπερβασίην ἀποτῖσαι.
τοὔνεκ' ἄρ' ἀλλοειδέα φαινέσκετο πάντα ἄνακτι,
ἀτραπιτοί τε διηνεκέες λιμένες τε πάνορμοι   195
πέτραι τ' ἠλίβατοι καὶ δένδρεα τηλεθόωντα.
στῆ δ' ἄρ' ἀναΐξας καί ῥ' εἴσιδε πατρίδα γαῖαν·
ᾤμωξέν τ' ἄρ ἔπειτα καὶ ὣ πεπλήγετο μηρὼ
χερσὶ καταπρηνέσσ', ὀλοφυρόμενος δ' ἔπος ηὔδα·
"ὤ μοι ἐγώ, τέων αὖτε βροτῶν ἐς γαῖαν ἱκάνω;   200
ἦ ῥ' οἵ γ' ὑβρισταί τε καὶ ἄγριοι οὐδὲ δίκαιοι,

voltando-se ao vizinho, assim se pronunciou:
"Ai! Quem aprisionou a nau veloz no mar,
plenivisível no retorno ao lar agílimo?"
Falava, embasbacado com o que se erguia. 170
E Alcínoo, entre os demais, manifestou-se: "Ai!,
a antiga profecia de meu pai se cumpre,
segundo a qual Posêidon se enraiveceria
por conduzirmos pelo mar um ser incólume.
Dizia que aniquilaria a plurilinda 175
nau feácia, quando retornasse pelo oceano
fosco, circuntapando a urbe com o monte.
Era o que o ancião dizia. E tudo se cumpriu.
Vamos! O que eu disser, vigore! Nunca mais
escoltaremos hóspede que nos visite. 180
Sacrifiquemos doze touros escolhidos
ao deus do mar, que se nos apiede e não
circum-eclipse a pólis com um monte enorme."
Sua fala os faz temer e logo trazem touros.
Hegêmones e conselheiros dos feácios 185
então suplicam a Posêidon ilustríssimo,
postados ao redor do altar. O herói divino
desperta sem reconhecer a terra ancestre,
há muito ausente. A filha do Cronida, Palas
Atena, havia difundido névoa em torno 190
dele, para torná-lo irreconhecível
pela mulher e pelos itacenses, antes
de colocá-lo a par de tudo, antes que o herói
punisse duramente a hiperousadia
dos pretendentes. E a paisagem se alheava, 195
portos pleniancoráveis, sendas delongadas,
penhas petrosas, arvoredos luxuriantes.
Perscruta em pé a terra ancestre e espalma as mãos
às lágrimas, golpeando a própria coxa. Exclama
pranteando a cântaros: "Tristeza! A quem pertence 200
a terra onde repiso? A rudes, a antileis,

ἦε φιλόξεινοι, καί σφιν νόος ἐστὶ θεουδής;
πῇ δὴ χρήματα πολλὰ φέρω τάδε; πῇ τε καὶ αὐτὸς
πλάζομαι; αἴθ᾽ ὄφελον μεῖναι παρὰ Φαιήκεσσιν
αὐτοῦ· ἐγὼ δέ κεν ἄλλον ὑπερμενέων βασιλήων   205
ἐξικόμην, ὅς κέν μ᾽ ἐφίλει καὶ ἔπεμπε νέεσθαι.
νῦν δ᾽ οὔτ᾽ ἄρ πῃ θέσθαι ἐπίσταμαι, οὐδὲ μὲν αὐτοῦ
καλλείψω, μή πώς μοι ἕλωρ ἄλλοισι γένηται.
ὢ πόποι, οὐκ ἄρα πάντα νοήμονες οὐδὲ δίκαιοι
ἦσαν Φαιήκων ἡγήτορες ἠδὲ μέδοντες,   210
οἵ μ᾽ εἰς ἄλλην γαῖαν ἀπήγαγον, ἦ τέ μ᾽ ἔφαντο
ἄξειν εἰς Ἰθάκην εὐδείελον, οὐδ᾽ ἐτέλεσσαν.
Ζεὺς σφέας τίσαιτο ἱκετήσιος, ὅς τε καὶ ἄλλους
ἀνθρώπους ἐφορᾷ καὶ τίνυται ὅς τις ἁμάρτῃ.
ἀλλ᾽ ἄγε δὴ τὰ χρήματ᾽ ἀριθμήσω καὶ ἴδωμαι,   215
μή τί μοι οἴχωνται κοίλης ἐπὶ νηὸς ἄγοντες.”
ὣς εἰπὼν τρίποδας περικαλλέας ἠδὲ λέβητας
ἠρίθμει καὶ χρυσὸν ὑφαντά τε εἵματα καλά.
τῶν μὲν ἄρ᾽ οὔ τι πόθει· ὁ δ᾽ ὀδύρετο πατρίδα γαῖαν
ἑρπύζων παρὰ θῖνα πολυφλοίσβοιο θαλάσσης,   220
πόλλ᾽ ὀλοφυρόμενος. σχεδόθεν δέ οἱ ἦλθεν Ἀθήνη,
ἀνδρὶ δέμας εἰκυῖα νέῳ, ἐπιβώτορι μήλων,
παναπάλῳ, οἷοί τε ἀνάκτων παῖδες ἔασι,
δίπτυχον ἀμφ᾽ ὤμοισιν ἔχουσ᾽ εὐεργέα λώπην·
ποσσὶ δ᾽ ὑπὸ λιπαροῖσι πέδιλ᾽ ἔχε, χερσὶ δ᾽ ἄκοντα.   225
τὴν δ᾽ Ὀδυσεὺς γήθησεν ἰδὼν καὶ ἐναντίος ἦλθε,
καί μιν φωνήσας ἔπεα πτερόεντα προσηύδα·
“ὦ φίλ᾽, ἐπεί σε πρῶτα κιχάνω τῷδ᾽ ἐνὶ χώρῳ,
χαῖρέ τε καὶ μή μοί τι κακῷ νόῳ ἀντιβολήσαις,
ἀλλὰ σάω μὲν ταῦτα, σάω δ᾽ ἐμέ· σοὶ γὰρ ἐγώ γε   230
εὔχομαι ὥς τε θεῷ καί σευ φίλα γούναθ᾽ ἱκάνω.
καί μοι τοῦτ᾽ ἀγόρευσον ἐτήτυμον, ὄφρ᾽ ἐῢ εἰδῶ·
τίς γῆ, τίς δῆμος, τίνες ἀνέρες ἐγγεγάασιν;
ἦ πού τις νήσων εὐδείελος, ἦέ τις ἀκτὴ
κεῖθ᾽ ἁλὶ κεκλιμένη ἐριβώλακος ἠπείροιο;”   235
τὸν δ᾽ αὖτε προσέειπε θεὰ γλαυκῶπις Ἀθήνη·

a prepotentes? Ou a filoforasteiros
pertence, âmago divino-temeroso?
Tanta riqueza, aonde devo transportá-la?
Levo a mim mesmo ao léu a que paragens? Longe, 205
permanecera entre os feácios! Outro rei
teria me acolhido, me franqueando o lar.
Ignoro em que lugar a deposito, ciente
da impossibilidade de deixá-la aqui,
à mercê do viajor que passe na região. 210
Os líderes da Esquéria e seus conselheiros
careciam de sensatez e de justiça.
Ficaram de me transportar à estiva Ítaca,
não o fizeram. Zeus faça-os pagar, pois vê
todos os homens, pune quem incorre em erro. 215
Vou elencar o rol dos bens e examinar
se não levaram nada no baixel bicurvo."
Falou assim e enumerava as maxibelas
trípodes, as caldeiras, o ouro e os brocados.
Nada faltava, além da pátria, que chorava, 220
claudicando na praia plurirrumorosa,
balbuciando demais. Atena se aproxima,
ícone de um delicadíssimo pastor
de ovelhas, jovial, como soem ser os filhos
de um rei. Nos ombros, duplo manto bem-lavrado, 225
sandálias envolvendo os pés sutis, venábulo
na mão. O herói sorri ao vislumbrá-la e, indo
em sua direção, lhe diz palavra-asas:
"És o primeiro, amigo, com quem cruzo aqui!
Eu te saúdo! Queiras não me hostilizar! 230
Protege a mim, protege o meu tesouro. Um deus,
qual foras, te suplico, tocarei teus joelhos.
Inteira-me nos fatos, sem tergiversar:
quem mora aqui? Em que país me encontro? É ínsula,
quem sabe, que o sol cresta? Ou cabo declinado 235
no mar de um continente fértil?" Palas, olhos-

"νήπιός εἰς, ὦ ξεῖν᾽, ἢ τηλόθεν εἰλήλουθας,
εἰ δὴ τήνδε τε γαῖαν ἀνείρεαι. οὐδέ τι λίην
οὕτω νώνυμός ἐστιν· ἴσασι δέ μιν μάλα πολλοί,
ἠμὲν ὅσοι ναίουσι πρὸς ἠῶ τ᾽ ἠέλιόν τε,   240
ἠδ᾽ ὅσσοι μετόπισθε ποτὶ ζόφον ἠερόεντα.
ἦ τοι μὲν τρηχεῖα καὶ οὐχ ἱππήλατός ἐστιν,
οὐδὲ λίην λυπρή, ἀτὰρ οὐδ᾽ εὐρεῖα τέτυκται.
ἐν μὲν γάρ οἱ σῖτος ἀθέσφατος, ἐν δέ τε οἶνος
γίγνεται· αἰεὶ δ᾽ ὄμβρος ἔχει τεθαλυῖά τ᾽ ἐέρση·   245
αἰγίβοτος δ᾽ ἀγαθὴ καὶ βούβοτος· ἔστι μὲν ὕλη
παντοίη, ἐν δ᾽ ἀρδμοὶ ἐπηετανοὶ παρέασι.
τῷ τοι, ξεῖν᾽, Ἰθάκης γε καὶ ἐς Τροίην ὄνομ᾽ ἵκει,
τήν περ τηλοῦ φασὶν Ἀχαιΐδος ἔμμεναι αἴης."
ὣς φάτο, γήθησεν δὲ πολύτλας δῖος Ὀδυσσεύς,   250
χαίρων ᾗ γαίῃ πατρωΐῃ, ὥς οἱ ἔειπε
Παλλὰς Ἀθηναίη, κούρη Διὸς αἰγιόχοιο·
καί μιν φωνήσας ἔπεα πτερόεντα προσηύδα·
οὐδ᾽ ὅ γ᾽ ἀληθέα εἶπε, πάλιν δ᾽ ὅ γε λάζετο μῦθον,
αἰεὶ ἐνὶ στήθεσσι νόον πολυκερδέα νωμῶν·   255
"πυνθανόμην Ἰθάκης γε καὶ ἐν Κρήτῃ εὐρείῃ,
τηλοῦ ὑπὲρ πόντου· νῦν δ᾽ εἰλήλουθα καὶ αὐτὸς
χρήμασι σὺν τοίσδεσσι· λιπὼν δ᾽ ἔτι παισὶ τοσαῦτα
φεύγω, ἐπεὶ φίλον υἷα κατέκτανον Ἰδομενῆος,
Ὀρσίλοχον πόδας ὠκύν, ὃς ἐν Κρήτῃ εὐρείῃ   260
ἀνέρας ἀλφηστὰς νίκα ταχέεσσι πόδεσσιν,
οὕνεκά με στερέσαι τῆς ληΐδος ἤθελε πάσης
Τρωϊάδος, τῆς εἵνεκ᾽ ἐγὼ πάθον ἄλγεα θυμῷ,
ἀνδρῶν τε πτολέμους ἀλεγεινά τε κύματα πείρων,
οὕνεκ᾽ ἄρ᾽ οὐχ ᾧ πατρὶ χαριζόμενος θεράπευον   265
δήμῳ ἔνι Τρώων, ἀλλ᾽ ἄλλων ἦρχον ἑταίρων.
τὸν μὲν ἐγὼ κατιόντα βάλον χαλκήρεϊ δουρὶ
ἀγρόθεν, ἐγγὺς ὁδοῖο λοχησάμενος σὺν ἑταίρῳ·
νὺξ δὲ μάλα δνοφερὴ κάτεχ᾽ οὐρανόν, οὐδέ τις ἡμέας
ἀνθρώπων ἐνόησε, λάθον δέ ἑ θυμὸν ἀπούρας.   270
αὐτὰρ ἐπεὶ δὴ τόν γε κατέκτανον ὀξέϊ χαλκῷ,

-azuis, então lhe respondeu: "Para indagar-me
coisas assim, ou és ingênuo ou viajor
provindo de paragens dos confins. Não é
desconhecida assim de numerosos homens, 240
quantos habitem onde a aurora nasce e o sol,
quantos habitem ao crepúsculo brumoso.
Sua aridez não é convidativa a equinos;
não chega a ser medíocre, mas não é enorme.
Ao deus falta palavra para definir 245
o grão daqui e o vinho. Sempre orvalha e chove.
À cabra e ao boi apraz o pasto, e não há árvore
que nela não viceje. A aguada nunca seca.
Não por razão diversa, até em Troia sabem
seu nome, longe (dizem) dos aqueus: eis Ítaca!" 250
Falou e o herói divino multipadecido
compraz-se no rincão natal, assim que escuta
Atena, filha do Cronida porta-égide.
E proferiu alígeras palavras falsas,
recorrendo a um raconto. Sempre revolvia 255
no peito o pensamento plurissibilino:
"Até na ultramarina Creta, ouvi falar
de Ítaca. Não faz muito tempo que cheguei
com estes bens. Deixei o equivalente aos filhos,
quando fugi. Matei o célere Orsíloco, 260
filho de Idomeneu. Vencia sempre os homens
que comem pão, com ágeis pés, na vasta Creta.
Matei-o porque quis privar-me do butim
troiano, que me trouxe tantas dores, mar
adverso superando e, em guerra, os inimigos. 265
Alegava eu não ter servido o pai em Troia,
com a intenção de encabeçar meus próprios sócios.
Eu o feri com pique brônzeo, no retorno
do campo, ao lado de um comparsa à beira-estrada,
à espreita. O breu da noite obscurecia o céu, 270
ninguém nos viu ou soube quem tirou sua vida.

αὐτίκ' ἐγὼν ἐπὶ νῆα κιὼν Φοίνικας ἀγαυοὺς
ἐλλισάμην, καί σφιν μενοεικέα ληΐδα δῶκα·
τούς μ' ἐκέλευσα Πύλονδε καταστῆσαι καὶ ἐφέσσαι
ἢ εἰς Ἤλιδα δῖαν, ὅθι κρατέουσιν Ἐπειοί.   275
ἀλλ' ἦ τοι σφέας κεῖθεν ἀπώσατο ἲς ἀνέμοιο
πόλλ' ἀεκαζομένους, οὐδ' ἤθελον ἐξαπατῆσαι.
κεῖθεν δὲ πλαγχθέντες ἱκάνομεν ἐνθάδε νυκτός.
σπουδῇ δ' ἐς λιμένα προερέσσαμεν, οὐδέ τις ἡμῖν
δόρπου μνῆστις ἔην, μάλα περ χατέουσιν ἑλέσθαι,   280
ἀλλ' αὕτως ἀποβάντες ἐκείμεθα νηὸς ἅπαντες.
ἔνθ' ἐμὲ μὲν γλυκὺς ὕπνος ἐπήλυθε κεκμηῶτα,
οἱ δὲ χρήματ' ἐμὰ γλαφυρῆς ἐκ νηὸς ἑλόντες
κάτθεσαν, ἔνθα περ αὐτὸς ἐπὶ ψαμάθοισιν ἐκείμην.
οἱ δ' ἐς Σιδονίην εὖ ναιομένην ἀναβάντες   285
ᾤχοντ'· αὐτὰρ ἐγὼ λιπόμην ἀκαχήμενος ἦτορ."
ὣς φάτο, μείδησεν δὲ θεὰ γλαυκῶπις Ἀθήνη,
χειρί τέ μιν κατέρεξε· δέμας δ' ἤϊκτο γυναικὶ
καλῇ τε μεγάλῃ τε καὶ ἀγλαὰ ἔργα ἰδυίῃ·
καί μιν φωνήσασ' ἔπεα πτερόεντα προσηύδα·   290
"κερδαλέος κ' εἴη καὶ ἐπίκλοπος ὅς σε παρέλθοι
ἐν πάντεσσι δόλοισι, καὶ εἰ θεὸς ἀντιάσειε.
σχέτλιε, ποικιλομῆτα, δόλων ἆτ', οὐκ ἄρ' ἔμελλες,
οὐδ' ἐν σῇ περ ἐὼν γαίῃ, λήξειν ἀπατάων
μύθων τε κλοπίων, οἵ τοι πεδόθεν φίλοι εἰσίν.   295
ἀλλ' ἄγε, μηκέτι ταῦτα λεγώμεθα, εἰδότες ἄμφω
κέρδε', ἐπεὶ σὺ μέν ἐσσι βροτῶν ὄχ' ἄριστος ἁπάντων
βουλῇ καὶ μύθοισιν, ἐγὼ δ' ἐν πᾶσι θεοῖσι
μήτι τε κλέομαι καὶ κέρδεσιν· οὐδὲ σύ γ' ἔγνως
Παλλάδ' Ἀθηναίην, κούρην Διός, ἥ τέ τοι αἰεὶ   300
ἐν πάντεσσι πόνοισι παρίσταμαι ἠδὲ φυλάσσω,
καὶ δέ σε Φαιήκεσσι φίλον πάντεσσιν ἔθηκα,
νῦν αὖ δεῦρ' ἱκόμην, ἵνα τοι σὺν μῆτιν ὑφήνω
χρήματά τε κρύψω, ὅσα τοι Φαίηκες ἀγαυοὶ
ὤπασαν οἴκαδ' ἰόντι ἐμῇ βουλῇ τε νόῳ τε,   305
εἴπω θ' ὅσσα τοι αἶσα δόμοις ἔνι ποιητοῖσι

Depois do abate a fio de espada, supliquei
a bons fenícios me embarcassem no navio.
Lauta mercê lhes dei: que me levassem a Élide
diva, seara epeia, ou que eu descesse em Pilo! 275
Mas o furor do vendaval nos afastou
deveras contra o plano (não eram velhacos).
Viemos dar aqui à noite, destroçados,
avançando no porto a remo, sem pensar
no de-comer, embora esfomeados. Todos, 280
em terra firme, nos jogamos pela praia.
Hipnos, com seu dulçor, me doma, e os condutores
tiraram meus haveres do navio bicôncavo
e o depuseram no areal onde eu dormia.
De volta à embarcação, zarparam para Sídon 285
sólida e eu permaneci, amargurado."
Falou assim e a deusa de olhos glaucos riu
e com a mão o acariciou. Seu corpo era
tal qual o de uma moça esbelta e alta, hábil
nos lavores esplêndidos. Então falou 290
alígeras palavras: "Astucioso e esperto
quem logre te vencer em todo ludíbrio,
mesmo que seja um deus. Ó mente rutilante,
ladino insaciável, nem na própria casa
consegues prescindir dos teus embustes, contos 295
sinuosos, que amas em teu âmago! Mas chega
de história, que ambos conhecemos bem a léria.
Homem nenhum supera-te em alvitre e verve;
a perspicácia e astúcia me notabilizam
entre imortais. Não reconheces Palas, filha 300
de Zeus, que sempre te apoiou nos teus reveses,
que fez os feácios te quererem bem? Pois eis-me
aqui para tecermos juntos um ardil
e ocultar os regalos que, ao partir, ganhaste,
por meu conselho e juízo dos feácios magnos. 305
Direi o rol de penas que tua sina ainda

κήδε' ἀνασχέσθαι· σὺ δὲ τετλάμεναι καὶ ἀνάγκῃ,
μηδέ τῳ ἐκφάσθαι μήτ' ἀνδρῶν μήτε γυναικῶν,
πάντων, οὕνεκ' ἄρ' ἦλθες ἀλώμενος, ἀλλὰ σιωπῇ
πάσχειν ἄλγεα πολλά, βίας ὑποδέγμενος ἀνδρῶν." 310
τὴν δ' ἀπαμειβόμενος προσέφη πολύμητις Ὀδυσσεύς·
"ἀργαλέον σε, θεά, γνῶναι βροτῷ ἀντιάσαντι,
καὶ μάλ' ἐπισταμένῳ· σὲ γὰρ αὐτὴν παντὶ ἐΐσκεις.
τοῦτο δ' ἐγὼν εὖ οἶδ', ὅτι μοι πάρος ἠπίη ἦσθα,
ἧος ἐνὶ Τροίῃ πολεμίζομεν υἷες Ἀχαιῶν. 315
αὐτὰρ ἐπεὶ Πριάμοιο πόλιν διεπέρσαμεν αἰπήν,
βῆμεν δ' ἐν νήεσσι, θεὸς δ' ἐκέδασσεν Ἀχαιούς,
οὔ σέ γ' ἔπειτα ἴδον, κούρη Διός, οὐδ' ἐνόησα
νηὸς ἐμῆς ἐπιβᾶσαν, ὅπως τί μοι ἄλγος ἀλάλκοις.
ἀλλ' αἰεὶ φρεσὶν ᾗσιν ἔχων δεδαϊγμένον ἦτορ 320
ἠλώμην, ἧός με θεοὶ κακότητος ἔλυσαν·
πρίν γ' ὅτε Φαιήκων ἀνδρῶν ἐν πίονι δήμῳ
θάρσυνάς τε ἔπεσσι καὶ ἐς πόλιν ἤγαγες αὐτή.
νῦν δέ σε πρὸς πατρὸς γουνάζομαι — οὐ γὰρ ὀΐω
ἥκειν εἰς Ἰθάκην εὐδείελον, ἀλλά τιν' ἄλλην 325
γαῖαν ἀναστρέφομαι· σὲ δὲ κερτομέουσαν ὀΐω
ταῦτ' ἀγορευέμεναι, ἵν' ἐμὰς φρένας ἠπεροπεύσῃς —
εἰπέ μοι εἰ ἐτεόν γε φίλην ἐς πατρίδ' ἱκάνω."
τὸν δ' ἠμείβετ' ἔπειτα θεὰ γλαυκῶπις Ἀθήνη·
"αἰεί τοι τοιοῦτον ἐνὶ στήθεσσι νόημα· 330
τῷ σε καὶ οὐ δύναμαι προλιπεῖν δύστηνον ἐόντα,
οὕνεκ' ἐπητής ἐσσι καὶ ἀγχίνοος καὶ ἐχέφρων.
ἀσπασίως γάρ κ' ἄλλος ἀνὴρ ἀλαλήμενος ἐλθὼν
ἵετ' ἐνὶ μεγάροις ἰδέειν παῖδάς τ' ἄλοχόν τε·
σοὶ δ' οὔ πω φίλον ἐστὶ δαήμεναι οὐδὲ πυθέσθαι, 335
πρίν γ' ἔτι σῆς ἀλόχου πειρήσεαι, ἥ τέ τοι αὔτως
ἧσται ἐνὶ μεγάροισιν, ὀϊζυραὶ δέ οἱ αἰεὶ
φθίνουσιν νύκτες τε καὶ ἤματα δάκρυ χεούσῃ.
αὐτὰρ ἐγὼ τὸ μὲν οὔ ποτ' ἀπίστεον, ἀλλ' ἐνὶ θυμῷ
ᾔδε', ὃ νοστήσεις ὀλέσας ἄπο πάντας ἑταίρους· 340
ἀλλά τοι οὐκ ἐθέλησα Ποσειδάωνι μάχεσθαι

reserva-te no lar, que deves te obrigar
a suportar e a silenciar: ninguém, mulher
ou homem, saiba que tornaste como errante.
Cala teu infortúnio, mesmo que te insultem!"   310
E o polifrauduloso herói então responde:
"É duro, deusa, mesmo ao multissabedor,
reconhecer quando te vê, pois te afiguras
muitas. Mas sempre percebi tua presença
a meu favor lutando em Ílion, nós, aqueus: 315
derruída a priâmea cidadela alcantilada,
já sobre as naus, um deus nos dispersou, e não
mais te escrutei, nem percebi em meu navio,
filha de Zeus, para evitar que eu padecesse.
Mas sempre, coração em ruína no interior   320
do pericárdio, divaguei até que um deus
me resgatasse da amargura. Em terra pingue
feácia, me encorajaste e guiaste urbe adentro.
Agora eu te suplico, pelo pai, pois não
creio pisar em meu rincão crestado, em terra   325
diversa estando (e arengas só para enganar-me
o ânimo), deusa, eu rogo que me digas se esta
paragem é de fato a pátria itácia." Olhos-
-azuis, a deusa Palas rebateu: "Idêntico
pensar carregas sempre no interior do peito.   330
Não posso abandonar-te em tua desventura,
porque és sutil, prudente e mentiagudo. Foras
um outro, ao fim de tanta errância, já terias
buscado no palácio prole e esposa, ávido
por inquirir, achar respostas, mas preferes   335
pôr antes tua esposa à prova, alguém que em casa
se consome, abatida, diuturnamente
vertendo lágrimas. Não me desesperei,
meu coração sabia que virias, só,
os companheiros todos mortos. Evitava   340
a pugna com o irmão de Zeus, meu tio Posêidon,

πατροκασιγνήτῳ, ὅς τοι κότον ἔνθετο θυμῷ,
χωόμενος ὅτι οἱ υἱὸν φίλον ἐξαλάωσας.
ἀλλ' ἄγε τοι δείξω Ἰθάκης ἕδος, ὄφρα πεποίθῃς.
Φόρκυνος μὲν ὅδ' ἐστὶ λιμήν, ἁλίοιο γέροντος, 345
ἥδε δ' ἐπὶ κρατὸς λιμένος τανύφυλλος ἐλαίη·
ἀγχόθι δ' αὐτῆς ἄντρον ἐπήρατον ἠεροειδές,
ἱρὸν νυμφάων, αἳ νηϊάδες καλέονται·
τοῦτο δέ τοι σπέος ἐστὶ κατηρεφές, ἔνθα σὺ πολλὰς
ἔρδεσκες νύμφῃσι τεληέσσας ἑκατόμβας· 350
τοῦτο δὲ Νήριτόν ἐστιν ὄρος καταειμένον ὕλῃ."
ὣς εἰποῦσα θεὰ σκέδασ' ἠέρα, εἴσατο δὲ χθών·
γήθησέν τ' ἄρ' ἔπειτα πολύτλας δῖος Ὀδυσσεύς,
χαίρων ᾗ γαίῃ, κύσε δὲ ζείδωρον ἄρουραν.
αὐτίκα δὲ νύμφῃς ἠρήσατο, χεῖρας ἀνασχών· 355
"νύμφαι νηϊάδες, κοῦραι Διός, οὔ ποτ' ἐγώ γε
ὄψεσθ' ὔμμ' ἐφάμην· νῦν δ' εὐχωλῇς ἀγανῇσι
χαίρετ'· ἀτὰρ καὶ δῶρα διδώσομεν, ὡς τὸ πάρος περ,
αἴ κεν ἐᾷ πρόφρων με Διὸς θυγάτηρ ἀγελείη
αὐτόν τε ζώειν καί μοι φίλον υἱὸν ἀέξῃ." 360
τὸν δ' αὖτε προσέειπε θεὰ γλαυκῶπις Ἀθήνη·
"θάρσει, μή τοι ταῦτα μετὰ φρεσὶ σῇσι μελόντων.
ἀλλὰ χρήματα μὲν μυχῷ ἄντρου θεσπεσίοιο
θείμεν αὐτίκα νῦν, ἵνα περ τάδε τοι σόα μίμνῃ·
αὐτοὶ δὲ φραζώμεθ' ὅπως ὄχ' ἄριστα γένηται." 365
ὣς εἰποῦσα θεὰ δῦνε σπέος ἠεροειδές,
μαιομένη κευθμῶνας ἀνὰ σπέος· αὐτὰρ Ὀδυσσεὺς
ἆσσον πάντ' ἐφόρει, χρυσὸν καὶ ἀτειρέα χαλκὸν
εἵματά τ' εὐποίητα, τά οἱ Φαίηκες ἔδωκαν.
καὶ τὰ μὲν εὖ κατέθηκε, λίθον δ' ἐπέθηκε θύρῃσι 370
Παλλὰς Ἀθηναίη, κούρη Διὸς αἰγιόχοιο.
τὼ δὲ καθεζομένω ἱερῆς παρὰ πυθμέν' ἐλαίης
φραζέσθην μνηστῆρσιν ὑπερφιάλοισιν ὄλεθρον.
τοῖσι δὲ μύθων ἦρχε θεὰ γλαυκῶπις Ἀθήνη·
"διογενὲς Λαερτιάδη, πολυμήχαν' Ὀδυσσεῦ, 375
φράζευ ὅπως μνηστῆρσιν ἀναιδέσι χεῖρας ἐφήσεις,

que só trazia rancor no coração, pois cego
deixaste um filho seu. Mas, vamos, que eu indico
rincões itácios para veres que não minto.
Avistas a abra do ancião do mar, de Forco, 345
em cujo extremo encontra-se a oliveira largi-
copas. No flanco, a ensombrecida gruta grácil,
morada das ninfeias nomeadas Náiades.
Eis a caverna enorme onde era teu costume
fazer perfeitas hecatombes para as ninfas. 350
Avante, o monte vicejante — vês? — é o Nérito."
Falando assim, dissipa a névoa: surge o entorno;
o herói multipaciente rejubila em gáudio
com a paisagem. Beija a terra doadora
de grãos e prega às ninfas soerguendo as mãos: 355
"Ó ninfas Náiades, prole de Zeus, não cria
vos rever outra vez. Queirais ouvir de mim
a doce prece! Como outrora, vos oferto
dons, caso a predadora, prole do Cronida,
consinta-me viver e meu menino cresça." 360
Atena de olhos glaucos diz-lhe então: "Coragem,
desanuvia teu ânimo desse temário!
Tratemos de guardar no fundo da caverna
os bens que te pertencem, para preservá-los.
Pensemos no procedimento mais propício." 365
Falando assim a deusa avança no trevor
da gruta, perlustrando seus recessos. Bem
ao fundo o herói transporta o ouro e o inconcusso
bronze, tecidos magnifaturados, dons
feácios. Tudo bem disposto, Palas, filha 370
do porta-égide, lacrou com pedra o acesso.
Sentados ao sopé de uma oliveira sacra,
tramavam a ruína dos altivos procos.
Atena olhos-azuis toma a palavra: "Filho
divino de Laerte, Odisseu arguto, 375
concebe a punição dos pretendentes que há

οἳ δή τοι τρίετες μέγαρον κάτα κοιρανέουσι,
μνώμενοι ἀντιθέην ἄλοχον καὶ ἕδνα διδόντες·
ἡ δὲ σὸν αἰεὶ νόστον ὀδυρομένη κατὰ θυμὸν
πάντας μέν ῥ' ἔλπει καὶ ὑπίσχεται ἀνδρὶ ἑκάστῳ, 380
ἀγγελίας προϊεῖσα, νόος δέ οἱ ἄλλα μενοινᾷ."
τὴν δ' ἀπαμειβόμενος προσέφη πολύμητις Ὀδυσσεύς·
"ὢ πόποι, ἦ μάλα δὴ Ἀγαμέμνονος Ἀτρεΐδαο
φθίσεσθαι κακὸν οἶτον ἐνὶ μεγάροισιν ἔμελλον,
εἰ μή μοι σὺ ἕκαστα, θεά, κατὰ μοῖραν ἔειπες. 385
ἀλλ' ἄγε μῆτιν ὕφηνον, ὅπως ἀποτίσομαι αὐτούς·
πὰρ δέ μοι αὐτὴ στῆθι, μένος πολυθαρσὲς ἐνεῖσα,
οἷον ὅτε Τροίης λύομεν λιπαρὰ κρήδεμνα.
αἴ κέ μοι ὣς μεμαυῖα παρασταίης, γλαυκῶπι,
καί κε τριηκοσίοισιν ἐγὼν ἄνδρεσσι μαχοίμην 390
σὺν σοί, πότνα θεά, ὅτε μοι πρόφρασσ' ἐπαρήγοις."
τὸν δ' ἠμείβετ' ἔπειτα θεὰ γλαυκῶπις Ἀθήνη·
"καὶ λίην τοι ἐγώ γε παρέσσομαι, οὐδέ με λήσεις,
ὁππότε κεν δὴ ταῦτα πενώμεθα· καί τιν' ὀΐω
αἵματί τ' ἐγκεφάλῳ τε παλαξέμεν ἄσπετον οὖδας 395
ἀνδρῶν μνηστήρων, οἵ τοι βίοτον κατέδουσιν.
ἀλλ' ἄγε σ' ἄγνωστον τεύξω πάντεσσι βροτοῖσι·
κάρψω μὲν χρόα καλὸν ἐνὶ γναμπτοῖσι μέλεσσι,
ξανθὰς δ' ἐκ κεφαλῆς ὀλέσω τρίχας, ἀμφὶ δὲ λαῖφος
ἕσσω ὅ κε στυγέῃσιν ἰδὼν ἄνθρωπον ἔχοντα, 400
κνυζώσω δέ τοι ὄσσε πάρος περικαλλέ' ἐόντε,
ὡς ἂν ἀεικέλιος πᾶσι μνηστῆρσι φανήῃς
σῇ τ' ἀλόχῳ καὶ παιδί, τὸν ἐν μεγάροισιν ἔλειπες.
αὐτὸς δὲ πρώτιστα συβώτην εἰσαφικέσθαι,
ὅς τοι ὑῶν ἐπίουρος, ὁμῶς δέ τοι ἤπια οἶδε, 405
παῖδά τε σὸν φιλέει καὶ ἐχέφρονα Πηνελόπειαν.
δήεις τόν γε σύεσσι παρήμενον· αἱ δὲ νέμονται
πὰρ Κόρακος πέτρῃ ἐπί τε κρήνῃ Ἀρεθούσῃ,
ἔσθουσαι βάλανον μενοεικέα καὶ μέλαν ὕδωρ
πίνουσαι, τά θ' ὕεσσι τρέφει τεθαλυῖαν ἀλοιφήν. 410
ἔνθα μένειν καὶ πάντα παρήμενος ἐξερέεσθαι,

três anos encabeçam arrogantemente
teu paço, cortejando tua esposa, diva
quase, com dons! A dama sonha com tua volta,
enviando a todos, em particular, mensagens 380
esperançosas, mas sua mente pensa em outro."
Responde o herói multissutil: "Sucumbiria
em casa miseravelmente como o atrida
Agamêmnon, tiveras sonegado o informe
que agora comunicas-me conforme a moira. 385
Tece a estratégia com a qual me paguem caro!
Infunde, junto a mim, o pluriardor no peito,
como no dia em que franqueamos as ameias
troianas, rútilas. Olhos-azuis, me empresta
o ímpeto! Até trezentos eu combateria, 390
pudesses, deusa, me brindar com teu auxílio."
E lhe responde Atena, olhos-azuis: "Ao flanco
teu estarei, não me distraio em tua presença,
no momento da ação. Enrubrarás o solo
vasto de encéfalo e de sangue de quem hoje 395
almoça os teus pertences, pretendendo a rainha.
Farei de ti um ser desconhecido a todos;
tua epiderme rija eu encarquilharei
nos membros fléxeis, tonsurando a coma loura;
vestes andrajos, que o homem vê com ojeriza; 400
teus olhos, hoje lúcidos, os faço baços:
enojes, quando te apresentes, pretendentes,
tua consorte e o próprio filho que deixaste!
Busca o porqueiro responsável pela vara,
antes de mais ninguém. Nada mudou o afeto 405
que ele nutre por ti, teu filho e por Penélope.
Encontra-o com os suínos cujo pasto abeira
a rocha Corvo, acima de Aretusa, a fonte,
onde devoram glandes de carvalho e bebem
água escura: os engorda a floração untosa. 410
Restando ali, não deixes nada por saber,

ὄφρ' ἂν ἐγὼν ἔλθω Σπάρτην ἐς καλλιγύναικα
Τηλέμαχον καλέουσα, τεὸν φίλον υἱόν, Ὀδυσσεῦ·
ὅς τοι ἐς εὐρύχορον Λακεδαίμονα πὰρ Μενέλαον
ᾤχετο πευσόμενος μετὰ σὸν κλέος, εἴ που ἔτ' εἴης."   415
τὴν δ' ἀπαμειβόμενος προσέφη πολύμητις Ὀδυσσεύς·
"τίπτε τ' ἄρ' οὔ οἱ ἔειπες, ἐνὶ φρεσὶ πάντα ἰδυῖα;
ἦ ἵνα που καὶ κεῖνος ἀλώμενος ἄλγεα πάσχῃ
πόντον ἐπ' ἀτρύγετον· βίοτον δέ οἱ ἄλλοι ἔδουσι;"
τὸν δ' ἠμείβετ' ἔπειτα θεὰ γλαυκῶπις Ἀθήνη·   420
"μὴ δή τοι κεῖνός γε λίην ἐνθύμιος ἔστω.
αὐτή μιν πόμπευον, ἵνα κλέος ἐσθλὸν ἄροιτο
κεῖσ' ἐλθών· ἀτὰρ οὔ τιν' ἔχει πόνον, ἀλλὰ ἕκηλος
ἧσται ἐν Ἀτρεΐδαο δόμοις, παρὰ δ' ἄσπετα κεῖται.
ἦ μέν μιν λοχόωσι νέοι σὺν νηῒ μελαίνῃ,   425
ἱέμενοι κτεῖναι, πρὶν πατρίδα γαῖαν ἱκέσθαι·
ἀλλὰ τά γ' οὐκ ὀΐω, πρὶν καί τινα γαῖα καθέξει
ἀνδρῶν μνηστήρων, οἵ τοι βίοτον κατέδουσιν."
ὣς ἄρα μιν φαμένη ῥάβδῳ ἐπεμάσσατ' Ἀθήνη.
κάρψεν μὲν χρόα καλὸν ἐνὶ γναμπτοῖσι μέλεσσι,   430
ξανθὰς δ' ἐκ κεφαλῆς ὄλεσε τρίχας, ἀμφὶ δὲ δέρμα
πάντεσσιν μελέεσσι παλαιοῦ θῆκε γέροντος,
κνύζωσεν δέ οἱ ὄσσε πάρος περικαλλέ' ἐόντε·
ἀμφὶ δέ μιν ῥάκος ἄλλο κακὸν βάλεν ἠδὲ χιτῶνα,
ῥωγαλέα ῥυπόωντα, κακῷ μεμορυγμένα καπνῷ·   435
ἀμφὶ δέ μιν μέγα δέρμα ταχείης ἕσσ' ἐλάφοιο,
ψιλόν· δῶκε δέ οἱ σκῆπτρον καὶ ἀεικέα πήρην,
πυκνὰ ῥωγαλέην· ἐν δὲ στρόφος ἦεν ἀορτήρ.
τὼ γ' ὣς βουλεύσαντε διέτμαγεν. ἡ μὲν ἔπειτα
ἐς Λακεδαίμονα δῖαν ἔβη μετὰ παῖδ' Ὀδυσῆος.   440

enquanto vou a Esparta, belas cidadãs,
chamar Telêmaco, filho dileto, herói.
Partiu para indagar a Menelau se vives
ainda, na Lacedemônia." E o multiastuto 415
lhe perguntou: "Por que não lhe disseste nada,
ciente de tudo? A fim de que o rapaz padeça
ele também, um erramundo mar adentro
infrutuoso, enquanto os vis lhe roubam dádivas?"
E Atena, a deusa de olhos glaucos, rebateu: 420
"Não o revolvas em teu coração. Eu mesma
o ciceroneei, a fim de que lograsse
renome nobre. Nada sofre, pois é hóspede
na moradia atrida, onde os bens sobejam.
É fato que em navio escuro o espreitam moços 425
ávidos por matá-lo, antes que torne a Ítaca,
hipótese implausível: sorve o solo antes
o rol de pretendentes que devoram bens."
E Atena, assim dizendo, o tange com a verga.
A pele há pouco bela enruga sobre os membros 430
ágeis. Tonsura a coma loura. Envolve os membros
todos com a epiderme de um geronte ancestre,
embaciando-lhe o olhar antes faiscante;
arroja-lhe um gabão chinfrim além da túnica,
imundos, lacerados, fúmeos; revestiu-o 435
com pele grossa de uma corça velocíssima,
entrega-lhe um bastão e um sórdido bornal
estropiado, preso à corda, a tiracolo.
Preparativos findos, ambos se apartaram,
Atena para Esparta, em busca de Telêmaco. 440

ξ

Αὐτὰρ ὁ ἐκ λιμένος προσέβη τρηχεῖαν ἀταρπὸν
χῶρον ἀν' ὑλήεντα δι' ἄκριας, ᾗ οἱ Ἀθήνη
πέφραδε δῖον ὑφορβόν, ὅ οἱ βιότοιο μάλιστα
κήδετο οἰκήων, οὓς κτήσατο δῖος Ὀδυσσεύς.
τὸν δ' ἄρ' ἐνὶ προδόμῳ εὗρ' ἥμενον, ἔνθα οἱ αὐλὴ   5
ὑψηλὴ δέδμητο, περισκέπτῳ ἐνὶ χώρῳ,
καλή τε μεγάλη τε, περίδρομος· ἥν ῥα συβώτης
αὐτὸς δείμαθ' ὕεσσιν ἀποιχομένοιο ἄνακτος,
νόσφιν δεσποίνης καὶ Λαέρταο γέροντος,
ῥυτοῖσιν λάεσσι καὶ ἐθρίγκωσεν ἀχέρδῳ·   10
σταυροὺς δ' ἐκτὸς ἔλασσε διαμπερὲς ἔνθα καὶ ἔνθα,
πυκνοὺς καὶ θαμέας, τὸ μέλαν δρυὸς ἀμφικεάσσας·
ἔντοσθεν δ' αὐλῆς συφεοὺς δυοκαίδεκα ποίει
πλησίον ἀλλήλων, εὐνὰς συσίν· ἐν δὲ ἑκάστῳ
πεντήκοντα σύες χαμαιευνάδες ἐρχατόωντο,   15
θήλειαι τοκάδες· τοὶ δ' ἄρσενες ἐκτὸς ἴαυον,
πολλὸν παυρότεροι· τοὺς γὰρ μινύθεσκον ἔδοντες
ἀντίθεοι μνηστῆρες, ἐπεὶ προΐαλλε συβώτης
αἰεὶ ζατρεφέων σιάλων τὸν ἄριστον ἁπάντων·
οἱ δὲ τριηκόσιοί τε καὶ ἐξήκοντα πέλοντο.   20
πὰρ δὲ κύνες, θήρεσσιν ἐοικότες αἰὲν ἴαυον
τέσσαρες, οὓς ἔθρεψε συβώτης, ὄρχαμος ἀνδρῶν.
αὐτὸς δ' ἀμφὶ πόδεσσιν ἑοῖς ἀράρισκε πέδιλα,
τάμνων δέρμα βόειον ἐϋχροές· οἱ δὲ δὴ ἄλλοι
ᾤχοντ' ἄλλυδις ἄλλος ἅμ' ἀγρομένοισι σύεσσιν,   25
οἱ τρεῖς· τὸν δὲ τέταρτον ἀποπροέηκε πόλινδε

Canto XIV

Deixado o porto atrás, por sendas pedregosas,
grimpa arboral adentro, onde segundo Atena
iria se encontrar com o porqueiro divo,
zeloso mais que os outros servos dos haveres
do herói, sentado, num espaço pluriaberto, 5
deu com ele no umbral. A cumeeira altíssima
cobria o local rotundo e enorme, que construíra
para os cochinos de Odisseu ausente, sem
que o pai ou Penélope desconfiassem,
empilhando pedrouços, espinhando o topo. 10
De ambos os flancos, estacou em linha robles
sólidos de carvalho que segara. Dentro
do pátio, para enxerga dos suínos, fez
estábulos (total de doze) geminados,
cada qual com cinquenta porcas, todas prenhes, 15
refesteladas pelo solo. Muito menos
machos dormiam fora. Os pretendentes, símiles
divinos, ao comê-los, reduziam o número:
os mais cevados, o porqueiro lhes mandava.
Trezentos e sessenta perfaziam o grupo. 20
Quatro mastins ali sempre deitavam, ícones
de feras, que o porqueiro adestrara. O couro
liso de um boi cortava a fim de fabricar
sandálias para os pés. Do grupo porcariço,
estavam três alhures com o persigal, 25
o quarto fora constrangido a entregar

σῦν ἀγέμεν μνηστῆρσιν ὑπερφιάλοισιν ἀνάγκῃ,
ὄφρ' ἱερεύσαντες κρειῶν κορεσαίατο θυμόν.
ἐξαπίνης δ' Ὀδυσῆα ἴδον κύνες ὑλακόμωροι.
οἱ μὲν κεκλήγοντες ἐπέδραμον· αὐτὰρ Ὀδυσσεὺς   30
ἕζετο κερδοσύνῃ, σκῆπτρον δέ οἱ ἔκπεσε χειρός.
ἔνθα κεν ᾧ πὰρ σταθμῷ ἀεικέλιον πάθεν ἄλγος·
ἀλλὰ συβώτης ὦκα ποσὶ κραιπνοῖσι μετασπὼν
ἔσσυτ' ἀνὰ πρόθυρον, σκῦτος δέ οἱ ἔκπεσε χειρός.
τοὺς μὲν ὁμοκλήσας σεῦεν κύνας ἄλλυδις ἄλλον   35
πυκνῇσιν λιθάδεσσιν· ὁ δὲ προσέειπεν ἄνακτα·
"ὦ γέρον, ἦ ὀλίγου σε κύνες διεδηλήσαντο
ἐξαπίνης, καί κέν μοι ἐλεγχείην κατέχευας.
καὶ δέ μοι ἄλλα θεοὶ δόσαν ἄλγεά τε στοναχάς τε·
ἀντιθέου γὰρ ἄνακτος ὀδυρόμενος καὶ ἀχεύων   40
ἧμαι, ἄλλοισιν δὲ σύας σιάλους ἀτιτάλλω
ἔδμεναι· αὐτὰρ κεῖνος ἐελδόμενός που ἐδωδῆς
πλάζετ' ἐπ' ἀλλοθρόων ἀνδρῶν δῆμόν τε πόλιν τε,
εἴ που ἔτι ζώει καὶ ὁρᾷ φάος ἠελίοιο.
ἀλλ' ἕπεο, κλισίηνδ' ἴομεν, γέρον, ὄφρα καὶ αὐτός,   45
σίτου καὶ οἴνοιο κορεσσάμενος κατὰ θυμόν,
εἴπῃς ὁππόθεν ἐσσὶ καὶ ὁππόσα κήδε' ἀνέτλης."
ὣς εἰπὼν κλισίηνδ' ἡγήσατο δῖος ὑφορβός,
εἷσεν δ' εἰσαγαγών, ῥῶπας δ' ὑπέχευε δασείας,
ἐστόρεσεν δ' ἐπὶ δέρμα ἰονθάδος ἀγρίου αἰγός,   50
αὐτοῦ ἐνεύναιον, μέγα καὶ δασύ. χαῖρε δ' Ὀδυσσεὺς
ὅττι μιν ὣς ὑπέδεκτο, ἔπος τ' ἔφατ' ἔκ τ' ὀνόμαζεν·
"Ζεύς τοι δοίη, ξεῖνε, καὶ ἀθάνατοι θεοὶ ἄλλοι
ὅττι μάλιστ' ἐθέλεις, ὅτι με πρόφρων ὑπέδεξο."
τὸν δ' ἀπαμειβόμενος προσέφης, Εὔμαιε συβῶτα·   55
"ξεῖν', οὔ μοι θέμις ἔστ', οὐδ' εἰ κακίων σέθεν ἔλθοι,
ξεῖνον ἀτιμῆσαι· πρὸς γὰρ Διός εἰσιν ἅπαντες
ξεῖνοί τε πτωχοί τε· δόσις δ' ὀλίγη τε φίλη τε
γίγνεται ἡμετέρη. ἡ γὰρ δμώων δίκη ἐστὶν
αἰεὶ δειδιότων, ὅτ' ἐπικρατέωσιν ἄνακτες   60
οἱ νέοι. ἦ γὰρ τοῦ γε θεοὶ κατὰ νόστον ἔδησαν,

aos pretendentes arrogantes um suíno
na pólis: tinham gana de comer a carne.
E os cães ladraram ao avanço de Odisseu.
Uivando correm contra ele, que agachou 30
prudente, mal retendo seu cajado. Quase
sofrera vergonhosa dor no próprio solo,
não tivera o porqueiro dado um salto à porta,
tocando-os, pés velozes, com o couro à mão.
Aos gritos, dispersou os cães de um lado e outro, 35
apedrejando-os. Disse então para o senhor:
"Por pouco os cães, ancião, não te destroçam, e eu
teria ouvido opróbrios às carradas. Não
que os deuses não me deem razões para chorar:
lamento e choro o chefe, igual a um deus, e cevo 40
os porcos pingues para saciar a fome
de terceiros, enquanto o herói, quem sabe à míngua,
erra em país e pólis de outros linguajares,
se ainda sobrevive e avista a luz solar.
Entremos na choupana a fim de que me contes, 45
depois de te saciares de comida e vinho
ao bel-prazer, o quanto sofres, de onde vens."
Findando a fala o divo porcariço o fez
sentar na choça, onde afofou gravetos sobre
os quais puxou a pele de uma cabra hirsuta 50
montesa, sua cama felpa e mole. O herói,
em gáudio da acolhida, pronunciou-se assim:
"Zeus te conceda, anfitrião, e os outros numes,
o que mais queiras, pois solícito me acolhes."
E assim te pronunciaste, Eumeu, ao responder: 55
"Não é do meu feitio menosprezar um hóspede,
mesmo se o seu quinhão for bem menor que o teu,
pois estrangeiro e pobre, Zeus os manda. É parco
meu dom, mas caro. Servos sempre têm paúra,
quando quem manda no solar é a mocidade. 60
Os imortais sonegam que retorne alguém

ὅς κεν ἔμ' ἐνδυκέως ἐφίλει καὶ κτῆσιν ὄπασσεν,
οἶκόν τε κλῆρόν τε πολυμνήστην τε γυναῖκα,
οἷά τε ᾧ οἰκῆϊ ἄναξ εὔθυμος ἔδωκεν,
ὅς οἱ πολλὰ κάμῃσι, θεὸς δ' ἐπὶ ἔργον ἀέξῃ, 65
ὡς καὶ ἐμοὶ τόδε ἔργον ἀέξεται, ᾧ ἐπιμίμνω.
τῷ κέ με πόλλ' ὤνησεν ἄναξ, εἰ αὐτόθ' ἐγήρα·
ἀλλ' ὄλεθ' — ὡς ὤφελλ' Ἑλένης ἀπὸ φῦλον ὀλέσθαι
πρόχνυ, ἐπεὶ πολλῶν ἀνδρῶν ὑπὸ γούνατ' ἔλυσε·
καὶ γὰρ κεῖνος ἔβη Ἀγαμέμνονος εἵνεκα τιμῆς 70
Ἴλιον εἰς εὔπωλον, ἵνα Τρώεσσι μάχοιτο."
ὣς εἰπὼν ζωστῆρι θοῶς συνέεργε χιτῶνα,
βῆ δ' ἴμεν ἐς συφεούς, ὅθι ἔθνεα ἔρχατο χοίρων.
ἔνθεν ἑλὼν δύ' ἔνεικε καὶ ἀμφοτέρους ἱέρευσεν,
εὗσέ τε μίστυλλέν τε καὶ ἀμφ' ὀβελοῖσιν ἔπειρεν. 75
ὀπτήσας δ' ἄρα πάντα φέρων παρέθηκ' Ὀδυσῆϊ
θέρμ' αὐτοῖς ὀβελοῖσιν· ὁ δ' ἄλφιτα λευκὰ πάλυνεν·
ἐν δ' ἄρα κισσυβίῳ κίρνη μελιηδέα οἶνον,
αὐτὸς δ' ἀντίον ἷζεν, ἐποτρύνων δὲ προσηύδα·
"ἔσθιε νῦν, ὦ ξεῖνε, τά τε δμώεσσι πάρεστι, 80
χοίρε'· ἀτὰρ σιάλους γε σύας μνηστῆρες ἔδουσιν,
οὐκ ὄπιδα φρονέοντες ἐνὶ φρεσὶν οὐδ' ἐλεητύν.
οὐ μὲν σχέτλια ἔργα θεοὶ μάκαρες φιλέουσιν,
ἀλλὰ δίκην τίουσι καὶ αἴσιμα ἔργ' ἀνθρώπων.
καὶ μὲν δυσμενέες καὶ ἀνάρσιοι, οἵ τ' ἐπὶ γαίης 85
ἀλλοτρίης βῶσιν καί σφι Ζεὺς ληΐδα δώῃ,
πλησάμενοι δέ τε νῆας ἔβαν οἰκόνδε νέεσθαι,
καὶ μὲν τοῖς ὄπιδος κρατερὸν δέος ἐν φρεσὶ πίπτει.
οἵδε δὲ καί τι ἴσασι, θεοῦ δέ τιν' ἔκλυον αὐδήν,
κείνου λυγρὸν ὄλεθρον, ὅτ' οὐκ ἐθέλουσι δικαίως 90
μνᾶσθαι οὐδὲ νέεσθαι ἐπὶ σφέτερ', ἀλλὰ ἕκηλοι
κτήματα δαρδάπτουσιν ὑπέρβιον, οὐδ' ἔπι φειδώ.
ὅσσαι γὰρ νύκτες τε καὶ ἡμέραι ἐκ Διός εἰσιν,
οὔ ποθ' ἓν ἱρεύουσ' ἱερήϊον, οὐδὲ δύ' οἴω·
οἶνον δὲ φθινύθουσιν ὑπέρβιον ἐξαφύοντες. 95
ἦ γὰρ οἱ ζωή γ' ἦν ἄσπετος· οὔ τινι τόσση

que me queria muito bem e me ofertava
o que um senhor de grande coração oferta
a quem o serve (casa, lote, uma mulher
plurialmejada) com ardor. E um nume faz 65
frutificar a obra em que me empenho tanto.
O senhor me ajudara muito, envelhecera
aqui, mas faleceu. Morressem genuflexos
os rebentos de Helena, que ceifou os joelhos
de inúmeros guerreiros. Odisseu também 70
lutou por Agamêmnon contra os troicos." Cala
e sem demora estringe o cinturão à túnica
e vai para a pocilga onde se alojam suínos.
Escolhe dois e a ambos mata. Cresta-os, talha-os,
enfia-os no espeto. Os nacos, quando os assa, 75
sem retirá-los do abrasivo pique, branca
farinha salpicando, os põe perto do herói.
O vinho docimel depositou na chávena,
convidando-o a comer, sentado à sua frente:
"Coma o que se reserva aos servos, alienígena, 80
pois porcos pingues, quem os comem são os procos
impiedosos de coração despudorado.
Numes desamam atos hórridos, mas prezam
o justo e a retidão do que perfaz alguém.
Aos de má índole, como aos abespinhados 85
que aportam em país alheio, de onde colhem
o butim (Zeus concede-o), até mesmo a esses,
ricos no torna-lar, o medo de que o mire
um deus invade o peito. Os pretendentes devem
ter escutado a voz divina que lhes fala 90
do triste epílogo: recorrem ao esdrúxulo
para fazer a corte, habitam, quase, aqui,
chupins sem trégua e esnobes, comem todo bem.
Não basta uma só vítima, tampouco duas,
que nos concede Zeus, por dia e por noite. 95
Afogam-se no vinho. E eram sem fim suas posses.

ἀνδρῶν ἡρώων, οὔτ' ἠπείροιο μελαίνης
οὔτ' αὐτῆς Ἰθάκης· οὐδὲ ξυνεείκοσι φωτῶν
ἔστ' ἄφενος τοσσοῦτον· ἐγὼ δέ κέ τοι καταλέξω.
δώδεκ' ἐν ἠπείρῳ ἀγέλαι· τόσα πώεα οἰῶν, 100
τόσσα συῶν συβόσια, τόσ' αἰπόλια πλατέ' αἰγῶν
βόσκουσι ξεῖνοί τε καὶ αὐτοῦ βώτορες ἄνδρες.
ἐνθάδε δ' αἰπόλια πλατέ' αἰγῶν ἕνδεκα πάντα
ἐσχατιῇ βόσκοντ', ἐπὶ δ' ἀνέρες ἐσθλοὶ ὄρονται.
τῶν αἰεί σφιν ἕκαστος ἐπ' ἤματι μῆλον ἀγινεῖ, 105
ζατρεφέων αἰγῶν ὅς τις φαίνηται ἄριστος.
αὐτὰρ ἐγὼ σῦς τάσδε φυλάσσω τε ῥύομαί τε,
καί σφι συῶν τὸν ἄριστον ἐὺ κρίνας ἀποπέμπω."
ὣς φάθ', ὁ δ' ἐνδυκέως κρέα τ' ἤσθιε πῖνέ τε οἶνον
ἁρπαλέως ἀκέων, κακὰ δὲ μνηστῆρσι φύτευεν. 110
αὐτὰρ ἐπεὶ δείπνησε καὶ ἤραρε θυμὸν ἐδωδῇ,
καί οἱ πλησάμενος δῶκε σκύφον, ᾧ περ ἔπινεν,
οἴνου ἐνίπλειον· ὁ δ' ἐδέξατο, χαῖρε δὲ θυμῷ,
καί μιν φωνήσας ἔπεα πτερόεντα προσηύδα·
"ὦ φίλε, τίς γάρ σε πρίατο κτεάτεσσιν ἑοῖσιν, 115
ὧδε μάλ' ἀφνειὸς καὶ καρτερὸς ὡς ἀγορεύεις;
φῂς δ' αὐτὸν φθίσθαι Ἀγαμέμνονος εἵνεκα τιμῆς.
εἰπέ μοι, αἴ κέ ποθι γνώω τοιοῦτον ἐόντα.
Ζεὺς γάρ που τό γε οἶδε καὶ ἀθάνατοι θεοὶ ἄλλοι,
εἴ κέ μιν ἀγγείλαιμι ἰδών· ἐπὶ πολλὰ δ' ἀλήθην." 120
τὸν δ' ἠμείβετ' ἔπειτα συβώτης, ὄρχαμος ἀνδρῶν·
"ὦ γέρον, οὔ τις κεῖνον ἀνὴρ ἀλαλήμενος ἐλθὼν
ἀγγέλλων πείσειε γυναῖκά τε καὶ φίλον υἱόν,
ἀλλ' ἄλλως κομιδῆς κεχρημένοι ἄνδρες ἀλῆται
ψεύδοντ', οὐδ' ἐθέλουσιν ἀληθέα μυθήσασθαι. 125
ὃς δέ κ' ἀλητεύων Ἰθάκης ἐς δῆμον ἵκηται,
ἐλθὼν ἐς δέσποιναν ἐμὴν ἀπατήλια βάζει·
ἡ δ' εὖ δεξαμένη φιλέει καὶ ἕκαστα μεταλλᾷ,
καί οἱ ὀδυρομένῃ βλεφάρων ἄπο δάκρυα πίπτει,
ἣ θέμις ἐστὶ γυναικός, ἐπὴν πόσις ἄλλοθ' ὄληται. 130
αἶψά κε καὶ σύ, γεραιέ, ἔπος παρατεκτήναιο.

Herói não há que se assenhore em terra escura
de tanto, nem que somes um total de vinte.
Escuta o elenco: doze armentos continente
adentro, idêntico rebanho de suínos, 100
cabras e pécoras. O camponês itácio
ou estrangeiro os pastoreia. Nos confins,
onde nos encontramos, pastam cabras gordas,
onze no todo, sob o olhar de gente fiável.
Cada qual leva aos procos uma rês diária, 105
a que entre cabras graxas parecer melhor.
Eu custodio e guardo os suínos que vislumbras,
e o mais cevado, seleciono e lhes remeto."
Assim falou e o herói comia avidamente,
sorvia o vinho, quieto, alimentando em si 110
o fim dos pretendentes. Encerrou a ceia,
o coração reanimado, a taça cheia,
na qual Eumeu bebia sempre, até a boca.
Segura-a firme, satisfeito, e lhe dirige
alígeras palavras: "Caro, quem comprou-te 115
com seus haveres, quem será assim tão rico
e poderoso, como o denominas? Morto,
disseste-o, para honrar o nome de Agamêmnon.
Talvez o tenha conhecido. Zeus e os numes
sabem se tenho o que contar. Girei o mundo." 120
Respondeu-lhe o porqueiro, cabo de homens: "Velho,
ninguém que ao léu viaje trouxe à esposa e ao filho
notícias críveis. Os depauperados, ávidos
de aporte pecuniário, apenas mentem, não
têm a intenção de revelar veracidades. 125
O nômade que chega a Ítaca procura
a rainha para transmitir-lhe invencionices.
E ela o recolhe e hospeda, inquire-o dos detalhes,
e lágrimas copiosas caem de dor das pálpebras,
como sói ser com a mulher do morto longe. 130
Inventarias logo, ancião, a lenda, caso

εἴ τίς τοι χλαῖνάν τε χιτῶνά τε εἵματα δοίη.
τοῦ δ' ἤδη μέλλουσι κύνες ταχέες τ' οἰωνοὶ
ῥινὸν ἀπ' ὀστεόφιν ἐρύσαι, ψυχὴ δὲ λέλοιπεν·
ἢ τόν γ' ἐν πόντῳ φάγον ἰχθύες, ὀστέα δ' αὐτοῦ 135
κεῖται ἐπ' ἠπείρου ψαμάθῳ εἰλυμένα πολλῇ.
ὣς ὁ μὲν ἔνθ' ἀπόλωλε, φίλοισι δὲ κήδε' ὀπίσσω
πᾶσιν, ἐμοὶ δὲ μάλιστα, τετεύχαται· οὐ γὰρ ἔτ' ἄλλον
ἤπιον ὧδε ἄνακτα κιχήσομαι, ὁππόσ' ἐπέλθω,
οὐδ' εἴ κεν πατρὸς καὶ μητέρος αὖτις ἵκωμαι 140
οἶκον, ὅθι πρῶτον γενόμην καί μ' ἔτρεφον αὐτοί.
οὐδέ νυ τῶν ἔτι τόσσον ὀδύρομαι, ἱέμενός περ
ὀφθαλμοῖσιν ἰδέσθαι ἐὼν ἐν πατρίδι γαίῃ·
ἀλλά μ' Ὀδυσσῆος πόθος αἴνυται οἰχομένοιο.
τὸν μὲν ἐγών, ὦ ξεῖνε, καὶ οὐ παρεόντ' ὀνομάζειν 145
αἰδέομαι· πέρι γάρ μ' ἐφίλει καὶ κήδετο θυμῷ·
ἀλλά μιν ἠθεῖον καλέω καὶ νόσφιν ἐόντα."
τὸν δ' αὖτε προσέειπε πολύτλας δῖος Ὀδυσσεύς·
"ὦ φίλ', ἐπειδὴ πάμπαν ἀναίνεαι, οὐδ' ἔτι φῇσθα
κεῖνον ἐλεύσεσθαι, θυμὸς δέ τοι αἰὲν ἄπιστος· 150
ἀλλ' ἐγὼ οὐκ αὔτως μυθήσομαι, ἀλλὰ σὺν ὅρκῳ,
ὡς νεῖται Ὀδυσεύς· εὐαγγέλιον δέ μοι ἔστω
αὐτίκ', ἐπεί κεν κεῖνος ἰὼν τὰ ἃ δώμαθ' ἵκηται·
ἕσσαι με χλαῖνάν τε χιτῶνά τε, εἵματα καλά·
πρὶν δέ κε, καὶ μάλα περ κεχρημένος, οὔ τι δεχοίμην. 155
ἐχθρὸς γάρ μοι κεῖνος ὁμῶς Ἀΐδαο πύλῃσι
γίγνεται, ὃς πενίῃ εἴκων ἀπατήλια βάζει.
ἴστω νῦν Ζεὺς πρῶτα θεῶν, ξενίη τε τράπεζα,
ἱστίη τ' Ὀδυσῆος ἀμύμονος, ἣν ἀφικάνω·
ἦ μέν τοι τάδε πάντα τελείεται ὡς ἀγορεύω. 160
τοῦδ' αὐτοῦ λυκάβαντος ἐλεύσεται ἐνθάδ' Ὀδυσσεύς.
τοῦ μὲν φθίνοντος μηνός, τοῦ δ' ἱσταμένοιο,
οἴκαδε νοστήσει, καὶ τίσεται ὅς τις ἐκείνου
ἐνθάδ' ἀτιμάζει ἄλοχον καὶ φαίδιμον υἱόν."
τὸν δ' ἀπαμειβόμενος προσέφης, Εὔμαιε συβῶτα· 165
"ὦ γέρον, οὔτ' ἄρ' ἐγὼν εὐαγγέλιον τόδε τίσω,

alguém te desse roupas, um casaco e túnica.
Abutres ágeis e cachorros já arrancaram
a pele do osso dele, e a ânima evolou.
Ou peixes o comeram no oceano e os ossos 135
jazem no litoral, envoltos no areal.
Eis como faleceu lá nas lonjuras, dores
infligindo aos parentes, e bem mais a mim,
pois eu não hei de conhecer um amo afável
como ele, aonde quer que eu vá, nem se tornasse 140
à casa de meus pais, onde nasci e cresci.
Não me consumirei por eles tanto assim,
embora arda por vê-los no país de origem,
mas dilacera-me o vazio do herói distante.
Mesmo se mais não seja, o nome de Odisseu 145
desejo pronunciar: seu coração queria-me!
Embora ausente, nunca deixo de invocá-lo."
E Odisseu respondeu-lhe, herói multiprovado:
"És plenipluritaxativo quando afirmas
que ele não torna, coração sempre sem fé; 150
não é legenda o que eu direi, pois que ora juro:
Odisseu voltará. A paga, só a recebo
da alvíssara notícia quando ele pisar
no paço. O manto, a túnica só aceitarei
então. Carente embora, não as quero antes. 155
Tão execrável quanto os pórticos do Hades
é quem cede à miséria racontando léria.
Que Zeus primeiro o saiba e a mesa hospitaleira
e o lar do nobre herói, do qual eu me avizinho:
tudo se cumprirá, tudo o que agora afirmo! 160
Antes que a lua míngue e a outra surja em círculo,
num lapso idêntico de tempo, o herói adentra
o paço para castigar quem quer que ofenda
seu filho rutilante, além de sua consorte."
E tu, ó porcariço Eumeu, lhe respondeste: 165
"Ancião, nem pagarei pela notícia boa,

οὔτ' Ὀδυσεὺς ἔτι οἶκον ἐλεύσεται· ἀλλὰ ἕκηλος
πῖνε, καὶ ἄλλα παρὲξ μεμνώμεθα, μηδέ με τούτων
μίμνησκ'· ἦ γὰρ θυμὸς ἐνὶ στήθεσσιν ἐμοῖσιν
ἄχνυται, ὁππότε τις μνήσῃ κεδνοῖο ἄνακτος.   170
ἀλλ' ἦ τοι ὅρκον μὲν ἐάσομεν, αὐτὰρ Ὀδυσσεὺς
ἔλθοι ὅπως μιν ἐγώ γ' ἐθέλω καὶ Πηνελόπεια
Λαέρτης θ' ὁ γέρων καὶ Τηλέμαχος θεοειδής.
νῦν αὖ παιδὸς ἄλαστον ὀδύρομαι, ὃν τέκ' Ὀδυσσεύς,
Τηλεμάχου· τὸν ἐπεὶ θρέψαν θεοὶ ἔρνεϊ ἶσον,   175
καί μιν ἔφην ἔσσεσθαι ἐν ἀνδράσιν οὔ τι χέρηα
πατρὸς ἑοῖο φίλοιο, δέμας καὶ εἶδος ἀγητόν,
τὸν δέ τις ἀθανάτων βλάψε φρένας ἔνδον ἐΐσας
ἠέ τις ἀνθρώπων· ὁ δ' ἔβη μετὰ πατρὸς ἀκουὴν
ἐς Πύλον ἠγαθέην· τὸν δὲ μνηστῆρες ἀγαυοὶ   180
οἴκαδ' ἰόντα λοχῶσιν, ὅπως ἀπὸ φῦλον ὄληται
νώνυμον ἐξ Ἰθάκης Ἀρκεισίου ἀντιθέοιο.
ἀλλ' ἦ τοι κεῖνον μὲν ἐάσομεν, ἤ κεν ἁλώῃ
ἦ κε φύγῃ καί κέν οἱ ὑπέρσχῃ χεῖρα Κρονίων.
ἀλλ' ἄγε μοι σύ, γεραιέ, τὰ σ' αὐτοῦ κήδε' ἐνίσπες   185
καί μοι τοῦτ' ἀγόρευσον ἐτήτυμον, ὄφρ' ἐῢ εἰδῶ·
τίς πόθεν εἰς ἀνδρῶν; πόθι τοι πόλις ἠδὲ τοκῆες;
ὁπποίης τ' ἐπὶ νηὸς ἀφίκεο· πῶς δέ σε ναῦται
ἤγαγον εἰς Ἰθάκην; τίνες ἔμμεναι εὐχετόωντο;
οὐ μὲν γάρ τί σε πεζὸν ὀΐομαι ἐνθάδ' ἱκέσθαι."   190
τὸν δ' ἀπαμειβόμενος προσέφη πολύμητις Ὀδυσσεύς·
"τοιγὰρ ἐγώ τοι ταῦτα μάλ' ἀτρεκέως ἀγορεύσω.
εἴη μὲν νῦν νῶϊν ἐπὶ χρόνον ἠμὲν ἐδωδὴ
ἠδὲ μέθυ γλυκερὸν κλισίης ἔντοσθεν ἐοῦσι,
δαίνυσθαι ἀκέοντ', ἄλλοι δ' ἐπὶ ἔργον ἕποιεν·   195
ῥηϊδίως κεν ἔπειτα καὶ εἰς ἐνιαυτὸν ἅπαντα
οὔ τι διαπρήξαιμι λέγων ἐμὰ κήδεα θυμοῦ,
ὅσσα γε δὴ ξύμπαντα θεῶν ἰότητι μόγησα.
ἐκ μὲν Κρηταών γένος εὔχομαι εὐρειάων,
ἀνέρος ἀφνειοῖο πάϊς· πολλοὶ δὲ καὶ ἄλλοι   200
υἱέες ἐν μεγάρῳ ἠμὲν τράφεν ἠδ' ἐγένοντο

nem Odisseu retorna à própria casa: bebe
sossegado e mudemos de conversa. Deixa
de relembrar: meu coração se abate sempre
no peito quando alguém recorda o chefe-mor.   170
Mas deixemos a jura; que Odisseu regresse,
como almeja Penélope, como eu mais quero
e o ancião Laerte e, símile de um deus, Telêmaco!
Não cede o pranto por Telêmaco, rebento
de Odisseu, criado pelos deuses qual pimpolho —   175
e não seria inferior ao pai em nada,
como eu dizia, em porte e na beleza ímpar —,
um imortal ou ser humano lhe golpeou
a mente lúcida, pois foi buscar notícias
do pai em Pilo. Na vereda do retorno,   180
egrégios procos lhe armarão uma cilada,
a fim de que feneça em Ítaca, sem nome,
a linhagem de Arcésio, símile divino.
Deixemo-lo assim! Que Zeus, com suas mãos,
o colha, preso ou prófugo. Ouvirei tua faina.   185
Não tergiverses em tua arenga ao me contares
quem és. Quem são teus pais? Tua urbe, qual o nome?
Como foi que os marujos te trouxeram a Ítaca?
Quem afirmavam ser? Pois quero crer não teres
chegado a pé ao solo itácio." E respondeu-lhe   190
o herói pluriastucioso: "Almejo ser bastante
direto ao arengar. Ainda que dispuséssemos
de muitos víveres e doce vinho aqui
nesta choupana, que nos facultassem longa
sobrevida, incumbindo os caros companheiros   195
de encargos, não seria suficiente um ano
inteiro para eu relatar a dor atroz
que tenho padecido por ditame olímpico.
Filio-me à linhagem que remonta à vasta
Creta, gerado por um homem de fortuna,   200
que teve em seu palácio muitos outros filhos

γνήσιοι ἐξ ἀλόχου· ἐμὲ δ' ὠνητὴ τέκε μήτηρ
παλλακίς, ἀλλά με ἶσον ἰθαιγενέεσσιν ἐτίμα
Κάστωρ Ὑλακίδης, τοῦ ἐγὼ γένος εὔχομαι εἶναι
ὃς τότ' ἐνὶ Κρήτεσσι θεὸς ὣς τίετο δήμῳ   205
ὄλβῳ τε πλούτῳ τε καὶ υἱάσι κυδαλίμοισιν.
ἀλλ' ἦ τοι τὸν κῆρες ἔβαν θανάτοιο φέρουσαι
εἰς Ἀΐδαο δόμους· τοὶ δὲ ζωὴν ἐδύσαντο
παῖδες ὑπέρθυμοι καὶ ἐπὶ κλήρους ἐβάλοντο,
αὐτὰρ ἐμοὶ μάλα παῦρα δόσαν καὶ οἰκί' ἔνειμαν.   210
ἠγαγόμην δὲ γυναῖκα πολυκλήρων ἀνθρώπων
εἵνεκ' ἐμῆς ἀρετῆς, ἐπεὶ οὐκ ἀποφώλιος ἦα
οὐδὲ φυγοπτόλεμος· νῦν δ' ἤδη πάντα λέλοιπεν
ἀλλ' ἔμπης καλάμην γέ σ' ὀΐομαι εἰσορόωντα
γιγνώσκειν· ἦ γάρ με δύη ἔχει ἤλιθα πολλή.   215
ἦ μὲν δὴ θάρσος μοι Ἄρης τ' ἔδοσαν καὶ Ἀθήνη
καὶ ῥηξηνορίην· ὁπότε κρίνοιμι λόχονδε
ἄνδρας ἀριστῆας, κακὰ δυσμενέεσσι φυτεύων,
οὔ ποτέ μοι θάνατον προτιόσσετο θυμὸς ἀγήνωρ,
ἀλλὰ πολὺ πρώτιστος ἐπάλμενος ἔγχει ἔλεσκον   220
ἀνδρῶν δυσμενέων ὅ τέ μοι εἴξειε πόδεσσιν.
τοῖος ἔα ἐν πολέμῳ· ἔργον δέ μοι οὐ φίλον ἔσκεν
οὐδ' οἰκωφελίη, ἥ τε τρέφει ἀγλαὰ τέκνα,
ἀλλά μοι αἰεὶ νῆες ἐπήρετμοι φίλαι ἦσαν
καὶ πόλεμοι καὶ ἄκοντες ἐΰξεστοι καὶ ὀϊστοί,   225
λυγρά, τά τ' ἄλλοισίν γε καταριγηλὰ πέλονται.
αὐτὰρ ἐμοὶ τὰ φίλ' ἔσκε τά που θεὸς ἐν φρεσὶ θῆκεν·
ἄλλος γάρ τ' ἄλλοισιν ἀνὴρ ἐπιτέρπεται ἔργοις.
πρὶν μὲν γὰρ Τροίης ἐπιβήμεναι υἷας Ἀχαιῶν
εἰνάκις ἀνδράσιν ἦρξα καὶ ὠκυπόροισι νέεσσιν   230
ἄνδρας ἐς ἀλλοδαπούς, καί μοι μάλα τύγχανε πολλά.
τῶν ἐξαιρεύμην μενοεικέα, πολλὰ δ' ὀπίσσω
λάγχανον· αἶψα δὲ οἶκος ὀφέλλετο, καί ῥα ἔπειτα
δεινός τ' αἰδοῖός τε μετὰ Κρήτεσσι τετύγμην.
ἀλλ' ὅτε δὴ τήν γε στυγερὴν ὁδὸν εὐρύοπα Ζεὺς   235
ἐφράσαθ', ἣ πολλῶν ἀνδρῶν ὑπὸ γούνατ' ἔλυσε,

422

de cônjuge legítima. Gerou-me a serva
que foi sua concubina. Mas Castor, que afirmam
ser meu pai, um Hilácida, tratou-me sempre
com a afeição que devotava aos outros filhos. 205
Cretenses o adoravam tal e qual um deus,
pelo esplendor, riqueza, pela prole ilustre.
Queres mortíferas, contudo, à moradia
do Hades o conduziram, e os rebentos magnos
partilham por sorteio a herança. Quase nada, 210
pouquíssimo me coube. Deram-me uma casa.
Por meu valor pessoal, eu desposei a filha
de um plurienriquecido. Nunca fui inepto,
nem fugibélico. Mas, tudo se acabou.
Penso que a espiga reconheces vislumbrando 215
a palha, pois miséria múltipla me prostra.
Ares e Atena concederam-me vigor
para romper as hostes. Quando, na emboscada,
elegia primazes contra os inimigos,
meu bravo coração menosprezava a morte, 220
e, num salto pioneiro, eu dizimava, pique
em punho, o inimigo que recuasse o passo.
Era esse o meu perfil belaz. Não me aprazia
trabalhar, nem tampouco encabeçar o lar,
onde a notável prole cresce. Amava as naus 225
remeiras, pugnas, flechas, dardos rutilantes,
ações funestas que aos demais só calafriam.
Eis do que eu mais gostava. Um deus talvez nutriu
meu coração. Um homem tem prazer em algo
que a outro nada diz. Antes de fundearmos 230
em Troia as naves ágeis, comandei heróis
em nove ataques que renderam bom butim.
Cabiam-me relíquias que aprouvessem mais
a mim sobejamente. Súbito, meu lar
prospera e em Creta fui honrado e fui temido. 235
Mas quando Zeus, brado-estentor, pensou a odiosa

δὴ τότ' ἔμ' ἤνωγον καὶ ἀγακλυτὸν Ἰδομενῆα
νήεσσ' ἡγήσασθαι ἐς Ἴλιον· οὐδέ τι μῆχος
ἦεν ἀνήνασθαι, χαλεπὴ δ' ἔχε δήμου φῆμις.
ἔνθα μὲν εἰνάετες πολεμίζομεν υἷες Ἀχαιῶν, 240
τῷ δεκάτῳ δὲ πόλιν Πριάμου πέρσαντες ἔβημεν
οἴκαδε σὺν νήεσσι, θεὸς δ' ἐκέδασσεν Ἀχαιούς.
αὐτὰρ ἐμοὶ δειλῷ κακὰ μήδετο μητίετα Ζεύς·
μῆνα γὰρ οἶον ἔμεινα τεταρπόμενος τεκέεσσιν
κουριδίῃ τ' ἀλόχῳ καὶ κτήμασιν· αὐτὰρ ἔπειτα 245
Αἴγυπτόνδε με θυμὸς ἀνώγει ναυτίλλεσθαι,
νῆας ἐῢ στείλαντα σὺν ἀντιθέοις ἑτάροισιν.
ἐννέα νῆας στεῖλα, θοῶς δ' ἐσαγείρατο λαός.
ἑξῆμαρ μὲν ἔπειτα ἐμοὶ ἐρίηρες ἑταῖροι
δαίνυντ'· αὐτὰρ ἐγὼν ἱερήϊα πολλὰ παρεῖχον 250
θεοῖσίν τε ῥέζειν αὐτοῖσί τε δαῖτα πένεσθαι.
ἑβδομάτῃ δ' ἀναβάντες ἀπὸ Κρήτης εὐρείης
ἐπλέομεν Βορέῃ ἀνέμῳ ἀκραέϊ καλῷ
ῥηϊδίως, ὡς εἴ τε κατὰ ῥόον· οὐδέ τις οὖν μοι
νηῶν πημάνθη, ἀλλ' ἀσκηθέες καὶ ἄνουσοι 255
ἥμεθα, τὰς δ' ἄνεμός τε κυβερνῆταί τ' ἴθυνον.
πεμπταῖοι δ' Αἴγυπτον ἐϋρρείτην ἱκόμεσθα,
στῆσα δ' ἐν Αἰγύπτῳ ποταμῷ νέας ἀμφιελίσσας.
ἔνθ' ἦ τοι μὲν ἐγὼ κελόμην ἐρίηρας ἑταίρους
αὐτοῦ πὰρ νήεσσι μένειν καὶ νῆας ἔρυσθαι, 260
ὀπτῆρας δὲ κατὰ σκοπιὰς ὤτρυνα νέεσθαι·
οἱ δ' ὕβρει εἴξαντες, ἐπισπόμενοι μένεϊ σφῷ,
αἶψα μάλ' Αἰγυπτίων ἀνδρῶν περικαλλέας ἀγροὺς
πόρθεον, ἐκ δὲ γυναῖκας ἄγον καὶ νήπια τέκνα,
αὐτούς τ' ἔκτεινον· τάχα δ' ἐς πόλιν ἵκετ' ἀϋτή. 265
οἱ δὲ βοῆς ἀΐοντες ἅμ' ἠοῖ φαινομένηφιν
ἦλθον· πλῆτο δὲ πᾶν πεδίον πεζῶν τε καὶ ἵππων
χαλκοῦ τε στεροπῆς· ἐν δὲ Ζεὺς τερπικέραυνος
φύζαν ἐμοῖς ἑτάροισι κακὴν βάλεν, οὐδέ τις ἔτλη
μεῖναι ἐναντίβιον· περὶ γὰρ κακὰ πάντοθεν ἔστη. 270
ἔνθ' ἡμέων πολλοὺς μὲν ἀπέκτανον ὀξέϊ χαλκῷ,

viagem, que solapou os joelhos de tantíssimos
heróis, determinou que Idomeneu comigo
pilotasse os navios a Ílion. Como não
anuir? A voz corrente me denegriria. 240
Nove anos digladiando nos confins troianos,
e, no seguinte, ruída a priâmea cidadela,
um deus nos dispersou no mar quando buscávamos
o lar, mas Zeus, sagaz, medita contra o mal-
sinado com quem falas. Filhos, posses, cônjuge, 245
pude fruir tão só um mês, pois me impeliu
o coração a navegar rumo ao Egito
em naus bem equipadas com marujos divos.
Frota equipada (nove barcos), logo a gente
afluía. Meus amigos caros banquetearam-se 250
ao longo de seis dias: imolava as vítimas
aos numes, numerosas, aprestava a ceia.
Ao sétimo, embarcamos e zarpamos da ampla
Creta, potente e belo Bóreas ressoprando
fácil, qual fôramos na correnteza: o rol 255
das naves nada padeceu, tampouco nós,
sentados. Guiavam-nos piloto e brisa. O Egito
descortinou-se ao quinto dia, e as naus bicôncavas
fiz ancorar no rio Egito. Instei que os nautas
fiéis não se afastassem, de olho nos baixéis, 260
enquanto espiões examinassem o local;
dados à húbris, todavia, a fúria impele-os
a devastar, num átimo, as campinas belas
egípcias, sequestrar mulheres com seus filhos,
dizimadores de homens. Chega à urbe o alarme. 265
Tão logo irrompe a aurora, ouvido o grito, chegam:
fervilha o plaino de corcéis e de peões
e do fulgor aêneo. Zeus lampejador
arrojou pânico entre os companheiros: ímpeto
faltava para o embate. O mal circumpostava-se. 270
Então, a fio de bronze, matam muitos nossos,

τοὺς δ' ἄναγον ζωούς, σφίσιν ἐργάζεσθαι ἀνάγκῃ.
αὐτὰρ ἐμοὶ Ζεὺς αὐτὸς ἐνὶ φρεσὶν ὧδε νόημα
ποίησ' — ὡς ὄφελον θανέειν καὶ πότμον ἐπισπεῖν
αὐτοῦ ἐν Αἰγύπτῳ· ἔτι γάρ νύ με πῆμ' ὑπέδεκτο — 275
αὐτίκ' ἀπὸ κρατὸς κυνέην εὔτυκτον ἔθηκα
καὶ σάκος ὤμοιϊν, δόρυ δ' ἔκβαλον ἔκτοσε χειρός·
αὐτὰρ ἐγὼ βασιλῆος ἐναντίον ἤλυθον ἵππων
καὶ κύσα γούναθ' ἑλών· ὁ δ' ἐρύσατο καί μ' ἐλέησεν,
ἐς δίφρον δέ μ' ἕσας ἄγεν οἴκαδε δάκρυ χέοντα. 280
ἦ μέν μοι μάλα πολλοὶ ἐπήϊσσον μελίῃσιν,
ἱέμενοι κτεῖναι — δὴ γὰρ κεχολώατο λίην —
ἀλλ' ἀπὸ κεῖνος ἔρυκε, Διὸς δ' ὠπίζετο μῆνιν
ξεινίου, ὅς τε μάλιστα νεμεσσᾶται κακὰ ἔργα.
ἔνθα μὲν ἑπτάετες μένον αὐτόθι, πολλὰ δ' ἄγειρα 285
χρήματ' ἀν' Αἰγυπτίους ἄνδρας· δίδοσαν γὰρ ἅπαντες.
ἀλλ' ὅτε δὴ ὄγδοόν μοι ἐπιπλόμενον ἔτος ἦλθεν,
δὴ τότε Φοῖνιξ ἦλθεν ἀνὴρ ἀπατήλια εἰδώς,
τρώκτης, ὃς δὴ πολλὰ κάκ' ἀνθρώποισιν ἐώργει·
ὅς μ' ἄγε παρπεπιθὼν ᾗσι φρεσίν, ὄφρ' ἱκόμεσθα 290
Φοινίκην, ὅθι τοῦ γε δόμοι καὶ κτήματ' ἔκειτο.
ἔνθα παρ' αὐτῷ μεῖνα τελεσφόρον εἰς ἐνιαυτόν.
ἀλλ' ὅτε δὴ μῆνές τε καὶ ἡμέραι ἐξετελεῦντο
ἂψ περιτελλομένου ἔτεος καὶ ἐπήλυθον ὧραι,
ἐς Λιβύην μ' ἐπὶ νηὸς ἐέσσατο ποντοπόροιο 295
ψεύδεα βουλεύσας, ἵνα οἱ σὺν φόρτον ἄγοιμι,
κεῖθι δέ μ' ὡς περάσειε καὶ ἄσπετον ὦνον ἕλοιτο.
τῷ ἑπόμην ἐπὶ νηός, ὀϊόμενός περ, ἀνάγκῃ.
ἡ δ' ἔθεεν Βορέῃ ἀνέμῳ ἀκραέϊ καλῷ,
μέσσον ὑπὲρ Κρήτης· Ζεὺς δέ σφισι μήδετ' ὄλεθρον. 300
ἀλλ' ὅτε δὴ Κρήτην μὲν ἐλείπομεν, οὐδέ τις ἄλλη
φαίνετο γαιάων, ἀλλ' οὐρανὸς ἠδὲ θάλασσα,
δὴ τότε κυανέην νεφέλην ἔστησε Κρονίων
νηὸς ὕπερ γλαφυρῆς, ἤχλυσε δὲ πόντος ὑπ' αὐτῆς.
Ζεὺς δ' ἄμυδις βρόντησε καὶ ἔμβαλε νηῒ κεραυνόν· 305
ἡ δ' ἐλελίχθη πᾶσα Διὸς πληγεῖσα κεραυνῷ,

e outros conduzem vivos para escravizá-los.
Mas Zeus lavrou na minha mente o pensamento:
fora melhor cumprir no Egito o meu destino,
livre dos dissabores que ainda me espreitavam. 275
Eu arranquei afoito o elmo bem-lavrado,
tirei da espádua o escudo, arremeti a lança
e aproximei-me dos corcéis do basileu,
beijei-lhe os joelhos que abracei. E o rei alçou-me,
piedoso, ao carro; às lágrimas, levou-me ao paço. 280
Guerreiros mais guerreiros encolerizados
me arremessavam dardos, que ele desviava,
temendo a ira de Zeus, filo-hospedeiro, avesso
a ações nefastas, contra as quais se vinga, duro.
Permaneci no Egito sete anos. Todos 285
proporcionavam-me relíquias. Mas no oitavo,
um fenício chegou, sujeito fraudador,
rapace, causador de inúmeros reveses
aos homens. Ser manhoso, convenceu-me a ir
com ele até a Fenícia, onde tinha haveres 290
além de residência. Em sua companhia
fiquei ali um ano inteiro. Quando findam
os meses e as jornadas e circuntermina
o ciclo anual, com o retorno sazonal,
me embarca em nave singradora rumo à Líbia, 295
sob o pretexto de ajudá-lo a transportar
carga (queria me vender, lucrar comigo).
Embora ressabiado, fui: não tinha escolha.
Ao belo sopro setentrional, deixamos
Creta, mas Zeus lhes concebeu a destruição. 300
Ficando Creta para trás, não avistávamos
terra, tão só o céu urânio e o mar talássio.
E o Cronida estancou acima do navio
a nuvem blau-negror. Abaixo o mar eclipsa.
Rumorejando, Zeus arremeteu o raio 305
na embarcação que, espatifada, exala enxofre.

ἐν δὲ θεείου πλῆτο· πέσον δ' ἐκ νηὸς ἅπαντες.
οἱ δὲ κορώνῃσιν ἴκελοι περὶ νῆα μέλαιναν
κύμασιν ἐμφορέοντο· θεὸς δ' ἀποαίνυτο νόστον.
αὐτὰρ ἐμοὶ Ζεὺς αὐτός, ἔχοντί περ ἄλγεα θυμῷ, 310
ἱστὸν ἀμαιμάκετον νηὸς κυανοπρῴροιο
ἐν χείρεσσιν ἔθηκεν, ὅπως ἔτι πῆμα φύγοιμι.
τῷ ῥα περιπλεχθεὶς φερόμην ὀλοοῖς ἀνέμοισιν.
ἐννῆμαρ φερόμην, δεκάτῃ δέ με νυκτὶ μελαίνῃ
γαίῃ Θεσπρωτῶν πέλασεν μέγα κῦμα κυλίνδον. 315
ἔνθα με Θεσπρωτῶν βασιλεὺς ἐκομίσσατο Φείδων
ἥρως ἀπριάτην· τοῦ γὰρ φίλος υἱὸς ἐπελθὼν
αἴθρῳ καὶ καμάτῳ δεδμημένον ἦγεν ἐς οἶκον,
χειρὸς ἀναστήσας, ὄφρ' ἵκετο δώματα πατρός·
ἀμφὶ δέ με χλαῖνάν τε χιτῶνά τε εἵματα ἕσσεν. 320
ἔνθ' Ὀδυσῆος ἐγὼ πυθόμην· κεῖνος γὰρ ἔφασκε
ξεινίσαι ἠδὲ φιλῆσαι ἰόντ' ἐς πατρίδα γαῖαν,
καί μοι κτήματ' ἔδειξεν ὅσα ξυναγείρατ' Ὀδυσσεύς,
χαλκόν τε χρυσόν τε πολύκμητόν τε σίδηρον.
καί νύ ἐς δεκάτην γενεὴν ἕτερόν γ' ἔτι βόσκοι· 325
τόσσα οἱ ἐν μεγάροις κειμήλια κεῖτο ἄνακτος.
τὸν δ' ἐς Δωδώνην φάτο βήμεναι, ὄφρα θεοῖο
ἐκ δρυὸς ὑψικόμοιο Διὸς βουλὴν ἐπακοῦσαι,
ὅππως νοστήσει' Ἰθάκης ἐς πίονα δῆμον
ἤδη δὴν ἀπεών, ἢ ἀμφαδὸν ἦε κρυφηδόν. 330
ὤμοσε δὲ πρὸς ἔμ' αὐτόν, ἀποσπένδων ἐνὶ οἴκῳ,
νῆα κατειρύσθαι καὶ ἐπαρτέας ἔμμεν ἑταίρους,
οἳ δή μιν πέμψουσι φίλην ἐς πατρίδα γαῖαν.
ἀλλ' ἐμὲ πρὶν ἀπέπεμψε· τύχησε γὰρ ἐρχομένη νηῦς
ἀνδρῶν Θεσπρωτῶν ἐς Δουλίχιον πολύπυρον. 335
ἔνθ' ὅ γέ μ' ἠνώγει πέμψαι βασιλῆϊ Ἀκάστῳ
ἐνδυκέως· τοῖσιν δὲ κακὴ φρεσὶν ἥνδανε βουλὴ
ἀμφ' ἐμοί, ὄφρ' ἔτι πάγχυ δύης ἐπὶ πῆμα γενοίμην.
ἀλλ' ὅτε γαίης πολλὸν ἀπέπλω ποντοπόρος νηῦς,
αὐτίκα δούλιον ἦμαρ ἐμοὶ περιμηχανόωντο. 340
ἐκ μέν με χλαῖνάν τε χιτῶνά τε εἵματ' ἔδυσαν,

Todos tombaram n'água. Gralhas circum-naves
escuras, éramos iguais no undoso pélago;
e o deus tolhe o retorno. O mesmo Zeus a mim,
transido pela dor, depôs em minhas mãos 310
o mastro incorruptível do navio de proa
turquesa, a fim de me aliviar o sofrimento.
Nele abraçado, vendavais ziguezagueavam-me.
Nove dias vaguei. À noite pez do décimo,
o arco de um vagalhão cuspiu-me na Tesprótia, 315
onde o herói Fidon, o basileu, franqueou-me
a estada. Tiritando e fatigado, o filho
do rei, ao me encontrar, levou-me até o alcácer,
onde cheguei por suas mãos, que me escoravam.
Fez que me dessem vestes, túnica e um manto. 320
Foi onde eu soube de Odisseu. Fidon dizia
tê-lo hospedado em seu retorno à pátria itácia,
e me mostrou riquezas que o herói reunira,
ferro multilavrado, bronze e ouro. Dez
gerações de homens proviriam muito bem, 325
tantos tesouros depusera no solar.
Disse que iria até Dodona ouvir do magno
carvalho a decisão de Zeus sobre sua volta
ao pingue território de Ítaca, do qual
há muito tempo se ausentara, se em sigilo 330
ou sob a luz do dia. E me jurou, libando
em casa, que os marujos e o navio já prontos
só o esperavam para conduzi-lo à pátria.
Mas antes me enviou, pois um baixel tesprota
iria até Dulíquio, polifértil. Fossem 335
solícitos ao me escoltarem junto ao rei
Acasto! Mas no coração maturam plano
perverso, que à miséria extrema me levasse.
Longe da encosta a nave singradora, o dia
de minha servidão maquinam logo. Túnica, 340
vestes e manto arrancam do meu corpo, arrojam-me

ἀμφὶ δέ μοι ῥάκος ἄλλο κακὸν βάλον ἠδὲ χιτῶνα,
ῥωγαλέα, τὰ καὶ αὐτὸς ἐν ὀφθαλμοῖσιν ὅρηαι·
ἑσπέριοι δ' Ἰθάκης εὐδειέλου ἔργ' ἀφίκοντο.
ἔνθ' ἐμὲ μὲν κατέδησαν ἐϋσσέλμῳ ἐνὶ νηΐ 345
ὅπλῳ ἐϋστρεφέϊ στερεῶς, αὐτοὶ δ' ἀποβάντες
ἐσσυμένως παρὰ θῖνα θαλάσσης δόρπον ἕλοντο.
αὐτὰρ ἐμοὶ δεσμὸν μὲν ἀνέγναμψαν θεοὶ αὐτοὶ
ῥηϊδίως· κεφαλῇ δὲ κατὰ ῥάκος ἀμφικαλύψας,
ξεστὸν ἐφόλκαιον καταβὰς ἐπέλασσα θαλάσσῃ 350
στῆθος, ἔπειτα δὲ χερσὶ διήρεσσ' ἀμφοτέρῃσι
νηχόμενος, μάλα δ' ὦκα θύρηθ' ἔα ἀμφὶς ἐκείνων.
ἔνθ' ἀναβάς, ὅθι τε δρίος ἦν πολυανθέος ὕλης,
κείμην πεπτηώς. οἱ δὲ μεγάλα στενάχοντες
φοίτων· ἀλλ' οὐ γάρ σφιν ἐφαίνετο κέρδιον εἶναι 355
μαίεσθαι προτέρω, τοὶ μὲν πάλιν αὖτις ἔβαινον
νηὸς ἔπι γλαφυρῆς· ἐμὲ δ' ἔκρυψαν θεοὶ αὐτοὶ
ῥηϊδίως, καί με σταθμῷ ἐπέλασσαν ἄγοντες
ἀνδρὸς ἐπισταμένου· ἔτι γάρ νύ μοι αἶσα βιῶναι."
τὸν δ' ἀπαμειβόμενος προσέφης, Εὔμαιε συβῶτα· 360
"ἆ δειλὲ ξείνων, ἦ μοι μάλα θυμὸν ὄρινας
ταῦτα ἕκαστα λέγων, ὅσα δὴ πάθες ἠδ' ὅσ' ἀλήθης.
ἀλλὰ τά γ' οὐ κατὰ κόσμον ὀΐομαι, οὐδέ με πείσεις
εἰπὼν ἀμφ' Ὀδυσῆϊ· τί σε χρὴ τοῖον ἐόντα
μαψιδίως ψεύδεσθαι; ἐγὼ δ' εὖ οἶδα καὶ αὐτὸς 365
νόστον ἐμοῖο ἄνακτος, ὅ τ' ἤχθετο πᾶσι θεοῖσι
πάγχυ μάλ', ὅττι μιν οὔ τι μετὰ Τρώεσσι δάμασσαν
ἠὲ φίλων ἐν χερσίν, ἐπεὶ πόλεμον τολύπευσε.
τῷ κέν οἱ τύμβον μὲν ἐποίησαν Παναχαιοί,
ἠδέ κε καὶ ᾧ παιδὶ μέγα κλέος ἤρατ' ὀπίσσω 370
νῦν δέ μιν ἀκλειῶς ἅρπυιαι ἀνηρείψαντο.
αὐτὰρ ἐγὼ παρ' ὕεσσιν ἀπότροπος· οὐδὲ πόλινδε
ἔρχομαι, εἰ μή πού τι περίφρων Πηνελόπεια
ἐλθέμεν ὀτρύνῃσιν, ὅτ' ἀγγελίη ποθὲν ἔλθῃ.
ἀλλ' οἱ μὲν τὰ ἕκαστα παρήμενοι ἐξερέουσιν, 375
ἠμὲν οἳ ἄχνυνται δὴν οἰχομένοιο ἄνακτος,

andrajos sórdidos que agora vês, rasgados.
Quando desembarcaram na campina de Ítaca
solar, anoitecia. No interior do barco
bem construído me amarraram com a corda 345
retorta, fortemente. Assim que saem da nau,
tratam de repastar na praia incontinente.
Os próprios deuses desfizeram facilmente
os nós. Com trapos encobri minha cabeça
e escorreguei pelo timão polido, o tórax 350
lançando ao mar. Nadei remando com as mãos.
Logo deles distei. Permaneci de cócoras
onde se encontra a mata pluriflorescente.
Iam e vinham, plenos de lamento. Não
lhes pareceu sensato continuar a busca 355
mais e reembarcaram no navio bojudo.
Os deuses me ocultaram sem dificuldade,
me endereçando à edificação de um homem
sapiente, pois é minha sina perdurar."
E ao responder-lhe, Eumeu, porqueiro, então disseste: 360
"Ah, estrangeiro infeliz, o teu raconto tão
minucioso sobre o que sofreste errando
falou-me ao coração. Mas sobre o herói, faltou
concatenar melhor. Sendo quem és, por que
falsear em vão? Também conheço muito bem 365
a volta de meu chefe. Não havia deus
que não o odiasse muito: não o dobram teucros,
nem tombou entre os seus, depois da belicosa
maranha. Pan-aqueus teriam lhe erigido
a tumba, conferindo ao filho a fama póstera. 370
Sem renome as Harpias o arrastaram. Porcos
me fazem companhia: não frequento a pólis,
exceção feita quando uma mensagem chega
à sensata Penélope, que então me chama.
Todos, ao seu redor, o crivam de perguntas, 375
tanto os que sofrem com a ausência do senhor,

ἠδ' οἳ χαίρουσιν βίοτον νήποινον ἔδοντες·
ἀλλ' ἐμοὶ οὐ φίλον ἐστὶ μεταλλῆσαι καὶ ἐρέσθαι,
ἐξ οὗ δή μ' Αἰτωλὸς ἀνὴρ ἐξήπαφε μύθῳ,
ὅς ῥ' ἄνδρα κτείνας, πολλὴν ἐπὶ γαῖαν ἀληθείς, 380
ἦλθεν ἐμὰ πρὸς δώματ'· ἐγὼ δέ μιν ἀμφαγάπαζον.
φῆ δέ μιν ἐν Κρήτεσσι παρ' Ἰδομενῆϊ ἰδέσθαι
νῆας ἀκειόμενον, τάς οἱ ξυνέαξαν ἄελλαι·
καὶ φάτ' ἐλεύσεσθαι ἢ ἐς θέρος ἢ ἐς ὀπώρην,
πολλὰ χρήματ' ἄγοντα, σὺν ἀντιθέοις ἑτάροισι. 385
καὶ σύ, γέρον πολυπενθές, ἐπεί σέ μοι ἤγαγε δαίμων,
μήτε τί μοι ψεύδεσσι χαρίζεο μήτε τι θέλγε·
οὐ γὰρ τοὔνεκ' ἐγώ σ' αἰδέσσομαι οὐδὲ φιλήσω,
ἀλλὰ Δία ξένιον δείσας αὐτόν τ' ἐλεαίρων."
τὸν δ' ἀπαμειβόμενος προσέφη πολύμητις Ὀδυσσεύς· 390
"ἦ μάλα τίς τοι θυμὸς ἐνὶ στήθεσσιν ἄπιστος,
οἷόν σ' οὐδ' ὀμόσας περ ἐπήγαγον οὐδέ σε πείθω.
ἀλλ' ἄγε νῦν ῥήτρην ποιησόμεθ'· αὐτὰρ ὄπισθε
μάρτυροι ἀμφοτέροισι θεοί, τοὶ Ὄλυμπον ἔχουσιν.
εἰ μέν κεν νοστήσῃ ἄναξ τεὸς ἐς τόδε δῶμα, 395
ἕσσας με χλαῖνάν τε χιτῶνά τε εἵματα πέμψαι
Δουλίχιόνδ' ἰέναι, ὅθι μοι φίλον ἔπλετο θυμῷ·
εἰ δέ κε μὴ ἔλθῃσιν ἄναξ τεὸς ὡς ἀγορεύω,
δμῶας ἐπισσεύας βαλέειν μεγάλης κατὰ πέτρης,
ὄφρα καὶ ἄλλος πτωχὸς ἀλεύεται ἠπεροπεύειν." 400
τὸν δ' ἀπαμειβόμενος προσεφώνεε δῖος ὑφορβός·
"ξεῖν', οὕτω γάρ κέν μοι ἐϋκλείη τ' ἀρετή τε
εἴη ἐπ' ἀνθρώπους ἅμα τ' αὐτίκα καὶ μετέπειτα,
ὅς σ' ἐπεὶ ἐς κλισίην ἄγαγον καὶ ξείνια δῶκα,
αὖτις δὲ κτείναιμι φίλον τ' ἀπὸ θυμὸν ἑλοίμην· 405
πρόφρων κεν δὴ ἔπειτα Δία Κρονίωνα λιτοίμην.
νῦν δ' ὥρη δόρποιο· τάχιστά μοι ἔνδον ἑταῖροι
εἶεν, ἵν' ἐν κλισίῃ λαρὸν τετυκοίμεθα δόρπον."
ὣς οἱ μὲν τοιαῦτα πρὸς ἀλλήλους ἀγόρευον,
ἀγχίμολον δὲ σύες τε καὶ ἀνέρες ἦλθον ὑφορβοί. 410
τὰς μὲν ἄρα ἔρξαν κατὰ ἤθεα κοιμηθῆναι,

quanto os que, rindo, lhe devoram os haveres,
mas evito inquirir alguém, desde que um homem
proveniente da Etólia me enganou. Matou
um outro e, após errar sem rumo, procurou-me 380
em casa, onde o acolhi afavelmente. O rei,
disse que o vira no solar de Idomeneu
em Creta. Reparava as naus que a tempestade
danificara. Voltaria no verão,
no mais tardar no outono, ouro em profusão 385
com ele e os sócios, símiles divinos. Guiou-te,
ancião multissofrido, um *dâimon*. Não pretendas
vir com falácias, nem tampouco me encantar.
Te hospedo porque temo a Zeus e sou piedoso,
e não por dar ouvido a pseudo-história." O rei 390
multiastucioso respondeu-lhe: "Tens no peito
um coração incrédulo, pois nem jurando
consigo convencer-te. Um pacto, então, selemos
e invoquemos o testemunho dos olímpios:
se o teu senhor pisar de novo nesta casa, 395
investe-me no manto e túnica, e a Dulíquio,
rincão em que me apraz ao coração estar,
conduze-me; se não pisar, como asseguro,
manda que servos me arremessem do penhasco,
para que um outro sacomão evite então 400
pensar em te enganar." O porcariço disse:
"Bela reputação e fama granjearia
entre homens, hoje e no futuro, se, depois
de te acolher nesta choupana como um hóspede,
ousasse te matar, tirar o teu alento: 405
ofenderia a Zeus deliberadamente!
Mas é hora de cearmos. Ah, se os companheiros
voltassem para preparar manjares lautos!"
Era essa a arenga que entretinha a dupla, quando
os porqueiros chegaram com o persigal, 410
conduzido à pocilga a fim de que dormisse.

κλαγγὴ δ' ἄσπετος ὦρτο συῶν αὐλιζομενάων
αὐτὰρ ὁ οἷς ἑτάροισιν ἐκέκλετο δῖος ὑφορβός·
"ἄξεθ' ὑῶν τὸν ἄριστον, ἵνα ξείνῳ ἱερεύσω
τηλεδαπῷ· πρὸς δ' αὐτοὶ ὀνησόμεθ', οἵ περ ὀϊζὺν   415
δὴν ἔχομεν πάσχοντες ὑῶν ἕνεκ' ἀργιοδόντων·
ἄλλοι δ' ἡμέτερον κάματον νήποινον ἔδουσιν."
ὣς ἄρα φωνήσας κέασε ξύλα νηλέϊ χαλκῷ,
οἱ δ' ὗν εἰσῆγον μάλα πίονα πενταέτηρον.
τὸν μὲν ἔπειτ' ἔστησαν ἐπ' ἐσχάρῃ· οὐδὲ συβώτης   420
λήθετ' ἄρ' ἀθανάτων· φρεσὶ γὰρ κέχρητ' ἀγαθῇσιν·
ἀλλ' ὅγ' ἀπαρχόμενος κεφαλῆς τρίχας ἐν πυρὶ βάλλεν
ἀργιόδοντος ὑός, καὶ ἐπεύχετο πᾶσι θεοῖσιν
νοστῆσαι Ὀδυσῆα πολύφρονα ὅνδε δόμονδε.
κόψε δ' ἀνασχόμενος σχίζῃ δρυός, ἣν λίπε κείων·   425
τὸν δ' ἔλιπε ψυχή. τοὶ δ' ἔσφαξάν τε καὶ εὗσαν·
αἶψα δέ μιν διέχευαν· ὁ δ' ὠμοθετεῖτο συβώτης,
πάντων ἀρχόμενος μελέων, ἐς πίονα δημόν,
καὶ τὰ μὲν ἐν πυρὶ βάλλε, παλύνας ἀλφίτου ἀκτῇ,
μίστυλλόν τ' ἄρα τἆλλα καὶ ἀμφ' ὀβελοῖσιν ἔπειραν,   430
ὤπτησάν τε περιφραδέως ἐρύσαντό τε πάντα,
βάλλον δ' εἰν ἐλεοῖσιν ἀολλέα· ἂν δὲ συβώτης
ἵστατο δαιτρεύσων· περὶ γὰρ φρεσὶν αἴσιμα ᾔδη.
καὶ τὰ μὲν ἕπταχα πάντα διεμοιρᾶτο δαΐζων·
τὴν μὲν ἴαν νύμφῃσι καὶ Ἑρμῇ, Μαιάδος υἱεῖ,   435
θῆκεν ἐπευξάμενος, τὰς δ' ἄλλας νεῖμεν ἑκάστῳ·
νώτοισιν δ' Ὀδυσῆα διηνεκέεσσι γέραιρεν
ἀργιόδοντος ὑός, κύδαινε δὲ θυμὸν ἄνακτος·
καί μιν φωνήσας προσέφη πολύμητις Ὀδυσσεύς·
"αἴθ' οὕτως, Εὔμαιε, φίλος Διὶ πατρὶ γένοιο   440
ὡς ἐμοί, ὅττι τε τοῖον ἐόντ' ἀγαθοῖσι γεραίρεις."
τὸν δ' ἀπαμειβόμενος προσέφης, Εὔμαιε συβῶτα·
"ἔσθιε, δαιμόνιε ξείνων, καὶ τέρπεο τοῖσδε,
οἷα πάρεστι· θεὸς δὲ τὸ μὲν δώσει, τὸ δ' ἐάσει,
ὅττι κεν ᾧ θυμῷ ἐθέλῃ· δύναται γὰρ ἅπαντα."   445
ἦ ῥα καὶ ἄργματα θῦσε θεοῖς αἰειγενέτῃσι,

E o preclaro porqueiro fala aos companheiros:
"Trazei-me o porco que realce e o imolemos
ao hóspede. Também teremos nossa parte,
nada mais justo a quem se exaure com suínos   415
dentialvos sempre. E os folgazões deglutem sem
esforço nossa faina..." Concluindo assim,
rachou a lenha com o bronze impiedoso.
Trazem um suíno extrapingue de um quinquênio.
Na lareira o depõem, e o porcariço não   420
olvida os imortais, pois tinha retidão
de espírito. O pelame da cabeça suína
começa arremessando ao fogo e invoca os deuses
todos: tornasse ao lar o herói multissolerte!
Com toco de carvalho ali deixado, dá   425
uma paulada no animal: evola a ânima.
Carneiam, queimam, talham. O porqueiro põe
sobre a camada untosa nacos crus. Farinha
de cevada polvilha quando os lança ao fogo.
Espetam o restante retalhado em postas   430
e as tostam. Habilmente a operação invertem
e as empilham num trincho. Exímio talhador,
Eumeu se levantou a fim de repartir.
Cortou em sete partes: uma para as ninfas
e Hermes, o núncio filho da divina Maia,   435
a quem orou; entre os demais divide o resto.
A porção de honra, o lombo inteiro do suíno
alvicolmilhos coube ao pleniperspicaz
Odisseu, que inicia a fala jubilando:
"Possas ser tão benquisto a Zeus quanto és a mim: 440
um destituído honoras com o que é sublime!"
E então, Eumeu, porqueiro, lhe disseste: "Come,
infeliz forasteiro, saboreia a carne
que existe agora. Um deus concede, um deus renega
a seu talante, pois que tudo pode." Oferta   445
aos bem-aventurados as primícias. Liba

σπείσας δ' αἴθοπα οἶνον Ὀδυσσῆϊ πτολιπόρθῳ
ἐν χείρεσσιν ἔθηκεν· ὁ δ' ἕζετο ᾗ παρὰ μοίρῃ.
σῖτον δέ σφιν ἔνειμε Μεσαύλιος, ὅν ῥα συβώτης
αὐτὸς κτήσατο οἶος ἀποιχομένοιο ἄνακτος, 450
νόσφιν δεσποίνης καὶ Λαέρταο γέροντος·
πὰρ δ' ἄρα μιν Ταφίων πρίατο κτεάτεσσιν ἑοῖσιν.
οἱ δ' ἐπ' ὀνείαθ' ἑτοῖμα προκείμενα χεῖρας ἴαλλον.
αὐτὰρ ἐπεὶ πόσιος καὶ ἐδητύος ἐξ ἔρον ἕντο,
σῖτον μέν σφιν ἀφεῖλε Μεσαύλιος, οἱ δ' ἐπὶ κοῖτον 455
σίτου καὶ κρειῶν κεκορημένοι ἐσσεύοντο.
νὺξ δ' ἄρ' ἐπῆλθε κακὴ σκοτομήνιος, ὗε δ' ἄρα Ζεὺς
πάννυχος, αὐτὰρ ἄη Ζέφυρος μέγας αἰὲν ἔφυδρος.
τοῖς δ' Ὀδυσεὺς μετέειπε, συβώτεω πειρητίζων,
εἴ πώς οἱ ἐκδὺς χλαῖναν πόροι, ἤ τιν' ἑταίρων 460
ἄλλον ἐποτρύνειεν, ἐπεί ἕο κήδετο λίην·
"κέκλυθι νῦν, Εὔμαιε καὶ ἄλλοι πάντες ἑταῖροι,
εὐξάμενός τι ἔπος ἐρέω· οἶνος γὰρ ἀνώγει
ἠλεός, ὅς τ' ἐφέηκε πολύφρονά περ μάλ' ἀεῖσαι
καί θ' ἁπαλὸν γελάσαι, καί τ' ὀρχήσασθαι ἀνῆκε, 465
καί τι ἔπος προέηκεν ὅ περ τ' ἄρρητον ἄμεινον.
ἀλλ' ἐπεὶ οὖν τὸ πρῶτον ἀνέκραγον, οὐκ ἐπικεύσω.
εἴθ' ὣς ἡβώοιμι βίη τέ μοι ἔμπεδος εἴη,
ὡς ὅθ' ὑπὸ Τροίην λόχον ἤγομεν ἀρτύναντες.
ἡγείσθην δ' Ὀδυσεύς τε καὶ Ἀτρεΐδης Μενέλαος, 470
τοῖσι δ' ἅμα τρίτος ἄρχον ἐγών· αὐτοὶ γὰρ ἄνωγον.
ἀλλ' ὅτε δή ῥ' ἱκόμεσθα ποτὶ πτόλιν αἰπύ τε τεῖχος,
ἡμεῖς μὲν περὶ ἄστυ κατὰ ῥωπήϊα πυκνά,
ἂν δόνακας καὶ ἕλος, ὑπὸ τεύχεσι πεπτηῶτες
κείμεθα. νὺξ δ' ἄρ' ἐπῆλθε κακὴ Βορέαο πεσόντος, 475
πηγυλίς· αὐτὰρ ὕπερθε χιὼν γένετ' ἠΰτε πάχνη,
ψυχρή, καὶ σακέεσσι περιτρέφετο κρύσταλλος.
ἔνθ' ἄλλοι πάντες χλαίνας ἔχον ἠδὲ χιτῶνας,
εὗδον δ' εὔκηλοι, σάκεσιν εἰλυμένοι ὤμους·
αὐτὰρ ἐγὼ χλαῖναν μὲν ἰὼν ἑτάροισιν ἔλειπον 480
ἀφραδίῃς, ἐπεὶ οὐκ ἐφάμην ῥιγωσέμεν ἔμπης,

e põe nas mãos do herói devastador-de-pólis
o vinho cor de fogo. Se assentou, um naco
ao lado. O pão, Mesáulio o distribui (comprara-o
na ausência do senhor, pagando com recursos 450
próprios, Laerte não sabia, nem Penélope.
Os táfios o venderam). Viandas preparadas,
as mãos avançam todos. Saciada a gana
de beber e comer, Mesáulio recolheu
o pão, todos querendo repousar, replenos 455
de pão e carne. Tétrica, avançava a noite
lunar-escurecida. Pan-noturno, Zeus
choveu. Soprou o enorme Zéfiro sempi-
pluvioso. O rei quis colocar à prova Eumeu,
se lhe daria a capa, dela despojando-se, 460
visto que fora tão solícito, ou se a um sócio
faria que entregasse: "Ouvi, Eumeu e amigos!
Permito-me narrar um caso, pois me instiga
o vinho ensandecido que até mesmo ao sábio
impõe o canto e o riso irreverente, e o impulsa 465
à dança e o faz dizer o que seria bem
melhor calar. Mas como comecei, avanço...
Ah, fosse vigoroso e jovem como quando
encabeçamos a emboscada Troia abaixo!
Odisseu chefiava e o atrida Menelau, 470
e eu vinha em tércio, pois que a dupla convidara-me.
Ao chegarmos a Ílion de íngremes muralhas,
no denso matagal em torno à cidadela,
nos agachamos sob escudos, por detrás
dos charcos e caniços. Tomba o transmontano 475
e o horror da noite gélida. Tal qual geada,
caía a neve, fria. No elmo germinavam
cristais. Vestiam os demais o manto e a túnica,
dormiam tranquilos, ombros repousando no elmo.
Mas, antes de partir, eu dera o manto aos sócios, 480
pois, tolo, sem prever o clima assaz glacial,

ἀλλ' ἑπόμην σάκος οἶον ἔχων καὶ ζῶμα φαεινόν.
ἀλλ' ὅτε δὴ τρίχα νυκτὸς ἔην, μετὰ δ' ἄστρα βεβήκει,
καὶ τότ' ἐγὼν Ὀδυσῆα προσηύδων ἐγγὺς ἐόντα
ἀγκῶνι νύξας· ὁ δ' ἄρ' ἐμμαπέως ὑπάκουσε·   485
'διογενὲς Λαερτιάδη, πολυμήχαν' Ὀδυσσεῦ,
οὔ τοι ἔτι ζωοῖσι μετέσσομαι, ἀλλά με χεῖμα
δάμναται· οὐ γὰρ ἔχω χλαῖναν· παρά μ' ἤπαφε δαίμων
οἰοχίτων' ἔμεναι· νῦν δ' οὐκέτι φυκτὰ πέλονται.'
ὣς ἐφάμην, ὁ δ' ἔπειτα νόον σχέθε τόνδ' ἐνὶ θυμῷ,   490
οἷος κεῖνος ἔην βουλευέμεν ἠδὲ μάχεσθαι·
φθεγξάμενος δ' ὀλίγῃ ὀπί με πρὸς μῦθον ἔειπε·
'σίγα νῦν, μή τίς σευ Ἀχαιῶν ἄλλος ἀκούσῃ.'
ἦ καὶ ἐπ' ἀγκῶνος κεφαλὴν σχέθεν εἶπέ τε μῦθον·
'κλῦτε, φίλοι· θεῖός μοι ἐνύπνιον ἦλθεν ὄνειρος.   495
λίην γὰρ νηῶν ἑκὰς ἤλθομεν· ἀλλά τις εἴη
εἰπεῖν Ἀτρεΐδῃ Ἀγαμέμνονι, ποιμένι λαῶν,
εἰ πλέονας παρὰ ναῦφιν ἐποτρύνειε νέεσθαι.'
ὣς ἔφατ', ὦρτο δ' ἔπειτα Θόας, Ἀνδραίμονος υἱός,
καρπαλίμως, ἀπὸ δὲ χλαῖναν θέτο φοινικόεσσαν,   500
βῆ δὲ θέειν ἐπὶ νῆας· ἐγὼ δ' ἐνὶ εἵματι κείνου
κείμην ἀσπασίως, φάε δὲ χρυσόθρονος Ἠώς.
ὣς νῦν ἡβώοιμι βίη τέ μοι ἔμπεδος εἴη·
δοίη κέν τις χλαῖναν ἐνὶ σταθμοῖσι συφορβῶν,
ἀμφότερον, φιλότητι καὶ αἰδοῖ φωτὸς ἑῆος·   505
νῦν δέ μ' ἀτιμάζουσι κακὰ χροῒ εἵματ' ἔχοντα."
τὸν δ' ἀπαμειβόμενος προσέφης, Εὔμαιε συβῶτα·
"ὦ γέρον, αἶνος μέν τοι ἀμύμων, ὃν κατέλεξας,
οὐδέ τί πω παρὰ μοῖραν ἔπος νηκερδὲς ἔειπες·
τῷ οὔτ' ἐσθῆτος δευήσεαι οὔτε τευ ἄλλου,   510
ὧν ἐπέοιχ' ἱκέτην ταλαπείριον ἀντιάσαντα,
νῦν· ἀτὰρ ἠῶθέν γε τὰ σὰ ῥάκεα δνοπαλίξεις.
οὐ γὰρ πολλαὶ χλαῖναι ἐπημοιβοί τε χιτῶνες
ἐνθάδε ἕννυσθαι, μία δ' οἴη φωτὶ ἑκάστῳ.
αὐτὰρ ἐπὴν ἔλθῃσιν Ὀδυσσῆος φίλος υἱός,   515
αὐτός τοι χλαῖνάν τε χιτῶνά τε εἵματα δώσει,

levara tão somente o escudo e a faixa rútila.
Terço final da noite, estelas decaindo,
para Odisseu, que estava ao lado, me virei,
tocando-o com o cotovelo. Ele atendeu-me: 485
'Laércio, plurimaquinoso, herói divino,
deixo os viventes, pois o gelo me aniquila,
desprovido de manto. Qual será a saída?
Um demo me burlou: vesti tão só a túnica.'
Falei e lhe ocorreu este pensar no íntimo, 490
um ás como ele só na luta e no conselho.
Baixando o tom de voz, assim se pronunciou:
'Silêncio! Psiu! Não deixes que outro aqueu te escute!'
No cotovelo apoia a testa e continua:
'Ouvi, amigos! Ôneiros, o Sonho, veio 495
a mim, que adormecia. Estamos muito longe
das naus. Algum de vós peça a Agamêmnon, guia-
-de-povos, que nos mande, dos navios, reforços.'
Nem bem falou, Toante, filho de Andremone,
se alçou, deixou o manto púrpura e correu 500
até os navios. Na roupa dele eu me enrolei
contente. E despontou, trono dourado, Aurora.
Ah! Tivera o vigor de outrora! Fora jovem!
Por dois motivos, ganharia de um porqueiro
o manto: deferência por um homem forte 505
e simpatia. Me desprezam pelos sórdidos
trapos." E então, Eumeu, disseste em tua resposta:
"Tua narrativa, ancião, é irretocável. Não
há um só termo vão que margeasse a moira.
Não há de te faltar casaco ou algo mais 510
que é justo receber o pobre suplicante,
hoje, mas amanhã envergas teus andrajos,
pois não possuímos túnicas adicionais,
nem mantos, um apenas para cada homem.
Contudo, não carecerás de roupa, assim 515
que o filho de Odisseu retorne, manto, túnica,

πέμψει δ' ὅππῃ σε κραδίη θυμός τε κελεύει."
ὣς εἰπὼν ἀνόρουσε, τίθει δ' ἄρα οἱ πυρὸς ἐγγὺς
εὐνήν, ἐν δ' ὀΐων τε καὶ αἰγῶν δέρματ' ἔβαλλεν.
ἔνθ' Ὀδυσεὺς κατέλεκτ'· ἐπὶ δὲ χλαῖναν βάλεν αὐτῷ   520
πυκνὴν καὶ μεγάλην, ἥ οἱ παρεκέσκετ' ἀμοιβάς,
ἕννυσθαι ὅτε τις χειμὼν ἔκπαγλος ὄροιτο.
ὣς ὁ μὲν ἔνθ' Ὀδυσεὺς κοιμήσατο, τοὶ δὲ παρ' αὐτὸν
ἄνδρες κοιμήσαντο νεηνίαι· οὐδὲ συβώτῃ
ἥνδανεν αὐτόθι κοῖτος, ὑῶν ἄπο κοιμηθῆναι,   525
ἀλλ' ὅ γ' ἄρ' ἔξω ἰὼν ὡπλίζετο· χαῖρε δ' Ὀδυσσεύς,
ὅττι ῥά οἱ βιότου περικήδετο νόσφιν ἐόντος.
πρῶτον μὲν ξίφος ὀξὺ περὶ στιβαροῖς βάλετ' ὤμοις,
ἀμφὶ δὲ χλαῖναν ἐέσσατ' ἀλεξάνεμον, μάλα πυκνήν,
ἂν δὲ νάκην ἕλετ' αἰγὸς ἐϋτρεφέος μεγάλοιο,   530
εἵλετο δ' ὀξὺν ἄκοντα, κυνῶν ἀλκτῆρα καὶ ἀνδρῶν.
βῆ δ' ἴμεναι κείων ὅθι περ σύες ἀργιόδοντες
πέτρῃ ὕπο γλαφυρῇ εὗδον, Βορέω ὑπ' ἰωγῇ.

e te fará chegar aonde o coração
quiser." Falou e à beira-fogo preparou-lhe
a enxerga. Em cima apõe peles de cabra e pécora.
Odisseu se deitou. Com manto espesso e enorme 520
Eumeu o cobre (usava-o quando o frio cortante
o acometia). Assim o herói repousa ao lado
de onde os rapazes repousavam. Não apraz
ao porcariço Eumeu dormir longe dos suínos.
Incontinente, apresta-se para sair. 525
Odisseu jubilava ao perceber o zelo
com que Eumeu, tanto tempo ausente, ainda tratava
os seus haveres. Lança à espádua larga a espada
afiada. Cobre-se com manto extremamente
espesso. Pega a pele de uma cabra pingue 530
e grande, pega o dardo agudo que o defenda
de homens e cães, e vai dormir com porcos, alvi-
colmilhos, sob a gruta que bloqueia Bóreas.

ο

Ἡ δ' εἰς εὐρύχορον Λακεδαίμονα Παλλὰς Ἀθήνη
ᾤχετ', Ὀδυσσῆος μεγαθύμου φαίδιμον υἱὸν
νόστου ὑπομνήσουσα καὶ ὀτρυνέουσα νέεσθαι.
εὗρε δὲ Τηλέμαχον καὶ Νέστορος ἀγλαὸν υἱὸν
εὕδοντ' ἐν προδόμῳ Μενελάου κυδαλίμοιο,   5
ἦ τοι Νεστορίδην μαλακῷ δεδμημένον ὕπνῳ·
Τηλέμαχον δ' οὐχ ὕπνος ἔχε γλυκύς, ἀλλ' ἐνὶ θυμῷ
νύκτα δι' ἀμβροσίην μελεδήματα πατρὸς ἔγειρεν.
ἀγχοῦ δ' ἱσταμένη προσέφη γλαυκῶπις Ἀθήνη·
"Τηλέμαχ', οὐκέτι καλὰ δόμων ἄπο τῆλ' ἀλάλησαι,   10
κτήματά τε προλιπὼν ἄνδρας τ' ἐν σοῖσι δόμοισιν
οὕτω ὑπερφιάλους· μή τοι κατὰ πάντα φάγωσι
κτήματα δασσάμενοι, σὺ δὲ τηϋσίην ὁδὸν ἔλθῃς.
ἀλλ' ὄτρυνε τάχιστα βοὴν ἀγαθὸν Μενέλαον
πεμπέμεν, ὄφρ' ἔτι οἴκοι ἀμύμονα μητέρα τέτμῃς.   15
ἤδη γάρ ῥα πατήρ τε κασίγνητοί τε κέλονται
Εὐρυμάχῳ γήμασθαι· ὁ γὰρ περιβάλλει ἅπαντας
μνηστῆρας δώροισι καὶ ἐξώφελλεν ἔεδνα·
μή νύ τι σεῦ ἀέκητι δόμων ἐκ κτῆμα φέρηται.
οἶσθα γὰρ οἷος θυμὸς ἐνὶ στήθεσσι γυναικός·   20
κείνου βούλεται οἶκον ὀφέλλειν ὅς κεν ὀπυίῃ,
παίδων δὲ προτέρων καὶ κουριδίοιο φίλοιο
οὐκέτι μέμνηται τεθνηκότος οὐδὲ μεταλλᾷ.
ἀλλὰ σύ γ' ἐλθὼν αὐτὸς ἐπιτρέψειας ἕκαστα
δμῳάων ἥ τίς τοι ἀρίστη φαίνεται εἶναι,   25
εἰς ὅ κέ τοι φήνωσι θεοὶ κυδρὴν παράκοιτιν.

Canto XV

E Atena avança na Lacedemônia ampla
para lembrar o filho de Odisseu magnânimo
da volta, estimulá-lo a retornar ao lar.
Telêmaco e o ilustre filho de Nestor
dormiam no átrio do glorioso Menelau. 5
O torpor de Hipnos distendia o Nestoride,
mas Hipnos, seu dulçor, não descansava o itácio,
que o pai trazia ao coração em noite ambrósia.
Atena olhos-azuis se acosta e então lhe diz:
"É imprudência, Telêmaco, errar tão longe 10
do lar, deixando os insolentes lá e os bens.
Que não os tenham devorado após partilha,
tampouco trilhes um sendeiro inútil! Cedo
convence o rei, brado estentóreo, a te enviar
ao teu solar, onde reencontrarás Penélope. 15
O pai de Eurímaco e seus irmãos propagam
que ele há de desposá-la por donaires muitos
que lhe oferece, aos quais acresce sempre mais.
Que não sequestrem teus pertences do solar!
Sabes o coração que bate na mulher: 20
só quer enriquecer a casa do consorte,
não lembra nem procura os filhos das primeiras
núpcias, já olvidada de seu ex, defunto.
Voltado ao solo itácio, fia os bens que tens
à fâmula que te pareça ser mais proba, 25
até que os numes te concedam uma noiva.

ἄλλο δέ τοί τι ἔπος ἐρέω, σὺ δὲ σύνθεο θυμῷ.
μνηστήρων σ' ἐπιτηδὲς ἀριστῆες λοχόωσιν
ἐν πορθμῷ Ἰθάκης τε Σάμοιό τε παιπαλοέσσης.
ἱέμενοι κτεῖναι, πρὶν πατρίδα γαῖαν ἱκέσθαι.   30
ἀλλὰ τά γ' οὐκ ὀΐω· πρὶν καί τινα γαῖα καθέξει
ἀνδρῶν μνηστήρων, οἵ τοι βίοτον κατέδουσιν.
ἀλλὰ ἑκὰς νήσων ἀπέχειν εὐεργέα νῆα,
νυκτὶ δ' ὁμῶς πλέειν· πέμψει δέ τοι οὖρον ὄπισθεν
ἀθανάτων ὅς τίς σε φυλάσσει τε ῥύεταί τε.   35
αὐτὰρ ἐπὴν πρώτην ἀκτὴν Ἰθάκης ἀφίκηαι,
νῆα μὲν ἐς πόλιν ὀτρῦναι καὶ πάντας ἑταίρους,
αὐτὸς δὲ πρώτιστα συβώτην εἰσαφικέσθαι,
ὅς τοι ὑῶν ἐπίουρος, ὁμῶς δέ τοι ἤπια οἶδεν.
ἔνθα δὲ νύκτ' ἀέσαι· τὸν δ' ὀτρῦναι πόλιν εἴσω   40
ἀγγελίην ἐρέοντα περίφρονι Πηνελοπείῃ,
οὕνεκά οἱ σῶς ἐσσὶ καὶ ἐκ Πύλου εἰλήλουθας."
ἡ μὲν ἄρ' ὣς εἰποῦσ' ἀπέβη πρὸς μακρὸν Ὄλυμπον,
αὐτὰρ ὁ Νεστορίδην ἐξ ἡδέος ὕπνου ἔγειρεν
λὰξ ποδὶ κινήσας, καί μιν πρὸς μῦθον ἔειπεν·   45
"ἔγρεο, Νεστορίδη Πεισίστρατε, μώνυχας ἵππους
ζεῦξον ὑφ' ἅρματ' ἄγων, ὄφρα πρήσσωμεν ὁδοῖο."
τὸν δ' αὖ Νεστορίδης Πεισίστρατος ἀντίον ηὔδα·
"Τηλέμαχ', οὔ πως ἔστιν ἐπειγομένους περ ὁδοῖο
νύκτα διὰ δνοφερὴν ἐλάαν· τάχα δ' ἔσσεται ἠώς.   50
ἀλλὰ μέν' εἰς ὅ κε δῶρα φέρων ἐπιδίφρια θήῃ
ἥρως Ἀτρεΐδης, δουρικλειτὸς Μενέλαος,
καὶ μύθοις ἀγανοῖσι παραυδήσας ἀποπέμψῃ.
τοῦ γάρ τε ξεῖνος μιμνήσκεται ἤματα πάντα
ἀνδρὸς ξεινοδόκου, ὅς κεν φιλότητα παράσχῃ."   55
ὣς ἔφατ', αὐτίκα δὲ χρυσόθρονος ἤλυθεν Ἠώς.
ἀγχίμολον δέ σφ' ἦλθε βοὴν ἀγαθὸς Μενέλαος,
ἀνστὰς ἐξ εὐνῆς, Ἑλένης πάρα καλλικόμοιο.
τὸν δ' ὡς οὖν ἐνόησεν Ὀδυσσῆος φίλος υἱός,
σπερχόμενός ῥα χιτῶνα περὶ χροῒ σιγαλόεντα   60
δῦνεν, καὶ μέγα φᾶρος ἐπὶ στιβαροῖς βάλετ' ὤμοις

Guarda no coração o que mais te direi.
Os pretendentes máximos armam cilada
na passagem entre Ítaca e Same pétrea,
sonhando com teu fim na pré-chegada. Mas   30
não ponho fé: a terra abrigará um deles
antes, alguém que agora te devora as posses.
Desvia da ilha a embarcação benfeita, à noite
também navega. Um deus te envia o vento à popa,
o mesmo bem-aventurado que te guarda.   35
Aproando junto ao promontório dos itácios,
remete a nave à pólis com teus companheiros,
busca primeiro o porcariço, guardião
dos teus cochinos, fiel a seu amor por ti.
Pernoita ali e o envia à urbe encarregando-o   40
de anunciar que chegaste bem de Pilo à sábia
Penélope." Falando assim, partiu Olimpo
acima, enquanto o jovem despertava o filho
de Nestor do aprazível sono com um toque
do calcanhar do pé. Se lhe dirige assim: 45
"Pisístrato! Acorda, Nestoride! Atrela
cavalos unicascos! Finde nossa viagem!"
E o filho de Nestor, Pisístrato, responde:
"É impossível viajar no breu da noite, amigo,
mesmo se a viagem urja. Logo aurora o dia.   50
Espera Menelau, herói flechifamoso,
depor no carro os dons, nos augurando termos
propícios à jornada: um hóspede recorda
ao longo de seus dias, sempre, quem o acolhe
com o oferecimento da amizade." Disse   55
assim, e Aurora, trono-de-ouro, vem num átimo.
Brado estentóreo, Menelau se aproximou,
deixando ao leito Helena, bela cabeleira.
Tão logo o vê o amável filho de Odisseu,
investe em torno ao corpo a túnica esplendente,   60
o manto enorme arroja sobre os ombros largos,

ἥρως, βῆ δὲ θύραζε, παριστάμενος δὲ προσηύδα
Τηλέμαχος, φίλος υἱὸς Ὀδυσσῆος θείοιο·
"Ἀτρεΐδη Μενέλαε διοτρεφές, ὄρχαμε λαῶν,
ἤδη νῦν μ' ἀπόπεμπε φίλην ἐς πατρίδα γαῖαν· 65
ἤδη γάρ μοι θυμὸς ἐέλδεται οἴκαδ' ἱκέσθαι."
τὸν δ' ἠμείβετ' ἔπειτα βοὴν ἀγαθὸς Μενέλαος·
"Τηλέμαχ', οὔ τί σ' ἐγώ γε πολὺν χρόνον ἐνθάδ' ἐρύξω
ἱέμενον νόστοιο· νεμεσσῶμαι δὲ καὶ ἄλλῳ
ἀνδρὶ ξεινοδόκῳ, ὅς κ' ἔξοχα μὲν φιλέῃσιν, 70
ἔξοχα δ' ἐχθαίρῃσιν· ἀμείνω δ' αἴσιμα πάντα.
ἶσόν τοι κακόν ἐσθ', ὅς τ' οὐκ ἐθέλοντα νέεσθαι
ξεῖνον ἐποτρύνει καὶ ὃς ἐσσύμενον κατερύκει.
χρὴ ξεῖνον παρεόντα φιλεῖν, ἐθέλοντα δὲ πέμπειν.
ἀλλὰ μέν' εἰς ὅ κε δῶρα φέρων ἐπιδίφρια θείω 75
καλά, σὺ δ' ὀφθαλμοῖσιν ἴδῃς, εἴπω δὲ γυναιξὶ
δεῖπνον ἐνὶ μεγάροις τετυκεῖν ἅλις ἔνδον ἐόντων.
ἀμφότερον, κῦδός τε καὶ ἀγλαΐη καὶ ὄνειαρ,
δειπνήσαντας ἴμεν πολλὴν ἐπ' ἀπείρονα γαῖαν.
εἰ δ' ἐθέλεις τραφθῆναι ἀν' Ἑλλάδα καὶ μέσον Ἄργος, 80
ὄφρα τοι αὐτὸς ἕπωμαι, ὑποζεύξω δέ τοι ἵππους,
ἄστεα δ' ἀνθρώπων ἡγήσομαι· οὐδέ τις ἡμέας
αὔτως ἀππέμψει, δώσει δέ τι ἕν γε φέρεσθαι,
ἠέ τινα τριπόδων εὐχάλκων ἠὲ λεβήτων,
ἠὲ δύ' ἡμιόνους ἠὲ χρύσειον ἄλεισον." 85
τὸν δ' αὖ Τηλέμαχος πεπνυμένος ἀντίον ηὔδα·
"Ἀτρεΐδη Μενέλαε διοτρεφές, ὄρχαμε λαῶν,
βούλομαι ἤδη νεῖσθαι ἐφ' ἡμέτερ'· οὐ γὰρ ὄπισθεν
οὖρον ἰὼν κατέλειπον ἐπὶ κτεάτεσσιν ἐμοῖσιν·
μὴ πατέρ' ἀντίθεον διζήμενος αὐτὸς ὄλωμαι, 90
ἤ τί μοι ἐκ μεγάρων κειμήλιον ἐσθλὸν ὄληται."
αὐτὰρ ἐπεὶ τό γ' ἄκουσε βοὴν ἀγαθὸς Μενέλαος,
αὐτίκ' ἄρ' ᾗ ἀλόχῳ ἠδὲ δμῳῇσι κέλευσε
δεῖπνον ἐνὶ μεγάροις τετυκεῖν ἅλις ἔνδον ἐόντων.
ἀγχίμολον δέ οἱ ἦλθε Βοηθοΐδης Ἐτεωνεύς, 95
ἀνστὰς ἐξ εὐνῆς, ἐπεὶ οὐ πολὺ ναῖεν ἀπ' αὐτοῦ·

transpondo o umbral. Ladeando o rei, o herói Telêmaco,
filho dileto de Odisseu divino, diz:
"Atrida Menelau, prole de Zeus, senhor
dos povos, me concede a volta à terra ancestre: 65
meu coração me solicita o torna-lar."
E Menelau, brado estentóreo, lhe responde:
"Telêmaco, não intenciono te reter,
se anseias retornar. Censuro um anfitrião
que exceda na afeição quando recebe um hóspede 70
ou na aversão. Tudo é melhor se equilibrado.
Mal age quem sugira ao hóspede que deva
ir ou quem o retém, se o seu desejo é
partir. Cabe amparar quem fica ou conduzir
quem queira prosseguir. Aguarda os bens sublimes 75
que acomodo no carro, a fim de que os vislumbres,
e o de-comer que ultimem dentro as despenseiras.
Beneficia, honora e glorifica o avanço
por sendeiro infinito, a refeição opípara.
Se queres transpassar a Hélade e Argos, outros 80
cavalos jungirei a fim de te seguir.
Não haverá nas cidadelas de homens quem
nos permita avançar vazios de brônzea trípode,
sem alguidar, sem taça de ouro, sem parelha
de mulas." E inspirando a aragem da prudência, 85
Telêmaco falou: "Filho de Atreu, divino
Menelau, chefe-de-homens, ficaria grato
em retornar a Ítaca, pois, quando vim,
não deixei meus haveres sob a proteção
de alguém: não morra em minha busca por meu pai 90
igual a um deus, nem perca em casa um bem de vulto!"
Nem bem findou e Menelau, brado estentóreo,
ordenou que a consorte e as servas aprestassem
no amplo recinto a ceia da despensa farta.
Seu vizinho, Eteoneu Boetoide, abandonando 95
o leito, se lhes aproxima prontamente.

τὸν πῦρ κῆαι ἄνωγε βοὴν ἀγαθὸς Μενέλαος
ὀπτῆσαί τε κρεῶν· ὁ δ' ἄρ' οὐκ ἀπίθησεν ἀκούσας.
αὐτὸς δ' ἐς θάλαμον κατεβήσετο κηώεντα,
οὐκ οἶος, ἅμα τῷ γ' Ἑλένη κίε καὶ Μεγαπένθης.   100
ἀλλ' ὅτε δή ῥ' ἵκανον ὅθι κειμήλια κεῖτο,
Ἀτρεΐδης μὲν ἔπειτα δέπας λάβεν ἀμφικύπελλον,
υἱὸν δὲ κρητῆρα φέρειν Μεγαπένθε' ἄνωγεν
ἀργύρεον· Ἑλένη δὲ παρίστατο φωριαμοῖσιν,
ἔνθ' ἔσαν οἱ πέπλοι παμποίκιλοι, οὓς κάμεν αὐτή.   105
τῶν ἕν' ἀειραμένη Ἑλένη φέρε, δῖα γυναικῶν,
ὃς κάλλιστος ἔην ποικίλμασιν ἠδὲ μέγιστος,
ἀστὴρ δ' ὣς ἀπέλαμπεν· ἔκειτο δὲ νείατος ἄλλων.
βὰν δ' ἰέναι προτέρω διὰ δώματος, ἧος ἵκοντο
Τηλέμαχον· τὸν δὲ προσέφη ξανθὸς Μενέλαος·   110
"Τηλέμαχ', ἦ τοι νόστον, ὅπως φρεσὶ σῇσι μενοινᾷς,
ὥς τοι Ζεὺς τελέσειεν, ἐρίγδουπος πόσις Ἥρης.
δώρων δ', ὅσσ' ἐν ἐμῷ οἴκῳ κειμήλια κεῖται,
δώσω ὃ κάλλιστον καὶ τιμηέστατόν ἐστι.
δώσω τοι κρητῆρα τετυγμένον· ἀργύρεος δὲ   115
ἐστὶν ἅπας, χρυσῷ δ' ἐπὶ χείλεα κεκράανται,
ἔργον δ' Ἡφαίστοιο· πόρεν δέ ἑ Φαίδιμος ἥρως,
Σιδονίων βασιλεύς, ὅθ' ἑὸς δόμος ἀμφεκάλυψε
κεῖσέ με νοστήσαντα· τεῒν δ' ἐθέλω τόδ' ὀπάσσαι."
ὣς εἰπὼν ἐν χειρὶ τίθει δέπας ἀμφικύπελλον   120
ἥρως Ἀτρεΐδης· ὁ δ' ἄρα κρητῆρα φαεινὸν
θῆκ' αὐτοῦ προπάροιθε φέρων κρατερὸς Μεγαπένθης,
ἀργύρεον· Ἑλένη δὲ παρίστατο καλλιπάρῃος
πέπλον ἔχουσ' ἐν χερσίν, ἔπος τ' ἔφατ' ἔκ τ' ὀνόμαζε·
"δῶρόν τοι καὶ ἐγώ, τέκνον φίλε, τοῦτο δίδωμι,   125
μνῆμ' Ἑλένης χειρῶν, πολυηράτου ἐς γάμου ὥρην,
σῇ ἀλόχῳ φορέειν· τῆος δὲ φίλῃ παρὰ μητρὶ
κείσθω ἐνὶ μεγάρῳ. σὺ δέ μοι χαίρων ἀφίκοιο
οἶκον ἐϋκτίμενον καὶ σὴν ἐς πατρίδα γαῖαν."
ὣς εἰποῦσ' ἐν χερσὶ τίθει, ὁ δ' ἐδέξατο χαίρων.   130
καὶ τὰ μὲν ἐς πείρινθα τίθει Πεισίστρατος ἥρως

Menelau, voz altíssona, manda que acenda
o fogo e creste a vianda, o que ele cumpre súbito.
Pessoalmente desce ao tálamo fragrante,
e não foi só: Helena e Megapente o seguem. 100
Já no recinto onde jaziam joias, toma
da taça duplialada e ao filho Megapente
dá ordens que translade uma cratera argêntea.
Helena paralisa quando avista a arca,
onde pan-ofuscavam peplos que tecera. 105
Divina entre as mulheres, Helena escolheu
o mais belo, o maior, o que mais rutilava,
uma estela de luz, sob os demais, por último.
De volta, cruzam o solar até encontrarem
Telêmaco. Se lhe dirige o loiro herói: 110
"Rapaz, de teu retorno, com que sonhas no íntimo,
Zeus propicie o fim, tonante esposo de Hera.
De todas as riquezas que entesouro em casa,
eu te concedo o sumo de beleza e honor,
eu te concedo a copa trabalhada, toda 115
em prata, fios dourados encimando a borda,
lavor heféstio, dádiva do herói Fedimo,
rei dos sidônios, quando me acolheu seu lar
em meu retorno: eis o que mais te almejo dar."
Falando assim, o herói atrida lhe transfere 120
a taça de alças dúplices, e Megapente,
gigante, põe à sua frente uma cratera
argênteo-ofuscante. Helena, belas faces,
a seu lado lhe diz, equilibrando o peplo:
"O dom que te darei, meu filho, é um recordo 125
das mãos de Helena, para o ensejo pluriamado
das núpcias, um adorno para a esposa! Até
lá, tua mãe o guarde em casa! Bom retorno
ao sólido palácio, a teu rincão avoengo."
Depôs em suas mãos e o moço o acolhe em júbilo. 130
No cesto, o herói Pisístrato também coloca

δεξάμενος, καὶ πάντα ἑῷ θηήσατο θυμῷ·
τοὺς δ' ἦγε πρὸς δῶμα κάρη ξανθὸς Μενέλαος.
ἑζέσθην δ' ἄρ' ἔπειτα κατὰ κλισμούς τε θρόνους τε.
χέρνιβα δ' ἀμφίπολος προχόῳ ἐπέχευε φέρουσα   135
καλῇ χρυσείῃ, ὑπὲρ ἀργυρέοιο λέβητος,
νίψασθαι· παρὰ δὲ ξεστὴν ἐτάνυσσε τράπεζαν.
σῖτον δ' αἰδοίη ταμίη παρέθηκε φέρουσα·
εἴδατα πόλλ' ἐπιθεῖσα, χαριζομένη παρεόντων·
πὰρ δὲ Βοηθοΐδης κρέα δαίετο καὶ νέμε μοίρας·   140
οἰνοχόει δ' υἱὸς Μενελάου κυδαλίμοιο.
οἱ δ' ἐπ' ὀνείαθ' ἑτοῖμα προκείμενα χεῖρας ἴαλλον.
αὐτὰρ ἐπεὶ πόσιος καὶ ἐδητύος ἐξ ἔρον ἕντο,
δὴ τότε Τηλέμαχος καὶ Νέστορος ἀγλαὸς υἱὸς
ἵππους τε ζεύγνυντ' ἀνά θ' ἅρματα ποικίλ' ἔβαινον,   145
ἐκ δ' ἔλασαν προθύροιο καὶ αἰθούσης ἐριδούπου.
τοὺς δὲ μετ' Ἀτρεΐδης ἔκιε ξανθὸς Μενέλαος,
οἶνον ἔχων ἐν χειρὶ μελίφρονα δεξιτερῆφι,
ἐν δέπαϊ χρυσέῳ, ὄφρα λείψαντε κιοίτην.
στῆ δ' ἵππων προπάροιθε, δεδισκόμενος δὲ προσηύδα·   150
"χαίρετον, ὦ κούρω, καὶ Νέστορι ποιμένι λαῶν
εἰπεῖν· ἦ γὰρ ἐμοί γε πατὴρ ὣς ἤπιος ἦεν,
ἧος ἐνὶ Τροίῃ πολεμίζομεν υἷες Ἀχαιῶν."
τὸν δ' αὖ Τηλέμαχος πεπνυμένος ἀντίον ηὔδα·
"καὶ λίην κείνῳ γε, διοτρεφές, ὡς ἀγορεύεις,   155
πάντα τάδ' ἐλθόντες καταλέξομεν· αἲ γὰρ ἐγὼν ὣς
νοστήσας Ἰθάκηνδε, κιχὼν Ὀδυσῆ' ἐνὶ οἴκῳ,
εἴποιμ' ὡς παρὰ σεῖο τυχὼν φιλότητος ἁπάσης
ἔρχομαι, αὐτὰρ ἄγω κειμήλια πολλὰ καὶ ἐσθλά."
ὣς ἄρα οἱ εἰπόντι ἐπέπτατο δεξιὸς ὄρνις,   160
αἰετὸς ἀργὴν χῆνα φέρων ὀνύχεσσι πέλωρον,
ἥμερον ἐξ αὐλῆς· οἱ δ' ἰΰζοντες ἕποντο
ἀνέρες ἠδὲ γυναῖκες· ὁ δέ σφισιν ἐγγύθεν ἐλθὼν
δεξιὸς ἤϊξε πρόσθ' ἵππων· οἱ δὲ ἰδόντες
γήθησαν, καὶ πᾶσιν ἐνὶ φρεσὶ θυμὸς ἰάνθη.   165
τοῖσι δὲ Νεστορίδης Πεισίστρατος ἤρχετο μύθων·

o peplo, e a tudo observa com seu coração.
O flavo Menelau os introduz no alcácer,
e os faz sentar em sólios e nas sédias. Sobre
a bacia prateada, a ancila verte água   135
de um gomil reluzente em ouro. Depurassem
as mãos! A távola polida a ambos ladeava.
A despenseira prestimosa traz o pão,
profusas iguarias, grata por servir.
O Boetoide trincha a carne e serve os nacos,   140
enquanto o filho do anfitrião entorna o vinho.
Visando as viandas, todos estendiam as mãos.
Saciados de beber e de comer, Telêmaco
e o Nestoride ilustre atrelam os cavalos
e sobem sobre o carro furta-cor. Atrás   145
ficara o pórtico e o rumoroso átrio.
O louro Menelau os acompanha, a mão
direita alçando o vinho-mel na taça de ouro,
a fim de que libassem antes da viagem.
Frente aos corcéis parou, reverenciando a dupla: 150
"Felicidades, moços! A Nestor, pastor
de povos, cumprimento. Foi um pai durante
a guerra em que os aqueus venceram troicos." Disse
em resposta o atinado filho de Odisseu:
"Será, prole de Zeus, o que primeiramente   155
lhe comunicaremos. Ah! Pudera em Ítaca
reencontrar meu pai, para contar-lhe então
de todo afeto que por sorte conheci
de ti, mostrar-lhe o rol de rútilos regalos!"
Assim falando, um pássaro voou à destra,   160
águia que agarra um ganso gigantesco, lívido,
doméstico, do pátio. Homens e mulheres,
urlando, a seguem. À direita, bem à frente
dos corcéis, pressurosa, arremeteu. Apraz
a todos a visão, e o coração sorri.   165
Pisístrato se pronunciou, o Nestoride:

"φράζεο δή, Μενέλαε διοτρεφές, ὄρχαμε λαῶν,
ἢ νῶϊν τόδ' ἔφηνε θεὸς τέρας ἦε σοὶ αὐτῷ."
ὣς φάτο, μερμήριξε δ' ἀρηΐφιλος Μενέλαος,
ὅππως οἱ κατὰ μοῖραν ὑποκρίναιτο νοήσας. 170
τὸν δ' Ἑλένη τανύπεπλος ὑποφθαμένη φάτο μῦθον·
"κλῦτέ μευ· αὐτὰρ ἐγὼ μαντεύσομαι, ὡς ἐνὶ θυμῷ
ἀθάνατοι βάλλουσι καὶ ὡς τελέεσθαι ὀΐω.
ὡς ὅδε χῆν' ἥρπαξ' ἀτιταλλομένην ἐνὶ οἴκῳ
ἐλθὼν ἐξ ὄρεος, ὅθι οἱ γενεή τε τόκος τε, 175
ὣς Ὀδυσεὺς κακὰ πολλὰ παθὼν καὶ πόλλ' ἐπαληθεὶς
οἴκαδε νοστήσει καὶ τίσεται· ἠὲ καὶ ἤδη
οἴκοι, ἀτὰρ μνηστῆρσι κακὸν πάντεσσι φυτεύει."
τὴν δ' αὖ Τηλέμαχος πεπνυμένος ἀντίον ηὔδα·
"οὕτω νῦν Ζεὺς θείη, ἐρίγδουπος πόσις Ἥρης· 180
τῷ κέν τοι καὶ κεῖθι θεῷ ὣς εὐχετοῴμην."
ἦ καὶ ἐφ' ἱπποιϊν μάστιν βάλεν· οἱ δὲ μάλ' ὦκα
ἤϊξαν πεδίονδε διὰ πτόλιος μεμαῶτες.
οἱ δὲ πανημέριοι σεῖον ζυγὸν ἀμφὶς ἔχοντες.
δύσετό τ' ἠέλιος σκιόωντό τε πᾶσαι ἀγυιαί· 185
ἐς Φηρὰς δ' ἵκοντο Διοκλῆος ποτὶ δῶμα,
υἱέος Ὀρτιλόχοιο, τὸν Ἀλφειὸς τέκε παῖδα.
ἔνθα δὲ νύκτ' ἄεσαν· ὁ δὲ τοῖς πὰρ ξείνια θῆκεν.
ἦμος δ' ἠριγένεια φάνη ῥοδοδάκτυλος Ἠώς,
ἵππους τε ζεύγνυντ' ἀνά θ' ἅρματα ποικίλ' ἔβαινον, 190
ἐκ δ' ἔλασαν προθύροιο καὶ αἰθούσης ἐριδούπου·
μάστιξεν δ' ἐλάαν, τὼ δ' οὐκ ἄκοντε πετέσθην.
αἶψα δ' ἔπειθ' ἵκοντο Πύλου αἰπὺ πτολίεθρον·
καὶ τότε Τηλέμαχος προσεφώνεε Νέστορος υἱόν·
"Νεστορίδη, πῶς κέν μοι ὑποσχόμενος τελέσειας 195
μῦθον ἐμόν; ξεῖνοι δὲ διαμπερὲς εὐχόμεθ' εἶναι
ἐκ πατέρων φιλότητος, ἀτὰρ καὶ ὁμήλικές εἰμεν·
ἥδε δ' ὁδὸς καὶ μᾶλλον ὁμοφροσύνῃσιν ἐνήσει.
μή με παρὲξ ἄγε νῆα, διοτρεφές, ἀλλὰ λίπ' αὐτοῦ,
μή μ' ὁ γέρων ἀέκοντα κατάσχῃ ᾧ ἐνὶ οἴκῳ 200
ἱέμενος φιλέειν· ἐμὲ δὲ χρεὼ θᾶσσον ἱκέσθαι."

"Prole de Zeus, herói hegêmone de povos,
conosco tem a ver, contigo, esse prodígio?"
Falou assim. E Menelau filobelaz
buscava no pensar resposta fiel à moira, 170
mas antes sua mulher de longo peplo nota:
"Ouvi! Desvendo o augúrio, tal e qual os numes
lançam-me ao coração. Cogito o cumprimento:
águia que agarra o ganso alimentado em casa,
num voo dos montes, onde aninha a prole, assim, 175
após carpir agruras múltiplas, vagar
tantíssimo, Odisseu vingar-se-á no lar,
se é que já não arvore lá agrura aos procos."
Telêmaco, inspirando sensatez, conclui:
"Queira o Cronida assim, tonante esposo de Hera, 180
e como fora deusa eu te venerarei!"
Fustigou os cavalos quando finda. Agílimos,
cruzam a cidadela plaino adentro: pan-
diurno galopar, circunjungindo equinos.
Sol posto, as sendas obumbraram, quando ao paço 185
em Feres chegam, de Diocles, um Alfeu,
filho de Ortíloco, onde a dupla pernoitou,
de onde se vão com xênias. Quando a dedirrósea
Aurora, prole-da-manhã, raiou, jungiram
corcéis e sobem sobre o carro iridescente, 190
atrás o pórtico e o salão rumorejante.
Espertam os equinos voantes de entusiasmo.
E presto atingem Pilo, pólis despenhada.
E ao filho de Nestor, Telêmaco falou:
"Farás a mim, Pisístrato, um obséquio? Hóspedes 195
sempre orgulhamo-nos de ser, uma amizade
que retrocede a nossos pais, a nós, equevos,
e que a viagem estreitou, unipensantes.
A outro lugar não me conduzas que não seja
a nau, para o senhor não me reter em casa 200
com seu calor, pois tenho urgência de partir."

ὣς φάτο, Νεστορίδης δ' ἄρ' ἑῷ συμφράσσατο θυμῷ,
ὅππως οἱ κατὰ μοῖραν ὑποσχόμενος τελέσειεν.
ὧδε δέ οἱ φρονέοντι δοάσσατο κέρδιον εἶναι·
στρέψ' ἵππους ἐπὶ νῆα θοὴν καὶ θῖνα θαλάσσης, 205
νηῒ δ' ἐνὶ πρύμνῃ ἐξαίνυτο κάλλιμα δῶρα,
ἐσθῆτα χρυσόν τε, τά οἱ Μενέλαος ἔδωκε·
καί μιν ἐποτρύνων ἔπεα πτερόεντα προσηύδα·
"σπουδῇ νῦν ἀνάβαινε κέλευέ τε πάντας ἑταίρους,
πρὶν ἐμὲ οἴκαδ' ἱκέσθαι ἀπαγγεῖλαί τε γέροντι. 210
εὖ γὰρ ἐγὼ τόδε οἶδα κατὰ φρένα καὶ κατὰ θυμόν·
οἷος κείνου θυμὸς ὑπέρβιος, οὔ σε μεθήσει,
ἀλλ' αὐτὸς καλέων δεῦρ' εἴσεται, οὐδέ ἕ φημι
ἂψ ἰέναι κενεόν· μάλα γὰρ κεχολώσεται ἔμπης."
ὣς ἄρα φωνήσας ἔλασεν καλλίτριχας ἵππους 215
ἂψ Πυλίων εἰς ἄστυ, θοῶς δ' ἄρα δώμαθ' ἵκανε.
Τηλέμαχος δ' ἑτάροισιν ἐποτρύνων ἐκέλευσεν·
"ἐγκοσμεῖτε τὰ τεύχε', ἑταῖροι, νηῒ μελαίνῃ,
αὐτοί τ' ἀμβαίνωμεν, ἵνα πρήσσωμεν ὁδοῖο."
ὣς ἔφαθ', οἱ δ' ἄρα τοῦ μάλα μὲν κλύον ἠδ' ἐπίθοντο, 220
αἶψα δ' ἄρ' εἴσβαινον καὶ ἐπὶ κληῖσι καθῖζον.
ἦ τοι ὁ μὲν τὰ πονεῖτο καὶ εὔχετο, θῦε δ' Ἀθήνῃ
νηῒ πάρα πρυμνῇ· σχεδόθεν δέ οἱ ἤλυθεν ἀνὴρ
τηλεδαπός, φεύγων ἐξ Ἄργεος ἄνδρα κατακτάς,
μάντις· ἀτὰρ γενεήν γε Μελάμποδος ἔκγονος ἦεν, 225
ὃς πρὶν μέν ποτ' ἔναιε Πύλῳ ἔνι, μητέρι μήλων,
ἀφνειὸς Πυλίοισι μέγ' ἔξοχα δώματα ναίων·
δὴ τότε γ' ἄλλων δῆμον ἀφίκετο, πατρίδα φεύγων
Νηλέα τε μεγάθυμον, ἀγαυότατον ζωόντων,
ὅς οἱ χρήματα πολλὰ τελεσφόρον εἰς ἐνιαυτὸν 230
εἶχε βίῃ. ὁ δὲ τῆος ἐνὶ μεγάροις Φυλάκοιο
δεσμῷ ἐν ἀργαλέῳ δέδετο, κρατέρ' ἄλγεα πάσχων
εἵνεκα Νηλῆος κούρης ἄτης τε βαρείης,
τήν οἱ ἐπὶ φρεσὶ θῆκε θεὰ δασπλῆτις Ἐρινύς.
ἀλλ' ὁ μὲν ἔκφυγε κῆρα καὶ ἤλασε βοῦς ἐριμύκους 235
ἐς Πύλον ἐκ Φυλάκης καὶ ἐτίσατο ἔργον ἀεικὲς

Assim falou e o filho de Nestor buscou
no coração o justo cumprimento. Ensi-
mesmado, pareceu melhor guiar às naus
velozes os corcéis, no litoral talássio;   205
descarregou à popa do navio os dons
notáveis, roupas, ouro, que o atrida louro
dera, incitando-o com alígeras palavras:
"Embarca sem demora e chama os outros nautas,
antes que eu torne ao paço e avise o rei ancião,   210
pois minha mente e coração sabem o quanto
dele se encrespa o coração. Veta a viagem,
virá chamar-te pessoalmente e só (afirmo)
não volta, que sua cólera ninguém adoça."
Findando a fala, esperta os palafréns de belas   215
crinas na direção de Pilo. Chega ao paço.
Telêmaco encoraja os companheiros. Diz-lhes:
"Nautas, aparelhai a embarcação nigérrima:
a bordo cumpriremos nossa travessia!"
Calou e o grupo executou o que ordenara,   220
a postos cada qual à beira das cavilhas.
Ultima a viagem, junto à popa do navio
sacrificando a Palas quando aproximou-se
um homem das lonjuras, réu em Argos, prófugo
(matara alguém), um áugure, cujo ancestral   225
era Melampo, antigo morador de Pilo,
mãe de manadas; multiafortunado, tinha
um paço, que deixou quando fugiu da pátria
e do ilustríssimo Neleu, mortal magnânimo,
que por um ano retivera suas riquezas.   230
Preso em grilhões no lar de Fílaco, Melampo
sofreu muitíssimo por causa de uma filha
de Neleu e da grave insensatez que a Erínia,
deusa tremenda, infunde dentro de seu peito.
Em fuga à Quere morticida, sequestrou   235
o gado mugidor de Fílaco até Pilo

ἀντίθεον Νηλῆα, κασιγνήτῳ δὲ γυναῖκα
ἠγάγετο πρὸς δώμαθ'. ὁ δ' ἄλλων ἵκετο δῆμον,
Ἄργος ἐς ἱππόβοτον· τόθι γάρ νύ οἱ αἴσιμον ἦεν
ναιέμεναι πολλοῖσιν ἀνάσσοντ' Ἀργείοισιν   240
ἔνθα δ' ἔγημε γυναῖκα καὶ ὑψερεφὲς θέτο δῶμα,
γείνατο δ' Ἀντιφάτην καὶ Μάντιον, υἷε κραταιώ.
Ἀντιφάτης μὲν ἔτικτεν Ὀϊκλῆα μεγάθυμον,
αὐτὰρ Ὀϊκλείης λαοσσόον Ἀμφιάραον,
ὃν περὶ κῆρι φίλει Ζεύς τ' αἰγίοχος καὶ Ἀπόλλων   245
παντοίην φιλότητ'· οὐδ' ἵκετο γήραος οὐδόν,
ἀλλ' ὄλετ' ἐν Θήβῃσι γυναίων εἵνεκα δώρων.
τοῦ δ' υἱεῖς ἐγένοντ' Ἀλκμαίων Ἀμφίλοχός τε.
Μάντιος αὖ τέκετο Πολυφείδεά τε Κλεῖτόν τε·
ἀλλ' ἦ τοι Κλεῖτον χρυσόθρονος ἥρπασεν Ἠὼς   250
κάλλεος εἵνεκα οἷο, ἵν' ἀθανάτοισι μετείη·
αὐτὰρ ὑπέρθυμον Πολυφείδεα μάντιν Ἀπόλλων
θῆκε βροτῶν ὄχ' ἄριστον, ἐπεὶ θάνεν Ἀμφιάραος·
ὅς ῥ' Ὑπερησίηνδ' ἀπενάσσατο πατρὶ χολωθείς,
ἔνθ' ὅ γε ναιετάων μαντεύετο πᾶσι βροτοῖσιν.   255
τοῦ μὲν ἄρ' υἱὸς ἐπῆλθε, Θεοκλύμενος δ' ὄνομ' ἦεν,
ὅς τότε Τηλεμάχου πέλας ἵστατο· τὸν δ' ἐκίχανεν
σπένδοντ' εὐχόμενόν τε θοῇ παρὰ νηῒ μελαίνῃ,
καί μιν φωνήσας ἔπεα πτερόεντα προσηύδα·
"ὦ φίλ', ἐπεί σε θύοντα κιχάνω τῷδ' ἐνὶ χώρῳ,   260
λίσσομ' ὑπὲρ θυέων καὶ δαίμονος, αὐτὰρ ἔπειτα
σῆς τ' αὐτοῦ κεφαλῆς καὶ ἑταίρων, οἵ τοι ἕπονται,
εἰπέ μοι εἰρομένῳ νημερτέα μηδ' ἐπικεύσῃς·
τίς πόθεν εἰς ἀνδρῶν; πόθι τοι πόλις ἠδὲ τοκῆες;"
τὸν δ' αὖ Τηλέμαχος πεπνυμένος ἀντίον ηὔδα·   265
"τοιγὰρ ἐγώ τοι, ξεῖνε, μάλ' ἀτρεκέως ἀγορεύσω.
ἐξ Ἰθάκης γένος εἰμί, πατὴρ δέ μοί ἐστιν Ὀδυσσεύς,
εἴ ποτ' ἔην· νῦν δ' ἤδη ἀπέφθιτο λυγρῷ ὀλέθρῳ.
τοὔνεκα νῦν ἑτάρους τε λαβὼν καὶ νῆα μέλαιναν
ἦλθον πευσόμενος πατρὸς δὴν οἰχομένοιο."   270
τὸν δ' αὖτε προσέειπε Θεοκλύμενος θεοειδής·

e se vingou da vilania de Neleu.
Ao lar do irmão trouxe uma moça e foi morar
em Argos, rica em potros: era seu destino
viver no logradouro e comandar argivos. 240
Casou-se, construiu morada de alto teto,
teve dois filhos célebres: Mântio e Antífates.
Este gerou Oicleu, meganimoso, pai
do incitador-de-povos Anfiarau, que Zeus
que porta o arnês quis bem, como o quis bem Apolo. 245
Mas não transpôs o umbral serôdio, pois em Tebas
morreu (o dom que dera a uma mulher vitima-o).
Teve dois filhos: Alcmáone, além de Anfíloco.
Polifides e Clito descendem de Mântio.
A beleza de Clito capta Aurora, trono 250
áureo, que o rapta: convivesse com eternos!
Morto Anfiarau, Apolo fez de Polifides
animoso um arúspice sobre-excelente.
Depois da desavença com o pai, mudou-se
para Hiperésia. Muitos vinham consultá-lo. 255
Teoclímeno descende dele, a quem vislumbra
Telêmaco no instante em que libava e orava
ladeando a negra embarcação veloz. Alígeras
palavras lhe dirige: "Calha que eu te encontre,
amigo, enquanto libas: rogo pelo deus 260
a quem agora sacrificas, por tua testa
e dos comparsas que te escoltam, que me digas
sem nada me ocultar, usando de franqueza:
quem são os teus ancestres, de que pólis vens?"
Telêmaco, inspirando sensatez, responde-lhe: 265
"Não serei impreciso em minha arenga: itácios
são meus ancestres e Odisseu, vivera ainda,
meu pai. Lutuosa morte o dizimou agora.
Foi para obter notícias dele, há muito ausente,
que viajo em nave negra com meus companheiros." 270
E, símile divino, lhe falou Teoclímeno:

"οὕτω τοι καὶ ἐγὼν ἐκ πατρίδος, ἄνδρα κατακτὰς
ἔμφυλον· πολλοὶ δὲ κασίγνητοί τε ἔται τε
Ἄργος ἀν' ἱππόβοτον, μέγα δὲ κρατέουσιν Ἀχαιῶν.
τῶν ὑπαλευάμενος θάνατον καὶ κῆρα μέλαιναν 275
φεύγω, ἐπεί νύ μοι αἶσα κατ' ἀνθρώπους ἀλάλησθαι.
ἀλλά με νηὸς ἔφεσσαι, ἐπεί σε φυγὼν ἱκέτευσα,
μή με κατακτείνωσι· διωκέμεναι γὰρ ὀΐω."
τὸν δ' αὖ Τηλέμαχος πεπνυμένος ἀντίον ηὔδα·
"οὐ μὲν δή σ' ἐθέλοντά γ' ἀπώσω νηὸς ἐΐσης, 280
ἀλλ' ἕπευ· αὐτὰρ κεῖθι φιλήσεαι, οἷά κ' ἔχωμεν."
ὣς ἄρα φωνήσας οἱ ἐδέξατο χάλκεον ἔγχος,
καὶ τό γ' ἐπ' ἰκριόφιν τάνυσεν νεὸς ἀμφιελίσσης·
ἂν δὲ καὶ αὐτὸς νηὸς ἐβήσετο ποντοπόροιο.
ἐν πρύμνῃ δ' ἄρ' ἔπειτα καθέζετο, πὰρ δὲ οἷ αὐτῷ 285
εἷσε Θεοκλύμενον· τοὶ δὲ πρυμνήσι' ἔλυσαν.
Τηλέμαχος δ' ἑτάροισιν ἐποτρύνας ἐκέλευσεν
ὅπλων ἅπτεσθαι· τοὶ δ' ἐσσυμένως ἐπίθοντο.
ἱστὸν δ' εἰλάτινον κοίλης ἔντοσθε μεσόδμης
στῆσαν ἀείραντες, κατὰ δὲ προτόνοισιν ἔδησαν, 290
ἕλκον δ' ἱστία λευκὰ ἐϋστρέπτοισι βοεῦσι.
τοῖσιν δ' ἵκμενον οὖρον ἵει γλαυκῶπις Ἀθήνη,
λάβρον ἐπαιγίζοντα δι' αἰθέρος, ὄφρα τάχιστα
νηῦς ἀνύσειε θέουσα θαλάσσης ἁλμυρὸν ὕδωρ.
βὰν δὲ παρὰ Κρουνοὺς καὶ Χαλκίδα καλλιρέεθρον. 295
δύσετό τ' ἠέλιος σκιόωντό τε πᾶσαι ἀγυιαί·
ἡ δὲ Φεὰς ἐπέβαλλεν ἐπειγομένη Διὸς οὔρῳ
ἠδὲ παρ' Ἤλιδα δῖαν, ὅθι κρατέουσιν Ἐπειοί.
ἔνθεν δ' αὖ νήσοισιν ἐπιπροέηκε θοῇσιν,
ὁρμαίνων ἤ κεν θάνατον φύγοι ἦ κεν ἁλώῃ. 300
τὼ δ' αὖτ' ἐν κλισίῃ Ὀδυσεὺς καὶ δῖος ὑφορβὸς
δορπείτην· παρὰ δέ σφιν ἐδόρπεον ἀνέρες ἄλλοι.
αὐτὰρ ἐπεὶ πόσιος καὶ ἐδητύος ἐξ ἔρον ἕντο,
τοῖς δ' Ὀδυσεὺς μετέειπε, συβώτεω πειρητίζων,
ἤ μιν ἔτ' ἐνδυκέως φιλέοι μεῖναί τε κελεύοι 305
αὐτοῦ ἐνὶ σταθμῷ, ἦ ὀτρύνειε πόλινδε·

"Também me ausento da urbe pátria, por matar
um consanguíneo, que deixou muitos irmãos
em Argos, pasto equino, e aparentados. Mandam
entre os argivos. Prófugo da negra sina   275
e tânatos, destino-me à errância. Ouve
a súplica de um ser em fuga: deixa que eu
embarque! Matam-me, se me acham. Me perseguem."
E o ar da lucidez o moço inspira e diz:
"Se é o que desejas, viajarás em nau simétrica.   280
Vem, para receber o que os amigos ganham!"
Fez que lhe dessem pique brônzeo, que depôs
sob a ponte da embarcação veloz bicôncava;
subiu ele também no barco transmarino.
Sentou-se à popa e junto a si ofereceu   285
um posto ao êxule. Dali soltam amarras.
O itácio manda os nautas porem as enxárcias,
o que executam presto. E a seguir suspendem
o mastro de um abeto e o encaixam bem no vinco
da enora e com estais o firmam ainda mais.   290
Içam a vela panda com adriça em couro.
Atena olhos-azuis insufla um vento próprio,
penetrando impetuoso no éter: que o baixel
cruzasse velozmente o mar salino. Cruno
ficara para trás, e Cálcide irrigada.   295
O sol se pôs e as vias todas obumbraram.
Sob o sopro de Zeus, a nau desponta em Feias,
costeia a sacra Élide, onde epeios reinam.
Depois aproa às ilhas ágeis, demandando-se
se fugiria à morte ou se sucumbiria.   300
No entretempo, Odisseu ceava na cabana
com o porqueiro. Os outros comem bem ao lado.
Saciada a gana de comer e de beber,
o herói quis colocá-lo à prova: o acolheria
afavelmente, convidando-o a restar   305
no estábulo ou o mandaria à cidadela?

"κέκλυθι νῦν, Εὔμαιε, καὶ ἄλλοι πάντες ἑταῖροι·
ἠῶθεν προτὶ ἄστυ λιλαίομαι ἀπονέεσθαι
πτωχεύσων, ἵνα μή σε κατατρύχω καὶ ἑταίρους.
ἀλλά μοι εὖ θ' ὑπόθευ καὶ ἅμ' ἡγεμόν' ἐσθλὸν ὄπασσον   310
ὅς κέ με κεῖσ' ἀγάγῃ· κατὰ δὲ πτόλιν αὐτὸς ἀνάγκῃ
πλάγξομαι, αἴ κέν τις κοτύλην καὶ πύρνον ὀρέξῃ.
καί κ' ἐλθὼν πρὸς δώματ' Ὀδυσσῆος θείοιο
ἀγγελίην εἴποιμι περίφρονι Πηνελοπείῃ,
καί κε μνηστήρεσσιν ὑπερφιάλοισι μιγείην,   315
εἴ μοι δεῖπνον δοῖεν ὀνείατα μυρί' ἔχοντες.
αἶψά κεν εὖ δρώοιμι μετὰ σφίσιν ἅσσ' ἐθέλοιεν.
ἐκ γάρ τοι ἐρέω, σὺ δὲ σύνθεο καί μευ ἄκουσον·
Ἑρμείαο ἕκητι διακτόρου, ὅς ῥά τε πάντων
ἀνθρώπων ἔργοισι χάριν καὶ κῦδος ὀπάζει,   320
δρηστοσύνῃ οὐκ ἄν μοι ἐρίσσειε βροτὸς ἄλλος,
πῦρ τ' εὖ νηῆσαι διά τε ξύλα δανὰ κεάσσαι,
δαιτρεῦσαί τε καὶ ὀπτῆσαι καὶ οἰνοχοῆσαι,
οἷά τε τοῖς ἀγαθοῖσι παραδρώωσι χέρηες."
τὸν δὲ μέγ' ὀχθήσας προσέφης, Εὔμαιε συβῶτα·   325
"ὤ μοι, ξεῖνε, τίη τοι ἐνὶ φρεσὶ τοῦτο νόημα
ἔπλετο; ἦ σύ γε πάγχυ λιλαίεαι αὐτόθ' ὀλέσθαι.
εἰ δὴ μνηστήρων ἐθέλεις καταδῦναι ὅμιλον,
τῶν ὕβρις τε βίη τε σιδήρεον οὐρανὸν ἵκει.
οὔ τοι τοιοίδ' εἰσὶν ὑποδρηστῆρες ἐκείνων,   330
ἀλλὰ νέοι, χλαίνας εὖ εἱμένοι ἠδὲ χιτῶνας,
αἰεὶ δὲ λιπαροὶ κεφαλὰς καὶ καλὰ πρόσωπα,
οἵ σφιν ὑποδρώωσιν· ἐΰξεστοι δὲ τράπεζαι
σίτου καὶ κρειῶν ἠδ' οἴνου βεβρίθασιν.
ἀλλὰ μέν'· οὐ γάρ τίς τοι ἀνιᾶται παρεόντι,   335
οὔτ' ἐγὼ οὔτε τις ἄλλος ἑταίρων, οἵ μοι ἔασιν.
αὐτὰρ ἐπὴν ἔλθῃσιν Ὀδυσσῆος φίλος υἱός,
κεῖνός σε χλαῖνάν τε χιτῶνά τε εἵματα ἕσσει,
πέμψει δ' ὅππῃ σε κραδίη θυμός τε κελεύει."
τὸν δ' ἠμείβετ' ἔπειτα πολύτλας δῖος Ὀδυσσεύς·   340
"αἲθ' οὕτως, Εὔμαιε, φίλος Διὶ πατρὶ γένοιο

"Escuta, Eumeu, e todos os demais amigos!
Pela manhã irei à pólis mendigar:
longe de mim tornar-me um fardo a algum de vós!
Peço me instruas, deixa que um dos companheiros 310
lá me conduza. Na urbe, devo divagar
sozinho, atrás de um gole, atrás de um pão. Irei
ao paço de Odisseu, de quem darei notícias
à ínclita Penélope, e, entre os pretendentes
soberbos, me colocarei: quem sabe deem-me 315
o de-comer, dispondo de vitualha infinda.
Aceitem e serei um servo inimitável.
Pois quero te dizer, e o que eu disser, escuta:
Hermes, o mensageiro, que concede graça
e glória à ação humana, por vontade dele, 320
nenhum mortal se me equipara no serviço
de tronchar lenha seca ou de avivar o fogo,
cozer, trinchar a carne, misturar o vinho,
tudo o que faz o servo humilde à gente nobre."
E, plenidesdenhoso, Eumeu, então disseste: 325
"Por que um tal pensar te sobe à mente, hóspede?
Ardes por autoaniquilar-te totalmente,
querendo misturar-te à turba de chupins,
cuja violência e húbris chega ao férreo céu?
Seus serviçais destoam de ti: joviais, envergam 330
casacos impecáveis, túnicas. Cabelos
bem aparados, brilham no semblante pulcro.
Retrato quem os serve. Às mesas bem polidas
não faltam pães, não faltam viandas, sobra vinho.
Fica, pois não me estás incomodando em nada, 335
tampouco a um companheiro que comigo vive.
Tão logo torne o filho de Odisseu, recebes
vestes, um manto e túnica. Onde o coração
e a mente queiram ir, ele há de te enviar."
E o multipadecido herói então responde: 340
"Queira Zeus te querer, Eumeu, como te quero

ὡς ἐμοί, ὅττι μ' ἔπαυσας ἄλης καὶ ὀϊζύος αἰνῆς.
πλαγκτοσύνης δ' οὐκ ἔστι κακώτερον ἄλλο βροτοῖσιν·
ἀλλ' ἕνεκ' οὐλομένης γαστρὸς κακὰ κήδε' ἔχουσιν
ἀνέρες, ὅν τιν' ἵκηται ἄλη καὶ πῆμα καὶ ἄλγος.   345
νῦν δ' ἐπεὶ ἰσχανάᾳς μεῖναί τέ με κεῖνον ἄνωγας,
εἴπ' ἄγε μοι περὶ μητρὸς Ὀδυσσῆος θείοιο
πατρός θ', ὃν κατέλειπεν ἰὼν ἐπὶ γήραος οὐδῷ,
ἤ που ἔτι ζώουσιν ὑπ' αὐγὰς ἠελίοιο,
ἦ ἤδη τεθνᾶσι καὶ εἰν Ἀΐδαο δόμοισι."   350
τὸν δ' αὖτε προσέειπε συβώτης, ὄρχαμος ἀνδρῶν·
"τοιγὰρ ἐγώ τοι, ξεῖνε, μάλ' ἀτρεκέως ἀγορεύσω.
Λαέρτης μὲν ἔτι ζώει, Διὶ δ' εὔχεται αἰεὶ
θυμὸν ἀπὸ μελέων φθίσθαι οἷς ἐν μεγάροισιν·
ἐκπάγλως γὰρ παιδὸς ὀδύρεται οἰχομένοιο   355
κουριδίης τ' ἀλόχοιο δαΐφρονος, ἥ ἑ μάλιστα
ἤκαχ' ἀποφθιμένη καὶ ἐν ὠμῷ γήραϊ θῆκεν.
ἡ δ' ἄχεϊ οὗ παιδὸς ἀπέφθιτο κυδαλίμοιο,
λευγαλέῳ θανάτῳ, ὡς μὴ θάνοι ὅς τις ἐμοί γε
ἐνθάδε ναιετάων φίλος εἴη καὶ φίλα ἔρδοι.   360
ὄφρα μὲν οὖν δὴ κείνη ἔην, ἀχέουσά περ ἔμπης,
τόφρα τί μοι φίλον ἔσκε μεταλλῆσαι καὶ ἐρέσθαι,
οὕνεκά μ' αὐτὴ θρέψεν ἅμα Κτιμένῃ τανυπέπλῳ,
θυγατέρ' ἰφθίμῃ, τὴν ὁπλοτάτην τέκε παίδων·
τῇ ὁμοῦ ἐτρεφόμην, ὀλίγον δέ τί μ' ἧσσον ἐτίμα.   365
αὐτὰρ ἐπεί ῥ' ἥβην πολυήρατον ἱκόμεθ' ἄμφω,
τὴν μὲν ἔπειτα Σάμηνδ' ἔδοσαν καὶ μυρί' ἕλοντο,
αὐτὰρ ἐμὲ χλαῖνάν τε χιτῶνά τε εἵματ' ἐκείνη
καλὰ μάλ' ἀμφιέσασα, ποσὶν δ' ὑποδήματα δοῦσα
ἀγρόνδε προΐαλλε· φίλει δέ με κηρόθι μᾶλλον.   370
νῦν δ' ἤδη τούτων ἐπιδεύομαι· ἀλλά μοι αὐτῷ
ἔργον ἀέξουσιν μάκαρες θεοὶ ᾧ ἐπιμίμνω·
τῶν ἔφαγόν τ' ἔπιόν τε καὶ αἰδοίοισιν ἔδωκα.
ἐκ δ' ἄρα δεσποίνης οὐ μείλιχον ἔστιν ἀκοῦσαι
οὔτ' ἔπος οὔτε τι ἔργον, ἐπεὶ κακὸν ἔμπεσεν οἴκῳ,   375
ἄνδρες ὑπερφίαλοι· μέγα δὲ δμῶες χατέουσιν

eu: deste um fim à errância, ao meu sofrer atroz.
Nada é pior que pervagar. Funesto, o ventre
impõe a alguém um árduo sofrimento, ao menos
a quem coube o desrumo, as aflições da pena. 345
Como me animas a restar nesta choupana,
me agradaria ouvir notícias sobre a mãe
e o pai do herói, no limiar da senescência
quando partiu. Aquece-os Hélio-Sol, ou, mortos,
a ambos abriga a estância do Hades?" O porqueiro, 350
líder de tantos, disse-lhe em resposta: "Hóspede,
não usarei de atalhos em minha parlenda:
Laerte ainda vive, embora rogue sempre
a Zeus que a ânima abandone o corpo triste.
A falta de Odisseu o faz chorar muitíssimo 355
e da esposa atilada, cujo passamento
lhe acelerou a vetustez, aniquilado.
Saudade do glorioso filho a fez minguar;
epílogo tristíssimo que não atinja
a mim, a quem eu preze, a quem me queira amigo! 360
Enquanto esteve viva, embora deprimida,
gostava de prosear com ela que criou-me
ao lado de Ctimene, peplo roçagante,
sua filha primogênita assaz briosa.
Crescemos juntos, me tratava como igual. 365
Quando ambos atingimos a pluriamorosa
juventude, com ricos dons casou-se em Same,
não sem antes doar-me belas roupas, túnica,
manto, calçar-me com sandália os pés, mandar-me
ao campo. Amava-me bem mais no coração. 370
Eu sinto falta disso tudo, mas os numes
fizeram prosperar a obra em que me empenho,
de onde tiro sustento e nutro a quem respeito.
Carece de dulçor o que a senhora fala
e faz, desde que o infortúnio abateu 375
seu lar: os prepotentes. Mas os servos sentem

ἀντία δεσποίνης φάσθαι καὶ ἕκαστα πυθέσθαι
καὶ φαγέμεν πιέμεν τε, ἔπειτα δὲ καί τι φέρεσθαι
ἀγρόνδ', οἷά τε θυμὸν ἀεὶ δμώεσσιν ἰαίνει."
τὸν δ' ἀπαμειβόμενος προσέφη πολύμητις Ὀδυσσεύς· 380
"ὢ πόποι, ὡς ἄρα τυτθὸς ἐών, Εὔμαιε συβῶτα,
πολλὸν ἀπεπλάγχθης σῆς πατρίδος ἠδὲ τοκήων.
ἀλλ' ἄγε μοι τόδε εἰπὲ καὶ ἀτρεκέως κατάλεξον,
ἠὲ διεπράθετο πτόλις ἀνδρῶν εὐρυάγυια,
ᾗ ἔνι ναιετάασκε πατὴρ καὶ πότνια μήτηρ, 385
ἦ σέ γε μουνωθέντα παρ' οἴεσιν ἢ παρὰ βουσὶν
ἄνδρες δυσμενέες νηυσὶν λάβον ἠδ' ἐπέρασσαν
τοῦδ' ἀνδρὸς πρὸς δώμαθ', ὁ δ' ἄξιον ὦνον ἔδωκε."
τὸν δ' αὖτε προσέειπε συβώτης, ὄρχαμος ἀνδρῶν·
"ξεῖν', ἐπεὶ ἂρ δὴ ταῦτά μ' ἀνείρεαι ἠδὲ μεταλλᾷς, 390
σιγῇ νῦν ξυνίει καὶ τέρπεο, πῖνέ τε οἶνον
ἥμενος. αἵδε δὲ νύκτες ἀθέσφατοι· ἔστι μὲν εὕδειν,
ἔστι δὲ τερπομένοισιν ἀκούειν· οὐδέ τί σε χρή,
πρὶν ὥρη, καταλέχθαι· ἀνίη καὶ πολὺς ὕπνος.
τῶν δ' ἄλλων ὅτινα κραδίη καὶ θυμὸς ἀνώγει, 395
εὑδέτω ἐξελθών· ἅμα δ' ἠοῖ φαινομένηφι
δειπνήσας ἅμ' ὕεσσιν ἀνακτορίῃσιν ἑπέσθω.
νῶϊ δ' ἐνὶ κλισίῃ πίνοντέ τε δαινυμένω τε
κήδεσιν ἀλλήλων τερπώμεθα λευγαλέοισι,
μνωομένω· μετὰ γάρ τε καὶ ἄλγεσι τέρπεται ἀνήρ, 400
ὅς τις δὴ μάλα πολλὰ πάθῃ καὶ πόλλ' ἐπαληθῇ.
τοῦτο δέ τοι ἐρέω ὅ μ' ἀνείρεαι ἠδὲ μεταλλᾷς.
νῆσός τις Συρίη κικλήσκεται, εἴ που ἀκούεις,
Ὀρτυγίης καθύπερθεν, ὅθι τροπαὶ ἠελίοιο,
οὔ τι περιπληθὴς λίην τόσον, ἀλλ' ἀγαθὴ μέν, 405
εὔβοτος, εὔμηλος, οἰνοπληθής, πολύπυρος.
πείνη δ' οὔ ποτε δῆμον ἐσέρχεται, οὐδέ τις ἄλλη
νοῦσος ἐπὶ στυγερὴ πέλεται δειλοῖσι βροτοῖσιν·
ἀλλ' ὅτε γηράσκωσι πόλιν κάτα φῦλ' ἀνθρώπων,
ἐλθὼν ἀργυρότοξος Ἀπόλλων Ἀρτέμιδι ξὺν 410
οἷς ἀγανοῖς βελέεσσιν ἐποιχόμενος κατέπεφνεν.

falta de prosear, comer, beber, saber
de tudo pela dama, transladar ao prado
algo do que jubila o coração dos súditos."
E o plurinteligente herói toma a palavra: 380
"Que desventura, Eumeu, ter sido retirado,
ainda pequeno, do rincão natal, dos pais!
Mas sê direto e claro se a espaçosa urbe
dos conterrâneos, logradouro de teus pais
augustos, foi aniquilada, ou se hostis,   385
quando estavas sozinho com os bois e pécoras,
te sequestraram nos navios para vender-te,
por justo preço, ao proprietário da morada."
E então Eumeu se pronunciou, pastor de homens:
"Como me solicitas, hóspede, o relato,   390
ouve de tua sédia quieto, apreciando
o vinho. As noites se delongam nesta época;
podes dormir, ou, se te apraz, me ouvir. Deitar-se
antes da hora não é bom e o excesso de hipnos
nos enche de torpor. Aquele cuja ânima   395
pede repouso, saia! Quando aurore, após
cear, conduza ao campo os porcos de Odisseu.
Deleite-nos, aos dois, a rememoração
das árduas desventuras, nos alimentando,
bebendo, pois sofrer também deleita alguém   400
que tanto padeceu, que tanto divagou.
Passo a narrar agora o que antes me pediste.
Já deves ter ouvido referência à ínsula
Síria, Ortígia acima, onde o Sol faz seus
solstícios: pouca gente, não é desprezível,   405
beli-rês, beli-ovelha, multifrumentosa,
fecunda em vinha. A fome ali jamais alastra,
nem o estígio flagelo que aniquila os homens.
Quando a gente envelhece na cidade, Apolo
avança o arco argênteo, acompanhado de Ártemis,   410
para tirar, com doce dardo, a vida. Duas

ἔνθα δύω πόλιες, δίχα δέ σφισι πάντα δέδασται·
τῇσιν δ' ἀμφοτέρῃσι πατὴρ ἐμὸς ἐμβασίλευε,
Κτήσιος Ὀρμενίδης, ἐπιείκελος ἀθανάτοισιν.
ἔνθα δὲ Φοίνικες ναυσίκλυτοι ἤλυθον ἄνδρες,   415
τρῶκται, μυρί' ἄγοντες ἀθύρματα νηῒ μελαίνῃ.
ἔσκε δὲ πατρὸς ἐμοῖο γυνὴ Φοίνισσ' ἐνὶ οἴκῳ,
καλή τε μεγάλη τε καὶ ἀγλαὰ ἔργα ἰδυῖα·
τὴν δ' ἄρα Φοίνικες πολυπαίπαλοι ἠπερόπευον.
πλυνούσῃ τις πρῶτα μίγη κοίλῃ παρὰ νηῒ   420
εὐνῇ καὶ φιλότητι, τά τε φρένας ἠπεροπεύει
θηλυτέρῃσι γυναιξί, καὶ ἥ κ' εὐεργὸς ἔῃσιν.
εἰρώτα δὴ ἔπειτα τίς εἴη καὶ πόθεν ἔλθοι·
ἡ δὲ μάλ' αὐτίκα πατρὸς ἐπέφραδεν ὑψερεφὲς δῶ·
'ἐκ μὲν Σιδῶνος πολυχάλκου εὔχομαι εἶναι,   425
κούρη δ' εἴμ' Ἀρύβαντος ἐγὼ ῥυδὸν ἀφνειοῖο·
ἀλλά μ' ἀνήρπαξαν Τάφιοι ληΐστορες ἄνδρες
ἀγρόθεν ἐρχομένην, πέρασαν δέ τε δεῦρ' ἀγαγόντες
τοῦδ' ἀνδρὸς πρὸς δώμαθ'· ὁ δ' ἄξιον ὦνον ἔδωκε.'
τὴν δ' αὖτε προσέειπεν ἀνήρ, ὃς ἐμίσγετο λάθρῃ·   430
'ἦ ῥά κε νῦν πάλιν αὖτις ἅμ' ἡμῖν οἴκαδ' ἕποιο,
ὄφρα ἴδῃ πατρὸς καὶ μητέρος ὑψερεφὲς δῶ
αὐτούς τ'; ἦ γὰρ ἔτ' εἰσὶ καὶ ἀφνειοὶ καλέονται.'
τὸν δ' αὖτε προσέειπε γυνὴ καὶ ἀμείβετο μύθῳ·
'εἴη κεν καὶ τοῦτ', εἴ μοι ἐθέλοιτέ γε, ναῦται,   435
ὅρκῳ πιστωθῆναι ἀπήμονά μ' οἴκαδ' ἀπάξειν.'
ὣς ἔφαθ', οἱ δ' ἄρα πάντες ἐπώμνυον ὡς ἐκέλευεν.
αὐτὰρ ἐπεί ῥ' ὄμοσάν τε τελεύτησάν τε τὸν ὅρκον,
τοῖς δ' αὖτις μετέειπε γυνὴ καὶ ἀμείβετο μύθῳ·
'σιγῇ νῦν, μή τίς με προσαυδάτω ἐπέεσσιν   440
ὑμετέρων ἑτάρων, ξυμβλήμενος ἢ ἐν ἀγυιῇ,
ἤ που ἐπὶ κρήνῃ· μή τις ποτὶ δῶμα γέροντι
ἐλθὼν ἐξείπῃ, ὁ δ' ὀϊσάμενος καταδήσῃ
δεσμῷ ἐν ἀργαλέῳ, ὑμῖν δ' ἐπιφράσσετ' ὄλεθρον.
ἀλλ' ἔχετ' ἐν φρεσὶ μῦθον, ἐπείγετε δ' ὦνον ὁδαίων.   445
ἀλλ' ὅτε κεν δὴ νηῦς πλείη βιότοιο γένηται,

urbes existem lá, tudo por dois dividem.
Ctésio, filho de Ormeno, símile divino,
meu pai, reinava em ambas. Eis que um belo dia,
fenícios, nautas bons, rapaces, fundearam 415
as naves negras, cheias de quinquilharias.
Na casa de meu pai morava uma fenícia,
bem alta, bela e hábil no afazer esplêndido.
Fenícios plurilábeis a seduzem. Um
uniu-se a ela, junto à nau, quando lavava, 420
em conúbio de amor. Até da moça proba,
não só da pueril, o amor confunde a mente.
Ele pediu que lhe indicasse de onde vinha,
e ela apontou o imenso paço de meu pai:
'Orgulha-me provir de Sídon, pluribrônzea. 425
Sou filha do riquíssimo Aribante. Vinha
do campo, quando uns tafos, gente predadora,
raptaram-me e venderam-me ao senhor daqui,
o qual pagou por mim soma de monta.' E quem
amara a jovem na surdina assim lhe disse: 430
'Não gostarias de tornar ao teu rincão
conosco e ver o alcácer de teu pai, tua mãe,
de abraçá-los? Pois vivem; dizem que são ricos.'
E a mulher rebateu: 'Aceito tua proposta,
se todos os marujos prometerem me 435
conduzir à morada sem me importunar.'
Falou assim e todos prestam juramento.
Concluída a jura, a moça retomou a fala:
'Silêncio, agora! Veto que um dos nautas me
dirija a fala, se me aviste na vereda 440
ou junto à fonte. Evite alguém de entrar no alcácer
do ancião, contar-lhe algo. Se desconfiar,
me faz sofrer em liames, e ainda conjectura
um plano de vingança contra todos vós.
Mercanciai, guardai no coração o pacto! 445
Os víveres depostos no navio, ao paço

ἀγγελίη μοι ἔπειτα θοῶς ἐς δώμαθ' ἱκέσθω·
οἴσω γὰρ καὶ χρυσόν, ὅτις χ' ὑποχείριος ἔλθῃ·
καὶ δέ κεν ἄλλ' ἐπίβαθρον ἐγὼν ἐθέλουσά γε δοίην·
παῖδα γὰρ ἀνδρὸς ἑῆος ἐνὶ μεγάροις ἀτιτάλλω,   450
κερδαλέον δὴ τοῖον, ἅμα τροχόωντα θύραζε·
τόν κεν ἄγοιμ' ἐπὶ νηός, ὁ δ' ὑμῖν μυρίον ὦνον
ἄλφοι, ὅπῃ περάσητε κατ' ἀλλοθρόους ἀνθρώπους.'
ἡ μὲν ἄρ' ὣς εἰποῦσ' ἀπέβη πρὸς δώματα καλά,
οἱ δ' ἐνιαυτὸν ἅπαντα παρ' ἡμῖν αὖθι μένοντες   455
ἐν νηῒ γλαφυρῇ βίοτον πολὺν ἐμπολόωντο.
ἀλλ' ὅτε δὴ κοίλη νηῦς ἤχθετο τοῖσι νέεσθαι,
καὶ τότ' ἄρ' ἄγγελον ἧκαν, ὃς ἀγγείλειε γυναικί.
ἤλυθ' ἀνὴρ πολυΐδρις ἐμοῦ πρὸς δώματα πατρὸς
χρύσεον ὅρμον ἔχων, μετὰ δ' ἠλέκτροισιν ἔερτο.   460
τὸν μὲν ἄρ' ἐν μεγάρῳ δμῳαὶ καὶ πότνια μήτηρ
χερσίν τ' ἀμφαφόωντο καὶ ὀφθαλμοῖσιν ὁρῶντο,
ὦνον ὑπισχόμεναι· ὁ δὲ τῇ κατένευσε σιωπῇ.
ἦ τοι ὁ καννεύσας κοίλην ἐπὶ νῆα βεβήκει,
ἡ δ' ἐμὲ χειρὸς ἑλοῦσα δόμων ἐξῆγε θύραζε.   465
εὗρε δ' ἐνὶ προδόμῳ ἠμὲν δέπα ἠδὲ τραπέζας
ἀνδρῶν δαιτυμόνων, οἵ μευ πατέρ' ἀμφεπένοντο.
οἱ μὲν ἄρ' ἐς θῶκον πρόμολον, δήμοιό τε φῆμιν,
ἡ δ' αἶψα τρί' ἄλεισα κατακρύψασ' ὑπὸ κόλπῳ
ἔκφερεν· αὐτὰρ ἐγὼν ἑπόμην ἀεσιφροσύνῃσι.   470
δύσετό τ' ἠέλιος, σκιόωντό τε πᾶσαι ἀγυιαί·
ἡμεῖς δ' ἐς λιμένα κλυτὸν ἤλθομεν ὦκα κιόντες,
ἔνθ' ἄρα Φοινίκων ἀνδρῶν ἦν ὠκύαλος νηῦς.
οἱ μὲν ἔπειτ' ἀναβάντες ἐπέπλεον ὑγρὰ κέλευθα,
νὼ ἀναβησάμενοι· ἐπὶ δὲ Ζεὺς οὖρον ἴαλλεν.   475
ἑξῆμαρ μὲν ὁμῶς πλέομεν νύκτας τε καὶ ἦμαρ·
ἀλλ' ὅτε δὴ ἕβδομον ἦμαρ ἐπὶ Ζεὺς θῆκε Κρονίων,
τὴν μὲν ἔπειτα γυναῖκα βάλ' Ἄρτεμις ἰοχέαιρα,
ἄντλῳ δ' ἐνδούπησε πεσοῦσ' ὡς εἰναλίη κήξ.
καὶ τὴν μὲν φώκῃσι καὶ ἰχθύσι κύρμα γενέσθαι   480
ἔκβαλον· αὐτὰρ ἐγὼ λιπόμην ἀκαχήμενος ἦτορ·

mandai que alguém me leve a nova sem demora.
Ouro trarei, que sob as minhas mãos deslize.
Acresço um bem adicional, se for do agrado:
sou responsável no solar pelo garoto 450
do grão-senhor. Esperto, vai aonde eu vou.
Posso trazê-lo à embarcação. Polpudo lucro
angariaríeis, negociando-o no estrangeiro.'
Falando assim, retorna à moradia esplêndida.
Fenícios permanecem lá um ano inteiro, 455
entesourando bens profusos nos navios.
Locupletada a nau bojuda, eles mandaram
um núncio anunciar a volta à moça. Um tipo
pansibilino chega ao paço de meu pai,
com um colar dourado incrustado em âmbar 460
jalne. De mão em mão, olhares fixos, fâmulas
e minha mãe propunham cada qual um preço
pelo salão. E o homem silencioso fez-lhe
um sinal, retornando à embarcação bicôncava,
e a moça me levou, tomando-me da mão. 465
Taças e mesas dos convivas auxiliares
de meu pai ela descortina no vestíbulo.
Ausentes, tinham ido à reunião das gentes.
Num átimo, ocultou três copas em seu seio
e partiu; e eu, ingênuo, fui em sua alheta. 470
Sol posto, escureceram todos os sendeiros.
Nos apressamos a chegar ao belo porto,
onde ancorava a nau fenícia salso-agílima.
A bordo, navegamos pelas sendas líquidas,
sob o influxo da aragem que soprava Zeus. 475
Seis dias no oceano, diuturnamente.
E quando Zeus envia o sétimo, a flecheira
Ártemis remeteu o dardo contra a fêmea:
ela baqueia na sentina igual gaivota.
Pasto de foca e peixe, foi lançada ao mar, 480
e me isolei na solitude, angustiado.

τοὺς δ' Ἰθάκῃ ἐπέλασσε φέρων ἄνεμός τε καὶ ὕδωρ,
ἔνθα με Λαέρτης πρίατο κτεάτεσσιν ἑοῖσιν.
οὕτω τήνδε τε γαῖαν ἐγὼν ἴδον ὀφθαλμοῖσι."
τὸν δ' αὖ διογενὴς Ὀδυσεὺς ἠμείβετο μύθῳ· 485
"Εὔμαι', ἦ μάλα δή μοι ἐνὶ φρεσὶ θυμὸν ὄρινας
ταῦτα ἕκαστα λέγων, ὅσα δὴ πάθες ἄλγεα θυμῷ.
ἀλλ' ἦ τοι σοὶ μὲν παρὰ καὶ κακῷ ἐσθλὸν ἔθηκε
Ζεύς, ἐπεὶ ἀνδρὸς δώματ' ἀφίκεο πολλὰ μογήσας
ἠπίου, ὅς δή τοι παρέχει βρῶσίν τε πόσιν τε 490
ἐνδυκέως, ζώεις δ' ἀγαθὸν βίον· αὐτὰρ ἐγώ γε
πολλὰ βροτῶν ἐπὶ ἄστε' ἀλώμενος ἐνθάδ' ἱκάνω."
ὣς οἱ μὲν τοιαῦτα πρὸς ἀλλήλους ἀγόρευον,
καδδραθέτην δ' οὐ πολλὸν ἐπὶ χρόνον, ἀλλὰ μίνυνθα·
αἶψα γὰρ Ἠὼς ἦλθεν ἐΰθρονος. οἱ δ' ἐπὶ χέρσου 495
Τηλεμάχου ἕταροι λύον ἱστία, κὰδ δ' ἕλον ἱστὸν
καρπαλίμως, τὴν δ' εἰς ὅρμον προέρυσσαν ἐρετμοῖς·
ἐκ δ' εὐνὰς ἔβαλον, κατὰ δὲ πρυμνήσι' ἔδησαν·
ἐκ δὲ καὶ αὐτοὶ βαῖνον ἐπὶ ῥηγμῖνι θαλάσσης,
δεῖπνόν τ' ἐντύνοντο κερῶντό τε αἴθοπα οἶνον. 500
αὐτὰρ ἐπεὶ πόσιος καὶ ἐδητύος ἐξ ἔρον ἕντο,
τοῖσι δὲ Τηλέμαχος πεπνυμένος ἤρχετο μύθων·
"ὑμεῖς μὲν νῦν ἄστυδ' ἐλαύνετε νῆα μέλαιναν,
αὐτὰρ ἐγὼν ἀγροὺς ἐπιείσομαι ἠδὲ βοτῆρας·
ἑσπέριος δ' εἰς ἄστυ ἰδὼν ἐμὰ ἔργα κάτειμι. 505
ἠῶθεν δέ κεν ὔμμιν ὁδοιπόριον παραθείμην,
δαῖτ' ἀγαθὴν κρειῶν τε καὶ οἴνου ἡδυπότοιο."
τὸν δ' αὖτε προσέειπε Θεοκλύμενος θεοειδής·
"πῇ γὰρ ἐγώ, φίλε τέκνον, ἴω; τεῦ δώμαθ' ἵκωμαι
ἀνδρῶν οἳ κραναὴν Ἰθάκην κάτα κοιρανέουσιν; 510
ἦ ἰθὺς σῆς μητρὸς ἴω καὶ σοῖο δόμοιο;"
τὸν δ' αὖ Τηλέμαχος πεπνυμένος ἀντίον ηὔδα·
"ἄλλως μέν σ' ἂν ἐγώ γε καὶ ἡμέτερόνδε κελοίμην
ἔρχεσθ'· οὐ γάρ τι ξενίων ποθή· ἀλλὰ σοὶ αὐτῷ
χεῖρον, ἐπεί τοι ἐγὼ μὲν ἀπέσσομαι, οὐδέ σε μήτηρ 515
ὄψεται· οὐ μὲν γάρ τι θαμὰ μνηστῆρσ' ἐνὶ οἴκῳ

O vento e as ondas trazem o baixel a Ítaca,
onde, com seus haveres, Laerte me comprou.
Foi assim que meus olhos admiraram a ínsula."
E o divino Odisseu então retoma a fala: 485
"Meu coração abalas ao minudear
o rol de penas que teu coração sofreu.
Mas o Cronida junto ao mal dispôs o bem:
após muitas agruras, franqueou-te o paço
de um probo, que jamais negou-te vinho e víveres, 490
tampouco zelo. A vida não te avilta. Eu,
por muitas urbes, pervaguei até aqui."
Era essa a arenga que a ambos entretinha. Não
dormiram demasiado, mas por tempo curto,
pois logo Aurora sobe ao trono. À beira-solo, 495
os sócios de Telêmaco desatam velas,
arreiam logo o mastro, a remo a nau rumando
ao porto. Lançam a âncora, firmando amarras
à popa. Pisam no areal, preparam víveres,
misturam vinho cor de fogo. Saciada 500
a gana de beber e de comer, Telêmaco
inspira o ar da lucidez e então profere:
"Conduzi o baixel nigérrimo à cidade,
que eu vou ao campo me encontrar com os pastores.
Vista a lavoura, desço à pólis ao crepúsculo. 505
Amanhã, como paga pela histiodromia,
eu vos oferto vinho doce e carne lauta."
Igual a um deus, Teoclímeno toma a palavra:
"E aonde eu devo ir, amigo? À moradia
de um desses homens que hoje mandam na acre Ítaca? 510
Ou busco tua mãe em teu solar?" Telêmaco
responde com ponderação: "Não faltará
ocasião para eu te receber em casa:
a receptividade é um dom que encarecemos.
Sem mim, te prejudicas indo lá. Penélope 515
não te verá, pois raramente se apresenta

φαίνεται, ἀλλ' ἀπὸ τῶν ὑπερωΐῳ ἱστὸν ὑφαίνει.
ἀλλά τοι ἄλλον φῶτα πιφαύσκομαι ὅν κεν ἵκοιο,
Εὐρύμαχον, Πολύβοιο δαΐφρονος ἀγλαὸν υἱόν,
τὸν νῦν ἶσα θεῷ Ἰθακήσιοι εἰσορόωσι· 520
καὶ γὰρ πολλὸν ἄριστος ἀνὴρ μέμονέν τε μάλιστα
μητέρ' ἐμὴν γαμέειν καὶ Ὀδυσσῆος γέρας ἕξειν.
ἀλλὰ τά γε Ζεὺς οἶδεν Ὀλύμπιος, αἰθέρι ναίων,
εἴ κέ σφι πρὸ γάμοιο τελευτήσει κακὸν ἦμαρ."
ὣς ἄρα οἱ εἰπόντι ἐπέπτατο δεξιὸς ὄρνις, 525
κίρκος, Ἀπόλλωνος ταχὺς ἄγγελος· ἐν δὲ πόδεσσι
τίλλε πέλειαν ἔχων, κατὰ δὲ πτερὰ χεῦεν ἔραζε
μεσσηγὺς νηός τε καὶ αὐτοῦ Τηλεμάχοιο.
τὸν δὲ Θεοκλύμενος ἑτάρων ἀπονόσφι καλέσσας
ἔν τ' ἄρα οἱ φῦ χειρὶ ἔπος τ' ἔφατ' ἔκ τ' ὀνόμαζε· 530
"Τηλέμαχ', οὔ τοι ἄνευ θεοῦ ἔπτατο δεξιὸς ὄρνις·
ἔγνων γάρ μιν ἐσάντα ἰδὼν οἰωνὸν ἐόντα.
ὑμετέρου δ' οὐκ ἔστι γένος βασιλεύτερον ἄλλο
ἐν δήμῳ Ἰθάκης, ἀλλ' ὑμεῖς καρτεροὶ αἰεί."
τὸν δ' αὖ Τηλέμαχος πεπνυμένος ἀντίον ηὔδα· 535
"αἲ γὰρ τοῦτο, ξεῖνε, ἔπος τετελεσμένον εἴη·
τῷ κε τάχα γνοίης φιλότητά τε πολλά τε δῶρα
ἐξ ἐμεῦ, ὡς ἄν τίς σε συναντόμενος μακαρίζοι."
ἦ καὶ Πείραιον προσεφώνεε, πιστὸν ἑταῖρον·
"Πείραιε Κλυτίδη, σὺ δέ μοι τά περ ἄλλα μάλιστα 540
πείθῃ ἐμῶν ἑτάρων, οἵ μοι Πύλον εἰς ἅμ' ἕποντο·
καὶ νῦν μοι τὸν ξεῖνον ἄγων ἐν δώμασι σοῖσιν
ἐνδυκέως φιλέειν καὶ τιέμεν, εἰς ὅ κεν ἔλθω."
τὸν δ' αὖ Πείραιος δουρικλυτὸς ἀντίον ηὔδα·
"Τηλέμαχ', εἰ γάρ κεν σὺ πολὺν χρόνον ἐνθάδε μίμνοι, 545
τόνδε τ' ἐγὼ κομιῶ, ξενίων δέ οἱ οὔ ποθὴ ἔσται."
ὣς εἰπὼν ἐπὶ νηὸς ἔβη, ἐκέλευσε δ' ἑταίρους
αὐτούς τ' ἀμβαίνειν ἀνά τε πρυμνήσια λῦσαι.
οἱ δ' αἶψ' εἴσβαινον καὶ ἐπὶ κληῖσι καθῖζον.
Τηλέμαχος δ' ὑπὸ ποσσὶν ἐδήσατο καλὰ πέδιλα, 550
εἵλετο δ' ἄλκιμον ἔγχος, ἀκαχμένον ὀξέϊ χαλκῷ,

aos pretendentes. Tece no segundo andar.
Mas podes procurar um outro nobre, Eurímaco,
filho de Pólibo, senhor sensato, um deus
quase ao olhar itácio. Excede em excelência 520
e quer mais que ninguém casar-se com a rainha,
gozar das regalias de Odisseu. Mas Zeus
olímpio, residente do éter, sabe se, antes
das núpcias, não lhes faz surgir o dia funesto."
Enquanto fala, à destra sobrevoa um pássaro, 525
um falcão, mensageiro agílimo de Apolo,
agarrando uma pomba, cujas penas caem
no chão, entre Telêmaco e o navio. Teoclímeno
chama-o de lado e cerra logo sua mão,
quando se exprime assim: "O pássaro, Telêmaco, 530
não sobrevoou à destra sem um deus. Ao vê-lo
de frente, percebi que é augural. Estirpe
mais basileia do que a tua inexiste
em Ítaca. Perene é o vosso poderio."
E o moço inspira o ar da sensatez e diz: 535
"Queira se cumpra, forasteiro, essa assertiva!
Num átimo terias tanto dom e afeto
que alguém diria ao ver-te: 'É um bem-aventurado!'"
E então buscou Pireu, leal amigo: "Clítide
Pireu, ninguém foi mais fiel a mim em Pilo, 540
peço que acolhas em teu lar esse estrangeiro,
com máxima solicitude e honrarias,
até que eu volte." E respondeu-lhe então Pireu
flechifamoso: "Amigo, mesmo se quiseres
delongar tua ausência por bastante tempo, 545
garanto que sua estada não o desagrada."
Findou a fala e, a bordo, manda que os demais
embarquem também eles, soltos os cordames.
Súbito sobem, sentam rentes às cavilhas.
Telêmaco amarrou belas sandálias, pique 550
belaz bronziaguçado indo buscar à tolda

νηὸς ἀπ' ἰκριόφιν· τοὶ δὲ πρυμνήσι' ἔλυσαν.
οἱ μὲν ἀνώσαντες πλέον ἐς πόλιν, ὡς ἐκέλευσε
Τηλέμαχος, φίλος υἱὸς Ὀδυσσῆος θείοιο·
τὸν δ' ὦκα προβιβάντα πόδες φέρον, ὄφρ' ἵκετ' αὐλήν,   555
ἔνθα οἱ ἦσαν ὕες μάλα μυρίαι, ᾗσι συβώτης
ἐσθλὸς ἐὼν ἐνίαυεν, ἀνάκτεσιν ἤπια εἰδώς.

do barco, enquanto os nautas aliviam a popa,
a remo navegando rumo à cidadela
como mandara o filho do divino itácio.
Os pés ligeiros o levaram ao estábulo 555
onde entre inúmeros cochinos repousava
o ilustre porcariço, prestimoso aos chefes.

π

Τὼ δ' αὖτ' ἐν κλισίῃ Ὀδυσεὺς καὶ δῖος ὑφορβὸς
ἐντύνοντο ἄριστον ἅμ' ἠοῖ, κηαμένω πῦρ,
ἔκπεμψάν τε νομῆας ἅμ' ἀγρομένοισι σύεσσι·
Τηλέμαχον δὲ περίσσαινον κύνες ὑλακόμωροι,
οὐδ' ὕλαον προσιόντα. νόησε δὲ δῖος Ὀδυσσεὺς   5
σαίνοντάς τε κύνας, περί τε κτύπος ἦλθε ποδοῖϊν.
αἶψα δ' ἄρ' Εὔμαιον ἔπεα πτερόεντα προσηύδα·
"Εὔμαι', ἦ μάλα τίς τοι ἐλεύσεται ἐνθάδ' ἑταῖρος
ἢ καὶ γνώριμος ἄλλος, ἐπεὶ κύνες οὐχ ὑλάουσιν,
ἀλλὰ περισσαίνουσι· ποδῶν δ' ὑπὸ δοῦπον ἀκούω." 10
οὔ πω πᾶν εἴρητο ἔπος, ὅτε οἱ φίλος υἱὸς
ἔστη ἐνὶ προθύροισι. ταφὼν δ' ἀνόρουσε συβώτης,
ἐκ δ' ἄρα οἱ χειρῶν πέσον ἄγγεα, τοῖς ἐπονεῖτο,
κιρνὰς αἴθοπα οἶνον. ὁ δ' ἀντίος ἦλθεν ἄνακτος,
κύσσε δέ μιν κεφαλήν τε καὶ ἄμφω φάεα καλὰ   15
χεῖράς τ' ἀμφοτέρας· θαλερὸν δέ οἱ ἔκπεσε δάκρυ.
ὡς δὲ πατὴρ ὃν παῖδα φίλα φρονέων ἀγαπάζῃ
ἐλθόντ' ἐξ ἀπίης γαίης δεκάτῳ ἐνιαυτῷ,
μοῦνον τηλύγετον, τῷ ἔπ' ἄλγεα πολλὰ μογήσῃ,
ὣς τότε Τηλέμαχον θεοειδέα δῖος ὑφορβὸς   20
πάντα κύσεν περιφύς, ὡς ἐκ θανάτοιο φυγόντα·
καί ῥ' ὀλοφυρόμενος ἔπεα πτερόεντα προσηύδα·
"ἦλθες, Τηλέμαχε, γλυκερὸν φάος. οὔ σ' ἔτ' ἐγώ γε
ὄψεσθαι ἐφάμην, ἐπεὶ ᾤχεο νηῒ Πύλονδε.
ἀλλ' ἄγε νῦν εἴσελθε, φίλον τέκος, ὄφρα σε θυμῷ   25
τέρψομαι εἰσορόων νέον ἄλλοθεν ἔνδον ἐόντα.

Canto XVI

Tão logo aurorejou, aceso o fogo, o herói
e o divo porcariço ultimam o repasto,
o persigal no campo, à frente dos pastores.
Cães latidores não latiam ao avanço
do príncipe Telêmaco. Odisseu notou   5
o balouço da cauda ao escutar rumor
de passos. Pronuncia a Eumeu palavras-asas:
"Um companheiro, Eumeu, vem te fazer visita,
ou alguém familiar: os cães não ladram, só
circum-abanam rabo. Ouvi ecoar uns passos."   10
Nem bem concluiu a frase, o filho despontou
à porta. O porcariço dá um salto, atônito,
deixa cair o vaso onde mesclava o vinho
rosto de fogo. Foi em sua direção,
beijou-lhe a fronte e os olhos rutilantes e ambas 15
as mãos. Pranteava copiosamente. Pai
que acolhe o unigênito, após dez anos
de ausência em ábdito rincão, afetuoso,
por quem sofrera muitas dores, tal e qual
o divo porcariço beija o moço par   20
dos deuses e o abraça, êxule de Tânatos.
E proferiu, chorando, alígeras palavras:
"Dulcíssimo fulgor, voltaste? Eu não mais cria
rever-te desde que partiste a Pilo. Entra,
querido filho! Deixa que eu sinta o prazer   25
de te mirar recém-tornado das lonjuras.

οὐ μὲν γάρ τι θάμ' ἀγρὸν ἐπέρχεαι οὐδὲ νομῆας,
ἀλλ' ἐπιδημεύεις· ὣς γάρ νύ τοι εὔαδε θυμῷ,
ἀνδρῶν μνηστήρων ἐσορᾶν ἀΐδηλον ὅμιλον."
τὸν δ' αὖ Τηλέμαχος πεπνυμένος ἀντίον ηὔδα· 30
"ἔσσεται οὕτως, ἄττα· σέθεν δ' ἕνεκ' ἐνθάδ' ἱκάνω,
ὄφρα σέ τ' ὀφθαλμοῖσιν ἴδω καὶ μῦθον ἀκούσω,
ἤ μοι ἔτ' ἐν μεγάροις μήτηρ μένει, ἦέ τις ἤδη
ἀνδρῶν ἄλλος ἔγημεν, Ὀδυσσῆος δέ που εὐνὴ
χήτει ἐνευναίων κάκ' ἀράχνια κεῖται ἔχουσα." 35
τὸν δ' αὖτε προσέειπε συβώτης, ὄρχαμος ἀνδρῶν·
"καὶ λίην κείνη γε μένει τετληότι θυμῷ
σοῖσιν ἐνὶ μεγάροισιν· ὀϊζυραὶ δέ οἱ αἰεὶ
φθίνουσιν νύκτες τε καὶ ἤματα δάκρυ χεούσῃ."
ὣς ἄρα φωνήσας οἱ ἐδέξατο χάλκεον ἔγχος· 40
αὐτὰρ ὅ γ' εἴσω ἴεν καὶ ὑπέρβη λάϊνον οὐδόν.
τῷ δ' ἕδρης ἐπιόντι πατὴρ ὑπόειξεν Ὀδυσσεύς·
Τηλέμαχος δ' ἑτέρωθεν ἐρήτυε φώνησέν τε·
"ἧσ', ὦ ξεῖν'· ἡμεῖς δὲ καὶ ἄλλοθι δήομεν ἕδρην
σταθμῷ ἐν ἡμετέρῳ· πάρα δ' ἀνὴρ ὃς καταθήσει." 45
ὣς φάθ', ὁ δ' αὖτις ἰὼν κατ' ἄρ' ἕζετο· τῷ δὲ συβώτης
χεῦεν ὕπο χλωρὰς ῥῶπας καὶ κῶας ὕπερθεν·
ἔνθα καθέζετ' ἔπειτα Ὀδυσσῆος φίλος υἱός.
τοῖσιν δ' αὖ κρειῶν πίνακας παρέθηκε συβώτης
ὀπταλέων, ἅ ῥα τῇ προτέρῃ ὑπέλειπον ἔδοντες, 50
σῖτον δ' ἐσσυμένως παρενήνεεν ἐν κανέοισιν,
ἐν δ' ἄρα κισσυβίῳ κίρνη μελιηδέα οἶνον·
αὐτὸς δ' ἀντίον ἷζεν Ὀδυσσῆος θείοιο.
οἱ δ' ἐπ' ὀνείαθ' ἑτοῖμα προκείμενα χεῖρας ἴαλλον.
αὐτὰρ ἐπεὶ πόσιος καὶ ἐδητύος ἐξ ἔρον ἕντο, 55
δὴ τότε Τηλέμαχος προσεφώνεε δῖον ὑφορβόν·
"ἄττα, πόθεν τοι ξεῖνος ὅδ' ἵκετο; πῶς δέ ἑ ναῦται
ἤγαγον εἰς Ἰθάκην; τίνες ἔμμεναι εὐχετόωντο;
οὐ μὲν γάρ τί ἑ πεζὸν ὀΐομαι ἐνθάδ' ἱκέσθαι."
τὸν δ' ἀπαμειβόμενος προσέφης, Εὔμαιε συβῶτα· 60
"τοιγὰρ ἐγώ τοι, τέκνον, ἀληθέα πάντ' ἀγορεύσω.

Não és frequentador assíduo da campina,
preferes o ambiente urbano, tanto apraz
a ti mirar a turba de sinistros procos."
Telêmaco pondera em sua resposta: "Assim
será, ancião, mas venho para te rever,
rever e me inteirar se no solar Penélope
ainda está ou desposou alguém, ou se
repousa sobre o leito de Odisseu não mais
o linho mas a aranha lúrida." E Eumeu,
o porcariço, chefe-de-homens, lhe responde:
"Garanto que ela espera com inquebrantável
têmpera no palácio. Os dias passam tristes,
tão tristes quanto as noites, pois, só, chora a cântaros."
Falando assim, fez que lhe desse a lança aênea,
transposto o umbral de pedra. Ao seu ingresso, o pai
se levantou da sédia, mas do lado oposto
o jovem o conteve assim se pronunciando:
"Não te incomodes, forasteiro, há mais lugar
onde eu possa ficar. Eumeu resolve isso."
Falou e o herói sentou de novo. O porcariço
empilha ramos verdes, que encobriu com peles.
E o caro filho de Odisseu se acomodou.
Pratos de carne assada ele depôs ao lado
de ambos, sobras deixadas do jantar da véspera.
Solícito, lhes trouxe o pão nos canastréis.
O vinho misturou na chávena de hédera.
Ele mesmo sentou-se à frente de Odisseu.
As mãos ambos avançam no manjar. Saciada
a gana de comer e de beber, Telêmaco
passa a inquirir o porcariço divo: "De onde
provém esse estrangeiro, Eumeu? Como os marujos
conduziram-no a Ítaca? Quem dizem ser?
Pois quero crer não ter chegado aqui a pé."
E, respondendo, Eumeu, disseste: "O meu relato
baseio na veracidade: sua família

ἐκ μὲν Κρητάων γένος εὔχεται εὐρειάων,
φησὶ δὲ πολλὰ βροτῶν ἐπὶ ἄστεα δινηθῆναι
πλαζόμενος· ὣς γάρ οἱ ἐπέκλωσεν τά γε δαίμων.
νῦν αὖ Θεσπρωτῶν ἀνδρῶν ἐκ νηὸς ἀποδρὰς 65
ἤλυθ' ἐμὸν πρὸς σταθμόν, ἐγὼ δέ τοι ἐγγυαλίξω·
ἔρξον ὅπως ἐθέλεις· ἱκέτης δέ τοι εὔχεται εἶναι."
τὸν δ' αὖ Τηλέμαχος πεπνυμένος ἀντίον ηὔδα·
"Εὔμαι', ἦ μάλα τοῦτο ἔπος θυμαλγὲς ἔειπες·
πῶς γὰρ δὴ τὸν ξεῖνον ἐγὼν ὑποδέξομαι οἴκῳ; 70
αὐτὸς μὲν νέος εἰμὶ καὶ οὔ πω χερσὶ πέποιθα
ἄνδρ' ἀπαμύνασθαι, ὅτε τις πρότερος χαλεπήνῃ·
μητρὶ δ' ἐμῇ δίχα θυμὸς ἐνὶ φρεσὶ μερμηρίζει,
ἢ αὐτοῦ παρ' ἐμοί τε μένῃ καὶ δῶμα κομίζῃ,
εὐνήν τ' αἰδομένη πόσιος δήμοιό τε φῆμιν, 75
ἦ ἤδη ἅμ' ἕπηται Ἀχαιῶν ὅς τις ἄριστος
μνᾶται ἐνὶ μεγάροισιν ἀνὴρ καὶ πλεῖστα πόρῃσιν.
ἀλλ' ἦ τοι τὸν ξεῖνον, ἐπεὶ τεὸν ἵκετο δῶμα,
ἕσσω μιν χλαῖνάν τε χιτῶνά τε, εἵματα καλά,
δώσω δὲ ξίφος ἄμφηκες καὶ ποσσὶ πέδιλα, 80
πέμψω δ' ὅππη μιν κραδίη θυμός τε κελεύει.
εἰ δ' ἐθέλεις, σὺ κόμισσον ἐνὶ σταθμοῖσιν ἐρύξας·
εἵματα δ' ἐνθάδ' ἐγὼ πέμψω καὶ σῖτον ἅπαντα
ἔδμεναι, ὡς ἂν μή σε κατατρύχῃ καὶ ἑταίρους.
κεῖσε δ' ἂν οὔ μιν ἐγώ γε μετὰ μνηστῆρας ἐῷμι 85
ἔρχεσθαι· λίην γὰρ ἀτάσθαλον ὕβριν ἔχουσι·
μή μιν κερτομέωσιν, ἐμοὶ δ' ἄχος ἔσσεται αἰνόν.
πρῆξαι δ' ἀργαλέον τι μετὰ πλεόνεσσιν ἐόντα
ἄνδρα καὶ ἴφθιμον, ἐπεὶ ἦ πολὺ φέρτεροί εἰσι."
τὸν δ' αὖτε προσέειπε πολύτλας δῖος Ὀδυσσεύς· 90
"ὦ φίλ', ἐπεί θήν μοι καὶ ἀμείψασθαι θέμις ἐστίν,
ἦ μάλα μευ καταδάπτετ' ἀκούοντος φίλον ἦτορ,
οἷά φατε μνηστῆρας ἀτάσθαλα μηχανάασθαι
ἐν μεγάροις, ἀέκητι σέθεν τοιούτου ἐόντος.
εἰπέ μοι ἠὲ ἑκὼν ὑποδάμνασαι, ἦ σέ γε λαοὶ 95
ἐχθαίρουσ' ἀνὰ δῆμον, ἐπισπόμενοι θεοῦ ὀμφῇ,

é originária — arvora — da amplidão de Creta;
por muitas urbes de mortais perambulou
(afirma): assim o *dâimon* lhe teceu a sina.
Prófugo do navio de alguns tesprotos, chega 65
ao meu estábulo: coloco-o em tuas mãos.
Faze o que te aprouver, que ele se diz teu súplice."
E o judicioso filho de Odisseu falou:
"Ouvi palavras cardiodolorosas, caro.
Pois como poderia tê-lo em meu palácio? 70
Moço que sou, eu não me fio no braço caso
precise refugar um ofensor. A ânima
de minha mãe, dois pensamentos a dividem:
permanecer aqui, zelosa de seu lar,
fiel ao leito conjugal e à voz das gentes, 75
ou ir com o melhor dos procos, que em seu lar
a queira e lhe ofereça os dotes mais notáveis.
Considerando o fato de o estrangeiro ter
batido à tua morada, um manto, roupas, túnicas,
sandálias para os pés, espada bicortante, 80
receberá de mim. Aonde o coração
e a mente o mandem ir, o envio. Caso prefiras,
abriga-o nos estábulos, que apresso bodo
e roupas. Não onere a ti e aos teus amigos.
A húbris cavalar dos pretendentes não 85
permite que eu o hospede em casa: dor terrível
padeceria escarnecessem dele. É duro
ao homem, mesmo ao probo, agir se está no meio
da massa, pois que o número o desfavorece."
E o herói pleniprovado então toma a palavra: 90
"É justo que eu também me pronuncie, amigo:
me parte o coração ouvir a ignomínia
que no interior do paço afirmas ser a prática
dos procos, a despeito de homem do teu porte.
Mas cedes por querer ou a população 95
itácia te hostiliza, ouvindo a voz de um deus?

ἦ τι κασιγνήτοις ἐπιμέμφεαι, οἷσί περ ἀνὴρ
μαρναμένοισι πέποιθε, καὶ εἰ μέγα νεῖκος ὄρηται.
αἲ γὰρ ἐγὼν οὕτω νέος εἴην τῷδ' ἐπὶ θυμῷ,
ἢ παῖς ἐξ Ὀδυσῆος ἀμύμονος ἠὲ καὶ αὐτὸς   100
ἔλθοι ἀλητεύων· ἔτι γὰρ καὶ ἐλπίδος αἶσα
αὐτίκ' ἔπειτ' ἀπ' ἐμεῖο κάρη τάμοι ἀλλότριος φώς,
εἰ μὴ ἐγὼ κείνοισι κακὸν πάντεσσι γενοίμην,
ἐλθὼν ἐς μέγαρον Λαερτιάδεω Ὀδυσῆος.
εἰ δ' αὖ με πληθυῖ δαμασαίατο μοῦνον ἐόντα,   105
βουλοίμην κ' ἐν ἐμοῖσι κατακτάμενος μεγάροισι
τεθνάμεν ἢ τάδε γ' αἰὲν ἀεικέα ἔργ' ὁράασθαι,
ξείνους τε στυφελιζομένους δμῳάς τε γυναῖκας
ῥυστάζοντας ἀεικελίως κατὰ δώματα καλά,
καὶ οἶνον διαφυσσόμενον, καὶ σῖτον ἔδοντας   110
μάψ αὕτως, ἀτέλεστον, ἀνηνύστῳ ἐπὶ ἔργῳ."
τὸν δ' αὖ Τηλέμαχος πεπνυμένος ἀντίον ηὔδα·
"τοιγὰρ ἐγώ τοι, ξεῖνε, μάλ' ἀτρεκέως ἀγορεύσω.
οὔτε τί μοι πᾶς δῆμος ἀπεχθόμενος χαλεπαίνει,
οὔτε κασιγνήτοις ἐπιμέμφομαι, οἷσί περ ἀνὴρ   115
μαρναμένοισι πέποιθε, καὶ εἰ μέγα νεῖκος ὄρηται.
ὧδε γὰρ ἡμετέρην γενεὴν μούνωσε Κρονίων·
μοῦνον Λαέρτην Ἀρκείσιος υἱὸν ἔτικτε,
μοῦνον δ' αὖτ' Ὀδυσῆα πατὴρ τέκεν· αὐτὰρ Ὀδυσσεὺς
μοῦνον ἔμ' ἐν μεγάροισι τεκὼν λίπεν οὐδ' ἀπόνητο.   120
τῷ νῦν δυσμενέες μάλα μυρίοι εἴσ' ἐνὶ οἴκῳ.
ὅσσοι γὰρ νήσοισιν ἐπικρατέουσιν ἄριστοι,
Δουλιχίῳ τε Σάμῃ τε καὶ ὑλήεντι Ζακύνθῳ,
ἠδ' ὅσσοι κραναὴν Ἰθάκην κάτα κοιρανέουσι,
τόσσοι μητέρ' ἐμὴν μνῶνται, τρύχουσι δὲ οἶκον.   125
ἡ δ' οὔτ' ἀρνεῖται στυγερὸν γάμον οὔτε τελευτὴν
ποιῆσαι δύναται· τοὶ δὲ φθινύθουσιν ἔδοντες
οἶκον ἐμόν· τάχα δή με διαρραίσουσι καὶ αὐτόν.
ἀλλ' ἦ τοι μὲν ταῦτα θεῶν ἐν γούνασι κεῖται·
ἄττα, σὺ δ' ἔρχεο θᾶσσον, ἐχέφρονι Πηνελοπείῃ   130
εἴφ' ὅτι οἱ σῶς εἰμι καὶ ἐκ Πύλου εἰλήλουθα.

Ou culpas os irmãos, nos quais alguém confia
numa porfia, ainda que de magnitude?
Quisera ser o jovem que és, com meu rompante,
ou filho de Odisseu altivo ou ele mesmo 100
em sua errância (Élpis vige, a Esperança),
que venham decepar minha cabeça, se eu
não colocasse em dura agrura a corja toda,
arrojando-me à sala de Odisseu Laércio.
Se me devessem derrotar, eu só, os muitos, 105
prefiriria sucumbir no lar, ferido,
a presenciar eternamente o inominável:
o vilipêndio de hóspedes, a sordidez
do abuso contra servas pelos quartos belos,
o vinho em que se encharcam, bucho empanturrado, 110
na estupidez sem fim da empresa sem escopo."
E o moço inspira sensatez e assim responde:
"Eu abrirei meu coração em minha arenga:
nem todo povo itácio é contra mim, adverso,
culpo tampouco irmãos, em quem fiamos por- 115
fiando, mesmo se a refrega avulta. Zeus
uniprocriou nossa família de unigênitos:
Arquésio teve um filho só, Laerte, pai
de um único, Odisseu, que mais do que um não teve
em seu palácio, sem gozar de um tal convívio. 120
Sobeja no solar miríade inimiga.
Todos os mandatários da ínsula de Same,
Dulíquio, da arboral Zacinto, os potentados
da sáxea Ítaca, não há um só que não
corteje minha mãe, dilapidando a casa. 125
Ela não nega o casamento, nem consegue
levá-lo a termo, e os crápulas, comendo, minguam
o lar e em breve a mim também triturarão.
Mas isso ainda repousa sobre joelhos divos.
Meu caro ancião, leva a notícia à sábia mãe 130
de que voltei de Pilo são e salvo. Aguardo

αὐτὰρ ἐγὼν αὐτοῦ μενέω, σὺ δὲ δεῦρο νέεσθαι,
οἴῃ ἀπαγγείλας· τῶν δ' ἄλλων μή τις Ἀχαιῶν
πευθέσθω· πολλοὶ γὰρ ἐμοὶ κακὰ μηχανόωνται."
τὸν δ' ἀπαμειβόμενος προσέφης, Εὔμαιε συβῶτα· 135
"γιγνώσκω, φρονέω· τά γε δὴ νοέοντι κελεύεις.
ἀλλ' ἄγε μοι τόδε εἰπὲ καὶ ἀτρεκέως κατάλεξον,
ἦ καὶ Λαέρτῃ αὐτὴν ὁδὸν ἄγγελος ἔλθω
δυσμόρῳ, ὃς τῆος μὲν Ὀδυσσῆος μέγ' ἀχεύων
ἔργα τ' ἐποπτεύεσκε μετὰ δμώων τ' ἐνὶ οἴκῳ 140
πῖνε καὶ ἦσθ', ὅτε θυμὸς ἐνὶ στήθεσσιν ἀνώγοι·
αὐτὰρ νῦν, ἐξ οὗ σύ γε ᾤχεο νηῒ Πύλονδε,
οὔ πω μίν φασιν φαγέμεν καὶ πιέμεν αὔτως,
οὐδ' ἐπὶ ἔργα ἰδεῖν, ἀλλὰ στοναχῇ τε γόῳ τε
ἧσται ὀδυρόμενος, φθινύθει δ' ἀμφ' ὀστεόφι χρώς." 145
τὸν δ' αὖ Τηλέμαχος πεπνυμένος ἀντίον ηὔδα·
"ἄλγιον, ἀλλ' ἔμπης μιν ἐάσομεν, ἀχνύμενοί περ·
εἰ γὰρ πως εἴη αὐτάγρετα πάντα βροτοῖσι,
πρῶτόν κεν τοῦ πατρὸς ἑλοίμεθα νόστιμον ἦμαρ.
ἀλλὰ σύ γ' ἀγγείλας ὀπίσω κίε, μηδὲ κατ' ἀγροὺς 150
πλάζεσθαι μετ' ἐκεῖνον· ἀτὰρ πρὸς μητέρα εἰπεῖν
ἀμφίπολον ταμίην ὀτρυνέμεν ὅττι τάχιστα
κρύβδην· κείνη γὰρ κεν ἀπαγγείλειε γέροντι."
ἦ ῥα καὶ ὦρσε συφορβόν· ὁ δ' εἵλετο χερσὶ πέδιλα,
δησάμενος δ' ὑπὸ ποσσὶ πόλινδ' ἴεν. οὐδ' ἄρ' Ἀθήνην 155
λῆθεν ἀπὸ σταθμοῖο κιὼν Εὔμαιος ὑφορβός,
ἀλλ' ἥ γε σχεδὸν ἦλθε· δέμας δ' ἤϊκτο γυναικὶ
καλῇ τε μεγάλῃ τε καὶ ἀγλαὰ ἔργα ἰδυίῃ.
στῆ δὲ κατ' ἀντίθυρον κλισίης Ὀδυσῆϊ φανεῖσα·
οὐδ' ἄρα Τηλέμαχος ἴδεν ἀντίον οὐδ' ἐνόησεν, 160
οὐ γὰρ πω πάντεσσι θεοὶ φαίνονται ἐναργεῖς,
ἀλλ' Ὀδυσεύς τε κύνες τε ἴδον, καί ῥ' οὐχ ὑλάοντο
κνυζηθμῷ δ' ἑτέρωσε διὰ σταθμοῖο φόβηθεν.
ἡ δ' ἄρ' ἐπ' ὀφρύσι νεῦσε· νόησε δὲ δῖος Ὀδυσσεύς,
ἐκ δ' ἦλθεν μεγάροιο παρὲκ μέγα τειχίον αὐλῆς, 165
στῆ δὲ πάροιθ' αὐτῆς· τὸν δὲ προσέειπεν Ἀθήνη·

aqui o teu retorno, após lhe transmitires
discretamente a novidade. Nenhum outro
aqueu deve saber: maquinam contra mim."
E, Eumeu, foi esta, porcariço, tua resposta: 135
"Compreendo-o e sei. Ajuíza quem te acata. Exato
sejas no que te rogo agora: no meu périplo,
devo também deixar a par Laerte, o infausto,
que, embora aflito pela sorte de Odisseu,
cuidava da lavoura sempre alimentando-se 140
e bebendo entre servos, quando o coração
pedia, mas, após tua partida a Pilo,
afirmam que jejua, que não bebe nada,
alheio a lavorar, entre suspiros, lágrimas,
senta abatido e, em torno ao osso, a carne murcha?" 145
E o moço inspira o ar da sensatez e diz:
"Tristeza! Mas deixemo-lo, sofrendo embora.
Fora possível realizar o sonho pleno,
primeiro escolheria o dia do retorno
paterno. Sem desviar-te pelo campo atrás 150
de meu avô, diz a Penélope que envie
a despenseira até o ancião secretamente
com a notícia, sem demora." Assim falou
e apressa o porcariço, que prende as sandálias
e corre incontinente à cidadela. Atena 155
contudo se apercebe de sua partida.
Assume as formas de uma dama esguia e alta,
experta em obras rútilas. Na anteporta
da cabana parou, se fez notar apenas
para Odisseu (Telêmaco não a divisa, 160
pois que os eternos não esplendem para todos),
mas Odisseu a descortina e os cães que sem
ladrar, uivando, fogem aterrados. Franze
as sobrancelhas e Odisseu, atento, deixa
o recinto, estancando à sua frente ao longo 165
da muralha do pátio. Fala Palas: "Laércio

"διογενὲς Λαερτιάδη, πολυμήχαν' Ὀδυσσεῦ.
ἤδη νῦν σῷ παιδὶ ἔπος φάο μηδ' ἐπίκευθε,
ὡς ἄν μνηστῆρσιν θάνατον καὶ κῆρ' ἀραρόντε
ἔρχησθον προτὶ ἄστυ περικλυτόν· οὐδ' ἐγὼ αὐτὴ   170
δηρὸν ἀπὸ σφῶϊν ἔσομαι μεμαυῖα μάχεσθαι."
ἦ καὶ χρυσείῃ ῥάβδῳ ἐπεμάσσατ' Ἀθήνη.
φᾶρος μέν οἱ πρῶτον ἐϋπλυνὲς ἠδὲ χιτῶνα
θῆκ' ἀμφὶ στήθεσσι, δέμας δ' ὤφελλε καὶ ἥβην.
ἂψ δὲ μελαγχροιὴς γένετο, γναθμοὶ δὲ τάνυσθεν,   175
κυάνεαι δ' ἐγένοντο γενειάδες ἀμφὶ γένειον.
ἡ μὲν ἄρ' ὣς ἔρξασα πάλιν κίεν· αὐτὰρ Ὀδυσσεὺς
ἤϊεν ἐς κλισίην· θάμβησε δέ μιν φίλος υἱός,
ταρβήσας δ' ἑτέρωσε βάλ' ὄμματα, μὴ θεὸς εἴη,
καί μιν φωνήσας ἔπεα πτερόεντα προσηύδα·   180
"ἀλλοῖός μοι, ξεῖνε, φάνης νέον ἠὲ πάροιθεν,
ἄλλα δὲ εἵματ' ἔχεις, καί τοι χρὼς οὐκέθ' ὁμοῖος.
ἦ μάλα τις θεός ἐσσι, τοὶ οὐρανὸν εὐρὺν ἔχουσιν·
ἀλλ' ἵληθ', ἵνα τοι κεχαρισμένα δώομεν ἱρὰ
ἠδὲ χρύσεα δῶρα, τετυγμένα· φείδεο δ' ἡμέων"   185
τὸν δ' ἠμείβετ' ἔπειτα πολύτλας δῖος Ὀδυσσεύς·
"οὔ τίς τοι θεός εἰμι· τί μ' ἀθανάτοισιν ἐΐσκεις;
ἀλλὰ πατὴρ τεός εἰμι, τοῦ εἵνεκα σὺ στεναχίζων
πάσχεις ἄλγεα πολλά, βίας ὑποδέγμενος ἀνδρῶν."
ὣς ἄρα φωνήσας υἱὸν κύσε, κὰδ δὲ παρειῶν   190
δάκρυον ἧκε χαμᾶζε· πάρος δ' ἔχε νωλεμὲς αἰεί.
Τηλέμαχος δ', οὐ γάρ πω ἐπείθετο ὃν πατέρ' εἶναι,
ἐξαῦτίς μιν ἔπεσσιν ἀμειβόμενος προσέειπεν·
"οὔ σύ γ' Ὀδυσσεύς ἐσσι, πατὴρ ἐμός, ἀλλά με δαίμων
θέλγει, ὄφρ' ἔτι μᾶλλον ὀδυρόμενος στεναχίζω.   195
οὐ γάρ πως ἂν θνητὸς ἀνὴρ τάδε μηχανόῳτο
ᾧ αὐτοῦ γε νόῳ, ὅτε μὴ θεὸς αὐτὸς ἐπελθὼν
ῥηϊδίως ἐθέλων θείη νέον ἠὲ γέροντα.
ἦ γάρ τοι νέον ἦσθα γέρων καὶ ἀεικέα ἕσσο·
νῦν δὲ θεοῖσιν ἔοικας, οἳ οὐρανὸν εὐρὺν ἔχουσι."   200
τὸν δ' ἀπαμειβόμενος προσέφη πολύμητις Ὀδυσσεύς·

divino, herói multiastucioso, não te ocultes
mais a teu filho, conta tudo; que ambos, juntos,
entrem na ilustre cidadela impondo tânatos
e a Quere morticida aos pretendentes! Sôfrega							170
por combater, não hei de me afastar da dupla."
Falando assim, tocou-o com a virga de ouro.
Um manto transluzente e a túnica lançou-lhe
ao corpo; bem mais alto, o juvenesce. Brune
a pele, ao rosto devolveu a tez louçã,							175
no mento a barba negro-azula. Atena parte
após refigurá-lo, e Odisseu retorna
à choça. O filho o mira estupefato e evita
olhá-lo novamente, apavorado — um deus
seria? Então lhe dirigiu palavras-asas:							180
"Ora pareces, forasteiro, bem diverso;
a pele não é igual, tuas roupas são diversas.
Só podes ser um deus, que habita o vasto céu.
Sê-nos propício! Te ofertamos sacrifícios
magnos e dons aurilavrados. Não nos deixes!"							185
E o plenipadecido herói então responde:
"Não sou um deus — por que me igualas a imortais? —,
mas sou teu pai, por quem sofreste tantas dores,
sujeito a insultos de outros homens." Quando finda
a fala, beija o filho e encharca o chão de lágrimas,							190
sempre retidas no passado. Mas Telêmaco,
ainda não convicto da paternidade,
retomou as palavras para lhe dizer:
"Tu não és Odisseu, meu pai, mas um demônio
que me enfeitiça, a fim de que o lamente mais.							195
Mortal nenhum seria autor dos teus prodígios
com o recurso de sua mente, não o re-
moçasse um deus, o envelhecesse, a seu talante.
Eras há pouco um velho que vestia trapos;
agora és como um deus que habita o vasto céu."							200
E o plurimaquinoso herói assim profere:

"Τηλέμαχ', οὔ σε ἔοικε φίλον πατέρ ἔνδον ἐόντα
οὔτε τι θαυμάζειν περιώσιον οὔτ' ἀγάασθαι·
οὐ μὲν γάρ τοι ἔτ' ἄλλος ἐλεύσεται ἐνθάδ' Ὀδυσσεύς,
ἀλλ' ὅδ' ἐγὼ τοιόσδε, παθὼν κακά, πολλὰ δ' ἀληθείς, 205
ἤλυθον εἰκοστῷ ἔτεϊ ἐς πατρίδα γαῖαν.
αὐτάρ τοι τόδε ἔργον Ἀθηναίης ἀγελείης,
ἥ τέ με τοῖον ἔθηκεν, ὅπως ἐθέλει, δύναται γάρ,
ἄλλοτε μὲν πτωχῷ ἐναλίγκιον, ἄλλοτε δ' αὖτε
ἀνδρὶ νέῳ καὶ καλὰ περὶ χροΐ εἵματ' ἔχοντι. 210
ῥηΐδιον δὲ θεοῖσι, τοὶ οὐρανὸν εὐρὺν ἔχουσιν,
ἠμὲν κυδῆναι θνητὸν βροτὸν ἠδὲ κακῶσαι."
ὣς ἄρα φωνήσας κατ' ἄρ' ἕζετο, Τηλέμαχος δὲ
ἀμφιχυθεὶς πατέρ' ἐσθλὸν ὀδύρετο, δάκρυα λείβων,
ἀμφοτέροισι δὲ τοῖσιν ὑφ' ἵμερος ὦρτο γόοιο· 215
κλαῖον δὲ λιγέως, ἀδινώτερον ἤ τ' οἰωνοί,
φῆναι ἢ αἰγυπιοὶ γαμψώνυχες, οἷσί τε τέκνα
ἀγρόται ἐξείλοντο πάρος πετεηνὰ γενέσθαι·
ὣς ἄρα τοί γ' ἐλεεινὸν ὑπ' ὀφρύσι δάκρυον εἶβον.
καί νύ κ' ὀδυρομένοισιν ἔδυ φάος ἠελίοιο, 220
εἰ μὴ Τηλέμαχος προσεφώνεεν ὃν πατέρ' αἶψα·
"ποίῃ γὰρ νῦν δεῦρο, πάτερ φίλε, νηΐ σε ναῦται
ἤγαγον εἰς Ἰθάκην; τίνες ἔμμεναι εὐχετόωντο;
οὐ μὲν γάρ τί σε πεζὸν ὀΐομαι ἐνθάδ' ἱκέσθαι."
τὸν δ' αὖτε προσέειπε πολύτλας δῖος Ὀδυσσεύς· 225
"τοιγὰρ ἐγώ τοι, τέκνον, ἀληθείην καταλέξω.
Φαίηκές μ' ἄγαγον ναυσίκλυτοι, οἵ τε καὶ ἄλλους
ἀνθρώπους πέμπουσιν, ὅτις σφέας εἰσαφίκηται·
καί μ' εὕδοντ' ἐν νηῒ θοῇ ἐπὶ πόντον ἄγοντες
κάτθεσαν εἰς Ἰθάκην, ἔπορον δέ μοι ἀγλαὰ δῶρα, 230
χαλκόν τε χρυσόν τε ἅλις ἐσθῆτά θ' ὑφαντήν.
καὶ τὰ μὲν ἐν σπήεσσι θεῶν ἰότητι κέονται·
νῦν αὖ δεῦρ' ἱκόμην ὑποθημοσύνῃσιν Ἀθήνης,
ὄφρα κε δυσμενέεσσι φόνου πέρι βουλεύσωμεν.
ἀλλ' ἄγε μοι μνηστῆρας ἀριθμήσας κατάλεξον, 235
ὄφρ' εἰδέω ὅσσοι τε καὶ οἵ τινες ἀνέρες εἰσί·

"Não julgues tão absurdo, nem te maravilhe
o fato de teu pai estar em casa. Nunca
verás um Odisseu diverso aqui. Eu sou
aquele que, depois de padecer e tanto   205
errar, tornou ao solo ancestre vinte anos
depois. Referes-te ao que fez a predadora
Palas Atena ao me transfigurar, pois tudo
pode. Mendigo, tal e qual fez parecer-me
antes, depois um moço em vestes impecáveis.   210
Ao morador do urânio-céu imenso é fácil
exaltar um mortal, como humilhá-lo." Finda
a fala, o herói sentou-se e ao magno pai abraça
Telêmaco, chorando a cântaro. O desejo
de prantear os contagiava mutuamente.   215
Estridulava a voz, mais que o ganido da ave,
abutre-fusco ou águia, cujas crias implumes
o rude rapta. Assim vertiam, sob os cílios,
pungentes lágrimas. E tal lamento até
o pôr do sol delongaria se Telêmaco   220
não indagasse o pai: "Em que navio, querido
pai, os marujos te trouxeram no retorno?
E como se autonomeavam? Pois presumo
não teres vindo a pé." E o herói pluriexigido
então lhe respondeu: "Serei veraz, meu filho,   225
em meu relato: feácios me guiaram, nautas
ínclitos que ciceroneiam sempre alguém
que chega a seus confins. Sopito em nau veloz,
me escoltaram no mar, com rútilos regalos
pojaram-me no solo itácio: muito ouro   230
e bronze e veste pespontada. Aprouve aos numes
que dentro da caverna fossem alojados.
Palas Atena aconselhou-me a vir aqui,
a fim de urdir o assassinato dos canalhas.
Enumera e descreve os pretendentes: quem   235
e quantos são impõe-se que eu conheça. Só

καί κεν ἐμὸν κατὰ θυμὸν ἀμύμονα μερμηρίξας
φράσσομαι, ἤ κεν νῶϊ δυνησόμεθ' ἀντιφέρεσθαι
μούνω ἄνευθ' ἄλλων, ἦ καὶ διζησόμεθ' ἄλλους."
τὸν δ' αὖ Τηλέμαχος πεπνυμένος ἀντίον ηὔδα· 240
"ὦ πάτερ, ἦ τοι σεῖο μέγα κλέος αἰὲν ἄκουον,
χεῖράς τ' αἰχμητὴν ἔμεναι καὶ ἐπίφρονα βουλήν·
ἀλλὰ λίην μέγα εἶπες· ἄγη μ' ἔχει· οὐδέ κεν εἴη
ἄνδρε δύω πολλοῖσι καὶ ἰφθίμοισι μάχεσθαι.
μνηστήρων δ' οὔτ' ἂρ δεκὰς ἀτρεκὲς οὔτε δύ' οἶαι, 245
ἀλλὰ πολὺ πλέονες· τάχα δ' εἴσεαι ἐνθάδ' ἀριθμόν.
ἐκ μὲν Δουλιχίοιο δύω καὶ πεντήκοντα
κοῦροι κεκριμένοι, ἓξ δὲ δρηστῆρες ἕπονται·
ἐκ δὲ Σάμης πίσυρές τε καὶ εἴκοσι φῶτες ἔασιν,
ἐκ δὲ Ζακύνθου ἔασιν ἐείκοσι κοῦροι Ἀχαιῶν, 250
ἐκ δ' αὐτῆς Ἰθάκης δυοκαίδεκα πάντες ἄριστοι,
καί σφιν ἅμ' ἐστὶ Μέδων κῆρυξ καὶ θεῖος ἀοιδὸς
καὶ δοιὼ θεράποντε, δαήμονε δαιτροσυνάων.
τῶν εἴ κεν πάντων ἀντήσομεν ἔνδον ἐόντων,
μὴ πολύπικρα καὶ αἰνὰ βίας ἀποτίσεαι ἐλθών. 255
ἀλλὰ σύ γ', εἰ δύνασαί τιν' ἀμύντορα μερμηρίξαι,
φράζευ, ὅ κέν τις νῶϊν ἀμύνοι πρόφρονι θυμῷ."
τὸν δ' αὖτε προσέειπε πολύτλας δῖος Ὀδυσσεύς·
"τοιγὰρ ἐγὼν ἐρέω, σὺ δὲ σύνθεο καί μευ ἄκουσον·
καὶ φράσαι ἤ κεν νῶϊν Ἀθήνη σὺν Διὶ πατρὶ 260
ἀρκέσει, ἦέ τιν' ἄλλον ἀμύντορα μερμηρίξω."
τὸν δ' αὖ Τηλέμαχος πεπνυμένος ἀντίον ηὔδα·
"ἐσθλώ τοι τούτω γ' ἐπαμύντορε, τοὺς ἀγορεύεις,
ὕψι περ ἐν νεφέεσσι καθημένω· ὥ τε καὶ ἄλλοις
ἀνδράσι τε κρατέουσι καὶ ἀθανάτοισι θεοῖσι." 265
τὸν δ' αὖτε προσέειπε πολύτλας δῖος Ὀδυσσεύς·
"οὐ μέν τοι κείνω γε πολὺν χρόνον ἀμφὶς ἔσεσθον
φυλόπιδος κρατερῆς, ὁπότε μνηστῆρσι καὶ ἡμῖν
ἐν μεγάροισιν ἐμοῖσι μένος κρίνηται Ἄρηος.
ἀλλὰ σὺ μὲν νῦν ἔρχευ ἅμ' ἠοῖ φαινομένηφιν 270
οἴκαδε, καὶ μνηστῆρσιν ὑπερφιάλοισιν ὁμίλει·

nós dois seremos suficientes para a luta,
ou deveremos recorrer a mais alguém? —
eis o que devo avaliar no coração."
Telêmaco, ajuizando, pronunciou-se assim: 240
"Teu *kleos*, renome enorme, pai, eu sempre ouvi,
de seres ás na lança, conselheiro lúcido,
mas extrapolas, cai-me o queixo! Dupla de homens,
como ela fará frente à profusão contrária?
Os pretendentes não estão em dez ou vinte, 245
mas formam contingente de difícil cálculo.
Cinquenta moços provieram de Dulíquio,
da nata, com um séquito de seis criados.
Vinte e quatro rapazes são de Same; vinte
aqueus desembarcaram de Zacinto. Doze 250
itácios no total, insignes; o divino
cantor Medonte os acompanha com dois servos,
habilidosos senescais. Se os afrontarmos,
a todos, no interior do paço, há o perigo
de a punição do ultraje ser atroz e pluri- 255
amara. Vê se podes encontrar alguém
de coração solerte que nos auxilie."
Poliprovado, o herói divino lhe responde:
"Eu não me furto a isso: ouve, entende e pensa
se Atena bastará, ao lado do Cronida, 260
ou se procuro amparo mais substancial."
E inspirando prudência, o filho ponderou:
"Amparos magnos ambos que mencionas, ainda
que moradores do alto, entre nuvens. Mandam
entre os humanos e entre imperecíveis numes." 265
Então o herói carpido assim se manifesta:
"Ambos não ficarão por muito tempo longe
da rusga horrível, quando em meu solar a sanha
de Ares pender aos pretendentes ou a nós.
Aos rútilos primeiros da manhã, retorna 270
ao paço entre rapazes tão rapaces. À urbe,

αὐτὰρ ἐμὲ προτὶ ἄστυ συβώτης ὕστερον ἄξει,
πτωχῷ λευγαλέῳ ἐναλίγκιον ἠδὲ γέροντι.
εἰ δέ μ' ἀτιμήσουσι δόμον κάτα, σὸν δὲ φίλον κῆρ
τετλάτω ἐν στήθεσσι κακῶς πάσχοντος ἐμεῖο, 275
ἤν περ καὶ διὰ δῶμα ποδῶν ἕλκωσι θύραζε
ἢ βέλεσι βάλλωσι· σὺ δ' εἰσορόων ἀνέχεσθαι.
ἀλλ' ἦ τοι παύεσθαι ἀνωγέμεν ἀφροσυνάων,
μειλιχίοις ἐπέεσσι παραυδῶν· οἱ δέ τοι οὔ τι
πείσονται· δὴ γάρ σφι παρίσταται αἴσιμον ἦμαρ. 280
ἄλλο δέ τοι ἐρέω, σὺ δ' ἐνὶ φρεσὶ βάλλεο σῇσιν·
ὁππότε κεν πολύβουλος ἐνὶ φρεσὶ θῇσιν Ἀθήνη,
νεύσω μέν τοι ἐγὼ κεφαλῇ, σὺ δ' ἔπειτα νοήσας
ὅσσα τοι ἐν μεγάροισιν Ἀρήϊα τεύχεα κεῖται
ἐς μυχὸν ὑψηλοῦ θαλάμου καταθεῖναι ἀείρας 285
πάντα μάλ'· αὐτὰρ μνηστῆρας μαλακοῖς ἐπέεσσι
παρφάσθαι, ὅτε κέν σε μεταλλῶσιν ποθέοντες·
'ἐκ καπνοῦ κατέθηκ', ἐπεὶ οὐκέτι τοῖσιν ἐῴκει
οἷά ποτε Τροίηνδε κιὼν κατέλειπεν Ὀδυσσεύς,
ἀλλὰ κατῄκισται, ὅσσον πυρὸς ἵκετ' ἀϋτμή. 290
πρὸς δ' ἔτι καὶ τόδε μεῖζον ἐνὶ φρεσὶ θῆκε Κρονίων,
μή πως οἰνωθέντες, ἔριν στήσαντες ἐν ὑμῖν,
ἀλλήλους τρώσητε καταισχύνητέ τε δαῖτα
καὶ μνηστύν· αὐτὸς γὰρ ἐφέλκεται ἄνδρα σίδηρος.'
νῶϊν δ' οἴοισιν δύο φάσγανα καὶ δύο δοῦρε 295
καλλιπέειν καὶ δοιὰ βοάγρια χερσὶν ἑλέσθαι,
ὡς ἂν ἐπιθύσαντες ἑλοίμεθα· τοὺς δέ κ' ἔπειτα
Παλλὰς Ἀθηναίη θέλξει καὶ μητίετα Ζεύς.
ἄλλο δέ τοι ἐρέω, σὺ δ' ἐνὶ φρεσὶ βάλλεο σῇσιν·
εἰ ἐτεόν γ' ἐμός ἐσσι καὶ αἵματος ἡμετέροιο, 300
μή τις ἔπειτ' Ὀδυσῆος ἀκουσάτω ἔνδον ἐόντος,
μήτ' οὖν Λαέρτης ἴστω τό γε μήτε συβώτης
μήτε τις οἰκήων μήτ' αὐτὴ Πηνελόπεια,
ἀλλ' οἶοι σύ τ' ἐγώ τε γυναικῶν γνώομεν ἰθύν·
καί κέ τεο δμώων ἀνδρῶν ἔτι πειρηθεῖμεν, 305
ἠμὲν ὅπου τις νῶϊ τίει καὶ δείδιε θυμῷ,

o porcariço me guiará mais tarde, símile
do ancião depauperado. Se me humilham casa
adentro, acalma o coração no próprio peito,
mesmo que eu sofra duramente, sob a ponta 275
da lança, ainda que me chutem paço afora.
Inabalável, olha! Exorta-os a parar
com tanta insensatez, mas adoçando a fala.
Ninguém há de querer te ouvir porque a jornada
fatal já está no encalço deles. Entesoura 280
em tua mente o que passo a dizer: Atena
multiaconselhadora, quando se postar
dentro do meu diafragma, com o cenho indico
que pegues o armamento preservado em casa
e o recoloque no interior do quarto de alta 285
cumeeira. Caso um pretendente te questione,
mantendo o tom gentil, inventa uma desculpa:
'Eu o afastei do fumo. Em nada parecia
com o deixado por meu pai antes da viagem
a Ílion, desgastado por vapor do fogo. 290
Zeus me alojou no coração outro motivo:
ébrios de vinho, houvesse alguém ferido em briga,
o mútuo sangue rubro mancharia a corte
que fazeis e o banquete. O ferro imanta o homem.'
Só duas espadas, dois venábulos, dois elmos 295
de pele táurea, empolgáveis, para os so-
braçarmos, trata de guardar, pois Zeus sapiente
e Palas os encantam. O que eu te direi,
preserva em tua mente: se és de fato meu,
se em ambos corre o mesmo sangue, ninguém ouça 300
que Odisseu retornou ao paço, nem Laerte,
nem o porqueiro, nem algum dos serviçais,
sequer Penélope. Nós dois e mais ninguém
iremos escrutar as intenções das aias
e colocar à prova os homens que nos servem, 305
tanto os que nos honoram, quanto os que nos temem,

ἠδ' ὅτις οὐκ ἀλέγει, σὲ δ' ἀτιμᾷ τοῖον ἐόντα."
τὸν δ' ἀπαμειβόμενος προσεφώνεε φαίδιμος υἱός
"ὦ πάτερ, ἦ τοι ἐμὸν θυμὸν καὶ ἔπειτά γ', ὀΐω,
γνώσεαι· οὐ μὲν γάρ τι χαλιφροσύναι γέ μ' ἔχουσιν·   310
ἀλλ' οὔ τοι τόδε κέρδος ἐγὼν ἔσσεσθαι ὀΐω
ἡμῖν ἀμφοτέροισι· σὲ δὲ φράζεσθαι ἄνωγα.
δηθὰ γὰρ αὔτως εἴσῃ ἑκάστου πειρητίζων,
ἔργα μετερχόμενος· τοὶ δ' ἐν μεγάροισιν ἕκηλοι
χρήματα δαρδάπτουσιν ὑπέρβιον οὐδ' ἔπι φειδώ.   315
ἀλλ' ἦ τοί σε γυναῖκας ἐγὼ δεδάασθαι ἄνωγα,
αἵ τέ σ' ἀτιμάζουσι καὶ αἳ νηλείτιδές εἰσιν·
ἀνδρῶν δ' οὐκ ἂν ἐγώ γε κατὰ σταθμοὺς ἐθέλοιμι
ἡμέας πειράζειν, ἀλλ' ὕστερα ταῦτα πένεσθαι,
εἰ ἐτεόν γέ τι οἶσθα Διὸς τέρας αἰγιόχοιο."   320
ὣς οἱ μὲν τοιαῦτα πρὸς ἀλλήλους ἀγόρευον,
ἡ δ' ἄρ' ἔπειτ' Ἰθάκηνδε κατήγετο νηῦς εὐεργής,
ἣ φέρε Τηλέμαχον Πυλόθεν καὶ πάντας ἑταίρους.
οἱ δ' ὅτε δὴ λιμένος πολυβενθέος ἐντὸς ἵκοντο,
νῆα μὲν οἵ γε μέλαιναν ἐπ' ἠπείροιο ἔρυσσαν,   325
τεύχεα δέ σφ' ἀπένεικαν ὑπέρθυμοι θεράποντες,
αὐτίκα δ' ἐς Κλυτίοιο φέρον περικαλλέα δῶρα.
αὐτὰρ κήρυκα πρόεσαν δόμον εἰς Ὀδυσῆος,
ἀγγελίην ἐρέοντα περίφρονι Πηνελοπείῃ,
οὕνεκα Τηλέμαχος μὲν ἐπ' ἀγροῦ, νῆα δ' ἀνώγει   330
ἄστυδ' ἀποπλείειν, ἵνα μὴ δείσασ' ἐνὶ θυμῷ
ἰφθίμη βασίλεια τέρεν κατὰ δάκρυον εἴβοι
τὼ δὲ συναντήτην κῆρυξ καὶ δῖος ὑφορβὸς
τῆς αὐτῆς ἕνεκ' ἀγγελίης, ἐρέοντε γυναικί.
ἀλλ' ὅτε δή ῥ' ἵκοντο δόμον θείου βασιλῆος,   335
κῆρυξ μέν ῥα μέσῃσι μετὰ δμῳῇσιν ἔειπεν·
"ἤδη τοι, βασίλεια, φίλος πάϊς εἰλήλουθε."
Πηνελοπείῃ δ' εἶπε συβώτης ἄγχι παραστὰς
πάνθ' ὅσα οἱ φίλος υἱὸς ἀνώγει μυθήσασθαι.
αὐτὰρ ἐπεὶ δὴ πᾶσαν ἐφημοσύνην ἀπέειπε,   340
βῆ ῥ' ἴμεναι μεθ' ὕας, λίπε δ' ἕρκεά τε μέγαρόν τε.

quem nos ignora, quem despreza, quem é quem."
E o ilustre filho então lhe respondeu assim:
"Eu penso que haverás, meu pai, de conhecer
meu coração, pois eu não trago em mim a têmpera 310
do moleirão. Não sei contudo se há vantagem
no que propões, por isso rogo que avalies.
Tempo demais gastaras inquirindo cada
qual em sua lavoura enquanto esses chupins
devoram tudo à força, calmos, incansáveis. 315
Mas eu te exorto a examinar as servas, quem
te menospreza, quem não é culpada. Os homens,
não gostaria de sondá-los cada um
em seu tugúrio, algo que faremos mais
tarde, se reconheces o sinal de Zeus." 320
Enquanto eles alternam essa arenga, a Ítaca
o sólido navio aporta, proveniente
de Pilo, com os companheiros de Telêmaco.
Tão logo a rada funda atingem, conduziram
à costa a embarcação escura. Os escudeiros 325
impetuosos transportaram o armamento
e transferiram pluribelos dons ao lar
de Clítio. Ao paço de Odisseu mandam o arauto
anunciar a Penélope que para o campo
Telêmaco rumara comandando aos nautas 330
fossem à pólis, evitando assim que a rainha,
temendo o coração, se desfizesse em lágrimas.
O ilustre porcariço e o arauto se encontraram,
a fim de transmitir à dama a nova idêntica.
Já no palácio do divino basileu, 335
o arauto, entre as ancilas, fala assim: "Teu filho,
rainha, retornou." O porcariço, ao lado
dela, contava tudo o que mandara o jovem
que ele dissesse. Após concluir sem lapso algum
sua mensagem, toma a direção dos porcos, 340
deixando para trás a grande sala e o pátio.

μνηστῆρες δ' ἀκάχοντο κατήφησάν τ' ἐνὶ θυμῷ,
ἐκ δ' ἦλθον μεγάροιο παρὲκ μέγα τειχίον αὐλῆς,
αὐτοῦ δὲ προπάροιθε θυράων ἑδριόωντο.
τοῖσιν δ' Εὐρύμαχος, Πολύβου πάϊς, ἦρχ' ἀγορεύειν· 345
"ὦ φίλοι, ἦ μέγα ἔργον ὑπερφιάλως τετέλεσται
Τηλεμάχῳ ὁδὸς ἥδε· φάμεν δέ οἱ οὐ τελέεσθαι.
ἀλλ' ἄγε νῆα μέλαιναν ἐρύσσομεν ἥ τις ἀρίστη,
ἐς δ' ἐρέτας ἁλιῆας ἀγείρομεν, οἵ κε τάχιστα
κείνοις ἀγγείλωσι θοῶς οἶκόνδε νέεσθαι." 350
οὔ πω πᾶν εἴρηθ', ὅτ' ἄρ' Ἀμφίνομος ἴδε νῆα,
στρεφθεὶς ἐκ χώρης, λιμένος πολυβενθέος ἐντός,
ἱστία τε στέλλοντας ἐρετμά τε χερσὶν ἔχοντας.
ἡδὺ δ' ἄρ' ἐκγελάσας μετεφώνεεν οἷς ἑτάροισι·
"μή τιν' ἔτ' ἀγγελίην ὀτρύνομεν· οἵδε γὰρ ἔνδον. 355
ἤ τίς σφιν τόδ' ἔειπε θεῶν, ἢ εἴσιδον αὐτοὶ
νῆα παρερχομένην, τὴν δ' οὐκ ἐδύναντο κιχῆναι."
ὣς ἔφαθ', οἱ δ' ἀνστάντες ἔβαν ἐπὶ θῖνα θαλάσσης,
αἶψα δὲ νῆα μέλαιναν ἐπ' ἠπείροιο ἔρυσσαν,
τεύχεα δέ σφ' ἀπένεικαν ὑπέρθυμοι θεράποντες. 360
αὐτοὶ δ' εἰς ἀγορὴν κίον ἀθρόοι, οὐδέ τιν' ἄλλον
εἴων οὔτε νέων μεταΐζειν οὔτε γερόντων.
τοῖσιν δ' Ἀντίνοος μετέφη, Εὐπείθεος υἱός·
"ὦ πόποι, ὡς τόνδ' ἄνδρα θεοὶ κακότητος ἔλυσαν.
ἤματα μὲν σκοποὶ ἷζον ἐπ' ἄκριας ἠνεμοέσσας 365
αἰὲν ἐπασσύτεροι· ἅμα δ' ἠελίῳ καταδύντι
οὔ ποτ' ἐπ' ἠπείρου νύκτ' ἄσαμεν, ἀλλ' ἐνὶ πόντῳ
νηΐ θοῇ πλείοντες ἐμίμνομεν Ἠῶ δῖαν,
Τηλέμαχον λοχόωντες, ἵνα φθίσωμεν ἑλόντες
αὐτόν· τὸν δ' ἄρα τῆος ἀπήγαγεν οἴκαδε δαίμων, 370
ἡμεῖς δ' ἐνθάδε οἱ φραζώμεθα λυγρὸν ὄλεθρον
Τηλεμάχῳ, μηδ' ἧμας ὑπεκφύγοι· οὐ γὰρ ὀΐω
τούτου γε ζώοντος ἀνύσσεσθαι τάδε ἔργα.
αὐτὸς μὲν γὰρ ἐπιστήμων βουλῇ τε νόῳ τε,
λαοὶ δ' οὐκέτι πάμπαν ἐφ' ἡμῖν ἦρα φέρουσιν. 375
ἀλλ' ἄγετε, πρὶν κεῖνον ὁμηγυρίσασθαι Ἀχαιοὺς

Aflitos e abatidos, os cortejadores
deixam a sala enorme pelo mega muro
do pátio e, frente às portas, sentam-se. Eurímaco,
filho de Pólibo, iniciou a arenga: "Amigos,   345
não foi um ato de somenos o que o príncipe
cumpriu com a viagem, feito em que não críamos.
Lancemos ao oceano a negra nau melhor,
reunamos os marujos: que transmitam rápido
a todos os demais a ordem de voltar."   350
Nem bem termina a fala e Anfínomo, que vira
a nau quando tornava de seu posto, em pleno
porto profundo, bujarrona já ferrada,
remadores a postos, rebentou de rir:
"Desnecessário o envio da mensagem: já   355
entraram. Um eterno os alertou ou viram
que a nau passava, sem poderem fazer nada."
Disse. Os demais se apressam rumo à praia oceânica,
aonde puxam pela encosta o barco negro;
os escudeiros árdegos transportam armas.   360
Em bloco, todos vão na direção da ágora;
nem velho, nem rapaz ali sentou-se. Antínoo,
filho de Eupites, fala então a todos: "Ai,
numes pouparam do pior esse homem! Dias
e dias nossos espiões permaneceram   365
em cumes sibilantes, sempre. Sol deposto,
na terra não dormíamos à noite, à espera
da Aurora a bordo de um baixel escuro, armando
cilada contra o filho de Odisseu: matá-lo
ali, a nossa meta, mas o restitui   370
ao lar algum demônio. Apressemos, já,
seu lutuoso fim, que ele não fuja! Vivo,
será impossível concluir nosso objetivo.
Tem a ciência do conselho e boa cabeça,
e a massa não nos acompanha totalmente.   375
À ação!, antes que o moço reúna aqueus na ágora,

εἰς ἀγορήν — οὐ γάρ τι μεθησέμεναί μιν ὀΐω,
ἀλλ' ἀπομηνίσει, ἐρέει δ' ἐν πᾶσιν ἀναστὰς
οὕνεκά οἱ φόνον αἰπὺν ἐράπτομεν οὐδ' ἐκίχημεν·
οἱ δ' οὐκ αἰνήσουσιν ἀκούοντες κακὰ ἔργα· 380
μή τι κακὸν ῥέξωσι καὶ ἡμέας ἐξελάσωσι
γαίης ἡμετέρης, ἄλλων δ' ἀφικώμεθα δῆμον·
ἀλλὰ φθέωμεν ἑλόντες ἐπ' ἀγροῦ νόσφι πόληος
ἢ ἐν ὁδῷ· βίοτον δ' αὐτοὶ καὶ κτήματ' ἔχωμεν,
δασσάμενοι κατὰ μοῖραν ἐφ' ἡμέας, οἰκία δ' αὖτε 385
κείνου μητέρι δοῖμεν ἔχειν ἠδ' ὅστις ὀπυίοι.
εἰ δ' ὑμῖν ὅδε μῦθος ἀφανδάνει, ἀλλὰ βόλεσθε
αὐτόν τε ζώειν καὶ ἔχειν πατρώϊα πάντα,
μή οἱ χρήματ' ἔπειτα ἅλις θυμηδέ' ἔδωμεν
ἐνθάδ' ἀγειρόμενοι, ἀλλ' ἐκ μεγάροιο ἕκαστος 390
μνάσθω ἐέδνοισιν διζήμενος· ἡ δέ κ' ἔπειτα
γήμαιθ' ὅς κε πλεῖστα πόροι καὶ μόρσιμος ἔλθοι."
ὣς ἔφαθ', οἱ δ' ἄρα πάντες ἀκὴν ἐγένοντο σιωπῇ.
τοῖσιν δ' Ἀμφίνομος ἀγορήσατο καὶ μετέειπε,
Νίσου φαίδιμος υἱός, Ἀρητιάδαο ἄνακτος, 395
ὅς ῥ' ἐκ Δουλιχίου πολυπύρου, ποιήεντος,
ἡγεῖτο μνηστῆρσι, μάλιστα δὲ Πηνελοπείῃ
ἥνδανε μύθοισι· φρεσὶ γὰρ κέχρητ' ἀγαθῇσιν·
ὅ σφιν ἐϋφρονέων ἀγορήσατο καὶ μετέειπεν·
"ὦ φίλοι, οὐκ ἂν ἐγώ γε κατακτείνειν ἐθέλοιμι 400
Τηλέμαχον· δεινὸν δὲ γένος βασιλήϊόν ἐστιν
κτείνειν· ἀλλὰ πρῶτα θεῶν εἰρώμεθα βουλάς.
εἰ μέν κ' αἰνήσωσι Διὸς μεγάλοιο θέμιστες,
αὐτός τε κτενέω τούς τ' ἄλλους πάντας ἀνώξω·
εἰ δέ κ' ἀποτρωπῶσι θεοί, παύσασθαι ἄνωγα." 405
ὣς ἔφατ' Ἀμφίνομος, τοῖσιν δ' ἐπιήνδανε μῦθος.
αὐτίκ' ἔπειτ' ἀνστάντες ἔβαν δόμον εἰς Ὀδυσῆος,
ἐλθόντες δὲ καθῖζον ἐπὶ ξεστοῖσι θρόνοισιν.
ἡ δ' αὖτ' ἄλλ' ἐνόησε περίφρων Πηνελόπεια,
μνηστήρεσσι φανῆναι ὑπέρβιον ὕβριν ἔχουσι. 410
πεύθετο γὰρ οὗ παιδὸς ἐνὶ μεγάροισιν ὄλεθρον·

pois não tem ares de quem esmoreça; em fúria,
em pé entre os demais, dirá que pretendíamos
seu fim precípite, embora malfadado.
E não aprovarão a ação nefasta. Não 380
apreciaremos padecer em suas mãos,
alijados de nossa própria terra, êxules.
Antecipemo-nos a ele, fora da urbe,
no campo ou na estrada, seus haveres entre
nós dividindo, imparciais, exceto o paço, 385
que caberá à mãe e ao cônjuge que escolha.
Caso a proposta desagrade, preferindo
que ele não morra, em posse dos haveres pátrios,
deixemos de ingerir suas possessões diletas
aqui reunidos, cada qual corteje a rainha 390
da própria casa, regalando-a com donaires:
quem lhe der mais despose-a, a quem couber a moira."
Disse. Ninguém se move, turba silenciosa.
Filho de Niso, neto de Aretíade, Anfínomo
ilustre, líder dos cortejadores vindos 395
da pluriopima e verde seara de Dulíquio,
cujas palavras tinham ótima acolhida
por parte da rainha (era um bom rapaz),
entre os demais arenga ponderadamente:
"Sou da opinião de não assassinar Telêmaco, 400
pois me horripila exterminar a estirpe régia.
Consultemos o oráculo dos deuses antes.
Forem aprobativas as colocações
de Zeus, eu mesmo o mato e instigo os companheiros;
deuses avessos, vos exorto à desistência." 405
Aprouve a todos o que Anfínomo dissera.
Ato contínuo, foram à morada régia,
onde se assentam em poltronas reluzentes.
Penélope maquina um outro plano, ir ter
com os cortejadores ultrapresunçosos. 410
Soubera do projeto de matar o filho,

κῆρυξ γὰρ οἱ ἔειπε Μέδων, ὃς ἐπεύθετο βουλάς.
βῆ δ' ἰέναι μέγαρόνδε σὺν ἀμφιπόλοισι γυναιξίν.
ἀλλ' ὅτε δὴ μνηστῆρας ἀφίκετο δῖα γυναικῶν,
στῆ ῥα παρὰ σταθμὸν τέγεος πύκα ποιητοῖο, 415
ἄντα παρειάων σχομένη λιπαρὰ κρήδεμνα,
Ἀντίνοον δ' ἐνένιπεν ἔπος τ' ἔφατ' ἔκ τ' ὀνόμαζεν·
"Ἀντίνο', ὕβριν ἔχων, κακομήχανε, καὶ δέ σέ φασιν
ἐν δήμῳ Ἰθάκης μεθ' ὁμήλικας ἔμμεν ἄριστον
βουλῇ καὶ μύθοισι· σὺ δ' οὐκ ἄρα τοῖος ἔησθα. 420
μάργε, τίη δὲ σὺ Τηλεμάχῳ θάνατόν τε μόρον τε
ῥάπτεις, οὐδ' ἱκέτας ἐμπάζεαι, οἷσιν ἄρα Ζεὺς
μάρτυρος; οὐδ' ὁσίη κακὰ ῥάπτειν ἀλλήλοισιν.
ἦ οὐκ οἶσθ' ὅτε δεῦρο πατὴρ τεὸς ἵκετο φεύγων,
δῆμον ὑποδείσας; δὴ γὰρ κεχολώατο λίην, 425
οὕνεκα ληϊστῆρσιν ἐπισπόμενος Ταφίοισιν
ἤκαχε Θεσπρωτούς· οἱ δ' ἡμῖν ἄρθμιοι ἦσαν·
τόν ῥ' ἔθελον φθῖσαι καὶ ἀπορραῖσαι φίλον ἦτορ
ἠδὲ κατὰ ζωὴν φαγέειν μενοεικέα πολλήν·
ἀλλ' Ὀδυσεὺς κατέρυκε καὶ ἔσχεθεν ἱεμένους περ. 430
τοῦ νῦν οἶκον ἄτιμον ἔδεις, μνάᾳ δὲ γυναῖκα
παῖδά τ' ἀποκτείνεις, ἐμὲ δὲ μεγάλως ἀκαχίζεις·
ἀλλά σε παύσασθαι κέλομαι καὶ ἀνωγέμεν ἄλλους."
τὴν δ' αὖτ' Εὐρύμαχος, Πολύβου πάϊς, ἀντίον ηὔδα·
"κούρη Ἰκαρίοιο, περίφρον Πηνελόπεια, 435
θάρσει· μή τοι ταῦτα μετὰ φρεσὶ σῇσι μελόντων.
οὐκ ἔσθ' οὗτος ἀνὴρ οὐδ' ἔσσεται οὐδὲ γένηται,
ὅς κεν Τηλεμάχῳ σῷ υἱέϊ χεῖρας ἐποίσει
ζώοντός γ' ἐμέθεν καὶ ἐπὶ χθονὶ δερκομένοιο.
ὧδε γὰρ ἐξερέω, καὶ μὴν τετελεσμένον ἔσται· 440
αἶψά οἱ αἷμα κελαινὸν ἐρωήσει περὶ δουρὶ
ἡμετέρῳ, ἐπεὶ ἦ καὶ ἐμὲ πτολίπορθος Ὀδυσσεὺς
πολλάκι γούνασιν οἷσιν ἐφεσσάμενος κρέας ὀπτὸν
ἐν χείρεσσιν ἔθηκεν, ἐπέσχε τε οἶνον ἐρυθρόν.
τῷ μοι Τηλέμαχος πάντων πολὺ φίλτατός ἐστιν 445
ἀνδρῶν, οὐδέ τί μιν θάνατον τρομέεσθαι ἄνωγα

por intermédio de Medonte, o arauto. Fâmulas
a acompanhavam quando dirigiu-se à sala,
mas já se aproximando deles, a preclara
rainha para rente a uma coluna sólida, 415
mantendo oculto o rosto sob o véu olente.
E contra Antínoo proferiu suas censuras:
"És um fautor do mal, Antínoo, poço de húbris!
E ainda escuto dizer na urbe itácia que és
um ás nas assembleias! Tal não foras nunca. 420
Estroina, por que tramas impingir ao príncipe
a moira morticida? Quem ampara os súplices?
Zeus! Ou ignoras isso? Entretecer o mal
alheio é torpe. Esqueces que teu pai, em fuga,
temendo o povo, aqui se refugiou? A fúria 425
grassava, pois no encalço de piratas táfios,
arruinara os tesprotos, aliados nossos.
Queriam matá-lo, carnear seu coração,
deglutir-lhe os haveres copiosos, caros,
mas Odisseu deteve-os, mesmo esbravejantes. 430
Cortejas sua mulher agora, lhe devoras
o lar, queres matar seu filho, só me afliges!
Peço que pares já, sofreando os outros homens."
Então replica Eurímaco, filho de Pólibo:
"Filha de Icário, ânimo! Não mais remoas 435
tua mente com preocupações. Não há, não há
de haver alguém que meta a mão no teu menino,
enquanto me for dado respirar e olhar
a ctônia terra. Assim afirmo e o que eu afirme
se cumprirá: o sangue fosco do insurgente 440
há de enrubrar o meu venábulo. Odisseu,
o rompe-cidadelas, costumava pôr-me
sobre seus joelhos, dar-me nacos dos assados,
deixar que eu desse goles no encorpado vinho.
Não há outra pessoa de quem me afeiçoe 445
tanto quanto teu filho. Os pretendentes não

ἔκ γε μνηστήρων· θεόθεν δ' οὐκ ἔστ' ἀλέασθαι."
ὣς φάτο θαρσύνων, τῷ δ' ἤρτυεν αὐτὸς ὄλεθρον.
ἡ μὲν ἄρ' εἰσαναβᾶσ' ὑπερώϊα σιγαλόεντα
κλαῖεν ἔπειτ' Ὀδυσῆα, φίλον πόσιν, ὄφρα οἱ ὕπνον   450
ἡδὺν ἐπὶ βλεφάροισι βάλε γλαυκῶπις Ἀθήνη.
ἑσπέριος δ' Ὀδυσῆϊ καὶ υἱέϊ δῖος ὑφορβὸς
ἤλυθεν· οἱ δ' ἄρα δόρπον ἐπισταδὸν ὡπλίζοντο,
σῦν ἱερεύσαντες ἐνιαύσιον. αὐτὰρ Ἀθήνη,
ἄγχι παρισταμένη, Λαερτιάδην Ὀδυσῆα   455
ῥάβδῳ πεπληγυῖα πάλιν ποίησε γέροντα,
λυγρὰ δὲ εἵματα ἕσσε περὶ χροΐ, μή ἑ συβώτης
γνοίη ἐσάντα ἰδὼν καὶ ἐχέφρονι Πηνελοπείῃ
ἔλθοι ἀπαγγέλλων μηδὲ φρεσὶν εἰρύσσαιτο.
τὸν καὶ Τηλέμαχος πρότερος πρὸς μῦθον ἔειπεν·   460
"ἦλθες, δῖ' Εὔμαιε. τί δὴ κλέος ἔστ' ἀνὰ ἄστυ;
ἦ ῥ' ἤδη μνηστῆρες ἀγήνορες ἔνδον ἔασιν
ἐκ λόχου, ἦ ἔτι μ' αὖτ' εἰρύαται οἴκαδ' ἰόντα;"
τὸν δ' ἀπαμειβόμενος προσέφης, Εὔμαιε συβῶτα·
"οὐκ ἔμελέν μοι ταῦτα μεταλλῆσαι καὶ ἐρέσθαι   465
ἄστυ καταβλώσκοντα· τάχιστά με θυμὸς ἀνώγει
ἀγγελίην εἰπόντα πάλιν δεῦρ' ἀπονέεσθαι.
ὡμήρησε δέ μοι παρ' ἑταίρων ἄγγελος ὠκύς,
κῆρυξ, ὃς δὴ πρῶτος ἔπος σῇ μητρὶ ἔειπεν.
ἄλλο δέ τοι τό γε οἶδα· τὸ γὰρ ἴδον ὀφθαλμοῖσιν.   470
ἤδη ὑπὲρ πόλιος, ὅθι θ' Ἕρμαιος λόφος ἐστίν,
ἦα κιών, ὅτε νῆα θοὴν ἰδόμην κατιοῦσαν
ἐς λιμέν' ἡμέτερον· πολλοὶ δ' ἔσαν ἄνδρες ἐν αὐτῇ,
βεβρίθει δὲ σάκεσσι καὶ ἔγχεσιν ἀμφιγύοισι·
καὶ σφέας ὠϊσθην τοὺς ἔμμεναι, οὐδέ τι οἶδα."   475
ὣς φάτο, μείδησεν δ' ἱερὴ ἲς Τηλεμάχοιο
ἐς πατέρ' ὀφθαλμοῖσιν ἰδών, ἀλέεινε δ' ὑφορβόν.
οἱ δ' ἐπεὶ οὖν παύσαντο πόνου τετύκοντό τε δαῖτα,
δαίνυντ', οὐδέ τι θυμὸς ἐδεύετο δαιτὸς ἐΐσης.
αὐτὰρ ἐπεὶ πόσιος καὶ ἐδητύος ἐξ ἔρον ἕντο,   480
κοίτου τε μνήσαντο καὶ ὕπνου δῶρον ἕλοντο.

o matam, mas não se desvia do que nos dá
um deus." E quem ditava a morte do outro a anima.
De volta aos cômodos esplêndidos de cima,
chorava pelo esposo, até que Palas, olhos 450
glaucos, depôs o sono doce em suas pálpebras.
O divo porcariço retornava aonde
o herói e o filho se encontravam. Pressurosos,
preparam o manjar, esquartejando um neo-
-cevado. Atena, junto de Odisseu Laércio, 455
lhe encosta a virga e o faz de novo idoso, em roupas
míseras o investindo. Que o porqueiro, ao vê-lo,
não conhecesse e andasse a informar Penélope
prudente, sem manter consigo um tal sigilo.
Telêmaco foi quem falou inicialmente: 460
"Voltaste, caro Eumeu? O que se diz na pólis?
Ainda me emboscam os chupins altivos, ávidos
de que eu retorne ao lar, ou já estão no paço?"
E, respondendo, Eumeu, então disseste: "Não
quis formular questões assim quando desci 465
à cidadela, pois meu coração mandava-me
voltar depressa, apenas feito o anúncio. A mim
se uniu um mensageiro de teus companheiros,
caduceador que deu antes de mim a nova
a tua mãe. Mas eis o que meus olhos viram: 470
cidade acima, sobre o monte de Hermes, pude
descortinar a embarcação veloz entrando
em nosso porto, a bordo muitos marinheiros,
pesada de elmos, de bigúmeos piques. Tive
a impressão de que fossem os cortejadores." 475
Falou e o jovem, seu afã sagrado, olhando
o pai sorriu, sem que o porqueiro percebesse.
Findo o trabalho, aprestam o banquete. Comem.
O coração de cada qual obteve posta
condigna. Saciada a gana de beber 480
e de comer, o dom do sono os colhe à cama.

ρ

Ἦμος δ' ἠριγένεια φάνη ῥοδοδάκτυλος Ἠώς,
δὴ τότ' ἔπειθ' ὑπὸ ποσσὶν ἐδήσατο καλὰ πέδιλα
Τηλέμαχος, φίλος υἱὸς Ὀδυσσῆος θείοιο,
εἵλετο δ' ἄλκιμον ἔγχος, ὅ οἱ παλάμηφιν ἀρήρει,
ἄστυδε ἱέμενος, καὶ ἑὸν προσέειπε συβώτην· 5
"ἄττ', ἦ τοι μὲν ἐγὼν εἶμ' ἐς πόλιν, ὄφρα με μήτηρ
ὄψεται· οὐ γάρ μιν πρόσθεν παύσεσθαι ὀίω
κλαυθμοῦ τε στυγεροῖο γόοιό τε δακρυόεντος,
πρίν γ' αὐτόν με ἴδηται· ἀτὰρ σοί γ' ὧδ' ἐπιτέλλω.
τὸν ξεῖνον δύστηνον ἄγ' ἐς πόλιν, ὄφρ' ἂν ἐκεῖθι 10
δαῖτα πτωχεύῃ· δώσει δέ οἱ ὅς κ' ἐθέλῃσι
πύρνον καὶ κοτύλην· ἐμὲ δ' οὔ πως ἔστιν ἅπαντας
ἀνθρώπους ἀνέχεσθαι, ἔχοντά περ ἄλγεα θυμῷ·
ὁ ξεῖνος δ' εἴ περ μάλα μηνίει, ἄλγιον αὐτῷ
ἔσσεται· ἦ γὰρ ἐμοὶ φίλ' ἀληθέα μυθήσασθαι." 15
τὸν δ' ἀπαμειβόμενος προσέφη πολύμητις Ὀδυσσεύς·
"ὦ φίλος, οὐδέ τοι αὐτὸς ἐρύκεσθαι μενεαίνω·
πτωχῷ βέλτερόν ἐστι κατὰ πτόλιν ἠὲ κατ' ἀγροὺς
δαῖτα πτωχεύειν· δώσει δέ μοι ὅς κ' ἐθέλῃσιν.
οὐ γὰρ ἐπὶ σταθμοῖσι μένειν ἔτι τηλίκος εἰμί, 20
ὥστ' ἐπιτειλαμένῳ σημάντορι πάντα πιθέσθαι.
ἀλλ' ἔρχευ· ἐμὲ δ' ἄξει ἀνὴρ ὅδε, τὸν σὺ κελεύεις,
αὐτίκ' ἐπεί κε πυρὸς θερέω ἀλέη τε γένηται.
αἰνῶς γὰρ τάδε εἵματ' ἔχω κακά· μή με δαμάσσῃ
στίβη ὑπηοίη· ἕκαθεν δέ τε ἄστυ φάτ' εἶναι." 25
ὣς φάτο, Τηλέμαχος δὲ διὰ σταθμοῖο βεβήκει,

Canto XVII

Aurora *rododáctilos*, a dedirrósea,
desponta matutina, e o filho de Odisseu
divino calça rútilas sandálias, toma
da hástea belaz, que empolga à mão, com pressa de ir
à cidadela. Fala ao porcariço: "Ancião, 5
irei à pólis com o intuito de rever
Penélope, que para de carpir a agrura
estígia só depois de me encontrar. Lamenta-se
antes. Escuta as minhas recomendações:
leva o estrangeiro desprovido à urbe. O de- 10
-comer recolha mendigando. Quem quiser
lhe oferte pão e cótila de vinho. Não
posso arcar com o fardo humano, pois padece
muito meu coração. Pior para o estrangeiro
caso enraiveça, pois que eu uso de franqueza." 15
E o herói multiastucioso respondeu: "Nem eu,
amigo, tenho o intuito de restar. Ao mísero,
a urbe, e não o campo, é o melhor lugar
para esmolar. Quem queira me auxilie. Não tenho
idade para me deixar ouvir no estábulo 20
as ordens que um patrão acaso queira dar.
Até mais ver! Eumeu será meu guia assim
que o ar aqueça e o fogo me rescalde. Visto
andrajos: não me desvigore a brisa da alba,
pois dizes não se avizinhar a urbe itácia." 25
Falando assim, Telêmaco partiu da choça

κραιπνὰ ποσὶ προβιβάς, κακὰ δὲ μνηστῆρσι φύτευεν.
αὐτὰρ ἐπεί ῥ᾽ ἵκανε δόμους εὖ ναιετάοντας,
ἔγχος μέν ῥ᾽ ἔστησε φέρων πρὸς κίονα μακρήν,
αὐτὸς δ᾽ εἴσω ἵεν καὶ ὑπέρβη λάϊνον οὐδόν. 30
τὸν δὲ πολὺ πρώτη εἶδε τροφὸς Εὐρύκλεια,
κώεα καστορνῦσα θρόνοις ἔνι δαιδαλέοισι,
δακρύσασα δ᾽ ἔπειτ᾽ ἰθὺς κίεν· ἀμφὶ δ᾽ ἄρ᾽ ἄλλαι
δμῳαὶ Ὀδυσσῆος ταλασίφρονος ἠγερέθοντο,
καὶ κύνεον ἀγαπαζόμεναι κεφαλήν τε καὶ ὤμους. 35
ἡ δ᾽ ἴεν ἐκ θαλάμοιο περίφρων Πηνελόπεια,
Ἀρτέμιδι ἰκέλη ἠὲ χρυσέῃ Ἀφροδίτῃ,
ἀμφὶ δὲ παιδὶ φίλῳ βάλε πήχεε δακρύσασα,
κύσσε δέ μιν κεφαλήν τε καὶ ἄμφω φάεα καλά,
καί ῥ᾽ ὀλοφυρομένη ἔπεα πτερόεντα προσηύδα· 40
"ἦλθες, Τηλέμαχε, γλυκερὸν φάος. οὔ σ᾽ ἔτ᾽ ἐγώ γε
ὄψεσθαι ἐφάμην, ἐπεὶ ᾤχεο νηΐ Πύλονδε
λάθρῃ, ἐμεῦ ἀέκητι, φίλου μετὰ πατρὸς ἀκουήν.
ἀλλ᾽ ἄγε μοι κατάλεξον ὅπως ἤντησας ὀπωπῆς."
τὴν δ᾽ αὖ Τηλέμαχος πεπνυμένος ἀντίον ηὔδα· 45
"μῆτερ ἐμή, μή μοι γόον ὄρνυθι μηδέ μοι ἦτορ
ἐν στήθεσσιν ὄρινε φυγόντι περ αἰπὺν ὄλεθρον·
ἀλλ᾽ ὑδρηναμένη, καθαρὰ χροΐ εἵμαθ᾽ ἑλοῦσα,
εἰς ὑπερῷ᾽ ἀναβᾶσα σὺν ἀμφιπόλοισι γυναιξὶν
εὔχεο πᾶσι θεοῖσι τεληέσσας ἑκατόμβας 50
ῥέξειν, αἴ κέ ποθι Ζεὺς ἄντιτα ἔργα τελέσσῃ.
αὐτὰρ ἐγὼν ἀγορὴν ἐσελεύσομαι, ὄφρα καλέσσω
ξεῖνον, ὅτις μοι κεῖθεν ἅμ᾽ ἕσπετο δεῦρο κιόντι.
τὸν μὲν ἐγὼ προὔπεμψα σὺν ἀντιθέοις ἑτάροισι,
Πείραιον δέ μιν ἠνώγεα προτὶ οἶκον ἄγοντα 55
ἐνδυκέως φιλέειν καὶ τιέμεν, εἰς ὅ κεν ἔλθω."
ὣς ἄρ᾽ ἐφώνησεν, τῇ δ᾽ ἄπτερος ἔπλετο μῦθος.
ἡ δ᾽ ὑδρηναμένη, καθαρὰ χροΐ εἵμαθ᾽ ἑλοῦσα,
εὔχετο πᾶσι θεοῖσι τεληέσσας ἑκατόμβας
ῥέξειν, αἴ κέ ποθι Ζεὺς ἄντιτα ἔργα τελέσσῃ. 60
Τηλέμαχος δ᾽ ἄρ᾽ ἔπειτα διὲκ μεγάροιο βεβήκει

a passos largos: aflorava a desventura
aos procos. Arribou no paço acolhedor,
depôs a lança rente a uma coluna, o umbral
pétreo transpondo. A ama Euricleia foi
quem o reviu primeiro. Quis cobrir os tronos
dedáleos com pelames. Chora muito ao seu
encontro. Afluem ao seu redor as outras fâmulas
do impávido Odisseu. Beijavam-lhe a cabeça,
os ombros com doçura. Símile de Cípris
dourada, de Ártemis, eis que abandona o tálamo
Penélope prudente. Plange ao envolver
o filho com abraços, beija sua cabeça,
os olhos rútilos, e alígeras palavras
pronuncia aos soluços: "Tornas, doce luz?
Não cria mais rever-te desde que partiste,
Telêmaco, secretamente a Pilo, contra
minha alma aflita, atrás de informação paterna.
Mas conta o que aos teus olhos foi possível ver."
E, inspirando sapiência, o moço respondeu:
"Não chores, mãe, evita conturbar no peito
meu coração, pois que escapei da morte íngreme.
Cuida de que eu me lave acima com ancilas
e então me enroupe em vestes limpas. Aos eternos
todos promete perfazer uma hecatombe
perfeita, se o Cronida me ceder vindita.
Procurarei o forasteiro que seguiu-me
até aqui na praça. Com meus companheiros,
símiles de imortais, eu o enviei. Pireu
foi gentil ao me ouvir o rogo de acolhê-lo
na morada e honorá-lo até que eu retornasse."
Assim falou, e suas palavras tinham asas
para a mãe. Depurou-se então, vestiu as roupas
sem nódoa, prometeu a todos os olímpicos
perfeitas hecatombes caso Zeus levasse
a termo ações reparadoras da vindita.

ἔγχος ἔχων· ἅμα τῷ γε δύω κύνες ἀργοὶ ἕποντο.
θεσπεσίην δ' ἄρα τῷ γε χάριν κατέχευεν Ἀθήνη·
τὸν δ' ἄρα πάντες λαοὶ ἐπερχόμενον θηεῦντο.
ἀμφὶ δέ μιν μνηστῆρες ἀγήνορες ἠγερέθοντο   65
ἐσθλ' ἀγορεύοντες, κακὰ δὲ φρεσὶ βυσσοδόμευον.
αὐτὰρ ὁ τῶν μὲν ἔπειτα ἀλεύατο πουλὺν ὅμιλον,
ἀλλ' ἵνα Μέντωρ ἧστο καὶ Ἄντιφος ἠδ' Ἁλιθέρσης,
οἵ τε οἱ ἐξ ἀρχῆς πατρώϊοι ἦσαν ἑταῖροι,
ἔνθα καθέζετ' ἰών· τοὶ δ' ἐξερέεινον ἕκαστα.   70
τοῖσι δὲ Πείραιος δουρικλυτὸς ἐγγύθεν ἦλθεν
ξεῖνον ἄγων ἀγορήνδε διὰ πτόλιν· οὐδ' ἄρ' ἔτι δὴν
Τηλέμαχος ξείνοιο ἑκὰς τράπετ', ἀλλὰ παρέστη.
τὸν καὶ Πείραιος πρότερος πρὸς μῦθον ἔειπε·
"Τηλέμαχ', αἶψ' ὄτρυνον ἐμὸν ποτὶ δῶμα γυναῖκας,   75
ὥς τοι δῶρ' ἀποπέμψω, ἅ τοι Μενέλαος ἔδωκε."
τὸν δ' αὖ Τηλέμαχος πεπνυμένος ἀντίον ηὔδα·
"Πείραι', οὐ γάρ τ' ἴδμεν ὅπως ἔσται τάδε ἔργα.
εἴ κεν ἐμὲ μνηστῆρες ἀγήνορες ἐν μεγάροισι
λάθρῃ κτείναντες πατρώϊα πάντα δάσωνται,   80
αὐτὸν ἔχοντά σε βούλομ' ἐπαυρέμεν, ἤ τινα τῶνδε·
εἰ δέ κ' ἐγὼ τούτοισι φόνον καὶ κῆρα φυτεύσω,
δὴ τότε μοι χαίροντι φέρειν πρὸς δώματα χαίρων."
ὣς εἰπὼν ξεῖνον ταλαπείριον ἦγεν ἐς οἶκον.
αὐτὰρ ἐπεί ῥ' ἵκοντο δόμους εὖ ναιετάοντας,   85
χλαίνας μὲν κατέθεντο κατὰ κλισμούς τε θρόνους τε,
ἐς δ' ἀσαμίνθους βάντες ἐϋξέστας λούσαντο.
τοὺς δ' ἐπεὶ οὖν δμῳαὶ λοῦσαν καὶ χρῖσαν ἐλαίῳ,
ἀμφὶ δ' ἄρα χλαίνας οὔλας βάλον ἠδὲ χιτῶνας,
ἔκ ῥ' ἀσαμίνθων βάντες ἐπὶ κλισμοῖσι καθῖζον.   90
χέρνιβα δ' ἀμφίπολος προχόῳ ἐπέχευε φέρουσα
καλῇ χρυσείῃ, ὑπὲρ ἀργυρέοιο λέβητος,
νίψασθαι· παρὰ δὲ ξεστὴν ἐτάνυσσε τράπεζαν.
σῖτον δ' αἰδοίη ταμίη παρέθηκε φέρουσα,
εἴδατα πόλλ' ἐπιθεῖσα, χαριζομένη παρεόντων.   95
μήτηρ δ' ἀντίον ἷζε παρὰ σταθμὸν μεγάροιο

Então Telêmaco atravessa a sala e deixa
o paço, lança em punho. Seguem-no velozes
cães. Palas infundiu-lhe graça diva, e à gente
embevecia o seu avanço. Os pretendentes, 65
gentis na parolagem, acorriam, altivos,
fundo-entramando ruína. Evita a turba inúmera,
indo sentar-se ao lado de Mentor, Antifo
e Haliterses, amigos de seu pai de infância.
Queriam se informar de tudo. Aproximou-se 70
Pireu, lanceiro exímio, conduzindo o hóspede
à praça. Dele o jovem não ficou distante
por muito tempo; logo se avizinha. Volta-se
para Telêmaco Pireu, apalavrando:
"Não deixes de enviar à minha casa ancilas 75
para o transporte do que Menelau te deu."
E o moço judicioso então lhe respondeu:
"O que há de vir, Pireu, é incerto. Se, no paço,
os pretendentes arrogantes, à socapa,
me assassinarem, dividindo os bens paternos, 80
prefiro que, aos demais, te agradem os presentes;
se neles eu implante a Quere morticida,
então, alegre, os leve à casa de um alegre!"
Concluindo, conduziu o forasteiro ao paço.
No interno da mansão bem erigida, deitam 85
os mantos sobre tronos e poltronas, entram
em rútilas banheiras. Fâmulas os lavam,
os untam de óleo, arrojam sobre os ombros túnica
e o manto leve. Acomodaram-se nas sédias,
quando deixaram as banheiras. Uma serva 90
verte do áureo gomil, que encima uma bacia
prateada, água, onde a dupla lava as mãos.
Aproximou dos dois a távola polida.
A prestimosa despenseira traz-lhes pão,
profusas vitualhas, grata em seu serviço. 95
Penélope sentou-se à frente, numa sédia

κλισμῷ κεκλιμένη, λέπτ' ἠλάκατα στρωφῶσα.
οἱ δ' ἐπ' ὀνείαθ' ἑτοῖμα προκείμενα χεῖρας ἴαλλον,
αὐτὰρ ἐπεὶ πόσιος καὶ ἐδητύος ἐξ ἔρον ἕντο,
τοῖσι δὲ μύθων ἦρχε περίφρων Πηνελόπεια· 100
"Τηλέμαχ', ἦ τοι ἐγὼν ὑπερῷον εἰσαναβᾶσα
λέξομαι εἰς εὐνήν, ἥ μοι στονόεσσα τέτυκται,
αἰεὶ δάκρυσ' ἐμοῖσι πεφυρμένη, ἐξ οὗ Ὀδυσσεὺς
ᾤχεθ' ἅμ' Ἀτρεΐδῃσιν ἐς Ἴλιον· οὐδέ μοι ἔτλης,
πρὶν ἐλθεῖν μνηστῆρας ἀγήνορας ἐς τόδε δῶμα, 105
νόστον σοῦ πατρὸς σάφα εἰπέμεν, εἴ που ἄκουσας."
τὴν δ' αὖ Τηλέμαχος πεπνυμένος ἀντίον ηὔδα·
"τοιγὰρ ἐγώ τοι, μῆτερ, ἀληθείην καταλέξω.
ᾠχόμεθ' ἔς τε Πύλον καὶ Νέστορα, ποιμένα λαῶν·
δεξάμενος δέ με κεῖνος ἐν ὑψηλοῖσι δόμοισιν 110
ἐνδυκέως ἐφίλει, ὡς εἴ τε πατὴρ ἑὸν υἱὸν
ἐλθόντα χρόνιον νέον ἄλλοθεν· ὣς ἐμὲ κεῖνος
ἐνδυκέως ἐκόμιζε σὺν υἱάσι κυδαλίμοισιν.
αὐτὰρ Ὀδυσσῆος ταλασίφρονος οὔ ποτ' ἔφασκεν,
ζωοῦ οὐδὲ θανόντος, ἐπιχθονίων τευ ἀκοῦσαι· 115
ἀλλά μ' ἐς Ἀτρεΐδην, δουρικλειτὸν Μενέλαον,
ἵπποισι προὔπεμψε καὶ ἅρμασι κολλητοῖσιν.
ἔνθ' ἴδον Ἀργείην Ἑλένην, ἧς εἵνεκα πολλὰ
Ἀργεῖοι Τρῶές τε θεῶν ἰότητι μόγησαν.
εἴρετο δ' αὐτίκ' ἔπειτα βοὴν ἀγαθὸς Μενέλαος 120
ὅττευ χρηΐζων ἱκόμην Λακεδαίμονα δῖαν·
αὐτὰρ ἐγὼ τῷ πᾶσαν ἀληθείην κατέλεξα·
καὶ τότε δή με ἔπεσσιν ἀμειβόμενος προσέειπεν·
'ὢ πόποι, ἦ μάλα δὴ κρατερόφρονος ἀνδρὸς ἐν εὐνῇ
ἤθελον εὐνηθῆναι, ἀνάλκιδες αὐτοὶ ἐόντες. 125
ὡς δ' ὁπότ' ἐν ξυλόχῳ ἔλαφος κρατεροῖο λέοντος
νεβροὺς κοιμήσασα νεηγενέας γαλαθηνοὺς
κνημοὺς ἐξερέῃσι καὶ ἄγκεα ποιήεντα
βοσκομένη, ὁ δ' ἔπειτα ἑὴν εἰσήλυθεν εὐνήν,
ἀμφοτέροισι δὲ τοῖσιν ἀεικέα πότμον ἐφῆκεν, 130
ὣς Ὀδυσεὺς κείνοισιν ἀεικέα πότμον ἐφήσει.

escorada à pilastra do recinto enorme.
Fiava estames finos. Pronta a vitualha,
as mãos aproximaram. Saciada a fome
e a sede, então a rainha sábia pronunciou-se: 100
"Intenciono, Telêmaco, entregar-me ao leito
acima, testemunho do meu sofrimento,
onde pranteio desde que teu pai içou
âncora com argivos rumo a Troia. Não
dirás, antes que os procos tomem o recinto, 105
se trazes novidade do retorno dele?"
O ar da prudência o filho inspira ao responder-lhe:
"Restrinjo-me à verdade em meu relato. Fomos
a Pilo, até o alcácer de Nestor, pastor
de povos. No solar de cumeeira alta, 110
foi generoso ao receber-me, como a um filho,
há muito ausente, o pai abraça. Assim, magnânimo,
ao lado de sua prole ilustre, abriu-me as portas.
Não soube me informar se o herói multiprovado
estava vivo ou morto, mas facilitou-me 115
a visita ao atrida Menelau, herói
flechicerteiro, fornecendo carro e equino.
Lá vislumbrei Helena argiva, por quem tantos
aqueus e troicos padeceram, por desígnio
divino. Menelau, brado estentóreo, então 120
me demandou por que viajara a Esparta ilustre,
e, fiel ao que é veraz, abri meu coração.
Ato contínuo, respondeu-me enfático: 'Oh!
Querem deitar no leito de um herói intrépido
uns tipos que não passam de velhacos? Tal 125
e qual quando uma corça aloja no covil
de um leão agigantado as crias recém-natas
e busca vales verdejantes onde pasça,
e ele aniquila horrivelmente quando volta
a seu refúgio a mãe e os pequeninos, eis 130
como Odisseu, à bruta, os matará. Zeus pai,

αἲ γάρ, Ζεῦ τε πάτερ καὶ Ἀθηναίη καὶ Ἄπολλον,
τοῖος ἐὼν οἷός ποτ' ἐϋκτιμένῃ ἐνὶ Λέσβῳ
ἐξ ἔριδος Φιλομηλεΐδῃ ἐπάλαισεν ἀναστάς,
κὰδ δ' ἔβαλε κρατερῶς, κεχάροντο δὲ πάντες Ἀχαιοί, 135
τοῖος ἐὼν μνηστῆρσιν ὁμιλήσειεν Ὀδυσσεύς·
πάντες κ' ὠκύμοροί τε γενοίατο πικρόγαμοί τε.
ταῦτα δ' ἅ μ' εἰρωτᾷς καὶ λίσσεαι, οὐκ ἂν ἐγώ γε
ἄλλα παρὲξ εἴποιμι παρακλιδὸν οὐδ' ἀπατήσω,
ἀλλὰ τὰ μέν μοι ἔειπε γέρων ἅλιος νημερτής, 140
τῶν οὐδέν τοι ἐγὼ κρύψω ἔπος οὐδ' ἐπικεύσω.
φῆ μιν ὅ γ' ἐν νήσῳ ἰδέειν κρατέρ' ἄλγε' ἔχοντα,
νύμφης ἐν μεγάροισι Καλυψοῦς, ἥ μιν ἀνάγκῃ
ἴσχει· ὁ δ' οὐ δύναται ἣν πατρίδα γαῖαν ἱκέσθαι.
οὐ γάρ οἱ πάρα νῆες ἐπήρετμοι καὶ ἑταῖροι, 145
οἵ κέν μιν πέμποιεν ἐπ' εὐρέα νῶτα θαλάσσης.'
ὣς ἔφατ' Ἀτρεΐδης, δουρικλειτὸς Μενέλαος.
ταῦτα τελευτήσας νεόμην· ἔδοσαν δέ μοι οὖρον
ἀθάνατοι, τοί μ' ὦκα φίλην ἐς πατρίδ' ἔπεμψαν."
ὣς φάτο, τῇ δ' ἄρα θυμὸν ἐνὶ στήθεσσιν ὄρινε. 150
τοῖσι δὲ καὶ μετέειπε Θεοκλύμενος θεοειδής·
"ὦ γύναι αἰδοίη Λαερτιάδεω Ὀδυσῆος,
ἦ τοι ὅ γ' οὐ σάφα οἶδεν, ἐμεῖο δὲ σύνθεο μῦθον·
ἀτρεκέως γάρ σοι μαντεύσομαι οὐδ' ἐπικεύσω·
ἴστω νῦν Ζεὺς πρῶτα θεῶν, ξενίη τε τράπεζα 155
ἱστίη τ' Ὀδυσῆος ἀμύμονος, ἣν ἀφικάνω,
ὡς ἦ τοι Ὀδυσεὺς ἤδη ἐν πατρίδι γαίῃ,
ἥμενος ἢ ἕρπων, τάδε πευθόμενος κακὰ ἔργα,
ἔστιν, ἀτὰρ μνηστῆρσι κακὸν πάντεσσι φυτεύει·
τοῖον ἐγὼν οἰωνὸν ἐϋσσέλμου ἐπὶ νηὸς 160
ἥμενος ἐφρασάμην καὶ Τηλεμάχῳ ἐγεγώνευν."
τὸν δ' αὖτε προσέειπε περίφρων Πηνελόπεια·
"αἲ γὰρ τοῦτο, ξεῖνε, ἔπος τετελεσμένον εἴη·
τῷ κε τάχα γνοίης φιλότητά τε πολλά τε δῶρα
ἐξ ἐμεῦ, ὡς ἄν τίς σε συναντόμενος μακαρίζοι." 165
ὣς οἱ μὲν τοιαῦτα πρὸς ἀλλήλους ἀγόρευον,

Atena, Apolo queiram que ele seja como
quando enfrentou o gigantesco Filomélide
na Lesbos bem-construída: o derrubou feroz
no solo, para gáudio dos aqueus; irrompa 135
assim o herói itácio entre os pretendentes!
Todos teriam moira amarga e núpcias lúgubres.
Quanto me solicitas, rogas, não respondo
com reticência nem falaciosamente.
O que me disse o fiável ancião do mar, 140
nem uma sílaba haverei de te ocultar.
Contou que o vira numa ínsula sofrer
tormentos, na morada de Calipso, ninfa
que o entesoura. Não consegue retornar
à pátria, pois carece de batel remeiro 145
e sócios que o escoltem no amplo dorso oceânico.'
Assim falou o atrida Menelau, flecheiro
exímio. Então tornei: os imortais concedem-me
o vento e ao solo itácio me guiaram rápido."
Falou. Comove o coração dentro do peito. 150
Teoclímeno toma a palavra, quase-um-nume:
"Magna consorte de Odisseu Laércio, tudo
ele não sabe claramente. Escuta o anúncio
que faço. Nada ocultarei em meu augúrio.
Primeiro entre os eternos, saiba-o Zeus, e a távola 155
anfitriã e o lar do herói a que cheguei:
Odisseu já se encontra em pleno solo itácio,
sentado ou circulando, ciente da catástrofe,
e amadurece um plano de desforra aos procos.
Soube de um pássaro o presságio, no meu posto 160
na bem lavrada nau, e esclareci Telêmaco."
E a sensata Penélope lhe diz: "Pudera
cumprir-se a profecia, forasteiro! Súbito,
granjearias amizade e muitos dons
de minha parte. E alguém diria: é um venturoso!" 165
Era esse o câmbio de palavras que entretinha-os,

μνηστῆρες δὲ πάροιθεν Ὀδυσσῆος μεγάροιο
δίσκοισιν τέρποντο καὶ αἰγανέῃσιν ἱέντες,
ἐν τυκτῷ δαπέδῳ, ὅθι περ πάρος ὕβριν ἔχοντες.
ἀλλ' ὅτε δὴ δείπνηστος ἔην καὶ ἐπήλυθε μῆλα 170
πάντοθεν ἐξ ἀγρῶν, οἱ δ' ἤγαγον οἳ τὸ πάρος περ,
καὶ τότε δή σφιν ἔειπε Μέδων· ὃς γάρ ῥα μάλιστα
ἥνδανε κηρύκων, καί σφιν παρεγίγνετο δαιτί·
"κοῦροι, ἐπεὶ δὴ πάντες ἐτέρφθητε φρέν' ἀέθλοις,
ἔρχεσθε πρὸς δώμαθ', ἵν' ἐντυνώμεθα δαῖτα· 175
οὐ μὲν γάρ τι χέρειον ἐν ὥρῃ δεῖπνον ἑλέσθαι."
ὣς ἔφαθ', οἱ δ' ἀνστάντες ἔβαν πείθοντό τε μύθῳ.
αὐτὰρ ἐπεί ῥ' ἵκοντο δόμους εὖ ναιετάοντας,
χλαίνας μὲν κατέθεντο κατὰ κλισμούς τε θρόνους τε,
οἱ δ' ἱέρευον ὄϊς μεγάλους καὶ πίονας αἶγας, 180
ἵρευον δὲ σύας σιάλους καὶ βοῦν ἀγελαίην,
δαῖτ' ἐντυνόμενοι. τοὶ δ' ἐξ ἀγροῖο πόλινδε
ὠτρύνοντ' Ὀδυσεύς τ' ἰέναι καὶ δῖος ὑφορβός.
τοῖσι δὲ μύθων ἦρχε συβώτης, ὄρχαμος ἀνδρῶν·
"ξεῖν', ἐπεὶ ἂρ δὴ ἔπειτα πόλινδ' ἰέναι μενεαίνεις 185
σήμερον, ὡς ἐπέτελλεν ἄναξ ἐμός — ἦ σ' ἂν ἐγώ γε
αὐτοῦ βουλοίμην σταθμῶν ῥυτῆρα λιπέσθαι·
ἀλλὰ τὸν αἰδέομαι καὶ δείδια, μή μοι ὀπίσσω
νεικείῃ· χαλεπαὶ δέ τ' ἀνάκτων εἰσὶν ὁμοκλαί —
ἀλλ' ἄγε νῦν ἴομεν· δὴ γὰρ μέμβλωκε μάλιστα 190
ἧμαρ, ἀτὰρ τάχα τοι ποτὶ ἕσπερα ῥίγιον ἔσται."
τὸν δ' ἀπαμειβόμενος προσέφη πολύμητις Ὀδυσσεύς·
"γιγνώσκω, φρονέω· τά γε δὴ νοέοντι κελεύεις.
ἀλλ' ἴομεν, σὺ δ' ἔπειτα διαμπερὲς ἡγεμόνευε.
δὸς δέ μοι, εἴ ποθί τοι ῥόπαλον τετμημένον ἐστίν, 195
σκηρίπτεσθ', ἐπεὶ ἦ φατ' ἀρισφαλέ' ἔμμεναι οὐδόν."
ἦ ῥα καὶ ἀμφ' ὤμοισιν ἀεικέα βάλλετο πήρην,
πυκνὰ ῥωγαλέην· ἐν δὲ στρόφος ἦεν ἀορτήρ·
Εὔμαιος δ' ἄρα οἱ σκῆπτρον θυμαρὲς ἔδωκε.
τὼ βήτην, σταθμὸν δὲ κύνες καὶ βώτορες ἄνδρες 200
ῥύατ' ὄπισθε μένοντες· ὁ δ' ἐς πόλιν ἦγεν ἄνακτα

enquanto os pretendentes, diante do palácio,
folgavam em arremessar discos e dardos,
no pavimento apropriado, presumidos
como antes. Na hora de cear, de toda parte 170
chegam as greis, diante dos amiudados
campônios. Prestigiado entre os arautos, sempre
com eles nos banquetes, proferiu Medonte:
"Moços, depois de jubilar com jogos, vinde
ao paço, a fim de prepararmos o manjar: 175
cear no instante mais propício é o que há de bom."
Anuindo, os outros se levantam. Quando chegam
ao sólido solar, depõem os mantos sobre
os tronos e as poltronas. Sacrificam grandes
aríetes e cabras pingues, sacrificam gordos 180
cevados e a vitela da manada. Ultimam
a refeição. O herói se apresta com o divo
porqueiro a deslocar-se à pólis da campina.
E Eumeu toma a palavra, líder de homens: "Hóspede,
como pretendes alcançar a cidadela 185
hoje — preferiria que permanecesses
olhando a grei, mas nutro pelo jovem máximo
respeito e temo que depois me reprovasse
(pois pesa o ralho de quem manda) —, vamos já,
pois o crepúsculo já emite seus sinais 190
e em breve o ar refresca." O herói pluriengenhoso
então responde: "Sei e entendo. Não é des-
provido de escrutínio quem ordenas. Báculo,
se o já talhaste, entrega-mo, pois que o sendeiro
é escorregadio, como me disseste, 195
e sou infirme." Finda a fala e joga aos ombros
o alforje rústico, repleto de buracos,
pendendo numa corda. Eumeu coloca em sua
mão o bastão solicitado. A dupla avia-se,
os cães resguardam os currais com os pastores. 200
Conduzia o senhor à cidadela, ícone

πτωχῷ λευγαλέῳ ἐναλίγκιον ἠδὲ γέροντι,
σκηπτόμενον· τὰ δὲ λυγρὰ περὶ χροῒ εἵματα ἕστο.
ἀλλ' ὅτε δὴ στείχοντες ὁδὸν κάτα παιπαλόεσσαν
ἄστεος ἐγγὺς ἔσαν καὶ ἐπὶ κρήνην ἀφίκοντο   205
τυκτὴν καλλίροον, ὅθεν ὑδρεύοντο πολῖται,
τὴν ποίησ' Ἴθακος καὶ Νήριτος ἠδὲ Πολύκτωρ·
ἀμφὶ δ' ἄρ' αἰγείρων ὑδατοτρεφέων ἦν ἄλσος,
πάντοσε κυκλοτερές, κατὰ δὲ ψυχρὸν ῥέεν ὕδωρ
ὑψόθεν ἐκ πέτρης· βωμὸς δ' ἐφύπερθε τέτυκτο   210
νυμφάων, ὅθι πάντες ἐπιρρέζεσκον ὁδῖται·
ἔνθα σφέας ἐκίχαν' υἱὸς Δολίοιο Μελανθεὺς
αἶγας ἄγων, αἳ πᾶσι μετέπρεπον αἰπολίοισι,
δεῖπνον μνηστήρεσσι· δύω δ' ἅμ' ἕποντο νομῆες.
τοὺς δὲ ἰδὼν νείκεσσεν ἔπος τ' ἔφατ' ἔκ τ' ὀνόμαζεν,   215
ἔκπαγλον καὶ ἀεικές· ὄρινε δὲ κῆρ Ὀδυσῆος·
"νῦν μὲν δὴ μάλα πάγχυ κακὸς κακὸν ἡγηλάζει,
ὡς αἰεὶ τὸν ὁμοῖον ἄγει θεὸς ὡς τὸν ὁμοῖν.
πῇ δὴ τόνδε μολοβρὸν ἄγεις, ἀμέγαρτε συβῶτα,
πτωχὸν ἀνιηρόν δαιτῶν ἀπολυμαντῆρα;   220
ὃς πολλῇς φλιῇσι παραστὰς θλίψεται ὤμους,
αἰτίζων ἀκόλους, οὐκ ἄορας οὐδὲ λέβητας·
τόν κ' εἴ μοι δοίης σταθμῶν ῥυτῆρα γενέσθαι
σηκοκόρον τ' ἔμεναι θαλλόν τ' ἐρίφοισι φορῆναι,
καί κεν ὀρὸν πίνων μεγάλην ἐπιγουνίδα θεῖτο.   225
ἀλλ' ἐπεὶ οὖν δὴ ἔργα κάκ' ἔμμαθεν, οὐκ ἐθελήσει
ἔργον ἐποίχεσθαι, ἀλλὰ πτώσσων κατὰ δῆμον
βούλεται αἰτίζων βόσκειν ἣν γαστέρ' ἄναλτον.
ἀλλ' ἔκ τοι ἐρέω, τὸ δὲ καὶ τετελεσμένον ἔσται·
αἴ κ' ἔλθῃ πρὸς δώματ' Ὀδυσσῆος θείοιο,   230
πολλά οἱ ἀμφὶ κάρη σφέλα ἀνδρῶν ἐκ παλαμάων
πλευραὶ ἀποτρίψουσι δόμον κάτα βαλλομένοιο."
ὣς φάτο, καὶ παριὼν λὰξ ἔνθορεν ἀφραδίῃσιν
ἰσχίῳ· οὐδέ μιν ἐκτὸς ἀταρπιτοῦ ἐστυφέλιξεν,
ἀλλ' ἔμεν' ἀσφαλέως· ὁ δὲ μερμήριξεν Ὀδυσσεὺς   235
ἠὲ μεταΐξας ῥοπάλῳ ἐκ θυμὸν ἕλοιτο,

gerôntico do esmolador depauperado,
apoiado no báculo, vestindo trapos.
Vencida a senda sáxea alcantilada, ganham
os arrabaldes da cidade, à beira-fonte   205
límpida, ponto de afluência citadina.
Conceberam-na Ítaco, Políctor, Nérito;
um bosque de álamos aquáticos circunda-a
e do alto do calhau escorre, gélida, a água,
e o encima o altar das ninfas; o viajor que ali   210
passasse súplice imolava. Não distante,
se encontram com Melântio, que tocava as cabras
selecionadas dos rebanhos principais
para o repasto. Dois pastores o acompanham.
Ao vê-los, pôs-se a injuriá-los, a xingá-los   215
com palavrório chulo. A ânima do herói
se irrita. "Vejam só! Um desprovido à frente
de um desprovido, prova de que os deuses juntam
seres iguais! Aonde levas o chupim,
porqueiro sem ventura, um sórdido pedinte,   220
um lambe távola? De tanto pôr os ombros
nos batentes, definha-os, rogando restos
de pão, e não bacia ou gládio. Me cedesses
para limpar curral, vigiar a rês, nutrir
cabras, sorvendo soro, engrossaria as coxas.   225
Como só quer saber de agir com sordidez,
não sonha com trabalho; curvo, em meio à gente,
prefere encher, submisso, a insaciável pança.
Mas digo só uma coisa mais, que há de cumprir-se:
caso ele se dirija ao paço de Odisseu,   230
muito escabelo, arremessado pelos moços,
rebentará seus flancos, açodado casa
afora." Assim falou e perto desferiu-lhe
um chute estólido nas ancas. Não o move.
Inabalável, Odisseu, sem decompor-se,   235
não sabe se o elimina a bastonada ou, trança-

ἢ πρὸς γῆν ἐλάσειε κάρη ἀμφουδὶς ἀείρας.
ἀλλ' ἐπετόλμησε, φρεσὶ δ' ἔσχετο· τὸν δὲ συβώτης
νείκεσ' ἐσάντα ἰδών, μέγα δ' εὔξατο χεῖρας ἀνασχών·
"νύμφαι κρηναῖαι, κοῦραι Διός, εἴ ποτ' Ὀδυσσεὺς 240
ὔμμ' ἐπὶ μηρί' ἔκηε, καλύψας πίονι δημῷ,
ἀρνῶν ἠδ' ἐρίφων, τόδε μοι κρηήνατ' ἐέλδωρ,
ὡς ἔλθοι μὲν κεῖνος ἀνήρ, ἀγάγοι δέ ἑ δαίμων·
τῷ κέ τοι ἀγλαΐας γε διασκεδάσειεν ἁπάσας,
τὰς νῦν ὑβρίζων φορέεις, ἀλαλήμενος αἰεὶ 245
ἄστυ κάτ'· αὐτὰρ μῆλα κακοὶ φθείρουσι νομῆες."
τὸν δ' αὖτε προσέειπε Μελάνθιος, αἰπόλος αἰγῶν·
"ὢ πόποι, οἷον ἔειπε κύων ὀλοφώϊα εἰδώς,
τόν ποτ' ἐγὼν ἐπὶ νηὸς ἐϋσσέλμοιο μελαίνης
ἄξω τῆλ' Ἰθάκης, ἵνα μοι βίοτον πολὺν ἄλφοι. 250
αἲ γὰρ Τηλέμαχον βάλοι ἀργυρότοξος Ἀπόλλων
σήμερον ἐν μεγάροις, ἢ ὑπὸ μνηστῆρσι δαμείη,
ὡς Ὀδυσῆΐ γε τηλοῦ ἀπώλετο νόστιμον ἦμαρ."
ὣς εἰπὼν τοὺς μὲν λίπεν αὐτοῦ ἦκα κιόντας,
αὐτὰρ ὁ βῆ, μάλα δ' ὦκα δόμους ἵκανεν ἄνακτος. 255
αὐτίκα δ' εἴσω ἴεν, μετὰ δὲ μνηστῆρσι καθῖζεν,
ἀντίον Εὐρυμάχου· τὸν γὰρ φιλέεσκε μάλιστα.
τῷ πάρα μὲν κρειῶν μοῖραν θέσαν οἳ πονέοντο,
σῖτον δ' αἰδοίη ταμίη παρέθηκε φέρουσα
ἔδμεναι. ἀγχίμολον δ' Ὀδυσεὺς καὶ δῖος ὑφορβὸς 260
στήτην ἐρχομένω, περὶ δέ σφεας ἤλυθ' ἰωὴ
φόρμιγγος γλαφυρῆς· ἀνὰ γάρ σφισι βάλλετ' ἀείδειν
Φήμιος· αὐτὰρ ὁ χειρὸς ἑλὼν προσέειπε συβώτην·
"Εὔμαι', ἦ μάλα δὴ τάδε δώματα κάλ' Ὀδυσῆος,
ῥεῖα δ' ἀρίγνωτ' ἐστὶ καὶ ἐν πολλοῖσιν ἰδέσθαι. 265
ἐξ ἑτέρων ἕτερ' ἐστίν, ἐπήσκηται δέ οἱ αὐλὴ
τοίχῳ καὶ θριγκοῖσι, θύραι δ' εὐερκέες εἰσὶ
δικλίδες· οὔκ ἄν τίς μιν ἀνὴρ ὑπεροπλίσσαιτο.
γιγνώσκω δ' ὅτι πολλοὶ ἐν αὐτῷ δαῖτα τίθενται
ἄνδρες, ἐπεὶ κνίση μὲν ἀνήνοθεν, ἐν δέ τε φόρμιγξ 270
ἠπύει, ἣν ἄρα δαιτὶ θεοὶ ποίησαν ἑταίρην."

pé bem dado, esfacela sua cabeça ao chão.
Prefere se conter. Fixando-o, o porcariço
censura-o, ergue as mãos e então suplica aos brados:
"Ninfas da fonte, filhas do Cronida, se houve 240
um dia em que Odisseu queimou as coxas pingues
de ovelha e cabra, envoltas em gordura, ouvi-me:
possa o senhor voltar, que um *dâimon* o conduza!
Reduziria a nada toda essa bazófia
que ostentas com tua húbris, vagueando sempre 245
na urbe, enquanto maus pastores matam greis."
Melântio rebateu, pastor de cabra: "O quê?
Será que ouvi direito, cachorrão funesto?
Um dia hei de levá-lo para longe em nave
negra bicôncova, para ganhar uns cobres. 250
Que na jornada de hoje, Apolo, arco argênteo,
mate no paço o príncipe, por mão de um proco,
como a Odisseu o dia da volta se esvaiu."
Falou e de ambos se distanciou, mais lentos.
Ato contínuo, chega no solar e súbito 255
se assenta ao lado de outros procos, bem na frente
de Eurímaco, dileto amigo. Os servidores
colocam nacos de vianda à sua frente,
e a venerável despenseira lhe reparte
o pão. Perto da casa o herói e Eumeu despontam. 260
O som da cava cítara os alcança fora;
Fêmio cantava à turba. O herói segura a mão
do porcariço e diz: "Eumeu, discirno a bela
morada de Odisseu, reconhecível mesmo
no meio de outras muitas, vislumbrada apenas. 265
Há uma cadeia de recintos, com um pátio
murado e ameias. Pórticos possuem sólidos
batentes: homem não existe que os derrua.
Posso descortinar que muitos participam
de um banquete, a fumaça adeja, ecoa a cítara, 270
amiga do festim que o deus concede ao homem."

τὸν δ' ἀπαμειβόμενος προσέφης, Εὔμαιε συβῶτα·
"ῥεῖ' ἔγνως, ἐπεὶ οὐδὲ τά τ' ἄλλα πέρ ἐσσ' ἀνοήμων.
ἀλλ' ἄγε δὴ φραζώμεθ' ὅπως ἔσται τάδε ἔργα.
ἠὲ σὺ πρῶτος ἔσελθε δόμους εὖ ναιετάοντας,   275
δύσεο δὲ μνηστῆρας, ἐγὼ δ' ὑπολείψομαι αὐτοῦ·
εἰ δ' ἐθέλεις, ἐπίμεινον, ἐγὼ δ' εἶμι προπάροιθε·
μηδὲ σὺ δηθύνειν, μή τίς σ' ἔκτοσθε νοήσας
ἢ βάλῃ ἢ ἐλάσῃ· τὰ δέ σε φράζεσθαι ἄνωγα."
τὸν δ' ἠμείβετ' ἔπειτα πολύτλας δῖος Ὀδυσσεύς·   280
"γινώσκω, φρονέω· τά γε δὴ νοέοντι κελεύεις.
ἀλλ' ἔρχευ προπάροιθεν, ἐγὼ δ' ὑπολείψομαι αὐτοῦ.
οὐ γάρ τι πληγέων ἀδαήμων οὐδὲ βολάων·
τολμήεις μοι θυμός, ἐπεὶ κακὰ πολλὰ πέπονθα
κύμασι καὶ πολέμῳ· μετὰ καὶ τόδε τοῖσι γενέσθω·   285
γαστέρα δ' οὔ πως ἔστιν ἀποκρύψαι μεμαυῖαν,
οὐλομένην, ἣ πολλὰ κάκ' ἀνθρώποισι δίδωσι,
τῆς ἕνεκεν καὶ νῆες ἐΰζυγοι ὁπλίζονται
πόντον ἐπ' ἀτρύγετον, κακὰ δυσμενέεσσι φέρουσαι."
ὣς οἱ μὲν τοιαῦτα πρὸς ἀλλήλους ἀγόρευον·   290
ἂν δὲ κύων κεφαλήν τε καὶ οὔατα κείμενος ἔσχεν,
Ἄργος, Ὀδυσσῆος ταλασίφρονος, ὅν ῥά ποτ' αὐτὸς
θρέψε μέν, οὐδ' ἀπόνητο, πάρος δ' εἰς Ἴλιον ἱρὴν
ᾤχετο. τὸν δὲ πάροιθεν ἀγίνεσκον νέοι ἄνδρες
αἶγας ἐπ' ἀγροτέρας ἠδὲ πρόκας ἠδὲ λαγωούς·   295
δὴ τότε κεῖτ' ἀπόθεστος ἀποιχομένοιο ἄνακτος,
ἐν πολλῇ κόπρῳ, ἥ οἱ προπάροιθε θυράων
ἡμιόνων τε βοῶν τε ἅλις κέχυτ', ὄφρ' ἂν ἄγοιεν
δμῶες Ὀδυσσῆος τέμενος μέγα κοπρήσοντες·
ἔνθα κύων κεῖτ' Ἄργος, ἐνίπλειος κυνοραιστέων.   300
δὴ τότε γ', ὡς ἐνόησεν Ὀδυσσέα ἐγγὺς ἐόντα,
οὐρῇ μέν ῥ' ὅ γ' ἔσηνε καὶ οὔατα κάββαλεν ἄμφω,
ἆσσον δ' οὐκέτ' ἔπειτα δυνήσατο οἷο ἄνακτος
ἐλθέμεν· αὐτὰρ ὁ νόσφιν ἰδὼν ἀπομόρξατο δάκρυ,
ῥεῖα λαθὼν Εὔμαιον, ἄφαρ δ' ἐρεείνετο μύθῳ·   305
"Εὔμαι', ἦ μάλα θαῦμα, κύων ὅδε κεῖτ' ἐνὶ κόπρῳ.

E assim lhe respondeste, Eumeu: "Captaste rápido,
também nessa seara mostras perspicácia.
Pensemos na melhor maneira de intervir:
entras primeiro no palácio bem lavrado, 275
junto aos cortejadores, me deixando aqui?
Preferes esperar enquanto passo à sala?
O tempo urge! Queira não te vejam fora
e te expulsem ou surrem! Peço que reflitas."
E o multipadecido herói assim falou: 280
"Compreendo e sei. Não falas com desprevenido.
Entra, que espero eu. Meu corpo está curtido
por vergastada e tiro. O coração, o tenho
paciente, após sofrer inúmeros reveses
em ondas e batalhas. Outros vêm somar. 285
Não se pode ocultar o ventre e seus reclamos,
ventre funesto, que aos mortais só causa dor.
Navios de traves sólidas, por causa dele,
se armam e aterrorizam no oceano infértil."
Era essa a arenga que a ambos entretinha. Um cão, 290
que por ali deitava ergue a cabeça e orelhas,
Argos, o cão que o herói intrépido criara,
sem com ele folgar, pois que antes navegara
a Troia sacra. Os jovens por um tempo o levam
à caça ao gamo, à lebre, atrás da cabra arisca; 295
o dono ausente, o cão jazia deslembrado
sobre o estrume de boi e mulo amontoado
na frente de uma porta até que os serviçais
cuidassem de levar o adubo à leiva imensa.
Argos, o cão, jazia em cima, carrapatos 300
laceram sua pele. Quando vê o herói,
agita a cauda, dobra as duas orelhas, não
consegue avizinhar-se do senhor, que fixa
a vista longe a fim de que o porqueiro não
notasse a lágrima caída. Então lhe diz: 305
"Que belo cão, Eumeu, deitado sobre o estrume!

καλὸς μὲν δέμας ἐστίν, ἀτὰρ τόδε γ' οὐ σάφα οἶδα,
εἰ δὴ καὶ ταχὺς ἔσκε θέειν ἐπὶ εἴδεϊ τῷδε,
ἦ αὕτως οἷοί τε τραπεζῆες κύνες ἀνδρῶν
γίγνοντ'· ἀγλαΐης δ' ἕνεκεν κομέουσιν ἄνακτες." 310
τὸν δ' ἀπαμειβόμενος προσέφης, Εὔμαιε συβῶτα·
"καὶ λίην ἀνδρός γε κύων ὅδε τῆλε θανόντος.
εἰ τοιόσδ' εἴη ἠμὲν δέμας ἠδὲ καὶ ἔργα,
οἷόν μιν Τροίηνδε κιὼν κατέλειπεν Ὀδυσσεύς,
αἶψά κε θηήσαιο ἰδὼν ταχυτῆτα καὶ ἀλκήν. 315
οὐ μὲν γάρ τι φύγεσκε βαθείης βένθεσιν ὕλης
κνώδαλον, ὅττι δίοιτο· καὶ ἴχνεσι γὰρ περιῄδη·
νῦν δ' ἔχεται κακότητι, ἄναξ δέ οἱ ἄλλοθι πάτρης
ὤλετο, τὸν δὲ γυναῖκες ἀκηδέες οὐ κομέουσι.
δμῶες δ', εὖτ' ἂν μηκέτ' ἐπικρατέωσιν ἄνακτες, 320
οὐκέτ' ἔπειτ' ἐθέλουσιν ἐναίσιμα ἐργάζεσθαι·
ἥμισυ γάρ τ' ἀρετῆς ἀποαίνυται εὐρύοπα Ζεὺς
ἀνέρος, εὖτ' ἄν μιν κατὰ δούλιον ἦμαρ ἕλῃσιν."
ὣς εἰπὼν εἰσῆλθε δόμους εὖ ναιετάοντας,
βῆ δ' ἰθὺς μεγάροιο μετὰ μνηστῆρας ἀγαυούς. 325
Ἄργον δ' αὖ κατὰ μοῖρ' ἔλαβεν μέλανος θανάτοιο,
αὐτίκ' ἰδόντ' Ὀδυσῆα ἐεικοστῷ ἐνιαυτῷ.
τὸν δὲ πολὺ πρῶτος ἴδε Τηλέμαχος θεοειδὴς
ἐρχόμενον κατὰ δῶμα συβώτην, ὦκα δ' ἔπειτα
νεῦσ' ἐπὶ οἷ καλέσας· ὁ δὲ παπτήνας ἕλε δίφρον 330
κείμενον, ἔνθα τε δαιτρὸς ἐφίζεσκε κρέα πολλὰ
δαιόμενος μνηστῆρσι δόμον κάτα δαινυμένοισι·
τὸν κατέθηκε φέρων πρὸς Τηλεμάχοιο τράπεζαν
ἀντίον, ἔνθα δ' ἄρ' αὐτὸς ἐφέζετο· τῷ δ' ἄρα κῆρυξ
μοῖραν ἑλὼν ἐτίθει κανέου τ' ἐκ σῖτον ἀείρας. 335
ἀγχίμολον δὲ μετ' αὐτὸν ἐδύσετο δώματ' Ὀδυσσεύς,
πτωχῷ λευγαλέῳ ἐναλίγκιος ἠδὲ γέροντι,
σκηπτόμενος· τὰ δὲ λυγρὰ περὶ χροΐ εἵματα ἕστο.
ἷζε δ' ἐπὶ μελίνου οὐδοῦ ἔντοσθε θυράων,
κλινάμενος σταθμῷ κυπαρισσίνῳ, ὅν ποτε τέκτων 340
ξέσσεν ἐπισταμένως καὶ ἐπὶ στάθμην ἴθυνεν.

Porte notável, só não sei dizer se foi
veloz também, dotado de uma forma assim,
ou se era como são os cães dos comensais,
que para o desfastio os donos logo adestram."   310
E respondendo, Eumeu, então disseste: "Ah, sim,
foi o cachorro de um herói que nos confins
morreu. Se no ímpeto e no aspecto fosse como
quando Odisseu, zarpando a Ílion, o deixou,
admirarias sua robustez e flama.   315
Na selva espessa, a fera que seguisse nunca
fugia a seu farisco exímio. Agora o cão
chafurda na miséria: o herói morreu distante
daqui. Servas relapsas não se ocupam dele.
Domésticos não cumprem com os seus deveres,   320
se não escutam o comando do patrão.
Zeus tolhe do homem a metade do valor,
quando o submete a servitude." Assim concluindo,
Eumeu entrou no alcácer bem construído, à sala
enorme dirigindo-se, entre os pretendentes.   325
E Argos sucumbe à moira negra morticida,
ao ver, passados vinte anos, Odisseu.
Cruzando a sala Eumeu, primeiro o vê Telêmaco,
igual-a-um-deus, e com aceno o chama. Toma
a sédia vaga, de onde o senescal trinchava   330
copiosas carnes aos cortejadores, sempre
que eles ceavam no solar. Dispondo-a rente
à mesa, se sentou, na frente de Telêmaco.
A fatia de pão que da canastra o arauto
retira foi servida a Eumeu. Eis que surgiu   335
no alcácer Odisseu, igual a um velho pobre
que empunha um báculo, investido em panos rotos.
Sentou-se sobre o freixo da soleira, além
da porta; apoia-se no umbral de ciparisso,
que em tempos idos um artífice aplainou   340
com maestria e o aprumou com fio. Telêmaco

Τηλέμαχος δ' ἐπὶ οἷ καλέσας προσέειπε συβώτην,
ἄρτον τ' οὖλον ἑλὼν περικαλλέος ἐκ κανέοιο
καὶ κρέας, ὥς οἱ χεῖρες ἐχάνδανον ἀμφιβαλόντι·
"δὸς τῷ ξείνῳ ταῦτα φέρων αὐτόν τε κέλευε   345
αἰτίζειν μάλα πάντας ἐποιχόμενον μνηστῆρας·
αἰδὼς δ' οὐκ ἀγαθὴ κεχρημένῳ ἀνδρὶ παρεῖναι."
ὣς φάτο, βῆ δὲ συφορβός, ἐπεὶ τὸν μῦθον ἄκουσεν,
ἀγχοῦ δ' ἱστάμενος ἔπεα πτερόεντ' ἀγόρευε·
"Τηλέμαχός τοι, ξεῖνε, διδοῖ τάδε, καί σε κελεύει   350
αἰτίζειν μάλα πάντας ἐποιχόμενον μνηστῆρας·
αἰδὼ δ' οὐκ ἀγαθήν φησ' ἔμμεναι ἀνδρὶ προΐκτῃ."
τὸν δ' ἀπαμειβόμενος προσέφη πολύμητις Ὀδυσσεύς·
"Ζεῦ ἄνα, Τηλέμαχόν μοι ἐν ἀνδράσιν ὄλβιον εἶναι,
καί οἱ πάντα γένοιθ' ὅσσα φρεσὶν ᾗσι μενοινᾷ."   355
ἦ ῥα καὶ ἀμφοτέρῃσιν ἐδέξατο καὶ κατέθηκεν
αὖθι ποδῶν προπάροιθε, ἀεικελίης ἐπὶ πήρης,
ἤσθιε δ' ἧος ἀοιδὸς ἐνὶ μεγάροισιν ἄειδεν·
εὖθ' ὁ δεδειπνήκειν, ὁ δ' ἐπαύετο θεῖος ἀοιδός.
μνηστῆρες δ' ὁμάδησαν ἀνὰ μέγαρ'. αὐτὰρ Ἀθήνη,   360
ἄγχι παρισταμένη Λαερτιάδην Ὀδυσῆα
ὤτρυν', ὡς ἂν πύρνα κατὰ μνηστῆρας ἀγείροι,
γνοίη θ' οἵ τινές εἰσιν ἐναίσιμοι οἵ τ' ἀθέμιστοι·
ἀλλ' οὐδ' ὥς τιν' ἔμελλ' ἀπαλεξήσειν κακότητος.
βῆ δ' ἴμεν αἰτήσων ἐνδέξια φῶτα ἕκαστον,   365
πάντοσε χεῖρ' ὀρέγων, ὡς εἰ πτωχὸς πάλαι εἴη.
οἱ δ' ἐλεαίροντες δίδοσαν, καὶ ἐθάμβεον αὐτόν,
ἀλλήλους τ' εἴροντο τίς εἴη καὶ πόθεν ἔλθοι.
τοῖσι δὲ καὶ μετέειπε Μελάνθιος, αἰπόλος αἰγῶν·
"κέκλυτέ μευ, μνηστῆρες ἀγακλειτῆς βασιλείης,   370
τοῦδε περὶ ξείνου· ἦ γάρ μιν πρόσθεν ὄπωπα.
ἦ τοι μέν οἱ δεῦρο συβώτης ἡγεμόνευεν,
αὐτὸν δ' οὐ σάφα οἶδα, πόθεν γένος εὔχεται εἶναι."
ὣς ἔφατ', Ἀντίνοος δ' ἔπεσιν νείκεσσε συβώτην·
"ὦ ἀρίγνωτε συβῶτα, τίη δὲ σὺ τόνδε πόλινδε   375
ἤγαγες; ἦ οὐχ ἅλις ἧμιν ἀλήμονές εἰσι καὶ ἄλλοι,

fez vir o porcariço, após pegar um pão
do cesto puribelo, inteiro, e carne, o quanto
podiam abarcar as duas mãos. Ordena:
"Oferta a vitualha ao hóspede. Que esmole   345
entre os cortejadores todos. Por pudor,
não deve se conter um homem desprovido!"
Falou. Nem bem o ouviu o porcariço posta-se
a seu lado e profere alígeras palavras:
"Telêmaco te envia o de-comer e aceita   350
que esmoles entre os pretendentes todos. Se
se impõe rogar, a verecúndia é deletéria."
E o pluriastucioso herói então rebate:
"Magno Cronida, augúrio é o que desejo ao jovem;
tudo o que na ânima entesoura, tenha em dobro!" 355
Falou e com as duas mãos depõe os víveres
junto dos pés, acima de um surrado alforje,
e, ao som do aedo sala adentro, come. Para
de cantar o cantor quando ele finda a ceia.
Cortejadores ruídam no recinto, e Atena,   360
em pé ao lado de Odisseu Laércio, o instiga
a mendigar o pão dos pretendentes. Justos,
alguns, urgia conhecê-los, e os nefastos,
não que ele pretendesse clemenciar um só.
Começou a esmolar pela direita, a mão   365
a todos estendendo, qual se fora um mísero.
Alguns piedosos doavam algo, embasbacados;
quem fosse e de onde viera, outros demandavam.
Melântio proferiu então, pastor de cabras:
"Cortejadores da ínclita rainha, ouvi-me!   370
Dele direi que já o vi em companhia
do porcariço que o guiou até aqui,
e mais não sei, da estirpe que blasona ser."
Concluiu e Antínoo pôs-se a inquirir Eumeu:
"Vossa excelência, porcariço, o conduziste   375
com qual intuito à cidadela? Pois sobejam

πτωχοὶ ἀνιηροί, δαιτῶν ἀπολυμαντῆρες;
ἦ ὄνοσαι ὅτι τοι βίοτον κατέδουσιν ἄνακτος
ἐνθάδ' ἀγειρόμενοι, σὺ δὲ καὶ προτὶ τόνδ' ἐκάλεσσας;"
τὸν δ' ἀπαμειβόμενος προσέφης, Εὔμαιε συβῶτα· 380
"Ἀντίνο', οὐ μὲν καλὰ καὶ ἐσθλὸς ἐὼν ἀγορεύεις·
τίς γὰρ δὴ ξεῖνον καλεῖ ἄλλοθεν αὐτὸς ἐπελθὼν
ἄλλον γ', εἰ μὴ τῶν οἳ δημιοεργοὶ ἔασι,
μάντιν ἢ ἰητῆρα κακῶν ἢ τέκτονα δούρων,
ἢ καὶ θέσπιν ἀοιδόν, ὅ κεν τέρπῃσιν ἀείδων; 385
οὗτοι γὰρ κλητοί γε βροτῶν ἐπ' ἀπείρονα γαῖαν·
πτωχὸν δ' οὐκ ἄν τις καλέοι τρύξοντα ἓ αὐτόν.
ἀλλ' αἰεὶ χαλεπὸς περὶ πάντων εἶς μνηστήρων
δμωσὶν Ὀδυσσῆος, πέρι δ' αὖτ' ἐμοί· αὐτὰρ ἐγώ γε
οὐκ ἀλέγω, ἧός μοι ἐχέφρων Πηνελόπεια 390
ζώει ἐνὶ μεγάροις καὶ Τηλέμαχος θεοειδής."
τὸν δ' αὖ Τηλέμαχος πεπνυμένος ἀντίον ηὔδα·
"σῖγα, μή μοι τοῦτον ἀμείβεο πολλὰ ἔπεσσιν·
Ἀντίνοος δ' εἴωθε κακῶς ἐρεθιζέμεν αἰεὶ
μύθοισιν χαλεποῖσιν, ἐποτρύνει δὲ καὶ ἄλλους." 395
ἦ ῥα καὶ Ἀντίνοον ἔπεα πτερόεντα προσηύδα·
"Ἀντίνο', ἦ μευ καλὰ πατὴρ ὣς κήδεαι υἷος,
ὃς τὸν ξεῖνον ἄνωγας ἀπὸ μεγάροιο δίεσθαι
μύθῳ ἀναγκαίῳ· μὴ τοῦτο θεὸς τελέσειε.
δός οἱ ἑλών· οὔ τοι φθονέω· κέλομαι γὰρ ἐγώ γε· 400
μήτ' οὖν μητέρ' ἐμὴν ἅζευ τό γε μήτε τιν' ἄλλον
δμώων, οἳ κατὰ δώματ' Ὀδυσσῆος θείοιο.
ἀλλ' οὔ τοι τοιοῦτον ἐνὶ στήθεσσι νόημα·
αὐτὸς γὰρ φαγέμεν πολὺ βούλεαι ἢ δόμεν ἄλλῳ."
τὸν δ' αὖτ' Ἀντίνοος ἀπαμειβόμενος προσέειπε· 405
"Τηλέμαχ' ὑψαγόρη, μένος ἄσχετε, ποῖον ἔειπες.
εἴ οἱ τόσσον ἅπαντες ὀρέξειαν μνηστῆρες,
καί κέν μιν τρεῖς μῆνας ἀπόπροθεν οἶκος ἐρύκοι."
ὣς ἄρ' ἔφη, καὶ θρῆνυν ἑλὼν ὑπέφηνε τραπέζης
κείμενον, ᾧ ῥ' ἔπεχεν λιπαροὺς πόδας εἰλαπινάζων· 410
οἱ δ' ἄλλοι πάντες δίδοσαν, πλῆσαν δ' ἄρα πήρην

pobres molestadores, nódoas do festim!
Ou não aprovas quem aqui consome os bens
do herói, e, para tanto, o escalas?" Respondendo,
Eumeu, porqueiro, então disseste: "Embora nobre, 380
teu palavrório é parco de beleza, Antínoo.
Quem chamaria um estrangeiro de outras plagas,
não fora um demiurgo, um carpinteiro, um médico,
vidente, construtor, quem sabe aedo eterno
cuja canção apraz? Pessoas desse tipo 385
são sempre convocadas sobre a terra infinda.
Quem chamaria o desvalido que o arruína?
És o mais implacável com os serviçais
do herói, comigo sobretudo. Pouco se
me dá, contudo, enquanto no palácio vivam 390
Penélope sensata e, igual a um deus, seu filho."
Telêmaco, inspirando sensatez, falou:
"Já basta, Eumeu! Evita argumentar assim:
Antínoo usa de palavras duras sempre,
é um tipo irritadiço, um bom provocador." 395
E a Antínoo pronunciou alígeras palavras:
"Cuidas de mim como se eu fosse um filho teu,
ao ordenar a expulsão do pobre, em tom
constrangedor. Que o nume não o cumpra! Oferta
também a esmola, que eu não te censuro; rogo-o. 400
Não te refreies por Penélope, tampouco
por um dos serviçais da casa de Odisseu,
e não alojes no teu peito esta sentença:
a dar a um outro, preferi comer em dobro."
Antínoo rebateu: "O que disseste, jovem, 405
desenfreado polemista? Caso todos
os procos dessem o que almejo dar, o paço
o manteria longe ao longo de um trimestre."
Falou. Brandiu um escabelo sobre o qual
os convivas pousavam sob a mesa os pés. 410
Todos os outros fazem doações, enchendo

σίτου καὶ κρειῶν· τάχα δὴ καὶ ἔμελλεν Ὀδυσσεὺς
αὖτις ἐπ' οὐδὸν ἰὼν προικὸς γεύσεσθαι Ἀχαιῶν·
στῆ δὲ παρ' Ἀντίνοον, καί μιν πρὸς μῦθον ἔειπε·
"δός, φίλος· οὐ μέν μοι δοκέεις ὁ κάκιστος Ἀχαιῶν 415
ἔμμεναι, ἀλλ' ὤριστος, ἐπεὶ βασιλῆϊ ἔοικας.
τῷ σε χρὴ δόμεναι καὶ λώϊον ἠέ περ ἄλλοι
σίτου· ἐγὼ δέ κέ σε κλείω κατ' ἀπείρονα γαῖαν.
καὶ γὰρ ἐγώ ποτε οἶκον ἐν ἀνθρώποισιν ἔναιον
ὄλβιος ἀφνειὸν καὶ πολλάκι δόσκον ἀλήτῃ, 420
τοίῳ ὁποῖος ἔοι καὶ ὅτευ κεχρημένος ἔλθοι·
ἦσαν δὲ δμῶες μάλα μυρίοι ἄλλα τε πολλὰ
οἷσίν τ' εὖ ζώουσι καὶ ἀφνειοὶ καλέονται.
ἀλλὰ Ζεὺς ἀλάπαξε Κρονίων — ἤθελε γάρ που —
ὅς μ' ἅμα ληϊστῆρσι πολυπλάγκτοισιν ἀνῆκεν 425
Αἴγυπτόνδ' ἰέναι, δολιχὴν ὁδόν, ὄφρ' ἀπολοίμην.
στῆσα δ' ἐν Αἰγύπτῳ ποταμῷ νέας ἀμφιελίσσας.
ἔνθ' ἦ τοι μὲν ἐγὼ κελόμην ἐρίηρας ἑταίρους
αὐτοῦ πὰρ νήεσσι μένειν καὶ νῆας ἔρυσθαι,
ὀπτῆρας δὲ κατὰ σκοπιὰς ὤτρυνα νέεσθαι. 430
οἱ δ' ὕβρει εἴξαντες, ἐπισπόμενοι μένεϊ σφῷ,
αἶψα μάλ' Αἰγυπτίων ἀνδρῶν περικαλλέας ἀγροὺς
πόρθεον, ἐκ δὲ γυναῖκας ἄγον καὶ νήπια τέκνα,
αὐτούς τ' ἔκτεινον· τάχα δ' ἐς πόλιν ἵκετ' ἀϋτή.
οἱ δὲ βοῆς ἀΐοντες ἅμ' ἠοῖ φαινομένηφιν 435
ἦλθον· πλῆτο δὲ πᾶν πεδίον πεζῶν τε καὶ ἵππων
χαλκοῦ τε στεροπῆς· ἐν δὲ Ζεὺς τερπικέραυνος
φύζαν ἐμοῖς ἑτάροισι κακὴν βάλεν, οὐδέ τις ἔτλη
στῆναι ἐναντίβιον· περὶ γὰρ κακὰ πάντοθεν ἔστη.
ἔνθ' ἡμέων πολλοὺς μὲν ἀπέκτανον ὀξέϊ χαλκῷ, 440
τοὺς δ' ἄναγον ζωούς, σφίσιν ἐργάζεσθαι ἀνάγκῃ.
αὐτὰρ ἔμ' ἐς Κύπρον ξείνῳ δόσαν ἀντιάσαντι,
Δμήτορι Ἰασίδῃ, ὃς Κύπρου ἶφι ἄνασσεν·
ἔνθεν δὴ νῦν δεῦρο τόδ' ἵκω πήματα πάσχων."
τὸν δ' αὖτ' Ἀντίνοος ἀπαμείβετο φώνησέν τε· 445
"τίς δαίμων τόδε πῆμα προσήγαγε, δαιτὸς ἀνίην;

de pão e carne o alforje. Prestes a prová-los,
de volta para o umbral, o herói parou diante
de Antínoo e disse: "Caro, faze a oferenda!
Não passas a impressão de ser o aqueu mais húmil, 415
antes o inverso: tens o ar de um basileu.
Deves me dar ainda mais que os outros deram
e eu hei de enaltecer-te pela terra infinda.
Houve tempo em que, alegre, também habitei
uma mansão enorme, ao vagamundo nunca 420
negando ajuda, como fosse, como viesse.
Possuía um séquito de servos, tudo aquilo
que folga em ter alguém denominado rico.
Mas Zeus — pois que ele assim o quis — tudo destruiu.
Eu plurideambulei no Egito com errantes 425
corsários: só queria dar um fim em mim.
No rio Egito a nau bicôncava ancorou.
Instruí aos caros companheiros que em hipótese
alguma se afastassem do navio e instei
perquiridores a ficarem de atalaia, 430
mas, impelidos pela fúria, cedem à húbris;
num átimo, talaram jeiras pluribelas
de egípcios; raptam neonascidos com as mães,
trucidam homens; logo chega o alarme à urbe.
Assim que ouviram gritos na alvorada, surgem: 435
peões, corcéis apinham-se no plaino, o bronze
faísca. Jubilcoruscante, Zeus arroja
torpor nos companheiros; nem um só enfrenta
o antagonista; amplia-se o revés, tantálico.
O bronze afiado ceifa inúmeros comparsas; 440
sobreviventes viam pela frente a vida
escrava. Fui entregue a um hóspede cipriota,
filho de Iaso, Dmétor, basileu em Chipre.
Dali provim, um peregrinador de penas."
E assim Antínoo lhe responde: "Que demônio 445
nos trouxe esse estropício, praga do festim?

στῆθ' οὕτως ἐς μέσσον, ἐμῆς ἀπάνευθε τραπέζης,
μὴ τάχα πικρὴν Αἴγυπτον καὶ Κύπρον ἵκηαι·
ὥς τις θαρσαλέος καὶ ἀναιδής ἐσσι προΐκτης.
ἑξείης πάντεσσι παρίστασαι· οἱ δὲ διδοῦσι   450
μαψιδίως, ἐπεὶ οὔ τις ἐπίσχεσις οὐδ' ἐλεητὺς
ἀλλοτρίων χαρίσασθαι, ἐπεὶ πάρα πολλὰ ἑκάστῳ."
τὸν δ' ἀναχωρήσας προσέφη πολύμητις Ὀδυσσεύς·
"ὢ πόποι, οὐκ ἄρα σοί γ' ἐπὶ εἴδεϊ καὶ φρένες ἦσαν·
οὔ σύ γ' ἂν ἐξ οἴκου σῷ ἐπιστάτῃ οὐδ' ἅλα δοίης,   455
ὃς νῦν ἀλλοτρίοισι παρήμενος οὔ τί μοι ἔτλης
σίτου ἀποπροελὼν δόμεναι· τὰ δὲ πολλὰ πάρεστιν."
ὣς ἔφατ', Ἀντίνοος δ' ἐχολώσατο κηρόθι μᾶλλον,
καί μιν ὑπόδρα ἰδὼν ἔπεα πτερόεντα προσηύδα·
"νῦν δή σ' οὐκέτι καλὰ διὲκ μεγάροιό γ' ὀΐω   460
ἂψ ἀναχωρήσειν, ὅτε δὴ καὶ ὀνείδεα βάζεις."
ὣς ἄρ' ἔφη, καὶ θρῆνυν ἑλὼν βάλε δεξιὸν ὦμον,
πρυμνότατον κατὰ νῶτον· ὁ δ' ἐστάθη ἠΰτε πέτρη
ἔμπεδον, οὐδ' ἄρα μιν σφῆλεν βέλος Ἀντινόοιο,
ἀλλ' ἀκέων κίνησε κάρη, κακὰ βυσσοδομεύων.   465
ἂψ δ' ὅ γ' ἐπ' οὐδὸν ἰὼν κατ' ἄρ' ἕζετο, κὰδ δ' ἄρα πήρην
θῆκεν ἐϋπλείην, μετὰ δὲ μνηστῆρσιν ἔειπε·
"κέκλυτέ μευ, μνηστῆρες ἀγακλειτῆς βασιλείης,
ὄφρ' εἴπω τά με θυμὸς ἐνὶ στήθεσσι κελεύει.
οὐ μὰν οὔτ' ἄχος ἐστὶ μετὰ φρεσὶν οὔτε τι πένθος, 470
ὁππότ' ἀνὴρ περὶ οἷσι μαχειόμενος κτεάτεσσι
βλήεται, ἢ περὶ βουσὶν ἢ ἀργεννῇς ὀΐεσσιν·
αὐτὰρ ἔμ' Ἀντίνοος βάλε γαστέρος εἵνεκα λυγρῆς,
οὐλομένης, ἣ πολλὰ κάκ' ἀνθρώποισι δίδωσιν.
ἀλλ' εἴ που πτωχῶν γε θεοὶ καὶ Ἐρινύες εἰσίν,   475
Ἀντίνοον πρὸ γάμοιο τέλος θανάτοιο κιχείη."
τὸν δ' αὖτ' Ἀντίνοος προσέφη, Εὐπείθεος υἱός·
"ἔσθι' ἕκηλος, ξεῖνε, καθήμενος, ἢ ἄπιθ' ἄλλῃ,
μή σε νέοι διὰ δώματ' ἐρύσσωσ', οἷ' ἀγορεύεις,
ἢ ποδὸς ἢ καὶ χειρός, ἀποδρύψωσι δὲ πάντα."   480
ὣς ἔφαθ', οἱ δ' ἄρα πάντες ὑπερφιάλως νεμέσησαν·

Chega pra lá, bem longe desta mesa, ou presto
não reencontras amargura em Chipre e Egito:
seu descarado, infrene esmolador: é o que és!
Vais de um a um pedir, e os tolos não denegam; 450
não há medida e escrúpulo quando se dá
o bem alheio; muito encontram junto a si."
E se afastando, o pluriastuto herói falou:
"Curioso não confluir espírito e aspecto!
Um grão de sal não dás em tua casa ao súplice, 455
se hoje, dispondo do que não é teu, recusas
me oferecer um pão apenas; e há tantíssimos!"
Falou assim e o coração de Antínoo inflama
e, olhando-o de viés, lhe diz palavras-asas:
"Não imagino que haverás de nos deixar 460
sem me pagar por desabrida parolagem!"
Falou e arroja um escabelo bem no extremo
das costas, no ombro destro. Pétreo, o herói perdura:
não o abala o petardo de Antínoo. Virou
a cabeça em silêncio, fundo-maquinando 465
vindita. Torna ao limiar, onde se assenta.
Depôs o alforje pleno e dirigiu-se a todos:
"Ó pretendentes da ínclita rainha, ouvi
o que no peito se me impõe o coração.
Não sofre o ânimo de um homem golpeado 470
quando se bate em prol dos próprios bens, dos bois,
de brancas pécoras. Contudo, esse ente agride-me
por causa do execrável, do nefando ventre,
que tanto dissabor tem alastrado entre homens.
Se numes há e Erínias dos pedintes, possa, 475
antes das núpcias, Tânatos levar Antínoo!"
Filho de Eupites, respondeu-lhe Antínoo: "Senta,
come sem mais um pio, ou some, alienígena,
senão a arenga há de custar-te caro: os moços
te puxam pelo pé ou mão e te estropiam!" 480
Falou e a todos aborrece fortemente.

ὧδε δέ τις εἴπεσκε νέων ὑπερηνορεόντων·
"Ἀντίνο', οὐ μὲν κάλ' ἔβαλες δύστηνον ἀλήτην,
οὐλόμεν', εἰ δή πού τις ἐπουράνιος θεός ἐστιν.
καί τε θεοὶ ξείνοισιν ἐοικότες ἀλλοδαποῖσι,   485
παντοῖοι τελέθοντες, ἐπιστρωφῶσι πόληας,
ἀνθρώπων ὕβριν τε καὶ εὐνομίην ἐφορῶντες."
ὣς ἄρ' ἔφαν μνηστῆρες, ὁ δ' οὐκ ἐμπάζετο μύθων.
Τηλέμαχος δ' ἐν μὲν κραδίῃ μέγα πένθος ἄεξε
βλημένου, οὐδ' ἄρα δάκρυ χαμαὶ βάλεν ἐκ βλεφάροιϊν,   490
ἀλλ' ἀκέων κίνησε κάρη, κακὰ βυσσοδομεύων.
τοῦ δ' ὡς οὖν ἤκουσε περίφρων Πηνελόπεια
βλημένου ἐν μεγάρῳ, μετ' ἄρα δμῳῆσιν ἔειπεν·
"αἴθ' οὕτως αὐτόν σε βάλοι κλυτότοξος Ἀπόλλων."
τὴν δ' αὖτ' Εὐρυνόμη ταμίη πρὸς μῦθον ἔειπεν·   495
"εἰ γὰρ ἐπ' ἀρῇσιν τέλος ἡμετέρῃσι γένοιτο·
οὐκ ἄν τις τούτων γε ἐΰθρονον Ἠῶ ἵκοιτο."
τὴν δ' αὖτε προσέειπε περίφρων Πηνελόπεια·
"μαῖ', ἐχθροὶ μὲν πάντες, ἐπεὶ κακὰ μηχανόωνται·
Ἀντίνοος δὲ μάλιστα μελαίνῃ κηρὶ ἔοικε.   500
ξεῖνός τις δύστηνος ἀλητεύει κατὰ δῶμα
ἀνέρας αἰτίζων· ἀχρημοσύνη γὰρ ἀνώγει·
ἔνθ' ἄλλοι μὲν πάντες ἐνέπλησάν τ' ἔδοσάν τε,
οὗτος δὲ θρήνυι πρυμνὸν βάλε δεξιὸν ὦμον."
ἡ μὲν ἄρ' ὣς ἀγόρευε μετὰ δμῳῆσι γυναιξίν,   505
ἡμένη ἐν θαλάμῳ· ὁ δ' ἐδείπνεε δῖος Ὀδυσσεύς·
ἡ δ' ἐπὶ οἷ καλέσασα προσηύδα δῖον ὑφορβόν·
"ἔρχεο, δῖ' Εὔμαιε, κιὼν τὸν ξεῖνον ἄνωχθι
ἐλθέμεν, ὄφρα τί μιν προσπτύξομαι ἠδ' ἐρέωμαι
εἴ που Ὀδυσσῆος ταλασίφρονος ἠὲ πέπυσται   510
ἢ ἴδεν ὀφθαλμοῖσι· πολυπλάγκτῳ γὰρ ἔοικε."
τὴν δ' ἀπαμειβόμενος προσέφης, Εὔμαιε συβῶτα
"εἰ γάρ τοι, βασίλεια, σιωπήσειαν Ἀχαιοί·
οἷ' ὅ γε μυθεῖται, θέλγοιτό κέ τοι φίλον ἦτορ.
τρεῖς γὰρ δή μιν νύκτας ἔχον, τρία δ' ἤματ' ἔρυξα   515
ἐν κλισίῃ· πρῶτον γὰρ ἔμ' ἵκετο νηὸς ἀποδράς·

Um moço altivo então se pronuncia: "Antínoo,
não há beleza em agredir um despojado.
Homem funesto, e se ele for um nume excelso?
Deuses, iguais a forasteiros de outras plagas, 485
circulam pelas urbes em feições diversas
e veem se empáfia ou retidão norteia o homem."
Ele sequer registra a crítica geral.
A grave dor tumesce o coração do príncipe,
mas não decai das pálpebras uma só lágrima; 490
move em silêncio a fronte, ruminando males.
Assim que a ínclita rainha escuta o golpe
na grande sala, proferiu entre as ancilas:
"Também te fira Apolo, deus flechifamoso!"
A despenseira Eurínome falou-lhe então: 495
"Pudesse se cumprir o nosso rogo! Não
veriam sobre o belo trono alçar-se Aurora."
Penélope sagaz retoma a fala: "Crápulas
são todos eles, aia, sórdidos, malignos,
mas ícone da Quere negrimorticida 500
é Antínoo, antipensamento. Um triste hóspede,
premido, recolhia esmola casa adentro;
os outros todos colmam-lhe o bornal, Antínoo
acerta-lhe o escabelo bem na espádua, à destra."
Falava às fâmulas, sentando-se no tálamo, 505
e o divino Odisseu comia. Ela chamou
o divo porcariço e disse: "Vai, Eumeu,
pedir ao hóspede que me visite, a fim
de que apresente minhas saudações sinceras
e saiba se nos traz notícias de Odisseu; 510
talvez o tenha visto, multiviajado."
E respondendo, Eumeu, porqueiro, então disseste:
"Ah, se os aqueus, rainha, silenciassem! Só
ouvindo suas histórias... mirificam a ânima!
Na choça eu o acolhi três dias e três noites, 515
prófugo do baixel em que viajava, tempo

ἀλλ' οὔ πω κακότητα διήνυσεν ἣν ἀγορεύων.
ὡς δ' ὅτ' ἀοιδὸν ἀνὴρ ποτιδέρκεται, ὅς τε θεῶν ἒξ
ἀείδει δεδαὼς ἔπε' ἱμερόεντα βροτοῖσι,
τοῦ δ' ἄμοτον μεμάασιν ἀκουέμεν, ὁππότ' ἀείδῃ· 520
ὣς ἐμὲ κεῖνος ἔθελγε παρήμενος ἐν μεγάροισι.
φησὶ δ' Ὀδυσσῆος ξεῖνος πατρώϊος εἶναι,
Κρήτῃ ναιετάων, ὅθι Μίνωος γένος ἐστίν.
ἔνθεν δὴ νῦν δεῦρο τόδ' ἵκετο πήματα πάσχων,
προπροκυλινδόμενος· στεῦται δ' Ὀδυσῆος ἀκοῦσαι, 525
ἀγχοῦ, Θεσπρωτῶν ἀνδρῶν ἐν πίονι δήμῳ,
ζωοῦ· πολλὰ δ' ἄγει κειμήλια ὅνδε δόμονδε."
τὸν δ' αὖτε προσέειπε περίφρων Πηνελόπεια·
"ἔρχεο, δεῦρο κάλεσσον, ἵν' ἀντίον αὐτὸς ἐνίσπῃ.
οὗτοι δ' ἠὲ θύρῃσι καθήμενοι ἑψιαάσθων. 530
ἢ αὐτοῦ κατὰ δώματ', ἐπεί σφισι θυμὸς ἐΰφρων.
αὐτῶν μὲν γὰρ κτήματ' ἀκήρατα κεῖτ' ἐνὶ οἴκῳ,
σῖτος καὶ μέθυ ἡδύ· τὰ μὲν οἰκῆες ἔδουσιν,
οἱ δ' εἰς ἡμέτερον πωλεύμενοι ἤματα πάντα,
βοῦς ἱερεύοντες καὶ ὄϊς καὶ πίονας αἶγας, 535
εἰλαπινάζουσιν πίνουσί τε αἴθοπα οἶνον,
μαψιδίως· τὰ δὲ πολλὰ κατάνεται. οὐ γὰρ ἔπ' ἀνήρ,
οἷος Ὀδυσσεὺς ἔσκεν, ἀρὴν ἀπὸ οἴκου ἀμῦναι.
εἰ δ' Ὀδυσεὺς ἔλθοι καὶ ἵκοιτ' ἐς πατρίδα γαῖαν,
αἶψά κε σὺν ᾧ παιδὶ βίας ἀποτίσεται ἀνδρῶν." 540
ὣς φάτο, Τηλέμαχος δὲ μέγ' ἔπταρεν, ἀμφὶ δὲ δῶμα
σμερδαλέον κονάβησε· γέλασσε δὲ Πηνελόπεια,
αἶψα δ' ἄρ' Εὔμαιον ἔπεα πτερόεντα προσηύδα·
"ἔρχεό μοι, τὸν ξεῖνον ἐναντίον ὧδε κάλεσσον.
οὐχ ὁράᾳς ὅ μοι υἱὸς ἐπέπταρε πᾶσιν ἔπεσσι; 545
τῷ κε καὶ οὐκ ἀτελὴς θάνατος μνηστῆρσι γένοιτο
πᾶσι μάλ', οὐδέ κέ τις θάνατον καὶ κῆρας ἀλύξει.
ἄλλο δέ τοι ἐρέω, σὺ δ' ἐνὶ φρεσὶ βάλλεο σῇσιν·
αἴ κ' αὐτὸν γνώω νημερτέα πάντ' ἐνέποντα,
ἕσσω μιν χλαῖνάν τε χιτῶνά τε, εἵματα καλά." 550
ὣς φάτο, βῆ δὲ συφορβός, ἐπεὶ τὸν μῦθον ἄκουσεν·

insuficiente à arenga de amplas desventuras.
Como o homem fixa o aedo, a quem o deus conceda
a chave da palavra prazerosa a todos,
que quando para, o ouvinte externa aflito 'não, 520
não pares!', tal e qual me fascinou em casa.
Diz que Odisseu há muito que recebe os seus,
prole minoica, residente em Creta. Chega
de lá, depois de padecer desaventuras,
à matroca no mar. Falou que alguns tesprotos 525
contaram que Odisseu, nos arrabaldes, vive
e para cá transporta bens." Então Penélope
hipersensata proferiu: "Pois vai chamá-lo,
que eu quero ouvir de viva voz a história na íntegra.
Que o bando goze a vida se assentando porta 530
afora ou no solar, o coração em júbilo.
Retêm no próprio lar os bens que têm; os víveres
e o doce vinho, servos os consomem. Dia
a dia se aboletam no palácio. Imolam
pécoras, cabras untuosas, bois, uns broncos 535
sorvedores de vinho cor de fogo, fartam
panças no rega-bofe. Os bens reais se perdem:
não há ninguém como Odisseu, muralha contra
o caos. Tornara à terra ancestre, com seu filho
não tardaria a dar um fim na gente estúrdia." 540
Concluiu assim; Telêmaco soltou um bruto
espirro, apavorantemente ecoante. A mãe
sorriu e pronunciou a Eumeu palavras-asas:
"Vai me chamar o forasteiro! Não notaste
que meu filho responde com espirro ao rol 545
dos meus vocábulos? Assim colhera Tânatos,
sem exceção, os pretendentes, dizimados
por Quere morticida. Guarda o que eu direi:
se o seu raconto me soar veraz, um manto
hei de lhe dar, vestuário rútilo e túnica." 550
Tão logo a ouviu, o porcariço cumpre a ordem,

ἀγχοῦ δ' ἱστάμενος ἔπεα πτερόεντα προσηύδα·
"ξεῖνε πάτερ, καλέει σε περίφρων Πηνελόπεια,
μήτηρ Τηλεμάχοιο· μεταλλῆσαί τί ἑ θυμὸς
ἀμφὶ πόσει κέλεται, καὶ κήδεά περ πεπαθυίῃ. 555
εἰ δέ κέ σε γνώῃ νημερτέα πάντ' ἐνέποντα,
ἕσσει σε χλαῖνάν τε χιτῶνά τε, τῶν σὺ μάλιστα
χρηΐζεις· σῖτον δὲ καὶ αἰτίζων κατὰ δῆμον
γαστέρα βοσκήσεις· δώσει δέ τοι ὅς κ' ἐθέλῃσι."
τὸν δ' αὖτε προσέειπε πολύτλας δῖος Ὀδυσσεύς· 560
"Εὔμαι', αἶψά κ' ἐγὼ νημερτέα πάντ' ἐνέποιμι
κούρῃ Ἰκαρίοιο, περίφρονι Πηνελοπείῃ·
οἶδα γὰρ εὖ περὶ κείνου, ὁμὴν δ' ἀνεδέγμεθ' ὀϊζύν.
ἀλλὰ μνηστήρων χαλεπῶν ὑποδείδι' ὅμιλον,
τῶν ὕβρις τε βίη τε σιδήρεον οὐρανὸν ἵκει. 565
καὶ γὰρ νῦν, ὅτε μ' οὗτος ἀνὴρ κατὰ δῶμα κιόντα
οὔ τι κακὸν ῥέξαντα βαλὼν ὀδύνῃσιν ἔδωκεν,
οὔτε τι Τηλέμαχος τό γ' ἐπήρκεσεν οὔτε τις ἄλλος.
τῷ νῦν Πηνελόπειαν ἐνὶ μεγάροισιν ἄνωχθι
μεῖναι, ἐπειγομένην περ, ἐς ἠέλιον καταδύντα· 570
καὶ τότε μ' εἰρέσθω πόσιος πέρι νόστιμον ἦμαρ,
ἀσσοτέρω καθίσασα παραὶ πυρί· εἵματα γάρ τοι
λύγρ' ἔχω· οἶσθα καὶ αὐτός, ἐπεί σε πρῶθ' ἱκέτευσα."
ὣς φάτο, βῆ δὲ συφορβός, ἐπεὶ τὸν μῦθον ἄκουσε.
τὸν δ' ὑπὲρ οὐδοῦ βάντα προσηύδα Πηνελόπεια· 575
"οὐ σύ γ' ἄγεις, Εὔμαιε· τί τοῦτ' ἐνόησεν ἀλήτης;
ἦ τινά που δείσας ἐξαίσιον ἦε καὶ ἄλλως
αἰδεῖται κατὰ δῶμα; κακὸς δ' αἰδοῖος ἀλήτης."
τὴν δ' ἀπαμειβόμενος προσέφης, Εὔμαιε συβῶτα·
"μυθεῖται κατὰ μοῖραν, ἅ πέρ κ' οἴοιτο καὶ ἄλλος, 580
ὕβριν ἀλυσκάζων ἀνδρῶν ὑπερηνορεόντων.
ἀλλά σε μεῖναι ἄνωγεν ἐς ἠέλιον καταδύντα.
καὶ δὲ σοὶ ὧδ' αὐτῇ πολὺ κάλλιον, ὦ βασίλεια,
οἴην πρὸς ξεῖνον φάσθαι ἔπος ἠδ' ἐπακοῦσαι."
τὸν δ' αὖτε προσέειπε περίφρων Πηνελόπεια· 585
"οὐκ ἄφρων ὁ ξεῖνος· ὀΐεται, ὥς περ ἂν εἴη·

e ao flanco dele disse alígeras palavras:
"Ancião, Penélope sagaz mandou chamar-te,
mãe de Telêmaco. Embora combalido,
seu coração instou-a a perguntar acerca 555
do esposo. Retidão, se encontra em tua linguagem,
dela recebes manto e túnica, de que andas
bem precisado. Nutrirás o ventre, víveres
rogando no país; dará o que mais queiras."
E o multipadecido herói observa: "Eumeu, 560
em breve narrarei verdades inconcussas
para Penélope prudente, prole icária,
pois eu sei dele, sócio em infortúnio idêntico.
Mas temo a turba dos cruéis cortejadores,
cuja violência e húbris chega ao céu urânio. 565
Há pouco um me feriu, enquanto andava paço
adentro sem prejudicar ninguém, e foi
atroz a dor. Telêmaco não o impediu
ou qualquer outro. Diz à rainha que me aguarde,
embora ansiosa, até a noite, em sua recâmara. 570
Então me indague sobre o esposo e seu retorno,
bem rente ao fogo aceso, pois me invisto em trapos,
como bem sabes, que antes te roguei amparo."
Falou assim e Eumeu, ouvindo-o, foi-se. O umbral,
nem bem o transpusera, e o indagou Penélope: 575
"Não o trouxeste? O que esse andarilho tem
em mente? Por pudor evita vir ou medo
de algo no paço? Renitência é um mal em nômade."
E, Eumeu, então, disseste: "O que ele pronuncia
não contraria a moira. Alguém diversamente 580
pensaria, sujeito a húbris de arrogantes?
Roga que aguardes o declínio de Hélio-Sol,
o que também convém a ti, pois sem ninguém
por perto, hás de indagá-lo e ouvi-lo como queiras."
E a plurissábia rainha respondeu: "Ingênuo 585
é o que não é, pois avalia as consequências:

οὐ γάρ πού τινες ὧδε καταθνητῶν ἀνθρώπων
ἀνέρες ὑβρίζοντες ἀτάσθαλα μηχανόωνται."
ἡ μὲν ἄρ' ὣς ἀγόρευεν, ὁ δ' ᾤχετο δῖος ὑφορβὸς
μνηστήρων ἐς ὅμιλον, ἐπεὶ διεπέφραδε πάντα. 590
αἶψα δὲ Τηλέμαχον ἔπεα πτερόεντα προσηύδα,
ἄγχι σχὼν κεφαλήν, ἵνα μὴ πευθοίαθ' οἱ ἄλλοι·
"ὦ φίλ', ἐγὼ μὲν ἄπειμι, σύας καὶ κεῖνα φυλάξων,
σὸν καὶ ἐμὸν βίοτον· σοὶ δ' ἐνθάδε πάντα μελόντων.
αὐτὸν μέν σε πρῶτα σάω, καὶ φράζεο θυμῷ 595
μή τι πάθῃς· πολλοὶ δὲ κακὰ φρονέουσιν Ἀχαιῶν,
τοὺς Ζεὺς ἐξολέσειε πρὶν ἡμῖν πῆμα γενέσθαι."
τὸν δ' αὖ Τηλέμαχος πεπνυμένος ἀντίον ηὔδα·
"ἔσσεται οὕτως, ἄττα· σὺ δ' ἔρχεο δειελιήσας·
ἠῶθεν δ' ἰέναι καὶ ἄγειν ἱερήϊα καλά· 600
αὐτὰρ ἐμοὶ τάδε πάντα καὶ ἀθανάτοισι μελήσει."
ὣς φάθ', ὁ δ' αὖτις ἄρ' ἕζετ' ἐϋξέστου ἐπὶ δίφρου,
πλησάμενος δ' ἄρα θυμὸν ἐδητύος ἠδὲ ποτῆτος
βῆ ῥ' ἴμεναι μεθ' ὕας, λίπε δ' ἕρκεά τε μέγαρόν τε,
πλεῖον δαιτυμόνων· οἱ δ' ὀρχηστυῖ καὶ ἀοιδῇ 605
τέρποντ'· ἤδη γὰρ καὶ ἐπήλυθε δείελον ἦμαρ.

entre os mortais não há exemplo igual de gente
despudoradamente maquinante." Assim
falou e, tudo dito, o porcariço divo
se misturou à turba dos cortejadores. 590
E súbito externou alígeras palavras,
junto a Telêmaco — que mais ninguém o ouvisse:
"Meu caro, eu torno aos porcos, policio o resto
que a ti pertence e a mim. Atenta a tudo aqui!
Zela precipuamente por ti mesmo e clama 595
nada sofrer ao coração: muitos aqueus
cogitam o revés. Anule-os Zeus, poupando-nos
do sofrimento." E, judicioso, diz Telêmaco:
"Retorna bem, senhor, mas ceia antes. Volta
amanhã de manhã, portando belas vítimas. 600
Eu me encarregarei de tudo aqui, e os numes."
Falou. De novo se assentou no levigado
escano. Saciada a gana de comer
e de beber, tornou aos porcos, para trás
o pátio e a sala plena de convivas. Dança 605
e canto os divertiam, quando anoita o dia.

σ

Ἦλθε δ' ἐπὶ πτωχὸς πανδήμιος, ὃς κατὰ ἄστυ
πτωχεύεσκ' Ἰθάκης, μετὰ δ' ἔπρεπε γαστέρι μάργῃ
ἀζηχὲς φαγέμεν καὶ πιέμεν· οὐδέ οἱ ἦν ἲς
οὐδὲ βίη, εἶδος δὲ μάλα μέγας ἦν ὁράασθαι.
Ἀρναῖος δ' ὄνομ' ἔσκε· τὸ γὰρ θέτο πότνια μήτηρ   5
ἐκ γενετῆς· Ἶρον δὲ νέοι κίκλησκον ἅπαντες,
οὕνεκ' ἀπαγγέλλεσκε κιών, ὅτε πού τις ἀνώγοι·
ὅς ῥ' ἐλθὼν Ὀδυσῆα διώκετο οἷο δόμοιο,
καί μιν νεικείων ἔπεα πτερόεντα προσηύδα·
"εἶκε, γέρον, προθύρου, μὴ δὴ τάχα καὶ ποδὸς ἕλκῃ.   10
οὐκ ἀΐεις ὅτι δή μοι ἐπιλλίζουσιν ἅπαντες,
ἑλκέμεναι δὲ κέλονται; ἐγὼ δ' αἰσχύνομαι ἔμπης.
ἀλλ' ἄνα, μὴ τάχα νῶϊν ἔρις καὶ χερσὶ γένηται."
τὸν δ' ἄρ' ὑπόδρα ἰδὼν προσέφη πολύμητις Ὀδυσσεύς·
"δαιμόνι', οὔτε τί σε ῥέζω κακὸν οὔτ' ἀγορεύω,   15
οὔτε τινὰ φθονέω δόμεναι καὶ πόλλ' ἀνελόντα.
οὐδὸς δ' ἀμφοτέρους ὅδε χείσεται, οὐδέ τί σε χρὴ
ἀλλοτρίων φθονέειν· δοκέεις δέ μοι εἶναι ἀλήτης
ὥς περ ἐγών, ὄλβον δὲ θεοὶ μέλλουσιν ὀπάζειν.
χερσὶ δὲ μή τι λίην προκαλίζεο, μή με χολώσῃς,   20
μή σε γέρων περ ἐὼν στῆθος καὶ χείλεα φύρσω
αἵματος· ἡσυχίη δ' ἂν ἐμοὶ καὶ μᾶλλον ἔτ' εἴη
αὔριον· οὐ μὲν γάρ τί σ' ὑποστρέψεσθαι ὀΐω
δεύτερον ἐς μέγαρον Λαερτιάδεω Ὀδυσῆος."
τὸν δὲ χολωσάμενος προσεφώνεεν Ἶρος ἀλήτης·   25
"ὢ πόποι, ὡς ὁ μολοβρὸς ἐπιτροχάδην ἀγορεύει,

Canto XVIII

Surge um mendigo do local, deambulador
na pólis, cujo ventre ávido afamava,
imoderado na bebida e comezaina.
Débil, chinfrim, maxiadiposo de se olhar.
A mãe augusta nomeara seu pimpolho 5
Arneu, mas Iro é como a mocidade chama
o diligente leva-e-traz de seus recados.
Nem bem chegou, quis refugar de seu palácio
Odisseu, fustigando-o com palavras-asas:
"Chispa, velhaco, ou eu te arrasto pelo pé! 10
Não vês que todos os presentes piscam olhos
a fim de que eu te enxote? Impede-o minha classe.
Xô! Que *éris*, a ira, não descambe em pé de ouvido!"
Olhar atravessado, o herói astuto diz-lhe:
"Demônio, não te prejudico, não te agrido, 15
nem ponho olho gordo em quem esmole e ganhe
muito. Lugar é o que não falta na soleira,
não queiras invejar o bem alheio. Errante,
como eu, pareces ser; riqueza, os deuses dão.
Evita provocar-me com as mãos, chatear-me, 20
ou eu te ensoparei de sangue o peito e o beiço,
embora um ser provecto. Bem maior será
minha paz amanhã, pois creio que não tornas
ao logradouro de Odisseu Laércio." Iro,
ser à deriva, verde de ira, fala: "Vejam 25
só como arenga pelos cotovelos o áulico

γρηῒ καμινοῖ ἶσος· ὃν ἂν κακὰ μητισαίμην
κόπτων ἀμφοτέρῃσι, χαμαὶ δέ κε πάντας ὀδόντας
γναθμῶν ἐξελάσαιμι συὸς ὣς ληϊβοτείρης.
ζῶσαι νῦν, ἵνα πάντες ἐπιγνώωσι καὶ οἵδε   30
μαρναμένους· πῶς δ' ἂν σὺ νεωτέρῳ ἀνδρὶ μάχοιο;"
ὣς οἱ μὲν προπάροιθε θυράων ὑψηλάων
οὐδοῦ ἔπι ξεστοῦ πανθυμαδὸν ὀκριόωντο.
τοῖϊν δὲ ξυνέηχ' ἱερὸν μένος Ἀντινόοιο,
ἡδὺ δ' ἄρ' ἐκγελάσας μετεφώνει μνηστήρεσσιν·   35
"ὦ φίλοι, οὐ μέν πώ τι πάρος τοιοῦτον ἐτύχθη,
οἵην τερπωλὴν θεὸς ἤγαγεν ἐς τόδε δῶμα.
ὁ ξεῖνός τε καὶ Ἶρος ἐρίζετον ἀλλήλοιϊν
χερσὶ μαχέσσασθαι· ἀλλὰ ξυνελάσσομεν ὦκα."
ὣς ἔφαθ', οἱ δ' ἄρα πάντες ἀνήϊξαν γελόωντες,   40
ἀμφὶ δ' ἄρα πτωχοὺς κακοείμονας ἠγερέθοντο.
τοῖσιν δ' Ἀντίνοος μετέφη, Εὐπείθεος υἱός·
"κέκλυτέ μευ, μνηστῆρες ἀγήνορες, ὄφρα τι εἴπω.
γαστέρες αἵδ' αἰγῶν κέατ' ἐν πυρί, τὰς ἐπὶ δόρπῳ
κατθέμεθα κνίσης τε καὶ αἵματος ἐμπλήσαντες·   45
ὁππότερος δέ κε νικήσῃ κρείσσων τε γένηται,
τάων ἥν κ' ἐθέλῃσιν ἀναστὰς αὐτὸς ἑλέσθω·
αἰεὶ αὖθ' ἡμῖν μεταδαίσεται, οὐδέ τιν' ἄλλον
πτωχὸν ἔσω μίσγεσθαι ἐάσομεν αἰτήσοντα."
ὣς ἔφατ' Ἀντίνοος, τοῖσιν δ' ἐπιήνδανε μῦθος.   50
τοῖς δὲ δολοφρονέων μετέφη πολύμητις Ὀδυσσεύς·
"ὦ φίλοι, οὔ πως ἔστι νεωτέρῳ ἀνδρὶ μάχεσθαι
ἄνδρα γέροντα, δύῃ ἀρημένον· ἀλλά με γαστὴρ
ὀτρύνει κακοεργός, ἵνα πληγῇσι δαμείω.
ἀλλ' ἄγε νῦν μοι πάντες ὁμόσσατε καρτερὸν ὅρκον,   55
μή τις ἐπ' Ἴρῳ ἦρα φέρων ἐμὲ χειρὶ βαρείῃ
πλήξῃ ἀτασθάλλων, τούτῳ δέ με ἶφι δαμάσσῃ."
ὣς ἔφαθ', οἱ δ' ἄρα πάντες ἀπώμνυον ὡς ἐκέλευεν.
αὐτὰρ ἐπεί ῥ' ὄμοσάν τε τελεύτησάν τε τὸν ὅρκον,
τοῖς δ' αὖτις μετέειφ' ἱερὴ ἲς Τηλεμάχοιο·   60
"ξεῖν', εἴ σ' ὀτρύνει κραδίη καὶ θυμὸς ἀγήνωρ

parasita, tal qual uma padeira! Um soco
do meu punho fará com que ele cuspa todos
os dentes da queixada, tal e qual marrã,
que nos devaste a messe. Amarra logo os trapos   30
para que todos possam vislumbrar o embate!
Ousas desafiar mais jovens?" Frente à altíssima
porta, no umbral polido, plenicárdia, a dupla
exalta-se. Vigor sagrado, Antínoo ri
a não poder e fala aos pretendentes: "Caros,   35
é inédito o deleite que um dos imortais
introduziu no alcácer. O estrangeiro e Iro
à *éris*, dissídio, cedem! Partem para o quebra
pau de sopapos. Não daremos o empurrão?"
Falou e todos, gargalhando, se levantam,   40
fechando o círculo ao redor dos maltrapilhos.
Filho de Eupites, torna a proferir Antínoo:
"Ouvi, cortejadores magnos, o que eu digo:
tripas de cabras ardem fogo acima, plenas
de enxúndia e sangue, que haveremos de cear.   45
Que o vencedor que se impuser escolha ele
mesmo a porção que mais lhe apetecer. Conosco
passe a comer de agora em diante, e impediremos
que algum outro mendigo, entrando, estenda a mão!"
O que falava Antínoo apraz a seus comparsas.   50
Dolomanhoso, proferiu o herói pluri-hábil:
"Prezados, enfrentar alguém mais jovem é
tarefa inglória ao velho solapado; aos golpes
eu devo sucumbir contudo, pois me punge
a pança torpe. Rogo que jureis, solenes,   55
que ninguém, preferindo Iro, irá golpear-me
com mão pesada a fim de que ele me derrube."
Falou e todos prometeram perfazer
o que pedia. Finda a grave jura, sacro
vigor, Telêmaco toma a palavra: "Hóspede,   60
caso te instigue o peito e o coração austero

τοῦτον ἀλέξασθαι, τῶν δ' ἄλλων μή τιν' Ἀχαιῶν
δείδιθ', ἐπεὶ πλεόνεσσι μαχήσεται ὅς κέ σε θείνῃ·
ξεινοδόκος μὲν ἐγών, ἐπὶ δ' αἰνεῖτον βασιλῆες,
Ἀντίνοός τε καὶ Εὐρύμαχος, πεπνυμένω ἄμφω." 65
ὣς ἔφαθ', οἱ δ' ἄρα πάντες ἐπῄνεον· αὐτὰρ Ὀδυσσεὺς
ζώσατο μὲν ῥάκεσιν περὶ μήδεα, φαῖνε δὲ μηροὺς
καλούς τε μεγάλους τε, φάνεν δέ οἱ εὐρέες ὦμοι
στήθεά τε στιβαροί τε βραχίονες· αὐτὰρ Ἀθήνη
ἄγχι παρισταμένη μέλε' ἤλδανε ποιμένι λαῶν. 70
μνηστῆρες δ' ἄρα πάντες ὑπερφιάλως ἀγάσαντο·
ὧδε δέ τις εἴπεσκεν ἰδὼν ἐς πλησίον ἄλλον·
"ἦ τάχα Ἶρος Ἄϊρος ἐπίσπαστον κακὸν ἕξει,
οἵην ἐκ ῥακέων ὁ γέρων ἐπιγουνίδα φαίνει."
ὣς ἄρ' ἔφαν, Ἴρῳ δὲ κακῶς ὠρίνετο θυμός. 75
ἀλλὰ καὶ ὣς δρηστῆρες ἄγον ζώσαντες ἀνάγκῃ
δειδιότα· σάρκες δὲ περιτρομέοντο μέλεσσιν.
Ἀντίνοος δ' ἐνένιπεν ἔπος τ' ἔφατ' ἔκ τ' ὀνόμαζεν·
"νῦν μὲν μήτ' εἴης, βουγάϊε, μήτε γένοιο,
εἰ δὴ τοῦτόν γε τρομέεις καὶ δείδιας αἰνῶς, 80
ἄνδρα γέροντα, δύῃ ἀρημένον, ἥ μιν ἱκάνει.
ἀλλ' ἔκ τοι ἐρέω, τὸ δὲ καὶ τετελεσμένον ἔσται·
αἴ κέν σ' οὗτος νικήσῃ κρείσσων τε γένηται,
πέμψω σ' ἤπειρόνδε, βαλὼν ἐν νηΐ μελαίνῃ,
εἰς Ἔχετον βασιλῆα, βροτῶν δηλήμονα πάντων, 85
ὅς κ' ἀπὸ ῥῖνα τάμῃσι καὶ οὔατα νηλέϊ χαλκῷ,
μήδεά τ' ἐξερύσας δώῃ κυσὶν ὠμὰ δάσασθαι."
ὣς φάτο, τῷ δ' ἔτι μᾶλλον ὑπὸ τρόμος ἔλλαβε γυῖα.
ἐς μέσσον δ' ἄναγον· τὼ δ' ἄμφω χεῖρας ἀνέσχον.
δὴ τότε μερμήριξε πολύτλας δῖος Ὀδυσσεὺς 90
ἢ ἐλάσει' ὥς μιν ψυχὴ λίποι αὖθι πεσόντα,
ἦέ μιν ἧκ' ἐλάσειε τανύσσειέν τ' ἐπὶ γαίῃ.
ὧδε δέ οἱ φρονέοντι δοάσσατο κέρδιον εἶναι,
ἦκ' ἐλάσαι, ἵνα μή μιν ἐπιφρασσαίατ' Ἀχαιοί.
δὴ τότ' ἀνασχομένω ὁ μὲν ἤλασε δεξιὸν ὦμον 95
Ἶρος, ὁ δ' αὐχέν' ἔλασσεν ὑπ' οὔατος, ὀστέα δ' εἴσω

a defender-te, esquece a ação de algum aqueu,
pois que a inúmeros enfrenta quem te agrida.
Sou o anfitrião aqui e os basileus anuem,
Eurímaco e Antínoo, dupla ponderada."
Falou e todos aprovaram. Odisseu
cingiu os trapos à virilha, e as coxas surdem
fortes, delineadas. Despontaram ombros
largos, robusto o braço, o tórax. Palas, rente
a ele, revigora os membros do pastor
de gente. Os procos medem-no embasbacados,
um vira a seu vizinho: "Iro, Desvario
terá seu nome mais a ver pelo delírio.
Viste a coxa que o velho exibe em meio aos panos!"
O coração contrista no interior de Iro.
Mas mesmo assim os servos obrigavam a ir
o timorato. As carnes tremem nas junturas.
Antínoo o interpele com palavras duras:
"Bufão, puderas não mais ser, melhor, ter sido!
Não paras de tremer e de temer um velho
dobrado por miséria atroz. Eu asseguro
que há de cumprir-se o que ora afirmo: se o ancião
te derrotar, se for o vencedor, te meto
em negra nau, à terra firme, junto a Équeto,
o basileu carrasco de homens, cujo bronze
impiedoso decepa teu nariz e orelhas,
te arranca a genitália e a entrega, crua, aos cães."
Falou assim e aumenta-lhe o tremor das pernas.
Para o centro o empurraram. Erguem-lhe os dois braços.
E Odisseu pluripadecido fica em dúvida:
golpeá-lo até que, ao chão, o deixe o alento da ânima-
-psiquê, ou só prostrá-lo, abrandando o baque?
E refletindo assim, prefere atenuar
a força, a fim de que os aqueus não o pudessem
reconhecer. Iro acertou seu ombro destro;
o herói lhe amolga a nuca sob a orelha: os ossos

ἔθλασεν· αὐτίκα δ' ἦλθε κατὰ στόμα φοίνιον αἷμα,
κὰδ δ' ἔπεσ' ἐν κονίῃσι μακών, σὺν δ' ἤλασ' ὀδόντας
λακτίζων ποσὶ γαῖαν· ἀτὰρ μνηστῆρες ἀγαυοὶ
χεῖρας ἀνασχόμενοι γέλῳ ἔκθανον. αὐτὰρ Ὀδυσσεὺς   100
ἕλκε διὲκ προθύροιο λαβὼν ποδός, ὄφρ' ἵκετ' αὐλήν,
αἰθούσης τε θύρας· καί μιν ποτὶ ἑρκίον αὐλῆς
εἷσεν ἀνακλίνας· σκῆπτρον δέ οἱ ἔμβαλε χειρί,
καί μιν φωνήσας ἔπεα πτερόεντα προσηύδα·
"ἐνταυθοῖ νῦν ἧσο σύας τε κύνας τ' ἀπερύκων,   105
μηδὲ σύ γε ξείνων καὶ πτωχῶν κοίρανος εἶναι
λυγρὸς ἐών, μή πού τι κακὸν καὶ μεῖζον ἐπαύρῃ."
ἦ ῥα καὶ ἀμφ' ὤμοισιν ἀεικέα βάλλετο πήρην,
πυκνὰ ῥωγαλέην· ἐν δὲ στρόφος ἦεν ἀορτήρ.
ἂψ δ' ὅ γ' ἐπ' οὐδὸν ἰὼν κατ' ἄρ' ἕζετο· τοὶ δ' ἴσαν εἴσω   110
ἡδὺ γελώοντες καὶ δεικανόωντ' ἐπέεσσι·
"Ζεύς τοι δοίη, ξεῖνε, καὶ ἀθάνατοι θεοὶ ἄλλοι,
ὅττι μάλιστ' ἐθέλεις καί τοι φίλον ἔπλετο θυμῷ,
ὃς τοῦτον τὸν ἄναλτον ἀλητεύειν ἀπέπαυσας
ἐν δήμῳ· τάχα γάρ μιν ἀνάξομεν ἠπειρόνδε   115
εἰς Ἔχετον βασιλῆα, βροτῶν δηλήμονα πάντων."
ὣς ἄρ' ἔφαν, χαῖρεν δὲ κληδόνι δῖος Ὀδυσσεύς.
Ἀντίνοος δ' ἄρα οἱ μεγάλην παρὰ γαστέρα θῆκεν,
ἐμπλείην κνίσης τε καὶ αἵματος· Ἀμφίνομος δὲ
ἄρτους ἐκ κανέοιο δύω παρέθηκεν ἀείρας   120
καὶ δέπαϊ χρυσέῳ δειδίσκετο, φώνησέν τε·
"χαῖρε, πάτερ ὦ ξεῖνε, γένοιτό τοι ἔς περ ὀπίσσω
ὄλβος· ἀτὰρ μὲν νῦν γε κακοῖς ἔχεαι πολέεσσι."
τὸν δ' ἀπαμειβόμενος προσέφη πολύμητις Ὀδυσσεύς·
"Ἀμφίνομ', ἦ μάλα μοι δοκέεις πεπνυμένος εἶναι·   125
τοίου γὰρ καὶ πατρός, ἐπεὶ κλέος ἐσθλὸν ἄκουον,
Νῖσον Δουλιχιῆα ἐΰν τ' ἔμεν ἀφνειόν τε·
τοῦ σ' ἔκ φασι γενέσθαι, ἐπητῇ δ' ἀνδρὶ ἔοικας.
τοὔνεκά τοι ἐρέω, σὺ δὲ σύνθεο καί μευ ἄκουσον·
οὐδὲν ἀκιδνότερον γαῖα τρέφει ἀνθρώποιο,   130
πάντων ὅσσα τε γαῖαν ἔπι πνείει τε καὶ ἕρπει.

rangem e o sangue rubro jorra pela boca;
tomba no pó, gemente, os dentes rilham, pés
estrebuchando ao solo. Os pretendentes quase
morrem de rir, alçando os braços. E Odisseu, 100
agarrando seu pé, o arrasta até o pórtico,
cruza o vestíbulo, além do pátio. Escora-o
no muro que circunda o pátio e o cajado
enfia em sua mão. Enfim se pronuncia:
"Sentado agora aqui, espanta os cães e os porcos 105
e deixa de querer mandar em gente estranha,
pedinte, mísero qual és, ou te sucede
algo pior." Jogou-lhe às costas o surrado
bornoz, esburacado, penso a uma correia.
Retornou à soleira, onde sentou-se; os outros 110
sorrindo de prazer, não poupam cumprimentos:
"Hóspede, Zeus te dê e todas as deidades
o que teu coração mais queira, pois puseste
um fim à errância do glutão pela cidade;
em breve o apeamos junto ao continente, onde Équeto, 115
massacrador de humanos, o receberá."
Assim falavam e o augúrio agrada o herói.
Antínoo lhe depôs à frente a mega tripa,
cheia de sangue e engordurada. Então Anfínomo
retira do açafate pães e põe uns dois 120
ao lado dele. Erguendo a taça de ouro, o louva:
"Senhor, saúde! Que a prosperidade grasse
ao menos no porvir, pois que ora te constrange
a lúgubre carência." E o herói solerte diz-lhe:
"Pareces inspirar comedimento, Anfínomo. 125
És bem o filho de teu pai, cujo renome
ilustre chega a mim: o probo e rico Niso
de Dulíquio. Como ele, dizem que és afável.
Por isso o que eu disser, rogo que escutes, penses.
Dos seres que respiram e se movem sobre 130
a terra, não existe algum que a terra nutra

οὐ μὲν γάρ ποτέ φησι κακὸν πείσεσθαι ὀπίσσω,
ὄφρ' ἀρετὴν παρέχωσι θεοὶ καὶ γούνατ' ὀρώρῃ·
ἀλλ' ὅτε δὴ καὶ λυγρὰ θεοὶ μάκαρες τελέσωσι,
καὶ τὰ φέρει ἀεκαζόμενος τετληότι θυμῷ· 135
τοῖος γὰρ νόος ἐστὶν ἐπιχθονίων ἀνθρώπων
οἷον ἐπ' ἦμαρ ἄγῃσι πατὴρ ἀνδρῶν τε θεῶν τε.
καὶ γὰρ ἐγώ ποτ' ἔμελλον ἐν ἀνδράσιν ὄλβιος εἶναι,
πολλὰ δ' ἀτάσθαλ' ἔρεξα βίῃ καὶ κάρτεϊ εἴκων,
πατρί τ' ἐμῷ πίσυνος καὶ ἐμοῖσι κασιγνήτοισι. 140
τῷ μή τίς ποτε πάμπαν ἀνὴρ ἀθεμίστιος εἴη,
ἀλλ' ὅ γε σιγῇ δῶρα θεῶν ἔχοι, ὅττι διδοῖεν.
οἷ' ὁρόω μνηστῆρας ἀτάσθαλα μηχανόωντας,
κτήματα κείροντας καὶ ἀτιμάζοντας ἄκοιτιν
ἀνδρός, ὃν οὐκέτι φημὶ φίλων καὶ πατρίδος αἴης 145
δηρὸν ἀπέσσεσθαι· μάλα δὲ σχεδόν. ἀλλά σε δαίμων
οἴκαδ' ὑπεξαγάγοι, μηδ' ἀντιάσειας ἐκείνῳ,
ὁππότε νοστήσειε φίλην ἐς πατρίδα γαῖαν·
οὐ γὰρ ἀναιμωτί γε διακρινέεσθαι ὀΐω
μνηστῆρας καὶ κεῖνον, ἐπεί κε μέλαθρον ὑπέλθῃ." 150
ὣς φάτο, καὶ σπείσας ἔπιεν μελιηδέα οἶνον,
ἂψ δ' ἐν χερσὶν ἔθηκε δέπας κοσμήτορι λαῶν.
αὐτὰρ ὁ βῆ διὰ δῶμα φίλον τετιημένος ἦτορ,
νευστάζων κεφαλῇ· δὴ γὰρ κακὸν ὄσσετο θυμός.
ἀλλ' οὐδ' ὣς φύγε κῆρα· πέδησε δὲ καὶ τὸν Ἀθήνη 155
Τηλεμάχου ὑπὸ χερσὶ καὶ ἔγχεϊ ἶφι δαμῆναι.
ἂψ δ' αὖτις κατ' ἄρ' ἕζετ' ἐπὶ θρόνου ἔνθεν ἀνέστη.
τῇ δ' ἄρ' ἐπὶ φρεσὶ θῆκε θεὰ γλαυκῶπις Ἀθήνη,
κούρῃ Ἰκαρίοιο, περίφρονι Πηνελοπείῃ,
μνηστήρεσσι φανῆναι, ὅπως πετάσειε μάλιστα 160
θυμὸν μνηστήρων ἰδὲ τιμήεσσα γένοιτο
μᾶλλον πρὸς πόσιός τε καὶ υἱέος ἢ πάρος ἦεν.
ἀχρεῖον δ' ἐγέλασσεν ἔπος τ' ἔφατ' ἔκ τ' ὀνόμαζεν·
"Εὐρυνόμη, θυμός μοι ἐέλδεται, οὔ τι πάρος γε,
μνηστήρεσσι φανῆναι, ἀπεχθομένοισί περ ἔμπης· 165
παιδὶ δέ κεν εἴποιμι ἔπος, τό κε κέρδιον εἴη,

mais débil do que o homem. Pensa que se furta
do revés no futuro, enquanto os deuses dão-lhe
fartura e os joelhos movimenta, mas apenas
os bem-aventurados tragam-lhe amargor, 135
a duras penas o suporta, coração
sofrente. A mente humana sobre a terra é tal
e qual o dia que lhe envia o nume súpero.
Eu conheci também a plenitude outrora,
mas cedi ao poder e à força, confiando 140
em meu pai, nos irmãos. Fui frívolo ao agir.
Homem nenhum jamais seja antilei: acolhe
calado o que os eternos lhe ofertarem. Quanta
iniquidade vejo moços cometerem,
dilapidando haveres, ultrajando a esposa 145
de alguém que em breve torna aos seus e à bela Ítaca.
Está bem perto. Queira um deus te guie ao lar,
poupando de encontrá-lo quando pise o solo
ancestre: não será sem sangue o enfrentamento
entre ele e os pretendentes, quando cruze o paço." 150
Falando assim, libou, bebeu o doce vinho
e entregou a cratera ao condutor de povos,
que andava pela sala combalido, a testa
inclinando, pois via desavença na ânima.
Mas não fugiu à Quere morticida: Atena 155
o reteve e Telêmaco o derrota, lança
à mão. Logo retorna ao trono de onde viera.
E Atena de olhos glaucos introduz na mente
da rainha, filha sapientíssima de Icário,
o afã de aparecer aos procos para aos procos 160
abrir seu coração e revelar mais que antes
o quanto ela honorava o filho e seu marido.
Esboçando um sorriso, principia a fala:
"Meu coração, Eurínome, jamais como hoje,
quer que eu me mostre aos procos, mesmo desprezando-os. 165
Eu troco uma palavra com meu filho: útil

μὴ πάντα μνηστῆρσιν ὑπερφιάλοισιν ὁμιλεῖν,
οἵ τ' εὖ μὲν βάζουσι, κακῶς δ' ὄπιθεν φρονέουσι."
τὴν δ' αὖτ' Εὐρυνόμη ταμίη πρὸς μῦθον ἔειπεν·
"ναὶ δὴ ταῦτά γε πάντα, τέκος, κατὰ μοῖραν ἔειπες. 170
ἀλλ' ἴθι καὶ σῷ παιδὶ ἔπος φάο μηδ' ἐπίκευθε,
χρῶτ' ἀπονιψαμένη καὶ ἐπιχρίσασα παρειάς·
μηδ' οὕτω δακρύοισι πεφυρμένη ἀμφὶ πρόσωπα
ἔρχευ, ἐπεὶ κάκιον πενθήμεναι ἄκριτον αἰεί.
ἤδη μὲν γάρ τοι παῖς τηλίκος, ὃν σὺ μάλιστα 175
ἠρῶ ἀθανάτοισι γενειήσαντα ἰδέσθαι."
τὴν δ' αὖτε προσέειπε περίφρων Πηνελόπεια·
"Εὐρυνόμη, μὴ ταῦτα παραύδα, κηδομένη περ,
χρῶτ' ἀπονίπτεσθαι καὶ ἐπιχρίεσθαι ἀλοιφῇ·
ἀγλαΐην γὰρ ἐμοί γε θεοί, τοὶ Ὄλυμπον ἔχουσιν, 180
ὤλεσαν, ἐξ οὗ κεῖνος ἔβη κοίλῃς ἐνὶ νηυσίν.
ἀλλά μοι Αὐτονόην τε καὶ Ἱπποδάμειαν ἄνωχθι
ἐλθέμεν, ὄφρα κέ μοι παρστῆτον ἐν μεγάροισιν·
οἴη δ' οὐκ εἴσειμι μετ' ἀνέρας· αἰδέομαι γάρ."
ὣς ἄρ' ἔφη, γρηῢς δὲ διὲκ μεγάροιο βεβήκει 185
ἀγγελέουσα γυναιξὶ καὶ ὀτρυνέουσα νέεσθαι.
ἔνθ' αὖτ' ἄλλ' ἐνόησε θεὰ γλαυκῶπις Ἀθήνη·
κούρῃ Ἰκαρίοιο κατὰ γλυκὺν ὕπνον ἔχευεν,
εὗδε δ' ἀνακλινθεῖσα, λύθεν δέ οἱ ἅψεα πάντα
αὐτοῦ ἐνὶ κλιντῆρι· τέως δ' ἄρα δῖα θεάων 190
ἄμβροτα δῶρα δίδου, ἵνα μιν θησαίατ' Ἀχαιοί.
κάλλεϊ μέν οἱ πρῶτα προσώπατα καλὰ κάθηρεν
ἀμβροσίῳ, οἵῳ περ ἐϋστέφανος Κυθέρεια
χρίεται, εὖτ' ἂν ἴῃ Χαρίτων χορὸν ἱμερόεντα·
καί μιν μακροτέρην καὶ πάσσονα θῆκεν ἰδέσθαι, 195
λευκοτέρην δ' ἄρα μιν θῆκε πριστοῦ ἐλέφαντος.
ἡ μὲν ἄρ' ὣς ἔρξας' ἀπεβήσετο δῖα θεάων,
ἦλθον δ' ἀμφίπολοι λευκώλενοι ἐκ μεγάροιο
φθόγγῳ ἐπερχόμεναι· τὴν δὲ γλυκὺς ὕπνος ἀνῆκε,
καί ῥ' ἀπομόρξατο χερσὶ παρειὰς φώνησέν τε· 200
"ἦ με μάλ' αἰνοπαθῆ μαλακὸν περὶ κῶμ' ἐκάλυψεν.

será que não frequente os prepotentes procos,
que o tratam bem, mas que por trás querem seu mal."
E a despenseira Eurínome falou: "Senhora,
nada do que disseste me parece impróprio; 170
comente com teu filho, sem nada esconder-lhe,
mas, antes, banha o corpo e unge o rosto: não
convém que vás assim, a face demarcada
pelo lamento. O pior de tudo é o sofrimento
se ele não cessa. A idade que rogavas tanto 175
aos deuses que Telêmaco atingisse, chega:
cresce-lhe a barba." Então Penélope responde:
"És prestimosa, mas não venhas sugerir-me
que eu deva me lavar e ungir com óleo o corpo:
meu brilho esmaeceu (assim aprouve aos deuses) 180
desde que o herói zarpou na embarcação bicôncava.
Mas peça que Hipodâmia venha com Autónoe,
pois quero que ambas me ladeiem no recinto.
Me acanha estar sozinha entre varões." Falou
e a anciã saiu da câmara, buscando as duas 185
fâmulas que chamara a dama. Atena de olhos
azuis pensou em algo diferente. Verte
sobre a filha de Icário o sono doce, membros
distensos na poltrona em que reclina. Ambrósios
dons lhe doou, divina entre imortais: que aqueus 190
vibrassem! Antes espargiu no belo rosto
a ambrosia com que Afrodite coroada
de beleza unge a si, ao ingressar no coro
das Graças, dança de prazer. Então delonga-a,
molda seu físico, a faz muito mais branca 195
que o entalhe ebúrneo. Concluída a operação,
divina entre imortais, partiu. Da grande sala,
as duas ancilas bracicândidas despontam
ruidosamente. Hipnos, doce sonolência,
abandonou-a. Assim falou, tangendo a face: 200
"Toldou-me a maciez da acídia, a mim tão triste.

αἴθε μοι ὣς μαλακὸν θάνατον πόροι Ἄρτεμις ἁγνὴ
αὐτίκα νῦν, ἵνα μηκέτ' ὀδυρομένη κατὰ θυμὸν
αἰῶνα φθινύθω, πόσιος ποθέουσα φίλοιο
παντοίην ἀρετήν, ἐπεὶ ἔξοχος ἦεν Ἀχαιῶν." 205
ὣς φαμένη κατέβαιν' ὑπερώϊα σιγαλόεντα,
οὐκ οἴη· ἅμα τῇ γε καὶ ἀμφίπολοι δύ' ἕποντο.
ἡ δ' ὅτε δὴ μνηστῆρας ἀφίκετο δῖα γυναικῶν,
στῆ ῥα παρὰ σταθμὸν τέγεος πύκα ποιητοῖο,
ἄντα παρειάων σχομένη λιπαρὰ κρήδεμνα· 210
ἀμφίπολος δ' ἄρα οἱ κεδνὴ ἑκάτερθε παρέστη.
τῶν δ' αὐτοῦ λύτο γούνατ', ἔρῳ δ' ἄρα θυμὸν ἔθελχθεν,
πάντες δ' ἠρήσαντο παραὶ λεχέεσσι κλιθῆναι.
ἡ δ' αὖ Τηλέμαχον προσεφώνεεν, ὃν φίλον υἱόν·
"Τηλέμαχ', οὐκέτι τοι φρένες ἔμπεδοι οὐδὲ νόημα· 215
παῖς ἔτ' ἐὼν καὶ μᾶλλον ἐνὶ φρεσὶ κέρδε' ἐνώμας·
νῦν δ', ὅτε δὴ μέγας ἐσσὶ καὶ ἥβης μέτρον ἱκάνεις,
καί κέν τις φαίη γόνον ἔμμεναι ὀλβίου ἀνδρός,
ἐς μέγεθος καὶ κάλλος ὁρώμενος, ἀλλότριος φώς,
οὐκέτι τοι φρένες εἰσὶν ἐναίσιμοι οὐδὲ νόημα. 220
οἷον δὴ τόδε ἔργον ἐνὶ μεγάροισιν ἐτύχθη,
ὃς τὸν ξεῖνον ἔασας ἀεικισθήμεναι οὕτως.
πῶς νῦν, εἴ τι ξεῖνος ἐν ἡμετέροισι δόμοισιν
ἥμενος ὧδε πάθοι ῥυστακτύος ἐξ ἀλεγεινῆς;
σοί κ' αἶσχος λώβη τε μετ' ἀνθρώποισι πέλοιτο." 225
τὴν δ' αὖ Τηλέμαχος πεπνυμένος ἀντίον ηὔδα·
"μῆτερ ἐμή, τὸ μὲν οὔ σε νεμεσσῶμαι κεχολῶσθαι·
αὐτὰρ ἐγὼ θυμῷ νοέω καὶ οἶδα ἕκαστα,
ἐσθλά τε καὶ τὰ χέρεια· πάρος δ' ἔτι νήπιος ἦα.
ἀλλά τοι οὐ δύναμαι πεπνυμένα πάντα νοῆσαι· 230
ἐκ γάρ με πλήσσουσι παρήμενοι ἄλλοθεν ἄλλος
οἵδε κακὰ φρονέοντες, ἐμοὶ δ' οὐκ εἰσὶν ἀρωγοί.
οὐ μέν τοι ξείνου γε καὶ Ἴρου μῶλος ἐτύχθη
μνηστήρων ἰότητι, βίῃ δ' ὅ γε φέρτερος ἦεν.
αἲ γάρ, Ζεῦ τε πάτερ καὶ Ἀθηναίη καὶ Ἄπολλον, 235
οὕτω νῦν μνηστῆρες ἐν ἡμετέροισι δόμοισι

Ah! se Ártemis me enviasse, com maciez igual
a morte agora! *Aiôn*, o tempo do viver,
não me consumiria torturando o peito,
a mim que choro o magno aqueu, herói tão ínclito." 205
Concluindo assim, abandonou o quarto esplêndido,
não só, que as duas fâmulas a acompanhavam.
Quando se aproximou dos pretendentes, deia
entre as mulheres, para rente ao botaréu
da altiva cumeeira, oculta sob o véu 210
brilhante; em cada flanco, posta-se uma serva.
Os joelhos dos mancebos afrouxaram. Eros
lhes arrebata o coração, ardentes por
reclinar em seu leito. Fala, então, ao filho:
"Tua mente periclita? O pensamento oscila? 215
Menino, tinhas tino. À flor da mocidade
agora, do vigor, alguém, vindo de fora,
admirando teu porte e garbo, poderia
pensar que és filho de um senhor aquinhoado,
privado embora do pensar, de ideias claras. 220
Algo de grave ocorre aqui, pois consentiste
que um hóspede sofresse desaforo em casa.
Aonde as coisas vão parar, se se permite
que um hóspede seja agredido em seu solar?
Conquistarás desonra e despudor entre homens." 225
E inspirando equilíbrio, o filho respondeu-lhe:
"Não me perturba, mãe, que te enfuries comigo.
No coração repenso cada coisa e sei
discernir sordidez de magnitude. Não
sou mais criança, mas pensar com lucidez 230
em tudo não seria capaz, pois me assediam
de todo lado, excogitando o mal. Não tenho
como escapar. A luta entre o estrangeiro e Iro
não saiu como os pretendentes pretendiam.
Zeus pai, Atena, Apolo, ah! se eles balouçassem 235
a testa dos cortejadores paço adentro,

νεύοιεν κεφαλὰς δεδμημένοι, οἱ μὲν ἐν αὐλῇ,
οἱ δ' ἔντοσθε δόμοιο, λελῦτο δὲ γυῖα ἑκάστου,
ὡς νῦν Ἶρος κεῖνος ἐπ' αὐλείῃσι θύρῃσιν
ἧσται νευστάζων κεφαλῇ, μεθύοντι ἐοικώς, 240
οὐδ' ὀρθὸς στῆναι δύναται ποσὶν οὐδὲ νέεσθαι
οἴκαδ', ὅπη οἱ νόστος, ἐπεὶ φίλα γυῖα λέλυνται."
ὣς οἱ μὲν τοιαῦτα πρὸς ἀλλήλους ἀγόρευον·
Εὐρύμαχος δ' ἐπέεσσι προσηύδα Πηνελόπειαν·
"κούρη Ἰκαρίοιο, περίφρον Πηνελόπεια, 245
εἰ πάντες σε ἴδοιεν ἀν' Ἴασον Ἄργος Ἀχαιοί,
πλέονές κε μνηστῆρες ἐν ὑμετέροισι δόμοισιν
ἠῶθεν δαινύατ', ἐπεὶ περίεσσι γυναικῶν
εἶδός τε μέγεθός τε ἰδὲ φρένας ἔνδον ἐΐσας."
τὸν δ' ἠμείβετ' ἔπειτα περίφρων Πηνελόπεια· 250
"Εὐρύμαχ', ἦ τοι ἐμὴν ἀρετὴν εἶδός τε δέμας τε
ὤλεσαν ἀθάνατοι, ὅτε Ἴλιον εἰσανέβαινον
Ἀργεῖοι, μετὰ τοῖσι δ' ἐμὸς πόσις ἦεν Ὀδυσσεύς.
εἰ κεῖνός γ' ἐλθὼν τὸν ἐμὸν βίον ἀμφιπολεύοι,
μεῖζόν κε κλέος εἴη ἐμὸν καὶ κάλλιον οὕτως. 255
νῦν δ' ἄχομαι· τόσα γάρ μοι ἐπέσσευεν κακὰ δαίμων.
ἦ μὲν δὴ ὅτε τ' ᾖε λιπὼν κάτα πατρίδα γαῖαν,
δεξιτερὴν ἐπὶ καρπῷ ἑλὼν ἐμὲ χεῖρα προσηύδα·
'ὦ γύναι, οὐ γὰρ ὀΐω ἐϋκνήμιδας Ἀχαιοὺς
ἐκ Τροίης εὖ πάντας ἀπήμονας ἀπονέεσθαι· 260
καὶ γὰρ Τρῶάς φασι μαχητὰς ἔμμεναι ἄνδρας,
ἠμὲν ἀκοντιστὰς ἠδὲ ῥυτῆρας ὀϊστῶν
ἵππων τ' ὠκυπόδων ἐπιβήτορας, οἵ κε τάχιστα
ἔκριναν μέγα νεῖκος ὁμοιΐου πολέμοιο.
τῷ οὐκ οἶδ' ἤ κέν μ' ἀνέσει θεός, ἦ κεν ἁλώω 265
αὐτοῦ ἐνὶ Τροίῃ· σοὶ δ' ἐνθάδε πάντα μελόντων.
μεμνῆσθαι πατρὸς καὶ μητέρος ἐν μεγάροισιν
ὡς νῦν, ἢ ἔτι μᾶλλον ἐμεῦ ἀπονόσφιν ἐόντος·
αὐτὰρ ἐπὴν δὴ παῖδα γενειήσαντα ἴδηαι,
γήμασθ' ᾧ κ' ἐθέλῃσθα, τεὸν κατὰ δῶμα λιποῦσα.' 270
κεῖνος τὼς ἀγόρευε· τὰ δὴ νῦν πάντα τελεῖται.

prostrados, uns no pátio, outros paço adentro,
cada qual sem mais ter domínio de seus membros,
feito Iro que se assenta agora à porta do átrio,
cabeça balouçante, símile de um bêbado, 240
sem conseguir ficar em pé, tornar ao lar,
aonde iria, suas juntas permitissem!"
Era essa a arenga que a ambos entretinha, quando
Eurímaco se dirigiu à Icaríade:
"Penélope sensata, vissem-te os acaios, 245
todos que habitam iásia Argos, amanhã
o número de pretendentes cresceria
na mesa dos convivas, pois que exceles, tanto
no porte quanto na postura, as outras, dona
de fino espírito." E Penélope falou: 250
"O meu candor, meu corpo e resplendor, os deuses
apoucam desde que os argivos para Ílion
zarparam, entre os quais contava o meu marido.
Zelasse pela minha vida em seu retorno,
minha beleza e meu renome avultariam. 255
Meu presente angustia. O *dâimon* só me oprime.
Prestes a abandonar o solo pátrio, o herói
tomou-me pelo pulso destro e disse: 'Cara,
não é provável que os aqueus de belas grevas
retornem todos de Ílion sem um arranhão, 260
pois dizem que os troianos são guerreiros ótimos,
quando alanceiam ou flecheiam o adversário
sobre corcéis velozes, que a refrega acerba
num átimo decidem na librada guerra.
Não sei se um deus me ampara ou morro nas lonjuras 265
de Troia. Cuida aqui de tudo. De meus pais
deves lembrar-te em casa como agora, ou ainda
mais, pois que eu estarei ausente. Assim que aflore
a barba no garoto, esposas quem bem queiras,
abandonando o teu solar.' Foi sua arenga. 270
Tudo se cumpre agora. Noite existirá

νὺξ δ' ἔσται ὅτε δὴ στυγερὸς γάμος ἀντιβολήσει
οὐλομένης ἐμέθεν, τῆς τε Ζεὺς ὄλβον ἀπηύρα.
ἀλλὰ τόδ' αἰνὸν ἄχος κραδίην καὶ θυμὸν ἱκάνει·
μνηστήρων οὐχ ἥδε δίκη τὸ πάροιθε τέτυκτο· 275
οἵ τ' ἀγαθήν τε γυναῖκα καὶ ἀφνειοῖο θύγατρα
μνηστεύειν ἐθέλωσι καὶ ἀλλήλοις ἐρίσωσιν,
αὐτοὶ τοί γ' ἀπάγουσι βόας καὶ ἴφια μῆλα,
κούρης δαῖτα φίλοισι, καὶ ἀγλαὰ δῶρα διδοῦσιν·
ἀλλ' οὐκ ἀλλότριον βίοτον νήποινον ἔδουσιν." 280
ὣς φάτο, γήθησεν δὲ πολύτλας δῖος Ὀδυσσεύς,
οὕνεκα τῶν μὲν δῶρα παρέλκετο, θέλγε δὲ θυμὸν
μειλιχίοις ἐπέεσσι, νόος δέ οἱ ἄλλα μενοίνα.
τὴν δ' αὖτ' Ἀντίνοος προσέφη, Εὐπείθεος υἱός,
"κούρη Ἰκαρίοιο, περίφρον Πηνελόπεια, 285
δῶρα μὲν ὅς κ' ἐθέλῃσιν Ἀχαιῶν ἐνθάδ' ἐνεῖκαι,
δέξασθ'· οὐ γὰρ καλὸν ἀνήνασθαι δόσιν ἐστίν·
ἡμεῖς δ' οὔτ' ἐπὶ ἔργα πάρος γ' ἴμεν οὔτε πῃ ἄλλῃ,
πρίν γέ σε τῷ γήμασθαι Ἀχαιῶν ὅς τις ἄριστος."
ὣς ἔφατ' Ἀντίνοος, τοῖσιν δ' ἐπιήνδανε μῦθος· 290
δῶρα δ' ἄρ' οἰσέμεναι πρόεσαν κήρυκα ἕκαστος.
Ἀντινόῳ μὲν ἔνεικε μέγαν περικαλλέα πέπλον,
ποικίλον· ἐν δ' ἄρ' ἔσαν περόναι δυοκαίδεκα πᾶσαι
χρύσειαι, κληῖσιν ἐϋγνάμπτοις ἀραρυῖαι.
ὅρμον δ' Εὐρυμάχῳ πολυδαίδαλον αὐτίκ' ἔνεικε. 295
χρύσεον, ἠλέκτροισιν ἐερμένον ἠέλιον ὥς.
ἕρματα δ' Εὐρυδάμαντι δύω θεράποντες ἔνεικαν,
τρίγληνα μορόεντα· χάρις δ' ἀπελάμπετο πολλή.
ἐκ δ' ἄρα Πεισάνδροιο Πολυκτορίδαο ἄνακτος
ἴσθμιον ἤνεικεν θεράπων, περικαλλὲς ἄγαλμα. 300
ἄλλο δ' ἄρ' ἄλλος δῶρον Ἀχαιῶν καλὸν ἔνεικεν.
ἡ μὲν ἔπειτ' ἀνέβαιν' ὑπερώϊα δῖα γυναικῶν,
τῇ δ' ἄρ' ἅμ' ἀμφίπολοι ἔφερον περικαλλέα δῶρα
οἱ δ' εἰς ὀρχηστύν τε καὶ ἱμερόεσσαν ἀοιδὴν
τρεψάμενοι τέρποντο, μένον δ' ἐπὶ ἕσπερον ἐλθεῖν. 305
τοῖσι δὲ τερπομένοισι μέλας ἐπὶ ἕσπερος ἦλθεν.

em que me há de tocar o esponsalício estígio,
lutuosa, de quem Zeus tolheu qualquer prazer.
E a dor terrível se me abate o coração:
era diverso o modo como agia em tempos 275
idos quem desejasse cortejar a dama
e disputar a filha de homem rico: bois
e ovelhas pingues ofertavam aos parentes
da moça pela invitação; brilhavam dons.
Haveres de terceiros não comiam impunes." 280
Falou assim e se alegrou o herói paciente,
pois que ela sugeria querer os seus presentes
e os encantava com palavras-mel. Sua mente
pensava diferentemente. Antínoo fala:
"Penélope plurissapiente, Icaríade, 285
os dons que te quiserem ofertar acaios,
recebe-os, pois não há beleza em renegá-los,
porém, não retomamos nossos afazeres,
nem arredamos pé daqui, se não desposas
antes o aqueu melhor." Concordam os demais 290
com suas palavras. Que os arautos lhe trouxessem
bens! E ele oferta o enorme peplo multilindo,
iriante (o adornam uma dúzia de alfinetes
em ouro, conectados com belirrecurvos
fechos). Eurímaco lhe ofereceu colar 295
dourado, com tauxias âmbar, quase um sol.
De Euridamante trazem brincos com três pérolas
lampadejando graça, símiles de amoras.
Do lar do Politóride Pisandro, um servo
portava a gargantilha, joia plenibela. 300
Cada argivo a brindou com mimo diferente.
Divina entre as mulheres, retornou aos cômodos,
seguida pelas aias que transladam dádivas.
Os pretendentes retornavam aos prazeres
do canto e dança, enquanto esperam o crepúsculo. 305
E a noite negra desce em meio à diversão.

αὐτίκα λαμπτῆρας τρεῖς ἵστασαν ἐν μεγάροισιν,
ὄφρα φαείνοιεν· περὶ δὲ ξύλα κάγκανα θῆκαν,
αὖα πάλαι, περίκηλα, νέον κεκεασμένα χαλκῷ,
καὶ δαΐδας μετέμισγον· ἀμοιβηδὶς δ' ἀνέφαινον 310
δμῳαὶ Ὀδυσσῆος ταλασίφρονος. αὐτὰρ ὁ τῇσιν
αὐτὸς διογενὴς μετέφη πολύμητις Ὀδυσσεύς·
"δμῳαὶ Ὀδυσσῆος, δὴν οἰχομένοιο ἄνακτος,
ἔρχεσθε πρὸς δώμαθ', ἵν' αἰδοίη βασίλεια·
τῇ δὲ παρ' ἠλάκατα στροφαλίζετε, τέρπετε δ' αὐτὴν 315
ἥμεναι ἐν μεγάρῳ, ἢ εἴρια πείκετε χερσίν·
αὐτὰρ ἐγὼ τούτοισι φάος πάντεσσι παρέξω.
ἤν περ γάρ κ' ἐθέλωσιν ἐΰθρονον Ἠῶ μίμνειν,
οὔ τί με νικήσουσι· πολυτλήμων δὲ μάλ' εἰμί."
ὣς ἔφαθ', αἱ δ' ἐγέλασσαν, ἐς ἀλλήλας δὲ ἴδοντο. 320
τὸν δ' αἰσχρῶς ἐνένιπε Μελανθὼ καλλιπάρῃος,
τὴν Δολίος μὲν ἔτικτε, κόμισσε δὲ Πηνελόπεια,
παῖδα δὲ ὣς ἀτίταλλε, δίδου δ' ἄρ' ἀθύρματα θυμῷ·
ἀλλ' οὐδ' ὣς ἔχε πένθος ἐνὶ φρεσὶ Πηνελοπείης,
ἀλλ' ἥ γ' Εὐρυμάχῳ μισγέσκετο καὶ φιλέεσκεν. 325
ἥ ῥ' Ὀδυσῆ' ἐνένιπεν ὀνειδείοις ἐπέεσσιν·
"ξεῖνε τάλαν, σύ γέ τις φρένας ἐκπεπαταγμένος ἐσσί,
οὐδ' ἐθέλεις εὕδειν χαλκήϊον ἐς δόμον ἐλθών,
ἠέ που ἐς λέσχην, ἀλλ' ἐνθάδε πόλλ' ἀγορεύεις,
θαρσαλέως πολλοῖσι μετ' ἀνδράσιν, οὐδέ τι θυμῷ 330
ταρβεῖς· ἦ ῥά σε οἶνος ἔχει φρένας, ἤ νύ τοι αἰεὶ
τοιοῦτος νόος ἐστίν· ὃ καὶ μεταμώνια βάζεις.
ἦ ἀλύεις, ὅτι Ἶρον ἐνίκησας τὸν ἀλήτην;
μή τίς τοι τάχα Ἴρου ἀμείνων ἄλλος ἀναστῇ,
ὅς τίς σ' ἀμφὶ κάρη κεκοπὼς χερσὶ στιβαρῇσι 335
δώματος ἐκπέμψῃσι, φορύξας αἵματι πολλῷ."
τὴν δ' ἄρ' ὑπόδρα ἰδὼν προσέφη πολύμητις Ὀδυσσεύς·
"ἦ τάχα Τηλεμάχῳ ἐρέω, κύον, οἷ' ἀγορεύεις,
κεῖσ' ἐλθών, ἵνα σ' αὖθι διὰ μελεϊστὶ τάμῃσιν."
ὣς εἰπὼν ἐπέεσσι διεπτοίησε γυναῖκας. 340
βὰν δ' ἴμεναι διὰ δῶμα, λύθεν δ' ὑπὸ γυῖα ἑκάστης

Soerguem logo três braseiros no recinto
enorme que rebrilha, em torno aos quais crepita
a lenha há muito seca, neotalhada a bronze,
com maravalhas resinosas. Criadas do ínclito 310
Odisseu atiçavam fogo e, estirpe eterna,
se lhes dirige o próprio, pluri-inteligente:
"Ancilas de Odisseu, senhor há muito ausente,
tornai aos aposentos onde está Penélope
augusta, os fios torcei no fuso, alegrai-a 315
ali sentadas, penteai as lãs à mão,
que eu cuidarei da luz a todos os rapazes.
Mesmo se queiram aguardar que Aurora suba
ao trono, não me dobram, pois sou calejado."
Calou, e as outras, entreolhando-se, gargalham. 320
Melanto belirrosto rebateu, ignóbil
(Dólio a gerara, mas Penélope a educara
tal qual sua filha: jogos de recreação
lhe propiciara. Nem assim se apieda dela,
pois cedia à luxúria com o proco Eurímaco). 325
Insultou Odisseu, com parolagem vil:
"Desprovido alienígena, não bates bem,
pois ao invés de ir dormir no lar de algum
artífice, em qualquer outro muquifo, arengas
de queixo erguido entre os demais, pois nada teme 330
teu coração. Efeito da bebida, ou sempre
tua mente foi assim, seu palrador de araque?
Exultas por vencer um vagabundo: Iro?
Olha que alguém mais forte que Iro se levanta
e faz de tua cabeça picadinho e, envolto 335
em charco rubro, expulsa-te com mãos pesadas!"
Mirando-a de soslaio, o poliastuto diz:
"Cadela, contarei ao filho de Odisseu
o que falaste! Logo ele te pica inteira!"
Suas palavras apavoram as ancilas, 340
que cruzam o solar periclitando, atônitas,

ταρβοσύνῃ· φὰν γάρ μιν ἀληθέα μυθήσασθαι.
αὐτὰρ ὁ πὰρ λαμπτῆρσι φαείνων αἰθομένοισιν
ἑστήκειν ἐς πάντας ὁρώμενος· ἄλλα δέ οἱ κῆρ
ὥρμαινε φρεσὶν ᾗσιν, ἅ ῥ᾽ οὐκ ἀτέλεστα γένοντο.   345
μνηστῆρας δ᾽ οὐ πάμπαν ἀγήνορας εἴα Ἀθήνη
λώβης ἴσχεσθαι θυμαλγέος, ὄφρ᾽ ἔτι μᾶλλον
δύῃ ἄχος κραδίην Λαερτιάδεω Ὀδυσῆος.
τοῖσιν δ᾽ Εὐρύμαχος, Πολύβου πάϊς, ἦρχ᾽ ἀγορεύειν,
κερτομέων Ὀδυσῆα· γέλω δ᾽ ἑτάροισιν ἔτευχε.   350
"κέκλυτέ μευ, μνηστῆρες ἀγακλειτῆς βασιλείης,
ὄφρ᾽ εἴπω τά με θυμὸς ἐνὶ στήθεσσι κελεύει.
οὐκ ἀθεεὶ ὅδ᾽ ἀνὴρ Ὀδυσήϊον ἐς δόμον ἵκει·
ἔμπης μοι δοκέει δαΐδων σέλας ἔμμεναι αὐτοῦ
κὰκ κεφαλῆς, ἐπεὶ οὔ οἱ ἔνι τρίχες οὐδ᾽ ἠβαιαί."   355
ἦ ῥ᾽, ἅμα τε προσέειπεν Ὀδυσσῆα πτολίπορθον·
"ξεῖν᾽, ἦ ἄρ κ᾽ ἐθέλοις θητευέμεν, εἴ σ᾽ ἀνελοίμην,
ἀγροῦ ἐπ᾽ ἐσχατιῆς — μισθὸς δέ τοι ἄρκιος ἔσται —
αἱμασιάς τε λέγων καὶ δένδρεα μακρὰ φυτεύων;
ἔνθα κ᾽ ἐγὼ σῖτον μὲν ἐπηετανὸν παρέχοιμι,   360
εἵματα δ᾽ ἀμφιέσαιμι ποσίν θ᾽ ὑποδήματα δοίην.
ἀλλ᾽ ἐπεὶ οὖν δὴ ἔργα κάκ᾽ ἔμμαθες, οὐκ ἐθελήσεις
ἔργον ἐποίχεσθαι, ἀλλὰ πτώσσειν κατὰ δῆμον
βούλεαι, ὄφρ᾽ ἂν ἔχῃς βόσκειν σὴν γαστέρ᾽ ἄναλτον."
τὸν δ᾽ ἀπαμειβόμενος προσέφη πολύμητις Ὀδυσσεύς·   365
"Εὐρύμαχ᾽, εἰ γὰρ νῶϊν ἔρις ἔργοιο γένοιτο
ὥρῃ ἐν εἰαρινῇ, ὅτε τ᾽ ἤματα μακρὰ πέλονται,
ἐν ποίῃ, δρέπανον μὲν ἐγὼν εὐκαμπὲς ἔχοιμι,
καὶ δὲ σὺ τοῖον ἔχοις, ἵνα πειρησαίμεθα ἔργου
νήστιες ἄχρι μάλα κνέφαος, ποίη δὲ παρείη.   370
εἰ δ᾽ αὖ καὶ βόες εἶεν ἐλαυνέμεν, οἵ περ ἄριστοι,
αἴθωνες, μεγάλοι, ἄμφω κεκορηότε ποίης,
ἥλικες, ἰσοφόροι, τῶν τε σθένος οὐκ ἀλαπαδνόν,
τετράγυον δ᾽ εἴη, εἴκοι δ᾽ ὑπὸ βῶλος ἀρότρῳ·
τῷ κέ μ᾽ ἴδοις, εἰ ὦλκα διηνεκέα προταμοίμην.   375
εἰ δ᾽ αὖ καὶ πόλεμόν ποθεν ὁρμήσειε Κρονίων

temendo suas palavras fossem verdadeiras.
O herói, ao lado dos braseiros, atiçava
a luz, fixando a todos. Mas seu coração
pensava em algo diferente, a ser cumprido. 345
Atena não deixava que os cortejadores
cruéis arrefecessem o achincalhe e a dor
esmaecesse no íntimo do Laertíade.
Filho de Pólibo, Eurímaco arengou,
escarnecendo de Odisseu; e todos riram: 350
"Cortejadores da rainha ilustre, ouvi
o que meu coração concita ao peito. Sem
um deus é que o mendigo não chegou aqui;
a mim parece que o clarão da tocha emerge
de sua cabeça, pois cabelos não possui." 355
E então voltou-se para o herói arrasa-urbe:
"A meu convite, não aceitarias, hóspede,
cultivar umas glebas nos confins, a soldo
bom, recolher calhau, plantar enormes árvores?
Garanto que terás o de-comer no sítio, 360
além de roupas e calçados que darei.
Como não passas de um senhor da infâmia, não
te entregas à labuta, curvo em meio à gente;
preferes, mendigando, encher o bucho obeso."
E o herói pleniardiloso respondeu assim: 365
"Houvesse entre nós dois uma disputa, Eurímaco,
durante a primavera, quando é longo o dia,
no campo, manuseando a dupla o foice curvo,
na prova da lavoura, sem comer, até
o anoitecer, e a messe enfim se desse; ou se 370
houvesse bois a conduzir, os mais robustos,
melhores, brunos, ambos fartos de verdura,
coevos e fortes, similares na pujança,
em quatro jeiras, e o torrão cedesse enfim
ao arado, verias sem intervalo o sulco 375
por mim traçado. E se hoje mesmo Zeus instaura

σήμερον, αὐτὰρ ἐμοὶ σάκος εἴη καὶ δύο δοῦρε
καὶ κυνέη πάγχαλκος, ἐπὶ κροτάφοις ἀραρυῖα,
τῷ κέ μ' ἴδοις πρώτοισιν ἐνὶ προμάχοισι μιγέντα,
οὐδ' ἄν μοι τὴν γαστέρ' ὀνειδίζων ἀγορεύοις. 380
ἀλλὰ μάλ' ὑβρίζεις, καί τοι νόος ἐστὶν ἀπηνής·
καί πού τις δοκέεις μέγας ἔμμεναι ἠδὲ κραταιός,
οὕνεκα πὰρ παύροισι καὶ οὐκ ἀγαθοῖσιν ὁμιλεῖς.
εἰ δ' Ὀδυσεὺς ἔλθοι καὶ ἵκοιτ' ἐς πατρίδα γαῖαν,
αἶψά κέ τοι τὰ θύρετρα, καὶ εὐρέα περ μάλ' ἐόντα, 385
φεύγοντι στείνοιτο διὲκ προθύροιο θύραζε."
ὣς ἔφατ', Εὐρύμαχος δ' ἐχολώσατο κηρόθι μᾶλλον,
καί μιν ὑπόδρα ἰδὼν ἔπεα πτερόεντα προσηύδα·
"ἆ δείλ', ἦ τάχα τοι τελέω κακόν, οἷ' ἀγορεύεις
θαρσαλέως πολλοῖσι μετ' ἀνδράσιν, οὐδέ τι θυμῷ 390
ταρβεῖς· ἦ ῥά σε οἶνος ἔχει φρένας, ἤ νύ τοι αἰεὶ
τοιοῦτος νόος ἐστίν· ὃ καὶ μεταμώνια βάζεις.
ἦ ἀλύεις, ὅτι Ἶρον ἐνίκησας τὸν ἀλήτην;"
ὣς ἄρα φωνήσας σφέλας ἔλλαβεν· αὐτὰρ Ὀδυσσεὺς
Ἀμφινόμου πρὸς γοῦνα καθέζετο Δουλιχιῆος, 395
Εὐρύμαχον δείσας· ὃ δ' ἄρ' οἰνοχόον βάλε χεῖρα
δεξιτερήν· πρόχοος δὲ χαμαὶ βόμβησε πεσοῦσα,
αὐτὰρ ὅ γ' οἰμώξας πέσεν ὕπτιος ἐν κονίῃσι.
μνηστῆρες δ' ὁμάδησαν ἀνὰ μέγαρα σκιόεντα,
ὧδε δέ τις εἴπεσκεν ἰδὼν ἐς πλησίον ἄλλον· 400
"αἴθ' ὤφελλ' ὁ ξεῖνος ἀλώμενος ἄλλοθ' ὀλέσθαι
πρὶν ἐλθεῖν· τῷ οὔ τι τόσον κέλαδον μετέθηκε.
νῦν δὲ περὶ πτωχῶν ἐριδαίνομεν, οὐδέ τι δαιτὸς
ἐσθλῆς ἔσσεται ἦδος, ἐπεὶ τὰ χερείονα νικᾷ."
τοῖσι δὲ καὶ μετέειφ' ἱερὴ ἲς Τηλεμάχοιο 405
"δαιμόνιοι, μαίνεσθε καὶ οὐκέτι κεύθετε θυμῷ
βρωτὺν οὐδὲ ποτῆτα· θεῶν νύ τις ὔμμ' ὀροθύνει.
ἀλλ' εὖ δαισάμενοι κατακείετε οἴκαδ' ἰόντες,
ὁππότε θυμὸς ἄνωγε· διώκω δ' οὔ τιν' ἐγώ γε."
ὣς ἔφαθ', οἱ δ' ἄρα πάντες ὀδὰξ ἐν χείλεσι φύντες 410
Τηλέμαχον θαύμαζον, ὃ θαρσαλέως ἀγόρευε.

a guerra, duas lanças eu possuindo e a égide
e um elmo plenibrônzeo aderindo às têmporas,
então me vês encabeçando os mais valentes,
sem destilar escárnio contra o ventre meu. 380
Mas és um desbocado, mente sem nuance.
Te imaginas um potentado grandalhão,
rodeado por grupelho pífio de fracotes.
Se Odisseu retornasse a seu rincão natal,
aquela porta de amplitude gigantesca, 385
seria estreita em tua fuga pelo átrio."
Falou e mais referve a cólera de Eurímaco,
que enturva o olhar ao proferir palavras-asas:
"Seu miserável! Saberás o que é castigo
por arengar impávido na frente de homens 390
bastantes. A bebida te inebria ou sempre
tua mente foi assim, seu palrador infame?
Vencer o errante Iro te obnubila." Cala
e arroja um escabelo contra o herói que, a Eurímaco
temendo, abraça os joelhos do Dulíquio Anfínomo. 395
A mão direita do escanção sofreu o golpe
e a jarra ribombou no chão, tombando o servo
também no pó, supino. Então os pretendentes
vozeavam sala umbrosa adentro e era audível
o que um falava a seu vizinho: "Ah! Morrera 400
vagando em outras plagas, antes de chegar
aqui esse estrangeiro, nos poupando assim
de confusão. Brigamos por mendigos, deixa
de dar prazer a mesa lauta, o pueril
venceu." Vigor sagrado, proferiu Telêmaco: 405
"Demônios, sois amalucados? Coração
algum oculta que comestes e bebestes!
Um deus vos estimula. Já ceastes bem;
ide dormir, se o coração decide; não
expulsarei ninguém." E, remordendo os lábios, 410
se pasmam com o rasgo de sua intervenção.

τοῖσιν δ' Ἀμφίνομος ἀγορήσατο καὶ μετέειπε
Νίσου φαίδιμος υἱός, Ἀρητιάδαο ἄνακτος·
"ὦ φίλοι, οὐκ ἂν δή τις ἐπὶ ῥηθέντι δικαίῳ
ἀντιβίοις ἐπέεσσι καθαπτόμενος χαλεπαίνοι· 415
μήτε τι τὸν ξεῖνον στυφελίζετε μήτε τιν' ἄλλον
δμώων, οἳ κατὰ δώματ' Ὀδυσσῆος θείοιο.
ἀλλ' ἄγετ', οἰνοχόος μὲν ἐπαρξάσθω δεπάεσσιν,
ὄφρα σπείσαντες κατακείομεν οἴκαδ' ἰόντες·
τὸν ξεῖνον δὲ ἐῶμεν ἐνὶ μεγάροις Ὀδυσῆος 420
Τηλεμάχῳ μελέμεν· τοῦ γὰρ φίλον ἵκετο δῶμα."
ὣς φάτο, τοῖσι δὲ πᾶσιν ἑαδότα μῦθον ἔειπε.
τοῖσιν δὲ κρητῆρα κεράσσατο Μούλιος ἥρως,
κῆρυξ Δουλιχιεύς· θεράπων δ' ἦν Ἀμφινόμοιο·
νώμησεν δ' ἄρα πᾶσιν ἐπισταδόν· οἱ δὲ θεοῖσι 425
σπείσαντες μακάρεσσι πίον μελιηδέα οἶνον.
αὐτὰρ ἐπεὶ σπεῖσάν τ' ἔπιόν θ' ὅσον ἤθελε θυμός,
βάν ῥ' ἴμεναι κείοντες ἑὰ πρὸς δώμαθ' ἕκαστος.

Filho do ilustre Niso, rei dos arecíadas,
toma a palavra Anfínomo: "Ninguém, amigos,
frente ao discurso justo, deve melindrar-se
e recorrer a termos desafáveis. Não											415
maltrateis o estrangeiro, nem tampouco algum
dos servos do solar do herói divino. Taças
replene o escanção! Concluída a libação,
busquemos o repouso no palácio. Do hóspede,
deixemos que Telêmaco o acolha dentro										420
do paço de Odisseu, pois foi a sua casa
que ele buscou." Concluiu. Sua fala agrada a todos.
Múlio, arauto duliquiense que servia
Anfínomo, mesclou o vinho na cratera,
enchendo, uma a uma, as taças. Delibaram										425
aos deuses venturosos e beberam vinho-
-mel. Finda a libação, o coração saciado,
foram dormir, buscando cada qual seu paço.

τ

Αὐτὰρ ὁ ἐν μεγάρῳ ὑπελείπετο δῖος Ὀδυσσεύς,
μνηστήρεσσι φόνον σὺν Ἀθήνῃ μερμηρίζων·
αἶψα δὲ Τηλέμαχον ἔπεα πτερόεντα προσηύδα·
"Τηλέμαχε, χρὴ τεύχε' ἀρήϊα κατθέμεν εἴσω
πάντα μάλ'· αὐτὰρ μνηστῆρας μαλακοῖς ἐπέεσσι   5
παρφάσθαι, ὅτε κέν σε μεταλλῶσιν ποθέοντες·
'ἐκ καπνοῦ κατέθηκ', ἐπεὶ οὐκέτι τοῖσιν ἐῴκει
οἷά ποτε Τροίηνδε κιὼν κατέλειπεν Ὀδυσσεύς,
ἀλλὰ κατήκισται, ὅσσον πυρὸς ἵκετ' ἀϋτμή.
πρὸς δ' ἔτι καὶ τόδε μεῖζον ἐνὶ φρεσὶν ἔβαλε δαίμων   10
μή πως οἰνωθέντες, ἔριν στήσαντες ἐν ὑμῖν,
ἀλλήλους τρώσητε καταισχύνητέ τε δαῖτα
καὶ μνηστύν· αὐτὸς γὰρ ἐφέλκεται ἄνδρα σίδηρος.'"
ὣς φάτο, Τηλέμαχος δὲ φίλῳ ἐπεπείθετο πατρί,
ἐκ δὲ καλεσσάμενος προσέφη τροφὸν Εὐρύκλειαν·   15
"μαῖ', ἄγε δή μοι ἔρυξον ἐνὶ μεγάροισι γυναῖκας,
ὄφρα κεν ἐς θάλαμον καταθείομαι ἔντεα πατρὸς
καλά, τά μοι κατὰ οἶκον ἀκηδέα καπνὸς ἀμέρδει
πατρὸς ἀποιχομένοιο· ἐγὼ δ' ἔτι νήπιος ἦα.
νῦν δ' ἐθέλω καταθέσθαι, ἵν' οὐ πυρὸς ἵξετ' ἀϋτμή."   20
τὸν δ' αὖτε προσέειπε φίλη τροφὸς Εὐρύκλεια·
"αἲ γὰρ δή ποτε, τέκνον, ἐπιφροσύνας ἀνέλοιο
οἴκου κήδεσθαι καὶ κτήματα πάντα φυλάσσειν.
ἀλλ' ἄγε, τίς τοι ἔπειτα μετοιχομένη φάος οἴσει;
δμῳὰς δ' οὐκ εἴας προβλωσκέμεν, αἵ κεν ἔφαινον."   25
τὴν δ' αὖ Τηλέμαχος πεπνυμένος ἀντίον ηὔδα·

Canto XIX

O divino Odisseu permaneceu na sala,
pensando com Atena em como eliminar
os pretendentes. A Telêmaco profere
palavras-asas: "O armamento, é bom mantê-lo
dentro; aos cortejadores, usa de tua lábia 5
para escusar-te, caso te interpelem: 'Não
o quis à beira da fogueira; nem de longe
parece o arsenal deixado por meu pai
quando zarpou. Estava gasto sob a ação
do bafo quente. E um deus-demônio me inspirou 10
algo mais grave: e se, ébrios, a discórdia de Éris
se instaurasse entre vós? Alguém se feriria,
enodoando a corte e o bródio, pois o ferro
atrai os homens.'" Disse e o obedeceu Telêmaco,
que à ama Euricleia instruiu: "Mantém, avó, 15
nos aposentos as mulheres, para que eu
possa guardar no tálamo o armamento belo
de propriedade de meu pai. A esmo em casa,
o fumo o deteriora desde que partiu
(e eu era tão pequeno!): quero colocá-lo 20
onde o fogo não lufe." "Fora" — disse a ama —
"dado a ti ter domínio da prudência, filho,
e então zelar pela morada e resguardar
todos os bens! Mas quem é que transporta o lume,
se vetas que circulem fâmulas com tochas?" 25
E o jovem, inspirando sensatez, responde-lhe:

"ξεῖνος ὅδ'· οὐ γὰρ ἀεργὸν ἀνέξομαι ὅς κεν ἐμῆς γε
χοίνικος ἅπτηται, καὶ τηλόθεν εἰληλουθώς."
ὣς ἄρ' ἐφώνησεν, τῇ δ' ἄπτερος ἔπλετο μῦθος.
κλήϊσεν δὲ θύρας μεγάρων εὖ ναιεταόντων. 30
τὼ δ' ἄρ' ἀναΐξαντ' Ὀδυσεὺς καὶ φαίδιμος υἱὸς
ἐσφόρεον κόρυθάς τε καὶ ἀσπίδας ὀμφαλοέσσας
ἔγχεά τ' ὀξυόεντα· πάροιθε δὲ Παλλὰς Ἀθήνη,
χρύσεον λύχνον ἔχουσα, φάος περικαλλὲς ἐποίει.
δὴ τότε Τηλέμαχος προσεφώνεεν ὃν πατέρ' αἶψα· 35
"ὦ πάτερ, ἦ μέγα θαῦμα τόδ' ὀφθαλμοῖσιν ὁρῶμαι.
ἔμπης μοι τοῖχοι μεγάρων καλαί τε μεσόδμαι,
εἰλάτιναί τε δοκοί, καὶ κίονες ὑψόσ' ἔχοντες
φαίνοντ' ὀφθαλμοῖς ὡς εἰ πυρὸς αἰθομένοιο.
ἦ μάλα τις θεὸς ἔνδον, οἳ οὐρανὸν εὐρὺν ἔχουσι." 40
τὸν δ' ἀπαμειβόμενος προσέφη πολύμητις Ὀδυσσεύς·
"σίγα καὶ κατὰ σὸν νόον ἴσχανε μηδ' ἐρέεινε·
αὕτη τοι δίκη ἐστὶ θεῶν, οἳ Ὄλυμπον ἔχουσιν.
ἀλλὰ σὺ μὲν κατάλεξαι, ἐγὼ δ' ὑπολείψομαι αὐτοῦ,
ὄφρα κ' ἔτι δμῳὰς καὶ μητέρα σὴν ἐρεθίζω· 45
ἡ δέ μ' ὀδυρομένη εἰρήσεται ἀμφὶς ἕκαστα."
ὣς φάτο, Τηλέμαχος δὲ διὲκ μεγάροιο βεβήκει
κείων ἐς θάλαμον, δαΐδων ὕπο λαμπομενάων,
ἔνθα πάρος κοιμᾶθ', ὅτε μιν γλυκὺς ὕπνος ἱκάνοι·
ἔνθ' ἄρα καὶ τότ' ἔλεκτο καὶ Ἠῶ δῖαν ἔμιμνεν. 50
αὐτὰρ ὁ ἐν μεγάρῳ ὑπελείπετο δῖος Ὀδυσσεύς,
μνηστήρεσσι φόνον σὺν Ἀθήνῃ μερμηρίζων.
ἡ δ' ἴεν ἐκ θαλάμοιο περίφρων Πηνελόπεια,
Ἀρτέμιδι ἰκέλη ἠὲ χρυσέῃ Ἀφροδίτῃ.
τῇ παρὰ μὲν κλισίην πυρὶ κάτθεσαν, ἔνθ' ἄρ' ἐφῖζε, 55
δινωτὴν ἐλέφαντι καὶ ἀργύρῳ· ἥν ποτε τέκτων
ποίησ' Ἰκμάλιος, καὶ ὑπὸ θρῆνυν ποσὶν ἧκε
προσφυέ' ἐξ αὐτῆς, ὅθ' ἐπὶ μέγα βάλλετο κῶας.
ἔνθα καθέζετ' ἔπειτα περίφρων Πηνελόπεια.
ἦλθον δὲ δμῳαὶ λευκώλενοι ἐκ μεγάροιο. 60
αἱ δ' ἀπὸ μὲν σῖτον πολὺν ᾕρεον ἠδὲ τραπέζας

"Este hóspede, pois não me apraz a inoperância
de quem, embora proveniente dos confins,
provou de minha messe." Ouviu palavras-asas
e desfecha os acessos do salão, assaz
repleto sempre. A dupla, em pé, cuidou então
da remoção dos elmos, de égides umbili-
convexas, de hásteas aguçadas. Alumiava
à frente Palas, belo facho de uma lâmpada
de ouro. Telêmaco interpela então o pai:
"Que feito maxiprodigioso é o que perlustro!
Paredes da morada, nichos pluribelos,
vigas de pinho, altiva colunária, os olhos
os descortinam como se uma chama ardesse.
Há um deus no interior, um deus que habita o céu."
E o herói plurissolerte então profere: "Psiu,
cala, guarda contigo o pensamento! Falas
de um apanágio numinoso dos olímpicos.
Mas vai dormir, que eu ainda fico aqui a fim
de provocar as servas e instigar tua mãe
que, em seus lamentos, há de me indagar muitíssimo."
Ato contínuo, o filho sai e cruza a sala
até alcançar o quarto, sob tochas rútilas,
onde jazia quando o sono doce vinha:
ali deitado aguarda a lucidez da Aurora.
Mas Odisseu divino fica no recinto,
pensando com Atena em como mataria
os procos. Eis que sai do tálamo Penélope,
símile de Ártemis ou de Afrodite áurea.
À beira-fogo põe a sédia em que sentava-se
outrora, tauxiada em prata e âmbar, obra
do fabro Icmálio, que fundira um escabelo
embaixo, onde um enorme velo repousava.
Foi nela que a rainha se sentou, sapiente.
Da grande sala surgem servas bracicândidas.
Recolhem pães copiosos, távolas e taças

καὶ δέπα, ἔνθεν ἄρ' ἄνδρες ὑπερμενέοντες ἔπινον·
πῦρ δ' ἀπὸ λαμπτήρων χαμάδις βάλον, ἄλλα δ' ἐπ' αὐτῶν
νήησαν ξύλα πολλά, φόως ἔμεν ἠδὲ θέρεσθαι.
ἡ δ' Ὀδυσῆ' ἐνένιπε Μελανθὼ δεύτερον αὖτις· 65
"ξεῖν', ἔτι καὶ νῦν ἐνθάδ' ἀνιήσεις διὰ νύκτα
δινεύων κατὰ οἶκον, ὀπιπεύσεις δὲ γυναῖκας;
ἀλλ' ἔξελθε θύραζε, τάλαν, καὶ δαιτὸς ὄνησο·
ἢ τάχα καὶ δαλῷ βεβλημένος εἶσθα θύραζε."
τὴν δ' ἄρ' ὑπόδρα ἰδὼν προσέφη πολύμητις Ὀδυσσεύς· 70
"δαιμονίη, τί μοι ὧδ' ἐπέχεις κεκοτηότι θυμῷ;
ἦ ὅτι δὴ ῥυπόω, κακὰ δὲ χροῒ εἵματα εἷμαι,
πτωχεύω δ' ἀνὰ δῆμον; ἀναγκαίη γὰρ ἐπείγει.
τοιοῦτοι πτωχοὶ καὶ ἀλήμονες ἄνδρες ἔασι
καὶ γὰρ ἐγώ ποτε οἶκον ἐν ἀνθρώποισιν ἔναιον 75
ὄλβιος ἀφνειὸν καὶ πολλάκι δόσκον ἀλήτῃ,
τοίῳ ὁποῖος ἔοι καὶ ὅτευ κεχρημένος ἔλθοι·
ἦσαν δὲ δμῶες μάλα μυρίοι, ἄλλα τε πολλὰ
οἷσίν τ' εὖ ζώουσι καὶ ἀφνειοὶ καλέονται.
ἀλλὰ Ζεὺς ἀλάπαξε Κρονίων· ἤθελε γάρ που· 80
τῷ νῦν μήποτε καὶ σύ, γύναι, ἀπὸ πᾶσαν ὀλέσσῃς
ἀγλαΐην, τῇ νῦν γε μετὰ δμῳῇσι κέκασσαι·
μή πώς τοι δέσποινα κοτεσσαμένη χαλεπήνῃ,
ἢ Ὀδυσεὺς ἔλθῃ· ἔτι γὰρ καὶ ἐλπίδος αἶσα.
εἰ δ' ὁ μὲν ὣς ἀπόλωλε καὶ οὐκέτι νόστιμός ἐστιν, 85
ἀλλ' ἤδη παῖς τοῖος Ἀπόλλωνός γε ἕκητι,
Τηλέμαχος· τὸν δ' οὔ τις ἐνὶ μεγάροισι γυναικῶν
λήθει ἀτασθάλλουσ', ἐπεὶ οὐκέτι τηλίκος ἐστίν."
ὣς φάτο, τοῦ δ' ἤκουσε περίφρων Πηνελόπεια,
ἀμφίπολον δ' ἐνένιπεν ἔπος τ' ἔφατ' ἔκ τ' ὀνόμαζε· 90
"πάντως, θαρσαλέη, κύον ἀδεές, οὔ τί με λήθεις
ἔρδουσα μέγα ἔργον, ὃ σῇ κεφαλῇ ἀναμάξεις·
πάντα γὰρ εὖ ᾔδησθ', ἐπεὶ ἐξ ἐμεῦ ἔκλυες αὐτῆς
ὡς τὸν ξεῖνον ἔμελλον ἐνὶ μεγάροισιν ἐμοῖσιν
ἀμφὶ πόσει εἴρεσθαι, ἐπεὶ πυκινῶς ἀκάχημαι." 95
ἦ ῥα καὶ Εὐρυνόμην ταμίην πρὸς μῦθον ἔειπεν·

sorvidas pelos homens potentados. Lançam
ao chão o fogo dos braseiros, sobre os quais
empilham muita lenha, para a luz, calor.
Mais uma vez, Melanto censurou o herói: 65
"Também à noite nos perturbas indo ao léu
morada adentro? Espionas damas? Xô daqui,
seu pobretão empanturrado de comida,
ou sentirás no lombo o golpe de um tição."
E sob o torvo olhar, o herói solerte diz: 70
"Demônio de mulher! Por que embirraste assim
comigo? Por que estou emporcalhado, visto
trapos, mendigo ao léu? Não peço por querer.
Assim são os depauperados, vagamundos.
Pois houve um tempo em que, feliz, tive uma casa 75
maior do que as demais, e, ao desprovido, dava
algo, tal como fosse e viesse, pois que urgia.
Servos, milhares deles tinha, e todo o resto
com que os ditosos vivem e os chamados ricos.
Mas Zeus Cronida a tudo aniquilou: o quis 80
assim. Evita ser privada do fulgor
que te permite provocar os outros entre
as servas, que a senhora, ciente, então se irrita,
ou Odisseu na volta, que ainda há de ocorrer.
Se por acaso não tornar por ter morrido, 85
deixou, que Apolo o quis assim, um filho, em cuja
morada não há de passar em brancas nuvens
a infâmia contra mim, pois não é mais menino."
Penélope sensata ouviu o que ele disse
e redarguiu a serva, a quem dirige a fala: 90
"Cachorra descarada, percebi bastante
bem o portento que haverás de depurar
com tua cabeça! Sabes por ouvir de mim
que eu desejava indagar no quarto o hóspede
acerca de Odisseu, pois que me aflige a vida." 95
E se dirige a Eurínome, a despenseira:

"Εὐρυνόμη, φέρε δὴ δίφρον καὶ κῶας ἐπ' αὐτοῦ,
ὄφρα καθεζόμενος εἴπῃ ἔπος ἠδ' ἐπακούσῃ
ὁ ξεῖνος ἐμέθεν· ἐθέλω δέ μιν ἐξερέεσθαι."
ὣς ἔφαθ', ἡ δὲ μάλ' ὀτραλέως κατέθηκε φέρουσα   100
δίφρον ἐΰξεστον καὶ ἐπ' αὐτῷ κῶας ἔβαλλεν·
ἔνθα καθέζετ' ἔπειτα πολύτλας δῖος Ὀδυσσεύς.
τοῖσι δὲ μύθων ἦρχε περίφρων Πηνελόπεια·
"ξεῖνε, τὸ μέν σε πρῶτον ἐγὼν εἰρήσομαι αὐτή·
τίς πόθεν εἶς ἀνδρῶν; πόθι τοι πόλις ἠδὲ τοκῆες;"   105
τὴν δ' ἀπαμειβόμενος προσέφη πολύμητις Ὀδυσσεύς·
"ὦ γύναι, οὐκ ἄν τίς σε βροτῶν ἐπ' ἀπείρονα γαῖαν
νεικέοι· ἦ γάρ σευ κλέος οὐρανὸν εὐρὺν ἱκάνει,
ὥς τέ τευ ἢ βασιλῆος ἀμύμονος, ὅς τε θεουδὴς
ἀνδράσιν ἐν πολλοῖσι καὶ ἰφθίμοισιν ἀνάσσων   110
εὐδικίας ἀνέχῃσι, φέρῃσι δὲ γαῖα μέλαινα
πυροὺς καὶ κριθάς, βρίθῃσι δὲ δένδρεα καρπῷ,
τίκτῃ δ' ἔμπεδα μῆλα, θάλασσα δὲ παρέχῃ ἰχθῦς
ἐξ εὐηγεσίης, ἀρετῶσι δὲ λαοὶ ὑπ' αὐτοῦ.
τῷ ἐμὲ νῦν τὰ μὲν ἄλλα μετάλλα σῷ ἐνὶ οἴκῳ,   115
μηδ' ἐμὸν ἐξερέεινε γένος καὶ πατρίδα γαῖαν,
μή μοι μᾶλλον θυμὸν ἐνιπλήσῃς ὀδυνάων
μνησαμένῳ· μάλα δ' εἰμὶ πολύστονος· οὐδέ τί με χρὴ
οἴκῳ ἐν ἀλλοτρίῳ γοόωντά τε μυρόμενόν τε
ἧσθαι, ἐπεὶ κάκιον πενθήμεναι ἄκριτον αἰεί·   120
μή τίς μοι δμῳῶν νεμεσήσεται, ἠὲ σύ γ' αὐτή,
φῇ δὲ δακρυπλώειν βεβαρηότα με φρένας οἴνῳ."
τὸν δ' ἠμείβετ' ἔπειτα περίφρων Πηνελόπεια·
"ξεῖν', ἤ τοι μὲν ἐμὴν ἀρετὴν εἶδός τε δέμας τε
ὤλεσαν ἀθάνατοι, ὅτε Ἴλιον εἰσανέβαινον   125
Ἀργεῖοι, μετὰ τοῖσι δ' ἐμὸς πόσις ᾖεν Ὀδυσσεύς.
εἰ κεῖνός γ' ἐλθὼν τὸν ἐμὸν βίον ἀμφιπολεύοι,
μεῖζον κε κλέος εἴη ἐμὸν καὶ κάλλιον οὕτως.
νῦν δ' ἄχομαι· τόσα γάρ μοι ἐπέσσευεν κακὰ δαίμων.
ὅσσοι γὰρ νήσοισιν ἐπικρατέουσιν ἄριστοι,   130
Δουλιχίῳ τε Σάμῃ τε καὶ ὑλήεντι Ζακύνθῳ,

"Traze a cadeira e a cobre com um velo! O hóspede,
devidamente acomodado, fale e escute
perguntas que intenciono lhe fazer." Num átimo,
tornou com a poltrona bem lavrada, sobre   100
a qual depôs o velo. O multipadecido
herói divino se acomoda. A sábia esposa,
entre as demais, começa a perguntar: "Primeiro
apreciaria conhecer, alienígena,
quem és e de onde vens. Quem são teus pais, tua pólis?"   105
O herói pleniaguçado disse-lhe em resposta:
"Não há mortal, senhora, sobre a terra infinda,
que te censure: tua fama alcança o vasto
céu, fora tal e qual de um basileu, que pávido
dos imortais, senhor de inúmeros vassalos   110
fortes, soleva a retidão; e a terra escura
mana frumento e orzo e a fruta verga o galho
e a grei procria sempre e o mar oferta peixes;
sob sua governança, a gente só prospera.
Por isso, no teu lar, inquire mas não queiras   115
saber de qual estirpe e pátria venho, a ânima
locupletando ainda mais de sofrimento
pelo recordo: sou pluricarpido. Des-
necessário será sentar-me em casa alheia
para prantear e lamentar-me, pois é pior   120
sempre e incessantemente padecer. Não me
censures, nem a serva, presumindo o vinho
ser responsável pelo olhar vidrado." E a esposa:
"O meu valor, meu porte, minha formosura,
os imortais fanaram quando argivos, rumo   125
a Ílion, içam âncora, Odisseu entre eles.
Caso voltasse e me amparasse a vida, plena
de formosura, o meu renome aumentaria.
Meu hoje entrista. Um nume estuma avesso a mim
os males. Nobres potentados de Dulíquio   130
e de outras ínsulas — Zacinto flórea, Same,

οἵ τ' αὐτὴν Ἰθάκην εὐδείελον ἀμφινέμονται,
οἵ μ' ἀεκαζομένην μνῶνται, τρύχουσι δὲ οἶκον.
τῷ οὔτε ξείνων ἐμπάξομαι οὔθ' ἱκετάων
οὔτε τι κηρύκων, οἳ δημιοεργοὶ ἔασιν· 135
ἀλλ' Ὀδυσῆ ποθέουσα φίλον κατατήκομαι ἦτορ.
οἱ δὲ γάμον σπεύδουσιν· ἐγὼ δὲ δόλους τολυπεύω.
φᾶρος μέν μοι πρῶτον ἐνέπνευσε φρεσὶ δαίμων,
στησαμένη μέγαν ἱστόν, ἐνὶ μεγάροισιν ὑφαίνειν,
λεπτὸν καὶ περίμετρον· ἄφαρ δ' αὐτοῖς μετέειπον· 140
'κοῦροι, ἐμοὶ μνηστῆρες, ἐπεὶ θάνε δῖος Ὀδυσσεύς,
μίμνετ' ἐπειγόμενοι τὸν ἐμὸν γάμον, εἰς ὅ κε φᾶρος
ἐκτελέσω, μή μοι μεταμώνια νήματ' ὄληται,
Λαέρτῃ ἥρωϊ ταφήϊον, εἰς ὅτε κέν μιν
μοῖρ' ὀλοὴ καθέλῃσι τανηλεγέος θανάτοιο· 145
μή τίς μοι κατὰ δῆμον Ἀχαιϊάδων νεμεσήσῃ,
αἴ κεν ἄτερ σπείρου κεῖται πολλὰ κτεατίσσας.'
ὣς ἐφάμην, τοῖσιν δ' ἐπεπείθετο θυμὸς ἀγήνωρ.
ἔνθα καὶ ἡματίη μὲν ὑφαίνεσκον μέγαν ἱστόν,
νύκτας δ' ἀλλύεσκον, ἐπεὶ δαΐδας παραθείμην. 150
ὣς τρίετες μὲν ἔληθον ἐγὼ καὶ ἔπειθον Ἀχαιούς·
ἀλλ' ὅτε τέτρατον ἦλθεν ἔτος καὶ ἐπήλυθον ὧραι,
μηνῶν φθινόντων, περὶ δ' ἤματα πόλλ' ἐτελέσθη,
καὶ τότε δή με διὰ δμῳάς, κύνας οὐκ ἀλεγούσας,
εἷλον ἐπελθόντες καὶ ὁμόκλησαν ἐπέεσσιν. 155
ὣς τὸ μὲν ἐξετέλεσσα, καὶ οὐκ ἐθέλουσ', ὑπ' ἀνάγκης·
νῦν δ' οὔτ' ἐκφυγέειν δύναμαι γάμον οὔτε τιν' ἄλλην
μῆτιν ἔθ' εὑρίσκω· μάλα δ' ὀτρύνουσι τοκῆες
γήμασθ', ἀσχαλάᾳ δὲ πάϊς βίοτον κατεδόντων,
γιγνώσκων· ἤδη γὰρ ἀνὴρ οἷός τε μάλιστα 160
οἴκου κήδεσθαι, τῷ τε Ζεὺς κῦδος ὀπάζει.
ἀλλὰ καὶ ὥς μοι εἰπὲ τεὸν γένος, ὁππόθεν ἐσσί.
οὐ γὰρ ἀπὸ δρυός ἐσσι παλαιφάτου οὐδ' ἀπὸ πέτρης."
τὴν δ' ἀπαμειβόμενος προσέφη πολύμητις Ὀδυσσεύς·
"ὦ γύναι αἰδοίη Λαερτιάδεω Ὀδυσῆος, 165
οὐκέτ' ἀπολλήξεις τὸν ἐμὸν γόνον ἐξερέουσα;

além da própria pleniensolarada Ítaca —,
contrários ao que sinto, me cortejam, roem
o lar. Por isso, não dou trela a forasteiros,
a súplices, a arautos que fazem as vezes   135
de demiurgos: sofre o coração, pensando
em Odisseu. Exigem núpcias, os engano
com dolo. Um deus primeiro me inspirou a armar
a tela enorme em casa e então tecer brocado
de perimétrica amplitude e leve. Firme,   140
lhes disse: 'Jovens pretendentes, Odisseu
morreu, mas esperai, ansiando embora as núpcias,
que eu finalize o pano (não se perca ao vento
o fio!), sudário de um herói — Laerte: a moira
fatal há de colhê-lo um dia sem clemência.   145
Nenhum aqueu pela cidade me censure
de um ser afortunado jazer sem mortalha.'
E consegui dobrar os corações altivos.
Mas o que entretecia na jornada, eu mesma
durante a noite, à luz do archote, destecia.   150
Três anos iludi os aqueus, os convenci,
mas quando chega o quarto e aflora a primavera,
estertorando os meses, muitos dias findos,
por causa de umas servas, ou melhor, cadelas
relapsas, me surpreendem, me interpelam, duros.   155
Necessidade se me impôs e concluí
contrafeita o trabalho. Não há escapatória
ao casamento, pois meus pais insistem muito,
o consumo dos bens só enfuria meu filho
sensato, um homem responsável pelo lar,   160
cuja fartura é um dom de Zeus. Insisto em que
me informes de onde és e qual a tua estirpe:
não te gerou o sobro, o seixo da legenda."
E o multiastucioso herói então responde:
"Ilustre esposa de Odisseu Laércio, não   165
desistes de querer saber de meus ancestres?

ἀλλ' ἔκ τοι ἐρέω· ἦ μέν μ' ἀχέεσσί γε δώσεις
πλείοσιν ἢ ἔχομαι· ἡ γὰρ δίκη, ὁππότε πάτρης
ἧς ἀπέῃσιν ἀνὴρ τόσσον χρόνον ὅσσον ἐγὼ νῦν,
πολλὰ βροτῶν ἐπὶ ἄστε' ἀλώμενος, ἄλγεα πάσχων· 170
ἀλλὰ καὶ ὣς ἐρέω ὅ μ' ἀνείρεαι ἠδὲ μεταλλᾷς.
Κρήτη τις γαῖ' ἔστι, μέσῳ ἐνὶ οἴνοπι πόντῳ,
καλὴ καὶ πίειρα, περίρρυτος· ἐν δ' ἄνθρωποι
πολλοί, ἀπειρέσιοι, καὶ ἐννήκοντα πόληες.
ἄλλη δ' ἄλλων γλῶσσα μεμιγμένη· ἐν μὲν Ἀχαιοί, 175
ἐν δ' Ἐτεόκρητες μεγαλήτορες, ἐν δὲ Κύδωνες,
Δωριέες τε τριχάϊκες δῖοί τε Πελασγοί.
τῇσι δ' ἐνὶ Κνωσός, μεγάλη πόλις, ἔνθα τε Μίνως
ἐννέωρος βασίλευε Διὸς μεγάλου ὀαριστής,
πατρὸς ἐμοῖο πατήρ, μεγαθύμου Δευκαλίωνος. 180
Δευκαλίων δ' ἐμὲ τίκτε καὶ Ἰδομενῆα ἄνακτα·
ἀλλ' ὁ μὲν ἐν νήεσσι κορωνίσιν Ἴλιον ἴσω
ᾤχεθ' ἅμ' Ἀτρεΐδῃσιν, ἐμοὶ δ' ὄνομα κλυτὸν Αἴθων,
ὁπλότερος γενεῇ· ὁ δ' ἄρα πρότερος καὶ ἀρείων.
ἔνθ' Ὀδυσῆα ἐγὼν ἰδόμην καὶ ξείνια δῶκα. 185
καὶ γὰρ τὸν Κρήτηνδε κατήγαγεν ἲς ἀνέμοιο,
ἱέμενον Τροίηνδε παραπλάγξασα Μαλειῶν·
στῆσε δ' ἐν Ἀμνισῷ, ὅθι τε σπέος Εἰλειθυίης,
ἐν λιμέσιν χαλεποῖσι, μόγις δ' ὑπάλυξεν ἀέλλας.
αὐτίκα δ' Ἰδομενῆα μετάλλα ἄστυδ' ἀνελθών· 190
ξεῖνον γάρ οἱ ἔφασκε φίλον τ' ἔμεν αἰδοῖόν τε.
τῷ δ' ἤδη δεκάτη ἢ ἑνδεκάτη πέλεν ἠὼς
οἰχομένῳ σὺν νηυσὶ κορωνίσιν Ἴλιον εἴσω.
τὸν μὲν ἐγὼ πρὸς δώματ' ἄγων ἐῢ ἐξείνισσα,
ἐνδυκέως φιλέων, πολλῶν κατὰ οἶκον ἐόντων· 195
καί οἱ τοῖς ἄλλοις ἑτάροις, οἳ ἅμ' αὐτῷ ἕποντο,
δημόθεν ἄλφιτα δῶκα καὶ αἴθοπα οἶνον ἀγείρας
καὶ βοῦς ἱρεύσασθαι, ἵνα πλησαίατο θυμόν.
ἔνθα δυώδεκα μὲν μένον ἤματα δῖοι Ἀχαιοί·
εἴλει γὰρ Βορέης ἄνεμος μέγας οὐδ' ἐπὶ γαίῃ 200
εἴα ἵστασθαι, χαλεπὸς δέ τις ὦρορε δαίμων.

Mato a curiosidade, ainda que redobre
a dor que agora me acabrunha: é lei, que à ausência
da pátria, delongada, tal como é meu caso,
se prolifere a errância pelas urbes, penas   170
granjeando. Nem assim evito o que me indagas.
Creta situa-se no mar de rosto vinho,
bela, circum-aquática e feraz. Inúmeros
homens, miríade deles, moram nas noventa
urbes, onde se mesclam idiomas: ínclitos   175
eteocretenses, dórios com três tribos, divos
pelásgios, sem falar de aqueus e dos cidônios.
A megalópole de Cnossos fica ali,
onde Minos foi rei por nove anos, íntimo
de Zeus, pai de meu pai, Deucalião magnânimo,   180
que, além de mim, gerou Idomeneu, o chefe
que, em naus recurvas, viajou com os atridas
a Troia. Étone é o famoso nome dado
a mim. Sou o caçula. Além de mais idoso,
o primogênito é mais forte. Lá acolhi   185
Odisseu, quando o vendaval o conduziu
a Creta, para longe do cabo Maleia,
na direção de Troia. Fundeou no Amniso,
fugindo à tempestade, na gruta de Ilítia,
abrigo adverso. Urbe acima, indaga logo   190
por meu irmão, dizendo seu amigo e hóspede.
Mas dez ou doze dias tinham transcorrido
desde sua partida a Troia em naus bojudas.
Anfitrião solícito, me desdobrei
no acolhimento; nada nos faltava. Aos sócios   195
do herói, àqueles que compunham sua esquadra,
ofereci cevada e vinho cor de fogo
que coletara junto ao povo, e um boi, saciando-lhes
a gana de comer. Ali ficaram doze
dias, que o sopro trasmontano fustigava,   200
dobrando quem ousasse expor-se, açulado

τῇ τρισκαιδεκάτῃ δ' ἄνεμος πέσε, τοὶ δ' ἀνάγοντο."
ἴσκε ψεύδεα πολλὰ λέγων ἐτύμοισιν ὁμοῖα·
τῆς δ' ἄρ' ἀκουούσης ῥέε δάκρυα, τήκετο δὲ χρώς·
ὡς δὲ χιὼν κατατήκετ' ἐν ἀκροπόλοισιν ὄρεσσιν, 205
ἥν τ' Εὖρος κατέτηξεν, ἐπὴν Ζέφυρος καταχεύῃ·
τηκομένης δ' ἄρα τῆς ποταμοὶ πλήθουσι ῥέοντες·
ὣς τῆς τήκετο καλὰ παρήϊα δάκρυ χεούσης,
κλαιούσης ἑὸν ἄνδρα παρήμενον. αὐτὰρ Ὀδυσσεὺς
θυμῷ μὲν γοόωσαν ἑὴν ἐλέαιρε γυναῖκα, 210
ὀφθαλμοὶ δ' ὡς εἰ κέρα ἕστασαν ἠὲ σίδηρος
ἀτρέμας ἐν βλεφάροισι· δόλῳ δ' ὅ γε δάκρυα κεῦθεν.
ἡ δ' ἐπεὶ οὖν τάρφθη πολυδακρύτοιο γόοιο,
ἐξαῦτίς μιν ἔπεσσιν ἀμειβομένη προσέειπε·
"νῦν μὲν δή σευ, ξεῖνέ γ', ὀΐω πειρήσεσθαι, 215
εἰ ἐτεὸν δὴ κεῖθι σὺν ἀντιθέοις ἑτάροισι
ξείνισας ἐν μεγάροισιν ἐμὸν πόσιν, ὡς ἀγορεύεις.
εἰπέ μοι ὁπποῖ' ἄσσα περὶ χροῒ εἵματα ἕστο,
αὐτός θ' οἷος ἔην, καὶ ἑταίρους, οἵ οἱ ἕποντο."
τὴν δ' ἀπαμειβόμενος προσέφη πολύμητις Ὀδυσσεύς· 220
"ὦ γύναι, ἀργαλέον τόσσον χρόνον ἀμφὶς ἐόντα
εἰπέμεν· ἤδη γάρ οἱ ἐεικοστὸν ἔτος ἐστὶν
ἐξ οὗ κεῖθεν ἔβη καὶ ἐμῆς ἀπελήλυθε πάτρης·
αὐτάρ τοι ἐρέω ὥς μοι ἰνδάλλεται ἦτορ.
χλαῖναν πορφυρέην οὔλην ἔχε δῖος Ὀδυσσεύς, 225
διπλῆν· αὐτάρ οἱ περόνη χρυσοῖο τέτυκτο
αὐλοῖσιν διδύμοισι· πάροιθε δὲ δαίδαλον ἦεν·
ἐν προτέροισι πόδεσσι κύων ἔχε ποικίλον ἑλλόν,
ἀσπαίροντα λάων· τὸ δὲ θαυμάζεσκον ἅπαντες,
ὡς οἱ χρύσεοι ἐόντες ὁ μὲν λάε νεβρὸν ἀπάγχων, 230
αὐτὰρ ὁ ἐκφυγέειν μεμαὼς ἤσπαιρε πόδεσσι.
τὸν δὲ χιτῶν' ἐνόησα περὶ χροῒ σιγαλόεντα,
οἷόν τε κρομύοιο λοπὸν κάτα ἰσχαλέοιο·
τὼς μὲν ἔην μαλακός, λαμπρὸς δ' ἦν ἠέλιος ὥς·
ἦ μὲν πολλαί γ' αὐτὸν ἐθηήσαντο γυναῖκες. 235
ἄλλο δέ τοι ἐρέω, σὺ δ' ἐνὶ φρεσὶ βάλλεο σῇσιν·

por *dâimon* cruel. À calmaria da jornada
seguinte, afastam-se no mar." Falando muitas
mentiras, era como se espalhasse fatos
inquestionáveis, e ela, que o ouvia, logo   205
chorou, o rosto mergulhou num mar de lágrimas,
igual à neve sobre os píncaros de um monte
que Zéfiro cumula e Euro efunde, e os rios
encorpam com a dispersão: eis como esfaz-se
a bela face com o córrego das lágrimas,   210
plangendo por alguém ali sentado. O herói
padece com a esposa, mas seus olhos, chifre
ou ferro, não se movem no interior das pálpebras,
velando o choro, hábil. Quando o multichoro
a lassa, proferiu: "Pretendo colocar-te   215
à prova se hospedaste em casa meu marido
e, símiles divinos, seus comparsas. Qual
era sua compleição? Que trajes revestiam
seu corpo? E os companheiros, fala deles mais!"
Disse em resposta o herói multissolerte: "É duro   220
esclarecer o que me pedes, tanto tempo
passado. Lá se vão uns vinte anos desde
quando deixou a Creta ancestre para trás.
Serei fiel ao que meu coração mostrar-me.
O divo herói portava um manto em lã, purpúreo,   225
duplo, no qual se destacava o agrafe áureo
de encaixes dúplices. À frente, biselada
nas patas dianteiras de um mastim, a corça
iriante o mira escabujando. A gente, atônita,
se demandava como, em ouro, o cão preasse   230
a goela, e a corça em fuga esperneasse, exânime.
Vi que esplendia sobre sua pele a túnica,
como a camada externa da cebola seca,
sutil, um sol de luz. A inúmeras mulheres
pasmava tal lavor. Mas peço que reflitas   235
sobre o que passo a te dizer: se o herói itácio

οὐκ οἶδ' ἢ τάδε ἕστο περὶ χροΐ οἴκοθ' Ὀδυσσεύς,
ἦ τις ἑταίρων δῶκε θοῆς ἐπὶ νηὸς ἰόντι,
ἤ τίς που καὶ ξεῖνος, ἐπεὶ πολλοῖσιν Ὀδυσσεὺς
ἔσκε φίλος· παῦροι γὰρ Ἀχαιῶν ἦσαν ὁμοῖοι. 240
καὶ οἱ ἐγὼ χάλκειον ἄορ καὶ δίπλακα δῶκα
καλὴν πορφυρέην καὶ τερμιόεντα χιτῶνα,
αἰδοίως δ' ἀπέπεμπον ἐϋσσέλμου ἐπὶ νηός.
καὶ μέν οἱ κῆρυξ ὀλίγον προγενέστερος αὐτοῦ
εἵπετο· καὶ τόν τοι μυθήσομαι, οἷος ἔην περ. 245
γυρὸς ἐν ὤμοισιν, μελανόχροος, οὐλοκάρηνος,
Εὐρυβάτης δ' ὄνομ' ἔσκε· τίεν δέ μιν ἔξοχον ἄλλων
ὧν ἑτάρων Ὀδυσεύς, ὅτι οἱ φρεσὶν ἄρτια ᾔδη."
ὣς φάτο, τῇ δ' ἔτι μᾶλλον ὑφ' ἵμερον ὦρσε γόοιο,
σήματ' ἀναγνούσῃ τά οἱ ἔμπεδα πέφραδ' Ὀδυσσεύς. 250
ἡ δ' ἐπεὶ οὖν τάρφθη πολυδακρύτοιο γόοιο.
καὶ τότε μιν μύθοισιν ἀμειβομένη προσέειπε·
"νῦν μὲν δή μοι, ξεῖνε, πάρος περ ἐὼν ἐλεεινός,
ἐν μεγάροισιν ἐμοῖσι φίλος τ' ἔσῃ αἰδοῖός τε·
αὐτὴ γὰρ τάδε εἵματ' ἐγὼ πόρον, οἷ' ἀγορεύεις, 255
πτύξασ' ἐκ θαλάμου, περόνην τ' ἐπέθηκα φαεινὴν
κείνῳ ἄγαλμ' ἔμεναι· τὸν δ' οὐχ ὑποδέξομαι αὖτις
οἴκαδε νοστήσαντα φίλην ἐς πατρίδα γαῖαν.
τῷ ῥα κακῇ αἴσῃ κοίλης ἐπὶ νηὸς Ὀδυσσεὺς
ᾤχετ' ἐποψόμενος Κακοΐλιον οὐκ ὀνομαστήν." 260
τὴν δ' ἀπαμειβόμενος προσέφη πολύμητις Ὀδυσσεύς·
"ὦ γύναι αἰδοίη Λαερτιάδεω Ὀδυσῆος,
μηκέτι νῦν χρόα καλὸν ἐναίρεο, μηδέ τι θυμὸν
τῆκε, πόσιν γοόωσα. νεμεσσῶμαί γε μὲν οὐδέν·
καὶ γάρ τίς τ' ἀλλοῖον ὀδύρεται ἄνδρ' ὀλέσασα 265
κουρίδιον, τῷ τέκνα τέκῃ φιλότητι μιγεῖσα,
ἢ Ὀδυσῆ', ὅν φασι θεοῖς ἐναλίγκιον εἶναι.
ἀλλὰ γόου μὲν παῦσαι, ἐμεῖο δὲ σύνθεο μῦθον·
νημερτέως γάρ τοι μυθήσομαι οὐδ' ἐπικεύσω
ὡς ἤδη Ὀδυσῆος ἐγὼ περὶ νόστου ἄκουσα 270
ἀγχοῦ, Θεσπρωτῶν ἀνδρῶν ἐν πίονι δήμῳ,

vestia a indumentária antes de partir
ou lhe ofertou um nauta em alto-mar, um hóspede
seu, eis o que não sei, pois nunca lhe faltou
amigo, aqueus iguais a ele eram pouquíssimos.   240
Eu mesmo lhe doei o pique aêneo, o manto
duplirrodado, belo, púrpura, e a túnica
debruada. Fui com ele até o navio, solícito.
Acompanhava-o um arauto um pouco mais
entrado em anos, que eu descreveria assim: 245
cútis esturra, curvo, de cabelos crespos,
Euríbato, seu nome, e o herói o honrava mais
do que aos demais, por terem pensamentos símiles."
Cresceu o anseio de chorar ao perceber
sinais seguros que Odisseu lhe revelara.   250
Na lassidão do choro e dos queixumes, volta
a lhe falar: "Até agora não passavas
de um miserando, de ora em diante, forasteiro,
serás um caro amigo respeitado aqui
em casa. A roupa que descreves, eu lhe dei,   255
eu mesma!, após dobrá-la com o broche rútilo
no tálamo. Não mais o acolherei de volta
à sua morada, ao tão benquisto solo pátrio.
Assim, com sina aziaga, em nau bojuda, o herói
partiu rumo à impronunciável Sinistroia."   260
E o multipenetrante herói então falou:
"Ínclita esposa de Odisseu Laércio, não
fanes a pele bela ou acabrunhes a ânima
chorando teu consorte, mas não te censuro,
pois quem perdeu o amado com quem teve filhos   265
num liame de afeição, o chora, mesmo sem
o brilho de Odisseu, igual a um deus — afirmam.
Estanca os teus lamentos e ouve o que direi.
Revelo tudo, não me furto ao verdadeiro:
tenho notícias do retorno de Odisseu,   270
nas cercanias já, na pingue região

ζωοῦ· αὐτὰρ ἄγει κειμήλια πολλὰ καὶ ἐσθλὰ
αἰτίζων ἀνὰ δῆμον. ἀτὰρ ἐρίηρας ἑταίρους
ὤλεσε καὶ νῆα γλαφυρὴν ἐνὶ οἴνοπι πόντῳ,
Θρινακίης ἄπο νήσου ἰών· ὀδύσαντο γὰρ αὐτῷ   275
Ζεύς τε καὶ Ἥλιος· τοῦ γὰρ βόας ἔκταν ἑταῖροι.
οἱ μὲν πάντες ὄλοντο πολυκλύστῳ ἐνὶ πόντῳ·
τὸν δ' ἄρ' ἐπὶ τρόπιος νεὸς ἔκβαλε κῦμ' ἐπὶ χέρσου,
Φαιήκων ἐς γαῖαν, οἳ ἀγχίθεοι γεγάασιν,
οἳ δή μιν περὶ κῆρι θεὸν ὣς τιμήσαντο   280
καί οἱ πολλὰ δόσαν πέμπειν τέ μιν ἤθελον αὐτοὶ
οἴκαδ' ἀπήμαντον. καί κεν πάλαι ἐνθάδ' Ὀδυσσεὺς
ἤην· ἀλλ' ἄρα οἱ τό γε κέρδιον εἴσατο θυμῷ,
χρήματ' ἀγυρτάζειν πολλὴν ἐπὶ γαῖαν ἰόντι·
ὣς περὶ κέρδεα πολλὰ καταθνητῶν ἀνθρώπων   285
οἶδ' Ὀδυσεύς, οὐδ' ἄν τις ἐρίσσειε βροτὸς ἄλλος.
ὥς μοι Θεσπρωτῶν βασιλεὺς μυθήσατο Φείδων·
ὤμνυε δὲ πρὸς ἔμ' αὐτόν, ἀποσπένδων ἐνὶ οἴκῳ,
νῆα κατειρύσθαι καὶ ἐπαρτέας ἔμμεν ἑταίρους,
οἳ δή μιν πέμψουσι φίλην ἐς πατρίδα γαῖαν.   290
ἀλλ' ἐμὲ πρὶν ἀπέπεμψε· τύχησε γὰρ ἐρχομένη νηῦς
ἀνδρῶν Θεσπρωτῶν ἐς Δουλίχιον πολύπυρον.
καί μοι κτήματ' ἔδειξεν, ὅσα ξυναγείρατ' Ὀδυσσεύς·
καί νύ κεν ἐς δεκάτην γενεὴν ἕτερόν γ' ἔτι βόσκοι,
ὅσσα οἱ ἐν μεγάροις κειμήλια κεῖτο ἄνακτος.   295
τὸν δ' ἐς Δωδώνην φάτο βήμεναι, ὄφρα θεοῖο
ἐκ δρυὸς ὑψικόμοιο Διὸς βουλὴν ἐπακοῦσαι,
ὅππως νοστήσειε φίλην ἐς πατρίδα γαῖαν
ἤδη δὴν ἀπεών, ἢ ἀμφαδὸν ἦε κρυφηδόν.
ὣς ὁ μὲν οὕτως ἐστὶ σόος καὶ ἐλεύσεται ἤδη   300
ἄγχι μάλ', οὐδ' ἔτι τῆλε φίλων καὶ πατρίδος αἴης
δηρὸν ἀπεσσεῖται· ἔμπης δέ τοι ὅρκια δώσω.
ἴστω νῦν Ζεὺς πρῶτα, θεῶν ὕπατος καὶ ἄριστος,
ἱστίη τ' Ὀδυσῆος ἀμύμονος, ἣν ἀφικάνω·
ἦ μέν τοι τάδε πάντα τελείεται ὡς ἀγορεύω.   305
τοῦδ' αὐτοῦ λυκάβαντος ἐλεύσεται ἐνθάδ' Ὀδυσσεύς,

tesprota, vive! Porta bens notáveis, muitos,
angariando-os no país, mas sem amigos
fiéis e naves cavas, naufragados sob
o oceano vinho, quando vinham de Trináquia: 275
o Sol, de quem comeram bois, se enraiveceu
e Zeus. No pluriundoso mar imergem todos,
e a ôndula cuspiu o herói que abraça a quilha
no litoral dos feácios, íntimos de olímpios,
que o acolheram tal se fosse um nume eterno, 280
acumulando-o de riquezas, desejosos
de transportá-lo, salvo, a Ítaca. Odisseu
teria retornado há muito, mas julgou
que pervagar por pluriplagas recolhendo
tesouros haveria de ser mais vantajoso. 285
Quem o supera quando o ganho está em jogo?
Fídon, o basileu tesproto, me jurou
ter ocorrido, enquanto delibava em casa,
que a nave e a tripulação já estavam prontas
para trazê-lo de retorno ao solo itácio. 290
Mandou-me vir primeiro num navio tesproto
que por acaso ia até Dulíquio fértil.
Indicou-me as relíquias que o herói juntara,
bastante para regalar dez gerações
de um rico, tal o cabedal entesourado 295
no paço. Disse ter passado por Dodona,
a fim de ouvir o roble altifrondoso e o alvitre
de Zeus Cronida sobre se o melhor seria
retornar sigilosamente após duas décadas.
Retomo o que já disse: ele não corre risco 300
e, em breve, pisará o solo itácio, a terra
dos ancestrais. Posso jurar o que profiro.
Que antes o saiba Zeus, supremo e sumo olímpio,
e a lareira do lar que me acolheu do herói
magno: haverá de se cumprir minha sentença! 305
Tão logo a lua fane e outra transpareça,

τοῦ μὲν φθίνοντος μηνός, τοῦ δ' ἱσταμένοιο."
τὸν δ' αὖτε προσέειπε περίφρων Πηνελόπεια·
"αἲ γὰρ τοῦτο, ξεῖνε, ἔπος τετελεσμένον εἴη·
τῷ κε τάχα γνοίης φιλότητά τε πολλά τε δῶρα 310
ἐξ ἐμεῦ, ὡς ἄν τίς σε συναντόμενος μακαρίζοι.
ἀλλά μοι ὧδ' ἀνὰ θυμὸν ὀΐεται, ὡς ἔσεταί περ·
οὔτ' Ὀδυσεὺς ἔτι οἶκον ἐλεύσεται, οὔτε σὺ πομπῆς
τεύξῃ, ἐπεὶ οὐ τοῖοι σημάντορές εἰσ' ἐνὶ οἴκῳ
οἷος Ὀδυσσεὺς ἔσκε μετ' ἀνδράσιν, εἴ ποτ' ἔην γε, 315
ξείνους αἰδοίους ἀποπεμπέμεν ἠδὲ δέχεσθαι.
ἀλλά μιν, ἀμφίπολοι, ἀπονίψατε, κάτθετε δ' εὐνήν,
δέμνια καὶ χλαίνας καὶ ῥήγεα σιγαλόεντα,
ὥς κ' εὖ θαλπιόων χρυσόθρονον Ἠῶ ἵκηται.
ἠῶθεν δὲ μάλ' ἦρι λοέσσαι τε χρῖσαί τε, 320
ὥς κ' ἔνδον παρὰ Τηλεμάχῳ δείπνοιο μέδηται
ἥμενος ἐν μεγάρῳ· τῷ δ' ἄλγιον ὅς κεν ἐκείνων
τοῦτον ἀνιάζῃ θυμοφθόρος· οὐδέ τι ἔργον
ἐνθάδ' ἔτι πρήξει, μάλα περ κεχολωμένος αἰνῶς.
πῶς γὰρ ἐμεῦ σύ, ξεῖνε, δαήσεαι εἴ τι γυναικῶν 325
ἀλλάων περίειμι νόον καὶ ἐπίφρονα μῆτιν,
εἴ κεν ἀϋσταλέος, κακὰ εἱμένος ἐν μεγάροισιν
δαινύῃ; ἄνθρωποι δὲ μινυνθάδιοι τελέθουσιν.
ὅς μὲν ἀπηνὴς αὐτὸς ἔῃ καὶ ἀπηνέα εἰδῇ,
τῷ δὲ καταρῶνται πάντες βροτοὶ ἄλγε' ὀπίσσω 330
ζωῷ, ἀτὰρ τεθνεῶτί γ' ἐφεψιόωνται ἅπαντες·
ὃς δ' ἂν ἀμύμων αὐτὸς ἔῃ καὶ ἀμύμονα εἰδῇ,
τοῦ μέν τε κλέος εὐρὺ διὰ ξεῖνοι φορέουσι
πάντας ἐπ' ἀνθρώπους, πολλοί τέ μιν ἐσθλὸν ἔειπον."
τὴν δ' ἀπαμειβόμενος προσέφη πολύμητις Ὀδυσσεύς· 335
"ὦ γύναι αἰδοίη Λαερτιάδεω Ὀδυσῆος,
ἦ τοι ἐμοὶ χλαῖναι καὶ ῥήγεα σιγαλόεντα
ἤχθεθ', ὅτε πρῶτον Κρήτης ὄρεα νιφόεντα
νοσφισάμην ἐπὶ νηὸς ἰὼν δολιχηρέτμοιο,
κείω δ' ὡς τὸ πάρος περ ἀΰπνους νύκτας ἴαυον. 340
πολλὰς γὰρ δὴ νύκτας ἀεικελίῳ ἐνὶ κοίτῃ

volve Odisseu em mesmo hiato temporal."
Assim Penélope manifestou-se, aguda:
"Queira cumprir-se a profecia de tua fala!
Num átimo, profusos dons de minha parte 310
receberias e a amizade. 'É um deus!', diria
quem te encontrasse. Mas meu coração prevê
que não retorna o herói e que jamais terás
escolta para casa: líderes não há
nem há de haver como Odisseu o foi outrora, 315
quando ciceroneava alguém, quando o acolhia.
Mas ide, ancilas, depurá-lo, preparai-lhe
o leito, as colchas, cobertores resplendentes:
na calidez o encontre Aurora, trono-de-ouro.
Assim que nasça o sol, unge com óleo o corpo 320
banhado e busca um posto ao lado de Telêmaco
para o banquete no salão. Ai dos algozes
de coração que te molestem! Mesmo irados
terrivelmente, não terão o que fazer
no paço. Como afirmarás que sou bem mais 325
razoável e sensata que as demais mulheres,
se, imundo, comes no palácio, nesses trapos?
É breve a vida humana. O homem cruel, que enxerga
o mundo cruelmente, chama contra si,
enquanto vive, a dor em seu futuro, e morto, 330
somente colhe injúrias. Já o irreprochável,
que irreprochavelmente enxerga o mundo, os hóspedes
difundem seu renome pleno entre os demais
e muitos chamam-no de nobre." E Odisseu
multissagaz lhe respondeu: "Egrégia esposa 335
do Laércio Odisseu, repugnam-me cobertas
luzentes, desde quando abandonei os montes
de Creta, nevoentos, viajando algures
em naus longuirremeiras. Opto por deitar-me
como tenho passado sempre insones noites. 340
Já muito pernoitei sobre a enxerga mísera,

ἄεσα καί τ' ἀνέμεινα ἐΰθρονον Ἠῶ δῖαν.
οὐδέ τί μοι ποδάνιπτρα ποδῶν ἐπιήρανα θυμῷ
γίγνεται· οὐδὲ γυνὴ ποδὸς ἅψεται ἡμετέροιο
τάων αἵ τοι δῶμα κάτα δρήστειραι ἔασιν,   345
εἰ μή τις γρηῦς ἔστι παλαιή, κεδνὰ ἰδυῖα,
ἥ τις δὴ τέτληκε τόσα φρεσὶν ὅσσα τ' ἐγώ περ·
τῇ δ' οὐκ ἂν φθονέοιμι ποδῶν ἅψασθαι ἐμεῖο."
τὸν δ' αὖτε προσέειπε περίφρων Πηνελόπεια·
"ξεῖνε φίλ'· οὐ γάρ πώ τις ἀνὴρ πεπνυμένος ὧδε   350
ξείνων τηλεδαπῶν φιλίων ἐμὸν ἵκετο δῶμα,
ὡς σὺ μάλ' εὐφραδέως πεπνυμένα πάντ' ἀγορεύεις·
ἔστι δέ μοι γρηῦς πυκινὰ φρεσὶ μήδε' ἔχουσα
ἣ κεῖνον δύστηνον ἐΰ τρέφεν ἠδ' ἀτίταλλε,
δεξαμένη χείρεσσ', ὅτε μιν πρῶτον τέκε μήτηρ,   355
ἥ σε πόδας νίψει, ὀλιγηπελέουσά περ ἔμπης.
ἀλλ' ἄγε νῦν ἀνστᾶσα, περίφρων Εὐρύκλεια,
νίψον σοῖο ἄνακτος ὁμήλικα· καί που Ὀδυσσεὺς
ἤδη τοιόσδ' ἐστὶ πόδας τοιόσδε τε χεῖρας·
αἶψα γὰρ ἐν κακότητι βροτοὶ καταγηράσκουσιν."   360
ὣς ἄρ' ἔφη, γρηῦς δὲ κατέσχετο χερσὶ πρόσωπα,
δάκρυα δ' ἔκβαλε θερμά, ἔπος δ' ὀλοφυδνὸν ἔειπεν·
"ὤ μοι ἐγὼ σέο, τέκνον, ἀμήχανος· ἦ σε περὶ Ζεὺς
ἀνθρώπων ἤχθηρε θεουδέα θυμὸν ἔχοντα.
οὐ γάρ πώ τις τόσσα βροτῶν Διὶ τερπικεραύνῳ   365
πίονα μηρί' ἔκη' οὐδ' ἐξαίτους ἑκατόμβας,
ὅσσα σὺ τῷ ἐδίδους, ἀρώμενος ἧος ἵκοιο
γῆράς τε λιπαρὸν θρέψαιό τε φαίδιμον υἱόν·
νῦν δέ τοι οἴῳ πάμπαν ἀφείλετο νόστιμον ἦμαρ.
οὕτω που καὶ κείνῳ ἐφεψιόωντο γυναῖκες   370
ξείνων τηλεδαπῶν, ὅτε τευ κλυτὰ δώμαθ' ἵκοιτο,
ὡς σέθεν αἱ κύνες αἵδε καθεψιόωνται ἅπασαι,
τάων νῦν λώβην τε καὶ αἴσχεα πόλλ' ἀλεείνων
οὐκ ἐάας νίζειν· ἐμὲ δ' οὐκ ἀέκουσαν ἄνωγε
κούρη Ἰκαρίοιο, περίφρων Πηνελόπεια.   375
τῷ σε πόδας νίψω ἅμα τ' αὐτῆς Πηνελοπείης

onde aguardei subir ao trono a diva Aurora.
Tampouco posso consentir lavacro aos pés,
que não serão tocados por nenhuma fâmula
no paço que te sirva, salvo, se existir, 345
por uma anciã fiel que tenha padecido
tanto revés quanto eu, a quem não vetarei
que tanja um membro meu." Penélope solerte
lhe respondeu: "Jamais em minha casa, hóspede
caro, acolhi alguém de fora que aspirasse 350
como tu mesmo aspiras o ar da lucidez,
alguém que a fala percuciente e clara ampara.
Há uma anciã comigo, aguda em seu pensar
articulado, responsável por nutrir
o triste a quem ninava aos braços, recém-nato: 355
lava teus pés, conquanto enfraquecida. Vamos,
levanta-te, Euricleia sábia, e um coetâneo
do teu senhor depura! Odisseu por certo
terá os pés e as mãos iguais aos que ele tem:
os homens no infortúnio envelhecem súbito." 360
Calou e a anciã cobriu o rosto com as mãos;
com fala entrecortada, verte o pranto cálido:
"Por ti me abismo, filho! Zeus jamais odiou
mortal assim — e tinhas coração divino.
Entre os mortais ninguém queimou untuosas coxas, 365
seletas hecatombes, igualmente inúmeras,
tais quais sacrificaste a Zeus fulminador,
rogando o brilho da velhice com o filho;
de ti, tão só, tolheu o dia do retorno.
Quem sabe se as mulheres dos confins não riam 370
dele também quando chegava ao lar de alguém,
como essas perras, todas elas, riem de ti.
Para evitar o ultraje e a infâmia persistente,
evitas que te lavem; consenciente atendo
ao que Penélope solerte, Icária, pede-me. 375
Eu lavarei teus pés, não só em atenção

καὶ σέθεν εἵνεκ', ἐπεί μοι ὀρώρεται ἔνδοθι θυμὸς
κήδεσιν. ἀλλ' ἄγε νῦν ξυνίει ἔπος, ὅττι κεν εἴπω·
πολλοὶ δὴ ξεῖνοι ταλαπείριοι ἐνθάδ' ἵκοντο,
ἀλλ' οὔ πώ τινά φημι ἐοικότα ὧδε ἰδέσθαι 380
ὡς σὺ δέμας φωνήν τε πόδας τ' Ὀδυσῆϊ ἔοικας."
τὴν δ' ἀπαμειβόμενος προσέφη πολύμητις Ὀδυσσεύς·
"ὦ γρηῦ, οὕτω φασὶν ὅσοι ἴδον ὀφθαλμοῖσιν
ἡμέας ἀμφοτέρους, μάλα εἰκέλω ἀλλήλοιϊν
ἔμμεναι, ὡς σύ περ αὐτὴ ἐπιφρονέουσ' ἀγορεύεις." 385
ὣς ἄρ' ἔφη, γρηῦς δὲ λέβηθ' ἕλε παμφανόωντα
τοῦ πόδας ἐξαπένιζεν, ὕδωρ δ' ἐνεχεύατο πουλὺ
ψυχρόν, ἔπειτα δὲ θερμὸν ἐπήφυσεν. αὐτὰρ Ὀδυσσεὺς
ἷζεν ἐπ' ἐσχαρόφιν, ποτὶ δὲ σκότον ἐτράπετ' αἶψα·
αὐτίκα γὰρ κατὰ θυμὸν ὀΐσατο, μή ἑ λαβοῦσα 390
οὐλὴν ἀμφράσσαιτο καὶ ἀμφαδὰ ἔργα γένοιτο.
νίζε δ' ἄρ' ἆσσον ἰοῦσα ἄναχθ' ἑόν· αὐτίκα δ' ἔγνω
οὐλήν, τήν ποτέ μιν σῦς ἤλασε λευκῷ ὀδόντι
Παρνησόνδ' ἐλθόντα μετ' Αὐτόλυκόν τε καὶ υἷας,
μητρὸς ἑῆς πατέρ' ἐσθλόν, ὃς ἀνθρώπους ἐκέκαστο 395
κλεπτοσύνῃ θ' ὅρκῳ τε· θεὸς δέ οἱ αὐτὸς ἔδωκεν
Ἑρμείας· τῷ γὰρ κεχαρισμένα μηρία καῖεν
ἀρνῶν ἠδ' ἐρίφων· ὁ δέ οἱ πρόφρων ἅμ' ὀπήδει.
Αὐτόλυκος δ' ἐλθὼν Ἰθάκης ἐς πίονα δῆμον
παῖδα νέον γεγαῶτα κιχήσατο θυγατέρος ἧς· 400
τόν ῥά οἱ Εὐρύκλεια φίλοις ἐπὶ γούνασι θῆκε
παυομένῳ δόρποιο, ἔπος τ' ἔφατ' ἔκ τ' ὀνόμαζεν·
"Αὐτόλυκ', αὐτὸς νῦν ὄνομ' εὕρεο ὅττι κε θῆαι
παιδὸς παιδὶ φίλῳ· πολυάρητος δέ τοί ἐστιν."
τὴν δ' αὖτ' Αὐτόλυκος ἀπαμείβετο φώνησέν τε· 405
"γαμβρὸς ἐμὸς θυγάτηρ τε, τίθεσθ' ὄνομ' ὅττι κεν εἴπω·
πολλοῖσιν γὰρ ἐγώ γε ὀδυσσάμενος τόδ' ἱκάνω,
ἀνδράσιν ἠδὲ γυναιξὶν ἀνὰ χθόνα πουλυβότειραν·
τῷ δ' Ὀδυσεὺς ὄνομ' ἔστω ἐπώνυμον· αὐτὰρ ἐγώ γε,
ὁππότ' ἂν ἡβήσας μητρώϊον ἐς μέγα δῶμα 410
ἔλθῃ Παρνησόνδ', ὅθι πού μοι κτήματ' ἔασι,

à rainha como a ti: meu coração palpita
de compaixão. Mas guarda bem o que direi:
tocados pela desventura, um grande número
de forasteiros vem aqui, mas nenhum deles 380
foi tão igual a Odisseu, na voz, no corpo,
nos pés, como és." E o herói plurissolerte disse:
"O que afirmaste, anciã, coincide com o que
ouço dizer de quem com ambos conviveu:
seríamos símiles, como atinada notas." 385
Calou e a velha toma da bacia esplêndida,
em que lavava os pés, vertendo água quente
sobre porção maior de fria. Odisseu
recua da lareira e vira para o escuro,
temendo no âmago que pelo toque a velha 390
notasse a cicatriz e descobrisse tudo.
Banhava o rei e se achegando reconhece
a cicatriz no mesmo instante, que deixara
um javali de brancos dentes no Parnaso,
em sua visita ao ás do furto, ao lobo em si, 395
perjurador, Autólico, avô materno,
à sua família. Hermes era seu patrono,
que em gáudio recebia a combustão das coxas
de anho e cabrito, e o amparava. Em solo itácio,
Autólico encontrara o neto recém-nato, 400
que sobre os joelhos Euricleia depusera,
depois da ceia, lhe dizendo então: "Autólico,
cabe a ti mesmo achar o nome que mais queiras
ao filho de tua filha, pleniaguardadíssimo
por ti." O Lobo-em-si, Autólico responde: 405
"Ó genro, ó filha, ouvi o nome que escolhi:
muito ódio eu despertei entre homens e mulheres
durante a viagem pela terra multifértil:
por tal ódio eu o chamo de Odisseu. Ao paço
materno deve visitar-me no Parnaso, 410
quando crescer, pois há de receber de mim,

τῶν οἱ ἐγὼ δώσω καί μιν χαίροντ' ἀποπέμψω."
τῶν ἕνεκ' ἦλθ' Ὀδυσεύς, ἵνα οἱ πόροι ἀγλαὰ δῶρα.
τὸν μὲν ἄρ' Αὐτόλυκός τε καὶ υἱέες Αὐτολύκοιο
χερσίν τ' ἠσπάζοντο ἔπεσσί τε μειλιχίοισι· 415
μήτηρ δ' Ἀμφιθέη μητρὸς περιφῦσ' Ὀδυσῆϊ
κύσσ' ἄρα μιν κεφαλήν τε καὶ ἄμφω φάεα καλά.
Αὐτόλυκος δ' υἱοῖσιν ἐκέκλετο κυδαλίμοισι
δεῖπνον ἐφοπλίσσαι· τοὶ δ' ὀτρύνοντος ἄκουσαν,
αὐτίκα δ' εἰσάγαγον βοῦν ἄρσενα πενταέτηρον· 420
τὸν δέρον ἀμφί θ' ἕπον, καί μιν διέχευαν ἅπαντα,
μίστυλλόν τ' ἄρ' ἐπισταμένως πεῖράν τ' ὀβελοῖσιν,
ὤπτησάν τε περιφραδέως, δάσσαντό τε μοίρας.
ὣς τότε μὲν πρόπαν ἦμαρ ἐς ἠέλιον καταδύντα
δαίνυντ', οὐδέ τι θυμὸς ἐδεύετο δαιτὸς ἐΐσης· 425
ἦμος δ' ἠέλιος κατέδυ καὶ ἐπὶ κνέφας ἦλθεν,
δὴ τότε κοιμήσαντο καὶ ὕπνου δῶρον ἕλοντο.
ἦμος δ' ἠριγένεια φάνη ῥοδοδάκτυλος Ἠώς,
βάν ῥ' ἴμεν ἐς θήρην, ἠμὲν κύνες ἠδὲ καὶ αὐτοὶ
υἱέες Αὐτολύκου· μετὰ τοῖσι δὲ δῖος Ὀδυσσεὺς 430
ἤϊεν· αἰπὺ δ' ὄρος προσέβαν καταειμένον ὕλῃ
Παρνησοῦ, τάχα δ' ἵκανον πτύχας ἠνεμοέσσας.
Ἠέλιος μὲν ἔπειτα νέον προσέβαλλεν ἀρούρας
ἐξ ἀκαλαρρείταο βαθυρρόου Ὠκεανοῖο,
οἱ δ' ἐς βῆσσαν ἵκανον ἐπακτῆρες· πρὸ δ' ἄρ' αὐτῶν 435
ἴχνι' ἐρευνῶντες κύνες ἤϊσαν, αὐτὰρ ὄπισθεν
υἱέες Αὐτολύκου· μετὰ τοῖσι δὲ δῖος Ὀδυσσεὺς
ἤϊεν ἄγχι κυνῶν, κραδάων δολιχόσκιον ἔγχος.
ἔνθα δ' ἄρ' ἐν λόχμῃ πυκινῇ κατέκειτο μέγας σῦς·
τὴν μὲν ἄρ' οὔτ' ἀνέμων διάει μένος ὑγρὸν ἀέντων, 440
οὔτε μιν Ἠέλιος φαέθων ἀκτῖσιν ἔβαλλεν,
οὔτ' ὄμβρος περάασκε διαμπερές· ὣς ἄρα πυκνὴ
ἦεν, ἀτὰρ φύλλων ἐνέην χύσις ἤλιθα πολλή.
τὸν δ' ἀνδρῶν τε κυνῶν τε περὶ κτύπος ἦλθε ποδοῖϊν,
ὡς ἐπάγοντες ἔπῃσαν· ὁ δ' ἀντίος ἐκ ξυλόχοιο 445
φρίξας εὖ λοφιήν, πῦρ δ' ὀφθαλμοῖσι δεδορκώς,

em seu retorno ao lar itácio, dons profusos."
Odisseu viajou pelo tesouro. Autólico
e os Autolíquios o abraçaram na chegada,
com voz de afeto. A avó materna, Anfiteia, 415
cerrou o herói nos braços, lhe beijou os dois
olhos e sua cabeça. Autólico ordenou
que os filhos preparassem os manjares. Todos,
a seu mando, obedecem. Trazem com presteza
o boi de um lustre, e o esfolam e o preparam, mestres 420
quartejadores. Nos espetos enfiaram
as postas, cuidadosos na tostagem. Tratam
de distribuir a cada um conforme a moira.
Até o crepúsculo, banquetearam. A ânima
de cada qual não careceu de reclamar 425
sua parte. O sol se põe e sobrevém a treva,
quando o torpor da sonolência a todos colhe.
Logo que Aurora dedirrósea despontou,
partiram para a caça, com os cães, os filhos
de Autólico. Odisseu se integra ao grupo. Escalam 430
a encosta íngreme enroupada nas folhagens
do magistral Parnaso, e atingem logo o estreito
ventoso. O sol recente dardejava os campos,
deixando o mar silente fundocaudaloso,
quando atingiram uma depressão, cachorros 435
farejadores à vanguarda, atrás os filhos
de Autólico, Odisseu divino junto deles,
rente aos mastins, movendo a lança, longa-sombra.
O imenso javali deitava ali, na moita
basta, onde o vento úmido não penetrava, 440
tampouco os rútilos do sol se enveredava,
nem se infiltrava a chuva, tão cerrada era,
tão gigantesco o acúmulo de folhas densas.
O rumorejo das passadas dos rapazes
e da matilha que avançava alcança-o. Hirto 445
de cerdas, do covil, espiralando flamas

στῆ ῥ' αὐτῶν σχεδόθεν· ὁ δ' ἄρα πρώτιστος Ὀδυσσεὺς
ἔσσυτ' ἀνασχόμενος δολιχὸν δόρυ χειρὶ παχείῃ,
οὐτάμεναι μεμαώς· ὁ δέ μιν φθάμενος ἔλασεν σῦς
γουνὸς ὕπερ, πολλὸν δὲ διήφυσε σαρκὸς ὀδόντι   450
λικριφὶς ἀΐξας, οὐδ' ὀστέον ἵκετο φωτός.
τὸν δ' Ὀδυσεὺς οὔτησε τυχὼν κατὰ δεξιὸν ὦμον,
ἀντικρὺ δὲ διῆλθε φαεινοῦ δουρὸς ἀκωκή·
κὰδ δ' ἔπεσ' ἐν κονίῃσι μακών, ἀπὸ δ' ἔπτατο θυμός.
τὸν μὲν ἄρ' Αὐτολύκου παῖδες φίλοι ἀμφεπένοντο,   455
ὠτειλὴν δ' Ὀδυσῆος ἀμύμονος ἀντιθέοιο
δῆσαν ἐπισταμένως, ἐπαοιδῇ δ' αἷμα κελαινὸν
ἔσχεθον, αἶψα δ' ἵκοντο φίλου πρὸς δώματα πατρός.
τὸν μὲν ἄρ' Αὐτόλυκός τε καὶ υἱέες Αὐτολύκοιο
εὖ ἰησάμενοι ἠδ' ἀγλαὰ δῶρα πορόντες   460
καρπαλίμως χαίροντα φίλην ἐς πατρίδ' ἔπεμπον
εἰς Ἰθάκην. τῷ μέν ῥα πατὴρ καὶ πότνια μήτηρ
χαῖρον νοστήσαντι καὶ ἐξερέεινον ἕκαστα,
οὐλὴν ὅττι πάθοι· ὁ δ' ἄρα σφίσιν εὖ κατέλεξεν
ὥς μιν θηρεύοντ' ἔλασεν σῦς λευκῷ ὀδόντι,   465
Παρνησόνδ' ἐλθόντα σὺν υἱάσιν Αὐτολύκοιο.
τὴν γρηῦς χείρεσσι καταπρηνέσσι λαβοῦσα
γνῶ ῥ' ἐπιμασσαμένη, πόδα δὲ προέηκε φέρεσθαι·
ἐν δὲ λέβητι πέσε κνήμη, κανάχησε δὲ χαλκός,
ἂψ δ' ἑτέρωσ' ἐκλίθη· τὸ δ' ἐπὶ χθονὸς ἐξέχυθ' ὕδωρ.   470
τὴν δ' ἅμα χάρμα καὶ ἄλγος ἕλε φρένα, τὼ δέ οἱ ὄσσε
δακρυόφι πλῆσθεν, θαλερὴ δέ οἱ ἔσχετο φωνή.
ἁψαμένη δὲ γενείου Ὀδυσσῆα προσέειπεν·
"ἦ μάλ' Ὀδυσσεύς ἐσσι, φίλον τέκος· οὐδέ σ' ἐγώ γε
πρὶν ἔγνων, πρὶν πάντα ἄνακτ' ἐμὸν ἀμφαφάασθαι."   475
ἦ καὶ Πηνελόπειαν ἐσέδρακεν ὀφθαλμοῖσι,
πεφραδέειν ἐθέλουσα φίλον πόσιν ἔνδον ἐόντα.
ἡ δ' οὔτ' ἀθρῆσαι δύνατ' ἀντίη οὔτε νοῆσαι·
τῇ γὰρ Ἀθηναίη νόον ἔτραπεν· αὐτὰρ Ὀδυσσεὺς
χεῖρ' ἐπιμασσάμενος φάρυγος λάβε δεξιτερῆφι,   480
τῇ δ' ἑτέρῃ ἕθεν ἆσσον ἐρύσσατο φώνησέν τε.

do olhar, estático, desponta o javali.
Bramoso de matá-lo, o herói, com mão robusta,
brande o venábulo. O animal o evita e salta
de flanco, sobre o joelho, onde os colmilhos lanham, 450
chegando quase ao osso, as carnes de seu corpo.
Odisseu o feriu à espádua destra, a ponta
do pique luzidio, de lado a lado, passa;
tomba no pó, aos guinchos, e a ânima se evola.
Ao seu redor, os caçadores magnos tratam 455
de costurar peritamente o ferimento
do nobre herói, igual-a-um-deus. Palavras mágicas
estancam o negror do sangue e ao lar paterno
tornam. Autólico e seus filhos o curaram,
lhe deram dons notáveis e, rejubilando, 460
o enviam, jubilante, ao solo itácio, rápido.
E muito aprouve ao pai e à mãe augusta a volta
do filho e demandaram que ele detalhasse
tudo o que concernisse ao ferimento, e o herói
falou do ataque do animal de brancos dentes, 465
quando caçava no Parnaso com parentes.
E foi nessa ferida que tocou a anciã,
reconhecendo-a pelo tato. Solta o pé,
que bate na bacia, ressoando o bronze;
no lado oposto inclina e cai no solo a água. 470
Dor e alegria domam sua mente; os olhos
marejam lágrimas, a clara voz embarga.
Acariciando o queixo de Odisseu, profere:
"És Odisseu, meu filho! Não me dera conta
disso antes de tocar o meu senhor." Falando 475
assim, mirou Penélope, com a intenção
de lhe indicar que o caro esposo retornara,
mas ela era incapaz de vislumbrar seu rosto,
de percebê-la, pois Atena desviara
sua atenção. O herói aperta com a mão 480
direita sua gorja e a puxa com a esquerda:

"μαῖα, τίη μ' ἐθέλεις ὀλέσαι; σὺ δέ μ' ἔτρεφες αὐτὴ
τῷ σῷ ἐπὶ μαζῷ· νῦν δ' ἄλγεα πολλὰ μογήσας
ἤλυθον εἰκοστῷ ἔτεϊ ἐς πατρίδα γαῖαν.
ἀλλ' ἐπεὶ ἐφράσθης καί τοι θεὸς ἔμβαλε θυμῷ, 485
σίγα, μή τίς τ' ἄλλος ἐνὶ μεγάροισι πύθηται.
ὧδε γὰρ ἐξερέω, καὶ μὴν τετελεσμένον ἔσται·
εἴ χ' ὑπ' ἐμοί γε θεὸς δαμάσῃ μνηστῆρας ἀγαυούς,
οὐδὲ τροφοῦ οὔσης σεῦ ἀφέξομαι, ὁππότ' ἂν ἄλλας
δμῳὰς ἐν μεγάροισιν ἐμοῖς κτείνωμι γυναῖκας." 490
τὸν δ' αὖτε προσέειπε περίφρων Εὐρύκλεια·
"τέκνον ἐμόν, ποῖόν σε ἔπος φύγεν ἕρκος ὀδόντων.
οἶσθα μὲν οἷον ἐμὸν μένος ἔμπεδον οὐδ' ἐπιεικτόν,
ἕξω δ' ὡς ὅτε τις στερεὴ λίθος ἠὲ σίδηρος.
ἄλλο δέ τοι ἐρέω, σὺ δ' ἐνὶ φρεσὶ βάλλεο σῇσιν· 495
εἴ χ' ὑπό σοι γε θεὸς δαμάσῃ μνηστῆρας ἀγαυούς,
δὴ τότε τοι καταλέξω ἐνὶ μεγάροισι γυναῖκας,
αἵ τέ σ' ἀτιμάζουσι καὶ αἳ νηλείτιδές εἰσι."
τὴν δ' ἀπαμειβόμενος προσέφη πολύμητις Ὀδυσσεύς·
"μαῖα, τίη δὲ σὺ τὰς μυθήσεαι; οὐδέ τί σε χρή. 500
εὖ νυ καὶ αὐτὸς ἐγὼ φράσομαι καὶ εἴσομ' ἑκάστην·
ἀλλ' ἔχε σιγῇ μῦθον, ἐπίτρεψον δὲ θεοῖσιν."
ὣς ἄρ' ἔφη, γρηῢς δὲ διὲκ μεγάροιο βεβήκει
οἰσομένη ποδάνιπτρα· τὰ γὰρ πρότερ' ἔκχυτο πάντα.
αὐτὰρ ἐπεὶ νίψεν τε καὶ ἤλειψεν λίπ' ἐλαίῳ, 505
αὖτις ἄρ' ἀσσοτέρω πυρὸς ἕλκετο δίφρον Ὀδυσσεὺς
θερσόμενος, οὐλὴν δὲ κατὰ ῥακέεσσι κάλυψε.
τοῖσι δὲ μύθων ἦρχε περίφρων Πηνελόπεια·
"ξεῖνε, τὸ μέν σ' ἔτι τυτθὸν ἐγὼν εἰρήσομαι αὐτή·
καὶ γὰρ δὴ κοίτοιο τάχ' ἔσσεται ἡδέος ὥρη, 510
ὅν τινά γ' ὕπνος ἕλοι γλυκερός, καὶ κηδόμενόν περ.
αὐτὰρ ἐμοὶ καὶ πένθος ἀμέτρητον πόρε δαίμων·
ἤματα μὲν γὰρ τέρπομ' ὀδυρομένη, γοόωσα,
ἔς τ' ἐμὰ ἔργ' ὁρόωσα καὶ ἀμφιπόλων ἐνὶ οἴκῳ·
αὐτὰρ ἐπὴν νὺξ ἔλθῃ, ἕλῃσί τε κοῖτος ἅπαντας, 515
κεῖμαι ἐνὶ λέκτρῳ, πυκιναὶ δέ μοι ἀμφ' ἁδινὸν κῆρ

"Queres que eu morra, aia? De teu seio me
nutri, pequeno! Após tanta amargura, vinte
anos distante, retornei ao solo ancestre.
Mas porque descobriste e no interior da ânima 485
um deus me projetou, não digas nada! Não
o saiba alguém no paço! Assim há de cumprir-se:
se um deus, por minhas mãos, matar os pretendentes,
não pouparei nem mesmo a ti que me nutriu,
quando aniquile as outras fâmulas no alcácer." 490
E a sensata Euricleia: "Que palavras, filho,
escapam da clausura dos teus dentes? Sabes
da solidez de minha têmpera inquebrável:
resistirei tal qual a dura pedra e o ferro.
Mas algo te direi e guarda bem na mente: 495
se um deus, por suas mãos, matar os pretendentes,
hei de me referir às servas da morada,
quem te desdenha e quem é inocente." O rei
retoma a fala: "Não é necessário, ama,
que as enuncies, pois eu mesmo saberei 500
perfeitamente quem é quem. Mantém silêncio,
deixa que os deuses ajam!" Disse e a velha sai
da sala atrás de água, pois que a anterior
toda escorrera pelo chão. Finda a lavagem,
untou copiosamente os pés com óleo. A sédia, 505
o herói, para aquecer-se, a leva à beira-fogo,
cobrindo a cicatriz com seus andrajos. Sábia,
Penélope retoma o interlóquio: "Hóspede,
permito-me fazer-te uma demanda a mais,
porque já se aproxima o horário do repouso, 510
quando Hipnos, seu torpor, nos colhe, mesmo aflitos.
Um demo deu-me sofrimento infindo: me
sacio chorando entre gemidos dia adentro,
olhando os afazeres pela casa e as fâmulas,
mas quando chega a noite e o sono doma a todos, 515
deito no leito e, em torno ao coração aflito,

ὀξεῖαι μεληδῶνες ὀδυρομένην ἐρέθουσιν.
ὡς δ' ὅτε Πανδαρέου κούρη, χλωρηῒς ἀηδών,
καλὸν ἀείδῃσιν ἔαρος νέον ἱσταμένοιο,
δενδρέων ἐν πετάλοισι καθεζομένη πυκινοῖσιν, 520
ἥ τε θαμὰ τρωπῶσα χέει πολυηχέα φωνήν,
παῖδ' ὀλοφυρομένη Ἴτυλον φίλον, ὅν ποτε χαλκῷ
κτεῖνε δι' ἀφραδίας, κοῦρον Ζήθοιο ἄνακτος·
ὣς καὶ ἐμοὶ δίχα θυμὸς ὀρώρεται ἔνθα καὶ ἔνθα,
ἠὲ μένω παρὰ παιδὶ καὶ ἔμπεδα πάντα φυλάσσω, 525
κτῆσιν ἐμήν, δμῶάς τε καὶ ὑψερεφὲς μέγα δῶμα,
εὐνήν τ' αἰδομένη πόσιος δήμοιό τε φῆμιν,
ἦ ἤδη ἅμ' ἕπωμαι Ἀχαιῶν ὅς τις ἄριστος
μνᾶται ἐνὶ μεγάροισι, πορὼν ἀπερείσια ἕδνα.
παῖς δ' ἐμὸς ἧος ἔην ἔτι νήπιος ἠδὲ χαλίφρων, 530
γήμασθ' οὔ μ' εἴα πόσιος κατὰ δῶμα λιποῦσαν·
νῦν δ' ὅτε δὴ μέγας ἐστὶ καὶ ἥβης μέτρον ἱκάνει,
καὶ δή μ' ἀρᾶται πάλιν ἐλθέμεν ἐκ μεγάροιο,
κτήσιος ἀσχαλόων, τήν οἱ κατέδουσιν Ἀχαιοί.
ἀλλ' ἄγε μοι τὸν ὄνειρον ὑπόκριναι καὶ ἄκουσον. 535
χῆνές μοι κατὰ οἶκον ἐείκοσι πυρὸν ἔδουσιν
ἐξ ὕδατος, καί τέ σφιν ἰαίνομαι εἰσορόωσα·
ἐλθὼν δ' ἐξ ὄρεος μέγας αἰετὸς ἀγκυλοχείλης
πᾶσι κατ' αὐχένας ἦξε καὶ ἔκτανεν· οἱ δ' ἐκέχυντο
ἀθρόοι ἐν μεγάροις, ὁ δ' ἐς αἰθέρα δῖαν ἀέρθη. 540
αὐτὰρ ἐγὼ κλαῖον καὶ ἐκώκυον ἔν περ ὀνείρῳ,
ἀμφὶ δ' ἔμ' ἠγερέθοντο ἐϋπλοκαμῖδες Ἀχαιαί,
οἴκτρ' ὀλοφυρομένην ὅ μοι αἰετὸς ἔκτανε χῆνας.
ἂψ δ' ἐλθὼν κατ' ἄρ' ἕζετ' ἐπὶ προὔχοντι μελάθρῳ,
φωνῇ δὲ βροτέῃ κατερήτυε φώνησέν τε· 545
'θάρσει, Ἰκαρίου κούρη τηλεκλειτοῖο·
οὐκ ὄναρ, ἀλλ' ὕπαρ ἐσθλόν, ὅ τοι τετελεσμένον ἔσται.
χῆνες μὲν μνηστῆρες, ἐγὼ δέ τοι αἰετὸς ὄρνις
ἦα πάρος, νῦν αὖτε τεὸς πόσις εἰλήλουθα,
ὃς πᾶσι μνηστῆρσιν ἀεικέα πότμον ἐφήσω.' 550
ὣς ἔφατ', αὐτὰρ ἐμὲ μελιηδὴς ὕπνος ἀνῆκε·

a angústia, se acentuando, traz-me ao rosto as lágrimas.
Filha de Pândaro, tal qual, o rouxinol
pela verdura canta quando a primavera
retorna, sobre a folha densa do arvoredo, 520
e verte a pluriecoante voz com variações,
lamentando Ítilo, seu filho e do rei Zeto,
que assassinou a bronze por insensatez,
assim meu coração flutua em dupla via,
entre vigiar meus bens, as servas, a mansão 525
de cumeeira alta, ao lado de meu filho,
fiel ao leito conjugal e à voz das gentes,
ou o melhor aqueu em casa que me queira,
com infinitos dons, seguir. Meu filho, ainda
há pouco, era um menino vacilante, avesso 530
a que eu deixasse a casa para me casar.
Mas atingiu a flor da mocidade agora
e chega a me pedir que eu abandone o lar,
acabrunhado pelos dons que aqueus devoram.
Mas peço que interpretes este sonho, que ouças: 535
em casa vinte gansos comem grãos, à margem
d'água, espetáculo que me enche de alegria:
uma águia imensa, bico adunco, sai do monte
e trunca-lhes o colo e os mata. Numa pilha
jazem no paço e a águia torna ao vasto céu. 540
Pus-me a chorar no sonho, a lamentar-me e acaios
belicomados postam-se ao redor: às lágrimas,
eu deplorava a eliminação dos gansos.
Mas a águia volta e pousa sobre o teto imenso,
virando para mim, com voz humana: 'Força, 545
filha de Icário hiperínclito! Não é
um sonho, mas visão veraz que há de cumprir-se.
Os gansos são os pretendentes e eu a águia
fui para ti e como esposo agora torno
e darei fim à trupe de cortejadores.' 550
Assim falou e o sono doce me deixou;

παπτήνασα δὲ χῆνας ἐνὶ μεγάροισι νόησα
πυρὸν ἐρεπτομένους παρὰ πύελον, ἧχι πάρος περ."
τὴν δ' ἀπαμειβόμενος προσέφη πολύμητις Ὀδυσσεύς·
"ὦ γύναι, οὔ πως ἔστιν ὑποκρίνασθαι ὄνειρον 555
ἄλλῃ ἀποκλίναντ', ἐπεὶ ἦ ῥά τοι αὐτὸς Ὀδυσσεὺς
πέφραδ' ὅπως τελέει· μνηστῆρσι δὲ φαίνετ' ὄλεθρος
πᾶσι μάλ', οὐδέ κέ τις θάνατον καὶ κῆρας ἀλύξει."
τὸν δ' αὖτε προσέειπε περίφρων Πηνελόπεια·
"ξεῖν', ἦ τοι μὲν ὄνειροι ἀμήχανοι ἀκριτόμυθοι 560
γίγνοντ', οὐδέ τι πάντα τελείεται ἀνθρώποισι.
δοιαὶ γάρ τε πύλαι ἀμενηνῶν εἰσὶν ὀνείρων·
αἱ μὲν γὰρ κεράεσσι τετεύχαται, αἱ δ' ἐλέφαντι·
τῶν οἳ μέν κ' ἔλθωσι διὰ πριστοῦ ἐλέφαντος,
οἵ ῥ' ἐλεφαίρονται, ἔπε' ἀκράαντα φέροντες· 565
οἱ δὲ διὰ ξεστῶν κεράων ἔλθωσι θύραζε,
οἵ ῥ' ἔτυμα κραίνουσι, βροτῶν ὅτε κέν τις ἴδηται.
ἀλλ' ἐμοὶ οὐκ ἐντεῦθεν ὀΐομαι αἰνὸν ὄνειρον
ἐλθέμεν· ἦ κ' ἀσπαστὸν ἐμοὶ καὶ παιδὶ γένοιτο.
ἄλλο δέ τοι ἐρέω, σὺ δ' ἐνὶ φρεσὶ βάλλεο σῇσιν· 570
ἥδε δὴ ἠὼς εἶσι δυσώνυμος, ἥ μ' Ὀδυσῆος
οἴκου ἀποσχήσει· νῦν γὰρ καταθήσω ἄεθλον,
τοὺς πελέκεας, τοὺς κεῖνος ἐνὶ μεγάροισιν ἑοῖσιν
ἵστασχ' ἑξείης, δρυόχους ὥς, δώδεκα πάντας·
στὰς δ' ὅ γε πολλὸν ἄνευθε διαρρίπτασκεν ὀϊστόν. 575
νῦν δὲ μνηστήρεσσιν ἄεθλον τοῦτον ἐφήσω.
ὃς δέ κε ῥηΐτατ' ἐντανύσῃ βιὸν ἐν παλάμῃσι
καὶ διοϊστεύσῃ πελέκεων δυοκαίδεκα πάντων,
τῷ κεν ἅμ' ἑσποίμην, νοσφισσαμένη τόδε δῶμα
κουρίδιον, μάλα καλόν, ἐνίπλειον βιότοιο· 580
τοῦ ποτὲ μεμνήσεσθαι ὀΐομαι ἔν περ ὀνείρῳ."
τὴν δ' ἀπαμειβόμενος προσέφη πολύμητις Ὀδυσσεύς·
"ὦ γύναι αἰδοίη Λαερτιάδεω Ὀδυσῆος,
μηκέτι νῦν ἀνάβαλλε δόμοις ἔνι τοῦτον ἄεθλον·
πρὶν γάρ τοι πολύμητις ἐλεύσεται ἐνθάδ' Ὀδυσσεύς, 585
πρὶν τούτους τόδε τόξον ἐΰξοον ἀμφαφόωντας

corro para avistar em casa os vinte gansos
que bicam junto ao tanque os grãos, no espaço de antes."
E Odisseu poliastuto então falou: "Senhora,
não poderia interpretar o sonho em outra 555
direção da que o teu marido te apontou
para falar de sua ação: o fim de todos
os pretendentes se aproxima, nem um só
escapará da Quere morticida." E ela:
"Os sonhos são opacos às palavras, hóspede, 560
embasbacantes. Não são todos que se cumprem.
São dois os pórticos dos sonhos flutuantes:
um é feito de chifre e o outro, de marfim.
Os sonhos provenientes do marfim compacto
malfadam sem um fim, são mero palavrório; 565
os que abandonam o portal de chifre rútilo
de fato ocorrem, quando algum mortal o vê.
Não creio que meu sonho hórrido deste último
proveio: exultaríamos, meu filho e eu!
O que eu disser agora, guarda em tua mente: 570
Já nasce a aurora inominável que me expulsa
da casa de Odisseu. Certame de segures
que, feito estaca, o herói enfileirava em casa,
total de doze, proporei. O esposo, longe,
à flecha os perfurava. Aos pretendentes todos, 575
eis a competição que disporei: ao moço
que tensionar o arco mais peritamente
e transpassar à flecha a dúzia de segures,
eu seguirei, abandonando o alcácer belo,
pleno de bens, nupcial, que penso recordar 580
durante a minha vida, ainda que sonhando."
E disse-lhe em resposta o herói multissolerte:
"Esposa augusta de Odisseu Laércio, não
retardes a propor o tal certame em casa,
pois antes Odisseu arguto aqui virá, 585
antes que empunhem o arco bem lavrado, estiquem

νευρήν τ' ἐντανύσαι διοϊστεῦσαί τε σιδήρου."
τὸν δ' αὖτε προσέειπε περίφρων Πηνελόπεια·
"εἴ κ' ἐθέλοις μοι, ξεῖνε, παρήμενος ἐν μεγάροισι
τέρπειν, οὔ κέ μοι ὕπνος ἐπὶ βλεφάροισι χυθείη. 590
ἀλλ' οὐ γάρ πως ἔστιν ἀΰπνους ἔμμεναι αἰεὶ
ἀνθρώπους· ἐπὶ γάρ τοι ἑκάστῳ μοῖραν ἔθηκαν
ἀθάνατοι θνητοῖσιν ἐπὶ ζείδωρον ἄρουραν.
ἀλλ' ἦ τοι μὲν ἐγὼν ὑπερῷον εἰσαναβᾶσα
λέξομαι εἰς εὐνήν, ἥ μοι στονόεσσα τέτυκται, 595
αἰεὶ δάκρυσ' ἐμοῖσι πεφυρμένη, ἐξ οὗ Ὀδυσσεὺς
ᾤχετ' ἐποψόμενος Κακοΐλιον οὐκ ὀνομαστήν.
ἔνθα κε λεξαίμην· σὺ δὲ λέξεο τῷδ' ἐνὶ οἴκῳ,
ἢ χαμάδις στορέσας ἤ τοι κατὰ δέμνια θέντων."
ὣς εἰποῦσ' ἀνέβαιν' ὑπερώϊα σιγαλόεντα, 600
οὐκ οἴη, ἅμα τῇ γε καὶ ἀμφίπολοι κίον ἄλλαι.
ἐς δ' ὑπερῷ' ἀναβᾶσα σὺν ἀμφιπόλοισι γυναιξὶ
κλαῖεν ἔπειτ' Ὀδυσῆα, φίλον πόσιν, ὄφρα οἱ ὕπνον
ἡδὺν ἐπὶ βλεφάροισι βάλε γλαυκῶπις Ἀθήνη.

o nervo, perfurando o ferro com a seta."
E a sensata Penélope retoma a fala:
"Quiseras confortar-me, forasteiro, ao lado
na sala se sentando, o sono não cairia 590
por sobre as pálpebras. Mas não se pode estar
insone sempre: os imortais impõem a moira
ao ser humano sobre a terra doadora
de grãos. Desejo recolher-me aos aposentos
do pavimento superior, deitar-me ao leito 595
construído a fim de que meu pranto o umedeça
sempre, desde que à inominável Sinistroia
o herói partiu. Repouso lá. Podes deitar
aqui no chão ou sobre a cama, se preferes."
Falando assim, subiu aos quartos resplendentes, 600
não só, que ancilas lhe faziam companhia.
Nas câmaras de cima com suas ancilas,
chora Odisseu, o esposo, até que Atena de olhos
glaucos esparja a sonolência em suas pálpebras.

υ

Αὐτὰρ ὁ ἐν προδόμῳ εὐνάζετο δῖος Ὀδυσσεύς·
κὰμ μὲν ἀδέψητον βοέην στόρεσ', αὐτὰρ ὕπερθε
κώεα πόλλ' οἴων, τοὺς ἱρεύεσκον Ἀχαιοί·
Εὐρυνόμη δ' ἄρ' ἐπὶ χλαῖναν βάλε κοιμηθέντι.
ἔνθ' Ὀδυσεὺς μνηστῆρσι κακὰ φρονέων ἐνὶ θυμῷ   5
κεῖτ' ἐγρηγορόων· ταὶ δ' ἐκ μεγάροιο γυναῖκες
ἤϊσαν, αἳ μνηστῆρσιν ἐμισγέσκοντο πάρος περ,
ἀλλήλῃσι γέλω τε καὶ εὐφροσύνην παρέχουσαι.
τοῦ δ' ὠρίνετο θυμὸς ἐνὶ στήθεσσι φίλοισι·
πολλὰ δὲ μερμήριζε κατὰ φρένα καὶ κατὰ θυμόν,   10
ἠὲ μεταΐξας θάνατον τεύξειεν ἑκάστῃ,
ἦ ἔτ' ἐῷ μνηστῆρσιν ὑπερφιάλοισι μιγῆναι
ὕστατα καὶ πύματα, κραδίη δέ οἱ ἔνδον ὑλάκτει.
ὡς δὲ κύων ἀμαλῇσι περὶ σκυλάκεσσι βεβῶσα
ἄνδρ' ἀγνοιήσασ' ὑλάει μέμονέν τε μάχεσθαι,   15
ὥς ῥα τοῦ ἔνδον ὑλάκτει ἀγαιομένου κακὰ ἔργα·
στῆθος δὲ πλήξας κραδίην ἠνίπαπε μύθῳ·
"τέτλαθι δή, κραδίη· καὶ κύντερον ἄλλο ποτ' ἔτλης.
ἤματι τῷ ὅτε μοι μένος ἄσχετος ἤσθιε Κύκλωψ
ἰφθίμους ἑτάρους· σὺ δ' ἐτόλμας, ὄφρα σε μῆτις   20
ἐξάγαγ' ἐξ ἄντροιο ὀϊόμενον θανέεσθαι."
ὣς ἔφατ', ἐν στήθεσσι καθαπτόμενος φίλον ἦτορ·
τῷ δὲ μάλ' ἐν πείσῃ κραδίη μένε τετληυῖα
νωλεμέως· ἀτὰρ αὐτὸς ἑλίσσετο ἔνθα καὶ ἔνθα.
ὡς δ' ὅτε γαστέρ' ἀνὴρ πολέος πυρὸς αἰθομένοιο,   25
ἐμπλείην κνίσης τε καὶ αἵματος, ἔνθα καὶ ἔνθα

Canto XX

O divino Odisseu deitou-se no vestíbulo,
por sobre o couro não curtido de um vacum,
pelames sotopostos das ovelhas mortas
por mãos de aqueus. No corpo de Odisseu, Eurínome
envolve o manto (o magno herói tramava a ruína   5
dos pretendentes). Do recinto-mor afluem
mulheres em recíprocas provocações
de riso e de pilhéria, ao coito rotineiro
com os cortejadores. Odisseu, no peito,
mal controlava o coração, os pensamentos   10
multiplicando em sua mente: assassiná-las
ou permitir que fornicassem com os torpes,
numa noitada terminal? O coração
latia dentro dele; feito uma cadela
rodeando as crias indefesas, sem notar   15
presença humana, late, pronta para a rusga,
avesso à sordidez, assim ladrava no íntimo.
Golpeando o peito, fala ao coração: "Suporta,
cárdio! Já suportaste muitas cachorradas,
tal qual quando o Ciclope deglutiu os sócios,   20
incontrolável. E aguentaste até que a *métis*
— solércia do pensar — te retirou da furna:
viver não era crível." E o carpido cárdio
se aquieta, pacientemente convencido,
diverso dele, que no leito espiralava.   25
Alguém que gira em chama o bucho graxo e rubro,

αἰόλλῃ, μάλα δ' ὦκα λιλαίεται ὀπτηθῆναι,
ὣς ἄρ' ὅ γ' ἔνθα καὶ ἔνθα ἑλίσσετο, μερμηρίζων
ὅππως δὴ μνηστῆρσιν ἀναιδέσι χεῖρας ἐφήσει
μοῦνος ἐὼν πολέσι. σχεδόθεν δέ οἱ ἦλθεν Ἀθήνη 30
οὐρανόθεν καταβᾶσα· δέμας δ' ἤϊκτο γυναικί·
στῆ δ' ἄρ' ὑπὲρ κεφαλῆς καί μιν πρὸς μῦθον ἔειπε·
"τίπτ' αὖτ' ἐγρήσσεις, πάντων περὶ κάμμορε φωτῶν;
οἶκος μέν τοι ὅδ' ἐστί, γυνὴ δέ τοι ἥδ' ἐνὶ οἴκῳ
καί, πάϊς, οἷόν πού τις ἐέλδεται ἔμμεναι υἷα." 35
τὴν δ' ἀπαμειβόμενος προσέφη πολύμητις Ὀδυσσεύς·
"ναὶ δὴ ταῦτά γε πάντα, θεά, κατὰ μοῖραν ἔειπες·
ἀλλά τί μοι τόδε θυμὸς ἐνὶ φρεσὶ μερμηρίζει,
ὅππως δὴ μνηστῆρσιν ἀναιδέσι χεῖρας ἐφήσω,
μοῦνος ἐών· οἱ δ' αἰὲν ἀολλέες ἔνδον ἔασι. 40
πρὸς δ' ἔτι καὶ τόδε μεῖζον ἐνὶ φρεσὶ μερμηρίζω·
εἴ περ γὰρ κτείναιμι Διός τε σέθεν τε ἕκητι,
πῇ κεν ὑπεκπροφύγοιμι; τά σε φράζεσθαι ἄνωγα."
τὸν δ' αὖτε προσέειπε θεὰ γλαυκῶπις Ἀθήνη·
"σχέτλιε, καὶ μέν τίς τε χερείονι πείθεθ' ἑταίρῳ, 45
ὅς περ θνητός τ' ἐστὶ καὶ οὐ τόσα μήδεα οἶδεν·
αὐτὰρ ἐγὼ θεός εἰμι, διαμπερὲς ἥ σε φυλάσσω
ἐν πάντεσσι πόνοις. ἐρέω δέ τοι ἐξαναφανδόν·
εἴ περ πεντήκοντα λόχοι μερόπων ἀνθρώπων
νῶϊ περισταῖεν, κτεῖναι μεμαῶτες Ἄρηϊ, 50
καί κεν τῶν ἐλάσαιο βόας καὶ ἴφια μῆλα.
ἀλλ' ἑλέτω σε καὶ ὕπνος· ἀνίη καὶ τὸ φυλάσσειν
πάννυχον ἐγρήσσοντα, κακῶν δ' ὑποδύσεαι ἤδη."
ὣς φάτο, καί ῥά οἱ ὕπνον ἐπὶ βλεφάροισιν ἔχευεν,
αὐτὴ δ' ἂψ ἐς Ὄλυμπον ἀφίκετο δῖα θεάων. 55
εὖτε τὸν ὕπνος ἔμαρπτε, λύων μελεδήματα θυμοῦ,
λυσιμελής, ἄλοχος δ' ἄρ' ἐπέγρετο κεδνὰ ἰδυῖα·
κλαῖε δ' ἄρ' ἐν λέκτροισι καθεζομένη μαλακοῖσιν.
αὐτὰρ ἐπεὶ κλαίουσα κορέσσατο ὃν κατὰ θυμόν,
Ἀρτέμιδι πρώτιστον ἐπεύξατο δῖα γυναικῶν· 60
"Ἄρτεμι, πότνα θεά, θύγατερ Διός, αἴθε μοι ἤδη

de um lado para o outro, ansioso para vê-lo
pronto, Odisseu se vira ao acender ideias
de como meteria a mão no bando crápula,
sendo ele um, sendo eles muitos. Desce Atena   30
do céu, ao flanco dele, igual a uma mulher.
Postada rente à sua cabeça, assim falou:
"Por que não dormes, homem de moira amaríssima?
Esta morada é tua e tua, na morada,
está tua mulher, teu filho, como alguém   35
pode querer que seja o seu." E o poliarguto:
"Nada do que disseste, deusa, foge à moira;
meu coração está dubitativo na ânima
sobre meter a mão — mas como? — na gentalha,
sozinho, pois que sempre agrupam-se no paço.   40
Minha mente entesoura cisma bem mais grave:
mesmo que os mate, Zeus comigo, além de ti,
aonde eu fugiria? Peço que reflitas."
E Atena de olhos glaucos disse-lhe em resposta:
"Incorrigível! Um tem fé no sócio mais   45
débil, um ser com tino pouco penetrante,
mas eu sou deusa, atenta ininterruptamente
a resguardar-te em teu sofrer. Serei direta:
digamos que cinquenta pelotões de bravos
nos cerquem, ávidos do morticínio de Ares: 50
deles subtrais, querendo, os bois e as pingues pécoras.
Que Hipnos te colha, pois também é sofrimento
velar, desperto pan-noturnamente. Logo
os matas." Disse e esparge o sono em suas pálpebras;
divina entre imortais, retorna para o Olimpo.   55
Retém-no a sonolência, aliviando o transe
do coração, torpor relaxa-membros, mas
Penélope desperta abrupta e chora à beira-
-leito. Saciado o coração de prantear,
divina entre as mulheres, suplicou a Ártemis: 60
"Ártemis casta, filha do Cronida, flechas

ἰὸν ἐνὶ στήθεσσι βαλοῦσ' ἐκ θυμὸν ἕλοιο
αὐτίκα νῦν, ἢ ἔπειτα μ' ἀναρπάξασα θύελλα
οἴχοιτο προφέρουσα κατ' ἠερόεντα κέλευθα,
ἐν προχοῇς δὲ βάλοι ἀψορρόου Ὠκεανοῖο. 65
ὡς δ' ὅτε Πανδαρέου κούρας ἀνέλοντο θύελλαι·
τῇσι τοκῆας μὲν φθῖσαν θεοί, αἱ δ' ἐλίποντο
ὀρφαναὶ ἐν μεγάροισι, κόμισσε δὲ δῖ' Ἀφροδίτη
τυρῷ καὶ μέλιτι γλυκερῷ καὶ ἡδέϊ οἴνῳ·
Ἥρη δ' αὐτῇσιν περὶ πασέων δῶκε γυναικῶν 70
εἶδος καὶ πινυτήν, μῆκος δ' ἔπορ' Ἄρτεμις ἁγνή,
ἔργα δ' Ἀθηναίη δέδαε κλυτὰ ἐργάζεσθαι.
εὖτ' Ἀφροδίτη δῖα προσέστιχε μακρὸν Ὄλυμπον,
κούρῃς αἰτήσουσα τέλος θαλεροῖο γάμοιο —
ἐς Δία τερπικέραυνον, ὁ γάρ τ' εὖ οἶδεν ἅπαντα, 75
μοῖράν τ' ἀμμορίην τε καταθνητῶν ἀνθρώπων —
τόφρα δὲ τὰς κούρας ἅρπυιαι ἀνηρείψαντο
καί ῥ' ἔδοσαν στυγερῇσιν ἐρινύσιν ἀμφιπολεύειν·
ὣς ἔμ' ἀϊστώσειαν Ὀλύμπια δώματ' ἔχοντες,
ἠέ μ' ἐϋπλόκαμος βάλοι Ἄρτεμις, ὄφρ' Ὀδυσῆα 80
ὀσσομένη καὶ γαῖαν ὕπο στυγερὴν ἀφικοίμην,
μηδέ τι χείρονος ἀνδρὸς ἐϋφραίνοιμι νόημα.
ἀλλὰ τὸ μὲν καὶ ἀνεκτὸν ἔχει κακόν, ὁππότε κέν τις
ἤματα μὲν κλαίῃ, πυκινῶς ἀκαχήμενος ἦτορ,
νύκτας δ' ὕπνος ἔχῃσιν — ὁ γάρ τ' ἐπέλησεν ἁπάντων, 85
ἐσθλῶν ἠδὲ κακῶν, ἐπεὶ ἄρ βλέφαρ' ἀμφικαλύψῃ —
αὐτὰρ ἐμοὶ καὶ ὀνείρατ' ἐπέσσευεν κακὰ δαίμων.
τῇδε γὰρ αὖ μοι νυκτὶ παρέδραθεν εἴκελος αὐτῷ,
τοῖος ἐὼν οἷος ἦεν ἅμα στρατῷ· αὐτὰρ ἐμὸν κῆρ
χαῖρ', ἐπεὶ οὐκ ἐφάμην ὄναρ ἔμμεναι, ἀλλ' ὕπαρ ἤδη." 90
ὣς ἔφατ', αὐτίκα δὲ χρυσόθρονος ἤλυθεν Ἠώς.
τῆς δ' ἄρα κλαιούσης ὄπα σύνθετο δῖος Ὀδυσσεύς·
μερμήριζε δ' ἔπειτα, δόκησε δέ οἱ κατὰ θυμὸν
ἤδη γιγνώσκουσα παρεστάμεναι κεφαλῆφι.
χλαῖναν μὲν συνελὼν καὶ κώεα, τοῖσιν ἐνεῦδεν, 95
ἐς μέγαρον κατέθηκεν ἐπὶ θρόνου, ἐκ δὲ βοείην

lançando contra o peito, a vida me levaras
neste presente, ou furacão me sequestrando
lançara-me em sendeiros nebulosos, me
cuspindo à foz oceânica autorrefluente, 65
como os tufões levaram antes as Pandáridas,
órfãs em casa, após os deuses dizimarem
os genitores. Afrodite as preservou
com queijo, mel-dulçor e vinho deleitoso.
Mais do que às outras, Hera concedeu-lhes graça 70
e sensatez; sublimidade deu-lhe Ártemis,
Palas lhes ensinou lavores resplendentes.
Quando Afrodite sobe à vastidão do Olimpo,
para rogar a flor do matrimônio às virgens
junto ao Cronida coruscante (sabedor 75
pleno da moira e da antimoira dos mortais),
eis que as Harpias raptam na procela as moças,
fazendo-as serviçais, nos ínferos, de Erínias.
Quisera me anular assim um deus olímpio
ou Ártemis de belas tranças me golpeasse, 80
para eu descer com meu consorte à morbidez
subtérrea, sem rejubilar a mente de homem
abaixo dele. O mal é suportável quando
de dia a gente chora, coração turbado,
e à noite o sono, pan-esquecedor do bom 85
e do ruim, nos colhe, circunfecha as pálpebras;
um demônio me envia o pesadelo de Ôneiros.
Um ícone do herói dormia junto a mim
à noite, tal e qual viajou a Troia, a ânima
extasiando: um fato, não o cria um sonho." 90
Calou e Aurora, trono-de-ouro, despontou.
Chega aos ouvidos de Odisseu sua voz chorosa,
e põe-se a lucubrar: lhe parecia que,
reconhecido já, ela o circunda à testa.
Recolhe o manto e os velos sobre os quais dormira, 95
e os deposita sobre um trono no salão;

θῆκε θύραζε φέρων, Διὶ δ' εὔξατο χεῖρας ἀνασχών·
"Ζεῦ πάτερ, εἴ μ' ἐθέλοντες ἐπὶ τραφερήν τε καὶ ὑγρὴν
ἤγετ' ἐμὴν ἐς γαῖαν, ἐπεί μ' ἐκακώσατε λίην,
φήμην τίς μοι φάσθω ἐγειρομένων ἀνθρώπων 100
ἔνδοθεν, ἔκτοσθεν δὲ Διὸς τέρας ἄλλο φανήτω."
ὣς ἔφατ' εὐχόμενος· τοῦ δ' ἔκλυε μητίετα Ζεύς,
αὐτίκα δ' ἐβρόντησεν ἀπ' αἰγλήεντος Ὀλύμπου,
ὑψόθεν ἐκ νεφέων· γήθησε δὲ δῖος Ὀδυσσεύς.
φήμην δ' ἐξ οἴκοιο γυνὴ προέηκεν ἀλετρὶς 105
πλησίον, ἔνθ' ἄρα οἱ μύλαι ἥατο ποιμένι λαῶν,
τῇσιν δώδεκα πᾶσαι ἐπερρώοντο γυναῖκες
ἄλφιτα τεύχουσαι καὶ ἀλείατα, μυελὸν ἀνδρῶν.
αἱ μὲν ἄρ' ἄλλαι εὗδον, ἐπεὶ κατὰ πυρὸν ἄλεσσαν,
ἡ δὲ μί' οὔπω παύετ', ἀφαυροτάτη δ' ἐτέτυκτο· 110
ἦ ῥα μύλην στήσασα ἔπος φάτο, σῆμα ἄνακτι·
"Ζεῦ πάτερ, ὅς τε θεοῖσι καὶ ἀνθρώποισιν ἀνάσσεις,
ἦ μεγάλ' ἐβρόντησας ἀπ' οὐρανοῦ ἀστερόεντος,
οὐδέ ποθι νέφος ἐστί· τέρας νύ τεῳ τόδε φαίνεις.
κρῆνον νῦν καὶ ἐμοὶ δειλῇ ἔπος, ὅττι κεν εἴπω· 115
μνηστῆρες πύματόν τε καὶ ὕστατον ἤματι τῷδε
ἐν μεγάροις Ὀδυσῆος ἑλοίατο δαῖτ' ἐρατεινήν,
οἳ δή μοι καμάτῳ θυμαλγέϊ γούνατ' ἔλυσαν
ἄλφιτα τευχούσῃ· νῦν ὕστατα δειπνήσειαν."
ὣς ἄρ' ἔφη, χαῖρεν δὲ κλεηδόνι δῖος Ὀδυσσεὺς 120
Ζηνός τε βροντῇ· φάτο γὰρ τίσασθαι ἀλείτας.
αἱ δ' ἄλλαι δμῳαὶ κατὰ δώματα κάλ' Ὀδυσῆος
ἀγρόμεναι ἀνέκαιον ἐπ' ἐσχάρῃ ἀκάματον πῦρ.
Τηλέμαχος δ' εὐνῆθεν ἀνίστατο, ἰσόθεος φώς,
εἵματα ἑσσάμενος· περὶ δὲ ξίφος ὀξὺ θέτ' ὤμῳ· 125
ποσσὶ δ' ὑπὸ λιπαροῖσιν ἐδήσατο καλὰ πέδιλα,
εἵλετο δ' ἄλκιμον ἔγχος, ἀκαχμένον ὀξέϊ χαλκῷ·
στῆ δ' ἄρ' ἐπ' οὐδὸν ἰών, πρὸς δ' Εὐρύκλειαν ἔειπε·
"μαῖα φίλη, τὸν ξεῖνον ἐτιμήσασθ' ἐνὶ οἴκῳ
εὐνῇ καὶ σίτῳ, ἦ αὔτως κεῖται ἀκηδής; 130
τοιαύτη γὰρ ἐμὴ μήτηρ, πινυτή περ ἐοῦσα·

só a pele de vacum estende fora, a Zeus
alçando as mãos na súplica: "Cronida pai,
se ao meu rincão natal querendo me trouxeste
cruzando o salso oceano e Geia-Terra firme, 100
agruras me impingindo, dá que eu ouça um signo
de quem acorde dentro, e fora eu veja algum
portento." Disse em prece e prestes o escutou
o sabedor do Olimpo reluzente. No alto,
das nuvens, troa, e Odisseu jubila. À mó, 105
no paço, uma das moças pressagia. Doze
mulheres no total moíam cevada e trigo,
medula de homens. Repousavam as demais,
frumento macerado. Apenas ela não
parara, embora de franzina compleição. 110
Estanca a moenda e emite um signo augural
para Odisseu: "Senhor de eternos e homens, Zeus,
trovejas estrondoso no estrelário urânico
sem que haja nuvem, como se a luzir presságio.
Faze cumprir agora o rogo da infeliz: 115
possam os procos, pela derradeira vez,
banquetearem hoje na mansão do herói,
os tipos que estressaram de lavor meus joelhos,
ao lhes moer farinha. Comam só esta vez!"
Falou e a Odisseu divino alegra o augúrio 120
e o lampejar de Zeus, dizendo-se puni-los.
Na bela casa itácia as outras servas tratam,
despertas, de avivar o fogo na lareira.
Símile numinoso, um talo, sai do leito
Telêmaco. Vestiu-se, pôs a boldrié 125
a espada, prende aos pés as rútilas sandálias,
empunha a lança fulminante pontibrônzea.
Parado sobre o umbral, pergunta a Euricleia:
"O forasteiro, ama, foi honrado em casa
com leito e víveres, ou jaz desamparado? 130
Pois minha mãe, embora não lhe falte espírito,

ἐμπλήγδην ἕτερόν γε τίει μερόπων ἀνθρώπων
χείρονα, τὸν δέ τ' ἀρείον' ἀτιμήσασ' ἀποπέμπει."
τὸν δ' αὖτε προσέειπε περίφρων Εὐρύκλεια·
"οὐκ ἄν μιν νῦν, τέκνον, ἀναίτιον αἰτιόῳο. 135
οἶνον μὲν γὰρ πῖνε καθήμενος, ὄφρ' ἔθελ' αὐτός,
σίτου δ' οὐκέτ' ἔφη πεινήμεναι· εἴρετο γάρ μιν.
ἀλλ' ὅτε δὴ κοίτοιο καὶ ὕπνου μιμνήσκοιτο,
ἡ μὲν δέμνι' ἄνωγεν ὑποστορέσαι δμῳῇσιν,
αὐτὰρ ὅ γ', ὥς τις πάμπαν ὀϊζυρὸς καὶ ἄποτμος, 140
οὐκ ἔθελ' ἐν λέκτροισι καὶ ἐν ῥήγεσσι καθεύδειν,
ἀλλ' ἐν ἀδεψήτῳ βοέῃ καὶ κώεσιν οἰῶν
ἔδραθ' ἐνὶ προδόμῳ· χλαῖναν δ' ἐπιέσσαμεν ἡμεῖς."
ὣς φάτο, Τηλέμαχος δὲ διὲκ μεγάροιο βεβήκει
ἔγχος ἔχων, ἅμα τῷ γε δύω κύνες ἀργοὶ ἕποντο. 145
βῆ δ' ἴμεν εἰς ἀγορὴν μετ' ἐϋκνήμιδας Ἀχαιούς.
ἡ δ' αὖτε δμῳῇσιν ἐκέκλετο δῖα γυναικῶν,
Εὐρύκλει', Ὦπος θυγάτηρ Πεισηνορίδαο·
"ἀγρεῖθ', αἱ μὲν δῶμα κορήσατε ποιπνύσασαι,
ῥάσσατέ τ', ἔν τε θρόνοις εὐποιήτοισι τάπητας 150
βάλλετε πορφυρέους· αἱ δὲ σπόγγοισι τραπέζας
πάσας ἀμφιμάσασθε, καθήρατε δὲ κρητῆρας
καὶ δέπα ἀμφικύπελλα τετυγμένα· ταὶ δὲ μεθ' ὕδωρ
ἔρχεσθε κρήνηνδε, καὶ οἴσετε θᾶσσον ἰοῦσαι.
οὐ γὰρ δὴν μνηστῆρες ἀπέσσονται μεγάροιο, 155
ἀλλὰ μάλ' ἦρι νέονται, ἐπεὶ καὶ πᾶσιν ἑορτή."
ὣς ἔφαθ', αἱ δ' ἄρα τῆς μάλα μὲν κλύον ἠδ' ἐπίθοντο.
αἱ μὲν ἐείκοσι βῆσαν ἐπὶ κρήνην μελάνυδρον,
αἱ δ' αὐτοῦ κατὰ δώματ' ἐπισταμένως πονέοντο.
ἐς δ' ἦλθον δρηστῆρες Ἀχαιῶν. οἱ μὲν ἔπειτα 160
εὖ καὶ ἐπισταμένως κέασαν ξύλα, ταὶ δὲ γυναῖκες
ἦλθον ἀπὸ κρήνης· ἐπὶ δέ σφισιν ἦλθε συβώτης
τρεῖς σιάλους κατάγων, οἳ ἔσαν μετὰ πᾶσιν ἄριστοι.
καὶ τοὺς μέν ῥ' εἴασε καθ' ἕρκεα καλὰ νέμεσθαι,
αὐτὸς δ' αὖτ' Ὀδυσῆα προσηύδα μειλιχίοισι· 165
"ξεῖν', ἦ ἄρ τί σε μᾶλλον Ἀχαιοὶ εἰσορόωσιν,

honora, dentre os seres perecíveis, gente
mais chã, e volve as costas a pessoas íntegras."
E a atinada Euricleia rebateu: "Não queiras,
filho, inculpar quem não tem culpa. Enquanto aprouve, 135
bebeu sentado o vinho, e quando lhe indaguei,
disse não precisar se alimentar. Lembrado
do leito e do repouso, tua mãe mandou
que ancilas preparassem sua cama; o hóspede,
porém, assaz despossuído e sem ventura, 140
negou a colcha e o catre, e repousou no couro
de boi ainda não curtido, sotoposto
ao velo pecorino extenso no vestíbulo;
tratamos de cobri-lo com um manto." Disse
e então Telêmaco saiu cruzando a sala, 145
estringindo o lançaço; atrás, os cães velozes.
Deu com aqueus de belas cnêmides na ágora.
Divina entre as mulheres, Euricleia, filha
de Opos Pisenoride, esperta as outras fâmulas:
"Vamos! Varrei o pavimento sem demora, 150
molhai-o! Arrojai os tafetás purpúreos
tronos acima! Quero que as demais esfreguem
nas mesas, todas, as esponjas. Não deixeis
nódoa nas taças de ansas duplas, nas crateras.
Um grupo traga súbito água da fontana, 155
que os procos não demoram a adentrar o paço,
diria que se adiantam, pois festejam todos."
Disse e ninguém ousou lhe descumprir as ordens.
Uma vintena vai à fonte negro-hídrica,
outras se empenham na lavagem da morada. 160
Domésticos robustos chegam, talham lenha
com rara habilidade. As fâmulas retornam
da fontana. O porqueiro atrás norteava três
varrascos, que exceliam no curral. Deixou
folgarem no cercado belo e então profere 165
melífluas palavras a Odisseu: "Aquivos

ἠέ σ' ἀτιμάζουσι κατὰ μέγαρ', ὡς τὸ πάρος περ;"
τὸν δ' ἀπαμειβόμενος προσέφη πολυμήτις Ὀδυσσεύς·
"αἲ γὰρ δή, Εὔμαιε, θεοὶ τισαίατο λώβην,
ἣν οἵδ' ὑβρίζοντες ἀτάσθαλα μηχανόωνται   170
οἴκῳ ἐν ἀλλοτρίῳ, οὐδ' αἰδοῦς μοῖραν ἔχουσιν."
ὣς οἱ μὲν τοιαῦτα πρὸς ἀλλήλους ἀγόρευον,
ἀγχίμολον δέ σφ' ἦλθε Μελάνθιος, αἰπόλος αἰγῶν.
αἶγας ἄγων αἳ πᾶσι μετέρεπον αἰπολίοισι,
δεῖπνον μνηστήρεσσι. δύω δ' ἄμ' ἕποντο νομῆες.   175
καὶ τὰς μὲν κατέδησεν ὑπ' αἰθούσῃ ἐριδούπῳ,
αὐτὸς δ' αὖτ' Ὀδυσῆα προσηύδα κερτομίοισι·
"ξεῖν', ἔτι καὶ νῦν ἐνθάδ' ἀνιήσεις κατὰ δῶμα
ἀνέρας αἰτίζων, ἀτὰρ οὐκ ἔξεισθα θύραζε;
πάντως οὐκέτι νῶϊ διακρινέεσθαι ὀΐω   180
πρὶν χειρῶν γεύσασθαι, ἐπεὶ σύ περ οὐ κατὰ κόσμον
αἰτίζεις· εἰσὶν δὲ καὶ ἄλλαι δαῖτες Ἀχαιῶν."
ὣς φάτο, τὸν δ' οὔ τι προσέφη πολύμητις Ὀδυσσεύς,
ἀλλ' ἀκέων κίνησε κάρη, κακὰ βυσσοδομεύων.
τοῖσι δ' ἐπὶ τρίτος ἦλθε Φιλοίτιος, ὄρχαμος ἀνδρῶν,   185
βοῦν στεῖραν μνηστῆρσιν ἄγων καὶ πίονας αἶγας.
πορθμῆες δ' ἄρα τούς γε διήγαγον, οἵ τε καὶ ἄλλους
ἀνθρώπους πέμπουσιν, ὅτις σφέας εἰσαφίκηται.
καὶ τὰ μὲν εὖ κατέδησεν ὑπ' αἰθούσῃ ἐριδούπῳ,
αὐτὸς δ' αὖτ' ἐρέεινε συβώτην ἄγχι παραστάς·   190
"τίς δὴ ὅδε ξεῖνος νέον εἰλήλουθε, συβῶτα,
ἡμέτερον πρὸς δῶμα; τέων δ' ἐξ εὔχεται εἶναι
ἀνδρῶν; ποῦ δέ νύ οἱ γενεὴ καὶ πατρὶς ἄρουρα;
δύσμορος, ἦ τε ἔοικε δέμας βασιλῆϊ ἄνακτι·
ἀλλὰ θεοὶ δυόωσι πολυπλάγκτους ἀνθρώπους,   195
ὁππότε καὶ βασιλεῦσιν ἐπικλώσωνται ὀϊζύν."
ἦ καὶ δεξιτερῇ δειδίσκετο χειρὶ παραστάς,
καί μιν φωνήσας ἔπεα πτερόεντα προσηύδα·
"χαῖρε, πάτερ ὦ ξεῖνε· γένοιτό τοι ἔς περ ὀπίσσω
ὄλβος· ἀτὰρ μὲν νῦν γε κακοῖς ἔχεαι πολέεσσι.   200
Ζεῦ πάτερ, οὔ τις σεῖο θεῶν ὀλοώτερος ἄλλος·

têm sido mais afáveis, hóspede, ou te ofendem
solar adentro tal como o faziam?" Disse-lhe
o herói multiastucioso: "Eumeu, tomara os numes
punam opróbrios propugnados pelo bando 170
de celerados desabridos na morada
de outrem. Não têm a moira do pudor." Palavras
assim cambiavam na conversa que mantinham,
quando se aproximou Melântio, guia de cabras,
tocando as pécoras sineiras de um alfeire, 175
para o festim dos procos, junto a dois pastores.
Tão logo as amarrou no rumorante pórtico,
mais uma vez desborda na mordacidade:
"Ainda insistes em incomodar no paço
esmolando, alienígena? Quando é que chispas? 180
Antes que nossas sendas se bifurquem, provas
de minha mão, pois contraria o cosmo o rogo
de tua mendicância. Algures há festins
de aqueus." O herói multimanhoso, mudo, move
a testa, abísmeo-edificando sua vindita. 185
Filoêxito, Filécio chega em terço, vaca
estéril, cabras pingues conduzindo aos procos.
Os bateleiros, algo entre eles rotineiro,
haviam-no escoltado. Prende no ruidoso
pórtico as reses com firmeza e indaga o suino- 190
cultor, tão logo dele se avizinha: "Dize-me
quem é esse sujeito neoadvindo a Ítaca?
Ele se ufana de provir de qual estirpe?
Qual nome o do rincão ancestre desse homem
de moira má, um régio ícone no porte? 195
Deuses naufragam gente multicombalida,
sequer os basileus escapam quando tramam
revés." Postado ao lado dele, lhe estendeu
a mão direita e disse alígeras palavras:
"Bem-vindo, páter forasteiro! Que o ouro aflua, 200
vindouro, a quem só colhe agrura no presente!

οὐκ ἐλεαίρεις ἄνδρας, ἐπὴν δὴ γείνεαι αὐτός,
μισγέμεναι κακότητι καὶ ἄλγεσι λευγαλέοισιν.
ἴδιον, ὡς ἐνόησα, δεδάκρυνται δέ μοι ὄσσε
μνησαμένῳ Ὀδυσῆος, ἐπεὶ καὶ κεῖνον ὀΐω   205
τοιάδε λαίφε᾽ ἔχοντα κατ᾽ ἀνθρώπους ἀλάλησθαι,
εἴ που ἔτι ζώει καὶ ὁρᾷ φάος ἠελίοιο.
εἰ δ᾽ ἤδη τέθνηκε καὶ εἰν Ἀΐδαο δόμοισιν,
ὤ μοι ἔπειτ᾽ Ὀδυσῆος ἀμύμονος, ὅς μ᾽ ἐπὶ βουσὶν
εἷσ᾽ ἔτι τυτθὸν ἐόντα Κεφαλλήνων ἐνὶ δήμῳ.   210
νῦν δ᾽ αἱ μὲν γίγνονται ἀθέσφατοι, οὐδέ κεν ἄλλως
ἀνδρί γ᾽ ὑποσταχύοιτο βοῶν γένος εὐρυμετώπων·
τὰς δ᾽ ἄλλοι με κέλονται ἀγινέμεναί σφισιν αὐτοῖς
ἔδμεναι· οὐδέ τι παιδὸς ἐνὶ μεγάροις ἀλέγουσιν,
οὐδ᾽ ὄπιδα τρομέουσι θεῶν· μεμάασι γὰρ ἤδη   215
κτήματα δάσσασθαι δὴν οἰχομένοιο ἄνακτος.
αὐτὰρ ἐμοὶ τόδε θυμὸς ἐνὶ στήθεσσι φίλοισι
πόλλ᾽ ἐπιδινεῖται· μάλα μὲν κακὸν υἷος ἐόντος
ἄλλων δῆμον ἱκέσθαι ἰόντ᾽ αὐτῇσι βόεσσιν,
ἄνδρας ἐς ἀλλοδαπούς· τὸ δὲ ῥίγιον, αὖθι μένοντα 220
βουσὶν ἐπ᾽ ἀλλοτρίῃσι καθήμενον ἄλγεα πάσχειν.
καί κεν δὴ πάλαι ἄλλον ὑπερμενέων βασιλήων
ἐξικόμην φεύγων, ἐπεὶ οὐκέτ᾽ ἀνεκτὰ πέλονται·
ἀλλ᾽ ἔτι τὸν δύστηνον ὀΐομαι, εἴ ποθεν ἐλθὼν
ἀνδρῶν μνηστήρων σκέδασιν κατὰ δώματα θείη."   225
τὸν δ᾽ ἀπαμειβόμενος προσέφη πολύμητις Ὀδυσσεύς·
"βουκόλ᾽, ἐπεὶ οὔτε κακῷ οὔτ᾽ ἄφρονι φωτὶ ἔοικας,
γιγνώσκω δὲ καὶ αὐτὸς ὅ τοι πινυτὴ φρένας ἵκει,
τοὔνεκά τοι ἐρέω καὶ ἐπὶ μέγαν ὅρκον ὀμοῦμαι·
ἴστω νῦν Ζεὺς πρῶτα θεῶν ξενίη τε τράπεζα   230
ἱστίη τ᾽ Ὀδυσῆος ἀμύμονος, ἣν ἀφικάνω,
ἦ σέθεν ἐνθάδ᾽ ἐόντος ἐλεύσεται οἴκαδ᾽ Ὀδυσσεύς·
σοῖσιν δ᾽ ὀφθαλμοῖσιν ἐπόψεαι, αἴ κ᾽ ἐθέλῃσθα,
κτεινομένους μνηστῆρας, οἳ ἐνθάδε κοιρανέουσιν."
τὸν δ᾽ αὖτε προσέειπε βοῶν ἐπιβουκόλος ἀνήρ·   235
"αἲ γὰρ τοῦτο, ξεῖνε, ἔπος τελέσειε Κρονίων·

Zeus pai, há deus que enlute mais? Não tens piedade
de homens, depois que os reproduz, amalgamando
o dissabor com dor atroz. Afluíram lágrimas
nos olhos, ressudei em bicas ao te ver,   205
pensando em Odisseu, pois que também divaga
entre os mortais vestindo trapos como os teus,
se ainda, respirando, vislumbrar o sol.
Mas recolhido à moradia de Hades, morto,
pobre de mim!, vazio do herói, cujo rebanho   210
eu cuido desde a infância, entre os cefalênios.
As reses proliferam hoje num montante
de largifrontes bois que ninguém tem igual.
Oriundos de outras plagas, mandam-me abatê-los
no regabofe: o príncipe, sequer o veem,   215
destemem a ira diva, e a divisão dos bens
lucubram já do basileu há muito ausente.
Não raro o coração no peito rodopia
cismando assim: seria erro cabal levar
o gado, pois que o jovem vive, a um país   220
de forasteiros, mas o pior é padecer
zelando aqui por gado em prol dos forasteiros.
Há muito já teria procurado um rei
alhures, poderoso, destroçada a vida,
mas sempre penso no infeliz que, em seu retorno,   225
imponha a eliminação no lar dos procos."
E então o herói multiengenhoso proferiu:
"Boieiro, como não pareces tolo ou torpe,
e chego mesmo a divisar teu tino agudo,
quero dizer-te e proferir solene jura: 230
que o saiba Zeus primeiro e a távola anfitriã
e o fogo da lareira de onde me aproximo:
verás o herói durante a tua estada aqui,
e, se quiseres, os cortejadores que hoje
patroneiam o alcácer, dizimados." Disse-lhe   235
então o boiadeiro, guardião de bois:

γνοίης χ' οἵη ἐμὴ δύναμις καὶ χεῖρες ἕπονται."
ὣς δ' αὔτως Εὔμαιος ἐπεύξατο πᾶσι θεοῖσι
νοστῆσαι Ὀδυσῆα πολύφρονα ὅνδε δόμονδε.
ὣς οἱ μὲν τοιαῦτα πρὸς ἀλλήλους ἀγόρευον, 240
μνηστῆρες δ' ἄρα Τηλεμάχῳ θάνατόν τε μόρον τε
ἤρτυον· αὐτὰρ ὁ τοῖσιν ἀριστερὸς ἤλυθεν ὄρνις,
αἰετὸς ὑψιπέτης, ἔχε δὲ τρήρωνα πέλειαν.
τοῖσιν δ' Ἀμφίνομος ἀγορήσατο καὶ μετέειπεν·
"ὦ φίλοι, οὐχ ἡμῖν συνθεύσεται ἥδε γε βουλή, 245
Τηλεμάχοιο φόνος· ἀλλὰ μνησώμεθα δαιτός."
ὣς ἔφατ' Ἀμφίνομος, τοῖσιν δ' ἐπιήνδανε μῦθος.
ἐλθόντες δ' ἐς δῶμat' Ὀδυσσῆος θείοιο
χλαίνας μὲν κατέθεντο κατὰ κλισμούς τε θρόνους τε,
οἱ δ' ἱέρευον ὄϊς μεγάλους καὶ πίονας αἶγας, 250
ἵρευον δὲ σύας σιάλους καὶ βοῦν ἀγελαίην·
σπλάγχνα δ' ἄρ' ὀπτήσαντες ἐνώμων, ἐν δέ τε οἶνον
κρητῆρσιν κερόωντο· κύπελλα δὲ νεῖμε συβώτης.
σῖτον δέ σφ' ἐπένειμε Φιλοίτιος, ὄρχαμος ἀνδρῶν,
καλοῖς ἐν κανέοισιν, ἐῳνοχόει δὲ Μελανθεύς. 255
οἱ δ' ἐπ' ὀνείαθ' ἑτοῖμα προκείμενα χεῖρας ἴαλλον.
Τηλέμαχος δ' Ὀδυσῆα καθίδρυε, κέρδεα νωμῶν,
ἐντὸς ἐϋσταθέος μεγάρου, παρὰ λάϊνον οὐδόν,
δίφρον ἀεικέλιον καταθεὶς ὀλίγην τε τράπεζαν·
πὰρ δ' ἐτίθει σπλάγχνων μοίρας, ἐν δ' οἶνον ἔχευεν 260
ἐν δέπαϊ χρυσέῳ, καί μιν πρὸς μῦθον ἔειπεν·
"ἐνταυθοῖ νῦν ἧσο μετ' ἀνδράσιν οἰνοποτάζων·
κερτομίας δέ τοι αὐτὸς ἐγὼ καὶ χεῖρας ἀφέξω
πάντων μνηστήρων, ἐπεὶ οὔ τοι δήμιός ἐστιν
οἶκος ὅδ', ἀλλ' Ὀδυσῆος, ἐμοὶ δ' ἐκτήσατο κεῖνος. 265
ὑμεῖς δέ, μνηστῆρες, ἐπίσχετε θυμὸν ἐνιπῆς
καὶ χειρῶν, ἵνα μή τις ἔρις καὶ νεῖκος ὄρηται."
ὣς ἔφαθ', οἱ δ' ἄρα πάντες ὀδὰξ ἐν χείλεσι φύντες
Τηλέμαχον θαύμαζον, ὃ θαρσαλέως ἀγόρευε.
τοῖσιν δ' Ἀντίνοος μετέφη, Εὐπείθεος υἱός· 270
"καὶ χαλεπόν περ ἐόντα δεχώμεθα μῦθον, Ἀχαιοί,

"Queira o Cronida, hóspede, cumprir tua fala!
Conhecerias minha força, as mãos que tenho."
Assim Eumeu também implora aos numes todos,
que o herói pluriatinado torne ao lar itácio. 240
Enquanto arengam entre si, os procos tramam
a moira morticida do jovial Telêmaco,
mas despontou um pássaro do lado esquerdo,
águia altaneira que a columba agarra, trêmula.
Anfínomo toma a palavra: "Caros, não 245
teria bom desfecho o plano anti-Telêmaco.
Passemos ao banquete." Sua fala aprouve
a todos os demais. De volta ao paço régio,
depõem os mantos sobre os tronos e poltronas,
imolam cabras pingues e carneiros grandes, 250
imolam graxos porcos e uma vaca mansa;
assadas, distribuem as entranhas; mesclam
o vinho nas crateras, e o porqueiro passa
taças. Em belos canistéis, Filécio, guia
de povos, põe o pão; Melântio verte o vinho. 255
E quando a vianda cresta, o bando estende a mão.
Usando de prerrogativa sua, o príncipe
introduz Odisseu na bela sala, à pétrea
soleira. Colocou ao lado um tosco escano
e uma pequena mesa. Serve-lhe porção 260
de entranha e deita o vinho em sua taça de ouro.
Falou: "Entre os demais, agora senta e bebe,
que eu mesmo afastarei a afronta e a mão dos procos
todos, pois esta moradia não é pública,
mas de Odisseu, de quem a herdei. Vós, pretendentes, 265
refreai o coração de ameaças e rompantes,
para evitarmos lida e rixa." Assim falou
e todos remorderam fortemente os lábios,
estarrecidos com o tom da fala impávida.
Antínoo volta-se aos demais, filho de Eupites: 270
"Anuamos, mesmo que use um tom inamistoso;

Τηλεμάχου· μάλα δ' ἧμιν ἀπειλήσας ἀγορεύει.
οὐ γὰρ Ζεὺς εἴασε Κρονίων· τῷ κέ μιν ἤδη
παύσαμεν ἐν μεγάροισι, λιγύν περ ἐόντ' ἀγορητήν."
ὣς ἔφατ' Ἀντίνοος· ὁ δ' ἄρ' οὐκ ἐμπάζετο μύθων.   275
κήρυκες δ' ἀνὰ ἄστυ θεῶν ἱερὴν ἑκατόμβην
ἦγον· τοὶ δ' ἀγέροντο κάρη κομόωντες Ἀχαιοὶ
ἄλσος ὕπο σκιερὸν ἑκατηβόλου Ἀπόλλωνος.
οἱ δ' ἐπεὶ ὤπτησαν κρέ' ὑπέρτερα καὶ ἐρύσαντο,
μοίρας δασσάμενοι δαίνυντ' ἐρικυδέα δαῖτα·   280
πὰρ δ' ἄρ' Ὀδυσσῆϊ μοῖραν θέσαν οἳ πονέοντο
ἴσην, ὡς αὐτοί περ ἐλάγχανον· ὣς γὰρ ἀνώγει
Τηλέμαχος, φίλος υἱὸς Ὀδυσσῆος θείοιο.
μνηστῆρας δ' οὐ πάμπαν ἀγήνορας εἴα Ἀθήνη
λώβης ἴσχεσθαι θυμαλγέος, ὄφρ' ἔτι μᾶλλον   285
δύη ἄχος κραδίην Λαερτιάδην Ὀδυσῆα.
ἦν δέ τις ἐν μνηστῆρσιν ἀνὴρ ἀθεμίστια εἰδώς,
Κτήσιππος δ' ὄνομ' ἔσκε, Σάμῃ δ' ἐνὶ οἰκία ναῖεν·
ὃς δή τοι κτεάτεσσι πεποιθὼς θεσπεσίοισι
μνάσκετ' Ὀδυσσῆος δὴν οἰχομένοιο δάμαρτα.   290
ὅς ῥα τότε μνηστῆρσιν ὑπερφιάλοισι μετηύδα·
"κέκλυτέ μευ, μνηστῆρες ἀγήνορες, ὄφρα τι εἴπω·
μοῖραν μὲν δὴ ξεῖνος ἔχει πάλαι, ὡς ἐπέοικεν,
ἴσην· οὐ γὰρ καλὸν ἀτέμβειν οὐδὲ δίκαιον
ξείνους Τηλεμάχου, ὅς κεν τάδε δώμαθ' ἵκηται.   295
ἀλλ' ἄγε οἱ καὶ ἐγὼ δῶ ξείνιον, ὄφρα καὶ αὐτὸς
ἠὲ λοετροχόῳ δώῃ γέρας ἠέ τῳ ἄλλῳ
δμώων, οἳ κατὰ δώματ' Ὀδυσσῆος θείοιο."
ὣς εἰπὼν ἔρριψε βοὸς πόδα χειρὶ παχείῃ,
κείμενον ἐκ κανέοιο λαβών· ὁ δ' ἀλεύατ' Ὀδυσσεὺς   300
ἦκα παρακλίνας κεφαλήν, μείδησε δὲ θυμῷ
σαρδάνιον μάλα τοῖον· ὁ δ' εὔδμητον βάλε τοῖχον.
Κτήσιππον δ' ἄρα Τηλέμαχος ἠνίπαπε μύθῳ·
"Κτήσιππ', ἦ μάλα τοι τόδε κέρδιον ἔπλετο θυμῷ·
οὐκ ἔβαλες τὸν ξεῖνον· ἀλεύατο γὰρ βέλος αὐτός.   305
ἦ γάρ κέν σε μέσον βάλον ἔγχεϊ ὀξυόεντι,

sobra ameaça em sua arenga avessa a nós.
Quisera Zeus diversamente, no palácio
já o caláramos, embora paroleiro."
Assim falou; Telêmaco não dá ouvido. 275
Arautos conduziam a hecatombe sacra
à urbe. Aqueus de cabeleira longa juntam-se
no bosque umbroso do longiflecheiro Apolo.
Crestado o tergo e fora já do espeto, talham
os nacos e consomem o repasto esplêndido. 280
Servos trouxeram a Odisseu porção igual
a dos demais, seguindo à risca a orientação
do caro filho de Odisseu divino. Palas
não permitia ao bando altivo refrear
a dolorosa afronta, que agravava a cólera 285
no peito de Odisseu Laércio. Havia um sâmio
cortejador avesso às normas nomeado
Ctesipo. Os bens do pai lhe davam confiança
na empresa pela esposa de Odisseu, há muito
ausente. Dirigiu-se aos pretendentes hiper- 290
arrogantes: "Ouvi o que tenho a vos dizer,
ilustres procos: não é de hoje que esse hóspede
tem recebido moira igual, pois não é justo,
tampouco belo maltratar um forasteiro
que o príncipe pretenda receber no paço 295
que lhe pertence. Quero contribuir com dom
a fim de que regale quem lhe apronte o banho
ou algum servo da morada de Odisseu."
Concluindo, mete a mão robusta na canastra,
de onde retira o pé de um boi, que arroja presto. 300
O herói inclina logo a testa, ri de raiva,
sardônico. O petardo espouca na parede.
Telêmaco lhe reprovou a ação: "Ctesipo,
foi bem melhor não teres acertado o hóspede,
que evitou ele mesmo o bólido, senão 305
teu pai não cuidaria de núpcias, mas de exéquias.

καί κέ τοι ἀντὶ γάμοιο πατὴρ τάφον ἀμφεπονεῖτο
ἐνθάδε. τῷ μή τίς μοι ἀεικείας ἐνὶ οἴκῳ
φαινέτω· ἤδη γὰρ νοέω καὶ οἶδα ἕκαστα,
ἐσθλά τε καὶ τὰ χέρηα· πάρος δ' ἔτι νήπιος ἦα. 310
ἀλλ' ἔμπης τάδε μὲν καὶ τέτλαμεν εἰσορόωντες,
μήλων σφαζομένων οἴνοιό τε πινομένοιο
καὶ σίτου· χαλεπὸν γὰρ ἐρυκακέειν ἕνα πολλούς.
ἀλλ' ἄγε μηκέτι μοι κακὰ ῥέζετε δυσμενέοντες·
εἰ δ' ἤδη μ' αὐτὸν κτεῖναι μενεαίνετε χαλκῷ, 315
καί κε τὸ βουλοίμην, καί κεν πολὺ κέρδιον εἴη
τεθνάμεν ἢ τάδε γ' αἰὲν ἀεικέα ἔργ' ὁράασθαι,
ξείνους τε στυφελιζομένους δμῳάς τε γυναῖκας
ῥυστάζοντας ἀεικελίως κατὰ δώματα καλά."
ὣς ἔφαθ', οἱ δ' ἄρα πάντες ἀκὴν ἐγένοντο σιωπῇ· 320
ὀψὲ δὲ δὴ μετέειπε Δαμαστορίδης Ἀγέλαος·
"ὦ φίλοι, οὐκ ἂν δή τις ἐπὶ ῥηθέντι δικαίῳ
ἀντιβίοις ἐπέεσσι καθαπτόμενος χαλεπαίνοι·
μήτε τι τὸν ξεῖνον στυφελίζετε μήτε τιν' ἄλλον
δμώων, οἳ κατὰ δώματ' Ὀδυσσῆος θείοιο. 325
Τηλεμάχῳ δέ κε μῦθον ἐγὼ καὶ μητέρι φαίην
ἤπιον, εἴ σφωϊν κραδίῃ ἅδοι ἀμφοτέροιϊν.
ὄφρα μὲν ὑμῖν θυμὸς ἐνὶ στήθεσσιν ἐώλπει
νοστήσειν Ὀδυσῆα πολύφρονα ὅνδε δόμονδε,
τόφρ' οὔ τις νέμεσις μενέμεν τ' ἦν ἰσχέμεναί τε 330
μνηστῆρας κατὰ δώματ', ἐπεὶ τόδε κέρδιον ἦεν,
εἰ νόστησ' Ὀδυσεὺς καὶ ὑπότροπος ἵκετο δῶμα·
νῦν δ' ἤδη τόδε δῆλον, ὅ τ' οὐκέτι νόστιμός ἐστιν.
ἀλλ' ἄγε, σῇ τάδε μητρὶ παρεζόμενος κατάλεξον,
γήμασθ' ὅς τις ἄριστος ἀνὴρ καὶ πλεῖστα πόρῃσιν, 335
ὄφρα σὺ μὲν χαίρων πατρώϊα πάντα νέμηαι,
ἔσθων καὶ πίνων, ἡ δ' ἄλλου δῶμα κομίζῃ."
τὸν δ' αὖ Τηλέμαχος πεπνυμένος ἀντίον ηὔδα·
"οὐ μὰ Ζῆν', Ἀγέλαε, καὶ ἄλγεα πατρὸς ἐμοῖο,
ὅς που τῆλ' Ἰθάκης ἢ ἔφθιται ἢ ἀλάληται, 340
οὔ τι διατρίβω μητρὸς γάμον, ἀλλὰ κελεύω

Que mais ninguém exiba neste paço ações
ignóbeis, pois consigo diferenciar
o feito nobre da investida chã. Deixei
de ser o ingênuo de antes. Se me impõe, contudo, 310
suportar espetáculos assim, a grei
esquartejada, vitualhas consumidas
e vinho, pois um só jamais refreia inúmeros.
Parai com tantos desatinos! Se pensastes
a fio de bronze me matar, sabei que eu mesmo 315
sonho com isso, pois preferiria a morte
a ver diuturnamente a iniquidade de atos,
hóspedes ofendidos e, recintos belos
adentro, a obscena investida ancila acima."
Assim falou e, silenciosos, não se movem. 320
Agelau Damastóride propõe por fim:
"Nenhum de nós, amigos, deve recorrer
ao linguajar adverso, após ouvir palavras
retas. Requeiro o fim do menoscabo ao hóspede
e aos servos do palácio de Odisseu divino. 325
Desejo formular conselho benfazejo,
possível for tocar o coração do príncipe
e sua mãe. Enquanto o coração no peito
de ambos tinha esperança do retorno ao paço
do herói itácio, era cabível aguardar 330
sua volta e refrear os procos, pois seria
melhor se o Laertíade adentrasse o paço,
mas hoje é clara a frustração do torna-lar.
Sentado ao lado de tua mãe, sugere que ela
despose o pretendente-mor, que mais lhe dê 335
presentes. Geres com prazer assim os bens
paternos, comes, bebes, aos cuidados dela
ficando a moradia alheia." O jovem disse:
"Não, Agelau, por Zeus, por Odisseu sofrido,
que longe de Ítaca morreu ou anda a esmo, 340
eu não obstaculizo as núpcias de Penélope,

γήμασθ' ᾧ κ' ἐθέλῃ, ποτὶ δ' ἄσπετα δῶρα δίδωμι.
αἰδέομαι δ' ἀέκουσαν ἀπὸ μεγάροιο δίεσθαι
μύθῳ ἀναγκαίῳ· μὴ τοῦτο θεὸς τελέσειεν."
ὣς φάτο Τηλέμαχος· μνηστῆρσι δὲ Παλλὰς Ἀθήνη 345
ἄσβεστον γέλω ὦρσε, παρέπλαγξεν δὲ νόημα.
οἱ δ' ἤδη γναθμοῖσι γελοίων ἀλλοτρίοισιν,
αἱμοφόρυκτα δὲ δὴ κρέα ἤσθιον· ὄσσε δ' ἄρα σφέων
δακρυόφιν πίμπλαντο, γόον δ' ὠΐετο θυμός.
τοῖσι δὲ καὶ μετέειπε Θεοκλύμενος θεοειδής· 350
"ἆ δειλοί, τί κακὸν τόδε πάσχετε; νυκτὶ μὲν ὑμέων
εἰλύαται κεφαλαί τε πρόσωπά τε νέρθε τε γοῦνα.
οἰμωγὴ δὲ δέδηε, δεδάκρυνται δὲ παρειαί,
αἵματι δ' ἐρράδαται τοῖχοι καλαί τε μεσόδμαι·
εἰδώλων δὲ πλέον πρόθυρον, πλείη δὲ καὶ αὐλή, 355
ἱεμένων Ἐρεβόσδε ὑπὸ ζόφον· ἠέλιος δὲ
οὐρανοῦ ἐξαπόλωλε, κακὴ δ' ἐπιδέδρομεν ἀχλύς."
ὣς ἔφαθ', οἱ δ' ἄρα πάντες ἐπ' αὐτῷ ἡδὺ γέλασσαν.
τοῖσιν δ' Εὐρύμαχος, Πολύβου πάϊς, ἦρχ' ἀγορεύειν·
"ἀφραίνει ξεῖνος νέον ἄλλοθεν εἰληλουθώς. 360
ἀλλά μιν αἶψα, νέοι, δόμου ἐκπέμψασθε θύραζε
εἰς ἀγορὴν ἔρχεσθαι, ἐπεὶ τάδε νυκτὶ ἐΐσκει."
τὸν δ' αὖτε προσέειπε Θεοκλύμενος θεοειδής·
"Εὐρύμαχ', οὔ τί σ' ἄνωγα ἐμοὶ πομπῆας ὀπάζειν·
εἰσί μοι ὀφθαλμοί τε καὶ οὔατα καὶ πόδες ἄμφω 365
καὶ νόος ἐν στήθεσσι τετυγμένος οὐδὲν ἀεικής.
τοῖς ἔξειμι θύραζε, ἐπεὶ νοέω κακὸν ὔμμιν
ἐρχόμενον, τό κεν οὔ τις ὑπεκφύγοι οὐδ' ἀλέαιτο
μνηστήρων, οἳ δῶμα κάτ' ἀντιθέου Ὀδυσῆος
ἀνέρας ὑβρίζοντες ἀτάσθαλα μηχανάασθε." 370
ὣς εἰπὼν ἐξῆλθε δόμων εὖ ναιεταόντων,
ἵκετο δ' ἐς Πείραιον, ὅ μιν πρόφρων ὑπέδεκτο.
μνηστῆρες δ' ἄρα πάντες ἐς ἀλλήλους ὁρόωντες
Τηλέμαχον ἐρέθιζον, ἐπὶ ξείνοις γελόωντες·
ὧδε δέ τις εἴπεσκε νέων ὑπερηνορεόντων· 375
"Τηλέμαχ', οὔ τις σεῖο κακοξεινώτερος ἄλλος·

mas a insto a desposar quem queira e lhe ofereça
mais dons. Não posso impor, contudo, sua saída,
com termos que a constranjam. Deuses não permitam!"
Falando assim, Atena suscitou nos procos 345
o riso à solta, descentrou suas mentes. Movem
outramente as queixadas casquinantes, mordem
carne sanguinolenta. Os olhos vertem lágrimas,
corações intentando o pranto. Teoclímeno,
igual a um deus, profere: "Tristes! Que moléstia 350
confrange-vos? A noite tolda os rostos, testas
e, abaixo, os joelhos. Ardem os lamentos, plenas
de lágrima as maçãs do rosto. As arquitraves
belas, os muros, tingem-se de sangue, espectros
fantasmais enveredam pelo pátio e pórticos, 355
aos ínferos do Érebo. Suprime o céu
o sol, caligem pavorosa sobrecorre."
Calou e todos jubilantes gargalharam.
Filho de Pólibo, arengou primeiro Eurímaco:
"É louco o forasteiro neochegado. Jovens, 360
tratai de colocá-lo porta afora. Anoita
aos olhos dele a sala? Vá buscar a praça!"
Igual a um deus, Teoclímeno toma a palavra:
"Desnecessário, Eurímaco, ceder-me escolta,
pois não careço de olhos, pés (os dois) e orelhas, 365
no peito a mente pensa, e não é um arremedo:
me ausentarei com eles, pois percebo o mal
que avança contra vós. Nenhum dos pretendentes
que ocupam a morada de Odisseu divino
vilipendiando, maquinando sordidez, 370
escapará." Falou, saiu da casa magna
e foi à residência de Pireu, que o acolhe.
Os pretendentes, entreolhando-se, caçoam
dos hóspedes, insultuosos com o príncipe.
E um petulante novadio disse a Telêmaco: 375
"Não houve ser mais azarado com seus hóspedes:

οἶον μέν τινα τοῦτον ἔχεις ἐπίμαστον ἀλήτην,
σίτου καὶ οἴνου κεχρημένον, οὐδέ τι ἔργων
ἔμπαιον οὐδὲ βίης, ἀλλ' αὔτως ἄχθος ἀρούρης.
ἄλλος δ' αὖτέ τις οὗτος ἀνέστη μαντεύεσθαι. 380
ἀλλ' εἴ μοί τι πίθοιο, τό κεν πολὺ κέρδιον εἴη·
τοὺς ξείνους ἐν νηῒ πολυκληῗδι βαλόντες
ἐς Σικελοὺς πέμψωμεν, ὅθεν κέ τοι ἄξιον ἄλφοι."
ὣς ἔφασαν μνηστῆρες· ὁ δ' οὐκ ἐμπάζετο μύθων,
ἀλλ' ἀκέων πατέρα προσεδέρκετο, δέγμενος αἰεί, 385
ὁππότε δὴ μνηστῆρσιν ἀναιδέσι χεῖρας ἐφήσει.
ἡ δὲ κατ' ἄντηστιν θεμένη περικαλλέα δίφρον
κούρη Ἰκαρίοιο, περίφρων Πηνελόπεια,
ἀνδρῶν ἐν μεγάροισιν ἑκάστου μῦθον ἄκουεν.
δεῖπνον μὲν γάρ τοί γε γελοίωντες τετύκοντο 390
ἡδὺ τε καὶ μενοεικές, ἐπεὶ μάλα πόλλ' ἱέρευσαν·
δόρπου δ' οὐκ ἄν πως ἀχαρίστερον ἄλλο γένοιτο,
οἷον δὴ τάχ' ἔμελλε θεὰ καὶ καρτερὸς ἀνὴρ
θησέμεναι· πρότεροι γὰρ ἀεικέα μηχανόωντο.

acolhes um depauperado vagamundo,
bramoso de comida e vinho, inexperiente
no trabalho, incapaz de esforço, um peso morto;
e esse outro que se arvora em sabedor de oráculos... 380
Farias melhor me concederas tua atenção:
mandemos à Sicília, em naves plurirremes,
os forasteiros, que nos rendem bom dinheiro."
Não dava escuta à fala dos cortejadores,
mas observava, quieto, o pai, sempre esperando 385
para meter as mãos nos sórdidos chupins.
Diante da entrada, numa sédia pluribela,
Penélope sensata ouvia o que na sala
enorme pronunciava cada pretendente.
Haviam ultimado o lauto regabofe, 390
de prazer gargalhando, mortas muitas vítimas.
Nenhum jantar seria mais desagradável
do que o servido presto pelo herói e deusa,
porquanto prévios maquinaram tanta infâmia.

φ

Τῇ δ' ἄρ' ἐπὶ φρεσὶ θῆκε θεὰ γλαυκῶπις Ἀθήνη,
κούρῃ Ἰκαρίοιο, περίφρονι Πηνελοπείῃ,
τόξον μνηστήρεσσι θέμεν πολιόν τε σίδηρον
ἐν μεγάροις Ὀδυσῆος, ἀέθλια καὶ φόνου ἀρχήν.
κλίμακα δ' ὑψηλὴν προσεβήσετο οἷο δόμοιο, 5
εἵλετο δὲ κληῗδ' εὐκαμπέα χειρὶ παχείῃ
καλὴν χαλκείην· κώπη δ' ἐλέφαντος ἐπῆεν.
βῆ δ' ἴμεναι θάλαμόνδε σὺν ἀμφιπόλοισι γυναιξὶν
ἔσχατον· ἔνθα δέ οἱ κειμήλια κεῖτο ἄνακτος,
χαλκός τε χρυσός τε πολύκμητός τε σίδηρος. 10
ἔνθα δὲ τόξον κεῖτο παλίντονον ἠδὲ φαρέτρη
ἰοδόκος, πολλοὶ δ' ἔνεσαν στονόεντες ὀϊστοί,
δῶρα τά οἱ ξεῖνος Λακεδαίμονι δῶκε τυχήσας
Ἴφιτος Εὐρυτίδης, ἐπιείκελος ἀθανάτοισι.
τὼ δ' ἐν Μεσσήνῃ ξυμβλήτην ἀλλήλοιϊν 15
οἴκῳ ἐν Ὀρτιλόχοιο δαΐφρονος. ἦ τοι Ὀδυσσεὺς
ἦλθε μετὰ χρεῖος, τό ῥά οἱ πᾶς δῆμος ὄφελλε·
μῆλα γὰρ ἐξ Ἰθάκης Μεσσήνιοι ἄνδρες ἄειραν
νηυσὶ πολυκληΐσι τριηκόσι' ἠδὲ νομῆας.
τῶν ἕνεκ' ἐξεσίην πολλὴν ὁδὸν ἦλθεν Ὀδυσσεὺς 20
παιδνὸς ἐών· πρὸ γὰρ ἧκε πατὴρ ἄλλοι τε γέροντες.
Ἴφιτος αὖθ' ἵππους διζήμενος, αἵ οἱ ὄλοντο
δώδεκα θήλειαι, ὑπὸ δ' ἡμίονοι ταλαεργοί·
αἳ δή οἱ καὶ ἔπειτα φόνος καὶ μοῖρα γένοντο,
ἐπεὶ δὴ Διὸς υἱὸν ἀφίκετο καρτερόθυμον, 25
φῶθ' Ἡρακλῆα, μεγάλων ἐπιίστορα ἔργων,

Canto XXI

Na mente de Penélope pansibilina,
Atena, olhos-azuis, implanta a decisão
de propor o arco e o ferro gris aos procos, áxis
da rixa morticida no solar do herói.
No topo do escadário, segurou com mão   5
robusta a chave recurvada, bela, brônzea,
e a maçaneta ebúrnea. Ato contínuo, busca
o quarto extremo, em companhia das ancilas,
onde o senhor entesourava suas relíquias,
o ferro multilavorado, o bronze, o ouro;   10
ali se via, plurifléxil, o arco, a aljava
plena de flechas lúgubres, notável dádiva
de Ífitos Euritides, hóspede em tempos
idos, que vira na Latônia, divo símile.
Ambos se haviam hospedado na morada   15
do sábio Ortíloco, em Messena. O herói viajara
para cobrar a dívida pendente da urbe
toda pelos pastores e trezentas pécoras
que em naves plurirremes sequestraram de Ítaca.
Por isso viajara o herói então novato,   20
a mando de seu pai e dos gerontes. Ífitos,
por sua vez, andava atrás de doze éguas
perdidas com os potros sublactantes. Moira
fatal encontra ao recorrer ao filho cardio-
voluntarioso do Cronida, afeito a mega-   25
labutar, que o assassinou: o magno herói

ὅς μιν ξεῖνον ἐόντα κατέκτανεν ᾧ ἐνὶ οἴκῳ,
σχέτλιος, οὐδὲ θεῶν ὄπιν ᾐδέσατ' οὐδὲ τράπεζαν,
τὴν ἥν οἱ παρέθηκεν· ἔπειτα δὲ πέφνε καὶ αὐτόν,
ἵππους δ' αὐτὸς ἔχε κρατερώνυχας ἐν μεγάροισι. 30
τὰς ἐρέων Ὀδυσῆϊ συνήντετο, δῶκε δὲ τόξον,
τὸ πρὶν μέν ῥ' ἐφόρει μέγας Εὔρυτος, αὐτὰρ ὁ παιδὶ
κάλλιπ' ἀποθνῄσκων ἐν δώμασιν ὑψηλοῖσι.
τῷ δ' Ὀδυσεὺς ξίφος ὀξὺ καὶ ἄλκιμον ἔγχος ἔδωκεν,
ἀρχὴν ξεινοσύνης προσκηδέος· οὐδὲ τραπέζῃ 35
γνώτην ἀλλήλων· πρὶν γὰρ Διὸς υἱὸς ἔπεφνεν
Ἴφιτον Εὐρυτίδην, ἐπιείκελον ἀθανάτοισιν,
ὅς οἱ τόξον ἔδωκε. τὸ δ' οὔ ποτε δῖος Ὀδυσσεὺς
ἐρχόμενος πόλεμόνδε μελαινάων ἐπὶ νηῶν
ᾑρεῖτ', ἀλλ' αὐτοῦ μνῆμα ξείνοιο φίλοιο 40
κέσκετ' ἐνὶ μεγάροισι, φόρει δέ μιν ἧς ἐπὶ γαίης.
ἡ δ' ὅτε δὴ θάλαμον τὸν ἀφίκετο δῖα γυναικῶν
οὐδόν τε δρύϊνον προσεβήσετο, τόν ποτε τέκτων
ξέσσεν ἐπισταμένως καὶ ἐπὶ στάθμην ἴθυνεν,
ἐν δὲ σταθμοὺς ἄρσε, θύρας δ' ἐπέθηκε φαεινάς, 45
αὐτίκ' ἄρ' ἥ γ' ἱμάντα θοῶς ἀπέλυσε κορώνης,
ἐν δὲ κληῖδ' ἧκε, θυρέων δ' ἀνέκοπτεν ὀχῆας
ἄντα τιτυσκομένη· τὰ δ' ἀνέβραχεν ἠΰτε ταῦρος
βοσκόμενος λειμῶνι· τόσ' ἔβραχε καλὰ θύρετρα
πληγέντα κληῖδι, πετάσθησαν δέ οἱ ὦκα. 50
ἡ δ' ἄρ' ἐφ' ὑψηλῆς σανίδος βῆ· ἔνθα δὲ χηλοὶ
ἕστασαν, ἐν δ' ἄρα τῇσι θυώδεα εἵματ' ἔκειτο.
ἔνθεν ὀρεξαμένη ἀπὸ πασσάλου αἴνυτο τόξον
αὐτῷ γωρυτῷ, ὅς οἱ περίκειτο φαεινός.
ἑζομένη δὲ κατ' αὖθι, φίλοις ἐπὶ γούνασι θεῖσα, 55
κλαῖε μάλα λιγέως, ἐκ δ' ᾕρεε τόξον ἄνακτος.
ἡ δ' ἐπεὶ οὖν τάρφθη πολυδακρύτοιο γόοιο,
βῆ ῥ' ἴμεναι μεγαρόνδε μετὰ μνηστῆρας ἀγαυοὺς
τόξον ἔχουσ' ἐν χειρὶ παλίντονον ἠδὲ φαρέτρην
ἰοδόκον· πολλοὶ δ' ἔνεσαν στονόεντες ὀϊστοί. 60
τῇ δ' ἄρ' ἅμ' ἀμφίπολοι φέρον ὄγκιον, ἔνθα σίδηρος

Héracles, que o acolhera em casa como um hóspede,
funesto, desdenhoso aos bem-aventurados
e à mesa que lhe havia preparado: o mata,
retendo em casa seus corcéis de duras úngulas. 30
Em sua busca, achou o herói itácio e deu-lhe
o arco, que usara anteriormente o magno Eurito,
legado ao filho, à morte, na morada altíssima.
Oferta-lhe Odisseu a espada lancinante
e a lança bélica, primícias do elo estreito. 35
Mas não se conheceram mutuamente à távola,
pois que a Euritides Ífitos, igual a um deus,
que lhe cedera o arco, o filho do Cronida
dizima. O herói jamais o porta à nave negra,
na pugna, mas, recordo de um fraterno hóspede, 40
guardado em casa, usava-o só em suas glebas.
Divina entre as mulheres, quando chega ao quarto,
limiar transposto de carvalho, que um artífice
exímio aplainara, usando para o cálculo
um fio, infixo o fuste, aposta a porta rútila, 45
desata súbito da armela uma correia,
e, com uso de chave, faz correr a aldraba,
mirando à frente. A porta muge igual ao touro
que pasce na campina: assim, sob a pressão
da chave, mugem os batentes belos. Abre-se. 50
Ela escalou o estrado, onde jazia a arca,
dentro da qual as vestimentas odoravam.
Estica-se para alcançar o gancho do arco
com seu estojo circunrutilante. Senta-se,
coloca-o sobre os joelhos, plurilacrimosa 55
em seus lamentos, não despega do armamento.
Saciada de murmúrio e pranto, retornou
ao recinto onde estava a mocidade egrégia,
tendo nas mãos o fléxil arco além da aljava
contendo inúmeros flechaços morticidas. 60
Atrás, as fâmulas traziam ferro farto

κεῖτο πολὺς καὶ χαλκός, ἄεθλια τοῖο ἄνακτος.
ἡ δ' ὅτε δὴ μνηστῆρας ἀφίκετο δῖα γυναικῶν,
στῆ ῥα παρὰ σταθμὸν τέγεος πύκα ποιητοῖο,
ἄντα παρειάων σχομένη λιπαρὰ κρήδεμνα. 65
ἀμφίπολος δ' ἄρα οἱ κεδνὴ ἑκάτερθε παρέστη.
αὐτίκα δὲ μνηστῆρσι μετηύδα καὶ φάτο μῦθον·
"κέκλυτέ μευ, μνηστῆρες ἀγήνορες, οἳ τόδε δῶμα
ἐχράετ' ἐσθιέμεν καὶ πινέμεν ἐμμενὲς αἰεὶ
ἀνδρὸς ἀποιχομένοιο πολὺν χρόνον· οὐδέ τιν' ἄλλην 70
μύθου ποιήσασθαι ἐπισχεσίην ἐδύνασθε,
ἀλλ' ἐμὲ ἱέμενοι γῆμαι θέσθαι τε γυναῖκα.
ἀλλ' ἄγετε, μνηστῆρες, ἐπεὶ τόδε φαίνετ' ἄεθλον.
θήσω γὰρ μέγα τόξον Ὀδυσσῆος θείοιο·
ὃς δέ κε ῥηΐτατ' ἐντανύσῃ βιὸν ἐν παλάμῃσι 75
καὶ διοϊστεύσῃ πελέκεων δυοκαίδεκα πάντων,
τῷ κεν ἅμ' ἑσποίμην, νοσφισσαμένη τόδε δῶμα
κουρίδιον, μάλα καλόν, ἐνίπλειον βιότοιο,
τοῦ ποτὲ μεμνήσεσθαι ὀΐομαι ἔν περ ὀνείρῳ."
ὣς φάτο, καί ῥ' Εὔμαιον ἀνώγει, δῖον ὑφορβόν, 80
τόξον μνηστήρεσσι θέμεν πολιόν τε σίδηρον.
δακρύσας δ' Εὔμαιος ἐδέξατο καὶ κατέθηκε·
κλαῖε δὲ βουκόλος ἄλλοθ', ἐπεὶ ἴδε τόξον ἄνακτος.
Ἀντίνοος δ' ἐνένιπεν ἔπος τ' ἔφατ' ἔκ τ' ὀνόμαζε·
"νήπιοι ἀγροιῶται, ἐφημέρια φρονέοντες, 85
ἆ δειλώ, τί νυ δάκρυ κατείβετον ἠδὲ γυναικὶ
θυμὸν ἐνὶ στήθεσσιν ὀρίνετον; ᾗ τε καὶ ἄλλως
κεῖται ἐν ἄλγεσι θυμός, ἐπεὶ φίλον ὤλεσ' ἀκοίτην.
ἀλλ' ἀκέων δαίνυσθε καθήμενοι, ἠὲ θύραζε
κλαίετον ἐξελθόντε, κατ' αὐτόθι τόξα λιπόντε, 90
μνηστήρεσσιν ἄεθλον ἄατον· οὐ γὰρ ὀΐω
ῥηϊδίως τόδε τόξον ἐΰξοον ἐντανύεσθαι.
οὐ γάρ τις μέτα τοῖος ἀνὴρ ἐν τοίσδεσι πᾶσιν
οἷος Ὀδυσσεὺς ἔσκεν· ἐγὼ δέ μιν αὐτὸς ὄπωπα,
καὶ γὰρ μνήμων εἰμί, πάϊς δ' ἔτι νήπιος ἦα." 95
ὣς φάτο, τῷ δ' ἄρα θυμὸς ἐνὶ στήθεσσιν ἐώλπει

num cesto, e bronze, objetos do certame régio.
Aproximando-se dos moços, deusa, quase,
estanca rente ao botaréu que escora o teto,
velando o rosto com o véu luzente, ao centro   65
da dupla fiel de ancilas. Imediatamente
toma a palavra, que dirige aos pretendentes:
"Ouvi-me, altivos procos! Irrompestes sempre,
sem pausa, no palácio de um herói há muito
ausente, para a comilança e a beberagem.   70
Jamais lançastes mão de um argumento outro
que não fosse o desejo de me desposar.
Ânimo, que eu agora exibo o prêmio! O arco
enorme de Odisseu divino aqui coloco,
e a quem mais ágil se mostrar no manuseio   75
e transpassar à flecha a dúzia de segures,
eu seguirei, assegurando abandonar
o lar nupcial, tão pleno de ouro, maxibelo,
a ser rememorado sempre, até no sonho."
Falando assim, ordena a Eumeu, o porcariço,   80
que entregue aos procos o arco e o ferro cinza. Chora
quando o segura e o depõe; o boiadeiro
chora também ao ver ao longe o arco régio.
Antínoo os censurou com ásperas palavras:
"Seus chucros imbecis, que não pensais no dia   85
de amanhã, míseros, por que esse chororô,
que turba o coração no peito de Penélope?
Seu coração já sofre a ausência do ex-marido.
Sentai, comei, mas sem abrir o bico, ou fora
pranteai, deixando o arco aqui, hiperfunesta   90
contenda aos pretendentes: penso ser difícil
retesar este arco bem-lavrado. Não
existe alguém aqui presente equiparável
a teu marido — eu mesmo o vi e me recordo
dele, no tempo em que eu era tão só menino."   95
Falou assim. Seu coração tinha a esperança

νευρὴν ἐντανύσειν διοϊστεύσειν τε σιδήρου.
ἦ τοι ὀϊστοῦ γε πρῶτος γεύσεσθαι ἔμελλεν
ἐκ χειρῶν Ὀδυσῆος ἀμύμονος, ὃν τότ' ἀτίμα
ἥμενος ἐν μεγάροις, ἐπὶ δ' ὤρνυε πάντας ἑταίρους. 100
τοῖσι δὲ καὶ μετέειφ' ἱερὴ ἲς Τηλεμάχοιο·
"ὢ πόποι, ἦ μάλα με Ζεὺς ἄφρονα θῆκε Κρονίων·
μήτηρ μέν μοί φησι φίλη, πινυτή περ ἐοῦσα,
ἄλλῳ ἅμ' ἕψεσθαι νοσφισσαμένη τόδε δῶμα·
αὐτὰρ ἐγὼ γελόω καὶ τέρπομαι ἄφρονι θυμῷ. 105
ἀλλ' ἄγετε, μνηστῆρες, ἐπεὶ τόδε φαίνετ' ἄεθλον,
οἵη νῦν οὐκ ἔστι γυνὴ κατ' Ἀχαιΐδα γαῖαν,
οὔτε Πύλου ἱερῆς οὔτ' Ἄργεος οὔτε Μυκήνης·
οὔτ' αὐτῆς Ἰθάκης οὔτ' ἠπείροιο μελαίνης·
καὶ δ' αὐτοὶ τόδε γ' ἴστε· τί με χρὴ μητέρος αἴνου; 110
ἀλλ' ἄγε μὴ μύνῃσι παρέλκετε μηδ' ἔτι τόξου
δηρὸν ἀποτρωπᾶσθε τανυστύος, ὄφρα ἴδωμεν.
καὶ δέ κεν αὐτὸς ἐγὼ τοῦ τόξου πειρησαίμην·
εἰ δέ κεν ἐντανύσω διοϊστεύσω τε σιδήρου,
οὔ κέ μοι ἀχνυμένῳ τάδε δώματα πότνια μήτηρ 115
λείποι ἅμ' ἄλλῳ ἰοῦσ', ὅτ' ἐγὼ κατόπισθε λιποίμην
οἷός τ' ἤδη πατρὸς ἀέθλια κάλ' ἀνελέσθαι."
ἦ καὶ ἀπ' ὤμοιϊν χλαῖναν θέτο φοινικόεσσαν
ὀρθὸς ἀναΐξας, ἀπὸ δὲ ξίφος ὀξὺ θέτ' ὤμων.
πρῶτον μὲν πελέκεας στῆσεν, διὰ τάφρον ὀρύξας 120
πᾶσι μίαν μακρήν, καὶ ἐπὶ στάθμην ἴθυνεν,
ἀμφὶ δὲ γαῖαν ἔναξε· τάφος δ' ἕλε πάντας ἰδόντας,
ὡς εὐκόσμως στῆσε· πάρος δ' οὐ πώ ποτ' ὀπώπει.
στῆ δ' ἄρ' ἐπ' οὐδὸν ἰὼν καὶ τόξου πειρήτιζε.
τρὶς μέν μιν πελέμιξεν ἐρύσσεσθαι μενεαίνων, 125
τρὶς δὲ μεθῆκε βίης, ἐπιελπόμενος τό γε θυμῷ,
νευρὴν ἐντανύειν διοϊστεύσειν τε σιδήρου.
καὶ νύ κε δή ῥ' ἐτάνυσσε βίῃ τὸ τέταρτον ἀνέλκων,
ἀλλ' Ὀδυσεὺς ἀνένευε καὶ ἔσχεθεν ἱέμενόν περ.
τοῖς δ' αὖτις μετέειφ' ἱερὴ ἲς Τηλεμάχοιο· 130
"ὢ πόποι, ἦ καὶ ἔπειτα κακός τ' ἔσομαι καὶ ἄκικυς,

de tensionar o nervo e perfurar o ferro.
Mas seria o primeiro a degustar a flecha
das mãos do nobre herói: sentado no palácio,
vituperava, incitador dos pretendentes.   100
Sacro vigor, Telêmaco se manifesta:
"Ai de mim! Zeus roubou-me a sensatez: Penélope,
embora a insufle o sopro lúcido, me informa
de que há de acompanhar o proco e abandonar
o paço, e eu rio, feliz no coração estulto!   105
Avante, pretendentes, pois que o prêmio é
uma mulher sem par no território aqueu,
na Pilo sacra, em Argos, em Micenas, Ítaca
também, na escuridão do continente. Todos
sabeis: não há por que louvar quem me gerou.   110
Não quero ouvir pretextos de retardo: ao tiro
de arco passais, descortinando a cena a todos.
Também me empenharei no manuseio do arco;
se, o encurvando, o dardo perpassar o ferro,
não sofro com o adeus de minha mãe augusta   115
deixando o paço em companhia de um dos procos,
tendo eu já condições de manusear a bela
panóplia de meu pai." Falou. Retira do ombro
o manto púrpura, bem como, em pé, a espada.
Num sulco enorme que escavara, com um fio   120
alinha a dúzia de segures, recalcando,
ao seu redor, a terra. O espanto os toma ao verem
a perfeição com que as dispõe, sem nunca tê-lo
feito. Sobre a soleira, prova, ereto, o arco.
Três vezes o agitou, ansioso de envergá-lo;   125
três vezes careceu de força — o coração
esperançoso embora — para tensionar
o nervo e perfurar o ferro. À quarta vez
que puxa forte, a um sinal do pai, refreia
a ardência. Proferiu, vigor sagrado, o jovem: 130
"Serei inepto e débil no futuro, ou sou

ἠὲ νεώτερός εἰμι καὶ οὔ πω χερσὶ πέποιθα
ἄνδρ' ἀπαμύνασθαι, ὅτε τις πρότερος χαλεπήνῃ.
ἀλλ' ἄγεθ', οἵ περ ἐμεῖο βίῃ προφερέστεροί ἐστε,
τόξου πειρήσασθε, καὶ ἐκτελέωμεν ἄεθλον."   135
ὣς εἰπὼν τόξον μὲν ἀπὸ ἕο θῆκε χαμᾶζε,
κλίνας κολλητῇσιν ἐϋξέστῃς σανίδεσσιν,
αὐτοῦ δ' ὠκὺ βέλος καλῇ προσέκλινε κορώνῃ,
ἂψ δ' αὖτις κατ' ἄρ' ἕζετ' ἐπὶ θρόνου ἔνθεν ἀνέστη.
τοῖσιν δ' Ἀντίνοος μετέφη, Εὐπείθεος υἱός·   140
"ὄρνυσθ' ἑξείης ἐπιδέξια πάντες ἑταῖροι,
ἀρξάμενοι τοῦ χώρου ὅθεν τέ περ οἰνοχοεύει."
ὣς ἔφατ' Ἀντίνοος, τοῖσιν δ' ἐπιήνδανε μῦθος.
Λειώδης δὲ πρῶτος ἀνίστατο, Οἴνοπος υἱός,
ὅ σφι θυοσκόος ἔσκε, παρὰ κρητῆρα δὲ καλὸν   145
ἷζε μυχοίτατος αἰέν· ἀτασθαλίαι δέ οἱ οἴῳ
ἐχθραὶ ἔσαν, πᾶσιν δὲ νεμέσσα μνηστήρεσσιν·
ὅς ῥα τότε πρῶτος τόξον λάβε καὶ βέλος ὠκύ.
στῆ δ' ἄρ' ἐπ' οὐδὸν ἰὼν καὶ τόξου πειρήτιζεν,
οὐδέ μιν ἐντάνυσε· πρὶν γὰρ κάμε χεῖρας ἀνέλκων   150
ἀτρίπτους ἁπαλάς· μετὰ δὲ μνηστῆρσιν ἔειπεν·
"ὦ φίλοι, οὐ μὲν ἐγὼ τανύω, λαβέτω δὲ καὶ ἄλλος.
πολλοὺς γὰρ τόδε τόξον ἀριστῆας κεκαδήσει
θυμοῦ καὶ ψυχῆς, ἐπεὶ ἦ πολὺ φέρτερόν ἐστι
τεθνάμεν ἢ ζώοντας ἁμαρτεῖν, οὗθ' ἕνεκ' αἰεὶ   155
ἐνθάδ' ὁμιλέομεν, ποτιδέγμενοι ἤματα πάντα.
νῦν μέν τις καὶ ἔλπετ' ἐνὶ φρεσὶν ἠδὲ μενοινᾷ
γῆμαι Πηνελόπειαν, Ὀδυσσῆος παράκοιτιν.
αὐτὰρ ἐπὴν τόξου πειρήσεται ἠδὲ ἴδηται,
ἄλλην δή τιν' ἔπειτα Ἀχαιϊάδων ἐϋπέπλων   160
μνάσθω ἐέδνοισιν διζήμενος· ἡ δέ κ' ἔπειτα
γήμαιθ' ὅς κε πλεῖστα πόροι καὶ μόρσιμος ἔλθοι."
ὣς ἄρ' ἐφώνησεν καὶ ἀπὸ ἕο τόξον ἔθηκε,
κλίνας κολλητῇσιν ἐϋξέστῃς σανίδεσσιν,
αὐτοῦ δ' ὠκὺ βέλος καλῇ προσέκλινε κορώνῃ,   165
ἂψ δ' αὖτις κατ' ἄρ' ἕζετ' ἐπὶ θρόνου ἔνθεν ἀνέστη.

ainda por demais rapaz e não me fio
na mão que me defenda de uma ofensa. Clamo
a vós que sois mais fortes que eu, provar este arco,
encerrando o certame." Assim falou e pôs 135
o arco no chão, distante de onde se encontrava,
nos rútilos batentes, tão bem assentados;
a flecha agílima apoiou num belo gancho,
tornando ao mesmo trono em que antes se sentara.
Antínoo volta-se aos demais, filho de Eupites: 140
"Enfileirai-vos, caros, à minha direita,
tal fora de onde o escanção servisse o vinho."
Agradou aos demais o que falara Antínoo.
Primeiro se levanta Liodes, filho de Ênopo,
arúspice que optava por sentar-se ao fundo, 145
junto à cratera bela. Odiava, solitário,
a presunção dos procos. Nem um só escapava
a seu desdém. Antes pegou a flecha rápida
e o arco. Ereto, se postou no umbral, sonhando
envergá-lo, porém suas mãos macias no alto 150
fracassam, quando então se volta aos pretendentes:
"Amigos, fracassei. Que um outro tente! Este arco
aflige a ânima e o coração de muitos
homens magnos. Melhor morrer do que viver
sem conseguir lograr a meta pela qual 155
aqui, todos os dias, sempre nos reunindo,
nós aguardamos. Muitos no âmago confiam
em desposar a cônjuge do herói, Penélope;
quem tente o manuseio, logo há de querer
encontrar outra acaia, peplo roçagante, 160
e conquistá-la com regalos. Quanto à rainha,
aceite quem se lhe destina e mais lhe oferte
mimos." Falou; depôs longe de si o arco,
apoiado no brilho dos batentes bem
plainados. À corona bela da arma escora 165
a flecha rápida, tornando ao trono de antes.

Ἀντίνοος δ' ἐνένιπεν ἔπος τ' ἔφατ' ἔκ τ' ὀνόμαζε·
"Λειῶδες, ποῖόν σε ἔπος φύγεν ἕρκος ὀδόντων,
δεινόν τ' ἀργαλέον τε, — νεμεσσῶμαι δέ τ' ἀκούων —
εἰ δὴ τοῦτό γε τόξον ἀριστῆας κεκαδήσει   170
θυμοῦ καὶ ψυχῆς, ἐπεὶ οὐ δύνασαι σὺ τανύσσαι.
οὐ γάρ τοί σέ γε τοῖον ἐγείνατο πότνια μήτηρ
οἷόν τε ῥυτῆρα βιοῦ τ' ἔμεναι καὶ ὀϊστῶν·
ἀλλ' ἄλλοι τανύουσι τάχα μνηστῆρες ἀγαυοί."
ὣς φάτο, καί ῥ' ἐκέλευσε Μελάνθιον, αἰπόλον αἰγῶν·   175
"ἄγρει δή, πῦρ κῆον ἐνὶ μεγάροισι, Μελανθεῦ,
πὰρ δὲ τίθει δίφρον τε μέγαν καὶ κῶας ἐπ' αὐτοῦ,
ἐκ δὲ στέατος ἔνεικε μέγαν τροχὸν ἔνδον ἐόντος,
ὄφρα νέοι θάλποντες, ἐπιχρίοντες ἀλοιφῇ,
τόξου πειρώμεσθα καὶ ἐκτελέωμεν ἄεθλον."   180
ὣς φάθ', ὁ δ' αἶψ' ἀνέκαιε Μελάνθιος ἀκάματον πῦρ,
πὰρ δὲ φέρων δίφρον θῆκεν καὶ κῶας ἐπ' αὐτοῦ,
ἐκ δὲ στέατος ἔνεικε μέγαν τροχὸν ἔνδον ἐόντος·
τῷ ῥα νέοι θάλποντες ἐπειρῶντ'· οὐδ' ἐδύναντο
ἐντανύσαι, πολλὸν δὲ βίης ἐπιδευέες ἦσαν.   185
Ἀντίνοος δ' ἔτ' ἐπεῖχε καὶ Εὐρύμαχος θεοειδής,
ἀρχοὶ μνηστήρων· ἀρετῇ δ' ἔσαν ἔξοχ' ἄριστοι.
τὼ δ' ἐξ οἴκου βῆσαν ὁμαρτήσαντες ἅμ' ἄμφω
βουκόλος ἠδὲ συφορβὸς Ὀδυσσῆος θείοιο·
ἐκ δ' αὐτὸς μετὰ τοὺς δόμου ἤλυθε δῖος Ὀδυσσεύς.   190
ἀλλ' ὅτε δή ῥ' ἐκτὸς θυρέων ἔσαν ἠδὲ καὶ αὐλῆς,
φθεγξάμενός σφε ἔπεσσι προσηύδα μειλιχίοισι·
"βουκόλε καὶ σύ, συφορβέ, ἔπος τί κε μυθησαίμην,
ἦ αὐτὸς κεύθω; φάσθαι δέ με θυμὸς ἀνώγει.
ποῖοί κ' εἶτ' Ὀδυσῆϊ ἀμυνέμεν, εἴ ποθεν ἔλθοι   195
ὧδε μάλ' ἐξαπίνης καί τις θεὸς αὐτὸν ἐνείκαι;
ἦ κε μνηστήρεσσιν ἀμύνοιτ' ἦ Ὀδυσῆϊ;
εἴπαθ' ὅπως ὑμέας κραδίη θυμός τε κελεύει."
τὸν δ' αὖτε προσέειπε βοῶν ἐπιβουκόλος ἀνήρ·
"Ζεῦ πάτερ, αἲ γὰρ τοῦτο τελευτήσειας ἐέλδωρ,   200
ὡς ἔλθοι μὲν κεῖνος ἀνήρ, ἀγάγοι δέ ἑ δαίμων·

Antínoo o censurou asperamente: "Deixas
escapar que palavras, Liodes, da clausura
dos dentes? Soam desagradáveis, me surpreendem,
ouvi-las me repugna. Só porque fracassas, 170
apregoas que o arco privará os melhores
do coração e da ânima. Tua mãe augusta
não procriou um flechador inesquecível.
Não faltam procos magnos que delonguem o arco."
Dirigiu-se a Melântio, tocador de cabras: 175
"Vai acender o fogo no interior da sala,
arruma um escabelo grande bem forrado
de pele, e sebo, um grande naco que há na casa,
traze, escaldando-o para ungir de graxa o arco.
Manuseável, concluamos a contenda!" 180
Falou. Melântio acende o fogo infatigável,
traz o escabelo sobre o qual pousavam peles,
pega no paço um bom pedaço de gordura.
Depois que o escaldam, os rapazes tentam sem
sucesso o tiro, muito além do que podiam. 185
Faltava Antínoo e, símile de um deus, Eurímaco,
que em excelência exceliam: lideravam
os pretendentes. Saem, nesse ínterim, do paço
os outros dois: Eumeu, porqueiro, e o boieiro.
O divino Odisseu desponta logo atrás. 190
Fora do pórtico e do pátio, o herói lhes fala,
usando de palavras-mel: "Formularia
uma questão aos dois, ou a mantenho só
comigo? Mas o coração não quer que eu cale.
Defenderíeis Odisseu no caso de ele 195
aparecer inesperadamente, guiado
por um eterno? Pugnaríeis a seu lado,
em prol dos procos? O que diz o coração?"
Guadião de bois, o boiadeiro respondeu:
"Cumprira, pai Cronida, o voto que foi feito! 200
Pudera o herói tornar, um demo encabeçando-o!

γνοίης χ' οἵη ἐμὴ δύναμις καὶ χεῖρες ἕπονται."
ὣς δ' αὔτως Εὔμαιος ἐπεύχετο πᾶσι θεοῖσι
νοστῆσαι Ὀδυσῆα πολύφρονα ὅνδε δόμονδε.
αὐτὰρ ἐπεὶ δὴ τῶν γε νόον νημερτέ' ἀνέγνω, 205
ἐξαῦτίς σφε ἔπεσσιν ἀμειβόμενος προσέειπεν·
"ἔνδον μὲν δὴ ὅδ' αὐτὸς ἐγώ, κακὰ πολλὰ μογήσας
ἤλυθον εἰκοστῷ ἔτεϊ ἐς πατρίδα γαῖαν.
γιγνώσκω δ' ὡς σφῶϊν ἐελδομένοισιν ἱκάνω
οἴοισι δμώων· τῶν δ' ἄλλων οὔ τευ ἄκουσα 210
εὐξαμένου ἐμὲ αὖτις ὑπότροπον οἴκαδ' ἱκέσθαι.
σφῶϊν δ', ὡς ἔσεταί περ, ἀληθείην καταλέξω.
εἴ χ' ὑπ' ἐμοί γε θεὸς δαμάσῃ μνηστῆρας ἀγαυούς,
ἄξομαι ἀμφοτέροις ἀλόχους καὶ κτήματ' ὀπάσσω
οἰκία τ' ἐγγὺς ἐμεῖο τετυγμένα· καὶ μοι ἔπειτα 215
Τηλεμάχου ἑτάρω τε κασιγνήτω τε ἔσεσθον.
εἰ δ' ἄγε δή, καὶ σῆμα ἀριφραδὲς ἄλλο τι δείξω,
ὄφρα μ' εὖ γνῶτον πιστωθῆτόν τ' ἐνὶ θυμῷ,
οὐλήν, τήν ποτέ με σῦς ἤλασε λευκῷ ὀδόντι
Παρνησόνδ' ἐλθόντα σὺν υἱάσιν Αὐτολύκοιο." 220
ὣς εἰπὼν ῥάκεα μεγάλης ἀποέργαθεν οὐλῆς.
τὼ δ' ἐπεὶ εἰσιδέτην εὖ τ' ἐφράσσαντο ἕκαστα,
κλαῖον ἄρ' ἀμφ' Ὀδυσῆϊ δαΐφρονι χεῖρε βαλόντε,
καὶ κύνεον ἀγαπαζόμενοι κεφαλήν τε καὶ ὤμους·
ὣς δ' αὔτως Ὀδυσεὺς κεφαλὰς καὶ χεῖρας ἔκυσσε. 225
καί νύ κ' ὀδυρομένοισιν ἔδυ φάος ἠελίοιο,
εἰ μὴ Ὀδυσσεὺς αὐτὸς ἐρύκακε φώνησέν τε·
"παύεσθον κλαυθμοῖο γόοιό τε, μή τις ἴδηται
ἐξελθὼν μεγάροιο, ἀτὰρ εἴπῃσι καὶ εἴσω.
ἀλλὰ προμνηστῖνοι ἐσέλθετε, μηδ' ἅμα πάντες, 230
πρῶτος ἐγώ, μετὰ δ' ὔμμες· ἀτὰρ τόδε σῆμα τετύχθω·
ἄλλοι μὲν γὰρ πάντες, ὅσοι μνηστῆρες ἀγαυοί,
οὐκ ἐάσουσιν ἐμοὶ δόμεναι βιὸν ἠδὲ φαρέτρην·
ἀλλὰ σύ, δῖ' Εὔμαιε, φέρων ἀνὰ δώματα τόξον
ἐν χείρεσσιν ἐμοὶ θέμεναι, εἰπεῖν τε γυναιξὶ 235
κληῖσαι μεγάροιο θύρας πυκινῶς ἀραρυίας,

Verias a dínamo-pungência destas mãos."
Eumeu secunda o rogo à plêiade divina,
clamando pela volta de Odisseu astuto.
Conhecedor da retidão da mente de ambos, 205
retomou as palavras para arrematar:
"Em casa eu mesmo estou; tendo amargado múltiplas
dores, cheguei ao solo ancestre após vinte anos.
O meu retorno, servo algum, além de vós,
rogou; dos outros não ouvi nenhuma súplica 210
pelo regresso meu ao paço. E vos direi
o que é veraz, aquilo que haverá de ser:
se por meu intermédio um deus aniquilar
os procos eminentes, cônjuges, haveres
e casa geminada à minha eu doarei 215
aos dois, irmãos e companheiros de Telêmaco
para mim, sempre. Quero revelar um signo
claríssimo de reconhecimento que à ânima
convence: o ferimento que os colmilhos brancos
do javali deixaram quando no Parnaso 220
estive." E afasta os trapos da ferida enorme.
Quando o remiram, certos de que viam o rei,
choram e abraçam Odisseu audaz; os ombros,
beijam e a testa, afáveis, e Odisseu, idêntico
calor no gesto retribuía à dupla. A luz 225
do sol esmaecera já no céu com lágrimas
saudosas, Odisseu não refreasse a ambos:
"Já chega de lamento e pranto, pois não quero
que alguém, nos surpreendendo, torne à sala e informe-os.
Mas, separadamente, entrai, depois de mim, 230
que vou primeiro. Sinalizarei assim:
unânimes, os pretendentes nobres não
concordarão em conceder-me o arco e a flecha;
Eumeu divino, atravessando a sala, põe
o arco nas minhas mãos e manda que as criadas 235
lacrem, na sala-mor, as portas bem fixadas,

ἢν δέ τις ἢ στοναχῆς ἠὲ κτύπου ἔνδον ἀκούσῃ
ἀνδρῶν ἡμετέροισιν ἐν ἕρκεσι, μή τι θύραζε
προβλώσκειν, ἀλλ' αὐτοῦ ἀκὴν ἔμεναι παρὰ ἔργῳ.
σοὶ δέ, Φιλοίτιε δῖε, θύρας ἐπιτέλλομαι αὐλῆς   240
κληῗσαι κληῗδι, θοῶς δ' ἐπὶ δεσμὸν ἰῆλαι."
ὣς εἰπὼν εἰσῆλθε δόμους εὖ ναιετάοντας·
ἕζετ' ἔπειτ' ἐπὶ δίφρον ἰών, ἔνθεν περ ἀνέστη·
ἐς δ' ἄρα καὶ τὼ δμῶε ἴτην θείου Ὀδυσῆος.
Εὐρύμαχος δ' ἤδη τόξον μετὰ χερσὶν ἐνώμα,   245
θάλπων ἔνθα καὶ ἔνθα σέλᾳ πυρός· ἀλλά μιν οὐδ' ὣς
ἐντανύσαι δύνατο, μέγα δ' ἔστενε κυδάλιμον κῆρ·
ὀχθήσας δ' ἄρα εἶρός τ' ἔφατ' ἔκ τ' ὀνόμαζεν·
"ὢ πόποι, ἦ μοι ἄχος περί τ' αὐτοῦ καὶ περὶ πάντων·
οὔ τι γάμου τοσσοῦτον ὀδύρομαι, ἀχνύμενός περ·   250
εἰσὶ καὶ ἄλλαι πολλαὶ Ἀχαιΐδες, αἱ μὲν ἐν αὐτῇ
ἀμφιάλῳ Ἰθάκῃ, αἱ δ' ἄλλῃσιν πολίεσσιν·
ἀλλ' εἰ δὴ τοσσόνδε βίης ἐπιδευέες εἰμὲν
ἀντιθέου Ὀδυσῆος, ὅ τ' οὐ δυνάμεσθα τανύσσαι
τόξον· ἐλεγχείη δὲ καὶ ἐσσομένοισι πυθέσθαι."   255
τὸν δ' αὖτ' Ἀντίνοος προσέφη, Εὐπείθεος υἱός·
"Εὐρύμαχ', οὐχ οὕτως ἔσται· νοέεις δὲ καὶ αὐτός.
νῦν μὲν γὰρ κατὰ δῆμον ἑορτὴ τοῖο θεοῖο
ἁγνή· τίς δέ κε τόξα τιταίνοιτ'; ἀλλὰ ἕκηλοι
κάτθετ'· ἀτὰρ πελέκεάς γε καὶ εἴ κ' εἰῶμεν ἅπαντας   260
ἑστάμεν· οὐ μὲν γάρ τιν' ἀναιρήσεσθαι ὀΐω,
ἐλθόντ' ἐς μέγαρον Λαερτιάδεω Ὀδυσῆος.
ἀλλ' ἄγετ', οἰνοχόος μὲν ἐπαρξάσθω δεπάεσσιν,
ὄφρα σπείσαντες καταθείομεν ἀγκύλα τόξα·
ἠῶθεν δὲ κέλεσθε Μελάνθιον, αἰπόλον αἰγῶν,   265
αἶγας ἄγειν, αἳ πᾶσι μέγ' ἔξοχοι αἰπολίοισιν,
ὄφρ' ἐπὶ μηρία θέντες Ἀπόλλωνι κλυτοτόξῳ
τόξου πειρώμεσθα καὶ ἐκτελέωμεν ἄεθλον."
ὣς ἔφατ' Ἀντίνοος, τοῖσιν δ' ἐπιήνδανε μῦθος.
τοῖσι δὲ κήρυκες μὲν ὕδωρ ἐπὶ χεῖρας ἔχευαν,   270
κοῦροι δὲ κρητῆρας ἐπεστέψαντο ποτοῖο,

e, à audição de lamento ou de algazarra de homens
ecoando dos recintos, não me surja à porta
ninguém, mas todas, quietas, sigam nos lavores!
Filécio, te encarrego de trancafiar   240
a porta do átrio, enodando-a com liame."
Dito isso, retornou à moradia sólida,
buscando o escano onde antes se sentara. Volta
também a dupla serviçal do herói divino.
Eurímaco brandia pressuroso o arco,   245
aqui e ali à flama o escaldando; nem
assim logrou armá-lo, coração ganindo
de um bravo. Assim falou, contrariado: "Ai,
sofro por mim e sofro pelos outros. Núpcias,
não as lamento tanto, embora padecendo   250
(outras, muitíssimas, reservam-se aos aqueus
em Ítaca circum-marinha, em pólis várias),
quanto não termos, nem de perto, a exuberância
do divino Odisseu. Ninguém consegue armar
este arco. Os pósteros rirão de nossa infâmia."   255
Antínoo respondeu, filho de Eupites: "Sabes
bastante bem que não será assim, Eurímaco.
O nume é festejado em Ítaca no dia
de hoje. Quem poderia retesar o arco?
Calma! Deixemos os machados como estão,   260
pois creio que ninguém consegue removê-los,
e entremos no recinto-mor do Laertíade.
Que o escanção comece a preparar as taças,
a fim de que, libando, repousemos o arco
recurvo. Que Melântio, na alba, traga as pécoras   265
sineiras do rebanho, quando a Apolo Foibos
ofertaremos coxas, deus flechifamoso,
para voltar ao arco e concluir o prélio."
A todos agradou o que propunha Antínoo.
Arautos deitam água sobre as mãos, rapazes   270
à fímbria locupletam as crateras, todos

νώμησαν δ' ἄρα πᾶσιν ἐπαρξάμενοι δεπάεσσιν.
οἱ δ' ἐπεὶ οὖν σπεῖσάν τ' ἔπιόν θ' ὅσον ἤθελε θυμός,
τοῖς δὲ δολοφρονέων μετέφη πολύμητις Ὀδυσσεύς·
"κέκλυτέ μευ, μνηστῆρες ἀγακλειτῆς βασιλείης· 275
ὄφρ' εἴπω τά με θυμὸς ἐνὶ στήθεσσι κελεύει·
Εὐρύμαχον δὲ μάλιστα καὶ Ἀντίνοον θεοειδέα
λίσσομ', ἐπεὶ καὶ τοῦτο ἔπος κατὰ μοῖραν ἔειπε,
νῦν μὲν παῦσαι τόξον, ἐπιτρέψαι δὲ θεοῖσιν·
ἠῶθεν δὲ θεὸς δώσει κράτος ᾧ κ' ἐθέλῃσιν. 280
ἀλλ' ἄγ' ἐμοὶ δότε τόξον ἐΰξοον, ὄφρα μεθ' ὑμῖν
χειρῶν καὶ σθένεος πειρήσομαι, ἤ μοι ἔτ' ἐστὶν
ἴς, οἵη πάρος ἔσκεν ἐνὶ γναμπτοῖσι μέλεσσιν,
ἦ ἤδη μοι ὄλεσσεν ἄλη τ' ἀκομιστίη τε."
ὣς ἔφαθ', οἱ δ' ἄρα πάντες ὑπερφιάλως νεμέσησαν, 285
δείσαντες μὴ τόξον ἐΰξοον ἐντανύσειεν.
Ἀντίνοος δ' ἐνένιπεν ἔπος τ' ἔφατ' ἔκ τ' ὀνόμαζεν·
"ἆ δειλὲ ξείνων, ἔνι τοι φρένες οὐδ' ἠβαιαί·
οὐκ ἀγαπᾷς ὃ ἕκηλος ὑπερφιάλοισι μεθ' ἡμῖν
δαίνυσαι, οὐδέ τι δαιτὸς ἀμέρδεαι, αὐτὰρ ἀκούεις 290
μύθων ἡμετέρων καὶ ῥήσιος; οὐδέ τις ἄλλος
ἡμετέρων μύθων ξεῖνος καὶ πτωχὸς ἀκούει.
οἶνός σε τρώει μελιηδής, ὅς τε καὶ ἄλλους
βλάπτει, ὃς ἄν μιν χανδὸν ἕλῃ μηδ' αἴσιμα πίνῃ.
οἶνος καὶ Κένταυρον, ἀγακλυτὸν Εὐρυτίωνα, 295
ἄασ' ἐνὶ μεγάρῳ μεγαθύμου Πειριθόοιο,
ἐς Λαπίθας ἐλθόνθ'· ὁ δ' ἐπεὶ φρένας ἄασεν οἴνῳ,
μαινόμενος κάκ' ἔρεξε δόμον κάτα Πειριθόοιο·
ἥρωας δ' ἄχος εἷλε, διὲκ προθύρου δὲ θύραζε
ἕλκον ἀναΐξαντες, ἀπ' οὔατα νηλέϊ χαλκῷ 300
ῥῖνάς τ' ἀμήσαντες· ὁ δὲ φρεσὶν ᾗσιν ἀασθεὶς
ἤϊεν ἣν ἄτην ὀχέων ἀεσίφρονι θυμῷ.
ἐξ οὗ Κενταύροισι καὶ ἀνδράσι νεῖκος ἐτύχθη,
οἷ δ' αὐτῷ πρώτῳ κακὸν εὕρετο οἰνοβαρείων.
ὣς καὶ σοὶ μέγα πῆμα πιφαύσκομαι, αἴ κε τὸ τόξον 305
ἐντανύσῃς· οὐ γάρ τευ ἐπητύος ἀντιβολήσεις

recebem as primícias da bebida. Libam
e bebem quanto o coração requer. O pluris-
solerte itácio, curvirreflexivo, disse:
"Peço a atenção, cortejadores da regina 275
ilustre, ao que meu coração impõe no peito.
Rogo a Eurímaco, mas sobretudo a Antínoo
que, par-dos-deuses, cede à moira no que fala,
no que concerne a suspender a lide agora,
vos consagrando aos deuses. Amanhã o nume 280
conferirá poder a seu talante. Dai-me
o arco para eu provar as mãos e meu vigor
entre vós, se ainda resta a força com que outrora
movia os membros ou se a incúria e a errância me
destruíram." Presunçosos, todos se enfuriam, 285
temendo que ele retesasse o arco belo.
Toma a palavra Antínoo, que o rechaça: "Ádvena
despudorado! Não possuis discernimento!
Não basta banquetear com gente de jaez,
sem que te falte o naco lauto, além de ouvir 290
nossas parolas e parlendas? Estrangeiro
algum, tampouco o vagabundo, escuta a arenga
nossa. Te fere o vinho docimel, seu golpe
vulnera quem não o mensura e bebe ávido.
O vinho encegueceu também a um dos Centauros, 295
o insigne Eurício, na mansão do megardente
Pirítoo, em visita aos lápitas. Bebida
o enturva, e, insano, cometia atrocidades.
Heróis, coléricos, o arrastam pelo pátio,
pórtico afora. Cortam-lhe com bronze agudo 300
o nariz e as orelhas, e, obnubilado, ele
vagueava, a fúria de *Ate* na mente demente.
Daí nasceu a discordância entre Centauros
e heróis. Avesso a si, a si causou desgraça,
bêbado. A ti também prevejo a pena plena, 305
se retesares o arco. Não terias aqui

ἡμετέρῳ ἐνὶ δήμῳ, ἄφαρ δέ σε νηῒ μελαίνῃ
εἰς Ἔχετον βασιλῆα, βροτῶν δηλήμονα πάντων,
πέμψομεν· ἔνθεν δ' οὔ τι σαώσεαι· ἀλλὰ ἕκηλος
πῖνέ τε, μηδ' ἐρίδαινε μετ' ἀνδράσι κουροτέροισιν." 310
τὸν δ' αὖτε προσέειπε περίφρων Πηνελόπεια·
"Ἀντίνο', οὐ μὲν καλὸν ἀτέμβειν οὐδὲ δίκαιον
ξείνους Τηλεμάχου, ὅς κεν τάδε δώμαθ' ἵκηται·
ἔλπεαι, αἴ χ' ὁ ξεῖνος Ὀδυσσῆος μέγα τόξον
ἐντανύσῃ χερσίν τε βίηφί τε ἧφι πιθήσας, 315
οἴκαδέ μ' ἄξεσθαι καὶ ἑὴν θήσεσθαι ἄκοιτιν;
οὐδ' αὐτός που τοῦτό γ' ἐνὶ στήθεσσιν ἔολπε·
μηδέ τις ὑμείων τοῦ γ' εἵνεκα θυμὸν ἀχεύων
ἐνθάδε δαινύσθω, ἐπεὶ οὐδὲ μὲν οὐδὲ ἔοικεν."
τὴν δ' αὖτ' Εὐρύμαχος, Πολύβου πάϊς, ἀντίον ηὔδα· 320
"κούρη Ἰκαρίοιο, περίφρον Πηνελόπεια,
οὔ τί σε τόνδ' ἄξεσθαι ὀϊόμεθ'· οὐδὲ ἔοικεν·
ἀλλ' αἰσχυνόμενοι φάτιν ἀνδρῶν ἠδὲ γυναικῶν,
μή ποτέ τις εἴπῃσι κακώτερος ἄλλος Ἀχαιῶν
'ἦ πολὺ χείρονες ἄνδρες ἀμύμονος ἀνδρὸς ἄκοιτιν 325
μνῶνται, οὐδέ τι τόξον ἐΰξοον ἐντανύουσιν·
ἀλλ' ἄλλος τις πτωχὸς ἀνὴρ ἀλαλήμενος ἐλθὼν
ῥηϊδίως ἐτάνυσσε βιόν, διὰ δ' ἧκε σιδήρου.'
ὣς ἐρέουσ', ἡμῖν δ' ἂν ἐλέγχεα ταῦτα γένοιτο."
τὸν δ' αὖτε προσέειπε περίφρων Πηνελόπεια· 330
"Εὐρύμαχ', οὔ πως ἔστιν ἐϋκλεῖας κατὰ δῆμον
ἔμμεναι οἳ δὴ οἶκον ἀτιμάζοντες ἔδουσιν
ἀνδρὸς ἀριστῆος· τί δ' ἐλέγχεα ταῦτα τίθεσθε;
οὗτος δὲ ξεῖνος μάλα μὲν μέγας ἠδ' εὐπηγής,
πατρὸς δ' ἐξ ἀγαθοῦ γένος εὔχεται ἔμμεναι υἱός. 335
ἀλλ' ἄγε οἱ δότε τόξον ἐΰξοον, ὄφρα ἴδωμεν.
ὧδε γὰρ ἐξερέω, τὸ δὲ καὶ τετελεσμένον ἔσται·
εἴ κέ μιν ἐντανύσῃ, δώῃ δέ οἱ εὖχος Ἀπόλλων,
ἕσσω μιν χλαῖνάν τε χιτῶνά τε, εἵματα καλά,
δώσω δ' ὀξὺν ἄκοντα, κυνῶν ἀλκτῆρα καὶ ἀνδρῶν, 340
καὶ ξίφος ἄμφηκες· δώσω δ' ὑπὸ ποσσὶ πέδιλα,

acolhimento: em negra embarcação a Équeto,
massacrador de gente, nós te enviaríamos,
confins do qual ninguém refaz a rota. Bebe
em paz, pois não careces de enfrentar mais jovens." 310
Foi quando lhe falou Penélope sensata:
"Não há beleza nem justiça em ofender
um estrangeiro que meu filho acolhe em casa.
Acaso pensas, se ele encurva o grande arco
do herói, confiante no poder dos próprios braços, 315
que me conduza ao lar onde me faz esposa?
Nem ele próprio acredita nessa hipótese.
Nenhum de vós aflija o coração, partícipe
da comezaina. Não — repito, não! — seria
plausível." Respondeu-lhe, contrariado, Eurímaco: 320
"Filha de Icário, dama pluriprecavida,
não cremos que ele te conduza, algo implausível;
a voz anônima, contudo, nos humilha,
se alguém entre os aqueus, um sórdido, disser:
'A esposa de um herói, andaram cobiçando 325
tipos chinfrins, que não conseguem nem vergar
o arco polido, o mesmo que o vagante pobre
armou sem dor e perfurou segures férreos.'
É o que diriam, a todos nós envergonhando."
Penélope pluriatinada rebateu: 330
"Não é possível conquistar renome público,
Eurímaco, o arrogante que devora o lar
de um nobre. Que sentido faz a evocação
de um argumento como o teu? Esse alienígena
tem corpanzil parrudo e afirma ser de estirpe 335
nobre. Entregai-lhe o belo arco e, então, veremos.
Assim será e o que eu direi se cumprirá:
se Apolo conceder-lhe a glória de encurvá-lo,
receberá de mim indumentária linda,
túnica e manto, um pique afiado que o proteja 340
de homens e cães, bigúmea espada e, para os pés,

πέμψω δ' ὅππῃ μιν κραδίη θυμός τε κελεύει."
τὴν δ' αὖ Τηλέμαχος πεπνυμένος ἀντίον ηὔδα·
"μῆτερ ἐμή, τόξον μὲν Ἀχαιῶν οὔ τις ἐμεῖο
κρείσσων, ᾧ κ' ἐθέλω, δόμεναί τε καὶ ἀρνήσασθαι, 345
οὔθ' ὅσσοι κραναὴν Ἰθάκην κάτα κοιρανέουσιν,
οὔθ' ὅσσοι νήσοισι πρὸς Ἤλιδος ἱπποβότοιο·
τῶν οὔ τίς μ' ἀέκοντα βιήσεται, αἴ κ' ἐθέλωμι
καὶ καθάπαξ ξείνῳ δόμεναι τάδε τόξα φέρεσθαι.
ἀλλ' εἰς οἶκον ἰοῦσα τὰ σ' αὐτῆς ἔργα κόμιζε, 350
ἱστόν τ' ἠλακάτην τε, καὶ ἀμφιπόλοισι κέλευε
ἔργον ἐποίχεσθαι· τόξον δ' ἄνδρεσσι μελήσει
πᾶσι, μάλιστα δ' ἐμοί· τοῦ γὰρ κράτος ἔστ' ἐνὶ οἴκῳ."
ἡ μὲν θαμβήσασα πάλιν οἰκόνδε βεβήκει·
παιδὸς γὰρ μῦθον πεπνυμένον ἔνθετο θυμῷ. 355
ἐς δ' ὑπερῷ' ἀναβᾶσα σὺν ἀμφιπόλοισι γυναιξὶ
κλαῖεν ἔπειτ' Ὀδυσῆα, φίλον πόσιν, ὄφρα οἱ ὕπνον
ἡδὺν ἐπὶ βλεφάροισι βάλε γλαυκῶπις Ἀθήνη.
αὐτὰρ ὁ τόξα λαβὼν φέρε καμπύλα δῖος ὑφορβός·
μνηστῆρες δ' ἄρα πάντες ὁμόκλεον ἐν μεγάροισιν· 360
ὧδε δέ τις εἴπεσκε νέων ὑπερηνορεόντων·
"πῇ δὴ καμπύλα τόξα φέρεις, ἀμέγαρτε συβῶτα,
πλαγκτέ; τάχ' αὖ σ' ἐφ' ὕεσσι κύνες ταχέες κατέδονται
οἶον ἀπ' ἀνθρώπων, οὓς ἔτρεφες, εἴ κεν Ἀπόλλων
ἡμῖν ἱλήκῃσι καὶ ἀθάνατοι θεοὶ ἄλλοι." 365
ὣς φάσαν, αὐτὰρ, ὁ θῆκε φέρων αὐτῇ ἐνὶ χώρῃ,
δείσας, οὕνεκα πολλοὶ ὁμόκλεον ἐν μεγάροισιν.
Τηλέμαχος δ' ἑτέρωθεν ἀπειλήσας ἐγεγώνει·
"ἄττα, πρόσω φέρε τόξα· τάχ' οὐκ εὖ πᾶσι πιθήσεις
μή σε καὶ ὁπλότερός περ ἐὼν ἀγρόνδε δίωμαι, 370
βάλλων χερμαδίοισι· βίηφι δὲ φέρτερός εἰμι.
αἲ γὰρ πάντων τόσσον, ὅσοι κατὰ δώματ' ἔασι,
μνηστήρων χερσίν τε βίηφί τε φέρτερος εἴην·
τῷ κε τάχα στυγερῶς τιν' ἐγὼ πέμψαιμι νέεσθαι
ἡμετέρου ἐξ οἴκου, ἐπεὶ κακὰ μηχανόωνται." 375
ὣς ἔφαθ', οἱ δ' ἄρα πάντες ἐπ' αὐτῷ ἡδὺ γέλασσαν

sandálias. Aonde o coração e o alento da ânima
queiram que vá, mandá-lo-ei." Disse Telêmaco:
"Não há entre os argivos quem se sobreponha
a mim no que concerne a dar ou renegar 345
o arco, de quantos mandem na Ítaca rochosa,
de quantos mandem na Élide, rica em corcéis:
ninguém me forçará a fazer o que eu não queira,
se eu decidir doar, que seja para sempre,
este arco ao forasteiro. Sobe aos aposentos, 350
à roca, aos fios, e manda que as ancilas tornem
a seus lavores. O arco nos concerne, aos homens,
a mim principalmente, um potentado régio."
Atônita, Penélope tornou ao quarto,
guardando na ânima o que o filho ponderara. 355
Acima, com a dupla serva, lamentava
seu consorte Odisseu, até que Atena de olhos
glaucos esparge o sono doce em suas pálpebras.
Eumeu, então, lhe transportou o arco oblongo.
O vozerio dos procos preencheu a sala 360
e foi possível escutar um peralvilho:
"Aonde levas o arco, tolo porcariço,
desmiolado? Os cães velozes que adestraste,
se Apolo e os outros deuses forem-nos propícios,
longe dos homens, entre suínos, te destrocem!" 365
Assim falavam e ele o colocou no mesmo
posto, com medo, pois que havia algazarra.
Ameaçador, Telêmaco falou distante:
"Leva-o, senhor! Obedecer-lhes custará
bem caro: evita que eu, mais jovem, te remeta 370
campo adentro à pedrada: meu vigor se impõe.
Pudera superar o bando aboletado
em casa com meu braço e minha força. Súbito
o enxotaria estigiamente porta afora,
pois só conseguem entramar iniquidades." 375
Falou assim e os procos riem gostosamente,

μνηστῆρες, καὶ δὴ μέθιεν χαλεποῖο χόλοιο
Τηλεμάχῳ· τὰ δὲ τόξα φέρων ἀνὰ δῶμα συβώτης
ἐν χείρεσσ' Ὀδυσῆϊ δαΐφρονι θῆκε παραστάς.
ἐκ δὲ καλεσσάμενος προσέφη τροφὸν Εὐρύκλειαν· 380
"Τηλέμαχος κέλεταί σε, περίφρων Εὐρύκλεια,
κληῖσαι μεγάροιο θύρας πυκινῶς ἀραρυίας.
ἢν δέ τις ἢ στοναχῆς ἠὲ κτύπου ἔνδον ἀκούσῃ
ἀνδρῶν ἡμετέροισιν ἐν ἕρκεσι, μή τι θύραζε
προβλώσκειν, ἀλλ' αὐτοῦ ἀκὴν ἔμεναι παρὰ ἔργῳ." 385
ὣς ἄρ' ἐφώνησεν, τῇ δ' ἄπτερος ἔπλετο μῦθος,
κλήϊσεν δὲ θύρας μεγάρων εὖ ναιεταόντων.
σιγῇ δ' ἐξ οἴκοιο Φιλοίτιος ἆλτο θύραζε,
κλήϊσεν δ' ἄρ' ἔπειτα θύρας εὐερκέος αὐλῆς.
κεῖτο δ' ὑπ' αἰθούσῃ ὅπλον νεὸς ἀμφιελίσσης 390
βύβλινον, ᾧ ῥ' ἐπέδησε θύρας, ἐς δ' ἤϊεν αὐτός·
ἕζετ' ἔπειτ' ἐπὶ δίφρον ἰών, ἔνθεν περ ἀνέστη,
εἰσορόων Ὀδυσῆα. ὁ δ' ἤδη τόξον ἐνώμα
πάντῃ ἀναστρωφῶν, πειρώμενος ἔνθα καὶ ἔνθα,
μὴ κέρα ἶπες ἔδοιεν ἀποιχομένοιο ἄνακτος. 395
ὧδε τις εἴπεσκεν ἰδὼν ἐς πλησίον ἄλλον·
"ἦ τις θηητὴρ καὶ ἐπίκλοπος ἔπλετο τόξων·
ἤ ῥά νύ που τοιαῦτα καὶ αὐτῷ οἴκοθι κεῖται
ἢ ὅ γ' ἐφορμᾶται ποιησέμεν, ὡς ἐνὶ χερσὶ
νωμᾷ ἔνθα καὶ ἔνθα κακῶν ἔμπαιος ἀλήτης." 400
ἄλλος δ' αὖ εἴπεσκε νέων ὑπερηνορεόντων·
"αἲ γὰρ δὴ τοσσοῦτον ὀνήσιος ἀντιάσειεν
ὡς οὗτός ποτε τοῦτο δυνήσεται ἐντανύσασθαι."
ὣς ἄρ' ἔφαν μνηστῆρες· ἀτὰρ πολύμητις Ὀδυσσεύς,
αὐτίκ' ἐπεὶ μέγα τόξον ἐβάστασε καὶ ἴδε πάντῃ, 405
ὡς ὅτ' ἀνὴρ φόρμιγγος ἐπιστάμενος καὶ ἀοιδῆς
ῥηϊδίως ἐτάνυσσε νέῳ περὶ κόλλοπι χορδήν,
ἅψας ἀμφοτέρωθεν ἐϋστρεφὲς ἔντερον οἰός,
ὣς ἄρ' ἄτερ σπουδῆς τάνυσεν μέγα τόξον Ὀδυσσεύς.
δεξιτερῇ ἄρα χειρὶ λαβὼν πειρήσατο νευρῆς· 410
ἡ δ' ὑπὸ καλὸν ἄεισε, χελιδόνι εἰκέλη αὐδήν.

a fúria mitigando contra o moço. Eumeu
reatravessa o recinto tendo em mãos o arco,
que entrega a Odisseu de mente aguda, ereto
ao lado. Chama à parte a ama, lhe dizendo: 380
"Telêmaco ordenou que feches, Euricleia,
na grande sala, as portas bem chanfradas. Dentro,
se uma mulher ouvir reclamos, gritos de homens
provindos do salão, não deixes que ela entre:
que todas cumpram, silenciosas, sua faina!" 385
Assim falou e o que ela ouve são palavras
aladas. Cerra as portas do recinto assaz
repleto. Quieto, fora da mansão, Filécio
lacra os portais do pátio bem fortificado.
Ao rés do pórtico encontrava-se um calabre 390
papíreo de uma embarcação veloz bicôncava.
Com ele amarra as portas e reentra. Senta-se
no escano de antes, sob os olhos de Odisseu,
que já empunhava o arco, hábil a girá-lo,
verificando se o caruncho não corroera 395
o material. Alguém falou a seu vizinho:
"Parece experto em arco, e ainda dos sutis;
ou tem em casa um armamento igual, ou quer
talvez fazer um tal e qual, é o que deduz-se
do modo como o vagabundo calejado 400
em vilania o testa." Um outro moço roga:
"Recolha ao longo do viver tanto insucesso
quanto conhecerá armando em breve o arco!"
Assim falavam e Odisseu pluriastucioso,
depois de erguê-lo e remirá-lo em cada parte, 405
como um conhecedor de cítara e de canto,
que estica a corda fácil pela neocravelha,
fixando a tripa retorcida de uma ovelha
nas pontas, verga sem esforço o arco oblongo.
O herói provou o nervo com a mão direita, 410
que belo ressoou, igual a uma andorinha.

μνηστῆρσιν δ' ἄρ' ἄχος γένετο μέγα, πᾶσι δ' ἄρα χρὼς
ἐτράπετο· Ζεὺς δὲ μεγάλ' ἔκτυπε σήματα φαίνων·
γήθησέν τ' ἄρ' ἔπειτα πολύτλας δῖος Ὀδυσσεύς.
ὅττι ῥά οἱ τέρας ἧκε Κρόνου πάϊς ἀγκυλομήτεω· 415
εἵλετο δ' ὠκὺν ὀϊστόν, ὅ οἱ παρέκειτο τραπέζῃ
γυμνός· τοὶ δ' ἄλλοι κοίλης ἔντοσθε φαρέτρης
κείατο, τῶν τάχ' ἔμελλον Ἀχαιοὶ πειρήσεσθαι.
τόν ῥ' ἐπὶ πήχει ἑλὼν ἕλκεν νευρὴν γλυφίδας τε,
αὐτόθεν ἐκ δίφροιο καθήμενος, ἧκε δ' ὀϊστὸν 420
ἄντα τιτυσκόμενος, πελέκεων δ' οὐκ ἤμβροτε πάντων
πρώτης στειλειῆς, διὰ δ' ἀμπερὲς ἦλθε θύραζε
ἰὸς χαλκοβαρής· ὁ δὲ Τηλέμαχον προσέειπε·
"Τηλέμαχ', οὔ σ' ὁ ξεῖνος ἐνὶ μεγάροισιν ἐλέγχει
ἥμενος, οὐδέ τι τοῦ σκοποῦ ἤμβροτον οὐδέ τι τόξον 425
δὴν ἔκαμον τανύων· ἔτι μοι μένος ἔμπεδόν ἐστιν,
οὐχ ὥς με μνηστῆρες ἀτιμάζοντες ὄνονται.
νῦν δ' ὥρη καὶ δόρπον Ἀχαιοῖσιν τετυκέσθαι
ἐν φάει, αὐτὰρ ἔπειτα καὶ ἄλλως ἑψιάασθαι
μολπῇ καὶ φόρμιγγι· τὰ γάρ τ' ἀναθήματα δαιτός." 430
ἦ καὶ ἐπ' ὀφρύσι νεῦσεν· ὁ δ' ἀμφέθετο ξίφος ὀξὺ
Τηλέμαχος, φίλος υἱὸς Ὀδυσσῆος θείοιο,
ἀμφὶ δὲ χεῖρα φίλην βάλεν ἔγχεϊ, ἄγχι δ' ἄρ' αὐτοῦ
πὰρ θρόνον ἑστήκει κεκορυθμένος αἴθοπι χαλκῷ.

Imensa dor abate os procos, todos mudam
de cor. Ribomba Zeus, manifestando signos.
Então o multipadecido herói se alegra
com o prodígio que o Cronida tortuoso 415
lhe envia. Pega a flecha ao lado sobre a távola,
nua. As demais estavam dentro do bojudo
carcás, provadas presto pelo bando argivo.
Flechaço no manípulo, retesa a corda
e o chanfro. Disparou, sentado sobre o escano, 420
mirando, a flecha que não erra o orifício
da dúzia de segures. Fora, transpassando-as,
desponta o dardo brônzeo. Volta-se a Telêmaco:
"O forasteiro que se assenta em tuas salas
não te desonra. Acerto em cheio o alvo, não 425
precisei me esforçar para vergá-lo, sobra-me
vigor, contrário a tanto insulto que sofri.
É tempo de aprestar a ceia dos aqueus,
enquanto há luz. Depois, urge gozar a cítara
e o canto, que ornamenta a mesa." Assim falando, 430
arcou as sobrancelhas. Cinge a espada aguda
o caro filho do divino herói, Telêmaco:
circum-agarra a lança e junto ao pai depõe,
à beira-trono. Faiscava o elmo brônzeo.

χ

Αὐτὰρ ὁ γυμνώθη ῥακέων πολύμητις Ὀδυσσεύς,
ἆλτο δ' ἐπὶ μέγαν οὐδόν, ἔχων βιὸν ἠδὲ φαρέτρην
ἰῶν ἐμπλείην, ταχέας δ' ἐκχεύατ' ὀϊστοὺς
αὐτοῦ πρόσθε ποδῶν, μετὰ δὲ μνηστῆρσιν ἔειπεν·
"οὗτος μὲν δὴ ἄεθλος ἀάατος ἐκτετέλεσται· 5
νῦν αὖτε σκοπὸν ἄλλον, ὃν οὔ πώ τις βάλεν ἀνήρ,
εἴσομαι, αἴ κε τύχωμι, πόρῃ δέ μοι εὖχος Ἀπόλλων."
ἦ, καὶ ἐπ' Ἀντινόῳ ἰθύνετο πικρὸν ὀϊστόν.
ἦ τοι ὁ καλὸν ἄλεισον ἀναιρήσεσθαι ἔμελλε,
χρύσεον ἄμφωτον, καὶ δὴ μετὰ χερσὶν ἐνώμα, 10
ὄφρα πίοι οἴνοιο· φόνος δέ οἱ οὐκ ἐνὶ θυμῷ
μέμβλετο· τίς κ' οἴοιτο μετ' ἀνδράσι δαιτυμόνεσσι
μοῦνον ἐνὶ πλεόνεσσι, καὶ εἰ μάλα καρτερὸς εἴη,
οἷ τεύξειν θάνατόν τε κακὸν καὶ κῆρα μέλαιναν;
τὸν δ' Ὀδυσεὺς κατὰ λαιμὸν ἐπισχόμενος βάλεν ἰῷ, 15
ἀντικρὺ δ' ἁπαλοῖο δι' αὐχένος ἦλυθ' ἀκωκή.
ἐκλίνθη δ' ἑτέρωσε, δέπας δέ οἱ ἔκπεσε χειρὸς
βλημένου, αὐτίκα δ' αὐλὸς ἀνὰ ῥῖνας παχὺς ἦλθεν
αἵματος ἀνδρομέοιο· θοῶς δ' ἀπὸ εἷο τράπεζαν
ὦσε ποδὶ πλήξας, ἀπὸ δ' εἴδατα χεῦεν ἔραζε· 20
σῖτός τε κρέα τ' ὀπτὰ φορύνετο. τοὶ δ' ὁμάδησαν
μνηστῆρες κατὰ δώμαθ', ὅπως ἴδον ἄνδρα πεσόντα,
ἐκ δὲ θρόνων ἀνόρουσαν ὀρινθέντες κατὰ δῶμα,
πάντοσε παπταίνοντες ἐϋδμήτους ποτὶ τοίχους·
οὐδέ πῃ ἀσπὶς ἔην οὐδ' ἄλκιμον ἔγχος ἑλέσθαι. 25
νείκειον δ' Ὀδυσῆα χολωτοῖσιν ἐπέεσσι·

Canto XXII

Assim que arroja os trapos, Odisseu Laércio
multissolerte salta o largo umbral, carcás
cheio de flechas e o arco à mão. Diante dos pés,
depõe os dardos ágeis, e, entre os procos, fala:
"Concluída a dura prova, buscarei um alvo 5
diverso agora, inédito entre os homens, caso
me favoreça a sorte e Apolo." Assim falando,
apontou contra Antínoo o dardo amargo, quase
sorvendo o vinho, alçada já a bela copa
em ouro, duplialada. A morte estava longe 10
de lhe ocupar o coração. Algum conviva
poderia aventar a hipótese de um homem,
por mais potente fosse, solitário em meio
a inúmeros, lograr impor a alguém o fim
aziago e a Quere negrejante? O herói itácio, 15
mirando sua garganta, acerta-lhe o flechaço:
a ponta vara a gorja débil. Tomba atrás,
a taça cai da mão, o sangue espesso jorra
narina abaixo, a távola, com chute, afasta,
num átimo, revira pelo chão a ceia, 20
o pão pulverulento e a carne. Os outros procos
gritam na sala, quando veem alguém tombado.
Pulam dos tronos, inflamados no recinto,
mirando os muros sólidos, afoitos, sem
condição de encontrar, belaz, a lança, e o escudo. 25
Increpam Odisseu com linguajar colérico:

"ξεῖνε, κακῶς ἀνδρῶν τοξάζεαι· οὐκέτ' ἀέθλων
ἄλλων ἀντιάσεις· νῦν τοι σῶς αἰπὺς ὄλεθρος.
καὶ γὰρ δὴ νῦν φῶτα κατέκτανες ὃς μέγ' ἄριστος
κούρων εἰν Ἰθάκῃ· τῷ σ' ἐνθάδε γῦπες ἔδονται." 30
ἴσκεν ἕκαστος ἀνήρ, ἐπεὶ ἦ φάσαν οὐκ ἐθέλοντα
ἄνδρα κατακτεῖναι· τὸ δὲ νήπιοι οὐκ ἐνόησαν,
ὡς δή σφιν καὶ πᾶσιν ὀλέθρου πείρατ' ἐφῆπτο.
τοὺς δ' ἄρ' ὑπόδρα ἰδὼν προσέφη πολύμητις Ὀδυσσεύς·
"ὦ κύνες, οὔ μ' ἔτ' ἐφάσκεθ' ὑπότροπον οἴκαδ' ἱκέσθαι 35
δήμου ἄπο Τρώων, ὅτι μοι κατεκείρετε οἶκον,
δμῳῇσιν δὲ γυναιξὶ παρευνάζεσθε βιαίως,
αὐτοῦ τε ζώοντος ὑπεμνάασθε γυναῖκα,
οὔτε θεοὺς δείσαντες, οἳ οὐρανὸν εὐρὺν ἔχουσιν,
οὔτε τιν' ἀνθρώπων νέμεσιν κατόπισθεν ἔσεσθαι· 40
νῦν ὑμῖν καὶ πᾶσιν ὀλέθρου πείρατ' ἐφῆπται."
ὣς φάτο, τοὺς δ' ἄρα πάντας ὑπὸ χλωρὸν δέος εἷλεν·
πάπτηνεν δὲ ἕκαστος ὅπη φύγοι αἰπὺν ὄλεθρον.
Εὐρύμαχος δέ μιν οἶος ἀμειβόμενος προσέειπεν·
"εἰ μὲν δὴ Ὀδυσεὺς Ἰθακήσιος εἰλήλουθας, 45
ταῦτα μὲν αἴσιμα εἶπας, ὅσα ῥέζεσκον Ἀχαιοί,
πολλὰ μὲν ἐν μεγάροισιν ἀτάσθαλα, πολλὰ δ' ἐπ' ἀγροῦ.
ἀλλ' ὁ μὲν ἤδη κεῖται ὃς αἴτιος ἔπλετο πάντων,
Ἀντίνοος· οὗτος γὰρ ἐπίηλεν τάδε ἔργα,
οὔ τι γάμου τόσσον κεχρημένος οὐδὲ χατίζων, 50
ἀλλ' ἄλλα φρονέων, τά οἱ οὐκ ἐτέλεσσε Κρονίων,
ὄφρ' Ἰθάκης κατὰ δῆμον ἐϋκτιμένης βασιλεύοι
αὐτός, ἀτὰρ σὸν παῖδα κατακτείνειε λοχήσας.
νῦν δ' ὁ μὲν ἐν μοίρῃ πέφαται, σὺ δὲ φείδεο λαῶν
σῶν· ἀτὰρ ἄμμες ὄπισθεν ἀρεσσάμενοι κατὰ δῆμον, 55
ὅσσα τοι ἐκπέποται καὶ ἐδήδοται ἐν μεγάροισι,
τιμὴν ἀμφὶς ἄγοντες ἐεικοσάβοιον ἕκαστος,
χαλκόν τε χρυσόν τ' ἀποδώσομεν, εἰς ὅ κε σὸν κῆρ
ἰανθῇ· πρὶν δ' οὔ τι νεμεσσητὸν κεχολῶσθαι."
τὸν δ' ἄρ' ὑπόδρα ἰδὼν προσέφη πολύμητις Ὀδυσσεύς· 60
"Εὐρύμαχ', οὐδ' εἴ μοι πατρώϊα πάντ' ἀποδοῖτε,

"Flechar alguém é infame! Não serás partícipe
de outro certame, pois a morte alcantilada
te colhe. Matas um aristocrata-mor
da mocidade itácia. O abutre te deglute." 30
Assim falavam crendo que ele o fulminara
sem pretendê-lo. Os tolos não se apercebiam
de que os demais tocavam os beirais da ruína.
E olhando de soslaio, o poliastuto fala:
"Cachorros, não pensáveis que eu retornaria 35
de Ílion, por isso saqueastes meu solar,
forçastes à luxúria as fâmulas do lar,
querendo seduzir-me a esposa, estando eu vivo,
sem temer os eternos guardiões celestes,
sem temer a vingança, *nêmesis* dos homens: 40
a trápola mortal a todos colhe agora."
O medo verde-cloro abate o bando em bloco
e cada qual buscava afugentar a morte
alcantilada. Eurímaco só respondeu:
"Se és de fato Odisseu tornado ao solo itácio, 45
terás carradas de razão em deplorar
os atos sórdidos, muitíssimos, de argivos
no lar, no campo, mas o morto foi culpado,
Antínoo, incitador do que se fez aqui,
não por querer ou precisar de uma consorte, 50
mas tendo em mente o que o Cronida não lhe deu:
ser basileu do povo itácio ele mesmo
e assassinar teu filho na emboscada. A moira
fez-se cumprir agora. Poupa tua gente,
que nós recolheremos pela cidadela 55
quanto comemos e bebemos no solar,
te compensando, cada qual com sua parte,
com bronze e ouro no valor de vinte bois,
pois tua cólera antes disso justifica-se."
Olho torvo, Odisseu multiastucioso increpa: 60
"Nem se me deres todo o rol de bens paternos

ὅσσα τε νῦν ὕμμ' ἐστὶ καὶ εἴ ποθεν ἄλλ' ἐπιθεῖτε,
οὐδέ κεν ὣς ἔτι χεῖρας ἐμὰς λήξαιμι φόνοιο
πρὶν πᾶσαν μνηστῆρας ὑπερβασίην ἀποτῖσαι.
νῦν ὑμῖν παράκειται ἐναντίον ἠὲ μάχεσθαι 65
ἢ φεύγειν, ὅς κεν θάνατον καὶ κῆρας ἀλύξῃ·
ἀλλά τιν' οὐ φεύξεσθαι ὀΐομαι αἰπὺν ὄλεθρον."
ὣς φάτο, τῶν δ' αὐτοῦ λύτο γούνατα καὶ φίλον ἦτορ.
τοῖσιν δ' Εὐρύμαχος προσεφώνεε δεύτερον αὖτις·
"ὦ φίλοι, οὐ γὰρ σχήσει ἀνὴρ ὅδε χεῖρας ἀάπτους, 70
ἀλλ' ἐπεὶ ἔλλαβε τόξον ἐΰξοον ἠδὲ φαρέτρην,
οὐδοῦ ἄπο ξεστοῦ τοξάσσεται, εἰς ὅ κε πάντας
ἄμμε κατακτείνῃ· ἀλλὰ μνησώμεθα χάρμης.
φάσγανά τε σπάσσασθε καὶ ἀντίσχεσθε τραπέζας
ἰῶν ὠκυμόρων· ἐπὶ δ' αὐτῷ πάντες ἔχωμεν 75
ἀθρόοι, εἴ κέ μιν οὐδοῦ ἀπώσομεν ἠδὲ θυράων,
ἔλθωμεν δ' ἀνὰ ἄστυ, βοὴ δ' ὤκιστα γένοιτο·
τῷ κε τάχ' οὗτος ἀνὴρ νῦν ὕστατα τοξάσσαιτο."
ὣς ἄρα φωνήσας εἰρύσσατο φάσγανον ὀξὺ
χάλκεον, ἀμφοτέρωθεν ἀκαχμένον, ἆλτο δ' ἐπ' αὐτῷ 80
σμερδαλέα ἰάχων· ὁ δ' ἁμαρτῆ δῖος Ὀδυσσεὺς
ἰὸν ἀποπροίει, βάλε δὲ στῆθος παρὰ μαζόν,
ἐν δέ οἱ ἥπατι πῆξε θοὸν βέλος· ἐκ δ' ἄρα χειρὸς
φάσγανον ἧκε χαμᾶζε, περιρρηδὴς δὲ τραπέζῃ
κάππεσεν ἰδνωθείς, ἀπὸ δ' εἴδατα χεῦεν ἔραζε 85
καὶ δέπας ἀμφικύπελλον· ὁ δὲ χθόνα τύπτε μετώπῳ
θυμῷ ἀνιάζων, ποσὶ δὲ θρόνον ἀμφοτέροισι
λακτίζων ἐτίνασσε· κατ' ὀφθαλμῶν δ' ἔχυτ' ἀχλύς.
Ἀμφίνομος δ' Ὀδυσῆος ἐείσατο κυδαλίμοιο
ἀντίος ἀΐξας, εἴρυτο δὲ φάσγανον ὀξύ, 90
εἴ πώς οἱ εἴξειε θυράων. ἀλλ' ἄρα μιν φθῆ
Τηλέμαχος κατόπισθε βαλὼν χαλκήρεϊ δουρὶ
ὤμων μεσσηγύς, διὰ δὲ στήθεσφιν ἔλασσεν·
δούπησεν δὲ πεσών, χθόνα δ' ἤλασε παντὶ μετώπῳ.
Τηλέμαχος δ' ἀπόρουσε, λιπὼν δολιχόσκιον ἔγχος 95
αὐτοῦ ἐν Ἀμφινόμῳ· περὶ γὰρ δίε μή τις Ἀχαιῶν

que herdaste, a ele acrescentando muito mais,
nem mesmo assim retenho minhas mãos mortíferas
antes de me vingar dos procos que desbordam.
De duas, uma: ou cara a cara me combate,   65
ou foge quem pretenda se poupar de Tânatos,
sem crer, contudo, em fuga da ruína íngreme."
Ouvem e o coração e os joelhos periclitam.
Uma segunda vez Eurímaco profere:
"Este homem não retém suas mãos inabordáveis,   70
caros, mas, visto que se apossa do carcás
e do arco bem-lavrado, aflechará do umbral
polido até matar a todos. Só nos resta
lutar. Desembainhemos nossos gládios, mesas
nos escudando contra os dardos de ágil moira   75
fatal. Compactos, avancemos expulsando-o
da porta, conclamando a pólis por socorro!
Em breve nos terá arrojado o dardo último."
Falando assim sacou da espada dupliafiada,
em bronze, e contra o herói investe, uivando tétrico, 80
no instante em que o itácio disparava a flecha,
na direção do peito, rente a um dos mamilos,
se alojando no fígado. Da mão lhe cai,
no chão, a espada; inerte, recurvou na mesa,
manjar na terra, e a taça duplialada. O rosto   85
de borco, troa no solo; no estertor, a ânima
convulsionando, o pé percute um trom no trono,
quando se espraia, enfim, nos olhos, a caligem.
De um salto, Anfínomo lançou-se contra o herói
glorioso, espada aguda à mão, com a intenção   90
de removê-lo do limiar, mas se antecipa
Telêmaco por trás, e o pique brônzeo fere-o
entre as espáduas, despontando pelo peito.
Estronda quando bate em cheio a testa ao chão.
Se afasta sem tirar a lança longa-sombra   95
do corpo morto, temeroso de um argivo

ἔγχος ἀνελκόμενον δολιχόσκιον ἢ ἐλάσειε
φασγάνῳ ἀΐξας ἠὲ προπρηνέα τύψας.
βῆ δὲ θέειν, μάλα δ᾽ ὦκα φίλον πατέρ᾽ εἰσαφίκανεν,
ἀγχοῦ δ᾽ ἱστάμενος ἔπεα πτερόεντα προσηύδα· 100
"ὦ πάτερ, ἤδη τοι σάκος οἴσω καὶ δύο δοῦρε
καὶ κυνέην πάγχαλκον, ἐπὶ κροτάφοις ἀραρυῖαν
αὐτός τ᾽ ἀμφιβαλεῦμαι ἰών, δώσω δὲ συβώτῃ
καὶ τῷ βουκόλῳ ἄλλα· τετευχῆσθαι γὰρ ἄμεινον."
τὸν δ᾽ ἀπαμειβόμενος προσέφη πολύμητις Ὀδυσσεύς· 105
"οἶσε θέων, ἧός μοι ἀμύνεσθαι πάρ᾽ ὀϊστοί,
μή μ᾽ ἀποκινήσωσι θυράων μοῦνον ἐόντα."
ὣς φάτο, Τηλέμαχος δὲ φίλῳ ἐπεπείθετο πατρί,
βῆ δ᾽ ἴμεναι θάλαμόνδ᾽, ὅθι οἱ κλυτὰ τεύχεα κεῖτο.
ἔνθεν τέσσαρα μὲν σάκε᾽ ἔξελε, δούρατα δ᾽ ὀκτὼ 110
καὶ πίσυρας κυνέας χαλκήρεας ἱπποδασείας·
βῆ δὲ φέρων, μάλα δ᾽ ὦκα φίλον πατέρ᾽ εἰσαφίκανεν,
αὐτὸς δὲ πρώτιστα περὶ χροῒ δύσετο χαλκόν·
ὣς δ᾽ αὔτως τὼ δμῶε δυέσθην τεύχεα καλά,
ἔσταν δ᾽ ἀμφ᾽ Ὀδυσῆα δαΐφρονα ποικιλομήτην. 115
αὐτὰρ ὅ γ᾽, ὄφρα μὲν αὐτῷ ἀμύνεσθαι ἔσαν ἰοί.
τόφρα μνηστήρων ἕνα γ᾽ αἰεὶ ᾧ ἐνὶ οἴκῳ
βάλλε τιτυσκόμενος· τοὶ δ᾽ ἀγχιστῖνοι ἔπιπτον.
αὐτὰρ ἐπεὶ λίπον ἰοὶ ὀϊστεύοντα ἄνακτα,
τόξον μὲν πρὸς σταθμὸν ἐϋσταθέος μεγάροιο 120
ἔκλιν᾽ ἑστάμεναι, πρὸς ἐνώπια παμφανόωντα,
αὐτὸς δ᾽ ἀμφ᾽ ὤμοισι σάκος θέτο τετραθέλυμνον,
κρατὶ δ᾽ ἐπ᾽ ἰφθίμῳ κυνέην εὔτυκτον ἔθηκεν,
ἵππουριν, δεινὸν δὲ λόφος καθύπερθεν ἔνευεν·
εἵλετο δ᾽ ἄλκιμα δοῦρε δύω κεκορυθμένα χαλκῷ. 125
ὀρσοθύρη δέ τις ἔσκεν ἐϋδμήτῳ ἐνὶ τοίχῳ,
ἀκρότατον δὲ παρ᾽ οὐδὸν ἐϋσταθέος μεγάροιο
ἦν ὁδὸς ἐς λαύρην, σανίδες δ᾽ ἔχον εὖ ἀραρυῖαι.
τὴν δ᾽ Ὀδυσεὺς φράζεσθαι ἀνώγει δῖον ὑφορβὸν
ἑσταότ᾽ ἄγχ᾽ αὐτῆς· μία δ᾽ οἴη γίγνετ᾽ ἐφορμή. 130
τοῖς δ᾽ Ἀγέλεως μετέειπεν, ἔπος πάντεσσι πιφαύσκων·

feri-lo ao arrancar a lança longiumbrosa,
acaçapado, sob a lâmina impetuosa.
Pôs-se a correr, num átimo encontrando o pai;
junto ao herói profere alígeras palavras: 100
"Não tardo, pai! Trarei duas lanças e um escudo,
além de um elmo plenibrônzeo, justo às têmporas:
circum-armado eu mesmo, julgo necessário
prover de munição Eumeu e o boiadeiro."
E o pleni-inteligente herói então responde: 105
"Faze isso, por enquanto minhas armas bastam
para mantê-los longe. Queira não me expulsem
do umbral, estando só!" Obediente ao pai,
correu à câmara onde estava o armamento
valioso. Pega quatro escudos, oito lanças, 110
elmos crinitos, num total de quatro, aêneos.
Pressuroso, os transporta até o pai, mas antes
trata de revestir o corpo em bronze, o mesmo
fazendo a dupla serva com as armas ínclitas.
À ilharga de Odisseu, mente-ofuscante, postam-se. 115
Enquanto teve flechas para os afastar,
feria os procos, um a um, que se amontoavam
em sua morada, cadavéricos. Rareando
as flechas, trata de aprumar o arco contra
o umbral da sala bem construída, escorando-o 120
na rútila parede do átrio; ao redor
da espádua, enverga o escudo quadriencouraçado
e na cabeça vigorosa enfia o elmo
maciço, criniequino, tétrica cimeira
ondeando. Empunha duas lanças pontibrônzeas. 125
Emoldurava uma parede o pórtico alto,
rente ao umbral da sala bem-edificada,
que dava acesso a uma passagem, bloqueada
pelos portais. O herói mandou Eumeu ficar
de guarda ali, postado na única saída. 130
E aos outros pretendentes Agelau falou:

"ὦ φίλοι, οὐκ ἂν δή τις ἀν' ὀρσοθύρην ἀναβαίη
καὶ εἴποι λαοῖσι, βοὴ δ' ὤκιστα γένοιτο;
τῷ κε τάχ' οὗτος ἀνὴρ νῦν ὕστατα τοξάσσαιτο."
τὸν δ' αὖτε προσέειπε Μελάνθιος, αἰπόλος αἰγῶν· 135
"οὔ πως ἔστ', Ἀγέλαε διοτρεφές· ἄγχι γὰρ αἰνῶς
αὐλῆς καλὰ θύρετρα καὶ ἀργαλέον στόμα λαύρης·
καί χ' εἷς πάντας ἐρύκοι ἀνήρ, ὅς τ' ἄλκιμος εἴη.
ἀλλ' ἄγεθ', ὑμῖν τεύχε' ἐνείκω θωρηχθῆναι
ἐκ θαλάμου· ἔνδον γάρ, ὀίομαι, οὐδέ πη ἄλλη 140
τεύχεα κατθέσθην Ὀδυσεὺς καὶ φαίδιμος υἱός."
ὣς εἰπὼν ἀνέβαινε Μελάνθιος, αἰπόλος αἰγῶν,
εἰς θαλάμους Ὀδυσῆος ἀνὰ ῥῶγας μεγάροιο.
ἔνθεν δώδεκα μὲν σάκε' ἔξελε, τόσσα δὲ δοῦρα
καὶ τόσσας κυνέας χαλκήρεας ἱπποδασείας· 145
βῆ δ' ἴμεναι, μάλα δ' ὦκα φέρων μνηστῆρσιν ἔδωκεν.
καὶ τότ' Ὀδυσσῆος λύτο γούνατα καὶ φίλον ἦτορ,
ὡς περιβαλλομένους ἴδε τεύχεα χερσί τε δοῦρα
μακρὰ τινάσσοντας· μέγα δ' αὐτῷ φαίνετο ἔργον.
αἶψα δὲ Τηλέμαχον ἔπεα πτερόεντα προσηύδα· 150
"Τηλέμαχ', ἦ μάλα δή τις ἐνὶ μεγάροισι γυναικῶν
νῶϊν ἐποτρύνει πόλεμον κακὸν ἠὲ Μελανθεύς."
τὸν δ' αὖ Τηλέμαχος πεπνυμένος ἀντίον ηὔδα·
"ὦ πάτερ, αὐτὸς ἐγὼ τόδε γ' ἤμβροτον — οὐδέ τις ἄλλος
αἴτιος — ὃς θαλάμοιο θύρην πυκινῶς ἀραρυῖαν 155
κάλλιπον ἀγκλίνας· τῶν δὲ σκοπὸς ἦεν ἀμείνων.
ἀλλ' ἴθι, δῖ' Εὔμαιε, θύρην ἐπίθες θαλάμοιο
καὶ φράσαι ἤ τις ἄρ' ἐστὶ γυναικῶν ἢ τάδε ῥέζει,
ἢ υἱὸς Δολίοιο, Μελανθεύς, τόν περ ὀίω."
ὣς οἱ μὲν τοιαῦτα πρὸς ἀλλήλους ἀγόρευον, 160
βῆ δ' αὖτις θαλαμόνδε Μελάνθιος, αἰπόλος αἰγῶν,
οἴσων τεύχεα καλά. νόησε δὲ δῖος ὑφορβός,
αἶψα δ' Ὀδυσσῆα προσεφώνεεν ἐγγὺς ἐόντα·
"διογενὲς Λαερτιάδη, πολυμήχαν' Ὀδυσσεῦ,
κεῖνος δ' αὖτ' ἀίδηλος ἀνήρ, ὃν ὀϊόμεθ' αὐτοί, 165
ἔρχεται ἐς θάλαμον· σὺ δέ μοι νημερτὲς ἐνίσπες,

"Nenhum de nós escala a porta alta e chama
a gente fora? Acolheriam nosso alarme!
O herói nos lançaria o derradeiro dardo!"
Melântio então responde-lhe, pastor de cabras: 135
"Prole de Zeus, isso é impossível, pois não dista
a bela porta do átrio; não se atinge fácil
a boca da passagem. Bastaria um só
para deter a todos, valoroso. Busco
armas no tálamo que nos protejam. Só 140
ali Telêmaco e seu pai as guardariam."
Falando assim, Melântio se esgueirou à câmara
de Odisseu dirigindo-se pela passagem
da sala. Pega doze escudos, doze lanças,
doze elmos de crineira equina, plenibrônzeos. 145
Apressa-se em voltar e em municiar os outros.
Então os joelhos e a ânima do herói baqueiam,
ao perceber o bando em armas, empolgando
as longas lanças. Dura a sua labuta — achava.
E proferiu ao filho alígeras palavras: 150
"Telêmaco, ou Melântio ou uma das ancilas
açula contra nós a guerra atroz em casa."
Telêmaco, inspirando retidão, comenta:
"Eu mesmo, pai, sou responsável, mais ninguém:
me descuidei e apenas encostei a porta 155
do tálamo. O espião dos procos foi mais hábil.
Vai logo, Eumeu, fechar a porta e verifica
se quem fez isso foi uma mulher ou, como
eu creio, foi Melântio, cujo pai é Dólio."
Era essa a arenga que mantinham, e Melântio, 160
pastor de cabras, foi buscar mais armas belas
no quarto, mas o porcariço Eumeu o nota
e incontinente avisa o herói que estava próximo:
"Multimaquinador Laércio, prole diva,
o indivíduo funesto, de quem suspeitamos, 165
retorna ao quarto. Dize francamente: o mato,

ἤ μιν ἀποκτείνω, αἴ κε κρείσσων γε γένωμαι,
ἦε σοὶ ἐνθάδ' ἄγω, ἵν' ὑπερβασίας ἀποτίσῃ
πολλάς, ὅσσας οὗτος ἐμήσατο σῷ ἐνὶ οἴκῳ."
τὸν δ' ἀπαμειβόμενος προσέφη πολύμητις Ὀδυσσεύς· 170
"ἦ τοι ἐγὼ καὶ Τηλέμαχος μνηστῆρας ἀγαυοὺς
σχήσομεν ἔντοσθεν μεγάρων, μάλα περ μεμαῶτας.
σφῶϊ δ' ἀποστρέψαντε πόδας καὶ χεῖρας ὕπερθεν
ἐς θάλαμον βαλέειν, σανίδας δ' ἐκδῆσαι ὄπισθε,
σειρὴν δὲ πλεκτὴν ἐξ αὐτοῦ πειρήναντε 175
κίον' ἀν' ὑψηλὴν ἐρύσαι πελάσαι τε δοκοῖσιν,
ὥς κεν δηθὰ ζωὸς ἐὼν χαλέπ' ἄλγεα πάσχῃ."
ὣς ἔφαθ', οἱ δ' ἄρα τοῦ μάλα μὲν κλύον ἠδ' ἐπίθοντο,
βὰν δ' ἴμεν ἐς θάλαμον, λαθέτην δέ μιν ἔνδον ἐόντα.
ἦ τοι ὁ μὲν θαλάμοιο μυχὸν κάτα τεύχε' ἐρεύνα, 180
τὼ δ' ἔσταν ἑκάτερθε παρὰ σταθμοῖσι μένοντε.
εὖθ' ὑπὲρ οὐδὸν ἔβαινε Μελάνθιος, αἰπόλος αἰγῶν,
τῇ ἑτέρῃ μὲν χειρὶ φέρων καλὴν τρυφάλειαν,
τῇ δ' ἑτέρῃ σάκος εὐρὺ γέρον, πεπαλαγμένον ἄζῃ,
Λαέρτεω ἥρωος, ὃ κουρίζων φορέεσκε· 185
δὴ τότε γ' ἤδη κεῖτο, ῥαφαὶ δὲ λέλυντο ἱμάντων·
τὼ δ' ἄρ' ἐπαΐξανθ' ἑλέτην ἔρυσάν τέ μιν εἴσω
κουρίξ, ἐν δαπέδῳ δὲ χαμαὶ βάλον ἀχνύμενον κῆρ,
σὺν δὲ πόδας χεῖράς τε δέον θυμαλγέϊ δεσμῷ
εὖ μάλ' ἀποστρέψαντε διαμπερές, ὡς ἐκέλευσεν 190
υἱὸς Λαέρταο, πολύτλας δῖος Ὀδυσσεύς·
σειρὴν δὲ πλεκτὴν ἐξ αὐτοῦ πειρήναντε
κίον' ἀν' ὑψηλὴν ἔρυσαν πέλασάν τε δοκοῖσι.
τὸν δ' ἐπικερτομέων προσέφης, Εὔμαιε συβῶτα·
"νῦν μὲν δὴ μάλα πάγχυ, Μελάνθιε, νύκτα φυλάξεις, 195
εὐνῇ ἔνι μαλακῇ καταλέγμενος, ὥς σε ἔοικεν·
οὐδέ σέ γ' ἠριγένεια παρ' Ὠκεανοῖο ῥοάων
λήσει ἐπερχομένη χρυσόθρονος, ἡνίκ' ἀγινεῖς
αἶγας μνηστήρεσσι δόμον κάτα δαῖτα πένεσθαι."
ὣς ὁ μὲν αὖθι λέλειπτο, ταθεὶς ὀλοῷ ἐνὶ δεσμῷ· 200
τὼ δ' ἐς τεύχεα δύντε, θύρην ἐπιθέντε φαεινήν,

no caso de vencê-lo, ou deverei trazê-lo
a fim de que ele pague por excessos tantos
que em teu solar comete?" E o pleniastucioso
Odisseu não demora a responder: "Telêmaco 170
e eu cuidaremos dos cortejadores sala
adentro, mesmo que se exaltem. Ide, os dois,
prender-lhe os pés e, pelo dorso, as mãos; lançai-o
no tálamo, amarrai a tábua em suas costas,
circunprendei o corpanzil com a cordoalha 175
e, rente à cumeeira, içai-o até o topo
de uma coluna, a fim de que perviva e sofra
imenso rol de dores." Disse assim e acatam.
Entram no quarto sem que o moço se aperceba,
na busca do armamento, ao fundo. A dupla posta-se 180
junto aos batentes. Quase já transpondo a ombreira,
numa das mãos o belo capacete e na outra
o escudo largo, roto, com sinais de mofo,
que o herói Laerte, quando jovem, empolgava,
e que jazia ali, com as junções do couro 185
abertas, socam-no e o prendem, para o interno
o puxam pela cabeleira, onde o arrojam
de encontro ao chão, amargurando o coração.
Em posse de uma corda apavorante prendem
os pés e as mãos, retorcem fortemente às costas, 190
como ordenara o multipadecido herói.
Vestido todo então de corda retorcida,
içaram-no à coluna, quase no epistílio.
E tu, Eumeu, porqueiro, presto remocavas:
"Melântio, vigiarás por toda longa noite, 195
deitado em leito confortável, pois mereces.
Não passará batida a filha da manhã
surdindo oceânica, dourado trono acima,
para aprestares cabras ao festim dos procos."
E ali ficou pendido pelos nós mortíferos. 200
Vestindo arneses, lacram o portal luzente,

βήτην εἰς Ὀδυσῆα δαΐφρονα, ποικιλομήτην.
ἔνθα μένος πνείοντες ἐφέστασαν, οἱ μὲν ἐπ᾽ οὐδοῦ
τέσσαρες, οἱ δ᾽ ἔντοσθε δόμων πολέες τε καὶ ἐσθλοί.
τοῖσι δ᾽ ἐπ᾽ ἀγχίμολον θυγάτηρ Διὸς ἦλθεν Ἀθήνη, 205
Μέντορι εἰδομένη ἠμὲν δέμας ἠδὲ καὶ αὐδήν.
τὴν δ᾽ Ὀδυσεὺς γήθησεν ἰδὼν καὶ μῦθον ἔειπε·
"Μέντορ, ἄμυνον ἀρήν, μνῆσαι δ᾽ ἑτάροιο φίλοιο,
ὅς σ᾽ ἀγαθὰ ῥέζεσκον· ὁμηλικίην δέ μοί ἐσσι."
ὣς φάτ᾽, ὀϊόμενος λαοσσόον ἔμμεν Ἀθήνην. 210
μνηστῆρες δ᾽ ἑτέρωθεν ὁμόκλεον ἐν μεγάροισι·
πρῶτος τήν γ᾽ ἐνένιπε Δαμαστορίδης Ἀγέλαος·
"Μέντορ, μή σ᾽ ἐπέεσσι παραιπεπίθησιν Ὀδυσσεὺς
μνηστήρεσσι μάχεσθαι, ἀμυνέμεναι δέ οἱ αὐτῷ.
ὧδε γὰρ ἡμέτερόν γε νόον τελέεσθαι ὀΐω· 215
ὁππότε κεν τούτους κτέωμεν, πατέρ᾽ ἠδὲ καὶ υἱόν,
ἐν δὲ σὺ τοῖσιν ἔπειτα πεφήσεαι, οἷα μενοινᾷς
ἔρδειν ἐν μεγάροις· σῷ δ᾽ αὐτοῦ κράατι τίσεις.
αὐτὰρ ἐπὴν ὑμέων γε βίας ἀφελώμεθα χαλκῷ,
κτήμαθ᾽ ὁπόσσα τοί ἐστι, τά τ᾽ ἔνδοθι καὶ τὰ θύρηφι, 220
τοῖσιν Ὀδυσσῆος μεταμίξομεν· οὐδέ τοι υἷας
ζώειν ἐν μεγάροισιν ἐάσομεν, οὐδέ θύγατρας
οὐδ᾽ ἄλοχον κεδνὴν Ἰθάκης κατὰ ἄστυ πολεύειν."
ὣς φάτ᾽, Ἀθηναίη δὲ χολώσατο κηρόθι μᾶλλον,
νείκεσσεν δ᾽ Ὀδυσῆα χολωτοῖσιν ἐπέεσσιν· 225
"οὐκέτι σοί γ᾽, Ὀδυσεῦ, μένος ἔμπεδον οὐδέ τις ἀλκή
οἵη ὅτ᾽ ἀμφ᾽ Ἑλένῃ λευκωλένῳ εὐπατερείῃ,
εἰνάετες Τρώεσσιν ἐμάρναο νωλεμὲς αἰεί,
πολλοὺς δ᾽ ἄνδρας ἔπεφνες ἐν αἰνῇ δηϊοτῆτι,
σῇ δ᾽ ἥλω βουλῇ Πριάμου πόλις εὐρυάγυια. 230
πῶς δὴ νῦν, ὅτε σόν τε δόμον καὶ κτήμαθ᾽ ἱκάνεις,
ἄντα μνηστήρων ὀλοφύρεαι ἄλκιμος εἶναι;
ἀλλ᾽ ἄγε δεῦρο, πέπον, παρ᾽ ἔμ᾽ ἵστασο καὶ ἴδε ἔργον,
ὄφρ᾽ εἰδῇς οἷός τοι ἐν ἀνδράσι δυσμενέεσσιν
Μέντωρ Ἀλκιμίδης εὐεργεσίας ἀποτίνειν." 235
ἦ ῥα, καὶ οὔ πω πάγχυ δίδου ἑτεραλκέα νίκην,

e ao mente-cintilante herói então retornam.
Resfolegando fúria, ali se aprumam, quatro
no limiar, os outros no salão, valentes.
Filha de Zeus, Atena, ao flanco deles chega, 205
idêntica a Mentor, no físico e na voz.
Assim que a avista, em júbilo Odisseu profere:
"Mentor, recorda o amigo, e a carnagem de Ares
afasta! Sempre te favoreci, coetâneo!"
Pensava em Palas ao falar, belaz das gentes. 210
Do lado oposto, os procos vociferam. Fala
primeiro o Damastóride Agelau: "Não deixes
que Odisseu te persuada a enfrentar os procos,
Mentor, em sua defesa! Assim hão de cumprir-se
nossos propósitos: eliminamos antes 215
o pai e o filho, e, então, à dupla cadavérica
farás tu mesmo companhia, por sonhares
com nosso fim nas salas: segas teu *caput*.
E quando o bronze vos tolher da robustez,
os bens que tens em casa e extracidadela 220
aos de Odisseu somamos, impedindo vivam
no lar teus filhos, que circulem pela urbe
itácia tua consorte, ladeando as filhas."
Falando assim, Atena irou-se ainda mais
e injuriou Odisseu com linguajar irado: 225
"Mas onde foi parar tua fibra e teu furor,
com que por nove anos, sempre, combatias
troianos por Helena bracibranca, de ótimo
ancestre? A muitos trucidaste no fragor
horrendo, e um plano teu ruiu a pólis de amplas 230
ruas de Príamo. Em casa, junto aos bens,
lamentas o dever de ser um forte, anti-
procos? Ao lado meu, repara como atuo,
como Mentor, um Alcimide, retribui
as gentilezas recebidas dos hostis." 235
Falou assim, mas não pendia para um lado

ἀλλ' ἔτ' ἄρα σθενεός τε καὶ ἀλκῆς πειρήτιζεν
ἠμὲν Ὀδυσσῆος ἠδ' υἱοῦ κυδαλίμοιο.
αὐτὴ δ' αἰθαλόεντος ἀνὰ μεγάροιο μέλαθρον
ἕζετ' ἀναΐξασα, χελιδόνι εἰκέλη ἄντην.   240
μνηστῆρας δ' ὤτρυνε Δαμαστορίδης Ἀγέλαος,
Εὐρύνομός τε καὶ Ἀμφιμέδων Δημοπτόλεμός τε,
Πείσανδρός τε Πολυκτορίδης Πόλυβός τε δαΐφρων·
οἱ γὰρ μνηστήρων ἀρετῇ ἔσαν ἔξοχ' ἄριστοι,
ὅσσοι ἔτ' ἔζωον περί τε ψυχέων ἐμάχοντο·   245
τοὺς δ' ἤδη ἐδάμασσε βιὸς καὶ ταρφέες ἰοί.
τοῖς δ' Ἀγέλεως μετέειπεν, ἔπος πάντεσσι πιφαύσκων·
"ὦ φίλοι, ἤδη σχήσει ἀνὴρ ὅδε χεῖρας ἀάπτους·
καὶ δή οἱ Μέντωρ μὲν ἔβη κενὰ εὔγματα εἰπών,
οἱ δ' οἶοι λείπονται ἐπὶ πρώτῃσι θύρῃσι.   250
τῷ νῦν μὴ ἅμα πάντες ἐφίετε δούρατα μακρά,
ἀλλ' ἄγεθ' οἱ ἓξ πρῶτον ἀκοντίσατ', αἴ κέ ποθι Ζεὺς
δώῃ Ὀδυσσῆα βλῆσθαι καὶ κῦδος ἀρέσθαι.
τῶν δ' ἄλλων οὐ κῆδος, ἐπὴν οὗτός γε πέσῃσιν."
ὣς ἔφαθ', οἱ δ' ἄρα πάντες ἀκόντισαν ὡς ἐκέλευεν, 255
ἱέμενοι· τὰ δὲ πάντα ἐτώσια θῆκεν Ἀθήνη,
τῶν ἄλλος μὲν σταθμὸν ἐϋσταθέος μεγάροιο
βεβλήκει, ἄλλος δὲ θύρην πυκινῶς ἀραρυῖαν·
ἄλλου δ' ἐν τοίχῳ μελίη πέσε χαλκοβάρεια.
αὐτὰρ ἐπεὶ δὴ δούρατ' ἀλεύαντο μνηστήρων, 260
τοῖς δ' ἄρα μύθων ἦρχε πολύτλας δῖος Ὀδυσσεύς·
"ὦ φίλοι, ἤδη μέν κεν ἐγὼν εἴποιμι καὶ ἄμμι
μνηστήρων ἐς ὅμιλον ἀκοντίσαι, οἳ μεμάασιν
ἡμέας ἐξεναρίξαι ἐπὶ προτέροισι κακοῖσιν."
ὣς ἔφαθ', οἱ δ' ἄρα πάντες ἀκόντισαν ὀξέα δοῦρα 265
ἄντα τιτυσκόμενοι· Δημοπτόλεμον μὲν Ὀδυσσεύς,
Εὐρυάδην δ' ἄρα Τηλέμαχος, Ἔλατον δὲ συβώτης,
Πείσανδρον δ' ἄρ' ἔπεφνε βοῶν ἐπιβουκόλος ἀνήρ.
οἱ μὲν ἔπειθ' ἅμα πάντες ὀδὰξ ἕλον ἄσπετον οὖδας,
μνηστῆρες δ' ἀνεχώρησαν μεγάροιο μυχόνδε· 270
τοὶ δ' ἄρ' ἐπήϊξαν, νεκύων δ' ἐξ ἔγχε' ἕλοντο.

a dádiva de *nike*, da vitória: testa
denodo e gana de Odisseu e de seu filho
brioso. Foi sentar-se numa trave fúmeo
recinto adentro, ícone de uma andorinha. 240
Agelau Damastóride guiava os procos,
Anfimedonte, Eurínomo, o astuto Pólibo,
Pisandro, filho de Políctor, Demoptólemo,
que em excelência excediam os demais
vivos ainda, em luta em prol de suas ânimas. 245
Flechaços numerosos prostram os demais.
E Agelau dirigiu-se aos outros pretendentes:
"Esse homem logo logo fechará as mãos
inabordáveis. Desapareceu Mentor
com suas bravatas e eles ficam sós na porta 250
de antes. Não arrojeis um mar de lanças, seis
inicialmente se disparem, se o Cronida
nos doe ferir o herói e nos conceda o lustre.
Se ele tombar, os outros três já se deslustram."
Assim falou e seus disparos correspondem 255
ao que ordenou. Mas Palas torna inócuo cada
tiro. O pilar da sala recebeu o impacto
de uma das flechas; outra acerta em cheio a porta
cerrada; a ponta brônzea de outra fere o muro.
Ilesos aos projéteis dos cortejadores, 260
o multicalejado herói assim falou:
"Caros, diria que é urgente assetear o bando
dos pretendentes, que alimentam só o desejo
de nos espoliar, coroando a sordidez
de outrora." E os quatro arremeteram lanças rútilas, 265
mirando à frente: Demoptólemo foi morto
por Odisseu; a Euríades fere Telêmaco;
Eumeu derruba Elato; ao dardo que o boieiro
arroja, cai Pisandro. Todos mordem pó.
Acuados, para o fundo os procos recuaram, 270
enquanto os quatro arrancam hásteas dos cadáveres.

αὖτις δὲ μνηστῆρες ἀκόντισαν ὀξέα δοῦρα
ἱέμενοι· τὰ δὲ πολλὰ ἐτώσια θῆκεν Ἀθήνη.
τῶν ἄλλος μὲν σταθμὸν ἐϋσταθέος μεγάροιο
βεβλήκειν, ἄλλος δὲ θύρην πυκινῶς ἀραρυῖαν· 275
ἄλλου δ' ἐν τοίχῳ μελίη πέσε χαλκοβάρεια.
Ἀμφιμέδων δ' ἄρα Τηλέμαχον βάλε χεῖρ' ἐπὶ καρπῷ
λίγδην, ἄκρον δὲ ῥινὸν δηλήσατο χαλκός.
Κτήσιππος δ' Εὔμαιον ὑπὲρ σάκος ἔγχεϊ μακρῷ
ὦμον ἐπέγραψεν· τὸ δ' ὑπέρπτατο, πῖπτε δ' ἔραζε. 280
τοὶ δ' αὖτ' ἀμφ' Ὀδυσῆα δαΐφρονα ποικιλομήτην,
μνηστήρων ἐς ὅμιλον ἀκόντισαν ὀξέα δοῦρα.
ἔνθ' αὖτ' Εὐρυδάμαντα βάλε πτολίπορθος Ὀδυσσεύς,
Ἀμφιμέδοντα δὲ Τηλέμαχος, Πόλυβον δὲ συβώτης·
Κτήσιππον δ' ἄρ' ἔπειτα βοῶν ἐπιβουκόλος ἀνὴρ 285
βεβλήκει πρὸς στῆθος, ἐπευχόμενος δὲ προσηύδα·
"ὦ Πολυθερσεΐδη φιλοκέρτομε, μή ποτε πάμπαν
εἴκων ἀφραδίῃς μέγα εἰπεῖν, ἀλλὰ θεοῖσιν
μῦθον ἐπιτρέψαι, ἐπεὶ ἦ πολὺ φέρτεροί εἰσι.
τοῦτό τοι ἀντὶ ποδὸς ξεινήϊον, ὅν ποτ' ἔδωκας 290
ἀντιθέῳ Ὀδυσῆϊ δόμον κάτ' ἀλητεύοντι."
ἦ ῥα βοῶν ἑλίκων ἐπιβουκόλος· αὐτὰρ Ὀδυσσεὺς
οὖτα Δαμαστορίδην αὐτοσχεδὸν ἔγχεϊ μακρῷ.
Τηλέμαχος δ' Εὐηνορίδην Λειώκριτον οὖτα
δουρὶ μέσον κενεῶνα, διαπρὸ δὲ χαλκὸν ἔλασσεν· 295
ἤριπε δὲ πρηνής, χθόνα δ' ἤλασε παντὶ μετώπῳ.
δὴ τότ' Ἀθηναίη φθισίμβροτον αἰγίδ' ἀνέσχεν
ὑψόθεν ἐξ ὀροφῆς· τῶν δὲ φρένες ἐπτοίηθεν.
οἱ δ' ἐφέβοντο κατὰ μέγαρον βόες ὣς ἀγελαῖαι·
τὰς μέν τ' αἰόλος οἶστρος ἐφορμηθεὶς ἐδόνησεν 300
ὥρῃ ἐν εἰαρινῇ, ὅτε τ' ἤματα μακρὰ πέλονται.
οἱ δ' ὥς τ' αἰγυπιοὶ γαμψώνυχες ἀγκυλοχεῖλαι,
ἐξ ὀρέων ἐλθόντες ἐπ' ὀρνίθεσσι θόρωσι·
ταὶ μέν τ' ἐν πεδίῳ νέφεα πτώσσουσαι ἵενται,
οἱ δέ τε τὰς ὀλέκουσιν ἐπάλμενοι, οὐδέ τις ἀλκὴ 305
γίγνεται οὐδὲ φυγή· χαίρουσι δέ τ' ἀνέρες ἄγρῃ·

Os pretendentes saraivavam outras lanças
pontiaguçadas: Palas as debilitava.
Um pilar do recinto-mor sofreu o impacto
de um dardo; um outro acerta o pórtico cerrado; 275
perfura o muro a ponta brônzea de um venábulo.
Anfimedonte acerta de raspão a mão
do filho de Odisseu, no pulso: o bronze esflora
a pele. Sobre a égide, Ctesipo grava
o ombro de Eumeu, com lança imensa que, sobre- 280
voando, cai no solo. O rei astuto e os seus
na turba arremeteram novamente afiadas
munições. E o eversor-de-pólis alanceou
Euridamante, Anfimedonte por Telêmaco
foi golpeado, Pólibo pelo porqueiro, 285
o boiadeiro, guardião-de-bois, feriu
Ctesipo bem no tórax e, exultando, disse-lhe:
"Filomordaz Politerseide, não mais ouço
tuas descomunais bazófias, renitente
muar. Cede a palavra aos deuses, bem mais fortes. 290
A xênia com que retribuo o pé de boi
que arremessaste em Odisseu, eis, toma agora!"
Foi o que disse o guardião de bois corni-
curvos. Com macrolança, o herói feria, próximo,
o Damastóride, e o filho enterra a seta 295
no ventre de Leócrito Evenoride:
per(bronze)passa-o. Em decúbito ventral,
no chão, o rosto estronda. Atena, no alto, a égide
algoz-de-humanos ergue. Os ânimos regelam.
Temiam pela sala feito bois, que infrenes 300
tavões ensandecidos espicaçam, longos
dias primaveris adentro. Abutres, bicos
aduncos, curviúngulas, do monte abatem-se
sobre aves que se lançam na planura, em fuga
das nuvens, aterradas, e eles, impetuosos, 305
as dilaceram, e o afã e a fuga nada

ὣς ἄρα τοὶ μνηστῆρας ἐπεσσύμενοι κατὰ δῶμα
τύπτον ἐπιστροφάδην· τῶν δὲ στόνος ὤρνυτ' ἀεικὴς
κράτων τυπτομένων, δάπεδον δ' ἅπαν αἵματι θῦε.
λειώδης δ' Ὀδυσῆος ἐπεσσύμενος λάβε γούνων, 310
καί μιν λισσόμενος ἔπεα πτερόεντα προσηύδα·
"γουνοῦμαί σ', Ὀδυσεῦ· σὺ δέ μ' αἴδεο καί μ' ἐλέησον·
οὐ γάρ πώ τινά φημι γυναικῶν ἐν μεγάροισιν
εἰπεῖν οὐδέ τι ῥέξαι ἀτάσθαλον· ἀλλὰ καὶ ἄλλους
παύεσκον μνηστῆρας, ὅτις τοιαῦτά γε ῥέζοι. 315
ἀλλά μοι οὐ πείθοντο κακῶν ἄπο χεῖρας ἔχεσθαι·
τῷ καὶ ἀτασθαλίῃσιν ἀεικέα πότμον ἐπέσπον.
αὐτὰρ ἐγὼ μετὰ τοῖσι θυοσκόος οὐδὲν ἐοργὼς
κείσομαι, ὡς οὐκ ἔστι χάρις μετόπισθ' εὐεργέων."
τὸν δ' ἄρ' ὑπόδρα ἰδὼν προσέφη πολύμητις Ὀδυσσεύς· 320
"εἰ μὲν δὴ μετὰ τοῖσι θυοσκόος εὔχεαι εἶναι,
πολλάκι που μέλλεις ἀρήμεναι ἐν μεγάροισι
τηλοῦ ἐμοὶ νόστοιο τέλος γλυκεροῖο γενέσθαι,
σοὶ δ' ἄλοχόν τε φίλην σπέσθαι καὶ τέκνα τεκέσθαι·
τῷ οὐκ ἂν θάνατόν γε δυσηλεγέα προφύγοισθα." 325
ὣς ἄρα φωνήσας ξίφος εἵλετο χειρὶ παχείῃ
κείμενον, ὅ ῥ' Ἀγέλαος ἀποπροέηκε χαμᾶζε
κτεινόμενος· τῷ τόν γε κατ' αὐχένα μέσσον ἔλασσε.
φθεγγομένου δ' ἄρα τοῦ γε κάρη κονίῃσιν ἐμίχθη.
Τερπιάδης δ' ἔτ' ἀοιδὸς ἀλύσκανε κῆρα μέλαιναν, 330
Φήμιος, ὅς ῥ' ἤειδε μετὰ μνηστῆρσιν ἀνάγκῃ.
ἔστη δ' ἐν χείρεσσιν ἔχων φόρμιγγα λίγειαν
ἄγχι παρ' ὀρσοθύρην· δίχα δὲ φρεσὶ μερμήριζεν,
ἢ ἐκδὺς μεγάροιο Διὸς μεγάλου ποτὶ βωμὸν
ἑρκείου ἵζοιτο τετυγμένον, ἔνθ' ἄρα πολλὰ 335
Λαέρτης Ὀδυσεύς τε βοῶν ἐπὶ μηρί' ἔκηαν,
ἦ γούνων λίσσοιτο προσαΐξας Ὀδυσῆα.
ὧδε δέ οἱ φρονέοντι δοάσσατο κέρδιον εἶναι,
γούνων ἅψασθαι Λαερτιάδεω Ὀδυσῆος.
ἦ τοι ὁ φόρμιγγα γλαφυρὴν κατέθηκε χαμᾶζε 340
μεσσηγὺς κρητῆρος ἰδὲ θρόνου ἀργυροήλου,

valem, e os homens riem ao verem o espetáculo,
assim os quatro, se lançando contra os procos,
viravolteando, os ferem. Das cabeças tronchas
surdiam horríveis gritos. Fumo rubro exala 310
do chão. Liodes agarra o joelho de Odisseu
rapidamente e implora com palavras-asas:
"Suplico-te, Odisseu, não me desonres! Poupa-me!
Afirmo que jamais violentei ancila
no paço, mas dissuadi os outros procos 315
das investidas vis. Porém, ninguém me ouvia,
tampouco refreavam tantas mãos nefastas,
e, em paga da insolência, amargam triste sina.
E eu, um arúspice, incapaz de fazer mal,
morro com eles. Não é grato o bem fazer." 320
Mirando-o de soslaio, disse-lhe Odisseu
multimanhoso: "Vate, se de fato o foste,
deves ter augurado que jamais se desse
o meu retorno doce, aqui, frequentes vezes,
deves ter augurado que minha consorte 325
fosse mãe dos teus filhos. Tens a dor de Tânatos."
Assim falando, a mão compacta busca a espada
que Agelau derrubara, agônico, no chão.
Na altura do pescoço a lâmina o decepa,
e o crânio balbuciante rola pelo pó. 330
Fêmio Terpíade queria fugir da Quere
negra, mortífera, obrigado pelos procos
a cantar. Toma a lira sonorosa estático
sobre o postigo. Duplo pensamento ocupa
seu peito: sair da sala-mor e se assentar 335
no altar de Zeus do lar, onde o herói Laércio
queimara coxas táureas, muitas, ou rojar-se,
em súplicas, aos joelhos de Odisseu. A cítara
côncava então depôs no chão, entre a cratera
e o trono tauxiado em prata. Incontinente, 340
tocou os joelhos de Odisseu e com alígeras

αὐτὸς δ' αὖτ' Ὀδυσῆα προσαΐξας λάβε γούνων,
καί μιν λισσόμενος ἔπεα πτερόεντα προσηύδα·
"γουνοῦμαί σ', Ὀδυσεῦ· σὺ δέ μ' αἴδεο καί μ' ἐλέησον·
αὐτῷ τοι μετόπισθ' ἄχος ἔσσεται, εἴ κεν ἀοιδὸν   345
πέφνῃς, ὅς τε θεοῖσι καὶ ἀνθρώποισιν ἀείδω.
αὐτοδίδακτος δ' εἰμί, θεὸς δέ μοι ἐν φρεσὶν οἴμας
παντοίας ἐνέφυσεν· ἔοικα δέ τοι παραείδειν
ὥς τε θεῷ· τῷ με λιλαίεο δειροτομῆσαι.
καί κεν Τηλέμαχος τάδε γ' εἴποι, σὸς φίλος υἱός,   350
ὡς ἐγὼ οὔ τι ἑκὼν ἐς σὸν δόμον οὐδὲ χατίζων
πωλεύμην μνηστῆρσιν ἀεισόμενος μετὰ δαῖτας,
ἀλλὰ πολὺ πλέονες καὶ κρείσσονες ἦγον ἀνάγκῃ."
ὣς φάτο, τοῦ δ' ἤκουσ' ἱερὴ ἲς Τηλεμάχοιο,
αἶψα δ' ἑὸν πατέρα προσεφώνεεν ἐγγὺς ἐόντα·   355
"ἴσχεο μηδέ τι τοῦτον ἀναίτιον οὔταε χαλκῷ·
καὶ κήρυκα Μέδοντα σαώσομεν, ὅς τέ μευ αἰεὶ
οἴκῳ ἐν ἡμετέρῳ κηδέσκετο παιδὸς ἐόντος,
εἰ δὴ μή μιν ἔπεφνε Φιλοίτιος ἠὲ συβώτης,
ἠὲ σοὶ ἀντεβόλησεν ὀρινομένῳ κατὰ δῶμα."   360
ὣς φάτο, τοῦ δ' ἤκουσε Μέδων πεπνυμένα εἰδώς·
πεπτηὼς γὰρ ἔκειτο ὑπὸ θρόνον, ἀμφὶ δὲ δέρμα
ἕστο βοὸς νεόδαρτον, ἀλύσκων κῆρα μέλαιναν.
αἶψα δ' ἀπὸ θρόνου ὦρτο, θοῶς δ' ἀπέδυνε βοείην
Τηλέμαχον δ' ἄρ' ἔπειτα προσαΐξας λάβε γούνων,   365
καί μιν λισσόμενος ἔπεα πτερόεντα προσηύδα·
"ὦ φίλ', ἐγὼ μὲν ὅδ' εἰμί, σὺ δ' ἴσχεο εἰπὲ δὲ πατρὶ
μή με περισθενέων δηλήσεται ὀξέϊ χαλκῷ,
ἀνδρῶν μνηστήρων κεχολωμένος, οἵ οἱ ἔκειρον
κτήματ' ἐνὶ μεγάροις, σὲ δὲ νήπιοι οὐδὲν ἔτιον."   370
τὸν δ' ἐπιμειδήσας προσέφη πολύμητις Ὀδυσσεύς·
"θάρσει, ἐπεὶ δή σ' οὗτος ἐρύσσατο καὶ ἐσάωσεν,
ὄφρα γνῷς κατὰ θυμόν, ἀτὰρ εἴπῃσθα καὶ ἄλλῳ,
ὡς κακοεργίης εὐεργεσίη μέγ' ἀμείνων.
ἀλλ' ἐξελθόντες μεγάρων ἕζεσθε θύραζε   375
ἐκ φόνου εἰς αὐλήν, σύ τε καὶ πολύφημος ἀοιδός,

palavras lhe implorou: "Eu te suplico, herói,
piedade, não me desonores! Se matares
o poeta, cujo canto apraz aos numes e homens,
terás remorso. Autodidata sou, um deus   345
implanta em minha mente as sendas sem limite
da poesia. Creio-me cantando a um deus,
se o faço a ti. Não queiras me decapitar!
Telêmaco, dileto filho, poderá
confirmar que, forçado, poetei aos procos   350
em tua casa, após festins. Me constrangiam
a vir, em maior número, mais poderosos."
Telêmaco, vigor sagrado, ouviu sua fala
e, ao flanco de Odisseu, manifestou-se: "Para!
Evita que teu bronze fira um inocente,   355
idem Medonte, o arauto, que não descuidou
jamais de mim na infância no solar, se Eumeu
já não o tenha eliminado com Filécio,
caso contigo não se tenha deparado
no alcácer quando enraivecias." Escutava-o   360
o arauto, que inspirava sensatez, embaixo
da sédia, sob o couro cru de um boi: fugia
da Quere negra. Súbito, desencolheu-se
da pele, se arrojou aos joelhos de Telêmaco,
tangendo-os, súplice. Pronunciou alígeras   365
palavras: "Eis-me, caro, estou aqui! Convence
o extrapotente herói a não me assassinar
a fio de bronze, irado com cortejadores,
que lhe segavam víveres no paço e, estultos,
não te honoravam." Pleniperspicaz, o herói   370
responde-lhe, sorrindo: "Ânimo! Telêmaco,
teu protetor, já te salvou a fim de que a ânima
relembre e que aos demais informes: é melhor,
muitíssimo melhor, ao mal agir, agir
conforme o bem. Sentai no pátio com o aedo   375
plurifamoso, bem distantes da carnagem,

ὄφρ' ἂν ἐγὼ κατὰ δῶμα πονήσομαι ὅττεό με χρή."
ὣς φάτο, τὼ δ' ἔξω βήτην μεγάροιο κιόντε,
ἑζέσθην δ' ἄρα τώ γε Διὸς μεγάλου ποτὶ βωμόν,
πάντοσε παπταίνοντε, φόνον ποτιδεγμένω αἰεί. 380
πάπτηνεν δ' Ὀδυσεὺς καθ' ἑὸν δόμον, εἴ τις ἔτ' ἀνδρῶν
ζωὸς ὑποκλοπέοιτο, ἀλύσκων κῆρα μέλαιναν.
τοὺς δὲ ἴδεν μάλα πάντας ἐν αἵματι καὶ κονίῃσι
πεπτεῶτας πολλούς, ὥστ' ἰχθύας, οὕς θ' ἁλιῆες
κοῖλον ἐς αἰγιαλὸν πολιῆς ἔκτοσθε θαλάσσης 385
δικτύῳ ἐξέρυσαν πολυωπῷ· οἱ δέ τε πάντες
κύμαθ' ἁλὸς ποθέοντες ἐπὶ ψαμάθοισι κέχυνται·
τῶν μέν τ' Ἠέλιος φαέθων ἐξείλετο θυμόν·
ὣς τότ' ἄρα μνηστῆρες ἐπ' ἀλλήλοισι κέχυντο.
δὴ τότε Τηλέμαχον προσέφη πολύμητις Ὀδυσσεύς· 390
"Τηλέμαχ', εἰ δ' ἄγε μοι κάλεσον τροφὸν Εὐρύκλειαν,
ὄφρα ἔπος εἴπωμι τό μοι καταθύμιόν ἐστιν."
ὣς φάτο, Τηλέμαχος δὲ φίλῳ ἐπεπείθετο πατρί,
κινήσας δὲ θύρην προσέφη τροφὸν Εὐρύκλειαν·
"δεῦρο δὴ ὄρσο, γρηῢ παλαιγενές, ἥ τε γυναικῶν 395
δμῳάων σκοπός ἐσσι κατὰ μέγαρ' ἡμετεράων·
ἔρχεο· κικλήσκει σε πατὴρ ἐμός, ὄφρα τι εἴπῃ."
ὣς ἄρ' ἐφώνησεν, τῇ δ' ἄπτερος ἔπλετο μῦθος,
ὤϊξεν δὲ θύρας μεγάρων εὖ ναιεταόντων,
βῆ δ' ἴμεν· αὐτὰρ Τηλέμαχος πρόσθ' ἡγεμόνευεν. 400
εὗρεν ἔπειτ' Ὀδυσῆα μετὰ κταμένοισι νέκυσσιν,
αἵματι καὶ λύθρῳ πεπαλαγμένον ὥστε λέοντα,
ὅς ῥά τε βεβρωκὼς βοὸς ἔρχεται ἀγραύλοιο·
πᾶν δ' ἄρα οἱ στῆθός τε παρήϊά τ' ἀμφοτέρωθεν
αἱματόεντα πέλει, δεινὸς δ' εἰς ὦπα ἰδέσθαι· 405
ὣς Ὀδυσεὺς πεπάλακτο πόδας καὶ χεῖρας ὕπερθεν.
ἡ δ' ὡς οὖν νέκυάς τε καὶ ἄσπετον εἴσιδεν αἷμα,
ἴθυσέν ῥ' ὀλολύξαι, ἐπεὶ μέγα εἴσιδεν ἔργον·
ἀλλ' Ὀδυσεὺς κατέρυκε καὶ ἔσχεθεν ἱεμένην περ,
καί μιν φωνήσας ἔπεα πτερόεντα προσηύδα· 410
"ἐν θυμῷ, γρηῦ, χαῖρε καὶ ἴσχεο μηδ' ὀλόλυζε·

até que eu finalize em casa o que me cabe."
Assim falou e os dois saem do recinto às pressas,
sentando-se no altar de Zeus potente, olhando
a morte alhures sem se alhearem de seu malho. 380
Odisseu examina sala adentro se um
oculto sobrevive, em fuga do negror
da Quere morticida. A todos vê no sangue
pulverulento, tantos quantos peixes fisgam
no lido cavo do mar gris os pescadores 385
com rede de mil furos, empilhados sobre
a areia, ansiando todos ôndulas oceânicas,
e Hélio, solar, do alento os tolhe; assim, os procos,
uns sobre os outros, se amontoavam. A Telêmaco
o herói multissolerte então falou: "Vai logo, 390
filho, chamar a ama Euricleia, que eu
quero dizer-lhe algo que entesouro na ânima."
Telêmaco obedece ao caro pai e, a porta
movendo, volta-se para a nutriz: "Anciã
hipervetusta, deixa a cama! Sempre foste 395
guardiã de nossas servas no solar; apressa-te:
meu pai tem a intenção de conferir-te ordens."
A seus ouvidos suas palavras são alígeras:
abriu de chofre as portas dos salões replenos
e logo sai. O príncipe a precede. Foi 400
dar com o rei em meio aos mortos, enodoado
de sangue e de espurcícia qual fora um leão
que após dilacerar um boi no campo afasta-se
e todo peito e as duas faces enrubescem,
horrível de se ter à vista, assim, as máculas 405
tingiam as mãos e os pés do herói. Pôs-se a ulular,
quando avistou cadáveres e o sangue infindo,
pois que avistava algo descomunal. Impede-a
o rei, embora fosse o seu um rasgo de ímpeto,
impondo-lhe a audição de alígeras palavras: 410
"Jubila no íntimo, ama, nada de gritar,

οὐχ ὁσίη κταμένοισιν ἐπ' ἀνδράσιν εὐχετάασθαι.
τούσδε δὲ μοῖρ' ἐδάμασσε θεῶν καὶ σχέτλια ἔργα·
οὔ τινα γὰρ τίεσκον ἐπιχθονίων ἀνθρώπων,
οὐ κακὸν οὐδὲ μὲν ἐσθλόν, ὅτις σφέας εἰσαφίκοιτο· 415
τῷ καὶ ἀτασθαλίῃσιν ἀεικέα πότμον ἐπέσπον.
ἀλλ' ἄγε μοι σὺ γυναῖκας ἐνὶ μεγάροις κατάλεξον,
αἵ τέ μ' ἀτιμάζουσι καὶ αἳ νηλείτιδές εἰσιν."
τὸν δ' αὖτε προσέειπε φίλη τροφὸς Εὐρύκλεια·
"τοιγὰρ ἐγώ τοι, τέκνον, ἀληθείην καταλέξω. 420
πεντήκοντά τοί εἰσιν ἐνὶ μεγάροισι γυναῖκες
δμῳαί, τὰς μέν τ' ἔργα διδάξαμεν ἐργάζεσθαι,
εἴριά τε ξαίνειν καὶ δουλοσύνην ἀνέχεσθαι·
τάων δώδεκα πᾶσαι ἀναιδείης ἐπέβησαν,
οὔτ' ἐμὲ τίουσαι οὔτ' αὐτὴν Πηνελόπειαν. 425
Τηλέμαχος δὲ νέον μὲν ἀέξετο, οὐδέ ἑ μήτηρ
σημαίνειν εἴασκεν ἐπὶ δμῳῇσι γυναιξίν.
ἀλλ' ἄγ' ἐγὼν ἀναβᾶσ' ὑπερώϊα σιγαλόεντα
εἴπω σῇ ἀλόχῳ, τῇ τις θεὸς ὕπνον ἐπῶρσε."
τὴν δ' ἀπαμειβόμενος προσέφη πολύμητις Ὀδυσσεύς· 430
"μή πω τήνδ' ἐπέγειρε· σὺ δ' ἐνθάδε εἰπὲ γυναιξὶν
ἐλθέμεν, αἵ περ πρόσθεν ἀεικέα μηχανόωντο."
ὣς ἄρ' ἔφη, γρηῢς δὲ διὲκ μεγάροιο βεβήκει
ἀγγελέουσα γυναιξὶ καὶ ὀτρυνέουσα νέεσθαι.
αὐτὰρ ὁ Τηλέμαχον καὶ βουκόλον ἠδὲ συβώτην 435
εἰς ἓ καλεσσάμενος ἔπεα πτερόεντα προσηύδα·
"ἄρχετε νῦν νέκυας φορέειν καὶ ἄνωχθε γυναῖκας·
αὐτὰρ ἔπειτα θρόνους περικαλλέας ἠδὲ τραπέζας
ὕδατι καὶ σπόγγοισι πολυτρήτοισι καθαίρειν.
αὐτὰρ ἐπὴν δὴ πάντα δόμον κατακοσμήσησθε, 440
δμῳὰς ἐξαγαγόντες ἐϋσταθέος μεγάροιο,
μεσσηγύς τε θόλου καὶ ἀμύμονος ἕρκεος αὐλῆς,
θεινέμεναι ξίφεσιν τανυήκεσιν, εἰς ὅ κε πασέων
ψυχὰς ἐξαφέλησθε καὶ ἐκλελάθωντ' Ἀφροδίτης,
τὴν ἄρ' ὑπὸ μνηστῆρσιν ἔχον μίσγοντό τε λάθρῃ." 445
ὣς ἔφαθ', αἱ δὲ γυναῖκες ἀολλέες ἦλθον ἅπασαι,

pois é ímpio exultar sobre homens cadavéricos!
A moira os dobra, diva, e ações ensandecidas:
não houve um homem sobre a terra que honorassem,
egrégio ou despossuído, que viesse ter 415
com eles. A soberba os sequestrou da boa
sina. Refere agora quem é quem das fâmulas
no paço. Quem me respeitou? Quem foi contrária?"
E a dileta Euricleia assim se manifesta:
"O que eu disser, meu filho, ouve, que é verdade. 420
Cinquenta ancilas servem o solar ao todo,
instruídas a lavrar os seus lavores, lãs
cardar e resignar-se à servitude. Doze
delas, ao todo, se entregaram a baixezas,
desrespeitando a mim, sem respeitar Penélope: 425
Telêmaco recém-juvenesceu e a mãe
não permitia que mandasse em servas. Deixa
que às câmaras esplêndidas de cima apresse-me
a revelá-lo à esposa, a quem um deus dormenta."
E o pluricalculista herói então profere: 430
"Não a despertes já, mas faze vir aqui
primeiro as fâmulas adeptas de torpezas."
Assim falou e a anciã saiu da sala, núncia
das servas, cuja entrada ordenaria à sala.
E o herói convoca a trinca aliada e lhes dirige 435
palavras-asas: "Começai a retirar
os mortos e às mulheres ordenai que limpem
as távolas e os tronos pluribelos, água
usando e poliperfurada esponja. O cosmos
da ordem restabelecido em casa, as fâmulas 440
conduzi entre o tolo e o pátio magistral
e as lacerai a fio de espada até que evole
o alento da ânima, olvidadas de Afrodite
que aos pretendentes entregavam na surdina
de seus conúbios." Fala assim e as servas chegam 445
em bloco, impando convulsivamente todas,

αἴν' ὀλοφυρόμεναι, θαλερὸν κατὰ δάκρυ χέουσαι.
πρῶτα μὲν οὖν νέκυας φόρεον κατατεθνηῶτας,
κὰδ δ' ἄρ' ὑπ' αἰθούσῃ τίθεσαν εὐερκέος αὐλῆς,
ἀλλήλοισιν ἐρείδουσαι· σήμαινε δ' Ὀδυσσεὺς 450
αὐτὸς ἐπισπέρχων· ταὶ δ' ἐκφόρεον καὶ ἀνάγκῃ.
αὐτὰρ ἔπειτα θρόνους περικαλλέας ἠδὲ τραπέζας
ὕδατι καὶ σπόγγοισι πολυτρήτοισι κάθαιρον.
αὐτὰρ Τηλέμαχος καὶ βουκόλος ἠδὲ συβώτης
λίστροισιν δάπεδον πύκα ποιητοῖο δόμοιο 455
ξῦον· ταὶ δ' ἐφόρεον δμῳαί, τίθεσαν δὲ θύραζε.
αὐτὰρ ἐπειδὴ πᾶν μέγαρον διεκοσμήσαντο,
δμῳὰς δ' ἐξαγαγόντες ἐϋσταθέος μεγάροιο,
μεσσηγύς τε θόλου καὶ ἀμύμονος ἕρκεος αὐλῆς,
εἴλεον ἐν στείνει, ὅθεν οὔ πως ἦεν ἀλύξαι. 460
τοῖσι δὲ Τηλέμαχος πεπνυμένος ἦρχ' ἀγορεύειν·
"μὴ μὲν δὴ καθαρῷ θανάτῳ ἀπὸ θυμὸν ἑλοίμην
τάων, αἳ δὴ ἐμῇ κεφαλῇ κατ' ὀνείδεα χεῦαν
μητέρι θ' ἡμετέρῃ παρά τε μνηστῆρσιν ἴαυον."
ὣς ἄρ' ἔφη, καὶ πεῖσμα νεὸς κυανοπρῴροιο 465
κίονος ἐξάψας μεγάλης περίβαλλε θόλοιο,
ὑψόσ' ἐπεντανύσας, μή τις ποσὶν οὖδας ἵκοιτο.
ὡς δ' ὅτ' ἂν ἢ κίχλαι τανυσίπτεροι ἠὲ πέλειαι
ἕρκει ἐνιπλήξωσι, τό θ' ἕστήκῃ ἐνὶ θάμνῳ,
αὖλιν ἐσιέμεναι, στυγερὸς δ' ὑπεδέξατο κοῖτος, 470
ὣς αἵ γ' ἑξείης κεφαλὰς ἔχον, ἀμφὶ δὲ πάσαις
δειρῇσι βρόχοι ἦσαν, ὅπως οἴκτιστα θάνοιεν.
ἤσπαιρον δὲ πόδεσσι μινυνθά περ οὔ τι μάλα δήν.
ἐκ δὲ Μελάνθιον ἦγον ἀνὰ πρόθυρόν τε καὶ αὐλήν·
τοῦ δ' ἀπὸ μὲν ῥῖνάς τε καὶ οὔατα νηλέϊ χαλκῷ 475
τάμνον, μήδεά τ' ἐξέρυσαν, κυσὶν ὠμὰ δάσασθαι,
χεῖράς τ' ἠδὲ πόδας κόπτον κεκοτηότι θυμῷ.
οἱ μὲν ἔπειτ' ἀπονιψάμενοι χεῖράς τε πόδας τε
εἰς Ὀδυσῆα δόμονδε κίον, τετέλεστο δὲ ἔργον·
αὐτὰρ ὅ γε προσέειπε φίλην τροφὸν Εὐρύκλειαν· 480
"οἶσε θέειον, γρηΰ, κακῶν ἄκος, οἶσε δέ μοι πῦρ,

vertendo copioso pranto. Recolheram
inicialmente os mortos, alojando-os sob
os pórticos do pátio bem-murado, uns
em cima de outros. Pressuroso, o rei itácio 450
indica aonde, extra-lar, os levariam.
Limpam com água e esponjas de mil furos távolas
e tronos plurilindos. O boieiro, Eumeu,
Telêmaco raspavam com ancinho o chão
da casa sólida e as servas punham porta 455
afora a escória. Quando o cosmos da ordem re-
compõem em toda sala da morada bem-
-construída, conduziram-nas entre a rotunda
e o rematado espaço do adro, num estreito
viés, espaço sem escape. Então Telêmaco 460
inspira sensatez e, aos outros dois, arenga:
"Longe de mim querer lhes propiciar a morte
límpida, a quem verteu em minha testa o opróbrio
e sobre minha mãe ao fornicar com procos."
Falou. Circunlançou a corda do navio 465
de proa azul-cianuro na coluna-mor,
acima retesando-a para não tocarem
os pés no solo. Tordos longuialados, pombas
na rede sobre os ramos se emaranham, quase
de volta ao ninho, e o pouso estígio os colhe, tais 470
e quais enfileiravam as cabeças, laços
nas goelas, vítimas da morte mais horrível.
Os pés palpitam um minuto, assaz pouquíssimo.
Levam Melântio para o exterior, vestíbulo
acima, pátio acima: a bronze afiado talham 475
nariz, orelhas, genitália para os cães
comerem crus. Furiosos, cortam pés e mãos.
Lavam depois os pés e as mãos, tornando ao paço
de Odisseu, finda a faina. O herói comanda à ama
caríssima, Euricleia: "Vai buscar enxofre, 480
anciã, remédio contra os males, traze fogo,

ὄφρα θεειώσω μέγαρον· σὺ δὲ Πηνελόπειαν
ἐλθεῖν ἐνθάδ' ἄνωχθι σὺν ἀμφιπόλοισι γυναιξί·
πάσας δ' ὄτρυνον δμῳὰς κατὰ δῶμα νέεσθαι."
τὸν δ' αὖτε προσέειπε φίλη τροφὸς Εὐρύκλεια· 485
"ναὶ δὴ ταῦτά γε, τέκνον ἐμόν, κατὰ μοῖραν ἔειπες.
ἀλλ' ἄγε τοι χλαῖνάν τε χιτῶνά τε εἵματ' ἐνείκω,
μηδ' οὕτω ῥάκεσιν πεπυκασμένος εὐρέας ὤμους
ἔσταθ' ἐνὶ μεγάροισι· νεμεσσητὸν δέ κεν εἴη."
τὴν δ' ἀπαμειβόμενος προσέφη πολύμητις Ὀδυσσεύς· 490
"πῦρ νῦν μοι πρώτιστον ἐνὶ μεγάροισι γενέσθω."
ὣς ἔφατ', οὐδ' ἀπίθησε φίλη τροφὸς Εὐρύκλεια,
ἤνεικεν δ' ἄρα πῦρ καὶ θήϊον· αὐτὰρ Ὀδυσσεὺς
εὖ διεθείωσεν μέγαρον καὶ δῶμα καὶ αὐλήν.
γρηῢς δ' αὖτ' ἀπέβη διὰ δώματα κάλ' Ὀδυσῆος 495
ἀγγελέουσα γυναιξὶ καὶ ὀτρυνέουσα νέεσθαι·
αἱ δ' ἴσαν ἐκ μεγάροιο δάος μετὰ χερσὶν ἔχουσαι.
αἱ μὲν ἄρ' ἀμφεχέοντο καὶ ἠσπάζοντ' Ὀδυσῆα,
καὶ κύνεον ἀγαπαξόμεναι κεφαλήν τε καὶ ὤμους
χεῖράς τ' αἰνύμεναι· τὸν δὲ γλυκὺς ἵμερος ᾕρει 500
κλαυθμοῦ καὶ στοναχῆς, γίγνωσκε δ' ἄρα φρεσὶ πάσας.

pois quero sulfurar a sala. Com as fâmulas,
diz a Penélope que venha. As servas todas
que servem o solar, requeiro-as aqui."
Respondeu-lhe a nutriz benquista: "Tua fala 485
não foge à moira, filho. Tua indumentária
trarei, o manto e a túnica: seria blasfêmia,
a própria *nêmesis*, cobrir os largos ombros
com tais andrajos pelo paço." E o astuto herói
disse em resposta: "Traze o fogo para mim 490
primeiro nesta sala." Assim falou e a anciã
tratou de transportar enxofre e fogo. A sala,
o pátio, a moradia, Odisseu sulfura
com todo apuro. A velha, por sua vez, entrou
na bela residência de Odisseu, levando 495
a notícia às demais, ali fazendo-as ir.
Portando archotes, saem da grande sala. Formam
um círculo ao redor do herói, o abraçam, beijam-no
radiantes nas espáduas, na cabeça, em ambas
as mãos que estreitam. O desejo as colhe, doce, 500
de soluçar. A todas reconhece na ânima.

ψ

Γρηῢς δ' εἰς ὑπερῷ' ἀνεβήσετο καγχαλόωσα,
δεσποίνῃ ἐρέουσα φίλον πόσιν ἔνδον ἐόντα·
γούνατα δ' ἐρρώσαντο, πόδες δ' ὑπερικταίνοντο.
στῆ δ' ἄρ' ὑπὲρ κεφαλῆς καί μιν πρὸς μῦθον ἔειπεν·
"ἔγρεο, Πηνελόπεια, φίλον τέκος, ὄφρα ἴδηαι   5
ὀφθαλμοῖσι τεοῖσι τά τ' ἔλδεαι ἤματα πάντα.
ἦλθ' Ὀδυσεὺς καὶ οἶκον ἱκάνεται, ὀψέ περ ἐλθών.
μνηστῆρας δ' ἔκτεινεν ἀγήνορας, οἵ θ' ἑὸν οἶκον
κήδεσκον καὶ κτήματ' ἔδον βιόωντό τε παῖδα."
τὴν δ' αὖτε προσέειπε περίφρων Πηνελόπεια·   10
"μαῖα φίλη, μάργην σε θεοὶ θέσαν, οἵ τε δύνανται
ἄφρονα ποιῆσαι καὶ ἐπίφρονά περ μάλ' ἐόντα,
καί τε χαλιφρονέοντα σαοφροσύνης ἐπέβησαν·
οἵ σέ περ ἔβλαψαν· πρὶν δὲ φρένας αἰσίμη ἦσθα.
τίπτε με λωβεύεις πολυπενθέα θυμὸν ἔχουσαν   15
ταῦτα παρὲξ ἐρέουσα καὶ ἐξ ὕπνου μ' ἀνεγείρεις
ἡδέος, ὅς μ' ἐπέδησε φίλα βλέφαρ' ἀμφικαλύψας;
οὐ γάρ πω τοιόνδε κατέδραθον, ἐξ οὗ Ὀδυσσεὺς
ᾤχετ' ἐποψόμενος Κακοΐλιον οὐκ ὀνομαστήν.
ἀλλ' ἄγε νῦν κατάβηθι καὶ ἂψ ἔρχευ μεγαρόνδε.   20
εἰ γάρ τίς μ' ἄλλη γε γυναικῶν, αἵ μοι ἔασι,
ταῦτ' ἐλθοῦσ' ἤγγειλε καὶ ἐξ ὕπνου ἀνέγειρεν,
τῷ κε τάχα στυγερῶς μιν ἐγὼν ἀπέπεμψα νέεσθαι
αὖτις ἔσω μέγαρον· σὲ δὲ τοῦτό γε γῆρας ὀνήσει."
τὴν δ' αὖτε προσέειπε φίλη τροφὸς Εὐρύκλεια·   25
"οὔ τί σε λωβεύω, τέκνον φίλον, ἀλλ' ἔτυμόν τοι

Canto XXIII

A velha exulta na subida aos quartos súperos,
para comunicar o torna-lar do esposo
à dama. Rótulas se apressam, pés pressuram.
Cabeça acima, estática, lhe disse: "Acorda,
querida filha, e mira com teus próprios olhos   5
o que teu sonho acalentava em pleno dia.
O rei, tardio embora, torna ao lar. Matou
os procos que se aboletavam no solar,
devorando-lhe os bens, oprimindo teu filho."
E respondeu-lhe a dama plenirreflexiva: 10
"Os numes te ensandecem, cara: têm poder
de incutir desatino em quem sobeja tino
e de ampliar o senso em quem tem mente estreita.
Te lesam, pois tolheram de tua sina o siso.
Por que me escarnecer, se plurissofro no íntimo,   15
dizendo o além-provável, do torpor dulcíssimo
de Hipnos me despertando, circunvéu das pálpebras?
Não dormitava assim desde que meu marido
partira a fim de ver Destroia, indizível.
Desce e retorna agora para a sala-mor.   20
Fora outra serviçal a vir me despertar
com a mensagem que trouxeste, num piscar
de olhos, retornaria amargurada à grande
sala. A idade provecta te beneficiou."
A anciã benquista então lhe respondeu: "Não faço   25
troça, estimada filha, Odisseu voltou

ἦλθ' Ὀδυσεὺς καὶ οἶκον ἱκάνεται, ὡς ἀγορεύω,
ὁ ξεῖνος, τὸν πάντες ἀτίμων ἐν μεγάροισι.
Τηλέμαχος δ' ἄρα μιν πάλαι ᾔδεεν ἔνδον ἐόντα,
ἀλλὰ σαοφροσύνῃσι νοήματα πατρὸς ἔκευθεν,   30
ὄφρ' ἀνδρῶν τίσαιτο βίην ὑπερηνορεόντων."
ὣς ἔφαθ', ἡ δ' ἐχάρη καὶ ἀπὸ λέκτροιο θοροῦσα
γρηῒ περιπλέχθη, βλεφάρων δ' ἀπὸ δάκρυον ἧκεν·
καί μιν φωνήσασ' ἔπεα πτερόεντα προσηύδα·
"εἰ δ' ἄγε δή μοι, μαῖα φίλη, νημερτὲς ἐνίσπες,   35
εἰ ἐτεὸν δὴ οἶκον ἱκάνεται, ὡς ἀγορεύεις,
ὅππως δὴ μνηστῆρσιν ἀναιδέσι χεῖρας ἐφῆκε
μοῦνος ἐών, οἱ δ' αἰὲν ἀολλέες ἔνδον ἔμιμνον."
τὴν δ' αὖτε προσέειπε φίλη τροφὸς Εὐρύκλεια·
"οὐκ ἴδον, οὐ πυθόμην, ἀλλὰ στόνον οἷον ἄκουσα   40
κτεινομένων· ἡμεῖς δὲ μυχῷ θαλάμων εὐπήκτων
ἥμεθ' ἀτυζόμεναι, σανίδες δ' ἔχον εὖ ἀραρυῖαι,
πρίν γ' ὅτε δή με σὸς υἱὸς ἀπὸ μεγάροιο κάλεσσε
Τηλέμαχος· τὸν γάρ ῥα πατὴρ προέηκε καλέσσαι.
εὗρον ἔπειτ' Ὀδυσῆα μετὰ κταμένοισι νέκυσσιν   45
ἑσταόθ'· οἱ δέ μιν ἀμφί, κραταίπεδον οὖδας ἔχοντες,
κεῖατ' ἐπ' ἀλλήλοισιν· ἰδοῦσά κε θυμὸν ἰάνθης.
αἵματι καὶ λύθρῳ πεπαλαγμένον ὥς τε λέοντα.
νῦν δ' οἱ μὲν δὴ πάντες ἐπ' αὐλείῃσι θύρῃσιν
ἀθρόοι, αὐτὰρ ὁ δῶμα θεειοῦται περικαλλές,   50
πῦρ μέγα κηάμενος· σὲ δέ με προέηκε καλέσσαι.
ἀλλ' ἕπευ, ὄφρα σφῶϊν ἐϋφροσύνης ἐπιβῆτον
ἀμφοτέρω φίλον ἦτορ, ἐπεὶ κακὰ πολλὰ πέποσθε.
νῦν δ' ἤδη τόδε μακρὸν ἐέλδωρ ἐκτετέλεσται·
ἦλθε μὲν αὐτὸς ζωὸς ἐφέστιος, εὗρε δὲ καὶ σὲ   55
καὶ παῖδ' ἐν μεγάροισι· κακῶς δ' οἵ πέρ μιν ἔρεζον
μνηστῆρες, τοὺς πάντας ἐτίσατο ᾧ ἐνὶ οἴκῳ."
τὴν δ' αὖτε προσέειπε περίφρων Πηνελόπεια·
"μαῖα φίλη, μή πω μέγ' ἐπεύχεο καγχαλόωσα.
οἶσθα γὰρ ὡς κ' ἀσπαστὸς ἐνὶ μεγάροισι φανείη   60
πᾶσι, μάλιστα δ' ἐμοί τε καὶ υἱέϊ, τὸν τεκόμεσθα·

ao lar tal qual arengo; eis a verdade toda:
é o estrangeiro a quem os moços desonravam.
Teu filho conhecia sua identidade,
mas, lúcido, ocultou o plano, até seu pai   30
punir a sanha dos soberbos." Disse assim
e ela, deixando o leito às pressas, rejubila.
Abraça a velha de olhos marejados, mal
contém alígeras palavras: "Aia amada,
narra com precisão: se retornou, de fato,   35
para o solar, conforme o dizes, como, só,
pôde enfrentar os pretendentes sem caráter,
que andavam sempre em bando?" E Euricleia, ama
benquista, então lhe disse: "Nada vi e nada
sei, auscultei tão só lamentos de quem já   40
deixava a vida. Nos recessos hipersólidos
do tálamo, atrás de portas bem cerradas,
estávamos em pânico, quando teu filho
nos convocou, conforme o pai determinou.
Fomos dar com o herói rodeado por cadáveres   45
jazentes, amontoados sobre o chão compacto —
terias gostado de avistá-lo salpicado
de sangue e pó como um leão. À porta do adro,
agora, formam uma pilha. O fogo alteando,
fumigou a morada pluribela, aqui   50
mandando te buscar. Depressa! Vem comigo!
Depois de muito padecer, confluam as ânimas
pela vereda do contentamento! Cumpre-se,
epilogal, o anseio delongado: vivo,
o acolhe o fogo da lareira, a deusa Lar,   55
descobre o filho e quem foi vil na ação, os procos,
punidos todos nos recintos do solar."
Penélope, sapiente, ponderou então:
"Ama querida, não exultes em excesso.
Sabes quão prazerosa a reaparição   60
do herói seria a todos, sobremodo a mim

ἀλλ' οὐκ ἔσθ' ὅδε μῦθος ἐτήτυμος, ὡς ἀγορεύεις,
ἀλλά τις ἀθανάτων κτεῖνε μνηστῆρας ἀγαυούς,
ὕβριν ἀγασσάμενος θυμαλγέα καὶ κακὰ ἔργα.
οὔ τινα γὰρ τίεσκον ἐπιχθονίων ἀνθρώπων,   65
οὐ κακὸν οὐδὲ μὲν ἐσθλόν, ὅτις σφέας εἰσαφίκοιτο·
τῷ δι' ἀτασθαλίας ἔπαθον κακόν· αὐτὰρ Ὀδυσσεὺς
ὤλεσε τηλοῦ νόστον Ἀχαιΐδος, ὤλετο δ' αὐτός."
τὴν δ' ἠμείβετ' ἔπειτα φίλη τροφὸς Εὐρύκλεια·
"τέκνον ἐμόν, ποῖόν σε ἔπος φύγεν ἕρκος ὀδόντων,   70
ἣ πόσιν ἔνδον ἐόντα παρ' ἐσχάρῃ οὔ ποτ' ἔφησθα
οἴκαδ' ἐλεύσεσθαι· θυμὸς δέ τοι αἰὲν ἄπιστος.
ἀλλ' ἄγε τοι καὶ σῆμα ἀριφραδὲς ἄλλο τι εἴπω,
οὐλήν, τήν ποτέ μιν σῦς ἤλασε λευκῷ ὀδόντι.
τὴν ἀπονίζουσα φρασάμην, ἔθελον δὲ σοὶ αὐτῇ   75
εἰπέμεν· ἀλλά με κεῖνος ἑλὼν ἐπὶ μάστακα χερσὶν
οὐκ ἔα εἰπέμεναι πολυϊδρείῃσι νόοιο.
ἀλλ' ἕπευ· αὐτὰρ ἐγὼν ἐμέθεν περιδώσομαι αὐτῆς,
αἴ κέν σ' ἐξαπάφω, κτεῖναί μ' οἰκτίστῳ ὀλέθρῳ."
τὴν δ' ἠμείβετ' ἔπειτα περίφρων Πηνελόπεια·   80
"μαῖα φίλη, χαλεπόν σε θεῶν αἰειγενετάων
δήνεα εἴρυσθαι, μάλα περ πολύϊδριν ἐοῦσαν.
ἀλλ' ἔμπης ἴομεν μετὰ παῖδ' ἐμόν, ὄφρα ἴδωμαι
ἄνδρας μνηστῆρας τεθνηότας, ἠδ' ὃς ἔπεφνεν."
ὣς φαμένη κατέβαιν' ὑπερώϊα· πολλὰ δέ οἱ κῆρ   85
ὥρμαιν', ἢ ἀπάνευθε φίλον πόσιν ἐξερεείνοι,
ἦ παρστᾶσα κύσειε κάρη καὶ χεῖρε λαβοῦσα.
ἡ δ' ἐπεὶ εἰσῆλθεν καὶ ὑπέρβη λάϊνον οὐδόν,
ἕζετ' ἔπειτ' Ὀδυσῆος ἐναντίη, ἐν πυρὸς αὐγῇ,
τοίχου τοῦ ἑτέρου· ὁ δ' ἄρα πρὸς κίονα μακρὴν   90
ἧστο κάτω ὁρόων, ποτιδέγμενος εἴ τί μιν εἴποι
ἰφθίμη παράκοιτις, ἐπεὶ ἴδεν ὀφθαλμοῖσιν.
ἡ δ' ἄνεω δὴν ἧστο, τάφος δέ οἱ ἦτορ ἵκανεν·
ὄψει δ' ἄλλοτε μέν μιν ἐνωπαδίως ἐσίδεσκεν,
ἄλλοτε δ' ἀγνώσασκε κακὰ χροῒ εἵματ' ἔχοντα.   95
Τηλέμαχος δ' ἐνένιπεν ἔπος τ' ἔφατ' ἔκ τ' ὀνόμαξε·

e ao filho que geramos, mas não é veraz
tua arenga. Os nobres pretendentes foram mortos
por um dos numes, agastado com a húbris
âmago-atroz. Enobrecido ou despossuído, 65
nenhum terráqueo respeitavam. Por soberba,
sofreram o revés. O herói sucumbe algures,
sucumbe em seu retorno que o traria a mim."
E a nutriz rechaçou: "Mas que palavras, filha,
fogem do encerro de teus dentes? Só repisas 70
em que não torna mais quem já está em casa,
rente à escara, o fogo-lar. Teu coração
peca por incredulidade. Um signo claro
verás: a cicatriz do javali de alvíssimos
colmilhos, que notei quando o lavei. As mãos, 75
em minha boca, de homem pluricalculista,
não me deixaram revelá-lo. Vem comigo,
que eu mesma me ofereço a ti: caso te engane,
escolhe o modo mais cruel e me aniquila!"
Penélope sensata rebateu: "Querida, 80
embora sejas multiperspicaz, terás
dificuldade em perscrutar as intenções
dos sempiternos. Mas desejo ver meu filho,
os pretendentes mortos e o algoz." Falando
assim, desceu do quarto acima, coração 85
dubitativo: interrogar, distante, o esposo,
ou, a seu lado, lhe beijar a testa e as mãos?
Entrou, transpôs a laje do limiar, sentou-se
na frente de Odisseu, ao rútilo do fogo,
no muro oposto. Olhando abaixo, o herói sentava-se 90
junto à coluna enorme, à espera de escutar
uma palavra da consorte, assim que o visse.
Sentada, silenciava delongadamente;
retreme o coração, o olhar fixou no rosto,
mas pelas vestes míseras não o conhece. 95
Telêmaco a increpou com termos duros: "Mãe

"μῆτερ ἐμή, δύσμητερ, ἀπηνέα θυμὸν ἔχουσα,
τίφθ' οὕτω πατρὸς νοσφίζεαι, οὐδὲ παρ' αὐτὸν
ἑζομένη μύθοισιν ἀνείρεαι οὐδὲ μεταλλᾷς;
οὐ μέν κ' ἄλλη γ' ὧδε γυνὴ τετληότι θυμῷ   100
ἀνδρὸς ἀφεσταίη, ὅς οἱ κακὰ πολλὰ μογήσας
ἔλθοι ἐεικοστῷ ἔτεϊ ἐς πατρίδα γαῖαν·
σοὶ δ' αἰεὶ κραδίη στερεωτέρη ἐστὶ λίθοιο."
τὸν δ' αὖτε προσέειπε περίφρων Πηνελόπεια·
"τέκνον ἐμόν, θυμός μοι ἐνὶ στήθεσσι τέθηπεν,   105
οὐδέ τι προσφάσθαι δύναμαι ἔπος οὐδ' ἐρέεσθαι
οὐδ' εἰς ὦπα ἰδέσθαι ἐναντίον. εἰ δ' ἐτεὸν δὴ
ἔστ' Ὀδυσεὺς καὶ οἶκον ἱκάνεται, ἦ μάλα νῶϊ
γνωσόμεθ' ἀλλήλων καὶ λώϊον· ἔστι γὰρ ἡμῖν
σήμαθ', ἃ δὴ καὶ νῶϊ κεκρυμμένα ἴδμεν ἀπ' ἄλλων."   110
ὣς φάτο, μείδησεν δὲ πολύτλας δῖος Ὀδυσσεύς,
αἶψα δὲ Τηλέμαχον ἔπεα πτερόεντα προσηύδα·
"Τηλέμαχ', ἤ τοι μητέρ' ἐνὶ μεγάροισιν ἔασον
πειράζειν ἐμέθεν· τάχα δὲ φράσεται καὶ ἄρειον.
νῦν δ' ὅττι ῥυπόω, κακὰ δὲ χροῒ εἵματα εἷμαι,   115
τοὔνεκ' ἀτιμάζει με καὶ οὔ πω φησὶ τὸν εἶναι.
ἡμεῖς δὲ φραζώμεθ' ὅπως ὄχ' ἄριστα γένηται.
καὶ γάρ τίς θ' ἕνα φῶτα κατακτείνας ἐνὶ δήμῳ,
ᾧ μὴ πολλοὶ ἔωσιν ἀοσσητῆρες ὀπίσσω,
φεύγει πηούς τε προλιπὼν καὶ πατρίδα γαῖαν·   120
ἡμεῖς δ' ἕρμα πόληος ἀπέκταμεν, οἳ μέγ' ἄριστοι
κούρων εἰν Ἰθάκῃ· τὰ δέ σε φράζεσθαι ἄνωγα."
τὸν δ' αὖ Τηλέμαχος πεπνυμένος ἀντίον ηὔδα·
"αὐτὸς ταῦτά γε λεῦσσε, πάτερ φίλε· σὴν γὰρ ἀρίστην
μῆτιν ἐπ' ἀνθρώπους φάσ' ἔμμεναι, οὐδέ κέ τίς τοι   125
ἄλλος ἀνὴρ ἐρίσειε καταθνητῶν ἀνθρώπων.
ἡμεῖς δ' ἐμμεμαῶτες ἅμ' ἑψόμεθ', οὐδέ τί φημι
ἀλκῆς δευήσεσθαι, ὅση δύναμίς γε πάρεστι."
τὸν δ' ἀπαμειβόμενος προσέφη πολύμητις Ὀδυσσεύς·
"τοιγὰρ ἐγὼν ἐρέω ὥς μοι δοκεῖ εἶναι ἄριστα.   130
πρῶτα μὲν ἂρ λούσασθε καὶ ἀμφιέσασθε χιτῶνας,

madrasta, tens o que no coração cerrado?
Por que não te aproximas de meu pai, não sentas
ao lado dele, não perguntas algo? Que outra
mulher renegaria assim os sentimentos, 100
distante do consorte que sofreu inúmeras
dores, ao fim de duas décadas de ausência?
Mas tens a têmpera mais dura que uma pedra!"
Penélope prudente pronunciou-se: "Filho,
meu coração no peito aturde, a voz não sai 105
para afirmar ou indagar. Mirar seu rosto
não me é possível. Se de fato é Odisseu,
tornado enfim a seu palácio, em breve nós
nos reconheceremos mutuamente, graças
aos signos exclusivos que ao olhar alheio 110
jamais se ofereceram." Odisseu multi-
paciente ri e ao filho diz palavras-asas:
"Deixa que tua mãe em casa me submeta
a provas. Logo me verá melhor, quem sou.
Como me vê agora imundo nestes trapos, 115
sem me prezar, afirma que eu não sou quem sou.
Urge pensar na ação de que resulte o bem,
pois, num país, quem mata um homem tão somente,
que muitos não possui atrás de si que o vinguem,
foge deixando os seus e o solo de ancestrais; 120
nós dizimamos o alicerce da cidade,
moços itácios nobres. Peço que reflitas."
E o filho respondeu sensatamente: "Pai,
examina a questão! Tua agudeza, dizem
que é inigualável entre os homens. Um sequer 125
seria a ti equiparável. Seguiremos
tuas passadas animados, e a bravura
terás a oportunidade de aferir."
E Odisseu astucioso assim falou: "Eu julgo
que o melhor é, depois do banho, que envergueis 130
túnicas e que às servas do solar mandeis

δμῳὰς δ' ἐν μεγάροισιν ἀνώγετε εἵμαθ' ἑλέσθαι·
αὐτὰρ θεῖος ἀοιδὸς ἔχων φόρμιγγα λίγειαν
ἡμῖν ἡγείσθω φιλοπαίγμονος ὀρχηθμοῖο,
ὥς κέν τις φαίη γάμον ἔμμεναι ἐκτὸς ἀκούων, 135
ἢ ἀν' ὁδὸν στείχων, ἢ οἳ περιναιετάουσι·
μὴ πρόσθε κλέος εὐρὺ φόνου κατὰ ἄστυ γένηται
ἀνδρῶν μνηστήρων, πρίν γ' ἡμέας ἐλθέμεν ἔξω
ἀγρὸν ἐς ἡμέτερον πολυδένδρεον· ἔνθα δ' ἔπειτα
φρασσόμεθ' ὅττι κε κέρδος Ὀλύμπιος ἐγγυαλίξῃ." 140
ὣς ἔφαθ', οἱ δ' ἄρα τοῦ μάλα μὲν κλύον ἠδ' ἐπίθοντο
πρῶτα μὲν οὖν λούσαντο καὶ ἀμφιέσαντο χιτῶνας,
ὅπλισθεν δὲ γυναῖκες· ὁ δ' εἵλετο θεῖος ἀοιδὸς
φόρμιγγα γλαφυρήν, ἐν δέ σφισιν ἵμερον ὦρσε
μολπῆς τε γλυκερῆς καὶ ἀμύμονος ὀρχηθμοῖο. 145
τοῖσιν δὲ μέγα δῶμα περιστεναχίζετο ποσσὶν
ἀνδρῶν παιζόντων καλλιζώνων τε γυναικῶν.
ὧδε δέ τις εἴπεσκε δόμων ἔκτοσθεν ἀκούων·
"ἦ μάλα δή τις ἔγημε πολυμνήστην βασίλειαν·
σχετλίη, οὐδ' ἔτλη πόσιος οὗ κουριδίοιο 150
εἴρυσθαι μέγα δῶμα διαμπερές, ἧος ἵκοιτο."
ὣς ἄρα τις εἴπεσκε, τὰ δ' οὐκ ἴσαν ὡς ἐτέτυκτο.
αὐτὰρ Ὀδυσσῆα μεγαλήτορα ᾧ ἐνὶ οἴκῳ
Εὐρυνόμη ταμίη λοῦσεν καὶ χρῖσεν ἐλαίῳ,
ἀμφὶ δέ μιν φᾶρος καλὸν βάλεν ἠδὲ χιτῶνα· 155
αὐτὰρ κὰκ κεφαλῆς κάλλος πολὺ χεῦεν Ἀθήνη
μείζονά τ' εἰσιδέειν καὶ πάσσονα· κὰδ δὲ κάρητος
οὔλας ἧκε κόμας, ὑακινθίνῳ ἄνθει ὁμοίας.
ὡς δ' ὅτε τις χρυσὸν περιχεύεται ἀργύρῳ ἀνὴρ
ἴδρις, ὃν Ἥφαιστος δέδαεν καὶ Παλλὰς Ἀθήνη 160
τέχνην παντοίην, χαρίεντα δὲ ἔργα τελείει·
ὣς μὲν τῷ περίχευε χάριν κεφαλῇ τε καὶ ὤμοις.
ἐκ δ' ἀσαμίνθου βῆ δέμας ἀθανάτοισιν ὁμοῖος·
ἂψ δ' αὖτις κατ' ἄρ' ἕζετ' ἐπὶ θρόνου ἔνθεν ἀνέστη,
ἀντίον ἧς ἀλόχου, καί μιν πρὸς μῦθον ἔειπε· 165
"δαιμονίη, περὶ σοί γε γυναικῶν θηλυτεράων

vestir também. Que o aedo eterno traga então
a cítara sonora e para nós conduza
o coro dançarino filoprazeroso,
de modo que o vizinho ou quem transite perto,   135
quando ouça, pense na celebração das núpcias.
Não se difunda pela urbe o assassinato
dos procos, antes de buscarmos nosso pleni-
arbóreo campo. Ali chegados, pensaremos
no que melhor nos possa sugerir o Olimpo."   140
Assim falou e, atentos, obedecem. Banham-se
primeiro, circunvestem túnicas, mulheres
se adornam. O cantor divino toma a cítara
cava e suscita em todos a canção sutil
e a dança incriticável. Circunressoavam   145
na imensidão do paço os pés cadenciados
dos homens e mulheres de cintura bela.
Do transeunte que passasse fora ouvia-se:
"Casou-se a basileia multiambicionada.
Não teve força para preservar o paço   150
do verdadeiro esposo até sua volta. Mísera!"
Assim o anônimo dizia, sem suspeitar
de nada. A despenseira Eurínome banhou
no palácio Odisseu magnânimo. Ungiu
seu corpo de óleo, que enroupou em manto e túnica;   155
cabeça abaixo Atena lhe deitou beleza,
deixa-o maior e mais troncudo; da cabeça
fez descer cachos feito flores de jacinto.
Como quando na prata o artífice que Palas
e Hefesto instruem, habílimo, derrama ouro   160
para criar a obra grácil de lindura,
ela infundiu-lhe graça, à testa e sobre os ombros.
Símile de imortais, desce da banheira,
voltando a ocupar o trono de antes. Diante
da esposa proferiu: "Demônio de mulher,   165
os venturosos te dotaram de uma têmpera

κῆρ ἀτέραμνον ἔθηκαν Ὀλύμπια δώματ' ἔχοντες·
οὐ μέν κ' ἄλλη γ' ὧδε γυνὴ τετληότι θυμῷ
ἀνδρὸς ἀφεσταίη, ὅς οἱ κακὰ πολλὰ μογήσας
ἔλθοι ἐεικοστῷ ἔτεϊ ἐς πατρίδα γαῖαν. 170
ἀλλ' ἄγε μοι, μαῖα, στόρεσον λέχος, ὄφρα καὶ αὐτὸς
λέξομαι· ἦ γὰρ τῇ γε σιδήρεον ἐν φρεσὶ ἦτορ."
τὸν δ' αὖτε προσέειπε περίφρων Πηνελόπεια·
"δαιμόνι', οὔτ' ἄρ τι μεγαλίζομαι οὔτ' ἀθερίζω
οὔτε λίην ἄγαμαι, μάλα δ' εὖ οἶδ' οἷος ἔησθα 175
ἐξ Ἰθάκης ἐπὶ νηὸς ἰὼν δολιχηρέτμοιο.
ἀλλ' ἄγε οἱ στόρεσον πυκινὸν λέχος, Εὐρύκλεια,
ἐκτὸς ἐϋσταθέος θαλάμου, τόν ῥ' αὐτὸς ἐποίει·
ἔνθα οἱ ἐκθεῖσαι πυκινὸν λέχος ἐμβάλετ' εὐνήν,
κώεα καὶ χλαίνας καὶ ῥήγεα σιγαλόεντα." 180
ὣς ἄρ' ἔφη πόσιος πειρωμένη· αὐτὰρ Ὀδυσσεὺς
ὀχθήσας ἄλοχον προσεφώνεε κεδνὰ ἰδυῖαν·
"ὦ γύναι, ἦ μάλα τοῦτο ἔπος θυμαλγὲς ἔειπες·
τίς δέ μοι ἄλλοσε θῆκε λέχος; χαλεπὸν δέ κεν εἴη
καὶ μάλ' ἐπισταμένῳ, ὅτε μὴ θεὸς αὐτὸς ἐπελθὼν 185
ῥηϊδίως ἐθέλων θείη ἄλλῃ ἐνὶ χώρῃ.
ἀνδρῶν δ' οὔ κέν τις ζωὸς βροτός, οὐδὲ μάλ' ἡβῶν,
ῥεῖα μετοχλίσσειεν, ἐπεὶ μέγα σῆμα τέτυκται
ἐν λέχει ἀσκητῷ· τὸ δ' ἐγὼ κάμον οὐδέ τις ἄλλος.
θάμνος ἔφυ τανύφυλλος ἐλαίης ἕρκεος ἐντός, 190
ἀκμηνὸς θαλέθων· πάχετος δ' ἦν ἠΰτε κίων.
τῷ δ' ἐγὼ ἀμφιβαλὼν θάλαμον δέμον, ὄφρ' ἐτέλεσσα,
πυκνῇσιν λιθάδεσσι, καὶ εὖ καθύπερθεν ἔρεψα,
κολλητὰς δ' ἐπέθηκα θύρας, πυκινῶς ἀραρυίας.
καὶ τότ' ἔπειτ' ἀπέκοψα κόμην τανυφύλλου ἐλαίης, 195
κορμὸν δ' ἐκ ῥίζης προταμὼν ἀμφέξεσα χαλκῷ
εὖ καὶ ἐπισταμένως, καὶ ἐπὶ στάθμην ἴθυνα,
ἑρμῖν' ἀσκήσας, τέτρηνα δὲ πάντα τερέτρῳ.
ἐκ δὲ τοῦ ἀρχόμενος λέχος ἔξεον, ὄφρ' ἐτέλεσσα,
δαιδάλλων χρυσῷ τε καὶ ἀργύρῳ ἠδ' ἐλέφαντι· 200
ἐκ δ' ἐτάνυσσα ἱμάντα βοὸς φοίνικι φαεινόν.

mais dura do que nas demais senhoras frágeis.
Quem mais teria o coração tão forte a ponto
de suportar ficar assim longe do esposo,
duas décadas sofrendo nos confins, de volta 170
ao lar e a ela? Ama, faze a minha cama,
pois bate no seu peito um coração de ferro."
E a esposa ponderada rebateu: "Demônio
de homem, não sou desprezadora, megaltiva,
estou atônita; sei muito bem como eras 175
quando embarcaste em nau de longo remo a Ílion.
Pois bem: arruma, aia, o leito dele fora
do quarto bem composto, que suas mãos construíram.
Põe fora o leito sólido! Pelames, mantas
colchas luzentes o recubram!" Disse assim, 180
com a finalidade de provar o esposo.
Odisseu, desgostoso, criticou Penélope:
"Mulher, tua parlenda é ânimexcruciante.
Quem removeu meu leito? Até a um ser habílimo,
seria dura a faina, a menos que um dos deuses, 185
advindo, decidisse transferi-lo a um sítio
diverso, fácil. Nem o efebo que exubere
faria sem penar a remoção. Há um signo
distintivo na perfeição do leito: o fiz.
Crescia no recinto uma oliveira folhis- 190
sutil, pungente, flórea. O tronco, uma coluna.
A seu redor construí o quarto, arrematado
com pedras geminadas. Hábil, recobri,
apus maciça porta com perfeito encaixe.
Podei a coma da oliveira folhitênue, 195
o tronco desbastei, acepilhei com bronze,
peritamente, usando fio de prumo. Obtendo
o pedestal do leito, o perfurei com trado,
base de onde erigi a cama, até concluí-la,
recamada em marfim, em ouro e prata. Tiras 200
de couro púrpura estiquei na parte interna.

οὕτω τοι τόδε σῆμα πιφαύσκομαι· οὐδέ τι οἶδα,
ἤ μοι ἔτ' ἔμπεδόν ἐστι, γύναι, λέχος, ἦέ τις ἤδη
ἀνδρῶν ἄλλοσε θῆκε, ταμὼν ὕπο πυθμέν' ἐλαίης."
ὣς φάτο, τῆς δ' αὐτοῦ λύτο γούνατα καὶ φίλον ἦτορ, 205
σήματ' ἀναγνούσῃ τά οἱ ἔμπεδα πέφραδ' Ὀδυσσεύς·
δακρύσασα δ' ἔπειτ' ἰθὺς δράμεν, ἀμφὶ δὲ χεῖρας
δειρῇ βάλλ' Ὀδυσῆϊ, κάρη δ' ἔκυσ' ἠδὲ προσηύδα·
"μή μοι, Ὀδυσσεῦ, σκύζευ, ἐπεὶ τά περ ἄλλα μάλιστα
ἀνθρώπων πέπνυσο· θεοὶ δ' ὤπαζον ὀϊζύν, 210
οἳ νῶϊν ἀγάσαντο παρ' ἀλλήλοισι μένοντε
ἥβης ταρπῆναι καὶ γήραος οὐδὸν ἱκέσθαι.
αὐτὰρ μὴ νῦν μοι τόδε χώεο μηδὲ νεμέσσα,
οὕνεκά σ' οὐ τὸ πρῶτον, ἐπεὶ ἴδον, ὧδ' ἀγάπησα.
αἰεὶ γάρ μοι θυμὸς ἐνὶ στήθεσσι φίλοισιν 215
ἐρρίγει μή τίς με βροτῶν ἀπάφοιτο ἔπεσσιν
ἐλθών· πολλοὶ γὰρ κακὰ κέρδεα βουλεύουσιν.
οὐδέ κεν Ἀργείη Ἑλένη, Διὸς ἐκγεγαυῖα,
ἀνδρὶ παρ' ἀλλοδαπῷ ἐμίγη φιλότητι καὶ εὐνῇ,
εἰ ᾔδη ὅ μιν αὖτις ἀρήϊοι υἷες Ἀχαιῶν 220
ἀξέμεναι οἶκόνδε φίλην ἐς πατρίδ' ἔμελλον.
τὴν δ' ἦ τοι ῥέξαι θεὸς ὤρορεν ἔργον ἀεικές·
τὴν δ' ἄτην οὐ πρόσθεν ἑῷ ἐγκάτθετο θυμῷ
λυγρήν, ἐξ ἧς πρῶτα καὶ ἡμέας ἵκετο πένθος.
νῦν δ', ἐπεὶ ἤδη σήματ' ἀριφραδέα κατέλεξας 225
εὐνῆς ἡμετέρης, ἣν οὐ βροτὸς ἄλλος ὀπώπει,
ἀλλ' οἶοι σύ τ' ἐγώ τε καὶ ἀμφίπολος μία μούνη,
Ἀκτορίς, ἥν μοι δῶκε πατὴρ ἔτι δεῦρο κιούσῃ,
ἣ νῶϊν εἴρυτο θύρας πυκινοῦ θαλάμοιο,
πείθεις δή μευ θυμόν, ἀπηνέα περ μάλ' ἐόντα." 230
ὣς φάτο, τῷ δ' ἔτι μᾶλλον ὑφ' ἵμερον ὦρσε γόοιο·
κλαῖε δ' ἔχων ἄλοχον θυμαρέα, κεδνὰ ἰδυῖαν.
ὡς δ' ὅτ' ἂν ἀσπάσιος γῇ νηχομένοισι φανήῃ,
ὧν τε Ποσειδάων εὐεργέα νῆ' ἐνὶ πόντῳ
ῥαίσῃ, ἐπειγομένην ἀνέμῳ καὶ κύματι πηγῷ· 235
παῦροι δ' ἐξέφυγον πολιῆς ἁλὸς ἤπειρόνδε

Era esse o signo distintivo a revelar.
Ignoro se ele está em seu lugar, se alguém
cortou na base o tronco, o removendo algures."
Ao que ele disse, o coração concute, e os joelhos,   205
reconhecido o signo exato que desvela.
Aos prantos, ela vai a seu encontro, lança
os braços no marido, beija a testa e diz:
"Não te enfuries comigo! És quem inspira mais
a aragem lúcida. Profusos ais! nos deram   210
os deuses, o convívio prazeroso de *hebe*,
— verdor jovial — nos denegando, e transpassar
o umbral da senescência. Não te irrites, nem
te ofendas se freei minha afeição ao te
rever. Meu coração sempre temeu que alguém   215
viesse me enganar com parolagem. Não
são poucos os fabuladores de perfídias.
Helena argiva, até essa filha do Cronida
jamais amara um estrangeiro, presciente
de que os aqueus, adeptos de Ares, deus belaz,   220
fariam que ela retornasse ao lar avoengo.
Um deus a induziu ao feito vil. Não vê
inicialmente que seu coração funesto
eclipsa, fonte do sofrer que nos abate.
A minuciosa descrição dos signos típicos   225
de nosso leito, que nenhum mortal mirou,
exceto nós e a filha de Áctor, minha fâmula
que, quando vim aqui, meu pai me ofereceu,
custódia do portal do sólido aposento,
me persuadiu o coração, embora duro."   230
Falou. Aumenta-lhe o desejo de prantear:
chorando, estreita a esposa, coração-primor.
Tal qual apraz ao náufrago a visão da terra,
de quem Posêidon destruiu a nave sobre
o mar, que a onda túrgida encalça e o vento,   235
e poucos nadadores fogem do oceano

νηχόμενοι, πολλὴ δὲ περὶ χροῒ τέτροφεν ἄλμη,
ἀσπάσιοι δ' ἐπέβαν γαίης, κακότητα φυγόντες·
ὣς ἄρα τῇ ἀσπαστὸς ἔην πόσις εἰσοροώσῃ,
δειρῆς δ' οὔ πω πάμπαν ἀφίετο πήχεε λευκώ.   240
καί νύ κ' ὀδυρομένοισι φάνη ῥοδοδάκτυλος Ἠώς,
εἰ μὴ ἄρ' ἄλλ' ἐνόησε θεὰ γλαυκῶπις Ἀθήνη.
νύκτα μὲν ἐν περάτῃ δολιχὴν σχέθεν, Ἠῶ δ' αὖτε
ῥύσατ' ἐπ' Ὠκεανῷ χρυσόθρονον, οὐδ' ἔα ἵππους
ζεύγνυσθ' ὠκύποδας, φάος ἀνθρώποισι φέροντας,   245
Λάμπον καὶ Φαέθονθ', οἵ τ' Ἠῶ πῶλοι ἄγουσι.
καὶ τότ' ἄρ' ἣν ἄλοχον προσέφη πολύμητις Ὀδυσσεύς·
"ὦ γύναι, οὐ γάρ πω πάντων ἐπὶ πείρατ' ἀέθλων
ἤλθομεν, ἀλλ' ἔτ' ὄπισθεν ἀμέτρητος πόνος ἔσται,
πολλὸς καὶ χαλεπός, τὸν ἐμὲ χρὴ πάντα τελέσσαι.   250
ὣς γάρ μοι ψυχὴ μαντεύσατο Τειρεσίαο
ἤματι τῷ ὅτε δὴ κατέβην δόμον Ἄϊδος εἴσω,
νόστον ἑταίροισιν διζήμενος ἠδ' ἐμοὶ αὐτῷ.
ἀλλ' ἔρχευ, λέκτρονδ' ἴομεν, γύναι, ὄφρα καὶ ἤδη
ὕπνῳ ὕπο γλυκερῷ ταρπώμεθα κοιμηθέντε."   255
τὸν δ' αὖτε προσέειπε περίφρων Πηνελόπεια·
"εὐνὴ μὲν δή σοί γε τότ' ἔσσεται ὁππότε θυμῷ
σῷ ἐθέλῃς, ἐπεὶ ἄρ σε θεοὶ ποίησαν ἱκέσθαι
οἶκον ἐϋκτίμενον καὶ σὴν ἐς πατρίδα γαῖαν·
ἀλλ' ἐπεὶ ἐφράσθης καί τοι θεὸς ἔμβαλε θυμῷ,   260
εἴπ' ἄγε μοι τὸν ἄεθλον, ἐπεὶ καὶ ὄπισθεν, ὀΐω,
πεύσομαι, αὐτίκα δ' ἐστὶ δαήμεναι οὔ τι χέρειον."
τὴν δ' ἀπαμειβόμενος προσέφη πολύμητις Ὀδυσσεύς·
"δαιμονίη, τί τ' ἄρ' αὖ με μάλ' ὀτρύνουσα κελεύεις
εἰπέμεν; αὐτὰρ ἐγὼ μυθήσομαι οὐδ' ἐπικεύσω.   265
οὐ μέν τοι θυμὸς κεχαρήσεται· οὐδὲ γὰρ αὐτὸς
χαίρω, ἐπεὶ μάλα πολλὰ βροτῶν ἐπὶ ἄστε' ἄνωγεν
ἐλθεῖν, ἐν χείρεσσιν ἔχοντ' εὐῆρες ἐρετμόν,
εἰς ὅ κε τοὺς ἀφίκωμαι οἳ οὐκ ἴσασι θάλασσαν
ἀνέρες, οὐδέ θ' ἅλεσσι μεμιγμένον εἶδαρ ἔδουσιν·   270
οὐδ' ἄρα τοί γ' ἴσασι νέας φοινικοπαρῄους,

cinza, salsugem abundante pelo corpo,
no júbilo da praia, salvos do perigo,
Penélope sorri ao vislumbrar o esposo,
sem desatar do colo os braços pleniplenos. 240
Aurora dedirrósea, ao despontar, veria-os
pranteando não tivera Atena olhos-azuis
plano diverso: quase finda, alonga a noite,
retém no mar Eós-Aurora, trono-de-ouro:
não consente que atrele os palafréns de pés 245
velozes que a conduzam, Lampo e Faetonte.
E Odisseu pluriastuto diz à esposa: "Cara,
não se concluíram ainda nossas provas todas,
há no futuro empresa desmedida, longa
e árdua, que a mim competirá levar a termo. 250
Tirésias me previu, sua ânima-psiquê,
no dia em que desci à moradia de Hades,
a fim de conhecer a senda do retorno.
Mas vem, Penélope, busquemos nosso leito,
entregues ao prazer do sono que deleita." 255
E a consorte astuciosa proferiu: "O leito
há de estar sempre à tua espera, quando queira
teu coração, pois imortais te facultaram
voltar ao sólido solar e à terra ancestre.
Mas como pensas no que te lançou à ânima 260
um deus, revela a prova, pois melhor é logo
saber o que, por força, eu hei de conhecer."
E o pluriastuto herói responde-lhe: "Demônia,
por que de novo me instas a falar? Não calo
à solicitação de ti provinda, ciente 265
embora de não te alegrar o coração,
tampouco o meu: mandou-me pervagar em urbes
de mortais, tendo em mãos o remo manobrável,
até alcançar os homens desconhecedores
do mar, que não salinam víveres, que ignoram 270
navios de proa púrpura, que não manejam

οὐδ' εὑήρε' ἐρετμά, τά τε πτερὰ νηυσὶ πέλονται.
σῆμα δέ μοι τόδ' ἔειπεν ἀριφραδές, οὐδέ σε κεύσω·
ὁππότε κεν δή μοι ξυμβλήμενος ἄλλος ὁδίτης
φήῃ ἀθηρηλοιγὸν ἔχειν ἀνὰ φαιδίμῳ ὤμῳ, 275
καὶ τότε μ' ἐν γαίῃ πήξαντ' ἐκέλευσε ἐρετμόν,
ἔρξανθ' ἱερὰ καλὰ Ποσειδάωνι ἄνακτι,
ἀρνειὸν ταῦρόν τε συῶν τ' ἐπιβήτορα κάπρον,
οἴκαδ' ἀποστείχειν, ἔρδειν θ' ἱερὰς ἑκατόμβας
ἀθανάτοισι θεοῖσι, τοὶ οὐρανὸν εὐρὺν ἔχουσι, 280
πᾶσι μάλ' ἑξείης· θάνατος δέ μοι ἐξ ἁλὸς αὐτῷ
ἀβληχρὸς μάλα τοῖος ἐλεύσεται, ὅς κέ με πέφνῃ
γήρας ὕπο λιπαρῷ ἀρημένον· ἀμφὶ δὲ λαοὶ
ὄλβιοι ἔσσονται· τὰ δέ μοι φάτο πάντα τελεῖσθαι."
τὸν δ' αὖτε προσέειπε περίφρων Πηνελόπεια· 285
"εἰ μὲν δὴ γῆράς γε θεοὶ τελέουσιν ἄρειον,
ἐλπωρή τοι ἔπειτα κακῶν ὑπάλυξιν ἔσεσθαι."
ὣς οἱ μὲν τοιαῦτα πρὸς ἀλλήλους ἀγόρευον·
τόφρα δ' ἄρ' Εὐρυνόμη τε ἰδὲ τροφὸς ἔντυον εὐνὴν
ἐσθῆτος μαλακῆς, δαΐδων ὕπο λαμπομενάων. 290
αὐτὰρ ἐπεὶ στόρεσαν πυκινὸν λέχος ἐγκονέουσαι,
γρηῢς μὲν κείουσα πάλιν οἰκόνδε βεβήκει,
τοῖσιν δ' Εὐρυνόμη θαλαμηπόλος ἡγεμόνευεν
ἐρχομένοισι λέχοσδε, δάος μετὰ χερσὶν ἔχουσα·
ἐς θάλαμον δ' ἀγαγοῦσα πάλιν κίεν. οἱ μὲν ἔπειτα 295
ἀσπάσιοι λέκτροιο παλαιοῦ θεσμὸν ἵκοντο·
αὐτὰρ Τηλέμαχος καὶ βουκόλος ἠδὲ συβώτης
παῦσαν ἄρ' ὀρχηθμοῖο πόδας, παῦσαν δὲ γυναῖκας,
αὐτοὶ δ' εὐνάζοντο κατὰ μέγαρα σκιόεντα.
τὼ δ' ἐπεὶ οὖν φιλότητος ἐταρπήτην ἐρατεινῆς, 300
τερπέσθην μύθοισι, πρὸς ἀλλήλους ἐνέποντε,
ἡ μὲν ὅσ' ἐν μεγάροισιν ἀνέσχετο δῖα γυναικῶν,
ἀνδρῶν μνηστήρων ἐσορῶσ' ἀΐδηλον ὅμιλον,
οἳ ἕθεν εἵνεκα πολλά, βόας καὶ ἴφια μῆλα,
ἔσφαζον, πολλὸς δὲ πίθων ἠφύσσετο οἶνος· 305
αὐτὰρ ὁ διογενὴς Ὀδυσεὺς ὅσα κήδε' ἔθηκεν

os remos, asas dos baixéis. E um signo nítido,
que não te oculto, ofereceu-me: um viajor,
acorrendo até mim, quando disser que apoio
no ombro luzente um ventilabro, então, mandou-me 275
fincar na terra o remo, oferecer ao deus
do oceano sacrifícios pingues, um carneiro,
um touro e um varrão reprodutor, e, ao lar
tornando, as hecatombes sacras imolar
aos uranidas imortais, atento à ordem. 280
Fora do mar me colhe o epílogo de Tânatos,
sem desvigor, de modo a eliminar-me imerso
na plenitude da velhice, circum(povos
ricos)vivendo. Assim falou e cumpro o dito."
Hipersensata, a esposa retomou a fala: 285
"Se os numes propiciam o acúmen da velhice,
então há chance de que os males se dissipem."
Era essa a arenga que a ambos entretinha. Eurínome
e a ama, à luz da tocha ardente, preparavam
o leito com macias colchas. Quando aprestam 290
o toro sólido, a anciã retorna paço
adentro a fim de repousar, enquanto Eurínome,
a fâmula do tálamo, lumiava, archote
à mão, a frente, em direção ao leito. A dupla
radiante recolheu-se ao local da antiga 295
cama. Telêmaco, por sua vez, Eumeu
e o boiadeiro, bem como as mulheres todas,
param de percutir os pés na dança e buscam
também as câmaras umbrosas de dormir.
O gozo de eros cede ao gozo dos racontos 300
no câmbio de palavras que a ambos entretinha,
ela, divina entre as mulheres, o que em casa
sofrera, ao presenciar a multidão odiosa
de procos escorchando vacas, gordas cabras,
por sua causa, derramando vinho a rodo; 305
o herói, por sua vez, batalhas que impusera

ἀνθρώποις ὅσα τ' αὐτὸς ὀϊζύσας ἐμόγησε,
πάντ' ἔλεγ'· ἡ δ' ἄρ' ἐτέρπετ' ἀκούουσ', οὐδέ οἱ ὕπνος
πῖπτεν ἐπὶ βλεφάροισι πάρος καταλέξαι ἅπαντα.
ἤρξατο δ' ὡς πρῶτον Κίκονας δάμασ', αὐτὰρ ἔπειτα   310
ἦλθ' ἐς Λωτοφάγων ἀνδρῶν πίειραν ἄρουραν·
ἠδ' ὅσα Κύκλωψ ἔρξε, καὶ ὡς ἀπετίσατο ποινὴν
ἰφθίμων ἑτάρων, οὓς ἤσθιεν οὐδ' ἐλέαιρεν·
ἠδ' ὡς Αἴολον ἵκεθ', ὅ μιν πρόφρων ὑπέδεκτο
καὶ πέμπ', οὐδέ πω αἶσα φίλην ἐς πατρίδ' ἱκέσθαι   315
ἤην, ἀλλά μιν αὖτις ἀναρπάξασα θύελλα
πόντον ἐπ' ἰχθυόεντα φέρεν βαρέα στενάχοντα·
ἠδ' ὡς Τηλέπυλον Λαιστρυγονίην ἀφίκανεν,
οἳ νῆάς τ' ὄλεσαν καὶ ἐϋκνήμιδας ἑταίρους
πάντας· Ὀδυσσεὺς δ' οἶος ὑπέκφυγε νηῒ μελαίνῃ.   320
καὶ Κίρκης κατέλεξε δόλον πολυμηχανίην τε,
ἠδ' ὡς εἰς Ἀΐδεω δόμον ἤλυθεν εὐρώεντα,
ψυχῇ χρησόμενος Θηβαίου Τειρεσίαο,
νηῒ πολυκληῒδι, καὶ εἴσιδε πάντας ἑταίρους
μητέρα θ', ἥ μιν ἔτικτε καὶ ἔτρεφε τυτθὸν ἐόντα·   325
ἠδ' ὡς Σειρήνων ἀδινάων φθόγγον ἄκουσεν,
ὥς θ' ἵκετο Πλαγκτὰς πέτρας δεινήν τε Χάρυβδιν
Σκύλλην θ', ἣν οὔ πώ ποτ' ἀκήριοι ἄνδρες ἄλυξαν·
ἠδ' ὡς Ἠελίοιο βόας κατέπεφνον ἑταῖροι·
ἠδ' ὡς νῆα θοὴν ἔβαλε ψολόεντι κεραυνῷ   330
Ζεὺς ὑψιβρεμέτης, ἀπὸ δ' ἔφθιθεν ἐσθλοὶ ἑταῖροι
πάντες ὁμῶς, αὐτὸς δὲ κακὰς ὑπὸ κῆρας ἄλυξεν·
ὥς θ' ἵκετ' Ὠγυγίην νῆσον νύμφην τε Καλυψώ,
ἣ δή μιν κατέρυκε, λιλαιομένη πόσιν εἶναι,
ἐν σπέσσι γλαφυροῖσι, καὶ ἔτρεφεν ἠδὲ ἔφασκε   335
θήσειν ἀθάνατον καὶ ἀγήραον ἤματα πάντα·
ἀλλὰ τοῦ οὔ ποτε θυμὸν ἐνὶ στήθεσσιν ἔπειθεν·
ἠδ' ὡς ἐς Φαίηκας ἀφίκετο πολλὰ μογήσας,
οἳ δή μιν περὶ κῆρι θεὸν ὣς τιμήσαντο
καὶ πέμψαν σὺν νηῒ φίλην ἐς πατρίδα γαῖαν,   340
χαλκόν τε χρυσόν τε ἅλις ἐσθῆτά τε δόντες.

aos homens, quanto padeceu chorando, tudo
narrava. Ouvi-lo a deleitava, e, sobre as pálpebras,
antes da história toda, o sono não tombava.
Contou como vencera os Cíconos, a estada 310
na terra fértil dos Lotófagos, a ação
contra o Ciclope que impiedosamente havia
devorado os valentes sócios; como a Éolo
chegou, amigo na acolhida e na partida;
não era todavia seu destino à pátria 315
chegar, e o turbilhão o rapta e, gemebundo,
o arrasta ao mar piscoso; como aproara junto
a urbe Telépilo, onde habitam Lestrigões,
que afundam naus e matam homens, belas cnêmides,
todos: só Odisseu fugiu em negra nau. 320
E minuciou o dolo e o pluriadil de Circe
e como foi à casa bolorenta de Hades,
em consulta à psiquê tebaica de Tirésias
em nave plurirreme, e viu heróis amigos
e a própria geratriz que o teve e que o nutriu; 325
e como ouviu Sereias, voz infatigável,
como atingiu as Planctas, íngremes Errantes,
Caribde hórrida e Cila, arrasa-homens,
e como os sócios imolaram vacas de Hélio-
-Sol, como Zeus com fúmido fulgor fulmina 330
a nau veloz, e os companheiros nobres morrem
todos, só ele em fuga às Queres morticidas;
como arribou à ilha Ogígia, junto à ninfa
Calipso, que ansiou casar com ele em gruta
cava, e o alimentou e quis torná-lo atânatos, 335
imperecível, todo dia extravelhice,
malsucedida em convencer seu coração;
como, multissofrido, aproa entre os feácios,
os quais, de coração, o tratam como a um nume,
providenciando a embarcação à terra ancestre, 340
depois de darem vestes, ouro, bronze em dobro.

τοῦτ' ἄρα δεύτατον εἶπεν ἔπος, ὅτε οἱ γλυκὺς ὕπνος
λυσιμελὴς ἐπόρουσε, λύων μελεδήματα θυμοῦ.
ἡ δ' αὖτ' ἄλλ' ἐνόησε θεὰ γλαυκῶπις Ἀθήνη·
ὁππότε δή ῥ' Ὀδυσῆα ἐέλπετο ὃν κατὰ θυμὸν   345
εὐνῆς ἧς ἀλόχου ταρπήμεναι ἠδὲ καὶ ὕπνου,
αὐτίκ' ἀπ' Ὠκεανοῦ χρυσόθρονον ἠριγένειαν
ὦρσεν, ἵν' ἀνθρώποισι φόως φέροι· ὦρτο δ' Ὀδυσσεὺς
εὐνῆς ἐκ μαλακῆς, ἀλόχῳ δ' ἐπὶ μῦθον ἔτελλεν·
"ὦ γύναι, ἤδη μὲν πολέων κεκορήμεθ' ἀέθλων   350
ἀμφοτέρω, σὺ μὲν ἐνθάδ' ἐμὸν πολυκηδέα νόστον
κλαίουσ'. αὐτὰρ ἐμὲ Ζεὺς ἄλγεσι καὶ θεοὶ ἄλλοι
ἱέμενον πεδάασκον ἐμῆς ἀπὸ πατρίδος αἴης·
νῦν δ' ἐπεὶ ἀμφοτέρω πολυήρατον ἱκόμεθ' εὐνήν,
κτήματα μὲν τά μοι ἔστι, κομιζέμεν ἐν μεγάροισι,   355
μῆλα δ' ἅ μοι μνηστῆρες ὑπερφίαλοι κατέκειραν,
πολλὰ μὲν αὐτὸς ἐγὼ ληΐσσομαι, ἄλλα δ' Ἀχαιοὶ
δώσουσ', εἰς ὅ κε πάντας ἐνιπλήσωσιν ἐπαύλους.
ἀλλ' ἦ τοι μὲν ἐγὼ πολυδένδρεον ἀγρὸν ἔπειμι,
ὀψόμενος πατέρ' ἐσθλόν, ὅ μοι πυκινῶς ἀκάχηται·   360
σοὶ δέ, γύναι, τάδ' ἐπιτέλλω, πινυτῇ περ ἐούσῃ·
αὐτίκα γὰρ φάτις εἶσιν ἅμ' ἠελίῳ ἀνιόντι
ἀνδρῶν μνηστήρων, οὓς ἔκτανον ἐν μεγάροισιν·
εἰς ὑπερῷ' ἀναβᾶσα σὺν ἀμφιπόλοισι γυναιξὶν
ἧσθαι, μηδέ τινα προτιόσσεο μηδ' ἐρέεινε."   365
ἦ ῥα καὶ ἀμφ' ὤμοισιν ἐδύσετο τεύχεα καλά,
ὦρσε δὲ Τηλέμαχον καὶ βουκόλον ἠδὲ συβώτην,
πάντας δ' ἔντε' ἄνωγεν ἀρήϊα χερσὶν ἑλέσθαι.
οἱ δέ οἱ οὐκ ἀπίθησαν, ἐθωρήσσοντο δὲ χαλκῷ,
ὤϊξαν δὲ θύρας, ἐκ δ' ἤϊον· ἦρχε δ' Ὀδυσσεύς.   370
ἤδη μὲν φάος ἦεν ἐπὶ χθόνα, τοὺς δ' ἄρ' Ἀθήνη
νυκτὶ κατακρύψασα θοῶς ἐξῆγε πόληος.

Mais não narrou, pois Hipnos com torpor do sono
distende os membros e os afãs do coração.
E a de olhos-glaucos, Palas, concebeu um plano:
quando em seu coração imaginou o herói 345
refeito do cansaço ao lado da consorte,
fez logo despontar do oceano a matutina
auritronada porta-luz aos homens. Ele
deixava o leito, assim dizendo para a esposa:
"Ambos, querida, conhecemos o limite 350
do sofrimento; tu, pranteando o meu retorno
multiaflitivo, enquanto Zeus e os outros deuses
dorido me arrojavam nos confins, sonhando
Ítaca. Ao pluriamor do leito agora que ambos
chegamos, cuida do que me pertence aqui. 355
A grei eliminada pelos procos torpes,
reponho nas pilhagens que farei. Aqueus
outras me ofertarão, até locupletar
o estábulo. No campo pluriarbóreo quero
rever meu pai, que padeceu muito por mim. 360
Embora tão sagaz, permita aconselhar-te:
ao sol nascente, cuida de espalhar a nova
de que matei os pretendentes no palácio.
Com as ancilas sobe ao pavimento acima,
e fica ali, sem ver ninguém, sem indagar." 365
Falou. Vestiu nos ombros a armadura rútila,
indo acordar Eumeu, Telêmaco e o boieiro.
A suas ordens, pegam o armamento bélico.
Anuem enroupando o bronze. Transpassaram
a porta que destravam, Odisseu à frente. 370
A luz tocava o solo, mas Atena oculta-os
no breu da noite, fora da urbe os guia, célere.

ω

Ἑρμῆς δὲ ψυχὰς Κυλλήνιος ἐξεκαλεῖτο
ἀνδρῶν μνηστήρων· ἔχε δὲ ῥάβδον μετὰ χερσὶν
καλὴν χρυσείην, τῇ τ᾽ ἀνδρῶν ὄμματα θέλγει
ὧν ἐθέλει, τοὺς δ᾽ αὖτε καὶ ὑπνώοντας ἐγείρει·
τῇ ῥ᾽ ἄγε κινήσας, ταὶ δὲ τρίζουσαι ἕποντο. 5
ὡς δ᾽ ὅτε νυκτερίδες μυχῷ ἄντρου θεσπεσίοιο
τρίζουσαι ποτέονται, ἐπεί κέ τις ἀποπέσῃσιν
ὁρμαθοῦ ἐκ πέτρης, ἀνά τ᾽ ἀλλήλῃσιν ἔχονται,
ὣς αἱ τετριγυῖαι ἅμ᾽ ἤϊσαν· ἦρχε δ᾽ ἄρα σφιν
Ἑρμείας ἀκάκητα κατ᾽ εὐρώεντα κέλευθα. 10
πὰρ δ᾽ ἴσαν Ὠκεανοῦ τε ῥοὰς καὶ Λευκάδα πέτρην,
ἠδὲ παρ᾽ Ἠελίοιο πύλας καὶ δῆμον ὀνείρων
ἤϊσαν· αἶψα δ᾽ ἵκοντο κατ᾽ ἀσφοδελὸν λειμῶνα,
ἔνθα τε ναίουσι ψυχαί, εἴδωλα καμόντων.
εὗρον δὲ ψυχὴν Πηληϊάδεω Ἀχιλῆος 15
καὶ Πατροκλῆος καὶ ἀμύμονος Ἀντιλόχοιο
Αἴαντός θ᾽, ὃς ἄριστος ἔην εἶδός τε δέμας τε
τῶν ἄλλων Δαναῶν μετ᾽ ἀμύμονα Πηλεΐδαο.
ὣς οἱ μὲν περὶ κεῖνον ὁμίλεον· ἀγχίμολον δὲ
ἤλυθ᾽ ἔπι ψυχὴ Ἀγαμέμνονος Ἀτρεΐδαο 20
ἀχνυμένη· περὶ δ᾽ ἄλλαι ἀγηγέραθ᾽, ὅσσαι ἅμ᾽ αὐτῷ
οἴκῳ ἐν Αἰγίσθοιο θάνον καὶ πότμον ἐπέσπον.
τὸν προτέρη ψυχὴ προσεφώνεε Πηλεΐωνος·
"Ἀτρεΐδη, περὶ μέν σ᾽ ἔφαμεν Διὶ τερπικεραύνῳ
ἀνδρῶν ἡρώων φίλον ἔμμεναι ἤματα πάντα, 25
οὕνεκα πολλοῖσίν τε καὶ ἰφθίμοισιν ἄνασσες

Canto XXIV

Hermes cilênio chama as ânimas-psiquês
dos pretendentes. Porta a verga bela, áurea,
com que fascina o olhar dos homens que deseja
e desperta os dormentes. Quando a pulsa, seguem-no
estridulando. Tais e quais no breu da gruta   5
morcegos estridulam no revoo, se
um deles cai de um cacho, mutuamente pensos
à pedra, em bloco estridulava o grupo, Hermes
à testa, salvador, por sendas de bolor.
Transposta a correnteza oceânica e a rocha   10
Branca, transposto o limiar do Sol e o sítio
onírico do Sonho, alcançam, afinal,
a campina asfodélia, logradouro de ânimas-
-psiquês, dos ícones dos perecidos. A alma
encontram do Peleide Aquiles e de Pátroclo,   15
de Antíloco belaz e de Ájax, porte ímpar,
o mais belo entre os dânaos, só atrás do filho
altivo de Peleu. A seu redor apinham-se,
e a ânima abatida de Agamêmnon chega,
circum-acompanhada de outras tantas mortas   20
como ele na mansão de Egisto, onde se rendem
à moira do destino. A ânima, o alento
psíquico do Aquileu profere antes das outras:
"Pensávamos que ao júbilo-fulminador,
a Zeus, fosses o herói eternamente mais   25
benquisto, chefe de guerreiros fortes, muitos,

δήμῳ ἔνι Τρώων, ὅθι πάσχομεν ἄλγε' Ἀχαιοί.
ἦ τ' ἄρα καὶ σοὶ πρῶϊ παραστήσεσθαι ἔμελλεν
μοῖρ' ὀλοή, τὴν οὔ τις ἀλεύεται ὅς κε γένηται.
ὡς ὄφελες τιμῆς ἀπονήμενος, ἧς περ ἄνασσες,   30
δήμῳ ἔνι Τρώων θάνατον καὶ πότμον ἐπισπεῖν·
τῷ κέν τοι τύμβον μὲν ἐποίησαν Παναχαιοί,
ἠδέ κε καὶ σῷ παιδὶ μέγα κλέος ἦρα' ὀπίσσω·
νῦν δ' ἄρα σ' οἰκτίστῳ θανάτῳ εἵμαρτο ἁλῶναι."
τὸν δ' αὖτε ψυχὴ προσεφώνεεν Ἀτρείδαο·   35
"ὄλβιε Πηλέος υἱέ, θεοῖς ἐπιείκελ' Ἀχιλλεῦ,
ὃς θάνες ἐν Τροίῃ ἑκὰς Ἄργεος· ἀμφὶ δέ σ' ἄλλοι
κτείνοντο Τρώων καὶ Ἀχαιῶν υἷες ἄριστοι,
μαρνάμενοι περὶ σεῖο· σὺ δ' ἐν στροφάλιγγι κονίης
κεῖσο μέγας μεγαλωστί, λελασμένος ἱπποσυνάων.   40
ἡμεῖς δὲ πρόπαν ἦμαρ ἐμαρνάμεθ'· οὐδέ κε πάμπαν
παυσάμεθα πτολέμου, εἰ μὴ Ζεὺς λαίλαπι παῦσεν.
αὐτὰρ ἐπεί σ' ἐπὶ νῆας ἐνείκαμεν ἐκ πολέμοιο,
κάτθεμεν ἐν λεχέεσσι, καθήραντες χρόα καλὸν
ὕδατί τε λιαρῷ καὶ ἀλείφατι· πολλὰ δέ σ' ἀμφὶ   45
δάκρυα θερμὰ χέον Δαναοὶ κείροντό τε χαίτας.
μήτηρ δ' ἐξ ἁλὸς ἦλθε σὺν ἀθανάτῃς ἁλίῃσιν
ἀγγελίης ἀΐουσα· βοὴ δ' ἐπὶ πόντον ὀρώρει
θεσπεσίη, ὑπὸ δὲ τρόμος ἔλλαβε πάντας Ἀχαιούς·
καί νύ κ' ἀναΐξαντες ἔβαν κοίλας ἐπὶ νῆας,   50
εἰ μὴ ἀνὴρ κατέρυκε παλαιά τε πολλά τε εἰδώς,
Νέστωρ, οὗ καὶ πρόσθεν ἀρίστη φαίνετο βουλή·
ὅ σφιν ἐϋφρονέων ἀγορήσατο καὶ μετέειπεν·
'ἴσχεσθ', Ἀργεῖοι, μὴ φεύγετε, κοῦροι Ἀχαιῶν·
μήτηρ ἐξ ἁλὸς ἥδε σὺν ἀθανάτῃς ἁλίῃσιν   55
ἔρχεται, οὗ παιδὸς τεθνηότος ἀντιόωσα.'
ὣς ἔφαθ', οἱ δ' ἔσχοντο φόβου μεγάθυμοι Ἀχαιοί·
ἀμφὶ δέ σ' ἔστησαν κοῦραι ἁλίοιο γέροντος
οἴκτρ' ὀλοφυρόμεναι, περὶ δ' ἄμβροτα εἵματα ἕσσαν.
Μοῦσαι δ' ἐννέα πᾶσαι ἀμειβόμεναι ὀπὶ καλῇ   60
θρήνεον· ἔνθα κεν οὔ τιν' ἀδάκρυτόν γ' ἐνόησας

em Troia, onde aqueus sofremos tantas dores,
mas a moira fatal, que ao ser que nasce nunca
desdenha, tinha de postar-se ao flanco teu,
precoce. Ah, tombaras nos confins troianos, 30
gozando dos honores próprios ao primaz!
Os pan-aqueus teriam te erigido um túmulo
e a imensa fama alcançaria no porvir
teus filhos. Mas te colhe a morte melancólica."
E a ânima do atreide então lhe disse: "Aquiles 35
aquinhoado, símile dos numes, longe
de Argos, perdeste a vida em Ílion. Circuntombam,
teucros e aqueus, ao teu redor lutando. Imenso
na imensidão, imêmore da condução
dos carros, em pulverulento turbilhão, 40
jazias. Todo o dia combatemos, não
cessáramos a rusga pantotal, não a
cessara Zeus com um tufão. Rente ao navio,
extra-querela, leito acima, o belo corpo
ungimos, depurado. Sobre ti, os dânaos 45
espargem pranto cálido, cortam cabelos.
Ouvindo o anúncio, tua mãe surgiu do mar
com ninfas imortais: o grito ecoa, oceânico,
divino, sub(tremor)infunde nos acaios.
Teriam subido às naus bojudas, se um dos homens 50
não o vetasse, um multissabedor de outrora,
Nestor, o conselheiro de presteza máxima,
sempre. Entre os pares arengou agudamente:
'Firmes, argivos! Não fujais, filhos de aqueus!
A mãe ex(junto com as ninfas imortais) 55
surge do mar a fim de ver o filho morto.'
O medo foge dos aqueus meganimosos.
Filhas do ancião do mar circum(te)perfilaram-se,
piedosas, ululantes, vestes ambrosíacas
lançando sobre o corpo. As nove Musas cantam 60
um treno uníssono em timbre belo. Ilácrimo

Ἀργείων· τοῖον γὰρ ὑπώρορε Μοῦσα λίγεια.
ἑπτὰ δὲ καὶ δέκα μέν σε ὁμῶς νύκτας τε καὶ ἦμαρ
κλαίομεν ἀθάνατοί τε θεοὶ θνητοί τ' ἄνθρωποι·
ὀκτωκαιδεκάτῃ δ' ἔδομεν πυρί, πολλὰ δέ σ' ἀμφὶ 65
μῆλα κατεκτάνομεν μάλα πίονα καὶ ἕλικας βοῦς.
καίεο δ' ἔν τ' ἐσθῆτι θεῶν καὶ ἀλείφατι πολλῷ
καὶ μέλιτι γλυκερῷ· πολλοὶ δ' ἥρωες Ἀχαιοὶ
τεύχεσιν ἐρρώσαντο πυρὴν πέρι καιομένοιο,
πεζοί θ' ἱππῆές τε· πολὺς δ' ὀρυμαγδὸς ὀρώρει 70
αὐτὰρ ἐπεὶ δή σε φλὸξ ἤνυσεν Ἡφαίστοιο,
ἠῶθεν δή τοι λέγομεν λεύκ' ὀστέ', Ἀχιλλεῦ,
οἴνῳ ἐν ἀκρήτῳ καὶ ἀλείφατι· δῶκε δὲ μήτηρ
χρύσεον ἀμφιφορῆα· Διωνύσοιο δὲ δῶρον
φάσκ' ἔμεναι, ἔργον δὲ περικλυτοῦ Ἡφαίστοιο. 75
ἐν τῷ τοι κεῖται λεύκ' ὀστέα, φαίδιμ' Ἀχιλλεῦ,
μίγδα δὲ Πατρόκλοιο Μενοιτιάδαο θανόντος,
χωρὶς δ' Ἀντιλόχοιο, τὸν ἔξοχα τῖες ἁπάντων
τῶν ἄλλων ἑτάρων, μετὰ Πάτροκλόν γε θανόντα.
ἀμφ' αὐτοῖσι δ' ἔπειτα μέγαν καὶ ἀμύμονα τύμβον 80
χεύαμεν Ἀργείων ἱερὸς στρατὸς αἰχμητάων
ἀκτῇ ἔπι προὐχούσῃ, ἐπὶ πλατεῖ Ἑλλησπόντῳ,
ὥς κεν τηλεφανὴς ἐκ ποντόφιν ἀνδράσιν εἴη
τοῖς οἳ νῦν γεγάασι καὶ οἳ μετόπισθεν ἔσονται.
μήτηρ δ' αἰτήσασα θεοὺς περικαλλέ' ἄεθλα 85
θῆκε μέσῳ ἐν ἀγῶνι ἀριστήεσσιν Ἀχαιῶν.
ἤδη μὲν πολέων τάφῳ ἀνδρῶν ἀντεβόλησας
ἡρώων, ὅτε κέν ποτ' ἀποφθιμένου βασιλῆος
ζώννυνταί τε νέοι καὶ ἐπεντύνονται ἄεθλα·
ἀλλά κε κεῖνα μάλιστα ἰδὼν θηήσαο θυμῷ, 90
οἷ' ἐπὶ σοὶ κατέθηκε θεὰ περικαλλέ' ἄεθλα,
ἀργυρόπεζα Θέτις· μάλα γὰρ φίλος ἦσθα θεοῖσιν.
ὣς σὺ μὲν οὐδὲ θανὼν ὄνομ' ὤλεσας, ἀλλά τοι αἰεὶ
πάντας ἐπ' ἀνθρώπους κλέος ἔσσεται ἐσθλόν, Ἀχιλλεῦ,
αὐτὰρ ἐμοὶ τί τόδ' ἦδος, ἐπεὶ πόλεμον τολύπευσα; 95
ἐν νόστῳ γάρ μοι Ζεὺς μήσατο λυγρὸν ὄλεθρον

nenhum aqueu verias, tanto a Musa límpida
os comoveu. Por dezessete dias, noites,
choramos, numes imortais e nós, efêmeros.
Na noite subsequente, ardeste ao fogo, pécoras 65
por ti queimamos, muitas, pingues, bois de cornos
curvos. Em roupas numinosas crepitaste,
óleo copioso e doce mel te ungindo o corpo.
Em torno à pira incinerante, heróis aqueus
corriam a pé, armados, sobre os carros. Troa, 70
ribomba o trom. A flama heféstia te anulando,
teus ossos brancos mergulhamos, na alvorada,
em óleo e vinho. Tua mãe nos dera a ânfora
dourada, dom dionísio — nos dissera —, obra
do renomado Hefesto. Ali jaziam teus ossos 75
alvos, Aquiles, com a ossada do Menécio
Pátroclo. Os restos de quem honoravas mais
que os outros companheiros, morto o caro Pátroclo,
Antíloco, tratamos de depor alhures.
Sobre eles erigimos túmulo de vulto, 80
o sacro exército de argivos lanceadores,
num promontório projetado no Helesponto,
visível a distância pelos navegantes,
os que hoje vivem e os que ainda hão de viver.
Aos numes tua mãe rogou presentes pluri- 85
belos, que expõe no coração da liça a insignes
aqueus. Exéquias eu já vira de muitíssimos
heróis, quando os rapazes portam sumaríssimas
vestes de luta, assim que morre um basileu,
mas muito mais admirarias, caso viras 90
os prêmios multilindos que depôs por ti
a ninfa Tétis, pés de prata. Aos numes sempre
aprazias. Morrer não eclipsou teu nome:
jamais tua fama mingua, Aquiles, entre os homens!
Mas que prazer, sobrevivido à guerra, obtive? 95
Zeus decidiu-me à volta a morte miserável,

Αἰγίσθου ὑπὸ χερσὶ καὶ οὐλομένης ἀλόχοιο."
ὣς οἱ μὲν τοιαῦτα πρὸς ἀλλήλους ἀγόρευον,
ἀγχίμολον δέ σφ' ἦλθε διάκτορος ἀργεϊφόντης,
ψυχὰς μνηστήρων κατάγων Ὀδυσῆϊ δαμέντων,   100
τὼ δ' ἄρα θαμβήσαντ' ἰθὺς κίον, ὡς ἐσιδέσθην.
ἔγνω δὲ ψυχὴ Ἀγαμέμνονος Ἀτρεΐδαο
παῖδα φίλον Μελανῆος, ἀγακλυτὸν Ἀμφιμέδοντα·
ξεῖνος γάρ οἱ ἔην Ἰθάκῃ ἔνι οἰκία ναίων.
τὸν προτέρη ψυχὴ προσεφώνεεν Ἀτρεΐδαο·   105
"Ἀμφίμεδον, τί παθόντες ἐρεμνὴν γαῖαν ἔδυτε
πάντες κεκριμένοι καὶ ὁμήλικες; οὐδέ κεν ἄλλως
κρινάμενος λέξαιτο κατὰ πτόλιν ἄνδρας ἀρίστους.
ἦ ὕμμ' ἐν νήεσσι Ποσειδάων ἐδάμασσεν,
ὄρσας ἀργαλέους ἀνέμους καὶ κύματα μακρά;   110
ἦ που ἀνάρσιοι ἄνδρες ἐδηλήσαντ' ἐπὶ χέρσου
βοῦς περιταμνομένους ἠδ' οἰῶν πώεα καλά,
ἠὲ περὶ πτόλιος μαχεούμενοι ἠδὲ γυναικῶν;
εἰπέ μοι εἰρομένῳ· ξεῖνος δέ τοι εὔχομαι εἶναι.
ἦ οὐ μέμνῃ ὅτε κεῖσε κατήλυθον ὑμέτερον δῶ,   115
ὀτρυνέων Ὀδυσῆα σὺν ἀντιθέῳ Μενελάῳ
Ἴλιον εἰς ἅμ' ἕπεσθαι ἐϋσσέλμων ἐπὶ νηῶν;
μηνὶ δ' ἄρ' οὔλῳ πάντα περήσαμεν εὐρέα πόντον,
σπουδῇ παρπεπιθόντες Ὀδυσσῆα πτολίπορθον."
τὸν δ' αὖτε ψυχὴ προσεφώνεεν Ἀμφιμέδοντος·   120
"Ἀτρεΐδη κύδιστε, ἄναξ ἀνδρῶν Ἀγάμεμνον,
μέμνημαι τάδε πάντα, διοτρεφές, ὡς ἀγορεύεις·
σοὶ δ' ἐγὼ εὖ μάλα πάντα καὶ ἀτρεκέως καταλέξω,
ἡμετέρου θανάτοιο κακὸν τέλος, οἷον ἐτύχθη.
μνώμεθ' Ὀδυσσῆος δὴν οἰχομένοιο δάμαρτα·   125
ἡ δ' οὔτ' ἠρνεῖτο στυγερὸν γάμον οὔτ' ἐτελεύτα,
ἡμῖν φραζομένη θάνατον καὶ κῆρα μέλαιναν,
ἀλλὰ δόλον τόνδ' ἄλλον ἐνὶ φρεσὶ μερμήριξε·
στησαμένη μέγαν ἱστὸν ἐνὶ μεγάροισιν ὕφαινε,
λεπτὸν καὶ περίμετρον· ἄφαρ δ' ἡμῖν μετέειπε·   130
'κοῦροι ἐμοὶ μνηστῆρες, ἐπεὶ θάνε δῖος Ὀδυσσεύς,

nas mãos da fêmea conjugal sinistra e Egisto."
Era essa a arenga que ambos entre si cambiavam,
quando o núncio argicida chega encabeçando
as ânimas dos procos que Odisseu matara. 100
Estarrecidos, movem-se ao encontro delas.
E a ânima de Agamêmnon reconhece então
o hiperilustre Anfimedonte Melanida,
pois tinha se hospedado em sua casa em Ítaca.
O alento anímico do Atrida proferiu 105
primeiro: "Que revés vos fez descer à terra
escura, equevos, distinguidos? Homem lúcido
não saberia indicar na pólis gente
melhor. Terá Posêidon naufragado as naus,
armando vagalhões e o rude vendaval, 110
ou vos aniquilaram em país de hostis,
quando raptáveis bois e ovelhas ou lutáveis
por uma cidadela e suas mulheres? Sê
direto na resposta! Afirmo ser teu hóspede.
Não lembras quando me acolheste com meu mano, 115
igual-a-um-deus, quando exortamos Odisseu
a ir conosco a Ílion em navios simétricos?
Um mês sulcando o vasto mar para dobrar
a duras penas Odisseu, o arrasa-urbe."
E a alma-psiquê de Anfimedonte respondeu: 120
"Senhor dos homens, Agamêmnon, ilustríssimo,
prole de Zeus, relembro bem o quanto arengas;
serei fiel e exato em fatos que relato,
sobre como se deu o nosso triste fim.
Nós cortejávamos a esposa de Odisseu 125
há muito ausente. Não dizia sim nem não
à boda estígia, concebendo a Quere negri-
fatal, avessa a nós. Entesourava na ânima
o ardil: tecia a tela enorme numa câmara,
sutil, descomunal. E sempre nos dizia: 130
'Como Odisseu morreu, cortejadores jovens,

μίμνετ' ἐπειγόμενοι τὸν ἐμὸν γάμον, εἰς ὅ κε φᾶρος
ἐκτελέσω, μή μοι μεταμώνια νήματ' ὄληται,
Λαέρτῃ ἥρωϊ ταφήϊον, εἰς ὅτε κέν μιν
μοῖρ' ὀλοὴ καθέλῃσι τανηλεγέος θανάτοιο, 135
μή τίς μοι κατὰ δῆμον Ἀχαιϊάδων νεμεσήσῃ,
αἴ κεν ἄτερ σπείρου κεῖται πολλὰ κτεατίσσας.'
ὣς ἔφαθ', ἡμῖν δ' αὖτ' ἐπεπείθετο θυμὸς ἀγήνωρ.
ἔνθα καὶ ἠματίη μὲν ὑφαίνεσκεν μέγαν ἱστόν,
νύκτας δ' ἀλλύεσκεν, ἐπεὶ δαΐδας παραθεῖτο. 140
ὣς τρίετες μὲν ἔληθε δόλῳ καὶ ἔπειθεν Ἀχαιούς·
ἀλλ' ὅτε τέτρατον ἦλθεν ἔτος καὶ ἐπήλυθον ὧραι,
μηνῶν φθινόντων, περὶ δ' ἤματα πόλλ' ἐτελέσθη,
καὶ τότε δή τις ἔειπε γυναικῶν, ἣ σάφα ᾔδη,
καὶ τήν γ' ἀλλύουσαν ἐφεύρομεν ἀγλαὸν ἱστόν. 145
ὣς τὸ μὲν ἐξετέλεσσε καὶ οὐκ ἐθέλουσ', ὑπ' ἀνάγκης.
εὖθ' ἡ φᾶρος ἔδειξεν, ὑφήνασα μέγαν ἱστόν,
πλύνασ', ἠελίῳ ἐναλίγκιον ἠὲ σελήνῃ,
καὶ τότε δή ῥ' Ὀδυσῆα κακός ποθεν ἤγαγε δαίμων
ἀγροῦ ἐπ' ἐσχατιήν, ὅθι δώματα ναῖε συβώτης. 150
ἔνθ' ἦλθεν φίλος υἱὸς Ὀδυσσῆος θείοιο,
ἐκ Πύλου ἠμαθόεντος ἰὼν σὺν νηΐ μελαίνῃ·
τὼ δὲ μνηστῆρσιν θάνατον κακὸν ἀρτύναντε
ἵκοντο προτὶ ἄστυ περικλυτόν, ἦ τοι Ὀδυσσεὺς
ὕστερος, αὐτὰρ Τηλέμαχος πρόσθ' ἡγεμόνευε. 155
τὸν δὲ συβώτης ἦγε κακὰ χροῒ εἵματ' ἔχοντα,
πτωχῷ λευγαλέῳ ἐναλίγκιον ἠδὲ γέροντι
σκηπτόμενον· τὰ δὲ λυγρὰ περὶ χροῒ εἵματα ἕστο·
οὐδέ τις ἡμείων δύνατο γνῶναι τὸν ἐόντα
ἐξαπίνης προφανέντ', οὐδ' οἳ προγενέστεροι ἦσαν, 160
ἀλλ' ἔπεσίν τε κακοῖσιν ἐνίσσομεν ἠδὲ βολῇσιν.
αὐτὰρ ὁ τῆος ἐτόλμα ἐνὶ μεγάροισιν ἑοῖσι
βαλλόμενος καὶ ἐνισσόμενος τετληότι θυμῷ·
ἀλλ' ὅτε δή μιν ἔγειρε Διὸς νόος αἰγιόχοιο,
σὺν μὲν Τηλεμάχῳ περικαλλέα τεύχε' ἀείρας 165
ἐς θάλαμον κατέθηκε καὶ ἐκλήϊσεν ὀχῆας,

esperai que eu termine, embora impacientes,
o lençol (temo a dispersão dos fios ao vento),
sudário para o herói Laerte, quando a moira
adversa da longiabarcante morte o leve, 135
para evitar o vilipêndio das aqueias,
se o multipossuidor jazer sem um lençol.'
Falou nos convencendo o coração brioso.
A grande tela que tecia dia adentro,
à luz do archote destecia à noite. Três 140
anos durou o engano dos aqueus; no quarto,
tornada a primavera, os meses consumados,
ao fim de um rol imenso de jornadas, conta-nos
tudo uma escrava sabedora da armadilha,
e a esfazer o pano esplêndido a flagramos. 145
A contragosto, concluiu, forçada, a obra.
Findo o lençol, tecida e então lavada a trama
enorme, símile do sol, igual à lua,
um demo adverso conduziu o herói de algures,
nos confins da campina, ao lar do porcariço. 150
Chegou ali também o filho de Odisseu,
provindo da arenosa Pilo em nave negra;
a dupla trama a morte horrível dos rapazes
e vai à pólis pluribela, o filho antes,
o divino Odisseu depois, encabeçado, 155
em vestes míseras, igual a um mendicante
ancião (necessitado de cajado, pobres
roupas o agasalhando), por Eumeu, porqueiro.
Quem imaginaria sua identidade
na repentina reaparição, incluindo 160
os velhos? O agredimos com palavra e bólidos.
Paciente no íntimo, suporta golpe e injúrias
no lar por algum tempo, mas, quando o esperta
a mente do Cronida que sacode a terra,
toma o belíssimo armamento com Telêmaco, 165
no tálamo o depõe, aferrolhando as portas,

αὐτὰρ ὁ ἣν ἄλοχον πολυκερδείῃσιν ἄνωγε
τόξον μνηστήρεσσι θέμεν πολιόν τε σίδηρον,
ἡμῖν αἰνομόροισιν ἀέθλια καὶ φόνου ἀρχήν.
οὐδέ τις ἡμείων δύνατο κρατεροῖο βιοῖο   170
νευρὴν ἐντανύσαι, πολλὸν δ' ἐπιδευέες ἦμεν.
ἀλλ' ὅτε χεῖρας ἵκανεν Ὀδυσσῆος μέγα τόξον,
ἔνθ' ἡμεῖς μὲν πάντες ὁμοκλέομεν ἐπέεσσι
τόξον μὴ δόμεναι, μηδ' εἰ μάλα πολλ' ἀγορεύοι·
Τηλέμαχος δέ μιν οἶος ἐποτρύνων ἐκέλευσεν.   175
αὐτὰρ ὁ δέξατο χειρὶ πολύτλας δῖος Ὀδυσσεύς,
ῥηϊδίως δ' ἐτάνυσσε βιόν, διὰ δ' ἧκε σιδήρου,
στῆ δ' ἄρ' ἐπ' οὐδὸν ἰών, ταχέας δ' ἐκχεύατ' ὀϊστοὺς
δεινὸν παπταίνων, βάλε δ' Ἀντίνοον βασιλῆα.
αὐτὰρ ἔπειτ' ἄλλοις ἐφίει βέλεα στονόεντα,   180
ἄντα τιτυσκόμενος· τοὶ δ' ἀγχιστῖνοι ἔπιπτον.
γνωτὸν δ' ἦν ὅ ῥά τίς σφι θεῶν ἐπιτάρροθος ἦεν.
αὐτίκα γὰρ κατὰ δώματ' ἐπισπόμενοι μένεϊ σφῷ
κτεῖνον ἐπιστροφάδην, τῶν δὲ στόνος ὤρνυτ' ἀεικὴς
κράτων τυπτομένων, δάπεδον δ' ἅπαν αἵματι θῦεν.   185
ὣς ἡμεῖς, Ἀγάμεμνον, ἀπωλόμεθ', ὧν ἔτι καὶ νῦν
σώματ' ἀκηδέα κεῖται ἐνὶ μεγάροις Ὀδυσῆος·
οὐ γάρ πω ἴσασι φίλοι κατὰ δώμαθ' ἑκάστου,
οἵ κ' ἀπονίψαντες μέλανα βρότον ἐξ ὠτειλέων
κατθέμενοι γοάοιεν· ὃ γὰρ γέρας ἐστὶ θανόντων." 190
τὸν δ' αὖτε ψυχὴ προσεφώνεεν Ἀτρεΐδαο·
"ὄλβιε Λαέρταο πάϊ, πολυμήχαν' Ὀδυσσεῦ,
ἦ ἄρα σὺν μεγάλῃ ἀρετῇ ἐκτήσω ἄκοιτιν.
ὡς ἀγαθαὶ φρένες ἦσαν ἀμύμονι Πηνελοπείῃ,
κούρῃ Ἰκαρίου· ὡς εὖ μέμνητ' Ὀδυσῆος,   195
ἀνδρὸς κουριδίου· τῷ οἱ κλέος οὔ ποτ' ὀλεῖται
ἧς ἀρετῆς, τεύξουσι δ' ἐπιχθονίοισιν ἀοιδὴν
ἀθάνατοι χαρίεσσαν ἐχέφρονι Πηνελοπείῃ,
οὐχ ὡς Τυνδαρέου κούρη κακὰ μήσατο ἔργα,
κουρίδιον κτείνασα πόσιν, στυγερὴ δέ τ' ἀοιδὴ   200
ἔσσετ' ἐπ' ἀνθρώπους, χαλεπὴν δέ τε φῆμιν ὀπάσσει

e, multiperspicaz, induz a própria esposa
a sugerir aos procos o arco e o ferro gris,
lide que desencadeou nosso declínio.
O grupo fracassou em retesar o nervo 170
do arco fortíssimo — ficamos bem aquém.
Mas quando às mãos do herói alguém conduz o arco
oblongo, ameaçadores, nós mandamos não
lhe destinasse a arma, ainda que insistisse;
Telêmaco, incitando-o, não nos obedece. 175
E o multipadecido herói em posse dele,
vergou-o fácil, perfurou segures férreos.
Plantado na soleira, seteou os dardos
ágeis, olhando tétrico. Derruba Antínoo.
Contra os demais, dispara dardos lutuosos, 180
fixando a frente: os corpos mortos se empilhavam.
Era de cogitar tivesse um deus aliado:
movidos por furor, a morte se alastrava
por todo canto. Hórridos gemidos vinham
das cabeças truncadas. Fumo rubro o solo 185
exalava. Eis, atrida, como sucumbimos.
Há corpos insepultos no solar do herói.
Nenhum parente está a par do acontecido,
para prantear, lavar da chaga o sangue negro,
inumar os cadáveres conforme usança." 190
E respondeu-lhe a ânima do Atreide: "Multi-
astucioso Odisseu Laércio, venturoso,
conquistaste uma esposa hipervirtuosa;
que pensamentos magnos tem tua consorte,
filha de Icário, nobre. Do esposo Odisseu 195
não se esqueceu. O *kleos*, que é o eco do renome,
perdurará. À percuciência de Penélope,
hão de compor os numes aprazível canto
aos homens ctônios. Outramente procedeu
a Tindarida, matadora do marido, 200
e um canto estígio há de inspirar nos homens, péssimo

θηλυτέρῃσι γυναιξί, καὶ ἥ κ' εὐεργὸς ἔῃσιν."
ὣς οἱ μὲν τοιαῦτα πρὸς ἀλλήλους ἀγόρευον,
ἑσταότ' εἰν Ἀΐδαο δόμοις, ὑπὸ κεύθεσι γαίης·
οἱ δ' ἐπεὶ ἐκ πόλιος κατέβαν, τάχα δ' ἀγρὸν ἵκοντο   205
καλὸν Λαέρταο τετυγμένον, ὅν ῥά ποτ' αὐτὸς
Λαέρτης κτεάτισσεν, ἐπεὶ μάλα πόλλ' ἐμόγησεν.
ἔνθα οἱ οἶκος ἔην, περὶ δὲ κλίσιον θέε πάντῃ,
ἐν τῷ σιτέσκοντο καὶ ἵζανον ἠδὲ ἴαυον
δμῶες ἀναγκαῖοι, τοί οἱ φίλα ἐργάζοντο.   210
ἐν δὲ γυνὴ Σικελὴ γρηῦς πέλεν, ἥ ῥα γέροντα
ἐνδυκέως κομέεσκεν ἐπ' ἀγροῦ, νόσφι πόληος.
ἔνθ' Ὀδυσεὺς δμώεσσι καὶ υἱέϊ μῦθον ἔειπεν·
"ὑμεῖς μὲν νῦν ἔλθετ' ἐϋκτίμενον δόμον εἴσω,
δεῖπνον δ' αἶψα συῶν ἱερεύσατε ὅς τις ἄριστος·   215
αὐτὰρ ἐγὼ πατρὸς πειρήσομαι ἡμετέροιο,
αἴ κέ μ' ἐπιγνώῃ καὶ φράσσεται ὀφθαλμοῖσιν,
ἦέ κεν ἀγνοιῇσι, πολὺν χρόνον ἀμφὶς ἐόντα."
ὣς εἰπὼν δμώεσσιν ἀρήϊα τεύχε' ἔδωκεν.
οἱ μὲν ἔπειτα δόμονδε θοῶς κίον, αὐτὰρ Ὀδυσσεὺς   220
ἆσσον ἴεν πολυκάρπου ἀλωῆς πειρητίζων.
οὐδ' εὗρεν Δολίον, μέγαν ὄρχατον ἐσκαταβαίνων,
οὐδέ τινα δμώων οὐδ' υἱῶν· ἀλλ' ἄρα τοί γε
αἱμασιὰς λέξοντες ἀλωῆς ἔμμεναι ἕρκος
ᾤχοντ', αὐτὰρ ὁ τοῖσι γέρων ὁδὸν ἡγεμόνευε.   225
τὸν δ' οἶον πατέρ' εὗρεν ἐϋκτιμένῃ ἐν ἀλωῇ,
λιστρεύοντα φυτόν· ῥυπόωντα δὲ ἕστο χιτῶνα
ῥαπτὸν ἀεικέλιον, περὶ δὲ κνήμῃσι βοείας
κνημῖδας ῥαπτὰς δέδετο, γραπτῦς ἀλεείνων,
χειρῖδάς τ' ἐπὶ χερσὶ βάτων ἕνεκ'· αὐτὰρ ὕπερθεν   230
αἰγείην κυνέην κεφαλῇ ἔχε, πένθος ἀέξων.
τὸν δ' ὡς οὖν ἐνόησε πολύτλας δῖος Ὀδυσσεὺς
γήραϊ τειρόμενον, μέγα δὲ φρεσὶ πένθος ἔχοντα,
στὰς ἄρ' ὑπὸ βλωθρὴν ὄγχνην κατὰ δάκρυον εἶβε.
μερμήριξε δ' ἔπειτα κατὰ φρένα καὶ κατὰ θυμὸν   235
κύσσαι καὶ περιφῦναι ἑὸν πατέρ', ἠδὲ ἕκαστα

parâmetro às volúveis e às sensatas." Tal
era o teor do diálogo que os entretinha
na residência de Hades, sub(recesso)térreo.
E os outros, urbe abaixo, chegam logo ao campo 205
bem-cultivado por Laerte, que o comprara
em tempos idos, fruto de sua faina. Ali
construíra moradia, com alpendre em volta,
onde comiam e dormiam os domésticos
submissos, cumpridores dos encargos. Sícula 210
entrada em anos desdobrava-se em cuidar
do velho, na região longínqua da cidade.
Nesse lugar o herói falou ao filho e servos:
"Entrai na casa sólida e imolai no ato
um porco nédio para nossa refeição; 215
farei um teste com meu pai, a fim de ver
se ele é capaz de, olhando-me, saber quem sou
ou não, passado tanto tempo." Assim falou
e pôs nas mãos dos servos o armamento. Ato
contínuo, entram na morada e Odisseu 220
dirige-se ao pomar polifrutuoso, onde,
se enveredando no silvedo, não vislumbra
Dólio, seus filhos ou criados, empenhados
em recolher espinhos para uma das sebes
do plantio, entestados pelo próprio Dólio. 225
No sítio bem podado foi dar com o pai,
que mondava um arbusto em vestes rotas, sujas,
grevas de couro à perna contra acúleos, luvas
nas mãos contra o espinheiro; de pelame cápreo
o barrete moldava-lhe a cabeça. A dor 230
recrudescia. O peito de Odisseu multi-
paciente aflige assim que apercebeu o quanto
a senectude o consumira. Bem embaixo
da altíssima pereira estanca e chora. A mente
e o coração decidem se ele beija o pai, 235
lhe conta tudo, como retornara, o abraça,

εἰπεῖν, ὡς ἔλθοι καὶ ἵκοιτ' ἐς πατρίδα γαῖαν,
ἦ πρῶτ' ἐξερέοιτο ἕκαστά τε πειρήσαιτο.
ὧδε δέ οἱ φρονέοντι δοάσσατο κέρδιον εἶναι,
πρῶτον κερτομίοις ἐπέεσσιν πειρηθῆναι. 240
τὰ φρονέων ἰθὺς κίεν αὐτοῦ δῖος Ὀδυσσεύς.
ἦ τοι ὁ μὲν κατέχων κεφαλὴν φυτὸν ἀμφελάχαινε·
τὸν δὲ παριστάμενος προσεφώνεε φαίδιμος υἱός·
"ὦ γέρον, οὐκ ἀδαημονίη σ' ἔχει ἀμφιπολεύειν
ὄρχατον, ἀλλ' εὖ τοι κομιδὴ ἔχει, οὐδέ τι πάμπαν, 245
οὐ φυτόν, οὐ συκέη, οὐκ ἄμπελος, οὐ μὲν ἐλαίη,
οὐκ ὄγχνη, οὐ πρασιή τοι ἄνευ κομιδῆς κατὰ κῆπον.
ἄλλο δέ τοι ἐρέω, σὺ δὲ μὴ χόλον ἔνθεο θυμῷ·
αὐτόν σ' οὐκ ἀγαθὴ κομιδὴ ἔχει, ἀλλ' ἅμα γῆρας
λυγρὸν ἔχεις αὐχμεῖς τε κακῶς καὶ ἀεικέα ἕσσαι. 250
οὐ μὲν ἀεργίης γε ἄναξ ἕνεκ' οὔ σε κομίζει,
οὐδέ τί τοι δούλειον ἐπιπρέπει εἰσοράασθαι
εἶδος καὶ μέγεθος· βασιλῆϊ γὰρ ἀνδρὶ ἔοικας.
τοιούτῳ δὲ ἔοικας, ἐπεὶ λούσαιτο φάγοι τε,
εὑδέμεναι μαλακῶς· ἡ γὰρ δίκη ἐστὶ γερόντων. 255
ἀλλ' ἄγε μοι τόδε εἰπὲ καὶ ἀτρεκέως κατάλεξον,
τεῦ δμῶς εἶς ἀνδρῶν; τεῦ δ' ὄρχατον ἀμφιπολεύεις;
καί μοι τοῦτ' ἀγόρευσον ἐτήτυμον, ὄφρ' ἐῢ εἰδῶ,
εἰ ἐτεόν γ' Ἰθάκην τήνδ' ἱκόμεθ', ὥς μοι ἔειπεν
οὗτος ἀνὴρ νῦν δὴ ξυμβλήμενος ἐνθάδ' ἰόντι, 260
οὔ τι μάλ' ἀρτίφρων, ἐπεὶ οὐ τόλμησεν ἕκαστα
εἰπεῖν ἠδ' ἐπακοῦσαι ἐμὸν ἔπος, ὡς ἐρέεινον
ἀμφὶ ξείνῳ ἐμῷ, ἤ που ζώει τε καὶ ἔστιν,
ἦ ἤδη τέθνηκε καὶ εἰν Ἀΐδαο δόμοισιν.
ἐκ γάρ τοι ἐρέω, σὺ δὲ σύνθεο καί μευ ἄκουσον· 265
ἄνδρα ποτ' ἐξείνισσα φίλῃ ἐνὶ πατρίδι γαίῃ
ἡμέτερόνδ' ἐλθόντα, καὶ οὔ πω τις βροτὸς ἄλλος
ξείνων τηλεδαπῶν φιλίων ἐμὸν ἵκετο δῶμα·
εὔχετο δ' ἐξ Ἰθάκης γένος ἔμμεναι, αὐτὰρ ἔφασκε
Λαέρτην Ἀρκεισιάδην πατέρ' ἔμμεναι αὐτῷ. 270
τὸν μὲν ἐγὼ πρὸς δώματ' ἄγων ἐῢ ἐξείνισσα,

ou se primeiro o indaga e o põe à prova. Assim
pensando, pareceu melhor testá-lo antes,
com termos sopesados. Odisseu dirige-se
ao pai com esse plano em mente. Recurvado, 240
circunlavrava a planta. Em pé, ao lado dele,
o ilustre filho proferiu: "Ancião, até
que não te falta habilidade no cultivo
do pomar, antes o contrário: não existe
nenhuma planta descuidada aqui, nem pera, 245
nem figo, nem oliva, nem legume ou vide.
Peço que minha fala não te enraive o íntimo:
é de ti mesmo que não cuidas bem. A triste
ancianidade pesa, estás em sujo andrajo.
Para punir um tal desleixo teu senhor 250
não te desdenha tanto, nem tens traço vil
no porte e na postura: és réplica de um rei.
A alguém assim, se espera, após o banho e a ceia,
a maciez do sono: é justo com os velhos.
Sê franco e exato no que indago agora: és servo 255
de quem? A terra que cultivas, quem é o dono?
Rogo sinceridade quanto a outro ponto,
para eu saber se estou de fato em solo itácio,
como me disse um viajor pouco simpático,
lacunar quando respondeu-me se ainda vive 260
e existe alguém que foi meu hóspede, se já
morreu e habita a moradia do Hades. Ouve
atentamente o que eu direi, é só o que peço:
certa vez acolhi alguém que veio ao solo
avoengo, e nunca mais chegou à minha casa 265
outro mortal originário dos confins
que fosse mais querido a todos nós. Dizia
ser de família itácia e que o avô paterno,
Arcésio, era pai de um homem designado
Laerte. O recebi de braços ampliabertos 270
e o conduzi ao paço. Minhas posses não

ἐνδυκέως φιλέων, πολλῶν κατὰ οἶκον ἐόντων,
καί οἱ δῶρα πόρον ξεινήϊα, οἷα ἐῴκει.
χρυσοῦ μέν οἱ δῶκ' εὐεργέος ἑπτὰ τάλαντα,
δῶκα δέ οἱ κρητῆρα πανάργυρον ἀνθεμόεντα, 275
δώδεκα δ' ἁπλοΐδας χλαίνας, τόσσους δὲ τάπητας,
τόσσα δὲ φάρεα καλά, τόσους δ' ἐπὶ τοῖσι χιτῶνας,
χωρὶς δ' αὖτε γυναῖκας, ἀμύμονα ἔργα ἰδυίας,
τέσσαρας εἰδαλίμας, ἃς ἤθελεν αὐτὸς ἑλέσθαι."
τὸν δ' ἠμείβετ' ἔπειτα πατὴρ κατὰ δάκρυον εἴβων· 280
"ξεῖν', ἦ τοι μὲν γαῖαν ἱκάνεις, ἣν ἐρεείνεις,
ὑβρισταὶ δ' αὐτὴν καὶ ἀτάσθαλοι ἄνδρες ἔχουσιν·
δῶρα δ' ἐτώσια ταῦτα χαρίζεο, μυρί' ὀπάζων·
εἰ γάρ μιν ζωόν γ' ἐκίχεις Ἰθάκης ἐνὶ δήμῳ,
τῷ κέν σ' εὖ δώροισιν ἀμειψάμενος ἀπέπεμψε 285
καὶ ξενίῃ ἀγαθῇ· ἡ γὰρ θέμις, ὅς τις ὑπάρξῃ.
ἀλλ' ἄγε μοι τόδε εἰπὲ καὶ ἀτρεκέως κατάλεξον,
πόστον δὴ ἔτος ἐστίν, ὅτε ξείνισσας ἐκεῖνον
σὸν ξεῖνον δύστηνον, ἐμὸν παῖδ', εἴ ποτ' ἔην γε,
δύσμορον; ὅν που τῆλε φίλων καὶ πατρίδος αἴης 290
ἠέ που ἐν πόντῳ φάγον ἰχθύες, ἢ ἐπὶ χέρσου
θηρσὶ καὶ οἰωνοῖσιν ἕλωρ γένετ'· οὐδέ ἑ μήτηρ
κλαῦσε περιστείλασα πατήρ θ', οἵ μιν τεκόμεσθα·
οὐδ' ἄλοχος πολύδωρος, ἐχέφρων Πηνελόπεια,
κώκυσ' ἐν λεχέεσσιν ἑὸν πόσιν, ὡς ἐπεῴκει, 295
ὀφθαλμοὺς καθελοῦσα· τὸ γὰρ γέρας ἐστὶ θανόντων.
καί μοι τοῦτ' ἀγόρευσον ἐτήτυμον, ὄφρ' ἐῢ εἰδῶ·
τίς πόθεν εἰς ἀνδρῶν; πόθι τοι πόλις ἠδὲ τοκῆες;
ποῦ δὲ νηῦς ἕστηκε θοή, ἥ σ' ἤγαγε δεῦρο
ἀντιθέους θ' ἑτάρους; ἦ ἔμπορος εἰλήλουθας 300
νηὸς ἐπ' ἀλλοτρίης, οἱ δ' ἐκβήσαντες ἔβησαν;"
τὸν δ' ἀπαμειβόμενος προσέφη πολύμητις Ὀδυσσεύς·
"τοιγὰρ ἐγώ τοι πάντα μάλ' ἀτρεκέως καταλέξω.
εἰμὶ μὲν ἐξ Ἀλύβαντος, ὅθι κλυτὰ δώματα ναίω,
υἱὸς Ἀφείδαντος Πολυπημονίδαο ἄνακτος· 305
αὐτὰρ ἐμοί γ' ὄνομ' ἐστὶν Ἐπήριτος· ἀλλά με δαίμων

eram pequenas, o que permitiu lhe dar
regalos de que o hóspede é merecedor:
sete talentos áureos hiperlavorados,
uma cratera pan-argêntea antológica 275
nos flóreos arabescos, doze mantas simples,
outros tantos tapetes, outros tantos belos
lençóis, além de doze túnicas e quatro
habílimas ancilas, graciosas, ótimas
em obras raras, que ele então selecionara." 280
E o pai, às lágrimas, lhe disse: "Forasteiro,
não chegaste a localidade equivocada,
contudo agentes da húbris, gente torpe a oprime.
O muito que lhe deste não frutificou.
O encontraras vivendo em seu rincão itácio, 285
irias com lauto contracâmbio de benesses,
com generosa xênia, lei a quem doou
primeiramente. Fala com sinceridade:
em que ano foi que aconteceu de receber
esse alienígena infeliz, meu filho, se 290
um dia o foi? Amaramoira! Sem os seus,
cardumes comem sua carcaça longe de Ítaca,
presa senão de fera e abutre. Não foi dado
à mãe chorá-lo, nem pousá-lo na mortalha,
ao pai, a nós, os genitores. Nem Penélope, 295
esposa polidotes, pranteou, conforme
usança, sobre o leito, lhe cerrou as pálpebras,
prêmio dos mortos. Sê sincero ao que eu pergunto:
quem és? Quem são os teus? Tua pólis, onde fica?
Onde aproou a nau veloz que te portou 300
com sócios divos (quase)? Mercador, vieste
em nave de outrem, que zarpou quando zarpaste?"
E o herói plurissolerte respondeu: "Pois bem,
serei minuciosíssimo no meu relato.
Sou de Alibante, logradouro do meu paço 305
belo. Meu pai é o magno Polipemonide

πλάγξ' ἀπὸ Σικανίης δεῦρ' ἐλθέμεν οὐκ ἐθέλοντα·
νηῦς δέ μοι ἥδ' ἕστηκεν ἐπ' ἀγροῦ νόσφι πόληος.
αὐτὰρ Ὀδυσσῆϊ τόδε δὴ πέμπτον ἔτος ἐστίν,
ἐξ οὗ κεῖθεν ἔβη καὶ ἐμῆς ἀπελήλυθε πάτρης, 310
δύσμορος· ἦ τέ οἱ ἐσθλοὶ ἔσαν ὄρνιθες ἰόντι,
δεξιοί, οἷς χαίρων μὲν ἐγὼν ἀπέπεμπον ἐκεῖνον,
χαῖρε δὲ κεῖνος ἰών· θυμὸς δ' ἔτι νῶϊν ἐώλπει
μίξεσθαι ξενίῃ ἠδ' ἀγλαὰ δῶρα διδώσειν."
ὣς φάτο, τὸν δ' ἄχεος νεφέλη ἐκάλυψε μέλαινα· 315
ἀμφοτέρῃσι δὲ χερσὶν ἑλὼν κόνιν αἰθαλόεσσαν
χεύατο κὰκ κεφαλῆς πολιῆς, ἁδινὰ στεναχίζων.
τοῦ δ' ὠρίνετο θυμός, ἀνὰ ῥῖνας δέ οἱ ἤδη
δριμὺ μένος προύτυψε φίλον πατέρ' εἰσορόωντι.
κύσσε δέ μιν περιφὺς ἐπιάλμενος, ἠδὲ προσηύδα· 320
"κεῖνος μέν τοι ὅδ' αὐτὸς ἐγώ, πάτερ, ὃν σὺ μεταλλᾷς,
ἤλυθον εἰκοστῷ ἔτεϊ ἐς πατρίδα γαῖαν.
ἀλλ' ἴσχεο κλαυθμοῖο γόοιό τε δακρυόεντος.
ἐκ γάρ τοι ἐρέω· μάλα δὲ χρὴ σπευδέμεν ἔμπης·
μνηστῆρας κατέπεφνον ἐν ἡμετέροισι δόμοισι, 325
λώβην τινύμενος θυμαλγέα καὶ κακὰ ἔργα."
τὸν δ' αὖ Λαέρτης ἀπαμείβετο φώνησέν τε·
"εἰ μὲν δὴ Ὀδυσεύς γε ἐμὸς πάϊς ἐνθάδ' ἱκάνεις,
σῆμά τί μοι νῦν εἰπὲ ἀριφραδές, ὄφρα πεποίθω."
τὸν δ' ἀπαμειβόμενος προσέφη πολύμητις Ὀδυσσεύς· 330
"οὐλὴν μὲν πρῶτον τήνδε φράσαι ὀφθαλμοῖσι,
τὴν ἐν Παρνησῷ μ' ἔλασεν σῦς λευκῷ ὀδόντι
οἰχόμενον· σὺ δέ με προΐεις καὶ πότνια μήτηρ
ἐς πατέρ' Αὐτόλυκον μητρὸς φίλον, ὄφρ' ἂν ἑλοίμην
δῶρα, τὰ δεῦρο μολὼν μοι ὑπέσχετο καὶ κατένευσεν. 335
εἰ δ' ἄγε τοι καὶ δένδρε' ἐϋκτιμένην κατ' ἀλωὴν
εἴπω, ἅ μοί ποτ' ἔδωκας, ἐγὼ δ' ᾔτεόν σε ἕκαστα
παιδνὸς ἐών, κατὰ κῆπον ἐπισπόμενος· διὰ δ' αὐτῶν
ἱκνεύμεσθα, σὺ δ' ὠνόμασας καὶ ἔειπες ἕκαστα.
ὄγχνας μοι δῶκας τρισκαίδεκα καὶ δέκα μηλέας, 340
συκέας τεσσαράκοντ'· ὄρχους δέ μοι ὧδ' ὀνόμηνας

Afidante. Meu nome é Epérito. Um demo
me arrojou da Sicânia aqui, a contragosto.
Fundeei o navio à beira-campo, longe
da pólis. Faz já cinco anos que Odisseu   310
nos deixou, moiraziaga. Benfazejas aves
voaram à direita. Alegre, despedi-me;
alegre, ele partiu. O coração dos dois
ansiava o reencontro, o câmbio de tesouros."
Falou e a nuvem negra da amagura encobre   315
Laerte, que recolhe o pó fuliginoso
e o versa na cabeça gris, chorando a cântaros.
O coração comove e, ao remirar o pai,
irrompe nas narinas um prurido acre.
Planta circum-nascente, o abraça no ato, o beija   320
e diz: "Perguntas, pai, por mim! Retorno vinte
anos após à pátria ancestre. Cessa o pranto,
não mais te lamuries! Nada deixarei
de relatar, mas urge que eu o faça presto,
pois que matei os pretendentes no palácio,   325
para vingar a sordidez e a dor da angústia."
Laerte rebateu: "Se verdadeiramente
retornaste, Odisseu, meu filho, exibe um signo
plenievidente com que me convenças." Disse-lhe
em resposta Odisseu multiastucioso: "Fixa   330
o teu olhar inicialmente na ferida
que no Parnaso o javali de alvos colmilhos
gravou em mim, quando em visita à minha avó
e ao pai de minha mãe, o lobo-em-si, Autólico,
a fim de receber os dons que prometera   335
me dar quando nasci. Enunciarei as árvores
do pomar que me ofereceste um dia: todas
ia pedindo atrás de ti pelo frutal —
era um menino —, e nomeavas cada qual.
E ganhei treze peras, dez maçãs, quarenta   340
figos; ficaste de me dar cinquenta renques,

δώσειν πεντήκοντα, διατρύγιος δὲ ἕκαστος
ἤην — ἔνθα δ' ἀνὰ σταφυλαὶ παντοῖαι ἔασιν —
ὁππότε δὴ Διὸς ὧραι ἐπιβρίσειαν ὕπερθεν."
ὣς φάτο, τοῦ δ' αὐτοῦ λύτο γούνατα καὶ φίλον ἦτορ, 345
σήματ' ἀναγνόντος τά οἱ ἔμπεδα πέφραδ' Ὀδυσσεύς·
ἀμφὶ δὲ παιδὶ φίλῳ βάλε πήχεε· τὸν δὲ ποτὶ οἷ
εἷλεν ἀποψύχοντα πολύτλας δῖος Ὀδυσσεύς.
αὐτὰρ ἐπεί ῥ' ἄμπνυτο καὶ ἐς φρένα θυμὸς ἀγέρθη,
ἐξαῦτις μύθοισιν ἀμειβόμενος προσέειπε· 350
"Ζεῦ πάτερ, ἦ ῥα ἔτ' ἔστε θεοὶ κατὰ μακρὸν Ὄλυμπον,
εἰ ἐτεὸν μνηστῆρες ἀτάσθαλον ὕβριν ἔτισαν.
νῦν δ' αἰνῶς δείδοικα κατὰ φρένα μὴ τάχα πάντες
ἐνθάδ' ἐπέλθωσιν Ἰθακήσιοι, ἀγγελίας δὲ
πάντη ἐποτρύνωσι Κεφαλλήνων πολίεσσι." 355
τὸν δ' ἀπαμειβόμενος προσέφη πολύμητις Ὀδυσσεύς·
"θάρσει, μή τοι ταῦτα μετὰ φρεσὶ σῇσι μελόντων.
ἀλλ' ἴομεν προτὶ οἶκον, ὃς ὀρχάτου ἐγγύθι κεῖται·
ἔνθα δὲ Τηλέμαχον καὶ βουκόλον ἠδὲ συβώτην
προὔπεμψ', ὥς ἂν δεῖπνον ἐφοπλίσσωσι τάχιστα." 360
ὣς ἄρα φωνήσαντε βάτην πρὸς δώματα καλά.
οἱ δ' ὅτε δή ῥ' ἵκοντο δόμους εὖ ναιετάοντας,
εὗρον Τηλέμαχον καὶ βουκόλον ἠδὲ συβώτην
ταμνομένους κρέα πολλὰ κερῶντάς τ' αἴθοπα οἶνον.
τόφρα δὲ Λαέρτην μεγαλήτορα ᾧ ἐνὶ οἴκῳ 365
ἀμφίπολος Σικελὴ λοῦσεν καὶ χρῖσεν ἐλαίῳ,
ἀμφὶ δ' ἄρα χλαῖναν καλὴν βάλεν· αὐτὰρ Ἀθήνη
ἄγχι παρισταμένη μέλε' ἤλδανε ποιμένι λαῶν,
μείζονα δ' ἠὲ πάρος καὶ πάσσονα θῆκεν ἰδέσθαι.
ἐκ δ' ἀσαμίνθου βῆ· θαύμαζε δέ μιν φίλος υἱός, 370
ὡς ἴδεν ἀθανάτοισι θεοῖς ἐναλίγκιον ἄντην·
καί μιν φωνήσας ἔπεα πτερόεντα προσηύδα·
"ὦ πάτερ, ἦ μάλα τίς σε θεῶν αἰειγενετάων
εἶδός τε μέγεθός τε ἀμείνονα θῆκεν ἰδέσθαι."
τὸν δ' αὖ Λαέρτης πεπνυμένος ἀντίον ηὔδα· 375
"αἲ γάρ, Ζεῦ τε πάτερ καὶ Ἀθηναίη καὶ Ἀπόλλον,

em que a maturação dos cachos sucedia-se
(não careciam de uma só espécie de uva),
quando as sazões de Zeus de cima sobrepousam."
Falou. O coração e os joelhos lhe esboroam,   345
reconhecendo os signos que Odisseu desvela.
Circum-abraça o filho tão benquisto e o multi-
paciente divinal herói sustém-no, exânime.
Quando ressopra o alento e o coração no peito
resgata-se, o ancião retoma a fala: "Zeus   350
pai, deuses, ainda existem na amplidão olímpica,
se os procos pagam pela desmesura da húbris!
Mas um temor me oprime a mente: que os itácios
em bloco cheguem presto e enviem mensageiros
a todas as demais cidades cefalênias."   355
E Odisseu rebateu, herói pleniastucioso:
"Ânimo! Evita que isso te revolva a mente!
Entremos na morada cerce ao teu pomar,
onde Telêmaco, o boieiro e o porcariço
foram a meu comando preparar a ceia."   360
Falou. Ao belo pavimento se dirigem.
Dão com Telêmaco, o porqueiro e o boiadeiro
tão logo chegam à imponente moradia.
Picavam carne e misturavam vinho escuro.
A ancila sícula banhou e ungiu com óleo   365
Laerte megadenodado em sua casa,
e circum-arrojou-lhe um manto belo. Atena,
postada rente, os membros do pastor de povos
revigorou, o fez maior e espadaúdo.
O filho estupefato o mira quando deixa   370
a banheira, ícone de um imortal no porte.
Foi quando então lhe disse alígeras palavras:
"Pai, um dos bem-aventurados aprimora
teu porte e tua expressão, que apraz a quem te escruta."
Laerte inspira o sopro da sagácia e diz: 375
"Zeus pai, Atena, Apolo, fora eu ontem qual

οἷος Νήρικον εἷλον, ἐϋκτίμενον πτολίεθρον,
ἀκτὴν ἠπείροιο, Κεφαλλήνεσσιν ἀνάσσων,
τοῖος ἐών τοι χθιζὸς ἐν ἡμετέροισι δόμοισιν,
τεύχε' ἔχων ὤμοισιν, ἐφεστάμεναι καὶ ἀμύνειν   380
ἄνδρας μνηστῆρας· τῷ κε σφέων γούνατ' ἔλυσα
πολλῶν ἐν μεγάροισι, σὺ δὲ φρένας ἔνδον ἐγήθεις."
ὣς οἱ μὲν τοιαῦτα πρὸς ἀλλήλους ἀγόρευον.
οἱ δ' ἐπεὶ οὖν παύσαντο πόνου τετύκοντό τε δαῖτα,
ἑξείης ἕζοντο κατὰ κλισμούς τε θρόνους τε·   385
ἔνθ' οἱ μὲν δείπνῳ ἐπεχείρεον, ἀγχίμολον δὲ
ἦλθ' ὁ γέρων Δολίος, σὺν δ' υἱεῖς τοῖο γέροντος,
ἐξ ἔργων μογέοντες, ἐπεὶ προμολοῦσα κάλεσσεν
μήτηρ γρηῦς Σικελή, ἥ σφεας τρέφε καὶ ῥα γέροντα
ἐνδυκέως κομέεσκεν, ἐπεὶ κατὰ γῆρας ἔμαρψεν.   390
οἱ δ' ὡς οὖν Ὀδυσῆα ἴδον φράσσαντό τε θυμῷ,
ἔσταν ἐνὶ μεγάροισι τεθηπότες· αὐτὰρ Ὀδυσσεὺς
μειλιχίοις ἐπέεσσι καθαπτόμενος προσέειπεν·
"ὦ γέρον, ἵζ' ἐπὶ δεῖπνον, ἀπεκλελάθεσθε δὲ θάμβευς·
δηρὸν γὰρ σίτῳ ἐπιχειρήσειν μεμαῶτες   395
μίμνομεν ἐν μεγάροις, ὑμέας ποτιδέγμενοι αἰεί."
ὣς ἄρ' ἔφη, Δολίος δ' ἰθὺς κίε χεῖρε πετάσσας
ἀμφοτέρας, Ὀδυσεῦς δὲ λαβὼν κύσε χεῖρ' ἐπὶ καρπῷ,
καί μιν φωνήσας ἔπεα πτερόεντα προσηύδα·
"ὦ φίλ', ἐπεὶ νόστησας ἐελδομένοισι μάλ' ἡμῖν   400
οὐδ' ἔτ' ὀϊομένοισι, θεοὶ δέ σ' ἀνήγαγον αὐτοί,
οὖλέ τε καὶ μάλα χαῖρε, θεοὶ δέ τοι ὄλβια δοῖεν.
καί μοι τοῦτ' ἀγόρευσον ἐτήτυμον, ὄφρ' ἐῢ εἰδῶ,
ἢ ἤδη σάφα οἶδε περίφρων Πηνελόπεια
νοστήσαντά σε δεῦρ', ἢ ἄγγελον ὀτρύνωμεν."   405
τὸν δ' ἀπαμειβόμενος προσέφη πολύμητις Ὀδυσσεύς·
"ὦ γέρον, ἤδη οἶδε· τί σε χρὴ ταῦτα πένεσθαι;"
ὣς φάθ', ὁ δ' αὖτις ἄρ' ἕζετ' ἐϋξέστου ἐπὶ δίφρου.
ὣς δ' αὔτως παῖδες Δολίου κλυτὸν ἀμφ' Ὀδυσῆα
δεικανόωντ' ἐπέεσσι καὶ ἐν χείρεσσι φύοντο,   410
ἑξείης δ' ἕζοντο παραὶ Δολίον, πατέρα σφόν.

fui na invasão de Nérito, urbe bem construída,
um enclave na encosta, basileu de todos
os cefalênios, fora assim em nosso paço,
ombros encouraçados, enfrentando os procos: 380
deixara inúmeros de joelhos no solar,
para que em tua ânima regozijasses."
Era como arengavam mutuamente. Finda
a lida, assim que aprestam o repasto, sentam-se
nas sédias e nos tronos, um ao lado do outro. 385
Provando quase os víveres, desponta Dólio,
geronte, e os filhos companheiros do geronte,
da faina camponesa. A esposa siciliana
de Dólio, responsável pela culinária,
zelosa do ancião desde que a ancianidade 390
o tinha, fora atrás dos seus. Assim que veem
o herói, o reconhecem. Param de estupor,
mas Odisseu, afável, lhes dirige a fala:
"Senta, senhor, e come! Evita o estupor,
não é de agora que esperávamos chegaras 395
do campo, a fim de começarmos a cear."
Falou assim e Dólio, abrindo os braços, corre
em sua direção, segura o carpo e beija-lhe
a mão. Profere alígeras palavras: "Caro,
tanto sonhamos com tua volta, embora incrédulos! 400
Um deus te conduziu. Desejo tua alegria
e rogo aos numes te concedam sempre o júbilo!
Peço que em tua arenga sejas bem preciso
e informes se tua esposa hipersolerte está
a par de tua volta, ou lhe enviamos núncio." 405
E o pluriastuto herói lhe respondeu: "Penélope
já está a par. Ancião, por que te empenhas nisso?"
Assim falando, senta-se no escano rútilo.
Os dolionidas, ao redor do herói, saudaram-no
com aperto de mão, lhe deram boas-vindas, 410
foram sentar-se, lado a lado, junto ao pai.

ὣς οἱ μὲν περὶ δεῖπνον ἐνὶ μεγάροισι πένοντο·
Ὄσσα δ' ἄρ' ἄγγελος ὦκα κατὰ πτόλιν ᾤχετο πάντῃ,
μνηστήρων στυγερὸν θάνατον καὶ κῆρ' ἐνέπουσα.
οἱ δ' ἄρ' ὁμῶς ἀΐοντες ἐφοίτων ἄλλοθεν ἄλλος   415
μυχμῷ τε στοναχῇ τε δόμων προπάροιθ' Ὀδυσῆος,
ἐκ δὲ νέκυς οἴκων φόρεον καὶ θάπτον ἕκαστοι,
τοὺς δ' ἐξ ἀλλάων πολίων οἶκόνδε ἕκαστον
πέμπον ἄγειν ἁλιεῦσι θοῇς ἐπὶ νηυσὶ τιθέντες·
αὐτοὶ δ' εἰς ἀγορὴν κίον ἀθρόοι, ἀχνύμενοι κῆρ.   420
αὐτὰρ ἐπεί ῥ' ἤγερθεν ὁμηγερέες τ' ἐγένοντο,
τοῖσιν δ' Εὐπείθης ἀνά θ' ἵστατο καὶ μετέειπε·
παιδὸς γάρ οἱ ἄλαστον ἐνὶ φρεσὶ πένθος ἔκειτο,
Ἀντινόου, τὸν πρῶτον ἐνήρατο δῖος Ὀδυσσεύς·
τοῦ ὅ γε δάκρυ χέων ἀγορήσατο καὶ μετέειπεν·   425
"ὦ φίλοι, ἦ μέγα ἔργον ἀνὴρ ὅδ' ἐμήσατ' Ἀχαιούς·
τοὺς μὲν σὺν νήεσσιν ἄγων πολέας τε καὶ ἐσθλοὺς
ὤλεσε μὲν νῆας γλαφυράς, ἀπὸ δ' ὤλεσε λαούς·
τοὺς δ' ἐλθὼν ἔκτεινε Κεφαλλήνων ὄχ' ἀρίστους,
ἀλλ' ἄγετε, πρὶν τοῦτον ἢ ἐς Πύλον ὦκα ἱκέσθαι   430
ἢ καὶ ἐς Ἤλιδα δῖαν, ὅθι κρατέουσιν Ἐπειοί,
ἴομεν· ἦ καὶ ἔπειτα κατηφέες ἐσσόμεθ' αἰεί·
λώβη γὰρ τάδε γ' ἐστὶ καὶ ἐσσομένοισι πυθέσθαι,
εἰ δὴ μὴ παίδων τε κασιγνήτων τε φονῆας
τισόμεθ'. οὐκ ἂν ἐμοί γε μετὰ φρεσὶν ἡδὺ γένοιτο   435
ζωέμεν, ἀλλὰ τάχιστα θανὼν φθιμένοισι μετείην.
ἀλλ' ἴομεν, μὴ φθέωσι περαιωθέντες ἐκεῖνοι."
ὣς φάτο δάκρυ χέων, οἶκτος δ' ἕλε πάντας Ἀχαιούς.
ἀγχίμολον δέ σφ' ἦλθε Μέδων καὶ θεῖος ἀοιδὸς
ἐκ μεγάρων Ὀδυσῆος, ἐπεί σφεας ὕπνος ἀνῆκεν,   440
ἔσταν δ' ἐν μέσσοισι· τάφος δ' ἕλεν ἄνδρα ἕκαστον.
τοῖσι δὲ καὶ μετέειπε Μέδων πεπνυμένα εἰδώς·
"κέκλυτε δὴ νῦν μευ, Ἰθακήσιοι· οὐ γὰρ Ὀδυσσεὺς
ἀθανάτων ἀέκητι θεῶν τάδ' ἐμήσατο ἔργα·
αὐτὸς ἐγὼν εἶδον θεὸν ἄμβροτον, ὅς ῥ' Ὀδυσῆϊ   445
ἐγγύθεν ἑστήκει καὶ Μέντορι πάντα ἐῴκει.

Enquanto o grupo se entregava às vitualhas,
tomava a urbe o mensageiro vozerio
anunciador do estígio epílogo dos procos.
Pessoas despontavam das regiões mais díspares, 415
diante do paço de Odisseu, com nênia e ulos;
cadáveres transladam e os sepultam; cuidam
os pescadores de embarcar em naus velozes
os corpos destinados às demais cidades.
Turbado o coração, a massa vai à praça. 420
Tão logo se formou o bloco, Eupites toma
a iniciativa da palavra junto à massa.
A dor horrível pelo filho que Odisseu
eliminou primeiro, Antínoo, dominou
seu coração. Às lágrimas, arenga: "Amigos, 425
ele causou enorme dano entre os aqueus:
levou em nave grande contingente ilustre,
matou alguns no mar, matou alguns em rusgas
e fulminou na volta os cefalênios ótimos.
Mas antes que ele atinja Pilo às pressas, e a Élide 430
sagrada, onde os epeios mandam, sus!, à ação!,
ou no futuro nos infamarão. Opróbrios
tão só nós colheremos na posteridade,
se não punirmos quem nos leva irmãos e filhos;
viver me esvaziou o peito de alegria: 435
que o fim de tânatos me tire a vida presto!
Vamos! Hão de querer singrar o mar em fuga!"
Falou chorando e todos os aqueus padecem.
Eis que o cantor divino do solar do herói,
Medonte, surge, assim que o deixa o sono de Hipnos. 440
O grupo estuporou, paralisado ao centro.
Medonte, que inspirava sensatez, profere:
"Itácios, escutai-me! Não foi sem querer
dos numes que Odisseu fez o que fez. Eu mesmo
pude notar ao flanco dele um deus, idêntico 445
a Mentor. Vinha à luz a fim de encorajar-lhe,

ἀθάνατος δὲ θεὸς τοτὲ μὲν προπάροιθ' Ὀδυσῆος
φαίνετο θαρσύνων, τοτὲ δὲ μνηστῆρας ὀρίνων
θῦνε κατὰ μέγαρον· τοὶ δ' ἀγχιστῖνοι ἔπιπτον."
ὣς φάτο, τοὺς δ' ἄρα πάντας ὑπὸ χλωρὸν δέος ᾕρει. 450
τοῖσι δὲ καὶ μετέειπε γέρων ἥρως Ἁλιθέρσης
Μαστορίδης· ὁ γὰρ οἶος ὅρα πρόσσω καὶ ὀπίσσω·
ὅ σφιν ἐϋφρονέων ἀγορήσατο καὶ μετέειπε·
"κέκλυτε δὴ νῦν μευ, Ἰθακήσιοι, ὅττι κεν εἴπω·
ὑμετέρῃ κακότητι, φίλοι, τάδε ἔργα γένοντο· 455
οὐ γὰρ ἐμοὶ πείθεσθ', οὐ Μέντορι ποιμένι λαῶν,
ὑμετέρους παῖδας καταπαυέμεν ἀφροσυνάων,
οἳ μέγα ἔργον ἔρεξαν ἀτασθαλίῃσι κακῇσι,
κτήματα κείροντες καὶ ἀτιμάζοντες ἄκοιτιν
ἀνδρὸς ἀριστῆος· τὸν δ' οὐκέτι φάντο νέεσθαι. 460
καὶ νῦν ὧδε γένοιτο. πίθεσθέ μοι ὡς ἀγορεύω·
μὴ ἴομεν, μή πού τις ἐπίσπαστον κακὸν εὕρῃ."
ὣς ἔφαθ', οἱ δ' ἄρ' ἀνήϊξαν μεγάλῳ ἀλαλητῷ
ἡμίσεων πλείους· τοὶ δ' ἀθρόοι αὐτόθι μίμνον·
οὐ γὰρ σφιν ἅδε μῦθος ἐνὶ φρεσίν, ἀλλ' Εὐπείθει 465
πείθοντ'· αἶψα δ' ἔπειτ' ἐπὶ τεύχεα ἐσσεύοντο.
αὐτὰρ ἐπεί ῥ' ἕσσαντο περὶ χροῒ νώροπα χαλκόν,
ἀθρόοι ἠγερέθοντο πρὸ ἄστεος εὐρυχόροιο.
τοῖσιν δ' Εὐπείθης ἡγήσατο νηπιέῃσι·
φῆ δ' ὅ γε τίσεσθαι παιδὸς φόνον, οὐδ' ἄρ' ἔμελλεν 470
ἂψ ἀπονοστήσειν, ἀλλ' αὐτοῦ πότμον ἐφέψειν.
αὐτὰρ Ἀθηναίη Ζῆνα Κρονίωνα προσηύδα·
"ὦ πάτερ ἡμέτερε, Κρονίδη, ὕπατε κρειόντων,
εἰπέ μοι εἰρομένῃ, τί νύ τοι νόος ἔνδοθι κεύθει;
ἢ προτέρω πόλεμόν τε κακὸν καὶ φύλοπιν αἰνὴν 475
τεύξεις, ἦ φιλότητα μετ' ἀμφοτέροισι τίθησθα;"
τὴν δ' ἀπαμειβόμενος προσέφη νεφεληγερέτα Ζεύς·
"τέκνον ἐμόν, τί με ταῦτα διείρεαι ἠδὲ μεταλλᾷς;
οὐ γὰρ δὴ τοῦτον μὲν ἐβούλευσας νόον αὐτή,
ὡς ἦ τοι κείνους Ὀδυσεὺς ἀποτίσεται ἐλθών; 480
ἔρξον ὅπως ἐθέλεις· ἐρέω τέ τοι ὡς ἐπέοικεν.

posicionado à frente. Às vezes enfuriava
no meio do recinto-mor, apavorando
os pretendentes que, empilhando-se, jaziam."
Falou e o medo verde-cloro os dominou. 450
Haliterses, herói geronte, pronuncia-se,
filho de Mástor. O pretérito e o porvir
era ele só quem via. Arenga a mente lúcida:
"Atenção, itacenses, para o que direi:
amigos, o revés é fruto dos equívocos 455
que cometestes. Quem me ouviu e quem ouviu
Mentor, pastor de povos? Não cedeu a insânia
dos moços, arrogantes, firmes nos delitos
de devastar os bens e de humilhar a esposa
de um grão-herói, que não retornaria — diziam. 460
Sugiro o cumprimento do que ora aconselho:
Parai! Ninguém se veja pelo mal opresso!"
Mais da metade da plateia em pé ulula,
enquanto o resto, unido, não se move, nada
contente com um tal conselho, preferindo 465
ouvir Eupites. Buscam o armamento às pressas.
Tão logo o bronze rútilo envergaram, juntam-se
diante da enorme cidadela, encabeçados
pelo insensato Eupites. Pretendia vingar
o assassinato de seu filho, mas, tocando-lhe 470
destino idêntico, não mais retornaria.
Contudo, Atena dirigiu-se a Zeus Cronida:
"Cronida, nosso pai, poder supremo, dize
a quem te indaga: o que tua mente guarda: prélio
apavorante e rixa bélico-vocal, 475
ou que entre as duas partes reine a paz?" O adensa-
-nuvens, por sua vez, pergunta: "Filha minha,
a que vem o interrogatório? O plano em curso,
não foi tu mesma que tramou? Tão logo em Ítaca,
Odisseu não os puniria? Faze o que 480
te apraza, mas direi aquilo que convém:

ἐπεὶ δὴ μνηστῆρας ἐτίσατο δῖος Ὀδυσσεύς,
ὅρκια πιστὰ ταμόντες ὁ μὲν βασιλευέτω αἰεί,
ἡμεῖς δ' αὖ παίδων τε κασιγνήτων τε φόνοιο
ἔκλησιν θέωμεν· τοὶ δ' ἀλλήλους φιλεόντων 485
ὡς τὸ πάρος, πλοῦτος δὲ καὶ εἰρήνη ἅλις ἔστω."
ὣς εἰπὼν ὤτρυνε πάρος μεμαυῖαν Ἀθήνην,
βῆ δὲ κατ' Οὐλύμποιο καρήνων ἀΐξασα.
οἱ δ' ἐπεὶ οὖν σίτοιο μελίφρονος ἐξ ἔρον ἕντο,
τοῖς δ' ἄρα μύθων ἦρχε πολύτλας δῖος Ὀδυσσεύς· 490
"ἐξελθών τις ἴδοι μὴ δὴ σχεδὸν ὦσι κιόντες."
ὣς ἔφατ'· ἐκ δ' υἱὸς Δολίου κίεν, ὡς ἐκέλευεν·
στῆ δ' ἄρ' ἐπ' οὐδὸν ἰών, τοὺς δὲ σχεδὸν ἔσιδε πάντας·
αἶψα δ' Ὀδυσσῆα ἔπεα πτερόεντα προσηύδα·
"οἵδε δὴ ἐγγὺς ἔασ'· ἀλλ' ὁπλιζώμεθα θᾶσσον." 495
ὣς ἔφαθ', οἱ δ' ὤρνυντο καὶ ἐν τεύχεσσι δύοντο,
τέσσαρες ἀμφ' Ὀδυσῆ, ἓξ δ' υἱεῖς οἱ Δολίοιο·
ἐν δ' ἄρα Λαέρτης Δολίος τ' ἐς τεύχε' ἔδυνον,
καὶ πολιοί περ ἐόντες, ἀναγκαῖοι πολεμισταί.
αὐτὰρ ἐπεί ῥ' ἕσσαντο περὶ χροῒ νώροπα χαλκόν, 500
ὤϊξάν ῥα θύρας, ἐκ δ' ἤϊον, ἄρχε δ' Ὀδυσσεύς.
τοῖσι δ' ἐπ' ἀγχίμολον θυγάτηρ Διὸς ἦλθεν Ἀθήνη
Μέντορι εἰδομένη ἠμὲν δέμας ἠδὲ καὶ αὐδήν.
τὴν μὲν ἰδὼν γήθησε πολύτλας δῖος Ὀδυσσεύς·
αἶψα δὲ Τηλέμαχον προσεφώνεεν ὃν φίλον υἱόν· 505
"Τηλέμαχ', ἤδη μὲν τόδε γ' εἴσεαι αὐτὸς ἐπελθών,
ἀνδρῶν μαρναμένων ἵνα τε κρίνονται ἄριστοι,
μή τι καταισχύνειν πατέρων γένος, οἳ τὸ πάρος περ
ἀλκῇ τ' ἠνορέῃ τε κεκάσμεθα πᾶσαν ἐπ' αἶαν."
τὸν δ' αὖ Τηλέμαχος πεπνυμένος ἀντίον ηὔδα· 510
"ὄψεαι, αἴ κ' ἐθέλησθα, πάτερ φίλε, τῷδ' ἐπὶ θυμῷ
οὔ τι καταισχύνοντα τεὸν γένος, ὡς ἀγορεύεις."
ὣς φάτο, Λαέρτης δ' ἐχάρη καὶ μῦθον ἔειπε·
"τίς νύ μοι ἡμέρη ἥδε, θεοὶ φίλοι; ἦ μάλα χαίρω·
υἱός θ' υἱωνός τ' ἀρετῆς πέρι δῆριν ἔχουσιν." 515
τὸν δὲ παρισταμένη προσέφη γλαυκῶπις Ἀθήνη·

agora que Odisseu puniu os pretendentes,
que ocorra um pacto basileu, leal, eterno,
e o oblívio pela morte dos irmãos e filhos
difundiremos: vivam como no passado, 485
concordes. Que a fortuna e *irene*, a paz, vigorem!"
Concluindo assim, incita Palas, já impaciente:
num salto, descendeu dos píncaros olímpios.
Saciada a gana de comer a grata vianda,
o herói pluricarpido proferiu a todos: 490
"Alguém vá observar se estão nas cercanias."
Calou e um dolionida cumpre sua ordem,
e, sobre o umbral, avista todos no arrabalde.
A Odisseu pronunciou palavras-asas:
"Às armas, que já estão nas cercanias!" Calam, 495
em pé, buscando logo o armamento, os quatro
com Odisseu, e os outros seis, os dolionidas;
Laerte e Dólio, dupla gris, belazes magnos,
também se põem em armas. Quando enroupam todos
o bronze rútilo, descerram portas, saem, 500
o herói itácio à testa. Atena o flanqueou,
filha de Zeus, idêntica a Mentor no corpo
e na voz. Jubilou, assim que a viu, o divo
Odisseu, hiperpaciente, e se voltou
ao filho de repente: "Caro, estando agora 505
onde os mais valorosos em combate enfrentam-se,
cuida de não enodoar a estirpe ancestre,
até o dia de hoje, filho, insuperável,
seja em coragem, seja em força." E o moço inspira
o alento da ponderação em sua resposta: 510
"Verás, querido pai, querendo, como exortas,
que o coração que bate em mim honora ancestres."
Findou. Laerte então, alegre, exclama: "Deuses,
que dia para mim! Mal me contenho em júbilo:
ambos competem em valor: o filho e o neto!" 515
Atena de olhos glaucos a seu flanco diz:

"ὦ Ἀρκεισιάδη, πάντων πολὺ φίλταθ' ἑταίρων,
εὐξάμενος κούρῃ γλαυκώπιδι καὶ Διὶ πατρί,
αἶψα μαλ' ἀμπεπαλὼν προΐει δολιχόσκιον ἔγχος."
ὣς φάτο, καί ῥ' ἔμπνευσε μένος μέγα Παλλὰς Ἀθήνη   520
εὐξάμενος δ' ἄρ' ἔπειτα Διὸς κούρῃ μεγάλοιο,
αἶψα μάλ' ἀμπεπαλὼν προΐει δολιχόσκιον ἔγχος,
καὶ βάλεν Εὐπείθεα κόρυθος διὰ χαλκοπαρῄου.
ἡ δ' οὐκ ἔγχος ἔρυτο, διαπρὸ δὲ εἴσατο χαλκός,
δούπησεν δὲ πεσών, ἀράβησε δὲ τεύχε' ἐπ' αὐτῷ.   525
ἐν δ' ἔπεσον προμάχοις Ὀδυσεὺς καὶ φαίδιμος υἱός,
τύπτον δὲ ξίφεσίν τε καὶ ἔγχεσιν ἀμφιγύοισι.
καί νύ κε δὴ πάντας ὄλεσαν καὶ ἔθηκαν ἀνόστους,
εἰ μὴ Ἀθηναίη, κούρη Διὸς αἰγιόχοιο,
ἤϋσεν φωνῇ, κατὰ δ' ἔσχεθε λαὸν ἅπαντα.   530
"ἴσχεσθε πτολέμου, Ἰθακήσιοι, ἀργαλέοιο,
ὥς κεν ἀναιμωτί γε διακρινθῆτε τάχιστα."
ὣς φάτ' Ἀθηναίη, τοὺς δὲ χλωρὸν δέος εἷλεν·
τῶν δ' ἄρα δεισάντων ἐκ χειρῶν ἔπτατο τεύχεα,
πάντα δ' ἐπὶ χθονὶ πῖπτε, θεᾶς ὄπα φωνησάσης·   535
πρὸς δὲ πόλιν τρωπῶντο λιλαιόμενοι βιότοιο.
σμερδαλέον δ' ἐβόησε πολύτλας δῖος Ὀδυσσεύς,
οἴμησεν δὲ ἀλεὶς ὥς τ' αἰετὸς ὑψιπετήεις.
καὶ τότε δὴ Κρονίδης ἀφίει ψολόεντα κεραυνόν,
κὰδ δ' ἔπεσε πρόσθε γλαυκώπιδος ὀβριμοπάτρης.   540
δὴ τότ' Ὀδυσσῆα προσέφη γλαυκῶπις Ἀθήνη·
"διογενὲς Λαερτιάδη, πολυμήχαν' Ὀδυσσεῦ,
ἴσχεο, παῦε δὲ νεῖκος ὁμοιΐου πολέμοιο,
μή πώς τοι Κρονίδης κεχολώσεται εὐρύοπα Ζεύς."
ὣς φάτ' Ἀθηναίη, ὁ δ' ἐπείθετο, χαῖρε δὲ θυμῷ.   545
ὅρκια δ' αὖ κατόπισθε μετ' ἀμφοτέροισιν ἔθηκεν
Παλλὰς Ἀθηναίη, κούρη Διὸς αἰγιόχοιο,
Μέντορι εἰδομένη ἠμὲν δέμας ἠδὲ καὶ αὐδήν.

"Ó Arcesíade, amado-mor dos sócios,
invoca a virgem de olhos glaucos e Zeus pai,
e logo brande e arroja a lança longa-sombra!"
Palas Atena insufla nele a robustez; 520
ele invocou a filha do supremo Zeus
e logo brande e arroja a lança longa-sombra.
O elmo de Eupites, aênea-face, acerta: não
evita o dardo, cuja ponta fura o bronze.
Ao seco som da queda, ribombou acima 525
sua armadura. O herói e o filho avançam contra
os ases com espadas e bigúmeas lanças.
Teriam dizimado todos, sem retorno,
se Atena, filha do Cronida abala-terra,
não detivera, aos gritos, o tropel inteiro: 530
"Chega de prélio morticida, itácios, súbito
vos apartai, que o rio de sangue estanque!" O verde-
-cloro do medo os toma, quando Atena fala.
Das mãos de todos, aterrados, voam as armas
e caem à terra, assim que ela atroou. À pólis 535
retornam, desejosos de viver. O herói
multipaciente urlou, terrível; impetuoso
partiu no encalço deles, águia altivoejante.
Então Zeus arrojou um raio fulgurante
aos pés de Atena, olhos-azuis. A deusa de olhos 540
glaucos disse a Odisseu: "Divino Laertíade,
Odisseu multiastucioso, basta, para
a barafunda bélica homogeneizante;
não se enfurie contigo Zeus, brado-estentor!"
Nem bem falou, o herói cedeu, alegre no íntimo. 545
Um pacto eterno obriga que os dois lados jurem
a filha do Cronida abala-terra, Palas
Atena, idêntica a Mentor em corpo e voz.

Índice de nomes*

Donato Loscalzo

Acaia: nome genérico da Grécia. — XI, 166, 481; — XIII, 249; — XXI, 107, 251; — XXIII, 68.
Acasto: rei de Dulíquio. — XIV, 336.
Acrôneo: jovem feácio. — VIII, 111.
Actór: serviçal de Penélope, herdada do pai. — XXIII, 225-9 única estranha a conhecer o leito matrimonial de Odisseu e Penélope.
Adreste: serva de Helena. — IV, 123.
Afidante: nome com o qual Odisseu se apresentou a Laerte. — XXIV, 305.
Afrodite: deusa do amor. — IV, 14, 261; — VIII, 266-367 amada por Ares, 267, 308, 337, 342, 362; — XVII, 37; — XIX, 54; — XX, 68-9 nutre as filhas de Pândaro, 73-5 vai até Zeus no Olimpo a fim de solicitar maridos às filhas de Pândaro; — XXII, 444.
Agamêmnon: filho de Atreu e irmão de Menelau, rei de Argos; foi chefe da expedição dos gregos contra Troia. — III, 143-7 pretende acalmar Atena, 155-7 espera em Troia, 164, 193-8 morto por Egisto, 234, 248, 268; — IV, 512-37 morre pelas mãos de Egisto, 584; — VIII, 77-82 regozija-se pela briga entre Odisseu e Aquiles; — IX, 263 famoso destruidor; — XI, 168, 387-94 encontra Odisseu no além-túmulo, 397, 404-34 conta a Odisseu sobre seu fim, 440-61 prediz a Odisseu o retorno; — XIII, 383; — XIV, 70, 117, 497; — XXIV, 19-21 encontra no Hades as almas dos pretendentes (procos), 102-4 reconhece Anfimedonte, de quem fora hóspede, 121, 186; — de Agamêmnon: Clitemnestra — III, 264; — Orestes: I, 30. (v. **Atridas**)
Agelau: um dos pretendentes, filho de Damastor. — XX, 321-37 solicita que Telêmaco convença Penélope a se casar, 339; — XXII, 131-4 propõe-se a dar o alarme pela porta elevada, 136, 212-23 ameaça Mentor e expõe seu plano de vingança, 241 o melhor dos pretendentes, 247-54 ordena que os companheiros golpeiem Odisseu, 327. (v. **Damastóride**)

---

* A indicação dos versos se refere ao texto em grego. Índice publicado originalmente em: *Omero: Odissea*, tradução de G. Aurelio Privitera, introdução de Alfred Heubeck, Milão, Mondadori, 1991, pp. 745-87. A versão para o português foi realizada por Naoju Kimura.

Ájax: filho de Oileu. — IV, 498-511 morre no rochedo Gira, 509.
Ájax: filho de Telamôn e rei de Salamina. — III, 109 jaz em Troia; — XI, 469-70 sua alma encontra Odisseu, 543-7 encolerizado com Odisseu pela atribuição das armas de Aquiles, 549-551 o mais valente depois de Aquiles, 553, 563-4 recusa-se a falar com Odisseu; — XXIV, 17-8 encontra no Hades as almas dos pretendentes.
Alcandra: mulher de Pólibo e serva de Helena. — IV, 126, 130-1 presenteia Helena.
Alcimide: patronímico de Mentor. — XXII, 235.
Alcínoo: rei dos feácios. — VI, 12, 17, 66-73 concede um carro a Nausícaa, 139, 196, 213, 299, 302; — VII, 10, 23, 55, 63-8 casado com Arete, 66, 70, 82, 84-132 o palácio, 85, 93, 132, 141, 159, 167-71 faz Odisseu sentar no trono de Laodamante, 178-81 ordena a Pontónoo a servir vinho, 184-206 transfere para o dia seguinte a ajuda a Odisseu, 208, 231, 298-301 critica a filha pela falta de hospitalidade, 308-28 oferece sua filha em casamento a Odisseu, 332, 346-7 dorme ao lado da esposa; — VIII, 2, 4 inicia a assembleia, 8, 13, 24-45 e 59-62 determina na assembleia os preparativos para a partida de Odisseu e organiza uma festa, 56, 93-104 inicia os jogos, 118, 130, 132, 143, 235-56 convida os feácios a se exibirem na corrida e na dança, 370-1 manda os filhos dançarem, 381, 382, 385-99 solicita aos feácios os presentes a Odisseu, e a Euríalo a reconciliação, 401, 418, 419, 421-2 guia os feácios ao palácio, 423-32 ordena que Arete cuide dos preparativos do banho de Odisseu, 464, 469, 532-86 percebe o pranto de Odisseu e indaga sua identidade; — IX, 2; — XI, 346, 347-53 deixa para o dia seguinte a partida de Odisseu, 355, 362-76 exorta Odisseu a continuar seu relato, 378; — XIII, 3-15 oferece presentes a Odisseu, 16, 20-1 coloca os presentes no navio, 23, 24-5 sacrifica um boi a Zeus, 37, 38, 49-52 ordena que o arauto misture o vinho, 62, 64-5 manda um arauto acompanhar Odisseu, 171-83 recorda uma profecia do pai.
Alcipe: serva de Helena. — IV, 124.
Alcmáone: filho de Anfiarau e irmão de Anfíloco, conduziu os Epígonos contra Tebas. — XV, 248.
Alcmena: esposa de Anfitríon, gerou Héracles de Zeus. — II, 120; — XI, 266-8 encontra Odisseu no além-túmulo.
Alector: pai da mulher de Megapente. — IV, 10.
Alfeu: rio da Élide e pai de Ortíloco. — III, 489; — XV, 187.
Alibante: nome de cidade inventado por Odisseu a Laerte. — XXIV, 304.
Álio: filho de Alcínoo. — VIII, 119-20 participa da prova de corrida, 370-80 dança.
Aloeu: marido de Ifimedeia. — XI, 305.
Ambidestro: epíteto de Hefesto. — VIII, 300 invoca os deuses como testemunhas da traição de Afrodite, 349 recusa-se a soltar Ares, 357 aceita a promessa de Posêidon.
Amitaone: filho de Tiro e Posêidon. — XI, 259.
Amniso: porto de Creta. — XIX, 118.
Anabesíneo: jovem feácio. — VIII, 113.
Andremone: pai de Toante. — XIV, 499.
Anfíalo: jovem feácio. — VIII, 114, 128 vence a disputa de salto.
Anfiarau: filho de Oicleu, protegido por Zeus e Apolo, conduziu a expedição dos Sete a Tebas. — XV, 244-7 morre em Tebas por culpa de Erífile, 253.

Anfíloco: filho de Anfiarau. — XV, 248.

Anfimedonte: — XXII, 242 o melhor dos pretendentes, 277-8 fere Telêmaco, 284 morto por Telêmaco; — XXIV, 103, 106-7 hóspede de Agamêmnon, 120-90 conta para Agamêmnon as fases da vingança de Odisseu.

Anfínomo: um dos pretendentes duliquienses, filho de Niso. — XVI, 351 avista a nave dos pretendentes, 394, 396-8 agrada a Penélope por ser bom, 399-405 recusa a oferta de matar Telêmaco, 406; — XVIII, 119-23 oferece alimento a Odisseu, 125, 155-7 destinado a morrer nas mãos de Telêmaco por decisão de Atena, 395, 412-21 convida os pretendentes a retornarem para casa e a deixarem Telêmaco cuidar do mendigo, 424; — XX, 244-6 aconselha os pretendentes a desistirem do plano de matar Telêmaco, 247; — XXII, 89-98 morto por Telêmaco, 96.

Anfíon: filho de Iaso. — XI, 283-4 rei de Orcomeno Mínio.

Anfíon: filho de Zeus e Antíope. — XI, 262-5 fundou Tebas.

Anfiteia: avó materna de Odisseu. — XIX, 416-7 acolhe Odisseu.

Anfitríon: marido de Alcmena e rei de Tirinto. — XI, 266, 270.

Anfitrite: uma das Nereidas, rainha do Mar ("aquela que circunda o mundo"). — III, 91; — V, 422; — XII, 60, 97.

Anquíalo: jovem feácio. — VIII, 112.

Anquíalo: pai de Mentes. — I, 180, 418.

Anticleia: mãe de Odisseu. — XI, 84-9 a sua alma encontra Odisseu, 152-224 conversa com Odisseu.

Anticlos: herói grego. — IV, 286 toma parte na artimanha do cavalo.

Antífates: filho de Melampo. — XV, 242, 243 gerou Oicleu.

Antífates: rei dos Lestrigões. — X, 106, 114-6 devora um companheiro de Odisseu, 199.

Antifo: filho de Egípcio, companheiro de Odisseu. — II, 17-20 morto pelo Ciclope; — XVII, 68.

Antíloco: filho de Nestor. — III, 111-2 morre em Troia; — IV, 187 morto pela Aurora, 199-202 os seus dotes; — XI, 468 encontra Odisseu; — XXIV, 16 encontra no Hades as almas dos pretendentes, 78 o mais honrado por Aquiles depois da morte de Pátroclo.

Antínoo: um dos pretendentes, filho de Eupites. — I, 383-7 ironiza sobre a sucessão ao trono por Telêmaco, 389; — II, 82-128 acusa Penélope, 130, 301-8 insulta Telêmaco, 310, 321; — IV, 628, 631, 632, 641-7 informa-se sobre a viagem de Telêmaco, 660-72 projeta uma emboscada contra Telêmaco, 773-9 exorta os companheiros à viagem; — XVI, 363-92 propõe matar Telêmaco, 417, 418; — XVII, 374-9 repreende Eumeu, 381, 394, 396, 397, 405-10 censura a excessiva prodigalidade para com Odisseu, 414, 445-52 maltrata Odisseu, 458-63 arremessa um banco em Odisseu, 464, 473, 476, 477, 483, 500; — XVIII, 34-9 propõe que Iro e Odisseu lutem, 42-9 propõe um prêmio para o vencedor da luta entre os dois pedintes, 50, 65, 78-87 repreende Iro, 118-9 dá carne a Odisseu, 284, 290, 29; — XX, 270-4 pede que os pretendentes aceitem a decisão de Telêmaco, 275; — XXI, 84-95 repreende Eumeu e Filécio, 140, 143, 167-80 repreende Liodes e manda Melântio acender o fogo, 186-7 o melhor dos pretendentes pelo valor, 256-68 transfere a competição de arco para o dia seguinte, 269, 277, 287-310 diz que é loucura Odisseu querer manusear o arco, 312; — XXII, 8-21 morto por Odisseu, 49; — XXIV, 179, 424.

Antíope: filha de Asopo, teve de Zeus Anfíon e Zeto. — XI, 260-5 sua alma encontra Odisseu.

Apira: localidade não identificável. — VII, 9; — de Apira: VII, 8.

Apolo: filho de Zeus e Leto. — III, 278-283 mata o timoneiro de Menelau; — IV, 341; — VI, 162; — VII, 64 mata Rexênor, 311; — VIII, 79, 226-8 vinga-se de Eurito, 323 chega à casa de Hefesto, 334-6 pergunta a Hermes se deseja deitar-se com Afrodite, 339, 488; — IX, 198, 201; — XI, 318-20 mata Oto e Efialte; — XV, 245 protege Anfiarau, 252 faz de Polifides vidente, 409-11 mata os homens com suas setas, 526; — XVII, 132, 251, 494; — XVIII, 235; — XIX, 86; — XX, 278; — XXI, 267, 338, 364; — XXII, 7; — XXIV, 376.

Aqueias: as mulheres gregas. — II, 101 desaprovariam Penélope; — III, 261; — XIX, 146; — XXI, 160; — XXIV, 136.

Aqueronte: rio infernal. — X, 513.

Aqueu: atributo genérico para indicar o que é grego. — III, 251.

Aqueus: nome abrangente dos gregos. — I, 90, 272, 286, 326, 394, 401; — II, 7, 72, 87, 90, 106, 112, 115, 119, 128, 198, 204, 211, 265, 306; — III, 79, 100, 104, 116, 131, 137-40 embriagados na assembleia dos atridas, 141, 149, 185, 202, 203, 217, 220, 372, 411; — IV, 106, 145, 243, 248, 256, 285, 288, 330, 344, 487, 496, 847; — V, 311; — VIII, 78, 220, 489, 514; — IX, 59, 259; — X, 15; — XI, 179, 478, 509, 513, 556; — XII, 184; — XIII, 315, 317; — XIV, 229, 240, 242, 493; — XV, 153, 274; — XVI, 76, 133, 250, 376; — XVII, 135, 413, 415, 513, 596; — XVIII, 62, 94, 191, 205, 246, 259, 286, 289, 301; — XIX, 151, 175 assentados em Creta, 199, 240, 528, 534 devoram os bens de Telêmaco, 542 no sonho de Penélope, as mulheres aqueias consolam-na por ter perdido seus gansos; — XX, 3, 146, 166, 182, 271, 277-80 realizam uma hecatombe no bosque de Apolo; — XXI, 324, 344, 418, 428; — XXII, 46, 96; — XXIII, 220, 357; — XXIV, 27 aterrorizados pelo rumor que vem do mar, 38, 49, 54, 57, 68, 86, 141, 426, 438; — todos os aqueus: — I, 239; — XIV, 369 teriam erguido um túmulo para Odisseu; — XXIV, 32.

Aquiles: filho de Peleu e Tétis, o herói grego mais valoroso em Troia. — III, 106 saqueia a Troade, 109 morre em Troia, 189; — IV, 5; — VIII, 75-8 discute com Odisseu; — XI, 467 e 471-540 encontra Odisseu no além-túmulo e pede notícias de Peleu e Neoptólemo, 478, 482, 486, 546, 557; — XXIV, 15 encontra no Hades as almas dos pretendentes, 36-94 as exéquias, 72, 76, 94. (v. **Peleide**)

Arcesíade: patronímico de Laerte. — IV, 755; — XXIV, 270, 517.

Arcésio: pai de Laerte. — XIV, 182; — XVI, 118.

Ares: filho de Zeus e Hera, deus da guerra, particularmente do ímpeto bélico e da matança. — VIII, 115, 266-367 amante de Afrodite, 267, 276, 285, 309, 330, 345, 353, 355, 518; — XI, 537 enlouquece na guerra; — XIV, 216; — XVI, 269; — XX, 50.

Arete: rainha dos feácios. — VII, 53-5 e 65-74 sobrinha e mulher de Alcínoo, 141, 142, 146, 231, 233-9 pergunta a identidade de Odisseu, 335-9 arruma os leitos para a noite; — VIII, 423, 433-6 prepara o banho de Odisseu, 438-445 presenteia Odisseu com um escrínio de dádivas; — XI, 335-41 exorta os feácios a darem presentes a Odisseu; — XIII, 57, 66-9 envia três servas com presentes a Odisseu.

Aretíade: patronímico de Niso. — XVI, 395; — XVIII, 413.

Areto: filho de Nestor. — III, 414, 440-2 participa do sacrifício.

Aretusa: fonte de Ítaca. — XIII, 408.

Argicida: epíteto de Hermes. — I, 38, 84; — V, 43 obedece a Zeus, 44-9 voa com a virga que produz o sono, 75 admira a ilha de Calipso, 94, 145-7 exorta Calipso a deixar Odisseu livre, 148 parte para Ogígia; — VII, 137 os feácios brindam-no por último; — VIII, 338; — X, 302-6 entrega a *moly* a Odisseu, 331; — XXIV, 99. (v. Hermes)

Argivos: nome abrangente dos gregos. — I, 61, 211; — II, 173; — III, 129, 132-3 caem em desgraça por vontade de Zeus, 309, 379; — IV, 172, 200, 258, 273, 279, 296; — VIII, 500-3 partem de Troia, 513, 578; — X, 15; — XI, 369, 485, 500, 518, 524, 555; — XII, 190; — XV, 240; — XVII, 118, 119; — XVIII, 253; — XIX, 126; — XXIII, 218; — XXIV, 54, 62 choram a morte de Aquiles, 80-4 erigem um túmulo para Aquiles.

Argos: cão de Odisseu. — XVII, 292, 300 deitado no esterco, 326-7 morre ao ver o dono.

Argos: indica a cidade e a região do Peloponeso, além do Peloponeso em geral. — I, 344; — III, 180, 251, 263; — IV, 99, 174, 562, 726, 816; — XV, 80, 224, 239, 274; — XVIII, 246; — XXI, 108; — XXIV, 37.

Argos: nave que transportou Jasão e outros heróis gregos na conquista do velocino de ouro. — XII, 69-72 supera as rochas Errantes.

Ariadne: filha de Minos. — XI, 321-5 morta por Ártemis.

Aribante: homem fenício. — XV, 426.

Arneu: verdadeiro nome de Iro. — XVIII, 5.

Artácia: fonte do país dos Lestrigões. — X, 108.

Ártemis: filha de Zeus e Leto. — IV, 122; — V, 123-4 mata Órion; — VI, 102, 151; — XI, 172, 324-5 mata Ariadne; — XV, 409-11 mata os homens com suas setas, 478 mata a serva de Eumeu; — XVII, 37; — XVIII, 202 concede uma morte branda; — XIX, 54; — XX, 60, 61, 71 dá magnitude às filhas de Pândaro, 80.

Asfálio: escudeiro de Menelau. — IV, 216-7.

Asopo: filho de Oceano e Tétis. — XI, 260.

Astéride: ilha não identificável nas proximidades de Ítaca. — IV, 846.

Atena: deusa guerreira, filha de Zeus, protetora dos príncipes. — I, 44-95 intercede junto a Zeus pelo retorno de Odisseu, 80-7 solicita a Zeus enviar Hermes até Calipso, 88-95 decide ir ao encontro de Telêmaco, 96-112 chega a Ítaca como Mentes, 118 avistada por Telêmaco, 123-5 convidada por Telêmaco, 126-43 almoça no solar de Odisseu, 156, 179-212 prediz o retorno de Odisseu, 224-9 pergunta a Telêmaco quem são os pretendentes, 252-305 exorta Telêmaco a expulsar de casa os pretendentes e ir a Esparta e Pilo à procura do pai, 314-322 parte de Ítaca, 327 inflige aos aqueus um doloroso regresso, 363-4 adormece Penélope; — II, 12 concede a graça a Telêmaco, 116-22 inspira astúcias em Penélope, 261, 267-95 promete ajudar Telêmaco, 296, 382-92 prepara a nave para a viagem, 394-6 adormece os pretendentes, 399-408 conduz Telêmaco pela praia, 416-8 ao lado de Telêmaco na nave, 420-1 envia ventos propícios; — III, 12, 13-20 encaminha Telêmaco até Nestor, 25, 29-30 vai até os pilos, 42, 52, 54-62 suplica a Posêidon, 76-7 infunde coragem em Telêmaco, 133-5 impossibilitou o retorno dos gregos e espalhou a discórdia entre os atridas, 145, 218, 222, 229-38 diz que os deuses ajudam os homens, mas não podem nada contra a morte, 329-37 interrompe Nestor, 343, 356-72 pede a Nestor uma escolta para Telêmaco, 371-2 sai da casa de Nestor, 385 escuta as súplicas de Nestor, 393, 419, 435-6 assiste o sacrifício, 445; — IV, 289 afasta Helena do cavalo de madeira, 341, 502, 752, 761, 767 escuta as preces de Penélope, 795-801 manda um sonho a Penélope, 828; — V, 5-20 relata aos deuses o estado de Odisseu, 108, 382-7 protege Odisseu, 426-7 e 436-7 aconselha Odisseu, 491-3 adormece Odisseu; — VI, 2-47 manda um sonho a Nausícaa, 110-4 trama o encontro entre Nausícaa e Odisseu, 139-40 infunde coragem em Nausícaa, 229-35 torna Odisseu belo, 233, 291, 322, 328-31 escuta a súplica de Odisseu; — VII, 18-38 guia Odisseu ao palácio de Alcínoo, 40-1 esconde Odisseu na névoa, 46-81 conta a Odisseu os acontecimentos da casa de Alcínoo e retorna para Atenas, 110-1 concede às mulheres dos feácios a arte da tecelagem, 140, 311; — VIII, 7-15 convoca os feácios à assembleia, 18-23 torna Odisseu belo, 193-8 protege Odisseu na competição de disco, 493 ajuda Epeio na construção do cavalo, 519-20 ajuda Odisseu na destruição de Troia; — IX, 317; — XI, 547 entrega as armas de Aquiles a Odisseu, 626 ajuda Héracles; — XIII, 121, 189-93 envolve Odisseu numa névoa, 221-5 aproxima-se de Odisseu na aparência de um jovem, 236-49 diz a Odisseu que está em Ítaca, 252, 287-310 oferece ajuda a Odisseu, 300, 329-51 mostra Ítaca a Odisseu, 361-71 ajuda Odisseu a esconder os presentes oferecidos pelos feácios, 371, 374-81 exorta Odisseu a libertar a casa dos pretendentes, 392-415 envia Odisseu até Eumeu e decide ir a Esparta chamar Telêmaco, 420-8 tranquiliza Odisseu sobre a sorte de Telêmaco, 429-38 transforma Odisseu em um velho mendigo, 440 vai a Esparta; — XIV, 2, 216; — XV, 1-42 exorta Telêmaco a retornar para Ítaca, 9, 222, 292-3 envia vento propício à navegação; — XVI, 155-71 manda Odisseu revelar-se a Telêmaco, 166-77 restitui o verdadeiro aspecto a Odisseu, 172, 207, 233, 260, 282, 298, 450-1 adormece Penélope, 454-9 transforma Odisseu em mendigo; — XVII, 63-4 verte a graça sobre Telêmaco, 132, 360-4 impele Odisseu a pedir pão aos pretendentes; — XVIII, 69-70 revigora Odisseu, 155, 158-62 inspira Penélope a aparecer entre os pretendentes, 187-97 torna Penélope bela, 235, 346-8 induz os pretendentes a perpetrar injúrias; — XIX, 2, 33-4 ilumina com uma candeia áurea, 52, 479 dissuade Euricleia de anunciar a Penélope o reconhecimento de Odisseu, 603-4 verte sono nas pálpebras de Penélope; — XX, 30, 44-55 tranquiliza Odisseu, 72 concede habilidade manual às filhas de Pândaro, 284-6 induz os pretendentes a insultar Odisseu, 345-9 transtorna a mente dos pretendentes; — XXI, 1-4 inspira Penélope a propor a prova do arco aos pretendentes, 357-8 adormece Penélope; — XXII, 205-6 aproxima-se de Odisseu na aparência de Mentor, 210, 224-35 provoca Odisseu e pousa na trave da sala na forma de uma andorinha, 256-9 torna vãos os golpes dos pretendentes, 273, 297-309 levanta o escudo e aterroriza os pretendentes; — XXIII, 156-62 torna Odisseu belo, 160-1 inspiradora das artes, 240-6 impede Aurora de sujeitar seus cavalos à carruagem, 344-8 faz surgir a Aurora, 371-2 envolve Odisseu, Telêmaco e os servos na névoa; — XXIV, 367-9 revigora Laerte, 376, 472-6 pergunta a Zeus se tem intenção de prolongar a guerra em Ítaca, 487-8 vai a Ítaca a pedido de Zeus, 502-3 chega na aparência de Mentor, 516-9 exorta Laerte a arremessar a lança, 520 dá vigor a Laerte, 529-32 põe fim à luta entre Odisseu e os itacenses, 533, 541-6 em nome de Zeus ordena que Odisseu coloque fim à guerra, 545, 546-8 força um pacto de paz entre Odisseu e seu povo. (v. Palas)

Atenas: principal cidade da Ática. — III, 278, 307; — VII, 80; — XI, 323.

Atlante: um dos Titãs, filho de Iapeto. — I, 52-4 sustenta as colunas que dividem terra e céu; — VII, 245.

Atreu: pai de Agamêmnon e Menelau. — IV, 462, 543; — XI, 436.

Atridas: descendentes de Atreu, Agamêmnon e Menelau. — III, 134-152 em luta entre si; — V, 307; — XVII, 104; — XIX, 183. — Agamêmnon: — I, 35, 40; — III, 156, 164, 193, 248, 268, 304; — IV, 536; — IX, 263; — XI, 387, 397, 463; — XIII, 383; — XIV, 497; — XXIV, 20, 24, 35-97 recorda as exéquias de Aquiles e compara a sorte deste à sua desventura, 102, 105-19 pergunta a Anfimedonte porque tantos nobres itacenses estão no Hades e recorda ter sido seu hóspede quando foi a Ítaca convencer Odisseu a ingressar na guerra, 121, 191-202 coloca em confronto a ignóbil conduta de Clitemnestra e a fidelidade de Penélope. — Menelau: — III, 257, 277; — IV, 51, 156, 185, 190, 235, 291, 304, 316, 492, 594; — XIII, 424; — XIV, 52, 64, 87, 102 presenteia Telêmaco com uma taça de duas alças, 121, 147; — XVII, 116, 147.

Atrítona: epíteto de Atena. — IV, 762; — VI, 324.

Aurora: deusa esposa de Títon, surge ao alvorecer. — II, 1; — III, 404, 491; — IV, 188, 194, 306, 431, 576; — V, 1, 121-4 ama Órion, 228, 390; — VI, 48; — VIII, 1; — IX, 76, 151, 152, 170, 306, 307, 436, 437, 560; — X, 144, 187, 541; — XII, 3-4 mora na ilha de Eeia, 7, 8, 142, 316; — XIII, 18, 94; — XIV, 502; — XV, 56, 189, 250, 495; — XVI, 368; — XVII, 1, 497; — XVIII, 318; — XIX, 50, 319, 342, 428; — XX, 91; — XXIII, 241-6 retida por Atena, 246.

Autólico: pai de Anticleia, avô de Odisseu. — XI, 85; — XIX, 394-8 hábil no furto e no perjúrio, 399-412 escolhe o nome de Odisseu, 403, 405, 414-5 acolhe Odisseu, 418-9 ordena que os filhos preparem o almoço, 430, 437, 455, 459, 466; — XXI, 220; — XXIV, 334.

Autónoe: serviçal de Penélope. — XVIII, 182.

Boetoide: patronímico de Eteoneu. — IV, 31; — XV, 95, 140.

Boote: constelação próxima à Ursa. — V, 272.

Bóreas: vento do norte. — V, 296 alimenta tempestades com os outros ventos, 328, 331, 385 arrasta a embarcação de Odisseu de Ogígia a Esquéria; — XIV, 475-7 traz neve e gelo.

Cadmeus: nome dos tebanos, derivado de Cadmo, fundador da cidade. — XI, 276.

Cadmo: pai de Ino. — V, 333.

Cálcide: curso d'água da Élide. — XV, 295.

Calipso: ninfa filha de Atlante. — I, 13-5 retém Odisseu, 48-59 procura fazer Odisseu esquecer Ítaca; — IV, 557; — V, 14, 58-62 trabalha ao tear, 76-94 hospeda Hermes, 78, 85, 116-44 acusa os deuses de inveja, 149-70 manda Odisseu embora, 180-91 promete a Odisseu não tramar ardis, 192-213 prenuncia desventuras, 202, 229-43 indica a Odisseu o material para construir a jangada, 242, 246-8 e 258-9 ajuda Odisseu, 263-8 deixa Odisseu partir, 276, 321, 372; — VII, 245, 254, 260; — VIII, 452; — IX, 29-30 deseja Odisseu como esposo; — XII, 389-90 conta a Odisseu o diálogo do Sol com Zeus, 448; — XVII, 143; — XXIII, 333.

Caribde: monstro das profundezas marinhas, sua morada ficava a curta distância de Cila. — XII, 101-5 três vezes ao dia sorvia e vomitava a água do mar, 104, 113, 231-43 mostra-se a Odisseu, 235, 260, 428, 430-1 sorve a água do mar, 436, 441; — XXIII, 327.

Cassandra: filha de Príamo, de quem Agamêmnon faz escrava. — XI, 421-2 morta por Clitemnestra.

Castor: filho de Tíndaro, herói espartano. — XI, 300-4 vive em dias alternados.

Castor: personagem inventado por Odisseu. — XIV, 204.

Caucônios: identificados com o povo que habita o Peloponeso ocidental. — III, 366.

Cefalênios: nome abrangente dos súditos de Odisseu, segundo a *Ilíada* (II, 631-4). — XX, 210 em seu território ficava guardado o gado de Odisseu; — XXIV, 355, 378, 429.

Centauro: ser primitivo da Grécia central, tradicionalmente representado com o busto de homem e a parte posterior com corpo de cavalo. — XXI, 295, 303 em luta com os lápitas.

Ceteios: população de Mísia. — XI, 521 muitos deles foram mortos por Neoptólemo.

Chipre: ilha do Mediterrâneo consagrada a Afrodite. — IV, 83; — VIII, 362; — XVII, 442, 443, 448.

Ciclope: gigante dedicado ao pastoreio que vive em estado selvagem. — I, 69, 71; — II, 19; — VI, 5; — VII, 206; — IX, 105-15 povo bárbaro, 106, 117, 125-9 não é perito em navegação, 166, 275-6 não se preocupa com os deuses, 296-8 dorme após devorar os companheiros de Odisseu, 315-6 vai à pastagem, 319, 345, 347, 357, 361-2 embriagado com o vinho de Odisseu, 364, 399, 415-9 sai da caverna, 428, 474, 475, 492, 502, 510, 548; — X, 200, 435; — XII, 209 aprisiona Odisseu e os companheiros no covil; — XX, 19; — XXIII, 312.

Cíconos: povo trácio, talvez estabelecido no Ebro. — IX, 39, 47-61 rechaçam o ataque dos companheiros de Odisseu, 47, 59, 66, 165; — XXIII, 310.

Cidônios: população que ocupa a parte ocidental de Creta. — III, 292; — XIX, 176.

Cila: monstro com doze pernas e seis cabeças, cada uma com três fileiras de dentes, habitava o interior de uma gruta cavada no rochedo. — XII, 73-100, 85, 108, 124-6 filha de Cráteis, 223, 231, 235, 245-56 devora seis companheiros de Odisseu, 261, 310, 430, 445; — XXIII, 328.

Cilênio: epíteto de Hermes, derivado do nome de monte da Arcádia, onde nascera e onde era cultuado. — XXIV, 1.

Cimérios: povo que habitava a entrada do além-túmulo. — XI, 14-9 perenemente envoltos pela névoa.

Circe: feiticeira, filha do Sol e de Persa. — VIII, 447-8 ensinou um nó a Odisseu; — IX,

31-2 deseja Odisseu como esposo; — X, 135-9 habita na ilha de Eeia, 150, 210-3 as casas, 220-4 canta enquanto trabalha ao tear, 230-43 transforma em porcos os companheiros de Odisseu, 241, 276, 282, 287, 289, 293, 295, 308, 310-35 tenta em vão enfeitiçar Odisseu, 322, 337, 347, 375, 383, 388-99 devolve a aparência humana aos companheiros de Odisseu, 394, 426, 432, 445, 449-74 hospeda Odisseu e seus companheiros por um ano e três meses, 480, 483, 487-95 aconselha Odisseu a consultar Tirésias no Hades, 501, 503-40 instrui Odisseu para a viagem aos Ínferos, 549, 554, 563, 571-4 prende um carneiro e uma ovelha no navio de Odisseu; — XI, 6-8 envia um vento propício, 22, 53, 62; — XII, 9, 16, 20-7 acolhe Odisseu e companheiros no retorno do Hades, 33-141 mostra a Odisseu as etapas perigosas da viagem para Ítaca: as Sereias, as rochas Errantes, Cila, Caribde e a ilha de Trináquia, 36, 150-1 manda um vento propício à embarcação de Odisseu, 155, 226 aconselha Odisseu a não se armar contra Cila, 268, 273, 302; — XXIII, 321.

Citera: ilha próxima à costa da Lacônia. — IX, 81.
Citérea: epíteto de Afrodite. — VIII, 288; — XVIII, 193-4 unge-se antes de dançar.
Clímene: mulher de Fílaco e mãe de Ifício. — XI, 326 encontra Odisseu no além-túmulo.
Clímeno: pai de Eurídice. — III, 452.
Clitemnestra: mulher de Agamêmnon. — III, 265-8 confiada a um cantor por Agamêmnon. — XI, 422-06 mata Cassandra e não fecha os olhos e a boca de Agamêmnon morto, 439.
Clítio: itácio, pai de Pireu. — XVI, 327; — filho de Clítio: Pireu — XV, 540.
Clito: filho de Mântio. — XV, 249, 250-1 raptado por Aurora.
Clitoneu: filho de Alcínoo. — VIII, 118-25 vence a prova de corrida, 119, 123.
Clóris: filha de Anfíon e esposa de Neleu. — XI, 281-98 sua alma encontra Odisseu.
Cnossos: cidade de Creta. — XIX, 178.
Cocito: rio infernal. — X, 514.
Corvo: nome de um rochedo de Ítaca. — XIII, 408.
Cráteis: mãe de Cila. — XII, 124.
Creon: rei de Tebas e pai de Mégara. — XI, 269.
Creta: ilha do Mediterrâneo. — III, 191, 291; — XI, 323; — XIII, 256, 260; — XIV, 199, 252, 300, 301; — XVI, 62; — XVII, 523; — XIX, 172, 186, 338.
Cretenses: habitantes de Creta. — XIV, 205, 234, 382.
Creteu: filho de Éolo e marido de Tiro. — XI, 237, 258.
Crômnio: filho de Neleu e Clóris. — XI, 286.
Cronida: epíteto de Zeus. — I, 45, 81, 386; — III, 88 não sabe da sorte de Odisseu, 119; — IV, 207, 699; — VIII, 289; — IX, 552; — X, 21-2 nomeia Éolo guardião dos ventos, 620; — XI, 620; — XII, 399, 405-6 coloca uma nuvem negra sobre a nau de Odisseu; — XIII, 25; — XIV, 184, 303, 406; — XV, 477; — XVI, 117, 291; — XVII, 424; — XVIII, 376; — XIX, 80; — XX, 236, 273; — XXI, 102; — XXII, 51; — XXIV, 472, 473, 539-40 arremessa um raio aos pés de Atena, 544. (v. **Zeus**)
Cronos: filho de Urano e Terra, pai de Zeus. — XXI, 415.
Cruno: curso d'água da Élide. — XV, 295.
Ctésio: pai de Eumeu. — XV, 414 rei da ilha Síria.
Ctesipo: um dos pretendentes, habitante de Same. — XX, 287-302 atira uma pata de

boi contra Odisseu sem êxito, 303, 304; — XXII, 279-80 fere Eumeu, 285 morto por Filécio.

Ctímene: irmã mais nova de Odisseu. — XV, 363-7 casa-se em Same.

Damastóride: patronímico de Agelau. — XX, 321; — XXII, 212, 241, 293 morto por Odisseu.

Dânaos: os gregos na ordem militar. — I, 350; — IV, 278, 725, 815; — V, 306; — VIII, 82, 578; — XI, 470, 526, 551, 559; — XXIV, 18, 46 em luto por Aquiles.

Decte: personagem desconhecido, talvez um mendigo, do qual Odisseu tomou o semblante. — IV, 247-8.

Deífobo: filho de Príamo. — IV, 276 segue Helena; — VIII, 517.

Delos: ilha das Cíclades, famosa pelo culto de Apolo. — VI, 162.

Deméter: deusa da fecundidade, filha de Cronos. — V, 125-8 seu amor por Jasão foi vetado por Zeus.

Demódoco: cantor cego da corte de Alcínoo. — VIII, 44, 62-4 chega ao paço, 72-8 canta as desavenças entre Odisseu e Aquiles, 106, 254, 262, 266-367 canta os amores de Ares e Afrodite, 471-83 participa do banquete, 472, 478, 483, 486, 487, 499-521 canta o episódio do cavalo de Troia, 537; — XIII, 27-8 alegra o banquete.

Demoptólemo: um dos pretendentes. — XXII, 242 o melhor dos pretendentes, 266 morto por Odisseu.

Destroia: depreciativo de Troia. — XIX, 260, 597; — XXIII, 19.

Desvario: nome zombeteiro de Iro. — XVIII, 73.

Deucalião: filho de Minos e pai de Idomeneu. — XIX, 180 no falso relato a Penélope, Odisseu se declara seu filho, 181.

Dia: ilha ao norte de Creta. — XI, 325.

Dimante: navegante de Esquéria. — VI, 22.

Díocles: filho de Ortíloco, rei de Feres. — III, 488 hospeda Telêmaco e Pisístrato; — XV, 186-7 hospeda Telêmaco no regresso de Esparta.

Diomedes: filho de Tideu. — III, 167, 180-3 foge de Tênedo e chega a Argos.

Dioniso (Baco): filho de Zeus e Semele, deus do vinho e da vegetação. — XI, 325 causa a morte de Ariadne; — XXIV, 74 doa a Tétis uma ânfora de ouro na qual seriam recolhidos os ossos de Pátroclo e Aquiles.

Dmétor: filho de Iaso e rei de Chipre. — XVII, 443 Odisseu inventa que fora seu escravo.

Dodona: localidade do Épiro, sede do oráculo de Zeus, que revelava sua vontade com o cicio de um carvalho. — XIV, 327; — XIX, 296.

Dólio: servo de Penélope, herdado do pai. — IV, 735-7; — XVII, 212; — XVIII, 322; — XXII, 159; — XXIV, 222-5 recolhe espinhos, 387-8 retorna do campo com os filhos, 397-405 saúda Odisseu, 409, 411 almoça com os filhos e os patrões, 492, 497, 498-9 arma-se para defender Odisseu.

Dórios: população indo-europeia, que no final do II milênio a.C. se instalou no Peloponeso e em Creta. — XIX, 177 três de suas tribos residem em Creta.

Duliquiense: habitante de Dulíquio. — XVIII, 127, 395, 424.

Dulíquio: ilha do mar Jônico, talvez parte da Cefalênia. — I, 246; — IX, 24; — XIV, 335, 397; — XVI, 123, 247, 396; — XIX, 131, 292.

Eácida: designação de Aquiles derivada do nome do avô. — XI, 471-537 conversa com Odisseu, 538-40 passeia alegremente pelo campo de asfódelos.
Ecália: nome de várias cidades, entre as quais uma situada em Messena. — VIII, 224.
Édipo: filho e esposo de Epicasta. — XI, 271.
Eeia: ilha habitada por Circe, no extremo oriente do Oceano. — X, 135; — XI, 70; — XII, 3-4 morada da Aurora e do nascer do Sol; habitante de Eeia: Circe. — IX, 32; — XII, 268, 273.
Eetes: filho do Sol e de Persa e irmão de Circe, rei da Cólquida. — X, 137; — XII, 70 detentor do velocino de ouro.
Efialte: filho de Ifimedeia e Posêidon. — XI, 305-20 Apolo o mata por querer desafiar os deuses.
Éfira: cidade da Tesprótia. — I, 259; — II, 328.
Egas: local da Acaia. — V, 381.
Egípcio: habitante do Egito. — IV, 83, 127, 229, 385; — XIV, 263, 286; — XVII, 432.
Egípcio: nobre ancião itácio. — II, 15-34 participa da assembleia.
Egisto: filho de Tieste. — I, 29-30 morto por Orestes, 35-43 desposa Clitemnestra e mata Agamêmnon, 42, 300 morto por Orestes em justa vingança; — III, 193-8 seu delito e sua punição, 198, 235, 250, 256, 262-75 seduz Clitemnestra, 303-7 reinou por sete anos em Micenas 308, 310; — IV, 518, 525, 529-37 trama uma emboscada contra Agamêmnon, 537; — XI, 389, 409; — XXIV, 22, 97.
Egito: III, 300; — IV, 351-3 onde Menelau ficou retido, 355, 477, 483; — XIV, 246, 257, 258, 275; — XVII, 426, 427, 448 também designa o rio Nilo: — IV, 581.
Eidóteia: filha de Proteu. — IV, 363-446 indica a Menelau o modo de armar uma emboscada ao velho do mar.
Elato: um dos pretendentes. — XXII, 267 é morto por Eumeu.
Elatreu: jovem feácio. — VIII, 111, 129 vence a competição de disco.
Élide: região do Peloponeso. — IV, 635; — XIII, 275; — XV, 298; — XXI, 347; — XXIV, 431.
Elísia: campina em que chegavam as almas dos mortos. — IV, 563.
Elpênor: companheiro de Odisseu. — X, 552-60 morre ao cair do teto da casa de Circe; — XI, 51-78 sua alma pede a Odisseu o sepultamento, 57; — XII, 8-15 enterrado em Eeia.
Enipeu: rio da Tessália amado por Tiro. — XI, 238, 240.
Ênopo: pai de Liodes. — XXI, 44.
Eólia: ilha flutuante habitada por Éolo. — X, 1, 55.
Éolo: deus dos ventos. — X, 1-27 hospeda Odisseu durante um mês e lhe entrega o odre com os ventos, 2, 36, 44, 60, 60-76 expulsa Odisseu de sua casa; — XXIII, 314; — filho de Éolo: Creteu — XI, 237.
Epeio: construtor do cavalo de madeira empregado na conquista de Troia. — VIII, 492-3; — XI, 523.
Epeios: população da Élide, que tomou o nome do rei Epeu, filho de Endimíone. — XIII, 275; — XV, 298; — XXIV, 431.
Epérito: nome fictício de Odisseu. — XXIV, 306.

Epicasta: mãe de Édipo, desposa o filho sem o saber e depois se enforca. — XI, 271-80 encontra Odisseu no além-túmulo.
Equéfrone: filho de Nestor. — III, 413, 439 participa do sacrifício.
Equeneu: velho feácio. — VI, 155-66 convida Alcínoo a hospedar Odisseu; — XI, 342-6 favorável à proposta de Arete.
Équeto: rei imaginário do Épiro, autor de atrocidades. — XVIII, 85-7 Antínoo afirma que submeterá o mendigo Iro a torturas enviando-o a Équeto, 116; — XXI, 308.
Érebo: lugar tenebroso no centro da Terra. — X, 528; — XI, 37, 564; — XII, 81; — XX, 356.
Erecteu: mítico rei de Atenas. — VII, 81.
Erembos: população não localizada. — IV, 84.
Eretmeu: jovem feácio. — VIII, 112.
Erífile: esposa do vidente Anfiarau. — XI, 326-7 vendeu o marido.
Erimanto: monte da Arcádia. — VI, 103.
Erínias: divindades violentas, vingadoras sobretudo dos crimes de sangue. — XI, 280 fazem Édipo sofrer; — XV, 234-5 punem Melampo; — XVII, 475; — XX, 78.
Errantes: rochas flutuantes, contra as quais os navios se chocam. — XII, 61; — XXIII, 327.
Esciro: ilha do Egeu a leste da Eubeia. — XI, 509 onde Odisseu pega Neoptólemo.
Esone: filho de Tiro e Creteu. — XI, 259.
Esparta: cidade da Lacônia no Peloponeso. — I, 93, 285; — II, 214, 327, 359; — IV, 10; — XI, 460; — XIII, 412.
Esquéria: ilha dos feácios. — V, 34; — VI, 8-10 colonizada por Nausítoo; — VII, 79; — XIII, 160.
Estige: rio dos ínferos. — V, 185; — X, 514.
Estrátio: filho de Nestor. — III, 413, 439 participa do sacrifício.
Eteocretenses: população nativa de Creta ("verdadeiros cretenses") assentada nas extremidades oriental e ocidental da ilha. — XIX, 176.
Eteoneu: escudeiro de Menelau. — IV, 20-9 anuncia a chegada de Telêmaco, 31; — XV, 95-9 prepara o fogo e a carne.
Etíopes: raça mítica meridional. — I, 22 hospedam Posêidon, 23-4 são divididos em orientais e ocidentais; — IV, 84; — V, 282, 287.
Etólio: habitante da Etólia, região da Grécia centro-setentrional. — XIV, 379-85 conta mentiras a Eumeu.
Étone: nome inventado por Odisseu a Penélope ("luminoso", "ardente"). — XIX, 183.
Eubeia: ilha frontal à costa oriental da Grécia. — III, 174; — VII, 321.
Eumelo: marido de Iftima. — IV, 798.
Eumeu: porqueiro de Odisseu. — XIII, 404-6 Atena diz que ainda é fiel à família de seu patrão; — XIV, 3-4 cuida dos bens de Odisseu, 5-12 sentado diante do recinto que ele próprio construíra, 35-51 acolhe Odisseu, 55-71 lamenta a falta de um patrão que o proteja, 71-108 dá de comer a Odisseu e mostra-lhe as riquezas de seu patrão, 121-47 acredita que seu patrão esteja morto, 165-90 solicita que o hóspede se apresente, 360-89 não crê na possibilidade do retorno de Odisseu, 410-38 mata um porco, 440, 442-4 sustenta que o deus tudo pode, 462, 507-22 prepara um lei-

to para Odisseu, 532-3 dorme ao lado do chiqueiro; — XV, 301-2 ceia com Odisseu, 307, 325-39 convida Odisseu a permanecer, 341, 351-79 narra a Odisseu os acontecimentos de seus pais, 381, 389-484 conta a Odisseu sua história, 486; — XVI, 7, 8, 14-52 acolhe Telêmaco, 60-7 apresenta a Telêmaco o falso mendigo, 69, 135, 156, 338-9 conta a Penélope o retorno de Telêmaco, 461, 464-75 diz a Telêmaco ter visto uma nave regressar; — XVII, 199-203 dá um bastão a Odisseu e o acompanha à cidade, 238-46 censura Melântio e faz uma súplica às ninfas, 264, 272, 305, 306, 311-23 fala a Odisseu do cão Argos, 380, 508, 512, 543, 561, 576, 579; — XX, 169, 238-9 pede aos deuses o retorno de Odisseu; — XXI, 80, 82 põe o arco diante dos pretendentes, 203, 234; — XXII, 157, 194-9 enforca Melântio, 279-80 ferido por Ctesipo, 284 golpeia Pólibo.

Eupites: pai de Antínoo. — I, 383; — IV, 641, 660; — XVI, 363; — XVII, 477; — XVIII, 42, 248; — XX, 270; — XXI, 140, 256; — XXIV, 422-37 exorta os itacenses a punirem Odisseu, 465, 469-71 quer vingar a morte do filho, 519-25 morto por Laerte, 523.

Euríades: um dos pretendentes. — XXII, 267 é morto por Telêmaco.

Euríalo: jovem feácio. — VIII, 115, 126-7 vence a competição de luta, 140-2 favorável à participação de Odisseu nos jogos, 157-164 insulta Odisseu, 396, 400-16 reconcilia-se com Odisseu.

Euríbato: arauto de Odisseu. — XIX, 244-8 o mais honrado por Odisseu.

Eurício: um dos Centauros. — XXI, 295-302 embriaga-se na casa de Pirítoo.

Euricleia: filha de Opos Pisenoride, serva de Laerte e nutriz de Odisseu. — I, 428-42 auxilia Telêmaco; — II, 347, 361-70 pede a Telêmaco para não partir; 377-80 esconde a partida de Telêmaco; — IV, 742-58 revela a Penélope saber da partida do filho; — XVII, 31-3 acolhe Telêmaco; — XIX, 15, 21, 357, 361-81 percebe a semelhança do mendigo com Odisseu, 386-94 reconhece a cicatriz de Odisseu, 401, 468-79 reconhece Odisseu, 491-8 promete manter silêncio a Odisseu; — XX, 128, 134, 147-56 ordena às serviçais fazer os preparativos para a festa; — XXI, 380, 381, 386-7 fecha as portas da sala; — XXII, 391, 394, 419-29 acusa de traição doze serviçais de Odisseu, 480, 485, 492-3 leva enxofre e fogo a Odisseu, 495-7 anuncia às mulheres a vitória de Odisseu; — XXIII, 1-31 informa Penélope do retorno de Odisseu, 25, 39-57 narra a Penélope a vingança de Odisseu, 69-79 diz a Penélope ter reconhecido Odisseu pela cicatriz, 177.

Euridamante: um dos pretendentes. — XVIII, 297 morto por Odisseu; — XXII, 283.

Eurídice: filha de Clímeno e mulher de Nestor. — III, 451-2 participa do sacrifício.

Euríloco: companheiro de Odisseu. — X, 205, 206-9 sai em exploração da ilha de Eeia, 232 recusa-se a entrar na casa de Circe, 244-6 relata a Odisseu a feitiçaria de Circe, 271, 428-37 não acredita em Odisseu, 447-8 segue Odisseu; — XI, 23 prende os animais para o sacrifício; — XII, 195-6 reforça as amarras de Odisseu na passagem próxima à ilha das Sereias, 278-93 propõe passar a noite em Trináquia, 294, 297, 339-351 exorta os companheiros a sacrificarem as vacas do Sol, 352.

Eurímaco: filho de Pólibo, chefe dos pretendentes. — I, 399-411 pede notícias do estrangeiro a Telêmaco, 413; — II, 177-207 pede a Telêmaco para restituir Penélope a seu pai, 209; — IV, 628-9 diverte-se diante da casa de Odisseu; — XV, 17, 519;

— XVI, 345-50 envia uma mensagem aos outros pretendentes, 434-47 promete a Penélope que defenderá Telêmaco, 447 trama contra Telêmaco; — XVII, 257; — XVIII, 65, 244-9 adula Penélope, 251, 295, 325, 349-64 acusa Odisseu de recusar o trabalho honesto, 366, 387-98 arremessa um banco contra Odisseu, 396; — XX, 359-62 manda retirar Teoclímeno, 364; — XXI, 186-7 o melhor dos pretendentes pelo valor, 245-55 lamenta a própria incapacidade em retesar o arco, 257, 277, 320-9 teme ser desonrado pelo mendigo na disputa do arco, 331; — XXII, 44-59 tenta entrar em acordo com Odisseu, 61, 69-88 morto por Odisseu.

Eurímede: patronímico de Télemo. — IX, 509.

Eurimedonte: rei dos Gigantes. — VII, 58-9 leva à ruína a si e a seu povo.

Eurimedusa: nutriz de Nausícaa. — VII, 7-13 acende o fogo.

Eurínome: despenseira da casa de Odisseu. — XVII, 495; — XVIII, 164, 169-76 exorta Penélope a lavar-se e a ungir-se, 178; — XIX, 96, 97; — XX, 4 cobre Odisseu com um manto; — XXIII, 153-5 dá banho em Odisseu, 289-90 prepara com as serviçais o leito para Penélope e Odisseu, 293-4 com um archote guia Penélope e Odisseu ao leito nupcial.

Eurínomo: um dos pretendentes, filho de Egípcio. — II, 22; — XXII, 242 o melhor dos pretendentes.

Eurípilo: herói, filho de Telefo e Astioque. — XI, 519-20 foi morto por Neoptólemo em Troia.

Eurito: senhor da Ecália, famoso atirador com o arco. — VIII, 224-8 foi morto por Apolo, 226; — XXI, 32; — filho de Eurito: XXI, 14, 37.

Euro: vento do leste. — V, 295 alimenta tempestades com os outros ventos, 332; — XIX, 206 derrete a neve.

Evânteo: pai de Maron. — IX, 197.

Evenoride: patronímico de Leócrito. — II, 242; — XXII, 294.

Faetonte: cavalo que conduz o carro de Aurora. — XXIII, 246.

Faetusa: ninfa ("Refulgente") filha de Neera e do Sol. — XII, 132 guardiã dos rebanhos do Sol.

Faro: ilha situada na costa da Élide. — IV, 355.

Feácios: habitantes da Esquéria. — V, 35, 280, 288, 345, 386; — VI, 3-12 procedentes de Hipéria, 35, 55, 114, 195, 197, 202, 241, 257, 270, 284, 298, 302, 327; — VII, 11, 16, 39, 62, 98, 108-9 peritos em navegação, 136, 156, 186, 316; — VIII, 5, 11, 21, 23, 26, 86, 91, 96, 97, 108, 117, 188, 191, 198, 201, 207, 231, 250, 368-9 alegram-se ao canto de Demódoco, 386, 387, 428, 440, 535, 536, 557-63 têm naves mágicas, 567; — XI, 336, 343, 349; — XIII, 12, 36, 120, 130, 149, 160, 165-9 espantam-se ao verem sua nave transformada em pedra, 175, 185-7 suplicam a Posêidon, 204, 210, 302, 304, 322, 369; — XVI, 227; — XIX, 279; — XXIII, 338.

Fedimo: rei dos sidônios. — IV, 617-9 dá uma taça a Menelau; — XV, 117.

Fedra: filha de Minos e esposa de Teseu. — XI, 321.

Feias: local na costa da Élide. — XV, 297.

Fêmio: aedo do palácio de Odisseu. — I, 153-5 alegra os banquetes dos pretendentes, 325-7 canta o retorno dos aqueus; — XVII, 262-3 canta acompanhado pela cítara; — XXII, 330-53 suplica que Odisseu o poupe.

Fenícia: região do Mediterrâneo oriental. — IV, 83; — XIV, 291.
Fenício: habitante da Fenícia, povo voltado ao comércio e pirataria. — XIII, 272; — XIV, 285-309 no relato inventado por Odisseu, um homem fenício o teria raptado; — XV, 415-6 comerciam, 417, uma mulher fenícia era serva de Ctésio, 419, seduzem uma serva de Ctésio, 473.
Feres: cidade da Élide. — III, 488; — XV, 186.
Feres: cidade da Tessália. — IV, 798.
Ferete: filho de Tiro e Creteu. — XI, 259.
Festo: cidade da ilha de Creta. — III, 296.
Fiandeiras: divindades que representam o Destino. — VII, 197.
Fidon: rei dos tesprotos. — XIV, 316-20 hóspede de Odisseu, 321; — XIX, 287.
Filace: cidade da Tessália. — XI, 290; — XV, 236.
Fílaco: pai de Íficlo. — XV, 231.
Filécio: boieiro guardião dos rebanhos de Odisseu. — XX, 185-225 deplora o regime instaurado em Ítaca pelos pretendentes, 254-5 serve pão aos pretendentes; — XXI, 240, 388-93 fecha as portas do átrio; — XXII, 285-91 mata Ctesipo, 359.
Filo: serviçal de Helena. — IV, 125, 133-5 carrega um cesto.
Filoctetes: filho de Peante e rei da Tessália. — III, 190 volta à pátria; — VIII, 219-20 hábil no tiro com arco.
Filomélide: rei de Lesbos, que foi vencido por Odisseu. — IV, 343-4 perdeu a luta para Odisseu; — XVII, 134.
Foibos: "Radioso", epíteto de Apolo. — III, 279; — VIII, 79; — IX, 201.
Forco: deus do mar, pai da ninfa Tóosa. — I, 72; — XIII, 96 "velho do mar", 345.
Frônio: pai de Noêmone. — II, 386; — IV, 630, 648.
Frôntide: filho de Ônetor, piloto de Menelau. — III, 278-85 foi morto por Apolo.
Ftia: cidade da Tessália, reino de Peleu. — XI, 496.
Gerênio: atributo de Nestor. — III, 68, 102, 210, 253, 386, 397, 405, 411, 474; — IV, 161.
Geresto: promontório da Eubeia. — III, 177.
Gigantes: povo mítico desaparecido com seu rei. — VII, 59, 206; — X, 120.
Gira: rochedo. — IV, 500, 507 onde morreu Ájax.
Górgonas: três irmãs, das quais só Medusa é mortal e de quem fora arrancada a cabeça por Perseu. — XI, 634 Odisseu teme que Perséfone lhe envie sua cabeça.
Górtina: cidade de Creta. — III, 294.
Graças: filhas de Zeus, deusas da graça. — VI, 18; — VIII, 364-6 auxiliam Afrodite; — XVIII, 194.
Hades: filho de Cronos, deus do além-túmulo; também denota o reino dos mortos. — III, 410; — IV, 834; — VI, 11; — IX, 524; — X, 175, 491, 502, 512, 534, 560, 564; — XI, 47, 65, 69, 150, 164, 211, 277, 425, 475, 571, 625, 627, 635; — XII, 17, 21, 383; — XIV, 156 as portas do Hades, 208; — XV, 350; — XX, 208; — XXIII, 252, 322; — XXIV, 204, 264.
Haliterses: velho herói de Ítaca, companheiro de Odisseu. — II, 157-176 prediz o retorno de Odisseu, 253; — XVII, 68; — XXIV, 451-62 aconselha os itacenses a evitarem a vingança.

Harpias: criaturas horrendas, personificações das tempestades. — I, 241 de acordo com Telêmaco, elas levaram Odisseu; — XIV, 371 segundo Eumeu, raptaram Odisseu; — XX, 77-8 raptam as filhas de Pândaro e as entregam como escravas às Erínias.

Hebe: filha de Zeus e Hera, esposa de Héracles. — XI, 603.

Hefesto: filho de Zeus e Hera, deus do fogo e da manufatura dos metais. — IV, 617; — VI, 233; — VII, 91-4 forjou os cães de ouro para o palácio de Alcínoo; — VIII, 268, 270-321 arquitetou a cilada para Ares, 272, 286, 287, 293, 297, 327, 330, 344-59 liberta Ares, 345, 355, 359; — XV, 117; — XXIII, 160-1 inspirador das artes; — XXIV, 71, 75.

Hélade: indica a Grécia setentrional. — I, 344; — IV, 726, 816; — XI, 496; — XV, 890.

Helena: filha de Zeus e mulher de Menelau. — IV, 12, 120-46 pergunta a Menelau quem são os hóspedes, 130, 122 símile de Ártemis, 184, chora, 219-29 mistura fármaco ao vinho, 233-64 conta um feito de Odisseu, 262-4 lamenta a loucura que lhe impôs Afrodite, 274-81 examina o cavalo de madeira, 296-9 ordena as servas a prepararem os leitos de Telêmaco e Pisístrato, 305, 569; — XI, 438; — XIV, 68; — XV, 58, 100, 104-8 apanha uma túnica para Telêmaco, 106, 123-30 regala Telêmaco com a túnica, 126, 171-8 interpreta o milagre da águia como presságio do retorno de Odisseu; — XVII, 118; — XXII, 227; — XXIII, 218.

Helesponto: estreito de mar entre o Quersoneso trácio e a Ásia Menor. — XXIV, 82.

Hélio: v. **Sol**.

Hera: deusa mulher de Zeus. — IV, 513 salva Agamêmnon; — VIII, 465; — XI, 604; — XII, 72 desvia a nave Argos das rochas Errantes; — XV, 112, 180; — XX, 70-1 dá sabedoria e beleza às filhas de Pândaro.

Héracles: filho de Zeus e Alcmena, esposo de Hebe, vive com os deuses. — VIII, 224; — XI, 267, 601-29 conta a Odisseu sua descida ao Hades; — XXI, 26-30 mata Ífitos; — de Héracles: XI, 601.

Hermes: filho de Zeus e Maia. — I, 37-43 adverte Egisto da vingança de Orestes, 38, 42, 84; — V, 28-41 enviado a Calipso, 29, 43-54 parte para a ilha de Calipso, 55-80 em Ogígia, 85, 87, 95-115 manda Calipso deixar Odisseu, 145-8 parte de Ogígia, 196; — VIII, 322-3 chega à casa de Hefesto, 334, 335, 338-42 ri de Afrodite; — X, 275-308 dá a Odisseu remédio contra os poderes de Circe, 277, 307; — XI, 626 ajuda Héracles; — XII, 390 conta a Calipso o assunto do colóquio entre o Sol e Zeus; — XIV, 435; — XV, 319-20 concede a glória aos homens; — XIX, 396-8 protege Autólico; — XXIV, 1-14 no Hades guia as almas dos pretendentes, 10; — de Hermes: XVI, 471. (v. **Argicida**)

Hermíone: filha única de Helena e Menelau. — IV, 14.

Hilácida: patronímico inventado por Odisseu. — XIV, 204.

Hiperésia: localidade na Acaia. — XV, 254.

Hipéria: localidade mítica habitada no passado pelos feácios. — VI, 4.

Hiperionide: patronímico do Sol. — XII, 176.

Hiperiônio: atributo do Sol ("Que está no alto"). — I, 8, 24; — XII, 133, 263, 346, 374.

Hipodâmia: serviçal de Penélope. — XVIII, 182.

Hipótade: patronímico de Éolo. — X, 2, 36.

Iasida: patronímico de Anfíon. — XI, 283.
Iasida: patronímico de Dmétor. — XVII, 443.
Iásio: controverso atributo de Argos derivado ou de Iaso, um rei lendário, ou de um antigo assentamento jônico em Argos. — XVIII, 246.
Icário: irmão de Tíndaro e pai de Penélope. — I, 329; — II, 53, 133; — IV, 797, 840; — XI, 446; — XVI, 435; — XVII, 562; — XVIII, 159, 188, 245, 285; — XIX, 375, 546; — XX, 388; — XXI, 2, 321; — XXIV, 195.
Icmálio: artesão de Ítaca. — XIX, 57 construiu a poltrona de Penélope.
Idomeneu: filho de Deucalião e rei de Creta. — III, 191-2 retornou a Creta; — XII, 259; — XIV, 237, 382; — XIX, 181, 190-1 hóspede e amigo de Odisseu.
Íficlo: filho de Fílaco. — XI, 290 mantém prisioneiro um vidente (Melampo?) que queria roubar suas vacas, 296 liberta o vidente.
Ifimedeia: mulher de Aloeu. — XI, 305-8 gerou, de Posêidon, Oto e Efialte.
Ifitma: irmã de Penélope. — IV, 795-838 aparece em sonho a Penélope.
Ífitos: filho de Eurito. — XXI, 11-4 em Messena presenteia Odisseu com arco e aljava, 14, 22-4 em Messena à procura de cavalos, 25-30 morto por Héracles, 31-3 dá a Odisseu o arco herdado do pai, 37.
Ílion: outro nome de Troia. — II, 18, 172; — VIII, 495, 578, 581; — IX, 39; — X, 15; — XI, 86, 169, 372; — XIV, 71, 238; — XVII, 104, 293; — XVIII, 252; — XIX, 125, 182, 193; — XXIV, 117.
Ilítia: divindade que preside o parto. — XIX, 188 cultuada em Creta.
Ilo: filho de Mermero. — I, 259-64 dá o veneno para as setas a Odisseu.
Ino: filha de Cadmo, divindade secundária do mar. — V, 333-53 dá um véu protetor a Odisseu, 461-2 retoma seu véu.
Iolco: cidade da Tessália. — XI, 256.
Iro: mendigo de Ítaca. — XVIII, 1-13 tenta expulsar Odisseu do paço, 6, 25, 38, 56, 73, 75, 95-9 golpeia Odisseu, 233, 239, 333, 334, 393.
Ismaro: cidade da Trácia. — IX, 40-6 saqueada por Odisseu e companheiros, 198.
Ítaca: ilha do Jônico, pátria de Odisseu. — I, 18, 57, 88, 103, 163, 172, 247, 386, 395, 401, 404; — II, 167, 256, 293; — III, 81; — IV, 175, 555, 601, 607-8 pouco propícia à criação de cavalos, 643, 671, 845; — IX, 21-7 ilha montanhosa próxima a Dulíquio, Same e Zacinto, 505, 531; — X, 417, 420, 463, 522; — XI, 30, 111, 162, 361, 480; — XII, 138, 345; — XIII, 96-112 o porto, 135, 212, 248, 256, 325, 344; — XIV, 98, 126, 182, 189, 329, 344; — XV, 29, 36, 157, 267, 482, 510, 534; — XVI, 58, 124, 223, 230, 251, 322, 419; — XVII, 250; — XVIII, 2; — XIX, 132, 399, 462; — XX, 340; — XXI, 18, 109, 252, 346; — XXII, 30, 52, 223; — XXIII, 122, 176; — XXIV, 104, 259, 269, 284.
Itácio (Itacense): nome dos habitantes de Ítaca. — II, 25, 166, 229, 246; — XV, 520; — XXII, 45; — XXIV, 354, 415-9 removem os cadáveres da casa de Odisseu, 443, 454, 463-71 guiados por Eupites iniciam a revolta contra Odisseu, 531.
Ítaco: herói epônimo da ilha de Ítaca. Filho de Pterelau, emigrou da Cefalênia e fundou com seus irmãos, Nérito e Políctor, a cidade de Ítaca. — XVII, 207 construiu a fonte na qual os itacenses buscavam água.
Ítilo: filho de Edona (o rouxinol) e do tebano Zeto. — XIX, 522 morto por sua própria

mãe, que acreditava matar um filho de Níobe, sua cunhada, de quem invejava a prole numerosa.

Járdano: rio de Creta. — III, 292.

Jasão: amado por Deméter. — V, 125-8 morto por Zeus.

Jasão: filho de Esone, rei de Iolco, enviado para conquistar o velocino de ouro por seu tio Pélias. — XII, 72.

Lacedemônia: outro nome de Esparta. — III, 326; — IV, 1, 313, 702; — V, 20; — XIII, 414, 440; — XV, 1; — XVII, 121; — XXI, 13.

Laércio: ourives de Pilo. — III, 425.

Laerte: pai de Odisseu. — I, 187-93 enfermo, uma serva siciliana o serve, 189, 430; — II, 99; — IV, 111, 555, 738; — VIII, 18; — IX, 505, 531; — XI, 187-96 vive na miséria; — XIV, 9, 173, 451; — XV, 353, 483 compra Eumeu; — XVI, 118, 138-45 aflito com a partida de Telêmaco, 302; — XIX, 144; — XXII, 185, 191, 336; — XXIV, 134, 192, 206, 206-7 adquirira seus campos com muito esforço, 226-31 ocupado com o trabalho nos campos, 270, 280-301 lamenta as desventuras de Odisseu e faz indagações ao falso hóspede, 315-7 angustiado pelos falsos relatos de Odisseu, 327-9 pede a Odisseu um sinal de reconhecimento, 345-8 abraça Odisseu e desmaia, 349-55 teme uma vingança dos itacenses, 365-74 tornado resplandecente pela serva e por Atena, 375-82 recorda sua valentia na juventude, 498-9 arma-se para defender Odisseu, 513-5 alegra-se por filho e neto competirem em valor, 521-4 mata Eupites. (v. **Arcesíade**)

Laertíade (Laércio): patronímico de Odisseu. — V, 203; — IX, 19; — X, 401, 456, 488, 504; — XI, 60, 92, 405, 473, 617; — XII, 378; — XIII, 375; — XIV, 486; — XVI, 104, 167, 455; — XVII, 152, 361; — XVIII, 24, 348; — XIX, 165, 262, 336, 583; — XX, 286; — XXI, 262; — XXII, 164, 339; — XXIV, 542.

Lamo: fundador da cidade de Telépilo. — X, 81.

Lampécia: ninfa ("Radiante") filha de Neera e do Sol. — XII, 132 guardiã dos rebanhos do Sol, 374-5 relata ao Sol a matança das vacas.

Lampo: cavalo que conduz o carro de Aurora. — XXIII, 246.

Laodamante: filho de Alcínoo. — VII, 170; — VIII, 117, 119-20 participa da prova de corrida, 130 vence no pugilato, 131-9 propõe convidar Odisseu aos jogos, 132, 141, 143-51 convida Odisseu aos jogos, 153, 207, 370-80 dança.

Lápitas: população tessália. — XXI, 297.

Leda: mulher de Tíndaro e mãe de Castor e Pólux. — XI, 298-304 sua alma encontra Odisseu.

Lemno: ilha vulcânica do Egeu associada a Hefesto. — VIII, 283, 294, 301.

Leocótea: epíteto de Ino. — V, 334.

Leócrito: filho de Evênor, um dos pretendentes. — II, 242-57 recusa dar uma nave a Telêmaco; — XXII, 294-6 morto por Telêmaco.

Lesbos: ilha do mar Egeu. — III, 169; — IV, 342; — XVII, 133.

Lestrigões: gigantes antropófagos e arremessadores de rochas. — X, 106, 119, 199.

Lestrigônia: atributo (ou talvez nome próprio) da cidade dos Lestrigões. — X, 82; — XXIII, 318.

Leto: mãe de Apolo e Ártemis. — VI, 106; — XI, 318, 580 violentada por Tício.

Líbia: região da África setentrional a oeste do Egito. — IV, 85; — XIV, 295.
Liodes: um dos pretendentes, arúspice. — XXI, 144-66 tenta atirar com o arco, 168; — XXII, 310-9 pede para Odisseu poupá-lo, 326-9 morto por Odisseu.
Lotófagos: povo fabuloso de "comedores de lótus". — IX, 84, 91, 92-7 alimentam com o fruto de lótus os companheiros de Odisseu, 96; — XXIII, 311.
Maia: filha de Atlante, gerou Hermes de Zeus. — XIV, 435.
Maira: filha de Preto e Anteia. — XI, 326 sua alma encontra Odisseu.
Maleia: ponta sudeste do Peloponeso, difícil de contornar devido aos ventos contrários. — III, 287 onde Menelau naufraga; — IV, 514 onde Agamêmnon naufraga; — IX, 80 onde Odisseu naufraga; — XIX, 187.
Mântio: filho de Melampo. — XV, 242, 249 gerou Polifides e Clito.
Maratona: localidade da Ática. — VII, 80.
Maron: sacerdote de Apolo em Ismaro. — IX, 196-211 hospeda e dá vinho a Odisseu.
Mastorida: patronímico de Haliterses. — II, 158; — XXIV, 452.
Medonte: arauto da casa de Odisseu. — IV, 677-9 e 696-702 informa Penélope do plano dos pretendentes, 711-4 ignora as razões da viagem de Telêmaco; — XVI, 252, 412; — XVII, 172-6 manda para casa os pretendentes; — XXII, 357, 361-70 pede a Telêmaco para ser poupado; — XXIV, 439 chega entre os itacenses em revolta, 442-9 diz aos itacenses que Odisseu é ajudado por um deus.
Megapente: filho de Menelau e de uma escrava. — IV, 10-2 desposa a filha de Alector; — XV, 100, 103 leva uma taça para Telêmaco, 122.
Mégara: filha de Creon e esposa de Héracles. — XI, 269-70 encontra Odisseu no além-túmulo.
Melampo: vidente tessálio. — XV, 225-42 conduz até Pilo os rebanhos de Fílaco, em Argos gerou Antífates e Mântio.
Melaneu: pai de Anfimedonte. — XXIV, 103.
Melântio: pastor de cabras de Odisseu, infiel a seu patrão. — XVII, 212-34 afronta Odisseu, 247-53 amaldiçoa Telêmaco, 369; — XX, 173-9 leva as cabras para a pastagem dos pretendentes e ofende Odisseu, 255 serve vinho aos pretendentes; — XXI, 175, 176, 181-3 acende o fogo e traz o sebo, 265; — XXII, 135-46 leva as armas aos pretendentes, 142, 152, 159, 161-2 retorna ao tálamo para pegar as armas, 178-200 amarrado a uma coluna por Eumeu e Filécio, assiste ao massacre dos pretendentes, 182, 195, 474-9 é trucidado.
Melanto: filha de Dólio, serviçal criada por Penélope. — XVIII, 321, 324-5 amante de Eurímaco, 326-36 insulta Odisseu; — XIX, 65-9 ofende Odisseu.
Mêmnon: filho de Títon e Éos. — XI, 522 famoso por sua beleza.
Menécio: patronímico de Pátroclo. — XXIV, 77.
Menelau: filho de Atreu e rei de Esparta. — I, 285; — III, 141-2 exorta os aqueus ao retorno, 168 parte de Tênedo, 249, 257, 279, 284-290 sofre um naufrágio, 311-2 retorna para casa, 317, 326; — IV, 2, 3-9 concede a filha como esposa a Neoptólemo, 16, 23, 30-6 recebe Telêmaco em sua casa, 46, 51, 59-67 acolhe Telêmaco em casa, 76-99 lamenta sua infelicidade, 100-12 lastima Odisseu, 116, 128, 138, 147, 156, 168-83 avalia Odisseu, 185, 203-15 adia para o dia seguinte o colóquio com Telêmaco, 217, 235, 265-89 recorda a armadilha do cavalo, 291, 306-14 indaga a

Telêmaco os motivos da visita, 316, 332-46 recorda o valor de Odisseu, 349-572 recorda o encontro com o velho do mar, 561, 573-92 recorda a viagem de retorno do Egito, 583-4 erige um túmulo a Agamêmnon no Egito, 609-19 promete um regalo a Telêmaco; — VIII, 517-8 com Odisseu na casa de Deífobo; — XI, 460; — XIII, 414; — XIV, 470; — XV, 5, 14, 52, 57, 64, 67-85 deixa Telêmaco partir, 87, 92-8 faz preparar a refeição, 97, 110-9 dá uma taça a Telêmaco, 133, 141, 147-53 leva vinho a Telêmaco e Pisístrato, que partem, 167, 169, 207; — XVII, 76, 116, 120, 147; — XXIV, 116. (v. **Atridas**)

Mentes: chefe dos táfios, filho de Anquíalo. — I, 104-5 Atena toma sua aparência, 179-212 prediz a Telêmaco o regresso do pai, 418.

Mentor: amigo de Odisseu. — II, 224-41 censura o povo de Ítaca, 225-6 Odisseu, quando partiu, havia lhe confiado toda sua casa, 233-4 celebra a clemência de Odisseu, 243, 253, 268, 401; — III, 22, 240; — IV, 654, 655; — XVII, 68; — XXII, 206, 208, 213, 235, 249; — XXIV, 446, 456, 503, 548.

Mermerida: patronímico de Ilo. — I, 259.

Mesáulio: servo de Eumeu, adquirido dos táfios. — XIV, 449-52 distribui o pão, 455.

Messena: região sudoeste do Peloponeso. — XXI, 15.

Messênios: habitantes de Messena. — XXI, 18.

Micena: filha de Ínaco e mãe de Argos. — II, 120.

Micenas: cidade da Argólida. — III, 305; — XXI, 108.

Mimante: promontório na costa asiática. — III, 172.

Mínio: dos Mínios, progênie de Orcomeno. — XI, 284.

Minos: filho de Zeus e Europa, rei de Creta. — XI, 322, 568-71 faz justiça aos mortos no além-túmulo; — XVII, 523; — XIX, 178-80 reinou nove anos em Cnossos.

Mirmidões: povo de Ftia, guiado a Troia por Aquiles. — III, 187-8 retornam à pátria; — IV, 9; — XI, 495.

Múlio: servo de Anfínomo. — XVIII, 423-5 mistura o vinho.

Musa: uma das nove filhas de Mnemosine e Zeus, protetora das artes. — I, 1 inspira o canto do poeta; — VIII, 63, 73-4 inspira Demódoco, 481, 488; — XXIV, 60-1 as nove Musas entoam um canto fúnebre em honra de Pátroclo, 62.

Náiades: ninfas das fontes e dos cursos d'água. — XIII, 102-12 tecem mantos em uma gruta sagrada de Ítaca, 348, 356.

Naubólide: patronímico de Euríalo. — VIII, 116.

Nausícaa: filha de Alcínoo. — VI, 15-40 recebe Atena em sonho, 25, 48-65 pede um carro ao pai, 74-95 vai ao rio com as serviçais lavar as vestes, 96-109 joga bola com as serviçais, 101, 110-7 acorda Odisseu, 186-97 explica a Odisseu que está na Esquéria, 198-210 ordena as serviçais a ajudarem Odisseu, 213, 251-321 convida Odisseu a segui-la até o bosque sagrado, 276; — VII, 2-7 retorna ao palácio, 12; — VIII, 457-62 saúda Odisseu, 464.

Nausítoo: filho de Posêidon e antigo rei dos feácios que se instalou na Esquéria. — VI, 7-11 funda Esquéria; — VII, 56-63 gerou Rexênor e Alcínoo, 62, 63; — VIII, 564-571 profetizou a destruição de uma nave dos feácios.

Nauteu: jovem feácio. — VIII, 112.

Neera: ninfa. — XII, 132-3 gerou Faetusa e Lampécia com o Sol.

Neio: monte de Ítaca. — I, 186; — III, 81.
Neleide: atributo de Pilo, cidade fundada por Neleu. — IV, 639.
Neleu: pai de Nestor e rei de Pilo. — III, 4, 409; — XI, 254 filho de Tiro e Posêidon, 257 habitava em Pilo, 281-2 desposa Clóris, 288-97 promete sua filha a quem lhe trouxesse os rebanhos de Íficlo; — XV, 229, 233, 236-7 punido por Melampo; — de Neleu: III, 79, 202, 247, 465.
Neoptólemo: filho de Aquiles. — IV, 5-9 recebe como esposa a filha de Menelau; — XI, 505-37 distingue-se pela coragem na guerra de Troia e no episódio do cavalo de madeira.
Nérito: irmão de Ítaco. — XVII, 207 construiu a fonte de Ítaca.
Nérito: monte de Ítaca. — IX, 22; — XIII, 351.
Nérito: segundo a tradição, cidade que se erguia na Leucádia antes que se tornasse uma ilha. — XXIV, 377 conquistada por Laerte.
Nestor: filho de Neleu e rei de Pilo. — I, 284; — III, 17, 31-3 participa do encontro dos pilos, 57, 68-74 indaga a identidade de Telêmaco, 79, 102-200 narra os acontecimentos do retorno de Troia, 202, 210, 244, 247, 253-312 relata o ocorrido com Agamêmnon, 313-28 aconselha Telêmaco a ir para Esparta, 345-55 convida Telêmaco a ficar em sua casa, 373-84 reconhece Atena em Mentor, 386-94 faz libações em honra de Atena, 395-401 hospeda Telêmaco, 397, 404-16 convoca os filhos, 405, 411, 417-29 ministra ordens para o sacrifício a Atena, 436-7 dá ouro ao artífice para adornar os chifres da bezerra, 444-6 inicia o sacrifício, 448, 452, 459-60 assa as carnes, 465, 469, 474-80 ordena que os filhos acompanhem Telêmaco a Esparta; — IV, 21, 69, 161, 186, 191, 207-11 um homem afortunado, segundo Menelau, 209, 303, 488; — XI, 286, 512; — XV, 4, 144, 151, 194; — XVII, 109; — XXIV, 51-6 explica aos aqueus que o rumor provindo do mar era causado por Tétis, que chegava ao saber da morte de Aquiles; — de Nestor: III, 36, 482; — IV, 71, 155; — XV, 6, 44, 46, 48, 166, 195, 202.
Ninfas: filhas de Zeus, habitam as pradarias, os cumes dos montes e as nascentes dos rios. — VI, 105 brincam com Ártemis, 123; — IX, 154-5 tocam as cabras; — XII, 318; — XIII, 104, 107, 348, 350, 355, 356; — XIV, 435; — XVII, 211, 240.
Ninguém: nome com o qual Odisseu se denomina a Polifemo. — IX, 366, 369, 408, 455, 460.
Niso: rei de Dulíquio e pai de Anfínomo. — XVI, 395; — XVIII, 127 valoroso e abastado, segundo Odisseu, 413.
Noêmone: filho de Frônio. — II, 386-7 procura uma nave para Atena; — IV, 630-37 informa-se do retorno de Telêmaco, 648-56 informa Antínoo sobre a viagem de Telêmaco.
Noto: vento do Sul. — V, 295 alimenta tempestades com os outros ventos, 331; — XII, 289-90 um dos ventos mais violentos.
Oceano: filho de Urano e Geia; é considerado um grande rio que circunda a Terra. — IV, 568; — V, 275; — X, 139, 508, 511; — XI, 13, 21, 158, 639; — XII, 1; — XIX, 434; — XX, 65; — XXII, 197; — XXIII, 244, 347; — XXIV, 11.
Odisseu: herói filho de Laerte e rei de Ítaca, protagonista do poema. — I, 1-5 vaga após a destruição de Troia, 11-21 retido por Calipso e odiado por Posêidon, 48-59 dese-

ja retornar, 60, 65, 74, 83, 87, 103, 129, 196, 207, 234-44 de acordo com Telêmaco foi raptado pelas Harpias, 253, 259-264 foi a Éfira, 265, 354, 363, 396, 398; — II, 2, 17, 27, 59, 71, 96, 163, 173, 182-4 Eurímaco sustenta que está morto, 225, 226-7 ao partir, confia sua casa a Mentor, 233, 238, 246, 259, 279, 333, 342, 352, 366, 415; — III, 64, 84, 98, 120-3 segundo Nestor o mais astuto em Troia, 126-9 sempre concorda com Nestor, 162-4 leva alguns gregos de Tênedo a Troia, 219, 352, 398; — IV, 107, 143, 151, 240-58 entra em Troia na aparência de Decte, 254, 267-73 o logro do cavalo, 328, 340, 344, 625, 674, 682, 689, 715, 741, 763, 799; — V, 5, 11, 24, 31, 39, 81-4 em Ogígia, 149, 151-7 prisioneiro de Calipso, 171-9 teme uma trapaça de Calipso, 198, 203, 214-27 declara a Calipso seu amor por Penélope e depois se deita com ela, 228-62 constrói uma jangada, 269-81 navega por dezessete dias, 287, 297-332 na tempestade, 336, 354-87 o naufrágio, 387, 388-435 os perigos por que passou entre os recifes, 436-73 atraca na ilha dos feácios, 474-93 adormece; — VI, 1, 14, 113, 117-26 despertado por um grito, 127-139 mostra-se a Nausícaa, 141-185 pede ajuda a Nausícaa, 211-37 o banho, 247-50 come, 320, 321-7 no bosque sagrado de Atena, 331; — VII, 1, 14-38 envolto na névoa desloca-se pela cidade dos feácios, 15, 43-5 admira a cidade dos feácios, 81-3 diante do palácio de Alcínoo, 133-41 entra no palácio de Alcínoo, 142-54 suplica a Arete, 167-77 é hospedado por Alcínoo, 168, 207-25 pede ajuda aos feácios para retornar à casa, 230, 240-97 fala do cativeiro de Calipso, o naufrágio e o socorro de Nausícaa, 302-7 justifica o comportamento de Nausícaa, 329-33 roga a Zeus, 341, 344; — VIII, 3 levanta-se, 23, 75 discute com Aquiles, 83-92 comove-se com o canto de Demódoco, 144, 152-7 recusa o convite de Laomedonte, 165-85 responde a Euríalo, 186-92 participa da competição de disco, 199-233 confirma sua superioridade no arremesso, 264-5 admira a dança dos jovens feácios, 367-8 alegra-se com o canto de Demódoco, 381-4 reconhece a habilidade dos feácios na dança, 412-6 perdoa Euríalo, 446-57 o banho na casa de Alcínoo, 457-67 saúda Nausícaa, 469-83 oferece carne a Demódoco, 485-97 pede para Demódoco cantar o episódio do cavalo de Troia, 494-5 e 500-20 o engano do cavalo, 521-31 chora ao ouvir o relato da tomada de Troia; — IX, 1 inicia o relato de suas aventuras a Alcínoo (até XI, 332 e de 377 até o XII inteiro), 19-27 revela sua identidade a Alcínoo, 500-5 revela seu verdadeiro nome ao Ciclope, 512, 517, 530; — X, 64, 251, 330, 378, 401, 436, 456, 488, 504; — XI, 60, 92, 100, 202, 354-61 diz que os presentes dos feácios são importantes para seu retorno, 363, 405 retoma seu relato à corte de Alcínoo, 444, 473, 488, 617; — XII, 82, 101, 184, 378; — XIII, 4, 28-30 mostra-se impaciente em partir da Esquéria, 35, 36-46 solicita uma escolta aos feácios, 56-62 saúda Arete, 63 sai do paço de Alcínoo, 73, 116-25 abandonado pelos feácios na praia de Ítaca, 117, 124, 126, 131, 137, 187-221 acorda nas praias de Ítaca, sem saber onde está, 226-35 indaga a Atena em que lugar se encontra, 250-85 declara a Atena ser exilado de Creta, homicida de Orsíloco, 311-28 pede que Atena não o engane, 349-50 hecatombes às ninfas, 352-60 faz uma prece às ninfas, 353, 367-9 esconde os presentes dos feácios, 375, 382-92 pede proteção a Atena, 413, 416-9 indaga de Atena por que fez partir Telêmaco, 440; — XIV, 4, 29, 30-1 atacado pelos cães, 51-4 agradece a Eumeu pela hospitalidade, 76, 144, 148-64 sob o aspecto de mendigo, anuncia a Eumeu o retorno de Odisseu, 152, 159, 161, 167, 171, 174, 191-359 inventa a Eumeu ser um rico cretense assaltado durante uma viagem, 321-33 hóspede de Fidon, fora consultar o oráculo de Dodona, 323, 364, 390-400 faz um pacto com Eumeu, 424, 437, 439, 447, 459-505 narra um episódio de Troia, 470, 484, 486, 515, 520, 523-4 repousa, 526-7 alegra-se por Eumeu haver cuidado da propriedade; — XV, 2, 59, 63, 157, 176, 267, 301-2 ceia na cabana de Eumeu, 304-24 coloca Eumeu à prova, 313, 337, 340-9 pede ao porqueiro notícias de seus genitores, 347, 380-8 pede que Eumeu lhe conte sua vida, 485, 522, 554; — XVI, 1-3 prepara a refeição, 5-10 avisa Eumeu sobre uma visita, 34, 42, 48, 53, 90-111 indaga de Telêmaco as causas da arrogância dos pretendentes, 100, 104, 119, 139, 159, 162 reconhece Atena, 164, 167, 172-6 transformado por Atena, 177-8 retorna à choça, 186-91 revela-se a Telêmaco, 194, 201-12 explica a Telêmaco as razões de suas metamorfoses, 204, 225-39 conta a Telêmaco sua viagem à Esquéria, 258-62 assegura a Telêmaco a ajuda de Atena e Zeus, 266-307 projeta a vingança sobre os pretendentes, 289, 301, 328, 407, 430 protege o pai de Antínoo, 442-4 benévolo com Eurímaco, 450, 452-4 prepara a ceia, 455; — XVII, 3, 16-25 aceita ser acompanhado à cidade, 34, 103, 114, 131, 136, 152, 156, 157, 167, 183, 192-6 pede um bastão a Eumeu, 216, 230, 235-8 suporta o insulto de Melântio, 240, 253, 260-71 chega próximo à sua casa, 264, 280-9 faz Eumeu entrar primeiro em sua casa, 292, 299, 301, 304-5 comove-se à vista de Argos, 314, 327, 336-8 entra em sua casa, 353, 361, 365-6 pede esmola aos pretendentes, 389, 402, 412-44 inventa sua história a Antínoo, 453, 463-76 amaldiçoa Antínoo, que o golpeara, 506, 510, 522, 525, 538, 539, 560-73 propõe a Penélope lhe falar ao crepúsculo; — XVIII, 8, 14, 24, 51-8 solicita um juramento dos pretendentes, 66, 90, 100-7 abate Iro e o arrasta no pátio, 117, 124-50 expõe seu ponto de vista sobre a precariedade do homem, 253, 281-3 alegra-se pela conduta de Penélope, 311, 312-9 adverte as serviçais que ele próprio atiçará os braseiros, enquanto elas irão com Penélope, 313, 326, 337, 348, 350, 356, 365-86 desafia Eurímaco no trabalho dos campos e louva seu próprio valor, 384, 394, 417, 420; — XIX, 1-13 sugere a Telêmaco a desculpa que deve dar aos pretendentes, 8, 31-46 remove as armas da sala, 41, 51-2 trama com Atena a morte dos pretendentes, 65, 70-88 responde às injúrias de Melanto, 84, 102, 106-22 elogia o bom governo de Penélope, 126, 136, 141, 164-202 diz a Penélope ser cretense e ter encontrado Odisseu em Creta, 165, 185, 209-12 compadece-se de Penélope, 220-48 na aparência de mendigo descreve o vestuário de Odisseu a Penélope, 225, 237, 239-40 amigo de muitos, 248, 250, 259, 261-307 prenuncia o retorno a Ítaca, 262, 267, 270, 282, 286, 293, 304, 306, 313, 315, 335-48 pede para ser lavado por uma antiga serva, 336, 358, 381, 382-5 diz a Euricleia que muitos já haviam notado a semelhança entre ele e Odisseu, 388, 392-466 ferido durante a caça ao javali, 405-12 a origem de seu nome, 409, 413, 416, 430, 437, 447, 452, 456, 473, 474, 479-90 impõe o silêncio a Euricleia, 499, 506, 554-8 interpreta o sonho de Penélope, 556, 571, 582-7 exorta Penélope a não adiar a prova do arco, 583, 585, 596, 603; — XX, 1-4 dorme no vestíbulo de casa, 5-13 cogita vingar-se das servas, 17-24 fala ao seu coração, 36-43 indaga Atena como vingar-se dos pretendentes, 80, 92-101 pede um duplo presságio a Zeus, 104, 117, 120-1 regozija-se com o presságio de Zeus, 122, 165, 168-71 lamenta com Eumeu a prepotência dos pretendentes, 177, 183, 205, 209-10 destina o menino Filécio à guarda dos rebanhos, 226-34 prediz a Filécio a vingança de Odisseu, 231, 232, 239, 248, 257, 265, 281, 283, 286, 290, 298, 300, 325, 329, 332, 369; — XXI, 4, 16-21 vai a Messena por uma dívida, 20, 31, 34-5 dá uma espada e uma lança a Ífitos, 38-41 conserva em casa o arco de Ífitos, 74, 94, 99, 129 detém Telêmaco, 158, 189, 190-225 se faz reconhecer por Eumeu e Filécio, 195, 197, 204, 223, 225, 227-41 combina com Eumeu e Filécio a matança dos pretendentes, 244, 254, 262, 274-84 pede aos pretendentes para se medirem no tiro com arco, 314, 357, 379, 393, 393-430 retesa com facilidade o arco e faz passar a flecha entre os doze machados, 404, 409, 414, 432; — XXII, 1-21 mata Antínoo, 15, 26, 34-43 revela-se aos aterrorizados pretendentes, 45, 60-7 recusa a negociação de Eurímaco, 81-8 mata Eurímaco, 89, 105, 115, 116-25 acabadas as setas, combate com a lança, 129-30 coloca Filécio a cuidar da porta alta, 141, 143, 147-52 amedrontado pelos pretendentes armados, 163, 164, 170-7 manda amarrar Melântio, 191, 202, 207-10 pede ajuda a Mentor-Atena, 213, 221, 225, 226, 238, 253, 261-4 ordena atacar o grupo, 266, 281, 283 mata Eridamante, 291, 292-3 golpeia Agelau, 310, 312, 320-9 mata Liodes, 336, 337, 339, 342, 344, 371-7 poupa Medonte e Fêmio, 381-9 sai à procura de algum pretendente escondido, 390-2 manda chamar Euricleia, 401-6 manchado de sangue, 406, 409-18 proíbe a exultação de Euricleia diante dos mortos e indaga quais são as servas que permaneceram fiéis, 430-2 pede a Euricleia para ver as servas infiéis, 435-45 ordena matar as servas infiéis após removerem os cadáveres da sala, 450, 479, 490, 493-4 purifica a sala com enxofre, 495, 498; — XXIII, 7, 18, 27, 45, 67, 89, 90-1 sentado junto a uma coluna espera falar com Penélope, 108, 111-22 assegura Telêmaco do comportamento da mãe e o convida a pensar sobre providências a tomar após a matança dos pretendentes, 129-40 ordena que se organize uma festa para sugerir aos itacenses que em casa está se celebrando um matrimônio, e que não transpire a notícia do massacre, 153, 163-72 repreende Penélope por estar ainda em dúvida sobre o marido, 181-204 para ser reconhecido descreve a construção do leito conjugal a Penélope, 206, 208, 209, 247-84 revela a Penélope as profecias de Tirésias, 263, 306-43 relata a Penélope suas aventuras, 320, 345, 348-65 ordena que Penélope se ocupe dos bens remanescentes da casa, enquanto ele cuidará de recompor os rebanhos, 366-70 sai armado para visitar o pai, 370; — XXIV, 100, 116, 119, 125, 131, 149, 151, 154, 172, 176, 187, 192-3 feliz, segundo Agamêmnon, por ter uma mulher fiel, 195, 213-8 manda os servos e o filho à casa de Laerte para preparar o almoço, enquanto ele sai à procura do pai, 220, 226-40 encontra seu pai nos campos e decide colocá-lo a prova, 232, 241-79 apresenta-se a Laerte como um estrangeiro que havia hospedado Odisseu, 302-14 apresenta-se a Laerte como Epérito de Alibante, e declara haver hospedado Odisseu cinco anos antes, 309, 320-2-6 revela-se a Laerte, 328, 330-44 mostra a Laerte sinais de reconhecimento, 346, 347-8 ampara o pai desmaiado, 356-66 vai à casa do pai, 391, 392-6 convida para almoçar Dólio e seus filhos, 398, 406, 409, 416, 424, 440, 443, 445, 447, 480, 482, 490-1 manda que verifiquem se os itacenses chegaram ao palácio, 494-5 convida a pegar nas armas, 497, 501, 504-9 reconhece Atena e exorta Telêmaco à coragem, 526-7

luta com os itacenses, 537, 541, 542, 545 obedece a Atena; — de Odisseu: XVIII, 353.
Ogígia: a ilha de Calipso. — I, 85; — VI, 172; — VII, 244, 254; — XII, 448; — XXIII, 333.
Oicleu: filho de Antífates. — XV, 243, 244 pai de Anfiarau.
Olímpio: relativo ao Olimpo, usado principalmente como epíteto de Zeus. — I, 27, 60; — II, 68; — III, 377 as moradias do Olimpo; — IV, 74, 173, 722; — VI, 188; — XV, 523; — XX, 79; — XXIII, 140, 167.
Olimpo: monte da Tessália, morada dos deuses. — I, 102; — VI, 42-6 espaço de eterna felicidade, 240; — VIII, 331; — X, 307; — XI, 313, 315; — XII, 337; — XIV, 394; — XV, 43; — XVIII, 180; — XIX, 43; — XX, 55, 73, 103; — XXIV, 351, 488.
Onetoride: patronímico de Frôntide. — III, 282.
Opos: pai de Euricleia. — I, 429; — II, 347; — XX, 148.
Oquíalo: jovem feácio. — VIII, 111.
Orcomeno: cidade da Beócia. — XI, 284, 459.
Orestes: filho de Agamêmnon e Clitemnestra. — I, 29-30 mata Egisto, 40-1 Hermes revela-lhe que vingará o pai, 298-300 a vingança do pai tornou-o famoso; — III, 306-9 mata o assassino do pai; — IV, 546; — XI, 461.
Órion: caçador amado por Aurora. — V, 121, 274 constelação; — XI, 310, 572-5 caça feras nos Ínferos.
Ormenida: patronímico de Ctésio. — XV, 414.
Orsíloco: filho de Idomeneu, personagem inventado por Odisseu. — XIII, 259-61 Odisseu conta a Atena tê-lo morto em Creta.
Ortígia: ilha variamente identificada, talvez Delos. — V, 123; — XV, 404.
Ortíloco: filho de Alfeu e pai de Diocles. — III, 489; — XV, 187; — XXI, 16 hospeda Odisseu.
Ossa: monte da Tessália. — XI, 315.
Oto: filho de Ifimedeia e Posêidon. — XI, 305-20 morto por Apolo porque ousou desafiar os deuses, 308.
Pafos: cidade da ilha de Chipre. — VIII, 363 lugar de culto a Afrodite.
Palas: epíteto ritual de Atena. — I, 125, 252, 327; — II, 405; — III, 29, 42, 222, 385; — IV, 289, 828; — VI, 233, 328; — VII, 37; — VIII, 7; — XI, 547; — XIII, 190, 252, 300, 371; — XV, 1; — XVI, 298; — XIX, 33; — XX, 345; — XXIII, 160; — XXIV, 520, 547.
Pândaro: filho de Merope. Após sua morte, as filhas foram educadas e criadas por Hera, Ártemis, Atena e Afrodite, mas antes que se casassem foram raptadas pelas Harpias. — XIX, 518; — XX, 66.
Panopeu: cidade da Fócida. — XI, 581.
Parnaso: monte da Fócida. — XIX, 394, 411, 432, 466; — XXI, 220; — XXIV, 332.
Pátroclo: filho de Menécio, companheiro de Aquiles. — III, 110, jaz em Troia; — XI, 468 sua alma encontra Odisseu; — XXIV, 16 encontra as almas dos pretendentes no Hades, 77, 79.
Peante: pai de Filoctetes. — III, 190.
Pelásgios: população de Creta. — XIX, 177.

Peleide (Pelida): patronímico de Aquiles. — V, 310; — VIII, 75; — XI, 467, 470, 551, 557; — XXIV, 15, 18, 23-34 apieda-se do destino infeliz de Agamêmnon.
Peleu: rei de Ftia e pai de Aquiles. — XI, 478, 494, 505; — XXIV, 36.
Pélias: filho de Tiro e Posêidon. — XI, 254, 256-7 morava em Iolco.
Pélio: monte da Tessália. — XI, 316.
Penélope: filha de Icário e mulher de Odisseu. — I, 223, 328-44 manda Fêmio mudar o tema de seu canto, 329, 360-4 lamenta Odisseu; — II, 87-110 engana os pretendentes, 118-122 uma mulher astuciosa, segundo Antínoo, 274; — IV, 111, 675-710 fica sabendo do plano dos pretendentes, 679, 680, 716-41 desespera-se com a partida do filho, 721, 758-67 pede a proteção de Atena, 787-94 adormece preocupada com o filho, 795-841 preocupada com Telêmaco, 800, 804, 807-23 sonha com Iftima, 830-4 pede notícias do marido ao fantasma de Iftima, 839-41 acorda; — V, 216; — XI, 446; — XIII, 406; — XIV, 172, 373-8 informa-se com estrangeiros sobre o destino do marido; — XV, 41, 314; — XVI, 130, 303, 329, 338, 397, 409-33 exorta Antínoo a desistir do projeto de matar Telêmaco, 435, 449-51 lastima a sorte do marido, 458; — XVII, 36-44 saúda Telêmaco, 100-6 pede a Telêmaco notícias sobre o retorno de Odisseu, 162-5 em colóquio com Teoclímeno, 390, 492-504 maldiz os pretendentes que ultrajam o hóspede, 498, 528-40 pede a Eumeu para levá-la a falar com o mendigo, 542, 553, 562, 569, 575, 585; — XVIII, 159, 177, 206-25 admoesta Telêmaco pelo mau tratamento dado ao hóspede, 244, 245, 250-90 diz que é chegado o momento de se casar, segundo a recomendação fatal de Odisseu, mas os pretendentes devem dar-lhe presentes, e não arruinar o patrimônio de sua casa, 285, 290-303 recebe dádivas dos pretendentes, 322, 324; — XIX, 53-9 entra na sala, 59, 89-99 replica a Melanto e manda Eurínome levar uma cadeira a Odisseu, 103-5 interroga o mendigo, 123-63 revela ao hóspede o ardil da trama, 308-34 considera impossível o retorno de Odisseu e ordena que as serviçais lavem o mendigo e lhe preparem um leito, 349-60 manda Euricleia lavar o hóspede, 375, 376, 476, 508-53 pede ao mendigo (Odisseu) a interpretação de um sonho seu, 559-81 não acredita na verdade de seu sonho e pensa em convocar uma competição de arco entre os pretendentes, 588-604 interrompe a conversação com o hóspede e vai dormir; — XX, 56-90 pede a Ártemis que a mate, 388; — XXI, 2, 42-56 retira o arco do quarto de Odisseu, 57-79 propõe aos pretendentes a prova do arco, 158, 311-9 censura Antínoo por ofender o hóspede de Telêmaco, 321, 330-42 promete vestes e armas ao mendigo; — XXII, 425, 482; — XXIII, 5, 10-24 não crê na notícia do retorno do marido, 58-68 sustenta que algum deus, não Odisseu, exterminou os pretendentes, 80-95 desce à sala e, incrédula, senta-se defronte ao marido, 104, 173-81 coloca Odisseu à prova, 205-30 reconhece Odisseu pelo relato da construção do leito conjugal, 256, 285, 300-5 relata a Odisseu seus sofrimentos; — XXIV, 194, 198, 294, 404.
Peone: médico dos deuses. — IV, 232.
Peribeia: filha de Eurimedonte e mãe de Nausítoo. — VII, 57 superior em beleza a qualquer mulher, 61-2 gera Nausítoo com Posêidon.
Periclimeno: filho de Neleu e Clóris. — XI, 286.

Perimede: companheiro de Odisseu. — XI, 23 prende os animais para o sacrifício; — XII, 195-6 reforça as amarras de Odisseu na passagem pela ilha das Sereias.

Pero: filha de Clóris e Neleu. — XI, 287.

Persa: filha de Oceano e mãe de Circe e Eetes. — X, 139.

Perséfone: filha de Deméter e esposa de Hades, deusa do além-túmulo. — X, 491, 494, 509, 534, 564; — XI, 47, 213, 217, 225-7 manda a Odisseu as almas das mulheres mortas, 385-6 dispersa as almas das mulheres, 635.

Perseu: filho de Nestor. — III, 414, 444 participa do sacrifício.

Piéria: região da Macedônia. — V, 50.

Pilo: cidade da Trifília, no Peloponeso, reino de Nestor. — I, 93, 284; — II, 214, 308, 317, 326, 359; — III, 4, 182, 485; — IV, 599, 633, 639, 656, 702, 713; — V, 20; — XI, 257, 285, 459; — XIII, 274; — XIV, 180; — XV, 42, 193, 226, 236, 541; — XVI, 24, 131, 142, 323; — XVII, 42, 109; — XXI, 108; — XXIV, 152, 430.

Pilos: habitantes de Pilo. — III, 31, 59; — XV, 216, 227.

Pireu: filho de Clítio, companheiro fiel de Telêmaco. — XV, 539, 540, 544-6 aceita hospedar Teoclímeno; — XVII, 55, 71-2 chega com Teoclímeno, 74, 78; — XX, 372 acolhe Teoclímeno.

Piriflegetonte: rio infernal. — X, 513.

Pirítoo: pertencente à linhagem dos lápitas e vencedor dos Centauros, é considerado na *Ilíada* filho de Zeus e Dia. — XI, 631; — XXI, 296, 298.

Pisandro: um dos pretendentes. — XVIII, 299; — XXII, 243 o melhor dos pretendentes, 268 morto por Filécio.

Pisênor: arauto. — II, 38.

Pisenoride: patronímico de Opos. — I, 429; — II, 347; — XX, 148.

Pisístrato: filho de Nestor. — III, 36-41 hospeda Telêmaco, 41-53 oferece uma taça de vinho a Atena, 400, 415, 454 degola uma bezerra, 482-97 viaja com Telêmaco; — IV, 37-56 acolhido com Telêmaco por Menelau, 155-67 apresenta-se a Menelau, 186-202 recorda Antíloco; — XV, 46, 48-55 adia a partida para o alvorecer, 131-2 depõe os presentes num cesto, 166-8 pede a Menelau a interpretação de um prodígio, 202-16 permite que Telêmaco parta logo de Pilo, sem visitar Nestor.

Pito: antigo nome de Delfos, local do oráculo de Apolo. — VIII, 80; — XI, 581.

Plêiades: constelações. — V, 272.

Pólibo: egípcio, marido de Alcandra. — IV, 126-9 hospeda Menelau, 129.

Pólibo: homem feácio. — VIII, 373.

Pólibo: pai de Eurímaco. — I, 399; — II, 177; — XV, 519; — XVI, 345, 434; — XVIII, 349; — XX, 359; — XXI, 320.

Pólibo: um dos pretendentes. — XXII, 243 o melhor dos pretendentes, 284 atingido por Eumeu.

Policasta: filha de Nestor. — III, 464-7 banha Telêmaco.

Políctor: irmão de Ítaco. — XVII, 207 construiu a fonte de Ítaca.

Polidama: mulher egípcia. — IV, 227-30 dá fármacos a Helena.

Polifemo: Ciclope filho de Posêidon e da ninfa Tóosa. — I, 69-73 cegado por Odisseu; — II, 19-20 mata Antifo; — IX, 105-535 encontro com Odisseu, 403, 407-8 pede ajuda aos Ciclopes, 446-60 fala com o carneiro.

Polifides: filho de Mântio. — XV, 249, 252-3 Apolo faz dele um vidente, 254-5 emigra para Hiperésia.
Políneo: pai de Anfíalo. — VIII, 114.
Polipemonide: patronímico inventado por Odisseu. — XXIV, 305.
Politerseide: patronímico de Ctesipo. — XXII, 287.
Polites: companheiro de Odisseu. — X, 224.
Politóride: patronímico de Pisandro. — XVIII, 299; — XXII, 243.
Pólux: filho de Leda e Tíndaro, herói espartano. — XI, 300 vive em dias alternados.
Ponteu: jovem feácio. — VIII, 113.
Pontónoo: arauto de Alcínoo. — VII, 179-183 verte vinho, 182; — VIII, 62-70 acompanha Demódoco; — XIII, 50, 53-6 mistura o vinho.
Poseidíon: local consagrado a Posêidon na ilha dos feácios. — VI, 266.
Posêidon: deus do mar, filho de Cronos e Reia, irmão de Zeus. — I, 20-1 impede o retorno de Odisseu, 22-6 em visita aos etíopes, 68-75 rancoroso de Odisseu pelo cegamento de Polifemo, 71-3 gerou Polifemo, 74, 77-9 deve ceder às decisões dos outros deuses; — III, 5-8 os pilos lhe fazem sacrifícios, 43, 54, 55-61 invocado por Atena, 178, 333; — IV, 386, 500-7 pune Ájax, 505; — V, 282-96 provoca uma tempestade contra Odisseu, 339, 366-70 provoca uma onda contra Odisseu, 375-381 dirige-se a Egas, 446; — VII, 56-62 gerou Nausítoo, 61, 271; — VIII, 322, 344-59 convence Hefesto a soltar Ares, 350, 354, 565 irado com os feácios; — IX, 283, 412, 526, 528, 536-42 atende à súplica de Polifemo; — XI, 130, 241-53 une-se com Tiro, 252, 305-8 une-se com Ifimedeia, 399, 406; — XIII, 124-38 considera o retorno feliz de Odisseu uma afronta a seu poder, 146-52 decide destruir a nave dos feácios, 159-70 transforma em pedra a nave dos feácios, 173, 181, 185, 341; — XXIII, 234, 277; — XXIV, 109.
Prâmnio: vinho de Pramno. — X, 235.
Príamo: filho de Laomedonte e rei de Troia. — III, 107, 130; — V, 106; — XI, 421, 533; — XIII, 316; — XIV, 241; — XXII, 230.
Primneu: jovem feácio. — VIII, 112.
Prócris: filha de Erecteu e mulher de Céfalo. — XI, 321.
Proreu: jovem feácio. — VIII, 113.
Proteu: divindade do mar. — IV, 365, 384-93 é capaz de revelar o futuro, 385, 447-83 aconselha Menelau, 498-571 revela a Menelau o destino de Ájax e de Agamêmnon e o cativeiro de Odisseu junto a Calipso, 561-9 faz predições a Menelau.
Psira: ilha ao noroeste de Quio. — III, 171.
Quere: deusa da morte. No plural: gênios da morte; por extensão, divindades funestas. — II, 283, 316; — III, 242; — IV, 512; — V, 387; — XI, 171, 398; — XII, 157; — XIV, 207; — XV, 235; — XVI, 169; — XVII, 82, 500, 547; — XVIII, 155; — XIX, 558; — XXII, 14, 330, 363, 382; — XXIII, 332; — XXIV, 127.
Quio: ilha do Egeu. — III, 170, 172.
Radamanto: filho de Zeus e Europa. — IV, 564 vive nos Campos Elísios; — VII, 323-4 visita Tício.
Reitro: porto de Ítaca. — I, 186 onde Atena diz ter atracado.
Rexênor: filho de Nausítoo e pai de Arete. — VII, 63-6 morto por Apolo, 146.

Rocha Branca: lugar imaginário de acesso ao Hades. — XXIV, 11.
Salmoneu: pai de Tiro. — XI, 236.
Same: ilha do Jônico identificada com a parte setentrional da Cefalênia. — I, 246; — IV, 671, 845; — IX, 24; — XV, 29, 367; — XVI, 123, 249; — XIX, 131; — XX, 288.
Sereias: dois demônios identificados, sucessivamente em Homero, com corpo metade mulher e metade pássaro. — XII, 39 encantam os homens, 41-3 impedem o retorno dos navegantes, 44, 52, 158, 167 perto de sua ilha há bonança, 183-91 cantam loas a Odisseu, 198; — XXIII, 326.
Sicânia: antigo nome da Sicília, também confirmado por Heródoto (VII, 170). — XXIV, 307.
Sículos: populações nativas da costa oriental da Sicília. — XX, 383; — XXIV, 211-2 uma mulher sícula cuida de Laerte, 366, 389.
Sídon: cidade da Fenícia. — XIII, 285; — XV, 425.
Sidônios: população fenícia. — IV, 84, 618; — XV, 118.
Síntios: população primitiva de Lemno. — VIII, 294.
Síria: ilha fabulosa, situada no oriente. — XV, 403.
Sísifo: filho de Éolo, rei de Corinto. — XI, 593-600 punido no Hades a empurrar eternamente um rochedo.
Sol (Hélio): filho de Hiperion. — I, 6-9 pune os companheiros de Odisseu; — III, 1-3 assoma; — VIII, 270-1 relata a Hefesto a traição de Afrodite, 302; — X, 138 pai de Circe e Eetes; — XI, 16, 109; — XII, 4 ergue-se em Eeia, 128, 133, 175-6 derrete a cera, 263, 269, 274, 323 vê e ouve tudo, 343, 346, 353, 374, 375-83 solicita de Zeus permissão para vingar o ultraje sofrido dos companheiros de Odisseu, 385, 398; — XIX, 276, 433; — XXIII, 329; — XXIV, 12.
Solimos: população da Lícia. — V, 283.
Súnio: promontório a sudeste da Ática. — III, 278.
Táfios: habitantes de Tafos. — I, 105, 181, 419; — XIV, 452; — XV, 427; — XVI, 426.
Tafos: ilha situada junto à encosta da Acarnânia. — I, 417.
Taígeto: monte da Lacônia. — VI, 103.
Tântalo: rei de Frígia, pai de Pélope. — XI, 582-92 condenado à eterna sede e à eterna fome.
Tebano: habitante de Tebas. — X, 492, 565; — XI, 90, 165; — XII, 267; — XXIII, 323.
Tebas: cidade da Beócia. — XI, 262 fundada por Anfíon e Zeto, 265, 275; — XV, 247.
Tebas: cidade do Egito. — IV, 126.
Tectônide: patronímico de Políneo. — VIII, 114.
Telamôn: pai de Ájax. — XI, 553.
Telamônio: patronímico de Ájax. — XI, 543.
Telefida: patronímico de Eurípilo. — XI, 519.
Telêmaco: filho de Odisseu e Penélope. — I, 113-43 acolhe Atena em casa, 156-68 lamenta a Atena a sorte de sua casa, 212-220 diz a Atena ser filho de Odisseu, 213, 230, 231-44 lamenta a sorte da casa e a indecisão de Penélope, 245-51 explica a Atena quem são os pretendentes, 306-13 convida Atena a ficar, 322-3 reconhece em Mentes um deus, 345-59 faz recolher sua mãe aos aposentos, 365-80 convida os

pretendentes a deixarem sua casa, 367, 382, 384, 388-98 responde a Antínoo, 400, 412-419 explica a Eurímaco quem seria Mentes, 420, 425-427 vai dormir, 443-4 projeta a viagem em busca do pai; — II, 1-14 convoca a assembleia, 35-81 pede ajuda aos itacenses, 83, 85, 129-45 recusa a proposta de restituir Penélope a seu pai, 146, 185, 194, 200, 208-23 pede à assembleia para procurar o pai, 260-4 invoca Atena, 270, 296-300 retorna para casa, 297, 301, 303, 309-20 anuncia a Antínoo a viagem a Pilo, 325, 337-360 ordena que Euricleia prepare vinho e farinha para a viagem, 348, 371-6 ordena a Euricleia não revelar sua partida a Penélope, 381, 383, 399, 402, 408-19 zarpa para Pilo, 409, 416, 418, 422; — III, 12 atraca em Pilo, 14, 21, 26, 60, 63-4 liba e suplica, 75-101 pede a Nestor notícias do pai, 201-9 compara sua desventura àquela de Orestes, 225, 230, 239-52 indaga Nestor sobre a morte de Agamêmnon, 343, 358, 364, 374, 398, 416, 423, 432, 464-9 sentado para o banquete, 475, 481-97 em Feres na casa de Diocles; — IV, 1-2 chega com Pisístrato à casa de Menelau, 20-3 é visto por Eteoneu, 21, 37-56 acolhido na casa de Menelau, 68-75 admira a casa de Menelau, 69, 112, 113-9 comove-se ao recordar o pai, 144, 166, 185 chora, 215, 290-295 interrompe o relato de Menelau sobre a tomada de Troia, 303, 311, 312, 315-31 pede notícias do pai a Menelau, 593-608 pede a Menelau presentes pela partida, 633, 664, 687, 700, 843; — V, 25; — XI, 68, 184-7 substitui o pai na administração, 185; — XIII, 413; — XIV, 173, 175; — XV, 4, 7-8 preocupado com o destino do pai, 10, 44 acorda Pisístrato, 49, 59-66 comunica a Menelau a decisão de retornar a Ítaca, 63, 68, 86-91 retorna a Ítaca para defender seus bens, 110, 111, 144 parte de Esparta, 154, 179, 194-201 despede-se de Pisístrato, 208, 217, 217-9 exorta os companheiros a prepararem a nave, 222 faz sacrifícios a Atena, 257-8 ora junto à nave, 265-70 apresenta-se a Teoclímeno, 279-88 acolhe Teoclímeno em sua nave, 287, 496, 502-7 despede-se dos companheiros de viagem, 512-24 diz a Teoclímeno para se hospedar com Eurímaco, 528, 531, 535, 539-43 confia Teoclímeno a Pireu, 545, 550, 554; — XVI, 4-5 ruma para a casa de Eumeu, 23, 30-5 pede notícias de sua mãe, 43, 56-9 indaga a Eumeu quem é seu hóspede, 68-89 recusa hospedar o mendigo, 112-34 relata a Odisseu a situação de sua casa e manda Eumeu até Penélope, 146, 160 não percebe a presença de Atena, 179-85 espanta-se com a transformação de Odisseu, 192-200 duvida que o mendigo seja Odisseu, 202, 213-4 abraça o pai, 221-4 pergunta a Odisseu como chegou a Ítaca, 240-57 conta a Odisseu o número de pretendentes, 262, 308-20 afirma que é melhor sondar a fidelidade das servas, mais que a dos servos, 323, 330, 347, 369, 372, 401, 421, 438, 445, 460-3 pede notícias dos pretendentes a Eumeu, 476; — XVII, 3-15 ordena que Eumeu acompanhe Odisseu ao paço, 26 retorna ao paço, 41, 45-56 ordena que a mãe realize hecatombes aos deuses, 61-2 sai da sala, 73, 75 ordena que Pireu conserve os presentes de Menelau, 77, 101, 107-49 relata a Penélope sua viagem a Pilo e Esparta, 161, 251, 328, 333, 342-8 oferece alimento a Odisseu, 350, 354, 391, 392, 396-404 censura Antínoo, 406, 489-91 sofre pela ofensa feita ao pai, 541 espirra, 554, 568, 591, 598; — XVIII, 60, 156, 214, 215, 226-42 deseja aos pretendentes uma sorte semelhante àquela de Iro, 338, 405-9 acusa os pretendentes de desregramento e os convida a retornarem para casa, 411, 421; — XIX, 3, 4, 14-20 ordena a Euricleia reter as mulheres enquanto retira as armas das sala, 26, 30-46 remove as armas da sala, 35, 47-50 vai dormir em seu quarto, 87, 321; — XX, 124-33 acordando, pergunta a Euricleia qual tratamento está sendo dado ao hóspede, 144-6 vai ao conselho, 241, 246, 257-67 exige o direito de proteger o hóspede, 269, 272, 282-3 ordena que os servos deem porções iguais ao mendigo, 295, 303-19 censura o comportamento dos pretendentes, 326, 338-44 replica a Agelau, 345, 374, 376; — XXI, 101-17 elogia Penélope e decide participar da competição do arco, 118-27 dispõe os machados e tenta a prova com pouco êxito, 130-5 convida os pretendentes a atirarem com o arco, 216, 313, 343-53 ordena que a mãe cuide somente dos afazeres femininos, 368, 378, 381, 423, 424, 432; — XXII, 89-98 mata Anfínomo, 92, 95, 99-115 retira as armas do tálamo, 108, 150, 151, 153-9 conta ter deixado aberta a porta do tálamo onde estavam guardadas as armas, 171, 267 mata Euríades, 277-8 ferido por Anfimedonte, 284 mata Anfimedonte, 294-6 mata Leócrito, 350, 354-60 pede ao pai para poupar Fêmio e Medonte, 365, 390, 391, 393-7 vai chamar Euricleia, 400, 426, 435, 454-6 limpa a sala, 461-73 enforca as serviçais; — XXIII, 29, 44, 96-103 repreende Penélope pelo acolhimento frio dado a Odisseu, 112, 113, 123, 297-9 vai dormir após haver dançado, 367-70 armado, vai à casa de Laerte; — XXIV, 155, 165, 175, 359, 363-4 prepara o almoço com os servos, 505, 506, 510-2 promete a Odisseu força e coragem, 526-7 luta com os itacenses.

Télemo: adivinho. — IX, 508-12 profetizou o cegamento de Polifemo.
Telépilo: cidade dos Lestrigões. — X, 82; — XXIII, 318.
Têmesa: localidade diversamente identificada. — I, 184 para lá vai Atena-Mentes.
Têmis: deusa que convoca e dissolve assembleias. — II, 68-9.
Tênedo: ilha defronte a Troia. — III, 159.
Teoclímeno: áugure descendente de Melampo, no exílio por crime cometido em Argos. — XV, 256-64 encontra Telêmaco, 271-8 pede a Telêmaco para levá-lo de Pilo, 286, 508-11 pergunta a Telêmaco onde ficará hospedado, 529 interpreta um prodígio; — XVII, 151-61 sustenta que Odisseu já chegou a Ítaca; — XX, 350-7 vê sinais funestos entre os pretendentes, 363-72 afasta-se da casa de Odisseu.
Terpíade: aedo. — XXII, 330 patronímico de Fêmio.
Terra: divindade primordial da qual derivou numerosa progênie. — XI, 576; — filho da Terra, matronímico de Tício: XI, 324.
Teseu: herói ateniense. — XI, 323-5 tenta levar Ariadne a Atenas, 631.
Tesprotos: habitantes de uma região costeira próxima a Ítaca, identificada com o Épiro meridional. — XIV, 315, 316, 335-59 no falso relato de Odisseu, alguns de seus navegantes o teriam conduzido a Ítaca; — XVI, 65, 427; — XVII, 526; — XIX, 271, 287, 292.
Tétis: filha de Urano e da Terra, esposa de Oceano e mãe de Aquiles. — XXIV, 47-56 sai do mar com a morte de Aquiles, 73-5 dá uma ânfora de ouro para recipiente dos ossos de Aquiles, 85-92 pede prêmios aos deuses pelos jogos fúnebres, 92.
Tício: filho da Terra, torturado no Hades por haver agredido Leto. — VII, 324; — XI, 576-81 dois abutres lhe roem o fígado.
Tideide: patronímico de Diomedes. — III, 181; — IV, 280.
Tideu: pai de Diomedes. — III, 167.

Tieste: filho de Pélope e pai de Egisto. — IV, 517; — de Tieste: Egisto. — IV, 518.
Tíndaro: rei de Esparta, pai de Castor e Pólux. — XI, 298, 299; — XXIV, 199.
Tirésias: vidente tebano. — X, 492-5 após a morte, conservara o conhecimento, 524, 537, 565; — XI, 32, 50, 89, 90-151 dá respostas oraculares a Odisseu, 139, 151, 165, 479; — XII, 267, 272; — XXIII, 251, 323.
Tiro: filha de Salmoneu e mulher de Creteu, gerou, com Posêidon, Pélias e Neleu. — II, 120; — XI, 235-59 sua alma encontra Odisseu.
Títon: filho de Laomedonte e esposo de Aurora. — V, 1.
Toante: comandante dos etólios. — XIV, 499-501 leva uma mensagem a Agamêmnon.
Tone: homem egípcio. — IV, 228.
Tóonte: jovem feácio. — VIII, 113.
Tóosa: ninfa filha de Forco e mãe de Polifemo. — I, 71-2.
Trácia: região consagrada a Ares. — VIII, 361.
Trasímede: filho de Nestor. — III, 39, 414, 442, 442-3 participa do sacrifício, 448-50 golpeia a bezerra com o machado.
Trináquia: ilha do Sol. — XI, 107; — XII, 127-37 onde pastam os rebanhos eternos do Sol, 135; — XIX, 275.
Tritogênia: apelativo de Atena. — III, 378.
Troia: cidade da Frígia, na Ásia Menor. — I, 2 destruída por Odisseu, 62, 210, 327, 355; — III, 257, 268, 276; — IV, 6, 99, 146, 488; — V, 39, 307; — IX, 38, 259; — X, 40, 332; — XI, 160, 499, 510, 513; — XII, 189; — XIII, 137, 248, 315, 388; — XIV, 229, 469; — XV, 153; — XVI, 289; — XVII, 314; — XVIII, 260, 266; — XIX, 8, 187; — XXIV, 37.
Troianos: habitantes de Troia. — I, 237; — III, 85, 86, 100, 220; — IV, 243, 249, 254, 257, 273, 275, 330; — V, 310; — VIII, 82, 220, 503, 504-13 acolhem o cavalo, 513; — XI, 169, 383, 532, 547 seus filhos entregaram as armas de Aquiles a Odisseu; — XII, 190; — XIII, 266; — XIV, 71, 367; — XVII, 119; — XVIII, 261; — XXII, 36, 228; — XXIV, 27, 31, 38.
Uranidas: epíteto dos deuses. — VII, 242; — IX, 15; — XIII, 41.
Ursa: constelação ("Coche"). — V, 273.
Velho do mar: epíteto dado a algumas divindades marinhas, como Proteu e Nereu. — IV, 349, 365, 384, 401, 450, 455, 460, 465, 485, 542; — XVII, 140; — XXIV, 58 (Nereu).
Violência: figura mítica. — XI, 597 retorna a rocha de Sísifo.
Zacinto: ilha do mar Jônico. — I, 246; — IX, 24; — XVI, 123, 250; — XIX, 131.
Zéfiro: vento do oeste. — V, 295 alimenta as tempestades com os outros ventos, 332; — VII, 119 faz crescer e amadurecer os frutos; — X, 25; — XII, 289-90 um dos ventos mais violentos; — XIV, 458 portador de chuva; — XIX, 206 traz a neve.
Zeto: filho de Antíope e Zeus. — XI, 262-5 fundou Tebas; — XIX, 523.
Zeus: filho de Cronos e Reia, o mais poderoso dos deuses. É ordenador de todos os fenômenos atmosféricos e do destino individual, além de protetor dos hóspedes. — I, 10, 26-43 recorda aos deuses a impiedade dos homens e de Egisto, 62, 63-79 promete a Atena ajuda a Odisseu, 283, 348-49 a seu arbítrio atribui a sorte aos homens, 379, 390; — II, 34, 68, 144, 146-56 envia duas águias à assembleia dos

itacenses, 217, 296, 433; — III, 42, 132-3 planejou um doloroso regresso aos gregos, 152, 160, 288, 337, 346, 378, 394; — IV, 27, 34, 74, 78, 173, 184, 219, 227, 237, 341, 472, 569, 668, 752, 762; — V, 3-4 no concílio dos deuses, 7, 21-42 exorta Atena a ajudar Odisseu e envia Hermes a Calipso, 99, 103-4 a seu poder não pode se opor nenhum deus, 127-8 mata Jasão, 131-2 atinge a nave de Odisseu, 137, 146, 150, 176, 304, 382, 409; — VI, 105, 151, 188, 207-8 protege mendigos e estrangeiros, 229, 323, 324; — VII, 164, 180, 250, 263, 311, 316, 331; — VIII, 82, 245, 306, 308, 334, 335, 432, 465, 488; — IX, 38 impôs a Odisseu um infeliz regresso de Troia, 52, 67-9 suscita Bóreas contra as naves de Odisseu, 111, 154, 262, 270-1 protetor dos hóspedes, 275, 277, 294, 358, 411, 479 pune a falta de hospitalidade de Polifemo, 550-5 recusa o sacrifício de Odisseu; — XI, 217, 255, 261, 268, 297, 302, 318, 436, 559-60 inimigo dos dânaos, 568, 580, 604, 620; — XII, 63, 215, 313-5 desperta um furacão, 371, 377, 384-8 promete ao Sol que se vingaria dos companheiros de Odisseu, 399 impõe o sétimo dia, 415 desfere um raio contra a nave de Odisseu, 416, 445-6 protege Odisseu de Cila; — XIII, 25 "senhor de tudo", 51, 127, 128, 139-45 concede vingança a Posêidon contra Odisseu, 153-8 aconselha Posêidon a transformar em pedra a nave dos feácios, 190, 213, 252, 300, 318, 356, 359, 371; — XIV, 53, 57-8 hóspedes e pobres estão sob sua proteção, 86, 93, 119, 158, 235, 243, 268, 273, 283, 300, 305 lança um raio sobre a nave, 306, 310-3 salva Odisseu, 328, 389, 406 ofendido por quem maltrata um hóspede, 440, 457 faz chover por toda a noite; — XV, 112, 180, 245 protege Anfiarau, 297, 341, 353, 475 manda o vento, 477, 488-9 determinou felicidade e dor a Eumeu, 523; — XVI, 260, 298, 320, 403, 422; — XVII, 51, 60, 132, 155, 240, 322, 354, 424, 437, 597; — XVIII, 112, 235, 273; — XIX, 80, 161, 179, 276, 297, 303, 363, 365; — XX, 42, 61, 75-6 conhece todas as coisas, 97, 98, 101, 102-4 envia um trovão como presságio, 112, 121, 201-3 segundo Filécio, o deus mais funesto, 230, 273, 339; — XXI, 25, 36, 102, 200, 413 manda a Odisseu um sinal de bom augúrio; — XXII, 205, 252, 334, 379; — XXIII, 218, 331, 352; — XXIV, 24, 42 põe fim à batalha com uma tempestade, 96 determinou um funesto retorno a Agamêmnon, 164, 344, 351, 376, 472, 477-85 aconselha Atena a levar a paz a Ítaca, 502, 518, 521, 529, 544, 547. (v. **Cronida**)

O palácio de Ítaca

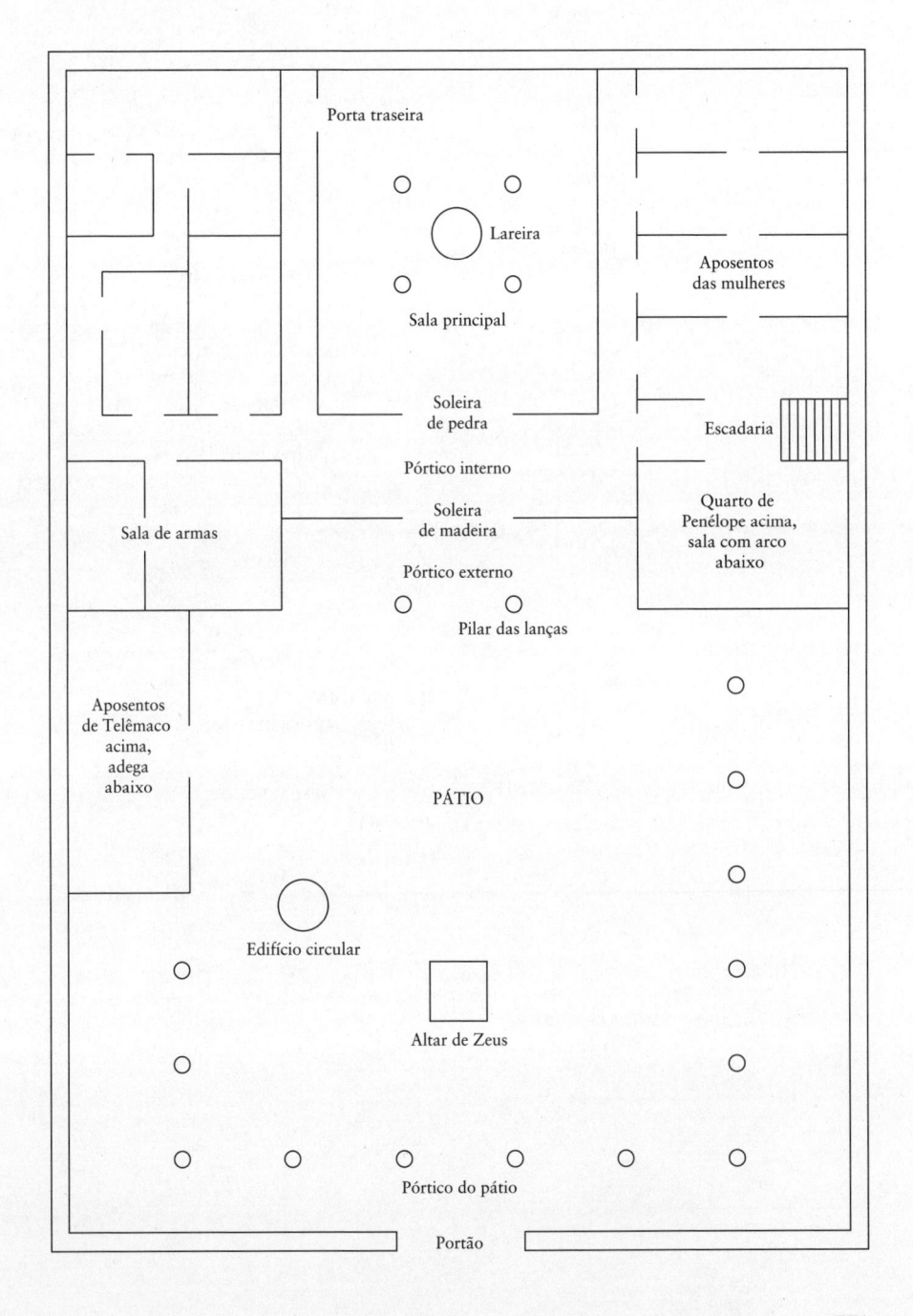

Porta traseira

Lareira

Sala principal

Aposentos das mulheres

Soleira de pedra

Escadaria

Pórtico interno

Soleira de madeira

Quarto de Penélope acima, sala com arco abaixo

Sala de armas

Pórtico externo

Pilar das lanças

Aposentos de Telêmaco acima, adega abaixo

PÁTIO

Edifício circular

Altar de Zeus

Pórtico do pátio

Portão

Geografia homérica

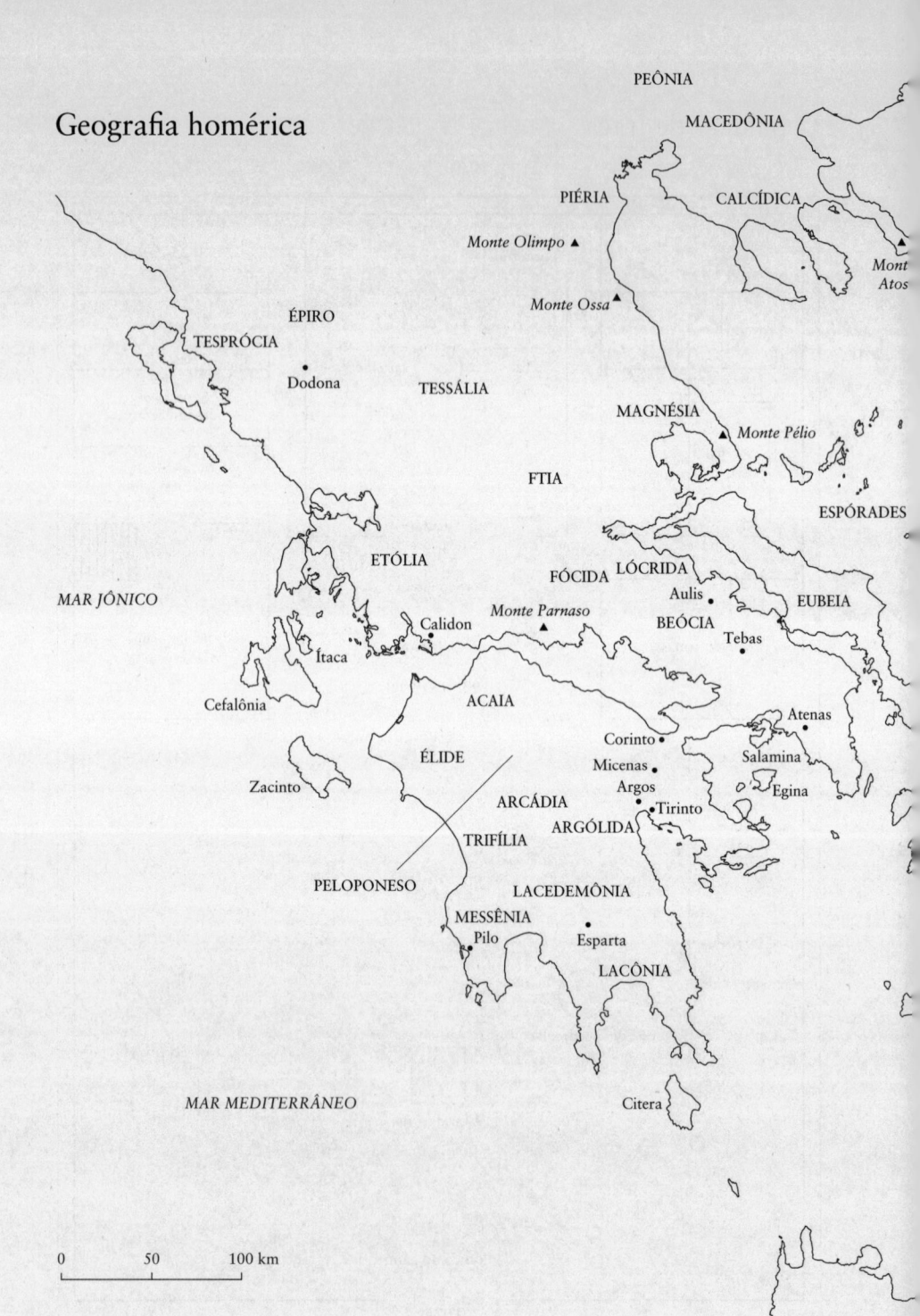

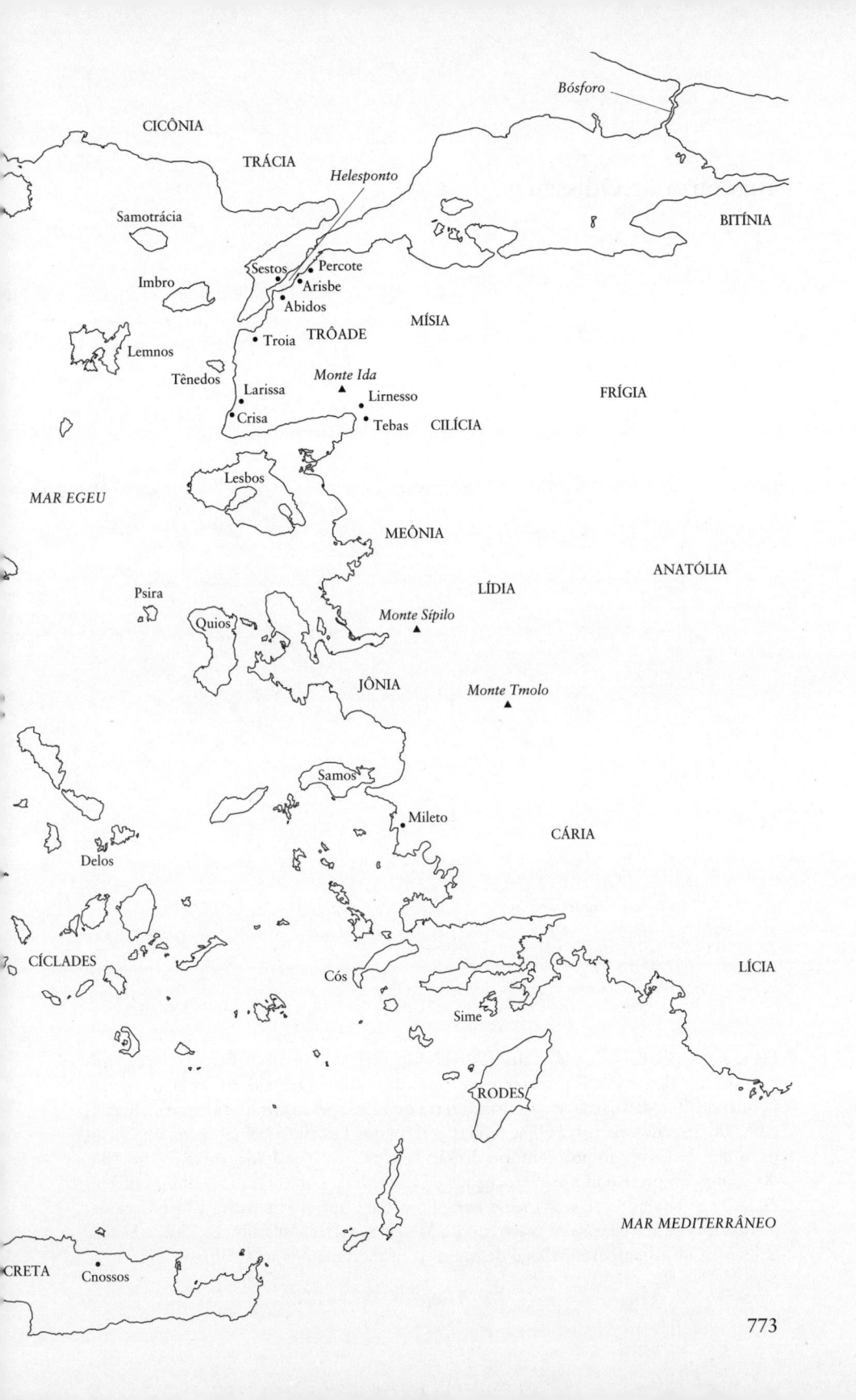

Itinerário de Odisseu

Colunas de Héracles

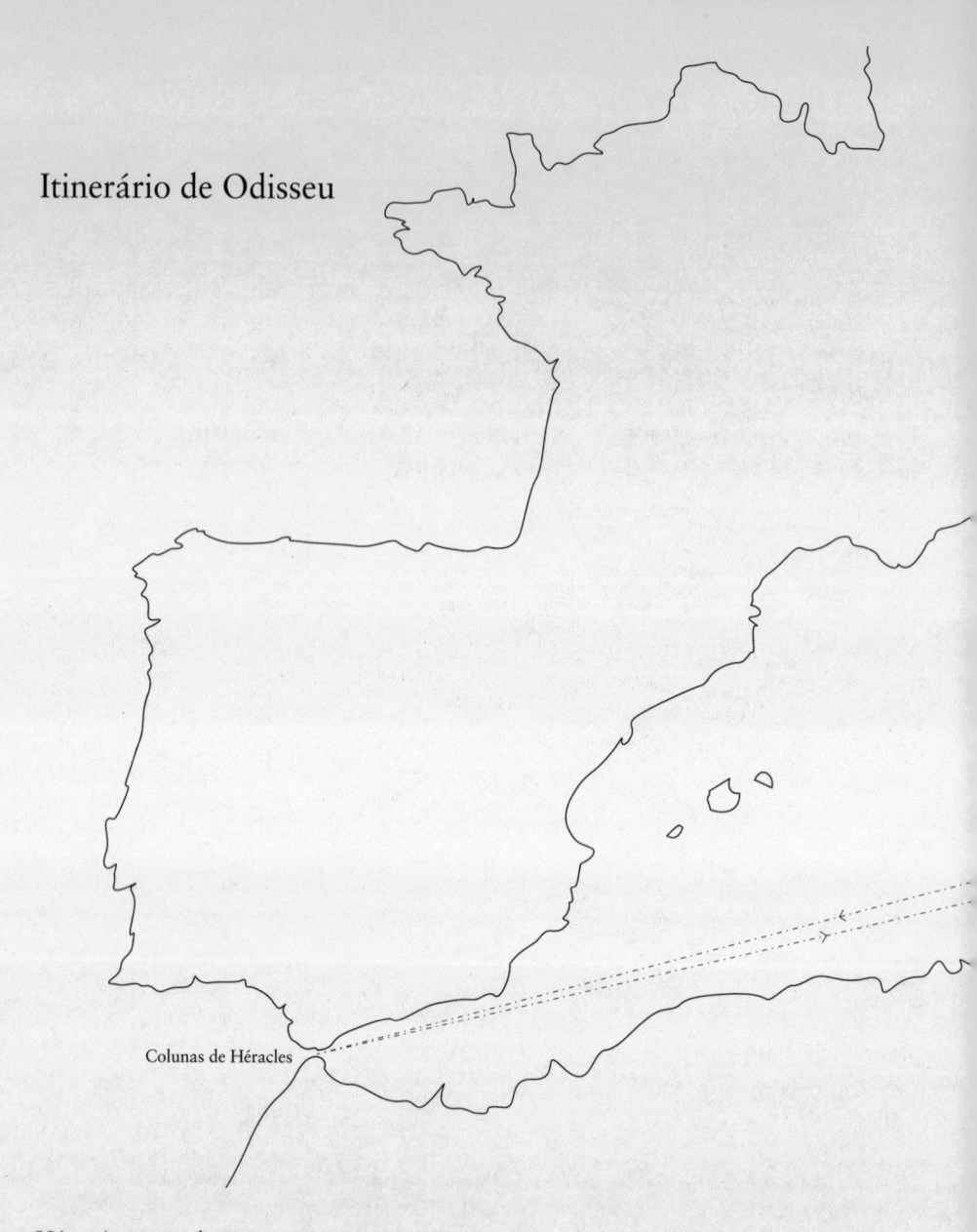

Há muita especulação quanto aos possíveis itinerários do herói da *Odisseia*. Registraram-se aqui alguns locais recorrentes na tradição: assim, a terra dos Lotófagos corresponderia à ilha de Djerba, na Tunísia; a terra dos Ciclopes, à costa ocidental da Sicília; a ilha do deus dos ventos, às ilhas Eólias; a terra dos Lestrigões, à Sardenha ou Córsega; a ilha de Circe, ao promontório de San Felice Circeo, na Itália; o Hades, ao "fim do mundo" representado pelos rochedos do estreito de Gibraltar (as "colunas de Héracles"); a ilha das Sereias, às rochas Faraglioni, em Capri; os monstros Cila e Caribde, aos perigos de navegação pelo estreito de Messina; a Trináquia do deus Sol, à Sicília; a ilha de Calipso, ao arquipélago de Malta; a Esquéria, à ilha de Corfu, na Grécia.

.... Volta de Troia
.... Retorno fracassado a Ítaca
–··–··–·· Viagem ao Hades
.... Retorno a Ítaca

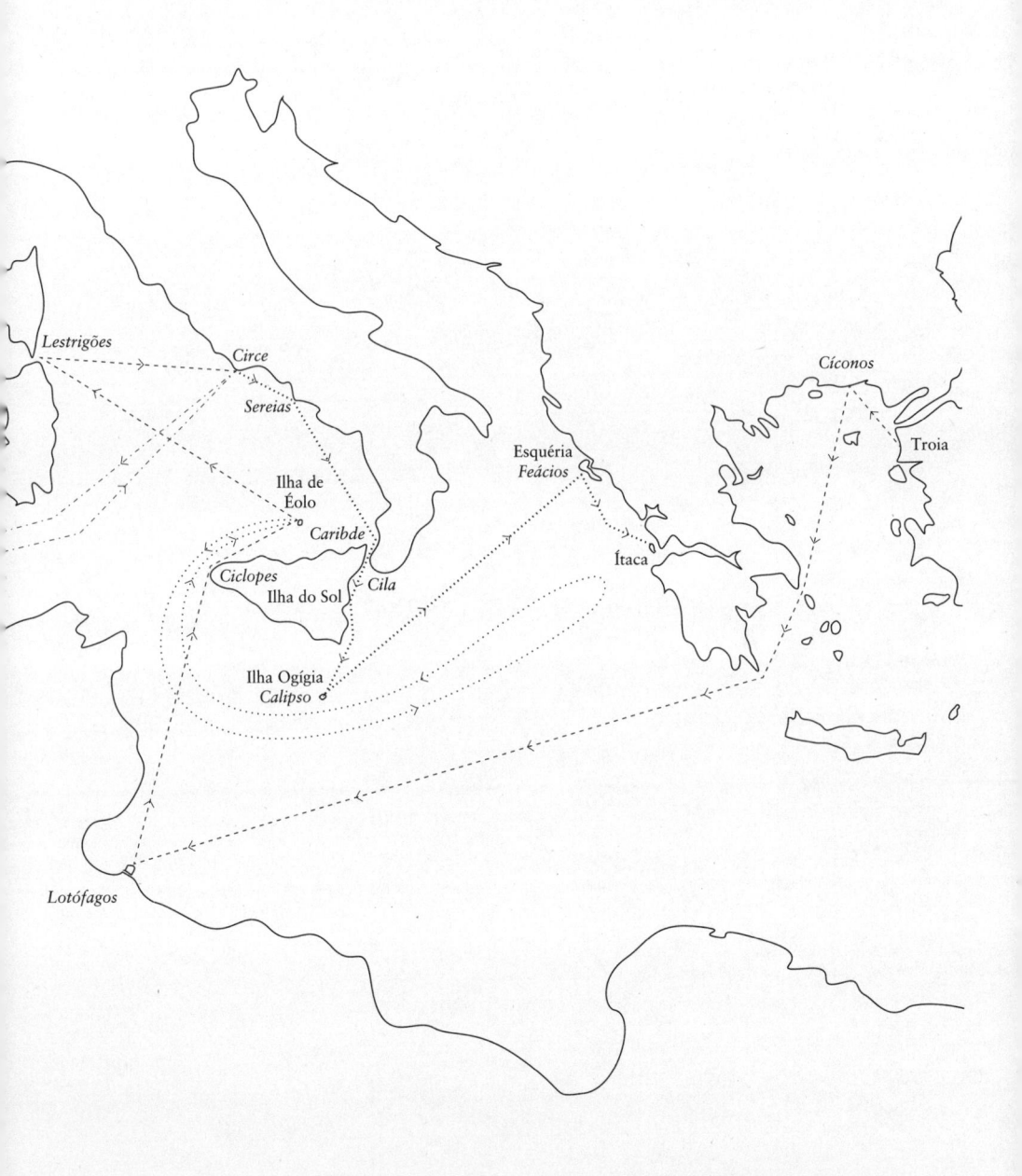

Lestrigões

Circe

Sereias

Ilha de
Éolo

Caribde

Ciclopes   *Cila*
Ilha do Sol

Ilha Ogígia
Calipso

Lotófagos

Cíconos

Troia

Esquéria
Feácios

Ítaca

Posfácio à *Odisseia*

Trajano Vieira

Não será anacronismo considerar a *Odisseia* o clássico grego mais moderno que chegou até nós. Nela identificamos traços de obras escritas ao longo do século XX: elipses temporais inusitadas, jogos verbais incomuns, digressões e retomadas narrativas, entrechos contrastantes, emprego calibrado de prolepses (canto I, versos 113-8; canto II, versos 143-207) são apenas alguns de seus procedimentos que nos surpreendem a cada leitura. A obra-prima de Homero, com mais de 12 mil versos, cobre um período curto de tempo: 41 dias. Quando tem início, o herói está há vinte anos longe de Ítaca e há dez de Troia. Encontra-se refugiado há sete na ilha Ogígia de Calipso, penúltimo local onde se hospeda antes de desembarcar em Ítaca. Se considerarmos que o poema é composto de 24 cantos, chama a atenção que, já no canto XIII, Odisseu esteja em sua ilha natal, depois de uma passagem rápida pela Esquéria, o país dos feácios, que não dura mais de três dias (do dia 31 ao 33 da narrativa), correspondentes, contudo, a oito cantos (do verso 390 do canto V ao 93 do canto XIII). Também em relação a Telêmaco, a concentração temporal causa perplexidade: entre os cantos III e XV, o jovem ausenta-se de Ítaca, em busca de informações sobre o paradeiro do pai. No canto IV, é recebido por Helena e Menelau em Esparta, de onde parte no XV. Não é tanto o longo período o que se destaca, quanto o fato de esse número elevado de versos transcorrer, da perspectiva do jovem, em apenas uma noite.

Se compararmos o verso inicial da *Ilíada* com o da *Odisseia*, encontraremos indicações importantes das diferenças estruturais entre os dois poemas. No primeiro, Homero menciona a ira de Aquiles, cujo desdobramento configura a obra. A cada passo, a atitude inflexível do Peleide é referida direta ou indiretamente. O comportamento de Aquiles é responsável pelo tom uniforme que perpassa a *Ilíada*: o herói pretende que seu nome perdure no repertório poético do futuro e não vê motivo para continuar combatendo se a sua supremacia corre o risco de ser esquecida. Num trecho famoso do canto IX (189-91), Aquiles executa, ao som da lira, um poema em que figura como personagem central. Esse poema é similar ao outro que estamos lendo, a própria *Ilíada*, de onde efetivamente o herói se retira àquela altura. Aquiles pretende que a *Ilíada* volte a ser o poema que ele próprio recita no canto IX, centrado na *klea andron* (189), "glória dos heróis", onde seus feitos se preservam do esquecimento. Não chega a cumprir a ameaça de retornar à cidade natal, pois o que aguarda efetivamente é a oportunidade de reingressar na guerra, voltar a ser o protagonista da epopeia. Sem pretender me deter nesse assunto complexo, mas apenas com a intenção de sugerir um contraste com Odisseu, lembraria que também este é definido, pelo rei dos feácios, como o poeta da longa narrativa sobre sua viagem de Troia à Esquéria, entre os cantos IX e XII. No início de sua — digamos assim — autobiografia poética, nos versos 19 e 20 do canto IX, ele associa seu renome (*kleos*) ao talento para cometer o dolo, situando-se, portanto, num âmbito diverso de Aquiles, para quem a fama (*kleos*) decorreria da defesa obstinada de valores perenes do código de conduta militar: coragem, vigor e amizade. Especialistas observam que "Odisseu" não é uma palavra grega e acreditam que a população helênica, recém-chegada à região de seu futuro país, deparou-se com narrativas sobre o personagem autóctone que, reelaboradas ao longo do tempo, teriam resultado no herói da *Odisseia*. Essa é uma hipótese interessante, que nos ajuda a compreender as diferenças entre os versos de abertura dos dois poemas. Ao contrário da *Ilíada*, onde o nome de Aquiles é conjugado ao tema central do poema (termo inicial: *menin*, "fúria"), o que lemos no começo da *Odisseia* é o adjetivo *polytropos*, referente a "homem" (palavra de abertura: *andra*), cuja identidade só é revelada no verso 21. Ou seja, é o homem em sua dimensão multitrópica, multimodal, plurifacetada, o objeto da *Odisseia*. No entanto, *polytropos* não se restringe ao personagem, que se serve do anonimato para preservar a vida ao longo do poema, mas à própria linguagem e estrutura da obra. A notável correspondência entre a capacidade original de construção do texto e a identidade caleidoscópica de Odisseu é uma de suas facetas mais expressivas. Para corresponder ao talento de reinvenção do herói, Homero construiu um poema que nos surpreende justamente por seu caráter multifocal e não linear. Não por acaso, o mutante Proteu, nome cuja etimologia provavelmente tenha relação com *protos*, "primeiro" ("Tú, que eres uno y eres muchos hombres", segundo o verso de um dos dois poemas que Borges lhe dedicou), é personagem da *Odisseia* e não da *Ilíada*. Seria difícil imaginar o arquétipo do ser metamórfico surgindo, numa epifania, a Ájax, Diomedes ou Heitor.

Forza e *froda*, "força" e "fraude", lembra Northrop Frye, foram para Dante traços de personagens destinados ao Inferno.[1] Essa polarização remonta, guardadas as devidas diferenças culturais, a Homero, que emprega, de modo contrastante, *biê* ("força") e *métis* ("astúcia"), na *Ilíada*, XXIII, 315; *dolo* ("dolo") e *biefin* ("força"), na *Odisseia*, IX, 406 e 408; *menos* ("fúria") e *métis* ("astúcia"), no mesmo poema (XX, 19-20). O crítico canadense registra que, para Maquiavel, dois animais representariam "força" e "fraude", leão e raposa, respectivamente. *Forza* estaria relacionada à *Ilíada* e ao gênero trágico, *froda* à *Odisseia* e à comédia. Recordo que um comentador antigo da *Odisseia* já comparara Odisseu ao polvo.[2] Permanecendo ainda no campo zoológico, noto que é o lobo, ou melhor, o Próprio Lobo, o Lobo em si, que faz parte da biografia de Odisseu. Penso na etimologia de Autólico, seu avô materno, a quem é dada a honra de escolher o nome do neto, ao passar por Ítaca no dia de seu nascimento. Inspirando-se no sentimento despertado em suas andanças graças aos golpes que pratica, Autólico busca no verbo *odyssomai*, mais exatamente em sua forma participial ("sendo odiado"), o nome do recém-nascido. No trecho em questão, Homero cita o deus que o protege nos furtos que executa: Hermes (*Odisseia*, XIX, 396), figura enigmática, cuja representação arcaica, a sobreposição de pedras dispostas inicialmente como marco miliário nas estradas, os gregos provavelmente encontraram quando chegaram à região em que fundariam seu país. A evolução dessa representação é ainda mais problemática, pois, numa fase posterior da imagem, o bloco de pedra compacto recebeu o falo de grande dimensão. Arqueólogos e mitólogos não escondem a dificuldade de encontrar um sentido exato para essa imagem, pois, embora fálico, Hermes não se vincula à fertilidade. A

---

[1] *The Secular Scripture: A Study of the Structure of Romance*, Cambridge, MA, Harvard University Press, 1976, pp. 65 ss.

[2] Eustátio, 1.381, 36 s.

fusão com Dioniso é uma das hipóteses sugeridas num terreno bastante incerto. Walter Burkert propôs uma bela formulação para evitar a aporia, observando que as hermas fálicas colocadas nas estradas e soleiras, representação do deus mensageiro, estariam ligadas ao horizonte da comunicação. Simbolizariam, mais exatamente, a potência da comunicação.[3] Tal definição não deixa de ser sugestiva se a transferimos para Odisseu, considerando-o não apenas o neto de Autólico, mas um personagem que herda traços do patrono de seu avô. No Hino a Hermes, o deus, com apenas um dia de idade, realiza prodígios dignos de Odisseu: com olhar fagulhante, sequestra o rebanho de Apolo e inventa a lira, antes de retornar ao berço, onde repousa. Em posse da lira, canta um hino em que figura como personagem. Trata-se de um canto fundante, a partir do qual Hermes passa a integrar o Olimpo, de onde se encontrava marginalizado até então. Portanto, também nessa obra, a poesia tem função cosmogônica, pois é a partir dela que o personagem fixa seu renome na tradição, como ocorre com Odisseu entre os cantos IX e XII. Não é por acaso que o único personagem da literatura grega que, além de Odisseu, recebe o epíteto *polytropos* é Hermes (Hino a Hermes, versos 13 e 439), que protege o herói contra Circe, doando-lhe a planta *moly* (*Odisseia*, X, 275-306), e que se senta no mesmo trono ocupado a seguir por Odisseu na morada de Calipso (V, 195).

O episódio do canto das Sereias, como mais de um estudioso tem notado, oferece-nos uma chave importante sobre a função do herói na *Odisseia*. A dupla feminina canta uma epopeia nos moldes da *Ilíada* e o convida a permanecer em sua companhia. Como se sabe, essa estada significaria a morte de Odisseu. Entre a saída saudosista — recordação de episódios gloriosos do passado aqueu, ou seja, audição eterna da *Ilíada* — e a precariedade do futuro, o filho de Laerte opta pela incerteza da segunda. Algo semelhante se dá durante sua permanência na ilha Ogígia, onde Calipso lhe propõe casamento e acena com a imortalidade. As núpcias, recusadas, significariam o sequestro da narrativa, o Ocultamento (do verbo *kalypto*) do herói, que prefere considerar a biografia como resultado da invenção e reinvenção num horizonte de incertezas. Nesse sentido, não chegamos a estranhar o número de vezes que o personagem cria biografias complexas para si (XIII, 253-86; XIV,

---

[3] Ver "Sacrificio-sacrilegio: il 'trickster' fondatore", *Studi Storici*, n° 25, 1984.

192-359; XVII, 419-44; XIX, 165-299; XXIV, 244-97, 303-14). A partir de outra relação etimológica instigante, entre *nostos* ("retorno"), gênero poético a que pertence a *Odisseia*,[4] e *noos*, "mente",[5] poderíamos imaginar que o retorno em questão não tem tanto a ver com a busca da identidade perdida no passado, quanto com a habilidade intelectual em criar estratégias de sobrevivência diante do acaso. Em lugar da memória sedimentada, é seu processo de formação que lhe interessa. O herói é o protótipo do construtor, amante do cálculo, e não o arquétipo do memorialista saturnino, saudoso das ilusões do tempo remoto. O retorno de Odisseu refere-se ao abandono dos parâmetros rígidos do heroísmo iliádico e à reinserção num cosmos instável, em que a presença de espírito e a capacidade de encontrar soluções inéditas ocupam o lugar da *forza* de Aquiles. O retorno do herói itácio é fruto do exercício da *métis*, brilho intelectual, que define seu *noos*.

Odisseu não é apenas símbolo da *métis* ("inteligência"), mas um extraordinário inventor e manipulador da linguagem, com raro talento para operá-la no plano do significante. Contra o Olhicircular (Ciclope) Multifalaz (Polifemo), ele se autonomeia *Outis* ("Ninguém", IX, 366) numa passagem em que esse termo aparecerá, a seguir, em sua outra forma possível em grego: *mé tis* ("ninguém", IX, 405, 406, 410). Segundo Homero, o coração do herói sorri, pois seu nome (*onoma*) e sua astúcia (*métis*) enganam Polifemo (IX, 414). Trata-se não só de um nome anônimo (*Outis*, "Ninguém"), mas de um sentido oculto (*métis*) que ninguém (*mé tis*) traz em si. Como se vê, até mesmo a aparente ausência de sentido pode significar algo para o personagem, paradoxal persona de ninguém.

Não por acaso, no canto XI, o rei dos feácios, após ouvir o relato de Odisseu, considera-o um aedo (XI, 368), justificando assim sua opinião: a linguagem do itácio teria "forma" (*morfé*), diferentemente da emitida pelos mentirosos, enunciadores tão só "do que não se consegue vislumbrar" (v. 366). A visualização de um episódio depende da existência ou não de forma em sua construção. Sua carência resulta no

---

[4] Ver, a esse respeito, G. L. Huxley, *Greek Epic Poetry, from Eumelos to Panyassis*, Londres, Faber & Faber, 1969, pp. 162-73.

[5] Cf. Douglas Frame, *The Myth of Return in Early Greek Epic*, New Haven, CT, Yale University Press, 1978.

pseudorrelato, que não se efetiva, já que não pode ser configurado pela visão. A comparação entre Odisseu e o aedo é recorrente no poema. No canto XVII (518-21), Eumeu fala do efeito causado pela narrativa do herói que, como aedo, "encantava-o" (*ethelge*) em sua choupana. No canto XXI (406-9), deparamo-nos com a bela analogia entre o herói que vibra a corda do arco e o aedo que ressoa a corda da cítara, fazendo-a cantar como andorinha. A aproximação entre esses dois universos no trecho em questão é particularmente sugestiva, pois os itácios comemoravam, na ocasião, Apolo (XX, 276-8), deus da guerra e da poesia. A associação recorrente entre Odisseu e o universo da poesia tem sentido duplo. Exibe não só uma faceta específica do herói, conferindo caráter sublime à sua linguagem, como é responsável pela dimensão heroica do próprio poeta: Homero. Ao fazer de Odisseu o narrador de suas próprias peripécias nos cantos IX-XII, o poeta de certo modo encarna o herói, empresta-lhe a voz, identifica-se com ele. Nada nos impede imaginar, por outro lado, que tudo aquilo que o personagem narra nessa longa sequência não seja fruto de sua invenção. Se aceitarmos essa hipótese, somos levados a concluir que a máxima realização de Odisseu é a invenção de um poema no qual ele figura como protagonista. Nesse caso, seu retorno seria o poema de retorno (*nostos*), concebido por sua própria mente (*noos*). Não há nada, cabe insistir, no poema que invalide a leitura segundo a qual a obra maior da *métis* do herói foi fazer de si seu próprio personagem nos racontos compreendidos entre os cantos IX e XII.

Nenhum episódio da *Ilíada* é mencionado na *Odisseia*, e vice-versa. Sem pretender me enveredar na interminável discussão sobre se os dois poemas seriam ou não de um mesmo autor, essa ausência de alusão mútua sugere a grande diferença entre ambos. Além das que mencionei, cabe destacar a presença marcante de figuras femininas na *Odisseia*, que deixam de ser mero reflexo das ações dos heróis, como Briseida, Andrômaca ou Hécuba na *Ilíada*. Penélope, Helena, Arete, Circe, Calipso, Nausícaa, Euricleia são algumas das mulheres da *Odisseia*, todas com perfil incomum e complexo, o que levou Samuel Butler a cogitar de que a *Odisseia* seria obra de uma mulher (em *The Authoress of the Odyssey*, 1922), inspirando, por sua vez, Robert Graves em seu romance *Homer's Daughter* (1955). Animais, seres fantásticos e imaginários, paisagens que evocam a tradição pastoral, artesãos, figuras modestas inseridas em ambientes descritos com extremo realismo, personagens secundários bem definidos como o beberrão desastrado Elpênor, o sonho abordado em sua natureza críptica, técnicas complexas de construção naval, operações não menos complexas de pilotagem são apenas alguns dos parâmetros responsáveis pela natureza polifônica da *Odisseia*. As diferentes caracterizações e cenários, com situações domésticas corriqueiras, como o episódio em que a voluntariosa Helena toma a palavra do reticente marido para interpretar ela mesma um oráculo (XV, 160-73), o "bloqueio" de Penélope, que não consegue pronunciar a palavra Ílion, cidade responsável por suas agruras, preferindo denominá-la *Kakoílion* (XIX, 260; XXIII, 19, literalmente, "Má-Ílion", que verti por Sinistroia e Destroia), a maneira sutil como Telêmaco sugere a Menelau os presentes que preferiria receber, provocando o riso do herói, a mesma sutileza que o jovem itácio exibe ao solicitar que Pisístrato não avise o pai, Nestor, de sua passagem pela cidade, temeroso de ser retido pelo idoso conselheiro loquaz, o espirro de Telêmaco, que remove Penélope do estado de melancolia e a faz sorrir são algumas das passagens que evocam no imaginário do leitor a comédia de costumes, longe do universo obsessivo e sublime da *Ilíada*, que raramente abandona os parâmetros convencionais do código heroico de conduta (amizade, bravura e preocupação incontornável com a autoimagem idealizada). Não nos surpreende, pois, encontrar tantas referências às exigências do estômago na *Odisseia* (VII, 215-21; XV, 343-5; XVII, 286-9, 473-4; XVIII, 53-4, 380) e apenas uma na *Ilíada*, que diz respeito justamente a Odisseu (XIX, 155-72). Note-se que, num desses episódios, a própria aura da navegação heroica se esvaece, quando o personagem multiengenhoso atribui ao estômago a verdadeira causa das expedições oceânicas (XVII, 288-9)...

Quando Aristóteles escreveu (*Poética*, 1.459b) que a épica, diferentemente da tragédia, poderia conter "diferentes partes simultâneas", é bem provável que tivesse em mente a *Odisseia*. Três linhas narrativas entrelaçam-se no poema, concernentes a Odisseu, a Telêmaco e à situação em Ítaca. Como exemplo da notável perícia com que Homero realiza as mudanças de enquadramento, leia-se o canto XV: os versos 1-300 fixam-se em Telêmaco, o 301 passa a tratar de Odisseu e se estende até o 495, para retornar, no 497, ao filho (até 557). Seria difícil encontrar na *Ilíada* procedimento tão recorrente como esse, que nos remete ao sentido etimológico de *rapsódia*, "costura poética", em que a trama aproxima fios narrativos distantes, muitas vezes apenas com função de exemplo ou contraexemplo, como é o caso das alusões recorrentes ao assassinato de Agamêmnon e à vingança de Orestes, parâmetro do processo de amadurecimento de Telêmaco.

Muito se escreveu sobre a tendência conservadora da dicção formular homérica. De fato, não é difícil notar a repetição de expressões tradicionais ao longo do poema, assim como de cenas típicas e de motivos convencionais. Tal repetição não significa necessariamente automatismo. No episódio do reencontro do herói com o cão Argos (XVII, 291-327), por exemplo, o animal aparece infectado e esquálido sobre um monte de estrume. Trata-se do único "companheiro" de Odisseu que o reconhece imediatamente, sem necessidade da exibição da cicatriz que o identifica. O desfecho da passagem (326) ocorre justamente com um verso convencional, que na *Ilíada* é reservado a guerreiros agonizantes (V, 83; XVI, 334; XX, 477). Através de um verso tradicional, confere-se, portanto, estatuto ilustre ao animal fiel. O leitor notará, por outro lado, que o motivo do cão de guarda, de que o episódio de Argos é o exemplo mais pungente, recorre no texto. Mas, como no caso da fórmula aludida, é bastante variada a função dessas figuras. No episódio de Circe, os cães evocam o universo mágico da feiticeira (X, 212-9); na passagem de Eumeu, os mastins que investem contra o herói (XIV, 29-36) antecipam a recepção terrível em Ítaca. Os dois cachorros em ouro e prata na entrada do palácio de Alcínoo (VII, 92) prenunciam o refinamento da corte de Esquéria. Tanto o trecho de Argos, quanto os versos em que se faz menção à dupla de cães metalizados têm, por outro lado, função similar: retardar o ingresso do personagem num ambiente novo, o que aumenta a expectativa do leitor quanto à recepção iminente. São passagens de caráter digressivo. No caso da entrada do herói no solar de Alcínoo (VII, 81-135), cabe salientar ainda que se trata de uma das mais elaboradas descrições homéricas, dividida em duas partes, em que o requinte do ambiente interno, com uma sintética descrição da luminária configurada como rapazes que seguram tochas rútilas (VII, 100-2), de um labor digno da poesia simbolista, contrasta com o *locus amoenus* do jardim exuberante, irrigado e submetido à brisa (VII, 114-31).

Numa passagem do poema (XXII, 35), Odisseu alude a seu retorno a Ítaca com a palavra *hypotropos*. Em se tratando de um personagem com domínio verbal incomum, dotado de rara capacidade de invenção literária, devemos nos perguntar o que ele quis dizer exatamente com o prefixo *hypo*. Os dicionários, levados pelo contexto em que o vocábulo aparece, traduzem-no por "re-". Ocorre que o advérbio/preposição *hypo* não tem esse sentido, significando, antes, "sob". Ou seja, num primeiro momento, a volta de Odisseu é bem-sucedida graças ao encobrimento de sua identidade. Mas, se lembrarmos do primeiro epíteto que o descreve na abertura, *polytropos*, seremos levados a pensar na correspondência entre *hypo* e *poly*, entre "sob" e "pluri", nos modos (*tropoi*) e nas modalidades de expressão (*tropoi*) de um personagem e de um poema que se fundamenta ("sob") na multiplicidade. A essência plural e aberta de um texto inesgotável, originalíssimo em sua estrutura, que se revela, a cada passo (*tropos*), inédita, simboliza, na tradição ocidental, a própria ideia de invenção literária. A lucidez de Odisseu sobre o caráter precário de cada cenário tem a ver com a noção temporal que Heráclito definirá mais tarde com base na natureza transitória do fluxo, único, original, irrepetível. Na travessia que realiza, Odisseu sabe da impossibilidade de ingressar duas vezes na mesma margem do rio. Essa consciência é responsável pelos giros (*tropoi*) caleidoscópicos através dos quais ele se reinventa a cada passo, que resultam num texto que espelha admiravelmente, em sua forma, a originalidade vertiginosa do personagem.

Métrica e critérios de tradução

No capítulo de *Homer: Poet of the Iliad*, em que comenta a complexa gama de registros dialetais que perpassam o idioma homérico, Mark Edwards observa que o resultado é uma "linguagem metricamente flexível, arcaica, elevada e internacional, colocada à margem dos dialetos falados correntemente, combinando o prestígio e o arcaísmo (para nós) da versão de King James da Bíblia com a latinidade incomum, elevada de Milton e o vocabulário vasto de Shakespeare".[1] Desse modo — prossegue o autor —, encontramos quatro diferentes terminações de infinitivo em Homero (*-menai, -men, -nai, ein*), dependendo da necessidade métrica do contexto. Registre-se outro fenômeno paralelo: há palavras que não "cabem" no esquema métrico do verso homérico, levando o poeta a alterar a natureza de suas sílabas. Um exemplo, conforme explicação a seguir: ἱστίη ("histie") é um trissílabo cuja sílaba intermediária é breve, situada entre duas longas. Ocorre que essa sequência não seria cabível no hexâmetro. Em lugar de deixar de usar a palavra, Homero prefere alongar a segunda sílaba, de modo que as três sílabas de ἱστίη tornam-se longas. Edwards detém-se no verso inicial da *Ilíada*, observando que *aeide* ("canta", no imperativo) é uma forma jônica, pouco familiar ao ático. O vocativo *thea* ("deusa"), por sua vez, que se manteve apenas em enunciados religiosos, confere solenidade à abertura do poema (*theos* é um adjetivo biforme de uso corrente, evitado aqui por Homero). O patronímico *Peleïadeo* ("filho de Peleu") é uma forma jônica preservada pelo autor, apesar da violação métrica (a terminação *eo*, por um lado, deve ser pronunciada numa só sílaba, e, por outro, produz um hiato diante da vogal inicial de "Aquiles"). O

---

[1] Mark W. Edwards, *Homer: Poet of the Iliad*, Baltimore, MD, The Johns Hopkins University Press, 1987, p. 43

helenista conclui que a linguagem de Homero é, no geral, razoavelmente inteligível, embora se distancie "da fala comum". Concorde-se ou não integralmente com a caracterização proposta, é inegável seu mérito de destacar a natureza ao mesmo tempo artificial e fluente da dicção homérica, sua grande complexidade rítmica.

Essa exuberância tem a ver com o potencial expressivo do verso que Homero utiliza, o hexâmetro datílico. Composto de seis células ("pés"), cada uma delas traz um dátilo (sílaba longa seguida de duas breves) ou um espondeu (duas longas), excetuando a última, com duas sílabas longas ou uma longa e uma breve (esse pé ou o próprio verso recebe a denominação de catalético, por sua terminação "brusca"). O penúltimo pé normalmente é datílico, admitindo contudo o espondeu, como neste belo verso "isocrono" da *Odisseia* (XXI, 15), em que todas as sílabas são longas:

$$- - \; - \; - - \; - \; - - \; - -$$

τὼ δ' ἐν Μεσσήνῃ ξυμβλήτην ἀλλήλοιϊν

tò d'en Messéne ksymbléten alléloiïn

Graças às combinações possíveis de longas e breves, decorrentes da equivalência entre duas breves e uma longa, o número de sílabas do hexâmetro datílico varia entre doze e dezessete. Outro elemento enriquecedor da sonoridade do verso é a cesura, responsável por uma pausa principal. Ela se situa no terceiro pé, depois da terceira sílaba longa ("cesura masculina") ou da primeira sílaba breve que segue essa longa ("cesura feminina"). Os dois esquemas resultantes seriam:

$$- \smile\smile - \smile\smile - \;/\; \overline{\smile\smile} - \smile\smile - \smile\smile - \; x \;//$$

$$- \smile\smile - \smile\smile - \smile \;/\; \smile - \smile\smile - \smile\smile - \; x \;//$$

A partir de estudos realizados independentemente por Hermann Fränkel e Milman Parry nos anos 20, helenistas têm chamado a atenção para a existência regular de mais duas pausas, variáveis quanto ao número de sílabas, ditadas fortemente pela natureza formular da dicção homérica e pela semântica dessas expressões convencionais. O hexâmetro conteria, assim, quatro unidades distintas (ocasionalmente três).

Indico, nas sugestões bibliográficas, alguns trabalhos aos interessados em se aprofundar no assunto. Meu objetivo aqui é tão somente tentar desfazer o equívoco, vez por outra propagado entre nós, de que a dicção homérica seria simples e coloquial, admitindo a adoção de critérios mais frouxos de tradução. Seria difícil considerar coloquiais ou prosaicos versos — que cito ao léu — como o 363 do canto III da *Ilíada*, referido já pelos comentadores antigos como *trakhys* ("áspero"), que descreve a lança de Menelau rompida no elmo de Páris:

τριχθά τε καὶ τετραχθὰ διατρυφὲν ἔκπεσε χειρός

trikhthá te kaì tetrakhthà diatryphèn ékpese kheirós

ou este outro, em que o desconforto das ovelhas não mungidas de Polifemo reflete-se na carregada assonância em /e/ (*Odisseia*, IX, 439):

θήλειαι δὲ μέμηκον ἀνήμελκτοι περὶ σηκούς

théleiai dè mémekon anémelktoi perì sekoús

Felizmente, contra esse mal-entendido antipoético, temos em português dois monumentos de traduções homéricas, que oferecem parâmetros de outro quilate ao leitor e tradutor que apreciam poesia. Refiro-me aos traslados homéricos de Odorico Mendes e de Haroldo de Campos. Não que não existam outras possibilidades de tradução, como demonstram as versões para o inglês de Christopher Logue, tão admiradas por George Steiner,[2] de Robert Fagles e de Stanley Lombardo. Os três autores, que parecem sofrer em maior ou menor grau influência dos *Cantos* de Ezra Pound, empregam o verso livre.

De minha parte, utilizei o dodecassílabo, atento às variações acentuais possíveis do verso em português. Independentemente do resultado que tenha conseguido auferir, lembro que foi esse o padrão métrico adotado por Haroldo de Campos em sua versão da *Ilíada*.

---

[2] Ver o estudo introdutório de Steiner em *Homer in English* (Londres, Penguin, 1996), incluído na coletânea de ensaios do autor, *No Passion Spent* (Londres, Faber & Faber, 1998).

Sobre o autor

"O mundo antigo não conhece nada de definitivo sobre a vida e a personalidade de Homero." Essa constatação cabal de G. S. Kirk[1] é acolhida por Joachim Latacz em seu admirável *Homer. Der erste Dichter des Abendlands*: não haveria um "mínimo de documentação contemporânea" sobre a vida e a pessoa de Homero.[2]

Fontes antigas, que remontam aos séculos VII e VI a.C., falam dele como alguém de um tempo remoto. Não se pode tampouco afirmar com certeza — arremata o estudioso — quando Homero efetivamente viveu. Os sete textos antigos sobre a vida de Homero foram escritos na idade imperial romana, bastante posteriores, portanto, ao período em que o poeta teria criado suas obras (século VIII a.C.).

Joachim Latacz observa que Ulrich von Wilamowitz (1848-1931), com base nessa produção, estabelece o local de nascimento de Homero: Esmirna, região da Ásia Menor sob influência grega. Wolfgang Schadewaldt (1900-1974), por sua vez, numa obra publicada nos anos 1940, revelou-se mais receptivo às informações contidas nas *Vidas de Homero*. Um dos problemas de sua leitura, na opinião de Latacz, é que "as ocorrências e as dores do cego errante", aludidas em tom fabular por Schadewaldt, não corresponderiam à imagem dos cantores da *Ilíada* e da *Odisseia*.

---

[1] Geoffrey Stephen Kirk (1921-2003), *The Iliad: A Commentary*, I, Cambridge, Cambridge University Press, 1985, p. 1.

[2] Ver sobretudo o capítulo inicial da obra de Latacz, publicada originalmente pela Artemis Verlag em 1989. O estudo tem recebido várias traduções, como *Omero: il primo poeta dell'Occidente* (Roma/Bari, Laterza, 1990) e *Homer: His Art and His World* (Ann Arbor, MI, University of Michigan Press, 1998).

Na ausência de dados confiáveis, Latacz busca, nos poemas homéricos, elementos indiretos da atividade desempenhada pelo autor. Toma como ponto de partida os episódios em que são referidos os quatro aedos na *Odisseia* (canto III, versos 267 ss.: o aedo a quem Agamêmnon ordena a proteção da esposa, antes de partir para Troia; canto IV, verso 17: o aedo da corte de Menelau em Esparta, que se apresenta no dia das núpcias de dois filhos do herói; Demódoco, figura marcante nos cantos VIII e XIII no solar de Alcínoo; Fêmio, aedo em Ítaca, referido nos cantos I, XVII e XXII). Além desses personagens, inseridos no ambiente aristocrático, há um anônimo, que Eumeu cita (canto XVII, versos 375-85), acolhido na pólis na mesma condição do artesão, adivinho ou carpinteiro. Homero parece indicar a existência de diferentes posições ocupadas pelos aedos.

Seria temerário afirmar, contudo, de maneira categórica, o lugar exato reservado a Homero nesse universo, além — para nos restringirmos ao fundamental — do lugar de primeiro poeta do Ocidente.

Sugestões bibliográficas

A bibliografia homérica tende ao infinito. Arrolamos a seguir algumas poucas obras não só por sua relevância intrínseca, mas também pela variedade de seus campos de análise.

AUSTIN, Norman. *Archery at the Dark of the Moon: Poetic Problems in Homer's Odyssey*. Berkeley, CA: University of California Press, 1975.

CALAME, Claude. *Le récit en Grèce ancienne*. Paris: Belin, 2000.

DE JONG, Irene. *A Narratological Commentary on the Odyssey*. Cambridge: Cambridge University Press, 2001.

DOHERTY, Lillian E. (org.). *Homer's Odyssey. Oxford Readings in Classical Studies*. Oxford: Oxford University Press, 2009.

EDWARDS, Mark. *Sound, Sense and Rhythm: Listening to Greek and Latin Poetry*. Princeton, NJ: Princeton University Press, 2002.

FRAME, Douglas. *The Myth of Return in Early Greek Epic*. New Haven, CT: Yale University Press, 1978.

GERMAIN, Gabriel. *Genèse de l'Odyssée: le fantastique et le sacré*. Paris: PUF, 1954.

GRIFFIN, Jasper. *Homer on Life and Death*. Oxford: Oxford University Press, 1980.

HEUBECK, Alfred; WEST, Stephanie; HAINSWORTH, J. B. *A Commentary on Homer's Odyssey*, vol. I. Oxford: Oxford University Press, 1990.

HEUBECK, Alfred; HOEKSTRA, Arie. *A Commentary on Homer's Odyssey*, vol. II. Oxford: Oxford University Press, 1990.

HEUBECK, Alfred; FERNANDEZ-GALIANO, Manuel; RUSSO, Joseph. *A Commentary on Homer's Odyssey*, vol. III. Oxford: Oxford University Press, 1993.

LATACZ, Joachim. *Homer: His Art and His World*. Ann Arbor, MI: University of Michigan Press, 1998.

PARRY, Milman. *The Making of Homeric Verse: The Collected Papers of Milman Parry*. Oxford: Oxford University Press, 1987.

POWELL, Barry; MORRIS, Ian (orgs.). *A New Companion to Homer*, Leiden: Brill Academic Publishers, 1997.

PUCCI, Pietro. *Odysseus Polutropos: Intertextual Readings in the Odyssey and the Iliad*. Ithaca, NY: Cornell University Press, 1987.

_____. *The Song of the Sirens: Essays on Homer*. Lanham, MD: Rowman & Littlefield, 1998.

RUBINO, Carl A.; SHELMERDINE, Cynthia (orgs.). *Approaches to Homer*. Austin, TX: University of Texas Press, 1983.

SCHEIN, Seth (org.). *Reading the Odyssey: Selected Interpretive Essays*. Princeton, NJ: Princeton University Press, 1996.

SEGAL, Charles. *Singers, Heroes and Gods in the Odyssey*. Ithaca, NY: Cornell University Press, 1994.

STANFORD, William. *The Ulysses Theme: A Study in the Adaptability of a Traditional Hero*. Oxford: Blackwell, 1954.

WHITMAN, Cedric. *Homer and the Heroic Tradition*. Cambridge, MA: Harvard University Press, 1958.

Excertos da crítica

"Aquiles, como os críticos observam, tem algo de infantil, mas Odisseu precisou deixar de lado as infantilidades e vive num mundo em que se pode congelar até a morte ou ser devorado por monstros de um único olho. O autocontrole, virtude que Aquiles desconhece, dificilmente pode ser considerado uma qualidade poética em si, e em Odisseu ele parece desvinculado de qualquer sistema de moralidade. Com razão, os americanos veem no herói tardio de Homero o primeiro pragmatista, alguém que não se deixa impressionar por diferenças que não fazem diferença. Para o necessariamente astucioso Odisseu, a existência é uma longa pista de obstáculos que o manteve afastado de casa por toda uma década, e que o testará por outra década em sua viagem de volta. Tendo chegado lá, sua maior provação se inicia, já que uma chacina em sua própria casa, mesmo sendo ele o sagaz assassino, é uma perspectiva muito mais assustadora do que a batalha mais feroz na tempestuosa planície de Troia.

O Ulisses de Joyce, o humano embora masoquista Poldy, é o personagem mais amistoso de toda a literatura, apesar dos absurdos moralismos dos críticos modernos contra ele. O Odisseu de Homero é uma figura muito perigosa, que admiramos e respeitamos, mas não amamos. Ele é um grande sobrevivente, o homem que se manterá à tona quando todos os seus camaradas se afogam. Você não iria querer estar no mesmo barco que ele, mas não preferiria ler ou ouvir a respeito de nenhum outro, porque histórias de sobrevivência são as melhores histórias. As histórias existem para postergar a morte, e Odisseu é mestre em evadir--se à mortalidade, ao contrário do trágico Aquiles, que se enraivece por ser apenas semideus e, no entanto, sempre pragmático, anseia por ir ao encontro de seu destino. O *agon* de Aquiles, o melhor dos aqueus, é portanto de uma ordem diferente do êxtase sensível de Odisseu, que só luta quando necessita e sempre por objetivos traçados com extrema precisão. O desejo de proeminência arrefece, e a vontade de viver mais um dia ganha sua própria aura de heroísmo."

Harold Bloom (*Homer's The Odyssey*, 2007)

"Na maioria das sociedades, as mudanças de estado são marcadas por rituais que definem a mudança, confrontam visivelmente sua realidade e orientam o indivíduo no novo mundo que ele está adentrando. Esses rituais, ou *rites de passage*, seguem um padrão mais ou menos constante e apresentam três fases principais. Elas consistem, de acordo com Arnold van Gennep, em *ritos de separação*, *ritos de transição* e *ritos de incorporação*. Essa divisão é útil para analisar o retorno de Odisseu. A viagem entre Troia e Ogígia constitui uma separação gradual de seu passado de guerreiro em Troia (compare-se com o cuidado bastante difundido em dessacralizar o guerreiro que retorna, mais conhecido, talvez, através das práticas romanas de lustração). A estada com os feácios é uma situação primária de transição, que sucede a completa suspensão da 'realidade' na Ogígia e precede a reentrada em Ítaca. As aventuras itacences concernem sobretudo a sua reincorporação na sociedade que ele deixou para trás e, convenientemente, culminam em uma reencenação do casamento. As analogias não devem ser forçadas, e há certa sobreposição, inevitavelmente, entre essas funções rituais e os diferentes estágios da jornada de Odisseu. Porém, tanto o esquema do ritual como a estrutura do poema compartilham uma percepção comum de uma experiência fundamental da vida humana."

Charles Segal (*Singers, Heroes and Gods in the Odyssey*, 1994)

"O fato da vida mais determinante para os heróis guerreiros da *Ilíada* é sua mortalidade, que contrasta com a imortalidade dos deuses. Essa mortalidade os impele a enfrentar o risco de uma morte prematura na batalha, empenhando-se por conquistar a 'glória imperecível' (*kleos aphthiton*) na forma da rememoração poética como heróis de canções que manterão vivos seus nomes e feitos e, assim, darão a suas vidas efêmeras um significado que transcende a morte. A *Ilíada* simultaneamente idealiza esse modo de vida heroico e convida seus leitores e ouvintes a considerá-lo criticamente e a enxergar como trágicas as contradições a ele inerentes. O herói central da *Ilíada*, Aquiles, caminha em direção à desilusão com o heroísmo guerreiro para alcançar uma nova percepção da existência humana no contexto de sua própria morte e da destruição final de Troia. Ele o faz em um meio que se resume quase inteiramente à guerra, um meio que oferece oportunidade para vários tipos e graus de feitos heroicos, mas só ao custo da autodestruição e da destruição de outros que partilham os mesmos valores.

Em contraste, o fato central da vida na *Odisseia* não é a mortalidade e a luta para transcendê-la através da morte precoce no campo de batalha, com a decorrente conquista da 'glória imperecível'. Ao contrário, é a necessidade de sobreviver em um mundo pós-guerra, no qual as opções são mais numerosas e complexas do que na *Ilíada*. Diferentemente de Aquiles, Odisseu é um sobrevivente; ele não morre na guerra de Troia, mas volta para casa, para sua família e seu reino. Seu heroísmo distintivo, pelo qual na *Odisseia* ele é designado o 'melhor', assim como Aquiles o é na *Ilíada*, é indicado por sua sobrevivência e seu retorno triunfante. Odisseu conquista seu *nostos*, sua 'volta ao lar', não tanto através de habilidade física e heroísmo guerreiro (embora estes também sejam necessários) quanto por determinação mental, a qual o ajuda a suportar os sofrimentos a que é submetido e a conservar Penélope e Ítaca na mente, quando poderia ser tentado a esquecê-las em favor da vida fácil com Calipso (I, 56-7) ou Nausícaa."

Seth Schein (*Reading the Odyssey*, 1996)

"Através da representação épica conseguimos discernir a espiritualidade do poeta 'recente', que se tornou consciente da problematicidade, da validade limitada, do valor relativo das normas de vida aristocráticas, que foram para a poesia heroica precedente as bases de uma concepção ideal de mundo, os pilares de um mundo sagrado. É o espírito de um homem que, às árduas questões da vida e da existência humana, possui uma resposta diversa da de seus predecessores. Enquanto estes, em sua poesia, haviam contraposto à realidade de uma vida frequentemente amarga, extenuante e cheia de dores a imagem ideal de um mundo fictício, no qual valia a pena viver, lutar e até morrer; e enquanto estes transportavam os ouvintes, por meio da palavra poética, das dificuldades cotidianas para um mundo irreal de esplendores, nosso poeta desmascara essa imagem ideal em toda sua limitação, unilateralidade e relatividade. É certo que também ele atrai o seu público para um mundo mítico de sonho, mas esse mundo de sonho torna-se contemporaneamente a imagem especular do mundo real em que vivemos, no qual dominam necessidade e angústia, terror e dor, e no qual o homem está imerso sem salvação. Todavia, o poeta não se prende a esse amargo reconhecimento e a sua mensagem: vale a pena viver nesse mundo real e dominar a vida, respondendo aos seus desafios e imposições com as atitudes e condutas adequadas.

Não que as virtudes aristocráticas da coragem, do valor, do senso de honra, da sabedoria, em uma nova visão do homem e de sua existência, tenham perdido sua validade: pelo contrário. Mas elas precisam de uma complementação: a sabedoria sozinha pode pouco, quando não se lhe acrescenta uma inteligência astuta e calculista; e há na vida ameaças e perigos dos quais não podemos nos salvar apenas com a coragem e o valor, situações em que uma rígida adesão às normas aristocráticas ideais seria tola e temerária, acontecimentos que, se não queremos que nos vençam, só podemos suportar com paciência. Se é tão belo e atraente demorar os olhos em uma esplêndida imagem ideal, é igualmente necessário ver as coisas como elas são. Odisseu é o 'herói' que aprendeu — talvez contra sua vontade, de dentes cerrados — a fazer sua esta nova concepção e a afrontar toda a dor e miséria que a vida reserva ao homem."

Alfred Heubeck (*Omero: Odissea*, 1981)

"Problemas de moral também hão de surgir no desenvolvimento de um mito ao longo dos séculos; e os princípios morais tradicionais de uma figura heroica provavelmente ganharão feições diferentes nas mãos dos sucessivos escritores moralistas. Assim, Fénelon apresentará a notória flexibilidade de Ulisses em relação à verdade como uma forma de prudência apropriada aos monarcas franceses; mas Benoît de Sainte-Maure e os outros escritores do *Romance de Troia* o caracterizarão simplesmente como um mentiroso sem par. Teógnis recomendará o oportunismo sagaz e a adaptabilidade ética de Ulisses; Píndaro os denunciará. Homero admira a astúcia de Ulisses; Virgílio parece detestá-la. Rapin julga-o um personagem absolutamente desprezível; Ascham, seguindo Horácio e os estoicos, considera-o um nobre exemplo de virtude varonil. Às vezes essas divergências são causadas por motivos propagandísticos; às vezes elas derivam de sentimentos profundamente pessoais. Mas, seja qual for sua causa, deve-se estar preparado de antemão para algumas notáveis diferenças de opinião sobre o mérito moral de Ulisses. Nenhum outro herói clássico foi objeto de tamanha controvérsia por semelhante motivo.

Uma causa mais simples de mudança no material tradicional se encontra nas intenções técnicas do escritor. Isto será mais forte ou mais fraco conforme o escritor valorize os aspectos formais de sua obra. Mas todo escritor precisa, em alguma medida, moldar seu material tradicional às convenções e exigências do gênero que ele escolhe como o meio de sua obra — heroico, trágico, idílico, romântico, satírico, ou seja qual for. Se ele está escrevendo uma comédia, tenderá a transformar o vigoroso apetite de Ulisses em glutonia, ou se deterá nos aspectos risíveis das cenas em que ele se esconde no Cavalo de Madeira ou se pendura debaixo do carneiro de Polifemo. O melodrama pedirá um vilão; o verso lírico, um homem de sentimento; o burlesco, um covarde. Escritores românticos enfatizaram um elemento dom-juanesco no trato de Ulisses com Circe, Calipso e Nausícaa. Escritores trágicos rejeitaram o desfecho feliz de sua vida insinuado por Homero, preferindo histórias posteriores de parricídio e envenenamento.

Semelhantemente, se um escritor está interessado em Ulisses, ou em qualquer outro herói, como um instrumento de propaganda, ele estudará a tradição tal como um advogado, a fim de encontrar fundamentos para justificar ou desacreditar tanto o herói como a causa para a qual ele está sendo recrutado. Esta é a razão pela qual Ulisses aparecerá no século XVI como um modelo para os protestantes ingleses; no XVII, primeiro como um exemplo de malevolência calvinista e depois como um padrão para os galanteadores da Contrarreforma espanhola; e no século XX como o protótipo de um caluniadíssimo primeiro-ministro inglês."

W. B. Stanford (*The Ulysses Theme*, 1954)

"Acredito que o Homero que conhecemos, o poeta que continua a moldar muitas das principais formas da imaginação ocidental, foi o compilador da *Ilíada* e o inventor da *Odisseia*. Ele reuniu e ordenou os fragmentos das sagas das batalhas da tradição micênica. Ele teve o *insight* de agrupá-las em torno do motivo dramático e unificador da ira de Aquiles. Ele tratou o material antigo e as lendas folclóricas com profundo respeito. Por vezes, ele compreendeu mal a linguagem e as circunstâncias técnicas dos eventos mais remotos. Mas preferiu preservar aquilo que era obscuro a melhorá-lo. Ele apreendeu as austeras simetrias inerentes ao modelo de narrativa arcaico e viu a vida pelos severos e fulgurantes olhos da batalha. Para as breves intensidades da poesia oral, ele colocou à disposição a nova amplitude e elaboração da forma escrita. O compilador da *Ilíada*, assim como o homem que entreteceu as sagas do *Pentateuco*, foi um editor de gênio; mas o ouro e o bronze jaziam prontos no cadinho.

Imagino que ele tenha completado a tarefa nas primeiras forças da maturidade. A *Ilíada* tem a impiedade dos jovens. Mas à medida que ganhou experiência e sensibilidade, a *Ilíada* deve ter parecido incompleta a Homero. Pode-se facilmente concebê-lo como um constante viajante e observador. 'Ele havia navegado e conhecido os mares', diz T. E. Lawrence. Particularmente, eu suporia que ele se familiarizou com as complexas civilizações orientalizadas do leste do Mediterrâneo. A parte do Oriente na *Ilíada* tem a rigidez das lendas antigas. É material tradicional que remonta ao comércio da Era do Bronze. O Oriente da *Odisseia* é mais moderno, mais imediatamente observado.

No entardecer de sua vida, esse homem multiviajado pode ter se voltado para o mundo da *Ilíada* a fim de comparar aquela visão da conduta humana com a de sua própria experiência. Dessa comparação, com seu delicado equilíbrio de reverência e crítica, surgiu a *Odisseia*. Com surpreendente agudeza, Homero escolheu para protagonista aquela figura da saga troiana mais próxima do espírito 'moderno'. Já na *Ilíada*, Odisseu marca uma transição das simplicidades do heroico para uma vida mental mais cética, mais nervosa, mais desconfiada da convicção. Assim como Odisseu, o próprio Homero abandonou os valores rígidos, rudimentares inerentes ao mundo de Aquiles. Quando escrevia a *Odisseia*, ele olhava para trás e via a *Ilíada* através de uma vasta distância da alma — com nostalgia e um leve sorriso."

George Steiner ("Homer and the Scholars", 1962)

As odisseias na *Odisseia**

Italo Calvino

Quantas odisseias contém a *Odisseia*? No início do poema, a "Telemaquia" é a busca de uma narrativa que não existe, aquela narrativa que será a *Odisseia*. No palácio de Ítaca, o cantor Fêmio já sabe os *nostoi* dos outros heróis; só lhe falta um, o de seu rei; por isso, Penélope não quer mais ouvi-lo cantar. E Telêmaco parte em busca dessa narrativa junto aos veteranos da Guerra de Troia: se a encontrar, termine ela bem ou mal, Ítaca sairá da situação amorfa sem tempo e sem lei em que se encontra há tantos anos.

Como todos os veteranos, também Nestor e Menelau têm muito para contar; mas não a história que Telêmaco procura. Até que Menelau aparece com uma fantástica aventura: disfarçado de foca, capturou o "velho do mar", isto é, Proteu das infinitas metamorfoses, e obrigou-o a contar-lhe o passado e o futuro. Certamente Proteu já conhecia toda a *Odisseia* de ponta a ponta: começa a relatar as aventuras de Ulisses do mesmo ponto que Homero, com o herói na ilha de Calipso; depois se interrompe. Naquela altura, Homero pode substituí-lo e continuar a narração.

Tendo chegado à corte dos feácios, Ulisses ouve um aedo cego como Homero que canta as peripécias de Ulisses; o herói explode em lágrimas; depois se decide a narrar ele próprio. No relato, chega ao Hades para interrogar Tirésias e este lhe conta a sequência da história. Mais tarde, Ulisses encontra as sereias que cantam; o que cantam? Ainda a

---

* Texto publicado originalmente no jornal *La Repubblica* (21/10/1981) e, em versão integral, em Ferruccio Masini e Giulio Schiavoni (orgs.), *Risalire il Nilo: mito, fiaba, allegoria* (Palermo, Sellerio, 1983). Postumamente integrou a coletânea *Perché leggere i classici* (Milão, Mondadori, 1991). A tradução é de Nilson Moulin (*Por que ler os clássicos*, São Paulo, Companhia das Letras, 1993).

Odisseia, quem sabe igual àquela que estamos lendo, talvez muito diferente. Este retorno-narrativa é algo que já existe, antes de se completar: preexiste à própria atuação. Já na "Telemaquia", encontramos as expressões "pensar o retorno", "dizer o retorno". Zeus não "pensava no retorno" dos atridas (III, 160); Menelau pede à filha de Proteu que lhe "diga o retorno" (IV, 379) e ela lhe explica como obrigar o pai a contá-lo (390), e assim o atrida pode capturar Proteu e pedir-lhe: "Diga-me o retorno, como velejarei no mar piscoso" (470).

O retorno deve ser identificado, pensado e relembrado: o perigo é que possa ser esquecido antes que ocorra. De fato, uma das primeiras etapas da viagem contada por Ulisses, aquela na terra dos lotófagos, comporta o risco de perder a memória, por ter comido o doce fruto do lótus. Que a prova do esquecimento se apresente no início do itinerário de Ulisses, e não no fim, pode parecer estranho. Se, após ter superado tantos desafios, suportado tantas travessias, aprendido tantas lições, Ulisses tivesse esquecido algo, sua perda teria sido bem mais grave: não extrair experiências do que sofrera, nenhum sentido daquilo que vivera.

Contudo, pensando bem, a perda da memória é uma ameaça que nos cantos IX-XII se repropõe várias vezes: primeiro com o convite dos lotófagos, depois com os elixires de Circe e mais tarde com o canto das sereias. Em todas as situações Ulisses deve estar atento, se não quiser esquecer de repente... Esquecer o quê? A Guerra de Troia? O assédio? O cavalo? Não: a casa, a rota da navegação, o objetivo da viagem. A expressão que Homero usa nesses casos é "esquecer o retorno".

Ulisses não deve esquecer o caminho que tem de percorrer, a forma de seu destino: em resumo, não pode esquecer a *Odisseia*. Porém, mesmo o aedo que compõe improvisando ou o rapsodo que repete de cor trechos de poemas já cantados não podem olvidar se querem "dizer o retorno"; para quem canta versos sem o apoio de um texto escrito, *esquecer* é o verbo mais negativo que existe; e para eles "esquecer o retorno" significa olvidar os poemas chamados *nostoi*, cavalo de batalha de seu repertório.

Sobre o tema "esquecer o futuro" publiquei há anos algumas considerações (*Corriere della Sera*, 10/8/1975) que assim concluíam:

"O que Ulisses salva do lótus, das drogas de Circe, do canto das sereias, não é apenas o passado e o futuro. A memória conta realmente — para os indivíduos, as coletividades, as civilizações — só se mantiver junto a marca do passado e o projeto do futuro, se permitir fazer sem esquecer aquilo que se pretendia fazer, tornar-se sem deixar de ser, ser sem deixar de tornar-se."

Ao meu texto seguia-se uma intervenção de Edoardo Sanguineti no *Paese Sera* (agora no *Giornalino 1973-1975*, Turim, Einaudi, 1976) e uma réplica de cada um, minha e dele. Sanguineti objetava:

"Porque não se pode esquecer que a viagem de Ulisses não é de jeito nenhum uma viagem de ida, mas de retorno. E então é preciso interrogar-se um momento, exatamente, que tipo de futuro ele tem pela frente: pois aquele futuro que Ulisses anda procurando é de fato o seu passado. Ulisses vence as bajulações da Regressão porque se acha todo voltado para uma Restauração.

Compreende-se que um dia, por despeito, o verdadeiro Ulisses, o grande Ulisses, tenha se tornado aquele da Última viagem: para o qual o futuro não é de modo nenhum um passado, mas a Realização de uma Profecia — isto é, de uma verdadeira Utopia. Ao passo que o Ulisses homérico logra recuperar seu passado como um presente: sua sabedoria é a Repetição e isso pode ser bem reconhecido pela Cicatriz que traz e que o marca para sempre."

Em resposta a Sanguineti, lembrava eu que (*Corriere della Sera*, 14/10/1975) "na linguagem dos mitos, bem como na das fábulas e do romance popular, toda empresa portadora de justiça, reparadora de ofensas, resgate de uma condição miserável, vem em geral representada como a restauração de uma ordem ideal anterior; o desejo de um futuro a ser conquistado é garantido pela memória de um passado perdido".

Se examinarmos as fábulas populares, verificaremos que elas apresentam dois tipos de transformação social, sempre com final feliz: primeiro de cima para baixo e depois de novo para cima; ou então simplesmente de baixo para cima. No primeiro tipo, existe um príncipe que por alguma circunstância desastrosa se vê reduzido a guardador de porcos ou alguma outra condição miserável, para depois reconquistar sua condição real; no segundo tipo, existe um jovem que não possui nada desde o nascimento, pastor ou camponês e talvez também pobre de espírito, que por virtude própria ou ajudado por seres mágicos consegue se casar com a princesa e tornar-se rei.

Os mesmos esquemas valem para as fábulas com protagonista feminina: no primeiro tipo, a donzela de uma condição real ou pelo menos privilegiada cai numa situação despojada pela rivalidade de uma madrasta (como Branca de Neve) ou de meias-irmãs (como Cinderela) até que um príncipe se apaixona por ela e a conduz ao vértice da escala social; no segundo tipo, se encontra uma verdadeira pastora ou camponesa pobre que supera todas as desvantagens de seu humilde nascimento e realiza núpcias principescas.

Poderíamos pensar que as fábulas do segundo tipo são as que exprimem mais diretamente o desejo popular de uma reviravolta dos papéis sociais e dos destinos individuais, ao passo que as do primeiro tipo deixam aparecer tal desejo de forma mais atenuada, como restauração de uma hipotética ordem precedente. Mas, pensando bem, os destinos extraordinários do pastorzinho ou da pastorinha representam apenas uma ilusão miraculosa e consoladora que será depois largamente continuada pelo romance popular e sentimental. Todavia, os infortúnios do príncipe ou da rainha desventurada associam a imagem da pobreza com a ideia de um *direito subtraído*, de uma justiça a ser reivindicada, isto é, estabelecem (no plano da fantasia, onde as ideias podem deitar raízes sob a forma de figuras elementares) um ponto que será fundamental para toda a tomada de consciência social da época moderna, da Revolução Francesa em diante.

No inconsciente coletivo, o príncipe disfarçado de pobre é a prova de que cada pobre é na realidade um príncipe que sofreu uma usurpação e que deve reconquistar seu reino. Ulisses ou Guerin Meschino ou Robin Hood, reis ou filhos de reis ou nobres cavaleiros caídos em desgraça, quando triunfarem sobre seus inimigos hão de restaurar uma sociedade dos justos em que será reconhecida sua verdadeira identidade.

Mas será ainda a mesma identidade de antes? O Ulisses que desembarca em Ítaca como um velho mendigo irreconhecível a todos talvez não seja mais a mesma pessoa que o Ulisses que partiu para Troia. Não por acaso salvara a vida trocando o nome para Ninguém. O único reconhecimento imediato e espontâneo vem do cão Argos, como se a continuidade do indivíduo só se manifestasse por meio de sinais perceptíveis para um olho animal.

Para a ama de leite sua identidade é comprovada por uma cicatriz de garra de javali, o segredo da fabricação do leito nupcial com uma raiz de oliveira é a prova para a esposa e, para o pai, uma lista de árvores frutíferas; todos eles signos que não têm nada de régio, que associam o herói com um caçador, um marceneiro, um homem do campo. A esses sinais se acrescentam a força física e uma combatividade impiedosa contra os inimigos; e sobretudo o favor manifestado pelos deuses, que é aquilo que convence também Telêmaco, mas só enquanto ato de fé.

Por seu lado Ulisses, irreconhecível, despertando em Ítaca não reconhece sua pátria. Atena terá de intervir para garantir-lhe que Ítaca é mesmo Ítaca. A crise de identidade é geral, na segunda metade da *Odisseia*. Só a narrativa garante que as personagens são as mesmas personagens e os lugares são os mesmos lugares. Mas também a narrativa muda. O relato que o irreconhecível Ulisses faz ao pastor Eumeu, depois ao rival Antínoo e à própria Penélope é uma outra odisseia, completamente diversa; as peregrinações que levaram de Creta até ali a personagem fictícia que ele afirma ser, uma história de naufrágios e piratas muito mais verossímil do que aquela que ele mesmo fizera ao rei dos feácios. Quem nos garante que não seja esta a "verdadeira" odisseia? Mas esta nova odisseia remete a uma outra odisseia ainda: o cretense encontrara Ulisses em suas viagens; assim, eis que Ulisses narra de um Ulisses em viagem por países em que a *Odisseia* considerada "verdadeira" não o fizera passar.

Que Ulisses era um mistificador já se sabia antes da *Odisseia*. Não foi ele quem inventou o grande engodo do cavalo? E, no início da *Odisseia*, as primeiras evocações de sua personagem são dois flashbacks sobre a Guerra de Troia narrados um depois do outro por Helena e Menelau: duas histórias de simulação. Na primeira, ele penetra com vestimentas falsas na cidade assediada para ali introduzir a chacina; na segunda, é encerrado dentro do cavalo com seus companheiros e consegue impedir que Helena os desmascare induzindo-os a falar.

(Em ambos os episódios, Ulisses se encontra perante Helena; no primeiro como aliada, cúmplice da simulação; no segundo enquanto adversária que imita as vozes das mulheres dos aqueus para induzi-los a trair-se. O papel de Helena é contraditório, mas sempre marcado pela simulação. Do mesmo modo, Penélope também se apresenta como fingidora, com o estratagema do tecido; o bordado de Penélope é um estratagema simétrico ao do cavalo de Troia e, como ele, é um produto da habilidade manual e da contrafação: as duas principais qualidades de Ulisses são também características de Penélope.)

Se Ulisses é um simulador, todo o relato que ele faz ao rei dos feácios poderia ser mentiroso. De fato, suas aventuras marítimas, concentradas em quatro livros centrais da *Odisseia*, rápida sucessão de encontros com seres fantásticos (que surgem nas fábulas do folclore de todos os tempos e lugares: o ogro Polifemo, os vinte encerrados no odre, os encantos de Circe, sereias e monstros marinhos), contrastam com o restante do poema, em que dominam os tons graves, a tensão psicológica, o crescendo dramático gravitando sobre um objetivo: a reconquista do reino e da mulher cercados pelos procos. Também aqui se encontram motivos comuns às fábulas populares, como o tecido de Penélope e a prova de arco-e-flecha, mas estamos num terreno mais próximo dos critérios modernos de realismo e verossimilhança: as intervenções sobrenaturais concernem somente às aparições dos deuses olímpicos, em geral encobertos por feições humanas.

Porém, é preciso recordar que as mesmas aventuras (sobretudo a de Polifemo) são evocadas igualmente em outras passagens do poema, portanto o próprio Homero vai confirmá-las; e não é só isso: os próprios deuses discutem-nas no Olimpo. E que também Menelau, na "Telemaquia", conta uma aventura com a mesma matriz fabular que a de Ulisses: o encontro com o velho do mar. Só nos resta atribuir as diversidades de estilo fantástico àquela montagem de tradições de diferentes origens transmitidas pelos aedos e depois desembocadas na *Odisseia* homérica, e que no relato de Ulisses na primeira pessoa revelaria seu substrato mais arcaico.

Mais arcaico? Segundo Alfred Heubeck, as coisas poderiam ter ocorrido de maneira exatamente oposta. (Ver *Omero: Odissea*, livros I-IV, introdução de A. Heubeck, texto e comentário de Stephanie West, Milão, Fundação Lorenzo Valla/Mondadori, 1981.)

Antes da *Odisseia* (incluindo-se a *Ilíada*), Ulisses sempre fora um herói épico, e os heróis épicos, como Aquiles e Heitor na *Ilíada*, não têm aventuras fabulares daquele tipo, na base de monstros e encantos. Mas o autor da *Odisseia* deve manter Ulisses longe de casa por dez anos, desaparecido, inalcançável para os familiares e para os ex-companheiros de armas. Para conseguir isso, deve fazê-lo sair do mundo conhecido, entrar em outra geografia, num mundo extra-humano, num além (não por acaso suas viagens culminam na visita aos Infernos). Para tal extrapolação dos territórios da épica, o autor da *Odisseia* recorre a tradições (estas, sim, mais arcaicas) como as peripécias de Jasão e dos argonautas.

Portanto, constitui a *novidade* da *Odisseia* ter colocado um herói épico como Ulisses às voltas "com bruxas e gigantes, com monstros e devoradores de homens", isto é, em situações de um tipo de saga mais *arcaico*, cujas raízes devem ser buscadas "no mundo da antiga fábula e até de primitivas concepções mágicas e xamanísticas".

É aqui que o autor da *Odisseia* manifesta, segundo Heubeck, sua verdadeira modernidade, aquela que o torna próximo e atual: se tradicionalmente o herói épico era um paradigma de virtudes aristocráticas e militares, Ulisses é tudo isso e ainda mais, é o homem que suporta as experiências mais duras, as fadigas, a dor e a solidão. "Certamente ele arrasta seu público a um mítico mundo de sonho, mas esse mundo de sonho se torna simultaneamente a imagem especular do mundo real em que vivemos, no qual dominam necessidades e angústia, terror e dores, e no qual o homem se acha imerso sem escapatória."

No mesmo volume, Stephanie West, embora partindo de premissas diferentes das de Heubeck, formula uma hipótese que daria validade ao discurso dele: a hipótese de que tenha existido uma odisseia alternativa, um outro itinerário do retorno, anterior a Homero. Homero (ou quem quer que fosse o autor da *Odisseia*), considerando esse discurso de viagens muito pobre e pouco significativo, tê-lo-ia substituído pelas aventuras fabulosas, mas inspirando-se nas viagens do pseudocretense. De fato, no proêmio existe um verso que deveria apresentar-se como a síntese de toda a *Odisseia*: "De muitos homens vi as cidades e conheci os pensamentos". Que cidades? Quais pensamentos? Tal hipótese se adaptaria melhor ao relato das viagens do pseudocretense...

Porém, assim que Penélope o reconheceu, no leito reconquistado, Ulisses volta a falar de ciclopes, sereias... Será que a *Odisseia* não é o mito de todas as viagens? Talvez para Ulisses-Homero a distinção mentira/verdade não existisse, talvez ele narrasse a mesma experiência ora na linguagem do vivido ora na linguagem do mito, como ainda hoje para nós cada viagem, pequena ou grande, sempre é odisseia.

(1983)

Sumário dos cantos

Canto I
Dez anos após o fim da guerra de Troia, o poema se inicia com Odisseu na ilha Ogígia, lar de Calipso, o ponto mais distante de sua errância. Em um conselho dos deuses, Palas Atena consegue permissão de Zeus para ajudar Odisseu a voltar para Ítaca. Disfarçada de Mentes, rei dos táfios, Atena visita Telêmaco, filho de Odisseu, e o convence a contestar o abuso dos pretendentes de sua mãe, Penélope, e a viajar em busca de notícias de seu pai.

Canto II
Assembleia em Ítaca. Discursos de Telêmaco e dos pretendentes. Auxiliado por Atena, Telêmaco parte à procura dos antigos companheiros de Odisseu.

Canto III
Telêmaco visita Nestor em Pilo, o qual o aconselha a seguir para Esparta.

Canto IV
Telêmaco visita o rei Menelau em Esparta, que lhe conta sobre o destino dos gregos no regresso de Troia. Em Ítaca, os pretendentes tramam contra Telêmaco.

Canto V
Odisseu parte da ilha Ogígia numa jangada por ele mesmo construída. Posêidon envia uma tempestade que destrói a jangada. Depois de vagar dias no mar, Odisseu finalmente alcança a costa da Esquéria, lar dos feácios.

Canto VI
Encontro entre Odisseu e Nausícaa, filha de Alcínoo, rei dos feácios. Depois de vesti-lo e alimentá-lo, Nausícaa conduz o herói à casa de seu pai.

Canto VII
Odisseu é recebido pelo rei Alcínoo e pela rainha. Ele relata suas desventuras desde a partida da ilha Ogígia. Alcínoo promete enviá-lo para casa no dia seguinte.

Canto VIII
Banquete e jogos entre os feácios. O aedo Demódoco canta sobre Aquiles e Odisseu. Ao notar a reação de Odisseu, Alcínoo pergunta-lhe seu nome e sua história.

Canto IX
Odisseu revela sua identidade e passa a narrar sua história, relatando os episódios dos cíconos, dos Lotófagos e do ciclope Polifemo.

Canto X
Odisseu conta sobre sua passagem pela ilha de Éolo, sua aventura com os Lestrigões e a chegada à ilha da feiticeira Circe, que transforma metade de seus homens em porcos. Com ajuda de Hermes, Odisseu consegue salvá-los e permanece na ilha por um ano.

Canto XI
O herói continua o seu relato. Aconselhado por Circe, Odisseu desce ao Hades para consultar a alma do vate Tirésias. Lá encontra os fantasmas de sua mãe e dos heróis gregos mortos na guerra de Troia, entre eles Aquiles.

Canto XII
Odisseu conta como ele e seus homens escaparam ao canto das sereias e se salvaram dos monstros marinhos Cila e Caribde. Chegam à Trináquia, a ilha do Sol, onde seus companheiros abatem várias reses de Hélio, despertando a fúria do deus. Ao zarparem, Zeus destrói e afunda sua nave. Odisseu, o único sobrevivente, alcançará depois a ilha Ogígia, onde ficará por sete anos.

Canto XIII
Findo seu relato, Odisseu é cumulado de presentes e conduzido pelos feácios até sua terra natal. Ao chegar, é recebido por Palas Atena, que o disfarça na pele de um velho mendigo e o aconselha a ir primeiro visitar seu fiel criado, o porqueiro Eumeu.

Canto XIV
Sem revelar sua verdadeira identidade, Odisseu é recebido por Eumeu, que lhe oferece comida e abrigo. Novamente com Atena, os dois planejam a vingança contra os pretendentes.

Canto XV
Palas Atena aconselha Telêmaco a regressar para Ítaca e o instrui sobre como evitar a emboscada dos pretendentes. Eumeu conta a Odisseu a história de sua vida. Telêmaco chega a Ítaca e se dirige à casa de Eumeu.

Canto XVI
Eumeu vai à cidade avisar Penélope do retorno de Telêmaco. Enquanto isso, Odisseu se revela ao filho e juntos eles planejam o ataque aos pretendentes.

Canto XVII
Novamente disfarçado de mendigo, Odisseu se dirige a seu palácio. É reconhecido apenas por seu velho cão Argos. Ao pedir comida aos pretendentes, estes o ofendem e até o agridem.

Canto XVIII
Odisseu luta com o mendigo Iro e o vence. Os pretendentes oferecem presentes a Penélope. Odisseu é destratado pela serva Melanto e pelo pretendente Eurímaco.

Canto XIX
Sem revelar sua identidade, Odisseu conversa longamente com Penélope, que manda a criada Euricleia lavar os pés do forasteiro. Euricleia reconhece uma antiga cicatriz na perna de Odisseu, mas ele a obriga a manter segredo.

Canto XX
Odisseu pede um sinal sobre o sucesso de sua vingança e Zeus envia um trovão em pleno céu azul. Chegam Eumeu e o pastor Filécio. A última ceia dos pretendentes. Odisseu é novamente insultado.

Canto XXI
Penélope propõe a prova do arco de Odisseu. Telêmaco primeiro, depois os pretendentes, fracassam um por um ao tentar retesar a corda do arco. Odisseu retesa o arco e lança a flecha, perfurando a dúzia de segures que servia de alvo.

Canto XXII
A segunda flecha atinge Antínoo. Odisseu se revela. Segue-se a chacina dos pretendentes, com auxílio de Telêmaco, Eumeu e Filécio, encorajados por Atena, que se disfarça de Mentor, amigo de Odisseu. As criadas infiéis são enforcadas.

Canto XXIII
O herói se apresenta a Penélope, mas ela não o reconhece e não acredita nele. Ele a convence descrevendo um detalhe secreto de seu leito nupcial, por ele mesmo construído a partir do tronco de uma oliveira. No dia seguinte, Odisseu parte com Telêmaco, Eumeu e Filécio para encontrar seu pai, Laerte.

Canto XXIV
As almas dos pretendentes mortos descem ao Hades e contam o ocorrido a Aquiles e Agamêmnon. Odisseu encontra o pai envelhecido e torturado por sua ausência. Na cidade, o pai de Antínoo conclama o povo de Ítaca à vingança. Odisseu retorna com o pai e o filho e tem início o combate, mas Atena intercede e instaura a paz.

Sobre o tradutor

Trajano Vieira é doutor em Literatura Grega pela Universidade de São Paulo (1993), bolsista da Fundação Guggenheim (2001), com estágio pós-doutoral na Universidade de Chicago (2006) e na École des Hautes Études en Sciences Sociales de Paris (2009-2010), e desde 1989 professor de Língua e Literatura Grega no Instituto de Estudos da Linguagem da Universidade Estadual de Campinas (IEL/Unicamp), onde obteve o título de livre-docente em 2008. Tem orientado trabalhos em diversas áreas dos estudos clássicos, voltados sobretudo para a tradução de textos fundamentais da cultura helênica.

Além de ter colaborado, como organizador, na tradução realizada por Haroldo de Campos da *Ilíada* de Homero (2002), tem se dedicado a verter poeticamente tragédias do repertório grego, como *Prometeu prisioneiro* de Ésquilo e *Ájax* de Sófocles (reunidas, com a *Antígone* de Sófocles traduzida por Guilherme de Almeida, no volume *Três tragédias gregas*, 1997); *As Bacantes* (2003), *Medeia* (2010), *Héracles* (2014), *Hipólito* (2015), *Helena* (2019) e *As Troianas* (2021), de Eurípides; *Édipo Rei* (2001), *Édipo em Colono* (2005), *Filoctetes* (2009), *Antígone* (2009) e *As Traquínias* (2014), de Sófocles; *Agamêmnon* (2007), *Os Persas* (2013) e *Sete contra Tebas* (2018), de Ésquilo, além da *Electra* de Sófocles e a de Eurípides reunidas em um único volume (2009). É também o tradutor de *Xenofanias: releitura de Xenófanes* (2006), *Konstantinos Kaváfis: 60 poemas* (2007), das comédias *Lisístrata*, *Tesmoforiantes* (2011) e *As Rãs* (2014) de Aristófanes, da *Ilíada* (2020) e da *Odisseia* (2011) de Homero, do poema *Alexandra*, de Lícofron (2017), e da coletânea *Lírica grega, hoje* (2017). Suas versões do *Agamêmnon* e da *Odisseia* receberam o Prêmio Jabuti de Tradução.

Este livro foi composto em Sabon e Cardo pela Bracher & Malta, com CTP e impressão da Edições Loyola em papel Pólen Natural 70 g/m² da Cia. Suzano de Papel e Celulose para a Editora 34, em setembro de 2024.